著者名单

贾志宽	西北农林科技大学农学院
任小龙	西北农林科技大学农学院
李永平	固原市农业科学研究所
李　军	西北农林科技大学农学院
韩清芳	西北农林科技大学农学院
海江波	西北农林科技大学农学院
张　睿	西北农林科技大学农学院
王　健	西北农林科技大学资源环境学院
丁瑞霞	西北农林科技大学农学院
侯贤清	西北农林科技大学林学院
刘　婷	西北农林科技大学农学院
马晓丽	西北农林科技大学农学院
李　荣	西北农林科技大学农学院
崔荣美	西北农林科技大学农学院
刘艳红	西北农林科技大学农学院
严　波	西北农林科技大学农学院
高　飞	西北农林科技大学农学院
李玉鹏	西北农林科技大学林学院
聂俊峰	西北农林科技大学农学院

前　　言

我国是世界上严重干旱缺水的国家之一，干旱、半干旱面积和没有灌溉条件的旱作耕地面积均超过国土面积和全国耕地面积的1/2。随着我国经济的快速发展和干旱化的加剧，水资源日趋紧张，加之农业结构调整和农业水权转变，农业用水特别是粮食生产用水呈现零增长或负增长，灌溉粮田面积趋于减少，使得旱作农业在我国粮食安全、生态安全、水安全和消除贫困中的基础战略地位上升，特别是在完全依靠天然降水进行农业生产的旱作农区，合理高效地利用有限的降水资源进行农业生产对该区粮食安全和经济发展显得尤为重要。然而，在现有技术条件下，旱作农区只有20％～25％的天然降水形成了初级生产力，10％～15％通过径流损失，无效蒸发达60％～70％，大田降水生产潜力开发度仅为40％～50％，这对于北方4.04×10^7 hm^2 的旱作耕地而言，粮食增产的潜力十分巨大。因此，针对旱作农区降雨量少、季节分配不均及土壤水分蒸发强烈等自然条件，旱区农业开发的技术核心应是集蓄天然降水，提高降水的保蓄率，改善作物根域水环境，并进而采取高效用水措施提高水资源利用效率和降水利用率。

本书分有机培肥技术研究、休闲轮耕技术研究、秸秆覆盖种植技术研究、粮草带状间作技术研究、微集水种植技术研究和可降解膜覆盖保墒技术研究共6章。有机培肥技术研究以旱作农田土壤扩蓄增容技术及效果为主，分别论述了有机培肥两大技术措施（施有机肥和秸秆还田）下农田土壤理化性状变化特征和对农田降水利用效率以及作物生产力影响等方面的问题。休闲轮耕技术研究重点论述了玉米连作田保护性耕作、夏季及秋季隔年轮耕、坡地休闲轮种和平地休闲轮耕种植对作物产量及土壤理化性状的影响，分别阐述了不同休闲轮耕技术下，土壤结构改善以及农田保水、保土效果。秸秆覆盖种植技术研究重点论述了宁南半干旱区和渭北半湿润易旱区秸秆覆盖对春玉米和冬小麦生长发育及土壤理化性状的影响，阐述了秸秆覆盖对抑制旱作农田土壤水分蒸发、提高土壤水分利用效率的作用和效果。粮草带状间作技术通过重点开展适宜不同类型坡地的防蚀聚水草带（苜蓿）植被营建、粮草等高条带间作技术及其配置模式研究，分析并阐述了旱坡地粮草带状间作带土壤水分状况、养分迁移特征、水分利用效率、耕种区域水土控制状况等问题。微集水种植技术研究着重论述了旱平地沟中覆盖不同材料条件下，微集水种植玉米和冬小麦集雨保墒效果，对比分析了不同沟垄宽度模式下微集水种植胡麻、马铃薯和冬小麦农田土壤集水保水作用和增产效果。可降解膜覆盖保墒技术研究部分，通过对比和分析可降解膜与普通地膜使用特点和保水保墒特性，阐述了不同时间和不同种植作物条件下，可降解膜的覆盖保墒和增产效果。

本书是依托国家科技支撑项目，在旱作技术多年研究工作的基础上，对近期研究工作的系统性和阶段性总结，所包含的内容是“十一五”国家科技支撑计划课题“农田集雨保水关键技术研究”（2006BAD29B03，2006～2010年）和陕西省农业科技创新项目“渭北旱塬旱作农田集雨保水关键技术研究”（2010NKC-03，2010～2011年）等项目资助所取得的研究成果，是参与上述项目的科学家和在项目实施过程中逐渐培养起来的一支年轻的科研队伍集体智慧与劳动的结晶。

在多年农田集雨保水技术研究方面，除了本书作者外，许多老师和研究生也参与了大量工作，并付出了辛勤努力。他们是王俊鹏老师、刘世新老师、路海东老师，王昕、苏秦、白丽婷、李倩、尚金霞、云峰、王敏、蔡太义等研究生，在本书出版之际向他们表示衷心感谢！

由于时间仓促，加之我们学识水平有限，书中的不妥及遗漏之处在所难免，敬请各位专家同行和参阅者批评指正。

著　者

2010 年端午于杨凌

目　录

第一章　有机培肥技术研究

有机培肥包括秸秆还田和施用有机肥料两大基本措施。有机培肥对促进土壤腐殖质形成、提高土壤有机质、改善土壤物理性状、促进土壤养分循环、保蓄土壤水分及提高作物水分利用效率有着十分重要的作用。为此，在渭北旱塬及宁南旱区进行了不同秸秆还田量及有机肥施用量对土壤理化性状及作物水分利用效率等方面影响的研究，研究结果对旱作农田土壤扩蓄增容及土壤培肥模式的制定有着重要的理论和实践意义。

第一节　渭北旱塬有机培肥对土壤理化性状及作物产量的影响

试验设在陕西省合阳县西北农林科技大学甘井试验基地，该地海拔 850m，年平均降水量 550mm，冬春干旱，降水一般集中在 7 月、8 月、9 月，四季多风，年蒸发量 1832.8mm，年均温度 9～10℃，全年无霜期 160～200 天，≥10℃积温 2800～4000℃。

一、有机培肥对春玉米产量及土壤理化性状的影响

（一）试验设计

试验在不施化肥的情况下，试验地地势平坦，土壤为垆土，耕层土壤（0～20cm）有机质 12.339g/kg、全氮 0.796g/kg、全磷 0.389g/kg、全钾 8.474g/kg、碱解氮 53.07mg/kg、速效磷 18.44mg/kg、速效钾 160.22mg/kg。试验采用完全随机设计，秸秆还田量的 3 个水平分别为 13 500kg/hm^2、9000kg/hm^2、0kg/hm^2，代表符号分别为 S_{135}、S_{90}、CK_0（对照），玉米收获后，将秸秆用秸秆还田机粉碎，按各处理用量均匀施在小区，用拖拉机深翻 30～35cm；施有机肥量的 3 个水平分别为 22 500kg/hm^2、15 000kg/hm^2、0kg/hm^2，代表符号分别为 M_{225}、M_{150}、CK_0（与秸秆还田量为同一对照）。各处理 3 次重复，小区面积为 4m×6m＝24m^2，所施有机肥含全氮 12.59g/kg、全磷 6.36g/kg、全钾 13.44mg/kg；还田玉米秸秆含全氮 5.99g/kg、全磷 0.55g/kg、全钾 13.69mg/kg。供试玉米品种为沈单 16，密度 4.95 万株/hm^2。试验于 2007 年 4 月 31 日播种，9 月 15 日收获；2008 年 4 月 23 日播种，9 月 16 日收获；2009 年 4 月 23 日播种，9 月 16 日收获。玉米秸秆在玉米收获后用秸秆还田机从地面以上粉碎，11 月中旬将各处理秸秆和有机肥均匀撒在地面并深翻入土壤。

测定主要生育时期（播种期、拔节期、大喇叭口期、抽雄期、灌浆期、收获期）0～200cm 土层，取样方法为每 20cm 取 1 个土样，采用烘干法测定。收获后测定各处理0～40cm 土壤容重、土壤孔隙度、土壤饱和含水量、土壤田间持水量，每 20cm 取一个土样，测定各处理土壤呼吸、土壤硬度、土壤降水入渗速率。在玉米拔节期、大喇叭口期、抽穗期测定株高、叶面积。每重复选取 20 穗进行穗部性状调查，项目包括穗长、

穗粗、穗行数、穗粒数、千粒重。

土壤各理化指标的测定（表 1-1）。

表 1-1 土壤各项指标及测定方法

测定内容	测定方法
土壤呼吸	ACE 土壤呼吸仪
土壤容重（0～60cm）	环刀法
过氧化氢酶	重铬酸钾滴定法，以（0.1mol/L $KMnO_4$ ml）/(g · 20min · 37℃）为单位
碱性磷酸酶	磷酸苯二钠法，以酚 mg/（g · 24h · 37℃）为单位
蔗糖酶	3，5-二硝基水杨酸比色法，以葡萄糖 mg/（g · 24h · 37℃）为单位
有机质	重铬酸钾-浓硫酸外加热法
全氮	全自动凯氏定氮仪测定
全磷	高氯酸-硫酸-钼锑抗比色法
全钾	NaOH 熔融-火焰光度法
碱解氮	碱解扩散硼酸吸收法
速效磷	碳酸氢钠浸提-钼锑抗比色法
速效钾	NH_4OAC 浸提，火焰光度法

水分利用效率的计算方法：

$$\text{WUE}[\text{kg}/(\text{mm}\cdot\text{hm}^2)] = Y/\text{ET}$$

式中，WUE 为水分利用效率；Y 为经济产量（kg/hm^2）；ET 为全生育期内群体蒸散量（农田耗水量），ET(mm)＝$P-\Delta S$，其中 P 为作物生长期间的降水量（mm），ΔS 为收获期与播种期土壤剖面水分含量之差（mm）。

土壤贮水量的计算公式：

$$W(\text{mm}) = \sum_{i=1}^{10} W_i \cdot D_i \cdot H_i \times 10/100$$

式中，W 为土壤贮水量（mm）；W_i 为土壤质量含水量（%）；D_i 为土壤容重；H_i 为土层深度；i=1，2，…，10。测定土壤总深度为 200cm，每 20cm 分层，共分 10 层。

农田耗水量的计算：本试验地块地表径流可视为零，地下水埋深 6m 以下，可视为地下水补给量为零；降水入渗深度不超过 2m，可视深层渗漏为零，无灌溉。农田实际蒸散量（ET）采用修正后的农田水分平衡法计算：

$$\text{ET} = P - \Delta W$$

式中，ET 为作物生育期耗水量（mm），包括植株蒸腾量与植株间地表蒸发量；P 为该时段降水量（mm）；ΔW 为作物收获期与播种期土壤储水变化量（mm）。

（二）结果与分析

1. 有机培肥对玉米产量及穗部性状的影响

（1）有机培肥对玉米产量的影响

由表 1-2 可以看出，秸秆还田处理的玉米产量较对照有所提高，差异显著；施有机肥可较对照显著提高玉米产量。2007年和2009年玉米产量随秸秆还田量增加而减少；2008年随秸秆还田量增加而增加；三年的施加有机肥处理的产量随施有机肥量的增加而增加。

表1-2 不同处理对玉米产量的影响

处理	2007年		2008年		2009年	
	产量/(kg/hm²)	较CK_0增产/%	产量/(kg/hm²)	较CK_0增产/%	产量/(kg/hm²)	较CK_0增产/%
S_{135}	6977cC	11.86	8227bBC	22.44	7466bB	15.09
S_{90}	7001cC	12.25	7925bC	17.96	7708bB	18.83
M_{225}	7786aA	24.83	8848aA	31.68	8805aA	35.73
M_{150}	7380bB	18.33	8620aAB	28.29	8699aA	34.10
CK_0	6237dD		6719cD		6487cC	

注：同列中小写和大写字母分别表示同一年际不同处理差异达0.05和0.01显著水平。后表同。

S_{90}处理的玉米产量在2007年高于S_{135}处理，而在2008年却低于S_{135}处理，2009年又高于S_{135}处理，且均大于CK_0。其原因可能是秸秆还田当年微生物在分解作物秸秆时，吸收了大量的氮素营养，而S_{135}处理中的微生物消耗的氮素多于S_{90}处理，造成微生物与作物争氮严重从而降低作物产量，秸秆还田第二年S_{135}处理中还田第一年的秸秆已大部分被微生物分解，为微生物和作物提供的养分大于S_{90}处理，从而形成较高产量。2007年S_{135}处理的玉米产量比CK_0的玉米产量高11.86%；S_{90}处理的玉米产量比S_{135}、CK_0处理的玉米产量分别高0.34%、12.25%。2008年S_{135}处理和S_{90}处理的玉米产量比CK_0的玉米产量分别高22.44%和17.96%；S_{135}处理的玉米产量比S_{90}处理的玉米产量高3.81%。2009年S_{135}处理和S_{90}处理的玉米产量分别比CK_0的玉米产量高15.09%和18.83%；S_{90}处理的玉米产量比S_{135}处理的玉米产量高3.24%。

2007年M_{225}处理和M_{150}处理的玉米产量比CK_0处理的玉米产量显著提高24.83%和18.33%；M_{225}处理的玉米产量比M_{150}处理的玉米产量高5.50%。2008年M_{225}处理和M_{150}处理的玉米产量比CK_0处理的玉米产量分别高31.68%和28.29%；M_{225}处理的玉米产量比M_{150}处理的玉米产量高2.65%。2009年M_{225}处理和M_{150}处理的玉米产量比CK_0处理的玉米产量分别高35.73%和34.10%；M_{225}处理的玉米产量比M_{150}处理的玉米产量高1.22%。

(2) 有机培肥对玉米穗部性状的影响

由表1-3可以看出与对照相比，秸秆还田和施有机肥处理可显著提高玉米的千粒重。2007年和2008年处理对玉米穗粗、穗长、穗行数、行粒数的没有显著影响，而2009年处理对玉米穗粗、穗长、行粒数有较大的影响，尤其是M_{225}处理和M_{150}处理，施有机肥处理提高玉米穗粗1.85%～3.85%、穗长2.99%～11.79%、行粒数2.63%～12.12%和千粒重15.31%～26.28%，秸秆还田处理仅提高玉米的千粒重2.98%～22.45%。

表 1-3　有机培肥对玉米穗部性状的影响

年份	处理	穗粗/cm	穗长/cm	穗行数/（行/穗）	行粒数/（粒/行）	千粒重/（g/1000 粒）
2007	S_{135}	5. 3	19. 9	15	38	274. 73
	S_{90}	5. 3	20. 4	15	38	275. 69
	M_{225}	5. 4	19. 7	15	39	298. 74
	M_{150}	5. 4	20	15	39	283. 19
	CK_0	5. 2	19. 1	15	38	245. 6
2008	S_{135}	5. 4	21. 1	15	39	405. 86
	S_{90}	5. 5	20. 7	15	39	391
	M_{225}	5. 5	20. 7	15	39	418. 56
	M_{150}	5. 5	21. 2	15	39	413. 45
	CK_0	5. 4	20. 1	15	39	331. 45
2009	S_{135}	5. 4	19. 2	16	33	300. 7
	S_{90}	5. 2	19. 6	16	34	301. 33
	M_{225}	5. 5	21. 6	16	36	343. 13
	M_{150}	5. 6	21. 8	16	37	337. 33
	CK_0	5. 2	19. 5	16	33	292

2. 玉米水分利用效率及耗水量的变化

（1）玉米水分利用效率的变化

由表 1-4 可以看出，秸秆还田处理和施有机肥处理较对照显著提高玉米水分利用效率。2007 年和 2008 年各处理间无显著差异，2007 年秸秆还田处理与对照之间无显著差异，2008 年差异显著。2007 年和 2008 年施有机肥处理与对照之间差异显著；2009 年处理与对照之间差异显著。施有机肥处理的水分利用效率高于秸秆还田处理的水分利用效率。

表 1-4　不同处理对玉米水分利用效率的影响

处理	2007 年		2008 年		2009 年	
	水分利用效率/[kg/(mm·hm²)]	较 CK_0 增幅/%	水分利用效率/[kg/(mm·hm²)]	较 CK_0 增幅/%	水分利用效率/[kg/(mm·hm²)]	较 CK_0 增幅/%
S_{135}	16. 56abA	9. 74	18. 90abA	20. 77	22. 73bB	11. 09
S_{90}	16. 82abA	11. 46	18. 05bA	15. 34	23. 92bB	16. 91
M_{225}	18. 19aA	20. 54	19. 73aA	26. 07	27. 82aA	35. 97
M_{150}	17. 55aA	16. 30	19. 30abA	23. 32	26. 42aA	29. 13
CK_0	15. 09bA		15. 65cB		20. 46cB	

2007 年 S_{135} 处理和 S_{90} 处理的水分利用效率比 CK_0 的水分利用效率分别提高了 9. 74%和 11. 46%。2008 年 S_{135} 处理和 S_{90} 处理的水分利用效率比 CK_0 的水分利用效率分别提高 20. 77%和 15. 34%。2009 年 S_{135} 处理和 S_{90} 处理的水分利用效率比 CK_0 的水分利用效率分别提高了 11. 09%和 16. 91%。

2007年M_{225}处理和M_{150}处理的水分利用效率比CK_0的水分利用效率分别提高了20.54%和16.30%。2008年M_{225}处理和M_{150}处理的水分利用效率比CK_0的水分利用效率分别提高了26.07%和23.32%。2009年M_{225}处理和M_{150}处理的水分利用效率比CK_0的水分利用效率分别提高了35.97%和29.13%。

（2）有机培肥对玉米耗水量的影响

由表1-5各处理耗水量看出，2007年和2008年不同秸秆还田处理（S_{135}、S_{90}、CK_0）间耗水量差异不同，玉米全生育期耗水量随施有机肥量的增加而升高，但各处理之间耗水量相差不显著。2009年与前两年相比有所下降，各处理之间无显著差异，处理与对照之间差异显著。

表1-5　不同处理对玉米耗水量的影响　（单位：mm）

处理	2007年	2008年	2009年
S_{135}	421.39	435.36	328.50
S_{90}	416.27	439.18	322.22
M_{225}	427.99	448.37	316.54
M_{150}	420.47	446.66	329.27
CK_0	413.32	429.33	317.02

3. 有机培肥对农田土壤水分的影响

（1）2008年和2009年玉米生育期降雨量变化

由图1-1可以看出，2008年和2009年降雨量变化呈上升—下降—上升的变化趋势。尤其在大喇叭口期降雨量会有所加强，2009年在大喇叭口期降雨量达到最大值，对土层水分含量会有较大影响。

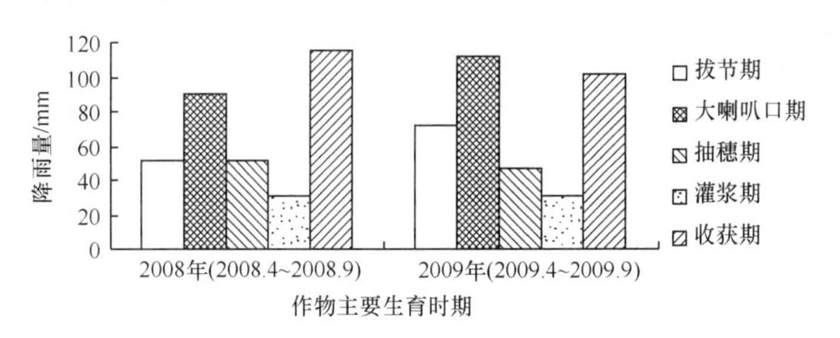

图1-1　2008年和2009年玉米主要生育时期降雨量的变化情况

（2）玉米各生育期0～20cm土壤水分

由图1-2可以看出，2008年和2009年秸秆还田处理的玉米各生育时期0～20cm土壤含水量均高于对照，说明通过秸秆还田可提高土壤含水量。2008年和2009年玉米大喇叭口期、灌浆期S_{135}处理的土壤含水量均高于S_{90}处理的土壤含水量。总体看来，这与秸秆的蓄水保墒能力有关，高秸秆的蓄水保墒能力大于中秸秆。

由图1-3可以看出，施有机肥处理的玉米各生育时期0～20cm土壤含水量均高于对照，说明通过施有机肥可提高土壤含水量。2008年在玉米各生育时期M_{225}处理的土壤

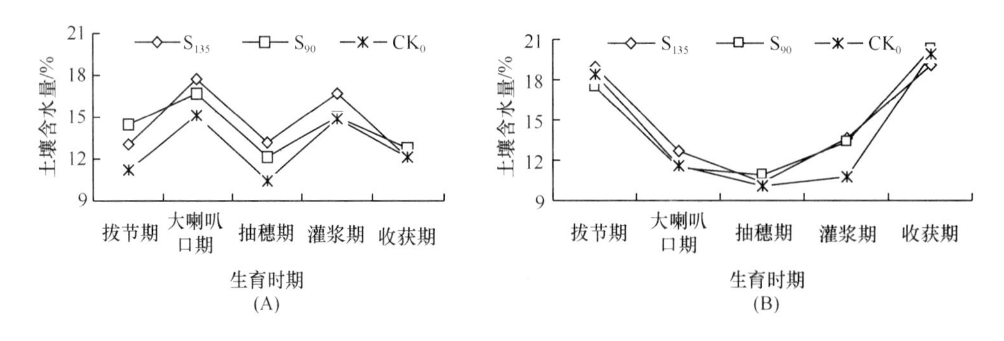

图 1-2 秸秆还田处理玉米地 0～20cm 土壤含水量

（A）2008 年；（B）2009 年

含水量高于 M_{150} 处理的土壤含水量，说明在玉米各生育时期随施有机肥增加可提高土壤含水量，增加土壤的蓄水保墒能力。

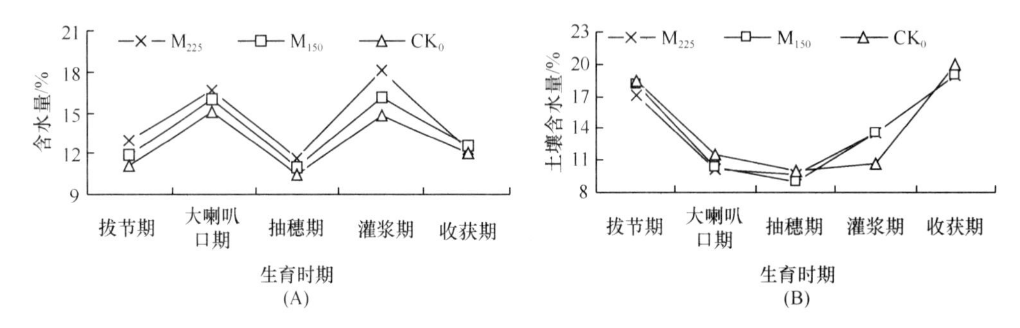

图 1-3 施有机肥处理玉米地 0～20cm 土壤含水量

（A）2008 年；（B）2009 年

（3）玉米拔节期 0～200cm 土壤含水量的变化

秸秆还田处理在玉米拔节期 0～200cm 土壤含水量的变化规律如图 1-4 所示。2008 年不同处理的土壤含水量随土层的加深土壤含水量呈“低—高—低—高”的分布，即

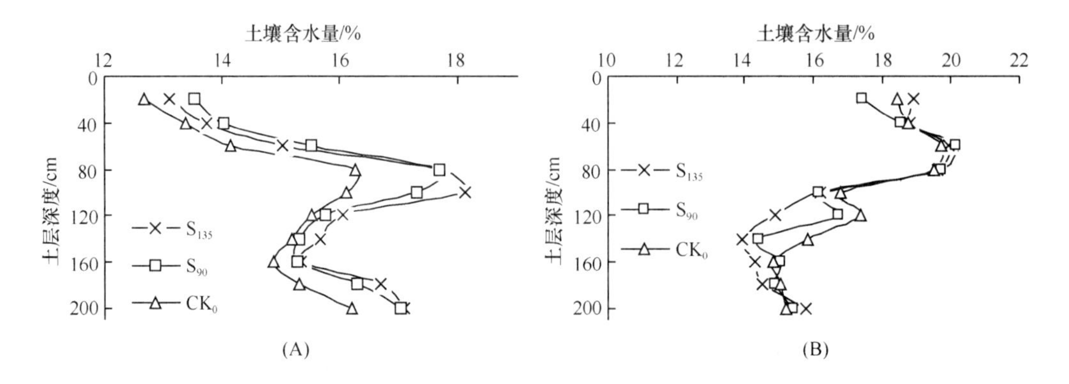

图 1-4 拔节期不同秸秆还田量下土壤水分动态变化

（A）2008 年；（B）2009 年

0～60cm、120～160cm 土层土壤含水量低，土壤含水量在 80～100cm 土层处达到最高。60～200cm 土层 S_{135} 处理的土壤含水量均高于 S_{90}，各处理均大于对照 CK_0。其原因可能与作物生长的需水和各处理的蓄水保墒能力有关。2009 年不同处理的土壤含水量随土层的加深呈“低—高—低”的分布，即 60～80cm 土层土壤含水量高，含水量在 60cm 土层处达到最高。0～40cm 土层 S_{135} 处理的土壤含水量均高于 S_{90} 和 CK_0。其原因可能与各处理的蓄水保墒能力有关。

施有机肥处理在玉米拔节期 0～200cm 土壤含水量的变化规律如图 1-5 所示。2008 年不同处理的土壤含水量随土层的加深呈“低—高—低—高”的分布，即0～60cm、120～180cm 土层土壤含水量低，含水量在 80～100cm、180～200cm 土层高。0～120cm 土层 M_{225} 处理的土壤含水量高于 M_{150} 处理的，各处理的土壤含水量均大于对照 CK_0。2009 年 M_{225} 处理和 M_{150} 处理的土壤含水量随土层的加深呈“低—高—低—高”的分布，即 0～60cm 土层土壤含水量高，含水量在 60cm 土层处达到最高。0～60cm 土层土壤含水量 M_{225} 处理低于 M_{150} 处理，60～160cm 土层土壤含水量 M_{225} 处理高于 M_{150} 处理，这与当时的作物生长需水有关。总体看来，有机肥量的增加可提高土壤含水量，增加蓄水保墒能力。

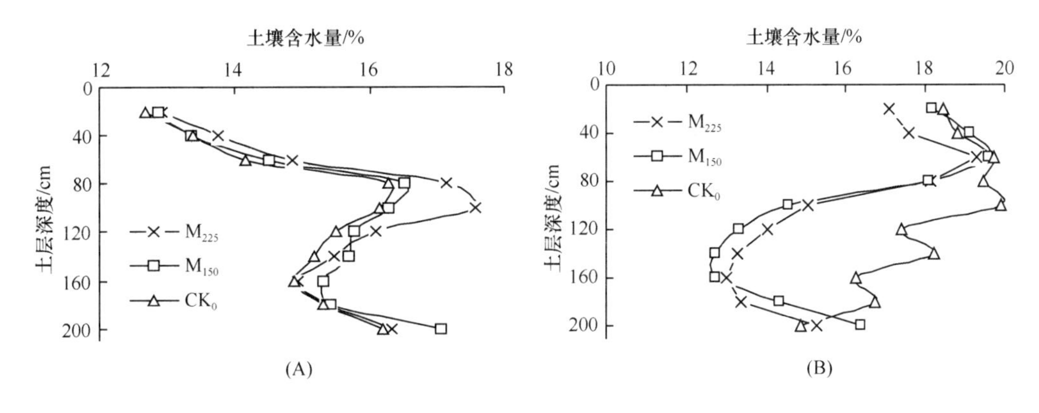

图 1-5　拔节期施有机肥处理下土壤水分动态变化

(A) 2008 年；(B) 2009 年

(4) 玉米大喇叭口期 0～200cm 土壤水分含量的变化

秸秆还田处理在玉米大喇叭口期 0～200cm 土壤含水量的变化规律如图 1-6 所示。2008 年不同处理的土壤含水量随土层的加深呈“低—高—低—高”的分布，即 0～40cm、100～160cm 土层土壤含水量低。0～200cm 土层 S_{135} 处理的土壤含水量均高于 S_{90}，各处理均大于对照 CK_0。2009 年不同处理的土壤含水量随土层的加深呈“低—高—低”的分布，即 0～40cm、120～200cm 土层土壤含水量低，80～120cm 土层土壤含水量高。这说明在玉米大喇叭口期高量秸秆还田可比低量秸秆还田提高土壤含水量。

施有机肥处理在玉米大喇叭口期 0～200cm 土壤含水量的变化规律如图 1-7 所示。2008 年不同处理的土壤含水量随土层的加深土壤含水量呈“低—高—低—高”的分布，即 0～20cm、120～140cm 土层土壤含水量低，60cm 土层土壤含水量高。2009 年 M_{225}

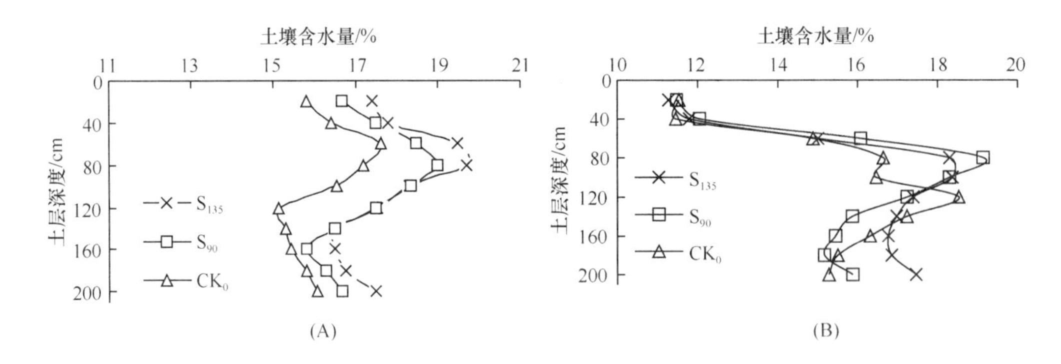

图 1-6　大喇叭口期不同秸秆还田量下土壤水分动态变化

(A) 2008 年；(B) 2009 年

处理和 M_{150} 处理的土壤含水量随土层的加深土壤也呈“低—高—低—高”的分布，即 0～40cm、140～180cm 土层土壤含水量低，80～120cm 土层土壤含水量高。120～160cm 的土层中三种耕作处理的含水量都在逐渐减小，CK_0 处理＞M_{150} 处理＞M_{225} 处理，以 M_{225} 处理的下降幅度最大。

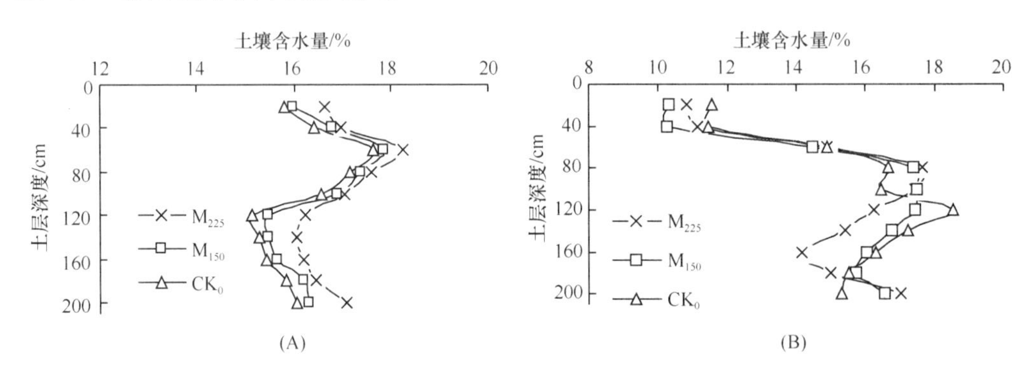

图 1-7　大喇叭口期施有机肥处理下土壤水分动态变化

(A) 2008 年；(B) 2009 年

(5) 玉米抽穗期 0～200cm 土壤水分含量的变化

秸秆还田处理在玉米抽穗期 0～200cm 土壤含水量的变化规律如图 1-8 所示。2008 年不同处理的土壤含水量随土层的加深呈“低—高—低”的分布，即 0～80cm 土层土壤含水量呈上升趋势，80～100cm 土层土壤含水量呈下降趋势。80cm 土层土壤含水量最大。0～200cm 土层土壤含水量高低顺序为 S_{135} 处理＞S_{90} 处理＞CK_0 处理。2009 年不同处理的土壤含水量随土层的加深也呈“低—高—低”的分布，即 0～40cm 土层土壤含水量低，40～100cm 土层土壤含水量呈上升趋势，100～200cm 土层 S_{135} 处理和 S_{90} 处理土壤含水量趋于稳定。

施有机肥处理在玉米抽穗期 0～200cm 土壤含水量的变化规律如图 1-9 所示。2008 年不同处理的土壤含水量随土层的加深土壤含水量呈“低—高—低—高”的分布。0～80cm 施有机肥处理土壤含水量逐渐升高，80～120cm 施有机肥处理土壤含水量逐渐降

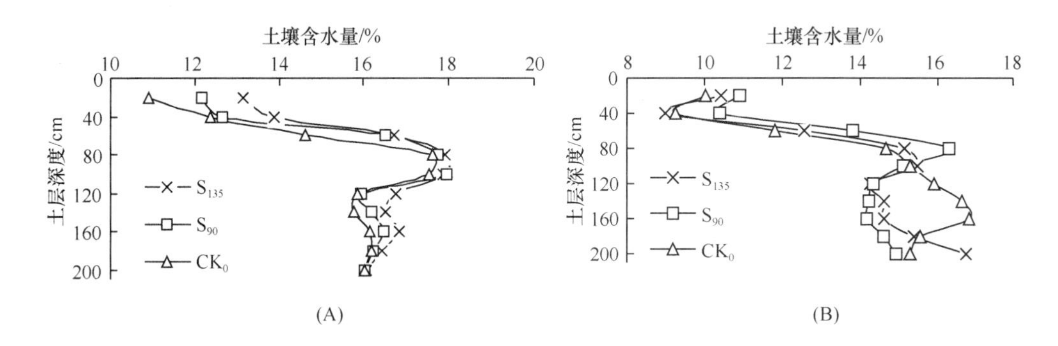

图 1-8　抽穗期不同秸秆还田量下土壤水分动态变化

（A）2008 年；（B）2009 年

低。0～200cm 施有机肥处理土壤含水量高低顺序为 M_{225} 处理＞M_{150} 处理＞CK_0 处理。2009 年 M_{225} 处理和 M_{150} 处理的土壤含水量随土层的加深也呈“低—高—低—高”的分布，即 0～40cm 土层土壤含水量低，40～80cm 土层土壤含水量呈上升趋势，80～200cm 施有机肥处理土壤含水量 M_{225} 处理与 M_{150} 处理均低于对照 CK_0，M_{225} 处理下降幅度最大，可能与作物生长状况和作物生长需水量有关。

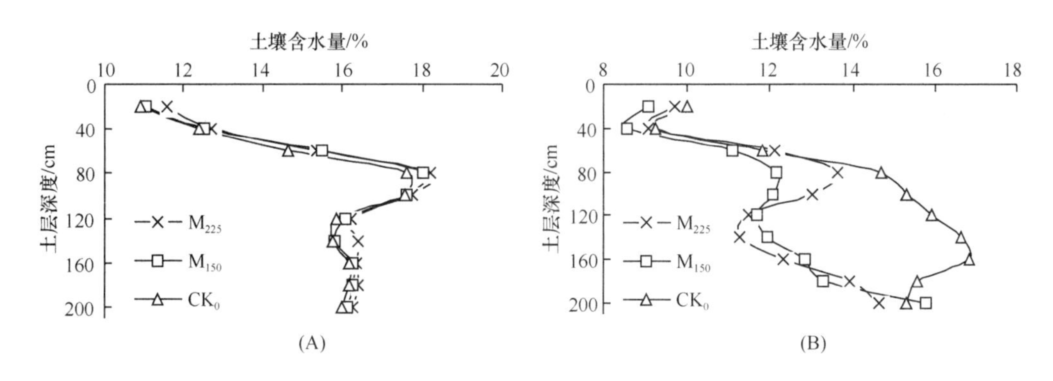

图 1-9　抽穗期施有机肥处理下土壤水分动态变化

（A）2008 年；（B）2009 年

（6）玉米灌浆期 0～200cm 土壤水分含量的变化

秸秆还田处理在玉米灌浆期 0～200cm 土壤含水量的变化规律如图 1-10 所示。2008 年不同处理的土壤含水量随土层的加深呈“高—低—高”的分布，即 0～100cm 土层土壤含水量呈下降趋势。0～200cm 土层土壤含水量高低顺序为 S_{135} 处理＞S_{90} 处理＞CK_0 处理，这与作物生长需水量和土壤蓄水保墒能力有关。2009 年 S_{135} 处理和 S_{90} 处理的土壤含水量随土层的加深呈“低—高—低—高”的分布，即 0～40cm 土层土壤含水量低，40～80cm 和 120～200cm 土层土壤含水量呈上升趋势。0～80cm 土层 S_{135} 处理的土壤含水量最大，这与蓄水保墒能力、作物生长需水量和降雨量有关，说明在玉米灌浆期高量秸秆还田与低量秸秆还田相比，更能提高土壤含水量。

施有机肥处理在玉米灌浆期 0～200cm 土壤含水量的变化规律如图 1-11 所示。2008

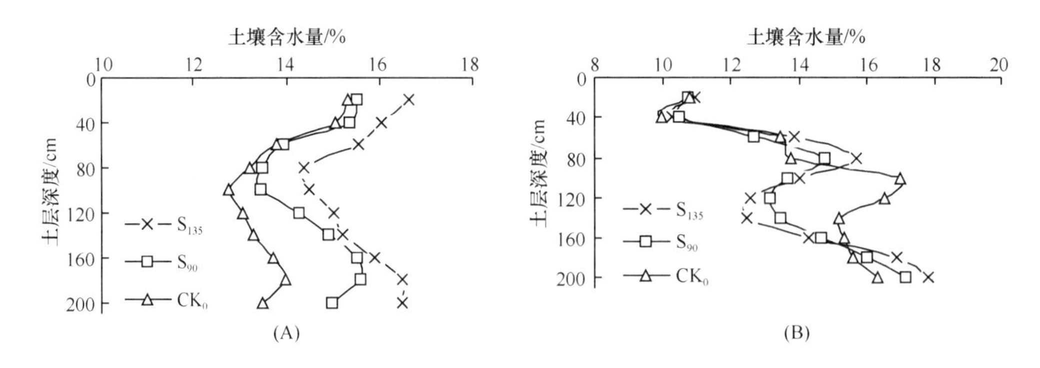

图 1-10　灌浆期不同秸秆还田量下土壤水分动态变化

(A) 2008 年；(B) 2009 年

年不同处理的土壤含水量随土层的加深呈“高—低—高”的分布，即 0～100cm 土层土壤含水量呈下降趋势，100～200cm 土层土壤含水量逐渐趋于稳定。0～80cm 土层土壤含水量 M_{225} 处理最大；M_{150} 处理次之；对照 CK_0 最小。各个处理的含水量都在逐渐减小，M_{225} 处理的下降幅度最大。2009 年不同处理的土壤含水量随土层的加深呈“低—高—低—高”的分布，即 0～40cm 土层土壤含水量低，40～80cm 土层土壤含水量呈上升趋势。40～80cm 土层土壤含水量 M_{225} 处理大于 M_{150} 处理，140～200cm 土层中各个处理的含水量都在逐渐增大，M_{225} 处理的上升幅度最大，但土壤含水量低于 M_{150} 处理和 CK_0 处理。总体看来，M_{225} 处理在表层的蓄水保墒能力最强，但随着土壤深度的增加，其保墒能力逐渐下降。

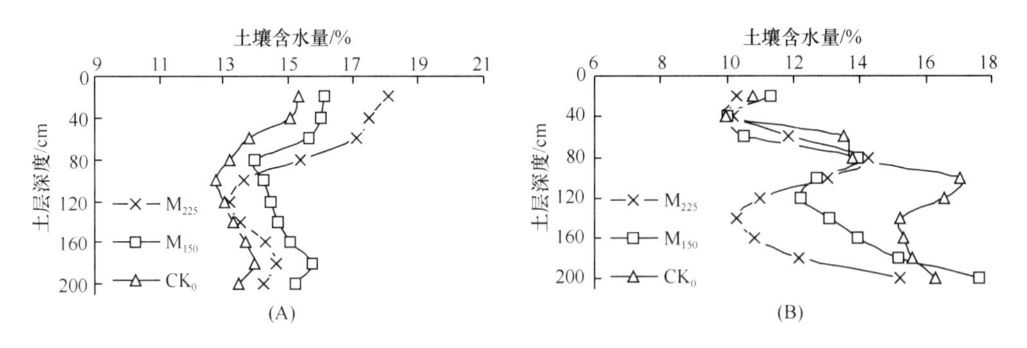

图 1-11　灌浆期施有机肥处理下土壤水分动态变化

(A) 2008 年；(B) 2009 年

(7) 玉米收获后 0～200cm 土壤水分含量的变化

秸秆还田处理在玉米收获期 0～200cm 土壤含水量的变化规律如图 1-12 所示。2008 年不同处理的土壤含水量随土层的加深呈“低—高”的分布，0～200cm 土层土壤含水量渐趋于稳定，差别不大，80～140cm 秸秆还田处理土壤含水量高低顺序为 S_{135} 处理＞CK_0 处理＞S_{90} 处理。2009 年不同处理的土壤含水量随土层的加深呈“高—低—高”的分布，即 0～120cm 土层土壤含水量呈下降趋势。60～80cm 秸秆还田处理土壤含水量高低顺序为 S_{135} 处理＞S_{90} 处理＞CK_0 处理。这说明在玉米收获期高量秸秆还田较低量秸秆还田能提高土壤含水量，均大于对照 CK_0 处理，秸秆还田提高了土壤的蓄水保墒能力。

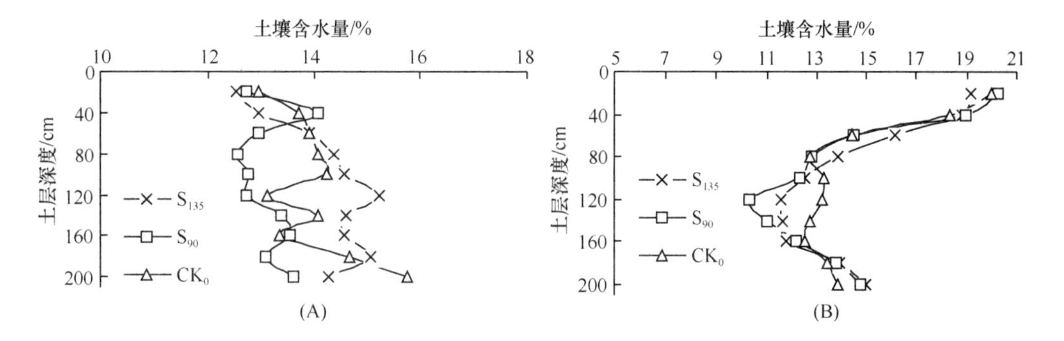

图 1-12　收获期不同秸秆还田量条件下土壤水分动态变化

（A）2008 年；（B）2009 年

施有机肥处理在玉米收获期 0～200cm 土壤含水量的变化规律如图 1-13 所示。2008 年不同处理 0～200cm 土层土壤含水量渐趋于稳定，差别不大，80～180cm 施有机肥处理土壤含水量高低顺序为 M_{225} 处理＞M_{150} 处理＞CK_0 处理。2009 年不同处理的土壤含水量随土层的加深也呈“高—低—高”的分布，即 0～80cm 土层土壤含水量呈下降趋势。0～80cm 施有机肥处理土壤含水量高低顺序为 CK_0 处理＞M_{225} 处理＞M_{150} 处理，其原因可能与当时的降雨量和玉米根系生长对深层水分的消耗有关。总体看来，在玉米收获期高量有机肥较低量有机肥能提高土壤含水量，施加有机肥提高了土壤的蓄水保墒能力。

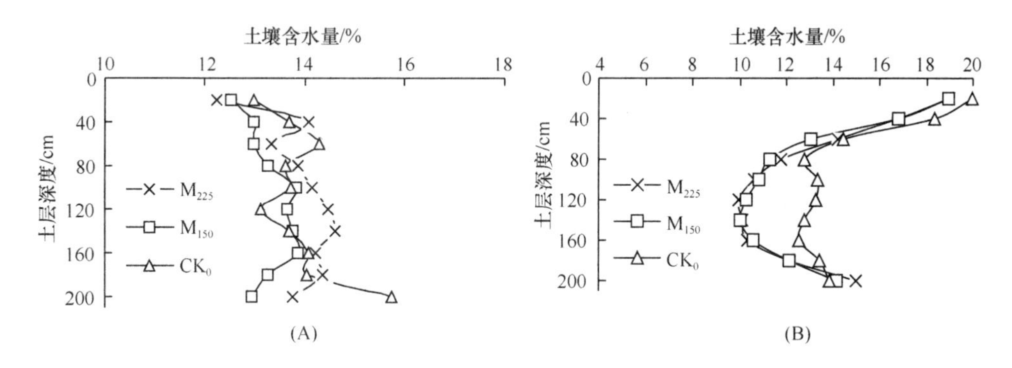

图 1-13　收获期有机肥处理条件下土壤水分动态变化

（A）2008 年；（B）2009 年

4. 有机培肥对土壤物理性状的影响

（1）土壤容重

土壤容重反映了土壤的松紧程度。连续三年对秸秆还田和施有机肥的土壤容重变化研究表明（表 1-6），有机培肥对 0～40cm 土层土壤容重的减小有一定的积极作用，且均随秸秆还田量和有机肥施用量的增加而减少，但各培肥处理之间、处理与对照之间差异均未达到显著水平。

表 1-6 有机培肥对土壤容重的影响 （单位：g/cm³）

土层深度	处理	土壤容重	
		2008 年	2009 年
0～20cm	S_{135}	1.33	1.32
	S_{90}	1.34	1.33
	M_{225}	1.31	1.29
	M_{150}	1.33	1.30
	CK_0	1.35	1.34
20～40cm	S_{135}	1.32	1.31
	S_{90}	1.35	1.34
	M_{225}	1.33	1.32
	M_{150}	1.35	1.33
	CK_0	1.37	1.36

2008 年收获后，0～20cm 土层的土壤容重 M_{225} 处理最低，为 1.31g/cm³，S_{135} 处理、S_{90} 处理、M_{225} 处理和 M_{150} 处理分别较对照 CK_0 下降 1.48%、0.74%、2.96%和 1.48%；20～40cm 土层土壤容重 S_{135} 处理最低，为 1.32g/cm³，各培肥处理分别较 CK_0 下降 3.65%、1.46%、2.92%和 1.46%。0～20cm 土层施有机肥处理的土壤容重较秸秆还田处理下降幅度显著。

2009 年收获后，0～20cm 土层 S_{135} 处理、S_{90} 处理、M_{225} 处理和 M_{150} 处理的土壤容重较对照 CK_0 分别下降 1.49%、0.75% 、3.73%和 2.99%；20～40cm 土层 S_{135} 处理、S_{90} 处理、M_{225} 处理和 M_{150} 处理分别较 CK_0 下降 3.68%、1.47%、2.94%和 2.21%。0～20cm 土层施有机肥处理的土壤容重较秸秆还田处理下降幅度显著。

（2）土壤团聚体

a. 机械稳定性团聚体

机械稳定性团聚体是指能够抵抗外力破坏的团聚体，常用干筛后团聚体的组成含量来反映。表 1-7 为 2009 年有机培肥不同处理对不同土层机械稳定性团聚体组成的影响情况。各处理 3 个层次土壤经过干筛后，大于 0.25mm 的土壤团聚体含量均在 80%以上。

表 1-7 2009 年不同处理对不同土层机械稳定性团聚体组成的影响 （%）

土层深度	处理	团聚体粒径						
		>5mm	5～2mm	2～1mm	1～0.5mm	0.5～0.25mm	<0.25mm	>0.25mm
0～10cm	S_{135}	36.89	14.5	11.91	9.84	13.19	13.68	86.33
	S_{90}	37.89	13.01	10.53	10.65	11.9	16.03	83.98
	M_{225}	28.23	13.57	12.31	11.89	16.44	17.56	82.44
	M_{150}	33.19	14.16	11.86	10.49	15.52	14.77	85.22
	CK_0	30.77	14.61	12.89	10.85	15.8	15.08	84.92

续表

土层深度	处理	团聚体粒径						
		>5mm	5～2mm	2～1mm	1～0.5mm	0.5～0.25mm	<0.25mm	>0.25mm
10～20cm	S_{135}	43.47	13.73	9.4	9.43	11.81	12.15	87.84
	S_{90}	45.28	12.52	10.45	9.11	11.14	11.49	88.50
	M_{225}	41.77	14.8	11.13	9.88	11.06	11.37	88.64
	M_{150}	44.74	13.36	10	8.75	10.75	12.41	87.60
	CK_0	49.58	13.69	10.35	7.46	9.79	9.12	90.87
20～30cm	S_{135}	60.2	10.61	7.85	6.16	6.89	8.29	91.71
	S_{90}	60.15	11.55	7.06	5.57	6.84	8.83	91.17
	M_{225}	56.17	12.95	8.64	6.76	7.48	7.99	92.00
	M_{150}	53.79	12.54	8.52	6.24	9.47	9.45	90.56
	CK_0	60.18	12.65	7.25	6.26	6.92	6.75	93.26

在0～10cm土层中，S_{135}处理和M_{150}处理大于0.25mm土壤机械稳性团粒含量较对照CK_0增幅分别为1.66%和0.35%；S_{90}处理和M_{225}处理均小于CK_0。这说明高秸秆处理和中有机处理对改善表层土壤的团粒结构作用明显。在10～20cm土层中，S_{135}处理、S_{90}处理、M_{150}处理和M_{225}处理大于0.25mm土壤机械稳性团粒含量均小于对照CK_0，M_{225}处理较M_{150}处理增幅为1.19%，S_{135}处理较S_{90}处理有所下降。在20～30cm土层中，S_{135}处理、S_{90}处理、M_{150}处理和M_{225}处理大于0.25mm土壤机械稳性团粒含量均小于对照CK_0。M_{225}处理较M_{150}处理增幅为0.59%，S_{135}处理较S_{90}处理增幅为1.59%。虽然10～30cm土层各处理大于0.25mm的土壤机械稳性团粒含量均小于CK_0，其原因可能与取样和操作方法有关，但仍表现出随秸秆还田量和施有机肥量的增加而增加。

b. 水稳性团聚体

当土壤中无机胶体较多时，有机物质的作用主要是改善土壤结构，形成大于5mm的水稳性大团聚体；无机胶体则主要形成1～5mm粒径较小的团聚体。通常认为，大于0.25mm土壤水稳性团粒含量高低能够更好地反映土壤保持和供应养分能力的强弱，了解水稳性团聚体的组成对探讨土壤肥力、土壤结构变化有着重要的理论和实践意义。

由表1-8可以看出，0～30cm土层各有机培肥处理大于0.25mm的土壤水稳性团聚体含量绝大部分高于对照CK_0。在0～10cm土层中，S_{135}处理和M_{225}处理大于0.25mm土壤水稳性团粒含量较对照CK_0增幅分别为9.49%和10.26%；S_{90}处理和M_{150}处理均小于CK_0。这说明高秸秆和高有机对改善表层土壤的团粒结构作用明显。在10～20cm土层中，S_{135}处理、S_{90}处理、M_{225}处理和M_{150}处理大于0.25mm土壤水稳性团粒含量较对照CK_0增幅分别为29.29%、19.25%、28.03%和30.96%。在20～30cm土层中，S_{135}处理、S_{90}处理、M_{225}处理和M_{150}处理大于0.25mm土壤水稳性团粒含量较对照CK_0增幅分别为34.16%、93.79%、35.40%和51.55%。这说明中有机和中秸秆处理明显改善深层土壤的团粒结构。综上所述，秸秆还田和施有机肥能增加土壤的团粒结构。

表 1-8　2009 年不同处理对不同土层水稳性团聚体含量的影响　　(%)

土层深度	处理	团聚体粒径					
		>5mm	5～2mm	2～1mm	1～0.5mm	0.5～0.25mm	>0.25mm
0～10cm	S_{135}	0.82	0.43	0.64	1.41	0.97	4.27
	S_{90}	0.37	0.35	0.44	0.77	0.66	2.59
	M_{225}	0.49	0.47	0.55	1.48	1.31	4.30
	M_{150}	0.37	0.36	0.53	1.07	0.98	3.31
	CK_0	0.43	0.34	0.50	1.40	1.23	3.90
10～20cm	S_{135}	0.66	0.44	0.46	0.89	0.64	3.09
	S_{90}	0.77	0.35	0.57	0.65	0.51	2.85
	M_{225}	0.74	0.43	0.46	0.82	0.61	3.06
	M_{150}	0.85	0.44	0.46	0.79	0.59	3.13
	CK_0	0.42	0.33	0.39	0.72	0.53	2.39
20～30cm	S_{135}	0.31	0.36	0.34	0.65	0.50	2.16
	S_{90}	0.90	0.34	0.36	0.71	0.81	3.12
	M_{225}	0.59	0.34	0.36	0.53	0.36	2.18
	M_{150}	0.38	0.33	0.31	0.70	0.72	2.44
	CK_0	0.19	0.32	0.26	0.44	0.40	1.61

5. 有机培肥对玉米主要农艺性状的影响

(1) 不同处理各生育时期干物质积累量变化

由表 1-9 可以看出，大喇叭口期、抽穗期和灌浆期的秸秆还田和有机肥处理的干物质积累量分别比 CK_0 增加 15.53%～38.33%、44.33%～68.34% 和 10.79%～42.85%。大喇叭口期、抽穗期和灌浆期的干物质积累量随秸秆还田量的增加而降低；抽穗期和灌浆期的干物质积累量随有机肥用量的增加而升高。这说明通过施有机肥可以增大干物质积累量。

表 1-9　2009 年不同处理各生育时期干物质积累量变化　　(单位：g)

处理	大喇叭口期	抽穗期	灌浆期
S_{135}	70.9	302.64	315.98
S_{90}	83.33	343.64	334.45
M_{225}	99.10	353.00	407.42
M_{150}	99.78	315.96	363.77
CK_0	72.13	209.69	285.20

(2) 不同处理各生育时期株高变化

由表 1-10 可以看出，玉米株高在秸秆还田处理中拔节期和大喇叭口期的株高以 S_{90} 处理最高，S_{135} 处理最低；抽穗期和灌浆期以 S_{135} 处理最高，S_{90} 处理最低；在抽穗期和灌浆期，各处理株高均高于对照 CK_0。在有机肥处理中，玉米拔节期的株高以 M_{150} 处理最高，M_{225} 处理最低；在抽穗期和灌浆期，玉米株高以 M_{225} 处理最高，M_{150} 处理最低，且均高于对照 CK_0。这说明通过秸秆还田和施有机肥处理提高了作物的株高。

表 1-10　不同处理各生育时期株高的变化　　（单位：cm）

处理	拔节期	大喇叭口期	抽穗期	灌浆期
S_{135}	11.1	120.01	233.61	234.12
S_{90}	14.9	125.52	219.44	220.73
M_{225}	12.3	142.63	222.72	223.84
M_{150}	13.1	126.12	219.73	220.33
CK_0	12.3	132.33	218.72	219.31

（3）不同处理各生育时期茎粗变化

由表 1-11 可以看出，在秸秆还田处理和施有机肥处理中，大喇叭口期和抽穗期的玉米茎粗为：S_{135}处理大于 S_{90}处理，M_{225}处理大于 M_{150}处理，均大于对照 CK_0。这说明通过秸秆还田和施有机肥能提高作物茎粗，并随秸秆还田量和有机肥用量的增加而增加。

表 1-11　2009 年不同处理各生育时期茎粗的变化　　（单位：cm）

处理	大喇叭口期	抽穗期
S_{135}	2.53	2.55
S_{90}	2.45	2.47
M_{225}	2.56	2.61
M_{150}	2.47	2.57
CK_0	2.44	2.45

6. 有机培肥对土壤养分的影响

（1）土壤全效养分的变化

土壤全效养分是土壤肥力的重要指标，也是反映土壤养分储存量的重要指标，是土壤速效养分重要的来源。从土壤全效养分的变化分析土壤退化机理有着重要的意义。

a. 土壤有机质的变化

有机质对维持土壤养分平衡和提高有效态养分起到非常重要的作用。有机质含有植物生长发育所需要的各种营养元素，特别是土壤中的氮，有 95%以上的氮素是以有机状态存在于土壤中的。土壤有机胶体是形成水稳性团粒结构不可缺少的胶结物质，有助于黏性土形成良好的结构，从而改变了土壤孔隙状况和水、气比例，创造适宜的土壤松紧度。因此，土壤有机质直接影响着土壤的保水性、供肥保肥性以及耕性。

对玉米地耕层有机质含量研究表明（表 1-12），种植玉米后，0～40cm 土层土壤有机质含量年际变化表现为随着秸秆还田和施有机肥年限的增加而增加。0～20cm 土层 2008 年土壤有机质含量 S_{135}处理大于 S_{90}处理，M_{225}处理大于 M_{150}处理；2009 年 S_{135}处理大于 S_{90}处理，M_{225}处理与 M_{150}处理差异不显著。20～40cm 土层两年土壤有机质含量均为 S_{135}处理大于 S_{90}处理，M_{225}处理大于 M_{150}处理；0～40cm 土层各处理均大于对照 CK_0。2008 年、2009 年土壤有机质含量均随土层深度的增加而减少，秸秆还田处理有机质含量大于施加有机肥处理。

表 1-12 有机培肥对土壤有机质含量的影响 (单位：g/kg)

土层深度	处理	2008 年	2009 年
0～20cm	S_{135}	13.893a	14.727a
	S_{90}	13.693a	14.603a
	M_{225}	13.454a	13.923ab
	M_{150}	13.197a	14.018ab
	CK_0	13.012a	13.407b
20～40cm	S_{135}	9.506a	10.091abA
	S_{90}	9.061a	9.217cAB
	M_{225}	9.433a	10.265aA
	M_{150}	9.0777a	9.546bcAB
	CK_0	8.984a	9.020cB

秸秆还田处理 0～20cm 土层，2008 年 S_{135}处理和 S_{90}处理的土壤有机质含量比对照 CK_0 的土壤有机质含量分别提高了 6.77%和 5.23%。2009 年 S_{135}处理的土壤有机质含量比 S_{90}处理和 CK_0 分别提高了 0.85%和 9.85%，S_{90}处理比 CK_0 提高了 8.92%。20～40cm 土层，2008 年 S_{135}处理和 S_{90}处理的土壤有机质含量比 CK_0 分别提高了 5.81%和 0.86%。2009 年 S_{135}处理比 S_{90}处理和 CK_0 分别提高了 9.49%和 11.87%，S_{90}处理比 CK_0 提高了 2.18%。从两年的实验结果来看，对照 CK_0 变化不显著，通过秸秆还田提高了 0～40cm 土层的土壤有机质含量，S_{135}处理的上升幅度显著。

有机肥处理 0～20cm 土层，2008 年 M_{225}处理和 M_{150}处理的土壤有机质含量比对照 CK_0 的土壤有机质含量分别提高了 3.40%和 1.42%。2009 年 M_{225}处理和 M_{150}处理的土壤有机质含量比 CK_0 分别提高了 3.85%和 4.56%。M_{225}处理小于 M_{150}处理土壤有机质含量，但差异不显著，可能与取样和有机肥的腐熟程度有关。20～40cm 土层，2008 年 M_{225}处理和 M_{150}处理的土壤有机质含量比 CK_0 分别提高了 5.00%和 1.04%。2009 年 M_{225}处理和 M_{150}处理比 CK_0 分别提高了 7.54%和 13.80%；M_{150}处理比 CK_0 处理分别提高了 5.83%。这说明通过施加有机肥增加了 0～40cm 土层土壤有机质含量，M_{225}处理和 M_{150}处理上升幅度无显著差异。

b. 土壤全氮含量的变化

土壤全氮包括所有形式的有机和无机氮源，是标志土壤氮素总量和供应植物有效氮素的源和库，综合反映了土壤的氮素情况。

对玉米地耕层全氮含量研究表明（表 1-13），不同处理的全氮含量差异不显著，以 0～20cm 处的全氮含量最高。土壤全氮含量随秸秆还田量、施有机肥量的增加而增加。

表 1-13 有机培肥对土壤全氮含量的影响 (单位：g/kg)

土层深度	处理	2008 年	2009 年
0～20cm	S_{135}	0.725bAB	0.759bBC
	S_{90}	0.719bAB	0.750cC
	M_{225}	0.760aA	0.776aA
	M_{150}	0.726bAB	0.769aAB
	CK_0	0.711bB	0.724dD

续表

土层深度	处理	2008 年	2009 年
20～40cm	S_{135}	0.545a	0.553abA
	S_{90}	0.515a	0.519bA
	M_{225}	0.551a	0.567aA
	M_{150}	0.519a	0.522bA
	CK_0	0.513a	0.512bA

秸秆还田处理 0～20cm 土层，2008 年 S_{135} 处理和 S_{90} 处理的土壤全氮含量比对照 CK_0 分别提高了 1.97%和 1.13%；2009 年 S_{135} 处理和 S_{90} 处理的土壤全氮含量比 CK_0 分别提高了 4.83%和 3.59%。20～40cm 土层，2008 年 S_{135} 处理和 S_{90} 处理的土壤全氮含量比对照 CK_0 分别提高了 6.24%和 0.39%；2009 年 S_{135} 处理和 S_{90} 处理比 CK_0 分别提高了 8.01%和 1.37%。从两年的试验结果来看，0～40cm 土层秸秆还田处理的土壤全氮含量有所升高，但上升幅度较小。

有机肥处理 0～20cm 土层，2008 年 M_{225} 处理和 M_{150} 处理的土壤全氮含量比对照 CK_0 分别提高了 6.89%和 2.11%；2009 年 M_{225} 处理和 M_{150} 处理比 CK_0 分别提高了 7.18%和 6.22%。20～40cm 土层，2008 年 M_{225} 处理和 M_{150} 处理的土壤全氮含量比对照 CK_0 分别提高了 7.41%和 1.17%；2009 年 M_{225} 处理和 M_{150} 处理比 CK_0 分别提高了 10.74%和 1.95%。从两年的试验结果来看，0～20cm 土层的土壤全氮含量有所升高，中有机上升幅度显著。

c. 土壤全磷含量的变化

对玉米地耕层全磷含量研究表明（表 1-14），0～40cm 土层不同处理的全磷含量均大于对照 CK_0，但与对照 CK_0 差异不显著，除 2009 年 M_{225} 处理和 M_{150} 处理，其余各处理的全磷含量随秸秆还田量、施有机肥量的增加而增加。

表 1-14 有机培肥对土壤全磷含量的影响 （单位：g/kg）

土层深度	处理	2008 年	2009 年
0～20cm	S_{135}	0.604a	0.671aA
	S_{90}	0.598a	0.644aA
	M_{225}	0.610a	0.627aA
	M_{150}	0.603a	0.640aA
	CK_0	0.582a	0.608aA
20～40cm	S_{135}	0.520a	0.563aA
	S_{90}	0.514a	0.532aA
	M_{225}	0.536a	0.608aA
	M_{150}	0.519a	0.556aA
	CK_0	0.502a	0.521aA

秸秆还田处理 0～40cm 土层，2008 年 S_{135} 处理和 S_{90} 处理的土壤全磷含量比对照 CK_0 的土壤全磷含量提高了 2.39%～3.78%；2009 年 S_{135} 处理和 S_{90} 处理的土壤全磷含

量比 CK_0 提高了 2.11%～10.36%。从两年的试验结果来看，0～40cm 土层的土壤全磷含量增加不显著；土壤全磷含量随秸秆还田量的增加而增加。

施有机肥处理 0～20cm 土层，2008 年 M_{225} 处理和 M_{150} 处理的土壤全磷含量比对照 CK_0 分别提高了 4.81%和 3.61%；2009 年 M_{225} 处理和 M_{150} 处理比 CK_0 分别提高了 3.13%和 5.26%。20～40cm 土层，2008 年 M_{225} 处理和 M_{150} 处理的土壤全氮含量比对照 CK_0 分别提高了 6.77%和 3.39%；2009 年 M_{225} 处理和 M_{150} 处理比 CK_0 分别提高了 16.70%和 6.72%。从两年的试验结果来看，0～40cm 土层的土壤全磷含量有所升高；20～40cm 土层的有机质上升幅度显著。

d. 土壤全钾含量的变化

对玉米地耕层全钾含量研究表明（表 1-15），种植玉米后，不同土壤层次的全钾含量差异较小。2008 年有机培肥处理对土壤全钾含量的影响不大，随秸秆还田量、施有机肥量的增加而增加；2009 年土壤全钾含量随秸秆还田量的增加而增加，随施有机肥量的增加而减少。相对施有机肥处理，秸秆还田处理对增加土壤全钾含量作用显著。

表 1-15　有机培肥对土壤全钾含量的影响　（单位：g/kg）

土层深度	处理	2008 年	2009 年
0～20cm	S_{135}	9.204aA	9.508aA
	S_{90}	8.870bB	9.414aA
	M_{225}	8.911bB	8.556bcAB
	M_{150}	8.827bB	9.305abA
	CK_0	7.913cC	7.931cB
20～40cm	S_{135}	8.469aA	8.575aA
	S_{90}	7.907bAB	8.323aA
	M_{225}	7.305cB	7.375cB
	M_{150}	7.186cB	7.481bcB
	CK_0	7.687bcB	7.731bB

秸秆还田处理 0～40cm 土层，2008 年 S_{135} 处理和 S_{90} 处理的土壤全钾含量比对照 CK_0 分别提高了 2.86%～16.31%；2009 年 S_{135} 处理和 S_{90} 处理的土壤全钾含量比 CK_0 分别提高了 7.66%～19.88%。其原因可能是 2008 年还入土壤的秸秆已腐熟彻底，释放出钾素。从两年的试验结果来看，S_{135} 处理和 S_{90} 处理 0～40cm 土层的土壤全钾含量增加显著，随秸秆还田量的增加而增加。

施有机肥处理 2008 年 20～40cm 土层 M_{225} 处理和 M_{150} 处理的土壤全钾含量均小于对照 CK_0 的土壤全钾含量，M_{150} 处理的土壤全钾含量低于 M_{225} 处理，其原因可能是由于 M_{225} 处理和 M_{150} 处理的玉米产量高于 CK_0 的玉米产量，从土壤中带走了较多的钾，还入土壤的有机肥中的钾不能满足作物高产而消耗的那部分钾，从而导致 M_{225} 处理和 M_{150} 处理的土壤全钾含量低于 CK_0 的土壤全钾含量。2009 年 0～20cm 土层 M_{225} 处理和 M_{150} 处理的土壤全钾含量比 CK_0 提高了 7.88%和 17.32%，其原因可能是 2008 年施入土壤的有机肥已腐熟彻底，释放出钾素。20～40cm 土层 M_{225} 处理和 M_{150} 处理均小于 CK_0，其原因可能是与作物生长状况和钾素吸收程度有关。从两年的试验结果来看，

0～40cm 土层 M_{225} 处理和 M_{150} 处理的土壤全钾含量增加不显著，随施有机肥的增加而减少。

（2）土壤速效养分的变化

a. 土壤碱解氮的变化

碱解氮能够灵敏地反映土壤氮素动态和供氮水平，其在土壤中的含量与后作产量和吸氮量高度相关。对玉米地耕层碱解氮含量研究表明（表 1-16），种植玉米后，秸秆还田和施有机肥处理的土壤碱解氮含量绝大部分高于 CK_0 的土壤碱解氮含量，说明秸秆还田和施有机肥可提高土壤的碱解氮含量。0～20cm 土层的土壤碱解氮含量随秸秆还田量的增加而升高，随施有机肥量的增加而升高；20～40cm 的土壤碱解氮含量随施秸秆还田量的增加而降低，随施有机肥量的增加而升高。

表 1-16　有机培肥对土壤碱解氮含量的影响　（单位：mg/kg）

土层深度	处理	2008 年	2009 年
0～20cm	S_{135}	53.961aA	75.960aA
	S_{90}	49.900dC	70.454bB
	M_{225}	52.012bB	71.094bAB
	M_{150}	51.373cB	70.560bB
	CK_0	49.629dC	63.397cC
20～40cm	S_{135}	38.616cB	43.455aAB
	S_{90}	47.261aA	46.086aA
	M_{225}	44.189bA	44.109aAB
	M_{150}	33.590dC	39.443bB
	CK_0	36.580cdBC	38.678cC

秸秆还田处理 0～20cm 土层，2008 年 S_{135} 处理和 S_{90} 处理的土壤碱解氮含量比对照 CK_0 分别提高了 8.73%和 0.55%；2009 年 S_{135} 处理和 S_{90} 处理的土壤碱解氮含量比对照 CK_0 分别提高了 19.82%和 11.13%。20～40cm 土层，2008 年 S_{135} 处理和 S_{90} 处理的土壤碱解氮含量比对照 CK_0 分别提高了 5.57%和 29.20%；2009 年 S_{135} 处理和 S_{90} 处理的土壤碱解氮含量比对照 CK_0 分别提高了 29.03%和 36.84%。其原因可能是由于秸秆还田第一年中的秸秆有小部分没有完全分解而累积到第二年分解，经过两年秸秆的积累，S_{135} 处理的土壤中的秸秆量远大于 S_{90} 处理的土壤中的秸秆量，S_{135} 处理的土壤中的微生物在分解秸秆过程中从土壤吸取的速效氮远多于 S_{90} 处理，从而导致土壤碱解氮含量随秸秆还田量的减少而增加。从两年的试验结果来看，经过秸秆还田处理，0～40cm 土层的土壤碱解氮含量增加显著。

施有机肥处理 0～20cm 土层，2008 年 M_{225} 处理和 M_{150} 处理的土壤碱解氮含量比对照 CK_0 分别提高 4.80%和 3.51%；2009 年 M_{225} 处理和 M_{150} 处理的土壤碱解氮含量比 CK_0 分别提高了 12.14%和 11.30%。20～40cm 土层，2008 年 M_{225} 处理的土壤碱解氮含量比对照 CK_0 显著提高了 20.80%；2009 年 M_{225} 处理和 M_{150} 处理比 CK_0 分别提高了 14.04%和 1.98%，从两年的试验结果来看，0～40cm 土层的土壤碱解氮含量有所升高，碱解氮含量随有机肥施用量的增加而增加。

b. 土壤速效钾的变化

对玉米地耕层速效钾含量研究表明（表 1-17），不同处理不同土壤层次的速效钾含量差异显著，以 0～20cm 土层的速效钾含量最高。2008 年土壤速效钾含量随秸秆还田量、施有机肥量的增加而增加；2009 年土壤速效钾含量随秸秆还田量、施有机肥量的增加而减少。

表 1-17　有机培肥对土壤速效钾含量的影响　（单位：mg/kg）

土层深度	处理	2008 年	2009 年
0～20cm	S_{135}	119.772aA	123.711bBC
	S_{90}	116.134bA	141.618aA
	M_{225}	109.023cB	132.469abAB
	M_{150}	105.390dB	135.829aAB
	CK_0	86.265eC	110.012cC
20～40cm	S_{135}	96.979aA	93.988aA
	S_{90}	95.191aA	96.108aA
	M_{225}	88.912bB	96.182aA
	M_{150}	76.700cC	96.207aA
	CK_0	65.390dD	89.412aA

秸秆还田处理 0～20cm 土层，2008 年 S_{135} 处理和 S_{90} 处理的土壤速效钾含量比对照 CK_0 分别提高了 38.84%和 34.62%；2009 年 S_{135} 处理和 S_{90} 处理的土壤速效钾含量比对照 CK_0 分别提高了 12.45%和 28.73%。20～40cm 土层，2008 年 S_{135} 处理和 S_{90} 处理的土壤速效钾含量比对照 CK_0 分别提高了 48.31%和 45.57%；2009 年 S_{135} 处理和 S_{90} 处理的土壤速效钾含量比对照 CK_0 分别提高了 5.12%和 7.49%。从两年的试验结果来看，经过秸秆还田处理，0～40cm 土层的土壤速效钾含量增加显著。

施有机肥处理 0～20cm 土层，2008 年 M_{225} 处理和 M_{150} 处理的土壤速效钾含量比对照 CK_0 分别提高了 26.38%和 22.17%；2009 年 M_{225} 处理和 M_{150} 处理的土壤速效钾含量比对照 CK_0 分别提高了 20.41%和 23.47%。20～40cm 土层，2008 年 M_{225} 处理和 M_{150} 处理的土壤速效钾含量比对照 CK_0 分别提高了 35.97%和 17.30%；2009 年 M_{225} 处理和 M_{150} 处理的土壤速效钾含量比对照 CK_0 分别提高了 7.57%和 7.60%。从两年的试验结果来看，0～20cm 土层的土壤速效钾含量有所升高，M_{150} 处理上升幅度显著；20～40cm 土层土壤速效钾含量无显著变化。

7. 有机培肥对土壤酶活性的影响

土壤酶是土壤中最活跃的部分，参与土壤腐殖质的形成与分解，参与土壤中碳、氮、磷、硫等营养元素的循环，驱动土壤中各种物质的生物化学反应，在不利于作物生长的逆境条件下调节土壤养分转化。

（1）对土壤碱性磷酸酶活性的影响

碱性磷酸酶对土壤磷素的有效性具有重要的作用，加速有机磷的脱磷速度，与有效磷含量呈正相关，其活性是评价土壤磷素生物转化方向与强度的指标。对有机培肥下玉米地耕层碱性磷酸酶活性变化分析表明（表 1-18），土壤碱性磷酸酶活性随秸秆还田量、施有机肥量的减少而增加。

表 1-18　2009 年有机培肥对土壤碱性磷酸酶含量的影响

［单位：酚 mg/（g·24h·37℃）］

处理	土层深度		
	0～20cm	20～40cm	40～60cm
S_{135}	1.238aA	0.583abAB	0.510aA
S_{90}	1.264aA	0.742aA	0.427bA
M_{225}	0.691cB	0.604aAB	0.271cB
M_{150}	0.850bB	0.654aAB	0.320cB
CK_0	0.815bcB	0.409bB	0.282cB

0～20cm 土层各处理与对照 CK_0 间差异均达到显著水平（$P<0.05$），S_{135}、S_{90} 和 M_{150} 处理的土壤碱性磷酸酶含量比对照 CK_0 分别提高了 51.90%、55.09%、4.29%，其中 S_{90} 处理的土壤碱性磷酸酶活性最高，M_{225} 处理小于 CK_0，其原因可能与微生物的活动有关。20～40cm 土层各处理与对照 CK_0 间差异显著（$P<0.05$），S_{135}、S_{90}、M_{225} 和 M_{150} 处理的土壤碱性磷酸酶含量比对照 CK_0 分别提高了 42.54%、81.42%、47.68%、59.90%。40～60cm 土层 S_{135} 和 S_{90} 处理的土壤碱性磷酸酶含量与对照 CK_0 差异显著（$P<0.05$），M_{225} 和 M_{150} 处理与对照 CK_0 差异不显著，S_{135}、S_{90} 和 M_{150} 处理的土壤碱性磷酸酶含量比对照 CK_0 分别提高了 80.85%、51.42%、13.48%。这说明通过有机培肥提高了土壤碱性磷酸酶含量，秸秆还田作用显著。

（2）对土壤蔗糖酶活性的影响

蔗糖酶又叫转化酶，它与土壤微生物数量及土壤呼吸强度等有关，对增加土壤中易溶性营养物质起着重要作用，是反映土壤肥力水平的一个重要指标。对有机培肥下玉米地耕层蔗糖酶活性变化分析表明（表 1-19），各培肥处理蔗糖酶活性均高于对照，且活性随秸秆还田量、施有机肥量的增加而增加。

表 1-19　2009 年有机培肥对土壤蔗糖酶含量的影响

［单位：葡萄糖 mg/（g·24h·37℃）］

处理	土层深度		
	0～20cm	20～40cm	40～60cm
S_{135}	18.229abA	7.462abAB	2.553aA
S_{90}	17.307bcAB	6.818bcAB	3.095aA
M_{225}	18.706aA	8.427aA	1.873bcAB
M_{150}	18.274abA	6.217cB	1.317cB
CK_0	16.283cB	6.341bcB	2.341abAB

0～20cm 土层各处理与对照 CK_0 间差异均达到显著水平（$P<0.05$），S_{135}、S_{90}、M_{225} 和 M_{150} 处理的土壤蔗糖酶含量比对照 CK_0 分别提高了 11.95%、6.29%、14.88%、

12.23%。其中 S_{135} 处理的土壤蔗糖酶活性较高，其原因可能与施 C/N 值高的秸秆，其高的含碳量为蔗糖酶提供了更多的酶促基质，提高了酶活性，从而加快了有机质的转化有关（蒋和等，1990）。20～40cm 土层 M_{225} 处理与对照 CK_0 间差异显著（$P>0.05$），S_{135} 处理、S_{90} 处理和 M_{225} 处理的土壤蔗糖酶含量比对照 CK_0 分别提高了 17.68%、7.52%、32.90%。40～60cm 土层 S_{135} 和 S_{90} 处理的土壤蔗糖酶含量与对照 CK_0 差异不显著，S_{135} 和 S_{90} 处理的土壤蔗糖酶含量比对照 CK_0 提高了 9.06%、32.21%，M_{225} 和 M_{150} 处理均小于 CK_0，其原因可能与作物的生长状况有关。这说明通过有机培肥提高了土壤蔗糖酶含量。

（3）对土壤过氧化氢酶活性的影响

过氧化氢酶是参与土壤中物质和能量转化的一种重要氧化还原酶，在一定程度上可以表现土壤生物氧化过程的强弱（陈华癸和樊庆笙，1980）。对有机培肥下各层土壤过氧化氢酶活性变化分析表明（表 1-20），各施肥处理 0～20cm 土层的土壤过氧化氢酶含量均低于对照 CK_0；20～60cm 土层各处理均高于对照 CK_0，土壤过氧化氢酶含量随土壤土层的加深而增加，随秸秆还田量的增加而增加，随施有机肥量的增加减少，各处理间差异并不显著。

表 1-20　2009 年有机培肥对土壤过氧化氢酶含量的影响

［单位：(0.1mol/L $KMnO_4$ ml)/(g · 20min · 37℃)］

处理	土层深度		
	0～20cm	20～40cm	40～60cm
S_{135}	5.636aA	5.758aA	5.848aA
S_{90}	5.628aA	5.688abA	5.807aAB
M_{225}	5.459bB	5.716abA	5.828aAB
M_{150}	5.610aA	5.743abA	5.831aAB
CK_0	5.668aA	5.673bA	5.727bB

0～20cm 土层各处理土壤过氧化氢酶含量与对照 CK_0 间差异不显著，均小于 CK_0。S_{135} 处理比 S_{90} 处理提高了 0.14%、M_{150} 处理比 M_{225} 提高了 2.77%。20～40cm 土层 S_{135} 处理过氧化氢酶含量较 CK_0 差异显著（$P<0.05$），各处理间无显著差异，S_{135}、S_{90}、M_{225} 和 M_{150} 处理较 CK_0 分别提高了 1.50%、0.26%、0.76%、1.23%。40～60cm 土层各处理间土壤过氧化氢酶含量差异不显著，S_{135}、S_{90}、M_{225} 和 M_{150} 处理较对照 CK_0 分别提高了 2.11%、1.40%、1.76%、1.82%。这说明通过有机培肥提高了深层土壤的过氧化氢酶含量。

（三）结论与讨论

1. 有机培肥对作物产量及水分利用效率的影响

翁定河（2007）研究表明：连年施用有机肥，可促进果蔬玉米生长，提高产量。宋日等（2002）研究认为，有机、无机肥料配合施用可提高玉米产量。有关资料表明：许多秸秆还田地区，一般情况下，当年粮食增产达 10%左右，连续三年还田的，低产田可增产 20%～30%，高产田可增产 10%～15%（方日尧等，2003）。

本试验进一步证明有机培肥有极显著的增产作用，且表现出产量随着秸秆还田量的减少而增加，随施有机肥量的增加而增加，施肥处理与对照的产量差异显著。三年的试验结果表明秸秆还田处理的产量比对照提高了 5.93%～35.05%，提高玉米水分利用效率 2.20%～34.09%；施加有机肥处理的产量比对照提高了 40.85%～72.21%，提高水分利用效率 34.24%～66.32%。有机培肥之所以能增加作物产量和水分利用效率，是由于秸秆还田能改善土壤物理性状（杜茜，1999；刘杏兰等，1996），增加土壤有机质含量（高峻岭等，2008），提高土壤脲酶和蔗糖酶的活性（邓婵娟，2008），提高土壤的蓄水保墒能力，从而形成较高产量。

2. 有机培肥对土壤水分的影响

王生录等（1996）研究发现，旱地施用有机肥具有明显的蓄水保墒效果。左玉萍和贾志宽（2004）研究表明：秸秆在分解过程中可以释放出水分，从而提高土壤含水量，并使之在较长时间内保持稳定。加入秸秆组的土壤含水量在第 50 天比对照组高出 5.41%，说明秸秆还田的保水、增墒作用非常显著。

本试验研究表明：玉米拔节期各处理在 0～80cm 土壤含水量均高于对照，这一结果表明增施有机培肥对涵养土壤水分有良好的作用。2008 年玉米大喇叭口期、抽穗期和灌浆期，有机培肥各处理 0～200cm 土层土壤含水量较对照增幅为 0.31%～20.64%；收获期有机培肥各处理 0～100cm 低于对照，降幅为 1.46%～18.52%；2009 年在玉米大喇叭口期、抽穗期、灌浆期和收获期，秸秆还田量 13 500kg/hm^2 和 9000kg/hm^{2}处理 0～100cm 土层土壤含水量较对照高 0.55%～16.85%，有机肥施用量 22 500kg/hm^2 和 15 000kg/hm^2 处理 0～200cm 土层土壤含水量均低于对照，降幅为 0.13%～50.50%。原因可能是由于 2008 年降雨较少，有机培肥各处理的蓄水保墒能力强，相比对照土壤含水量较高。2009 年降雨多，还田的秸秆已彻底腐熟，增加了土壤的蓄水保墒能力；秸秆还田处理的产量和生物量都比有机肥处理的低，耗水量相对较少。有机肥处理的玉米生物量高，产生相对大的叶面蒸腾，耗水量较对照增加，使得培肥处理土层土壤含水量逐渐低于对照。

3. 有机培肥对土壤容重和团聚体的影响

韩秉进等（2004）通过多年定位观测试验研究表明，连年施用有机肥能明显地降低土壤容重。宫亮等（2008）研究表明：玉米秸秆还田可降低土壤容重，提高土壤田间持水量和土壤孔隙度。相关研究也表明：连续进行秸秆还田能改善土壤结构、通气孔隙和增加大粒径微团聚体，耕层土壤较为疏松（吴菲，2005）。

本试验中连续两年对玉米地土壤物理性状的研究表明：有机培肥均使土壤容重低于对照，年际间差异相对较小。土壤容重随秸秆还田量和有机肥用量的增加而减少，各培肥处理之间无明显差异。2008 年 0～40cm 土壤容重各培肥处理均低于对照，降幅为 0.74%～3.65%；2009 年降幅为 0.75%～3.73%。大于 0.25mm 的土壤水稳性团聚体含量随秸秆还田和有机肥施用量的增加而增加。2009 年 0～30cm 土层秸秆还田量

13 500kg/hm^{2}和9000kg/hm^{2}处理、有机肥施用量22 500kg/hm^{2}和15 000kg/hm^{2}处理大于0.25mm的土壤水稳性团粒含量均高于对照，0～10cm土层增幅为9.49%～10.26%，10～20cm土层增幅为19.25%～30.96%，20～30cm土层增幅为34.16%～93.79%，表现出随秸秆还田和有机肥施用量的增加，大于0.25mm的土壤水稳性团聚体含量增加。本试验与前人研究结果一致。

4. 有机培肥对土壤养分的影响

洪春来等（2003）进行秸秆全量直接还田两年的定点试验结果表明，秸秆全量还田配合常规施肥提高了土壤肥力，其有机质含量由4.23%提高到4.38%，速效钾增加36.1%。李月华等（2005）研究表明：随秸秆直接还田年份的增加，土壤有机质、碱解氮、速效磷和速效钾含量均明显提高。吴光磊（2008）研究发现：增施有机肥可显著提高土壤有机质、全氮、全磷、碱解氮、速效磷、速效钾的含量。相关研究也表明，施用有机肥可提高土壤肥力，长期施用有机肥有利于土壤各种养分的增加（王改兰等，2006）。

本试验研究表明：有机培肥可以显著提高土壤有机质含量。两年有机培肥各处理0～40cm土层有机质含量均显著高于对照：0～20cm土层增幅为3.85%～9.85%，20～40cm土层增幅为0.86%～13.80%；有机培肥对土壤全氮含量的作用不太显著，各处理0～20cm土层全氮含量较对照提高1.13%～7.18%，20～40cm土层较对照提高0.39%～10.74%；有机培肥明显增加土壤全磷的含量。各处理0～20cm土层土壤全磷含量较对照提高2.75%～5.26%，20～40cm土层较对照提高2.11%～16.70%；两年的土壤有机培肥使各处理的全钾含量有了明显的提高，0～20cm土层全钾含量较对照增幅为7.88%～19.88%，20～40cm土层增幅为2.86%～10.92%；0～40cm土层有机培肥各处理碱解氮含量均显著高于对照，且随秸秆还田量和有机肥施用量的增加而增加。有机培肥各处理0～20cm土层的碱解氮含量较对照增加0.55%～19.82%，20～40cm土层较对照增加1.98%～36.84%；与对照相比，有机培肥各处理土壤速效钾含量也明显增加，0～20cm土层增幅为12.45%～38.84%，20～40cm土层增幅为5.12%～48.31%。本试验与前人研究结果一致。

5. 有机培肥对土壤酶活性的影响

金海洋等（2006）研究发现，秸秆直接还田后，土壤纤维素酶、转化酶、脲酶和多酚氧化酶活性增强，土壤肥力升高。邓婵娟（2008）研究认为有机肥、无机肥混施能显著提高土壤脲酶、蔗糖酶和淀粉酶的活性，是因为有机肥的施用增加了土壤中碳、氮含量，为微生物带来大量的碳源和氮源，对土壤中有益微生物的生长发育产生了良好的促进作用，进而极大地提高了土壤生物活性。

本试验研究表明：有机培肥能明显增强土壤碱性磷酸酶和蔗糖酶的活性，有机培肥各处理0～60cm土层土壤碱性磷酸酶活性均高于对照，增幅为4.29%～81.42%，秸秆还田处理尤为显著；与对照相比，有机培肥各处理使0～60cm土壤蔗糖酶活性也明显增加，增幅为6.29%～32.90%，这一结论与前人研究一致。

长期施肥不能增强耕层土壤中过氧化氢酶的活性。0～20cm土层各处理土壤过氧化

氢酶含量与对照 CK_0 间差异不显著，均略低于 CK_0，20～60cm 土层有机培肥各处理均高于对照，增幅为 0.26%～2.11%。具体问题还需深入分析研究才能得出最终结论。

二、有机培肥对冬小麦产量及土壤理化性状的影响

（一）试验设计

试验采用随机区组设计，秸秆还田量设两个水平，分别为 9000kg/hm^2（S_{90}）和 6000kg/hm^2（S_{60}）；厩肥施用量设两个水平，分别为 22 500kg/hm^2（M_{225}）和 11 250kg/hm^2（M_{112}）；不施肥（CK）作为对照，共有 5 个处理，3 次重复。在每年冬小麦收后秸秆粉碎翻耕施入。供试小麦品种为晋麦 47，每年 9 月下旬播种，各处理基施化肥纯氮 150kg/hm^2、P_2O_5 120kg/hm^2、K_2O 90kg/hm^2，第二年 6 月中旬收获。试验期间冬小麦生育期降雨量见表 1-21，供试土壤、厩肥及小麦秸秆的养分含量见表 1-22。

表 1-21　2007～2009 年冬小麦生育期降雨量　（单位：mm）

年份	9月	10月	11月	12月	1月	2月	3月	4月	5月	6月	总计
2007～2008	28.7	48.3	1.6	9.5	29.1	8.3	13	31.7	23.5	11.9	205.6
2008～2009	55.7	15	0	0	0	25.2	18.6	14.9	145.7	16.3	291.4

表 1-22　供试土壤、厩肥及小麦秸秆的养分含量

养分种类	试验地基础养分			培肥物质	
	0～20cm	20～40cm	40～60cm	小麦秸秆	厩肥
有机质/(g/kg)	14.037	14.598	8.253	669.146	579.582
全氮/(g/kg)	0.686	0.550	0.440	9.830	17.264
全磷/(g/kg)	0.656	0.540	0.371	0.371	7.688
全钾/(g/kg)	9.342	10.173	10.808	37.807	25.171
碱解氮/(mg/kg)	54.106	36.632	27.879	—	—
速效磷/(g/kg)	—	—	—	0.120	1.831
速效钾/(g/kg)	—	—	—	14.958	0.963

测定项目与方法：①测定作物主要生育期 0～200cm 土壤含水量（每 20cm 测定一个样品），3 个重复，土钻取样，土样在 105℃条件下烘 12h，烘干法测定土壤含水量。②测定作物播种前与收获后土壤养分 0～60cm 含量的变化，主要按照土壤农化分析（鲍士旦，2000）进行测定。有机质的测定：重铬酸钾-浓硫酸外加热法；碱解氮的测定：碱解扩散法；速效磷的测定：碳酸氢钠浸提，紫外分光光度计测定；速效钾的测定：乙酸铵浸提，火焰光度法；全氮的测定：全自动凯氏定氮仪测定；全磷的测定：NaOH 熔融-钼锑抗比色法；全钾的测定：NaOH 熔融-火焰光度计法。③通过测定播种前与收获后土壤酶 0～60cm 的活性，每 20cm 测定一个样品，探究与有机培肥各处理之间的内在关系。通过以下方法对土壤酶进行测定。脲酶：靛酚蓝比色法（关松荫，1986）；碱性磷酸酶：磷酸苯二钠比色法（赵兰波和姜岩，1986）；过氧化氢酶：重铬酸钾滴定法（关松荫，1986）；蔗糖酶：3,5-二硝基水杨酸比色法（关松荫，1986）。④收

获后采用环刀法测量土壤容重，此方法原理为利用一定体积的环刀切割未搅动自然状态的土样，使土样充满其中，称量后计算单位体积的烘干土重，取 0～60cm 的土层，每 20cm 取样。试验在 3 个重复每个处理中各取一个样，环刀的体积为 $100cm^3$，结果公式：

$$d = g \cdot 100/[V \cdot (100 + W)]$$

式中，d 为土壤容重（g/cm^3）；g 为环刀内湿土重（g）；V 为环刀容积（cm^3）；W 为样品含水量（%）。⑤作物收获后测定团粒结构，研究有机培肥对土壤结构的影响。采用约德文法（刘孝义，1982）取 0～40cm 的土层，每 10cm 取样一次，将原状土壤样品用手轻轻的沿土壤结构的自然剖面切成 1cm 左右的土壤颗粒，风干后保存用于团聚体测定。将风干样品分别过 5mm 和 2mm 的干筛，将这部分样品分成 3 份，再按比例配成 200g 混合样，分别做干法、湿法。⑥机械稳定性团聚体测定：分别用配好的样品于（5mm、2mm、1mm、0.25mm）套筛中，经 300r/min 振荡 2min 后，过筛的各级团聚体称重记录。主要分析 0.25～1mm 团聚体，计算各级团聚体百分含量。土壤风干团聚体的平均重量直径（mean weight diameter，MWD）可以进一步反映土壤结构的整体分布状况。

$$\mathrm{MWD} = \sum_{i=1}^{n} X_i W_i$$

式中，MWD 为团聚体平均重量直径（mm）；$i=1, 2, 3, \cdots, n$ 为团聚体所筛分的级别；X_i 为筛分出来的某一级别团聚体的平均直径（mm）；W_i 为该级别团聚体的相应重量占土壤样品干重的百分数（%）。⑦水稳性土壤团聚体测定：将样品放置于孔径自上而下为 5mm、2mm、1mm、0.5mm、0.25mm 的各级套筛之上，先用水缓慢湿润后，再放入水中；在整个套筛处于最下端时，最顶层筛的上边缘保持低于水面，以每分钟 30 次的频率上下移动 50 次；从各级筛层将土粒分别转移至铝盒当中，去除水分烘干称重，最后计算得到各级团聚体的质量百分比。土壤水稳性团聚体的平均重量直径（MWD）的计算：

$$\mathrm{MWD} = \sum_{i=1}^{n} X_i \mathrm{WSA}_i$$

式中，MWD 为团聚体平均重量直径（mm）；X_i 为筛分出来的某一级别团聚体的平均直径（mm）；WSA_i 为该级别团聚体的重量百分含量（%）。⑧通过烘干法测定作物主要生育期地上部分干物质量，分析研究各处理之间差异性变化。⑨通过测定产量与水分利用效率，判定有机培肥、水分、产量三者之间的关系。每次测产都是以供试作物收获时各处理实收计产（kg/hm^2）。

$$W = h \times a \times b \times 10/100$$

式中，W 为土壤贮水量（mm）；h 为土层深度（cm）；a 为土壤容重（g/cm^3）；b 为土壤含水量（%）。

$$\mathrm{ETa} = W_1 - W_2 + P$$

式中，ETa 为土壤耗水量（mm）；W_1 为播前土贮水量（mm）；W_2 为收获后的贮水量（mm）；P 为生育期有效降水量（mm），式中土壤贮水量及耗水量均以 2m 土层含水量计算。

$$\mathrm{WUE} = Y/\mathrm{ETa}$$

式中，WUE 为水分利用效率[$kg/(mm \cdot hm^2)$]；Y 为作物籽粒产量（kg/hm^2）。

本试验所有数据均用 Excel 进行数据处理、绘制图表。统计方法：采用 SAS 8.1 软件专业版进行数据分析，对测定结果进行 F 检验，并用 Duncan 法进行多重比较。

（二）结果与分析

1. 有机培肥对土壤水分空间动态变化的影响

图 1-14 为 2007～2008 年、2008～2009 年冬小麦主要生育阶段土壤剖面含水量图，其特点为不同时期土壤剖面含水量变化趋势不同，但各处理 0～200cm 土层土壤剖面含水量均在 140cm 处有一个峰值。

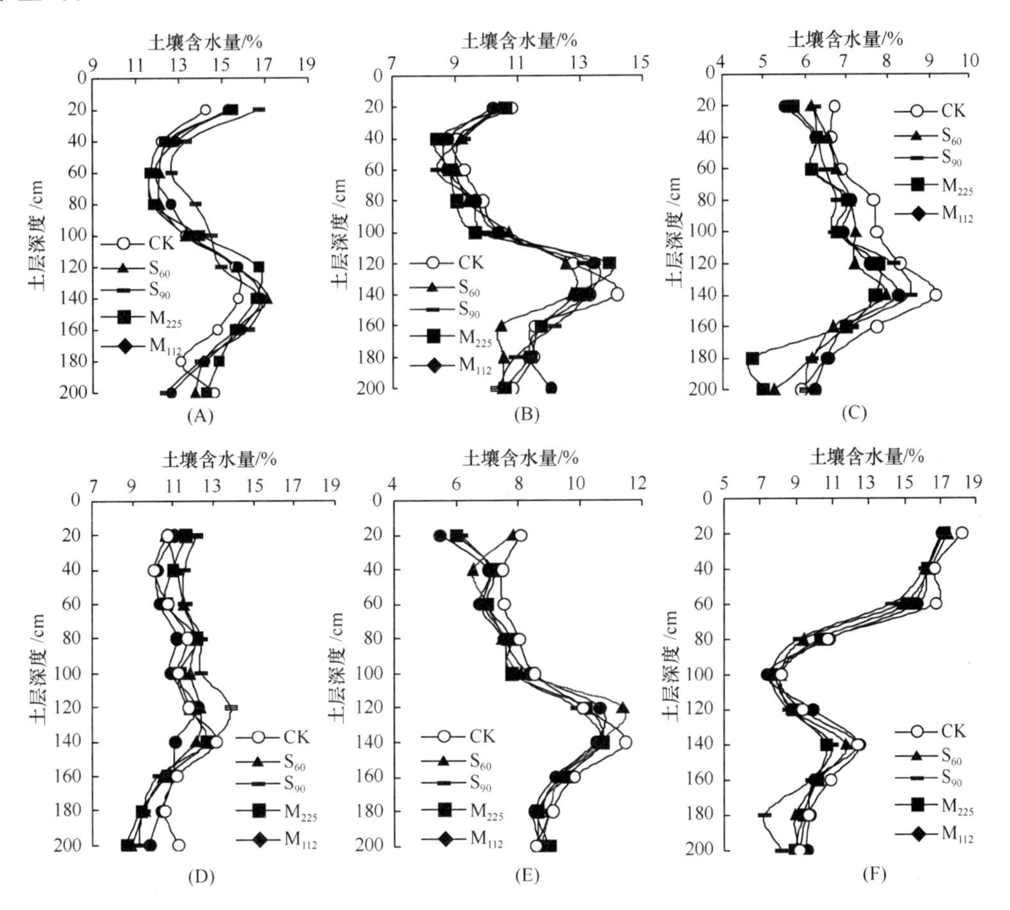

图 1-14 有机培肥对冬小麦主要生育阶段 0～200cm 土壤水分动态变化的影响

（A）拔节期（2008 年 4 月 14 日）；（B）灌浆期（2008 年 5 月 14 日）；（C）收获期（2008 年 6 月 15 日）；（D）拔节期（2009 年 3 月 31 日）；（E）灌浆期（2009 年 5 月 7 日）；（F）收获期（2009 年 6 月 10 日）

2007～2008 年从拔节期到收获后，降雨量仅为 58.4mm，土壤中的水分得不到降雨入渗的补充，作物不断利用土壤中的水分，导致土壤含水量不断下降。0～200cm 土层土壤含水量平均值由拔节期的 13%～14%，降低到灌浆期的 10%～11%，再到成熟期的 6%～7%。2008～2009 年拔节期 0～120cm 土层土壤含水量平均值 11%～13%，灌浆期降低到 7%～9%。2009 年灌浆期与收获期间有 162mm 的降雨，使得收获后 0～

100cm土层土壤含水量增加了6%，而100～200cm土壤含水量与拔节期和灌浆期相比，变化不大，为9%～10%。

拔节期各有机培肥处理0～120cm土层土壤含水量均高于对照。S_{90}和S_{60}处理0～120cm土层2年土壤含水量平均值分别较对照高1.17%和1.29%，2007～2008年S_{60}、M_{225}和M_{112}处理与对照差异不明显，2008～2009年S_{60}处理较对照高0.58%，M_{225}和M_{112}处理0～120cm土层土壤含水量与对照差异不明显。

2007～2008年拔节期到灌浆期降雨量达46.5mm，土壤水分得到降雨入渗的补充，使得灌浆期［图1-14（B）］各处理间差异不明显。随着生育进程的推进，冬小麦进入生殖生长阶段，耗水急剧增加，农田蒸散转变为以作物蒸腾为主，植株蒸腾占耗水量的90%以上。由于有机培肥处理冬小麦生物量高，产生相对大的叶面蒸腾，耗水量随之增加，使得培肥处理0～200cm土层土壤含水量逐渐低于对照。2008～2009年冬小麦灌浆期［图1-14（E）］S_{90}、S_{60}、M_{225}和M_{112}处理0～80cm土层土壤平均土壤含水量分别为6.93%、7.22%、6.9%和6.99%，80～200cm土层土壤平均含水量分别为9.16%、9.53%、9.30%和9.32%，均低于对照，但处理间差异不明显。

2007～2008年收获后［图1-14（C）］，S_{90}和S_{60}处理0～200cm土层平均土壤含水量分别为6.83%和6.70%，分别较对照低0.48%和0.68%；M_{225}和M_{112}处理分别为6.40%和6.75%，分别较对照低0.92%和0.57%，且均达到显著水平。2008～2009年灌浆期与收获期间有162mm的降雨，使得收获后［图1-14（F）］0～100cm土层土壤含水量增加了6%，而100～200cm土壤含水量与拔节期和灌浆期相比，变化不大，为9%～10%，S_{90}和S_{60}处理0～200cm土层土壤含水量均值分别为11.20%和11.44%，均低于对照；M_{225}和M_{112}处理分别为11.45%和11.85%，分别较对照低0.69%和0.29%。

2. 有机培肥对土壤物理性状的影响

（1）有机培肥对土壤容重的影响

容重和孔隙度是土壤的重要物理性质。它们与土壤的结构、腐殖质含量及土壤松紧状况有关，同时也影响着土壤中水、肥、气、热等肥力因素的变化与供应状况，因此，在农业生产上是非常重要的土壤物理属性指标。试验结果表明（图1-15），有机培肥引起0～60cm土层土壤容重减小，土壤容重均随秸秆还田量和厩肥施用量的增加而减少，但各培肥处理之间、处理与对照之间差异均未达到显著水平，年际间差异相对较小。这说明短时间内有机培肥对土壤容重不会产生很大的影响。

2008年收获后，0～20cm土层的土壤容重M_{225}处理最低，为1.36g/cm^3，S_{90}、S_{60}、M_{225}和M_{112}处理分别较对照下降2.89%、2.41%、3.87%和2.43%，M_{225}处理较M_{112}低0.83%，S_{90}处理较S_{60}低0.78%，厩肥处理的容重较秸秆还田处理低；20～40cm土层土壤容重S_{90}处理最低，为1.41g/cm^3，各培肥处理分别较对照下降11.68%、8.64%、10.44%和9.14%；40～60cm土层的土壤容重各处理分别比对照下降0.27%～2.46%，M_{225}处理最低，为1.47g/cm^3，厩肥处理的容重较秸秆还田处理低。2009年收获后，S_{90}、M_{225}和M_{112}处理0～20cm土层土壤容重较对照分别减少1.58%、

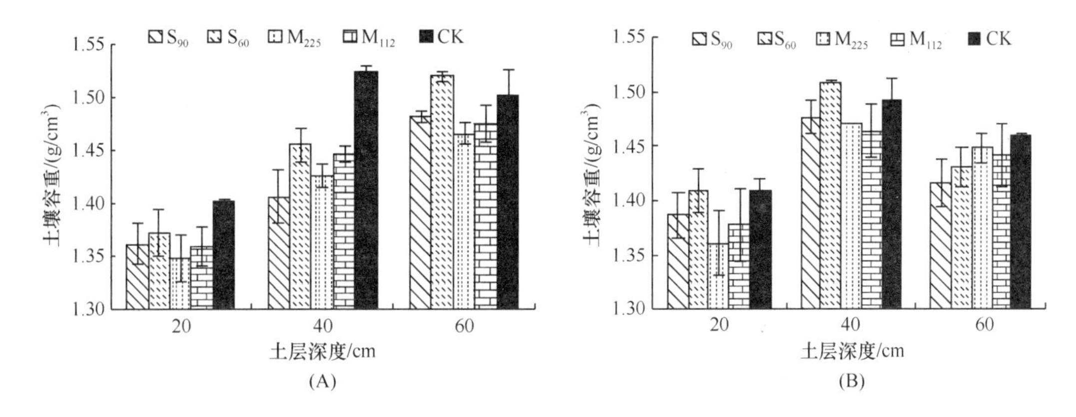

图 1-15　有机培肥对土壤容重的影响

(A) 2008 年；(B) 2009 年

3.40%和 2.20%，20～40cm 土层土壤容重较对照分别减少 1.04%、1.39%和 2.87%，S_{60}处理作用不明显，厩肥处理的土壤容重较秸秆还田处理低；40～60cm 土层 S_{90}、S_{60}、M_{225}和 M_{112}处理较对照下降 0.47%～2.60%，S_{90}处理最低，为 1.42g/cm³。

（2）有机培肥对土壤团粒结构的影响

土壤团聚体既可以保证和协调土壤中的水、肥、气、热，又影响着土壤酶的种类和活性、维持和稳定土壤疏松熟化层，因此它是土壤的重要组成部分。主要根据团聚体的稳定性及其孔隙性来评价土壤的结构质量。所谓团聚体的稳定性，一方面指对机械压力的稳定程度；另一方面主要是指对水的稳定程度。通过干筛法可以获得原状土壤中团聚体的总体数量，这些团聚体包括非水稳性团聚体和水稳性团聚体。

a. 有机培肥对土壤机械稳定性团聚体组成状况的影响

机械稳定性团聚体是指能够抵抗外力破坏的团聚体，常用干筛后团聚体的组成含量来反映。土壤学中将当量粒径为 10～0.25mm 的团聚体称为大团聚体，其含量越高，说明土壤团聚性越好；而小于 0.25mm 的团聚体，是机械稳定性较差的团聚体，这一级别团聚体所占比例越高，表明土壤越分散，它不仅在降雨和灌溉期间会堵塞孔隙，影响水分入渗，易产生地面径流，增加土壤的侵蚀，还容易形成沙尘天气。

表 1-23、表 1-24 为有机培肥处理对不同土层机械稳定性团聚体组成的影响情况。各处理 4 个层次土壤经过干筛后，大于 0.25mm 的土壤团聚体含量均在 75%以上。结果表明，0～10cm 和 10～20cm 土层各有机培肥处理大于 0.25mm 的土壤团聚体含量均高于对照。其中 0～10cm 土层 2008 年 S_{90}、S_{60}、M_{225}和 M_{112}处理较对照增幅分别为 5.17%、1.70%、3.29% 和 2.97%，2009 年各处理分别较对照增幅为 7.20%、9.25%、9.05%和 4.54%；10～20cm 土层 2008 年各处理分别较对照增幅为 6.08%、4.02%、4.47%和 3.72%，2009 年各处理分别较对照增幅为 8.13%、7.09%、4.97%和 5.07%；2008 年 20～40cm 土层有机培肥处理与对照间差异不明显，2009 年 20～30cm 土层 S_{90}、S_{60}、M_{225}和 M_{112}处理大于 0.25mm 的土壤团聚体含量较对照增幅分别为 3.90%、2.51%、4.28% 和 2.10%；30～40cm 土层各处理分别较对照增幅为 4.58%、1.56%、4.04%和 0.23%，表现出随秸秆还田和有机肥施用量的增加，大于

0.25mm 的土壤团聚体含量增加。

表 1-23　2008 年不同土层土壤干筛团聚体百分含量　(%)

土层深度	处理	团聚体粒径						
		>5mm	5～2mm	2～1mm	1～0.5mm	0.5～0.25mm	<0.25mm	>0.25mm
0～10cm	S_{90}	34.49	13.99	12.96	12.94	12.06	14.02	86.44
	S_{60}	35.38	16.21	11.80	10.07	10.11	16.21	83.57
	M_{225}	29.79	15.65	14.58	13.75	11.12	14.91	84.89
	M_{112}	30.68	13.23	14.22	12.02	14.48	15.21	84.63
	CK	34.73	13.78	10.07	11.67	11.94	17.47	82.19
10～20cm	S_{90}	47.52	14.82	11.99	8.29	8.99	8.30	91.61
	S_{60}	50.07	15.01	9.63	7.76	7.36	9.89	89.83
	M_{225}	46.85	13.75	11.21	9.78	8.63	9.62	90.22
	M_{112}	48.34	11.99	11.62	8.71	8.91	10.26	89.57
	CK	49.12	14.34	9.38	7.56	5.96	12.82	86.36
20～30cm	S_{90}	59.09	10.13	8.96	6.23	6.56	8.97	90.97
	S_{60}	63.75	11.50	5.59	5.01	4.93	8.95	90.78
	M_{225}	60.23	11.60	8.02	6.23	5.12	7.89	91.20
	M_{112}	58.20	13.65	6.74	6.31	4.01	10.68	88.91
	CK	65.87	9.29	6.33	4.69	4.35	8.98	90.53
30～40cm	S_{90}	56.33	13.24	9.47	6.86	5.38	8.40	91.28
	S_{60}	65.24	8.75	7.74	4.85	5.36	7.95	91.94
	M_{225}	58.67	10.49	9.83	5.82	6.37	8.62	91.18
	M_{112}	59.01	13.61	7.37	5.59	4.38	9.92	89.96
	CK	59.48	11.69	7.97	5.60	5.55	9.52	90.29

表 1-24　2009 年不同土层土壤干筛团聚体百分含量　(%)

土层深度	处理	团聚体粒径						
		>5mm	5～2mm	2～1mm	1～0.5mm	0.5～0.25mm	<0.25mm	>0.25mm
0～10cm	S_{90}	31.48	13.81	13.55	16.44	10.62	14.41	85.90
	S_{60}	37.40	12.96	11.71	14.90	10.57	13.19	87.54
	M_{225}	28.82	13.10	12.23	19.38	13.85	12.75	87.38
	M_{112}	29.28	13.18	11.75	17.74	11.82	15.74	83.77
	CK	28.15	11.02	10.48	18.51	11.97	19.69	80.13
10～20cm	S_{90}	55.92	13.85	7.65	10.06	5.24	7.26	92.72
	S_{60}	56.94	11.33	6.40	11.85	5.31	9.17	91.83
	M_{225}	44.85	14.92	8.43	13.40	8.41	10.01	90.01
	M_{112}	54.73	10.39	7.92	10.43	6.63	9.87	90.10
	CK	51.68	11.61	6.31	10.38	5.77	14.32	85.75

续表

土层深度	处理	团聚体粒径						
		>5mm	5～2mm	2～1mm	1～0.5mm	0.5～0.25mm	<0.25mm	>0.25mm
20～30cm	S_{90}	58.68	10.70	8.42	9.24	4.88	8.47	91.92
	S_{60}	64.33	10.22	5.02	6.80	4.32	9.84	90.69
	M_{225}	58.75	10.58	8.19	9.10	5.64	7.87	92.26
	M_{112}	60.53	10.37	6.01	7.83	5.59	10.45	90.33
	CK	56.51	10.46	8.45	8.44	4.61	12.02	88.47
30～40cm	S_{90}	61.07	12.18	6.83	8.66	5.25	8.66	93.99
	S_{60}	53.44	12.43	9.39	10.10	5.91	8.54	91.27
	M_{225}	62.80	11.25	6.91	7.95	4.59	6.67	93.50
	M_{112}	55.33	11.07	8.94	9.00	5.74	9.99	90.08
	CK	59.65	10.46	7.54	8.07	4.15	10.84	89.87

土壤机械稳定性团聚体含量随着不同有机肥种类及施肥量的而随之发生变化。从表1-23和图1-16可见，0～20cm土层，S_{90}、S_{60}和M_{225}处理的大于1mm、大于0.5mm和大于0.25mm团聚体的含量均高于对照，S_{90}处理的最高，初步认为有机物质有促进大团聚体形成的作用，而单施化肥对大团聚体的形成不利。从表1-24和图1-17可以看出，在0～20cm土层S_{90}、S_{60}、M_{225}和M_{112}处理大于5mm、大于2mm、大于1mm、大于0.5mm、大于0.25mm的团聚体含量均高于对照，总体来看，秸秆还田处理高于厩肥处理，说明施用有机肥是增加土壤团聚体含量的有效途径。

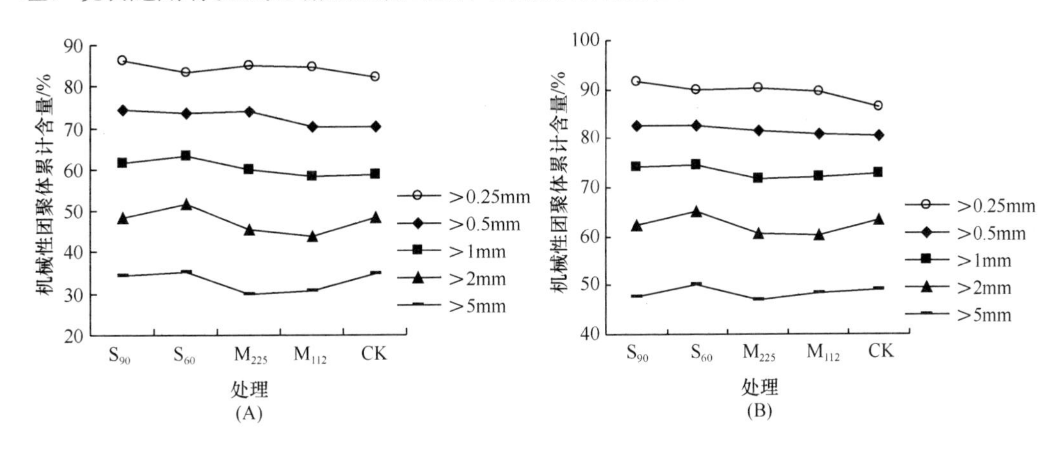

图1-16　2008年不同有机培肥处理各粒级土壤机械性团聚体累积曲线

(A) 0～10cm；(B) 10～20cm

b. 有机培肥对土壤机械团聚体平均重量直径的影响

图1-18结果显示：随土层加深，土壤机械团聚体平均重量直径有增高的趋势。2008年0～10cm土层秸秆还田处理的土壤机械团聚体平均重量直径高于厩肥和对照处理；0～40cm土层平均重量直径均为S_{60}最高，施用厩肥处理平均重量直径均低于对照。2009年有机肥处理的机械稳定性团聚体平均重量直径在0～30cm土层都大于单施化肥

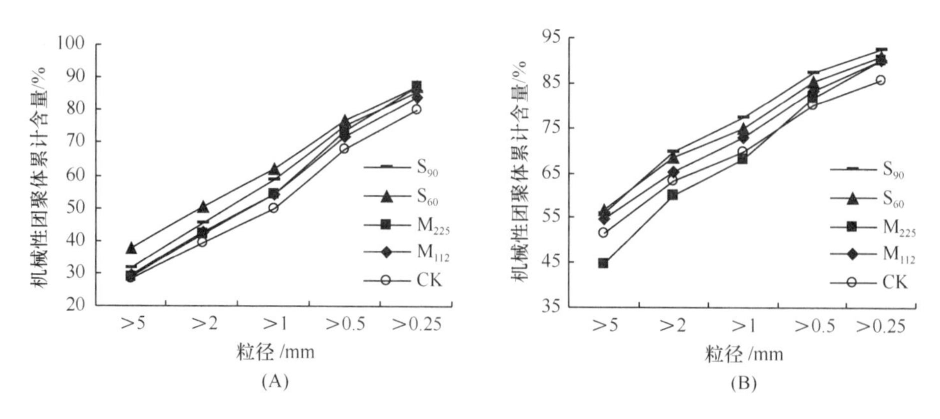

图 1-17　2009 年不同有机培肥处理各粒级土壤机械性团聚体累积曲线

（A）0～10cm；（B）10～20cm

对照，并且秸秆还田处理均高于厩肥处理。0～10cm 土层 S_{90}、S_{60}、M_{225}和 M_{112}处理平均重量直径分别较对照高 12.84%、23.09%、6.06%和 6.33%；10～20cm 土层 S_{90}、S_{60}和 M_{112}处理分别较对照高 8.97%、7.57%和 3.95%。

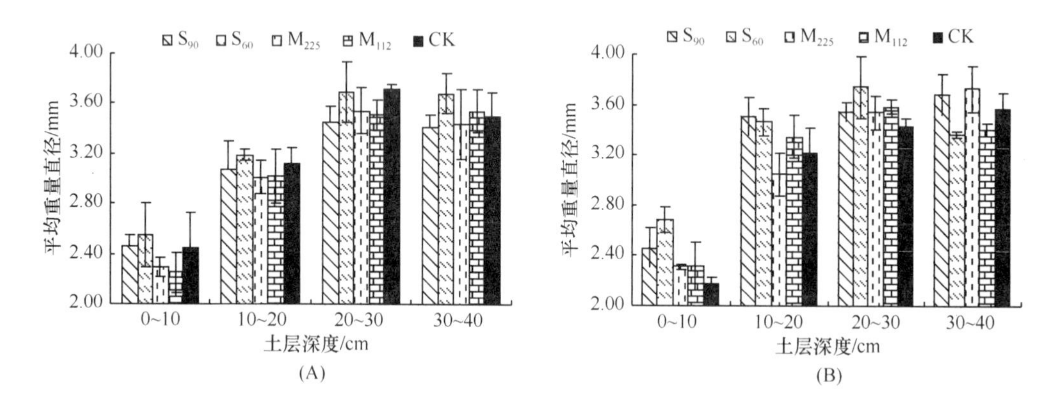

图 1-18　有机培肥对土壤机械稳定性团聚体平均重量直径的影响

（A）2008 年；（B）2009 年

c. 有机培肥对土壤水稳性团聚体组成状况的影响

水稳性团聚体指由性质稳定的胶体胶结团聚而形成的具有抵抗水破坏能力的，在水中浸泡、冲洗而不易崩解的大于 0.25mm 的土壤团粒。通常认为，大于 0.25mm 土壤水稳性团粒含量高低能够更好地反映土壤保持和供应养分能力的强弱，了解水稳性团聚体的组成对探讨土壤肥力、土壤结构变化有着重要的理论和实践意义。由表 1-25 可以看出，经过湿筛后大于 0.25mm 水稳性团聚体明显减少，其中大于 5mm 的水稳性团聚体全部崩解。2008 年 0～20cm 土层有机培肥处理大于 0.25mm 土壤水稳性团粒含量均低于对照；20～30cm 土层 S_{90}、S_{60}、M_{225}和 M_{112}处理较对照增幅分别为 34.73%、29.24%、26.37%和 58.49%；S_{90}处理 30～40cm 土层较对照高 3.3%，其他处理规律不明显。

表 1-25　2008 年、2009 年不同土层土壤湿筛团聚体百分含量　(%)

土层深度	处理	2008 年团聚体粒径					2009 年团聚体粒径				
		5～2mm	2～1mm	1～0.5mm	0.5～0.25mm	>0.25mm	5～2mm	2～1mm	1～0.5mm	0.5～0.25mm	>0.25mm
0～10cm	S_{90}	0.55	0.63	1.36	1.65	4.19	1.47	1.68	2.32	4.86	10.33
	S_{60}	0.38	0.66	1.82	2.15	5.01	1.00	1.60	2.73	3.76	9.09
	M_{225}	0.55	0.68	1.70	2.03	4.96	1.21	1.22	1.83	3.18	7.44
	M_{112}	0.54	0.79	1.86	2.47	5.66	1.06	1.06	1.82	3.49	7.43
	CK	0.41	0.89	2.12	2.31	5.73	1.10	1.08	1.86	3.53	7.57
10～20cm	S_{90}	0.57	0.64	1.75	1.78	4.74	2.37	2.35	2.92	3.57	11.21
	S_{60}	0.48	0.72	1.76	2.37	5.33	1.08	1.06	1.44	2.18	5.76
	M_{225}	0.43	0.58	1.09	1.49	3.59	1.18	1.02	1.44	2.00	5.64
	M_{112}	0.35	0.48	1.11	2.11	4.05	0.77	0.74	0.99	1.72	4.22
	CK	0.49	0.84	2.26	2.31	5.90	1.08	0.90	1.49	2.53	6.00
20～30cm	S_{90}	0.44	1.11	1.70	1.91	5.16	1.84	0.72	1.48	2.66	6.70
	S_{60}	0.52	0.57	1.65	2.21	4.95	1.02	0.72	1.41	2.19	5.34
	M_{225}	0.60	0.61	1.57	2.06	4.84	1.26	1.13	1.18	2.50	6.07
	M_{112}	0.72	1.01	1.99	2.35	6.07	0.73	0.69	1.06	1.88	4.36
	CK	0.53	0.59	1.34	1.37	3.83	0.94	0.71	1.07	1.71	4.43
30～40cm	S_{90}	0.63	0.86	2.15	2.79	6.43	1.10	1.31	2.82	4.88	10.11
	S_{60}	0.41	0.52	1.04	1.49	3.46	0.71	0.51	0.70	1.28	3.20
	M_{225}	0.36	0.41	0.85	1.38	3.00	0.58	0.38	0.59	1.27	2.82
	M_{112}	0.42	0.37	0.83	0.62	2.24	0.62	0.30	0.41	0.73	2.06
	CK	0.39	0.46	0.91	1.37	3.13	0.66	0.40	0.75	1.44	3.25

2009 年 0～10cm 土层 S_{90} 和 S_{60} 处理大于 0.25mm 土壤水稳性团粒含量较对照增幅分别为 36.46%和 20.08%；10～20cm 土层 S_{90} 处理较对照增幅 86.83%；20～30cm 土层 S_{90}、S_{60} 和 M_{225} 处理较对照增幅分别为 51.24%、20.54%和 37.02%；S_{90} 处理 30～40cm 土层较对照高 6.86%，其他处理规律不明显。

d. 有机培肥对土壤水稳性团聚体平均重量直径的影响

从图 1-19 还可以看出，土壤水稳性团聚体平均重量直径随着土壤深度的增加而减小。2008 年，各处理水稳性团聚体平均重量直径无明显的变化规律。2009 年经过一年的培肥处理，各处理水稳性团聚体平均重量直径呈现一定的规律性。S_{90}、S_{60} 和 M_{225} 处理水稳性团聚体的平均重量直径在 0～30cm 土层明显高于对照；0～10cm 土层分别较对照增加 36.94%、14.11%和 5.23%；10～20cm 土层分别增加 57.74%、1.00%和 4.24%；20～30cm 土层分别增加 65.52%、12.47%和 36.65%。

3. 有机培肥对土壤肥力及土壤酶的影响

(1) 有机培肥对土壤肥力的影响

土壤中的主要养分状况是衡量土壤肥力水平的重要指标之一，而且与作物产量有着密切的关系，它们还可以充分反映长期培肥土壤的效果。

a. 土壤有机质

土壤有机质是土壤中最活跃的成分，对肥力因素、水、肥、气、热影响最大，它是土壤养分的源与库，也是评价土壤肥力高低的重要指标之一。有机质含量的增加，不仅

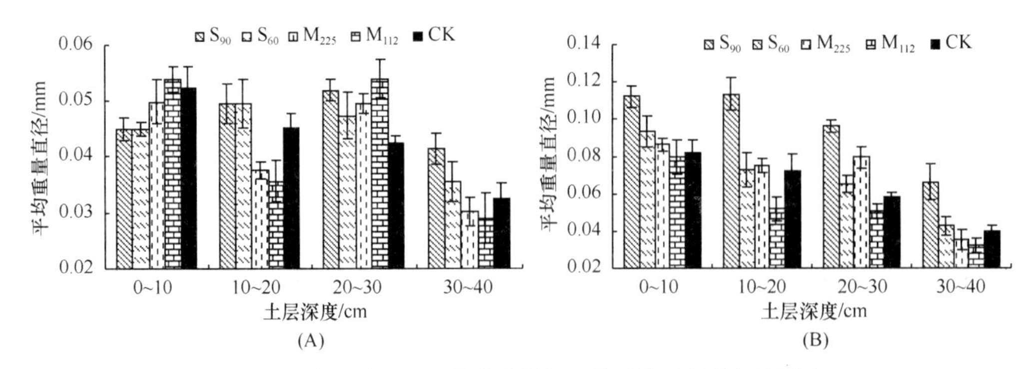

图 1-19　有机培肥对土壤水稳性团聚体平均重量直径的影响

(A) 2008 年；(B) 2009 年

能改善土壤的物理和化学性状，而且在其矿化分解过程中还可以产生有机酸类物质，刺激植物的根系生长发育，同时也可以结合或螯合某些矿质元素而有利于作物吸收利用，达到作物高产稳产的目的（朱平等，2009）。

表 1-26 为 2008 年和 2009 年收获后不同处理不同土层有机质变化情况。由表中数据可以看出：冬小麦收获后土壤有机质含量在土壤的不同层次含量不同，随土层加深明显降低，各处理土壤有机质含量在 0～20cm 土层差异最为明显，20～40cm 次之。收获后各有机培肥处理 0～40cm 土层有机质含量均高于对照，且均表现出有机质含量随秸秆和厩肥施用量的增加而增加，2009 年 0～20cm 土层 S_{90} 处理和 S_{60} 处理的有机质含量较 2008 年有所增加。2008 年 S_{90}、S_{60}、M_{225} 和 M_{112} 处理 0～20cm 土层有机质较对照增幅分别达到 14.80%($P<0.05$)、5.23%、14.46%($P<0.05$)和 13.85%($P<0.05$)；20～40cm 土层各处理有机质含量与对照间差异均达到显著水平，增幅分别为 31.01%、29.95%、33.49%和 26.87%。2009 年 0～40cm 土层 S_{90}、S_{60} 和 M_{225} 处理与对照间差异均达到显著水平，秸秆还田处理有机质含量高于厩肥处理，0～20cm 土层下各培肥处理较对照增幅分别为 14.30%、10.32%和 7.54%，20～40cm 土层增幅分别为 35.15%、35.50%和 21.00%，M_{112} 处理与对照间差异不显著。

表 1-26　有机培肥对土壤有机质含量的影响　　（单位：g/kg）

年份	处理	土层深度	
		0～20cm	20～40cm
2008	S_{90}	16.91±0.66a	11.11±0.58a
	S_{60}	15.50±0.24ab	11.02±0.83a
	M_{225}	16.86±0.52a	11.32±1.04a
	M_{112}	16.77±0.20a	10.76±0.68a
	CK	14.73±0.89b	8.48±0.32b
2009	S_{90}	17.27±0.32a	11.65±1.14a
	S_{60}	16.67±0.60ab	11.68±0.43a
	M_{225}	16.25±0.37ab	10.43±0.30a
	M_{112}	15.82±0.53bc	10.29±0.72ab
	CK	15.11±0.38c	8.62±0.44b

注：表中数值为平均数±标准误，同一列中不同字母表示在 5%水平上差异显著，本节同。

b. 土壤全氮、碱解氮含量变化

表 1-27 为 2008 年和 2009 年收获后不同处理不同土层全氮含量、碱解氮含量变化情况。可以看出：各培肥处理提高土壤全氮含量的效果不明显；在土壤的不同层次，各处理的土壤全氮含量均表现出不同程度的差异性；2009 年 0～20cm 土层的全氮含量高于 2008 年；2009 年秸秆还田处理全氮含量高于厩肥处理，但差异未达到显著水平。2008 年收获后有机培肥处理各土层全氮含量均高于对照，但差异未达到显著水平，不同肥料梯度间及肥料种类间差异也不显著。2009 年收获后 S_{90} 和 S_{60} 处理 0～20cm 土层全氮含量与对照间差异达到显著水平，增幅分别为 10.87％和 17.39％，M_{225} 和 M_{112} 处理与对照间差异不显著；20～40cm 土层，有机培肥对土壤全氮含量的影响并不大，各处理全氮含量与对照相比有所提高，但差异未达到显著水平，高量有机肥与常量有机肥处理土壤全氮含量基本在同一水平，无明显差异。

表 1-27 有机培肥对土壤全氮、碱解氮含量的影响

年份	处理	全氮/(g/kg)		碱解氮/(mg/kg)	
		0～20cm	20～40cm	0～20cm	20～40cm
2008	S_{90}	0.85±0.017a	0.62±0.048ab	58.12±061ab	41.95±1.81a
	S_{60}	0.83±0.01a	0.60±0.03ab	58.11±0.84bc	41.86±1.83a
	M_{225}	0.86±0.03a	0.64±0.03ab	58.30±3.07a	45.22±2.48a
	M_{112}	0.84±0.012a	0.65±0.02a	58.23±1.83ab	41.52±0.85b
	CK	0.82±0.036a	0.57±0.01b	56.93±2.68c	36.58±2.80c
2009	S_{90}	1.02±0.03a	0.76±0.06a	91.27±2.73b	64.12±2.61a
	S_{60}	1.08±0.04a	0.73±0.02a	89.52±2.05bc	54.81±3.80a
	M_{225}	1.03±0.03ab	0.72±0.07a	97.30±2.07a	57.12±2.44a
	M_{112}	0.93±0.11ab	0.63±0.07a	85.82±1.00c	54.58±4.97a
	CK	0.92±0.02b	0.59±0.02a	77.24±1.73d	43.45±1.35b

氮是土壤中最为活跃的大量营养元素之一，碱解氮含量在一定程度上可以反映出土壤氮素的供应强度。表 1-27 结果表明：收获后 0～40cm 土层各有机培肥处理碱解氮含量均高于对照，差异达到显著水平，且均表现出随秸秆和厩肥施用量的增加，碱解氮含量增加；2009 年 0～40cm 土层的碱解氮含量显著高于 2008 年；秸秆还田处理与厩肥处理间差异不显著。2008 年 0～20cm 土层 S_{90}、S_{60}、M_{225} 和 M_{112} 处理与对照间相比，增幅分别为 2.09％、2.07％、2.40％和 2.28％；20～40cm 土层各处理较对照增幅分别为 14.68％、14.44％、23.63％ 和 13.51％。2009 年 0～20cm 土层各处理较对照高 11.10％～25.97％，M_{225} 处理较 M_{112} 高 11.48mg/kg，差异达显著水平；20～40cm 土层各处理较对照增幅为 25.62％～47.58％，各有机肥处理间差异不显著。

c. 土壤全磷、速效磷含量变化

表 1-28 为 2008 年和 2009 年收获后不同处理不同土层全磷、速效磷变化情况。2008 年收获后 0～40cm 各土层中，有机培肥处理对土壤全磷含量的影响并不大，各处理与对照差异不显著。2009 年收获后 S_{90}、S_{60} 和 M_{225} 处理 0～20cm 土层全磷含量与对照间差异达到显著水平，增幅分别为 19.35％、19.35％和 16.13％，M_{112} 处理与对照间

差异不显著；20～40cm 土层，有机培肥对土壤全磷含量的影响并不大，各处理与对照之间差异不显著。

表 1-28　有机培肥对土壤全磷、速效磷含量的影响

年份	处理	全氮/(g/kg)		速效磷/(mg/kg)	
		0～20cm	20～40cm	0～20cm	20～40cm
2008	S_{90}	0.67±0.01a	0.62±0.02a	20.79±0.64ab	9.06±0.81a
	S_{60}	0.67±0.01a	0.53±0.02a	18.13±1.62b	8.46±1.29a
	M_{225}	0.69±0.01a	0.57±0.03a	23.89±1.97a	9.45±1.72a
	M_{112}	0.68±0.02a	0.59±0.02a	21.13±1.15ab	4.46±0.79b
	CK	0.67±0.03a	0.54±0.04a	14.39±0.23c	4.83±0.55b
2009	S_{90}	0.74±0.02a	0.56±0.02a	21.78±0.55a	9.55±0.58a
	S_{60}	0.74±0.02a	0.59±0.03a	18.93±1.69b	8.49±0.89b
	M_{225}	0.72±0.02a	0.55±0.02a	26.87±0.74ab	7.02±0.51bc
	M_{112}	0.65±0.04b	0.54±0.02a	19.73±1.04ab	5.60±0.93cd
	CK	0.62±0.02b	0.52±0.05a	14.83±1.03c	5.15±0.74d

收获后土壤速效磷含量均随土层加深明显降低，各有机培肥处理 0～40cm 土层速效磷含量均高于对照，且均表现出随秸秆和厩肥施用量的增加，速效磷含量增加。2008 年 0～20cm 土层 S_{90}、S_{60}、M_{225} 和 M_{112} 处理与对照间差异均达到显著水平，增幅分别为 44.48%、25.99%、66.02%和 46.84%；20～40cm 土层 S_{90}、S_{60} 和 M_{225} 处理与对照间差异达到显著水平，增幅分别为 87.58%、75.16%和 95.65%，M_{112} 处理与对照间差异不显著。2009 年 0～40cm 土层 S_{90} 和 S_{60} 处理间的差异均达到显著水平。0～20cm 土层 S_{90}、S_{60}、M_{225} 和 M_{112} 处理与对照间差异均达到显著水平，增幅分别为 46.86%、27.65%、81.19%和 33.04%；20～40cm 土层 S_{90}、S_{60}、M_{225} 和 M_{112} 处理较对照增幅分别为 85.44%($P<0.05$)、64.85%($P<0.05$)、36.31%($P<0.05$) 和 8.74%。

d. 土壤全钾、速效钾含量变化

钾在土壤中的移动性较强，作物对钾的需要量也较大。从表 1-29 可以看出，2008 年收获后 0～40cm 各土层中，不同土壤层次的全钾含量差异较小，有机培肥处理对土壤全钾含量的影响不大，各处理与对照间差异均不显著，处理间在不同土壤层次以 S_{90} 处理的全钾含量为最高。经过一年的培肥时间，2009 年各培肥处理的全钾含量有了明显的提高。2009 年收获后不同层次的全钾含量以 S_{90} 和 M_{225} 处理较高，对照和 S_{60}、M_{112} 处理较低，S_{90}、S_{60}、M_{225} 和 M_{112} 处理 0～40cm 土层全钾含量与对照间差异达到显著水平，但不同有机肥种类间及施肥量间差异不显著，0～20cm 土层各处理全钾含量较对照增幅分别为 22.75%、20.60%、22.00%和 7.51%，20～40cm 土层各处理全钾含量较对照增幅分别为 18.09%、5.5%、16.65%和 13.36%。

不同处理不同土壤层次的速效钾含量差异较大，0～20cm 处的速效钾含量较高。2008 年 S_{90}、S_{60} 和 M_{225} 处理 0～20cm 土层的速效钾与对照间差异达到显著水平，增幅分别为 20.24%、25.60%和 19.97%，M_{112} 处理与对照间差异不显著，各处理间比较，土

表 1-29　有机培肥对土壤全钾、速效钾含量的影响

年份	处理	全钾/（g/kg）		速效钾/（mg/kg）	
		0～20cm	20～40cm	0～20cm	20～40cm
2008	S_{90}	9.08±0.43a	9.31±0.29a	163.22±9.08a	109.45±2.30a
	S_{60}	8.74±0.33a	8.37±0.49a	170.49±9.77a	102.68±5.86a
	M_{225}	8.69±0.40a	8.48±0.41a	162.85±7.78a	101.50±3.28a
	M_{112}	8.49±0.47a	8.64±0.27a	142.42±2.73b	100.67±3.52a
	CK	8.77±0.48a	8.58±0.60a	135.74±8.93b	100.68±3.37a
2009	S_{90}	11.44±0.45a	11.49±0.76a	164.41±9.88ab	108.97±4.73ab
	S_{60}	11.24±0.83a	10.27±0.65a	176.55±11.08a	104.66±6.59ab
	M_{225}	11.37±0.16a	11.35±0.30a	167.25±6.79ab	102.40±3.77b
	M_{112}	10.02±0.63a	11.03±0.14a	151.87±9.08b	112.76±2.38a
	CK	9.32±1.7b	9.73±0.22b	129.96±4.58c	91.97±3.56c

壤以 S_{60} 土壤速效钾含量最高，其次是 S_{90}；20～40cm 土层 S_{90}、S_{60} 和 M_{225} 处理的速效钾含量较对照分别高 8.71%、1.99%和 0.81%，但差异均未达到显著水平，M_{112} 处理低于对照，秸秆还田处理高于厩肥处理，但差异不显著。2009 年各处理 0～40cm 土层的速效钾含量与对照间差异均达到显著水平。0～20cm 土层各处理较对照增加 16.86%～35.85%；20～40cm 土层各处理与对照相比，增幅为 11.34%～22.61%，M_{225} 和 M_{112} 处理间差异达显著水平。

（2）有机培肥对土壤酶的影响

施有机肥影响甚至改变土壤养分循环，同时也影响在这些转化过程中起作用的一些酶的活性与数量。土壤酶是土壤中最活跃的部分，参与土壤腐殖质的形成与分解，参与土壤中碳、氮、磷、硫等营养元素的循环，驱动土壤中各种物质的生物化学反应，在不利于作物生长的逆境条件下调节土壤养分转化。

a. 土壤脲酶含量变化

脲酶是土壤氮循环的一种关键性酶，可以加速土壤中潜在养分的有效性，其活性通常与微生物数量、土壤有机质、全氮和速效氮相关，且与土壤供氮能力有密切的关系，对施入土壤氮的利用率影响很大，因而土壤中脲酶活性可以作为衡量土壤肥力的指标之一，并能部分反映土壤生产力（孙瑞莲等，2003）。

表 1-30 为有机培肥处理下各土层脲酶活性变化情况。结果表明：从配施比例来看，2008 年，秸秆和厩肥施用量越大，0～40cm 土层脲酶活性越高，但是不同施肥量和肥料种类间差异不显著。2008 年 0～40cm 土层高量秸秆和高量厩肥处理与对照间差异达到显著水平，S_{90} 处理和 M_{225} 处理 0～20cm 土层脲酶含量与对照间差异均达到显著水平，分别增加 1.51NH_3-N mg/(g·24h·37℃)和 1.44NH_3-N mg/(g·24h·37℃)，S_{60} 和 M_{112} 处理 0～20cm 土层脲酶含量与对照间差异均未达到显著水平；M_{225} 处理 20～40cm 土层脲酶含量较对照增加 1.99NH_3-N mg/(g·24h·37℃)，且差异均达到显著水平。0～60cm 平均结果显示：各培肥处理脲酶含量均高于对照，且 S_{90}、S_{60} 和 M_{225} 处理与对照间差异达到显著水平，M_{112} 处理与对照间差异不显著。2009 年脲酶含量较 2008 年有

降低趋势，2009年0～60cm土层脲酶含量与对照间差异均未达到显著水平。0～20cm土层脲酶含量仅M_{225}处理较对照增加，增加幅度为3.85%，其他处理脲酶含量均低于对照；20～40cm土层培肥处理较对照增加幅度为4.66%～9.32%；40～60cm土层较对照增加幅度为1.89%～33.93%。各处理0～60cm土层的土壤脲酶含量均值都高于对照，但与对照差异不显著。

表1-30 有机培肥对不同土层土壤脲酶含量的影响

[单位：NH_3-N mg/（g ·24h·37℃）]

年份	处理	土层深度			平均
		0～20cm	20～40cm	40～60cm	
2008	S_{90}	12.38±1.56a	11.67±1.18a	9.00±1.05a	11.02a
	S_{60}	11.78±0.80ab	11.11±0.78ab	7.28±0.38ab	10.06a
	M_{225}	12.31±1.04a	11.91±1.40a	6.90±0.51ab	10.38a
	M_{112}	11.63±1.21ab	10.80±1.05ab	7.34±1.21ab	9.92ab
	CK	10.87±0.44b	9.92±0.46b	6.25±0.14b	9.01b
2009	S_{90}	10.67±0.49a	9.21±0.61a	5.14±0.51a	8.34a
	S_{60}	10.85±0.51a	9.38±0.52a	6.11±0.74a	8.78a
	M_{225}	11.33±1.1a	9.08±1.10a	6.11±1.16a	8.84a
	M_{112}	10.56±0.44a	8.98±0.44a	6.75±0.85a	8.77a
	CK	10.91±0.20a	8.58±1.20a	5.04±0.38a	8.18a

b. 土壤过氧化氢酶含量变化

过氧化氢酶是参与土壤中物质和能量转化的一种重要氧化还原酶，在一定程度上可以表征土壤生物氧化过程的强弱（陈华癸和樊庆笙，1980）。对有机培肥下各层土壤过氧化氢酶活性变化分析表明（表1-31），2008年有机培肥降低了土壤过氧化氢酶含量，各施肥处理0～60cm土层土壤过氧化氢酶含量均值均低于对照，厩肥处理的过氧化氢酶活性较低，CK的过氧化氢酶活性最高，其余各处理间差异并不显著。2009年0～60cm土层土壤过氧化氢酶含量变化规律不明显，各处理间差异不显著。

表1-31 有机培肥对不同土层土壤过氧化氢酶含量的影响

[单位：(0.1mol/L $KMnO_4$ ml)/(g·20min·37℃)]

年份	处理	土层深度			平均
		0～20cm	20～40cm	40～60cm	
2008	S_{90}	4.95±0.06a	5.05±0.03a	5.01±0.03a	5.01ab
	S_{60}	4.98±0.09a	5.05±0.04a	5.02±0.07a	5.02ab
	M_{225}	4.93±0.08a	4.96±0.07a	4.94±0.06a	4.95b
	M_{112}	4.92±0.07a	4.94±0.07a	4.96±0.06a	4.94b
	CK	5.08±0.07a	5.07±0.04a	5.05±0.03a	5.07a

续表

年份	处理	土层深度			平均
		0～20cm	20～40cm	40～60cm	
2009	S_{90}	4.40±0.01a	4.41±0.02a	4.41±0.01a	4.41a
	S_{60}	4.43±0.02a	4.43±0.02a	4.43±0.01a	4.43a
	M_{225}	4.42±0.02a	4.43±0.00a	4.42±0.02a	4.42a
	M_{112}	4.40±0.01a	4.39±0.02a	4.44±0.02a	4.41a
	CK	4.42±0.03a	4.41±0.01a	4.41±0.01a	4.41a

c. 土壤蔗糖酶含量变化

土壤蔗糖酶能促蔗糖分子水解成葡萄糖与果糖，是土壤中碳循环转化的关键酶，被广泛研究，用来表征土壤中生物化学过程的动向与强度，许多研究发现蔗糖酶活性与有机碳、全氮、有效磷等土壤养分状况有密切的相关关系，蔗糖酶活性被用来表征土壤生物学指标之一。

表 1-32 为有机培肥处理下各土层蔗糖酶活性变化情况。研究结果表明，2008 年除 0～20cm 的 M_{112} 处理，其他各培肥处理蔗糖酶活性均高于对照，且活性随施肥量的增加而增加。与高量厩肥（M_{225}）相比，除 0～20cm 土层，高量秸秆还田（S_{90}）对于蔗糖酶活性有着更好的提高作用，因为增施碳/氮值高的秸秆，其高的含碳量为蔗糖酶提供了更多的酶促基质，提高了酶活性，从而加快了有机质的转化。

表 1-32　有机培肥对土壤蔗糖酶含量的影响

[单位：葡萄糖 mg/（g·24h·37℃）]

年份	处理	土层深度			平均
		0～20cm	20～40cm	40～60cm	
2008	S_{90}	1.05±1.10ab	0.83±0.07a	0.29±0.14a	0.73a
	S_{60}	1.04±0.04ab	0.77±0.09a	0.20±0.12a	0.67b
	M_{225}	1.10±0.03a	0.72±0.10ab	0.15±0.04a	0.66b
	M_{112}	1.02±0.03b	0.58±0.09b	0.14±0.04a	0.58c
	CK	1.04±0.03ab	0.56±0.15b	0.13±0.02a	0.58c
2009	S_{90}	1.11±0.03a	0.80±0.06a	0.28±0.01a	0.73a
	S_{60}	1.10±0.01a	0.72±0.08ab	0.21±0.03bc	0.68ab
	M_{225}	1.05±0.07a	0.81±0.11a	0.23±0.04ab	0.70ab
	M_{112}	1.02±0.10ab	0.75±0.07ab	0.17±0.502cd	0.64b
	CK	0.92±0.08b	0.64±0.04b	0.13±0.05d	0.56c

2008 年 0～20cm 土层 M_{225} 处理的土壤蔗糖酶活性最高，为 1.10 葡萄糖 mg/(g·24h·37℃)，较 S_{90}、S_{60}、M_{112} 和 CK 处理分别提高 0.05 葡萄糖 mg/(g·24h·37℃)、0.06 葡萄糖 mg/(g·24h·37℃)、0.08 葡萄糖 mg/(g·24h·37℃)($P<0.05$) 和 0.06 葡萄糖 mg/(g·24h·37℃)，其次为 S_{90}，较 S_{60}、M_{112} 和 CK 处理提高 0.01 葡萄糖 mg/(g·24h·37℃)、0.03 葡萄糖 mg/(g·24h·37℃) 和 0.01 葡萄糖 mg/(g·24h·37℃)；20～40cm 土层 S_{90} 和 S_{60} 处理分别较对照高 0.27 葡萄糖 mg/(g·24h·37℃) 和 0.21 葡萄糖 mg/(g·24h·37℃)，差异达到显著水平；40～60cm 土层各处

理与对照间差异不显著。M_{225}处理 0～60cm 土层蔗糖酶含量均值与对照间差异达到显著水平，M_{225}处理之间差异也达到显著水平。2009 年 0～20cm 土层 S_{90}、S_{60}、M_{225}和 M_{112}处理较对照提高 0.19 葡萄糖 mg/(g·24h·37℃)($P<0.05$)、0.18 葡萄糖 mg/(g·24h·37℃)($P<0.05$)、0.13 葡萄糖 mg/(g·24h·37℃)($P<0.05$) 和 0.10 葡萄糖 mg/(g·24h·37℃)；20～40cm 土层各处理分别较对照增加 0.16 葡萄糖 mg/(g·24h·37℃)($P<0.05$)、0.08 葡萄糖 mg/(g·24h·37℃)、0.17 葡萄糖 mg/(g·24h·37℃)($P<0.05$) 和 0.11 葡萄糖 mg/(g·24h·37℃)；40～60cm 土层各处理分别较对照增加 0.15 葡萄糖 mg/(g·24h·37℃)($P<0.05$)、0.08 葡萄糖 mg/(g·24h·37℃)($P<0.05$)、0.10 葡萄糖 mg/(g·24h·37℃)($P<0.05$) 和 0.04 葡萄糖 mg/(g·24h·37℃)，其中 S_{90}和 S_{60}处理之间及 M_{225}和 M_{112}处理之间差异均达到显著水平。各培肥处理 0～60cm 土层蔗糖酶含量均值与对照间差异也达到显著水平。

d. 土壤碱性磷酸酶含量变化

土壤碱性磷酸酶是一类催化土壤有机磷化合物矿化的酶，其活性高低直接影响着土壤中有机磷的生物有效性。表 1-33 为有机培肥处理下各土层碱性磷酸酶活性变化情况。2008 年 0～20cm 土层各处理与对照间差异均达到显著水平，S_{90}、S_{60}、M_{225}和 M_{112}处理较对照分别提高 0.53 酚 mg/(g·24h·37℃)、0.43 酚 mg/(g·24h·37℃)、0.36 酚 mg/(g·24h·37℃) 和 0.29 酚 mg/(g·24h·37℃)，其中 S_{90}处理的土壤碱性磷酸酶活性最高，与 M_{112}处理间差异达到显著水平；20～60cm 土层各处理与对照间差异不显著。S_{90}和 M_{225}处理 0～60cm 土层碱性磷酸酶含量均值与对照间差异均达到显著水平，较对照增幅分别为 30%和 29%。2009 年 20～40cm 土层 S_{90}、S_{60}、M_{225}处理与对照间差异均达到显著水平，分别较对照提高 0.20 酚 mg/(g·24h·37℃)、0.09 酚 mg/(g·24h·37℃)、0.23 酚 mg/(g·24h·37℃)，其中 S_{90}和 S_{60}处理间及 M_{225}和 M_{112}处理间差异均达到显著水平；0～20cm、40～60cm 土层下各处理间差异不显著。S_{90}和 M_{225}处理 0～60cm 土层碱性磷酸酶含量均值与对照间差异均达到显著水平，分别较对照高 0.13 酚 mg/(g·24h·37℃) 和 0.11 酚 mg/(g·24h·37℃)。

表 1-33 有机培肥对不同土层土壤碱性磷酸酶含量的影响

[单位：酚 mg/（g·24h·37℃)]

年份	处理	土层深度			平均
		0～20cm	20～40cm	40～60cm	
2008	S_{90}	1.57±0.12a	0.77±0.08a	0.40±0.14a	0.91a
	S_{60}	1.47±0.07ab	0.70±0.01a	0.36±0.02a	0.84ab
	M_{225}	1.40±0.14ab	0.85±0.22a	0.47±0.08a	0.90a
	M_{112}	1.33±0.01b	0.70±0.08a	0.45±0.08a	0.83ab
	CK	1.04±0.01c	0.67±0.07a	0.38±0.10a	0.70b
2009	S_{90}	1.51±0.14a	1.15±0.05a	0.90±0.01a	1.19a
	S_{60}	1.35±0.10a	1.04±0.04b	0.91±0.01a	1.10bc
	M_{225}	1.42±0.16a	1.18±0.02a	0.90±0.03a	1.17ab
	M_{112}	1.36±0.12a	0.98±0.04bc	0.86±0.01a	1.07c
	CK	1.36±0.04a	0.95±0.02c	0.87±0.05a	1.06c

(3) 土壤酶与土壤养分及土壤酶活性之间的相关性

a. 土壤酶与土壤养分之间的相关性

综合以上研究可以看出，4个施肥处理较CK处理的土壤养分含量与除过氧化氢酶外的三种土壤酶都有明显的提高或增加。除过氧化氢酶外，这些指标在不同处理间的变化趋势基本趋于一致，说明它们之间存在相关性。从土壤酶与土壤养分之间的相关性（表1-34）看出，脲酶活性与有机质、全氮、全磷、速效钾、速效磷和碱解氮的含量均呈极显著正相关，与全钾含量呈极显著负相关；蔗糖酶活性与有机质、全氮、全磷、速效钾、速效磷和碱解氮的含量均呈极显著正相关，与全钾含量无明显相关性；碱性磷酸酶活性所有7种养分因子均呈极显著正相关；而过氧化氢酶除与全氮、全钾及碱解氮含量呈显著或极显著负相关外，与土壤其他各养分因子之间却无明显的相关性。有研究发现，过氧化氢酶不能表征肥料对于土壤肥力的影响，可能是由于过氧化氢酶的辅基遭到了肥料中的阴离子的封阻（周礼恺，1987）。

表1-34　土壤酶和土壤养分的相关性

土壤酶	有机质	全氮	全磷	全钾	速效磷	速效钾	碱解氮
脲酶	0.7403**	0.6689**	0.7496**	−0.1184	0.6907**	0.6500**	0.5771**
过氧化氢酶	−0.0556	−0.1886*	−0.0760	−0.9188**	−0.0730	−0.1325	−0.252**
蔗糖酶	0.8893**	0.8863**	0.8814**	0.0985	0.8546**	0.7950**	0.8011**
碱性磷酸酶	0.7398**	0.8564**	0.6835**	0.2948**	0.7940**	0.7280**	0.7778**

* 0.05水平显著，** 0.01水平显著，后同。

逐步回归分析结果表明，有机质（x_1）、全磷（x_3）和全钾（x_4）含量的变化对脲酶（y_1）影响最大，其最优回归方程为

$$y_1 = 0.2142 + 0.2087x_1 + 10.7340x_3 - 0.1352x_4 \quad (R^2 = 0.6399)$$

有机质（x_1）、全氮（x_2）、全磷（x_3）、全钾（x_4）和碱解氮（x_7）含量的变化对蔗糖酶（y_2）影响最大，其最优回归方程为

$$y_2 = -0.6048 + 0.0227x_1 + 0.5042x_2 + 1.1401x_3 - 0.0094x_4 + 0.0021x_7 \quad (R^2 = 0.8797)$$

全氮（x_2）、全磷（x_3）、全钾（x_4）和速效磷（x_5）的变化对碱性磷酸酶（y_3）影响最大，其最优回归方程为

$$y_3 = 0.1867 + 1.1622x_2 - 0.4286x_3 + 0.0105x_4 + 0.0139x_5 \quad (R^2 = 0.7078)$$

b. 土壤酶活性之间的相关性

土壤酶活性之间也存在一定线性相关关系（表1-35）。脲酶与碱性磷酸酶活性及蔗糖酶极显著相关表明，土壤中氮素的转化与磷素的转化、碳循环是相互影响的。碱性磷酸酶与蔗糖酶活性显著相关表明，土壤中多糖的转化与有机磷的转化之间关系密切并相互影响。由此也可以得出，蔗糖酶、脲酶和碱性磷酸酶的总体活性可以用来衡量土壤的肥力水平（胡建忠，1996）。过氧化氢酶与脲酶呈显著正相关，与碱性磷酸酶呈显著负相关。土壤酶活性之间相互关系表明，土壤酶在酶促土壤有机物质转化中不仅显示专性特性，同时也存在共性关系。酶的专性能反映土壤中与某类酶相关的有机化合物转化进程，而有共性

关系酶的总体活性在一定程度上能反映土壤肥力水平高低（关松荫等，1984）。

表 1-35 不同土壤酶活性之间的相关性

土壤酶	脲酶	过氧化氢酶	蔗糖酶	碱性磷酸酶
脲酶	1.0000			
过氧化氢酶	0.1581*	1.0000		
蔗糖酶	0.8057**	−0.0491	1.0000	
碱性磷酸酶	0.4890**	−0.2755*	0.7820**	1.0000

4. 有机培肥对冬小麦生长发育状况及产量的影响

（1）有机培肥对冬小麦株高的影响

从冬小麦不同时期不同处理间株高的差异（图 1-20）来看，秸秆还田处理 S_{90}、S_{60} 较施有机肥处理 M_{225}、M_{112} 及对照均有所增加，2007～2008 年不同时期各处理间差异不明显，2008～2009 年越冬期（2008-11-21）S_{90}、S_{60}、M_{225} 和 M_{112} 处理株高均高于对照，分别增加 3.29cm、1.55cm、0.69cm 和 0.03cm，未达到显著水平；抽穗期（2009-04-24）各处理较对照分别增加 10.16cm、5.54cm、4.52cm 和 2.97cm，S_{90} 处理与对照间差异达显著水平；灌浆期（2009-05-07）各处理与对照间差异不显著，处理间差异也未达到显著水平；成熟期（2009-06-06）S_{90} 处理与对照间差异达显著水平，较对照高 4.74cm，其他处理与对照间差异不显著。

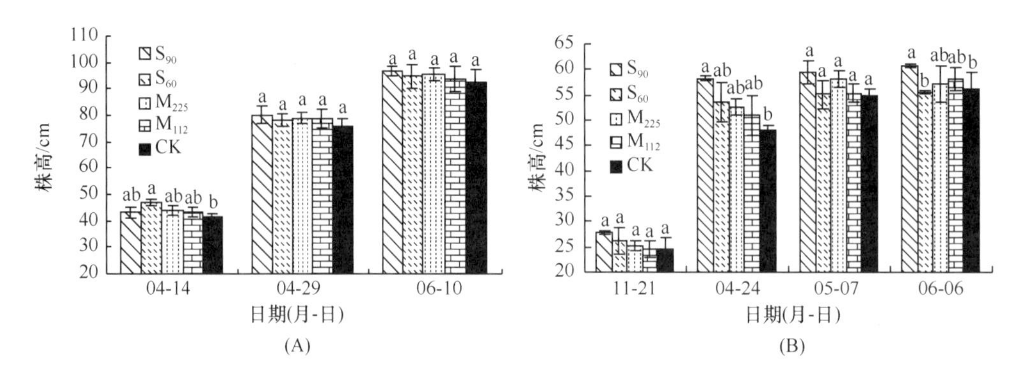

图 1-20 有机培肥对冬小麦株高的影响

（A）2007～2008 年；（B）2008～2009 年

图中不同小写字母表示 Duncan 检验在 0.05 水平上的差异显著，下图同

由图 1-20 可知，有机肥种类及施用水平均对冬小麦株高具有一定的影响，秸秆还田 S_{90}、S_{60} 处理较厩肥 M_{225}、M_{112} 处理及对照均有所增加，说明秸秆还田处理具有高于厩肥的优势，可以更好地促进冬小麦生长发育；冬小麦株高均随施肥量的增加而增加。

（2）有机培肥对冬小麦单株生物量的影响

图 1-21 为冬小麦不同时期不同处理生物量的变化，结果表明，不同时期各有机培肥处理生物量均高于对照，且随秸秆及有机肥施用量的增加而增加。2007～2008 年孕

穗期（2008-04-14）S_{90}、S_{60}和 M_{225}处理生物量与 M_{112}及对照间差异达显著水平；抽穗及成熟期各处理与对照间差异不显著。2008～2009 年越冬期 S_{90}处理较对照高 71.4%，差异达显著水平，其他处理与对照差异不显著；抽穗期 M_{225}处理与 M_{112}处理及对照间差异达显著水平，增幅分别为 39.28%和 50.36%；灌浆期 S_{60}处理与对照间差异显著，增幅为 11.39%，其他处理与对照间差异未达到显著水平；拔节与成熟期各处理间及其与对照间差异均不显著。

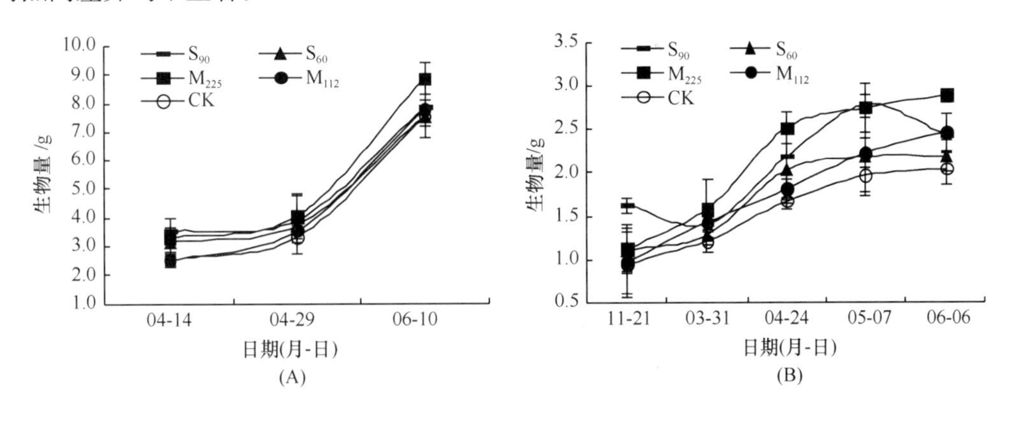

图 1-21 有机培肥对冬小麦单株生物量的影响

（A）2007～2008 年；（B）2008～2009 年

（3）有机培肥对冬小麦光合作用的影响

由图 1-22（A）可以看出，S_{90}处理光合速率较其他处理及对照高。2007～2008 年抽穗期（2008-04-27）各处理规律不明显，灌浆期（2008-05-11）S_{90}、M_{225}和 M_{112}处理光合速率均高于对照，增幅分别为 7.89%、2.68%和 0.34%；2008～2009 年抽穗期（2009-04-25）S_{90}、S_{60}和 M_{225}处理较对照分别高 23.42%、16.7%9 和 10.94%，灌浆期（2009-05-23）S_{90}、S_{60}、M_{225} 和 M_{112} 处理较对照分别高 15.85%、8.08%、5.02% 和 2.49%。不同时期各处理气孔导度差异不明显［图 1-22（B)］。不同时期各处理蒸腾速率结果表明［图 1-22（C）］，不同时期蒸腾速率随秸秆及有机肥施用量的增加而增加。2007～2008 年抽穗期各处理规律不明显，灌浆期 S_{90}和 M_{225}处理蒸腾速率与对照间差异较大，增幅分别为 11.66%和 11.30%，S_{60}和 M_{112}与对照差异不明显；2008～2009 年抽穗期 S_{90}、S_{60}和 M_{225}处理较对照分别高 10.71%、8.39%和 19.73%，灌浆期 S_{90}和 M_{225}处理较对照分别高 9.42 和 7.25%，M_{112}处理与对照间差异不明显。图 1-22（D）表明，2007～2008 年各处理间胞间 CO_2 浓度间差异不明显。2008～2009 年抽穗期各处理间及其与对照间差异均不明显；灌浆期 S_{90}、S_{60}、M_{225} 和 M_{112} 处理较对照分别高 16.02%、15.54%、14.68%和 9.15%，未达到显著水平。本试验的结果表明：增施有机肥能提高冬小麦叶片的光合速率，可能是因为有机肥可以提高叶面积指数、叶绿素含量、比叶重，减缓叶片衰老、减少热耗散，提高叶片对光能的捕获量及其利用效率，最终促进光合速率的提高（祁宏英，2004）。

（4）有机培肥对冬小麦叶片叶绿素相对含量的影响

小麦叶片叶绿素含量高低是反映其光合能力的重要指标之一，叶片叶绿素含量的高

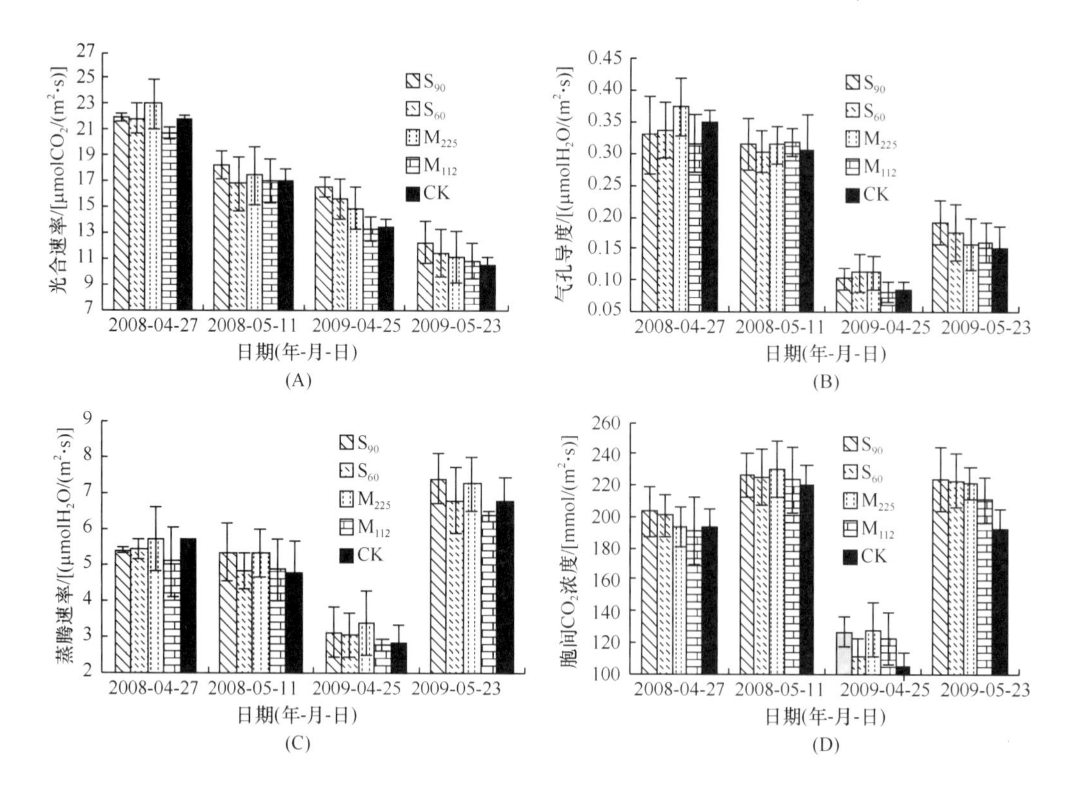

图 1-22 有机培肥对冬小麦光合作用的影响

（A）光合速率；（B）气孔导度；（C）蒸腾速率；（D）胞间 CO_2 浓度

低变化可以间接反映作物生长速度的快慢。由图 1-23 可以看出，2007～2008 年在孕穗期（2008-04-27）以及灌浆成熟期前期（2008-05-11），各处理间冬小麦叶片叶绿素相对含量无明显差异。孕穗期有机培肥并未明显增加叶片叶绿素含量，各培肥处理间及其与对照间差异不显著。灌浆期 S_{90}、S_{60}、M_{225} 和 M_{112} 处理叶绿素相对含量分别较对照增加 33.18%（$P<0.05$）、25.51%（$P<0.05$）、29.36%（$P<0.05$）和 16.53%，且随秸

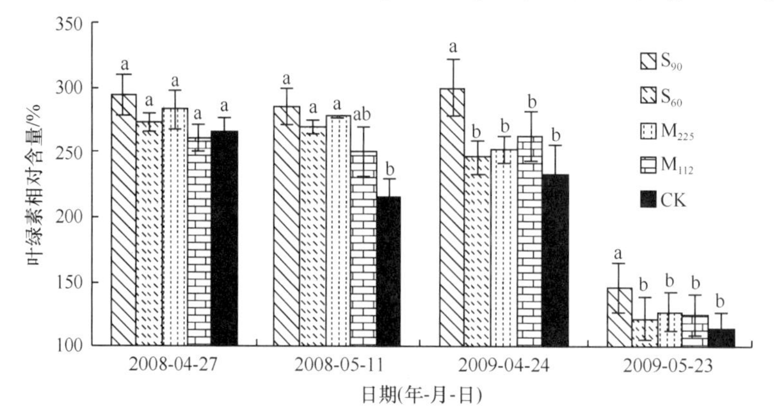

图 1-23 有机培肥对冬小麦叶片叶绿素相对含量的影响

秆还田量及有机肥施用量的增加而增加。2008～2009 年孕穗期（2009-04-24）S_{90}、S_{60}、M_{225}和 M_{112}处理叶绿素相对含量分别较对照增加 28.71%（$P<0.05$）、5.77%、8.20% 和 12.73%。灌浆期与孕穗期相比较，各个处理冬小麦叶片叶绿素相对含量均显著下降，可能由于 2009 年持续土壤干旱使得叶片叶绿素迅速降解，但有机培肥处理叶片叶绿素相对含量高于对照，说明施用秸秆还田及有机肥有利于减缓冬小麦叶片衰老。2008～2009 年灌浆期 S_{90}、S_{60}、M_{225} 和 M_{112} 处理叶绿素相对含量分别较对照增加 26.20%（$P<0.05$）、5.87%、10.43%和 8.15%。

（5）有机培肥对冬小麦单株次生根条数的影响

由图 1-24（B）可以看出，冬小麦单株次生根条数差异较大。2008～2009 年整个生育期缺水较为严重，影响到小麦生长发育，次生根条数较 2007～2008 年少。2007～2008 年孕穗期（2008-04-14）S_{90}和 S_{60}处理次生根条数与 M_{112}及对照间差异达显著水平，分别较对照增加 11.01%和 17.10%，较 M_{112}处理增加 16.06%和 22.42%，M_{225}处理与对照间差异不显著；抽穗期（2008-04-29）各培肥处理之间及其与对照间差异均不显著；成熟期（2008-06-10）除 M_{112}处理与对照间差异达显著水平外，其他处理与对照间差异不显著，处理之间差异也未达到显著水平。2008～2009 年整个生育期单株次生根条数呈现先增加后减少的趋势，次生根条数在抽穗期（2009-04-24）达到最大。越冬期（2008-11-21）S_{90}、S_{60}、M_{225} 和 M_{112} 处理次生根均高于对照，分别较对照增加 25.54%（$P<0.05$）、5.13%、5.64%和 5.13%；拔节期（2009-03-31）S_{90}、S_{60}和 M_{112}处理与对照间差异均达到显著水平，分别较对照增加 15.10%、13.02%和 12.50%，M_{225}处理与对照间差异不显著；抽穗期（2009-04-24）和成熟期（2009-06-06）各培肥处理次生根条数均高于对照，不同施肥种类及施肥量间的差异没有表现出明显的规律性；灌浆期（2009-05-07）仅 S_{90}处理与 S_{60}、M_{225}、M_{112}处理以及对照间差异达显著水平，其他处理与对照差异不显著。

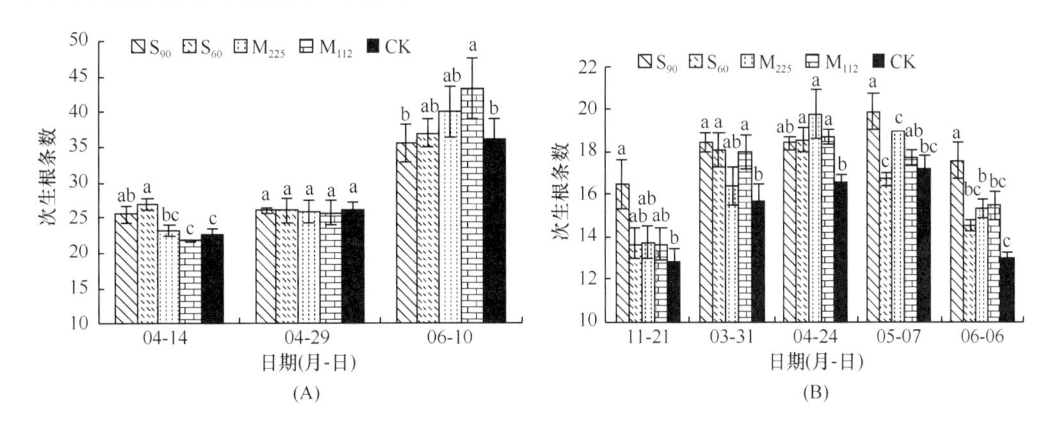

图 1-24　有机培肥对冬小麦单株次生根条数的影响

（A）2007～2008 年；（B）2008～2009 年

（6）有机培肥对冬小麦产量构成因素的影响

调查发现秸秆还田及厩肥处理对小麦成穗数的影响较大，各处理穗粒数和千粒重差异不明显（表 1-36）。2007～2008 年 S_{90}、S_{60}、M_{225} 和 M_{112} 处理每公顷成穗数分别较对照增加 102 万穗、109 万穗、88 万穗和 59 万穗，增幅分别为 23.02%（$P<0.05$）、24.60%（$P<0.05$）、19.86%（$P<0.05$）和 13.32%，且表现出秸秆还田处理增加幅度较施用有机肥处理大；2008～2009 年 S_{90}、S_{60}、M_{225} 和 M_{112} 处理每公顷成穗数分别较对照增加 77 万穗、33 万穗、69 万穗和 54 万穗，增幅分别为 28.73%、12.31%、25.75%和 20.15%，与对照间差异均达到显著水平，并且成穗数随秸秆还田及有机肥施用量的增加而增加。

表 1-36　有机培肥对冬小麦产量构成因素的影响

年份	处理	成穗数/($10^4/hm^2$)	穗粒数/粒	千粒重/g
2007～2008	S_{90}	545ab	23a	42.79a
	S_{60}	552a	23a	43.06a
	M_{225}	531ab	22a	43.52a
	M_{112}	502bc	24a	43.51a
	CK	443c	25a	42.74a
2008～2009	S_{90}	345a	25a	39.73a
	S_{60}	301b	21a	40.69a
	M_{225}	337a	22a	39.24a
	M_{112}	322ab	22a	38.85a
	CK	268c	20a	39.39a

注：同列数据后不同小写字母表示 Duncan 检验在 0.05 水平上的差异显著，下同。

（7）有机培肥对冬小麦产量及水分利用效率的影响

结果表明（表 1-37），2007～2008 年 S_{90}、S_{60} 和 M_{225} 水分利用效率分别为 11.17kg/(hm^2 · mm)、10.51kg/(hm^2 · mm) 和 11.71kg/(hm^2 · mm)，分别较对照增加 13.86%、7.14%和 19.37%，差异均达到显著水平（$P<0.05$），M_{112} 处理与对照间差异不显著；S_{90} 处理冬小麦产量较 S_{60} 和对照分别增加 368.22kg/hm^2 和 557.60kg/hm^2，且与二者差异达显著水平（$P<0.05$），S_{60} 与对照差异不显著，M_{225} 处理的产量较 M_{112} 和对照分别增加 620.31kg/hm^2 和 667.00kg/hm^2，且与二者差异达显著水平（$P<0.05$），M_{112} 与对照差异不显著；2008～2009 年 S_{90} 处理的产量较对照增加 24.43%，差异均达显著水平（$P<0.05$）；S_{60} 处理的产量较对照增加 10.84%（$P<0.05$）；M_{225} 处理产量及水分利用效率分别较对照高 22.22%和 19.61%，产量较 M_{112} 处理高 10.82%，差异均达到显著水平。两年平均结果显示，S_{90} 处理的冬小麦产量和水分利用效率分别较对照增加 15.70%和 8.90%，差异均达到显著水平（$P<0.05$）；S_{60} 处理的产量较对照增加 6.22%，但较 S_{90} 处理减少 8.93%，差异均达到显著水平（$P<0.05$），水分利用效率与对照差异不显著；M_{225} 处理的冬小麦产量及水分利用效率分别较对照高 16.34%和 19.43%，较 M_{112} 处理高 11.65%和 12.94%，差异均达到显著水平；M_{112} 处理的冬小麦产量及水分利用效率与对照间差异均未达到显著水平。

表 1-37　有机培肥对冬小麦产量和水分利用效率的影响

年份	处理	产量 /(kg/hm²)	水分利用效率 /[kg/(hm² · mm)]
2007～2008	S_{90}	5619.36 a	11.17 b
	S_{60}	5251.14 b	10.51 c
	M_{225}	5728.76 a	11.71 a
	M_{112}	5108.45 b	9.87 d
	CK	5061.76 b	9.81 d
2008～2009	S_{90}	3380.02 a	9.52 b
	S_{60}	3010.75 b	9.15 b
	M_{225}	3320.03 a	10.98 a
	M_{112}	2996.00 b	10.22 ab
	CK	2716.37 c	9.18 b
平均值	S_{90}	4499.69 a	10.34 b
	S_{60}	4130.95 b	9.83 bc
	M_{225}	4524.40 a	11.35 a
	M_{112}	4052.22 b	10.05 bc
	CK	3889.07 b	9.50 c

（三）结论与讨论

1. 讨论

本研究结果表明，有机培肥不仅可以培肥地力、提高土壤保水能力，而且对提高作物产量、改善土壤结构、降低土壤容重，增大土壤空隙度具有积极作用。

（1）有机培肥对土壤空间动态变化及水分利用效率的影响

陈垣等（1994）对陇中地区的多年研究表明，施肥量在 75.0t/hm² 内时平均每 100kg 有机肥可提高小麦水分利用效率 0.09kg/(mm · hm²)。王生录等（1996）研究发现，旱地施用有机肥具有明显的蓄水保墒效果，有机肥施用量 112 500kg/hm² 处理0～60cm 土壤含水量较对照增加 5.5mm，水分利用效率提高 22%。另有研究表明，施肥量为高、中、低处理下，冬小麦成熟期的贮水量在 0～100cm 土层分别比对照处理高16%、14%和 7%，土壤水分利用效率分别比对照处理高 14%、15%和 6%（苏秦等，2009）。本研究结果进一步表明，施用有机肥料对涵养土壤水分有良好的作用。2008～2009 年拔节期秸秆还田量 9000kg/hm²、6000kg/hm²，厩肥施用量 22 500kg/hm²、11 250kg/hm² 处理 0～120cm 土层的土壤含水量分别较对照高 1.29%、0.50%、0.54%和 0.52%。秸秆还田量 9000kg/hm² 和厩肥施用量 22 500kg/hm² 处理水分利用效率分别较对照高 8.90%和 19.43%。

（2）有机培肥对土壤容重的影响

Tester（1990）研究表明，在沙壤土上施用有机肥，施肥层以下 20cm 土层的土壤容重显著降低，同时其有机质含量、总氮量、总磷量有显著增加。孙洪德和肖延华

(1995) 在国家黑土监测基地进行了有机肥和无机肥定位监测，15 年的试验结果证明了施用有机肥料能很好地改善土壤的物理性状，土壤的孔隙度、田间持水孔隙、通气孔均有增加，土壤的容重减少，团聚体发育良好。马俊永等（2007）试验表明，有机肥、无机肥配施有利于改善土壤的物理性状，降低土壤容重，提高土壤田间持水量和饱和含水量，增加土壤总孔隙度和毛管孔隙。朱平等（2009）施有机肥的处理 30 年后耕层土壤容重呈下降趋势，下降幅度为 0～0.06g/cm^3；施用有机肥及有机肥、无机肥配合施用具有降低土壤容重的作用。本研究得出的结论与以上研究结果相符，有机培肥对 0～60cm 土层土壤容重的减小有一定的积极作用，且均随秸秆还田量和厩肥施用量的增加而减少，但各培肥处理之间、处理与对照间差异均未达到显著水平。

（3）有机培肥对土壤团聚体的影响

土壤团聚体稳定性被认为是土壤稳定结构良好的重要指示。卢金伟和李占斌（2002）研究结果表明随着土壤肥力水平的提高，大于 10μm 微团聚体含量增加，土壤团聚度增大，土壤团粒的含量与稳定性与土壤肥力呈正相关。刘恩科（2007）研究发现，增施有机肥和秸秆还田等有机物质，明显地增加了 5～2mm 团聚体、2～1mm 团聚体、1～0.5mm 团聚体和 0.5～0.25mm 团聚体含量，但降低了大于 5mm 粒径的团聚体和小于 0.25mm 团聚体含量。霍林（2007）通过 27 年肥料长期定位施肥试验，得出结论，有机肥、无机肥配合施用和秸秆还田等措施显著地增加大粒径水稳性团聚体，显著改善了旱作黑垆土风干团聚体的结构。安婷婷等（2008）的研究结果表明，施用有机肥在一定程度上抵消了耕作对土壤团聚体的破坏，促进了土壤的团聚化作用，增加了团聚体内颗粒有机碳含量。本研究进一步验证了施用有机肥能够改善土壤团聚体的结构，增加较大粒径团聚体的含量。2009 年有机肥处理 0～30cm 土层的机械稳定性团聚体平均重量直径较对照高 3.95%～12.84%；秸秆还田量 9000kg/hm^2 和 6000kg/hm^2 处理、厩肥施用量22 500kg/hm^2处理 0～30cm 土层的水稳性团聚体平均重量直径分别较对照高 36.94%～65.52%、1.00%～14.11%和 4.24%～36.65%。秸秆还田处理增加效果好于厩肥处理。

（4）有机培肥对土壤养分的影响

宋永林（2006）研究了褐潮土条件下长期施肥对土壤肥力状况的影响，发现氮肥、磷肥和钾肥配施秸秆或有机肥能显著增加土壤中有机质、氮素、磷素和钾素的含量。该结果与吴光磊（2008）和杨希（2009）的报道相似，他们研究发现：增施有机肥可显著提高土壤有机质、全氮、全磷、碱解氮、速效磷、速效钾的含量，连施化肥不能保持和提高土壤有机质和全氮含量。林治安等（2009）认为，有机肥和化肥在对提高土壤速效养分效果方面的差异表现在，化肥可以迅速提高速效养分含量并在这一水平上保持相对稳定，而有机肥则具有持续提高土壤速效养分含量的作用。本试验进一步验证了有机肥能显著提高土壤有机质、全钾和土壤速效养分的含量的结论，符合前人所得出的一些结论。还有研究结果表明，用化肥肥料同时配合施用有机肥料具有改善土壤氮素供应水平的作用（张娟等，2004；杨春悦等，2004）。而吴菲（2005）研究发现，玉米秸秆连续还田 6 年后，土壤全磷含量呈现出显著下降趋势。这些研究结果均不一致的原因可能由于所研究的土壤类型、施肥方式及肥料用量不同所致。本研究结果表明，土壤全氮、全磷含量并没有显著提高，高量有机肥与常量有机肥处理土壤全氮和全磷含量基本在同一水平，无明显差异，这一结论又与某些研究结果不一致，有待进一步研究。

（5）有机培肥对土壤酶活性的影响

徐晶等（2003）、张辉等（2005）试验结果表明，有机肥施入土壤后能够显著提高土壤蔗糖酶、脲酶、碱性磷酸酶的活性，促进土壤有机质的分解转化和速效养分的释放。还有研究认为单施化肥或有机、无机混施都能显著提高土壤脲酶、蔗糖酶和淀粉酶的活性，这是因为有机肥的施用增加了土壤中碳、氮含量，为微生物带来大量的碳源和氮源，对土壤中有益微生物的生长发育产生了良好的促进作用，进而极大地提高了土壤微生物活性（邓婵娟，2008）。本研究中，施用有机肥和秸秆还田对土壤脲酶、蔗糖酶、碱性磷酸酶活性有显著的改善作用，和前人所得出的一些结论基本一致。但刘恩科（2007）认为，长期秸秆还田处理，土壤的蔗糖酶、脲酶和碱性磷酸酶的活性均有显著的下降。同时，本研究结果表明，施用有机肥不能增强土壤中过氧化氢酶的活性，这与孙瑞莲等（2003）研究结果一致，也与有关资料认为过氧化氢酶活性在施肥处理间差异较小（袁玲等，1997）相似，但也与有些研究结果长期施肥可以提高土壤过氧化氢酶活性（任祖淦等，1996；李娟等，2008；朱同彬等，2008）不同，可能是由于所研究的土壤类型、试验地区、施肥方式及肥料用量不同所致。

（6）有机培肥对作物产量的影响

大量研究证明（高峰等，2003；田敏等，2004），有机培肥技术在大多数作物上均表现出增产效益。施用有机肥之所以能增加作物产量，是由于有机肥能改善土壤物理性状（刘杏兰等，1996；杜茜，1999）和增加土壤有机质含量（高峻岭等，2008），提高土壤的蓄水保墒能力，更好地发挥了土壤水库的调蓄作用，提高土壤水分供应能力，从而形成较高产量。本试验进一步证明，有机培肥可显著提高冬小麦产量，且产量随秸秆还田和厩肥施用量的增加而增加。

本试验两年的产量差异较大，主要与试验两个年份冬小麦生育期的降雨年份不同有关。虽然2007～2008年的生育期降水量明显少于2008～2009年，2007～2008年生育期降雨量虽然只有205.6mm，但是从播前到拔节期（2008-04-10），降雨量为144.7mm，为冬小麦转入生殖生长储备了大量的水分，利于籽粒灌浆。2008～2009年生育期降雨量为291.4mm，而从2008-11-01～2009-01-01，降雨量为零；从抽穗（2009-04-24）到灌浆前期（2009-05-07），降雨量也为零，而此时段正值麦苗营养生长和生殖生长旺盛时期，缺水影响了作物穗的分化及根、茎、蘖的生长，穗数和穗粒数严重减少，而灌浆后期降雨较多，不利于提高粒重。于振文（2005）研究结果表明，一般应在籽粒形成和灌浆前期保持较充足的水分供给，但在灌浆后期维持土壤有效水分下限，可加速茎叶贮藏物质向籽粒运转，促进正常落黄，有利于提高粒重，而2008～2009年整个生育前期冬小麦严重缺水，整个生育期降雨集中在5月中下旬，降雨量达145.7mm，均为灌浆后期降雨。以上原因均导致2008～2009年产量严重降低。值得指出的是，虽然2008～2009年生育期土壤水分严重亏缺，但是秸秆还田和施用有机肥能减少土壤水的无效蒸发，使土壤有效水储量增加，这对小麦的穗分化和花器官的形成有利，为增加小麦穗粒数和提高产量打下了基础。

2. 主要结论

1）冬小麦拔节期时，有机培肥处理 0～120cm 土层土壤含水量高于对照，这一结果表明增施有机肥料对涵养土壤水分有良好的作用；生育后期，秸秆还田和厩肥处理使冬小麦生物量高，产生相对大的叶面蒸腾，耗水量较对照增加，使得培肥处理 0～200cm 土层土壤含水量逐渐低于对照；收获后，有机培肥处理 0～200cm 土层土壤平均土壤含水量均低于对照。

2）秸秆还田和施厩肥处理的土壤容重均低于对照，且表现出随秸秆还田量和厩肥施用量的增加而降低。土壤容重随施有机肥量和秸秆还田量的减少而升高；年际间差异不明显；与秸秆还田相比，施用厩肥更有利于土壤容重的降低。

3）有机培肥有助于增加土壤中大于 0.25mm 的土壤团聚体含量，增加 0～30cm 土层的土壤水稳性团聚体。2009 年有机肥处理的机械稳定性团聚体和水稳性团聚体的平均重量直径在 0～30cm 土层均大于单施化肥对照，且秸秆还田处理均高于厩肥处理，秸秆还田量 9000kg/hm^2 处理效果最显著。这说明施用有机肥和秸秆还田能够增加大粒径机械稳定性和水稳性团聚体，改善了土壤团聚体的结构，增强了土壤结构的稳定性，也再次体现了土壤培肥的作用与效果。

4）旱地有机培肥可以显著提高土壤的有机质、全钾、碱解氮、速效磷和速效钾含量，且均表现出随秸秆和厩肥施用量的增加而增加。对土壤有机质、碱解氮和速效钾含量的增加效果，秸秆还田较施用厩肥作用更加显著。有机培肥对土壤全氮、全磷含量的影响并不大，其含量并没有显著提高。

5）施用有机肥对土壤脲酶、蔗糖酶、碱性磷酸酶活性有显著的改善作用。从年际变化看，秸秆还田、施有机肥及单施化肥均降低了土壤脲酶活性。土壤蔗糖酶和碱性磷酸酶活性均随着秸秆还田及厩肥施用量的增加而增强，并且，与施用厩肥相比，秸秆还田能更好地增强土壤中蔗糖酶和碱性磷酸酶的活性。2008 年有机培肥降低了土壤过氧化氢酶含量，各施肥处理 0～60cm 土层土壤过氧化氢酶含量均值均低于对照，厩肥处理的过氧化氢酶活性最低；2009 年 0～60cm 土层土壤过氧化氢酶含量变化规律不明显，各处理间差异不显著。

6）土壤有机质含量、全氮、全磷、速效钾、速效磷和碱解氮的含量与脲酶、蔗糖酶及碱性磷酸酶活性密切相关，呈极显著正相关；全钾含量与脲酶和蔗糖酶分别呈负相关和无明显相关关系；而过氧化氢酶除与全氮、全钾及碱解氮含量呈显著或极显著负相关外，与土壤其他各养分因子之间却无明显的相关性。土壤酶活性之间也存在一定线性相关关系，脲酶与碱性磷酸酶活性及蔗糖酶呈极显著相关；碱性磷酸酶与蔗糖酶活性呈显著相关；过氧化氢酶与脲酶呈显著正相关，与碱性磷酸酶显著负相关。

7）本试验研究表明，连续施用有机肥能显著增加冬小麦株高；有机肥种类及施用水平均对冬小麦株高具有一定的影响，秸秆还田处理的株高明显高于厩肥处理；冬小麦株高均随施肥量的增加而增加。连续施用有机肥，不但有利于作物的生长且有利于作物干物质的积累，本试验不同时期各有机培肥处理生物量均高于对照，且随秸秆及有机肥施用量的增加而增加。

8）增施有机肥能提高冬小麦叶片的光合速率、蒸腾速率和胞间 CO_2 浓度，增加叶片叶绿素含量，缓解叶绿素的降解，有利于捕捉更多的光能供光合作用。

9）有机培肥有极显著的增产作用，且表现出随着秸秆还田量的增加，产量增加。2007～2008 年秸秆还田量 9000kg/hm^2 处理与对照间差异显著，产量较对照增加 557.60kg/hm^2，施用厩肥 22 500kg/hm^2 处理的产量较对照增加 667.00kg/hm^2（$P<0.05$）；2008～2009 年秸秆还田量 9000kg/hm^2 和 6000kg/hm^2 处理的产量分别较对照增加 24.43%和 10.84%，施用厩肥 22 500kg/hm^2 处理的产量较对照增幅 22.22%，差异均达到显著水平。

10）本试验研究结果表明，秸秆还田量 9000kg/hm^2 处理 2007～2008 年的土壤水分利用效率均与对照间差异显著（$P<0.05$），水分利用效率较对照提高 13.86%；2008～2009 年土壤水分利用效率分别较对照增加 3.70%。施用厩肥 22 500kg/hm^2 处理 2007～2008 年、2008～2009 年土壤水分利用效率分别较对照高 19.37%和 19.61%，差异均达到显著水平。有机培肥能够提高土壤水分利用效率，是因为有机肥具有培肥改土作用，有助于提高土壤水中矿质营养浓度，可增强作物的有效蒸腾，从而提高作物水分利用效率。

第二节　宁南旱区有机培肥对土壤理化性状及作物产量的影响

试验在黄土高原丘陵沟壑区宁夏彭阳县白阳镇陡坡村旱农基点进行。试验区位于宁夏回族自治区南部边缘、六盘山东麓，介于东经 106°32′～106°58′、北纬 35°41′～36°17′之间，海拔 1800m 左右，年蒸发量达 1000～1100mm，降水量 350～550mm，大于等于 80%保证率的年降水量仅 250～350mm，多年平均降雨量 435mm，年平均气温7.4～8.5℃，≥0℃积温 2600～3700℃，无霜期 140～170 天，属典型的温带半干旱大陆性季风气候，土壤类型为黄绵土。主要栽培作物为冬小麦、谷子、糜子、马铃薯、玉米等。

（一）试验设计

1. 有机培肥试验（试验一）

试验于 2007～2009 年进行。定位试验设置高肥（H，有机肥 90 000kg/hm^2）、中肥（M，有机肥 60 000kg/hm^2）和低肥（L，有机肥 30 000kg/hm^2）及对照（CK，不施有机肥）共 4 个处理。每个处理设 3 次重复，随机区组排列，小区面积为 18m^2。施用有机肥为牛粪，其有机质含量为 35.36g/kg、全氮含量 3.532g/kg、全磷含量 0.152g/kg、全钾含量 1.875g/kg。各个处理作物播前施用 60kg/hm^2 磷酸二铵（N≥17%，P_2O_5≥45%）和有机肥设置量作基肥。试验前茬为冬小麦，9 月中旬播种，第二年 6 月中旬收获，收获后冬闲，小麦品种为西峰 26。2009 年生育期总有效降雨量为 326.9mm。

2. 秸秆还田试验（试验二）

试验设置：①小麦收获后，小麦秸秆按 3000kg/hm^2、6000kg/hm^2、9000kg/hm^2 粉碎还田及 CK（秸秆不还田）；②玉米收获后，按 4500kg/hm^2、9000kg/hm^2、13 500kg/hm^{2}粉碎还田及 CK（秸秆不还田）。分别共设 4 个处理，每个处理设 3 次重复，随机区组排列，小区面积为 18m^2。小麦秸秆基本养分含量为全氮 4.1g/kg、全磷 0.8g/kg、全钾 11.2g/kg；玉米秸秆基本养分含量为全氮 5.40g/kg、全磷 0.48g/kg、全钾 12.78g/kg。2007 年按小麦秸秆还田量于播前进行粉碎还田，4 月 28 日试种玉米，品种为沈单 16，各处理及 CK 播前施用 375kg/hm^2 过磷酸钙（P_2O_5：12%～17%），密度 5.25 万株/hm^2，10 月 11 日收获；在 2007 年玉米收获后秸秆还田处理的基础上，2008 年 4 月 28 日试种作物为谷子，品种为大同 10 号，密度 30 万株/hm^2，各处理与 CK 均未施肥，10 月 17 日收获。其中高还田量、中还田量、低还田量、CK 处理分别用 H、M、L、CK 表示。2009 年 4 月 22 日种玉米，品种也为沈单 16，10 月 13 日收获。定位试验前土壤养分状况如表 1-38。

表 1-38　试验地土壤 0～40cm 土层土壤养分状况

处理	土层深度/cm	有机质/(g/kg)	碱解氮/(mg/kg)	速效磷/(mg/kg)	速效钾/(mg/kg)	全氮/(g/kg)	全磷/(g/kg)	全钾/(g/kg)
有机培肥	0～20	10.40	56.20	10.42	104.80	0.86	0.58	5.42
	20～40	10.16	41.13	9.70	90.94	0.70	0.57	5.50
秸秆还田	0～20	8.95	54.40	7.10	136.20	0.59	0.57	6.81
	20～40	9.37	47.00	3.04	101.00	0.56	0.54	5.92

（二）结果与分析

1. 有机培肥对土壤水分的影响

（1）不同有机肥施用量对土壤水分变化的影响

图 1-25 是 2007 年胡麻生育期的水分动态变化。在胡麻生长的不同时期土壤贮水量在 0～100cm 土层变化较大，在开花期各施肥处理的土壤贮水量变化趋势一致且差异不显著，各施肥处理与 CK 处理间的差异显著（$P<0.05$），高肥处理土壤平均贮水量为 35.7mm，较 CK 高 16.4%；中肥处理土壤贮水量为 35.8mm，较 CK 高 16.6%；低肥处理土壤贮水量为 35.4mm，较 CK 高 15.3%。在胡麻灌浆期由于受降雨的影响，各处理间土壤贮水量的差异不显著。胡麻进入成熟期后，表层水分因土壤水分蒸发及植物吸收利用，在 0～100cm 土层间各处理间的土壤贮水量显现差异，尤其在 0～40cm 土层，高肥处理的土壤贮水量较低肥处理高 35.7%，较 CK 处理高 47.2%；中肥处理的土壤贮水量较低肥处理高 26.7%，较 CK 处理高 37.5%；低肥处理的土壤贮水量较 CK 处理高 8.4%，无显著性差异。

图 1-26 显示了 2008 年小麦生育期各处理 0～200cm 土层之间的水分动态变化，由图

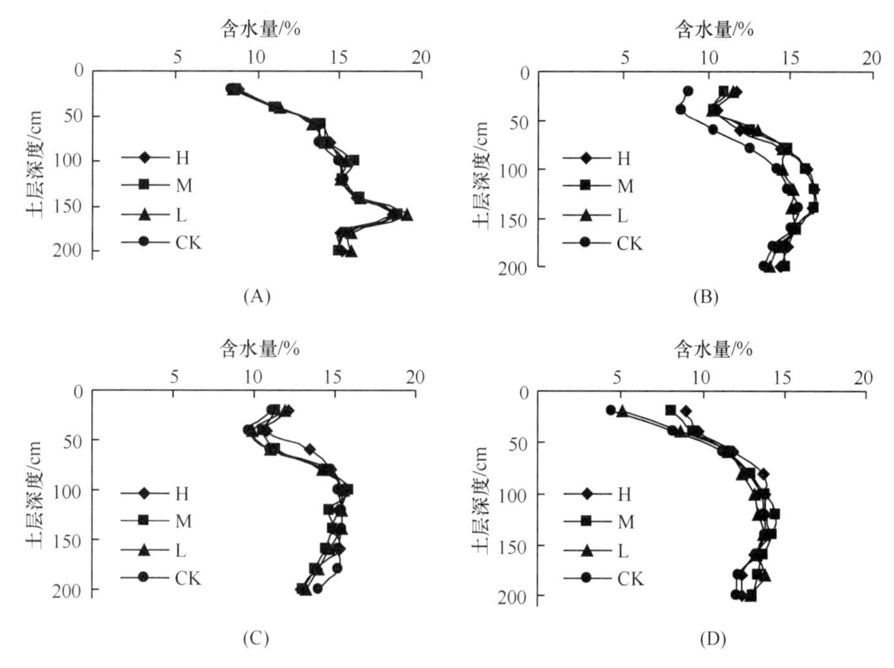

图 1-25 胡麻田土壤水分动态变化

（A）播前；（B）开花期；（C）灌浆期；（D）收获期

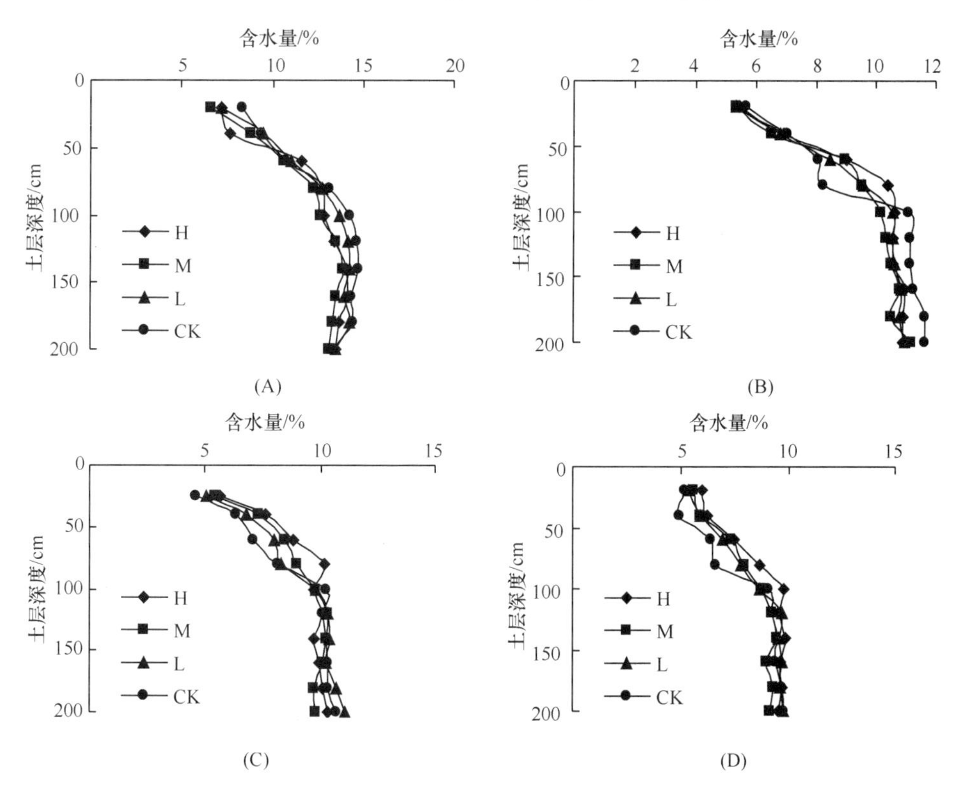

图 1-26 麦田土壤水分动态变化

（A）拔节期；（B）抽穗期；（C）灌浆期；（D）收获期

可见 0～100cm 土层之间各处理土壤贮水量差异较大。抽穗期各处理在 0～100cm 土层之间的土壤贮水量的差异性并不明显。灌浆期的土壤贮水量在 0～100cm 土层间，高肥处理的土壤贮水量与低肥、CK 处理差异显著（$P<0.05$），高肥处理的土壤贮水量为 23.2mm；中肥处理的土壤贮水量为 22.3mm；低肥处理的土壤贮水量与 CK 无显著差异。通过对成熟期 0～100cm 土壤贮水量分析比较，高肥处理与低肥、CK 处理有差异性，高肥处理的土壤贮水量为 21.1mm，较低肥高 9.4%，较 CK 处理高 17.2%；中肥处理的土壤贮水量较 CK 高 10.0%，差异明显；低肥处理的土壤贮水量为 19.3mm，较 CK 处理高 7.2%。

2008 年小麦收获后到 2009 年小麦播前各处理 0～200cm 土层土壤贮水量均较 CK 有所提高，H 最高达 26.08mm，但各处理间与 CK 无显著性差异。各处理 0～60cm 土层的土壤贮水量较 CK 分别增加 9.10mm、8.78mm、8.48mm，各个处理间无显著性差异。如图 1-27 所示，可以看出，在小麦返青期 0～200cm 土层施肥处理较 CK 土壤贮水量有不同程度的提高，而且相互间存在一定显著性差异（$P<0.05$）。高、中、低施肥处理较 CK 土壤贮水量在小麦返青期分别增加了 60.07mm、15.01mm、6.67mm；在小麦返青期 0～60cm 土层土壤贮水量施肥处理较 CK 存在显著差异（$P<0.05$），随肥力水平由高到低，增加量分别为 24.75mm、15.77mm、13.68mm。土壤贮水量在小麦其

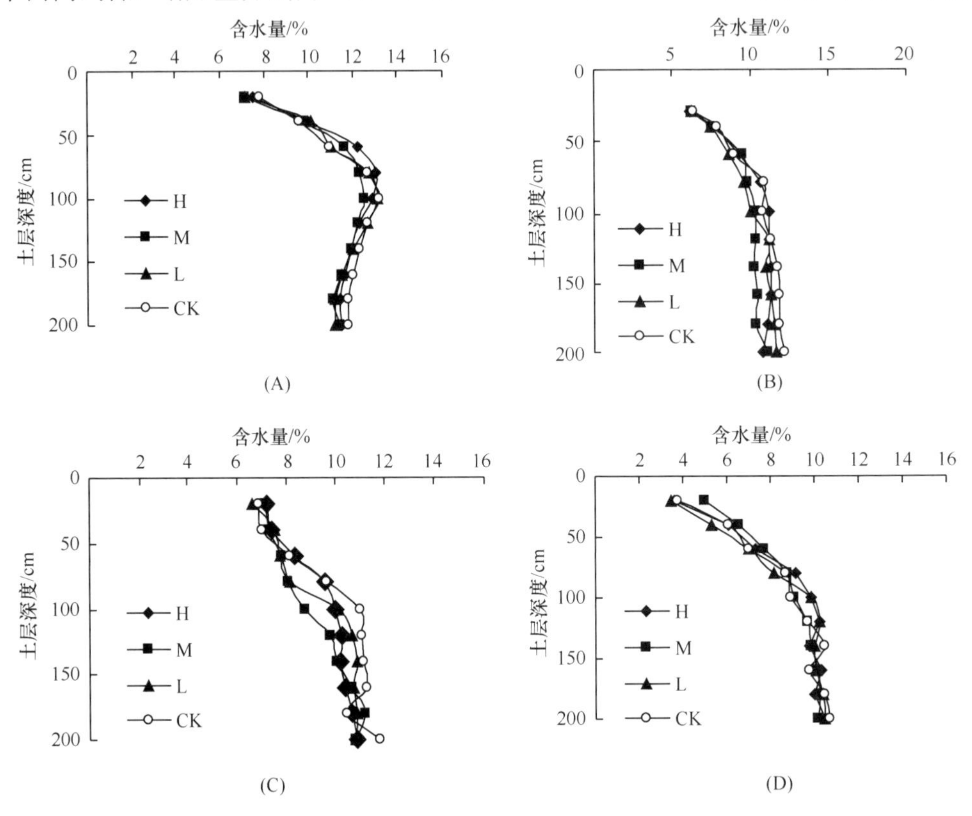

图 1-27　麦田土壤水分动态变化

（A）拔节期；（B）抽穗期；（C）灌浆期；（D）收获期

他生育时期各个处理间无显著差异，其中拔节期和孕穗期土壤贮水量有小于 CK 的趋势，可能是由于小麦在生长旺盛期需水量较大的原因。

（2）不同秸秆还田量对土壤水分变化的影响

图 1-28 是 2007 年玉米生育期 0～200cm 土层之间的水分动态变化。玉米苗期的土壤贮水量在 0～40cm 土层，各个秸秆还田处理与 CK 呈显著差异（$P<0.05$），CK 的土壤贮水量较秸秆还田处理土壤贮水量高 16.4%，各秸秆还田处理之间的差异并不明显。玉米抽穗期各处理之间的土壤贮水量在 0～100cm 土层间差异较大，H 处理土壤贮水量为 28.4mm，较 CK 处理高 11.0%、较 L 处理高 10.0%，差异显著（$P<0.05$）；M 处理土壤贮水量为 33.2mm，较 CK 处理高 30.0%、较 L 处理高 29%、较 H 处理高 17.0%；L 处理与 CK 处理之间没有显著性的差异。玉米灌浆期各处理的土壤贮水量在 0～100cm 土层之间没有显著性差异，而在 100～200cm 土层间有显著性差异，H 处理的土壤贮水量为 27.8mm，较 CK 处理高 18.3%、较 L 处理高 6.4%；M 处理的土壤贮水量为 30.1mm，较 CK 处理高 27.9%、较 L 处理高 15.0%；H 处理与 M 处理之间没有显著性差异，L 处理与 CK 处理之间无显著性差异。收获期各处理之间土壤贮水量在 0～100cm 土层间没有显著性的差异，H 处理的土壤贮水量为 39.7mm，较 CK 处理高 1.9%；L 处理的土壤贮水量为 40.8mm，较 CK 处理高 4.7%。

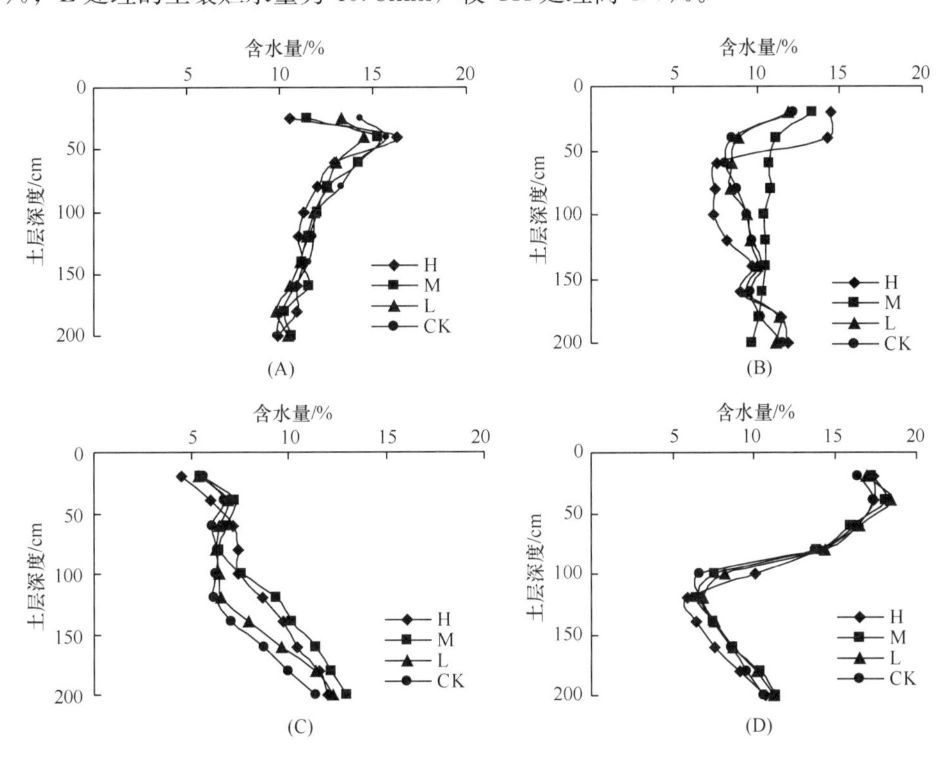

图 1-28　玉米田的土壤水分动态变化

（A）苗期；（B）抽穗期；（C）灌浆期；（D）收获期

图 1-29 是 2008 年谷子各生育期 0～200cm 土层之间的水分动态变化。在谷子苗期各处理之间的土壤贮水量无显著差异，在 0～100cm 土层间 H 处理的土壤贮水量为

28.1mm，较 CK 处理高 1.7%；M 处理的土壤贮水量为 28.2mm，较 CK 处理高 1.9%。谷子在抽穗期各处理之间土壤贮水量有明显的变化但无显著性差异，0～100cm 土层间 H 处理的土壤贮水量为 27.3mm，较 CK 处理低 10.9%；M 处理的土壤贮水量为 28.4mm，较 CK 处理低 7.3%；L 处理的土壤贮水量为 29.3mm，较 CK 处理低 5.0%。谷子在灌浆期土壤贮水量在 0～100cm 土层间各处理之间呈不规则变化，各处理之间没有显著性差异，H 处理的土壤贮水量为 30.5mm，较 CK 处理低 4.2%；M 处理的土壤贮水量为 28.9mm，较 CK 处理低 9.2%；L 处理的土壤贮水量为 29.7mm，较 CK 处理低 6.3%。收获期各处理间的土壤贮水量差异也不显著。

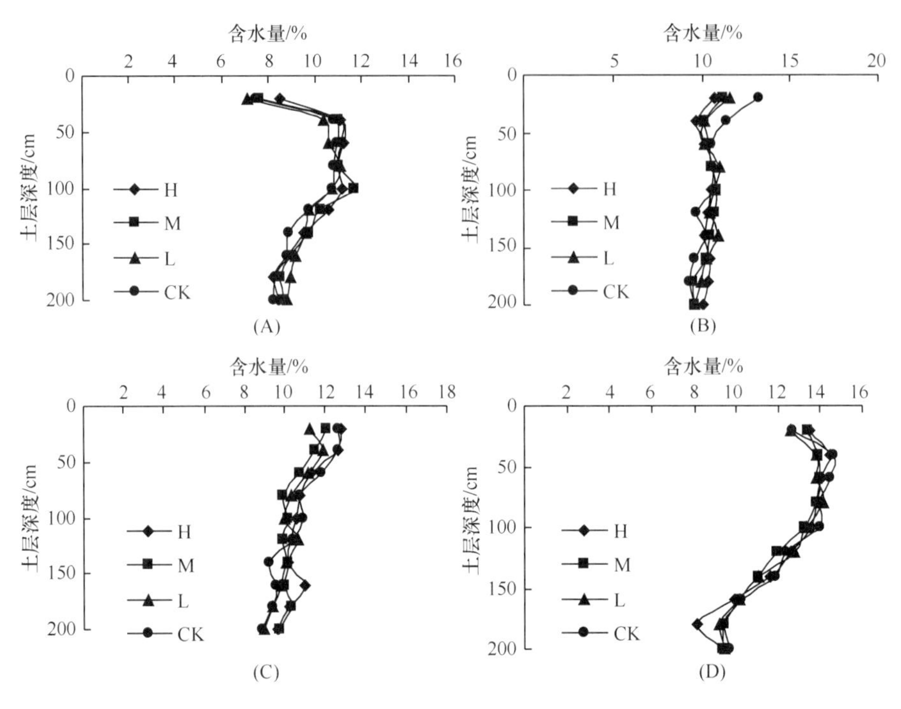

图 1-29　谷子田土壤水分动态变化

(A) 苗期；(B) 抽穗期；(C) 灌浆期；(D) 收获期

图 1-30 为 2009 年玉米播前和经过不同处理玉米全生育期 0～200cm 的土壤贮水量。播前各处理 0～200cm 土层土壤贮水量均较 CK 有所提高，随秸秆还田量由高到低，土壤贮水量增加分别是 30.17mm、31.13mm、32.83mm，不同还田处理与 CK 处理差异显著（$P < 0.05$）。

由图 1-30 可知，随着玉米生育期的推移，玉米生长耗水的增加，土壤贮水量呈现先降后升的规律。可以看出，在玉米苗期、成熟期和收获期秸秆还田处理较 CK 处理土壤贮水量有不同程度的提高，且相互间无显著性差异。高、中、低量还田处理较 CK 处理土壤贮水量，在玉米苗期分别增加 4.36mm、11.43mm、18.33mm；成熟期分别增加了 44.37mm、40.13mm、28.11mm。土壤贮水量在玉米生长旺盛生育时期（拔节期、抽穗期、吐丝期），由于还田处理玉米生长旺盛需水量较大所以土壤贮水量有小于 CK 处理的趋势。

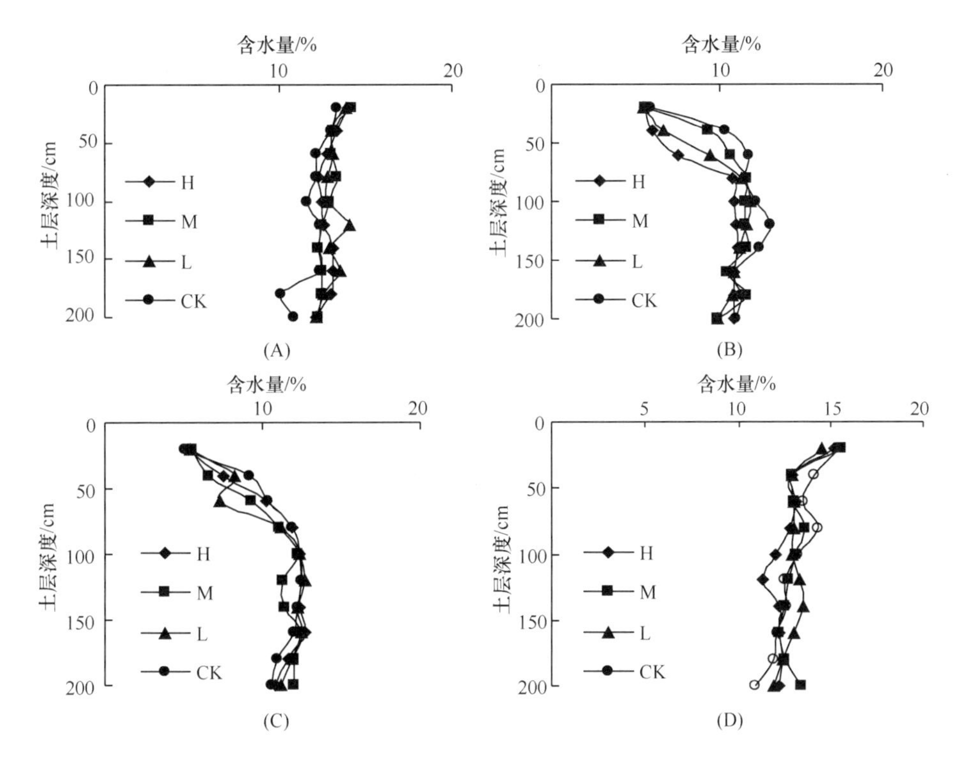

图 1-30　玉米田的土壤水分动态变化

(A) 苗期；(B) 抽穗期；(C) 灌浆期；(D) 收获期

通过三年试验，有机培肥能有效提高土壤含水量，特别是在作物苗期效果更为明显。从耕层土壤含水量的变化看，随着施肥量的增加，表层土壤水分增加；从不同处理对 2m 土体含水量影响来看，秸秆还田处理对土壤水分的影响较小，但与 CK 处理相比，仍有一定的土壤保墒效果。从年度间比较来看，施肥对土壤水分影响的变化趋势基本一致，有机培肥对作物生育前期土壤含水量影响较大，且影响在 0～40cm 土层范围。这是由于在作物生育前期叶面积较小，土壤水分消耗主要以棵间蒸发为主，有机培肥处理可起到较好的保水作用；随玉米叶面积的增大，土壤水分消耗逐步转向以植株蒸腾为主，除个别土层土壤含水量随施肥量增加保水效果较好外，各处理较深的土层土壤含水量低于 CK 处理，其原因可能是较高施肥量处理的玉米生长旺盛，因作物蒸腾使土壤深层耗水强烈所致。在半干旱区，一定量的秸秆还田能在一定程度上提高农田表层土壤含水量，这一层次的土壤厚度，不同的研究者其结论有所不同，本研究结论表明，在作物生育前期秸秆还田对保蓄耕层土层含水量有显著效果，在作物生长后期对 0～60cm 土层土壤含水量保蓄效果较为明显。

2. 有机培肥对土壤养分及土壤酶的影响

(1) 不同有机肥施用量处理对不同土层土壤养分状况的影响

a. 0～20cm 土层养分状况

表 1-39 为作物播前与收获后有机培肥各处理 0～20cm 土层间养分的测定情况。

2007年胡麻田收获后各处理土壤有机质含量较基土略有降低，H、M、L处理有机质含量较播前分别降低17.8%、8.3%和16.3%。M处理收获后土壤有机质含量为9.54g/kg，较H处理高11.6%，较L处理高9.5%，较CK处理高13.7%，差异显著。2008年小麦田收获后各处理有机质含量有升高的趋势，H、M、L处理较播前分别提高15.3%、21.6%、10.6%。H、M、L处理有机质含量较CK处理分别提高16.7%、37.3%、14.0%，差异显著（$P<0.05$）。M处理有机质含量与H、L处理有机质含量相比有显著差异，M处理土壤有机质含量较H处理高17.6%、较L处理高20.5%，H处理与L处理差异不显著。2009年小麦收获后，收获后H处理的有机质含量为11.14g/kg，较播前增高13.0%、较收获后CK处理增高2.4%；收获后各处理间比较，M处理土壤有机质含量为11.47g/kg，与CK处理有机质含量比较有显著性差异（$P<0.05$），M处理土壤有机质较高肥处理略高。总体来说，施用有机肥的处理小区较未施用有机肥的CK处理，土壤的有机质含量在0～20cm土层得到提升，变化较为明显。

表1-39　2007～2009年有机肥处理0～20cm土层养分状况

年份	处理	时间	有机质/(g/kg)	全氮/(g/kg)	全磷/(g/kg)	全钾/(g/kg)	速效磷/(mg/kg)	速效钾/(mg/kg)	碱解氮/(mg/kg)
2007	H	Ps	10.40	0.86	0.58	5.42	10.40	104.80	56.20
		Ha	8.55	0.69	0.60	5.32	22.6	148.30	44.00
	M	Ps	10.40	0.86	0.58	5.42	10.40	104.80	56.20
		Ha	9.54	0.70	0.63	5.53	20.0	140.0	47.00
	L	Ps	10.40	0.86	0.58	5.42	10.40	104.80	56.20
		Ha	8.71	0.72	0.59	5.52	17.3	128.5	45.70
	CK	Ps	10.40	0.86	0.58	5.42	10.40	104.80	56.20
		Ha	8.39	0.74	0.59	5.51	17.18	103.00	44.01
2008	H	Ps	8.55	0.69	0.60	5.32	22.60	148.30	44.00
		Ha	9.86	0.61	0.61	8.30	29.10	194.60	55.20
	M	Ps	9.54	0.70	0.63	5.53	20.00	140.00	46.90
		Ha	11.60	0.61	0.57	7.46	25.10	154.90	54.80
	L	Ps	8.71	0.72	0.59	5.52	17.30	128.50	45.70
		Ha	9.63	0.59	0.55	5.58	21.0	127.50	53.10
	CK	Ps	8.39	0.74	0.59	5.51	17.20	103.00	44.00
		Ha	8.45	0.59	0.56	5.49	17.40	89.50	48.30
2009	H	Ps	9.86	0.61	0.61	8.30	29.10	194.60	55.20
		Ha	11.14	0.69	0.53	7.60	18.37	143.38	76.29
	M	Ps	11.60	0.61	0.57	7.46	25.10	154.90	54.80
		Ha	11.47	0.72	0.64	6.95	17.72	132.75	81.25
	L	Ps	9.63	0.59	0.55	5.58	21.00	127.50	53.10
		Ha	10.92	0.69	0.65	6.64	12.44	129.18	78.62
	CK	Ps	8.45	0.59	0.56	5.49	17.40	89.50	48.30
		Ha	10.88	0.69	0.78	6.96	14.95	109.39	79.73

注：Ps代表播前；Ha代表收获后；H代表高肥处理；M代表中肥处理；L代表低肥处理；CK为无肥处理。下同。

2007 年收获后各处理全氮含量较播前呈降低的变化趋势，收获后 H 处理、M 处理、L 处理的全氮含量较播前分别降低 19.8%、18.6%、16.3%；CK 处理土壤全氮较 H 处理高 7.2%，较 M 处理高 5.7%，较 L 处理高 2.8%（差异不显著）（$P<0.05$）。在 2008 年收获后，H 处理全氮的含量为 0.61g/kg，较播前降低 11.6%；M 处理较播前降低 12.9%；L 处理全氮的含量为 0.59g/kg，较播前降低了 18.1%；CK 处理较播前降低了 20.3%。收获后的各处理间没有显著性差异。这可能是由于作物收割后本身从田间带走了一部分养料，从而导致收获后土壤全氮含量降低。2009 年土壤全氮含量在小麦收获后，与播前相比有所提高，各个处理全氮含量无显著性差异，M 处理的全氮含量最高，为 0.72g/kg。在经过 3 年有机肥处理后，土壤全氮含量在 0～20cm 土层变化趋于稳定（在 0.69g/kg 左右浮动），且随着土壤养料的积累，收获后全氮含量略高于播前。

2007 年收获后各处理的全磷含量与播前的土壤全磷含量相比没有明显变化，仅 M 处理的全磷含量提高 8.6%。2008 年收获后的全磷含量与播前相比，H 处理的全磷含量升高 1.7%、M 处理下降 9.5%、L 处理下降 6.8%。收获后的各处理间全磷含量没有显著性差异。2009 年收获后各处理之间的全磷含量没有显著性差异，收获后各处理的全磷含量与播前相比变化微小。收获后各处理的全磷含量为 0.53～0.78g/kg，并且施肥处理的全磷含量较 CK 略有降低。这说明施肥处理为土壤带来养料不足以补偿由于施肥区处理作物的旺盛生长带走的养分，而使土壤浅层全磷含量降低。

2007 年收获后各处理的全钾含量与播前全钾含量相比无显著性差异。收获后各处理的全钾含量为 5.32～5.53g/kg，施肥处理较 CK 处理亦不存在显著性差异。2008 年收获后各处理全钾含量与播前相比，施肥处理有升高的趋势，H、M、L 处理分别升高 56.0%、34.9%、1.1%。2009 年种植小麦收获后，H 处理的全钾含量较 L 处理高 14.5%、较 CK 处理高 9.2%，M 处理全钾含量较 L 处理高 4.7%、较 CK 处理低 0.1%。三年连续定位试验结果说明，施用有机肥可提高土壤浅层全钾含量。

2007 年胡麻田收获后的速效磷含量较基土有上升趋势，H、M、L 处理较播前分别提高 117.3%、92.3%、66.3%。收获后绝大部分处理之间有显著变化，H、M 处理速效磷的含量较 CK 处理分别提高 31.5%、16.4%；L 处理与 CK 处理间无显著变化。2008 年小麦收获期各施肥处理速效磷含量与播前的相比有升高趋势，H 处理速效磷含量为 29.1mg/kg，升高 28.8%；M 处理速效磷含量为 25.1mg/kg，升高 25.5%，CK 处理没有明显的变化。各处理速效磷含量之间比较，H 处理速效磷含量较 M 处理高 15.9%、较 CK 处理高 67.2%；M 处理速效磷含量较 CK 处理高 44.3%；L 处理速效磷含量较 CK 处理高 20.7%。2009 年收获后，H 处理和 M 处理相对应的速效磷含量与播前相比均有所降低，H 处理速效磷含量为 18.37mg/kg；M 处理速效磷含量为 17.72mg/kg；H 处理与 M 处理和 CK 处理存在显著差异性。速效磷含量为一较敏感指标，试验结果说明：施肥处理能够较明显提高土壤 0～20cm 土层速效磷含量。

2007年作物收获后，H、M、L处理的速效钾含量与播前相比分别提高41.5%、33.6%、22.6%；CK处理无明显变化。收获后各处理的速效钾含量存在显著变化($P<0.05$)，H处理的速效钾含量较L处理高15.4%、较CK处理高44%；M处理速效钾含量较L处理高8.9%、较CK处理35.9%；L处理速效钾含量较CK处理高24.8%。2008年小麦收获后，速效钾含量与播前比较，L处理与CK处理速效钾的含量降低，H处理速效钾含量为194.60mg/kg，升高31.2%；M处理速效钾含量为154.90mg/kg，升高10.6%；L处理速效钾含量为127.5mg/kg，降低0.8%，各处理间差异显著（$P<0.05$）。各个处理之间，H、M、L处理速效钾含量较CK处理分别升高117.4%、73.1%、42.5%。2009年，H处理速效钾含量为143.38mg/kg，较播前降低26.3%，原因可能是2009年雨季雨量较大从而使土壤速效钾随雨水流失较多；收获后速效钾含量在各个处理间呈现显著性差异（$P<0.05$），随肥力水平由高到低依次排列。

2007年收获后各处理的碱解氮含量与播前相比，H、M、L处理分别降低21.7%、16.4%、18.7%；收获后各处理之间无显著性的变化。与CK处理相比，M处理碱解氮含量升高6.8%、L处理碱解氮含量升高3.8%、H处理无明显变化。2008年收获后各处理碱解氮的含量与播前相比有上升趋势，H处理碱解氮的含量为55.20mg/kg，升高25.5%；M处理碱解氮的含量为54.80mg/kg，升高16.8%；L处理碱解氮的含量为53.10mg/kg，升高16.2%。H处理、M处理、L处理碱解氮含量较CK处理分别高14.3%、13.5%、9.9%，各处理间差异显著（$P<0.05$）。2009年冬小麦收获后各处理间碱解氮含量较播前明显提高。H处理播前的碱解氮含量与CK处理碱解氮含量相比差异显著（$P<0.05$），播前H处理较CK处理提高14.3%；播前L处理的碱解氮含量与CK处理相比未表现出差异性（$P<0.05$），收获后CK处理较播前的碱解氮含量提高65.1%，说明施肥对土壤碱解氮含量的影响规律不稳定，而且种植作物类型对土壤碱解氮的含量有一定程度的影响。

b. 20～40cm土层养分状况

表1-40为三年有机培肥中作物播前与收获后20～40cm土层间养分的测定情况。2007年胡麻田收获后各处理的土壤有机质含量与播前土壤有机质含量（10.16g/kg）相比略显降低，收获后H、M、L处理的有机质含量较播前分别降低24.9%、28.9%、28.2%，各处理间的有机质含量无显著差异。2008年小麦收获后的各处理有机质含量与播前相比，H、M、L处理较播前分别升高2.4%、14.7%、4.0%，CK处理有机质含量无明显变化，收获后各处理间无显著性差异；H、M、L处理的有机质含量较CK分别高3.9%、10.1%、0.8%。2009年由表1-40可知，小麦收获后，各处理土壤有机质含量与播前相比有所升高，收获后H处理的有机质含量为9.67g/kg，较播前增高了23.8%、较收获后CK处理增高了4.9%；收获后各处理间比较，L处理土壤有机质含量最高，与CK处理有机质含量相比较有显著性差异（$P<0.05$），其他处理土壤有机质含量与CK差异不明显。

表 1-40　2007～2009 年有机肥处理 20～40cm 土层养分状况

年份	处理	时间	有机质/(g/kg)	全氮/(g/kg)	全磷/(g/kg)	全钾/(g/kg)	速效磷/(mg/kg)	速效钾/(mg/kg)	碱解氮/(mg/kg)
2007	H	Ps	10.16	0.70	0.57	5.50	9.70	90.94	41.13
		Ha	7.63	0.67	0.55	5.52	19.18	97.82	35.96
	M	Ps	10.16	0.70	0.57	5.50	9.70	90.94	41.13
		Ha	7.22	0.64	0.52	5.52	17.87	102.98	34.58
	L	Ps	10.16	0.70	0.57	5.50	9.70	90.94	41.13
		Ha	7.29	0.70	0.55	5.73	9.18	83.47	35.25
	CK	Ps	10.16	0.70	0.57	5.50	9.70	90.94	41.13
		Ha	7.45	0.66	0.54	5.73	7.10	81.37	35.26
2008	H	Ps	7.63	0.67	0.55	5.52	19.18	97.82	35.96
		Ha	7.81	0.53	0.51	8.00	5.48	71.55	46.26
	M	Ps	7.22	0.64	0.52	5.42	17.87	102.98	34.58
		Ha	8.28	0.54	0.51	7.55	5.51	69.30	44.45
	L	Ps	7.29	0.70	0.55	5.73	9.18	83.47	35.25
		Ha	7.58	0.55	0.51	7.40	5.44	69.52	44.00
	CK	Ps	7.45	0.66	0.54	5.73	7.10	81.37	35.26
		Ha	7.52	0.52	0.52	5.80	5.39	69.53	35.27
2009	H	Ps	7.81	0.53	0.51	8.00	5.48	71.55	46.26
		Ha	9.67	0.63	0.45	7.84	3.30	90.23	60.83
	M	Ps	8.28	0.54	0.51	7.55	5.51	69.30	44.45
		Ha	9.94	0.65	0.55	7.08	4.42	90.34	64.51
	L	Ps	7.58	0.55	0.51	7.40	5.44	69.52	44.00
		Ha	10.21	0.62	0.62	6.75	3.65	85.23	62.81
	CK	Ps	7.52	0.52	0.52	5.80	5.39	69.53	40.27
		Ha	9.22	0.59	0.65	6.70	2.76	76.85	58.97

2007 年收获后各处理之间的全氮含量无显著性差异，收获后各处理的全氮含量与播前相比有所降低，平均降低 4.6%。2008 年小麦收获后的各处理土壤全氮含量为 0.52～0.55g/kg，与播前相比有降低的趋势，H 处理降低 20.9%、M 处理降低了 15.6%、L 处理降低 21.4%，收获后各处理之间无明显差异。2009 年土壤全氮含量在小麦收获后，与播前相比有所提高，M 处理全氮含量与 CK 处理相比呈显著性差异，且全氮含量最高，为 0.65g/kg。

2007 年作物收获后各处理全磷的含量与播前相比，H、M、L 处理分别降低 3.5%、8.8%、3.5%，收获后各处理之间无明显差异。2008 年小麦收获后 H 处理的全磷含量较播前降低 7.3%。2009 年小麦收获后，施肥处理的全磷含量均低于 CK 处理，其中 H 处理显著低于 CK，降幅为 30.8%。全磷的降低可能与播种作物和有机肥中的养分含量配比有关。

2007 年作物收获后的全钾含量与播前相比有所升高，H、M、L、CK 处理的全钾含量分别升高 0.4%、0.4%、4.2%、4.2%。2008 年播种小麦收获后的各处理间，各施肥处理的全钾含量与 CK 处理之间有显著性差异，H、M、L 处理较 CK 处理分别高 37.9%、30.2%、27.6%，各施肥处理之间的全钾含量没有显著性差异。2009 年收获后各处理的全钾含量与播前相比变化不大，但施肥处理收获后全钾含量均小于播前，仅 CK 处理相反。但 H 处理的全钾含量显著高于 CK 处理。

2007 年作物收获后，H 处理和 M 处理相对应的速效磷的含量分别与播前相比有所升高，H 处理速效磷含量为 19.18mg/kg，升高 97.7%；M 处理速效磷含量为 17.87mg/kg，升高 84.2%。收获后各处理间的速效磷含量相比，H 处理、M 处理的速效磷含量与 L 处理、CK 处理速效磷含量差异显著，H 处理的速效磷含量较 L 处理高 108.9%、较 CK 处理高 170.1%，M 处理的速效磷含量较 L 处理高 94.7%、较 CK 处理高 151.7%；H 处理与 M 处理速效磷含量无显著差异，L 处理与 CK 处理的速效磷含量无显著性变化。2008 年小麦收获后，各处理速效磷含量与播前相比降低，变化较大，收获后各处理之间的差异性不显著。2009 年小麦收获后，各处理相对应的速效磷的含量分别与播前相比均有所降低。速效磷的变化规律不稳定可能是与宁南旱区多变的雨季和雨量有关。

2007 年 H 处理速效钾含量为 97.82mg/kg，较播前升高 7.6%，M 处理较播前升高 13.2%，L 处理和 CK 处理的速效钾含量与播前相比有所降低；收获后各处理的速效钾含量相比差异显著，H、M 处理的速效钾含量较 CK 处理分别提高 20.2%、26.6%。2008 年，收获后各处理速效钾含量与播前速效钾相比有所降低，H、M、L 处理分别降低 26.9%、32.7%、16.7%，各处理间速效钾含量无显著性差异。2009 年收获后速效钾含量施肥处理相比于 CK 有所升高。M 处理收获后速效钾含量与 CK 相比显著升高。M 处理速效钾含量为 90.34mg/kg，含量最高且与 H 处理无明显差异。收获后速效钾含量为 76.85～90.34mg/kg。

2007 年作物收获后各处理的碱解氮的含量与播前相比有降低的趋势，H、M、L 处理分别降低 12.6%、15.9%、14.3%，各处理之间的碱解氮含量相比无显著性差异。2008 年小麦收后各处理碱解氮含量与播前相比有所升高，H 处理碱解氮含量为 46.26mg/kg，升高 28.6%；M 处理碱解氮含量为 44.45mg/kg，升高 28.5%；L 处理碱解氮含量为 44.00mg/kg，升高 24.8%。施肥处理的碱解氮含量与 CK 处理相比没有显著差异，H、M、L 处理较 CK 处理分别高 31.2%、26.0%、24.8%，施肥处理之间无显著性差异。2009 年小麦收后碱解氮含量明显较播种前有所提高，其中 M 处理和 L 处理碱解氮含量与 CK 处理差异显著（$P<0.05$），M 处理、L 处理较 CK 碱解氮含量分别提高 9.4%、6.5%。

（2）不同秸秆还田量对不同土层养分状况的影响

a. 0～20cm 土层养分状况

表 1-41 为秸秆还田各处理作物播前与收获后 0～20cm 土层土壤养分的测定情况。2007 年玉米收获后 H、M 和 L 处理有机质含量与播前（8.95g/kg）相比有升高的趋势，H、M、L 处理分别升高 24.0%、10.2%、7.4%，收获后各处理之间的有机质含量存在差异，H、M、L 处理的有机质含量较 CK 处理分别提高 24.7%、10.8%、

8.0%。2008 年播前与收获后各处理有机质含量之间无明显变化，收获后，H 处理与 CK 处理之间有显著差异（$P<0.05$），其他处理之间差异不显著，H 处理、M 处理、L 处理有机质含量较 CK 处理分别提高 26.7%、20.0%、13.3%。2009 年玉米收获后，H 处理与 CK 处理之间有显著差异（$P<0.05$），H 处理有机质含量为 9.22g/kg，较 CK 处理高 7.0%。

表 1-41　2007～2009 年秸秆还田处理的 0～20cm 土层养分状况

年份	处理	时间	有机质 /(g/kg)	全氮 /(g/kg)	全磷 /(g/kg)	全钾 /(g/kg)	速效磷 /(mg/kg)	速效钾 /(mg/kg)	碱解氮 /(mg/kg)
2007	H	Ps	8.95	0.59	0.57	6.81	7.10	136.20	54.40
		Ha	11.10a	0.72a	0.54a	6.93a	6.10a	219.60a	38.10a
	M	Ps	8.95	0.59	0.57	6.81	7.10	136.20	54.40
		Ha	9.86bc	0.68ab	0.54a	6.83a	5.4b	203.70a	38.30a
	L	Ps	8.95	0.59	0.57	6.81	7.10	136.20	54.40
		Ha	9.61bc	0.67b	0.54a	6.63a	5.40b	164.50b	36.2ab
	CK	Ps	8.95	0.59	0.57	6.81	7.10	136.20	54.40
		Ha	8.90c	0.65b	0.50a	6.44a	4.60c	137.20b	33.5b
2008	H	Ps	11.60a	0.50a	0.53a	8.26a	6.56a	220.60a	31.83a
		Ha	11.40a	0.59a	0.56a	6.27a	7.30a	137.36a	30.62a
	M	Ps	10.00ab	0.50a	0.56a	8.6a	6.68a	205.70a	32.53a
		Ha	10.80ab	0.56a	0.56a	6.24a	7.00a	131.60a	32.37a
	L	Ps	9.80ab	0.49a	0.52a	8.17a	6.05b	164.30b	28.32a
		Ha	10.20ab	0.54a	0.54a	6.26a	6.39ab	120.13b	31.09a
	CK	Ps	9.30b	0.49a	0.49a	6.50a	5.74b	136.20b	30.52a
		Ha	9.00b	0.53a	0.50a	6.27a	5.70b	103.88c	30.80a
2009	H	Ps	8.24a	0.55a	0.51a	7.53b	12.00a	126.86b	37.45a
		Ha	9.22b	0.60a	0.61a	7.00a	7.09a	185.56a	55.92a
	M	Ps	8.14a	0.53a	0.54a	8.06b	11.04a	136.95a	35.75a
		Ha	9.64a	0.59a	0.54b	7.16a	7.01a	161.07b	49.13b
	L	Ps	7.22b	0.50ab	0.52a	9.13a	11.00a	100.66c	32.37b
		Ha	9.29b	0.56a	0.53b	7.05a	5.88a	136.57c	44.11c
	CK	Ps	7.08b	0.47b	0.56a	10.00a	9.22b	104.61c	28.11c
		Ha	8.62c	0.56a	0.53b	6.60a	5.50a	124.95d	40.08d

2007 年玉米收后，各处理全氮含量与播前全氮含量（0.59g/kg）相比较，收获后的全氮含量有升高的趋势，H、M、L 处理分别升高了 22.0%、15.3%、13.6%；收获后 H 处理的全氮含量与 L 处理和 CK 处理之间有显著性差异（$P<0.05$），H 处理的全氮含量较 M 处理高 5.9%、较 L 处理高 7.5%、较 CK 处理高 10.8%。2008 年谷子收获后，收获期各处理的全氮平均含量 0.56g/kg，较播前高 12.1%，收获后各处理间无明显差异，H、M、L 处理较 CK 处理分别提高 11.3%、5.7%、1.9%。2009 年玉米收获后全氮含量的比较中，收获期各处理的全氮含量变化微小，且相互间差异不显著，H

处理较 CK 处理高 7.1%，M 处理较 CK 处理高 5.4%。

2007 年玉米收获后各处理的全磷含量与播前全磷含量（0.57g/kg）相比有降低的趋势，平均降低 7.0%；收获后各处理间没有明显差异，秸秆还田处理的全磷含量平均较 CK 处理的全磷含量高 8.0%。2008 年谷子收获后与播前各处理的全磷含量相比，变化不明显，收获后各处理间也没有显著性差异。2009 年玉米收获后的全磷含量较播前 H 处理和 L 处理的全磷含量略有提高，收获后各处理间存在显著性差异。H 处理、M 处理分别较 CK 处理显著提高 15.1%、1.9%。

2007 年玉米收获后各处理的全钾含量与播前相比，H 处理升高 1.8%，L 处理降低 2.6%，CK 处理降低 5.4%，M 处理全钾含量无明显变化；收获后各处理间全钾含量没有显著性变化，H、M、L 处理较 CK 处理分别提高 7.6%、6.1%、3.0%。2008 年谷子收获后与播前各处理全钾含量的比较中，收获后各处理全钾含量有降低的趋势，秸秆还田处理平均全钾含量降低 25.0%，CK 处理降低 3.5%；各处理间无明显差异。2009 年玉米收获后土壤全钾含量各处理较播前明显降低，H、M 和 L 处理分别较 CK 处理高 6.1%、8.5%、6.8%，差异不显著。三年试验结果表明，秸秆还田各处理能明显提高 0～20cm 土层土壤全钾含量。

2007 年玉米收获后速效养分，收获后秸秆还田处理的速效磷含量与播前处理速效磷含量（7.10mg/kg）相比有降低趋势，H、M、L 处理速效磷含量分别降低 14.1%、23.9%、23.9%；收获后各处理间速效磷含量存在显著性差异（$P<0.05$），H 处理较 M 处理高 13.0%，H 处理较 L 处理高 13.0%，H 处理较 CK 处理高 32.6%。2008 年谷子收获后 H、M 和 L 处理的速效磷的含量与播前相比，有不同程度的升高，H、M、L 处理速效磷的含量分别升高了 11.3%、4.8%、5.6%，CK 处理无明显变化；收获后秸秆还田（H 处理、M 处理）的速效磷含量与 CK 处理之间有差异（$P<0.05$），H、M、L 处理较 CK 处理分别提高 28.1%、22.8%、12.1%。2009 年收获后各处理的速效磷的含量与播前相比有不同程度的降低，平均降幅在 41.1%左右；收获后各秸秆还田处理间的速效磷含量与 CK 处理之间差异不明显。

2007 年玉米收获后各处理的速效钾含量与播前速效钾含量（136.20mg/kg）相比有升高的趋势，H、M、L 处理分别升高 61.2%、49.6%、20.8%，CK 处理没有明显变化；收获后各处理间的速效钾含量差异显著（$P<0.05$），H、M、L 处理较 CK 处理分别提高 60.1%、48.5%、19.9%，H 处理与 M 处理间速效钾含量没有显著性变化。2008 年收获后各处理速效钾含量与播前相比，H、M、L 处理速效钾含量分别降低 37.7%、36.0%、26.9%；秸秆还田处理之间存在显著性差异（$P<0.05$），H、M、L 处理较 CK 处理分别提高 32.2%、26.7%、15.6%；H 与 M 处理间无显著差异。2009 年收获期各处理速效钾含量与播前相比有不同程度的升高，变动较大。收获后在各处理间速效钾的比较中，不同秸秆还田处理之间有显著性差异，H、M、L 处理较 CK 处理分别显著提高 48.5%、28.9%、9.3%。

2007 年玉米收获后各处理的碱解氮的含量与播前碱解氮的含量（54.40mg/kg）相比有降低的趋势，H、M、L 处理分别降低 30.0%、29.6%、33.5%；H 处理碱解氮的含量与CK处理相比存在显著性的差异（$P<0.05$），H处理较CK处理高13.7%，M处理与CK处理差异显著（$P<0.05$），M处理较CK处理高14.3%。2008年碱解氮的比较中，收获后各处理碱解氮含量与播前相比变化不明显，收获后各处理间也没有显著性差异，秸秆还田处理碱解氮平均含量较CK处理提高1.8%。2009年收获后各处理碱解氮含量与播前相比明显升高，收获后各处理间存在显著性差异（$P<0.05$），H、M、L处理较CK处理分别显著提高39.5%、22.6%、10.1%。

b. 20～40cm土层间养分情况

表1-42表明的是在三年秸秆还田中，作物播前与收获后20～40cm土层养分的测定情况。2007年玉米收获后各处理的有机质含量与播前（9.37g/kg）相比有降低的趋势，H、M、L处理分别降低9.5%、7.5%、6.8%；各处理间无明显差异。2008年谷子收获后各秸秆还田处理有机质的含量与播前相比呈升高趋势，H、M、L处理有机质的含量分别升高6.2%、8.2%、2.7%；在各处理之间收获后有机质含量比较中，H处理与CK处理之间差异显著（$P<0.05$），H处理较CK处理高26.5%，其他处理之间无明显差异。2009年玉米收获后，各秸秆还田处理有机质的含量与播前相比有升高趋势，收获后各处理之间有机质含量比较，H、M处理较CK处理分别高34.9%、23.4%；L处理与CK处理间无明显差异。试验结果说明，秸秆还田措施能够提高土壤浅层有机质含量。原因可能是秸秆翻埋入土，经过微生物腐解后，本身所含各种养分便直接进入土壤中，进而提高土壤中的养分含量。

表1-42　2007～2009年秸秆还田处理20～40cm土层养分状况

年份	处理	时间	有机质/(g/kg)	全氮/(g/kg)	全磷/(g/kg)	全钾/(g/kg)	速效磷/(mg/kg)	速效钾/(mg/kg)	碱解氮/(mg/kg)
2007	H	Ps	9.37	0.56	0.54	5.92	3.04	101.00	47.00
		Ha	8.48a	0.61a	0.50a	6.03a	2.54a	127.10a	28.60a
	M	Ps	9.37	0.56	0.53	5.92	3.04	101.00	47.00
		Ha	8.67a	0.61a	0.49a	6.45a	1.35b	130.20a	28.60a
	L	Ps	9.37	0.56	0.54	5.92	3.04	101.00	47.00
		Ha	8.73a	0.60a	0.50a	6.23a	1.28b	114.70b	29.50a
	CK	Ps	9.37	0.56	0.54	5.92	3.04	101.00	47.00
		Ha	8.69a	0.60a	0.47a	5.83a	1.12b	102.50c	27.00b
2008	H	Ps	10.60a	0.42a	0.51a	8.4ab	3.02a	71.24a	24.55a
		Ha	11.26a	0.49a	0.54a	6.03a	1.50a	88.45a	26.19a
	M	Ps	9.80a	0.42a	0.49a	8.40a	1.60b	82.38a	25.57a
		Ha	10.60ab	0.49a	0.55a	6.53a	1.30a	85.12a	25.84a
	L	Ps	9.74a	0.40a	0.48a	7.90bc	1.69b	74.47a	25.05a
		Ha	10.0ab	0.47a	0.58a	6.27a	1.4a	80.81a	27.47a
	CK	Ps	9.60a	0.40a	0.49a	7.90c	1.21b	73.94a	24.76a
		Ha	8.90b	0.42a	0.55a	6.24a	1.10a	74.60b	25.43a

续表

年份	处理	时间	有机质/(g/kg)	全氮/(g/kg)	全磷/(g/kg)	全钾/(g/kg)	速效磷/(mg/kg)	速效钾/(mg/kg)	碱解氮/(mg/kg)
2009	H	Ps	7.67a	0.47a	0.49bc	7.60b	4.19b	72.30a	31.94a
		Ha	8.89a	0.54a	0.51a	6.19b	3.93a	88.25a	42.78a
	M	Ps	6.39b	0.44ab	0.48c	7.93b	3.62b	72.04a	27.30b
		Ha	8.13b	0.52a	0.46bc	6.60ab	3.57a	84.72b	31.26b
	L	Ps	6.22b	0.42bc	0.50ab	9.59a	3.53b	70.05a	24.73b
		Ha	6.70c	0.46b	0.49ab	6.60ab	3.44a	80.48c	30.91b
	CK	Ps	5.70b	0.37c	0.51a	9.87a	6.25a	68.34a	24.61b
		Ha	6.59c	0.44b	0.45c	6.82a	3.34a	78.66c	28.00c

2007 年玉米收获后各处理的全氮含量平均为 0.61g/kg，较播前高 8.9%，各处理之间的全氮含量没有明显差异。2008 年谷子收获后在各处理全氮含量的比较中，各秸秆还田处理较播前平均升高 5.8%。2009 年收获后全氮含量，各秸秆还田处理与播前相比呈升高趋势，收获后 H、M 与 CK 处理相比差异显著。H、M 和 L 处理较 CK 处理分别提高 34.9%、23.4%、1.7%。

2007 年玉米收获后各处理的全磷含量与播前相比有降低趋势。收获后各处理平均降低 9.3%，各处理之间全磷含量无显著性变化。2008 年谷子收获后，各处理的全磷含量较播前平均提高 14.3%，各处理间全磷含量无明显差异。2009 年玉米收获后 M、L 和 CK 处理的全磷含量较播前略有降低，收获后各处理间全磷含量无明显差异。

2007 年玉米收后各处理全钾含量与播前相比，H、M、L 处理分别升高 1.9%、9.0%、5.2%；收获后各处理间全钾含量差异不显著（$P>0.05$），施肥处理的全钾含量平均较 CK 处理高 7.0%。2008 年谷子收获后各处理的全钾含量与播前相比有降低的趋势，各处理平均全钾含量为 6.26g/kg，降低 23.1%，收获后各处理间没有明显差异。2009 年玉米收获后各处理的全钾含量与播前相比有降低的趋势，除 H 处理与 CK 处理差异显著外，其他处理与 CK 处理相比差异均不显著，H 处理全钾含量较 CK 处理降低 9.2%。

2007 年玉米收获后各处理的速效磷含量与播前相比有降低的趋势，平均降低 48.4%，收获后的各处理间，H 处理速效磷的含量为 2.54mg/kg，最高且与其他处理间差异显著($P<0.05$)。2008 年谷子收获后各处理速效磷含量与播前相比也有降低趋势，各处理平均速效磷含量为 1.33mg/kg，降低 29.3%，收获后各处理间速效磷含量无显著差异。2009 年玉米收获后各处理速效磷含量与播前相比有降低趋势，收获后各处理间速效磷含量不存在显著差异。H、M、L 处理较 CK 处理速效磷含量分别提高 17.7%、6.9%、3.0%。

2007 年玉米收获后各处理的速效钾含量与播前相比有不同程度升高，H、M、L 处理分别升高 25.8%、28.9%、13.6%，CK 处理无明显变化；H 处理速效钾的含量与 L、CK 处理有显著性的差异（$P<0.05$），H 处理较 L 处理高 10.8%，较 CK 处理高 24.0%，M 处理的速效钾含量与 L、CK 处理存在显著差异（$P<0.05$），M、L 处理较

CK处理分别提高27.0%、11.9%。2008年，谷子收获后各处理速效钾含量与播前相比有所升高，H、M、L处理速效钾含量分别升高24.2%、3.3%、8.5%，CK处理无明显变化；H、M、L处理较CK处理分别提高18.6%、14.1%、8.3%。2009年玉米收获后各还田处理与播前相比有一定程度升高，H处理速效钾含量为88.25mg/kg，升高22.1%，M处理升高17.6%，L处理升高14.9%；收获后各处理间，秸秆还田处理的速效钾含量H处理、M处理与CK处理有显著性差异($P<0.05$)，分别高出CK处理12.2%、7.7%。

2007年玉米收后各处理碱解氮含量与播前相比有降低趋势，收获后各处理平均碱解氮含量为28.43mg/kg，降低39.5%，收获后各秸秆还田处理与CK处理有显著性的差异，H、M、L处理较CK处理分别提高5.9%、5.9%、9.3%。2008年谷子收获后各处理的碱解氮含量与播前相比无明显变化，收获后各处理的碱解氮含量平均较播前高5.0%，收获后各处理间的碱解氮含量无显著差异。2009年玉米收获后各处理的碱解氮含量与播前相比有所提高，收获后各处理的碱解氮含量平均较播前高22.4%，收获后M与L处理间的碱解氮含量无明显差异，H处理与CK处理存在显著性差异，高出CK处理52.8%。

从本试验对土壤养分的研究结果来看，相比于CK处理，在宁夏半干旱区有机培肥可以显著提高土壤的有机质、全钾、碱解氮和速效钾含量，且均表现出随有机肥或者秸秆施用量的增加而增加。有机肥或秸秆还田对土壤全磷含量或速效磷含量的增加效果不明显。有机质的含量及全氮含量与秸秆还田量或有机肥量呈正相关。施用有机肥较秸秆还田作用更加显著，原因可能是因为有机培肥的增肥效果主要通过增加土壤中肥料的量，使农作区养分的绝对数量增加；而且有机培肥农田改善了作物的水分环境。而秸秆还田养分主要来源于秸秆中的有机物质的分解，其含量受有机物质本身C/N值、温度、湿度等诸多因素的影响，所以变异较大。

(3) 不同有机肥施用量处理对土壤酶变化的影响

从表1-43可以看出，2007年，在0～20cm和20～40cm土层间，各个施肥处理的过氧化氢酶活性均高于CK，最大值为9.12(0.1mol/L $KMnO_4$ ml)/(g · 20min · 37℃)，随施肥量的增加过氧化氢酶活性也相应地增高，最大增幅为1.3%。与基土过氧化氢酶活性相比，经过有机肥处理过的各个土层土壤过氧化氢酶活性均有所增加，增幅为8.4%～12.6%。40～60cm土层间过氧化氢酶活性最大值出现在M处理上，为9.12(0.1mol/L $KMnO_4$ ml)/(g · 20min · 37℃)，并且各个施肥处理的过氧化氢酶活性均高于CK。2008年，各个土层和各个处理间过氧化氢酶活性基本都为9.01～9.48(0.1mol/L $KMnO_4$ ml)/(g · 20min · 37℃)。在0～20cm土层，施肥处理过氧化氢酶活性稍低于CK处理，且对于20～40cm和40～60cm土层，也出现同样的趋势。总之，0～20cm土层过氧化氢酶活性高于深层土壤，这说明随着土层的加深过氧化氢酶的活性随之降低。与2007年未处理的基土相较，2008年过氧化氢酶活性增强更加明显，最大增幅达到17.0%左右。这说明经过两年施用有机肥，土壤的过氧化氢酶活性得到提高，但不同有机肥施入量对土壤过氧化氢酶活性的影响并未表现出明显差异。2009年，各个土层不同处理下，过氧化氢酶活性为8.00～8.82(0.1mol/L $KMnO_4$ ml)/(g · 20min ·

37℃)。在 0～20cm 土层，L 处理的过氧化氢酶活性最高；H 处理次之；最小为 M 处理。20～40cm 土层，M 处理的过氧化氢酶活性最高，H、L 处理下过氧化氢酶活性小于 M 处理同时均大于 CK 处理。40～60cm 土层，过氧化氢酶活性 H、L 处理均低于 CK 处理。与 2007 年基土相较，2009 年过氧化氢酶活性有所增加，但增幅明显小于前两年。

表 1-43　2007～2009 年有机肥处理下作物收获期土壤酶活性

测定指标	土层深度/cm	H			M			L			CK		
		2007年	2008年	2009年	2007年	2008年	2009年	2007年	2008年	2009年	2007年	2008年	2009年
脲酶/[NH_3-N mg/(g·24h·37℃)]	0～20	2.17a	6.66a	7.15a	1.38b	6.04b	7.00a	1.22b	5.58b	6.98a	0.73c	4.21c	7.13a
	20～40	0.31a	4.33a	6.73a	0.36a	4.14a	6.43b	0.36a	4.25a	6.62ab	0.32a	3.49b	6.61ab
	40～60	0.26a	3.75a	6.42a	0.26a	3.81a	6.27a	0.26a	3.75a	6.31a	0.25a	2.76a	6.14a
碱性磷酸酶/[酚 mg/(g·24h·37℃)]	0～20	1.04a	2.90a	7.36a	1.09a	2.39ab	6.58ab	0.98a	2.33ab	5.15b	0.84b	2.15b	5.46b
	20～40	0.86a	1.50a	3.39ab	0.86a	1.51a	3.96a	0.91a	1.52a	2.91ab	0.87a	1.46a	2.73b
	40～60	0.91a	0.85a	3.05a	0.91a	0.98a	3.12a	0.89a	0.84a	2.66a	0.87a	0.90a	2.67a
过氧化氢酶/[(0.1mol/L $KMnO_4$ ml)(g·20min·37℃)]	0～20	9.11a	9.37a	8.35a	9.04a	9.41a	8.07a	9.01a	9.41a	8.47a	8.99a	9.48a	8.82a
	20～40	9.12a	9.25a	8.16a	9.11a	9.26a	8.75a	9.03a	9.30a	8.12a	9.04a	9.29a	8.28a
	40～60	9.10a	9.01a	8.25a	9.12a	9.03a	8.39a	8.95a	9.20a	8.39a	9.02a	9.36a	8.00a
蔗糖酶/[葡萄糖 mg/(g·24h·37℃)]	0～20	1.59a	3.06a	2.06a	1.51a	3.15a	1.84ab	1.57a	3.05a	1.74b	1.56a	3.04a	2.02ab
	20～40	1.42a	1.14a	0.36bc	1.41a	0.98a	0.61a	1.40a	1.08a	0.46b	1.41a	1.28a	0.32c
	40～60	0.46a	0.48a	0.18a	0.46a	0.31a	0.16a	0.42a	0.30a	0.12ab	0.42a	0.36a	0.13ab

注：同列不同小写字母表示同一年份同一土层不同处理间差异显著（$P<0.05$），本节下同。

脲酶与土壤供氮能力有密切关系，能够表征土壤氮素的供应程度，土壤中脲酶活性与土壤中稳定性较高的有机氮向有效氮的转化有密切关系，从而对土壤氮素的供应状况产生影响。2007 年作物收获后测定土壤脲酶活性的结果表明，在 0～20cm 土层随有机肥施入量的增加而增加，最高为 H 处理，为 2.17NH_3-N mg/(g·24h·37℃)，H 处理较 CK 处理脲酶活性显著提高。H、L 处理与 CK 处理呈现显著性差异（$P<0.05$），H 与 M、L 处理存在显著性差异（$P<0.05$）。20～40cm 与 40～60cm 土层，三种施肥处理的脲酶活性与 CK 处理之间无显著性差异。20～40cm 土层，各处理的脲酶活性为 0.31～0.36NH_3-N mg/(g·24h·37℃)，而 40～60cm 土层则在 0.25NH_3-N mg/(g·24h·37℃) 左右波动。总之，随着土层加深脲酶活性逐渐降低。2007 年各土壤层次较第一年基土脲酶活性有所下降。2008 年，0～20cm 土层，作物收获后土壤脲酶活性和 2007 年的表现规律一致，即随着有机肥施入量的增加而增加，其中 H 和 L 处理的脲酶活性与 CK 处理相比有显著性差异（$P<0.05$）。H 处理较 CK 处理的脲酶活性有所提高，增幅为 19.4%。对于 20～40cm 与 40～60cm 土层，不同量有机肥处理之间无显著性差异，处理与 CK 之间也无显著性差异。相较浅层，有机肥处理与 CK 处理比较，脲酶活性的增幅明显降低；2009 年，0～20cm 和 40～60cm 土层不同有机肥施入量处理与 CK 处理的脲酶活性均无显著性差异。这与 2008 年相比有所不同，原因可能与 2009 年雨量和雨季的异常有关。20～40cm 土层，H 处理与 M 处理的脲酶活性表现出显著性差异。整体来看，各个土层间的脲酶活性相差越来越小，这说明随着年限的增加和长期施

肥处理，深层土壤的土壤营养环境得以改善，微生物数量得到提高，从而使脲酶活性也随之得以提高。与试验基土脲酶的活性相比，2009年土壤脲酶活性的增幅更为明显。

土壤碱性磷酸酶活性的高低可以反映土壤速效磷的供应状况，碱性磷酸酶能促进有机磷化合物的分解，对土壤磷素转化利用起重要作用。从表1-43可以看出，2007年，各土层碱性磷酸酶活性较2006年基土的酶活性有一定的提高，但幅度不大。随着土层的加深，该酶活性也随之逐渐减弱。0～20cm土层，不同有机肥施入量处理仅L处理与CK处理相比存在显著性差异（P<0.05）。该土层，M处理碱性磷酸酶活性最高，达1.09酚mg/(g·24h·37℃)。施肥各处理的碱性磷酸酶活性较CK处理有所提高，增幅为6.1%～11.2%；20～40cm与40～60cm土层不同有机肥施入量处理的碱性磷酸酶活性与CK相较比，均无显著性差异。2008年，所有土层和所有处理之间均未有显著差异，0～20cm土层H处理碱性磷酸酶活性最高，为2.90酚mg/(g·24h·37℃)，20～40cm土层，CK处理碱性磷酸酶活性均略高于施肥处理，这可能与施肥处理小区磷素被作物消耗过大有关。40～60cm土层，各个施肥处理的碱性磷酸酶活性均高于CK处理。2009年各个土层的不同处理碱性磷酸酶活性，0～20cm土层，H处理碱性磷酸酶活性与L和CK处理相比，存在显著差异（P<0.05），但与M处理差异不明显。由表1-43还可得出，在该土层H、M、L处理碱性磷酸酶的活性随施入有机肥的量的减少而降低；H处理较CK处理提高42.9%。在20～40cm土层，H与M和L处理，碱性磷酸酶活性无显著性差异。M处理碱性磷酸酶活性最高，为3.96酚mg/(g·24h·37℃)。40～60cm土层，各个处理之间无显著性差异，M处理碱性磷酸酶活性最高。

蔗糖酶广泛地存在于所有的土壤里，参与碳水化合物的转化，能裂解蔗糖分子使蔗糖水解成葡萄糖和果糖，成为植物和微生物能利用的营养物质，是表征土壤碳素循环和土壤生物化学活性的重要酶。如表1-43所示，在2007年，各个土层不同处理间，蔗糖酶活性未显示差异性，随着土层加深，酶活性逐渐减弱。无论哪个土层，H处理的蔗糖酶活性均表现最高，但与CK处理相比，提高并不明显。2007年与基土蔗糖酶活性相比，有一定提高，最大增幅为20.2%。2008年与2007年变化规律相一致，在各个土层不同处理间，蔗糖酶活性未显示差异性。在2009年0～20cm土层，H处理与CK相比，蔗糖酶活性呈显著性差异（P<0.05）。三种施肥处理之间，蔗糖酶活性差异性并不明显；20～40cm土层，M与L处理，蔗糖酶活性表现出显著性差异（P<0.05），同时M、L处理与CK处理相比，此酶活性也呈现显著性差异，但H处理与CK处理相比，蔗糖酶活性差异不明显。由表1-43可知，40～60cm土层，H处理与M处理蔗糖酶差异不显著，L与CK差异也不明显。与基土值相比，2009年蔗糖酶活性，在0～20cm土层，有一定提高，但在20～40cm、40～60cm土层此酶活性却有下降趋势，最大降幅达76.0%。

（4）不同秸秆还田量处理对土壤酶活性的影响

表1-44是2007～2009年秸秆还田区作物收获后各处理0～60cm土层酶活性的变化。通过对收获后0～60cm土层土壤酶活性的比较表明，不同处理土层之间酶活性规律一致，依次分别为0～20cm>20～40cm>40～60cm。

表 1-44 2007～2009 年秸秆还田处理下作物收获期土壤酶活性

测定指标	土层深度/cm	H			M			L			CK		
		2007年	2008年	2009年	2007年	2008年	2009年	2007年	2008年	2009年	2007年	2008年	2009年
脲酶/[NH_3-N mg/(g·24h·37℃)]	0～20	1.85a	6.78a	8.02a	1.7ab	5.82ab	7.61ab	1.60b	5.34ab	7.39ab	1.27c	5.08b	6.96b
	20～40	0.79a	5.05a	7.40a	0.63ab	4.94a	7.37a	0.62ab	4.83a	6.75a	0.57b	4.78a	6.39a
	40～60	0.35a	3.87a	6.56a	0.34a	3.94a	6.66a	0.32a	4.31a	5.71ab	0.34a	4.07a	4.53b
碱性磷酸酶/[酚 mg/(g·24h·37℃)]	0～20	1.07a	2.61a	7.72a	1.19a	2.59a	6.83ab	1.01a	2.60a	5.95bc	0.91a	2.57a	4.94c
	20～40	1.02a	1.20a	4.01a	1.18a	1.23a	3.65a	1.09a	1.03a	3.21a	0.84a	1.03a	3.21a
	40～60	0.93a	0.50a	2.59a	0.92a	0.60a	2.84a	0.95a	0.55a	2.42a	0.92a	0.51a	1.67a
过氧化氢酶/[(0.1mol/L $KMnO_4$ ml)(g·20min·37℃)]	0～20	8.92a	7.73a	7.49a	8.90a	7.93a	7.48a	8.73a	7.96a	7.48a	8.70a	7.82a	7.45a
	20～40	8.9a	7.88a	7.53a	8.73a	7.98a	7.52a	8.89a	7.89a	7.52a	8.7a	7.60a	7.48a
	40～60	8.85a	7.67a	7.56a	8.69a	7.82a	7.54a	8.83a	7.84a	7.53a	8.76a	7.64a	7.53a
蔗糖酶/[葡萄糖 mg/(g·24h·37℃)]	0～20	1.82a	1.13a	1.58a	1.68b	1.18a	1.57a	1.79ab	1.04ab	1.12b	1.73b	0.98b	1.04b
	20～40	1.81a	0.62a	0.73a	1.57bc	0.63a	0.71a	1.78ab	0.62a	0.53b	1.61c	0.49b	0.49b
	40～60	1.73a	0.07a	0.28a	1.17a	0.06a	0.15b	1.17a	0.07a	0.14b	1.16a	0.07a	0.07c

2007 年玉米收获后各处理 0～40cm 土层脲酶活性有明显差异（P<0.05），各处理酶活性表现为 H >M >L >CK。0～20cm 土层增幅为 26.0%～45.7%；20～40cm 土层脲酶活性增幅为 8.8%～38.6%；40～60cm 土层无显著性差异。2008 年谷子收获后，各处理脲酶的活性在 0～20cm 土层之间存在显著性差异（P<0.05），酶活性增幅为 5.1%～33.5%，20～40cm、40～60cm 土层的脲酶活性各个处理间没有明显差异。2009 年玉米收获后各处理 0～20cm 土层脲酶活性还田处理较 CK 处理有明显差异，但还田处理间差异不显著。脲酶活性表现为 H>M>L>CK，H、M 和 L 处理较 CK 处理分别提高 15.2%、9.3%、6.2%；20～40cm 土层各个处理均无显著性差异，M 处理在 40～60cm 土层的脲酶活性最高，为 6.66mg/(g·24h·37℃)。

2007 年各处理间过氧化氢酶的活性，在 0～20cm 土层，相比于 CK 处理，还田处理的增幅为 0.3%～2.5%，20～60cm 土层过氧化氢酶活性无明显差异。2008 年和 2009 年过氧化氢酶的活性在各处理不同土层中变化不明显。各处理过氧化氢酶在不同土层中均差异不明显，从数值来看，还田处理略微大于 CK 处理。

2007 年，在 H 处理下 0～40cm 土层蔗糖酶活性与其他处理存在显著性差异（P<0.05），酶活性增幅为 1.7%～15.3%，40～60cm 土层施肥处理的蔗糖酶活性较 CK 增幅为 0.9%～49.1%。2008 年各处理 0～20cm 土层蔗糖酶活性差异显著（P<0.05），表现为 M>H>L>CK；各处理在 20～40cm 土层与 CK 处理有明显差异，施肥处理平均较 CK 处理高 27.2%，40～60cm 土层蔗糖酶的活性各处理无明显差异。2009 年蔗糖酶在各个处理间差异明显，土层间其活性变化较大，0～60cm 土层，蔗糖酶活性 H、M、L 处理平均较 CK 处理分别提高 133.6%、70.0%、38.6%。

2007 年各处理碱性磷酸酶的活性，随土层的加深逐渐活性减弱。在 0～20cm 土层各个处理碱性磷酸酶活性差异不显著。20～40cm、40～60cm 土层各处理与 CK 处理相比差异也不显著，在 0～20cm 土层，H、M 和 L 处理较 CK，碱性磷酸酶活性分别提高

17.6%、30.8%、11.0%。2008年各处理碱性磷酸酶的活性，各层次处理间没有明显差异，0～20cm土层碱性磷酸酶活性增幅为0.8%～1.6%。2009年，在0～20cm土层，除了L处理外，其他还田处理与CK处理碱性磷酸酶活性存在显著性差异，在20～40cm与40～60cm土层各个处理间均无显著性差异；与脲酶类似，碱性磷酸酶活性和还田量之间有一定的正相关性，H处理0～60cm土层平均较CK处理提高45.4%。

经过三年的施肥处理表明，长期施肥使耕层土壤过氧化氢酶、脲酶、碱性磷酸酶和蔗糖酶酶活性增强，各处理酶活性顺序为：H>M>L>CK，过氧化氢酶活性在三个年份的各个处理间无论哪个土层，基本都无显著性差异。同一年份，不同有机肥施入量对半干旱区过氧化氢酶活性的影响不明显，而且年际间的变化规律也不稳定，表现为该酶活性先增后降。经过三年施肥处理，碱性脲酶活性有了较大的提高，而且随着时间的推移其酶活性的增幅先小后大。在相同年份里，0～20cm土层不同处理间脲酶活性显示差异性，随土层加深差异性减小。经过三年处理，碱性磷酸酶活性得到不断提高。蔗糖酶活性相较于基土也得到提高，处理后第一年和第二年，各个土层的不同处理间该酶活性无显著性差异，到第三年处理间显现差异，且表现为表层土壤蔗糖酶活性较高，深层活性较低。

3. 有机培肥对土壤物理性状的影响

（1）有机肥处理对土壤容重及孔隙度变化的影响

表1-45是2007～2009年有机肥处理下土壤容重及孔隙度的变化情况。各处理土层之间的土壤容重变化趋势一致，表现为0～20cm<20～40cm<40～60cm，2007年胡麻收获后各有机肥处理0～20cm土层间土壤容重与基土土壤容重相比平均降低3.2%；2008年小麦收获后各有机肥处理0～20cm土层间土壤容重与基土土壤容重相比平均降低1.5%。20～60cm土层收获后各处理间土壤容重无明显变化，两年收获后的土壤容重差异也不明显，各处理间土壤空隙度无明显差异。2009年0～20cm、20～40cm土层，土壤容重施肥处理较CK处理无显著性差异，处理间差异不显著，0～40cm土层各个施肥处理较CK处理，土壤容重平均分别降低1.9%、1.4%、1.2%。三年的有机培肥处理，使土壤容重较试验开始时有所减小，说明施用有机肥能够调整土壤结构使土壤变得疏松，但处理间的差异不显著。

表1-45 2007～2009年有机肥处理下的土壤容重及孔隙度

测定指标	土层深度/cm	基土	H			M			L			CK		
			2007年	2008年	2009年	2007年	2008年	2009年	2007年	2008年	2009年	2007年	2008年	2009年
容重/（g/cm^3）	0～20	1.33	1.28a	1.30a	1.29a	1.27a	1.31a	1.31a	1.29a	1.29a	1.29a	1.32a	1.31a	1.31a
	20～40	1.38	1.37a	1.35a	1.35a	1.36a	1.36a	1.36a	1.40a	1.44b	1.37a	1.35a	1.38a	1.38a
	40～60	1.44	1.41a	1.41a	1.41a	1.43a	1.43a	1.43a	1.43a	1.43a	1.42a	1.42a	1.42a	1.43a
孔隙度/%	0～20	50.12	51.61a	50.49a	51.21a	51.22a	50.28a	50.45a	50.78a	47.46b	51.36a	51.69a	50.83a	50.62a
	20～40	48.47	48.32a	49.58a	49.32a	48.74a	48.81a	48.74a	47.80a	46.48b	50.33a	49.50a	48.47a	48.87a
	40～60	47.81	47.5a	47.94a	47.60a	46.10a	50.05a	46.10a	46.73a	48.68a	50.57a	47.74a	47.15a	48.53a

（2）秸秆还田处理对土壤容重及孔隙度变化的影响

从表 1-46 可以看出，0～20cm 土层，无论 2007 年或者 2008 年，土壤容重的大小顺序都是：CK＞L＞M＞H；秸秆还田处理土壤容重显然都较 CK 处理的低，说明秸秆还田措施可以有效地减小土壤容重，而且秸秆还田量的多少与土壤容重呈一定的负相关。2007 年，H 处理的土壤容重与 CK 处理呈显著性差异（$P<0.05$），M 与 L 处理差异不明显。2008 年 H 处理与 L 处理较 CK 差异显著（$P<0.05$），与 M 处理无明显差异。20～40cm 土层，H 处理两年土壤容重均较 CK 处理的低，H 处理与 M、L 处理和 CK 差异显著（$P<0.05$）。2009 年土壤容重在 0～20cm 层各个处理间差异性不显著，在 20～40cm 土层 M 处理与 CK 处理呈显著性差异（$P<0.05$）。三年试验中，CK 处理的容重总大于还田处理的容重，表明秸秆还田在一定程度上有改善土壤结构的作用。

表 1-46　2007～2009 年秸秆还田处理下的土壤容重及孔隙度

测定指标	土层深度/cm	基土	H			M			L			CK		
			2007年	2008年	2009年	2007年	2008年	2009年	2007年	2008年	2009年	2007年	2008年	2009年
容重/（g/cm³）	0～20	1.33	1.25b	1.26b	1.29a	1.30ab	1.30ab	1.31a	1.36a	1.35a	1.33a	1.39a	1.34a	1.37a
	20～40	1.38	1.27b	1.27b	1.31a	1.33a	1.32a	1.28b	1.35a	1.34 a	1.33a	1.35a	1.36a	1.36a
	40～60	1.44	1.36a	1.35a	1.33a	1.35a	1.36a	1.37a	1.37a	1.38a	1.39a	1.35a	136a	1.39a
孔隙度/%	0～20	50.12	52.63a	52.51a	51.77a	50.75a	50.48a	50.67a	48.8ab	49.16b	50.17a	46.85b	49.81b	47.35b
	20～40	48.47	49.26a	49.26a	49.18a	49.87a	48.73a	49.14a	48.74a	47.61a	48.24a	48.46a	45.90a	48.42a
	40～60	47.81	47.85a	47.31a	48.16a	50.40a	47.52a	47.66a	49.42a	48.53a	46.66a	48.87a	45.81a	46.85a

通过以上分析可知，无论是有机肥还是秸秆还田均可使土壤的容重降低，同时伴随着土壤空隙度的增加。有机肥施入土壤后大量地增加了土壤有机质含量，有机质经过微生物的分解形成了腐殖酸，其主要成分是胡敏酸，它可以使松散的土壤单粒胶结成土壤团聚体，使土壤容重变小，孔隙度增大，易于截留吸附渗入土壤中的水分和释放出的营养元素离子，使有效养分元素不易被固定。

（3）有机肥处理对土壤团聚体稳定性组成状况的影响

表 1-47 为试验开始前施加有机肥处理小区基本土样各个粒级团聚体，经过干筛和湿筛法后在土样中所占的含量情况。由表可知，经过湿筛法后缺失大于 5mm 粒级团聚体，且大于 0.25mm 水稳性团聚体含量较低。从干筛法数据可以看出，小径粒团聚体占多数，且土壤深层土壤大团聚体数量大于表层土，这说明该区表层土壤较深层土壤更不稳定，更容易受到破坏。

表 1-47　试验开始前土壤团聚体组成状况　　（%）

土层深度	处理	粒级					
		＞5mm	5～2mm	2～1mm	1～0.5mm	0.5～0.25mm	＞0.25mm
干筛法							
0～10cm	H	12.90	7.92	7.45	12.20	10.80	51.30
	M	12.90	7.92	7.45	12.20	10.80	51.30
	L	12.90	7.92	7.45	12.20	10.80	51.30
	CK	12.90	7.92	7.45	12.20	10.80	51.30

续表

土层深度	处理	粒级					
		>5mm	5～2mm	2～1mm	1～0.5mm	0.5～0.25mm	>0.25mm
10～20cm	H	15.00	11.30	7.88	11.30	10.80	56.30
	M	15.00	11.30	7.88	11.30	10.80	56.30
	L	15.00	11.30	7.88	11.30	10.80	56.30
	CK	15.00	11.30	7.88	11.30	10.80	56.30
20～30cm	H	36.30	11.20	5.07	6.50	7.69	66.80
	M	36.30	11.20	5.07	6.50	7.69	66.80
	L	36.30	11.20	5.07	6.50	7.69	66.80
	CK	36.30	11.20	5.07	6.50	7.69	66.80
30～40cm	H	36.20	10.80	8.72	11.10	8.66	75.50
	M	36.20	10.80	8.72	11.10	8.66	75.50
	L	36.20	10.80	8.72	11.10	8.66	75.50
	CK	36.20	10.80	8.72	11.10	8.66	75.50
湿筛法							
0～10cm	H	—	0.22	1.07	3.29	3.80	8.40
	M	—	0.22	1.07	3.29	3.80	8.40
	L	—	0.22	1.07	3.29	3.80	8.40
	CK	—	0.22	1.07	3.29	3.80	8.40
10～20cm	H	—	0.28	1.41	4.02	3.36	9.10
	M	—	0.28	1.41	4.02	3.36	9.10
	L	—	0.28	1.41	4.02	3.36	9.10
	CK	—	0.28	1.41	4.02	3.36	9.10
20～30cm	H	—	0.19	1.38	4.20	4.15	9.90
	M	—	0.19	1.38	4.20	4.15	9.90
	L	—	0.19	1.38	4.20	4.15	9.90
	CK	—	0.19	1.38	4.20	4.15	9.90
30～40cm	H	—	0.27	2.25	4.50	4.47	11.50
	M	—	0.27	2.25	4.50	4.47	11.50
	L	—	0.27	2.25	4.50	4.47	11.50
	CK	—	0.27	2.25	4.50	4.47	11.50

表 1-48 是 2007 年有机肥处理对土壤不同土层间团聚体的影响。胡麻收获后经过干筛法后各处理不同土层小于 0.25mm 土壤团聚体均在 23.0%以上，最高达到 45.0%，表明各处理风干团聚体均以大团聚体为主，且大团聚体平均较播前高 5.7%；各处理不同粒级在 4 个土层间机械团聚体规律性不强，只有各处理在大于 5mm 粒级较 CK 有显著性差异（$P<0.05$），表现为 H<M<L<CK；收获后各处理 2～1mm 粒级土壤机械团聚体在 0～20cm 土层之间无显著性差异，各处理间表现为 H>M>L>CK；收获后各处理 0.5～0.25mm 粒级土壤机械团聚体在 0～10cm 土层之间无显著性差异，表现为 M>H>L>CK。

表 1-48 2007 年有机肥处理下土壤团聚体组成状况 (%)

土层深度	处理	粒级					
		>5mm	5～2mm	2～1mm	1～0.5mm	0.5～0.25mm	>0.25mm
干筛法							
0～10cm	H	25.70d	8.01a	6.75a	9.38a	9.65a	59.50a
	M	21.60c	8.13a	5.58a	9.47a	10.10a	54.90a
	L	41.50b	7.01a	5.03a	7.27a	7.11ab	67.90b
	CK	44.50a	7.10a	4.77a	6.74a	6.22b	69.30b
10～20cm	H	16.80d	8.17a	8.89a	10.4a	10.5a	54.80a
	M	20.20c	10.70a	8.80a	11.10a	9.93a	60.70b
	L	24.50b	10.40a	7.74ab	10.40a	9.53ab	62.60b
	CK	30.70a	10.00a	5.26b	8.95a	6.73b	62.60b
20～30cm	H	36.40c	8.41a	8.42a	9.35a	8.38a	70.60a
	M	43.40b	8.51a	5.96ab	7.25a	6.43a	71.50a
	L	45.60b	8.40a	6.45ab	8.36a	7.31a	76.10b
	CK	50.30a	7.97a	5.03b	6.45a	5.66a	75.40b
30～40cm	H	29.10b	12.50a	9.02a	10.80a	9.47a	70.90a
	M	31.20b	14.10a	5.02b	8.35a	8.75a	67.40ab
	L	30.50b	10.90a	7.65ab	8.61a	8.02a	65.70ab
	CK	38.30a	12.90a	6.56ab	7.83a	6.87a	72.50a
湿筛法							
0～10cm	H	—	0.25a	0.85b	4.20a	3.97a	9.60a
	M	—	0.25a	0.99ab	2.86b	3.41a	7.40ab
	L	—	0.22a	0.92ab	2.27ab	3.08a	7.60ab
	CK	—	0.23a	1.23a	1.51c	3.34a	6.00b
10～20cm	H	—	0.28a	1.30a	4.82a	4.50a	10.91a
	M	—	0.24a	1.28a	4.22a	4.41a	10.14a
	L	—	0.14a	1.06ab	3.05b	2.88b	7.13ab
	CK	—	0.25a	0.74b	2.19b	2.80b	5.93c
20～30cm	H	—	0.22a	1.60b	5.65a	4.65a	12.12a
	M	—	0.30a	3.13a	5.76a	3.46a	12.64a
	L	—	0.26a	1.16b	4.44b	4.70a	10.56a
	CK	—	0.23a	1.14b	2.81c	3.58a	7.76b
30～40cm	H	—	0.22a	2.17ab	6.89a	6.35a	15.62a
	M	—	0.28a	3.11a	7.34a	5.31a	16.03a
	L	—	0.25a	1.92b	6.14a	5.47a	13.78ab
	CK	—	0.32a	1.41b	4.42b	4.55a	10.71b

注：不同小写字母表示每一列相同粒径范围内不同处理间干筛或湿筛后结果差异显著（$P<0.05$），后同。

由表可知，经过湿筛后大于 0.25mm 水稳性团聚体明显减少，其中大于 5mm 的水稳性团聚体全部崩解，但 2007 年胡麻收获后各处理不同层次间的大团聚体平均较播前高 12.7%。胡麻收获后各处理不同层次间的水稳性团聚体在 2～1mm 粒级 0～10cm 土层间各处理表现为，H<L<M<CK，差异不明显；10～20cm 土层间各处理表现为 H>M>L>CK；20～40cm 土层各处理均表现为 M>H>L>CK。收获期各处理 1～0.5mm 粒级水稳性团聚体差异显著（P<0.05），0～20cm 土层分别表现为 H>M>L>CK；20～40cm 土层表现为 M>H>L>CK，其余粒级间差异不明显。

表 1-49 是 2008 年有机肥处理对土壤不同土层间团聚体的影响。小麦收获后经过干筛法后，各处理不同土层大于 0.25mm 的土壤机械团聚体均为 58.72%～81.22%，表明各处理风干团聚体也是以大团聚体为主，且大团聚体平均较 2007 年高 4.1%；各处理不同粒级在 4 个土层间机械团聚体规律性增强，收获后 H 和 M 处理大于 5mm 土壤机械团聚体较 CK 在 0～10cm、30～40cm 土层间有显著性差异（P<0.05），各处理间均表现为 H<M<L<CK；收获后 H 处理 2～1mm 粒级土壤机械团聚体较 CK 在 0～20cm 土层间有差异性（P<0.05），表现为 H>M>L>CK，其中低肥与 CK 差异性不显著；收获后 H 处理 1～0.5mm 粒级土壤机械团聚体较 CK 在 0～20cm 土层有显著性差异（P<0.05），表现为 H>M>L>CK。

表 1-49　2008 年有机肥处理下土壤团聚体组成状况　　(%)

土层深度	处理	粒级					
		>5mm	5～2mm	2～1mm	1～0.5mm	0.5～0.25mm	>0.25mm
干筛法							
0～10cm	H	17.40b	9.42a	8.85a	12.6a	10.50a	58.81a
	M	18.40b	8.41a	8.18ab	12.3a	11.40a	58.72a
	L	25.70a	9.35a	7.30bc	10.7ab	10.20a	63.24a
	CK	30.60a	7.85a	6.11c	9.30b	9.00a	62.91a
10～20cm	H	18.30b	9.63a	9.25a	12.4a	11.10a	60.73a
	M	24.30ab	9.96a	7.16b	10.5ab	9.24a	61.22a
	L	26.80ab	7.00a	6.40b	10.2ab	9.66a	60.12a
	CK	28.30a	8.39a	6.49b	9.22b	8.63a	61.12a
20～30cm	H	43.90a	9.48a	6.26a	7.62a	6.81a	74.17a
	M	47.10a	9.47a	6.63a	7.17a	6.03a	76.42a
	L	47.10a	7.91a	5.52a	7.39a	6.12a	74.00a
	CK	50.60a	9.38a	5.91a	7.35a	6.43a	79.72a
30～40cm	H	39.90b	13.50a	6.26a	7.66a	8.05a	75.45a
	M	40.60b	9.94b	6.77a	8.79a	7.61a	73.73a
	L	46.30ab	10.70ab	6.19a	7.58a	6.59a	77.41ab
	CK	51.40a	9.78b	5.33a	7.90a	6.77a	81.22b
湿筛法							
0～10cm	H	—	0.24a	1.44a	4.42a	4.41a	10.51a
	M	—	0.22a	1.20a	4.67a	4.21a	10.30a
	L	—	0.34a	1.53a	3.93a	3.62a	9.40a
	CK	—	0.27a	1.27a	4.13a	4.30a	10.02a

续表

土层深度	处理	粒级					
		>5mm	5～2mm	2～1mm	1～0.5mm	0.5～0.25mm	>0.25mm
10～20cm	H	—	0.27a	1.14a	3.57a	3.09a	11.22a
	M	—	0.23a	1.11a	3.32a	3.01a	10.72a
	L	—	0.27a	1.52a	4.32a	3.26a	12.63a
	CK	—	0.31a	1.23a	3.78a	3.22a	11.84a
20～30cm	H	—	0.28a	1.57a	4.58a	4.20a	14.82a
	M	—	0.26a	1.58a	4.61a	3.48ab	13.42a
	L	—	0.22a	1.00b	3.16b	2.90b	10.20ab
	CK	—	0.24a	0.92b	2.69b	2.58b	9.03b
30～40cm	H	—	0.37a	2.51a	6.18a	5.42a	14.51a
	M	—	0.25a	1.87b	5.16a	4.82a	12.15a
	L	—	0.31a	1.88b	5.21a	4.65a	12.13a
	CK	—	0.26a	1.80b	5.17a	4.56a	11.81a

从有机肥处理对土壤不同层次间水稳性团聚体的影响看，小麦收获后各处理不同层次间水稳性团聚体以小于0.25mm的团聚体为主，说明其土壤水稳性弱，土壤不稳定。在各处理不同层次大于0.25mm水稳性团聚体的比较中，2008年各处理平均较2007年各处理高11.7%。各处理不同粒级水稳性团聚体在4个土层间规律性不强：收获后各处理0～20cm土层间各粒级水稳性团聚体无显著性差异，在20～30cm土层间收获后各处理2～1mm、1～0.5mm粒级水稳性团聚体有差异，其中，H、M与L、CK处理之间水稳性团聚体差异显著（$P<0.05$），同时H和M处理0.5～0.25mm粒级水稳性团聚体较CK也表现为显著性差异（$P<0.05$），处理间水稳性团聚体表现为H>M>L>CK，L处理与CK处理之间水稳性团聚体无显著性差异（$P<0.05$）。

由表1-50可知，经过三年有机肥处理以后，经过干筛后10～20cm土层大于0.25mm土壤机械团聚体含量和大于5mm土壤机械团聚体含量在H、M和L处理下与CK处理相比，表现出显著性差异。相比试验前土壤，经过3年施肥处理后，0～10cm土层与10～20cm土层大于0.25mm土壤机械团聚体含量最大增幅达39.3%、35.2%。在20～30cm、30～40cm土层中，大于0.25mm土壤机械团聚体含量不同处理之间无显著性差异，以上两个土层与试验前土壤相比，大于0.25mm土壤团聚体含量的最大增幅分别是18.1%和5.8%，这说明施用有机肥可以增加0～40cm土层中大团聚体的含量，并且对土壤团聚体的影响程度随土层深度的加深而减小。从表中还可以看出，施肥处理大于5mm土壤团聚体含量及2～5mm土壤团聚体含量明显高于CK处理，而施肥处理对较小粒径（<1mm）团聚体含量影响不大。

经过湿筛后，不同量施肥处理的水稳性团聚体含量较CK处理有不同程度的增加，而相对于2006年试验开始前的土壤来说，经过三年连续施肥处理，大于0.25mm土壤团聚体含量除20～30cm土层外都有了显著提高，沿土层由上至下大于0.25mm土壤团聚体含量的最大增幅依次为34.8%、17.1%、75.1%。对于不同土层而言，30～40cm

表 1-50　2009 年有机肥处理下土壤团聚体组成状况　(%)

土层深度/cm	处理	粒级					
		>5mm	5～2mm	2～1mm	1～0.5mm	0.5～0.25mm	>0.25mm
干筛法							
0～10	H	25.45a	12.26a	6.19a	11.61a	8.59a	65.99ab
	M	32.54a	12.25a	6.39a	12.31a	9.38a	71.45a
	L	27.30a	11.23a	6.75a	12.47a	9.44a	66.33ab
	CK	17.32b	10.58a	6.17a	12.36a	9.53a	56.40b
10～20	H	34.97a	11.59a	7.12a	13.82a	9.28a	73.36a
	M	35.30a	11.36a	7.61a	13.49a	8.70a	76.14a
	L	34.54a	11.17a	8.04a	12.99a	8.65a	74.87a
	CK	23.13b	10.65a	6.16a	13.18a	8.16a	61.75b
20～30	H	37.42a	13.60a	7.26a	11.32a	7.51a	77.36a
	M	41.24a	14.10a	6.81a	10.53a	6.97a	80.10a
	L	36.37a	12.40a	7.26a	12.49a	8.53a	79.27a
	CK	36.22a	11.49a	6.63a	11.65a	7.04a	73.61a
30～40	H	38.53a	13.34a	7.48a	12.26a	8.45a	80.44a
	M	34.29a	14.59a	7.80a	12.86a	8.77a	80.59a
	L	39.08a	12.52a	7.33a	12.45a	8.88a	78.62a
	CK	34.04a	12.34a	7.65a	12.58a	8.42a	75.62a
湿筛法							
0～10	H	0.52a	0.70a	1.39ab	2.78b	4.26a	9.69b
	M	0.31ab	0.54ab	1.33b	3.50ab	4.06a	11.32a
	L	0.19b	0.67a	1.73a	4.19a	4.52a	9.39b
	CK	0.14b	0.41b	1.06b	3.08ab	3.62a	8.28b
10～20	H	0.51a	0.61a	1.47a	3.46a	3.76a	9.74a
	M	0.33b	0.58a	1.33a	3.58a	3.97a	10.66a
	L	0.33b	0.61a	1.65a	3.78a	4.44a	9.54a
	CK	0.31b	0.48a	1.54a	3.49a	3.67a	9.41a
20～30	H	0.13b	0.48a	1.57a	3.47a	4.06a	9.58a
	M	0.37a	0.41a	1.31a	3.69a	3.98a	9.88a
	L	0.23b	0.52a	1.62a	3.91a	3.90a	9.23a
	CK	0.13b	0.48a	1.47a	3.23a	3.98a	9.18a
30～40	H	0.89b	0.78b	2.88a	6.34a	6.71a	17.55ab
	M	1.74a	2.33a	3.77a	6.43a	6.47a	20.14a
	L	0.65b	1.08b	3.26a	6.39a	6.20a	17.21ab
	CK	0.14c	0.78b	2.58a	4.75a	6.30a	14.42b

土层大于 0.25mm 土壤团聚体含量明显高于其他土层，其他粒径团聚体含量也有此规律。对于不同粒径团聚体来说，大于 5mm 土壤团聚体的含量显然小于其他粒径团聚体，而且处理间的差异性主要表现在大于 5mm 土壤团聚体与大于 0.25mm 土壤团聚体

含量方面。

试验表明，在宁夏南部半干旱区农田进行连年（3 年）有机培肥后，土壤干筛的结果表明，土壤中的团聚体主要以大于 5mm 土壤团聚体为主，有机施肥处理相比 CK 处理，大于 0.25mm 土壤团聚体含量均有不同程度的增加，处理之间在 0～20cm 土层存在显著性差异。在几个土层中，相同较小粒径团聚体含量在不同施肥处理间相差不大。施肥处理在 0～10cm、30～40cm 土层大于 5mm、2～5mm 及大于 0.25mm 粒径水稳性团聚体含量较 CK 处理有显著提高，但是对于 0.25～0.5mm 粒径的团聚体含量，在各个土层中不同处理间无显著性差异，而处理间的差异性主要体现在大于 5mm 土壤团聚体与大于 0.25mm 土壤团聚体含量上面。无论干筛或湿筛，大于 0.25mm 土壤团聚体含量的最大值大都出现在 M 处理上，故对半干旱作区而言，培育良好土壤团聚结构的适宜有机肥量在60 000kg/hm^{2}左右。

（4）秸秆还田处理对土壤团聚体组成状况的影响

表 1-51 是试验开始前土壤团聚体经过干筛和湿筛法后在土样中所占的含量情况。由表可知，经过湿筛法后缺失大于 5mm 粒级团聚体，且大于 0.25mm 水稳性团聚体含量较别的地区小得多，说明宁夏南部土壤稳定性差，容易受到外界条件的影响。从干筛法数据可以看出，小径粒团聚体占多数，且土壤深层土壤大团聚体数量大于表层土，这说明该区表层土壤较深层土壤更不稳定。这与有机培肥小区试验前基土土样情况基本一致。

表 1-51　试验开始前土壤团聚体组成状况　（%）

土层深度	处理	粒级					
		＞5mm	5～2mm	2～1mm	1～0.5mm	0.5～0.25mm	＞0.25mm
干筛法							
0～10cm	H	19.90	9.08	5.78	7.73	8.17	50.60
	M	19.90	9.08	5.78	7.73	8.17	50.60
	L	19.90	9.08	5.78	7.73	8.17	50.60
	CK	19.90	9.08	5.78	7.73	8.17	50.60
10～20cm	H	13.90	11.10	7.66	8.99	7.96	49.60
	M	13.90	11.10	7.66	8.99	7.96	49.60
	L	13.90	11.10	7.66	8.99	7.96	49.60
	CK	13.90	11.10	7.66	8.99	7.96	49.60
20～30cm	H	45.70	8.28	5.21	5.67	4.61	69.50
	M	45.70	8.28	5.21	5.67	4.61	69.50
	L	45.70	8.28	5.21	5.67	4.61	69.50
	CK	45.70	8.28	5.21	5.67	4.61	69.50
30～40cm	H	38.50	8.26	4.77	5.47	4.74	61.70
	M	38.50	8.26	4.77	5.47	4.74	61.70
	L	38.50	8.26	4.77	5.47	4.74	61.70
	CK	38.50	8.26	4.77	5.47	4.74	61.70

续表

土层深度	处理	粒级					
		>5mm	5～2mm	2～1mm	1～0.5mm	0.5～0.25mm	>0.25mm
湿筛法							
0～10cm	H	—	0.20	0.98	2.49	2.46	6.20
	M	—	0.20	0.98	2.49	2.46	6.20
	L	—	0.20	0.98	2.49	2.46	6.20
	CK	—	0.20	0.98	2.49	2.46	6.20
10～20cm	H	—	0.16	0.90	2.06	1.66	4.80
	M	—	0.16	0.90	2.06	1.66	4.80
	L	—	0.16	0.90	2.06	1.66	4.80
	CK	—	0.16	0.90	2.06	1.66	4.80
20～30cm	H	—	0.09	0.42	0.96	0.85	2.30
	M	—	0.09	0.42	0.96	0.85	2.30
	L	—	0.09	0.42	0.96	0.85	2.30
	CK	—	0.09	0.42	0.96	0.85	2.30
30～40cm	H	—	0.11	0.30	1.17	1.56	3.10
	M	—	0.11	0.30	1.17	1.56	3.10
	L	—	0.11	0.30	1.17	1.56	3.10
	CK	—	0.11	0.30	1.17	1.56	3.10

如表1-51和表1-52所示，2007年0～10cm层，经过干筛法后，H、M、L处理的大于0.25mm土壤团聚体含量均高于基土。处理间比较结果不显著，但依次呈递减趋势，H处理和M处理较CK处理的土壤团聚体含量增幅分别为10.9%、7.3%，其中10～20cm土层，2007年，H处理大于0.25mm土壤团聚体含量与其他3个处理相比有明显差异，且数值小于后者。原因可能是第一年翻埋入土高还田量的玉米秆未完全腐熟，使小径粒团聚体增多。20～30cm土层，2007年测得数据显示：各个施肥处理较CK都无显著性差异，但大于0.25mm土壤团聚体含量都大于CK处理，其中最大值为M处理。相对于基土，各个处理大于0.25mm土壤团聚体含量均小于基土。30～40cm土层，H处理较CK有显著性差异（$P<0.05$），而且除H处理外各个处理大于0.25mm土壤团聚体含量均高于基土。

2007年各处理，经过湿筛法后在0～10cm层，大于0.25mm土壤水稳性团聚体含量均较基土有所增加，最大增幅为37.3%。3个不同还田量处理之间相互无显著性差异，高肥量还田处理水稳性大于0.25mm土壤团聚体含量最高，说明秸秆还田量与水稳性大于0.25mm土壤团聚体含量有一定正相关性。10～20cm土层，3种不同还田量处理有一明显趋势：随秸秆还田量的增加水稳性大于0.25mm土壤团聚体含量依次增大。最高水稳性大于0.25mm土壤团聚体含量为H处理，分别较基土与CK处理高出50.4%、44.4%，三处理间无显著性差异。20～30cm土层，2007年同样有随秸秆还田量的递增，水稳性大于0.25mm土壤团聚体含量也相应递增的趋势。而H处理与M处理差异性不明显，L与CK处理差异性也不明显。整体来看，大于0.25mm土壤团聚体含量均大于基土，最大增幅为130.9%。30～40cm土层，H处理与L处理间差异不显著，M处理与CK处理差异也不显著，最大值为CK处理；其次为M处理；最小为L处理。这说明在该土层土壤翻埋扰动对土壤团聚体的影响大于秸秆还田对土壤团聚体的影响。2007年各个处理的水稳性大于0.25mm土壤团聚体含量均较基土的值大。这说明经过一年的还田处理，该土层水稳性团聚体数量有所提高。

表1-52　2007年秸秆还田处理下土壤团聚体组成状况　（%）

土层深度	处理	粒级					
		>5mm	5～2mm	2～1mm	1～0.5mm	0.5～0.25mm	>0.25mm
干筛法							
0～10cm	H	20.80a	8.71a	7.31a	9.64a	9.20a	55.71a
	M	17.70ab	9.94a	7.50a	9.80a	8.93a	53.90a
	L	17.10b	8.65a	8.15a	9.72a	9.08a	52.71a
	CK	14.40b	8.25a	8.47a	9.09a	10.00a	50.22a
10～20cm	H	13.90b	9.95b	8.85a	10.50a	8.94a	52.12a
	M	19.60a	10.9ab	9.28a	9.24a	8.10a	57.14b
	L	20.60a	11.70ab	7.67a	9.91a	8.15a	58.00b
	CK	21.80a	12.00a	9.10a	8.09a	7.33a	58.31b
20～30cm	H	38.40b	9.97ab	7.77a	6.55a	5.41ab	68.10a
	M	39.70ab	9.52ab	6.56ab	6.66a	6.27a	68.71a
	L	40.00ab	11.00a	5.77ab	5.77a	5.51ab	68.21a
	CK	43.10a	8.17b	5.54b	5.64a	4.83b	67.22a
30～40cm	H	26.80c	8.46ab	7.46ab	7.53a	5.91a	56.21a
	M	35.70b	9.25a	8.14a	6.86a	6.06a	66.01b
	L	36.70b	9.06a	6.58ab	6.93a	5.82a	65.13b
	CK	41.60a	7.30b	5.82b	6.18a	5.05a	65.91b
湿筛法							
0～10cm	H	—	0.20ab	1.37a	4.03a	2.87a	8.51a
	M	—	0.16b	1.04a	3.19a	2.63a	7.00a
	L	—	0.22ab	1.19a	3.43a	2.77a	7.60a
	CK	—	0.27a	1.49a	3.14a	2.24a	7.10a
10～20cm	H	—	0.23a	1.34a	3.23a	2.39a	7.22a
	M	—	0.15a	1.01a	3.04a	1.86ab	6.10a
	L	—	0.17a	0.96a	2.36a	1.87ab	5.40a
	CK	—	0.22a	0.97a	2.11a	1.73b	5.00a
20～30cm	H	—	0.33a	1.00a	2.22a	1.80a	5.31a
	M	—	0.17b	1.32a	2.33a	1.79a	5.01a
	L	—	0.17b	0.72a	1.78a	1.64a	4.32a
	CK	—	0.15b	0.89a	1.51a	1.51a	4.71a

续表

土层深度	处理	粒级					
		>5mm	5～2mm	2～1mm	1～0.5mm	0.5～0.25mm	>0.25mm
30～40cm	H	—	0.18a	0.73a	2.08a	1.70a	4.72a
	M	—	0.13a	0.90a	2.46a	2.01a	5.55a
	L	—	0.11a	0.64a	1.71a	1.71a	4.52a
	CK	—	0.15a	0.60a	1.88a	1.88a	5.82a

由表 1-51 和表 1-53 可知：经过干筛后，各个层次大于 0.25mm 土壤团聚体含量大部分都超过或者接近 50.0%，最小的为 45.3%，最大的接近 70.0%。这说明在风干土样中，是以大团聚体为主。在 0～10cm 土层，M 处理大于 0.25mm 土壤团聚体含量和其他处理比较，表现最高且高于基土与 CK 处理，说明秸秆还田可以增加较浅层土壤中大团聚体的含量，还田量不同大团聚体增加幅度不同，基本呈正相关关系，2008 年试验结果表明：前茬种植作物的不同，会影响土壤中团聚体的含量，使之规律性不强。10～20cm 土层，大于 0.25mm 土壤团聚体含量均高于该层基土土壤团聚体含量；由高到低的还田量处理，呈现大于 0.25mm 土壤团聚体含量由高到低排列。在 10～20cm 土层，H 处理相对于基土和 CK 处理，大于 0.25mm 土壤团聚体含量增加 17.2%、16.4%。

表 1-53　2008 年秸秆还田处理下土壤团聚体组成状况　(%)

土层深度	处理	粒级					
		>5mm	5～2mm	2～1mm	1～0.5mm	0.5～0.25mm	>0.25mm
干筛法							
0～10cm	H	11.40a	10.30a	7.27a	11.80ab	9.65a	50.41a
	M	11.80a	10.40a	7.33a	13.30a	8.62a	51.40a
	L	7.80b	8.05b	7.76a	12.30a	10.10a	46.20a
	CK	9.86ab	9.80ab	6.44a	10.40b	8.81a	45.32a
10～20cm	H	18.10a	12.40a	8.85a	11.70a	7.10a	58.12a
	M	16.30a	13.20a	6.86b	11.10a	6.70a	54.24a
	L	13.30b	12.00a	7.10b	12.40a	7.36a	50.94b
	CK	11.80b	10.70b	6.62b	11.90a	7.58a	49.92b
20～30cm	H	28.80a	17.80a	6.50a	10.60a	5.22a	68.93a
	M	30.90a	16.40ab	7.70a	9.21ab	5.53a	69.75a
	L	29.70a	15.30b	6.87a	8.98ab	4.63a	65.52ab
	CK	23.50b	15.00b	7.45a	8.15b	5.61a	59.72b
30～40cm	H	16.40b	15.20a	8.18a	11.80a	6.65a	58.23a
	M	20.90b	15.90a	6.67b	9.96b	5.96a	59.43a
	L	30.00a	13.30b	6.09b	8.43c	4.60b	62.43a
	CK	26.40ab	13.10b	6.55b	8.65bc	4.58b	59.35a

续表

土层深度	处理	粒级					
		>5mm	5～2mm	2～1mm	1～0.5mm	0.5～0.25mm	>0.25mm
湿筛法							
0～10cm	H	—	0.15a	0.81a	1.57a	1.77a	4.31a
	M	—	0.23a	0.74a	1.21a	1.67a	3.82a
	L	—	0.16a	0.73a	1.57a	1.81a	4.30a
	CK	—	0.17a	0.74a	1.05a	1.27a	3.25a
10～20cm	H	—	0.12a	0.58a	1.12a	3.09a	3.10a
	M	—	0.17a	0.48a	1.13a	3.04a	3.00a
	L	—	0.10a	0.53a	0.85ab	2.38ab	2.40a
	CK	—	0.12a	0.41a	0.58b	1.94b	1.91a
20～30cm	H	—	0.12a	0.33a	0.64b	0.95b	2.01a
	M	—	0.16a	0.31a	1.07a	1.52a	3.11a
	L	—	0.14a	0.31a	0.50b	0.89b	1.82a
	CK	—	0.11a	0.37a	0.69b	1.00b	2.23a
30～40cm	H	—	0.10a	0.30b	0.65b	1.09a	2.11ab
	M	—	0.12a	0.63a	1.15a	1.18a	3.13a
	L	—	0.13a	0.22b	0.62b	0.69b	1.72b
	CK	—	0.10a	0.29b	0.53b	0.79b	1.70b

20～30cm 土层，H、M 处理与 CK 处理大于 0.25mm 土壤团聚体含量存在显著性差异；而 H、M 处理之间却不存在显著差异；各个处理大于 0.25mm 土壤团聚体含量明显大于 CK 处理，但与基土相比，除了 M 处理有小幅提高外，其余各处理大于 0.25mm 土壤团聚体含量都有所降低。30～40cm 土层，L 处理大于 0.25mm 土壤团聚体含量最高，H 处理大于 0.25mm 土壤团聚体含量反而最小。除 L 处理大于 0.25mm 土壤团聚体含量大于基土，其余各个处理均较基土有不同程度的降低。

由表 1-53 可知，2008 年各个处理水稳性大于 0.25mm 土壤团聚体含量都未超过 10.0%，说明此地区土壤团聚体大多数为非水稳性团聚体，水稳性团聚体较少。0～10cm 土层，3 种处理与 CK 处理均呈显著性差异（$P<0.05$），且 H 处理水稳性大于 0.25mm 土壤团聚体含量最高。10～20cm 土层 H、M 和 L 处理较 CK 无显著差异性，各个处理相比，大小顺序为 H>M>L>CK。在 20～30cm 土层，H、M 和 L 处理较 CK 处理差异性不显著。各个处理相比，大小顺序为：M>CK>H>L。在 30～40cm 土层，2008 年 H 处理与 M 处理间有显著性差异（$P<0.05$），L 和 CK 处理间无显著性差异。各个处理与 CK 处理相比，水稳性大于 0.25mm 土壤团聚体含量均有所提高，最大值出现在 M 处理中；H 处理次之；最小为 L 处理。

由表 1-53 可知，谷子收获后各处理不同粒级在 4 个土层间规律性仍然不强，收获后各处理 2～1mm 粒级土壤水稳性团聚体在 30～40cm 土层有显著性差异（$P<0.05$），M 处理土壤水稳性团聚体含量明显高于其他处理；收获后各处理 1～0.5mm 粒级土壤水稳性团聚体在 10～40cm 土层有差异性，各处理间均表现为 M>H>L>CK，收获后各处理 0.5～0.25mm 粒级土壤水稳性团聚体在 20～40cm 土层间有明显差异（$P<0.05$），各处理间水稳性团聚体含量均表现为 H、M 高于 L、CK 处理。

表 1-54 是 2009 年秸秆还田处理下不同层次间团聚体组成变化。由表可知，干筛法0～20cm 土层大于 5mm 粒径团聚体含量各个施肥处理与 CK 处理呈显著性差异，而 M 处理与 L 处理之间无差异性，其团聚体含量随肥力水平的递减而递减。H、M、L 处理较 CK 在 0～20cm 土层平均提高 60.9%、39.2%、31.3%。大于 0.25mm 土壤团聚体含量，H、M 处理显著高于 CK 处理，L 处理与 CK 处理差异性不显著，且 H 处理、M 处理较 CK 处理平均分别提高 9.1%、8.7%。在 20～40cm 土层，干筛后大于 5mm 粒径团聚体含量，H 处理与 M 处理间无显著差异，但与 L 处理和 CK 处理均呈显著差异，其含量大小总是 H>M>L>CK。大于 0.25mm 土壤团聚体含量在还田处理之间差异不明显，H 处理、M 处理、L 处理较 CK 平均分别提高 9.6%、3.9%、4.1%。在 0～20cm 土层中，湿筛后没有大于 5mm 粒径的团聚体，从大于 0.25mm 粒径团聚体含量看，各个还田处理与 CK 处理均存在显著性差异，CK 处理大于 0.25mm 土壤团聚体含量最低，H 处理最高。在 0～10 土层，H、M、L 较 CK 处理大于 0.25mm 土壤团聚体含量分别提高 50.2%、15.0%、30.6%。在 20～40cm 土层，大于 0.25mm 粒径团聚体含量 H 处理均显著大于 CK，H 处理大于 0.25mm 土壤团聚体含量平均较 CK 增高 36.8%。

表 1-54　2009 年秸秆还田处理下土壤团聚体组成状况　（%）

土层深度	处理	粒级					
		>5mm	5～2mm	2～1mm	1～0.5mm	0.5～0.25mm	>0.25mm
干筛法							
0～10cm	H	17.01a	9.52a	11.06ab	14.29ab	9.51a	59.06a
	M	15.20b	8.79a	10.08b	14.05b	8.84ab	59.66a
	L	14.59b	8.74a	12.37a	15.03a	8.47ab	55.62b
	CK	10.70c	8.47a	10.84ab	13.90b	8.04b	55.94b
10～20cm	H	17.42a	12.05a	11.43a	13.84a	8.82a	60.85a
	M	14.59b	9.36b	10.76ab	13.66a	8.27a	59.76a
	L	13.51b	9.00b	9.93b	14.47a	8.10a	56.71b
	CK	10.70c	8.79b	9.84b	14.34a	7.93a	54.00b
20～30cm	H	36.64a	9.73a	9.62a	9.80a	5.95a	69.90a
	M	36.60a	9.40a	9.35a	9.63a	5.94a	66.86b
	L	34.04b	9.39a	9.05a	9.98a	5.38ab	71.02a
	CK	29.92c	8.84a	7.23b	10.80b	5.09b	65.67b
30～40cm	H	36.16a	12.44a	9.99a	10.08b	6.69a	69.09a
	M	30.19b	12.16a	8.53b	10.81a	5.98b	65.01a
	L	29.89b	8.84b	7.70b	10.82a	5.58b	61.29b
	CK	23.62c	8.15b	5.84c	10.96a	5.47b	61.29b

续表

土层深度	处理	粒级					
		>5mm	5～2mm	2～1mm	1～0.5mm	0.5～0.25mm	>0.25mm
湿筛法							
0～10cm	H	—	0.40a	0.75a	1.74a	1.78a	4.52a
	M	—	0.31ab	0.66a	1.44ab	1.05c	3.46b
	L	—	0.31ab	0.66a	1.32ab	1.62ab	3.93b
	CK	—	0.25b	0.44b	1.06b	1.26bc	3.01c
10～20cm	H	—	0.33a	0.78a	1.61a	0.97b	3.69a
	M	—	0.29a	0.71a	1.47ab	1.39ab	3.86a
	L	—	0.29a	0.60ab	1.22bc	1.48a	3.59a
	CK	—	0.17b	0.50b	1.08c	1.25ab	3.02b
20～30cm	H	—	0.25a	0.47b	1.17a	1.21a	3.13a
	M	—	0.21a	0.65a	1.06ab	0.94a	2.86b
	L	—	0.32a	0.37bc	0.83bc	1.09a	2.61b
	CK	—	0.20a	0.29c	0.62c	0.94a	2.05c
30～40cm	H	—	0.25a	0.67ab	1.63a	1.49a	4.04a
	M	—	0.25a	0.58b	1.58a	1.13a	3.54b
	L	—	0.23a	0.31c	1.53a	1.57a	3.64b
	CK	—	0.16a	0.80a	0.80b	1.58a	3.34b

土壤学中将粒径为10～0.25mm的团聚体称为大团聚体，其含量越高，说明土壤团聚性越好。总体来看，宁南土壤经过干筛后，土壤中的团聚体主要以大于5mm土壤团聚体为主，并且各有机施肥处理大于0.25mm土壤团聚体含量均较CK处理有不同程度的增加。土壤水稳性团聚体含量高低能够更好地反映土壤结构保持和供应养分能力的强弱，了解水稳性团聚体的组成对探讨土壤肥力、土壤结构变化有着重要的理论和实践意义。经过三年的不同有机肥施用量处理后，大于0.25mm水稳性团聚体含量相比CK处理有显著提高。大于5mm土壤团聚体含量除了2009年湿筛后有数据外，前两年均无数据，并且其大小随施肥水平的降低而减小，CK处理含量最小。1～2mm粒径团聚体含量不同处理间差异性不大。纵观基土、2007年和2008年的试验结果，明显可以看到：2008年大于0.25mm水稳性团聚体含量总体上都小于前两者，其原因有待进一步研究。

4. 有机培肥对作物生物量及产量的影响

(1) 有机肥处理对作物生物量的影响

表1-55是2007～2009年有机肥处理下地上部分干物质积累量的变化。2007年胡麻地上部分干物质积累量测定中，开花期各处理间规律性不强，处理间无显著性差异；收获期各处理间无明显差异。

表 1-55　2007～2009 年作物不同生长阶段地上部分干物质积累量

（单位：g/株）

处理	2007 年		2008 年			2009 年		
	开花期	收获期	拔节期	抽穗期	成熟期	拔节期	抽穗期	成熟期
H	2.38a	1.50a	1.29a	2.78a	3.50a	1.33a	1.48a	2.15a
M	2.48a	1.43a	1.17a	2.39b	3.03ab	1.32a	1.44a	2.04a
L	2.24a	1.35a	1.15a	2.40b	2.83ab	1.30a	1.42a	2.01a
CK	2.26a	1.24a	0.94a	2.24b	2.68b	1.27a	1.34a	1.78b

2008 年小麦地上部分干物质积累量测定中，拔节期各处理间干物质积累量无明显差异；抽穗期各处理间干物质积累量 H 与 M、L、CK 处理间有显著差异（$P<0.05$），H 处理较其他处理平均高 18.8%，M、L、CK 处理间无明显差异；成熟期各处理间干物质积累量表现为 H>M>L>CK，H 处理干物质积累量较 CK 处理高 30.6%，H 与 M、L 处理间无明显差异，H 处理较 M 处理高 15.5%、较 L 处理高 23.7%，M 和 L 处理与 CK 处理无显著性差异，M 较 CK 处理高 13.1%、L 较 CK 处理高 5.6%。

2009 年小麦干物质积累量的分析中，拔节期与抽穗期干物质积累量在各个处理间无显著性差异。成熟期施肥处理和 CK 处理存在显著差异（$P<0.05$），而处理之间无明显差异。H、M 和 L 处理干物质积累量分别较 CK 处理高 20.8%、14.6% 和 12.9%。

（2）秸秆还田处理对作物生物量的影响

表 1-56 是秸秆还田处理下 2007～2009 年地上部分干物质积累量的变化。2007 年玉米地上部分干物质积累量各处理在抽雄期差异性不明显，和 CK 处理比较增幅为2.5%～13.7%；灌浆期各处理干物质积累量间无明显差异，和 CK 处理比较降幅为 0.5%～13.9%；成熟期各处理之间干物质积累量也无显著性差异，增幅为 3.6%～22.1%。

表 1-56　2007～2009 年作物不同生长阶段地上部分干物质积累量（单位：g/株）

处理	2007 年			2008 年			2009 年		
	抽雄期	灌浆期	成熟期	抽雄期	灌浆期	成熟期	抽雄期	灌浆期	成熟期
H	112.00a	150.60a	262.51a	12.94a	18.86a	21.18a	105.00a	140.60a	243.51a
M	113.81a	166.49a	236.65a	8.00b	15.84b	15.37b	102.81a	153.49a	220.65a
L	102.56a	174.01a	222.70a	6.55c	8.06c	14.29c	99.56a	166.01a	210.70a
CK	100.08a	174.95a	215.04a	4.64d	7.57d	12.26d	93.08a	168.95a	203.04b

2008 年谷子收获后，抽穗期各处理干物质积累量表现为 H>M>L>CK 处理，其中，H 与 M、L、CK 处理有极显著差异（$P<0.01$），M 处理与 CK 处理有极显著差异（$P<0.01$）；灌浆期各处理干物质积累量 H、M 与 L、CK 有极显著差异（$P<0.01$）；成熟期各处理干物质积累量分别表现为 H>M>L>CK，增幅为 16.6%～72.8%。

2009 年玉米地上部分干物质积累量各处理在抽雄期和灌浆期差异性不明显，而在成熟期差异显著（$P<0.05$）。H 处理、M 处理与 L 处理较 CK 干物质积累量分别提高 19.9%、8.7%和 3.8%。

(3) 有机培肥处理对作物产量及水分利用效率的影响

2007年，对3种不同施肥量处理下的冬小麦产量、水分利用效率的分析结果表明(表1-57)，H处理胡麻产量与CK处理之间达到极显著差异($P<0.01$)，其中H、M、L处理胡麻产量较CK处理分别高12.9%、10.5%、6.1%。施肥处理水分利用效率与CK处理达到了极显著差异($P<0.01$)，其中H处理的水分利用效率较CK处理高42.0%，M处理的水分利用效率较CK处理高41.8%，L处理的水分利用效率较CK处理高12.8%；H、M处理与L处理之间的水分利用效率差异达到了显著水平($P<0.05$)，H处理的水分利用效率较L处理高25.9%，M处理的水分利用效率较L处理高25.7%，H处理与M处理之间无差异。

表1-57　不同有机培肥下不同作物的产量及水分利用效率

年份	作物类型	处理	籽粒产量/(kg/hm²)	WUE/[kg/(mm·hm²)]
2007	胡麻	H	690a	7.74a
		M	675a	7.73a
		L	648ab	6.15 b
		CK	611b	5.45c
2008	冬小麦	H	3285b	20.10a
		M	3600a	20.20a
		L	3060c	18.20b
		CK	2685d	17.10c
2009	冬小麦	H	3117a	10.10a
		M	3100a	10.10a
		L	2807ab	9.00ab
		CK	2327b	7.30b

注：同一时期各处理不同小写字母表示差异显著($P<0.05$)，下同。

2008年不同的施肥处理下冬小麦的产量差异明显，施肥处理的冬小麦产量与CK处理之间差异显著($P<0.05$)，其中H、M、L处理的冬小麦产量较CK处理分别高22.3%、34.1%、14.0%；在水分利用效率上，施肥处理与CK处理差异达显著($P<0.05$)，H处理的水分利用效率较CK处理高17.5%，M处理的水分利用效率较CK处理高18.1%，L处理较CK处理高6.4%；H、M与L处理之间的差异达到了显著水平($P<0.05$)，H处理的水分利用效率较L处理高10.4%，M处理的水分利用效率较L处理高11.0%。H处理与M处理间水分利用效率无差异。

2009年，H处理产量最高，达3117kg/hm²，其次为M处理(3100kg/hm²)和L处理(2807kg/hm²)，H、M处理显著高于CK处理。随肥力水平由高到低不同施肥处理的冬小麦水分利用效率较CK处理分别提高38.4%、38.4%、23.3%，H、M处理显著高于CK处理。

(4) 秸秆还田对作物产量及水分利用效率的影响

2009年对3种不同还田量处理下的玉米产量、水分利用效率的分析结果表明

（表 1-58），H 处理产量最高，达 5395.38kg/hm^2；其次为 M 和 L 处理，H 和 M 处理均显著高于 CK 处理。随肥力水平由高到低，不同秸秆还田处理玉米水分利用效率较 CK 处理分别提高 38.5%、31.0%、0.9%，H 处理、M 处理显著高于 CK 处理。玉米在还田处理下，产量较 CK 处理显著增加，分别提高了 58.3%、36.7%和 5.4%，其中 H 处理下，增产幅度最大，其次依次为 M 处理和 L 处理。由表 1-58 可知，2007 年玉米产量 H 处理与 CK 处理之间有显著差异（$P<0.05$），H、M、L 处理玉米产量较 CK 分别高 18.1%、18.9%、14.8%；在玉米田各秸秆还田处理水分利用效率分析中，秸秆还田处理与 CK 处理之间有显著差异（$P<0.05$），其中 H 处理水分利用效率较 CK 处理高 11.4%，M 处理水分利用效率较 CK 处理高 13.0%，L 处理水分利用效率较 CK 处理高 10.4%。2008 年不同秸秆还田处理下谷子产量存在差异，M 处理与 CK 处理差异达显著（$P<0.05$），谷子 H 处理、M 处理较 CK 处理分别高 47.4%、67.4%；M 处理产量与 L 处理产量有显著性差异（$P<0.05$），M 处理产量较 L 处理高 51.3%。在谷子各处理水分利用效率的分析中，M 与 L、CK 处理水分利用效率有显著性差异（$P<0.05$），M 处理水分利用效率较 L 水分利用效率高 57.5%、较 CK 处理高 59.5%，H 与 M 处理之间水分利用效率无显著性差异。

表 1-58　不同秸秆还田处理下不同作物的产量及水分利用效率

年份	作物类型	处理	籽粒产量/(kg/hm^2)	WUE/[kg/(mm·hm^2)]
2007	玉米	H	6352.2a	21.50a
		M	6395.8a	21.80a
		L	6171.9ab	21.30a
		CK	5377.0b	19.30b
2008	谷子	H	2421.4ab	9.70ab
		M	2749.7a	11.29a
		L	1817.0b	7.17b
		CK	1642.6b	7.08b
2009	玉米	H	5395.38a	21.69a
		M	4658.50b	20.52a
		L	3591.49c	15.80b
		CK	3408.12c	15.66b

从以上分析可知，有机培肥处理较 CK 处理能够明显提高作物产量，且处理与 CK 处理间存在显著差异，处理之间差异不明显。

（三）结论与讨论

1. 不同有机肥施用量对土壤水分的影响

冬小麦在生育旺盛期，有机培肥处理 0～140cm 土层土壤含水量均低于 CK 处理；原因可能是由于有机肥处理冬小麦生物量高，产生相对大的叶面蒸腾，耗水量较 CK 处理增加，使得有培肥处理土层土壤含水量逐渐低于 CK 处理。收获后，有机培肥处理 0～200cm 土层土壤平均土壤含水量均高于 CK 处理，这一结果表明增施有机肥料对涵养土壤水分有良好的作用。有报道认为，小麦收获后土壤含水量随有机肥施用量的提高有上升趋势，但差异不大，这一研究结果与本研究结果稍有区别。但是是否施肥量越大其蓄水能力就越强，这还需要进一步研究证实。王生录等（1996）研究发现，旱地施用有机肥具有明显的蓄水保墒效果，有机肥施用量 112 500kg/hm^{2}处理 0～60cm 土壤含水量较 CK 处理增加 5.5mm，水分利用效率提高 22.0%。王才斌等（2004）的研究结果认为，小麦收获后土壤含水量随有机肥施用量的提高有上升趋势，但差异不大，这一研究结果与本研究结果基本一致。

有研究表明，随施肥量的增大土壤营养物质的增多，土壤微生物的活动、繁殖会趋于活跃，这就可能造成与作物争肥争水的状况，具体问题还需深入分析研究才能有最终结论。

2. 不同秸秆还田量对土壤水分的影响

2007 年玉米田秸秆还田研究中，在苗期各处理土壤含水量 0～40cm 土层间，CK 处理与各处理差异明显，CK 处理较各秸秆还田处理土壤含水量高；在玉米抽穗期 0～100cm 土层间土壤贮水量有明显变化；在玉米灌浆期各处理的土壤贮水量在 100～200cm 土层各处理之间有显著性差异。2009 年玉米播前各处理 0～200cm 土层土壤贮水量均较 CK 处理有所提高，随还田量由高到低土壤贮水量增加不同，不同还田处理与 CK 处理差异显著（$P<0.05$）。随着玉米生育期的推移，玉米生长耗水的增加，土壤贮水量呈现先降后升的规律。从试验结果看，秸秆还田处理增强了土壤的蓄水保墒能力，且随着还田量的增加其能力也随之提升。有研究（吴菲，2005）表明，秸秆还田量并非越多越好，这是因为秸秆还田前期植物生长与秸秆分解消耗大量的水分，随着谷子生长后期降雨量的增加，到秸秆腐解完成，才开始具备一定的蓄水保水能力，只有依据当地降雨及气候条件，根据秸秆的腐烂分解过程的长短，在一定的时期进行一定量的秸秆还田才能达到最优效果。

3. 不同有机肥施用量对土壤养分的影响

本试验研究表明第一年施用有机肥对土壤肥力影响不明显；各处理间的比较中，全氮、全磷、全钾、碱解氮含量在各处理间差异不显著，有机质含量只有中肥处理在 0～20cm 与高、低、CK 处理有显著差异；速效磷、钾各处理间分别表现为高肥＞中肥＞低肥＞CK。通过 2008 年、2009 年的结果可得出，有机培肥可以显著提高土壤耕层的有机质和速效钾含量，且均表现出随施用量的增加而增加的趋势。有机培肥对土壤全氮、全磷含量的影响并不明显。

有研究结果认为，化肥配合施用有机肥料具有改善土壤氮素供应水平的作用（张娟等，2004；杨春悦等，2004）。吴光磊（2008）和杨希（2009）研究发现：增施有机肥可显著提高土壤有机质、全氮、全磷、碱解氮、速效磷、速效钾的含量，连施化肥不能保持和提高土壤有机质和全氮含量。相关研究也表明，施用有机肥可提高土壤肥力，长期施用有机肥有利于土壤各种养分的增加（王改兰等，2006）。本研究表明初期施用有机肥对土壤全效养分的增加并不明显，但有利于速效养分的提高，在连续施肥两年后，土壤的全效养分呈增加趋势，速效养分的变化更加明显。

4. 不同秸秆还田量对土壤养分的影响

本研究表明秸秆还田对有机质及速效钾增加最为显著，其他养分增加不明显。秸秆还田措施对浅层土壤的养分影响较大，对深层土壤影响较小。洪春来等（2003）进行秸秆全量直接还田两年的定点试验结果表明，秸秆全量还田配合常规施肥提高了土壤肥力，其有机质含量由4.3%提高到4.4%，速效钾增加36.1%。大量研究（张振江，1998）也表明长期秸秆还田对土壤有机质的增加显著。秸秆还田研究结果的差异可能与试验处理、土壤类型、采样时间和采样部位有关。董玉良等（2005）研究报道，秸秆还田对全钾的影响很小。孙伟红等（2004）研究认为，连续秸秆还田将减缓钾素肥力下降。其原因可能是由于微生物分解秸秆过程中需从土壤中吸收一定数量的土壤速效养分有关，本研究中2009年秸秆还田处理的土壤全钾含量均低于CK，但差异不显著，与前人研究结果一致。

5. 不同有机肥施用量对土壤酶活性的影响

2007～2008年作物收获期土壤酶活性变化差异较大，0～60cm土层间各处理酶活性的分析比较中，不同土层酶的活性规律基本相同，依次分别为0～20cm＞20～40cm＞40～60cm。2009年小麦收获后，脲酶的活性显著提高，过氧化氢酶的活性变化规律不稳定，蔗糖酶、碱性磷酸酶的活性也较2008年有所提高，其规律基本与施肥量的多少呈正相关。各个酶类都有随着土层的加深，活性逐渐减弱的趋势。邓婵娟（2008）研究认为有机无机混施能显著提高土壤脲酶、蔗糖酶和淀粉酶的活性，是因为有机肥的施用增加了土壤中碳氮含量，为微生物带来大量的碳源和氮源，对土壤中有益微生物的生长发育产生了良好的促进作用，进而极大地提高了土壤生物活性。这与本研究结论一致。本研究结果表明施用有机肥对土壤中过氧化氢酶活性影响不大，这与孙瑞莲等（2003）研究结果一致。

6. 不同秸秆还田量对土壤酶活性的影响

从收获期各秸秆还田处理酶的活性中看出，随土层的加深酶活性逐渐降低。2007年玉米收获后各处理酶活性在0～20cm土层间，脲酶、过氧化氢酶、蔗糖酶均表现为H＞M＞L＞CK处理，碱性磷酸酶表现为M＞H＞L＞CK处理，处理间碱性磷酸酶与过氧化氢酶活性无显著性差异，2009年的玉米收获后，测定酶的结果显示，酶的变化规律与2008年基本一致，即酶活性与还田秸秆量的多少呈一致性变化。三年的研究表明秸秆还田对脲酶与蔗糖酶活性影响较大，而对过氧化氢酶和碱性磷酸酶的活性影响相对较小。金海洋等（2006）的研究中也发现，秸秆直接还田后，土壤纤维素酶、转化酶、脲酶和多酚氧化酶活性增强，土壤肥力升高，扩大土壤的养分库，利用和转化土壤养分的能力增强。这一点与本试验的研究结论不完全相同。劳秀荣等（2002）研究也表明秸秆还田对脲酶活性有促进作用，对中性磷酸酶作用不大，这与本研究结果基本一致。

7. 不同有机肥施用量对土壤容重的影响

2007 年、2008 年各处理间 0～40cm 土层间土壤容重规律性一致，CK 处理容重大于施肥处理，但无显著性差异。2009 年 0～20cm、20～40cm 土层，土壤容重施肥处理较 CK 存在显著性差异，处理间差异性不明显，0～40cm 土层各个施肥处理较 CK 处理，土壤容重平均分别降低 1.9%、1.4%、1.2%。三年的有机培肥处理，使土壤容重较试验开始时有所减小，说明该处理能够调整土壤结构使土壤变得疏松，但处理间的差异性还不明显，规律不稳定。韩秉进等（2004）通过多年定位观测试验研究表明，连年施用有机肥能明显地降低土壤容重。有机肥能改善土壤结构，降低容重，增大孔隙度，与本试验研究结果一致。朱平等（2009）施有机肥的处理 30 年后耕层土壤容重呈下降趋势，下降幅度为 0～0.06g/cm^3，这方面报道较多。

8. 不同秸秆还田量对土壤容重的影响

通过 2007 年、2008 年两年的秸秆还田研究，表明各处理 0～40cm 土层间土壤容重与基土相比较，H 处理、M 处理容重降低，孔隙度增大。两年收获后各处理间规律也基本一致，表现为 H 处理、M 处理 0～40cm 土层容重及孔隙度与低肥、CK 有明显差异。2009 年土壤容重在 0～20cm 层各个处理间差异性不显著，而在 20～40cm 层 M 处理与 CK 处理呈显著性差异，土壤容重总是 CK 的值表现为最大。有关研究（马俊永等，2007）表明，长期定位试验后测定，土壤容重有降低的趋势，单纯秸秆还田平均降低 6.8%，秸秆还田加化肥降低 7.6%。本研究经过三年定点试验后，也显示出土壤容重在秸秆还田处理下有降低趋势，与前人研究结果基本相同，但处理间的变化规律不很稳定，需进一步研究。

9. 不同有机肥施用量对土壤机械团聚体与水稳性团聚体组成的影响

连续三年的有机肥试验表明了有机肥可提高土壤机械团聚体，增加土壤水稳性团聚体，各处理间差异明显，有机肥处理对小粒径的团聚体影响不明显。有关研究表明长期施用有机肥能够促进土壤的团聚化作用，形成更多的大粒径的团聚体，提高土壤团聚体的稳定性，从而改善土壤结构，这一结果与本研究一致（Hati et al.，2007）。

10. 不同秸秆还田量对土壤机械团聚体与水稳性团聚体组成的影响

2007 年秸秆还田试验结果表明，秸秆还田不仅增加了土壤机械团聚体，而且还增加了水稳性团聚体形成；在 2008 年试验中，土壤机械团聚体与水稳性团聚体中的大团聚体都有所降低，两年结果的不一致有待进一步试验观测。2009 年总体来看，经过还田处理后大团聚体含量较 CK 有显著增加，各个处理间规律与前两年的基本一致。H 处理、M 处理土壤团聚体高于 L、CK 处理。相关研究（吴菲，2005）也表明：连续进行秸秆还田能改善土壤结构、通气孔隙和增加大粒径微团聚体，耕层土壤较为疏松。

11. 不同有机肥施用量对作物地上部分生物量的影响

地上部分生长的好坏直接影响作物干物质积累，且对作物产量的形成影响较大。相关研究也表明了有机肥有利于作物生长，提高作物生物量。本试验研究表明，连续施用有机肥，有利于作物的生长且有利于作物干物质的积累，高、中肥处理干物质积累高于低肥、CK 处理。沈洪（1998）研究发现，有机肥可以增加作物的生物量积累，利于作物生长。与本试验结论基本相同。

12. 不同秸秆还田量对作物地上部分生物量的影响

目前有关秸秆还田与干物质积累的研究较少，与产量的研究较多。三年的秸秆还田处理结果表明，秸秆还田对作物干物质积累有显著的影响，H 与 L 处理有明显差异。霍竹（2003）认为：秸秆还田区处理作物生长良好，干物质积累高于 CK 处理。与本研究结论一致。

13. 不同有机肥施用量对作物产量及水分利用效率的影响

本研究表明，施肥处理与 CK 的产量及水分利用效率差异显著。有机肥在旱地施用后，无论是丰雨年、欠雨年还是干旱年其增产趋势一致，施肥量与产量之间有显著的正相关。相关研究表明，在一定范围内产量随有机肥使用量的增加而增加，这些研究结果与本研究结论基本一致。张士义和刘慧颖（2001）研究表明玉米产量随有机肥施用量增加而提高。翁定河（2007）研究表明：连年施用有机肥，可促进果蔬玉米生长，提高产量。宋日等（2002）研究认为，有机无机肥料配合施用可提高玉米产量。

本研究表明，施肥处理的产量明显高于 CK 处理区，中肥处理明显优于高肥、低肥处理，高、中肥处理的水分利用效率高于低肥、CK 处理，且有显著差异。本试验中，可以看出高量施肥处理效果较好，但是否此施肥量即为最佳量还有待研究确定。

14. 不同秸秆还田量对作物产量及水分利用效率的影响

通过三年的秸秆还田试验，表明秸秆还田不仅能提高作物产量，而且能提高作物的水分利用效率，H、M 处理的产量及水分利用效率高于 L、CK 处理，通过长期秸秆还田后 M 处理要优越于 H 处理。有关资料（方日尧等，2003）表明：许多秸秆还田地区，一般情况下，当年粮食增产达 10.0%左右，连续三年还田的，低产田可增产 20.0%～30.0%，高产田可增产 10.0%～15.0%。

参考文献

安婷婷，汪景宽，李双异，等. 2008. 施用有机肥对黑土团聚体有机碳的影响. 应用生态学报，19（2）：369-373.

鲍士旦. 2000. 土壤农化分析. 北京：中国农业出版社.

陈华癸，樊庆笙. 1980. 微生物学. 北京：农业出版社.

陈垣，李雪屏，晋小军，等. 1994. 有机肥对提高旱作土壤水分利用率的效应. 干旱地区农业研究，12（2）：12-15.

邓婵娟. 2008. 长期施肥对稻田土壤氮素转化特征及酶活性的影响. 武汉：华中农业大学硕士学位论文.

董玉良，劳秀荣，毕建杰，等. 2005. 麦玉轮作体系中秸秆钾对土壤钾库平衡的影响. 西北农业学报，14（3）：173-176.
杜茜. 1999. 城市生活垃圾堆肥对植物-土壤的影响. 宁夏农林科技，（4）：27-30.
方日尧，同延安，赵二龙，等. 2003. 渭北旱塬不同保护性耕作方式水肥增产效应研究. 干旱地区农业研究，21（1）：54-57.
高峰，曹林奎，陈国军，等. 2003. 生物有机肥在糯玉米生产上的应用研究. 上海农业学报，21（3）：237-241.
高峻岭，宋朝玉，李祥云，等. 2008. 不同有机肥配比对蔬菜产量和品质及土壤肥力的影响. 中国土壤与肥料，（1）：48-51.
宫亮，孙文涛，王聪翔，等. 2008. 玉米秸秆还田对土壤肥力的影响. 玉米科学，16（2）：122-124，130.
关松荫. 1986. 土壤酶及其研究方法. 北京：农业出版社.
关松荫，沈桂琴，孟昭鹏，等. 1984. 我国主要土壤剖面酶活性状况. 土壤学报，21（4）：368-381.
韩秉进，陈渊，乔云发，等. 2004. 连年施用有机肥对土壤理化性状的影响. 农业系统科学与综合研究，20（4）：294-296.
洪春来，魏幼璋，黄锦法，等. 2003. 秸秆全量直接还田对土壤肥力及农田生态环境的影响研究. 浙江大学学报（农业与生命科学版），29（6）：627-633.
胡建忠. 1996. 人工沙棘林地土壤酶分布及其与土壤理化性状间关系的研究. 沙棘，9（2）：22-28.
霍林. 2007. 长期施肥对黄土高原旱地黑垆土团聚体的影响. 兰州：甘肃农业大学硕士学位论文.
霍竹. 2003. 秸秆还田与氮肥施用对夏玉米生育及产量影响的研究. 太谷：山西农业大学硕士学位论文.
蒋和，翁文钰，林增泉. 1990. 施肥十年后的水稻土微生物学特性和酶活性的研究. 土壤通报，21（6）：265-268.
金海洋，姚政，徐四新，等. 2006. 秸秆还田对土壤生物特性的影响研究. 上海农业学报，22（1）：39-41.
劳秀荣，吴子一，高燕春. 2002. 长期秸秆还田改土培肥效应的研究. 农业工程学报，18（2）：49-52.
李娟，赵秉强，李秀英，等. 2008. 长期有机无机肥料配施对土壤微生物学特性及土壤肥力的影响. 中国农业科学，41（1）：144-152.
李月华，郝月皎，李娟茹，等. 2005. 秸秆直接还田对土壤养分及物理性状的影响. 河北农业科学，9（4）：25-27.
林治安，赵秉强，袁亮，等. 2009. 长期定位施肥对土壤养分与作物产量的影响. 中国农业科学，42（8）：2809-2819.
刘恩科. 2007. 不同施肥制度土壤团聚体微生物学特性及其与土壤肥力的关系. 北京：中国农业科学院博士学位论文.
刘孝义. 1982. 土壤物理及土壤改良研究法. 上海：上海科学技术出版社.
刘杏兰，高宗，刘存寿，等. 1996. 有机无机肥配施的增产效应及对土壤肥力的影响的定位研究. 土壤学报，33（2）：135-147.
卢金伟，李占斌. 2002. 土壤团聚体研究进展. 水土保持研究，9（1）：81-85.
马俊永，李科江，曹彩云，等. 2007. 有机-无机肥长期配施对潮土土壤肥力和作物产量的影响. 植物营养与肥料学报，13（2）：236-241.
祁宏英. 2004. 有机肥对谷子生育性状及产量影响的研究. 长春：吉林农业大学硕士学位论文.
任祖淦，陈玉水，张逸清，等. 1996. 有机无机肥料配施对土壤微生物和酶活性的影响. 植物营养与肥料学报，2（3）：279-283.
沈洪. 1998. 饼肥与尿素配施对烤烟生物性状及某些生理指标的影响明. 土壤肥料，（6）：14-16.
宋日，吴春胜，马丽艳，等. 2002. 有机无机肥料配合施用对玉米根系的影响. 作物学报，28（3）：393-396.
宋永林. 2006. 长期定位施肥对作物产量和褐潮土肥力的影响研究. 北京：中国农业科学院硕士学位论文.
苏秦，贾志宽，韩清芳，等. 2009. 宁南旱区有机培肥对土壤水分和作物生产力影响的研究. 植物营养与肥料学报，15（6）：1466-1469.
孙洪德，肖延华. 1995. 试论有机肥料的增产作用. 吉林农业科学，（2）：59-61.
孙瑞莲，赵秉强，朱鲁生，等. 2003. 长期定位施肥对土壤酶活性的影响及其调控土壤肥力的作用. 植物营养与肥料学报，9 (4)：406-410.
孙伟红，劳秀荣，董玉良，等. 2004. 小麦-玉米轮作体系对产量及土壤钾素肥力的影响. 作物杂志，(4)：14-16.
田敏，姜葆霖，李小红，等. 2004. 生物有机肥的研究与应用效果分析. 西安建筑科技大学学报（自然科学版），36 (3)：321-324.
王才斌，郑亚萍，成波，等. 2004. 有机肥不同用量与分配方式对小麦花生两作产量的影响. 山东农业科学，(2)：54-55.
王才斌，朱建华，成波，等. 2000. 小麦秸秆还田对小麦、花生产量及土壤肥力的影响. 山东农业科学，(1)：34-35.
王改兰，段建南，贾宁凤，等. 2006. 长期施肥对黄土丘陵区土壤理化性质的影响. 水土保持学报，20 (4)：83-84.
王生录，武天云，邓娟珍. 1996. 旱塬地施用有机肥的保水培肥效果及对冬小麦产量的影响. 甘肃农业科技，(4)：26-29.
翁定河. 2007. 沿海旱地玉米施用有机肥对土壤肥力的影响. 江西农业学报，19 (5)：66-68.
吴菲. 2005. 玉米秸秆连续多年还田对土壤理化性状和作物生长的影响. 北京：中国农业大学硕士学位论文.
吴光磊. 2008. 有机无机肥配施对玉米产量和品质的影响及生理基础. 泰安：山东农业大学硕士学位论文.
徐晶，陈婉华，孙瑞莲，等. 2003. 不同施肥处理对湖南红壤中微生物数量及酶活性的影响. 土壤肥料，(5)：8-11.
杨春悦，沈其荣，徐阳春，等. 2004. 有机高氮肥的施用对菠菜生长及土壤供氮能力的影响. 南京农业大学学报，27 (2)：60-63.
杨希. 2009. 有机无机配施对黑土肥力的影响. 哈尔滨：东北农业大学.
于振文. 2005. 作物栽培学各论. 北京：中国农业出版社：58，59.
袁玲，邦俊，郑兰君，等. 1997. 长期施肥对土壤酶活性和氮磷养分的影响. 植物营养与肥料学报，3 (4)：300-306.
张辉，李维炯，倪永珍. 2005. 一种生物有机无机复合肥的养分释放规律研究. 农业环境科学学报，24 (6)：1123-1126.
张娟，沈其荣，冉炜，等. 2004. 施用预处理秸秆对土壤供氮特征及菠菜产量和品质的影响. 土壤，36 (1)：37-42.
张士义，刘慧颖. 2001. 辽西北半干旱地区有机肥对玉米产量及水分利用的影响. 杂粮作物，21 (5)：44，45.
张振江. 1998. 长期麦秆直接还田对作物产量与土壤肥力的影响. 土壤通报，29 (4)：154，155.
赵兰波，姜岩. 1986. 土壤磷酸酶测定方法探讨. 土壤通报，17 (3)：138-141.
周礼恺. 1987. 土壤酶学. 北京：科学出版社.
朱平，彭畅，高洪军，等. 2009. 长期培肥对土壤肥力及玉米产量的影响. 玉米科学，17 (6)：105-108，111.
朱同彬，诸葛玉平，刘少军，等. 2008. 不同水肥条件对土壤酶活性的影响. 山东农业科学，(3)：74-78.
左玉萍，贾志宽. 2004. 土壤含水量对秸秆分解的影响及动态变化. 西北农林科技大学学报（自然科学版），32 (5)：61-63.
Hati K M，Swarup A，Dwivedi A K，et al. 2007. Changes in soil physical properties and organic carbon status at the topsoil horizon of a vertsol of central India after 28 years of continuous cropping，fertilization and maturing. Agriculture，Ecosystems and Environment，119：127-134.
Tester C F. 1990. Organic amendment with effects on physical and chemical properties of a sandy soil. Soil Seience Society of American Journal，54：827-831.

第二章　休闲轮耕技术研究

休闲轮耕技术是指通过少耕、免耕、深松及休闲等技术措施的应用，尽可能减少土壤水蚀、风蚀，最大限度保持土壤水分的一套农业耕作技术。该耕作技术的应用可减少土壤水分的蒸发，从而达到节水保墒、提高水分利用率的目的；另外，还具有改善土壤结构，增加土壤肥力，提高作物产量和节时省力等效果。为此，在渭北旱塬及宁南旱区进行了不同休闲轮耕方式对土壤理化性状及作物水分利用效率等方面影响的研究，研究结果对旱作农田耕作制度的优化以及新型休闲轮耕制度的建立有着重要的理论和实践意义。

第一节　渭北旱塬休闲轮耕技术对土壤理化性状及作物产量的影响

试验安排在渭北旱塬东部的合阳县甘井镇（概况同第一章第一节）。

（一）试验设计

本试验于2007年9月～2009年9月实施，采用裂区设计，以施肥为主处理，耕作为副处理。采用春玉米一年一熟制，在常规全额秸秆还田条件下实施春玉米连作冬闲期保护性耕作试验。共设置免耕、深松和翻耕三种不同的耕作处理方式，小区面积为22.5m×5m＝112.5m^2，耕作处理并施肥后共21个小区，总共占地0.27hm^2。供试品种为春玉米豫玉22。试验期间无人为灌溉。

施肥处理：平衡施肥：N＝150kg/hm^2，P_2O_5＝120kg/hm^2，K_2O＝90kg/hm^2；常规施肥：N＝255kg/hm^2，P_2O_5＝180kg/hm^2；不施肥或低肥：2008年不施肥，2009年按平衡施肥量的一半（N＝75kg/hm^2，P_2O_5＝60kg/hm^2，K_2O＝45kg/hm^2）施入。

耕作处理：在前茬玉米收获后全部秸秆粉碎还田，实施免耕、深松和翻耕处理，翌年春季免耕施肥和播种春玉米。2007年和2008年秸秆还田量分别为24 062.1kg/hm^2和28 566.4kg/hm^2。免耕处理即不采取任何土壤耕作措施，秸秆覆盖越过冬闲期；深松处理为每间隔60cm深松30～35cm；翻耕处理土壤全面深翻20～25cm。

施肥和耕作处理：将施肥处理和耕作处理相组合，2008年共有平衡施肥免耕处理组合简称平衡免耕、平衡施肥深松处理组合简称平衡深松、平衡施肥翻耕处理组合简称平衡翻耕、无肥免耕处理组合简称无肥免耕、无肥深松处理组合简称无肥深松、无肥翻耕处理组合简称无肥翻耕、常规施肥免耕处理组合简称常规免耕、常规施肥深松处理组合简称常规深松、常规施肥翻耕处理组合简称常规翻耕9种处理组合。其中，2009年将无肥处理改为低肥处理后，2008年时的无肥免耕、无肥深松、无肥翻耕改为低肥免耕处理简称低肥免耕、低肥深松处理简称低肥深松、低肥翻耕处理简称低肥翻耕。

（二）结果与分析

1. 保护性耕作对春玉米田土壤物理性状的影响

（1）不同耕作处理下土壤容重比较

土壤容重大小反映土壤结构、透气性、透水性能以及保水能力的高低，土层越深则土壤容重越大，土壤容重越小说明土壤结构、透气透水性能越好。图 2-1 和图 2-2 分别是春玉米播种前和收获后不同耕作处理下土壤容重的测定结果，可以看出，不同耕作处理在相同土层上其土壤容重皆有差异。

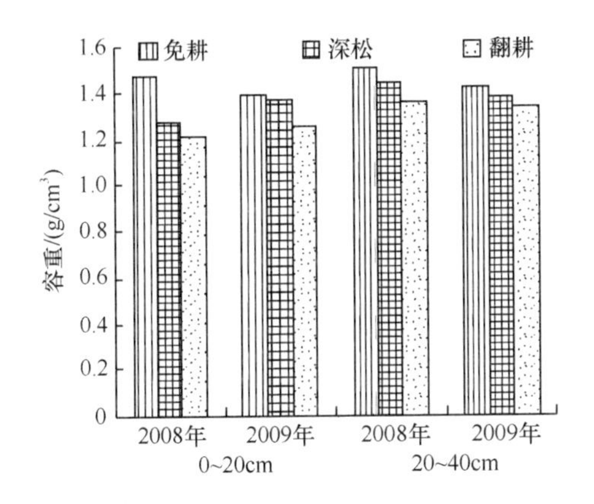

图 2-1 不同耕作处理对春玉米播前 0～40cm 土层土壤容重的影响

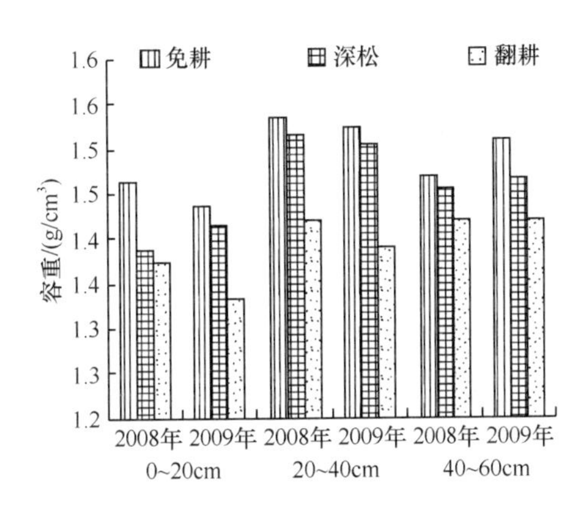

图 2-2 不同耕作处理对春玉米收获期 0～60cm 土层土壤容重的影响

图 2-1 玉米播前测定的土壤容重显示：0～20cm 和 20～40cm 土层的土壤容重均呈现免耕＞深松＞翻耕的趋势，两年间土壤容重变化幅度不大。0～20cm 土层土壤容重均小于 20～40cm 土层，其中，0～20cm 土层免耕处理土壤容重在 1.39～1.47g/cm^3 范围内变化，深松和翻耕处理分别在 1.28～1.37g/cm^3 和 1.22～1.25g/cm^3 范围内变化，免耕处理平均分别高出深松和翻耕处理 0.11g/cm^3 和 0.19g/cm^3；20～40cm 土层免耕处理土壤容重在 1.42～1.51g/cm^3 范围内变化，深松和翻耕处理分别在 1.39～1.44g/cm^3 和 1.34～1.36g/cm^3 范围内变化，免耕处理平均分别高出深松和翻耕处理 0.05g/cm^3 和 0.12g/cm^3，表明免耕处理下的土壤容重明显高于深松和翻耕处理。

图 2-2 是玉米收获后测定的 0～60cm 土层的土壤容重。整体而言，无论在哪个土层的土壤容重均显示出免耕＞深松＞翻耕的趋势，其中，0～20cm 土层容重与 20～40cm 和40～60cm 土层容重差异明显，容重值随着土层深度的加深而增大。免耕处理 0～20cm、20～40cm 和 40～60cm 土层土壤容重分别在 1.44～1.46g/cm^3、1.47～1.51g/cm^{3}和 1.52～1.54g/cm^3 范围内变化，深松和翻耕处理 0～20cm 土层分别在 1.39～1.41g/cm^3 和 1.33～1.37g/cm^3 范围内变化，20～40cm 土层分别在 1.46～1.47g/cm^3 和1.39～1.42g/cm^3 范围内变化，40～60cm 土层分别在 1.50～1.52g/cm^3

和 1.41～1.42g/cm^3 范围内变化。在 2008 年和 2009 年玉米收获期免耕处理 0～20cm 土层土壤容重平均较深松和翻耕处理分别高出 3.6%和 7.1%，20～40cm 和 40～60cm 土层容重平均较深松和翻耕处理分别高出 1.7%、6.0%和 1.3%、7.8%。

（2）不同耕作处理对玉米田收获期土壤饱和含水量和田间持水量的影响

由图 2-3 可知，2008 年春玉米收获期 0～20cm 土层深松和免耕处理土壤饱和含水量较翻耕处理分别提高了 15.8%和 7.9%，20～40cm 土层则是翻耕优于深松，免耕最小，其中翻耕和深松处理较免耕处理分别提高了 30.8%和 6.3%，40～60cm 土层饱和含水量变化趋势类似于 20～40cm，翻耕和深松处理较免耕处理分别提高了 13.9%和 11.3%；2009 年 0～20cm 土层深松的饱和含水量最高，分别较免耕和翻耕提高了 12.4%和 4.4%，20～40cm 和 40～60cm 土层饱和含水量均是翻耕>深松>免耕，其中 20～40cm 土层深松和翻耕处理较免耕处理分别提高了 5.8%和 8.4%，而 40～60cm 土层深松和翻耕处理较免耕处理分别提高了 4.5%和 8.8%。

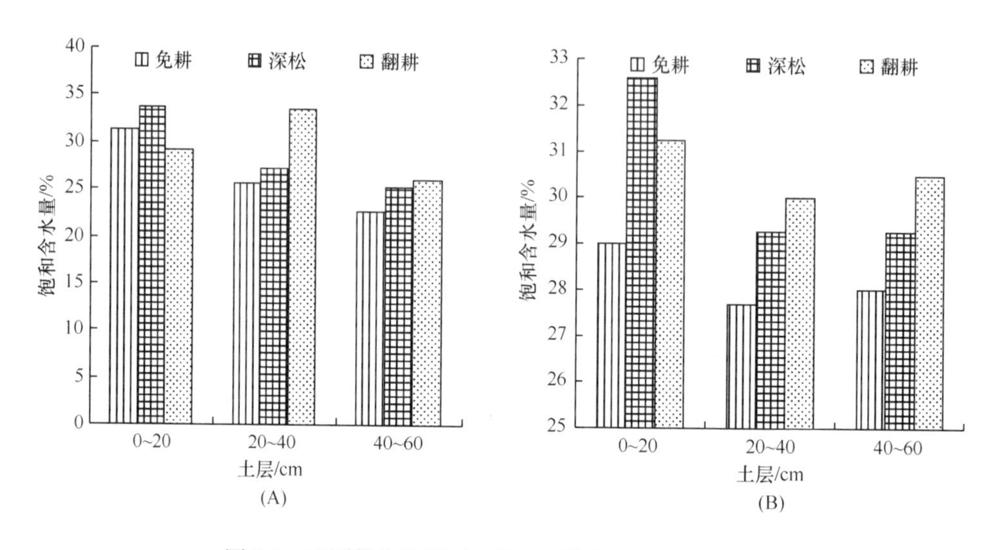

图 2-3　不同耕作处理对玉米田土壤饱和含水量的影响

（A）2008 年；（B）2009 年

不同耕作处理对春玉米收获期土壤田间持水量的影响如图 2-4 所示，2008 年各个土层土壤田间持水量变化趋势类似于饱和含水量的变化，其中 0～20cm 土层深松和免耕处理分别较翻耕处理提高了 14.5%和 6.9%，20～40cm 和 40～60cm 土层则是翻耕和深松处理分别较免耕处理提高了 33.1%、7.9%和 15.6%、1.9%；2009 年玉米收获期土壤田间持水量 0～20cm 土层深松处理较免耕和翻耕处理分别提高了 13.7%和 5.5%，20～40cm 和40～60cm 土层则是深松和翻耕处理分别较免耕处理提高了 7.5%、8.0%和 0.2%、7.1%。总体而言，春玉米收获期深松处理有利于 0～20cm 土层饱和含水量和田间持水量的增加，20～40cm 和 40～60cm 则是深松和翻耕处理优于免耕处理。

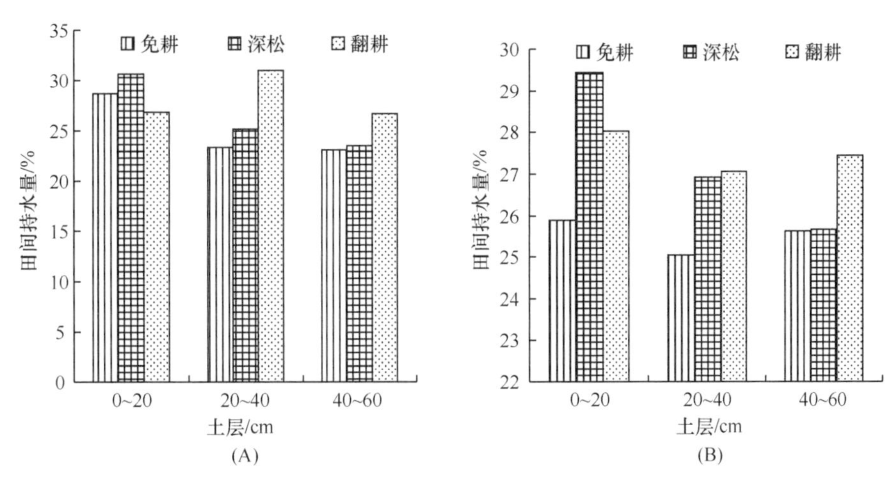

图 2-4　不同耕作处理对玉米田田间持水量的影响
（A）2008 年；（B）2009 年

（3）不同耕作处理下土壤团聚体比较

土壤团聚体是土壤的重要组成部分，其可以协调土壤中的水肥气热，影响土壤酶的种类和活性，维持和稳定土壤疏松熟化层。不同粒级的微团聚体在营养元素的保持、供应及转化能力等方面发挥着不同的作用（陈恩凤等，1994），不同耕作处理下的土壤团聚体测定情况如图 2-5 和图 2-6 所示，图 2-5 是 2008 年和 2009 年通过干筛法测定的土壤团聚体含量分布图，图 2-6 是 2008 年和 2009 年通过湿筛法测定的水稳性团聚体含量分布图。

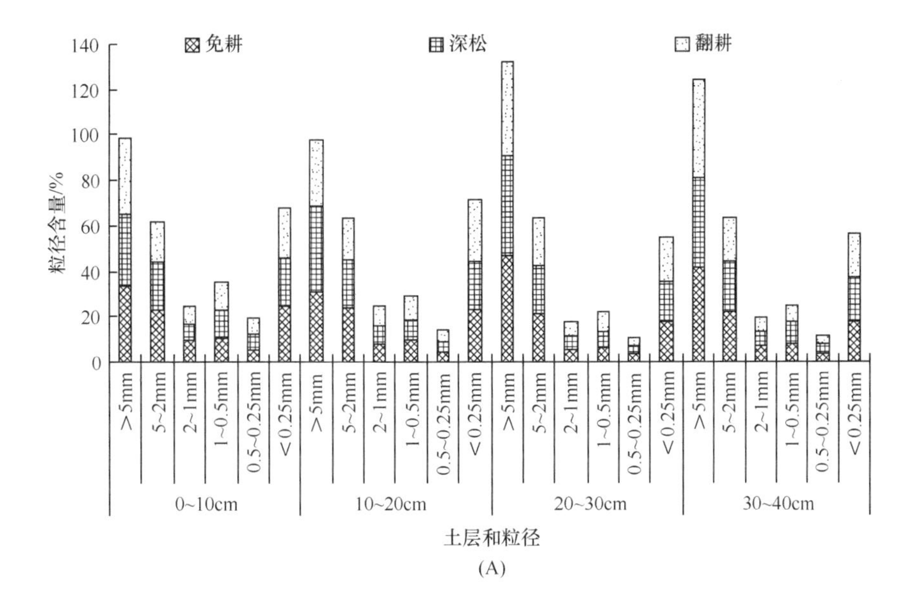

图 2-5　不同耕作处理对玉米收获期 0～40cm 土层团聚体含量的影响（干筛法）
（A）2008 年；（B）2009 年

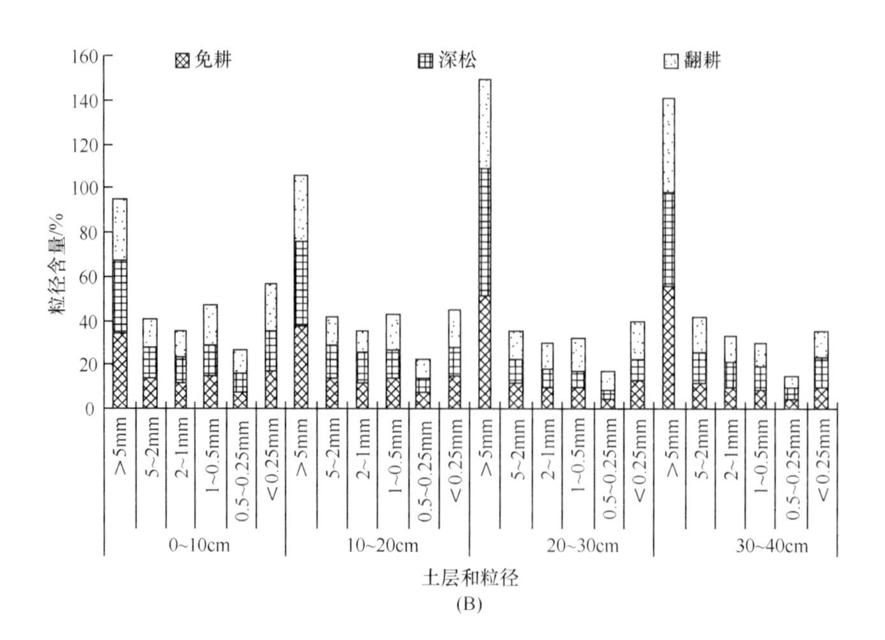

图 2-5（续）

通过干筛法测定的土壤团聚体分布情况如图 2-5（A）和图 2-5（B）所示，2008 年玉米收获期在 0～40cm 各个土层，免耕、深松和翻耕三种耕作处理下大于 5mm 粒径团聚体含量均为最高，其平均值分别达 38.2%、37.9%和 36.8%，三种处理间无明显差异，其他粒径处理间团聚体含量无明显变化规律，差异不明显；2009 年免耕、深松和翻耕处理在 0～40cm 各个土层大于 5mm 粒径的团聚体含量均明显高于其他粒径，平均

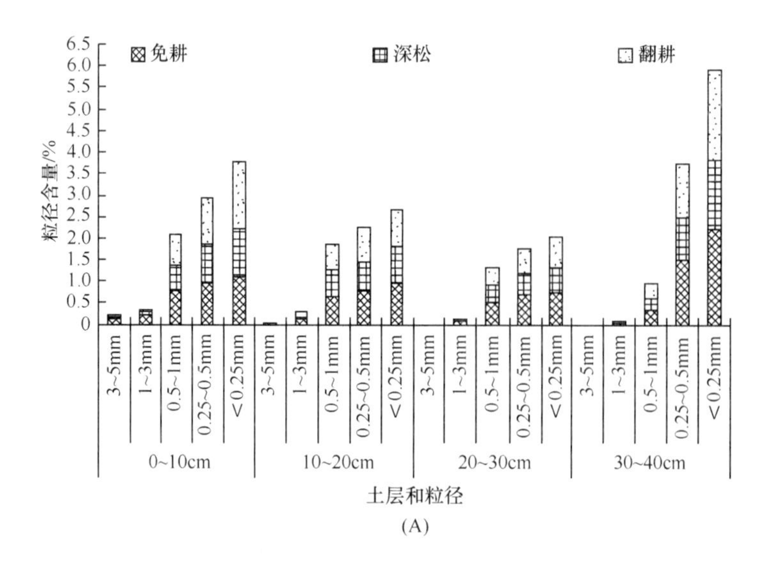

图 2-6　不同耕作处理对玉米收获期 0～40cm 土层水稳性团聚体分布（湿筛法）

（A）2008 年；（B）2009 年

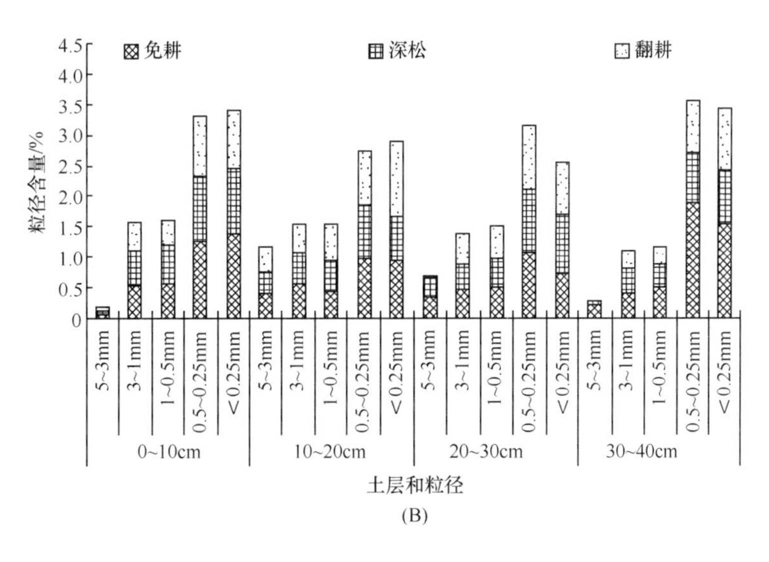

(B)

图 2-6（续）

含量分别达 44.6%、42.9%和 31.8%，0～10cm 和 30～40cm 土层大于 5mm 粒径团聚体含量均免耕最高，分别比深松和翻耕处理高出 22.1%、45.1%和 34.5%、30.7%，10～20cm 和 20～30cm 土层大于 5mm 粒径团聚体含量则深松最高，分别比免耕和翻耕处理高出 5.5%、29.4%和 15.2%、44.9%，表明免耕有利于表层土壤团聚体的形成。

总体来看，在 0～10cm 土层，免耕处理下大于 0.25mm 的团聚体含量两年平均为 82.9%，分别较深松和翻耕处理高出 4.7%和 6.9%，而在 10～40cm 土层三种耕作处理大于 0.25mm 的团聚体含量差异很小，表明免耕处理提高了表层 0～10cm 土层大于 0.25mm 的团聚体数量，增加了土壤团粒结构体的数量。

图 2-6（A）和图 2-6（B）显示的是通过湿筛法测定的三种耕作处理下 0～40cm 土层水稳性团聚体含量分布。2008 年免耕、深松和翻耕三种处理水稳性团聚体含量均随着粒径的减小逐渐升高，各个土层在 3～5mm 和 0.5～1mm 两个粒径处其土壤团聚体含量很低，在 0～40cm 各个土层，免耕、深松和翻耕三种耕作处理都是小于 0.25mm 粒径团聚体含量最高，平均含量分别达到 1.3%、1.1%和 1.3%，各粒径间差异明显。2009 年测定结果表明，无论在哪个土层，其土壤团聚体含量随着粒径的变化均无明显的变化规律，免耕、深松和翻耕三种处理在 0.5～1mm 和 0.25～0.5mm 粒径水稳性团聚体含量均高于其他粒径，免耕和翻耕处理团聚体含量总体高于深松处理，分别高出深松处理 21.9%、15%和 14.4%、23.6%。总体而言，免耕处理下 0～40cm 土层的水稳性团聚体数量为 8.6%，比深松处和翻耕处理相同层次的数值分别高 23.3%和 25.5%，深松和翻耕处理间差异甚小，且翻耕处理的水稳性团聚体含量最低，说明免耕处理有利于土壤水稳性团聚体的形成。

（4）不同耕作处理下土壤呼吸比较

土壤呼吸作用是指土壤产生并向大气释放二氧化碳的过程，它是陆地生态系统碳收支中最大的通量，其中土壤温度和土壤湿度均能影响土壤的呼吸作用。有研究证实，在土壤湿度足够大且不成为限制因素的条件下土壤呼吸与土壤温度是正相关的（刘绍辉和方精云，1997）。表 2-1 是在春玉米收获期测定的土壤呼吸情况，可以看出，玉米收获后免耕、深松和翻耕三种耕作处理间的土壤呼吸值差异不大，深松处理比免耕和翻耕处理分别高出 10.9%和 10.2%；各耕作处理间地温差异很小，10cm 土层深松处理的土壤温度最高，分别高出免耕和翻耕处理 0.6%和 0.3%，15cm 土层深松处理土壤温度分别高出免耕和翻耕处理 3.8%和 0.5%；对土壤湿度而言，深松处理的土壤湿度最高，其次是翻耕处理，免耕处理最低，深松较免耕和翻耕处理分别提高了 33.9%和 13.0%。总体而言，深松处理土壤呼吸作用较免耕和翻耕处理强，土壤温度相应的也高于免耕和翻耕处理，可见深松处理有利于土壤湿度的提高和保持。

表 2-1　玉米收获期不同耕作处理土壤呼吸速率比较

处理	呼吸速率/[g/(d·m²)]	地温/℃		土壤湿度/%
		10cm 土层	15cm 土层	
免耕	19.92	18.07	17.97	9.34
深松	22.10	18.17	18.67	12.51
翻耕	20.06	18.10	18.57	11.07

（5）玉米田休闲期不同耕作处理土壤蓄水保墒效果比较分析

a. 玉米田休闲期不同连耕处理对土壤蓄水保墒效果的影响

在 2007～2008 年和 2008～2009 年春玉米冬闲期，于 10 月中旬、11 月中旬和 4 月中旬分 3 次测定了免耕、深松和翻耕处理 0～200cm 土层土壤湿度，各耕作处理冬闲期土壤贮水量变化动态如图 2-7 所示。在两个冬闲期各耕作处理间土壤贮水量差异显著，且随时间推移呈现逐渐降低趋势。2007～2008 年冬闲期末较冬闲期初，免耕、深松和翻耕 3 种耕作处理 0～200cm 土层土壤贮水量分别减少 72.7mm、62.6mm 和 50.3mm，土壤失墒率为 13.0%、11.6%和 9.9%；2008～2009 年冬闲期 3 种耕作处理 0～200cm 土层土壤贮水量分别减少 31.0mm、34.7mm 和 19.7mm，土壤失墒率为 7.2%、7.9%和 5.0%。2007～2008 年和 2008～2009 年冬闲期降水量分别为 132.9mm 和 89.3mm，2008～2009 年冬闲期降水量偏低，导致 3 种耕作处理土壤贮水量较2007～2008 年冬闲期平均偏低 95mm 左右。

在 2007～2008 年冬闲期，以免耕处理土壤贮水量最高，深松处理次之，翻耕处理最低，免耕和深松处理 3 次平均土壤贮水量较翻耕处理高 40.0mm 和 25.0mm。在 4 月中旬玉米播种前，0～200cm 土层土壤贮水量免耕和深松处理分别较翻耕处理高 28.6mm 和 16.4mm；在 2008～2009 年冬闲期，以深松处理土壤贮水量最高，免耕处理次之，翻耕处理最低，免耕和深松处理 3 次平均土壤贮水量较翻耕处理高 26.9mm 和 37.3mm。在 4 月中旬玉米播种前，0～200cm 土层土壤贮水量深松和免耕处理分别较翻耕处理高 32.9mm 和 26.0mm。在两个试验年度冬

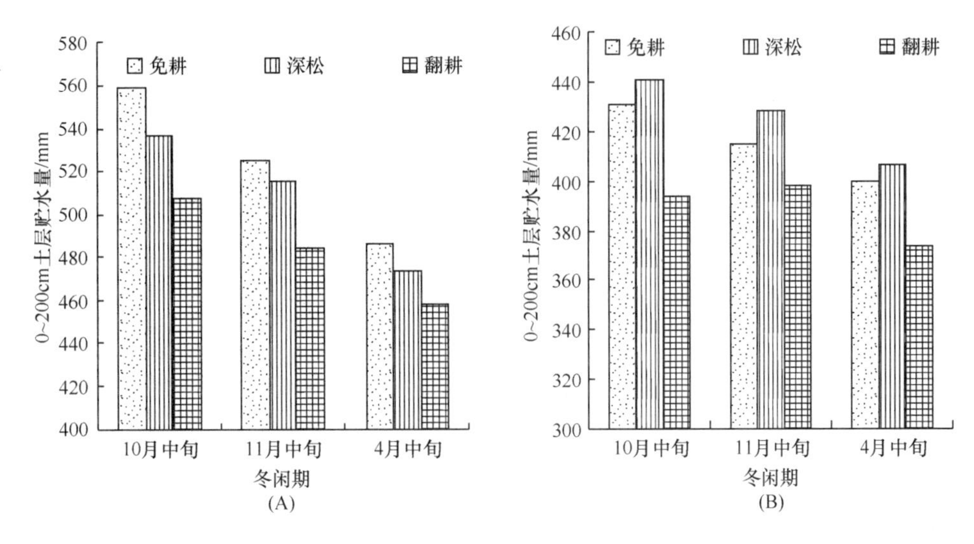

图 2-7　不同耕作处理下连作春玉米田冬闲期 0～200cm 土层贮水量比较

(A) 2007～2008 年；(B) 2008～2009 年

闲期间，免耕和深松处理 3 次平均土壤贮水量较翻耕处理高 33.4mm 和 31.1mm，在两个试验年度冬闲期末，0～200cm 土层土壤贮水量免耕和深松处理分别较翻耕处理平均高 27.3mm 和 24.7mm。

图 2-8 显示，在 2007～2008 年冬闲初期（10 月中旬），春玉米田 0～20cm 土层土壤湿度仅 17%左右，但 40～200cm 土层土壤湿度高达 20%～21%，稍低于田间持水量，土壤蓄墒相当充足。各耕作处理土壤湿度为：免耕＞深松＞翻耕，免耕与深松土壤湿度差异不显著，而免耕与翻耕土壤湿度差异显著（$P<0.05$）。在 2007～2008 年冬闲末期（2008 年 4 月中旬），经过冬闲期长达 5 个月土壤水分强烈蒸发消耗，玉米田 0～140cm 土层土壤湿度较 2007 年 10 月中旬冬闲初期降低了 2～3 个百分点，使得土壤蓄墒量明显降低。此时 3 种耕作处理 0～200cm 土层土壤湿度分别为 17.9%、17.8%和 17.7%，但耕作处理间无显著差异。

图 2-9 显示，在 2008～2009 年冬闲初期（10 月中旬），0～60cm 土层土壤湿度为 17.8%～18.9%，但 80～200cm 土层土壤湿度只有 11.8%～16.8%，表明雨季降水入渗深度不足 80cm，前茬玉米生长耗水所形成的土壤干层依然存在。免耕、深松和翻耕 3 种耕作处理 0～200cm 土层土壤湿度分别为 15.6%、16.0%和 15.0%，以深松处理最高，翻耕处理最低。在 2008～2009 年冬闲末期（2009 年 4 月中旬），玉米田 0～60cm 土层土壤湿度只有 14.1%～14.9%，较冬闲初期降低 3.1～3.9 个百分点，特别是 0～20cm 土层土壤湿度只有 13%左右，耕作层墒情极差，无法满足玉米播种出苗要求，免耕和深松处理稍高于翻耕；80～200cm 土层土壤湿度分布基本维持原有状态，3 种耕作处理 0～200cm 土层土壤湿度分别为 14.7%、15.3%和 14.5%，以深松处理稍高。

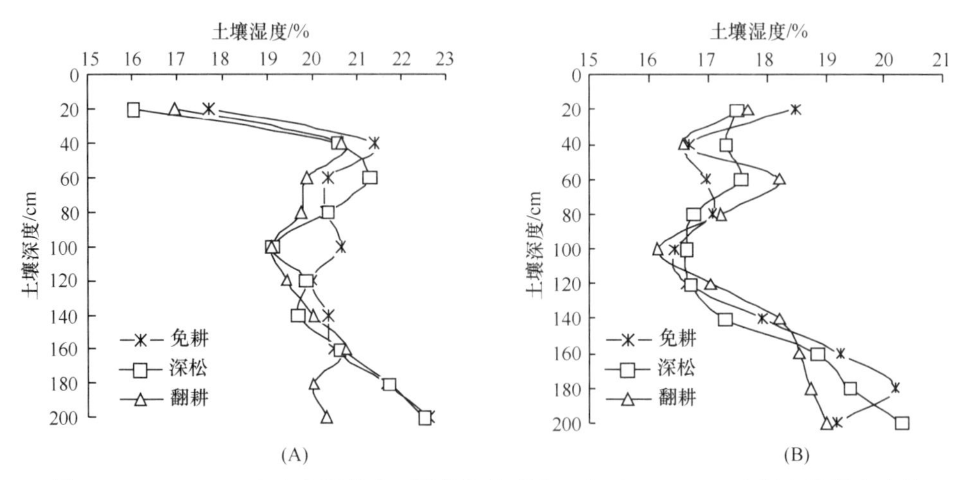

图 2-8　2007～2008 年冬闲期始末不同耕作处理春玉米田 0～200cm 土层土壤湿度比较

（A）2007 年 10 月；（B）2008 年 4 月

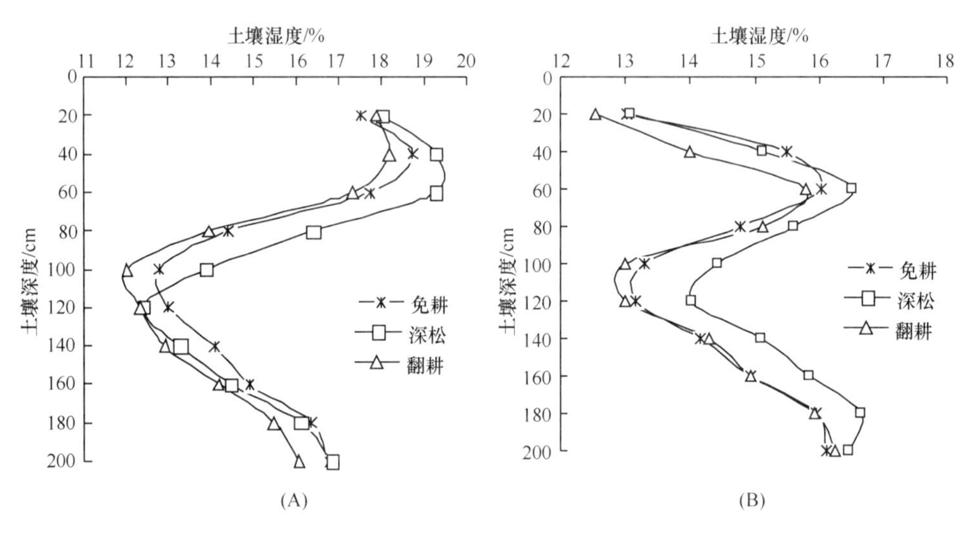

图 2-9　2008～2009 年冬闲期始末不同耕作处理春玉米田 0～200cm 土层土壤湿度比较

（A）2008 年 10 月；（B）2009 年 4 月

b. 玉米田休闲期不同轮耕处理对土壤蓄水保墒效果的影响

图 2-10 是不同轮耕处理在冬闲期始末对春玉米田 0～200cm 土层贮水量的影响，在 10 月中旬，0～200cm 土层贮水量呈现“免耕-免耕”处理贮水量最高，“深松-翻耕”处理贮水量最低，中间依次是“深松-深松”、“免耕-翻耕”、“免耕-深松”、“翻耕-翻耕”和“翻耕-免耕”轮耕处理，“免耕-免耕”处理土壤贮水量较“深松-翻耕”提高 15.5%；4 月中旬春玉米播种之前测定的各轮耕处理 0～200cm 土层贮水量的变化趋势类似于 10 月中旬，仍是“免耕-免耕”处理相对最高，“深松-翻耕”处理贮水量最低，同时“免耕-免耕”处理较“深松-翻耕”处理提高了 7.9%，各个轮耕处理之间差异相对 10 月中旬减小。整体而言，“免耕-免耕”处理和“深松-翻耕”处理 0～200cm 土层贮水量分别达到最高值和最低值，平均分别为 467.6mm 和 418.1mm。

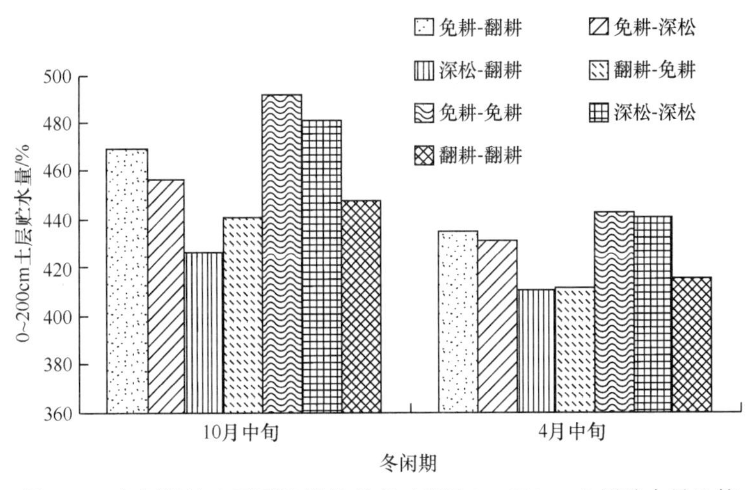

图 2-10　冬闲期始末不同轮耕处理春玉米田 0～200cm 土层贮水量比较

图 2-11 显示，在冬闲初期（10 月中旬），7 种轮耕处理组合 0～200cm 土层湿度变化趋势类似，均呈现先升高后降低再升高的趋势。在 0～40cm 土层，“免耕-翻耕”、“免耕-深松”、“深松-翻耕”、“翻耕-免耕”、“免耕-免耕”、“深松-深松”和“翻耕-翻耕”7 种轮耕处理土壤湿度分别为 18.7%、18.7%、18.2%、18.5%、18.8%、18.5%和 18.4%，处理间差异不显著，其中“免耕-免耕”和“深松-深松”处理土壤湿度分别较“免耕-翻耕”处理提高 3.7%和 1.6%，可以看出免耕处理利于耕层（0～40cm）土壤湿度的保持；在 60～100cm 土层“免耕-翻耕”、“免耕-深松”、“深松-翻耕”、“翻耕-免耕”、“免耕-免耕”、“深松-深松”和“翻耕-翻耕”轮耕处理组合土壤湿度分别为 16.5%、16.6%、15.9%、16.0%、17.7%、18.4%和 17.0%，可见“深松-深松”处

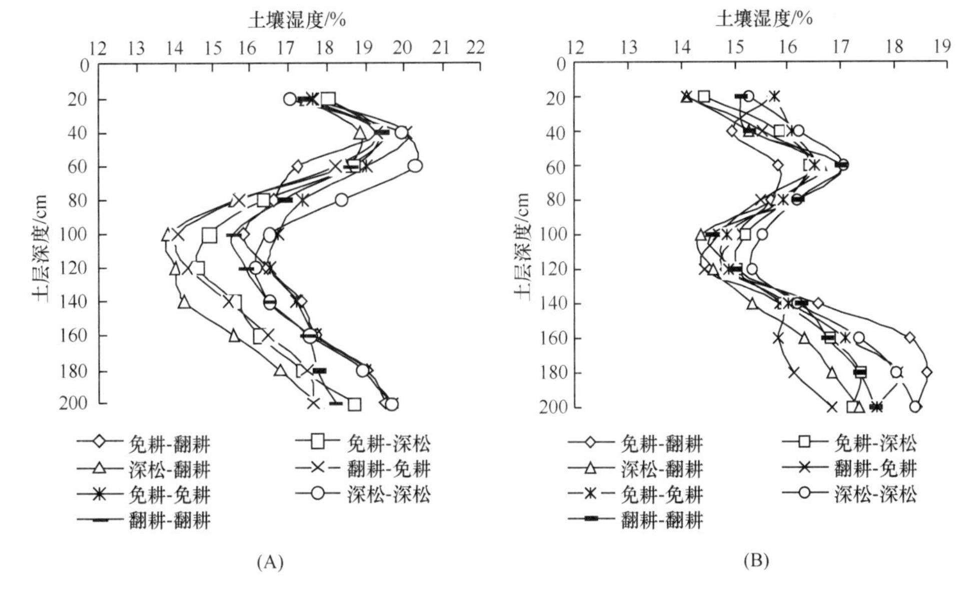

图 2-11　冬闲期始末不同轮耕处理春玉米田 0～200cm 土层土壤湿度比较
(A) 10 月中旬；(B) 4 月中旬

理利于深层土壤水分的保持。7 种轮耕处理组合 0～200cm 土层土壤湿度分别为 17.7%、16.9%、16.3%、16.6%、18.1%、18.2%和 17.4%，“深松-深松”处理土壤湿度最高，而“深松-翻耕”处理最低。在冬闲末期（4 月中旬），春玉米田0～60cm 土层土壤湿度为 15.3%～16.2%，较冬闲初期降低了 2.7%～3.1%，而 0～20cm 土层土壤湿度平均只有 14.9%，说明耕作层墒情较差，不利于玉米出苗；80～200cm 土层土壤湿度变化趋势与冬闲初期类似，湿度变化不大。整体而言，“免耕-翻耕”、“免耕-深松”、“深松-翻耕”、“翻耕-免耕”、“免耕-免耕”、“深松-深松”和“翻耕-翻耕”7 种轮耕处理组合 0～200cm 土层土壤湿度变化趋势类似于冬闲初期先升高后降低再升高的趋势，其土壤湿度分别为 16.4%、16.0%、15.6%、15.5%、16.3%、16.6%和 16.1%，其中“深松-深松”轮耕处理稍高，较翻耕-免耕处理高 7.1%。

（6）不同耕作处理玉米生育期土壤水分动态变化比较

a. 不同连耕处理对玉米生育期土壤水分变化动态的影响

在平衡施肥处理下，测定了连续免耕、深松和翻耕处理玉米主要生育期 0～200cm 土层土壤湿度。图 2-12（A）表明，由于 2008 年玉米生长前期降水较多，从拔节期到大喇叭口期各耕作处理 0～200cm 土层贮水量增加，此后玉米生长耗水导致土壤贮水量趋势性降低；在整个生育期内，免耕和深松处理平均土壤贮水量分别比翻耕处理高 27.6mm 和 36.1mm，且与翻耕处理差异显著（$P<0.05$）。

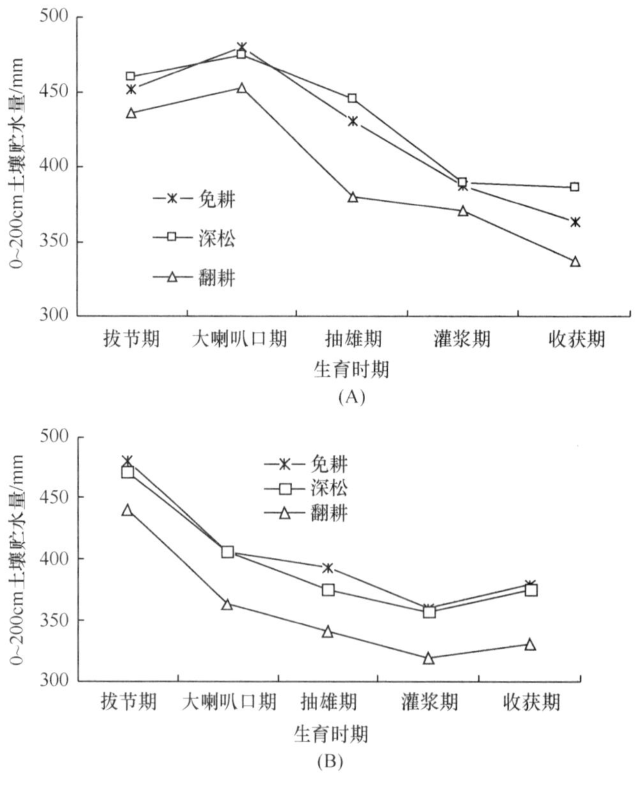

图 2-12 2009 年春玉米生育期不同耕作处理 0～200cm 土壤贮水量变化动态比较

（A）2008 年；（B）2009 年

图 2-12（B）显示，在 2009 年玉米生长期内，从拔节期到灌浆期降水量仅为 63.2mm，0～200cm 土层土壤贮水量呈现趋势性递减，至收获期土壤贮水量有所恢复；免耕和深松处理土壤贮水量较翻耕处理高 45.0mm 和 38.6mm，且与翻耕处理有显著差异（$P<0.05$）。试验结果均表明，玉米生长期内免耕和深松处理土壤贮水量两年平均较翻耕处理高 36.3mm 和 37.3mm。

图 2-13 显示，在 2008 年春玉米大喇叭口期，免耕、深松和翻耕处理 0～200cm 土层土壤湿度分别为 17.6%、17.8%和 17.5%，土壤湿度剖面分布特征基本相似，三者差异不显著（$P>0.05$），深松处理土壤湿度稍高于免耕和翻耕处理；在 2009 年大喇叭口期，深松和免耕处理 0～200cm 土层土壤湿度显著（$P<0.05$）高于翻耕，深松和免耕处理之间差异不显著。由于 2009 年玉米生长前期干旱少雨，土壤湿度整体低于 2008 年。在 2008 年和 2009 年玉米抽雄期、灌浆期和成熟期，各耕作处理 0～200cm 土层土壤湿度剖面分布特征与大喇叭口期类似。

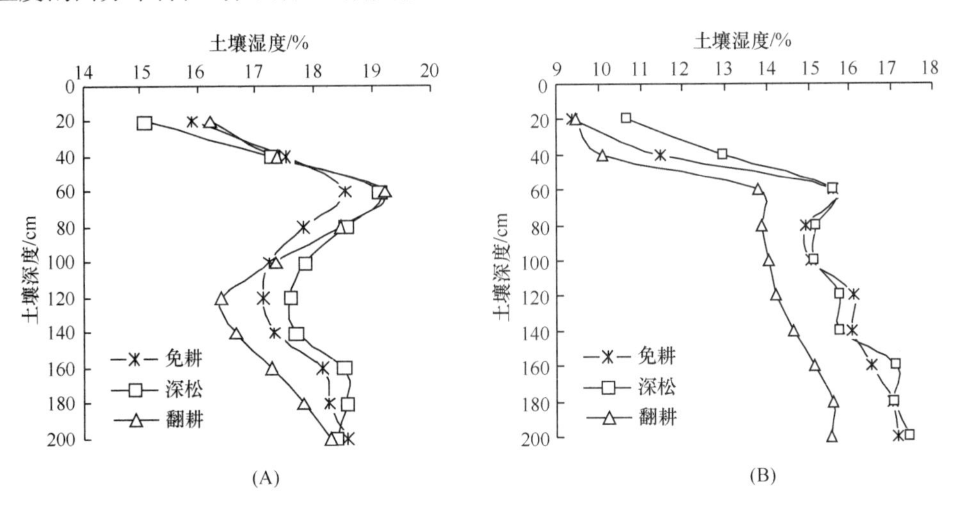

图 2-13　2008 年和 2009 年春玉米大喇叭口期不同耕作处理 0～200cm 土层土壤湿度比较
（A）2008 年；（B）2009 年

b. 不同轮耕处理对玉米生育期土壤水分变化动态的影响

在平衡施肥处理下，分别测定各个处理在玉米主要生育期 0～200cm 土层土壤湿度，比较各个处理间土壤贮水量的差异。图 2-14 表明，从玉米拔节期到收获期，7 种轮耕处理 0～200cm 土层土壤贮水量均逐渐下降，且各个处理间在玉米的各个生育期差异均不显著。在抽雄期“深松-深松”和“免耕-免耕”两种轮耕处理 0～200cm 土层的土壤贮水量明显占优势，其中“深松-深松”轮耕处理分别较“免耕-免耕”、“免耕-深松”、“深松-翻耕”、“免耕-翻耕”、“翻耕-免耕”和“翻耕-翻耕”等轮耕处理高 1.1%、5.8%、10.6%、9.6%、14.3%和 14.6%；到收获期，“深松-深松”处理0～200cm 土壤贮水量明显降低，这是由于玉米在成熟过程中需要吸收大量的水分，而“深松-深松”处理有利于作物对土壤水分的吸收。试验结果表明，在玉米整个生育期，“深松-深松”处理 0～200cm 土层土壤贮水量最高，达 421.3mm，“翻耕-翻耕”处理最低，贮水量为 382.4mm。

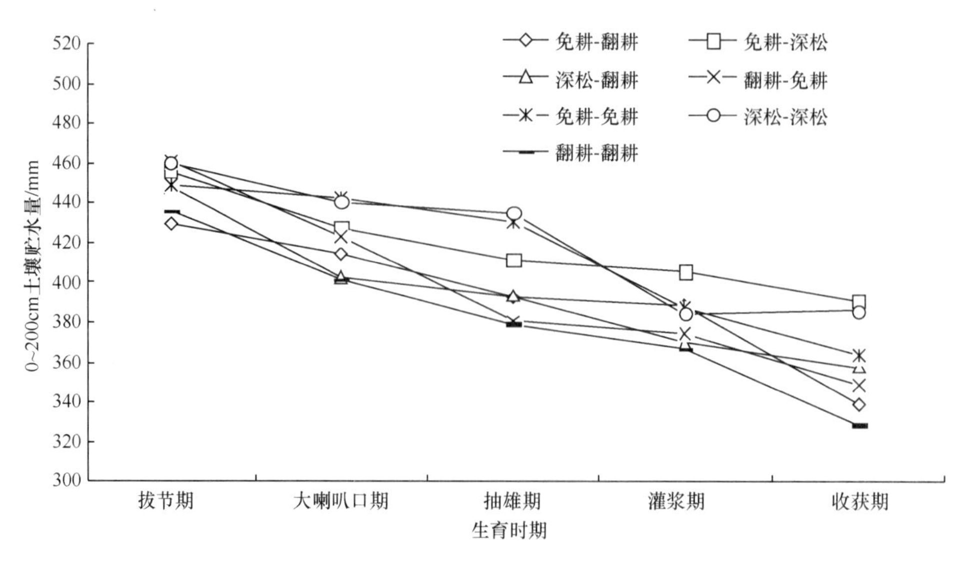

图 2-14 春玉米生育期不同轮耕处理 0～200cm 土壤贮水量变化动态比较

图 2-15 显示，在春玉米大喇叭口期，“免耕-翻耕”、“免耕-深松”、“深松-翻耕”、“翻耕-免耕”、“免耕-免耕”、“深松-深松”和“翻耕-翻耕”7 种轮耕处理在 0～60cm 土层土壤湿度急剧下降，其中“深松-翻耕”轮耕处理土壤湿度最低，仅为 12.8%，“深松-深松”轮耕处理土壤湿度相对最高，达 15.1%。整体而言，“免耕-翻耕”、“免耕-深松”、“深松-翻耕”、“翻耕-免耕”、“免耕-免耕”、“深松-深松”和“翻耕-翻耕”7 种轮耕处理在 0～200cm 土层土壤湿度分别为 15.6%、15.9%、15.4%、16.0%、16.3%、16.6%和 15.6%，土壤湿度剖面分布特征基本相似，处理间差异不显著，其中“深松-深松”处理土壤湿度整体优于其他轮耕处理。在春玉米抽雄期、灌浆期和成熟期，各个轮耕处理 0～200cm 土层土壤湿度剖面分布特征与大喇叭口期类似。

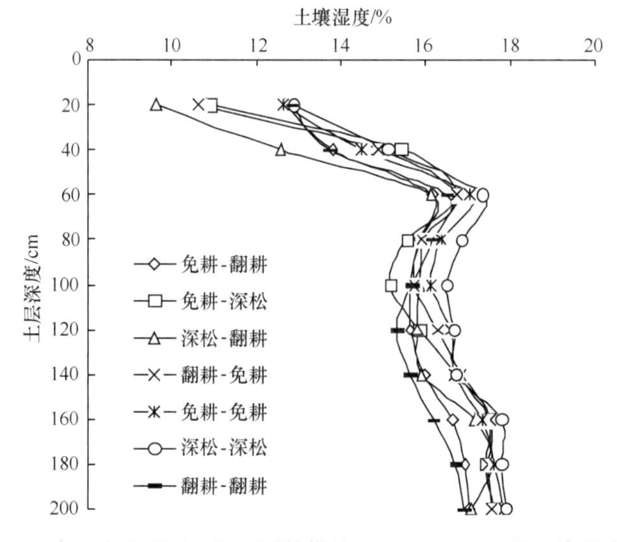

图 2-15 春玉米大喇叭口期不同轮耕处理 0～200cm 土层土壤湿度比较

（7）小结

1）结果表明，免耕和深松耕作处理对改善土壤物理性状作用较大。0～60cm 土层免耕处理土壤容重大于深松和翻耕处理，深松和免耕 0～20cm 土层的土壤饱和含水量均大于翻耕处理，20～40cm 和 40～60cm 翻耕的饱和含水量则大于免耕和深松处理，田间持水量和饱和含水量有类似的变化趋势。对于免耕、深松和翻耕 3 种耕作处理，通过干筛法测定的 0～40cm 土层土壤团聚体含量可知，0～10cm 土层，免耕处理下大于 0.25mm 的团聚体含量平均为 82.9%，分别较深松和翻耕处理高出 4.7%和 6.9%，而 10～40cm 土层 3 种耕作处理大于 0.25mm 的团聚体含量差异很小；通过湿筛法测定的 0～40cm 水稳性团聚体含量变化规律不明显，免耕处理 0～40cm 土层的水稳性团聚体数量分别高出深松和翻耕处理 23.3%和 25.5%，翻耕处理 0～40cm 的水稳性团聚体含量最低，其与深松处理差异甚小。相对于土壤呼吸来说，深松处理的土壤呼吸作用较免耕和翻耕处理强，土壤温度也相应地高于免耕和翻耕处理。

2）不同连耕处理对玉米休闲期土壤蓄水保墒效果影响研究结果表明，在两个试验年度冬闲期间，免耕、深松和翻耕等耕作处理间土壤贮水量差异显著，且随时间推移呈现逐渐降低趋势；免耕和深松处理 3 次平均土壤贮水量较翻耕处理高 33.4mm 和 31.1mm；在两个试验年度冬闲期末，免耕和深松处理分别较翻耕处理 0～200cm 土层土壤贮水量平均高 27.3mm 和 24.7mm。在两个冬闲期间，0～200cm 土壤湿度均为深松>免耕>翻耕处理，处理间差异不显著。在平衡施肥处理下玉米各生育期深松和免耕处理 0～200cm 土壤贮水量均高于翻耕处理；大喇叭口期免耕、深松和翻耕处理 0～200cm 土层土壤湿度剖面分布特征类似，处理间无显著差异。

3）不同轮耕处理对玉米休闲期土壤蓄水保墒效果影响研究结果表明，在冬闲期始末，“免耕-免耕”和“深松-翻耕”处理 0～200cm 土层土壤贮水量分别达到最大和最小，“深松-深松”处理 0～200cm 土层土壤湿度在冬闲期始末均最高，分别达 18.2%和 16.6%。在春玉米大喇叭口期，“免耕-翻耕”、“免耕-深松”、“深松-翻耕”、“翻耕-免耕”、“免耕-免耕”、“深松-深松”和“翻耕-翻耕”7 种轮耕处理 0～200cm 土壤湿度剖面分布特征基本相似，处理间差异不显著；在春玉米整个生育期里，“深松-深松”处理 0～200cm 土层土壤贮水量最高，达 421.3mm，“翻耕-翻耕”处理最低，土壤贮水量为 382.4mm。

2. 保护性耕作对春玉米田土壤化学性质的影响

（1）不同耕作处理下春玉米播种前土壤养分含量比较

在春玉米播种之前测定 0～60cm 土层土壤的有机质和养分含量，具体数据见表 2-2。

表 2-2　2008 年春玉米播前不同耕作处理养分含量比较

处理	土层深度/cm	有机质/(g/kg)	全氮/(g/kg)	全磷/(g/kg)	全钾/(g/kg)	碱解氮/(mg/kg)	速效磷/(mg/kg)	速效钾/(mg/kg)	pH
免耕	0～20	13.92a	0.77a	0.67b	9.77cd	44.89ab	8.01a	111.00b	7.91
	20～40	9.49e	0.61a	0.53d	9.44d	44.19ab	4.87bc	90.79e	8.03
	40～60	11.58bc	0.70a	0.55d	11.57a	44.10ab	5.10bc	107.6c	7.95

续表

处理	土层深度/cm	有机质/(g/kg)	全氮/(g/kg)	全磷/(g/kg)	全钾/(g/kg)	碱解氮/(mg/kg)	速效磷/(mg/kg)	速效钾/(mg/kg)	pH
深松	0～20	12.14d	0.79a	0.54d	10.32b	42.00ab	8.33b	85.58f	7.91
	20～40	9.74e	0.51a	0.6c	10.36b	44.89b	4.61bc	75.82g	8.04
	40～60	7.73f	0.47a	0.52d	10.71b	42.44ab	3.95bc	76.28g	7.87
翻耕	0～20	12.08b	0.74a	0.72a	10.42b	48.04a	9.35a	117.70a	7.77
	20～40	11.18cd	0.61a	0.55d	10.23bc	45.94ab	4.51bc	99.03d	7.82
	40～60	7.91f	0.48a	0.51d	10.48b	45.68ab	3.75c	77.67g	7.78

注：在同一列，小写字母代表统计检验5%水平差异显著，下同。

由表中数据可知，在0～20cm土层免耕、深松和翻耕处理间土壤有机质含量差异显著（$P<0.05$），免耕的含量最高，分别较深松和翻耕处理高14.7%和15.2%；在20～40cm和40～60cm土层，三种耕作处理间的有机质含量差异无固定规律，20～40cm土层翻耕处理的有机质含量最高，40～60cm土层则是免耕处理的有机质含量最高，其中深松和翻耕处理均在0～60cm各个土层间有机质含量差异显著（$P<0.05$）。全氮含量在三个土层间无显著性差异，0～20cm土层呈现深松＞免耕＞翻耕处理的趋势，深松处理分别高出免耕和翻耕处理2.6%和6.7%，随着土层的加深全氮含量在逐渐减小。碱解氮含量的变化趋势与全氮类似，0～20cm土层翻耕处理比免耕和深松处理分别高出7.0%和14.3%。在0～20cm土层，其免耕、深松和翻耕处理间土壤全磷含量差异显著（$P<0.05$），呈现翻耕＞免耕＞深松处理的趋势，其中翻耕处理较免耕和深松处理高出7.4%和33.3%，20～40cm土层深松处理的全磷含量最高，分别较免耕和翻耕处理高13.2%和9.1%，免耕和翻耕处理间差异很小。免耕处理在0～20cm土层的全钾含量明显小于深松和翻耕处理，而在40～60cm土层其全钾含量显著高于深松和翻耕处理，分别高出深松和翻耕处理8.0%和10.4%，深松和翻耕处理在0～60cm各个土层间的全钾含量均无明显差异。免耕和翻耕处理在0～20cm土层速效磷含量均与20～40cm和40～60cm速效磷含量差异显著（$P<0.05$），而翻耕处理在0～20cm土层速效磷含量最高，分别较免耕和深松处理高16.8%和12.2%，深松处理在各个土层间其速效磷含量均无显著差异，速效磷随着土层深度的增加其含量逐渐在减小。免耕处理在各个土层的速效钾含量几乎都高于深松和翻耕处理，深松处理的速效钾含量相对较低，免耕和翻耕处理在各个土层间的速效钾含量差异均显著（$P<0.05$），深松处理0～20cm土层速效钾含量分别高出20～40cm和40～60cm土层12.8%和10.8%。整体而言，20～40cm土层pH均高于其他两个土层。

综上所述，0～20cm土层免耕处理的有机质含量最高，深松次之，而深松处理全氮含量则最高，翻耕处理最低，其他的养分指标三种耕作处理变化规律不一，这与不同耕作处理下春玉米对养分的吸收程度和春玉米秸秆的分解程度不同有关。

（2）不同耕作处理下春玉米收获后土壤养分含量的比较

a. 不同耕作处理对土壤有机质含量的影响

图 2-16 显示平衡施肥水平下各耕作处理对土壤有机质含量的影响。可以看出，2008 年 0～20cm 土层土壤有机质含量变化趋势为免耕＞深松＞翻耕处理，20～40cm 土层有机质含量则为深松＞免耕＞翻耕处理，深松处理较免耕和翻耕处理分别提高了 0.7%和 2.1%，40～60cm 土层翻耕处理的土壤有机质含量最高，深松处理的较低，处理间差异不显著（$P>0.05$）；2009 年 0～20cm 土层有机质含量变化趋势为免耕＞深松＞翻耕处理，20～40cm 深松处理有机质含量最高，分别较免耕和翻耕处理提高了 11.2%和 17.6%，而在 40～60cm 其含量则最低，处理间无显著差异（$P>0.05$）。

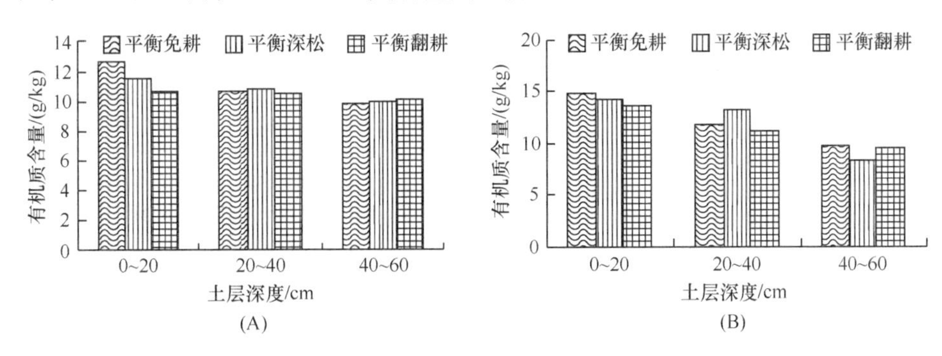

图 2-16　不同耕作处理下土壤有机质含量比较

（A）2008 年；（B）2009 年

图 2-17 为不同施肥方式与耕作处理下 0～20cm 土层的土壤有机质含量变化图。2008 年平衡施肥处理下，免耕和深松处理的土壤有机质含量分别较翻耕处理提高了 17.9%和 7.9%，常规施肥处理的有机质含量是深松＞翻耕＞免耕，无肥处理免耕的有机质含量较高；2009 年平衡施肥下同样是免耕和深松的有机质含量大于翻耕处理，分别较翻耕处理提高了 8.5%和 4.8%，低肥处理和无肥处理规律类似，常规施肥处理有机质含量则是深松＞免耕＞翻耕。总体而言，在 0～20cm 土层，免耕和深松处理的有机质含量均高于翻耕处理，这与免耕和深松处理对土壤扰动小从而有利于有机质积累有关。

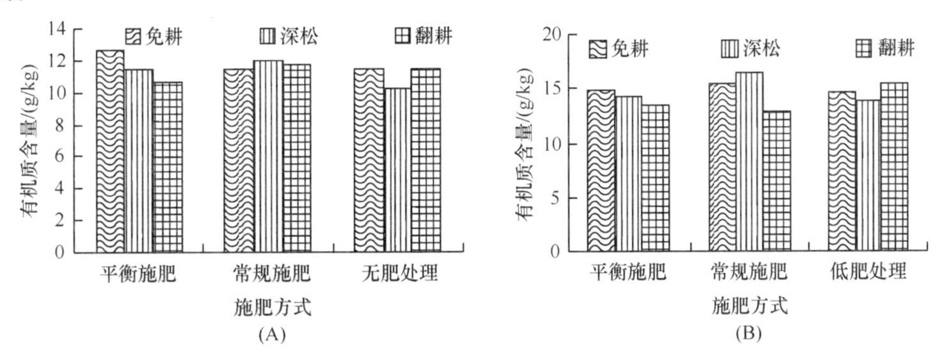

图 2-17　不同施肥方式与耕作处理下 0～20cm 土壤有机质含量比较

（A）2008 年；（B）2009 年

b. 不同耕作处理对土壤全氮含量的影响

图 2-18 显示，2008 年土壤全氮含量的变化趋势与有机质相似，0～20cm 土层免耕处理的全氮含量分别比深松和翻耕处理提高了 9.5%和 13.1%，20～40cm 土层深松和免耕处理分别较翻耕处理提高了 3.1%和 1.5%，40～60cm 土层深松处理全氮含量较高，翻耕处理最低；2009 年土壤全氮含量在 0～20cm 和 40～60cm 土层变化趋势均是免耕＞深松＞翻耕，20～40cm 深松处理的全氮含量分别比免耕和翻耕处理提高 10.1%和 2.2%，处理间差异不显著（P＞0.05）。图 2-19 是 0～20cm 土层不同施肥方式与不同耕作处理下全氮含量变化情况。可以看出，平衡施肥处理下，2008 年和 2009 年全氮含量变化趋势均是免耕＞深松＞翻耕处理，免耕和深松处理分别比翻耕处理提高 9.6%和 2.2%，常规施肥水平下深松处理全氮含量最高，翻耕处理最低，无肥和低肥处理则是免耕处理全氮含量最高，深松处理次之，翻耕处理最低。结果表明，在 0～20cm 土层，平衡施肥免耕处理的全氮含量大于深松处理，深松处理大于翻耕，而常规施肥处理则是深松处理的全氮含量大于免耕处理，翻耕处理最小。

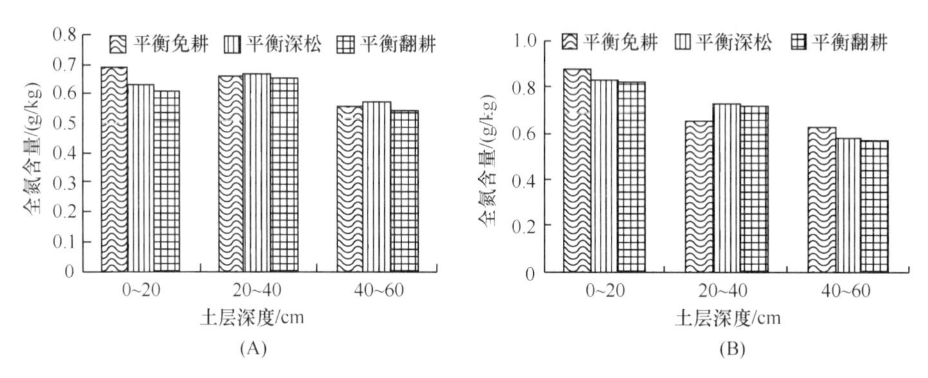

图 2-18　不同耕作处理下土壤全氮含量比较

（A）2008 年；（B）2009 年

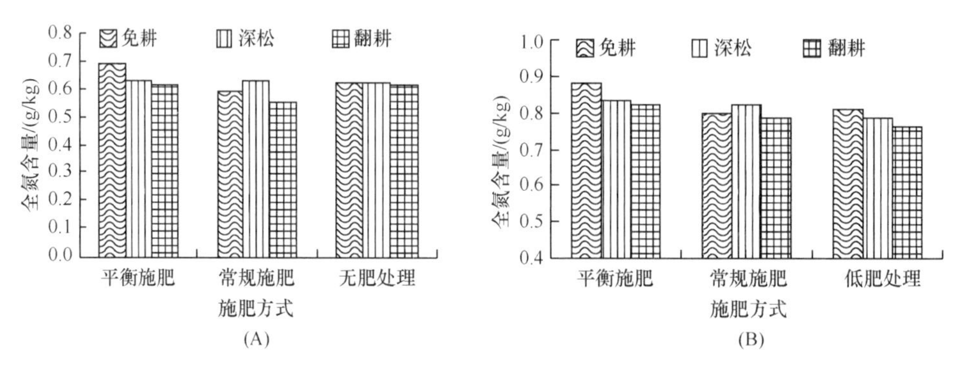

图 2-19　不同施肥方式与耕作处理下 0～20cm 土层全氮含量比较

（A）2008 年；（B）2009 年

c. 不同耕作处理对土壤碱解氮含量的影响

图 2-20 是平衡施肥处理下 0～60cm 土层碱解氮含量的变化图。可以看出，2008 年

0～20cm 土层碱解氮含量变化趋势是免耕＞深松＞翻耕处理，免耕处理分别较深松和翻耕处理高 6.1%和 8.0%，处理间差异显著（P＜0.05），20～40cm 和 40～60cm 土层则是免耕＞翻耕＞深松处理；2009 年 0～20cm 土层免耕和深松碱解氮含量分别较翻耕处理提高 33.1%和 23.7%，20～40cm 和 40～60cm 土层均是深松的碱解氮含量较低，分别为 50.7mg/kg 和 39.9mg/kg，处理间差异不显著。图 2-21 显示，2008 年 0～20cm 土层碱解氮含量在平衡施肥和常规施肥下变化趋势均是免耕＞深松＞翻耕处理，免耕与深松和翻耕处理间差异显著（P＜0.05），且平衡施肥下碱解氮含量总体高于常规施肥和无肥处理，分别高出常规施肥和无肥处理 1.9%和 11.9%，无肥处理下深松碱解氮含量最低；2009 年常规施肥和平衡施肥碱解氮含量均大于低肥处理，常规施肥免耕与深松和翻耕处理间差异显著（P＜0.05），平衡施肥处理下免耕碱解氮含量分别高出深松和翻耕处理 2.4%和 4.5%。综上所述，平衡施肥和常规施肥处理在 0～20cm 土层的碱解氮含量都是免耕处理最高；深松处理次之；翻耕处理最低。平衡施肥在 20～60cm 土层则是免耕碱解氮含量最高；深松处理最低。

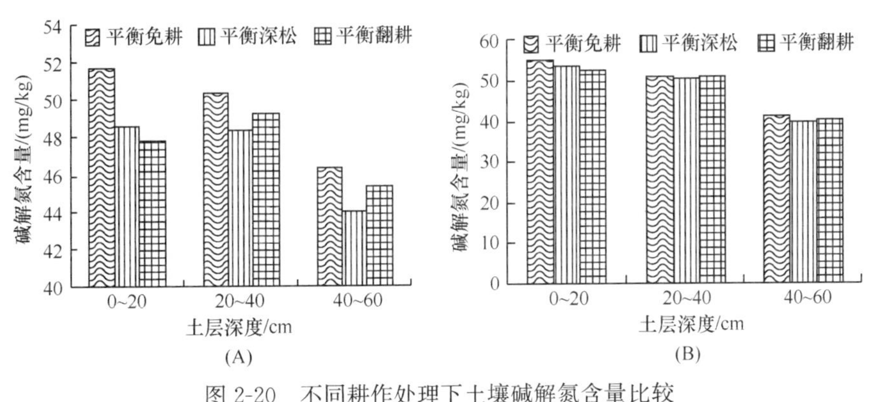

图 2-20　不同耕作处理下土壤碱解氮含量比较

（A）2008 年；（B）2009 年

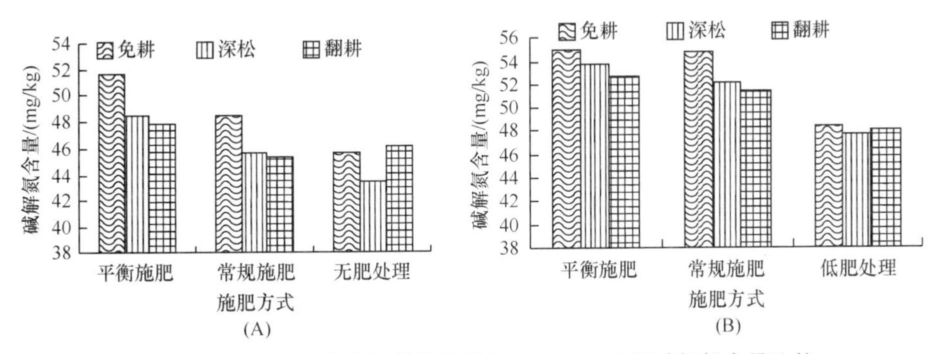

图 2-21　不同施肥方式与耕作处理下 0～20cm 土层碱解氮含量比较

（A）2008 年；（B）2009 年

d. 不同耕作处理对土壤全磷含量的影响

图 2-22 是平衡施肥水平下 0～60cm 土层全磷含量的变化图。2008 年 0～60cm 土层全磷含量呈现免耕＞深松＞翻耕处理的规律，在 20～40cm 土层免耕处理全磷含量分别

高出深松和翻耕处理7.8%和7.8%；2009年在0～20cm和40～60cm土层全磷含量变化趋势是免耕＞深松＞翻耕，处理间差异不显著（$P>0.05$），而20～40cm则呈现深松＞免耕＞翻耕处理的规律，深松处理分别比免耕和翻耕处理高2.7%和11.1%。

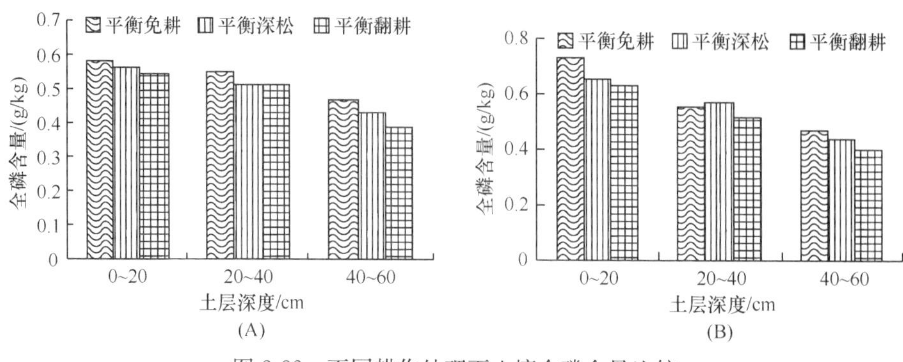

图2-22 不同耕作处理下土壤全磷含量比较

（A）2008年；（B）2009年

图2-23显示，2008年在三种肥力水平下均是免耕的全磷含量稍高于深松和翻耕处理，其中平衡施肥水平下免耕和深松处理分别较翻耕处理提高了7.4%和3.7%；2009年在平衡施肥水平下0～20cm土层全磷含量变化趋势是免耕＞深松＞翻耕处理，常规施肥和低肥处理全磷变化规律与平衡施肥一致，处理间差异不显著（$P>0.05$）。总体而言，免耕和深松处理全磷含量均大于翻耕处理，在0～20cm土层免耕的全磷含量最大。

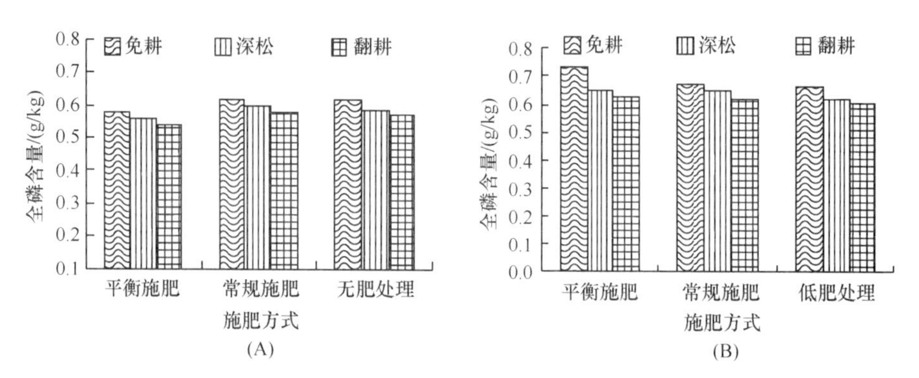

图2-23 不同施肥方式与耕作处理下0～20cm土层全磷含量比较

（A）2008年；（B）2009年

e. 不同耕作处理对土壤速效磷含量的影响

图2-24显示，在2008年，0～40cm各个土层速效磷含量变化趋势是免耕＞深松＞翻耕处理，免耕在20～40cm土层的速效磷含量与深松和翻耕处理间差异显著（$P<0.05$），分别较深松和翻耕处理提高了18.3%和19.6%；2009年在0～20cm和20～40cm土层速效磷含量均是免耕最高，深松次之，翻耕处理最低，处理间无显著差异，而在40～60cm土层深松的速效磷含量最低，免耕和翻耕处理分别比深松高18.8%和7.4%。

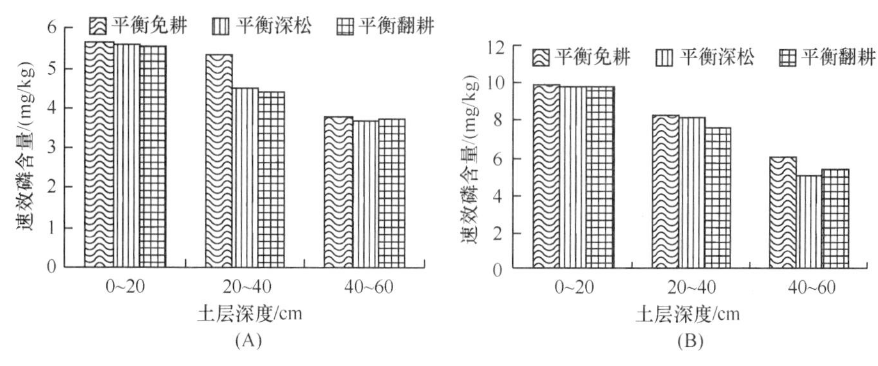

图 2-24　不同耕作处理下土壤速效磷含量比较

(A) 2008 年；(B) 2009 年

从图 2-25 可以看出，2008 年平衡施肥和无肥处理下均为免耕速效磷含量最高，处理间差异很小，而常规施肥下深松处理的速效磷含量最高，翻耕处理最低，深松处理分别高出免耕和翻耕处理 2.5%和 6.3%；2009 年在平衡施肥和常规施肥水平下，速效磷含量均呈现免耕＞深松＞翻耕的规律，免耕和深松处理分别高出翻耕处理 1.5%、0.8%和 19.3%、19.6%，低肥处理下速效磷含量则呈现免耕＞翻耕＞深松的规律，免耕与深松处理间差异显著（$P<0.05$）。结果表明，在 0～40cm 土层，免耕和深松处理的速效磷含量基本上都高于翻耕处理。

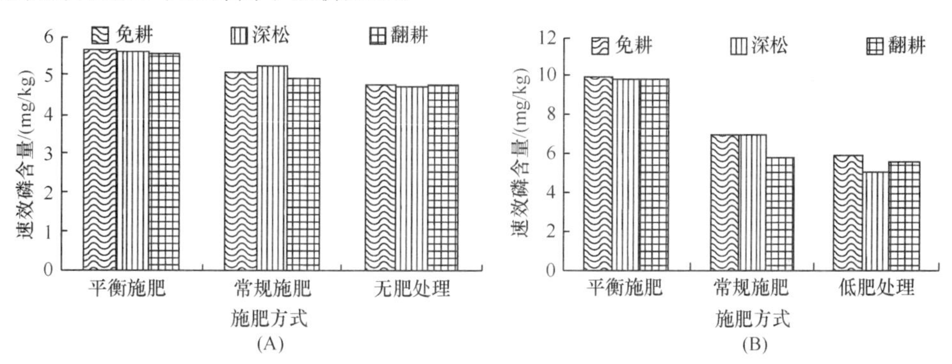

图 2-25　不同施肥方式与耕作处理下 0～20cm 土层速效磷含量比较

(A) 2008 年；(B) 2009 年

f. 不同耕作处理对土壤全钾含量的影响

图 2-26 是平衡施肥水平下不同耕作处理对土壤全钾含量的影响。可以看出，2008 年 0～20cm 土层的全钾含量变化趋势为免耕＞深松＞翻耕处理，免耕和深松处理分别较翻耕处理提高了 7.4%和 5.6%，40～60cm 土层的全钾含量稍高于 0～40cm；2009 年 0～20cm 土层的全钾含量变化趋势为免耕＞深松＞翻耕处理，20～40cm 土层深松处理的全钾含量最高，40～60cm 则翻耕处理全钾含量最高，免耕处理次之，深松处理最低，且在 0～20cm 土层免耕和深松处理分别较翻耕处理提高了 12.2%和 1.3%。图 2-27 显示，2008 年全钾含量在 0～20cm 土层呈现免耕＞深松＞翻耕的规律，常规施肥处理下免耕和深松处理分别较翻耕处理提高了 15.1%和 4.0%；2009 年 0～20cm 土层的

全钾含量变化规律和2008年一致，即在三种肥力水平下均为免耕处理的全钾含量最高，深松次之，翻耕处理最低。总体而言，三种肥力水平下0～20cm土层免耕处理的全钾含量最高，分别较深松和翻耕处理平均提高了6.7%和18.2%。

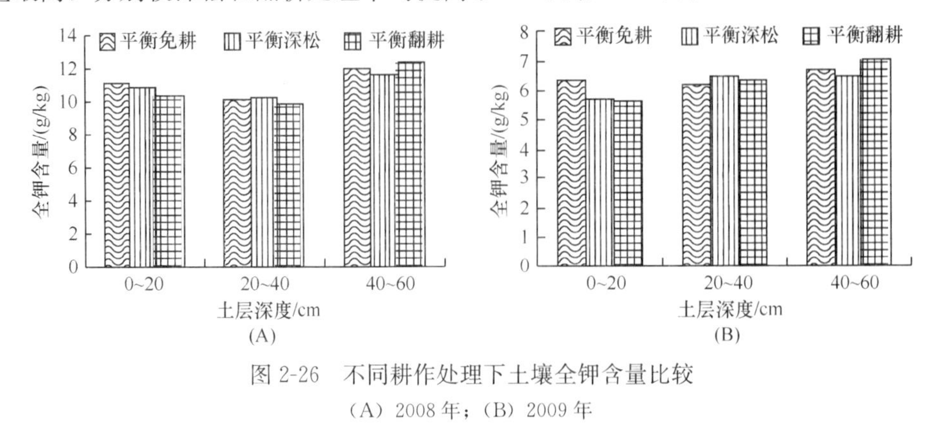

图 2-26　不同耕作处理下土壤全钾含量比较

（A）2008年；（B）2009年

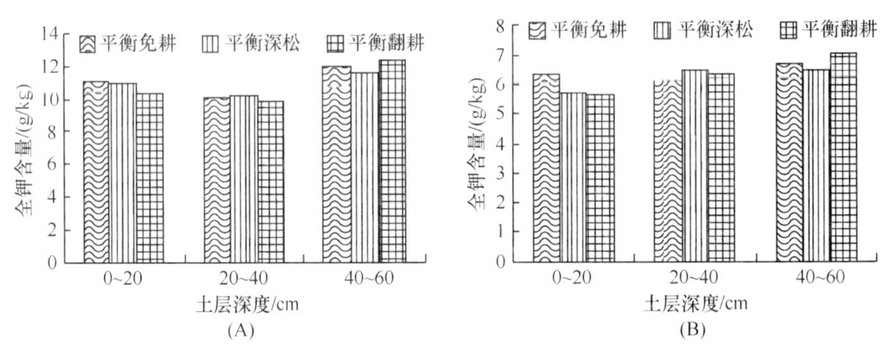

图 2-27　不同施肥方式与耕作处理下0～20cm土层全钾含量比较

（A）2008年；（B）2009年

g. 不同耕作处理对土壤速效钾含量的影响

图2-28是不同耕作处理对土壤速效钾含量的影响。2008年0～60cm各土层速效钾含量变化趋势为免耕>深松>翻耕处理，处理间差异不显著（$P>0.05$），其中在0～20cm土层免耕的速效钾含量分别较深松和翻耕处理提高了18.9%和20.1%；2009年0～40cm土层速效钾含量也呈现免耕>深松>翻耕处理趋势，处理间无明显差异。图2-29显示，2008年在平衡施肥处理下速效钾含量呈现免耕>深松>翻耕的趋势，免耕分别比深松和翻耕处理高18.9%和20.1%，常规施肥和无肥处理下速效钾含量变化趋势均为深松>免耕>翻耕处理，处理间差异不显著（$P>0.05$）；2009年在平衡施肥处理下免耕和深松处理速效钾含量与翻耕间差异显著（$P<0.05$），分别高出翻耕处理9.5%和8.3%，常规施肥处理下深松处理速效钾含量分别高出免耕和翻耕处理0.7%和1.3%，低肥处理下深松处理的速效钾含量最高，免耕处理次之，翻耕处理最低。综上所述，平衡施肥处理在0～20cm土层速效钾含量变化趋势是免耕>深松>翻耕处理，常规施肥和无肥（或低肥）处理在0～20cm土层速效钾含量变化趋势则是深松>免耕>翻耕处理。

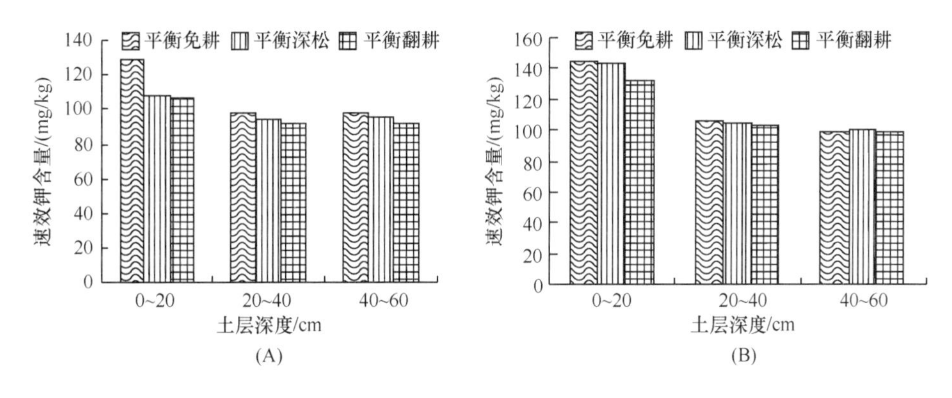

图 2-28　不同耕作处理下土壤速效钾含量比较
（A）2008 年；（B）2009 年

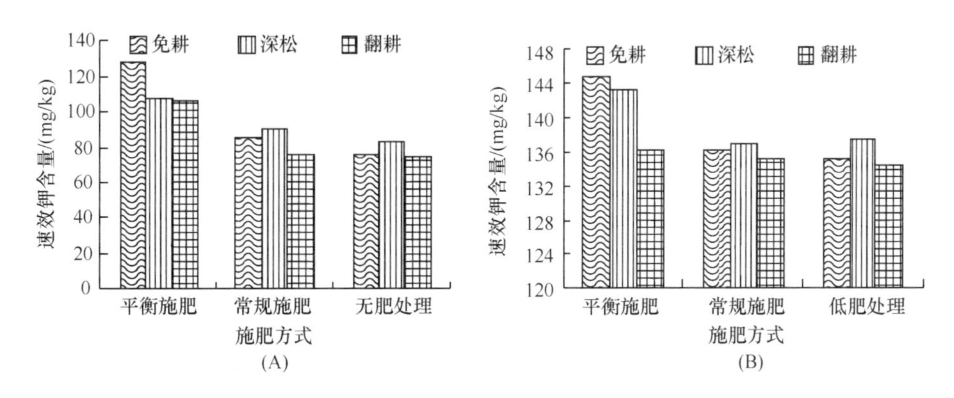

图 2-29　不同施肥方式与耕作处理下 0～20cm 土层速效钾含量比较
（A）2008 年；（B）2009 年

（3）小结

1）在春玉米播种之前测定 0～60cm 土层土壤养分含量的结果表明，0～20cm 土层免耕处理的有机质含量优于深松和翻耕处理，深松处理的全氮含量优于免耕和翻耕处理，而翻耕处理的碱解氮、全磷和速效磷含量相对高于免耕和深松处理，各个耕作处理下的养分含量在各个土层变化规律不统一。

2）通过测定春玉米收获之后各个处理 0～60cm 土层土壤养分含量可知，在 0～20cm 土层，平衡施肥处理下，免耕处理的有机质分别较深松和翻耕处理提高了 6.4％和 11.1％，全氮和碱解氮含量分别较深松和翻耕处理提高了 7.3％、9.6％和 4.3％、6.2％，全磷和速效磷分别较深松和翻耕处理提高了 8.5％、12.3％和 0.8％、1.6％，全钾和速效钾含量分别较深松和翻耕处理提高了 4.8％、9.1％和 8.7％、12.3％，翻耕处理的有机质和其他养分含量相对最低，这是由于玉米秸秆在经过微生物作用后转化为有机碳进入土壤表层，而免耕和深松处理相对翻耕处理对土壤的扰动较小，从而有利于有机质和其他养分的积累；在 20～60cm 土层，免耕、深松和翻耕三种处理的养分含量无明显的变化规律；在常规施肥和无肥（或低肥）处理下，免耕、深松和翻耕处理在

0～20cm 土层其养分含量值也无明显规律，其中深松处理的速效钾含量最高，分别较免耕和深松处理提高了 3.7％和 6.7％。

3. 保护性耕作对春玉米农艺性状的影响

（1）不同耕作处理对收获期单株生物量的影响

单株生物量主要是指玉米地上部分的所有有机物质，包括茎重、叶重、粒重和芯重，不同施肥与耕作处理下玉米的长势不同，因而处理间生物量也存在差异，具体见表 2-3。

表 2-3　不同施肥方式与耕作处理下玉米收获期单株生物量干重比较（单位：g）

年份	处理	茎叶重	芯重	粒重	根重	单株生物量
2008	平衡免耕	109.1	35.3	176.8	22.4	321.2
	平衡深松	130.2	38.4	196.2	25.8	364.8
	平衡翻耕	125.0	33.9	170.7	21.8	329.6
	无肥免耕	102.7	22.8	100.7	20.5	226.1
	无肥深松	120.2	24.9	107.1	22.2	252.1
	无肥翻耕	116.3	33.1	109.0	27.8	258.3
	常规免耕	124.6	27.8	132.4	19.7	284.8
	常规深松	140.4	38.9	182.4	22.7	361.7
	常规翻耕	136.4	38.0	156.4	16.4	330.8
2009	平衡免耕	118.7	28.8	163.4	22.2	310.9
	平衡深松	137.8	38.6	212.9	31.8	389.3
	平衡翻耕	131.8	35.8	200.5	31.0	368.1
	低肥免耕	100.5	23.6	134.9	20.7	258.9
	低肥深松	123.0	31.8	145.2	23.7	300.0
	低肥翻耕	119.2	30.8	137.6	16.8	287.6
	常规免耕	129.2	29.0	152.7	20.2	310.9
	常规深松	134.4	36.4	186.7	24.1	357.4
	常规翻耕	125.4	28.9	146.7	22.8	301.0

从表中数据可知，在 2008 年春玉米收获期，深松处理表现出一定的优势，其茎叶重、粒重、芯重、根重和单株生物量均高于免耕和翻耕处理两种耕作方式，平衡施肥处理下，深松处理的春玉米粒重分别比免耕和翻耕处理高 11.0％和 14.9％，单株生物量分别比免耕和翻耕处理高 13.6％和 10.7％，说明深松处理有利于玉米的生长，免耕和翻耕处理间玉米的茎叶重、粒重、芯重、根重和单株生物量差异不显著；常规施肥处理下仍是深松处理的粒重和单株生物量最大，其他指标的变化与平衡施肥相似；在无肥处理下，春玉米收获期各个指标相应地低于平衡施肥和常规施肥处理。在 2009 年春玉米收获期，平衡施肥处理下深松处理春玉米茎叶重、芯重、粒重、根重和单株生物量均相

对高于免耕和翻耕两种处理，其中平衡深松处理下春玉米粒重和根重分别较免耕和翻耕处理提高 30.3%、12.9%和 33.5%、2.6%，单株生物量分别比免耕和翻耕处理高 25.2%和 21.6%；常规施肥处理下深松处理的单株生物量大于免耕和翻耕处理，低肥处理下玉米的各个指标变化规律与无肥处理相似，均低于平衡施肥和常规施肥处理。整体而言，平衡施肥处理下玉米的长势优于常规施肥和无肥（低肥）处理，而平衡深松是所有处理中最有利于玉米生长的措施。

（2）不同耕作处理对春玉米株高的影响

图 2-30 是不同耕作方式下春玉米灌浆期的株高变化情况。整体来看，春玉米株高都呈现翻耕>深松>免耕的趋势，深松和翻耕处理之间差异不大。

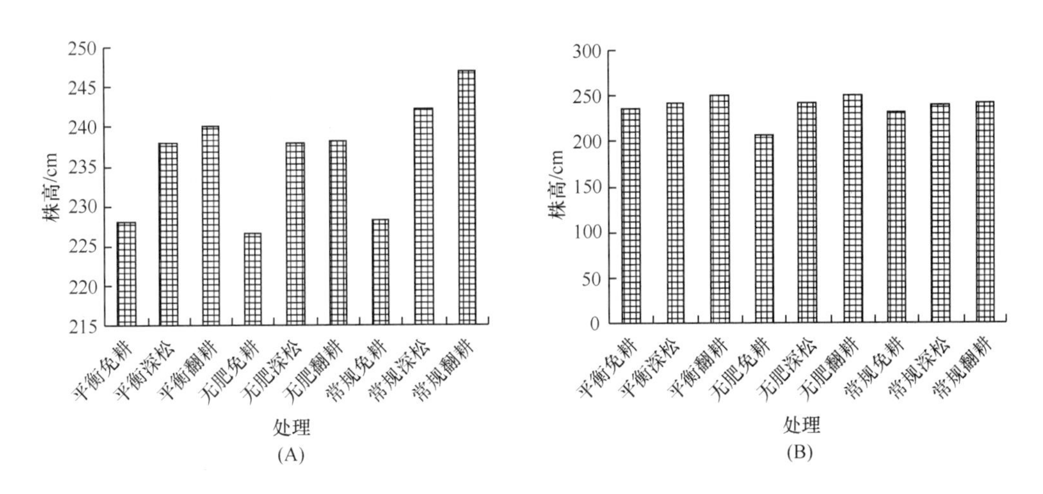

图 2-30　2008 年和 2009 年春玉米灌浆期不同施肥与耕作处理下株高比较

（A）2008 年；（B）2009 年

在 2008 年灌浆期里，无论在哪种肥力水平下，免耕处理的株高都是最低的，与深松和翻耕处理差异显著（$P<0.05$），深松和翻耕处理平均比免耕高 5.1%和 6.2%，无肥处理下，免耕、深松和翻耕三种处理的株高均低于其他两种肥力水平；2009 年春玉米灌浆期，在三种肥力水平下，免耕、深松和翻耕处理间株高差异很小，都保持翻耕>深松>免耕的趋势，翻耕和深松处理平均分别比免耕高 10.3%和 7.7%，三种肥力间差异不显著（$P>0.05$）。总体而言，翻耕处理的株高最高，深松处理次之，免耕处理最低，平衡施肥水平稍占优势。

（3）不同耕作处理对春玉米地上部分生物量的影响

图 2-31 显示，大喇叭口期各施肥和耕作处理下的鲜干重差异不大，平衡施肥处理下，2008 年春玉米的鲜干重是深松处理稍占优势，其鲜重分别比免耕和翻耕处理高 46.9%和 25.3%，干重分别比免耕和翻耕处理高 38.4%和 32.8%，而常规施肥下免耕处理春玉米鲜干重稍占优势。整体来看，在各种施肥和耕作处理下，2009 年春玉米鲜干重普遍低于 2008 年，这与 2009 年前半年降雨量较少有关。

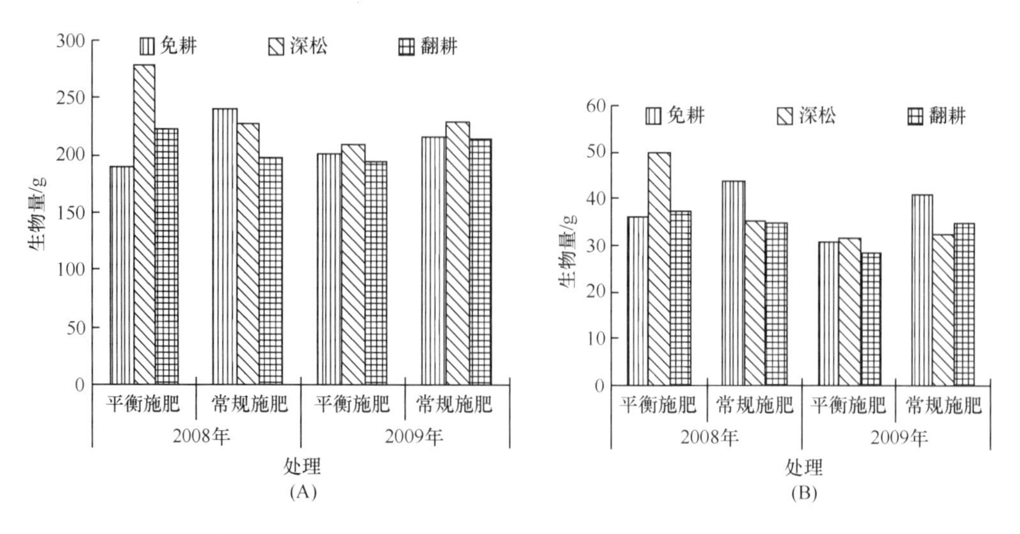

图 2-31　2008 年和 2009 年不同施肥和耕作处理下春玉米大喇叭口期地上部鲜干重比较

图 2-32 是 2008 年和 2009 年春玉米抽雄期不同施肥处理下地上部鲜干重对比图，与大喇叭口期相比，春玉米的鲜干重明显升高，可以看出，无论在哪种肥力水平下，深松处理的鲜干重都大于免耕和翻耕处理，平衡施肥水平下深松处理春玉米鲜重平均比免耕和翻耕处理高 18.8%和 9.7%，干重分别比免耕和翻耕处理高 21.2%和 13.9%，由于 2009 年长期干旱少雨，从而导致春玉米长势普遍不如 2008 年。春玉米其他生育期里鲜干重变化规律与抽雄期类似。

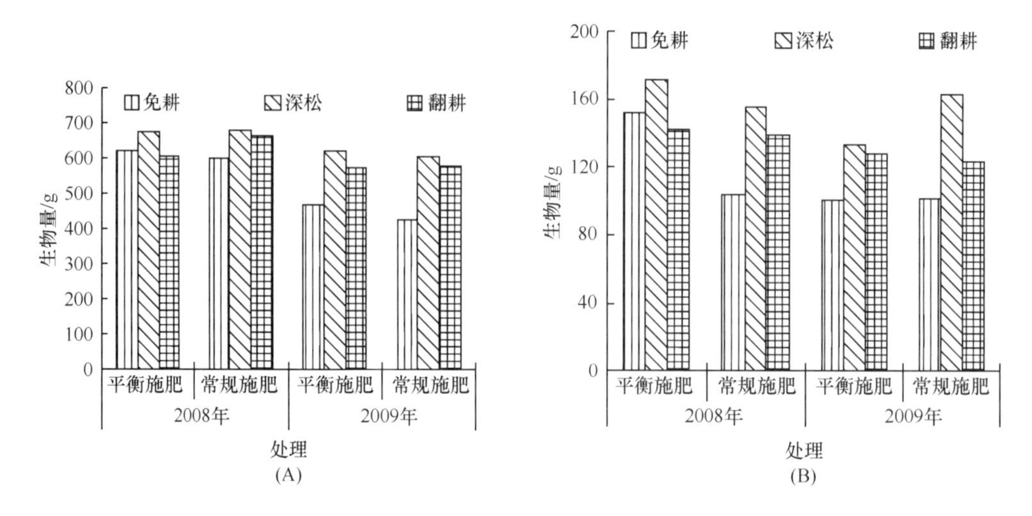

图 2-32　2008 年和 2009 年不同施肥和耕作处理下春玉米抽雄期地上部鲜干重比较

（A）鲜重；（B）干重

（4）不同耕作处理对春玉米光合速率的影响

作物的光合作用受到很多因素的影响，光强变化是影响光合速率的主要因素，而空气中的 CO_2 浓度、土壤和大气的水分状况、温度以及植物体的水分与光合中间产物含量、气孔导度等因素的变化也都会使光合速率发生变化。在水分供应充足时，日出后的光合速率逐渐升高，中午前达到高峰，以后逐渐降低；在日落后光合速率趋于负值（呼吸速率），如果白天的云量一直变化不定，光合速率是随光强的变化而变化的（张春华，2008）。表 2-4 是春玉米在大喇叭口期和灌浆期的光合速率、蒸腾速率和气孔导度间的比较，整体来看，不同施肥与耕作处理间玉米的光合速率、蒸腾速率和气孔导度差异程度皆不同。

表 2-4　不同施肥方式与耕作处理下春玉米主要生育期光合速率比较

年份	处理	蒸腾速率/[mmol/(s·m²)]		光合速率/(μmol/s)		气孔导度/[mol/(s·m²)]	
		大喇叭口期	灌浆期	大喇叭口期	灌浆期	大喇叭口期	灌浆期
2008	平衡免耕	5.52	7.76	40.15	52.37	1.08	2.84
	平衡深松	6.63	8.77	46.29	54.53	1.22	3.63
	平衡翻耕	8.34	7.92	48.97	46.97	1.42	2.74
	常规免耕	9.52	9.32	47.07	53.08	3.18	3.61
	常规深松	10.89	9.95	52.81	53.95	3.67	3.68
	常规翻耕	12.81	9.13	53.18	47.61	3.91	3.03
2009	平衡免耕	4.1	3.02	20.38	22.76	1.18	3.12
	平衡深松	4.36	3.15	22.77	23.67	1.28	3.15
	平衡翻耕	4.45	2.62	23.1	20.08	1.45	2.94
	常规免耕	5.24	3.48	22.87	23.15	2.5	3.16
	常规深松	5.41	3.65	23.35	25.29	2.98	3.2
	常规翻耕	5.68	3.16	23.64	21.49	3.17	3.13

在大喇叭口期，2008 年春玉米在平衡施肥处理下，翻耕处理的蒸腾速率、光合速率、气孔导度均优于免耕和深松处理，分别较免耕和深松均高 51.1%、21.9%、31.5%和 25.8%、5.8%、16.4%，常规施肥处理下翻耕的蒸腾速率、光合速率、气孔导度分别较免耕和深松处理高 34.6%、12.9%、22.9%和 17.6%、0.7%、6.5%；而在 2009 年平衡施肥和常规施肥处理下玉米的蒸腾速率、光合速率和气孔导度的变化规律类似于 2008 年，均是翻耕处理优于深松和免耕处理。在灌浆期，2008 年春玉米在平衡施肥和常规施肥处理下均是深松处理的蒸腾速率、光合速率和气孔导度最优，免耕处理第二，翻耕处理最低。平衡深松和平衡免耕处理的蒸腾速率、光合速率、气孔导度分别较平衡翻耕处理提高了 15.1%、16.1%、32.5%和 1.8%、11.5%、3.6%，常规深松和常规免耕处理的蒸腾速率、光合速率、气孔导度分别较常规翻耕提高了 8.9%、13.3%、21.5%和 2.1%、11.5%、19.1%；2009 年平衡施肥和常规施肥处理的蒸腾速率、光合速率和气孔导度变化规律类似于 2008 年，平衡深松和平衡免耕处理的蒸腾速率、光合速率、气孔导度分别较平衡翻耕处理提高了 20.2%、3.9%、7.1%和 15.3%、13.3%、6.1%，常规深松和常规免耕处理的蒸腾速率、光合速率、

气孔导度分别较常规翻耕处理提高了 15.5%、17.7%、2.2%和 10.1%、7.7%、1.0%。总体而言，2009 年测得的数据整体低于 2008 年，这是受测定时的阳光和风速等天气因素的影响所致；在灌浆期深松处理下的光合速率和气孔导度都优于大喇叭口期，且在灌浆期深松处理的光合速率、蒸腾速率和气孔导度均最优，免耕处理次之，翻耕处理相对最差，表明深松处理在玉米大喇叭口后期的其他主要生育期有利于作物的光合作用。

（5）小结

1）对于耕作方式而言，深松处理表现出一定的优势，其茎叶重、粒重、芯重和根重都高于免耕和翻耕两种耕作处理，对于肥力水平，平衡施肥下玉米的长势优于常规施肥和无肥（低肥）处理，而平衡深松的优势最为明显；春玉米株高都呈现翻耕>深松>免耕的趋势，深松和翻耕处理之间差异不大，且平衡施肥比常规施肥和无肥（低肥）处理稍占优势；在大喇叭口期，各施肥和耕作处理下春玉米的鲜干重差异不大，而在抽雄期，无论在哪种肥力水平下，深松处理下春玉米的鲜干重均大于免耕和翻耕处理。

2）通过测定春玉米大喇叭口期和灌浆期叶片的光合速率可知，2009 年测定的平均蒸腾速率、平均光合速率和气孔导度整体上均低于 2008 年测定值，这与天气因素密切相关；在玉米灌浆期，深松和免耕处理的平均光合速率、平均蒸腾速率、气孔导度分别较翻耕处理平均提高了 9.1%、15.6%、15.4%和 0.8%、11.1%、7.5%。

4. 保护性耕作对春玉米产量的影响

（1）不同耕作处理对春玉米田产量性状的影响

不同施肥水平与不同耕作措施组合对春玉米主要产量性状的影响程度不同，具体见表 2-5。

表 2-5　不同施肥方式和耕作处理下玉米产量及构成因素比较

年份	处理方式	单位面积穗数/(10^4 个/hm^2)	穗粒数/个	千粒重/g	产量/(kg/hm^2)
2008	平衡免耕	49 601	565	376.5	10 675.4ab
	平衡深松	50 842	554	369.3	11 702.4a
	平衡翻耕	48 505	547	345.8	10 161.2bc
	无肥免耕	45 277	480	312.6	7 198.2e
	无肥深松	48 075	521	333.0	8 210.4de
	无肥翻耕	48 345	525	353.5	7 012.3e
	常规免耕	48 360	588	365.4	8 978.4cd
	常规深松	48 225	547	360.8	9 986.3bc
	常规翻耕	47 190	552	353.7	8 601.7d

续表

年份	处理方式	单位面积穗数/(10^4 个/hm^2)	穗粒数/个	千粒重/g	产量/(kg/hm^2)
2009	平衡免耕	46 542	511	329.1	8 236.7b
	平衡深松	47 505	532	312.7	8 979.6a
	平衡翻耕	45 809	506	306.0	8 021.4b
	低肥免耕	47 032	435	303.4	5 877.8e
	低肥深松	45 619	457	267.5	6 561.1d
	低肥翻耕	44 549	525	280.2	5 855.6e
	常规免耕	49 101	449	311.7	7 169.3c
	常规深松	50 641	524	291.0	8 026.4b
	常规翻耕	47 798	498	327.0	6968.9cd

从表中数据可以看出，对于 2008 年，在平衡施肥处理下，玉米产量是平衡深松＞平衡免耕＞平衡翻耕，平衡深松产量最高，达到 11 702.4kg/hm^2，而平衡翻耕仅为 10 161.2kg/hm^2；公顷穗数是平衡深松＞平衡免耕＞平衡翻耕；千粒重是平衡免耕最高，比平衡翻耕高 30.7g；穗粒数以平衡免耕最高，显著高于平衡深松，平衡翻耕最低。常规施肥中，免耕千粒重比常规翻耕高，高出 11.7g。无肥处理中，无肥翻耕的千粒重最高，比无肥免耕高 40.9g。产量平衡施肥处理均高于常规施肥处理，平衡施肥中翻耕处理产量最低。平衡施肥和常规施肥比无肥处理的公顷穗数分别高 5.12%和 1.47%；就千粒重而言，平衡施肥处理的较高，比无肥处理高 92.5g；就产量而言，平衡施肥＞常规施肥＞无肥处理，平衡施肥水平下玉米产量显著高于无肥处理。

对于 2009 年，在平衡施肥处理下，玉米产量是平衡深松＞平衡免耕＞平衡翻耕，平衡深松产量最高，达 8979.6kg/hm^2，而平衡翻耕仅为 8021.4kg/hm^2，平衡深松与平衡免耕和平衡翻耕处理间产量差异显著，而平衡免耕和平衡翻耕处理之间差异不显著（$P>0.05$）；公顷穗数是平衡深松＞平衡免耕＞平衡翻耕；千粒重平衡免耕最高，比平衡翻耕高 23.1g；穗粒数以平衡深松最高，高于平衡免耕，平衡翻耕最低。常规施肥中，免耕千粒重比常规深松高出 20.7g。低肥处理中，低肥免耕的千粒重最高，比低肥深松高 35.9g/千粒。对产量的影响是平衡施肥处理均高于常规施肥处理，平衡施肥中翻耕处理产量最低。总体来看，不同施肥处理对产量及其构成因素有显著的影响。平衡施肥和常规施肥比低肥处理的公顷穗数分别高 1.9%和 7.5%。就千粒重而言，平衡施肥处理较高，比低肥处理高 11.4g，差异较明显；就产量而言，平衡施肥＞常规施肥＞低肥处理，且平衡施肥下玉米产量与低肥处理下玉米产量差异达到显著水平（$P<0.05$）。

相比而言，2009 年产量整体不如 2008 年产量，这与 2009 年前半年严重干旱和玉米成熟期时降雨过多有关。

(2) 不同耕作处理对春玉米水分利用效率的影响

表 2-6 显示，两个试验年份各耕作处理春玉米产量和水分利用效率差异显著（$P<$

0.05）。在各施肥处理下，玉米产量和水分利用效率均以深松处理最高，免耕处理次之，翻耕处理最低。2008年免耕、深松和翻耕处理在3种施肥处理下玉米平均产量分别为8950.7kg/hm^2、9966.4kg/hm^{2}和8591.7kg/hm^2，免耕和深松处理较翻耕处理分别增产4.2%和16.0%。免耕、深松和翻耕处理水分利用效率（WUE）平均值分别为21.29kg/(mm·hm^2)、26.32kg/(mm·hm^2)和20.52kg/(mm·hm^2)，免耕和深松处理分别较翻耕处理的WUE提高3.8%和28.3%。2009年免耕、深松和翻耕处理在3种施肥处理下玉米平均产量分别为7094.6kg/hm^2、7855.7kg/hm^{2}和6948.6kg/hm^2，免耕和深松处理较翻耕处理分别增产2.1%和13.1%。免耕、深松和翻耕处理的WUE平均值分别为17.45kg/(mm·hm^2)、18.79kg/(mm·hm^2)和16.51kg/(mm·hm^2)，免耕和深松处理分别较翻耕处理的WUE提高5.7%和13.8%。

表2-6　2008年和2009年不同施肥与耕作处理春玉米产量和水分利用效率比较

年份	处理	播前贮水量/mm	收获期贮水量/mm	生育期降水量/mm	生育期耗水量/mm	产量/(kg/hm^2)	水分利用效率/[kg/(mm·hm^2)]
2008	平衡免耕	486.4	364.8	297.2	418.9	10 675.4ab	25.49b
	平衡深松	474.2	371.2	297.2	400.2	11 702.4a	29.24a
	平衡翻耕	457.8	312.5	297.2	442.4	10 161.2bc	22.97bc
	无肥免耕	486.4	401.2	297.2	382.4	7 198.2e	18.82de
	无肥深松	474.2	425.5	297.2	345.9	8 210.4de	23.74bc
	无肥翻耕	457.8	334.9	297.2	420.1	7 012.3e	16.69e
	常规免耕	486.4	324.8	297.2	459.0	8 978.4cd	19.56de
	常规深松	474.2	386.8	297.2	384.5	9 986.3bc	25.97b
	常规翻耕	457.8	362.1	297.2	392.9	8 601.7d	21.89cd
2009	平衡免耕	399.7	369.1	386.0	416.6	8 236.7b	19.77ab
	平衡深松	406.6	355.2	386.0	437.5	8 979.6a	20.53a
	平衡翻耕	373.7	323.4	386.0	436.3	8 021.4b	18.38bc
	低肥免耕	399.7	374.3	386.0	411.4	5 877.8e	14.29e
	低肥深松	406.6	384.7	386.0	407.9	6 561.1d	16.09d
	低肥翻耕	373.7	353.0	386.0	406.7	5 855.6e	14.40e
	常规免耕	399.7	393.7	386.0	392.0	7 169.3c	18.29c
	常规深松	406.6	386.3	386.0	406.3	8 026.4b	19.75ab
	常规翻耕	373.7	343.8	386.0	415.9	6 968.9cd	16.76d

在各耕作处理下，各施肥处理玉米产量和水分利用效率差异显著（$P<0.05$），均以平衡施肥最高，常规施肥次之，无肥或者低肥处理最低。2008年平衡施肥、常规施肥和无肥处理玉米产量平均值分别为10 846.3kg/hm^2、9188.8kg/hm^{2}和7473.6kg/hm^2，平衡施肥、常规施肥分别较无肥处理增产45.1%和22.9%。平衡施肥、常规施肥和无肥处理WUE平均值分别为25.90kg/(mm·hm^2)、22.47kg/(mm·hm^2)和19.75kg/(mm·

hm²)，平衡施肥、常规施肥处理分别较无肥处理 WUE 提高 31.1%和 13.8%。2009 年平衡施肥、常规施肥和低肥处理玉米产量平均值分别为 8412.6kg/hm²、7388.2kg/hm² 和 6098.2kg/hm²，平衡施肥、常规施肥分别较低肥处理增产 38.0%和 17.5%。平衡施肥、常规施肥和无肥处理 WUE 平均值分别为 19.56kg/(mm·hm²)、18.27kg/(mm·hm²) 和 14.93kg/(mm·hm²)，平衡施肥、常规施肥处理分别较低肥处理 WUE 提高 31.0%和 22.4%。

两年试验结果表明，在 9 种施肥和耕作处理组合中，以平衡施肥深松处理玉米产量和 WUE 最高，两年平均产量和 WUE 分别为 10 341.0kg/hm² 和 24.89kg/(mm·hm²)；其次为平衡施肥免耕处理，两年平均产量和 WUE 分别为 9456.1kg/hm² 和 22.63kg/(mm·hm²)；最低为平衡施肥翻耕处理，两年平均产量和 WUE 分别为 9091.3kg/hm² 和 20.68kg/(mm·hm²)。

表 2-7 显示，在平衡施肥处理下，玉米产量和水分利用效率（WUE）均是“深松-深松”处理最高；“免耕-深松”处理次之；“翻耕-免耕”处理最低。“深松-深松”处理的玉米产量较“免耕-深松”和“翻耕-免耕”处理分别增产 2.7%和 28.8%。WUE 较“免耕-深松和“翻耕-免耕”处理分别提高 15.5%和 49.5%，“深松-深松”和“免耕-深松”处理与“翻耕-免耕”处理差异显著（$P<0.05$）。从无肥到低肥处理，“深松-深松”处理玉米产量和 WUE 均最高；“深松-翻耕”第二；“翻耕-免耕”最低。“深松-深松”处理的产量分别较“深松-翻耕”和“翻耕-免耕”处理增产 5.5%和 16.9%。WUE 分别较“深松-翻耕”和“翻耕-免耕”处理提高了 0.5%和 30.1%。在常规施肥水平下，玉米产量仍以“深松-深松”处理最高，达 9206.5kg/hm²，较产量最低的“翻耕-免耕”处理增产 21.9%，“深松-深松”处理水分利用效率达 22.43kg/(mm·hm²)，较“翻耕-翻耕”处理提高了 17.6%。在各耕作处理下，各施肥处理的玉米产量和水分利用效率差异显著（$P<0.05$）。平衡施肥相对最高；常规施肥次之；无肥到低肥处理最低。平衡施肥、常规施肥和无肥到低肥处理玉米产量平均值分别为 9367.9kg/hm²、8288.5kg/hm² 和 6785.9kg/hm²，平衡施肥和常规施肥分别较无肥到低肥处理增产 38.1%和 22.1%，平衡施肥和常规施肥水分利用效率平均值分别为 22.24kg/(mm·hm²) 和 20.49kg/(mm·hm²)，分别较无肥到低肥处理提高了 28.6%和 18.5%。

表 2-7　不同施肥与轮耕处理下春玉米产量和水分利用效率比较

	处理	播前贮水量/mm	收获期贮水量/mm	生育期降水量/mm	生育期耗水量/mm	产量/(kg/hm²)	水分利用效率/[kg/(mm·hm²)]
平衡施肥	免耕-翻耕	434.4	343.6	341.6	432.4	8 931.4ab	20.65bc
	免耕-深松	441.4	361.7	341.6	421.3	10 194.1ab	23.64 ab
	深松-翻耕	435.0	324.5	341.6	452.0	9 960.8ab	22.04bc
	翻耕-免耕	424.7	321.3	341.6	445.0	8 129.0b	18.27 c
	免耕-免耕	438.3	382.8	341.6	397.1	9 270.1ab	23.34ab
	深松-深松	419.8	378.1	341.6	383.3	10 473.4a	27.32a
	翻耕-翻耕	408.4	328.0	341.6	422.0	8 616.7ab	20.42bc

续表

	处理	播前贮水量/mm	收获期贮水量/mm	生育期降水量/mm	生育期耗水量/mm	产量/(kg/hm^2)	水分利用效率/[$kg/(mm \cdot hm^2)$]
无肥-低肥处理	免耕-深松	452.1	442.9	341.6	350.8	6 857.7ab	17.55a
	深松-翻耕	430.3	398.7	341.6	373.1	7 037.3ab	18.86a
	翻耕-免耕	443.6	349.5	341.6	435.7	6 344.6b	14.56b
	免耕-免耕	457.2	391.5	341.6	407.3	6 518.3ab	16.00b
	深松-深松	448.3	398.1	341.6	391.7	7 423.1a	18.95a
	翻耕-翻耕	408.1	337.7	341.6	412.0	6 534.4ab	15.86b
常规施肥	免耕-深松	449.8	363.7	341.6	427.6	8 480.8ab	19.83ab
	深松-翻耕	422.6	351.0	341.6	413.1	8 255.7ab	19.98ab
	翻耕-免耕	425.7	375.2	341.6	392.1	7 551.6b	19.26b
	免耕-免耕	437.5	383.8	341.6	395.3	8 312.0ab	21.03ab
	深松-深松	448.3	379.5	341.6	410.4	9 206.5a	22.43a
	翻耕-翻耕	413.2	339.4	341.6	415.4	7 924.4b	19.08ab

试验结果显示，在7种施肥和耕作处理中，以平衡“深松-深松”处理玉米产量和WUE最高，玉米产量和WUE分别达10 473.4kg/hm^2和27.32kg/($mm \cdot hm^2$)；其次为平衡“免耕-深松”处理，产量和WUE分别达10 194.1kg/hm^2和23.64kg/($mm \cdot hm^2$)；平衡“翻耕-免耕”处理产量和WUE最低，分别为8129.0kg/hm^2和18.27kg/($mm \cdot hm^2$)。

(3) 不同施肥与耕作处理对春玉米田经济效益的影响

不同施肥水平与不同耕作处理组合间的产量差异很大，因而处理间的产量收入差异明显，表2-8与表2-9显示的是不同施肥水平下连耕和轮耕处理的产量收入差异比较。

表2-8　2008～2009年不同施肥方式和耕作处理玉米生产成本和经济效益

（单位：元/hm^2）

年份	处理	肥料投入	机械作业投入	其他投入	总投入	产量收入	纯收益
2008	平衡免耕	2 494.7	1 200.0	4 068.8	7 763.4	14 945.6ab	7 182.2a
	平衡深松	2 494.7	1 875.0	4 068.8	8 438.4	16 383.4a	7 944.9a
	平衡翻耕	2 494.7	1 725.0	4 068.8	8 288.4	14 225.7abc	5 937.3ab
	无肥免耕	—	1 200.0	4 068.8	5 268.8	10 077.5f	4 808.8cd
	无肥深松	—	1 875.0	4 068.8	5 943.8	1 1494.5ef	5 550.6cd
	无肥翻耕	—	1 725.0	4 068.8	5 793.8	9 817.2f	4 023.5d
	常规免耕	1 263.4	1 200.0	4 068.8	6 532.1	12 569.7cde	6 037.6ab
	常规深松	1 263.4	1 875.0	4 068.8	7 207.1	13 980.9bcd	6 773.8ab
	常规翻耕	1 263.4	1 725.0	4 068. 8	7 057.1	12 042.4de	4 985.2bc

续表

年份	处理	肥料投入	机械作业投入	其他投入	总投入	产量收入	纯收益
2009	平衡免耕	2 494.7	1 200.0	4 068.8	7 763.4	11 696.1bc	3 932.7abc
	平衡深松	2 494.7	1 875.0	4 068.8	8 438.4	12 751.1a	4 312.7a
	平衡翻耕	2 494.7	1 725.0	4 068.8	8 288.4	11 390.4bc	3 101.9bc
	低肥免耕	1 247.3	1 200.0	4 068.8	6 516.1	8 346.4e	1 830.4bc
	低肥深松	1 247.3	1 875.0	4 068.8	7 191.1	9 316.8de	2 125.7abc
	低肥翻耕	1 247.3	1 725.0	4 068.8	7 041.1	8 314.9e	1 273.8c
	常规免耕	1 263.4	1 200.0	4 068.8	6 532.1	10 180.5bcd	3 648.3ab
	常规深松	1 263.4	1 875.0	4 068.8	7 207.1	11 397.5ab	4 190.4a
	常规翻耕	1 263.4	1 725.0	4 068.8	7 057.1	9 895.9cd	2 838.8bc

注：表中机械作业投入包括播种、秸秆还田和深松地或翻耕地投入，其他投入包括农药、种子和人工投入，其中，肥料二铵为 3.1 元/kg，尿素为 2 元/kg，钾肥为 5.2 元/kg，深松地 675 元/hm^2，翻耕地 525 元/hm^2，2008 年和 2009 年玉米价格分别为 1.40 元/kg 和 1.42 元/kg。在同一列，小写字母代表统计检验 5%水平差异显著，下同。

表 2-9　不同施肥方式与轮耕处理下玉米生产成本和经济效益

（单位：元/hm^2）

处理		肥料投入	机械作业投入	其他投入	总投入	产量收入	纯收益
平衡施肥	免耕-翻耕	2 494.7	1 462.5	4 068.8	8 026.0	12 593.3a	4 567.3a
	免耕-深松	2 494.7	1 537.5	4 068.8	8 101.0	14 373.8a	6 272.8a
	深松-翻耕	2 494.7	1 800.0	4 068.8	8 363.5	14 044.7a	5 681.2a
	翻耕-免耕	2 494.7	1 462.5	4 068.8	8 026.0	11 461.9b	3 435.9ab
	免耕-免耕	2 494.7	1 200.0	4 068.8	7 763.5	11 616.8ab	5 307.3a
	深松-深松	2 494.7	1 875.0	4 068.8	8 438.5	14 767.5a	6 328.9a
	翻耕-翻耕	2 494.7	1 725.0	4 068.8	8 288.5	11 709.3ab	3 860.9ab
无肥-低肥处理	免耕-深松	1 247.3	1 537.5	4 068.8	6 853.6	9 669.4ab	2 815.8a
	深松-翻耕	1 247.3	1 800.0	4 068.8	7 116.1	9 922.5ab	2 806.4a
	翻耕-免耕	1 247.3	1 462.5	4 068.8	6 778.6	8 945.9b	2 167.3a
	免耕-免耕	1 247.3	1 200.0	4 068.8	6 516.1	9 190.8ab	2 674.7a
	深松-深松	1 247.3	1 875.0	4 068.8	7 191.1	10 466.6ab	3 275.5a
	翻耕-翻耕	1 247.3	1 725.0	4 068.8	7 041.1	9 213.5b	2 172.4a
常规施肥	免耕-深松	1 263.4	1 537.5	4 068.8	6 869.7	11 957.9ab	5 088.3ab
	深松-翻耕	1 263.4	1 800.0	4 068.8	7 132.2	11 640.5ab	4 508.3ab
	翻耕-免耕	1 263.4	1 462.5	4 068.8	6 794.7	10 647.8b	3 853.2b
	免耕-免耕	1 263.4	1 200.0	4 068.8	6 532.2	11 719.9ab	5 187.7ab
	深松-深松	1 263.4	1 875.0	4 068.8	7 207.2	12 981.2a	5 774.1a
	翻耕-翻耕	1 263.4	1 725.0	4 068.8	7 057.2	11 173.4b	4 116.2b

对 2008 年和 2009 年不同施肥和耕作处理春玉米生产过程中肥料、机具等投入和产量收益进行分析（表 2-8），由于受到春玉米生长期干旱影响，2009 年各处理产量和纯效益值明显低于 2008 年。在平衡施肥处理下，2008 年和 2009 年免耕、深松和翻耕处理总投入均为 7763.4 元/hm^2、8438.4 元/hm^2 和 8288.4 元/hm^2，其中，2008 年免耕、深松和翻耕处理纯收益分别为 7182.2 元/hm^2、7944.9 元/hm^2 和 5937.3 元/hm^2，免耕和深松处理分别较翻耕处理增收 1244.9 元/hm^2 和 2007.6 元/hm^2，分别增收 20.9% 和 33.8%；2009 年免耕、深松和翻耕处理纯收益分别为 3932.7 元/hm^2、4312.7 元/hm^2 和 3101.9 元/hm^2，免耕和深松处理分别较翻耕处理增收 830.8 元/hm^2 和 1210.8 元/hm^2，分别增收 26.8%和 39.0%，免耕、深松和翻耕 3 种处理间在两年中差异均不显著（$P>0.05$）。在常规施肥处理下，2008 年翻耕处理纯收益为 4985.2 元/hm^2，免耕和深松处理分别较翻耕处理增收 1052.4 元/hm^2 和 1788.6 元/hm^2，分别增收 21.1% 和 35.9%；2009 年翻耕处理纯收益仅为 2838.8 元/hm^2，免耕和深松处理分别较翻耕处理增收 809.5 元/hm^2 和 1351.6 元/hm^2，分别增收 28.5% 和 47.6%。在无肥处理下，2008 年翻耕处理纯收益为 4023.5 元/hm^2，免耕和深松处理分别较翻耕处理增收 785.3 元/hm^2 和 1527.1 元/hm^2，分别增收 19.5% 和 37.9%；在低肥处理下，2009 年翻耕处理纯收益仅为 1273.8 元/hm^2，免耕和深松处理分别较翻耕处理增收 556.6 元/hm^2 和 851.9 元/hm^2，免耕、深松和翻耕 3 种处理间均无显著差异（$P>0.05$）。两年试验结果表明，均以深松处理纯收益最高，其次为免耕处理，翻耕处理最低。

在 3 种耕作处理下，2008 年平衡施肥、无肥和常规施肥处理总投入平均值分别为 8163.40 元/hm^2、5668.75 元/hm^2 和 6932.11 元/hm^2，纯收益平均值分别为 7021.47 元/hm^2、4794.33 元/hm^2 和 5932.19 元/hm^2，平衡施肥和常规施肥分别较无肥增收 2227.14 元/hm^2 和 1137.86 元/hm^2，分别增收 46.5% 和 23.7%，且三种肥力间差异显著（$P<0.05$）。2009 年平衡施肥、低肥和常规施肥处理总投入平均值分别为 8163.40 元/hm^2、6916.08 元/hm^2 和 6932.11 元/hm^2，纯收益平均值分别为 3782.43 元/hm^2、1743.29 元/hm^2 和 3559.16 元/hm^2，平衡施肥和常规施肥分别较低肥增收 2039.14 元/hm^2 和 1815.87 元/hm^2，分别增收 117.0% 和 104.2%，且平衡施肥和常规施肥与低肥处理间差异显著（$P<0.05$）。两年试验结果表明，均以平衡施肥处理产量纯收益最高；其次为常规施肥处理；无肥或者低肥处理最低。

两年试验结果表明，在 9 种施肥和耕作处理组合中，以平衡施肥深松处理纯收益最高，平均达到 6128.82 元/hm^2；其次为平衡施肥免耕处理，纯收益平均达 5557.42 元/hm^2；再次为常规施肥深松处理，纯收益平均达 5482.06 元/hm^2。

表 2-9 为不同施肥和轮耕处理下春玉米经济效益分析，在平衡施肥下，“深松-深松”处理、“免耕-深松”和“深松-翻耕”处理总投入分别为 8438.5 元/hm^2、8101.0 元/hm^2 和 8363.5 元/hm^2，3 种处理纯收益分别为 6328.9 元/hm^2、6272.8 元/hm^2 和 5681.2 元/hm^2，分别较“翻耕-翻耕”处理增收 92.2%、90.5% 和 72.5%；常规施肥下，“深松-深松”处理、“免耕-免耕”和“免耕-深松”处理总投入分别为 7207.2 元/hm^2、6535.2 元/hm^2 和 6869.7 元/hm^2，3 种处理纯收益分别为 5774.1 元/hm^2、5187.7 元/hm^2 和 5088.3 元/hm^2，分别较“翻耕-免耕”处理增收 49.8%、34.6% 和

32.1%；无肥到低肥处理下，“深松-深松”处理产量收入最高，达 10 466.6 元/hm^2，纯收益为 3275.5 元/hm^2，其次为“免耕-深松”处理，纯收益为 2815.8 元/hm^2，再次为“深松-翻耕”处理，纯收益为 2806.4 元/hm^2，3 种处理分别较“翻耕-免耕”增收 1108.2 元/hm^2、648.5 元/hm^2 和 639.2 元/hm^2，分别增收 51.1%、29.9%和 29.5%。在各种轮耕处理下，平衡施肥、常规施肥和无肥到低肥处理总投入平均值分别为 8143.8 元/hm^2、6932.16 元/hm^2 和 6916.1 元/hm^2，纯收益平均值分别为 5064.9 元/hm^2、4754.6 元/hm^2 和 2652.0 元/hm^2，平衡施肥和常规施肥分别较无肥到低肥处理增收 2412.9 元/hm^2 和 2102.6 元/hm^2，分别增收 90.9%和 79.3%。

试验结果表明，在 7 种施肥和轮耕处理组合中，以平衡施肥“深松-深松”处理产量纯收益最高，达 6328.9 元/hm^2；其次为平衡“免耕-深松”处理，纯收益达 6272.8 元/hm^2；最低为常规“深松-深松”处理，纯收益达 5774.1 元/hm^2。

（4）小结

1）平衡施肥处理玉米千粒重相对较高，较无肥处理高 30.86g，差异显著（$P<0.05$）；玉米产量则呈平衡施肥＞常规施肥＞无肥处理的规律，平衡施肥水平下玉米产量显著高于无肥处理。

2）对 2008 年和 2009 年不同耕作处理春玉米产量和水分利用效率分析可知，在 9 种施肥和耕作处理组合中，以平衡施肥深松处理玉米产量和 WUE 最高，两年平均产量和 WUE 分别为 10 341.0kg/hm^2 和 24.89kg/(mm · hm^2)；其次为平衡施肥免耕，平衡施肥翻耕处理位居第三。对 2008～2009 年不同施肥和耕作处理玉米生产成本和经济效益分析可知，无论哪种肥力水平纯收益均是深松＞免耕＞翻耕，且平衡施肥处理产量纯收益最高；其次为常规施肥处理，无肥或者低肥处理最低。

3）分析不同轮耕方式下春玉米产量和水分利用效率得出，在 7 种施肥和轮耕处理组合中，以平衡“深松-深松”处理组合玉米产量和水分利用效率最高，分别达 10 473.4kg/hm^2和 27.32kg/(mm · hm^2)；平衡“免耕-深松”处理次之；平衡“深松-翻耕”处理产量最低，而水分利用效率常规“深松-深松”处理最低。分析不同施肥与不同轮耕处理玉米生产成本和经济效益可知，平衡施肥下，“深松-深松”处理其纯收益最高，达 6328.9 元/hm^2；其次为平衡“免耕-深松”轮耕处理，常规施肥下“深松-深松”处理最低。

5. 结论与讨论

（1）讨论

渭北旱塬属于黄土高原典型旱作雨养农业区，干旱胁迫和地力瘠薄是旱地玉米生产中的主要限制因素。本研究把保护性耕作和培肥地力措施相结合，通过研究各种保护性耕作方式对冬闲期土壤蓄水保墒能力和不同肥力处理下玉米生长期水分利用效率的影响，筛选与当地降水资源和地力水平相适应的保护性耕作模式。前人对渭北旱塬地春玉米田保护性耕作技术试验的研究持续时间较短，通常只有一季玉米试验结果，缺乏涵盖不同降水年型的长期连续定位试验观测数据，且缺少地力培肥与保护性耕作措施相结合的试验研究，无法反映不同降水年型冬闲期蓄水保墒效果和不同肥力春玉米田保护性耕作模式的增产增收效应。因此，本试验针对常规秸秆覆盖量下免耕、深松和翻耕的耕作模式下连作玉米田土壤理化性状、水分动态变化和产量效应展开研究，分析各种保护性耕作模式的理化性状变化、蓄水保墒效果和增产增收效应，评价和筛选与当地降水资源状况与玉米种植制度相适应的保护性耕作模式，为渭北旱塬连作玉米田降水持续高效利用提供科学依据。然而本试验是在特定的地区和气候条件下开展的，是在经过两个休闲期和两个玉米生育期施肥方式与耕作方式相组合效应的基础上得出的试验结论，加上耕作方式和施肥方式本身的复杂性，所以本研究筛选出的渭北旱塬春玉米最适保护性耕作模式还有待进一步的田间验证。

本试验得出的结论与前人在该地区研究中得出的结论不尽相同，具体如下。

1）本试验对渭北旱塬连作玉米田冬闲期保护性耕作蓄水保墒效应的研究表明，免耕处理有效提高了0～40cm土层土壤贮水量，而深松处理可有效地提高降水入渗，促进土壤水分贮蓄，其蓄水保墒能力都优于传统翻耕，从而促进了玉米生长发育和增产。这与雷金银等（2008）研究结论一致，由于造成农田降雨入渗和土壤水分蒸发散失条件不同，免耕、深松及翻耕方式的蓄水保墒能力有所差异（黄高宝等，2006）。免耕和深松保留地表残茬覆盖，能减少地面径流，提高土壤导水率，增加降水入渗，减少翻耕时土壤水分散失，能有效保持土壤水分（郭新荣，2005；王法宏等，2003），具有良好的蓄水保墒作用，减轻土壤水分的无效蒸发（旱作农业耕作栽培体系及增产机理课题组，1993；籍增顺等，1994；李洪文等，2000），在干旱年份和半干旱地区能够显著提高土壤贮水量（郭清毅等，2005），本试验也得出相同结论，即免耕和深松在秸秆还田后，显著提高了土壤贮水量，减少了水分的无效蒸发。

2）本试验对渭北旱塬连作玉米田理化性状的研究得出，免耕处理可以促进表层（0～20cm）土壤团聚体的形成，提高土壤的稳定性，但同时也显著增加了表层土壤的容重，深松处理的土壤容重小于免耕处理，而翻耕处理降低了0～40cm土层土壤团聚体的团聚度，也降低了表层的土壤容重。这与周虎等（2007）的研究结论一致，即免耕可以促进土壤团聚体的形成，提高土壤稳定性，增加表层土壤容重，翻耕处理降低了耕作深度内土壤团聚体的稳定性和团聚度（Brauce et al.，1990）。土壤呼吸量的变化与当地气候状况紧密相关，地温是影响土壤呼吸的重要因素（刘绍辉和方精云，1997），本试验得出相同结论，即通过测定土壤呼吸与10cm和15cm处地温的关系，得出地温与土壤呼吸速率是呈正相关的规律。保护性耕作可以提高0～20cm土层有机质和养分含量（Karlen et al.，1991），本试验研究结果与此一致，即在0～20cm土层，平衡施肥处理下，免耕和深松处理的有机质、全氮和碱解氮含量分别较翻耕处理提高了13.1%、6.2%、9.6%和2.2%、6.2%、1.8%；免耕处理的全磷和速效磷含量分别较深松和翻耕处理提高了8.5%、12.3%和0.8%、1.6%，全钾和速效钾含量分别较深松和翻耕处理提高了4.8%、9.1%和8.7%、12.3%，翻耕处理的有机质和养分含量相对最低。在40～60cm土层土壤，免耕和深松处理的全钾含量低于传统翻耕处理，而全钾、全磷、有机质和速效钾含量则大于传统翻耕处理，这与Karlen（1991）的研究结论不同，即下层的土壤养分含量是低于传统耕作的。

3）本研究着重考虑了肥力差异对保护性耕作技术增产增收效应的影响，探讨肥力与耕作处理的互作效应，从而筛选出了最佳肥力与耕作处理组合模式，以平衡施肥和深松处理玉米产量和经济效益最高。这与许迪等（1999）研究结果一致，即土壤深松能增强玉米根系活力和促进根系下扎，有利于吸收深层土壤养分和水分，从而更有利于玉米生长和增产。此外，本试验以深松处理产量最高，深松处理平均比翻耕处理增产14.6%，免耕处理平均只比翻耕处理增产3.1%，这与李洪文等（1997）对玉米田保护性耕作研究结论不同，他们的结论是深松处理平均比传统耕作处理增产13%，而免耕处理平均比传统耕作处理增产23%，这可能与试验地力水平和降水量高低不同有关。

4）本试验主要探讨肥力与耕作处理的互作效应，从中不仅筛选出了最佳施肥与连耕处理组合模式，也筛选出了最佳施肥与轮耕处理组合模式。平衡施肥深松处理是最佳的连耕模式，而平衡“深松-深松”处理是最佳的轮耕模式；平衡施肥处理下，连续深松两年的处理其水分利用效率、产量和经济效应均最高，先免耕后深松的处理次之，而先翻耕后免耕的处理最低。可见，平衡施肥与深松处理组合模式应该是今后适宜大面积推广的春玉米种植模式，但是本研究结果只是通过两年的田间试验得出的，且受到了特定区域和气候条件的影响，所以此结果还需要进一步的验证。

（2）结论

a. 不同保护性耕作处理对春玉米田土壤物理性状的影响

不同耕作方式在相同土层其土壤容重皆有差异，免耕处理下土壤容重最大，其次是深松，翻耕处理最低，各耕作处理土壤容重在0～60cm土层随着土层深度的增加而增加。在0～20cm土层免耕和深松处理的饱和含水量和田间最大持水量均优于翻耕处理，深松处理土壤呼吸作用较免耕和翻耕处理强，土壤温度相应地也高于免耕和翻耕处理。

b. 不同保护性耕作处理对春玉米田蓄水保墒效果的影响

在2007～2009年两个试验年度冬闲期，免耕、深松和翻耕连耕处理间0～200cm土层土壤贮水量差异显著，免耕和深松处理分别较翻耕处理土壤贮水量平均增加33.4mm和31.1mm，在玉米生长期，免耕和深松处理土壤贮水量平均较翻耕处理高36.3mm和37.3mm。

在冬闲期始末，“免耕-免耕”处理0～200cm土层土壤贮水量最大；“深松-深松”处理次之；“深松-翻耕”轮耕处理最小。“免耕-免耕”和“深松-深松”两种处理0～200cm土层土壤贮水量分别较“深松-翻耕”处理平均增加49.4mm和42.5mm。在春玉米整个生育期里，“深松-深松”和“免耕-免耕”处理0～200cm土层土壤贮水量分别较“翻耕-翻耕”处理高38.9mm和32.2mm。

c. 不同保护性耕作处理对春玉米田土壤肥力的影响

免耕和深松处理有效提高了冬闲期0～20cm土层土壤有机质的累积，在玉米生育期免耕处理有利于0～20cm土层土壤有机质、全氮、碱解氮和全钾含量的增加，同时有利于0～40cm土层全磷和速效磷含量的增加，深松处理有利于20～60cm土层全氮含量的增加；在平衡施肥和常规施肥处理下，免耕处理有利于0～20cm土层土壤碱解氮、全磷、全钾和速效钾的含量增加，而深松处理有利于0～20cm土层土壤有机质和全氮的含量增加，翻耕处理的有机质和其他养分含量相对均低于免耕和深松处理；在无肥（或低肥）条件下，深松处理有利于0～20cm土层土壤速效磷和碱解氮的分解，而免耕处理不利于 0～20cm 土层土壤全磷的释放。

d. 不同保护性耕作处理对春玉米农艺性状的影响

在平衡施肥处理下玉米的长势优于常规施肥和低肥处理，平衡深松相对有明显优势，其茎叶重、粒重、芯重和根重均高于平衡免耕和平衡翻耕两种耕作方式；春玉米株高呈现翻耕>深松>免耕的趋势，且平衡施肥处理稍占优势；无论在哪种肥力水平下，深松处理的鲜干重均大于免耕和翻耕处理；春玉米在平衡施肥条件下的平均蒸腾速率、平均光合速率和气孔导度在灌浆期都优于大喇叭口期。

e. 不同保护性耕作处理对春玉米产量的影响

在连耕处理下，平衡施肥深松处理在 9 种施肥和耕作处理组合中，其玉米产量和 WUE 最高，两年平均产量和 WUE 分别达 10 341.0kg/hm^2 和 24.89kg/(mm · hm^2)；平衡施肥免耕次之，两年平均产量和 WUE 分别为 9456.1kg/hm^2 和 22.63kg/(mm · hm^2)；平衡施肥翻耕处理最低，两年平均产量和 WUE 分别为 9091.3kg/hm^2 和 20.68kg/(mm · hm^2)。

在轮耕处理下，平衡施肥“深松-深松”处理在 7 种施肥和耕作处理组合中，其玉米产量和水分利用效率最高，平均产量和水分利用效率分别达 10 473.4kg/hm^2 和 27.32kg/(mm · hm^2)；平衡施肥“免耕-深松”处理次之，平均产量和水分利用效率分别达 10 194.1kg/hm^2 和 24.2kg/(mm · hm^2)；平衡“翻耕-免耕”处理最低，平均产量和水分利用效率分别为 7200.6kg/hm^2 和 17.87kg/(mm · hm^2)。

f. 不同保护性耕作处理对春玉米田经济效益的影响

在连耕作处理下，以平衡施肥深松处理纯收益最高，平均达 6128.82 元/hm^2；其次为平衡施肥免耕处理，纯收益平均达 5557.42 元/hm^2；再次为常规施肥深松处理，纯收益平均达 5482.06 元/hm^2。

在轮耕处理下，以平衡施肥“深松-深松”处理产量纯收益最高，达 6329.0 元/hm^2；平衡“免耕-深松”处理次之，纯收益达 6272.8 元/hm^2；常规“深松-深松”处理位居第三，纯收益达 5774.1 元/hm^2。

第二节　宁南旱区休闲轮耕技术对土壤理化性状及作物产量的影响

试验在黄土高原丘陵沟壑区宁夏彭阳县白阳镇陡坡村旱农基点进行（概况同第一章第二节）。

一、夏季及秋季隔年轮耕对作物产量及土壤理化性状的影响

（一）试验设计

1. 秋季隔年轮耕试验

处理 i(S_{07}→S_{08})：前茬作物收获（2007 年 10 月上旬）→秸秆出地深松→冬闲期

（10 月至翌年 4 月）→2008 年 5 月上旬播种糜子→2008 年 9 月下旬糜子收获→秸秆出地深松→冬闲期（10 月至翌年 3 月）→2009 年 4 月上旬播种谷子→2009 年 10 月上旬谷子收获。

处理 ii(N_{07}→S_{08})：前茬作物收获（2007 年 10 月上旬）→秸秆出地免耕→冬闲期（10 月至翌年 4 月）→2008 年 5 月上旬播种糜子→2008 年 9 月下旬糜子收获→秸秆出地深松→冬闲期（10 月至翌年 3 月）→2009 年 4 月上旬播种谷子→2009 年 10 月上旬谷子收获。

处理 iii(S_{07}→N_{08})：前茬作物收获（2007 年 10 月上旬）→秸秆出地深松→冬闲期（10 月至翌年 4 月）→2008 年 5 月上旬播种糜子→2008 年 9 月下旬糜子收获→秸秆出地免耕→冬闲期（10 月至翌年 3 月）→2009 年 4 月上旬播种谷子→2009 年 10 月上旬谷子收获。

处理 iv(N_{07}→N_{08})：前茬作物收获（2007 年 10 月上旬）→秸秆出地免耕→冬闲期（10 月至翌年 4 月）→2008 年 5 月上旬播种糜子→2008 年 9 月下旬糜子收获→秸秆出地免耕→冬闲期（10 月至翌年 3 月）→2009 年 4 月上旬播种谷子→2009 年 10 月上旬谷子收获。

处理 v(CT1)：前茬作物收获（2007 年 10 月上旬）→秸秆出地翻耕→冬闲期（10 月至翌年 3 月）→2008 年 5 月上旬播种糜子→2008 年 9 月下旬糜子收获→秸秆出地翻耕→冬闲期（10 月至翌年 3 月）→2009 年 4 月上旬播种谷子→2009 年 10 月上旬谷子收获，作为对照（CK）。

2. 夏季隔年轮耕试验

处理 i(N_{07}→S_{08})：前茬作物收获（2007 年 6 月下旬）→秸秆出地免耕→夏闲期（7～9 月)→9 月中旬播种冬小麦→2008 年 6 月下旬冬小麦收获→秸秆出地深松→夏闲期（7～9 月）→9 月中旬播种冬小麦→2009 年 6 月下旬冬小麦收获。

处理 ii(S_{07}→N_{08})：前茬作物收获（2007 年 6 月下旬）→秸秆出地深松→夏闲期（7～9 月）→9 月中旬播种冬小麦→2008 年 6 月下旬冬小麦收获→秸秆出地免耕→夏闲期（7～9 月）→9 月中旬播种冬小麦→2009 年 6 月下旬冬小麦收获。

处理 iii(CT2)：前茬作物收获（2007 年 6 月下旬）→秸秆出地翻耕→夏闲期（7～9 月）→9 月中旬播种冬小麦→2008 年 6 月下旬冬小麦收获→秸秆出地翻耕→夏闲期（7～9 月）→9 月中旬播种冬小麦→2009 年 6 月下旬冬小麦收获，作为对照（CK）。

试验采用随机区组设计，秋季隔年轮耕试验小区面积 40m^2（长 10m×宽 4m），夏季隔年轮耕试验小区面积 135m^2（长 15m×宽 9m），各处理随机排列 3 次重复，以传统翻耕（CT）作为对照。试验无秸秆和地膜覆盖，翻耕深度 20～25cm，深松深度 25～35cm。

（二）结果与分析

1. 秋季轮耕对土壤理化性状和作物生长的影响

（1）秋季轮耕对土壤容重的影响

经过两年的秋季轮耕，0～60cm 土壤容重的年际变化见表 2-10。2008 年糜子收获时，在 0～60cm 土层，各处理的土壤容重均有所下降，各处理间土壤容重无明显差异。0～20cm 土层，S_{07}→S_{08}处理的土壤容重最低，比 CT1 处理低 0.02g/cm^3，N_{07}→N_{08}、N_{08}→S_{08}处理和 CT1 处理相同；在 20～40cm 土层，N_{07}→S_{08}处理土壤容重最低，比 CT1 低 0.02g/cm^3，S_{07}→S_{08}处理土壤容重与 CT1 处理持平；在 40～60cm 土层，S_{07}→S_{08}处理比 CT1 处理低 0.02g/cm^3，N_{07}→N_{08}，N_{07}→S_{08}处理土壤容重比 CT1 处理低 0.01g/cm^3。

表 2-10　不同轮耕处理 0～60cm 土壤容重的变化情况　（单位：g/cm^3）

处理	2008 年糜子收获期测定			2009 年谷子收获期测定		
	0～20cm	20～40cm	40～60cm	0～20cm	20～40cm	40～60cm
试验前	1.31a	1.33a	1.35a	1.31a	1.33a	1.35a
S_{07}→S_{08}	1.28ab	1.32a	1.33a	1.28ab	1.31ab	1.32ab
N_{07}→N_{08}	1.30ab	1.31a	1.34a	1.29ab	1.30a	1.34a
CT1	1.30ab	1.32a	1.35a	1.30ab	1.32a	1.35a
S_{07}→N_{08}	1.29ab	1.33a	1.34a	1.29ab	1.32a	1.32ab
N_{07}→S_{08}	1.30ab	1.30ab	1.32a	1.29ab	1.30ab	1.32ab

注：同列不同小写字母表示差异显著（$P<0.05$），下同。

在 2009 年谷子收获后，0～20cm 土层，各处理的土壤容重和试验前相比都有所下降，其中 S_{07}→S_{08}处理土壤容重最低，比试验前低 0.03g/cm^3，比 CT1 处理低 0.02g/cm^3，各处理间没有显著差异。

在 20～40cm 土层，各处理间没有显著差异，N_{07}→N_{08}和 N_{07}→S_{08}处理土壤容重最低，比试验前低 0.03 g/cm^3，比 CT1 处理低 0.01g/cm^3，其次是 S_{07}→S_{08}处理，比 CT1 处理低 0.01g/cm^3，S_{07}→N_{08}和 CT1 处理土壤容重相同，降幅最小。

在 40～60cm 土层，与试验前比，S_{07}→S_{08}、S_{07}→N_{08}和 N_{07}→S_{08}处理土壤容重下降幅度最大，比试验前低 0.03g/cm^3，比 CT1 处理低 0.03g/cm^3，N_{07}→N_{08}处理比 CT1 处理低 0.01 g/cm^3，各处理间没有显著差异。

从表 2-10 中可以看出，经过两年的秋季轮耕处理，不同轮耕措施可以降低 0～60cm 土层土壤容重。其中在 0～20cm 土层 S_{07}→S_{08}处理土壤容重明显下降，比处理前低 3.01%，比 CT1 处理低 1.54%，处理间没有显著差异。

（2）2008 年糜子生育时期 0～200cm 土层土壤水分的动态分析

前茬作物收获后进行耕作处理，糜子播种期（2008 年 5 月 15 日）［图 2-33（A）］测定土壤含水量，0～20cm 土层各处理水分含量从高到低依次为，S_{07}>CT1>N_{07}，S_{07}处理土壤水分含量最高，为 10.44%，比 CT1 处理高 14.5%；其次是 CT1 处理，土壤水分含量为 9.12%；N_{07}处理土壤水分含量最低，为 7.38%，比 CT1 处理低 19.1%，差异显著。这说明秋季轮耕的不同耕作措施对土壤蓄水效果的影响不同，与 N_{07}和 CT1 相比 S_{07}处理更有利于作物播前土壤蓄水保墒，而 N_{07}处理的蓄水效果最差。

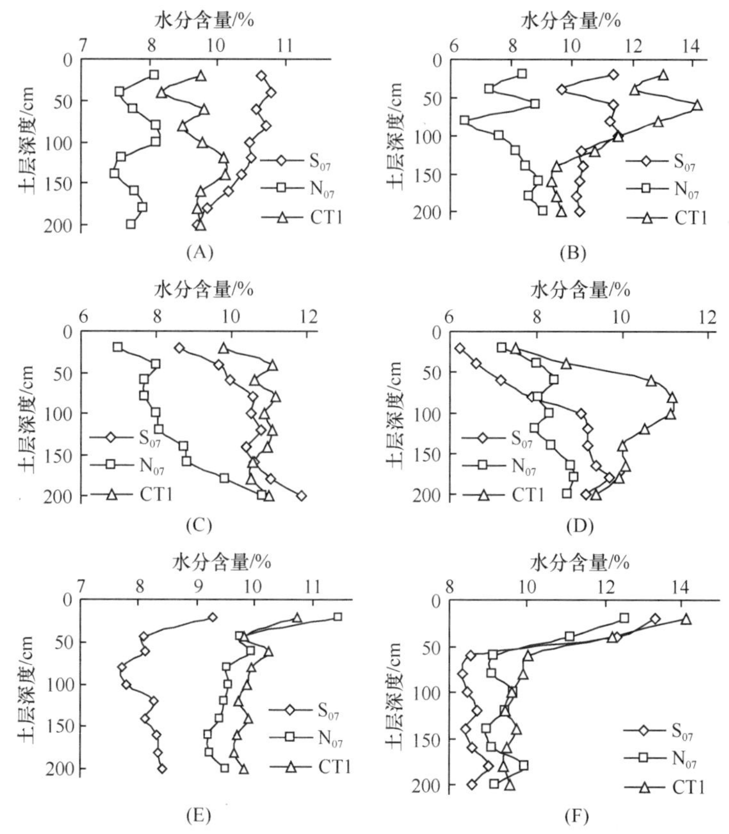

图 2-33 2008 年糜子主要生育时期 0～200cm 土壤含水量的空间动态变化情况

(A) 播种期；(B) 苗期；(C) 拔节期；(D) 灌浆期；(E) 孕穗期；(F) 成熟期

在糜子苗期（2008 年 5 月 25 日）［图 2-33（B)］时测定土壤含水量，0～20cm 土层，CT1 处理土壤水分含量最高，为 13.06%；S_{07}处理土壤水分含量为 11.39%，比 CT1 低 12.8%；N_{07}处理土壤水分含量最低，为 8.38%，比 CT1 处理低 35.8%，处理间差异明显。在 0～60cm 土层 CT1 处理水分含量显著高于 S_{07}和 N_{07}处理。

在糜子拔节期（2008 年 6 月 24 日）［图 2-33（C)］时测定土壤含水量，0～20cm 土层，CT1 处理土壤水分含量最高，为 9.77%，S_{07}和 N_{07}处理分别比 CT1 处理低 11.7%和 28.2%，差异明显。这说明 CT1 处理比 S_{07}和 N_{07}免耕处理更有利于糜子拔节时期的土壤保墒。

在糜子孕穗期（2008 年 7 月 28 日）［图 2-33（D)］时测定土壤含水量，0～20cm 土层，CT1 处理土壤水分含量依然最高，为 7.52%，S_{07}和 N_{07}处理分别比 CT1 处理低 4.3%和 1%，处理间差异变小。这说明 CT1 处理在土壤表层比 S_{07}和 N_{07}处理更有利于糜子孕穗期土壤保墒。

在糜子灌浆期（2008 年 8 月 18 日）［图 2-33（E)］时测定土壤含水量，0～20cm

土层，N_{07}处理土壤水分含量最高，为 11.45%，比 CT1 处理高 6.6%；S_{07}处理土壤水分含量最低，为 9.26%，比 CT1 处理低 13.8%。这说明在糜子灌浆期 S_{07}处理耕层土壤水分消耗最大。

在糜子成熟期（2008 年 9 月 17 日）［图 2-33（F）］时测定土壤含水量，由于降雨的补充，各个处理土壤水分含量很接近，0～20cm 土层，CT1 处理土壤水分含量最高，为 14.13%；N_{07}处理土壤水分含量最低，为 12.52%，比 CT1 处理低 11.4%。说明在有效降雨的条件下，CT1 处理能使耕层土壤水分迅速恢复。

从图 2-33 可以看出，在 2008 年糜子整个生育时期，CT1 处理对土壤耕层保墒效果优于 S_{07}和 N_{07}处理，且在有效降雨条件下能使耕层土壤水分迅速恢复，而 S_{07}处理有利于播前土壤耕层蓄水量的增加。

（3）2008 年糜子主要生育时期株高和干物质积累量的变化

2008 年不同耕作方式下糜子主要生育时期株高的变化见表 2-11。在糜子主要生育时期，S_{07}处理的糜子株高均比 CT1 和 N_{07}处理高，而 N_{07}处理最低。在糜子拔节期，S_{07}处理和 CT1 处理株高很接近，N_{07}处理比 CT1 处理低 7.8cm；在糜子孕穗期和灌浆期，各处理间差异显著；在糜子成熟期，S_{07}处理比 CT1 处理高 12cm，N_{07}处理比 CT1 传统翻耕处理低 11.4cm。

表 2-11 不同耕作措施下糜子主要生育时期株高的变化 （单位：cm）

处理	拔节	孕穗	灌浆	成熟
S_{07}	42.6a	66.4a	73.0a	84.8a
N_{07}	33.8b	45.4c	56.6c	61.4c
CT1	41.6a	55.6b	66.4b	72.8b

从表 2-11 可以看出，在 2008 年糜子主要生育时期 S_{07}处理的糜子株高显著高于 CT1 和 N_{07}处理，N_{07}处理始终低于 CT1 处理，说明 S_{07}处理比 CT1 处理更有利于糜子株高生长，N_{07}处理的效果比 CT1 处理差。

2008 年糜子主要生育时期的干物质积累量和株高趋势相同（表 2-12）。在糜子主要生育期，S_{07}处理干物质积累量一直比 CT1 和 N_{07}处理高，而 N_{07}处理一直最低。在糜子拔节期和孕穗期，处理间干物质积累量差异显著；在糜子灌浆期，各个处理间的差距变小，S_{07}处理比 CT1 处理高 2.62g，N_{07}处理比 CT1 处理低 0.69g；在糜子成熟期，S_{07}处理比 CT1 处理高 3.49g，N_{07}处理最低，比 CT1 处理低 4.28g。

表 2-12 不同耕作措施下糜子主要生育时期地上部分干重的变化

（单位：g/10 株）

处理	拔节	孕穗	灌浆	成熟
S_{07}	8.13a	12.07a	13.92a	18.80a
N_{07}	3.49c	7.89c	10.61bc	12.03c
CT1	5.16b	9.56b	11.30b	15.31b

从表 2-12 可以看出，S_{07}处理在糜子主要生育时期干物质积累最多，效果明显好于

CT1 和 N_{07}处理，N_{07}处理糜子干物质积累最少。

（4）不同耕作措施对糜子产量及其构成因素的影响

2008 年不同耕作措施对糜子产量及其构成因素的影响见表 2-13。小穗数 S_{07}处理和 CT1 处理差异很小，N_{07}处理最少，比 CT1 处理低 23.0%；穗重 S_{07}处理最大，比 CT1 处理高 14.4%，N_{07}处理最小，比 CT1 处理低 32%；千粒重处理间没有差异；糜子的经济产量，S_{07}处理最高，比 CT1 处理高 17.4%，N_{07}处理最低，比 CT1 处理低 9.4%。

表 2-13　不同耕作方式对糜子产量及其构成因素的影响

处理	小穗数/个	穗重/g	千粒重/g	经济产量/(kg/hm²)
S_{07}	15.4a	1.43a	6.28a	2806.95a
N_{07}	11.4b	0.85c	6.01a	2166.00c
CT1	14.8a	1.25b	6.26a	2389.95b

从表 2-13 中可以看出，不同耕作措施下 S_{07}处理在糜子的小穗数、穗重、千粒重和经济产量上均高于 N_{07}和 CT1 处理，因此 S_{07}处理比 CT1 处理更适于该地区种植糜子，N_{07}处理比 CT1 处理低，不适合该地区种植糜子时选用。

（5）2009 年谷子收获后土壤团聚体的变化

a. 2009 年谷子收获后机械稳定性团聚体的变化

表 2-14 是两年秋季轮耕对土壤不同土层间机械稳定性团聚体的影响。在 0～10cm 土层，S_{07}→S_{08}、S_{07}→N_{08}和 N_{07}→S_{08}处理大于 0.25mm 机械稳定性团聚体含量比 2007 年处理前显著上升，N_{07}→N_{08}和 CT1 处理则明显下降，同时各轮耕处理显著高于对照 CT1。S_{07}→S_{08}、S_{07}→N_{08}、N_{07}→S_{08}和 N_{07}→N_{08}处理 5～0.5mm 机械稳定性团聚体含量明显高于 CT1 处理，而 0.5～0.25mm 稳定性团聚体含量显著低于 CT1 处理。

表 2-14　机械稳定性团聚体含量　（%）

层次	时期	处理	团聚体粒径					
			>5mm	5～2mm	2～1mm	1～0.5mm	0.5～0.25mm	>0.25mm
0～10cm	2007 年耕作	处理前	13.42	10.42	13.43	15.78	10.35	63.4
	2009 年收获期	S_{07}→S_{08}	21.52b	13.67a	11.95a	13.14c	8.40c	68.68a
		N_{07}→N_{08}	25.70a	8.01d	6.75c	9.38d	9.65a	59.50b
		CT1	21.60b	8.13d	5.58d	9.47d	10.10a	54.90c
		S_{07}→N_{08}	18.89c	11.39b	11.41a	15.71a	9.14b	66.54a
		N_{07}→S_{08}	26.42a	10.05c	10.11b	14.14b	8.07c	68.81a
10～20cm	2007 年耕作	处理前	24.65	11.71	10.15	8.79	8.83	64.13
	2009 年收获期	S_{07}→S_{08}	32.75d	16.14a	11.03a	11.39a	7.40a	78.73a
		N_{07}→N_{08}	44.50b	7.10c	4.77c	6.74b	6.22c	69.30b
		CT1	41.50c	7.01c	5.03c	7.27b	7.11ab	67.90b
		S_{07}→N_{08}	43.90b	9.48b	6.26b	7.62b	6.81b	74.17a
		N_{07}→S_{08}	47.10a	9.47b	6.63b	7.17b	6.03c	76.42a

续表

层次	时期	处理	团聚体粒径					
			>5mm	5～2mm	2～1mm	1～0.5mm	0.5～0.25mm	>0.25mm
20～30cm	2007年耕作	处理前	29.89	10.05	11.3	10.67	6.98	68.89
	2009年收获期	$S_{07}\rightarrow S_{08}$	37.02a	8.80b	11.09b	11.05b	5.73b	73.69d
		$N_{07}\rightarrow N_{08}$	38.88a	10.39a	13.81a	12.80a	5.48b	81.36a
		CT1	39.15a	9.53b	9.11c	10.39b	4.16c	75.34c
		$S_{07}\rightarrow N_{08}$	35.30a	11.36a	7.61c	13.49a	8.70a	76.14b
		$N_{07}\rightarrow S_{08}$	34.54a	11.17a	8.04c	12.99a	8.65a	74.87c
30～40cm	2007年耕作	处理前	31.89	12.73	9.44	10.53	7.11	71.7
	2009年收获期	$S_{07}\rightarrow S_{08}$	20.55e	8.34b	19.99a	15.73a	7.43c	72.04a
		$N_{07}\rightarrow N_{08}$	40.88a	9.77a	8.03c	8.34e	5.08e	72.10a
		CT1	35.93b	10.69a	8.92b	9.77d	6.78d	72.09a
		$S_{07}\rightarrow N_{08}$	34.97c	10.59a	7.12d	13.82b	9.28a	72.36a
		$N_{07}\rightarrow S_{08}$	33.13d	10.65a	6.16e	13.18c	8.16b	71.75a

注：同列相同土层后不同字母表示差异显著（$P<0.05$），下同。

在10～20cm土层，各处理大于0.25mm机械稳定性团聚体含量显著高于2007年处理前，同时$S_{07}\rightarrow S_{08}$、$S_{07}\rightarrow N_{08}$和$N_{07}\rightarrow S_{08}$处理大于0.25mm机械稳定性团聚体含量明显高于CT1处理，$N_{07}\rightarrow N_{08}$与CT1处理差异不显著。$S_{07}\rightarrow S_{08}$处理5～0.25mm机械稳定性团聚体含量明显高于CT1和其他处理，其他规律不明显。

在20～30cm土层，各处理大于0.25mm机械稳定性团聚体含量比2007年处理前有明显上升，$N_{07}\rightarrow N_{08}$和$S_{07}\rightarrow N_{08}$处理大于0.25mm机械稳定性团聚体含量显著高于CT1和其他处理，$S_{07}\rightarrow S_{08}$处理则显著低于CT1，$N_{07}\rightarrow S_{08}$处理与CT1处理差异不显著。$N_{07}\rightarrow N_{08}$处理5～0.5mm机械稳定性团聚体含量明显高于CT1和其他处理，其他规律不明显。

在30～40cm土层，各处理大于0.25mm机械稳定性团聚体含量显著比2007年处理前略有升高，但处理间差异不显著，各处理不同粒级机械稳定性团聚体规律性不强。

由表2-14可以看出，谷子收获后经过干筛法后，各处理不同土层大于0.25mm的土壤机械稳定性团聚体为54.90%～81.36%，表明各处理风干团聚体以大团聚体为主，且平均较2007年处理前高6.5%；收获期各轮耕处理大于0.25mm土壤机械稳定性团聚体在0～10cm、10～20cm和20～30cm土层间与对照CT1有显著性差异，30～40cm土层处理间没有差异，表明不同轮耕措施可以提高0～10cm、10～20cm和20～30cm土层大于0.25mm的土壤机械稳定性团聚体含量，对30～40cm土层则无明显影响。

b. 2009年谷子收获后水稳性团聚体的变化

表2-15是两年秋季轮耕对土壤不同土层间水稳性团聚体的影响。可以看出，各处理不同土层间各粒级水稳性团聚体含量均比2007年处理前有显著增加，特别是水稳性团聚体含量增加最明显。

表 2-15　水稳性团聚体含量　　（%）

层次	时期	处理	团聚体粒径				
			5～2mm	2～1mm	1～0.5mm	0.5～0.25mm	>0.25mm
0～10cm	2007 年耕作	处理前			0.85	2.26	3.11
	2009 年收获期	$S_{07}\rightarrow S_{08}$	0.31b	1.52a	4.20a	3.97a	10.00a
		$N_{07}\rightarrow N_{08}$	0.37a	1.14a	2.86b	3.41a	7.78b
		CT1	0.13c	1.11a	1.51c	3.34a	6.09d
		$S_{07}\rightarrow N_{08}$	0.33ab	1.23a	2.27ab	3.08a	6.91c
		$N_{07}\rightarrow S_{08}$	0.29b	1.22a	3.05b	2.88b	7.44b
10～20cm	2007 年耕作	处理前			0.79	1.86	2.65
	2009 年收获期	$S_{07}\rightarrow S_{08}$	0.31a	0.85b	1.54c	4.70a	7.40a
		$N_{07}\rightarrow N_{08}$	0.23a	0.99ab	2.13a	3.46a	6.81b
		CT1	0.27a	1.23a	1.73b	2.80b	6.03c
		$S_{07}\rightarrow N_{08}$	0.24a	0.92ab	1.30d	4.65a	7.11ab
		$N_{07}\rightarrow S_{08}$	0.25a	1.06ab	1.33d	3.58a	6.22c
20～30cm	2007 年耕作	处理前			0.80	2.01	2.81
	2009 年收获期	$S_{07}\rightarrow S_{08}$	0.25a	2.19b	1.81c	4.68a	8.93c
		$N_{07}\rightarrow N_{08}$	0.25a	3.11a	2.63bc	3.89a	9.88b
		CT1	0.23a	1.16c	3.61ab	3.09a	8.09d
		$S_{07}\rightarrow N_{08}$	0.22a	2.81a	4.68a	4.36a	12.07a
		$N_{07}\rightarrow S_{08}$	0.24a	1.92b	2.84bc	3.94a	8.94c
30～40cm	2007 年耕作	处理前		0.58	0.74	2.36	3.68
	2009 年收获期	$S_{07}\rightarrow S_{08}$	0.28a	1.57a	3.26a	6.11a	11.22a
		$N_{07}\rightarrow N_{08}$	0.26a	1.58a	3.09a	6.79a	11.72a
		CT1	0.25a	1.50a	3.11a	6.77a	11.63a
		$S_{07}\rightarrow N_{08}$	0.24a	1.61a	3.22a	6.77a	11.84a
		$N_{07}\rightarrow S_{08}$	0.25a	1.59a	3.16a	6.65a	11.65a

在 0～10cm 土层，CT1 处理低于其他轮耕处理，$S_{07}\rightarrow S_{08}$、$N_{07}\rightarrow N_{08}$、$S_{07}\rightarrow N_{08}$ 和 $N_{07}\rightarrow S_{08}$ 处理分别比 CT1 处理高 64.2%、27.8%、13.5% 和 22.2%。同时 CT1 处理在 5～2mm 和 1～0.5mm 水稳性团聚体含量显著低于其他轮耕处理。

在 10～20cm 土层，$S_{07}\rightarrow S_{08}$、$N_{07}\rightarrow N_{08}$ 和 $S_{07}\rightarrow N_{08}$ 处理在大于 0.25mm 水稳性团聚体含量显著高于 CT1 处理，分别较 CT1 处理高 22.7%、12.9% 和 17.9%，$N_{07}\rightarrow S_{08}$ 处理与 CT1 处理差异不明显。同时 $S_{07}\rightarrow N_{08}$ 和 $N_{07}\rightarrow S_{08}$ 处理 1～0.5mm 水稳性团聚体含量显著低于其他轮耕处理和 CT1。

在 20～30cm 土层，$S_{07}\rightarrow S_{08}$、$N_{07}\rightarrow N_{08}$、$S_{07}\rightarrow N_{08}$ 和 $N_{07}\rightarrow S_{08}$ 处理大于 0.25mm 水稳性团聚体含量显著高于 CT1，分别比 CT1 处理高 10.4%、22.1%、49.2% 和

10.5%。各粒级间规律不明显。

在30～40cm土层，各轮耕处理大于0.25mm水稳性团聚体含量与CT1间没有显著差异，各粒级水稳性团聚体差异很大，但规律不明显。

由表2-15可以看出，经过两年的秋季轮耕，不同轮耕措施较对照显著增加了0～10cm、10～20cm和20～30cm土层大于0.25mm水稳性团聚体含量。其中$S_{07}\rightarrow S_{08}$处理增加最明显，其次是$N_{07}\rightarrow N_{08}$处理。

（6）2009年谷子收获后土壤养分的变化

2009年谷子收获后土壤养分的变化见表2-16，由表2-16可以看出，在0～20cm土层，除$N_{07}\rightarrow S_{08}$和CT1处理外，其余处理的土壤有机质含量和试验前相比均有显著上升。其中$S_{07}\rightarrow S_{08}$处理最高，比CT1处理高8.2%，$N_{07}\rightarrow N_{08}$处理比CT1处理高2.2%，$S_{07}\rightarrow N_{08}$处理比CT1处理高4.1%，$N_{07}\rightarrow S_{08}$处理比CT1处理低0.1%，CT1处理比试验前高4.9%。

表2-16　不同耕作措施对谷子地土壤养分的影响

土层/cm	养分	处理					
		2007年试验前	$S_{07}\rightarrow S_{08}$	$N_{07}\rightarrow N_{08}$	CT1	$S_{07}\rightarrow N_{08}$	$N_{07}\rightarrow S_{08}$
0～20	有机质/(g/kg)	7.40c	8.40a	7.98ab	7.76bc	8.17ab	7.75bc
	全氮/(g/kg)	0.62	0.69	0.67	0.61	0.65	0.64
	全钾/(g/kg)	9.0a	9.59a	8.97a	9.01a	9.39a	9.71a
	全磷/(g/kg)	0.69bc	0.67c	0.68bc	0.68bc	0.73a	0.70ab
	速效磷/(mg/kg)	9.94a	7.54c	8.76b	6.79d	7.31cd	8.48b
	速效钾/(mg/kg)	47.23b	56.87b	75.55a	53.20b	55.93b	78.61a
	碱解氮/(mg/kg)	55.32c	57.22b	56.12bc	60.24a	60.31a	59.89a
20～40	有机质/(g/kg)	7.10b	7.80a	7.78ab	7.61ab	7.86ab	7.65ab
	全氮/(g/kg)	0.51	0.57	0.56	0.54	0.54	0.55
	全钾/(g/kg)	8.36b	8.98ab	8.98ab	9.62a	9.70a	9.49ab
	全磷/(g/kg)	0.64ab	0.66a	0.63ab	0.67a	0.62b	0.67a
	速效磷/(mg/kg)	8.54a	6.21cd	7.32b	5.70d	6.35bcd	7.15b
	速效钾/(mg/kg)	41.18c	45.10abc	47.09abc	53.56a	43.60bc	52.98ab
	碱解氮/(mg/kg)	45.97c	40.37d	46.90c	52.86ab	54.07a	50.18b

0～20cm土层全氮含量除了CT1处理比试验前降低外，其余处理均比试验前有所升高，同时20～40cm土层除$N_{07}\rightarrow S_{08}$处理外，其余各处理全氮含量均明显比CT1处理高。0～20cm土层$S_{07}\rightarrow S_{08}$处理最高，比试验前高11.3%，比CT1处理高13.1%，其次是$N_{07}\rightarrow N_{08}$处理，比试验前高8.1%，比CT1处理高9.8%，$S_{07}\rightarrow N_{08}$处理比试验前高4.8%，比CT1处理高6.6%；$N_{07}\rightarrow S_{08}$处理比试验前高3.2%，比CT1处理低4.9%；CT1处理比试验前低1.6%。

0～20cm土层全钾含量各处理与试验前比无显著变化，$N_{07}\rightarrow S_{08}$处理最高，比CT1

处理高 7.8%，其次是 S_{07}→S_{08}处理，比 CT1 处理高 6.4%；N_{07}→N_{08}处理比试验前略有降低，比 CT1 处理低 0.4%；S_{07}→N_{08}处理比 CT1 处理高 4.2%，各处理间差异都未达到显著水平。

0～20cm 全磷含量除了 S_{07}→N_{08}和 N_{07}→S_{08}处理比试验前有明显上升外，其余处理均比试验前略有降低，其中 S_{07}→N_{08}处理最高，比试验前高 5.8%，比 CT1 处理高 7.4%，其余各处理和 CT1 处理间差异不明显。

0～20cm 速效磷含量各个处理均比试验前有显著降低，CT1 处理最低，比试验前低 31.7%，但各处理速效磷含量均显著高于 CT1，其中 S_{07}→N_{08}处理比 CT1 处理高 7.7%，S_{07}→S_{08}处理比 CT1 处理高 11.0%，N_{07}→N_{08}处理比 CT1 处理高 29.0%，N_{07}→S_{08}处理比 CT1 处理高 24.9%。

0～20cm 速效钾含量 N_{07}→N_{08}和 N_{07}→S_{08}处理显著高于试验前和其他处理，比试验前分别高 60.0%和 66.4%，比 CT1 处理分别高 42.0%和 47.8%，其余各处理间差异不显著。

在 0～20cm 土层，碱解氮含量各处理比试验前均有所升高，其中 CT1、S_{07}→N_{08}和 N_{07}→S_{08}处理显著高于其他处理，同时除 S_{07}→N_{08}处理外，其余处理都比 CT1 处理低。S_{07}→N_{08}处理比 CT1 处理高 0.1%，S_{07}→S_{08}处理比 CT1 处理低 5.0%，N_{07}→N_{08}处理比 CT1 处理低 6.8%，N_{07}→S_{08}处理比 CT1 处理低 0.6%。

在 20～40cm 土层，土壤有机质含量 S_{07}→N_{08}处理最高，比试验前高 9.9%，差异显著，比 CT1 处理高 2.7%，其余各个处理和试验前无显著差异，处理间差异也不明显。

在 20～40cm 土层，全氮含量各个处理比试验前都有显著升高，S_{07}→S_{08}处理最高，比试验前高 11.8%，比 CT1 处理高 5.6%；其次是 N_{07}→N_{08}处理，比试验前高 9.8%，比 CT1 处理高 3.7%；S_{07}→N_{08}和 CT1 处理相同，比试验前高 5.9%；N_{07}→S_{08}处理比试验前高 7.8%，比 CT1 处理高 2.0%。

在 20～40cm 土层，全钾含量各个处理比试验前均有升高，其中 S_{07}→N_{08}处理最高，比试验前高 16.0%，比 CT1 处理高 0.8%；其次是 CT1 处理，比试验前高 15.07%，其余各处理间差异未达显著水平。

在 20～40cm 土层，全磷含量各处理和试验前比差距很小，N_{07}→S_{08}和 CT1 处理最高，S_{07}→S_{08}处理比 CT1 处理低 1.5%，N_{07}→N_{08}处理比 CT1 处理低 6.0%，S_{07}→N_{08}处理最低，比 CT1 处理低 7.5%。

在 20～40cm 土层，速效磷含量各个处理比试验前均显著降低，CT1 处理最低，比试验前低 32.3%，其次是 S_{07}→S_{08}处理比 CT1 处理高 8.9%，N_{07}→N_{08}处理比 CT1 处理高 28.4%，S_{07}→N_{08}和 CT1 处理差异不明显，N_{07}→S_{08}处理比 CT1 处理高 25.4%。

在 20～40cm 土层，速效钾含量 CT1 和 N_{07}→S_{08}处理比试验前均显著上升，其余各处理和试验前差距很小。同时 S_{07}→N_{08}处理比 CT1 处理低 18.6%，其余各处理和 CT1 处理间差异不显著。

在 20～40cm 土层，碱解氮含量 S_{07}→N_{08}处理最高，比试验前高 17.6%，比 CT1 处理高 2.3%，S_{07}→S_{08}处理最低，比试验前低 12.2%，比 CT1 处理低 23.6%，N_{07}→N_{08}处理和试验前差距很小，比 CT1 处理低 11.3%，N_{07}→S_{08}处理和 CT1 处理间差异不显著。

从表 2-16 可以看出，经过两年轮耕处理后，在 0～40cm 土层，S_{07}→S_{08}处理比其他处理更有利于土壤有机质和全氮含量的提高，S_{07}→N_{08}处理比其他处理更有利于土壤全钾和碱解氮含量的提高，N_{07}→S_{08}处理在 0～20cm 土层比其他处理更有利于土壤速效钾含量的提高，CT1 处理在 20～40cm 土层比其他处理更有利于土壤速效钾含量的提高。

（7）秋季轮耕对 0～200cm 土层土壤贮水量的影响

两年秋季轮耕对 0～200cm 土层土壤总贮水量的影响如图 2-34 所示。2009 年休闲期结束后，各处理 0～200cm 土层土壤总贮水量较 2007 年处理前有显著升高，2009 年 0～200cm 土层土壤总贮水量大小依次是 S_{07}→S_{08}＞N_{07}→N_{08}＞N_{07}→S_{08}＞S_{07}→N_{08}＞CT1，S_{07}→S_{08}、N_{07}→N_{08}、S_{07}→N_{08}和 N_{07}→S_{08}处理 0～200cm 土层土壤总贮水量分别比对照高 14.86mm、11.88mm、1.61mm 和 9.03mm。其中 0～80cm 土层土壤总贮水量差异最显著，S_{07}→S_{08}、N_{07}→N_{08}和 N_{07}→S_{08}处理分别比对照高 20.03mm、21.41mm 和 20mm，S_{07}→N_{08}与 CT1 处理间差异不明显。80cm 以下各处理间差异不明显。

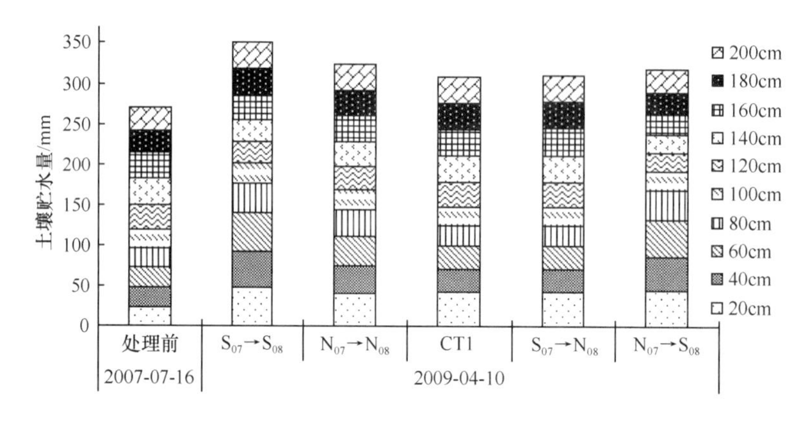

图 2-34 秋季轮耕对 0～200cm 土壤贮水量变化的影响

两年秋季轮耕对 0～200cm 土层土壤总贮水量变化表明，秋季轮耕可以增加 0～200cm 土层土壤总贮水量，其中 S_{07}→S_{08}和 N_{07}→N_{08}处理效果最好，同时 S_{07}→S_{08}、N_{07}→N_{08}和 N_{07}→S_{08}处理较对照显著提高了 0～80cm 土层土壤总贮水量。

（8）2009 年谷子主要生育时期土壤水分的变化

2008 年糜子收获后进行耕作处理，在 2009 年 4 月上旬谷子播种期［图 2-35（A）］时测定土壤水分，各个处理的土壤水分含量有明显差异，在 0～20cm 土层各个处理的土壤水分含量从高到低依次为 S_{07}→S_{08}＞N_{07}→N_{08}＞N_{07}→S_{08}＞S_{07}→N_{08}＞CT1，S_{07}→S_{08}处理水分含量最高，为 13.75%，比 CT1 处理高 16.3%；其次是 N_{07}→N_{08}处理，比 CT1 处理高 5.7%，差异明显；S_{07}→N_{08}和 CT1 处理间差距很小，同时 S_{07}→S_{08}处理的水分含量在 0～60cm 土层明显高于其他处理；CT1 处理的水分含量在 0～60cm 土层低于其他处理。这说明在经过一年轮耕后，各个处理的土壤蓄水保墒能力有所变化，S_{07}→S_{08}处理比其他处理更有利于土壤耕层蓄水保墒，而S_{07}→N_{08}处理的效果较差。

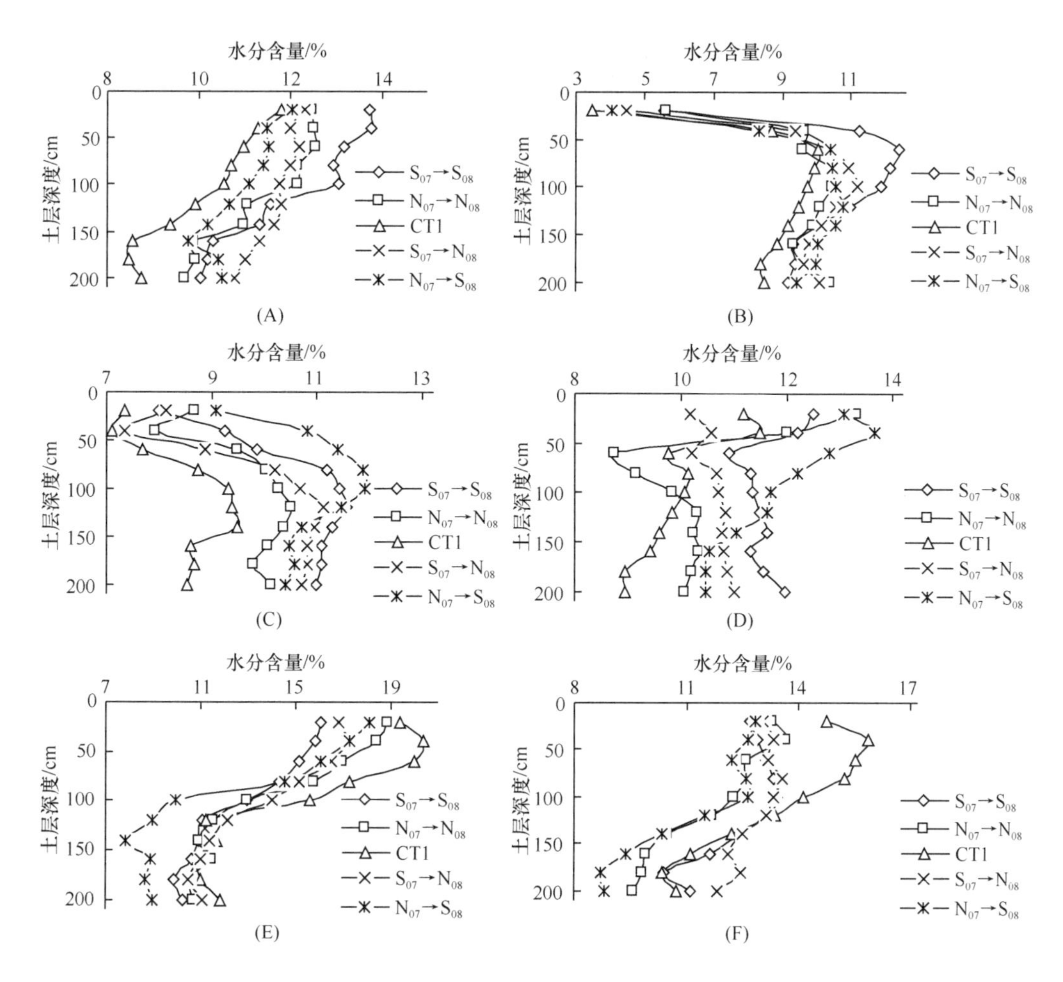

图 2-35　2009 年谷子主要生育时期 0～200cm 土壤含水量的空间动态变化情况

(A) 播种期；(B) 苗期；(C) 拔节期；(D) 灌浆期；(E) 孕穗期；(F) 成熟期

在谷子苗期 [图 2-35 (B)]，由于 2009 年 6～7 月无有效降雨，0～20cm 土层土壤水分消耗很大，$N_{07}\rightarrow N_{08}$处理水分含量最高，为 5.59%，比 CT1 处理高 62.0%；$S_{07}\rightarrow S_{08}$处理其次，比 CT1 处理高 61.2%，差异极显著；CT1 处理含水量最低，为 3.45%。这说明在长期干旱的条件下，CT1 处理的谷子地表层土壤水分消耗最快，$N_{07}\rightarrow N_{08}$处理谷子地表层土壤水分消耗要低于其他处理。

在谷子拔节期 [图 2-35 (C)]，由于有效降雨的补充，各处理 0～20cm 土层水分含量大幅上升，$N_{07}\rightarrow S_{08}$处理水分含量最高，为 9.08%，比 CT1 处理高 23.9%；其次为$N_{07}\rightarrow N_{08}$处理，土壤水分含量为 8.66%，比 CT1 处理高 18.1%；CT1 处理水分含量最低，同时，在 0～60cm 土层 CT1 处理水分含量明显低于其他处理。

在谷子孕穗期 [图 2-35 (D)]，土壤水分含量的规律不明显，在 0～20cm 土层，$N_{07}\rightarrow N_{08}$处理水分含量最高，为 13.33%，比 CT1 处理高 19.3%；$S_{07}\rightarrow N_{08}$处理土壤水分含量最低，为 10.15%，比 CT1 处理低 9.1%。

在谷子灌浆期［图 2-35（E）］，由于大量降雨使各个处理表层土壤水分大幅上升，在 0～20cm 土层，CT1 处理水分含量最高，为 19.42%；S_{07}→N_{08} 处理水分含量最低，比 CT1 处理低 17.3%。同时，在 0～60cm 土层 CT1 处理水分含量明显高于其他处理。这说明在有效降雨的情况下，CT1 处理更有利于谷子地耕层土壤水分的补充。

在谷子成熟期［图 2-35（F）］，CT1 处理在 0～60cm 土层土壤水分含量明显高于其他处理，其他各个处理表层土壤水分无太大差异。

从图 2-35 中可以看出，在经过两年轮耕后，不同处理措施蓄水保墒能力发生了变化，在谷子地的表层土壤，S_{07}→S_{08} 处理比其他处理更能蓄积降雨，在干旱的条件下，CT1 处理对土壤水分的消耗最大，而 N_{07}→N_{08} 处理更有利于土壤的保墒。

（9）秋季轮耕对谷子株高和干物质积累量的变化

2009 年谷子主要生育时期的株高变化见表 2-17。在谷子拔节期，各处理株高均显著高于 CT1，其中 S_{07}→S_{08} 处理最高，比 CT1 处理高 11.5cm；其次是 N_{07}→S_{08} 处理，比 CT1 处理高 8.5cm；N_{07}→N_{08} 处理比 CT1 处理高 6.8cm；S_{07}→N_{08} 处理比 CT1 处理高 6.9cm。在谷子孕穗期，由于降雨使表层土壤水分增加，CT1 处理谷子株高增长很快，比其他各处理的株高都高，但处理间差异不显著。

表 2-17 秋季轮耕措施下谷子主要生育时期株高的变化 （单位：cm）

处理	拔节期	孕穗期	灌浆期	成熟期
S_{07}→S_{08}	46.0a	50.4a	65.9b	70.1b
N_{07}→N_{08}	41.3b	49.2a	63.0c	67.7bc
CT1	34.5c	52.0a	60.2d	67.0c
S_{07}→N_{08}	41.4b	50.8a	68.2a	73.5a
N_{07}→S_{08}	43.0b	49.5a	64.1c	66.3c

在谷子灌浆期，CT1 处理谷子株高显著低于其他处理，其中 S_{07}→N_{08} 处理最高，比 CT1 处理高 8cm；其次是 S_{07}→S_{08} 处理，比 CT1 处理高 5.7cm，N_{07}→N_{08} 和 N_{07}→S_{08} 处理比 CT1 处理高 2.8cm 和 3.9cm。

在谷子成熟期，S_{07}→N_{08} 处理谷子株高最高，比 CT1 处理高 6.5cm；其次是 S_{07}→S_{08} 处理，比 CT1 处理高 3.1cm；N_{07}→N_{08} 和 N_{07}→S_{08} 处理与 CT1 处理间差距很小。

从表 2-17 中可以看出，由于谷子生长前期受到干旱的影响严重，谷子的株高比正常年份平均低 20cm，CT1 处理的谷子受干旱影响最严重，在干旱条件下 S_{07}→N_{08} 处理成熟期谷子株高最高，说明 S_{07}→N_{08} 处理抗旱能力比其他处理强；其次是 S_{07}→S_{08} 处理，相比而言，N_{07}→N_{08} 和 N_{07}→S_{08} 处理的效果较差。

2009 年谷子主要生育时期干物质积累量的变化见表 2-18。在谷子拔节期，CT1 处理明显低于其他处理。其中 S_{07}→S_{08} 处理最大，比 CT1 处理高 40.1%；其次是 N_{07}→S_{08} 处理，比 CT1 处理高 37.7%，S_{07}→N_{08} 处理比 CT1 处理高 19.9%；N_{07}→N_{08} 处理和 CT1 间差异不明显。

表 2-18　不同轮耕措施下谷子主要生育时期干物质积累量的变化　（单位：g）

处理	拔节期	孕穗期	灌浆期	成熟期
S_{07}→S_{08}	5.35a	28.90a	38.95a	63.87a
N_{07}→N_{08}	4.11bc	15.41c	39.79a	52.37b
CT1	3.82c	19.33c	38.85a	63.68a
S_{07}→N_{08}	4.58b	26.50b	40.80a	65.07a
N_{07}→S_{08}	5.26a	17.30c	38.77a	44.85c

在谷子孕穗期，S_{07}→S_{08}处理依然最大，比CT1处理高44.3%；其次是S_{07}→N_{08}处理，比CT1处理高37.1%；N_{07}→N_{08}和N_{07}→S_{08}处理与CT1处理间差异不显著。

在谷子灌浆期，各个处理间差距很小。

在谷子成熟期，S_{07}→S_{08}和S_{07}→N_{08}处理与CT1处理间差异不显著但显著高于N_{07}→N_{08}和N_{07}→S_{08}处理，N_{07}→N_{08}和N_{07}→S_{08}处理分别比CT1处理低17.8%和29.6%。

从表2-18中可以看出，在谷子生长受到干旱影响的情况下，S_{07}→N_{08}处理的谷子地上部分干重在成熟期最高，说明S_{07}→N_{08}处理抗旱能力比其他处理强；其次是S_{07}→S_{08}处理；相比而言，N_{07}→N_{08}和N_{07}→S_{08}处理的效果最差，在受到干旱影响的情况下不利于谷子干物质量的积累。

（10）秋季轮耕对谷子产量、构成因素及水分利用效率的影响

不同轮耕措施下2009年谷子产量、构成因素及水分利用效率见表2-19。从表中可以看出，对于谷子小穗数，S_{07}→S_{08}处理最高，比CT1处理高13.2%，N_{07}→S_{08}处理最低，比CT1处理低6.6%，S_{07}→N_{08}处理比CT1处理高3.9%，N_{07}→N_{08}和CT1处理小穗数相同；谷子穗重处理间差异明显，S_{07}→S_{08}和S_{07}→N_{08}处理分别比CT1处理高24.4%和49.9%，N_{07}→N_{08}和N_{07}→N_{08}处理比CT1处理低14.0%和14.1%；谷子千粒重处理间差异不显著；谷子经济产量S_{07}→N_{08}处理最高，比CT1处理高6.7%，其次是S_{07}→S_{08}处理，比CT1处理高3.5%，N_{07}→N_{08}和N_{07}→N_{08}处理比CT1处理低20.6%和22.5%，差异显著；水分利用效率上，S_{07}→S_{08}和S_{07}→N_{08}处理显著高于其余3个处理，分别比CT1处理高14.5%和17.7%，N_{07}→N_{08}和N_{07}→S_{08}处理分别比CT1处理低8.1%和17.7%。

表 2-19　秋季轮耕处理下谷子产量及构成因素

处理	小穗数/个	穗重/g	千粒重/g	经济产量/(kg/hm²)	WUE/[kg/(mm·hm²)]
S_{07}→S_{08}	86a	10.06b	3.44a	2021.40ab	7.1a
N_{07}→N_{08}	76b	6.95d	3.34a	1550.40c	5.7c
CT1	76b	8.09c	3.38a	1953.00b	6.2b
S_{07}→N_{08}	79ab	12.13a	3.40a	2083.05a	7.3a
N_{07}→S_{08}	71b	6.88d	3.35a	1513.65c	5.1c

从表2-19中可以看出，S_{07}→S_{08}和S_{07}→N_{08}处理的谷子小穗数、穗粒重、经济产量和水分利用效率明显高于CT1，N_{07}→N_{08}和N_{07}→S_{08}则明显低于CT1，所以该地区种植

谷子适合采用 $S_{07}→S_{08}$ 和 $S_{07}→N_{08}$ 处理。相对而言，$N_{07}→N_{08}$ 和 $N_{07}→S_{08}$ 处理不适合该地区采用。

2. 夏季轮耕对土壤理化性状和作物生长的影响

（1）夏季轮耕对土壤物理性状的影响

a. 夏季轮耕对土壤容重的影响

2008 年、2009 年冬小麦成熟期对土壤容重测定结果见表 2-20。2008 年 6 月小麦收获时，0～40cm 土层各处理土壤容重较 2007 年播前均有降低。在 0～20cm 土层，N_{07} 处理降幅最大，比 2007 年播前低 0.04g/cm^3，处理间差异不明显；在 20～40cm 土层，N_{07} 处理最低，比 2007 年播前低 0.04g/cm^3，比 $CT2_{07}$ 低 0.03g/cm^3，S_{07} 处理比 2007 年播前低 0.02g/cm^3，比 $CT2_{07}$ 处理高 0.01g/cm^3；在 40～60cm 土层，S_{07} 处理土壤容重最低，比 2007 年播前低 0.01g/cm^3，比 $CT2_{07}$ 低 0.01g/cm^3，N_{07} 处理比 2007 年播前高 0.01g/cm^3，比 $CT2_{07}$ 高 0.01g/cm^3。

表 2-20　夏季轮耕对土壤容重影响　（单位：g/cm^3）

时期	处理	土层深度		
		0～20cm	20～40cm	40～60cm
2007 年播前	播前	1.32a	1.35a	1.38a
2008 年小麦收获	N_{07}	1.28ab	1.31ab	1.39a
	S_{07}	1.29ab	1.33ab	1.37ab
	$CT2_{07}$	1.31a	1.34a	1.38a
2009 年小麦收获	$N_{07}→S_{08}$	1.29ab	1.31ab	1.36ab
	$S_{07}→N_{08}$	1.27ab	1.33a	1.38a
	$CT2_{08}$	1.31a	1.34a	1.39a

2009 年小麦收获时土壤容重比 2008 年有所降低。在 0～20cm 土层，$S_{07}→N_{08}$ 处理降幅最大，比 $CT2_{08}$ 处理低 0.04g/cm^3，其次是 $N_{07}→S_{08}$ 处理，比 $CT2_{08}$ 处理低 0.02g/cm^3，处理间差异不显著；在 20～40cm 土层，$N_{07}→S_{08}$ 处理土壤容重最低，比 2007 年播前低 0.04g/cm^3，比 $CT2_{08}$ 处理低 0.03g/cm^3，$S_{07}→N_{08}$ 处理比 $CT2_{08}$ 处理低 0.01g/cm^3；在 40～60cm 土层，$N_{07}→S_{08}$ 处理土壤容重依然最低，比 2007 年播前低 0.02g/cm^3，比 $CT2_{08}$ 处理低 0.03g/cm^3，$S_{07}→N_{08}$ 处理土比 $CT2_{08}$ 处理低 0.01g/cm^3。

从表 2-20 中可以看出，经过两年的夏季轮耕处理，不同轮耕措施 0～60cm 土层土壤容重较试验有所减小，说明不同轮耕措施能够调整土壤结构使土壤变疏松，但处理间的差异不显著。

b. 夏季轮耕对土壤机械稳定性团聚体组成的影响

机械稳定性团聚体是指能抵抗外力破坏的团聚体，通常用干筛法后团聚体的组成含量来反映。大团聚体（大于 0.25mm）含量较高，表明土壤的团聚性较好。

两年冬小麦播前和收获后干筛法测得各级团聚体含量见表 2-21，各处理随土层的加深，大于 0.25mm 各粒级机械稳定性团聚体含量比 2007 年处理前有显著增加。2009

年小麦收获后，在 0～10cm 土层，$N_{07} \rightarrow S_{08}$ 和 $S_{07} \rightarrow N_{08}$ 处理大于 0.25mm 机械稳定性团聚体含量显著高于 2007 年试验前，而 CT2 处理则显著降低，$N_{07} \rightarrow S_{08}$ 和 $S_{07} \rightarrow N_{08}$ 处理大于 0.25mm 分别比 CT2 处理高 20.4％和 16.1％。同时 $N_{07} \rightarrow S_{08}$ 处理大于 5mm 和 5～0.5mm 团聚体含量比 CT2 处理分别高 16.9％和 30.3％，$S_{07} \rightarrow N_{08}$ 处理＞5mm 和 5～1mm 团聚体含量显著高于 CT2 处理 16.0％和 37.0％，处理间 0.5～0.25mm 团聚体含量没有差异。

表 2-21　机械稳定性团聚体的含量　（％）

土层深度	时期	处理	团聚体粒径					
			＞5mm	5～2mm	2～1mm	1～0.5mm	0.5～0.25mm	＞0.25mm
0～10cm	2007 年耕作	处理前	15.42	14.42	8.43	13.78	9.35	61.40
	2009 年收获期	$N_{07} \rightarrow S_{08}$	26.92a	11.28a	11.30a	13.79a	8.08a	71.37a
		$S_{07} \rightarrow N_{08}$	26.70a	9.31 b	11.88a	12.69b	8.25a	68.82a
		CT2	23.02b	6.71c	8.76 b	12.59b	8.19a	59.27b
10～20cm	2007 年耕作	处理前	26.65	15.71	9.15	10.79	6.83	69.13
	2009 年收获期	$N_{07} \rightarrow S_{08}$	26.42c	10.05a	10.11a	14.14a	8.07a	68.81a
		$S_{07} \rightarrow N_{08}$	32.27a	11.10a	9.30b	11.33b	6.80b	70.80a
		CT2	30.32b	6.97b	7.55c	9.78c	4.11a	61.73b
20～30cm	2007 年耕作	处理前	30.89	11.05	9.30	9.67	5.98	66.89
	2009 年收获期	$N_{07} \rightarrow S_{08}$	45.73c	10.56a	7.03a	9.18a	5.52a	78.01a
		$S_{07} \rightarrow N_{08}$	51.51b	9.23b	7.54a	7.34b	3.92b	79.55a
		CT2	58.90a	8.99c	5.68b	5.75c	3.32b	72.65b
30～40cm	2007 年耕作	处理前	35.89	15.73	8.44	9.53	6.11	75.70
	2009 年收获期	$N_{07} \rightarrow S_{08}$	34.29b	12.13a	11.43a	12.78a	7.01a	77.65b
		$S_{07} \rightarrow N_{08}$	49.69a	10.70b	9.32b	8.94c	5.03c	83.68a
		CT2	34.41b	7.66c	8.84c	10.25b	6.69b	67.85c

10～20cm 土层，$N_{07} \rightarrow S_{08}$ 和 $S_{07} \rightarrow N_{08}$ 处理大于 0.25mm 机械稳定性团聚体含量和 2007 年处理前没有明显差异，CT2 处理显著降低，$N_{07} \rightarrow S_{08}$ 和 $S_{07} \rightarrow N_{08}$ 处理大于 0.25mm 分别比 CT2 处理高 11.5％和 14.7％（$P<0.05$）；$N_{07} \rightarrow S_{08}$ 处理大于 5mm 团聚体含量显著低于 CT2 处理 14.8％，$S_{07} \rightarrow N_{08}$ 处理大于 5mm 团聚体含量则显著高于 CT2 处理 6.4％；同时 $N_{07} \rightarrow S_{08}$ 和 $S_{07} \rightarrow N_{08}$ 处理 5～0.25mm 团聚体含量显著高于 CT2 处理。

20～30cm 土层，各处理大于 0.25mm 机械稳定性团聚体含量比 2007 年处理前均有显著上升。$N_{07} \rightarrow S_{08}$ 和 $S_{07} \rightarrow N_{08}$ 处理大于 0.25mm 分别比 CT2 处理高 7.4％和 9.5％；$N_{07} \rightarrow S_{08}$ 和 $S_{07} \rightarrow N_{08}$ 处理大于 5mm 团聚体含量显著低于 CT2 处理 22.4％和 12.5％；$N_{07} \rightarrow S_{08}$ 和 $S_{07} \rightarrow N_{08}$ 处理 5～0.25mm 团聚体含量分别比 CT2 处理高

36.0%和18.1%。

30～40cm土层，与2007年处理前比，大于0.25mm机械稳定性团聚体含量，N_{07}→S_{08}处理略有上升，S_{07}→N_{08}处理显著增加，CT2处理下降明显，N_{07}→S_{08}和S_{07}→N_{08}处理大于0.25mm分别比CT2处理高14.4%和23.3%；N_{07}→S_{08}处理大于5mm团聚体含量与CT2处理差异不明显，S_{07}→N_{08}处理大于5mm团聚体含量比CT2处理高44.4%；N_{07}→S_{08}处理5～0.25mm团聚体含量显著高于CT2处理；S_{07}→N_{08}处理5～1mm团聚体含量显著高于CT2处理，1～0.25mm团聚体含量则显著低于CT2处理。

通过以上分析可知，经过两年夏季轮耕处理，不同轮耕措施大于0.25mm机械稳定性团聚体含量显著上升，且显著高于CT2处理，说明轮耕可以增加土壤大于0.25mm机械稳定性团聚体含量。同时N_{07}→S_{08}处理大于0.25mm在0～10cm土层显著高于CT2处理，S_{07}→N_{08}处理大于0.25mm在10～40cm土层显著高于CT2处理。

c. 夏季轮耕对土壤水稳性团聚体组成的影响

表2-22是不同轮耕方式下湿筛后各级团聚体组成。从表中可以看出，经过湿筛后团聚体含量有很大的变化，其中大于0.25mm团聚体含量明显减少，各处理在4个土层中大于0.25mm水稳性团聚体含量比2007年处理前都有显著增加，大于5mm团聚体全部崩解。

表2-22　水稳性团聚体的含量 (%)

土层深度	时期	处理	团聚体粒径				
			5～2mm	2～1mm	1～0.5mm	0.5～0.25mm	>0.25mm
0～10cm	2007年耕作	处理前			0.68	1.51	2.19
	2009年收获期	N_{07}→S_{08}	0.57a	1.34a	4.75a	6.73a	13.42a
		S_{07}→N_{08}	0.60a	1.70a	3.83b	6.16a	12.29a
		$CT2_{08}$	0.76a	1.54a	4.46a	5.03b	11.79ab
10～20cm	2007年耕作	处理前			0.46	0.73	1.19
	2009年收获期	N_{07}→S_{08}	0.50a	1.21b	3.66b	5.66b	10.93b
		S_{07}→N_{08}	0.52a	2.06a	5.54a	6.87a	14.98a
		$CT2_{08}$	0.41a	1.14b	2.87b	4.02b	8.53c
20～30cm	2007年耕作	处理前			0.58	1.35	1.93
	2009年收获期	N_{07}→S_{08}	0.62a	1.02a	2.89b	4.23b	8.76b
		S_{07}→N_{08}	0.68a	1.66a	3.46a	5.23a	11.03a
		$CT2_{08}$	0.62a	1.12a	1.92c	3.71c	7.37b
30～40cm	2007年耕作	处理前			0.46	1.12	1.58
	2009年收获期	N_{07}→S_{08}	0.54a	1.20a	2.87ab	4.95a	9.56a
		S_{07}→N_{08}	0.67a	1.18a	2.68b	5.10a	9.62a
		$CT2_{08}$	0.64a	1.19a	3.20a	3.64b	8.67a

在 0～10cm 土层，各处理大于 0.25mm 水稳性团聚体含量差异不明显；同时各处理 5～1mm 水稳性团聚体含量差异也不明显；S_{07}→N_{08}处理 1～0.5mm 水稳性团聚体含量显著低于 CT2 处理 14.1%；N_{07}→S_{08}和 S_{07}→N_{08}处理 0.5～0.25mm 水稳性团聚体含量均比 CT2 处理高 33.8%和 22.5%。

10～20cm 土层，处理间大于 0.25mm 水稳性团聚体含量差异显著，N_{07}→S_{08}和 S_{07}→N_{08}处理大于 0.25mm 分别比 CT2 处理高 28.1%和 75.6%；各处理 5～2mm 水稳性团聚体含量差异不明显；S_{07}→N_{08}处理 2～0.25mm 水稳性团聚体含量显著高于 CT2 处理 80.2%；N_{07}→S_{08}处理 2～1mm 水稳性团聚体含量与 CT2 处理差异不明显；1～0.25mm 水稳性团聚体含量比 CT2 处理高 35.3%。

20～30cm 土层，N_{07}→S_{08}处理大于 0.25mm 水稳性团聚体含量与 CT2 处理差异不显著，S_{07}→N_{08}处理比 CT2 处理高 49.9%；各处理 5～1mm 水稳性团聚体含量差异不明显；N_{07}→S_{08}和 S_{07}→N_{08}处理 1～0.25mm 水稳性团聚体含量均比 CT2 处理高 39.9%和 70.7%。

30～40cm 土层，各处理大于 0.25mm 水稳性团聚体含量差异显著；同时各处理 5～1mm 水稳性团聚体含量差异也不明显；N_{07}→S_{08}和 S_{07}→N_{08}处理 0.5～0.25mm 水稳性团聚体含量均显著高于 CT2 处理高 36.0%和 40.1%。

以上分析表明，两年不同轮耕方式可增加土壤大于 0.25mm 水稳性团聚体的含量，其中 10～20cm 和 20～30cm 土层大于 0.25mm 水稳性团聚体上升最明显，0～10cm 和 30～40cm 土层变化不显著。

综合表 2-21 和表 2-22 分析发现，湿筛法下水稳性团聚体大于 0.25mm 的最高为 14.98%，远小于干筛法下的最小值 59.27%，说明该土壤的土壤团聚体以非水稳性团聚体为主，水稳性团聚体的数量相对较少。

d. 夏季轮耕对 0～200cm 土层土壤贮水量的影响

夏季休闲轮耕一个重要目的，就是多接纳并蓄集天然降雨，以利于秋季作物生长。2007 年 6 月前茬作物收获后土壤水分含量较低，夏闲期经免耕、深松和传统翻耕处理后，0～200cm 土层的土壤总贮水量呈显著上升趋势（图 2-36），2007 年夏闲期结束后 0～200cm 土壤总贮水量 S_{07}处理最高，为 277.61mm，比 2007 年处理前高 32.57mm，比 N_{07}和 $CT2_{07}$处理分别高 2.25mm、29.96mm。其中 0～60cm 土层，N_{07}、S_{07}和 $CT2_{07}$处理土壤贮水量比 2007 年处理前有显著提高，同时 N_{07}和 S_{07}处理分别比 $CT2_{07}$处理高 5.41mm 和 10.22mm。在 80～200cm 土层各处理土壤贮水量差异不明显。

经过两年的休闲轮耕处理，2008 年休闲期结束后 0～200cm 土层的土壤总贮水量变化如图 2-36。各处理 0～200cm 土层的土壤总贮水量比 2007 年又有上升。N_{07}→S_{08}和 S_{07}→N_{08}处理分别比 $CT2_{08}$处理高 16.38mm 和 24.61mm。其中 0～60cm 土层土壤贮水量上升最显著，N_{07}→S_{08}和 S_{07}→N_{08}处理 0～60cm 土层贮水量分别比 $CT2_{08}$处理高 16.5mm 和 20.05mm。80～200cm 土层贮水量处理间差距不大。

通过以上分析可知，经过两年的休闲轮耕处理，各处理 0～200cm 土层的土壤总贮水量比 2007 年处理前有显著提高，其中 0～60cm 土层的土壤贮水量提高最明显，N_{07}→S_{08}和 S_{07}→N_{08}处理分别比 $CT2_{08}$处理高 16.5mm 和 20.05mm。

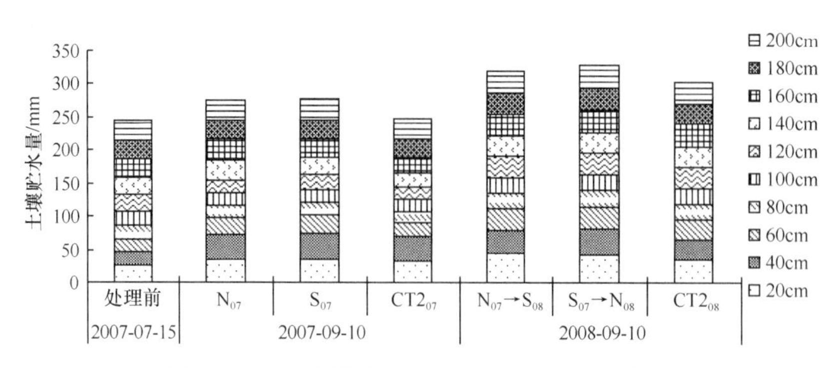

图 2-36　夏季轮耕对 0～200cm 土壤贮水量的影响

（2）夏季轮耕对土壤养分的影响

a. 夏季轮耕对土壤有机质的影响

夏季轮耕对 0～40cm 土层土壤有机质的影响见表 2-23。在 2008 年小麦收获时各处理 0～40cm 土层土壤有机质含量比 2007 年播前略有降低，各处理间差异不显著。2009 年冬小麦收获后 0～40cm 土层土壤有机质含量继续下降。在 0～20cm 土层，N_{07}→S_{08} 和 S_{07}→N_{08} 处理的十壤有机质含量分别比 $CT2_{08}$ 处理高 5.73%和 3.98%，N_{07}→S_{08} 与 $CT2_{08}$ 差异显著；在 20～40cm 土层，N_{07}→S_{08} 处理比 $CT2_{08}$ 处理高 4.66%，差异显著，S_{07}→N_{08} 和 CT2 处理间无明显差异。

表 2-23　夏季轮耕对 0～40cm 土层土壤有机质的影响　　（单位：g/kg）

时期	处理	有机质	
		0～20cm	20～40cm
2007 年播种前	播种前	11.07a	11.68a
2008 年收获期	N_{07}	11.04a	11.06b
	S_{07}	10.96a	11.07b
	$CT2_{07}$	10.84a	11.38ab
2009 年收获期	N_{07}→S_{08}	10.88a	11.23ab
	S_{07}→N_{08}	10.70ab	10.89c
	$CT2_{08}$	10.29b	10.73c

通过以上分析可知，经过两年的轮耕处理，N_{07}→S_{08}、S_{07}→N_{08} 和 CT2 处理使 0～40cm 土层土壤有机质含量都有下降，其中在 0～20cm 土层 $CT2_{08}$ 处理土壤有机质含量比 2007 年播前下降幅度最大，达 7.05%，N_{07}→S_{08} 处理下降幅度最小；在 20～40cm 土层依然是 $CT2_{08}$ 处理比 2007 年播前下降幅度最大，达 8.13%，其次是 S_{07}→N_{08} 处理，N_{07}→S_{08} 处理最小。

b. 夏季轮耕对土壤全氮和碱解氮的影响

夏季轮耕对 0～40cm 土层土壤全氮的影响见表 2-24，由表可以看出，经过两年轮耕措施后 0～40cm 土壤全氮含量年际变化呈现为逐年增加的趋势。2008 年小麦收获期 0～20cm 土层，N_{07}、S_{07} 和 $CT2_{07}$ 处理土壤全氮含量比 2007 年播种前分别提高了

4.62%、7.69%、3.08%，差异显著，而各处理间差距很小；在20～40cm土层，N_{07}和S_{07}处理土壤全氮含量比2007年播种前分别提高了6.45%和1.61%，N_{07}比$CT2_{07}$处理高8.20%，S_{07}与$CT2_{07}$处理很接近。2009年冬小麦收获期土壤全氮含量比2008年又有所提高，平均增幅达5.3%。在0～20cm土层，N_{07}→S_{08}和S_{07}→N_{08}处理土壤全氮含量分别比$CT2_{08}$处理高7.35%和10.29%，差异显著；在20～40cm土层，N_{07}→S_{08}和S_{07}→N_{08}处理分别比$CT2_{08}$处理高7.81%和4.69%，差异显著。

表2-24 夏季轮耕对土壤全氮和碱解氮的影响

时期	处理	全氮/(g/kg)		碱解氮/(mg/kg)	
		0～20cm	20～40cm	0～20cm	20～40cm
2007年播种前	播种前	0.65bc	0.62c	55.32d	45.97c
2008年收获期	N_{07}	0.68b	0.66a	60.24c	52.86b
	S_{07}	0.70ab	0.63bc	60.30c	54.07a
	$CT2_{07}$	0.67bc	0.61c	59.89c	50.18b
2009年收获期	N_{07}→S_{08}	0.73a	0.69a	67.88a	54.58a
	S_{07}→N_{08}	0.75a	0.67a	66.06a	56.96a
	$CT2_{08}$	0.68b	0.64bc	63.00b	55.71a

由表2-24可以看出，两年轮耕措施下0～40cm土壤碱解氮含量年际变化与全氮含量变化趋势一致。2008年冬小麦收获后各处理碱解氮含量比2007年播前显著升高，0～20cm土层，N_{07}、S_{07}和$CT2_{07}$处理比2007年播种前分别提高了8.89%、9.00%、8.26%，差异显著，各处理间没有显著差异；在20～40cm土层，N_{07}、S_{07}和$CT2_{07}$处理比2007年播种前分别提高了14.99%、17.62%和9.16%，同时S_{07}处理比$CT2_{07}$处理高3.89mg/kg，N_{07}和$CT2_{07}$处理无显著差异。2009年小麦收获期各处理0～40cm土壤碱解氮含量比2008年又有显著提高。在0～20cm土层，N_{07}→S_{08}和S_{07}→N_{08}处理分别比$CT2_{08}$处理高4.88mg/kg和3.06mg/kg，差异显著；在20～40cm土层，各处理间差异不显著。

以上两年结果表明，S_{07}→N_{08}处理使0～40cm耕层土壤全氮和碱解氮含量增加最明显，全氮含量比2007年播前增加11.81%，比$CT2_{08}$处理高7.58%，碱解氮含量比2007年播前增加21.45%，比$CT2_{08}$处理高3.63%。

c. 夏季轮耕对土壤全磷和速效磷含量的影响

由表2-25可以看出，经过两年轮耕0～40cm土壤全磷含量年际变化表现为逐年上升的趋势。2008年冬小麦收获后0～20cm土层，N_{07}和S_{07}处理比2007年播种前有明显上升，$CT2_{07}$处理比2007年播种前有明显降低，同时N_{07}和S_{07}处理比$CT2_{07}$处理分别高9.86%和11.27%；在20～40cm土层，N_{07}处理和2007年播种前持平，S_{07}处理比2007年播种前提高了5.71%，N_{07}和S_{07}处理分别比$CT2_{07}$处理高5.71%和12.12%。2009年小麦收获期各处理土壤全磷含量比2008年有明显上升。在0～20cm土层，N_{07}→S_{08}和S_{07}→N_{08}处理分别比$CT2_{08}$处理高6.58%和2.63%；在20～40cm土层，N_{07}→S_{08}和S_{07}→N_{0}处理分别比$CT2_{08}$处理高12.86%和10%。

表 2-25　夏季轮耕对土壤全磷和速效磷的影响

时期	处理	全磷/(g/kg)		速效磷/(mg/kg)	
		0～20cm	20～40cm	0～20cm	20～40cm
2007 年播种前	播种前	0.75b	0.70b	8.68c	6.56d
2008 年收获期	N_{07}	0.78ab	0.70b	10.77b	8.96b
	S_{07}	0.79a	0.74ab	8.32c	8.44b
	$CT2_{07}$	0.71c	0.66b	6.27d	7.52c
2009 年收获期	$N_{07}\rightarrow S_{08}$	0.81a	0.79a	12.00a	9.93a
	$S_{07}\rightarrow N_{08}$	0.78ab	0.77a	10.18b	9.77a
	$CT2_{08}$	0.76b	0.70b	9.74b	8.73b

由表 2-25 可以看出，两年轮耕措施下土壤各层次速效磷含量年际变化呈升高的趋势。2008 年冬小麦收获期 0～20cm 土层，N_{07}处理比 2007 年播前显著上升，S_{07}和 $CT2_{07}$处理比 2007 年播种前有明显降低，同时 N_{07}和 S_{07}处理分别比 $CT2_{07}$处理高 71.77%和 32.70%；在 20～40cm 土层，各处理比 2007 年播种前都有显著提高，同时 N_{07}和 S_{07}处理分别比 $CT2_{07}$处理高 19.15%和 12.23%，差异显著。2009 年冬小麦收获期 0～40cm 土壤速效磷含量各处理均比 2008 年收获期显著增加，平均增幅为 42.45%。在 0～20cm 土层，$N_{07}\rightarrow S_{08}$和 $S_{07}\rightarrow N_{08}$处理分别比 $CT2_{08}$处理高 23.20%和 4.52%；在 20～40cm 土层，$N_{07}\rightarrow S_{08}$和 $S_{07}\rightarrow N_{08}$处理分别比 $CT2_{08}$处理高 13.75%和 11.91%。

综合两年数据可知，0～20cm 与 20～40cm 土层土壤全磷和速效磷含量变化趋势大致相同。0～20cm 土层 $N_{07}\rightarrow S_{08}$处理土壤全磷和速效磷含量最高比 2007 年播前和 $CT2_{08}$分别高 8%、38.25%和 6.58%、23.20%；20～40cm 土层土壤全磷和速效磷含量 $N_{07}\rightarrow S_{08}$处理依然最高，分别比 $CT2_{08}$高 12.86%和 13.75%。

d. 夏季轮耕对土壤全钾和速效钾含量的影响

由表 2-26 可以看出，两年轮耕措施下 0～40cm 土壤全钾含量年际变化表现为逐年上升的趋势。2008 年冬小麦收获期，0～20cm 土层各处理土壤全钾含量比 2007 年播前略有变化，处理间差异不显著；在 20～40cm 土层，N_{07}和 S_{07}处理土壤全钾含量比 2007 年播前略有上升，$CT2_{07}$处理比 2007 年播种前有显著下降，同时 N_{07}和 S_{07}处理分别比 $CT2_{07}$处理高 13.75%和 16.44%。2009 年冬小麦收获期土壤全钾含量比 2008 年又有升高。在 0～20cm 土层，各处理间差异不显著；在 20～40cm 土层，$N_{07}\rightarrow S_{08}$和 $S_{07}\rightarrow N_{08}$处理均比 $CT2_{08}$处理高 15.25%和 13.98%，$N_{07}\rightarrow S_{08}$与 $CT2_{08}$差异显著。

表 2-26　夏季轮耕对土壤全钾和速效钾的影响

时期	处理	全钾/(g/kg)		速效钾/(mg/kg)	
		0～20cm	20～40cm	0～20cm	20～40cm
2007 年播种前	播种前	9.60a	8.35b	97.95d	61.59d
2008 年收获期	N_{07}	9.64a	8.44b	101.74d	96.91c
	S_{07}	9.35ab	8.64b	109.18bc	99.19c
	$CT2_{07}$	9.69a	7.42c	113.31ab	95.34c

续表

时期	处理	全钾/(g/kg)		速效钾/(mg/kg)	
		0～20cm	20～40cm	0～20cm	20～40cm
2009年收获期	N_{07}→S_{08}	10.08a	9.07a	118.17a	117.65a
	S_{07}→N_{08}	9.87a	8.97a	116.02a	110.24b
	$CT2_{08}$	9.77a	7.87c	114.30a	107.82b

由表2-26可知，不同轮耕方式下各层次土壤速效钾含量变化趋势大致相同，呈现明显上升的变化趋势。2008年冬小麦收获时比2007年播种前有明显上升。在0～20cm土层，N_{07}比$CT2_{07}$处理低11.37%，S_{07}处理和$CT2_{07}$处理差异不明显；在20～40cm土层，各处理间差异不明显。2009年冬小麦收获期土壤速效钾含量比2008年显著上升。在0～20cm土层，N_{07}→S_{08}和S_{07}→N_{08}处理分别比$CT2_{08}$处理高3.93%和1.50%，各处理间差异不显著；在20～40cm土层，N_{07}→S_{08}比$CT2_{08}$处理高9.12%，S_{07}→N_{08}处理和$CT2_{08}$处理间差异不明显。

经过两年夏季轮耕，N_{07}→S_{08}处理0～20cm与20～40cm土层土壤全钾和速效钾含量上升幅度最大。0～20cm土层N_{07}→S_{08}处理全钾和速效钾含量比2007年播前和$CT2_{08}$分别高5%、3.17%和20.64%、3.93%；20～40cm土层土壤全钾和速效钾含量N_{07}→S_{08}处理分别比$CT2_{08}$高15.25%和9.12%。

（3）夏季轮耕对冬小麦生长发育的影响

a. 夏季轮耕对冬小麦各生育期株高的影响

2008年不同耕作方式下冬小麦主要生育期株高的变化如图2-37（A）。在小麦拔节期，$CT2_{07}$处理小麦株高最高，为28.2cm，分别比S_{07}和N_{07}处理高0.4cm和1.1cm，差异不明显。拔节期以后植株株高生长速度明显加快，灌浆期之后逐渐趋缓，到成熟期趋于稳定。在小麦主要生育期，$CT2_{07}$处理小麦株高一直高于N_{07}和S_{07}处理，到成熟期后，$CT2_{07}$处理的小麦株高为73.1cm，分别比N_{07}和S_{07}处理高5.4cm和4.3cm，差异显著。

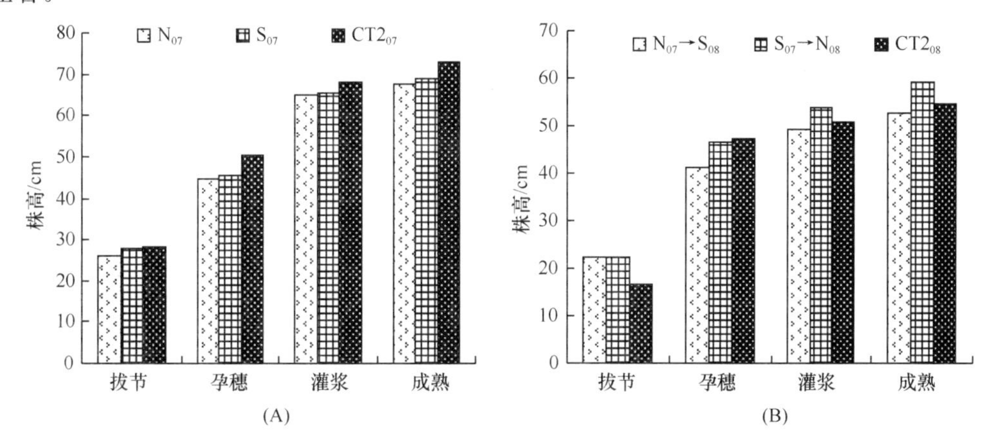

图2-37　2008年和2009年夏季轮耕对冬小麦株高的影响

（A）2008年小麦株高；（B）2009年小麦株高

2009 年不同轮耕方式下冬小麦主要生育期株高变化如图 2-37（B）。拔节期至成熟期冬小麦生长进程与 2008 年基本一致，但由于受干旱影响在 2009 年小麦成熟期株高比 2008 年成熟期平均低 10.2cm。$CT2_{08}$ 处理的小麦株高在拔节期最低，为 16.5cm，比 $N_{07}\rightarrow S_{08}$ 和 $S_{07}\rightarrow N_{08}$ 处理的小麦株高低 6cm，差异明显，但在拔节期以后生长迅速，在孕穗期以后超过 $N_{07}\rightarrow S_{08}$ 处理的小麦株高。在小麦成熟期，$S_{07}\rightarrow N_{08}$ 处理的小麦株高最高，为 59.4cm，分别比 $N_{07}\rightarrow S_{08}$ 和 $CT2_{08}$ 处理高 6.8cm 和 4.6cm。

可以看出，$CT2_{08}$ 处理在拔节期受干旱影响较严重，抗旱能力比 $N_{07}\rightarrow S_{08}$ 和 $S_{07}\rightarrow N_{08}$ 处理差，$S_{07}\rightarrow N_{08}$ 处理在小麦成熟期株高最高，表明 $S_{07}\rightarrow N_{08}$ 处理抗旱能力比 $N_{07}\rightarrow S_{08}$ 和 $CT2_{08}$ 处理都强。

b. 夏季轮耕对冬小麦主要生育时期干物质积累量的影响

2008 年不同轮耕方式下冬小麦干物质积累量的年际变化趋势如图 2-38（A）所示。在拔节期，S_{07} 处理单株小麦干物质量最大，分别比 N_{07} 和 $CT2_{07}$ 处理高 17.2% 和 15.4%；在孕穗期，处理间差距很小；在灌浆和成熟期，S_{07} 处理最大，S_{07} 处理成熟期与 $CT2_{07}$ 差异不明显，N_{07} 处理比 $CT2_{07}$ 低 6.1%。

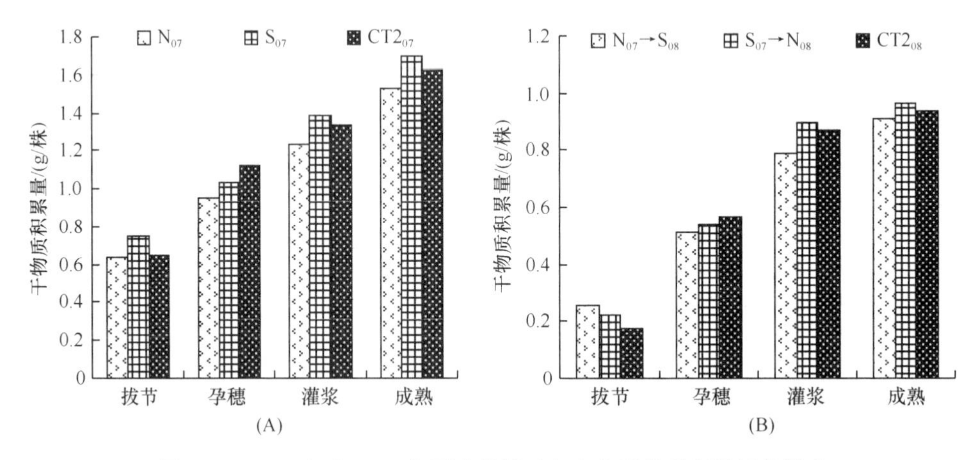

图 2-38　2008 年和 2009 年夏季轮耕对冬小麦干物质积累量的影响

（A）2008 年小麦干物质积累量；（B）2009 年小麦干物质积累量

2009 年冬小麦主要生育期干物质量变化如图 2-38（B）所示。由于受干旱影响在 2009 年小麦成熟期单株干物质量明显低于比 2008 年成熟期水平。$CT2_{08}$ 处理在拔节期最低，分别比 $N_{07}\rightarrow S_{08}$ 和 $S_{07}\rightarrow N_{08}$ 处理低 25% 和 18.2%，但在孕穗期以后超过 $N_{07}\rightarrow S_{08}$ 处理。在小麦成熟期，处理间差异很小。

可以看出，受干旱影响在 2009 年单株小麦干物质量明显低于比 2008 年同期水平。在此条件下，$S_{07}\rightarrow N_{08}$ 处理的小麦单株干物质量最高，表明 $S_{07}\rightarrow N_{08}$ 处理抗旱能力比 $N_{07}\rightarrow S_{08}$ 和 $CT2_{08}$ 处理强。

（4）夏季轮耕对冬小麦产量及水分利用效率的影响

a. 夏季轮耕对冬小麦产量及其构成因素的影响

两年夏季轮耕小麦产量构成因素测定结果如表 2-27 所示，2008 年小麦收获期，成穗数 $CT2_{07}$ 处理最高，分别比 S_{07} 和 N_{07} 处理高 22.5% 和 16.2%；穗粒数 S_{07} 处理最高，

比 $CT2_{07}$ 高 15.15%，N_{07} 处理比 $CT2_{07}$ 低 4.5%；千粒重各处理间差异不显著；小麦产量 $CT2_{07}$ 处理最高，比 N_{07} 和 S_{07} 处理分别高 36.1%和 4.4%，差异显著。

表 2-27　夏季轮耕冬小麦产及构成因素的影响

时期	处理	穗数/(10^4/hm^2)	穗粒数/个	千粒重/g	经济产量/(kg/hm^2)
2008 年收获期	N_{07}	312.9c	31.5bc	25.58a	2519.74b
	S_{07}	337.5b	38.0a	25.92a	3322.02a
	$CT2_{07}$	403.8a	33.0b	26.10a	3475.87a
2009 年收获期	N_{07}→S_{08}	344.9ab	29.2a	26.46a	2659.11ab
	S_{07}→N_{08}	356.5a	30.3a	25.34a	2730.36a
	$CT2_{08}$	343.1ab	30.1a	25.62a	2591.32b

2009 年小麦收获期 N_{07}→S_{08} 和 S_{07}→N_{08} 处理成穗数均显著高于 2008 年小麦收获期，而 $CT2_{08}$ 处理成穗数相对于 2008 年小麦收获期则明显降低，处理间差异不显著。各处理穗粒数相对于 2008 年小麦收获期显著降低，处理间差异不显著；千粒重各处理间无显著差异；产量上，各处理较 2008 年小麦收获期显著降低，平均降幅达 21.63%，这可能与本年降雨量明显减少，严重春旱有关，但 N_{07}→S_{08} 和 S_{07}→N_{08} 处理经济产量均比 $CT2_{08}$ 高 2.62%和 5.37%，这说明降雨量明显偏少的情况下，夏季轮耕 N_{07}→S_{08} 和 S_{07}→N_{08} 处理相对于 $CT2_{08}$ 具有明显增产效果。

b. 夏季轮耕对冬小麦耗水量和水分利用效率的影响

表 2-28 是 2008 年、2009 年收获期各处理的作物耗水量和水分利用效率情况。2008 年小麦收获期，N_{07} 和 S_{07} 处理在冬小麦整个生育期耗水量分别比 $CT2_{07}$ 处理低 3.85%和 1.13%，收获期产量 N_{07} 和 S_{07} 处理分别比 $CT2_{07}$ 低 36.1%和 4.4%。$CT2_{07}$ 处理水分利用效率最高；S_{07} 处理次之；N_{07} 处理最低，N_{07} 与 $CT2_{07}$ 差异显著。

表 2-28　夏季轮耕对冬小麦经济产量和水分利用效率的影响

时期	处理	产量/(kg/hm^2)	耗水量/mm	水分利用效率/[kg/(mm·hm^2)]
2008 年收获期	N_{07}	2519.74b	286.9c	8.78b
	S_{07}	3322.02a	293.6ab	11.31a
	$CT2_{07}$	3475.87a	296.4a	11.73a
2009 年收获期	N_{07}→S_{08}	2659.11ab	256.1c	10.37a
	S_{07}→N_{08}	2730.36a	274.0b	9.96a
	$CT2_{08}$	2591.32b	282.3a	9.18b

2009 年小麦收获期，N_{07}→S_{08} 和 S_{07}→N_{08} 处理在小麦整个生育期耗水量分别比 $CT2_{08}$ 处理低 26.21mm 和 8.3mm，差异显著；产量上 N_{07}→S_{08} 处理比 $CT2_{08}$ 处理高 67.79kg/hm^2，S_{07}→N_{08} 处理比 CT2 处理高 139.04kg/hm^2；水分利用效率 N_{07}→S_{08} 和

S_{07}→N_{08}处理分别比 $CT2_{08}$处理高 12.96%和 8.50%，差异显著。

可以看出，两年轮耕后，N_{07}→S_{08}和 S_{07}→N_{08}处理产量和水分利用效率均比 $CT2_{08}$处理高，耗水量比 $CT2_{08}$处理低。

（三）结论与讨论

1. 不同轮耕措施对土壤容重的影响

两年的秋、夏隔年轮耕试验后，各轮耕措施 0～60cm 土层土壤容重较试验前有所减小，说明轮耕措施能够改善土壤结构使土壤变疏松，但各轮耕处理与对照间差异性还不明显，规律性不强。有研究者（Barzegar et al.，2004）认为不同耕作措施之间的土壤容重没有差异，与本研究结果基本一致。杜兵等（1997）认为实施免耕多年后，土壤容重会越来越大。本研究 N_{07}→N_{08}处理下土壤容重较对照略低，与前人研究结果不同，可能是耕作年限造成的。

2. 不同轮耕措施对土壤团聚体的影响

两年研究表明，轮耕措施能够增加大团聚体数量。各轮耕处理大于 0.25mm 土壤机械稳定性团聚体在 0～40cm 土层较对照显著上升，平均较对照高 13.8%，同时各轮耕处理较对照显著增加了 0～30cm 土层大于 0.25mm 水稳性团聚体含量，平均较对照高 25.9%，各轮耕处理对小粒径的团聚体影响规律性不强。许多研究表明（Kushwaha et al.，2001；Barzegar et al.，2004），保护性耕作可以增加土壤团聚体含量，这一结果与本研究基本一致。

3. 不同轮耕措施对土壤水分的影响

经过两年秋、夏隔年轮耕处理后，不同轮耕措施下作物播种前 0～200cm 土层土壤总贮水量较试验前和对照有显著增加，其中 0～80cm 土层土壤总贮水量增加最明显。王育红等（2001）指出，免耕与深松处理 0～100cm 土壤贮水量分别比传统翻耕高 13.33%和 5.4%。本研究中 N_{07}→N_{08}和 S_{07}→S_{08}处理 0～200cm 土层土壤总贮水量较对照分别高 3.8%和 4.8%，与其研究结果趋势一致。周兴祥等（2001）也发现保护性耕作可以增加土壤贮水量，玉米地 0～30cm 土壤比传统耕作多贮水 4.6mm，小麦地 0～100cm 土壤比传统耕作多贮水 12.5mm。本研究中轮耕处理的谷子地 0～200cm 土壤贮水量平均较对照增加了 16.85mm，小麦地平均较对照增加了 20.49mm。

4. 不同轮耕措施对土壤养分的影响

经过两年的秋、夏隔年轮耕处理后，各轮耕处理 0～40cm 土层土壤有机质、全氮及速效钾含量较对照有明显升高，其他养分含量和对照相比差异较小。有研究表明，免耕土壤全氮含量呈明显上升趋势，全磷在土壤表层富集（冯常虎等，1994；朱杰等，2006）。本研究中 N_{07}→N_{08}处理土壤全氮含量在 0～40cm 较对照高 7.0%，而全磷含量的变化不大。关于保护性耕作对土壤速效养分的影响目前研究结果不一致。本研究表明，各种轮耕措施下土壤耕层速效钾含量较对照有明显升高，速效磷含量则呈降低趋势。

5. 不同轮耕措施对作物水分利用效率的影响

两年研究结果表明，和对照相比，不同轮耕措施增加了作物产量，降低了作物耗水强度，提高了作物的水分利用效率。晋小军和黄高宝（2005）在陇中地区研究，保护性耕作比传统耕作水分利用效率高。本研究中，轮耕措施处理下的作物水分利用效率平均较对照高 12.2%，与上述结果有相同趋势。

6. 不同轮耕措施对作物产量和产量构成因素的影响

两年研究表明，轮耕措施处理的作物小穗数和穗粒重较对照有明显增加，千粒重与对照差异很小，同时产量增加也很明显。李洪文等（1997）发现保护性耕作提高了作物的千粒重。本研究中轮耕措施处理作物小穗数和穗粒重较对照有明显增加，与前人研究结果一致，但千粒重与对照差异很小，这与前人研究结果不一致。

二、坡地休闲轮种和平地休闲轮耕种植对作物产量及土壤理化性状的影响

（一）试验设计

1. 缓坡地条带休闲轮种试验

试验于 2007～2009 年实施，采用谷子和冬小麦（一年一熟）双序列（P→F→P 和 F→P→F）休闲轮种免耕种植模式，以坡度为 15°的坡耕地作为试验田，每处理条带面积 48m^2（坡长 16m×坡宽 3m），等高带状休闲、种植相间作为处理，种植、休闲带宽度均为 4m，从坡顶到坡底依次设：

条带处理Ⅰ：第一年种植区（P）→休闲区（F）→……，第二年休闲区（F）→种植区（P）→……；条带处理Ⅱ：第一年种植区（P）→休闲区（F）→……，第二年休闲区（F）→种植区（P）→……；条带处理Ⅲ（CK1）：第一年全种植（谷子），第二年轮换为全休闲……；条带处理Ⅳ（CK2）：第一年全休闲，第二年轮换为全种植（冬小麦）……。

2007～2009 年分别种植谷子、冬小麦，每处理小区内各种植带与休闲带面积均为 12m^2（沿坡向长度 4m，水平宽度 3m），试验连续实施 3 年。

试验设计见表 2-29（A）～(C)。

表 2-29 (A) 2007 年 5 月～2007 年 9 月谷子（N→S)

处理Ⅳ	全休闲 CK2			
处理Ⅲ	全种植 CK1			
处理Ⅱ	休闲ⅡF	种植ⅡP	休闲ⅡF	种植ⅡP
处理Ⅰ	种植ⅠP	休闲ⅠF	种植ⅠP	休闲ⅠF

表 2-29（B）　2007 年 9 月～2008 年 6 月冬小麦（N→S）

处理Ⅳ	全种植 CK2			
处理Ⅲ	全休闲 CK1			
处理Ⅱ	种植ⅡP	休闲ⅡF	种植ⅡP	休闲ⅡF
处理Ⅰ	休闲ⅠF	种植ⅠP	休闲ⅠF	种植ⅠP

表 2-29（C）　2008 年 9 月～2009 年 6 月冬小麦（N→S）

处理Ⅳ	全休闲 CK2			
处理Ⅲ	全种植 CK1			
处理Ⅱ	休闲ⅡF	种植ⅡP	休闲ⅡF	种植ⅡP
处理Ⅰ	种植ⅠP	休闲ⅠF	种植ⅠP	休闲ⅠF

2. 旱平地休闲轮耕试验

试验采用随机区组设计，设免耕→深松（N→S）、深松→免耕（S→N）、传统翻耕（CT）3 个处理；小区面积 135m^2（长 15m×宽 9m），3 个重复，以传统翻耕（CT）作为对照。整个试验均不覆盖。各耕作方式作业深度为：翻耕 20～25cm，深松 25～33cm。具体的试验处理如下。

处理ⅰ：前茬作物收获（2007 年 6 月下旬）→秸秆出地免耕→夏闲期（7～9 月）→9 月中旬播种冬小麦→2008 年 6 月下旬冬小麦收获→秸秆出地深松→夏闲期（7～9 月）→9 月中旬播种冬小麦→2009 年 6 月下旬冬小麦收获→秸秆出地免耕→夏闲期（7～9 月）。

处理ⅱ：前茬作物收获（2007 年 6 月下旬）→秸秆出地深松→夏闲期（7～9 月）→9 月中旬播种冬小麦→2008 年 6 月下旬冬小麦收获→秸秆出地免耕→夏闲期（7～9 月）→9 月中旬播种冬小麦→2009 年 6 月下旬冬小麦收获→秸秆出地深松→夏闲期（7～9 月）。

处理ⅲ：前茬作物收获（2007 年 6 月下旬）→秸秆出地翻耕→夏闲期（7～9 月）→9 月中旬播种冬小麦→2008 年 6 月下旬冬小麦收获→秸秆出地翻耕→夏闲期（7～9 月）→9 月中旬播种冬小麦→2009 年 6 月下旬冬小麦收获→秸秆出地翻耕→夏闲期（7～9 月）；作为对照。

2007～2009 年种植的作物均为冬小麦，试验连续实施 3 年。试验设计图见表 2-30（A）～（B）。

表 2-30（A）　2007 年 9 月～2008 年 6 月冬小麦

处理ⅲ	翻耕（CT）
处理ⅱ	深松（S_{07}→N）
处理ⅰ	免耕（N_{07}→S）

表 2-30（B）　2008 年 9 月～2009 年 6 月冬小麦

处理ⅲ	翻耕（CT）
处理ⅱ	免耕（S→N_{08}）
处理ⅰ	深松（N→S_{08}）

(二) 结果分析

1. 条带休闲轮种对旱坡地土壤理化性状和作物效应的影响

(1) 土壤 pH、容重的变化

土壤 pH 的变化会影响到土壤的化学反应、土壤养分的存在形态、转入和有效性，是影响土壤肥力的重要因素之一。由表 2-31 可以看出，3 年种植处理与休闲处理 0～20cm、20～40cm 土层土壤 pH 变化均表现为第一年作物收获后先上升—第二年作物收获后下降—第三年作物收获后有所上升的趋势。带状轮种和传统的隔年种植处理间差异不明显。

表 2-31 不同处理 0～40cm 土层 pH 的年际变化

土层深度	时期	ⅠP	ⅡP	CK1	ⅠF	ⅡF	CK2
0～20cm	2007 年 4 月谷子播种前		8.2			8.2	
	2007 年 9 月谷子收获期	8.70	8.70	8.70	8.60	8.60	8.50
	2008 年 6 月小麦收获期	8.00	8.00	8.10	8.10	8.10	8.00
	2009 年 6 月小麦收获期	8.20	8.30	8.26	8.31	8.20	8.30
20～40cm	2007 年 4 月谷子播种前		8.2			8.2	
	2007 年 9 月谷子收获期	8.60	8.70	8.70	8.60	8.70	8.70
	2008 年 6 月小麦收获期	8.00	8.10	8.20	8.10	8.10	8.10
	2009 年 6 月小麦收获期	8.25	8.26	8.22	8.29	8.31	8.27

土壤容重是土壤的重要物理性质，影响到土壤的孔隙度与孔隙大小、分布以及土壤的穿透阻力，容重周年变化反映了作物根系对土壤的扰动情况。由表 2-32 可知，两种条带轮种模式 0～20cm、20～40cm 和 40～60cm 土壤容重变化均呈现相似的趋势。3 年内均表现为升高—降低—升高的变化趋势。各处理间差异不明显。

表 2-32 不同处理 0～60cm 土壤容重的年际变化 (单位：g/cm^3)

土层深度	时期	ⅠP	ⅡP	CK1	ⅠF	ⅡF	CK2
0～20cm	2007 年 4 月谷子播种前		1.35			1.35	
	2007 年 9 月谷子收获期	1.49	1.50	1.43	1.52	1.50	1.48
	2008 年 6 月小麦收获期	1.31	1.36	1.26	1.34	1.39	1.34
	2009 年 6 月小麦收获期	1.43	1.47	1.45	1.49	1.47	1.45
20～40cm	2007 年 4 月谷子播种前		1.39			1.39	
	2007 年 9 月谷子收获期	1.45	1.48	1.45	1.42	1.47	1.46
	2008 年 6 月小麦收获期	1.33	1.35	1.30	1.34	1.38	1.36
	2009 年 6 月小麦收获期	1.42	1.45	1.37	1.40	1.40	1.37

续表

土层深度	时期	ⅠP	ⅡP	CK1	ⅠF	ⅡF	CK2
40～60cm	2007年4月谷子播种前		1.36			1.36	
	2007年9月谷子收获期	1.50	1.44	1.37	1.39	1.42	1.40
	2008年6月小麦收获期	1.31	1.41	1.30	1.44	1.37	1.40
	2009年6月小麦收获期	1.40	1.39	1.37	1.42	1.37	1.34

种植区在2007年谷子收获期0～60cm的土壤容重达到最大值，2008年冬小麦收获期降低到播前水平，2009年冬小麦收获期土壤容重明显升高。2007年谷子收获期0～20cm土壤容重比播种前升高了0.08～0.15g/m^3，处理ⅠP、ⅡP区分别较CK1高0.06g/m^3、0.07g/m^3，2008年冬小麦收获后土壤容重较谷子收获期明显降低，降幅为9.33%～12.08%，2009年冬小麦收获后0～20cm土壤容重较2008年冬小麦收获后升高了0.12～0.19g/m^3；20～40cm和40～60cm土壤容重也有类似的变化趋势。

休闲区与种植区各土层土壤容重变化趋势一致，均表现为第一年作物收获后上升—第二年作物收获后下降—第三年作物收获后上升。2007年谷子收获期各处理0～60cm土壤容重达到最大值，0～20cm表现最明显，为1.5g/m^3，较播种前增加了0.13～0.17g/m^3，2008年冬小麦收获后土壤容重降低至接近谷子播种前值，最低为1.31g/m^3。2009年冬小麦收获后土壤容重恢复到2007年谷子收获后水平，各处理间无明显差异。20～40cm和40～60cm土壤容重各处理间无显著差异。这说明等高条带轮种有利于调整土壤容重大小，从而利于根系对土壤水分和养分的吸收。

（2）土壤孔隙度的变化

土壤孔隙度表明土壤中空隙的体积，影响土壤中水、气变化过程和作物的生长。作物轮种和土壤耕作均能影响土壤孔隙度的变化。不同种植方式下各处理0～20cm、20～40cm和40～60cm土壤孔隙度均表现为第一年作物收获后降低—第二年作物收获后升高—第三年作物收获后降低的趋势（表2-33）。

表2-33 不同处理0～60cm土壤孔隙度的年际变化 （%）

土层深度	时期	ⅠP	ⅡP	CK1	ⅠF	ⅡF	CK2
0～20cm	2007年4月谷子播种前		50.11			49.13	
	2007年9月谷子收获期	43.85	43.22	46.04	42.60	43.55	44.26
	2008年6月小麦收获期	50.45	48.83	52.49	49.50	47.65	49.25
	2009年6月小麦收获期	43.31	42.27	42.78	44.67	42.02	42.67
20～40cm	2007年4月谷子播种前		47.47			48.38	
	2007年9月谷子收获期	45.43	44.19	45.36	46.38	44.68	45.02
	2008年6月小麦收获期	49.70	49.21	50.98	49.40	48.04	48.79
	2009年6月小麦收获期	47.10	46.06	48.67	47.80	47.89	48.79

续表

土层深度	时期	ⅠP	ⅡP	CK1	ⅠF	ⅡF	CK2
40～60cm	2007年4月谷子播种前		50.2			48.53	
	2007年9月谷子收获期	43.51	45.58	48.49	47.51	46.42	47.21
	2008年6月小麦收获期	50.57	46.72	51.09	45.81	48.45	47.02
	2009年6月小麦收获期	47.84	48.20	48.77	47.10	48.66	49.61

种植区0～20cm土层土壤总孔隙度在2007年谷子收获期降至最小值，为43.22%，处理ⅠP、ⅡP分别较CK1低4.76%、6.13%，此时处理ⅠP、ⅡP土壤孔隙度比播前下降了12.49%和13.75%。2008年小麦收获期0～20cm土层处理ⅠP、ⅡP分别较谷子收获期显著增加，增幅为15.05%和12.98%，处理ⅠP、ⅡP分别较CK1低3.09%和6.97%。2009年小麦收获期0～20cm土层处理ⅠP、ⅡP分别较2008年小麦收获期显著降低，降幅为14.15%和13.43%，处理ⅠP较CK1高1.26%，处理ⅡP较CK1低1.19%；20～40cm和40～60cm土壤孔隙度也有以上类似的变化趋势。

休闲区各处理与种植区各处理土壤孔隙度变化趋势一致。2008年冬小麦收获后各处理0～20cm土壤孔隙度达到最大值，为49.50%，较2007年谷子收获后增加9.41%～16.20%。2007年谷子收获期0～20cm土层处理ⅠF、ⅡF分别较CK2低3.75%、1.60%，2008年冬小麦收获期处理ⅠF较CK2高0.51%，ⅡF较CK2低3.25%，2009年小麦收获期处理ⅠF较CK2高4.69%，ⅡF较CK2低1.52%。20～40cm和40～60cm与0～20cm土层土壤孔隙度变化趋势一致。这说明等高条带休闲轮种使土壤孔隙度有所降低。

(3) 对土壤水分状况的影响

a. 作物主要生育期农田0～200cm土层土壤水分的动态分析

土壤水分状况因降雨的不均匀性、作物水分利用阶段差异性及土壤剖面不均衡性，时空动态的差异性大。图2-39是2007～2009年谷子、冬小麦两种作物主要生育期降雨量的变化情况。2007年谷子整个生育期降雨量达257.2mm，不同生育阶段波动性较大：从播种到拔节期，降雨量有所升高；拔节至孕穗期降雨最少，出现春旱；从孕穗到灌浆期（进入7月下旬）降雨量最多，到谷子成熟期，降雨量又有所下降。2008年冬小麦整个生育期降雨量达205.4mm，随着小麦生育期的推进，其变化呈下降的趋势：播种期降雨丰富；次年进入拔节期，降雨量明显下降；至孕穗期降雨最少，出现春旱现象；进入灌浆期、收获期降雨量才有所回升。2009年冬小麦整个生育期降雨量仅为155.1mm，播种期降雨较多；次年进入拔节期，降雨量急剧下降；至孕穗期降雨达到最低，由于春旱的持续，灌浆期略有恢复，收获期又有下降。

从两种作物整个生育期的降雨量变化来看，谷子从孕穗到成熟期处于雨季，降雨丰富。冬小麦正处于春季持续干旱期，降雨稀少。

2007年谷子播种前0～200cm土壤墒情较差［图2-40（A)］，土壤质量含水量约10.85%，为田间持水量（24.01%）的45.19%；到了拔节期，由于少量降雨的补充，土壤质量含水量有所上升；7～9月谷子孕穗-灌浆期，不同处理的土壤质量含水量差异

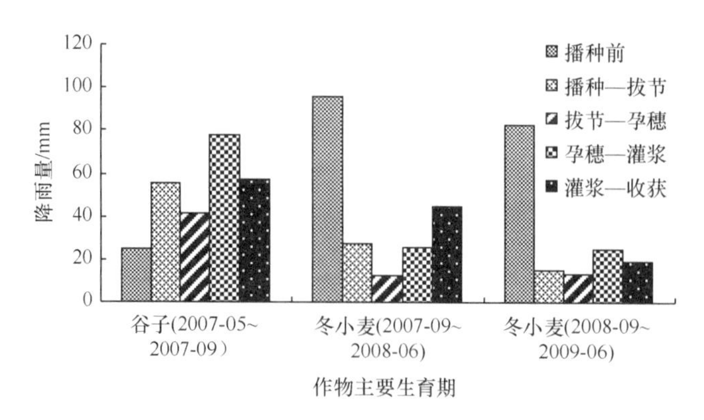

图 2-39　2007 年 5 月～2008 年 6 月作物主要生育期降雨量的变化情况

呈极显著水平，各处理休闲区的土壤质量含水量均高于种植区。雨季丰沛的降雨补充，使所有处理0～200cm 土壤质量含水量逐渐升高，处理ⅡF 区的土壤质量含水量最高，CK2 最低；处理ⅠP 的土壤质量含水量最高，CK1 最低，说明带状种植能有效减少坡地土壤水分的损失，增加了第一年作物种植区的土壤质量含水量，并为第二年作物种植（第一年休闲区）提供了较好的土壤播前墒情。

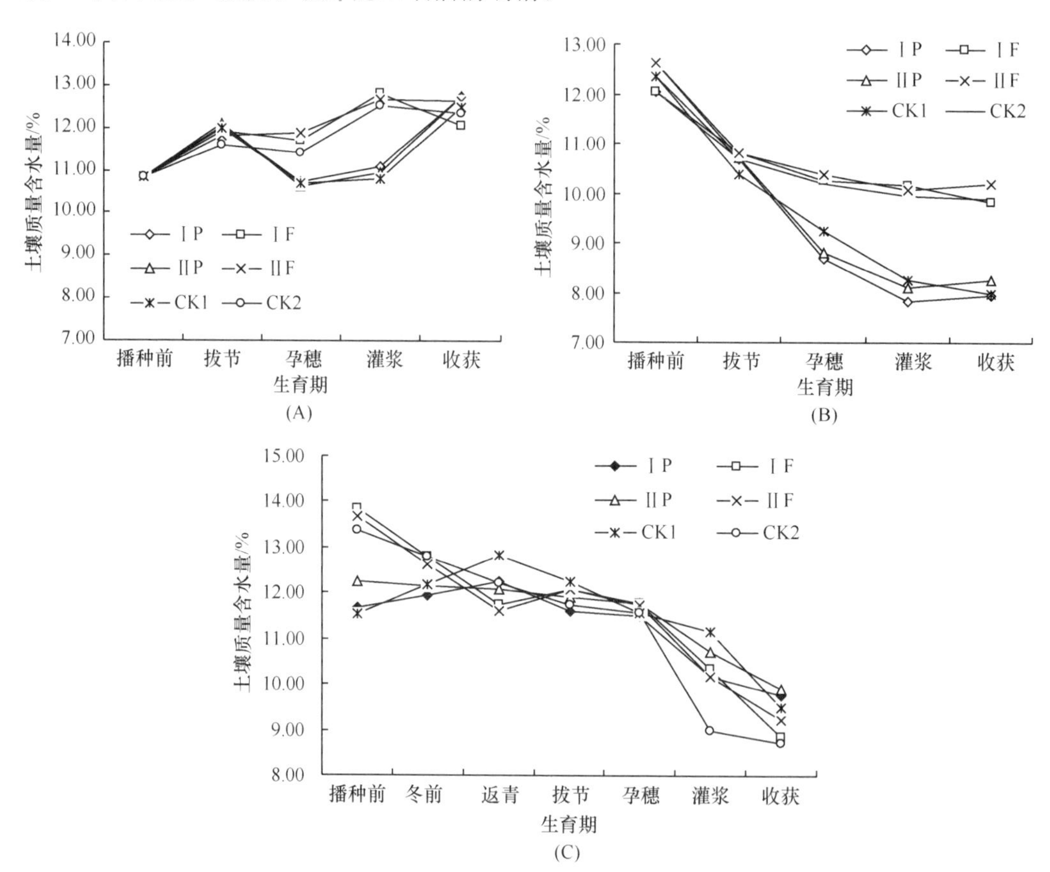

图 2-40　2007～2009 年作物生育期不同处理 0～200cm 土壤质量含水量时间动态变化情况

（A）2007 年谷子；（B）2008 年冬小麦；（C）2009 年冬小麦

2007 年 9 月中旬冬小麦播种前 0～200cm 土壤墒情较好于谷子播种期［图 2-40（B）］，各处理土壤质量含水量约 12.34%，为田间持水量（30.15%）的 40.93 %。进入第二年春季拔节期，土壤质量含水量显著下降，冬小麦孕穗期 0～200cm 土层土壤质量含水量继续下降，到了灌浆期土壤质量含水量达到最低值，收获期各处理土壤质量含水量有所恢复。各处理从拔节期进入孕穗期开始，土壤质量含水量出现差异：休闲区土壤质量含水量均高于种植区，处理ⅡF 的土壤质量含水量稍高。

2008 年 9 月中旬冬小麦播种前各休闲区处理 0～200cm 土壤墒情好于 2007 年冬小麦播种期［图 2-40（C）］，种植区处理土壤水分含量略低于 2007 年冬小麦播种期各处理；播前-返青期休闲区各处理土壤水分逐渐下降，而种植区各处理土壤水分略有上升；随着生育期的推进，冬小麦进入拔节-孕穗期，各处理土壤质量含水量变化平稳；由于 4～6 月持续干旱，各处理土壤水分变化均呈现急剧下降的趋势，收获期降至最低值。各处理播种期-冬前和灌浆-收获期，土壤质量含水量均出现明显差异：播种期-冬前休闲区土壤质量含水量高于种植区，灌浆-收获期种植区各处理土壤质量含水量略高于休闲区各处理。

综合分析 3 年作物整个生育期 0～200cm 土层土壤质量含水量的结果表明，等高条带轮种模式进入第 2 年冬小麦收获期，处理Ⅰ、Ⅱ休闲区的土壤质量含水量均高于 CK1，为后茬作物生长提供了较好的播前土壤墒情（土壤水分状况得到改善）。

b. 作物生育期各处理种植区 0～200cm 土壤水分空间变化分析

谷子播种前［图 2-41（A）］，各处理表层（0～20cm）土壤质量含水量平均为 8.29%，20～60cm 土层土壤质量含水量约 12.49%，60～200cm 土层土壤质量含水量基本维持在 12.36%左右；谷子苗期［图 2-41（B）］耗水较少，所需水分主要靠浅层土壤来提供。受少量降雨的影响，各处理 0～60cm 土壤质量含水量明显增加，达 10.06%，表层土壤质量含水量比播前降低了 1.04%，60～200cm 土壤质量含水量无明显变化；谷子拔节期［图 2-41（C）］处于雨季来临前的干旱季节，各处理 0～60cm 土层土壤质量含水量ⅠP＞CK1＞ⅡP，60～200cm 土层土壤质量含水量处理间差异不明显；谷子孕穗期（7 月中旬）［图 2-41（D）］叶面积增大，蒸散强度加大，耗水逐渐增多，但由于降雨的增多，20～80cm 土壤质量含水量得到回升，80～200cm 土层土壤质量含水量基本稳定在 12.10%左右，各处理间差异不明显；8 月中下旬进入灌浆期［图 2-41（E）］，此时进入雨季，由于大量降雨的补充，0～20cm 土层土壤质量含水量达 15.61%，20～60cm 土壤质量含水量由于生长消耗急剧下降，60～120cm 土壤水分逐渐得到恢复，120～200cm 土壤质量含水量稳定在 11.51%左右；收获期［图 2-41（F）］降雨继续增多，0～200cm 土壤质量含水量均有所回升，尤其 0～120cm 土层含水量整体增加，120～200cm 土层土壤质量含水量变化不明显，各处理区差异不显著。

第二年冬小麦种植区为第一年谷子休闲区。经过雨季后，各处理 0～200cm 土壤质量含水量明显增加，0～20cm 土层最高达 15.15%，其次为 20～40cm，约 13.25%；40～80cm 最低，为 11.75%。80～200cm 表现平稳，各处理间差异不明显（图 2-42）。

冬小麦播前［图 2-42（A）］各处理表层土壤质量含水量约 15.10%，0～80cm 随土层的加深土壤质量含水量逐渐下降，80～100cm 逐渐得到回升，100～200cm 变化趋于

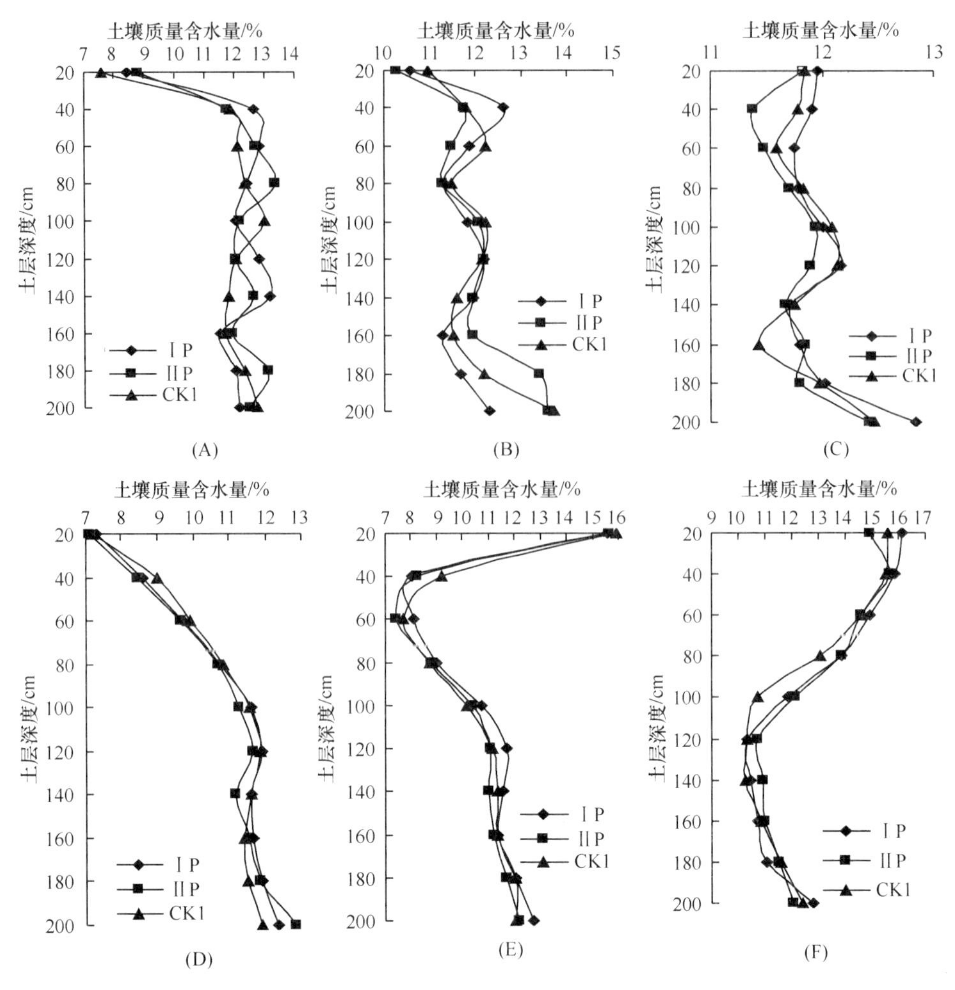

图 2-41　2007 年谷子生育期种植区 0～200cm 土壤质量含水量的空间动态变化情况

（A）播前；（B）苗期；（C）拔节期；（D）孕穗期；（E）灌浆期；（F）收获期

平稳；10 月中旬进入冬小麦苗期［图 2-42（B）］，由于秋季降水使土壤贮水强度增加，各处理0～200cm 土壤质量含水量均明显增加，20～40cm 达到最大值为 16.67%，40～100cm 土层较播前土壤质量含水量均明显增加，处理间差异不明显。进入 11 月、12 月土壤封冻，土壤蒸发失水较少，墒情基本稳定。

2008 年 3 月、4 月出现春旱，此阶段冬小麦进入拔节期［图 2-42（C）］，叶面积增大，蒸散强度加大，耗水逐渐增多，各处理 0～20cm 表层土壤质量含水量继续下降至 8.53%，0～80cm 土壤各处理含水量间差异较大，处理ⅠP、ⅡP 的土壤质量含水量分别较 CK2 高 1.44%和 4.99%，80cm 以下土层变化平稳且各处理间无明显差异。5 月中旬，冬小麦孕穗期［图 2-42（D）］耗水量最大，土壤水分支出大于收入，表层土壤质量含水量下降到最低值 5.53%，20～100cm 随着土层加深，土壤质量含水量明显增加，处理ⅠP、ⅡP 明显高于 CK2，100～200cm 稳定在 10.25%左右，各处理间无明显差异。5 月下旬进入灌浆期［图 2-42（E）］，降雨有所增多，土壤水分得到一定的补充，

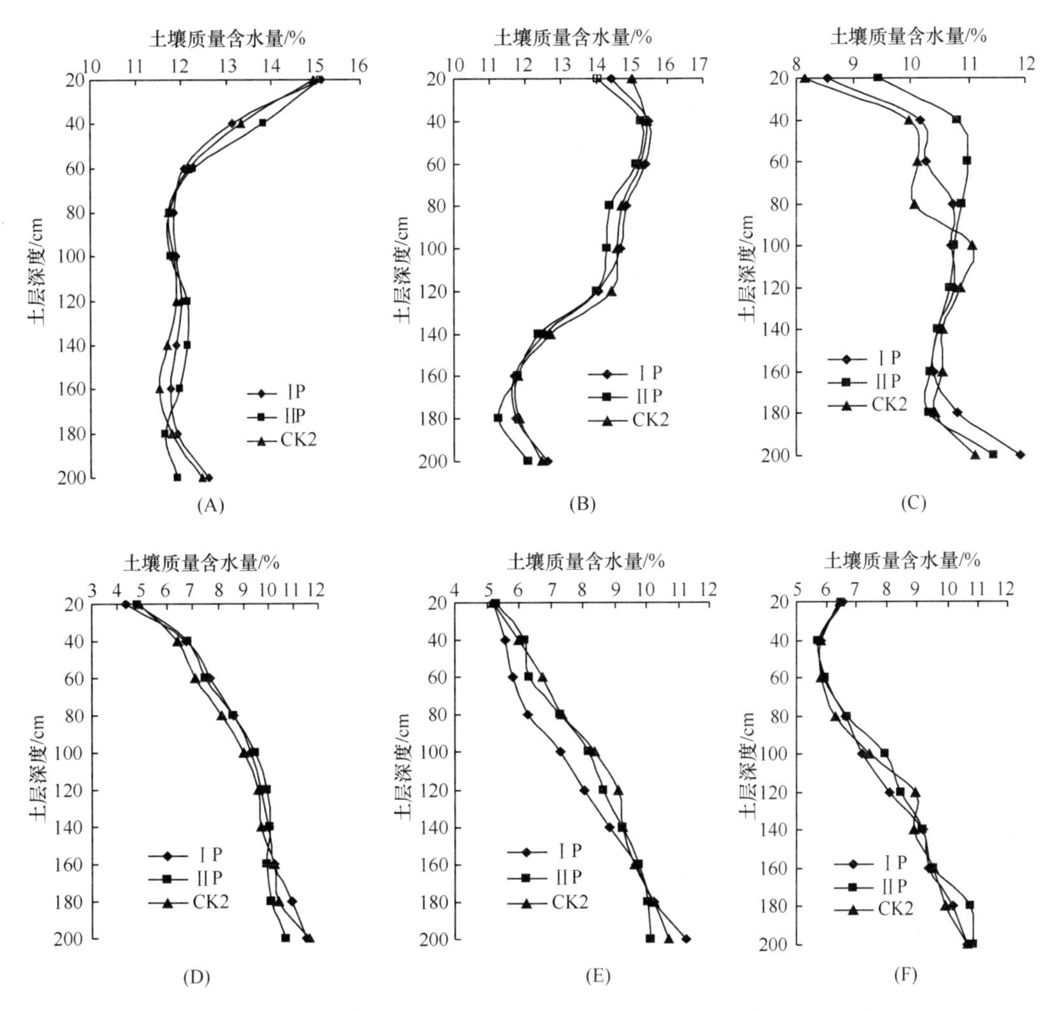

图 2-42　2008 年冬小麦主要生育期种植区 0～200cm 土壤质量含水量空间动态变化情况

(A) 播种期；(B) 苗期；(C) 拔节期；(D) 孕穗期；(E) 灌浆期；(F) 收获期

各处理 0～200cm 土壤质量含水量均随土层的加深而逐渐升高，耕层 0～60cm 土壤质量含水量恢复到 5.81%左右，60～100cm 土壤质量含水量明显增加，100～200cm 土壤质量含水量有所增加达到最大值 11.89%，处理ⅠP、ⅡP 均略低于 CK2。6 月底收获期［图 2-42（F）］0～40cm 土层土壤质量含水量明显下降，40～200cm 土壤质量含水量逐步回升，各处理间差异不明显。

2009 年冬小麦播前［图 2-43（A）］各种植区处理表层土壤质量含水量约 13%，处理ⅠP、ⅡP 均明显高于 CK1，0～40cm 随土层的加深土壤质量含水量略有升高，40～100cm 随土层的加深土壤质量含水量逐渐降低，100～200cm 土壤质量含水量变化平稳；进入第二年冬小麦返青期［图 2-43（B）］，春旱的出现致使各处理土壤质量含水量略有下降，各处理间差异不明显；小麦拔节期［图 2-43（C）］各处理 0～200cm 土层土壤质量含水量差异显著：呈现升高—下降—升高—下降—升高的“S”形变化趋势，处理ⅠP、ⅡP 均明显低于 CK1；春旱的持续，抽穗期［图 2-43（D）］0～80cm 土壤质量含水量逐渐上升，处理ⅠP、ⅡP均明显高于CK1，80～200cm土壤质量含水量变化波动不明显；6月初小麦灌浆期［图2-43（E）］，降雨量有所增多，0～80cm土壤含水量各处理差异明显：处理ⅠP、ⅡP均明显低于CK1，140～200cm土壤质量含水量无明显变化；6月底收获期［图2-43（F）］0～40cm土层土壤质量含水量明显下降，40～200cm土壤质量含水量逐步回升，各处理间差异不明显。

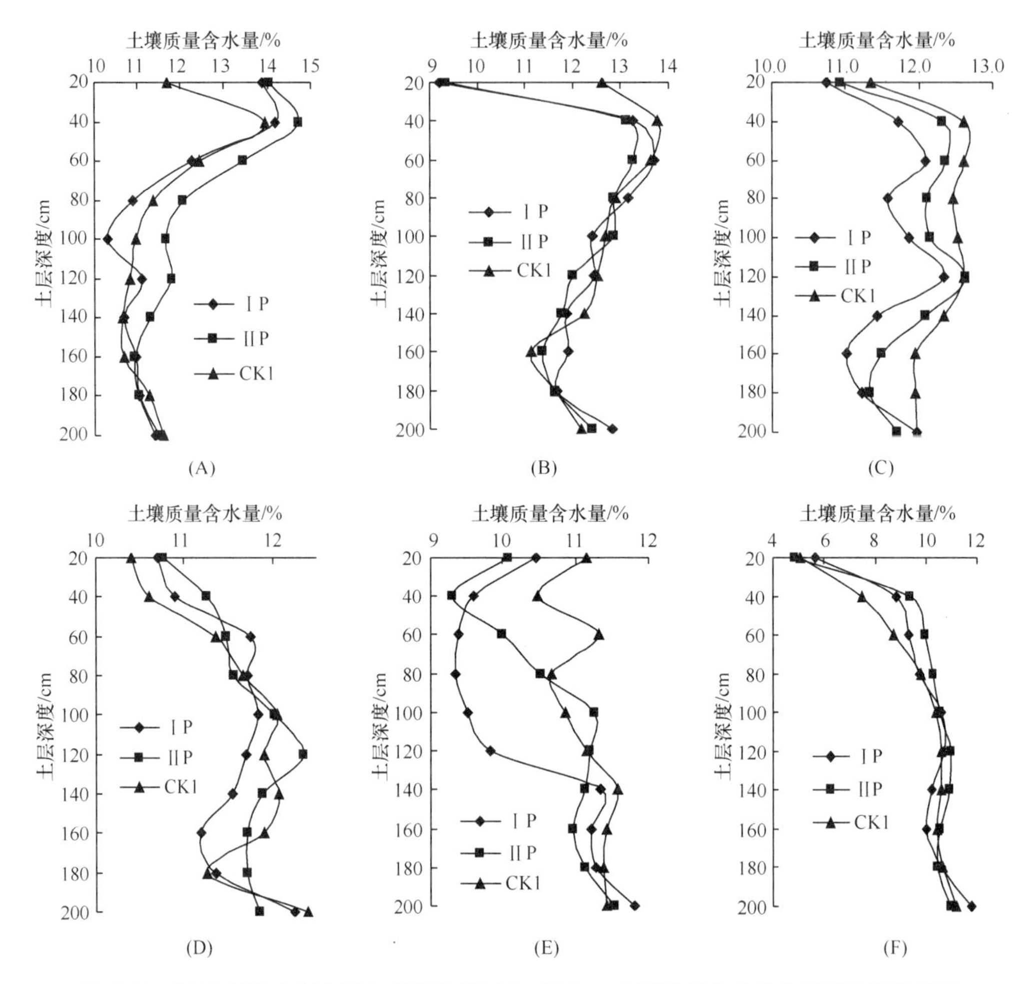

图2-43　2009年冬小麦主要生育期种植区0～200cm土壤质量含水量空间动态变化情况

（A）播种期；（B）返青期；（C）拔节期；（D）抽穗期；（E）灌浆期；（F）收获期

c. 作物生育期各处理休闲区0～200cm土壤水分空间变化情况

谷子拔节期［图2-44（A）］，各处理休闲区0～120cm土壤质量含水量差异明显，处理ⅠF土壤质量含水量较低，较CK2低0.44%，60～120cm土层得到恢复，ⅡF土壤质量含水量较CK2高0.83%。

60～120cm土壤质量含水量明显低于ⅠF。120～160cm土壤质量含水量变化不大，深层160～200cm土壤质量含水量回升至13%左右；孕穗期［图2-44（B）］由于无作物生长，蒸散和耗水强度最小，加上降雨对水分的补充，表层0～20cm各处理土壤质量

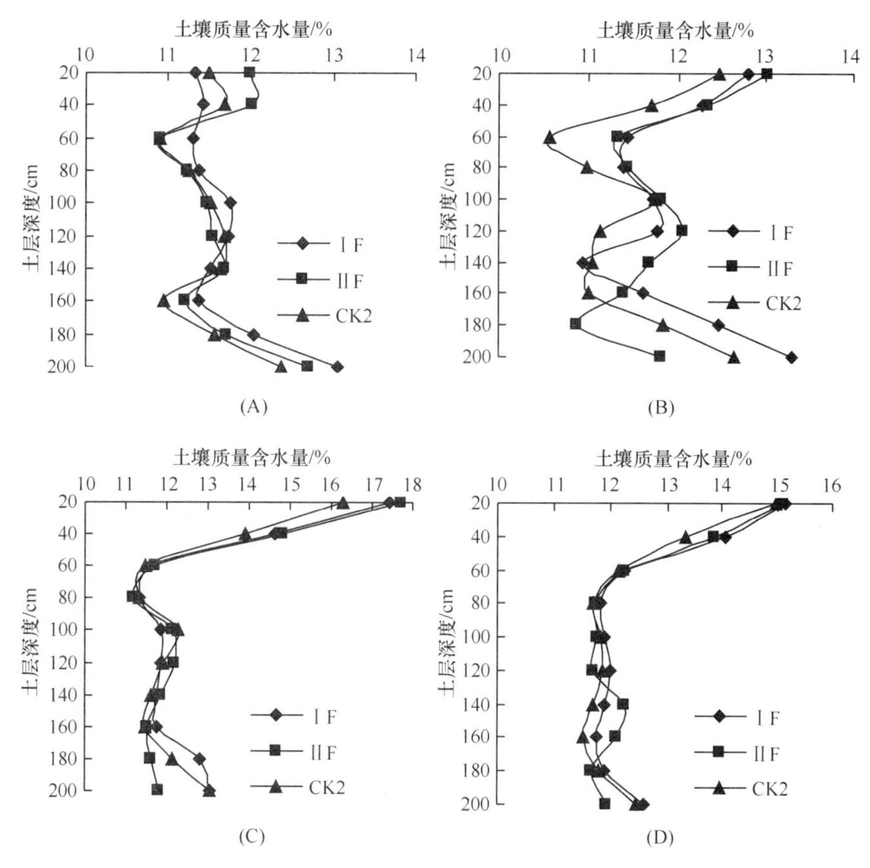

图 2-44　2007 年谷子生育期休闲区 0～200cm 土壤质量含水量的空间动态变化情况
(A) 拔节期；(B) 孕穗期；(C) 灌浆期；(D) 收获期

含水量明显高于 20～60cm 土层，各处理 0～60cm 土壤质量含水量逐渐下降，60～120cm 土壤质量含水量有所回升，120～200cm 变化趋势类似于拔节期，条带处理间差异明显，0～80cm 土壤质量含水量ⅠF、ⅡF 明显高于 CK2；灌浆期［图 2-44 (C)］大量降雨的补充使 0～20cm 土层土壤质量含水量达到最大值 17.51%，0～60cm 耕层土壤质量含水量较孕穗期得到明显提高。此阶段是干物质积累的重要阶段，耗水量加大，处理ⅠF、ⅡF 休闲区 0～60cm 土壤质量含水量分别较 CK2 高 1.85%、2.35%，60～160cm 土壤质量含水量稳定在 11.67%、12.05%左右，160～200cm 土层土壤质量含水量均有所回升，60～200cm 土层各处理间差异不明显；至收获期［图 2-44 (D)］，虽然降雨持续增多，但因无效蒸发损失及降暴雨各处理发生水土流失现象，造成各处理 0～60cm 土层土壤质量含水量均有所下降，60～200cm 土壤质量含水量稳定在 11.5%～12.6%。

第二年休闲区（冬小麦）为第一年谷子种植区，各处理 0～200cm 土壤水分空间变化情况如图 2-45 所示。冬小麦拔节至收获期变化最为明显：四个时期 0～20cm 表层土壤质量含水量为 8%～9%；由于受春旱的影响，0～40cm 耕层各处理土壤质量含水量均较低。各处理冬小麦拔节、孕穗期［图 2-45 (A)、(B)］土壤水分变化曲线趋势表现基本一致，拔节期 0～80cm 各处理土壤水分垂直波动较大且各处理差异明显，处理ⅠF、ⅡF 土壤质量含水量分别较 CK1 高 1.42%、3.81%，80～200cm 逐渐趋于平稳且处理间差异较小；孕穗期由于无作物生长，水分蒸发强烈，土壤保墒能力较弱，因此，表层土壤质量含水量较低，耕层土壤质量含水量较拔节期也明显降低，60～200cm 变化不明显；灌浆期［图 2-45（C）］，0～60cm 各处理差异较明显，处理ⅠF、ⅡF 土壤质量含水量均高于 CK1，60～200cm 各处理土壤水分差异不大；收获期［图 2-45（D）］可能由于休闲区受太阳蒸发的影响使土壤质量含水量有所下降，各处理差异主要表现在 0～40cm，处理ⅠF、ⅡF 土壤质量含水量分别比 CK1 高 0.97%和 1.51%，60～200cm 变化不明显，基本维持在 9%～10%。

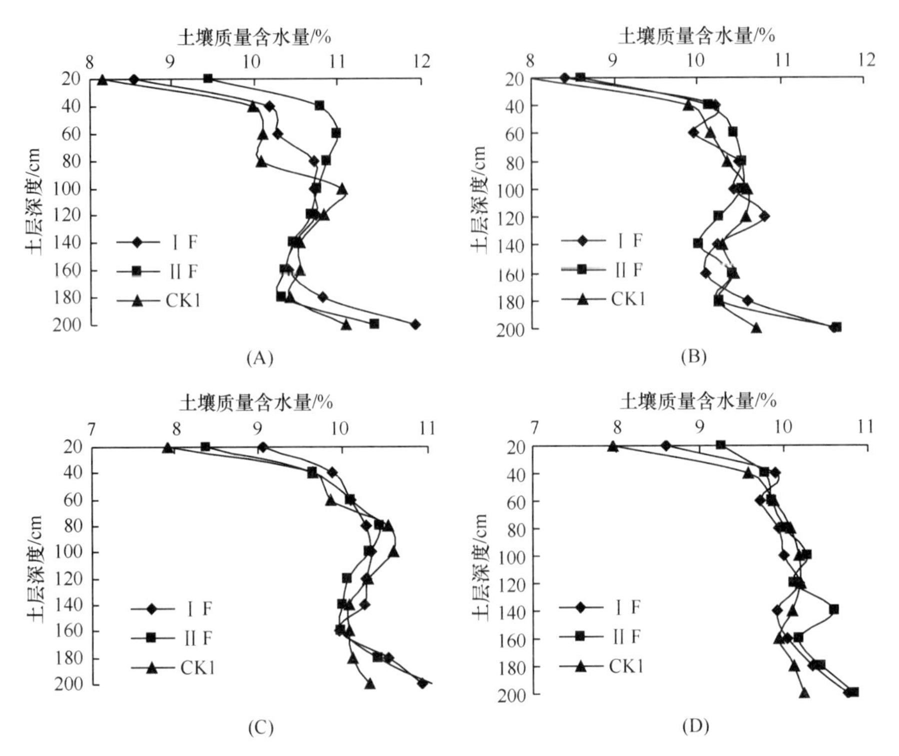

图 2-45　2008 年冬小麦生育期休闲区 0～200cm 土壤质量含水量空间动态变化情况

(A) 拔节期；(B) 孕穗期；(C) 灌浆期；(D) 收获期

2009 年休闲区（冬小麦）为 2008 年冬小麦种植区，各处理 0～200cm 土壤水分空间变化情况如图 2-46。冬小麦拔节、抽穗期［图 2-46（A）、(B)］，由于作物迅速生长加上受春旱的影响，各处理 0～200cm 土壤质量含水量为 10%～13%，土壤水分变化曲线呈现升高—下降—升高—下降—升高“S”形变化趋势，各处理差异明显；进入灌浆期［图 2-46（C）］，各处理 0～60cm 土壤质量含水量约 10%，各处理差异明显，处理ⅠF、ⅡF 土壤质量含水量均低于 CK2，80～140cm CK2 土壤质量含水量急剧下降，处理ⅠF、ⅡF 变化平稳，降雨量有所减少；收获期［图 2-46（D）］0～100cm 各处理土壤水分逐渐增加，维持在 4%～10%，100～200cm 土壤水分垂直变化趋于平稳，各处理间差异明显，处理ⅠF、ⅡF 土壤质量含水量均明显低于 CK2。

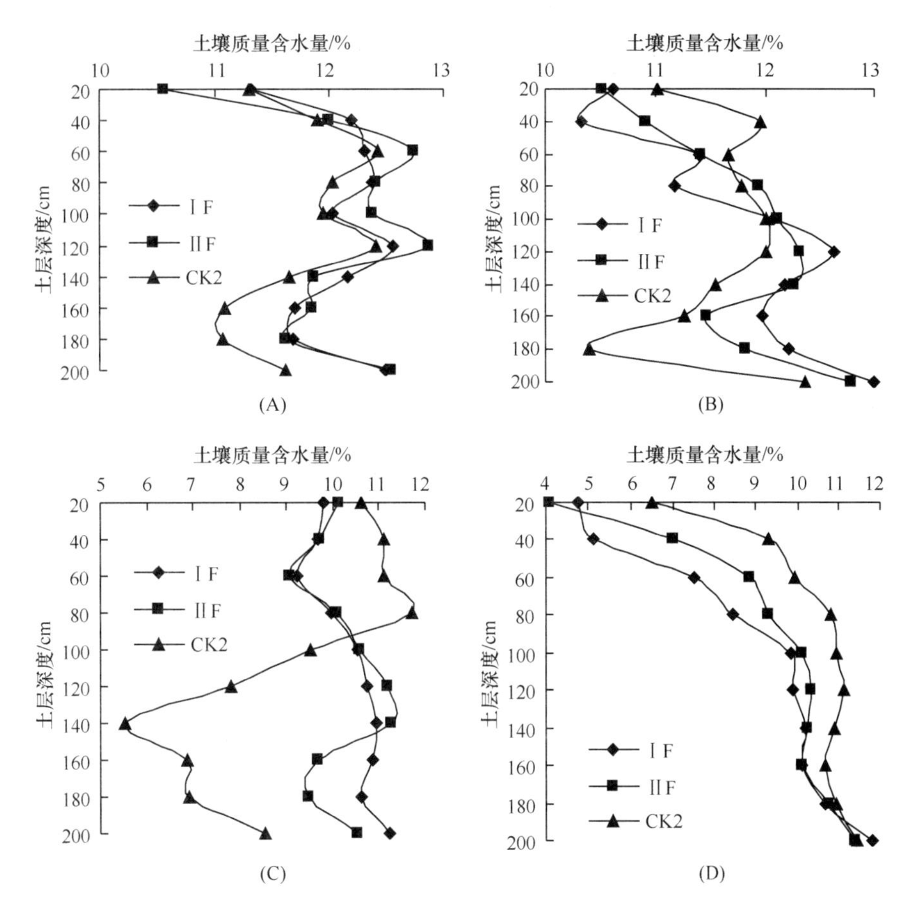

图 2-46　2009 年冬小麦生育期休闲区 0～200cm 土壤质量含水量空间动态变化情况
(A) 拔节期；(B) 抽穗期；(C) 灌浆期；(D) 收获期

通过对谷子、冬小麦各生育期种植区和休闲区土壤水分时空变化分析，结果表明：等高条带轮种能在雨季对自然降水起到就地拦蓄、就地入渗作用，减少地表径流，提高坡地农田土壤蓄水保墒能力。

d. 对雨季（7～9 月）土壤贮水量的影响

2007 年 7～9 月雨季不同处理土壤贮水量变化。土壤贮水量直接受降水量的多少和分布的影响，反映了土壤贮水能力和供水能力。2007 年谷子生育期降水量为 257.2mm，低于往年水平。谷子拔节-孕穗阶段，随着降雨的不断增加，各处理 0～40cm 土壤贮水量种植区均明显高于休闲区（表 2-34），40～200cm 土壤贮水量两种条带种植处理间无明显差异：0～200cm 土层总体土壤贮水量处理ⅠP、ⅡP 分别较 CK1 高 4.47mm、2.31mm；0～40cm 土壤贮水量处理ⅠP、ⅡP 分别较 CK1 高 2.46mm、2.5mm；耕层以下土壤贮水量各处理间差异不显著。0～200cm 土层总体土壤贮水量处理ⅠF、ⅡF 分别较 CK2 高 3.84mm 和 2.9mm。

表 2-34　2007 年 7～9 月雨季前期不同处理 0～200cm 土层土壤贮水量

（单位：mm）

土层深度	ⅠP	ⅡP	CK1	ⅠF	ⅡF	CK2
0～20cm	32.64 a	33.16a	31.85a	37.15a	37.51a	36.32a
20～40cm	30.49aA	30.01aA	28.82bB	31.67a	32.05a	32.13a
40～60cm	29.99a	29.52a	30.16a	29.81a	29.91a	29.03a
60～80cm	30.61a	30.24a	30.71a	30.19a	30.34a	29.74a
80～100cm	31.58a	31.40a	31.62a	30.95a	31.39a	30.73a
100～120cm	31.99a	32.01a	31.17a	30.98a	31.78a	30.25a
120～140cm	31.09a	30.49a	30.91a	29.01bB	30.85aA	29.98bA
140～160cm	30.87a	30.94a	30.79a	30.25a	30.26a	29.77a
160～180cm	31.25a	31.06a	31.36a	32.66aA	30.65bB	31.23abA
180～200cm	33.88a	33.40a	32.53a	34.34aA	31.33bB	33.99aA
0～200cm	314.39a	312.23a	309.92a	317.01a	316.07a	313.17a
降雨量			25.8			

注：同行不同小写字母表示差异显著（$P<0.05$），不同大写字母表示差异极显著（$P<0.01$）。下同。

雨季中期谷子处于灌浆期（表 2-35），此阶段正是谷子干物质积累的重要阶段，耗水量加大，种植区土壤贮水量明显低于雨季前期，各处理间土壤贮水量差异不显著；中期一场暴雨过后，休闲区发生水土流失，造成 0～40cm 土层土壤贮水量明显下降。

表 2-35　2007 年 7～9 月雨季中期不同处理 0～200cm 土层土壤贮水量

（单位：mm）

土层深度	ⅠP	ⅡP	CK1	ⅠF	ⅡF	CK2
0～20cm	18.65a	19.14a	19.18a	29.32a	29.23a	28.52a
20～40cm	21.08a	21.38a	20.96a	29.56a	29.81a	30.38a
40～60cm	23.00a	23.35a	23.22a	29.58a	30.00a	28.83a
60～80cm	25.97a	26.11a	26.67a	30.15a	30.13a	29.80a
80～100cm	29.69bB	28.89aA	29.58aA	30.89a	30.88a	30.49a
100～120cm	30.77a	30.50a	30.57a	31.00a	31.03a	30.96a
120～140cm	30.35a	29.51a	30.51a	30.32a	31.14a	30.29a
140～160cm	30.38a	29.97a	29.74a	30.21a	30.77a	29.22a
160～180cm	30.52a	30.79a	30.23a	31.86a	31.28a	30.75b
180～200cm	32.72aA	33.67aA	31.57abAB	33.91aA	32.58bB	32.30bB
0～200cm	273.13a	273.31a	272.23a	306.8aA	306.85aA	301.54bB
降雨量			20.6			

休闲区表层土壤贮水量处理ⅠF、ⅡF 较 CK2 高 0.8mm 和 0.71mm，并随着土层深度的增加土壤贮水量逐渐增加，且明显高于 CK2，0～200cm 土层总体土壤贮水量处理ⅠF、ⅡF 区分别较 CK2 高 5.26mm 和 5.31mm。

雨季后期谷子正处于收获期（表 2-36），作物耗水减少加上降水明显增多，各处理 0～200cm 土壤贮水量明显增高，0～20cm 表现最为明显。各处理种植区 0～60cm 土层随深度的增加土壤贮水量逐渐降低，60～120cm 又有所回升，120～200cm 变化不明显，处理间差异不显著；休闲区处理ⅡF 区 0～200cm 总体土壤贮水量较 CK2 高 5.5mm。各

表 2-36 2007 年 7～9 月雨季后期各条带处理 0～200cm 土层土壤贮水情况

土层深度	ⅠP	ⅡP	CK1	ⅠF	ⅡF	CK2
0～20cm	37.88a	37.46a	37.28a	42.30aA	42.66aA	40.62bB
20～40cm	23.69a	23.07b	24.04a	34.03cC	37.25aA	35.41bB
40～60cm	21.50a	20.28 b	20.16b	27.87bB	31.15aA	30.72aA
60～80cm	23.93a	23.56a	23.14a	30.14a	29.83a	29.97a
80～100cm	27.51a	26.49a	26.29a	30.87a	31.09a	31.36a
100～120cm	29.59a	28.62a	28.43a	31.04bB	32.99aA	30.95bB
120～140cm	29.85a	28.83a	29.50a	30.75bB	32.21aA	30.32bB
140～160cm	29.65a	29.62a	29.55a	30.58a	30.71a	29.87a
160～180cm	30.78a	30.08a	30.75a	32.18aA	30.23cB	31.10bB
180～200cm	32.62aA	31.33bB	31.64bA	33.35aA	30.86bB	33.16aA
0～200cm	287aA	279.34bB	280.78bB	323.11bB	328.98aA	323.48bB
降雨量			50.4			

处理区 0～200cm 各层土壤贮水量均明显高于种植区各处理。

2008 年、2009 年 7～9 月雨季不同条带处理土壤贮水量变化。2008 年、2009 年 7 月冬小麦收获后，不同条带处理进入雨季休闲期，如表 2-37 是 2008 年、2009 年 7～9 月冬小麦雨季休闲前期不同处理 0～200cm 土层土壤贮水量变化情况，随着降雨的不断增加，各处理 0～60cm 土壤贮水量处理Ⅰ、Ⅱ均明显高于相应 CK，60～200cm 土壤贮水量垂直向下依次增加，两年雨季休闲前期 0～200cm 土层总体土壤贮水量处理间差异显著：2008 年处理Ⅰ、Ⅱ分别较 CK2 高 36.66mm、54.07mm；2009 年处理Ⅰ较 CK1 高 17.49mm，处理Ⅱ较 CK 高 3.98mm。

表 2-37 2008 年、2009 年 7～9 月冬小麦雨季休闲前期不同处理 0～200cm 土层土壤贮水量

（单位：mm）

土层深度	2008 年雨季前期			2009 年雨季前期		
	Ⅰ	Ⅱ	CK2	Ⅰ	Ⅱ	CK1
0～20cm	22.54b	24.72a	21.11b	20.94b	23.09a	20.53b
20～40cm	15.07a	16.90a	15.42a	21.81a	19.38b	19.6b
40～60cm	18.02a	16.35b	14.88c	24.85a	21.41b	21.74b
60～80cm	20.52a	20.40a	16.76b	27.11a	23.34b	24.31b
80～100cm	19.71b	23.05a	16.85c	29.61a	26.81b	25.1b
100～120cm	23.49b	27.52a	18.68c	30.37a	28.42b	28.38b
120～140cm	24.49b	30.92a	23.29b	30.21a	28.59a	29.41a
140～160cm	28.42b	32.23a	23.40c	29.95a	29.97a	29a
160～180cm	33.09a	32.55a	23.27b	30.91a	31.00a	31a
180～200cm	34.84a	32.96a	29.87b	32.93a	33.17a	32.13a
0～200cm	240.19b	257.6a	203.53c	278.69a	265.18b	261.2b
降雨量		54.9			54.8	

雨季中期（表 2-38）2008 年、2009 年降雨量分别达 70mm、78.1mm，此时期正是

不同条带处理拦雨蓄水的重要阶段，同时也是最易发生水土流失的关键时期。两年此时期各处理土壤贮水量均明显高于雨季前期，除2008年，Ⅰ和CK2差异显著外，其他各处理间无显著差异。2008年0～60cm土壤贮水量Ⅰ、Ⅱ分别较CK2高11.28mm、2.62mm；2009年0～60cm土壤贮水量Ⅰ、Ⅱ分别较CK1高8.34mm、1.21mm，60～200cm土壤贮水量处理间无差异；2008年0～200cm土层总体土壤贮水量Ⅰ、Ⅱ分别较CK2高33.06mm、2.32mm；2009年0～200cm土层总体土壤贮水量Ⅰ、Ⅱ分别较CK1高14.2mm、4.39mm。

表2-38 2008年、2009年7～9月雨季休闲中期不同处理0～200cm土层土壤贮水量

（单位：mm）

土层深度	2008年雨季中期			2009年雨季中期		
	Ⅰ	Ⅱ	CK2	Ⅰ	Ⅱ	CK1
0～20cm	32.26a	31.99a	29.96b	34.48a	31.26b	30.53b
20～40cm	29.07a	26.05b	24.41b	32.94a	29.96b	28.76b
40～60cm	24.97a	19.60b	20.65b	25.35a	24.42a	25.14a
60～80cm	26.18a	21.01c	23.98b	27.16a	27.56a	26.54a
80～100cm	30.20a	23.92c	25.63b	29.50a	28.17a	28.33a
100～120cm	31.13a	27.03b	27.73b	30.24a	28.59b	29.26a
120～140cm	32.22a	28.81b	28.43b	30.20a	29.68a	29.36a
140～160cm	31.78a	29.88b	29.08b	29.91a	29.67a	29.43a
160～180cm	34.50a	33.04a	31.19b	30.86a	31.62a	30.15a
180～200cm	34.75a	34.99a	32.94b	33.08a	32.98a	32.02a
0～200cm	307.06a	276.32b	274b	303.72a	293.91a	289.52a
降雨量		70			78.1	

雨季后期（表2-39），各处理无作物耗水加上降水的增加，各处理土壤水分状况明显好于前两个时期。0～200cm土壤贮水量达到最大值，0～60cm土壤贮水量增幅表现最为明显。2008年各处理增幅为30.82%～52.25%，2009年增幅最大达51.87%左右。由于降雨量的差异，2009年各处理0～200cm土壤贮水量均高于2008年，0～200cm土层总体土壤贮水量各处理间差异显著，2008年Ⅰ、Ⅱ分别较CK2高3.4mm、19.7mm，2009年Ⅰ、Ⅱ分别较CK1高22.03mm、22.78mm。

表2-39 2008年、2009年7～9月雨季休闲后期不同处理0～200cm土层土壤贮水量

（单位：mm）

土层深度	2008年雨季后期			2009年雨季后期		
	Ⅰ	Ⅱ	CK2	Ⅰ	Ⅱ	CK1
0～20cm	38.87a	39.33a	32.75b	43.28a	41.21b	38.22c
20～40cm	39.69b	41.26a	39.05b	45.45a	45.85a	41.61b
40～60cm	34.34b	37.62a	34.86b	42.95a	41.16a	38.66b
60～80cm	30.52b	33.80a	31.82b	40.36a	39.92a	38.90b
80～100cm	28.87c	32.65a	30.67b	38.05a	37.23b	37.07a

续表

土层深度	2008年雨季后期			2009年雨季后期		
	Ⅰ	Ⅱ	CK2	Ⅰ	Ⅱ	CK1
100～120cm	31.09b	33.04a	30.31b	35.09a	32.51b	32.62b
120～140cm	29.87b	31.61a	29.81b	30.62b	33.23a	30.09b
140～160cm	30.69a	30.57a	29.93b	29.84b	34.17a	30.86b
160～180cm	30.82a	30.90a	31.56a	31.11a	31.30a	28.91b
180～200cm	31.88a	32.16a	32.48a	32.68a	32.60a	30.36b
0～200cm	326.64b	342.94a	323.24b	369.43a	369.18a	347.4b
降雨量		41.1			45.2	

（4）条带轮种方式对旱坡地土壤化学性状的影响

a. 耕层土壤有机质变化

土壤有机质含量是反映土壤肥力高低的一个重要指标。有机质可以改善土壤的理化性质，促进土壤团粒结构的形成，从而形成良好的土壤结构，协调土壤水、肥、气、热状况，以及对酸、碱、有毒物质的缓冲能力。因此，土壤有机质直接影响着土壤的保水性、供肥保肥性以及耕性。

从表2-40可以看出，种植区和休闲区0～40cm土壤有机质含量年际变化均表现为第一年作物收获后降低—第二年作物收获后增加—第三年作物收获后降低的趋势，轮种处理土壤有机质含量均随土层深度的增加而减少，2007年、2008年0～20cm土层有机质均高于两个对照，2009年均低于两个对照，ⅠP、ⅡP两种轮种处理间差异显著。

表2-40　不同处理0～40cm土壤有机质的年际变化　　（单位：g/kg）

土层深度	时期	ⅠP	ⅡP	CK1	ⅠF	ⅡF	CK2
0～20cm	2007年4月谷子播种前		10.01			10.01	
	2007年9月谷子收获期	8.87a	8.65a	8.1b	8.48aA	8.86aA	7.63bB
	2008年6月小麦收获期	9.89a	9.18b	8.17cB	9.88aA	8.99bB	8.92b
	2009年6月小麦收获期	6.59b	6.85b	7.30a	7.22a	7.01a	7.39a
20～40cm	2007年4月谷子播种前		8.62			8.62	
	2007年9月谷子收获期	5.93b	6.85a	6.15b	6.64b	7.38a	6.95a
	2008年6月小麦收获期	7.89aA	6.29bB	7.19aA	6.9bB	6.43bB	7.83aA
	2009年6月小麦收获期	5.83a	6.28a	6.77a	6.00a	6.06a	5.62a

注：①谷子收获期处理ⅠP、ⅡP与CK1差异显著性分析，处理ⅠF、ⅡF与CK2差异显著性分析；冬小麦收获期处理ⅠP、ⅡP与CK2差异显著性分析，处理ⅠF、ⅡF与CK1差异显著性分析。②同行不同小写字母表示差异显著（$P<0.05$），不同大写字母表示差异极显著（$P<0.01$）。下同。

种植区0～20cm土层2007年9月谷子收获后，处理ⅠP、ⅡP有机质含量分别比谷子播前降低了1.14g/kg和1.36g/kg，较CK1高出0.77g/kg和0.55g/kg。2008年冬小麦收获后各处理有机质含量均有所增高，处理间差异显著；20～40cm土层谷子收获后处理ⅠP、ⅡP有机质含量也明显下降，降幅分别为31.21%和20.53%，2008年冬小麦收获后有机质含量有所回升，2009 年冬小麦收获后各处理有机质含量明显下降，处理间差异显著：0～20cm 土层处理ⅠP、ⅡP 有机质含量分别较 CK1 低 0.71g/kg 和 0.45g/kg，20～40cm 土层有机质含量处理ⅠP、ⅡP 分别比 CK1 低 0.94g/kg 和 0.49g/kg。

休闲区 0～40cm 有机质含量年际变化趋势与种植区表现基本一致，2007 年谷子收获期显著下降，2008 年冬小麦收获后有机质含量略有增加，2009 年冬小麦收获后降至 2007 年谷子播前水平。2007 年谷子收获后 0～20cm 土层ⅠF、ⅡF 处理分别较谷子播前降低了 1.53g/kg 和 1.15g/kg，分别比 CK2 高 0.85g/kg 和 1.23g/kg，差异显著；2008 年 0～20cm 有机质含量处理ⅠF、ⅡF 分别比 CK2 高 1.11g/kg 和 0.82g/kg，20～40cm 比 CK2 低 0.2g/kg 和 0.76g/kg，2009 年冬小麦收获后 0～20cm 处理ⅠF、ⅡF 分别较 CK1 降低了 0.17g/kg 和 0.38g/kg，20～40cm 分别比 CK1 高 0.38g/kg 和 0.44g/kg。

b. 对土壤全量养分的影响

土壤全氮含量的动态变化：全氮含量是土壤中各种形态氮素含量之和，包括有机氮和无机氮。由表 2-41 可知，种植区 0～20cm 土层土壤全氮含量 2007 年谷子收获期有所降低，2008 年冬小麦收获期继续降低，2009 年冬小麦收获期降至最低值。2008 年小麦收获后全氮含量处理ⅠP、ⅡP 均略高于 CK2，2009 年ⅠP 略高于 CK1，ⅡP 略低于 CK1，处理间差异不显著；20～40cm 土层土壤全氮含量年际变化呈现降低—降低—升高的趋势。处理ⅠP、ⅡP 在 2007 年谷子收获期土壤全氮含量较谷子播前略有增加，条带种植处理略高于 CK1。2008 年冬小麦收获后各处理均较 2007 年谷子收获期明显下降，条带种植处理均显著低于 CK2。2009 年冬小麦收获后各处理均较 2008 年冬小麦收获后略有增加，处理间无明显差异。

表 2-41　不同处理 0～40cm 土壤全氮含量的年际变化　（单位：g/kg）

土层深度	时期	ⅠP	ⅡP	CK1	ⅠF	ⅡF	CK2
0～20cm	2007 年 4 月谷子播种前		0.6			0.6	
	2007 年 9 月谷子收获期	0.53a	0.48a	0.52a	0.55a	0.56a	0.6a
	2008 年 6 月小麦收获期	0.5a	0.47a	0.44a	0.54a	0.48a	0.46a
	2009 年 6 月小麦收获期	0.480a	0.462a	0.471a	0.486a	0.475a	0.441a
20～400cm	2007 年 4 月谷子播种前		0.57			0.57	
	2007 年 9 月谷子收获期	0.6a	0.59a	0.47a	0.49a	0.45a	0.42a
	2008 年 6 月小麦收获期	0.37a	0.37a	0.37a	0.36a	0.34a	0.42b
	2009 年 6 月小麦收获期	0.420a	0.428a	0.426a	0.418a	0.418a	0.423a

休闲区 0～20cm 土壤全氮含量年际变化与种植区表现一致，均出现逐年下降的趋势。在 2007 年谷子收获后各处理全氮含量无显著差异，处理ⅠF、ⅡF 分别较 CK2 低 0.05g/kg 和 0.04g/kg，在 2008 年和 2009 年小麦收获后均略高于 CK2，处理间差异不显著。20～40cm 土壤全氮含量年际变化与种植区表现一致。处理ⅠF、ⅡF 在 2007 年谷子收获后均略高于 CK2，2008 年和 2009 年小麦收获期全氮含量处理ⅠF、ⅡF 均低

于 CK2，处理间差异不显著。

以上分析表明，两种轮种模式下 0～20cm 土壤全氮含量年际表现出逐渐下降的趋势，0～20cm 土壤全氮含量谷子收获期和小麦收获期各处理休闲区均高于种植区。20～40cm 两种轮种模式土壤全氮含量在谷子和小麦收获期休闲区均低于种植区，与对照无明显差异。

对土壤全磷的影响：土壤全磷含量尽管不能完全说明土壤对当季作物的供磷能力，但它可以评价土壤的供磷潜力或磷素储备量。由表 2-42 可知，各处理 0～40cm 土层全磷含量差异较小，且年际变化表现为增高—降低—增高的趋势，随土层的加深而降低。

表 2-42　不同处理 0～40cm 土壤全磷含量的年际变化　（单位：g/kg）

土层深度	时期	ⅠP	ⅡP	CK1	ⅠF	ⅡF	CK2
0～20cm	2007 年 4 月谷子播种前		0.64			0.64	
	2007 年 9 月谷子收获期	0.83a	0.89a	0.87a	0.7a	0.73a	0.78a
	2008 年 6 月小麦收获期	0.69a	0.75a	0.66a	0.65a	0.69a	0.64a
	2009 年 6 月小麦收获期	0.827a	0.751a	0.795a	0.832a	0.811a	0.790b
20～40cm	2007 年 4 月谷子播种前		0.59			0.59	
	2007 年 9 月谷子收获期	0.71a	0.71a	0.72a	0.60b	0.66a	0.64a
	2008 年 6 月小麦收获期	0.70a	0.68a	0.62a	0.52 b	0.6a	0.56a
	2009 年 6 月小麦收获期	0.787a	0.755a	0.761a	0.764a	0.779a	0.756a

种植区 0～20cm 土层，在 2007 年谷子收获期，增幅为 29.69%～39.06%，2008 年冬小麦收获期较谷子播前有所恢复，2009 年冬小麦收获期增至 2007 年谷子收获期水平，处理间无显著差异；20～40cm 各处理全磷含量年际变化不明显且低于 0～20cm：在 2007 年谷子收获后条带种植两个处理均低于 CK1，处理间差异不显著。2008 年冬小麦收获期均高于 CK2，处理间差异显著，2009 年冬小麦收获期较 2008 年冬小麦收获期明显增加，0～40cm 土层处理ⅠP 平均较 CK1 高 0.029g/kg，ⅡP 较 CK1 低 0.025g/kg，处理间差异不显著。

休闲区 0～20cm 全磷含量处理ⅠF、ⅡF 在 2007 年谷子和 2008 年冬小麦收获期无显著差异，2009 年冬小麦收获期土壤全磷含量较播前明显升高，处理ⅠF、ⅡF 分别较 CK1 高 0.037g/kg 和 0.016g/kg；20～40cm 在 2007 年谷子收获后各处理间无显著差异，2008 年冬小麦收获后处理ⅠF、ⅡF 均略低于 CK1，各处理间差异不显著，2009 年冬小麦收获后处理ⅠF、ⅡF 分别较 CK2 高 0.008g/kg 和 0.023g/kg，各处理间差异不显著。

对土壤全钾的影响：土壤全钾含量变幅一般为 0.1%～3%，平均约为 1%，其中结构钾占 90%～98%，缓效钾占 2%～8%，速效钾占 0.1%～2%，是评价土壤的供钾潜力或钾素储备量的主要指标。从表 2-43 可以看出，各处理的土壤全钾含量随着土层深度的增加而降低。两个条带轮种处理 0～20cm 和 20～40cm 土壤全钾含量在冬小麦收获后休闲区均低于种植区，而 0～20cm 均高于相应的对照 CK1 和 CK2。

表 2-43 不同处理 0～40cm 土壤全钾含量的年际变化 （单位：g/kg）

土层深度	时期	ⅠP	ⅡP	CK1	ⅠF	ⅡF	CK2
0～20cm	2007 年 4 月谷子播种前		8.79			8.79	
	2007 年 9 月谷子收获期	10.28a	7.63b	8.24b	8.97a	8.5a	8.61a
	2008 年 6 月小麦收获期	8.62aA	7.94aA	6.37bB	9.08aA	8.03aA	6.68bB
	2009 年 6 月小麦收获期	8.290a	7.977a	7.582a	7.761a	7.991a	7.672a
20～40cm	2007 年 4 月谷子播种前		8.22			8.22	
	2007 年 9 月谷子收获期	9.48aA	7.45bB	7.96bB	9.43a	8.48b	9.27a
	2008 年 6 月小麦收获期	8.53a	8.62a	6.36bB	7.49aA	7.63aA	7.81b
	2009 年 6 月小麦收获期	7.888a	7.882a	7.582a	7.669a	7.665a	7.582a

种植区在 0～20cm 土层，2007 年谷子收获期处理ⅠP 土壤全钾含量较播前升高了 1.49g/kg，处理ⅡP 较播前下降了 1.16g/kg；2008 年冬小麦收获后 0～20cm 全钾含量处理ⅠP、ⅡP 分别极显著较 CK2 高 1.94g/kg 和 1.26g/kg，20～40cm 土层处理ⅠP、ⅡP 均显著高于 CK2；2009 年冬小麦收获后 0～20cm 全钾含量处理ⅠP、ⅡP 分别较 CK2 高 0.708g/kg 和 0.395g/kg，20～40cm 土层处理ⅠP、ⅡP 均较 CK2 高 0.3g/kg 左右。

休闲区 2007 年谷子收获期 0～20cm 全钾含量处理ⅠF 较谷子播前增加了 0.18g/kg，ⅡF 下降了 0.29g/kg，两个处理与 CK2 差异均不显著；2008 年冬小麦收获后处理ⅠF、ⅡF 分别显著较 CK1 高 2.71g/kg 和 1.66g/kg。20～40cm 土层冬小麦收获后处理ⅠF、ⅡF 土壤全钾含量分别显著较 CK1 高 1.13g/kg 和 1.27g/kg；2009 年冬小麦收获后 0～40cm 处理ⅠP、ⅡP 分别较 CK2 高 0.088g/kg 和 0.327g/kg，差异不显著。

c. 对土壤速效养分的影响

对土壤碱解氮的影响：土壤碱解氮含量的高低可以直接用来衡量土壤的供氮强度。表 2-44 是 0～40cm 土层土壤碱解氮含量的周年动态变化。可以看出，在谷子、小麦生育期变化过程中，两种条带轮种措施 0～40cm 土壤碱解氮含量变化均呈降低—升高—降低的趋势，在 2007 年谷子收获期达到最低值，2008 年冬小麦收获期达到最高值。

表 2-44 不同处理 0～40cm 土壤碱解氮含量的年际变化 （单位：mg/kg）

土层深度	时期	ⅠP	ⅡP	CK1	ⅠF	ⅡF	CK2
0～20cm	2007 年 4 月谷子播种前		44.45			44.45	
	2007 年 9 月谷子收获期	21.4a	25.44a	20.68a	21.55a	20.48a	20.23a
	2008 年 6 月小麦收获期	50.9aA	49.67aA	36.92bB	57.01aA	45.94aA	37.7bB
	2009 年 6 月小麦收获期	40.474a	40.007a	39.755a	40.256a	40.583a	38.768a
20～40cm	2007 年 4 月谷子播种前		34.71			34.71	
	2007 年 9 月谷子收获期	26.23a	23.11a	16.59b	21.68a	24.63a	18.47b
	2008 年 6 月小麦收获期	39.9a	38.32a	31.31b	41.43a	39.81a	31.75b
	2009 年 6 月小麦收获期	38.716a	38.865a	36.566b	36.465b	38.166a	35.304b

各处理 0～20cm 土壤碱解氮含量年际变化差异明显：2007 年谷子收后两种条带轮

种措施种植区和休闲区均高于相应的对照，2008 年和 2009 年冬小麦收获期两种条带轮种处理碱解氮含量种植区显著高于相应的对照，休闲区处理ⅠF 显著高于 CK1；20～40cm 在 2007 年谷子、2008 年和 2009 年冬小麦收获期，两种条带轮种措施种植区和休闲区均显著高于相应的对照，2008 年冬小麦收获期处理ⅠP、ⅡP 分别较 CK2 高 8.15mg/kg 和 6.57mg/kg，处理ⅠF、ⅡF 分别较 CK1 高 10.12mg/kg 和 8.50mg/kg。2009 年冬小麦收获期处理ⅠP、ⅡP 分别较 CK1 高 2.869mg/kg 和 2.547mg/kg，处理ⅠF、ⅡF 分别较 CK2 高 2.649mg/kg 和 4.677mg/kg。

条带轮种模式在一定程度上提高了土壤供氮能力，增加了土壤碱解氮的含量。对照处理的碱解氮含量比较低，这可能由于雨季水土流失造成的。

对土壤速效磷的影响：2007～2009 年不同轮种处理土壤速效磷含量年际变化情况如表 2-45 所示。种植区和休闲区 0～40cm 年际间逐渐下降，至 2009 年小麦收获期有所回升。2007～2009 年谷子、冬小麦收获后处理ⅠP、ⅡP 均高于相应的对照 CK1 和 CK2。0～20cm 土壤速效磷含量在 2007 年谷子收获后条带轮种处理较播前显著降低，降幅为 23.82%～25.98%，与对照 CK1 差异不显著，2009 年稍有恢复，处理ⅠP、ⅡP均较 CK1 高 0.127mg/kg 和 0.227mg/kg；20～40cm 处理ⅠP、ⅡP 速效磷含量 2007 年谷子收获后均高于相应的对照 CK1，2008 年冬小麦收获后显著高于相应的对照 CK2，2009 年冬小麦收获后略高于 CK1，差异不显著。

表 2-45　不同处理 0～40cm 土壤速效磷含量的年际变化　（单位：mg/kg）

土层深度	时期	ⅠP	ⅡP	CK1	ⅠF	ⅡF	CK2
0～20cm	2007 年 4 月谷子播种前		10.16			10.16	
	2007 年 9 月谷子收获期	7.74a	7.59a	7.52a	7.8a	8.33a	7.68a
	2008 年 6 月小麦收获期	6.54a	5.72a	5.44a	5.85a	5.82a	5.35a
	2009 年 6 月小麦收获期	7.639a	7.729a	7.502a	7.667a	7.618a	7.526a
20～40cm	2007 年 4 月谷子播种前		6.93			6.93	
	2007 年 9 月谷子收获期	6.71a	6.64a	6.11a	7.1a	7.92a	6.98a
	2008 年 6 月小麦收获期	5.79a	5.81a	4.91a	4.69a	4.33a	4.34a
	2009 年 6 月小麦收获期	6.445a	6.664a	6.439a	6.690a	6.577a	6.421a

休闲区 0～20cm 土壤速效磷含量的变化动态趋势基本与种植处理一致。在 2007 年谷子收获后与对照 CK2 差异不显著，2008 年冬小麦收获时高于相应的对照 CK1，处理间差异不显著，2009 年冬小麦收获后略高于 CK1；20～40cm 土壤速效磷含量年际间变化与 0～20cm 表现一致，该层速效磷含量明显低于 0～20cm，处理ⅠF、ⅡF 速效磷含量在 2007 年谷子收获后均高于相应的对照 CK2，2008 年冬小麦收获后低于相应的对照 CK1，2009 年冬小麦收获后分别较 CK1 高 0.251mg/kg、0.138mg/kg。

对土壤速效钾的影响：土壤速效钾的含量决定当季植物的钾营养水平。一般速效性钾含量仅占全钾的 0.1%～2%，其含量除受耕作、施肥等影响外，还受土壤缓放性钾贮量和转化速率的控制。由表 2-46 显示，种植区ⅠP 速效钾含量 0～20cm 年际变化表现为逐渐升高，20～40cm变化规律不明显。2007年谷子收获后0～20cm速效钾含量处理ⅠP、ⅡP分别较CK1高19.17mg/kg和4.7mg/kg，20～40cm速效钾含量处理ⅠP、ⅡP均显著高于CK1；2008年冬小麦收获时分别较CK2高10.87mg/kg和9.73mg/kg，差异均显著；2009年冬小麦收获后速效钾含量处理ⅠP、ⅡP均略高于CK1，差异不显著，20～40cm土层速效钾含量处理间差异不显著。

表2-46　不同处理0～40cm土壤速效钾含量的年际变化　（单位：mg/kg）

土层深度	时期	ⅠP	ⅡP	CK1	ⅠF	ⅡF	CK2
0～20cm	2007年4月谷子播种前		114.70			114.70	
	2007年9月谷子收获期	124.74a	110.27b	105.57b	119.19a	117.03a	126.09a
	2008年6月小麦收获期	124.9a	122.8a	116.75a	121.88a	119.14a	113.07b
	2009年6月小麦收获期	133.41a	133.18a	132.49a	133.13	134.77a	130.32a
20～40cm	2007年4月谷子播种前		110.81			110.81	
	2007年9月谷子收获期	106.97aA	100.24bA	88.7cB	108.91a	105.95b	108.58a
	2008年6月小麦收获期	94.13a	102.14a	102.94a	108.71a	95.98a	105.46a
	2009年6月小麦收获期	127.74a	125.64a	124.26a	128.66a	127.16a	125.54a

休闲区ⅠF、ⅡF 0～20cm速效钾含量年际变化表现为逐渐升高，20～40cm表现与种植区一致。0～20cm速效钾含量2007年谷子收获后处理ⅠF、ⅡF分别较CK2低6.9mg/kg、9.06mg/kg，2008年冬小麦收获后0～40cm速效钾含量各处理间差异不明显，2009年冬小麦收获后0～40cm速效钾含量处理ⅠF、ⅡF分别较CK2低5.93mg/kg、6.07mg/kg，差异不显著。

通过以上分析可知，两种条带轮种模式提高了第二年作物种植区0～20cm土壤速效钾含量，提高了第三年作物种植区20～40cm土壤速效钾含量。

（5）条带轮种方式下农田土壤酶活性

a. 对土壤脲酶活性的影响

脲酶作为唯一能水解尿素供作物利用的专性酶，能分解尿素，促其水解成氨和二氧化碳，对尿素转化具有重大的影响，参与土壤氮代谢过程。土壤中脲酶活性的高低直接关系到尿素的利用效率（王立祥和陶毓汾，1993），脲酶活性高低在一定程度上反映了土壤供氮水平（金轲等，2006）。因此，研究脲酶活性将有助于了解土壤氮素的转化过程。两个条带轮种处理土壤脲酶活性随着土层的深度的增加而降低（表2-47）。

表2-47　不同处理0～20cm土壤脲酶活性的年际变化

［单位：NH_3-N mg/(g·24h·37℃)］

土层深度	时期	ⅠP	ⅡP	CK1	ⅠF	ⅡF	CK2
0～20cm	2007年4月谷子播种前		4.92			4.92	
	2007年9月谷子收获期	4.23a	4.82a	3.6b	4.98a	4.51a	3.34b
	2008年6月小麦收获期	2.89a	3.1a	3.09a	3.1a	2.97a	3.08a
	2009年6月小麦收获期	2.713b	3.042a	2.575b	3.066a	2.170b	2.491b

续表

土层深度	时期	ⅠP	ⅡP	CK1	ⅠF	ⅡF	CK2
20～40cm	2007年4月谷子播种前		2.95			2.95	
	2007年9月谷子收获期	1.88a	2.3a	1.99a	1.84a	2.12a	1.87a
	2008年6月小麦收获期	2.29a	2.49a	2.84a	2.77a	2.58a	2.65a
	2009年6月小麦收获期	1.516a	1.610a	1.424a	2.250a	1.600b	1.955a

种植区0～20cm土壤脲酶活性随年际时间的推移明显下降，2007年谷子收获期处理ⅠP、ⅡP较谷子播前分别降低了14.02%、2.03%，显著高于CK1，2008年冬小麦收获期处理间差异不显著，2009年冬小麦收获期处理ⅠP、ⅡP分别较CK1略高0.138mg/g、0.467mg/g，差异不显著。20～40cm土壤脲酶活性年际变化表现为第一年作物收获后下降—第二年作物收获后上升—第三年作物收获后下降的趋势。20～40cm土层2008年冬小麦收获期脲酶活性明显回升，2009年冬小麦收获时各处理降到最低值，降幅分别为33.8%、35.34%和49.86%，分别较CK1略高0.092mg/g、0.186mg/g，处理间差异不显著。

休闲区0～40cm土壤脲酶活性年际动态变化趋势基本与种植区一致。2007年谷子收获期0～20cm土壤脲酶活性ⅠF、ⅡF均显著较CK2高，2008年冬小麦收获后各处理间差异不显著，2009年冬小麦收获后各处理降至最低，处理间无差异。20～40cm土壤脲酶活性处理间无规律性差异。

以上结果表明，两种条带轮种模式表层土壤脲酶活性年际间呈逐渐下降的变化趋势，随着土层的深度的增加而降低，各处理间差异不显著。条带轮种方式对土壤脲酶活性的影响作用不明显。

b. 对土壤碱性磷酸酶活性的影响

碱性磷酸酶能促进有机磷化合物分解，有利于土壤磷素的转化利用，碱性磷酸酶主要由土壤中的微生物产生，可以作为一个重要的微生物活性指标，是一个标示土壤有机质含量和土壤管理系统效果的重要指标。各处理土壤碱性磷酸酶活性的年际变化见表2-48。

表2-48　不同处理0～40cm土壤碱性磷酸酶活性的年际变化

[单位：酚mg/(g·24h·37℃)]

土层深度	时期	ⅠP	ⅡP	CK1	ⅠF	ⅡF	CK2
0～20cm	2007年4月谷子播种前		0.83			0.83	
	2007年9月谷子收获期	0.69a	0.74a	0.66a	0.56a	0.77a	0.71a
	2008年6月小麦收获期	0.53a	0.54a	0.54a	0.54a	0.52a	0.53a
	2009年6月小麦收获期	0.723a	0.721a	0.625a	0.662a	0.688a	0.633a
20～40cm	2007年4月谷子播种前		0.69			0.69	
	2007年9月谷子收获期	0.64a	0.65a	0.55a	0.71a	0.73a	0.58a
	2008年6月小麦收获期	0.54a	0.53a	0.54a	0.56a	0.52a	0.52a
	2009年6月小麦收获期	0.424a	0.523a	0.496a	0.530a	0.475a	0.504a

种植区各处理 0～20cm 土壤碱性磷酸酶活性在 2007 年谷子收获期明显降低，处理ⅡP 区最高，处理ⅠP 区次之，CK1 最低。0～20cm 土层 2008 年冬小麦收获后各处理下降至最低值，较谷子播前降幅分别为 36.15%、34.94%和 34.94%，处理间差异不显著，2009 年冬小麦收获后各处理明显恢复到 2007 年谷子收获期水平，ⅠP、ⅡP 分别较 CK1 略高 0.098mg/g、0.096mg/g，差异不显著；20～40cm 土壤碱性磷酸酶活性明显低于 0～20cm，年际间变化表现为逐年下降的趋势，2008 年冬小麦收获后各处理较 2007 年谷子播前分别降低 21.74%、23.19%和 21.74%，2009 年冬小麦收获后继续下降，降幅在 10.32%左右，处理间无明显差异。

休闲区 0～20cm 土壤碱性磷酸酶活性在 2007 年谷子收获期明显降低，处理ⅡF 区最高，处理ⅠF 区最低，2008 年冬小麦收获期进一步下降，2009 年冬小麦收获期明显回升，处理间无差异；20～40cm 土壤碱性磷酸酶活性 2007 年谷子收获时处理ⅠF、ⅡF分别较播前升高了 2.90%和 5.79%，较 CK2 高 22.41%、25.86%，2008 年冬小麦收获期脲酶活性处理ⅠF、ⅡF 明显降低，与 CK2 差异不显著，2009 年冬小麦收获期脲酶活性进一步降低，处理间无差异。

从以上分析可知轮种处理 20～40cm 土壤碱性磷酸酶活性年际变化呈逐渐下降的趋势，且随着土层深度的增加而降低（除ⅠF、ⅡF 区外），各处理间差异不显著。

c. 对土壤蔗糖酶活性的影响

蔗糖酶的活性强弱反映了土壤的熟化程度和肥力水平，对增加土壤中易溶性营养物质起重要作用。条带轮种处理的蔗糖酶活性随年际推移明显提高（表 2-49），处理间无明显差异。

表 2-49　不同处理 0～20cm 土壤蔗糖酶活性的年际变化

[单位：葡萄糖 mg/(g · 24h · 37℃)]

土层深度	时期	ⅠP	ⅡP	CK1	ⅠF	ⅡF	CK2
0～20cm	2007 年 4 月谷子播种前		17.16			17.16	
	2007 年 9 月谷子收获期	18.24a	19.07a	19.59a	20.26a	21.31a	21.62a
	2008 年 6 月小麦收获期	19.27a	19.59a	18.92a	19.03a	19.2a	19.16a
	2009 年 6 月小麦收获期	22.53a	20.67b	20.49b	20.15b	20.59b	22.34a
20～40cm	2007 年 4 月谷子播种前		16.9			16.9	
	2007 年 9 月谷子收获期	14.16a	16.51a	17.55a	22a	17.91a	21.45a
	2008 年 6 月小麦收获期	19.24a	18.98a	18.97a	18.99a	18.9a	19.05a
	2009 年 6 月小麦收获期	20.99a	20.26a	19.47a	19.36a	19.67a	20.69a

种植区 0～20cm 土壤蔗糖酶活性处理ⅠP、ⅡP 年际变化表现出逐渐升高的趋势，2008 年冬小麦收获后土壤蔗糖酶活性分别较 2007 年谷子播前提高了 12.30%、14.16%，分别较 CK2 高 0.57%、2.24%，2009 年冬小麦收获后土壤蔗糖酶活性进一步增加，较 2008 年冬小麦收获期提高 10.24%左右；20～40cm 土壤蔗糖酶活性处理ⅠP、ⅡP 年际变化呈第一年作物收获后降低—第二年作物收获后升高—第三年作物收获后继续升高的趋势，到 2009 年冬小麦收获期达到最大值，分别较 2008 年冬小麦播前

提高 13.85%和 12.31%，处理间无明显差异。

休闲区 0～20cm 土壤蔗糖酶活性年际变化表现为第一年作物收获后升高—第二年作物收获后降低—第三年作物收获后升高的趋势；20～40cm 土壤蔗糖酶活性各处理年际变化不明显，2008 年冬小麦收获时较 2007 年谷子播前明显提高 9.10%、6.74%和 2.64%，2009 年冬小麦收获期土壤蔗糖酶活性略有升高。0～40cm 土壤蔗糖酶活性处理，处理ⅠF、ⅡF 分别较 CK2 低 31.63%、33.04%，差异显著。

通过两季作物轮种显著提高了 0～40cm 土壤蔗糖酶活性，土壤剖面蔗糖酶活性呈现出随土层深度的增加而减弱的规律。

d. 对土壤过氧化氢酶活性的影响

过氧化氢酶是参与土壤中物质和能量转化的一种重要的氧化还原酶，具有分解土壤中对植物有害的过氧化氢的作用，在一定程度上可以表征土壤氧化过程的强弱。从表 2-50可以看出，种植区 0～20cm 土壤过氧化氢酶活性在 2008 年冬小麦收获后较 2007 年谷子播前明显降低，降幅为 23.5%～24.91%，2009 年冬小麦收获后继续下降至最低，处理ⅠP、ⅡP 分别较 CK1 稍低 4.83%、4.07%，差异不显著。20～40cm 过氧化氢酶活性各处理年际变化与 0～20cm 表现一致，其各处理土壤过氧化氢酶活性均低于 0～20cm 土层。

表 2-50　不同处理 0～40cm 土壤过氧化氢酶活性的年际变化

[单位：(0.1mol/L $KMnO_4$ ml)/(g · 20min · 37℃)]

土层深度	时期	ⅠP	ⅡP	CK1	ⅠF	ⅡF	CK2
0～20cm	2007 年 4 月谷子播种前		5.66			5.66	
	2007 年 9 月谷子收获期	4.25a	4.33a	4.27a	4.29a	4.31a	4.32a
	2008 年 6 月小麦收获期	4.21a	4.22a	4.27a	4.29a	3.97a	4.19a
	2009 年 6 月小麦收获期	3.74a	3.77a	3.93a	3.98a	3.77a	3.93a
20～40cm	2007 年 4 月谷子播种前		5.05			5.05	
	2007 年 9 月谷子收获期	4.22a	4.21a	4.18a	4.35a	4.24a	4.21a
	2008 年 6 月小麦收获期	4.12a	4.19a	4.18a	4.19a	4.15a	4.1a
	2009 年 6 月小麦收获期	3.58a	3.57a	3.91a	3.98a	3.97a	3.90a

休闲区 0～40cm 土壤过氧化氢酶活性的年际变化动态趋势基本与种植区一致。但 0～20cm 在 2007 年谷子收获后处理ⅠF、ⅡF 均略低于 CK2，2008 年ⅠF 略低于 CK1，2009 年冬小麦收获后处理ⅡF 略低于 CK2。20～40cm 土层土壤过氧化氢酶活性 2007 年谷子收获期处理ⅠF、ⅡF 均高于 CK2。2008 年冬小麦收获期 0～40cm 处理ⅠF 稍高于 CK2，ⅡF 略低于 CK2，2009 年冬小麦收获后处理ⅠF、ⅡF 均略高于 CK2，处理间差异不显著。

由以上分析可知，轮种方式 0～40cm 过氧化氢酶活性在作物生育期呈下降的变化趋势，随土层深度的增加而降低，处理间差异不显著。

(6) 条带轮种方式对作物单株株高和干物质积累量的影响

条带轮种不同作物的株高变化不同，由图 2-47 可以看出谷子整个生育期株高明显高于2008年、2009年冬小麦生育期，2007年谷子整个生育期株高各处理与对照均无明显差异。2008年各条带轮种处理冬小麦各生育阶段株高均高于对照，在灌浆期条带处理Ⅰ、Ⅱ分别比CK2显著高6.17%和5.97%，两种条带处理间无显著差异，2009年冬小麦各生育阶段条带轮种处理株高均高于CK1，而在孕穗期，2009年冬小麦株高明显小于2008年，这可能与当时的降雨量有关。

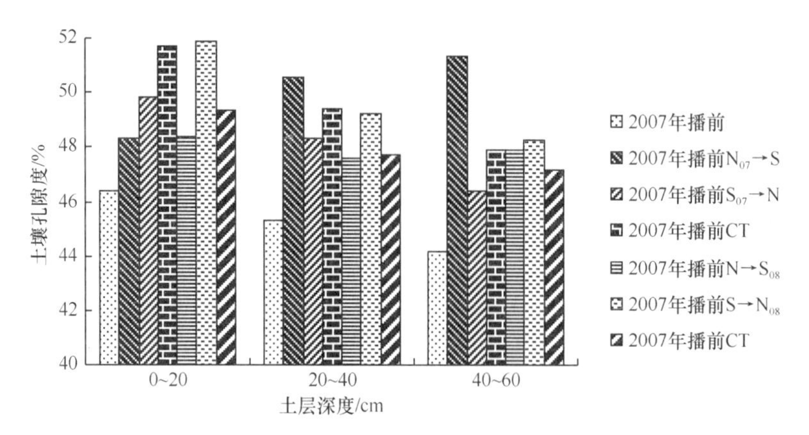

图2-47　不同处理对2007～2009年单株谷子和冬小麦株高的影响

作物的干物质积累量随着作物生育期进程的推进而增加（图2-48）。不同轮种处理作物拔节期干物质积累量最小，在收获期干物质积累量达到最大，各处理间差异不显著。进入孕穗期各处理迅速增加，处理Ⅰ、Ⅱ分别较CK1高0.45g和0.25g，但差异不显著。随着谷子收获期干物质积累量达到最大，各处理间差异不显著。

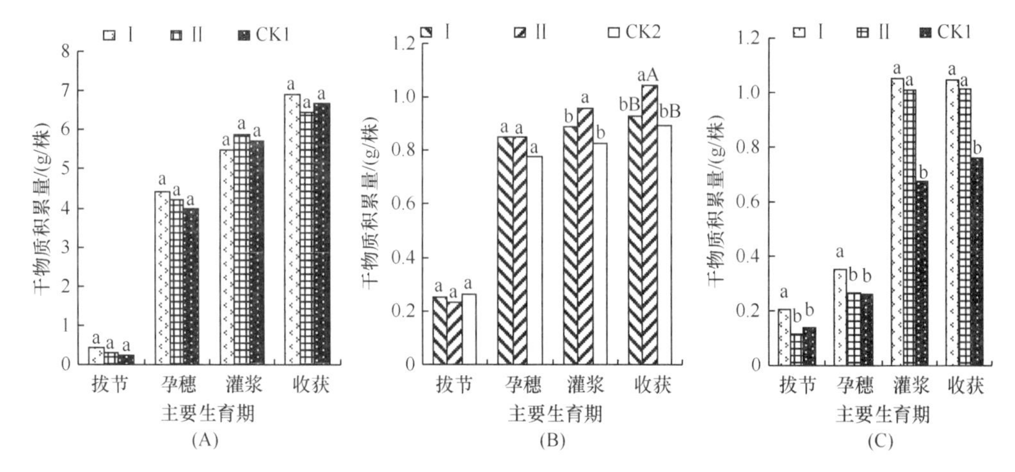

图2-48　不同处理对2007～2009年作物单株干物质积累量的影响

（A）2007年谷子；（B）2008年冬小麦；（C）2009年冬小麦

条带轮种处理2007年谷子拔节期单株干物质积累量处理Ⅰ、Ⅱ分别较CK1高0.19g和0.05g，与对照差异显著；2008年冬小麦单株干物质量收获期最大，处理Ⅰ、Ⅱ在孕穗期、灌浆期和收获期均高于CK2，分别高0.07g、0.13g和0.15g，与对照差异显著；2009年冬小麦各生育阶段各处理均显著高于CK1，同样在孕穗期，2008年冬小麦单株干物质积累量明显高于2009年，在灌浆期和收获期处理间差异显著：灌浆期处理Ⅰ、Ⅱ分别较CK1高0.38g和0.34g，收获期处理Ⅰ、Ⅱ分别较CK1高0.29g和0.25g。

以上分析结果表明，轮种处理能提高2008年、2009年冬小麦孕穗期-收获期的干物质积累量，有利于作物产量的提高。

（7）对作物产量及其构成因素的影响

连续3年作物成熟后考察各处理作物产量及其构成因素，结果表明（表2-51），不同轮种模式可以提高亩穗数、穗粒数、千粒重和籽粒产量。2007年谷子轮种处理Ⅰ、Ⅱ亩穗数均显著高于CK1，穗粒数较CK1分别降低25.56%、25.41%；千粒重处理Ⅰ、Ⅱ与CK1相比均达到显著增加，分别较CK1增加19.54%和16.86%；有效种植面积产量与CK1相比，分别增产2.49%、6.22%。

表2-51　不同处理对作物产量与产量构成因素的影响

试验年份	处理	亩穗数/(10^4hm^2)	穗粒数	千粒重/g	籽粒产量/(kg/hm^2)
2007年4～9月谷子	Ⅰ	26.1aA	2497.45cB	3.12a	2033.73bA
	Ⅱ	27.6bB	2502.16bB	3.05a	2106.32aA
	CK1	22.65cB	3354.38aA	2.61ab	1982.99cB
2007年9月～2008年6月冬小麦	Ⅰ	241.05bB	24.82a	27.43a	1640.84bB
	Ⅱ	251.25aA	25.15a	26.66ab	1684.7aA
	CK2	235.35cC	24.12a	27.27a	1547.97cC
2008年9月～2009年6月冬小麦	Ⅰ	265aA	25.9aA	30.54a	1772.39aA
	Ⅱ	265aA	20.7bB	29.3a	1607.25 bA
	CK1	237.5bB	18.1cB	28.75 b	1488.03cB

2008年冬小麦条带轮种各处理穗部性状和籽粒产量（表2-51）表现为：千粒重处理Ⅱ显著低于CK2外，处理Ⅰ略高于CK2，与对照无显著差异；亩穗数处理Ⅰ、Ⅱ均显著高于CK2，分别高出2.42%、6.76%；处理Ⅰ、Ⅱ穗粒数稍高于CK2，差异均未达到显著水平。从种植区有效种植面积籽粒产量来看，处理Ⅰ、Ⅱ与CK2差异呈极显著水平，较CK2分别高5.99%、8.83%。

2009年冬小麦亩穗数处理Ⅰ、Ⅱ均显著高于CK1，均高出11.58%；穗粒数处理Ⅰ、Ⅱ较CK1高43.09%、14.37%；千粒重处理Ⅰ、Ⅱ均比CK1提高了6.23%和1.91%，差异显著；产量上，处理Ⅰ、Ⅱ增产效应显著，分别较CK1提高了19.11%、8.01%。

（8）对作物水分利用效率的影响

从耗水量和水分利用效率来分析（表2-52），2007年谷子整个生育期处理Ⅰ耗水最多，达308.75mm，与对照差异不显著，处理Ⅱ耗水量最少。作物水分利用效率处理Ⅰ、Ⅱ分别较CK1高0.1kg/(mm·hm^2)、0.79kg/(mm·hm^2)，与CK1差异显著。

表 2-52　不同处理对作物耗水量和水分利用效率的影响

试验年份	处理	产量/(kg/hm²)	耗水量/mm	WUE /[kg/(mm·hm²)]
2007 年 4～9 月 谷子	Ⅰ	2033.73bA	308.75aA	6.58a
	Ⅱ	2106.32aA	289.57bB	7.27a
	CK1	1982.99cB	306.87aA	6.48b
2007 年 9 月～2008 年 6 月 冬小麦	Ⅰ	1640.84bB	236.5bB	6.94aA
	Ⅱ	1684.7aA	244.24aA	6.90aA
	CK2	1547.97cC	243.66aA	6.35bB
2008 年 9 月～2009 年 6 月 冬小麦	Ⅰ	1772.39aA	208.7017 b	8.49aA
	Ⅱ	1607.25 bA	221.2287a	7.27bB
	CK1	1488.03cB	212.3234 b	7.01bB

2008 年冬小麦整个生育期的耗水量各处理间无明显差异，产量处理Ⅰ、Ⅱ均极显著高于 CK2，分别高 92.87kg/hm² 和 136.73kg/hm²。处理Ⅰ、Ⅱ水分利用效率分别较 CK2 提高 9.29%、8.26%，差异显著。

2009 年冬小麦整个生育期耗水量处理Ⅱ显著高于 CK1，处理Ⅰ低于 CK1，差异不显著；处理Ⅰ、Ⅱ小麦产量均极显著高于 CK1，分别高 284.36kg/hm² 和 119.22kg/hm²；水分利用效率处理Ⅰ、Ⅱ分别较 CK1 显著提高了 21.11%、3.71%。

2. 夏闲期轮耕对旱平地土壤性状和作物产量及水分利用效率的影响

（1）夏闲期轮耕对旱平地土壤物理性状的影响

土壤耕作措施的最主要目的是调整耕层和地面状况，从而调节土壤水分、温度和养分的关系，为作物播种、出苗和生长发育提供适宜的土壤环境（刘巽浩，1996）。土壤物理性状的变化是保护性耕作措施对土壤健康状况影响的主要方面之一。

a. 对土壤容重的影响

2008 年、2009 年冬小麦成熟期对土壤容重测定结果表明（图 2-49），夏闲期 3 种轮耕处理经过两年的耕作轮换和冬小麦的生长，S→N 处理年际变化表现为略有上升的趋势，N→S 处理表现为降低的趋势，CT 处理无明显变化。

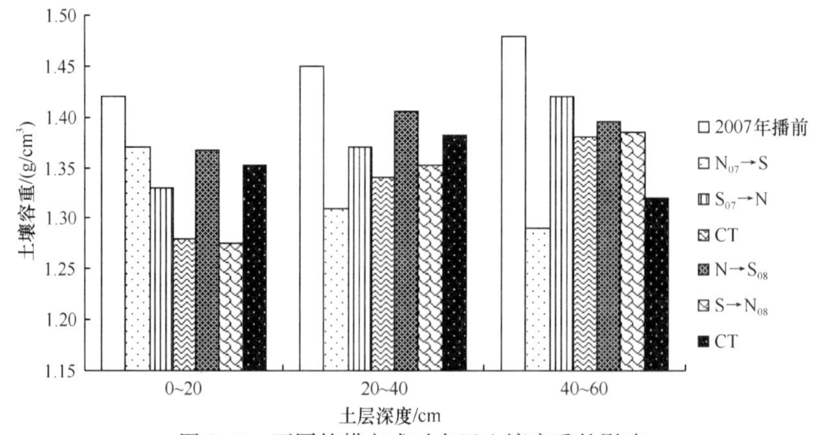

图 2-49　不同轮耕方式对麦田土壤容重的影响

2007 年冬小麦播种前，0～60cm 各层次土壤容重分别为 1.42g/m^3、1.45g/m^3 和 1.48 g/m^3。2008 年 6 月小麦收获期 0～60cm 土壤容重较播前均有降低；S_{07}→N 处理 0～60cm 各层次土壤容重随土壤深度增加依次升高，CT、N_{07}→S 却略有下降；S_{07}→N 处理的 0～40cm 土壤容重明显低于 CT，但处理间差异未达到显著水平；40～60cm 土层 S_{07}→N 处理土壤容重最高，CT 次之，N_{07}→S 最低。2009 年小麦收获期 0～60cm 土壤容重较 2008 年 9 月小麦播前均有所上升，各土层土壤容重高低排序分别为 0～40cm：N→S_{08}＞CT ＞S→N_{08}，差异不显著，40～60cm：N→S_{08}＞ S→N_{08}＞ CT。这说明不同轮耕处理使 20cm 以下犁底层土壤容重降低，从而有利于耕层土壤结构透气透水性能的改善。

b. 对土壤孔隙度的影响

图 2-50 表明，2007 年播前 0～60cm 土层土壤孔隙度依次降低；2008 年冬小麦收获后不同轮耕方式的土壤孔隙度比播前明显升高，差异明显。0～20cm N_{07}→S 处理、S_{07}→N 处理略高于 CT 处理；耕层 20～60cm N_{07}→S 处理土壤孔隙度最高，CT 次之，S_{07}→N 最低。40～60cm S_{07}→N、N_{07}→S 土壤孔隙度与 CT 相比，差异明显，分别降低 4.9%和 3.4%；2009 年冬小麦收获后不同轮耕方式的土壤孔隙度较 2008 年冬小麦收获后略有下降，S→N_{08}处理与 CT 差异显著。0～20cm S→N_{08}处理高于 CT 处理 2.538%；耕层 20～60cm 高出 CT 处理 2.59%。从两年小麦收获后土壤总孔隙度的数值变化可以看出，处理 N→S、S→N 经过深松和翻耕处理打破犁底层后，土壤的通气能力加强，根系活动及微生物的活动能力也增强，因此表层孔隙度值较高。

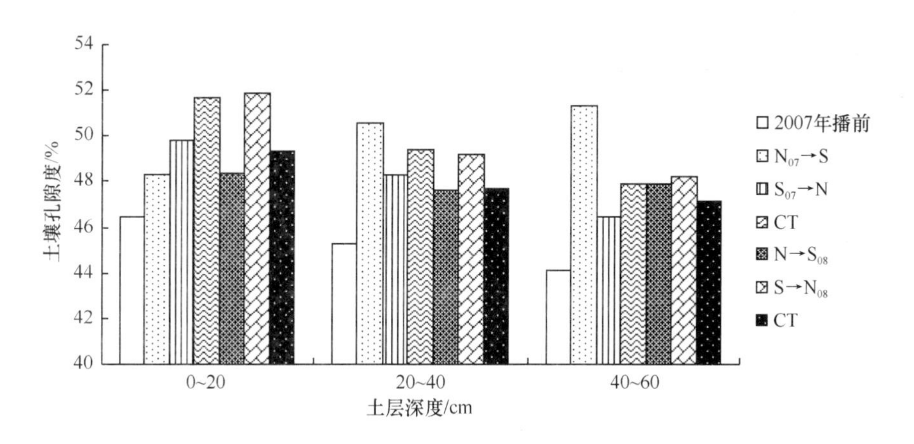

图 2-50　不同轮耕方式对麦田土壤孔隙度的影响

c. 对 0～40cm 土壤团聚体组成和稳定性特征的影响

土壤团聚体是土壤结构的基本单位，其组成和稳定性直接影响土壤肥力和农作物的生长。团聚体的稳定性可分为水稳性和非水稳性，一般来说各土样风干团聚体（干筛法分离的团聚体）之间的差异不是很明显，而水稳性团聚体之间有较大的差异，因此各级水稳性团聚体的比例能较好地反映土壤团聚体的质量（Elliott and Coleman，1988）。适度大小的团聚体含量是土壤肥力的物质基础，是作物高产所必需的土壤条件之一。

对土壤机械稳定性团聚体组成的影响：土壤团聚体稳定性是评价其质量高低的重要指标。把具有抵抗外力破坏的团聚体叫机械稳定性团聚体，常常用经振动干筛后团聚体的组成含量来反映，通过干筛法可以获得原状土壤中团聚体的总体数量，这些团聚体包括非水稳性团聚体和水稳性团聚体。大团聚体（大于 0.25mm）含量较高，团聚性较好。

3 年冬小麦播前和收获后干筛法测得各级团聚体含量如表 2-53 所示，各处理随土层的加深，大于 0.25mm 各粒级团聚体含量有增加的趋势，2009 年收获期表现尤为显著。0～10cm 土层：2008 年冬小麦收获后 N_{07}→S、S_{07}→N 处理大于 0.25mm 团聚体含量均较 2007 年播前明显降低，降幅分别为 9.4%、9.6%，CT 处理较播前升高 6.8%，N_{07}→S、S_{07}→N 处理团聚体含量分别较 CT 低 15.13%和 15.33%，其中 N_{07}→S 处理各粒级团聚体含量均低于 CT 处理，S_{07}→N 处理大于 2mm 团聚体含量较 CT 处理高 25.1%，0.25～2mm 团聚体含量较 CT 低 44.46%。2009 年冬小麦收获期各处理大于 5mm 团聚体含量均较 2008 年播前明显增加，0.25～2mm 各级团聚体含量 S→N_{08} 均较 2008 年收获期 S_{07}→N 增加，0.25～5mm 各级团聚体含量 N→S_{08} 处理均较 2008 年收获期 N_{07}→S 降低，2～5mm 团聚体含量 S→N_{08} 处理均较 2008 年收获期 S_{07}→N 降低。大于 0.25mm 各粒级团聚体总含量 S→N_{08} 较 CT 高 2.89%左右，N→S_{08} 处理较 CT 低 10.29%；10～20cm 土层：2008 年冬小麦收获期 N_{07}→S 处理大于 0.25mm 团聚体含量较 2007 年播前降低 3.75%，S_{07}→N、CT 处理分别较播前升高 13.89%和 9.47%，N_{07}→S 处理团聚体含量较 CT 低 12.08%，S_{07}→N 较 CT 高 4.03%。2009 年冬小麦收获期各处理大于 0.25mm 各粒级团聚体总含量比 2008 年收获期略有降低。0.25～2mm 团聚体含量 N→S_{08} 显著较 2007 年 N_{07}→S 处理低 18.53%，略低于 CT，S→N_{08} 处理团聚体含量较 2007 年 S_{07}→N 处理高 13.65%，较 CT 高；20～30cm 土层：2008 年冬小麦收获期大于 0.25mm 团聚体含量 N_{07}→S、S_{07}→N 和 CT 处理分别比播前提高了 10.17%、21.63%和 12.63%，S_{07}→N 处理分别较 N_{07}→S、CT 高 10.41%和 7.99%。2009 年冬小麦收获期大于 5mm 团聚体含量各处理均比 2008 年冬小麦播前显著提高，N→S_{08}、S→N_{08} 处理分别较 CT 显著低 22.36%和 12.55%，0.25～2mm 团聚体含量处理 N→S_{08}、S→N_{08} 均较 2008 年冬小麦收获期对应处理显著降低，分别较 CT 显著高 47.32%和 27.46%；30～40cm 土层：大于 0.25mm 团聚体含量 S_{07}→N 处理较播前高 3.17%，N_{07}→S、CT 处理均较播前略有下降，降幅分别为 4.83%和 4.77%；其中大于 5mm 团聚体含量 S_{07}→N、CT 处理极显著高于 N_{07}→S 处理 128.13%和 74.84%，0.5～2mm 团聚体含量S_{07}→N、CT 处理较 N_{07}→S 处理低 54.17%和 47.68%。2009 年冬小麦收获期大于 2mm 团聚体含量 N→S_{08}、S→N_{08} 处理均比 2008 年冬小麦播前显著提高 60.68%和 6.60%，分别显著较 CT 高 10.34%和 43.55%，0.25～2mm 团聚体含量 N→S_{08} 处理较 2008 年冬小麦收获期对应处理降低了 27.65%，显著较 CT 高 21.10%，S→N_{08} 处理比 2008 年冬小麦播前降低 0.98%，较 CT 低 2.48%。

表 2-53　干筛法测定的各级团聚体的含量　　(%)

土层深度	时期	处理	团聚体粒径						
			>5 mm	5～2 mm	2～1 mm	1～0.5 mm	0.5～0.25 mm	>0.25 mm	<0.25 mm
0～10cm	2007 年耕作	处理前	15.42	14.42	8.43	13.78	9.35	61.4	38.6
	2008 年收获期	N_{07}→S	13.25bB	8.28cB	9.93bB	14.42bA	9.76aA	55.64bB	44.36aA
		S_{07}→N	17.74aA	16.65aA	7.79cB	8.28cB	5.07bB	55.53bB	44.47aA
		CT	16.7aA	10.79bB	11.35aA	16.65aA	10.06aA	65.56aA	34.44bB
	2009 年收获期	N→S_{08}	30.32bA	6.97bB	7.55cB	9.78cC	7.11a	61.73bB	38.27aA
		S→N_{08}	32.27aA	11.10aA	9.30bA	11.33bB	6.80b	70.80aA	29.20bB
		CT	26.42cB	10.05aA	10.11aA	14.14aA	8.07a	68.81aA	31.19bB
10～20cm	2007 年耕作	处理前	26.65	15.71	9.15	10.79	6.83	69.13	30.87
	2008 年收获期	N_{07}→S	18.89cB	11.39bB	11.41a	15.71aA	9.14aA	66.54aA	33.46aA
		S_{07}→N	32.75aA	16.14aA	11.03a	11.39bB	7.4bB	78.73bB	21.27bB
		CT	21.52bB	16.67bB	12.95a	16.14aA	8.4aA	75.68aA	24.32aA
	2009 年收获期	N→S_{08}	23.02bB	6.71cC	8.76bB	12.59b	8.19a	59.27cC	40.73aA
		S→N_{08}	26.92aA	11.28aA	11.30aA	13.79a	8.08a	71.37aA	28.63cB
		CT	26.70aA	9.31bB	11.88aA	12.69b	8.25a	68.82bB	31.18bB
20～30cm	2007 年耕作	处理前	30.89	11.05	9.3	9.67	5.98	66.89	33.11
	2008 年收获期	N_{07}→S	37.02a	8.8bB	11.09a	11.05aA	5.73b	73.69aA	26.31abA
		S_{07}→N	38.88a	10.39aA	13.81b	12.8bB	5.48b	81.36bB	18.64aA
		CT	39.15a	9.53bA	9.11b	10.39aA	7.16a	75.34aA	24.66bB
	2009 年收获期	N→S_{08}	45.73cC	10.56aA	7.03aA	9.18aA	5.52aA	78.01cB	21.99aA
		S→N_{08}	51.51bB	9.23bB	7.54aA	7.34 bB	3.92bB	79.55bB	20.45bA
		CT	58.90aA	8.99cC	5.68 bB	5.75 cC	3.32bB	72.65aA	27.35cB
30～40cm	2007 年耕作	处理前	35.89	15.73	8.44	9.53	6.11	75.7	24.3
	2008 年收获期	N_{07}→S	20.55cC	8.34b	19.99aA	15.73aA	7.43a	72.04bB	27.96aA
		S_{07}→N	46.88aA	9.77a	8.03bB	8.34bB	5.08b	78.1aA	21.9bB
		CT	35.93bB	10.69a	8.92bB	9.77cB	6.78b	72.09bB	27.91aA
	2009 年收获期	N→S_{08}	34.29bB	12.13aA	11.43aA	12.78aA	7.01aA	77.65bB	22.35bB
		S→N_{08}	49.69aA	10.70bB	9.32bB	8.94cC	5.03cB	83.68aA	16.32cC
		CT	34.41bB	7.66cC	8.84cB	10.25bB	6.69bB	67.85cC	32.15aA

注：同列相同土层后不同字母表示差异达显著水平（$P<0.05$）(LSD)。下同。

通过以上分析可知，经过两年轮耕试验 CT 处理 0～10cm 土层内 0.25～2mm 的团聚体的数量显著高于 S→N 和 N→S 处理，而 10～40cm 土层内的大于 0.25mm 团聚体的数量 S→N 处理显著高于 CT 和 S→N 处理，CT 和 N→S 处理间没有显著差异，说明传统翻耕显著地提高了 0～10cm 土层内的大于 0.25mm 的团聚体的数量，S→N 处理显著地提高了 0～40cm 土层内的大于 0.25mm 的团聚体的数量，使土壤团粒结构体的数量增多。3 种轮耕处理下的所有层次大于 0.25mm 土壤团聚体数量都在 55%以上，而 S→N 处理相对于传统翻耕，可使 10～20cm 土层的团聚体数量平均提高 3.87%，20～30cm 土层的团聚体数量平均提高 8.74%，30～40cm 土层的团聚体数量平均提高 15.83%。

对土壤水稳性团聚体组成的影响：良好的土壤结构不仅具有较好的机械稳定性，更重要的是有良好的水稳性，团聚体水稳性对稳定土壤的入渗、减少土壤的水蚀有重要的作用。湿筛法获得的团聚体是土壤中的水稳性团聚体，水稳性团聚体对保持土壤结构的稳定性有重要的贡献。因而，水稳性团聚体比非水稳性团聚体更为重要。

从表 2-54 可以看出，2008 年小麦收获后，各处理水稳性团聚体平均含量较 2007 年播前均有所增加。不同粒径团聚体间的水稳性差异不大，处理间差异不明显。0～10cm 土层：N_{07}→S、CT 处理大于 0.25mm 团聚体含量分别较播前升高 141.5%和 129.22%，S_{07}→N 处理无明显变化，处理 N_{07}→S 较 CT 高 5.18%，S_{07}→N 较 CT 低 50.20%；10～20cm 土层：N_{07}→S、CT 处理大于 0.25mm 团聚体含量分别较播前升高 78.15%和 350.42%，S_{07}→N 处理无明显变化，处理 N_{07}→S、S_{07}→N 分别较 CT 低 60.45%、70.71%；20～30cm 土层：N_{07}→S、CT 处理大于 0.25mm 团聚体含量分别较播前升高 68.39%和 24.87%，S_{07}→N 略有降低，处理间无明显差异；30～40cm 土层：大于 0.25mm 团聚体含量 S_{07}→N、CT 处理分别较播前高 318.99%和 163.29%，N_{07}→S 较播前略有升高，增幅为 36.58%，大于 0.25mm 团聚体含量 S_{07}→N 处理最高。2009 年小麦收获后，各粒径水稳性团聚体组分得到明显改善，尤其增加了 1～2mm 和 2～5mm 水稳性团聚体含量。两种粒径水稳性团聚体平均含量分别为 0.406%～0.76%和 1.016%～2.057%，大于 0.25mm 各粒径水稳性团聚体含量均较 2008 年收获后显著增加，但处理间无差异。0～10cm 土层：N→S_{08}、S→N_{08}大于 0.25mm 团聚体含量是 2008 年冬小麦播前的 3 倍左右，N→S_{08}、S→N_{08}分别较 CT 高 13.81%和 4.21%；10～20cm 土层：各处理大于 0.25mm 团聚体含量均较 2008 年播前增幅显著提高，处理间差异不显著；20～30cm 土层：各处理大于 0.25mm 团聚体含量分别较播前增加了 2.26 倍、7.68 倍和 4.57 倍，N→S_{08}、S→N_{08}分别较 CT 低 33.25%、20.55%，处理间差异显著；30～40cm 土层：大于 0.25mm 团聚体含量各处理均较 2008 年播前显著提高，N→S_{08}较 CT 低 21.98%，差异不显著，S→N_{08}显著较 CT 高 55.33%。

表 2-54　不同轮耕处理湿筛下的各级土壤团聚体含量　（%）

土层深度	时期	处理	团聚体粒径					
			5～2mm	2～1mm	1～0.5mm	0.5～0.25mm	＞0.25mm	＜0.25mm
0～10cm	2007年耕作	处理前			0.68	1.51	2.19	97.81
	2008年收获期	$N_{07}\rightarrow S$			1.23a	4.06a	5.29a	94.72a
		$S_{07}\rightarrow N$			0.67a	1.83a	2.50a	97.5a
		CT			1.63a	3.39a	5.02a	94.98a
	2009年收获期	$N\rightarrow S_{08}$	0.572a	1.358a	4.753a	6.734a	13.417a	86.583b
		$S\rightarrow N_{08}$	0.602a	1.696a	3.830a	6.157a	12.285b	87.715a
		CT	0.760a	1.542a	4.460a	5.028a	11.789b	88.211a
10～20cm	2007年耕作	处理前			0.46	0.73	1.19	98.81
	2008年收获期	$N_{07}\rightarrow S$			0.60a	1.51 b	2.12 b	97.88a
		$S_{07}\rightarrow N$			0.54a	1.02 b	1.57 b	98.43a
		CT			1.71a	3.65a	5.36a	94.64b
	2009年收获期	$N\rightarrow S_{08}$	0.642a	1.191a	3.198a	3.639a	8.671a	91.329a
		$S\rightarrow N_{08}$	0.671a	1.177a	2.677a	5.097a	9.621a	90.379a
		CT	0.535a	1.202a	2.865a	4.952a	9.555a	90.445a
20～30cm	2007年耕作	处理前			0.58	1.35	1.93	98.07
	2008年收获期	$N_{07}\rightarrow S$			1.05a	2.20a	3.25a	96.75a
		$S_{07}\rightarrow N$			0.30a	0.85a	1.14a	98.86a
		CT			0.47a	1.94a	2.41a	97.59a
	2009年收获期	$N\rightarrow S_{08}$	0.615a	1.117a	1.920a	3.707a	7.359b	92.641a
		$S\rightarrow N_{08}$	0.622a	1.016a	2.889a	4.233a	8.759b	91.241a
		CT	0.676a	1.658a	3.459a	5.232a	11.025a	88.975b
30～40cm	2007年耕作	处理前			0.46	1.12	1.58	98.42
	2008年收获期	$N_{07}\rightarrow S$			0.68a	1.31a	2.00a	98a
		$S_{07}\rightarrow N$			1.03a	5.58a	6.62a	93.38a
		CT			0.55a	3.61a	4.16a	95.84a
	2009年收获期	$N\rightarrow S_{08}$	0.499a	1.139a	2.873b	4.019b	8.529b	91.471a
		$S\rightarrow N_{08}$	0.515a	2.057a	6.540a	7.869a	16.981a	83.019b
		CT	0.406a	1.208a	3.658b	5.660b	10.932b	89.069a

以上分析表明，在宁南旱作农田，两年轮耕措施会导致土壤团聚体的含量发生变

化，从而有利于 0～40cm 各土层各粒径水稳性团聚体的形成，明显提高了 0～40cm 土层水稳性团聚体的含量。

综合分析表 2-53 和表 2-54 发现，湿筛处理下水稳性团聚体的大于 0.25mm 最高为 13.42%，远小于干筛处理下的最小值 55.53%，说明该土壤的土壤团聚体大部分为非水稳性团聚体，水稳性团聚体的数量较少。

（2）对土壤水分的影响

在半干旱区，夏季休闲期正处于多雨季节，合理的耕作措施可改善土壤结构，充分利用自然降水，减少土壤水分的无效蒸发与径流损失，从而达到蓄水保墒，提高水分利用率的目的。

a. 夏闲期不同轮耕方式对 0～200cm 土层土壤水分的影响

半干旱区夏闲期土壤耕作的一个重要目的，就是多接纳并保蓄天然降雨，以利秋播作物生长。2007 年 6 月前作冬小麦收获后土壤水分含量较低，夏闲期经免耕、深松、翻耕处理后，0～200cm 土层的土壤贮水量呈明显上升趋势（图 2-51），夏闲期结束后 0～200cm 土壤总贮水量 S_{07}→N 最高，达 310.78mm，分别较 N_{07}→S、CT 处理高 8.23mm、1.61mm。0～20cm 土层 S_{07}→N、CT 处理土壤贮水量较处理前分别提高了 71.32%、69.02%，极显著高于 N_{07}→S，提高幅度为 60.19%；0～40cm、60～100cm 的 S_{07}→N 处理和 CT 均极显著高于 N_{07}→S 处埋；40～60cm CT 处理土壤水分极显著高于 S_{07}→N 处理；140cm 以下各处理的土壤水分差异减小。

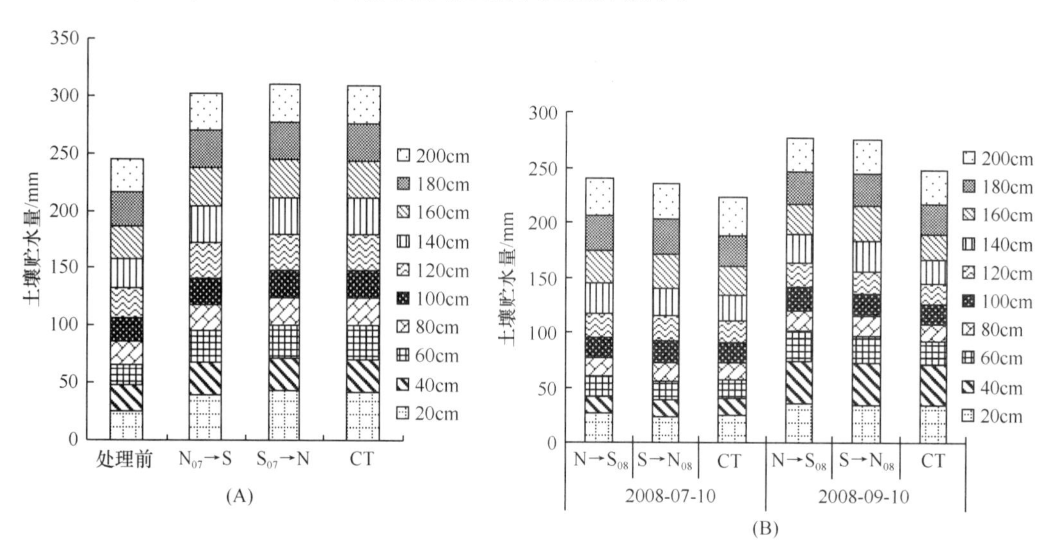

图 2-51　2007 年、2008 年旱地夏闲期休闲轮耕对 0～200cm 土壤贮水量变化的影响
（A）2007 年；（B）2008 年

2008 年 7～9 月降雨量比 2007 年雨季少 29.4mm，9 月中旬测得各处理的 0～200cm 土壤贮水量（图 2-51）明显低于 2007 年夏闲期结束后，2008 年 7～9 月降雨量为 124.9mm，通过整个夏闲期各处理对降雨的贮蓄，对土壤有保墒作用，9 月中旬 N→S_{08}、S→N_{08}和 CT 处理 0～200cm 土壤贮水量分别极显著高于 7 月对应处理 37.38mm、

40.35mm 和 24.95mm，土壤蓄墒率分别提高了 30%、32%和 20%，$N\rightarrow S_{08}$、$S\rightarrow N_{08}$ 处理分别较 CT 高 12.1%、11.2%。这说明不同轮耕措施在夏闲期能有效地蓄雨保墒，提高旱平地冬小麦播前的土壤贮水量。

b. 冬小麦不同生长阶段 0～200cm 土层土壤水分变化分析

冬小麦苗期 0～200cm 土层土壤水分的变化情况　2007 年冬小麦播种（9 月 18 日）—越冬前的苗期（10 月 15 日）降雨量 57.5mm，冬前测定各处理 0～80cm 土层的土壤水分明显增加［图 2-52（A）］，不同轮耕方式间差异极显著，$S_{07}\rightarrow N$、$N_{07}\rightarrow S$ 和 CT 处理土壤贮水量分别为 176.1mm、167.6mm 和 164.7mm。与播前相比，各处理 0～80cm 土层的土壤贮水量分别增加 57.0mm、62.4mm、41.6mm，以 $S_{07}\rightarrow N$ 处理的增加幅度最大。80cm 以下土层土壤贮水量在苗期变化不大。这说明夏闲期不同的耕作处理对后作冬小麦苗期土壤水分的影响主要表现在 80cm 以上土层。冬前苗期 0～200cm 土壤水分各处理的土壤贮水量分别为 351.1mm、344.0mm 和 315.2mm，$S_{07}\rightarrow N$ 和 $N_{07}\rightarrow S$ 均显著高于 CT，说明不同轮耕方式可显著改善了冬小麦苗期的土壤水分状况。

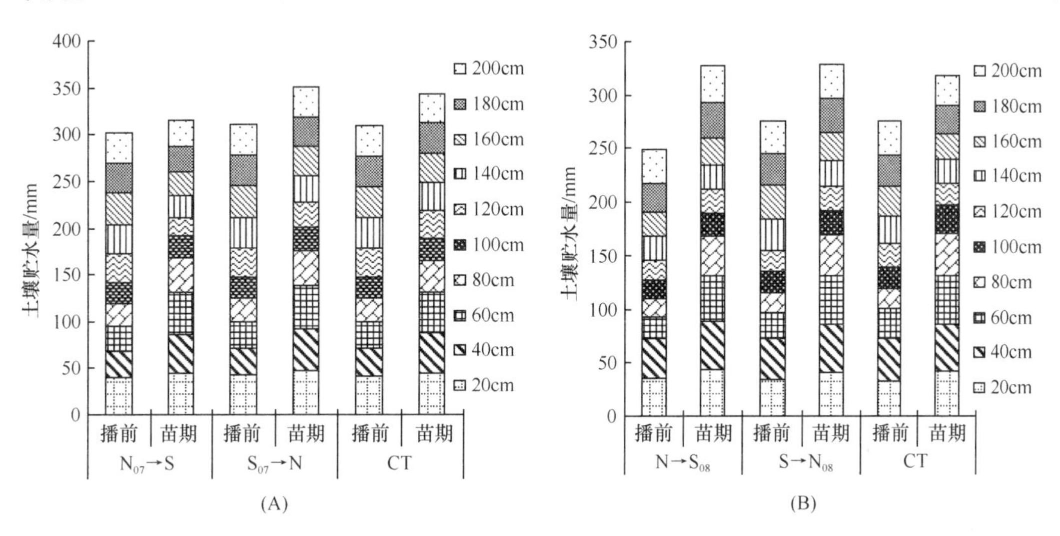

图 2-52　2007 年、2008 年不同轮耕方式下小麦苗期 0～200cm 土壤贮水量变化的影响

（A）2007 年；（B）2008 年

2008 年冬小麦播种-苗期降雨量较 2007 年高出 34.7mm，苗期各处理 0～200cm 土壤贮水量明显高于 2007 年水平［图 2-52（B）］，2008 年播前 0～200cm 土壤贮水量 $S\rightarrow N_{08}>CT>N\rightarrow S_{08}$，各处理苗期较播前水分增幅达 15.22%以上，以 $N\rightarrow S_{08}$ 处理的增加幅度最大；CT 处理最低，仅 15.22%。因此不同轮耕处理土壤贮水量明显高于传统耕作，提高了小麦冬前苗期的土壤水分含量，明显改善了小麦苗期的土壤水分状况。

冬小麦越冬-返青期 0～200cm 土层土壤水分变化　2007 年 10 月底土壤封冻至 2008 年 3 月中旬冬小麦进入越冬期，降雨量仅 12.40mm，2008 年 3 月中旬测定各处理 0～200cm 土壤水分。由图 2-53（A）可以看出，越冬期 0～40cm 土层土壤贮水量 $S_{07}\rightarrow N$、$N_{07}\rightarrow S$ 处理分别高出 CT（34.9mm）9.7mm、4.0mm；0～60cm 各处理分别高出

CT（58.7mm）10.1mm、2.6mm；0～80cm S_{07}→N 处理高出 CT（83.2mm）11.0mm，N_{07}→S 低于 CT 处理 1.1mm；0～100cm S_{07}→N 高出 CT（109.4mm）11.8mm，N_{07}→S 低于 CT 处理 5.8mm。不同轮耕方式对耕层土壤水分状况的改善有利于冬小麦的越冬。

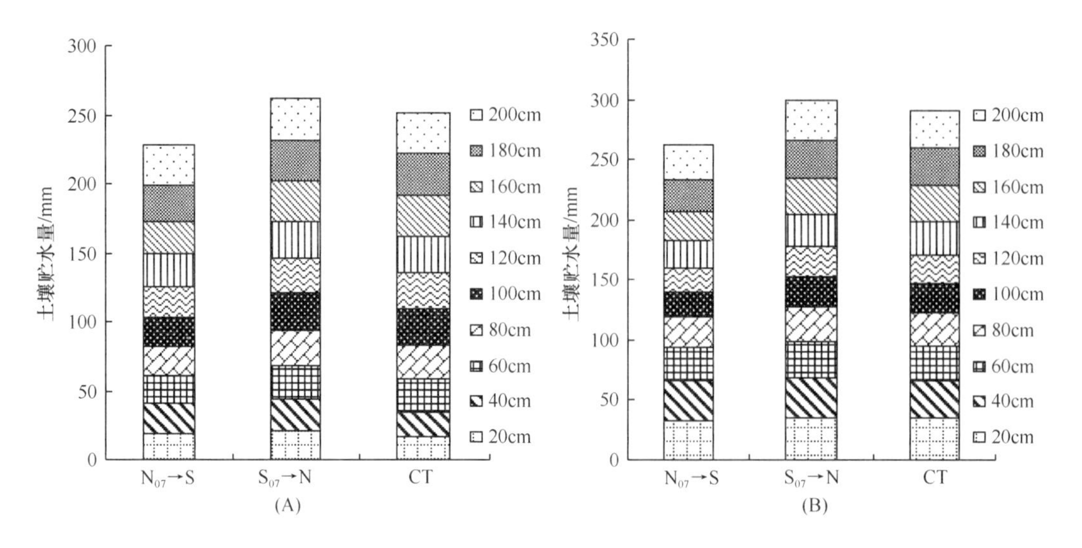

图 2-53　2007 年不同轮耕方式对小麦返青期 0～200cm 土壤贮水量变化的影响

（A）越冬期；（B）返青期

3 月下旬冬小麦开始返青至 4 月中旬小麦拔节期，总降雨量为 40.7mm，早春的雨雪使表层土壤水分及时得到补充，4 月 10 日测定各处理 0～200cm 土壤水分［图 2-53(B)］，0～40cm 土层土壤贮水量 S_{07}→N 仅高出 CT（66.3mm）1.9mm，N_{07}→S 处理为 66.1mm，和 CT 无差异；0～60cm S_{07}→N 高出 CT（95.4mm）3.3mm，N_{07}→S 低于 CT 处理 1.8mm；0～80cm S_{07}→N 处理高出 CT（122.9mm）4.0mm，N_{07}→S 低于 CT 处理 4.3mm；0～100cm S_{07}→N 处理高出 CT（146.9mm）5.4mm，N_{07}→S 低于 CT 处理 7.9mm。和越冬期相比，返青期降雨主要使 0～80cm 土层土壤贮水量增加，不同耕作处理间的差异减小；100～200cm 土层土壤贮水量 S_{07}→N 处理高出 CT 处理 2.2mm，N_{07}→S 处理较 CT 低 20.9mm；0～200cm 土层总贮水量 S_{07}→N 最高，达 298.9mm，高出 CT 处理 8.4mm，N_{07}→S 低于 CT 处理 27.8mm。这说明 S_{07}→N 处理冬小麦返青期 0～200cm 土壤水分状况好于传统翻耕，N_{07}→S 处理 40cm 以下的土壤水分状况差于传统翻耕。

2008 年小麦越冬期，降雨量达 20.53mm，远超过 2007 年水平，如图 2-54（A）为小麦越冬期（10 月底）各处理 0～200cm 土壤水分状况。0～200cm 土壤贮水量各处理分别达 322.53mm、318.43mm 和 308.86mm，均高出 2007 年小麦越冬期水平；处理 0～20cm N→S_{08} 略高出 CT 处理 0.185mm，S→N_{08} 显著低出 CT 处理 2.82mm；160～200cm 土壤贮水量 N→S_{08}、S→N_{08} 分别显著高出 CT 处理 8.1mm 和 8.36mm；0～200cm 总土壤贮水量 N→S_{08}、S→N_{08} 分别高出 CT 处理 13.66mm、9.56mm，差异显著。

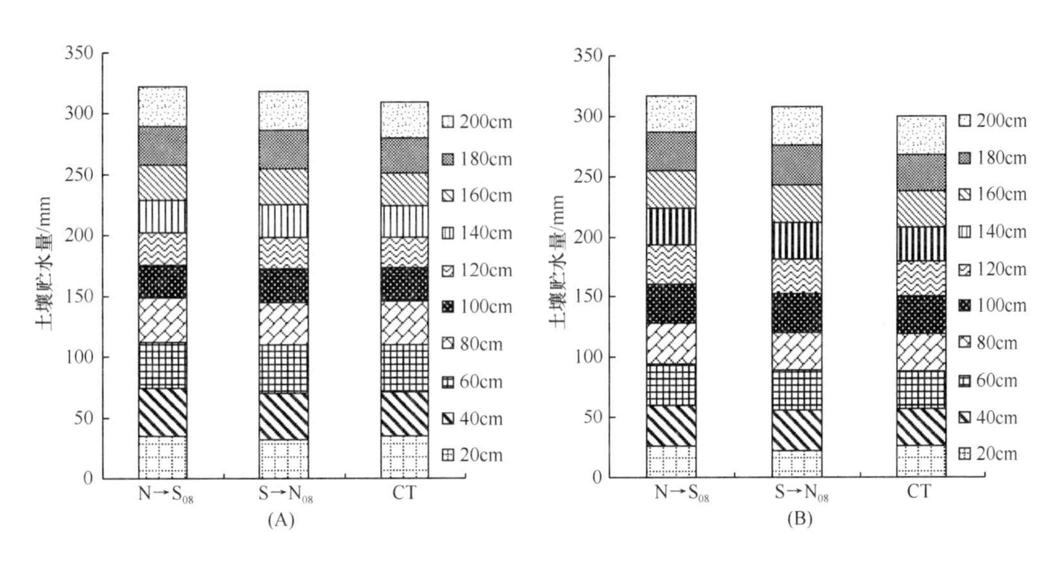

图 2-54　2008 年不同轮耕方式对小麦返青期 0～200cm 土壤贮水量变化的影响

（A）越冬期；（B）返青期

3 月、4 月冬小麦进入返青期，各处理土壤水分状况略有降低［图 2-54（B）］，各处理 0～200cm 总土壤贮水量分别为 316.94mm、308.36mm 和 299.75mm，均低于越冬期水平；春季降雨稀少使 0～80cm 土层土壤贮水量明显降低，不同耕作处理间差异显著。处理 0～20cm $N\rightarrow S_{08}$、$S\rightarrow N_{08}$ 分别略低出 CT 处理 0.175mm、3.8mm；20～60cm 分别高出 CT 处理 5.78mm 和 5.10mm；0～200cm 总土壤贮水量 $N\rightarrow S_{08}$、$S\rightarrow N_{08}$ 分别高出 CT 处理 17.19mm、8.61mm。与越冬期相比，各处理 0～200cm 土壤贮水量均明显降低，降幅分别为 1.73%、3.26%和 2.95%。春旱降雨量减少造成冬小麦返青期0～200cm 土壤水分含量明显降低，不同轮耕处理可以减少土壤水分的散失，在一定程度上起到了保水保墒的效果。

冬小麦孕穗-成熟期 0～200cm 土层土壤水分变化分析　2008 年 4 月下旬冬小麦进入孕穗期，到 6 月下旬成熟期历时 2 个多月，总降雨量仅 17.25mm，而冬小麦生长进入旺盛期，叶面积增大，蒸散强度加大，耗水逐渐增多，土壤贮水量急剧下降（图 2-55）。

冬小麦孕穗期［图 2-55（A）］，5 月 12 日测定 0～200cm 土层总贮水量 $S_{07}\rightarrow N$ 处理高出 CT 处理 10.1mm，$N_{07}\rightarrow S$ 处理低于 CT 处理 27.8mm。0～40cm 土层土壤贮水量 $S_{07}\rightarrow N$、$N_{07}\rightarrow S$ 处理分别较 CT 低 1.8mm、3.9mm；20～60cm 土壤贮水量各处理间无明显差异；60～140cm 土壤贮水量 $S_{07}\rightarrow N$ 处理高出 CT 处理 3.85mm，$N_{07}\rightarrow S$ 处理低于 CT 处理 11.87mm；140～200cm 层各处理土壤贮水量差异不明显。

灌浆期［图 2-55（B）］，5 月 25 日测定 0～200cm 土壤贮水量各处理均略高于孕穗期，总贮水量 $S_{07}\rightarrow N$ 处理高出 CT 处理 11.1mm，$N_{07}\rightarrow S$ 处理低于 CT 处理 14.2mm。0～40cm 各处理土壤水分差异不明显；0～80cm $S_{07}\rightarrow N$ 与 $N_{07}\rightarrow S$ 处理间无差异，较 CT 处理土壤贮水量高出 4.8mm；0～100cm 土壤贮水量 $N_{07}\rightarrow S < S_{07}\rightarrow N < CT$；20～100cm 土壤贮水量各处理较孕穗期分别增加 10.91mm、4.31mm、9.79mm；100～

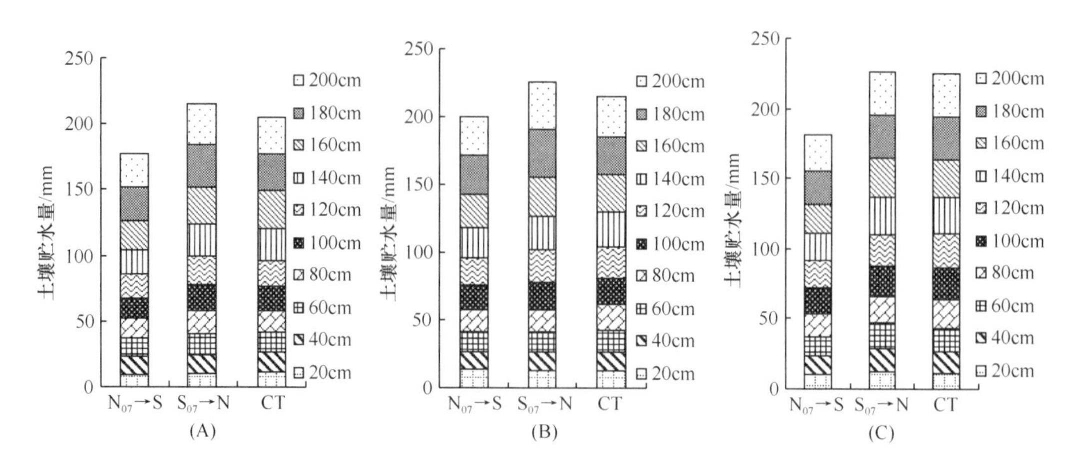

图 2-55　2007 年不同轮耕方式对旱平地冬小麦孕穗—成熟期 0～200cm 土壤水分变化的影响

(A) 孕穗期；(B) 灌浆期；(C) 成熟期

200cm 无明显变化。

成熟期［图 2-55 (C)］，6 月 14 日测定各处理 0～200cm 土壤贮水量有所回升，0～20cm 土层土壤贮水量 S_{07}→N 处理高出 CT 处理 1.35mm，N_{07}→S 处理低于 CT 处理 1.3mm；20～100cm 土壤贮水量 S_{07}→N 处理高出 CT 处理 0.55mm，N_{07}→S 处理低于 CT 处理 12.81mm；100～200cm 土壤贮水量 S_{07}→N 处理较 CT 低 0.76mm，N_{07}→S 处理低于 CT 处理 30.2mm；0～200cm 土壤贮水量 S_{07}→N 处理达 230.6mm，高出 CT 处理 2.1mm，N_{07}→S 处理低于 CT 处理 48.3mm。

2009 年 4～6 月，小麦经历孕穗—成熟期，持续春旱使降雨减少，降雨量为 28.1mm，较 2007 年同期略有增加，孕穗期、灌浆期和成熟期各处理 0～200mm 土壤贮水量均高于 2007 年同期水平（图 2-56）。

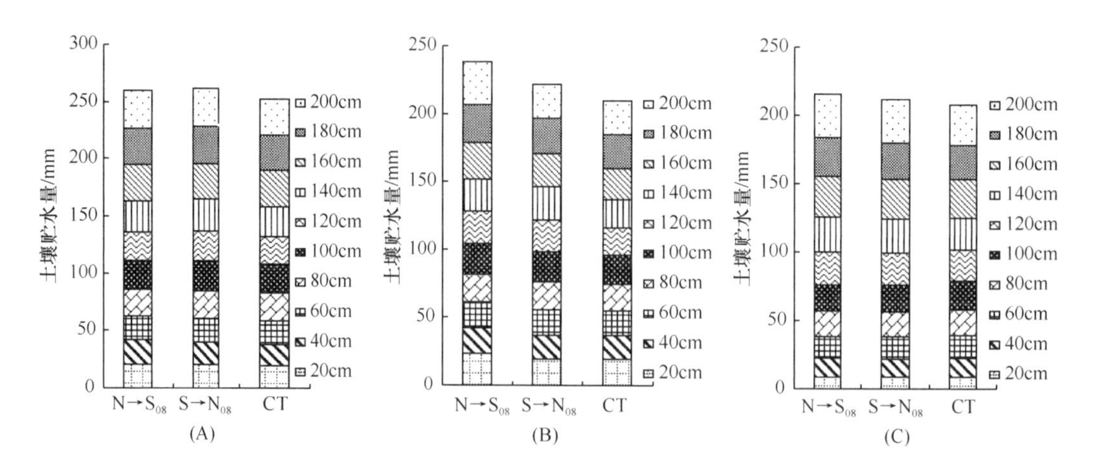

图 2-56　2009 年不同耕作方式对旱平地冬小麦孕穗—成熟期 0～200cm 土壤水分变化的影响

(A) 孕穗期；(B) 灌浆期；(C) 成熟期

与小麦返青期相比，降雨的减少使孕穗期［图 2-56（A）］各处理 0～200cm 土层土壤贮水量明显下降，降幅为 14.97%～17.89%。0～60cm 土壤贮水量 $N\rightarrow S_{08}$、$S\rightarrow N_{08}$ 处理分别显著高出 CT 处理 3.96mm、2.27mm；60～160cm 土壤贮水量各处理间无明显差异；160～200cm 土壤贮水量 $N\rightarrow S_{08}$、$S\rightarrow N_{08}$ 处理高出 CT 处理 3.02mm、3.95mm，差异显著。

灌浆期是小麦干物质积累的重要时期，各处理土壤贮水量均明显高于孕穗期［图 2-56（B）］，0～200cm 土壤贮水量 $N\rightarrow S_{08}$、$S\rightarrow N_{08}$ 处理显著高出 CT 处理 28.04mm 和 11.91mm。0～60cm 土壤贮水量 $N\rightarrow S_{08}$ 处理显著高出 CT 处理 6.86mm，而 $S\rightarrow N_{08}$ 略高出 CT 处理 0.82mm；60～160cm $N\rightarrow S_{08}$、$S\rightarrow N_{08}$ 处理分别较 CT 处理高 11.93mm 和 10.65mm；160～200cm 各处理间无明显差异。

小麦进入成熟期［图 2-56（C）］，降雨稀少加上强烈蒸发造成各处理 0～200cm 土壤贮水量降至最低值（211.48mm），灌浆期降幅达 5.25%左右。0～100cm 土壤贮水量 $N\rightarrow S_{08}$、$S\rightarrow N_{08}$ 处理分别低于 CT 处理 3.02mm、3.37mm；100～200cm 土壤贮水量 $N\rightarrow S_{08}$、$S\rightarrow N_{08}$ 处理分别显著高于 CT 处理 7.54mm、7.05mm；0～200cm 土层总贮水量 $N\rightarrow S_{08}$、$S\rightarrow N_{08}$ 处理贮水量分别高出 CT 处理 10.56mm、10.42mm，差异显著。综合两年从孕穗期到收获期的土壤贮水情况来看 $S_{07}\rightarrow N$ 和 $N\rightarrow S_{08}$ 处理均表现出良好的贮水效果；其次为 $N_{07}\rightarrow S$ 和 $S\rightarrow N_{08}$ 处理。

（3）不同轮耕方式对旱平地土壤化学性状的影响

a. 对土壤 pH、有机质的影响

不同轮耕方式 2007 年播种前差异不显著（表 2-55）。2008 年冬小麦收获期 $N_{07}\rightarrow S$、$S_{07}\rightarrow N$、CT 处理 0～40cm 各层土壤 pH 均有明显降低。0～20cm 土壤 pH $N_{07}\rightarrow S$ 处理最高，CT 次之，$S_{07}\rightarrow N$ 最低；20～40cm 土壤 pH 高低顺序为：$N_{07}\rightarrow S < S_{07}\rightarrow N <$ CT。0～20cm 土层各处理 pH 分别较播种前降低 0.42、0. 53 和 0.5；20～40cm 分别较播种前降低 0.49、0.46 和 0.4。

表 2-55　不同耕作方式对 0～40cm 土层土壤 pH 和土壤有机质的影响

时期	处理	pH		有机质/(g/kg)	
		0～20cm	20～40cm	0～20cm	20～40cm
2007 年播种前	$N_{07}\rightarrow S$	8.43a	8.48a	15.594a	14.213a
	$S_{07}\rightarrow N$	8.49a	8.55a	15.066a	13.678a
	CT	8.49a	8.55a	14.131b	13.455a
2008 年收获期	$N_{07}\rightarrow S$	8.01a	7.99a	15.037a	13.063a
	$S_{07}\rightarrow N$	7.96a	8.09a	13.701b	12.071b
	CT	7.99a	8.15a	12.141c	11.375b
2009 年收获期	$N\rightarrow S_{08}$	8.23a	8.29a	11.078a	12.229a
	$S\rightarrow N_{08}$	8.23a	8.24a	10.956a	10.728 b
	CT	8.225a	8.27a	10.287 b	10.086 b

2009 年冬小麦收获期各处理 0～40cm 各层土壤 pH 有所升高，且随土层的加深而

增加。0～20cm 土壤 pH N→S_{08}、S→N_{08} 均略高于 CT 处理；20～40cm 土壤 pH N→S_{08}略高于 CT 处理，S→N_{08}稍低于 CT 处理，各处理间无差异。由此表明，休闲轮耕可以调整土壤 pH 的大小，特别是犁底层（20～40cm）。

由表 2-55 可知，经过两年休闲轮耕处理 0～40cm 土层土壤有机质含量年际变化呈逐年下降的趋势，土层间 0～20cm＞20～40cm。

2008 年小麦收获期各处理 0～40cm 土壤有机质含量均较 2007 年播前明显降低，降幅为 8.09％和 11.75％。0～20cm 有机质含量 S_{07}→N、N_{07}→S 处理分别较 CT 高 1.56g/kg、2.896g/kg；20～40cm 土层，S_{07}→N、N_{07}→S 处理分别较 CT 高 0.696g/kg、1.688g/kg；2009 年冬小麦收获后 0～40cm 土壤有机质含量继续下降。N→S_{08}处理 0～40cm 土层有机质含量显著较 CT 高出 2.934g/kg，S→N_{08}处理较 CT 高 1.311g/kg，差异不显著。

b. 对土壤全氮、碱解氮的影响

由表 2-56 可以看出，两年轮耕措施下 0～40cm 土壤全氮含量年际变化呈逐年增加的趋势，随土层的加深而降低。2008 年不同轮耕方式下土壤各层次全氮在冬小麦收获期的变化不大。2007 年播种前不同耕作方式下土壤全氮含量差别不明显，2008 年收获期土壤全氮含量 0～20cm 处理 N_{07}→S、S_{07}→N 和 CT 分别比播种前提高了 4.62％、2.94％和 3.08％；20～40cm 分别提高了 26.92％、34.04％和 30.43％。土壤全氮含量增幅 S_{07}→N＞ N_{07}→S ＞CT，以 S_{07}→N 处理最为明显，CT 处理最小。2009 年冬小麦收获期土壤全氮含量较 2008 年 6 月收获期有所提高，平均增幅达 5.29％。0～20cm 处理 N→S_{08}、S→N_{08}处理分别较 CT 提高 6.60％、9.24％；20～40cm 分别提高 7.19％和 4.53％，处理间差异不显著。

表 2-56 不同轮耕方式对麦田土壤全氮和碱解氮的影响

时期	处理	全氮/(g/kg)		碱解氮/(mg/kg)	
		0～20cm	20～40cm	0～20cm	20～40cm
2007 年播种前	N_{07}→S	0.65a	0.52a	55.32a	45.97a
	S_{07}→N	0.68a	0.47a	57.22a	40.37a
	CT	0.65a	0.46a	56.12a	46.90a
2008 年收获期	N_{07}→S	0.68a	0.66a	60.24a	52.86a
	S_{07}→N	0.70a	0.63a	60.31a	54.07a
	CT	0.67a	0.60a	59.89a	50.18a
2009 年收获期	N→S_{08}	0.727a	0.686a	67.88a	54.58a
	S→N_{08}	0.745a	0.669a	66.06a	56.96a
	CT	0.682a	0.640a	63.00b	55.71a

碱解氮含量的高低能大致反映出近期内土壤氮素的供应情况。由表 2-56 可以看出，两年轮耕措施下 0～40cm 土壤碱解氮含量年际变化与全氮含量变化表现一致：逐年升高且随土层的加深而降低。土壤各层次碱解氮在 2007 年冬小麦播种前各不同轮耕方式

处理间差异不显著，处理间高低顺序为S_{07}→N＞CT＞N_{07}→S。2008年冬小麦收获后各处理碱解氮含量较播前略有升高，增幅为6.7%～13.4%，处理间差异不显著。0～20cm N_{07}→S、S_{07}→N处理分别比CT高0.35mg/kg、0.52mg/kg；20～40cm土壤碱解氮变化明显，分别比CT提高2.68mg/kg、3.89mg/kg。2009年收获期各处理0～40cm土壤碱解氮含量继续升高，分别较2008年收获期提高了8.28%、7.55%和7.84%。0～20cm N→S_{08}、S→N_{08}处理分别比CT提高7.75 %、4.86%；20～40cm N→S_{08}处理略低于CT处理1.13mg/kg，S→N_{08}处理较CT高1.25mg/kg，受耕作方式影响较大。以上两年结果表明，休闲轮耕能增加耕层的全氮和碱解氮含量，提高土壤氮素的有效性。

c. 对土壤全磷、速效磷含量的影响

宁南旱坡地属于中性偏碱性风化母质，土壤全磷含量较高。由表2-57可以看出，两年轮耕措施下0～40cm土壤全磷含量年际变化表现为先下降后上升的趋势，且随土层的加深而降低。2007年播种前和2008年收获期土壤剖面各层次不同耕作方式土壤全磷含量均差异不显著，0～40cm土壤全磷含量大小依次为S_{07}→N＞N_{07}→S＞CT，处理间无明显差异；2009年小麦收获期0～40cm土壤全磷含量较2008年6月收获期明显增高，增幅在12.6%以上。0～20m N→S_{08}、S→N_{08}处理分别较CT略高0.028mg/kg、0.002mg/kg，20～40mm分别较CT高0.182mg/kg和0.125mg/kg，差异显著。

表2-57　不同耕作方式对麦田土壤全磷和速效磷的影响

时期	处理	全磷/(g/kg)		速效磷/(mg/kg)	
		0～20cm	20～40cm	0～20cm	20～40cm
2007年播种前	N_{07}→S	0.88a	0.82a	11.26a	8.39a
	S_{07}→N	0.76a	0.69 b	9.45ab	6.93ab
	CT	0.79a	0.7b	8.68b	6.56 b
2008年收获期	N_{07}→S	0.78a	0.7a	10.77aA	8.96aA
	S_{07}→N	0.79a	0.74a	8.32bB	5.44 bAB
	CT	0.71a	0.66a	6.27cC	4.52bB
2009年收获期	N→S_{08}	0.910a	0.886a	12.003aA	9.931aA
	S→N_{08}	0.884a	0.839a	10.182bB	9.770aA
	CT	0.882a	0.704b	9.744bB	8.726bB

土壤中速效磷的多少在一定程度上可以说明土壤质量的高低，在实际应用中最为广泛（袁菊等，2004）。由表2-57可以看出，两年轮耕方式下土壤各层次速效磷含量年际变化呈现先降低后升高的趋势。在土壤剖面上，土壤速效磷含量随土层的加深而减少。

2008年冬小麦收获期0～20cm土壤速效磷含量各处理分别较2007年播前降低了0.49mg/kg、1.13mg/kg和2.41mg/kg，N_{07}→S、S_{07}→N处理分别显著较CT高4.5mg/kg、2.05mg/kg；20～40cm土层处理N_{07}→S、S_{07}→N处理土壤速效磷与播前相比变化不明显，CT较播前降低了2.04mg/kg，N_{07}→S、S_{07}→N处理分别较CT高

4.44mg/kg、0.92mg/kg，差异显著。2009年冬小麦收获期0～40cm土壤速效磷含量各处理均比2008年收获期显著增加，平均增幅为42.45%，0～20cm N→S_{08}处理显著较CT高2.259mg/kg；20～40cm N→S_{08}、S→N_{08}处理分别较CT高1.205mg/kg、1.044mg/kg，差异显著。

综合两年数据可知，0～20cm与20～40cm土壤全磷和速效磷含量变化趋势大致相同，0～40cm N→S、S→N处理分别比2007年播前显著提高，平均提高幅度为5.45%、18.83%和11.62%、21.81%。结果表明，休闲轮耕具有明显的增磷效果。

d. 对土壤全钾、速效钾含量的影响

由表2-58可以看出，两年轮耕措施下0～40cm土壤全钾含量年际变化表现为逐年下降的趋势，且随土层的加深而降低。2007年播种期各轮耕处理间土壤各层次全钾含量差异不显著。2008年冬小麦收获期0～40cm各处理土壤全钾含量较播前明显下降，0～20cm N_{07}→S、S_{07}→N和CT分别下降了1.09g/kg、1.99g/kg、2.826g/kg；0～40cm土壤全钾累积量N_{07}→S、S_{07}→N处理均显著高于CT处理。2009年冬小麦收获期0～40cm各处理土壤全钾含量继续下降，平均降至7.876g/kg，降幅达17.03%，0～20cm N→S_{08}、S→N_{08}分别显著较CT高2.393g/kg、2.183g/kg；20～40cm N→S_{08}、S→N_{08}处理分别显著较CT高1.75g/kg和1.65g/kg，表明土壤全钾含量受不同耕作方式影响较大。

表2-58　不同轮耕方式对麦田土壤全钾和速效钾的影响

时期	处理	全钾/(g/kg)		速效钾/(mg/kg)	
		0～20cm	20～40cm	0～20cm	20～40cm
2007年播种前	N_{07}→S	10.73a	9.65a	99.79bB	68.64aA
	S_{07}→N	10.34a	9.94a	107.84aA	63.12bB
	CT	10.6a	8.35a	97.95bB	61.59bB
2008年收获期	N_{07}→S	9.64aA	9.94aA	101.74cC	96.91bB
	S_{07}→N	8.35aAB	9.24aAB	109.18bB	99.19aA
	CT	7.774bB	7.965bB	113.31aA	95.34cB
2009年收获期	N→S_{08}	8.083aA	8.071aA	118.17a	117.65aA
	S→N_{08}	7.873aA	7.974aA	116.02a	110.24bB
	CT	5.69bB	6.32bB	114.30b	107.82cC

根据钾的存在状态和作物吸收性能，又可将土壤中钾素分为4部分：土壤含钾矿物、非交换性钾、交换性钾和水溶性钾，后两种为速效性钾，可以直接被作物吸收利用，是反映钾肥肥效高低的标志之一，耕作措施能够改变土壤速效钾的供应水平。由表2-58可知，在两年冬小麦生育期不同耕作方式土壤各层次速效钾含量变化趋势大致相同，呈现明显上升的变化趋势，随土层的加深而降低。2008年冬小麦收获期传统耕作0～20cm土壤速效钾含量较2007年播前增幅最大，达15.68%。N_{07}→S、S_{07}→N处理增幅不太明显；20～40cm各处理土壤速效钾含量较播前增幅更为明显，分别为

41.19%、57.15%和 54.8%。

0～20cm 土壤速效钾含量明显高于 20～40cm。2009 年冬小麦收获期，0～20cm 土壤速效钾含量 N→S_{08}、S→N_{08}处理分别显著较 CT 处理高 3.87mg/kg 和 1.72mg/kg；20～40cm N→S_{08}、S→N_{08}处理显著比 CT 分别提高 9.12%、2.24%。表明休闲轮耕措施能提高土壤 0～40cm 耕层速效钾含量。

e. 对土壤酶活性的影响

对土壤过氧化氢酶活性、脲酶活性的影响：过氧化氢广泛存在于植物体和土壤中，它是由生物呼吸过程和有机物的生物化学氧化反应产生的，这些过氧化氢对生物和土壤均具有毒害作用，土壤中真菌、细菌和植物根分泌过氧化氢酶，酶促过氧化氢分解为水和氧，从而解除过氧化氢的毒害作用。由表 2-59 可以看出，不同轮耕方式下 0～40cm 各土层土壤过氧化氢酶活性［单位为 0.1mol/L $KMnO_4$ ml/(g · 20min · 37℃)］年际变化表现为先升高后降低的趋势，在土壤剖面上，土壤过氧化氢酶活性随土层加深而逐渐减小。

表 2-59　不同轮耕方式对麦田土壤过氧化氢酶及脲酶活性的影响

时期	处理	过氧化氢酶活性 /[(0.1mol/L $KMnO_4$ ml)/(g · 20min · 37℃)]		脲酶活性 /[NH_3-Nmg/(g · 24h · 37℃)]	
		0～20cm	20～40cm	0～20cm	20～40cm
2007 年播种前	N_{07}→S	4.25a	4.15a	6.51a	3.93bB
	S_{07}→N	4.39a	4.16a	7.33a	5.52aA
	CT	4.40a	4.13a	6.98a	3.91bB
2008 年收获期	N_{07}→S	4.45a	4.58a	4.64cB	2.28bB
	S_{07}→N	4.58a	4.47a	6.08bA	3.62aA
	CT	4.49a	4.44a	6.92aA	3.78aA
2009 年收获期	N→S_{08}	3.640a	3.869a	4.326a	2.215a
	S→N_{08}	3.755a	3.882a	5.514a	3.431a
	CT	3.886a	3.856a	4.702a	2.624a

2008 年冬小麦收获期土壤过氧化氢酶活性较 2007 年播前略有增加，不同轮耕方式对冬小麦 0～20cm 与 20～40cm 土壤过氧化氢酶活性的影响大致相同，20～40cm 土壤过氧化氢酶活性小于 0～20cm，各处理间差异不显著。0～20cm 土层 N_{07}→S、S_{07}→N、CT 处理分别较 2007 年播前增加 4.71%、4.33%和 2.05%，S_{07}→N 处理略高于 CT；20～40cm 各处理较播前分别提高了 10.36%、7.45%、7.51%，各处理土壤过氧化氢酶活性强弱顺序为 N_{07}→S>S_{07}→N>CT。2009 年收获期 0～40mm 土壤过氧化氢酶活性各处理较 2008 年收获期显著降低，降幅达 15.26%，0～20cm 土层 N→S_{08}、S→N_{08}分别较 CT 处理低 6.33%、3.37%；20～40cm 各处理分别略高于 CT 处理 0.34%和 0.67%。两年试验结果表明休闲轮耕对 0～40cm 土壤过氧化氢酶活性有一定的调节作用，减少了作物生长过程中过氧化氢的毒害，为作物的生长发育提供了良好的生长环境。

脲酶是土壤中唯一对尿素的转化具有重要影响的酶，且与土壤肥力和有机质含量关系密切。表 2-59 可知，两年不同轮耕方式 0～40cm 土壤脲酶活性［单位为 NH_3-N mg/(g·24h·37℃)］年际变化趋势大致相同：播前各处理土壤脲酶处于一个较高的水平，经过 2008 年小麦生育期，收获后略有下降，2009 年冬小麦收获期继续降低。2007 年播前 0～40cm 各处理间差异不明显，在 2008 年冬小麦收获期 0～40cm 土壤脲酶活性 S_{07}→N 处理较 CT 处理降低了 9.35%，但二者差异不显著，N_{07}→S 与 CT 处理相比降低了 35.33%，差异达到了极显著水平。2009 年冬小麦收获期 0～40cm 土壤脲酶活性各处理均比 2008 年收获期显著降低，分别降低了 0.379mg/g、0.755mg/g 和 3.374mg/g。而 0～40cm 土壤脲酶活性 N→S_{08}处理较 CT 处理低 0.785mg/g，S→N_{08}较 CT 处理高 1.619mg/g。

土壤脲酶活性随土层加深而变小，即 0～20cm 土壤脲酶活性较高，20cm 以下活性较小，说明 0～20cm 是土壤脲酶的主要活动层。不同轮耕方式对 20～40cm 土壤脲酶活性影响不大。

对土壤碱性磷酸酶、蔗糖酶活性的影响：碱性磷酸酶能促进有机磷化合物分解，有利于土壤磷素的转化利用，碱性磷酸酶主要由土壤中的微生物产生，是一个标示土壤有机质含量和土壤管理系统效果的重要指标。表 2-60 中的结果显示：0～40cm 土壤碱性磷酸酶活性［单位为酚 mg/(g·24h·37℃)］年际变化呈现逐年上升的趋势。

表 2-60　不同轮耕方式对土壤碱性磷酸酶活性及蔗糖酶活性的影响

时期	处理	碱性磷酸酶活性/［酚 mg/(g·24h·37℃)］		蔗糖酶活性/［葡萄糖 mg/(g·24h·37℃)］	
		0～20cm	20～40cm	0～20cm	20～40cm
2007 年播种前	N_{07}→S	0.71aA	0.51ab	18.44b	20.75a
	S_{07}→N	0.70aA	0.57a	21.52a	19.71a
	CT	0.66bB	0.41b	19.97ab	19.61a
2008 年收获期	N_{07}→S	0.75a	0.75a	20.61b	21.00b
	S_{07}→N	0.75a	0.74a	22.30a	21.64a
	CT	0.77a	0.76a	20.89b	20.70b
2009 年收获期	N→S_{08}	0.777a	0.765a	19.54b	20.41a
	S→N_{08}	0.764a	0.751a	21.07a	20.94a
	CT	0.771a	0.756a	21.62a	18.61b

2007 年播前 0～20cm 土壤碱性磷酸酶活性 N_{07}→S、S_{07}→N 处理分别较 CT 高 7.58%、6.06%，差异显著，2008 年收获后各处理无显著差异；20～40cm 土壤碱性磷酸酶活性收获后各处理均显著增加，增幅分别为 47.1%、29.83%和 85.37%，各处理间无显著差异。2009 年收获后 0～40mm 土壤碱性磷酸酶活性各处理较 2008 年收获期略有增加，0～40cm 土壤碱性磷酸酶活性 N→S_{08}处理较 CT 处理提高了 0.98 %，S→N_{08}处理较 CT 降低了 0.79%。以上分析表明不同轮耕方式可以提高 0～40cm 土壤碱性

磷酸酶活性，但提高作用不太明显。

土壤蔗糖酶又称土壤转化酶，属于水解酶类，对土壤碳素循环有重要意义，肥力状况较好和有机质含量较高的土壤，转化酶活性也较高。由表 2-60 可以看出，不同轮耕方式土壤剖面各层次土壤蔗糖酶活性［单位为葡萄糖 mg/(g・24h・37℃)］年际变化表现为先升高后降低的趋势，土壤剖面蔗糖酶活性随土层加深而逐渐减小（N→S 除外）。

2008 年冬小麦收获后各处理 0～20cm 土壤蔗糖酶活性分别比 2007 年播前升高了 11.77％、3.63％、4.61％，S_{07}→N 处理分别显著高于 N_{07}→S 和 CT 8.2％和 6.75％；20～40cm 各处理分别比播前升高 1.21％、9.79％和 5.56％，处理间差异不显著。2009 年冬小麦收获期 0～20cm 土壤蔗糖酶活性 N→S_{08}、S→N_{08}处理分别比 2008 年收获期显著降低，而 CT 处理显著提高，N→S_{08}、S→N_{08} 处理分别较 CT 处理降低了 9.62％、2.54％；20～40cm 各处理均略有降低。N→S_{08}、S→N_{08} 处理分别较 CT 处理显著高 9.67％、12.52％。0～20cm 土壤蔗糖酶活性较高，20cm 以下活性较小，说明 0～20cm 是土壤蔗糖酶的主要活动区域，也是外界对土壤蔗糖酶影响最大的区域。以上结果表明，休闲轮耕措施特别是 S→N 处理能显著提高土壤蔗糖酶活性，促进了碳水化合物的转化。

（4）不同轮耕方式对冬小麦生长发育的影响

a. 对冬小麦各生育期株高的影响

在相同播量和基本苗（250 万株/hm^2）的条件下，2008 年不同轮耕方式下冬小麦主要生育期株高的变化均呈先升后降的趋势［图 2-57（A）］。拔节前增加较慢，进入拔节期植株株高生长速度明显加快，孕穗期达到最大值，之后逐渐降低，到成熟期趋于稳定。在拔节期各处理株高基本呈现 S_{07}→N＝N_{07}→S＞CT 的趋势；孕穗期各处理较拔节期均显著增加，增幅为 125.89％～232.12％，各处理间差异不明显；灌浆期 S_{07}→N 较 CT 处理呈显著性差异，比 CT 高 8.7cm；成熟期表现为 CT＞S_{07}→N＞N_{07}→S。2009 年不同轮耕方式下冬小麦主要生育期株高变化均呈逐渐上升的趋势［图 2-57（B）］。拔节至成熟期冬小麦生长进程与 2008 年基本一致，灌浆、成熟期均达到最大值。CT 处理的株高生长速度最快，CT＞S→N_{08}＝N→S_{08}，各处理间差异不显著。研究表明，在无覆盖处理条件下冬小麦生长前期株高 N→S、S→N 处理略高于 CT 处理，在生长后期低于 CT 处理。

b. 对冬小麦各生育期干物质积累量的影响

2008 年不同轮耕方式下冬小麦干物质的年际变化趋势与其株高基本一致（图 2-58），均呈现“慢—快—慢”逐渐上升的趋势。2008 年冬小麦拔节前增长缓慢，进入孕穗期植株干物质量迅速增加，灌浆期增长缓慢，成熟期达到最大值，为 0.936g/株；拔节期植株干物质量 N_{07}→S＞S_{07}→N ＞CT，在孕穗期已经变化为 N_{07}→S＞ CT＞S_{07}→N，孕穗以后基本表现为 S_{07}→N ＞CT＞N_{07}→S，S_{07}→N 处理干物质量比 CT 提高了 2.73％，N_{07}→S 处理较传统耕作降低 2.57％。2009 年不同轮耕方式下冬小麦干物质的年际变化与其株高变化趋势基本一致，均呈现逐渐上升的趋势。N→S_{08}、S→N_{08}处理冬小麦生长前期干物质积累量均略低于传统耕作（CT），而在冬小麦生长后期 N→S_{08}、S→N_{08}处理均明显高于传统耕作（CT），分别高出 CT 处理 7.36％、4.49％。

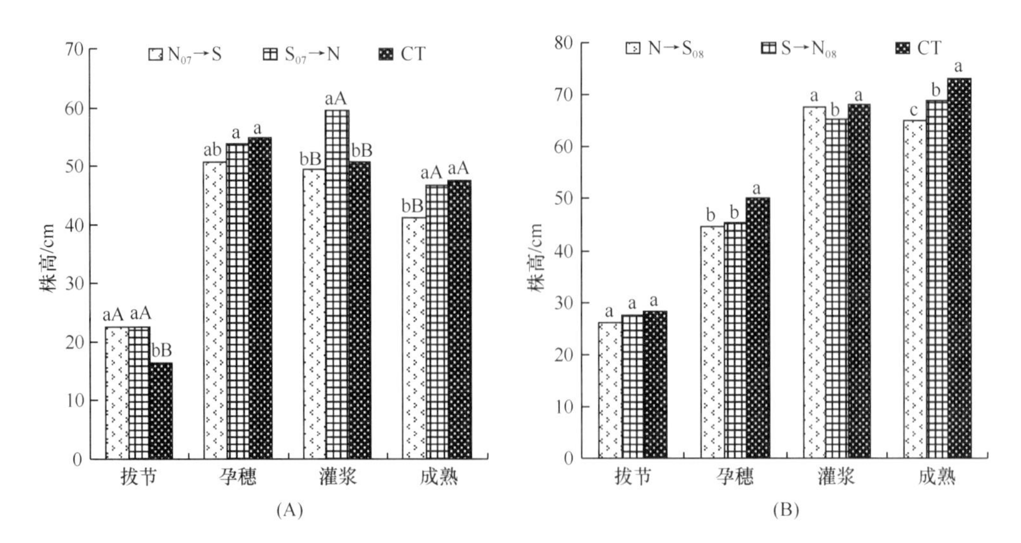

图 2-57　2008 年、2009 年不同轮耕方式对冬小麦株高的影响

(A) 2008 年；(B) 2008 年

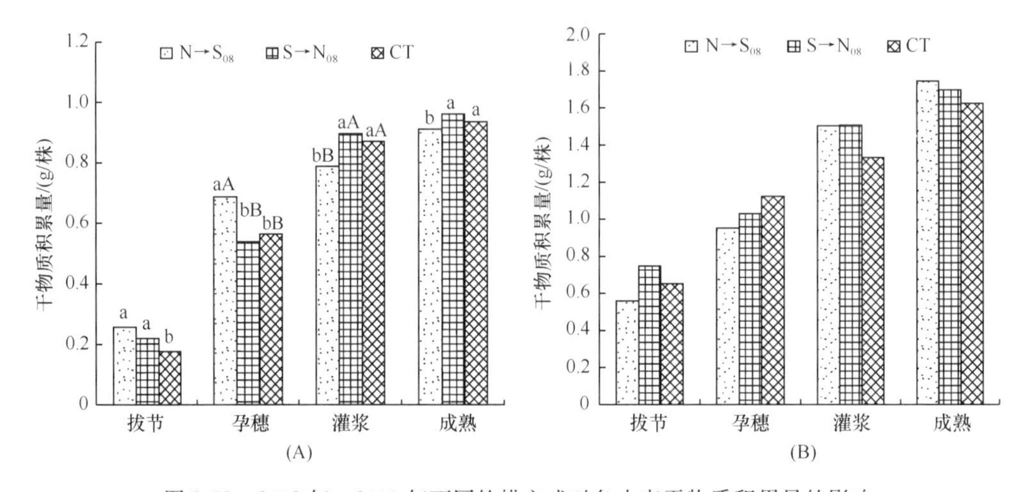

图 2-58　2008 年、2009 年不同轮耕方式对冬小麦干物质积累量的影响

(A) 2008 年；(B) 2009 年

结果表明 N→S、S→N 处理在孕穗后期能显著提高作物干物质的积累，为作物后期生长和籽粒灌浆保存了大量的养分，有利于作物产量的提高。

(5) 对冬小麦产量及水分利用效率的影响

a. 对冬小麦产量及其构成因素的影响

对 2008 年和 2009 年不同轮耕方式小麦产量及其构成因素测定结果表明（表 2-61），2008 年收获期 S_{07}→N 处理的穗粒数显著高于 CT，较 CT 提高 15.15%，处理间差异达到显著水平；N_{07}→S、S_{07}→N 的亩穗数显著低于 CT，分别较 CT 降低 22.51%、16.42%；但千粒重 CT 略高于 N_{07}→S、S_{07}→N 处理，各处理间差异不显著；CT 处理的产量最高，达 3475.87kg/hm^2，其次为 S_{07}→N 处理（3322.02kg/hm^2），N_{07}→S 产量最低，为 2519.32kg/hm²，与 CT 差异呈极显著水平。

表 2-61　2008 年、2009 年不同耕作方式对冬小麦产量及其构成因素的影响

时期	处理	亩穗数/(10^4/hm²)	穗粒数	千粒重/g	经济产量/(kg/hm²)
2008 年收获期	N_{07}→S	312.9cC	31.5cB	25.58a	2 519.74bB
	S_{07}→N	337.5bB	38aA	25.92a	3 322.02aAB
	CT	403.8aA	33bB	26.1a	3 475.87aA
2009 年收获期	N→S_{08}	344.98bB	26.43a	29.16a	2 659.11bB
	S→N_{08}	356.48aA	25.27a	30.31a	2 730.36aA
	CT	343.07bB	25.07a	30.13a	2 591.32cC

2009 年小麦收获期 N→S_{08}、S→N_{08}处理的亩穗数均显著高于 2008 年，而 CT 处理的明显降低，S→N_{08}较 CT 提高 3.91%；同时穗粒数较 2008 年收获期显著降低，降幅达 24.54%；但千粒重各处理较 2008 年收获期平均提高了 15.46%，处理间无显著差异；其次，产量上，各处理较 2008 年收获期显著降低，降幅达 21.63%，这可能与本年降雨量明显减少、严重春旱现象有关。处理 N→S_{08}、S→N_{08}分别较 CT 增产 2.62% 和 5.37%，与 CT 差异呈极显著水平，这说明两年夏闲期轮耕使 S_{07}→N、N_{07}→S 处理冬小麦产量增产效果明显。

b. 对冬小麦耗水量和水分利用效率的影响

表 2-62 是 2008 年、2009 年收获期各处理的作物耗水量和水分利用效率情况，2008 年 N_{07}→S、S_{07}→N 整个生育期小麦耗水量均较 CT 显著降低，分别低 3.85% 和 1.13%；收获期产量 N_{07}→S、S_{07}→N 处理较 CT 分别低 1 256.13kg/hm² 和 153.85kg/hm²，这可能与作物干物质积累量多、耗水量大有关；CT 处理水分利用效率最高，达 14.12kg/(mm·hm²)，S_{07}→N 处理次之 [13.62kg/(mm·hm²)]，N_{07}→S 处理的水分利用效率最低，为 10.64kg/(mm·hm²)，与 CT 差异显著。

表 2-62　不同处理对冬小麦经济产量和水分利用效率的影响

时期	处理	产量/(kg/hm²)	耗水量/mm	水分利用效率/[kg/(mm·hm²)]
2008 年收获期	N_{07}→S	2519.74bB	236.912cB	10.644cB
	S_{07}→N	3322.02aAB	243.607abA	13.623abA
	CT	3475.87aA	246.389aA	14.115aA
2009 年收获期	N→S_{08}	2659.11bB	186.122cB	14.287aA
	S→N_{08}	2730.36aA	204.0352bA	13.382aA
	CT	2591.32cC	212.336aA	12.204bB

2009 年 N→S_{08}、S→N_{08} 整个生育期小麦耗水量均显著低于 CT 处理 26.21mm 和 8.3mm；产量上 N→S_{08}、S→N_{08}处理分别较 CT 高 67.79kg/hm² 和 139.04kg/hm²；水分利用效率 N→S_{08}、S→N_{08} 分别较 CT 高 2.083kg/(mm·hm²) 和 1.178kg/(mm·

hm^2)，差异显著。

（三）主要结论

本试验通过对坡地条带休闲轮种和旱平地夏闲期轮耕等保护性耕作措施下 3 年内的土壤理化性状、作物生长及生理等多项指标的分析研究，得出以下主要结论。

1. 不同保护性耕作措施对土壤物理性质的影响

（1）对旱地土壤 pH 和土壤容重的影响

带状休闲轮种和平地夏闲期轮耕措施均可以调节 0～40cm 土壤酸碱度和土壤容重大小，改善了土壤孔隙度。经过 3 年定位试验结果表明，休闲轮种使 0～40cm 土壤 pH 较 2007 年谷子播前略有升高；0～60cm 土壤容重从 1.35g/cm^3 增加到 1.47g/cm^3，而土壤孔隙度有降低的趋势，降幅大小顺序为 0～20cm＞40～60cm＞20～40cm，处理间差异均不显著。

夏闲期轮耕降低了土壤 pH，特别是在耕作层（20～40cm）；同时有利于 20cm 以下犁底层土壤容重的降低，增加了 0～20cm 土壤孔隙度。经过两季作物生长后，N→S 处理土壤容重逐渐减小，S→N 处理略有上升，而 N→S、S→N 处理表层孔隙度值较高。

（2）对旱平地土壤团聚体组成和稳定性特征的影响

夏闲期轮耕措施使大于 0.25mm 各粒级 0～40cm 土壤团聚体含量明显增加；同时有利于各土层各粒径水稳性团聚体的形成，明显提高了 0～40cm 水稳性团聚体的含量。经过两年轮耕试验，CT 处理下 0～10cm 土层内 0.25～2mm 的机械性团聚体的数量显著高于 S→N 和 N→S 处理，而 10～40cm 土层内的大于 0.25mm 团聚体的数量 S→N 处理显著高于 CT 和 S→N 处理，说明大于 0.25mm 团聚体的数量处理 S →N 使 0～40cm 土层显著增加，N→S 处理使 20～40cm 土层显著增加，CT 处理使 0～20cm 土层显著增加。

两年轮耕措施使各粒径水稳性团聚体组分得到明显改善，尤其增加了 1～2mm 和 2～5mm 两种粒级的水稳性团聚体的含量，S→N 处理能明显提高 30～40cm 水稳性团聚体的含量。

（3）对旱地土壤水分的影响

等高条带休闲轮种能在雨季对自然降水起到就地拦蓄、就地入渗的作用，减少地表径流，提高坡地农田土壤蓄水保墒能力。2007 年雨季前期，0～40cm 土壤贮水量休闲区均显著高于种植区。种植区 0～200cm 土壤贮水量ⅠP、ⅡP 处理均较 CK1 高 4.47mm，休闲区 0～200cm 土壤贮水量ⅠF、ⅡF 处理分别较 CK2 高 3.84mm、2.9mm。雨季中期，种植区各处理间土壤贮水量差异不显著，休闲区ⅠF、ⅡF 处理 0～200cm 土壤贮水量分别较 CK2 高 5.26mm 和 5.31mm。雨季后期，休闲区土壤贮水量显著高于种植区，种植区各处理间差异不显著。

2008 年、2009 年 7 月冬小麦收获后，不同条带处理进入雨季休闲前期，随着降雨的不断增加，各处理 0～60cm 土壤贮水量处理Ⅰ、Ⅱ均显著高于 CK，60～200cm 土壤贮水量垂直向下依次增加；雨季中期，2008 年、2009 年降雨量分别达 70mm、

78.1mm，各处理土壤贮水量均明显高于雨季前期，而处理间差异不显著；雨季后期，由于降雨量的差异，2009年各处理0～200cm土壤贮水量高于2008年；各处理无作物耗水加上降水的增加，各处理土壤水分状况明显好于前两时期。0～200cm土壤贮水量达到最大值，0～60cm土壤贮水量增幅表现最为明显。2008年各处理增幅为30.82%～52.25%，2009年增幅最大达51.87%左右。2008年、2009年0～200cm总体土壤贮水量处理Ⅱ分别显著较CK处理高19.7mm、21.88mm。

等高条带轮种进入第二年冬小麦收获期，休闲区处理的土壤含水量均高于种植区，为后茬作物生长提供了较好的播前土壤墒情。2007年雨季土壤含水量休闲区均显著高于种植区，处理ⅠP、ⅡP的土壤含水量均高于CK1，处理ⅠF、ⅡF均高于CK2；次年春季冬小麦从拔节期进入孕穗期，种植区土壤含水量仍均明显高于休闲区。条带处理种植区年际变化空间上表现为：谷子生育期对土壤表层水分的保蓄作用好于CK1，第二年冬小麦拔节期各处理0～80cm土壤水分波动较大且各处理间差异明显，80～200cm逐渐趋于平稳且处理间差异较小；收获期各处理0～40cm土壤含水量均有所下降，60～200cm变化不明显。休闲区年际变化空间上表现为：谷子孕穗期和灌浆期0～60cm土壤含水量各处理间差异明显，60～200cm各处理间差异不显著；第二年冬小麦拔节期处理ⅠF、ⅡF的0～80cm土壤含水量均明显高于CK1，80cm以下土层变化平稳且各处理间无明显差异。孕穗期20～100cm土壤含水量处理ⅠF、ⅡF均明显高于CK1。

2008年9月中旬冬小麦播种期休闲区各处理0～200cm土壤墒情较好于2007年，种植区各处理略低于2007年。播前—返青期休闲区各处理土壤水分逐渐下降，而种植区各处理土壤水分略有上升；进入拔节—孕穗期，各处理土壤含水量变化平稳，4～6月持续干旱，各处理土壤水分变化呈现急剧下降的趋势，收获期降至最低值；各处理播种期—冬前和灌浆—收获期，土壤含水量均出现明显差异：播种期—冬前休闲区土壤含水量均高于种植区，拔节期0～200cm土层土壤含水量处理ⅠP、ⅡP均明显低于CK1，抽穗期0～80cm土壤含水量处理ⅠP、ⅡP均明显高于CK1，灌浆—收获期种植区各处理土壤含水量均略高于休闲区各处理，0～80cm土壤含水量各种植和休闲处理均明显低于相应的对照。

夏闲期轮耕措施能有效地蓄雨保墒，提高旱平地冬小麦播前的土壤贮水量。2007年夏闲期0～200cm土壤贮水量S_{07}→N处理最高，达310.78mm，分别较N_{07}→S、CT处理高8.23mm、1.61mm；从各处理效果看，表层土壤贮水量S_{07}→N处理较2007年处理前土壤水分提高了71.32%，CT处理提高了69.02%，极显著高于N_{07}→S处理的提高幅度（60.19%），各处理土壤蓄墒率分别较CT处理提高了0.79%和4.08%。2008年9月中旬0～200cm土壤贮水量明显低于2007年9月，通过整个夏闲期各处理对降雨的蓄水、保墒作用，9月中旬N→S_{08}、S→N_{08}和CT处理0～200cm土壤贮水量分别极显著高于7月初对应处理37.38mm、40.35mm和24.95mm，土壤蓄墒率分别提高了30%、32%和20%，N→S_{08}、S→N_{08}处理分别较CT高12.1%、11.2%。

休闲轮耕减少土壤水分的散失，在一定程度上起到了保水保墒的效果，明显改善了冬小麦不同生长阶段的土壤水分状况。2007年播种—冬前苗期，0～200cm土壤贮水量S_{07}→N、N_{07}→S处理分别显著较CT处理高35.9mm和28.8mm；2008年冬小麦播种—苗期各处理 0～200cm 土壤贮水量明显高于 2007 年水平，苗期 0～200cm 土壤贮水量 S→N_{08}>CT>N→S_{08}，提高了小麦冬前苗期土壤水分含量；2007 年越冬—返青期，0～200cm 土壤贮水量 S_{07}→N 处理土壤贮水效果最好，显著高出 CT 8.4mm，N_{07}→S 处理显著低于 CT 27.8mm，2008 年春旱造成冬小麦返青期土壤水分含量明显降低，0～200cm 总土壤贮水量 N→S_{08}、S→N_{08}分别较 CT 处理平均高出 17.19mm、8.61mm；从两年冬小麦孕穗—收获期的土壤贮水情况来看 N→S 和 S→N 处理均表现出良好的土壤贮水效果。2007 年 S_{07}→N 处理土壤贮水量达 226.6mm，略高出 CT 处理 1.14mm，N_{07}→S 处理显著低于 CT 处理 48.3mm。2008 年孕穗期—收获期 0～200cm 总土壤贮水量 N→S_{08}、S→N_{08}分别较 CT 处理高 14.89mm、9.52mm。

2. 不同保护性耕作措施对土壤化学性质的影响

（1）耕层土壤有机质变化

两种条带轮种模式下 0～40cm 土壤有机质的年际变化均表现为第一年作物收获后降低—第二年作物收获后增加—第三年作物收获后降低的趋势，且随土层深度的增加而减少，2007 年、2008 年 0～20cm 有机质均高于两个对照，2009 年均低于两个对照，两种轮种处理间差异显著。2008 年冬小麦收获期表层（0～20cm）有机质含量处理ⅠP、ⅡP 分别显著较 CK2 高 0.97g/kg 和 0.26g/kg；处理ⅠF、ⅡF 分别显著较 CK1 高 1.71g/kg 和 0.82g/kg。2009 年种植区 0～40cm 土层处理ⅠP、ⅡP 有机质含量分别较 CK1 低 1.65g/kg 和 0.94g/kg，休闲区 0～20cm 处理ⅠF、ⅡF 分别较 CK1 降低了 0.17g/kg 和 0.38g/kg，20～40cm 分别比 CK1 高 0.38g/kg 和 0.44g/kg。

两年休闲轮耕措施使 0～40cm 土壤有机质含量呈逐年下降的趋势。且随土层深度的增加而减少。2008 年收获期表层 S_{07}→N、N_{07}→S 处理分别较 CT 处理高 1.135g/kg、1.463g/kg；耕层 S→T、N→T 处理分别较 CT 处理高 0.223g/kg、0.758g/kg。2009 年冬小麦收获后 N→S_{08}处理 0～40cm 土壤有机质含量显著较 CT 高 2.934g/kg，S→N_{08}处理较 CT 高 1.311g/kg，差异不显著。表明 S→N、N→S 在一定程度上维持了土壤有机质的含量，保证冬小麦生长发育的养分供应。

（2）耕层土壤全量养分的变化

不同轮种模式对土壤全氮含量的影响不明显，2008 年冬小麦收获后各处理均较 2007 年谷子收获期明显下降，条带种植处理均显著低于 CK2。2009 年冬小麦收获后各处理均较 2008 年冬小麦收获后略有增加，处理间无明显差异；条带轮种模式利于 0～40cm 土层全磷的累积，各处理 0～40cm 土层全磷含量差异较小，年际变化表现为增高—降低—增高的趋势，且随土层的加深而降低；土壤全钾含量年际变化规律不明显，连续 3 年条带轮种处理土壤全钾含量略呈下降趋势，且随土层的加深而降低。

夏闲期轮耕能减少对表层土壤的扰动，降低土壤全氮损失，增加土壤耕层土壤全氮含量。2008 年冬小麦收获后各处理耕层全氮含量较 2007 年播前 20～40cm 分别提高 26.92%、34.04%和 30.43%，2009 年收获期各处理 0～20cm N→S_{08}、S→N_{08}处理分别较 CT 提高 6.60%、9.24%，20～40cm 分别提高 7.19%和 4.53%，各处理间无明显差异。不同轮耕方式对土壤全磷的影响较小，年际变化表现为先下降后上升的趋势，且随土层的加深而降低。处理间无明显差异；而土壤全钾含量受不同耕作方式影响较大，2008 年收获期 $N \rightarrow S_{08}$、$S \rightarrow N_{08}$ 处理分别显著较 CT 高 7.57g/kg、5.58g/kg，2009 年收获期 0～20cm $N \rightarrow S_{08}$、$S \rightarrow N_{08}$ 分别显著较 CT 高 2.393g/kg、2.183g/kg。20～40cm $N \rightarrow S_{08}$、$S \rightarrow N_{08}$ 处理分别显著较 CT 高 1.75g/kg 和 1.65g/kg。

（3）耕层土壤速效养分的变化

不同轮种模式在一定程度上加快了土壤的供氮能力，增加了土壤碱解氮的含量。2008 年冬小麦收获期种植区 0～40cm 土壤碱解氮含量分别极显著较 CK2 高 21.35mg/kg和 18.54mg/kg，休闲区分别较 CK1 高 28.99mg/kg 和 16.30mg/kg。2009 年冬小麦收获期处理ⅠP、ⅡP 分别较 CK1 高 2.869mg/kg 和 2.547mg/kg，处理ⅠF、ⅡF 分别较 CK2 高 2.649mg/kg 和 4.677mg/kg；条带休闲轮种对改善土壤磷素营养、提高土壤速效磷含量的作用不明显，2007 年、2008 年种植区和休闲区均呈逐渐下降的趋势，至 2009 年小麦收获期有所回升，且随土层的加深而降低；条带轮种模式提高了 3 年作物种植区 0～20cm 土壤速效钾含量，提高了 3 年作物休闲区 20～40cm 土壤速效钾含量。

土壤碱解氮含量受耕作方式影响较大，休闲轮耕措施使耕层碱解氮含量显著增加，提高了土壤氮素的有效性。2008 年冬小麦收获后各处理碱解氮含量较播前略有升高，增幅为 6.7%～13.4%，2009 年收获期各处理 0～40cm 土壤碱解氮含量分别较 2008 年收获期提高了 8.28%、7.55%和 7.84%，处理间差异不显著；0～40cm 土壤耕层速效磷含量呈现先降低后升高的趋势，随土层加深而减小，2008 年收获期 0～40cm $N_{07} \rightarrow S$ 处理较 CT 高 4.44mg/kg，差异显著，2009 年收获期 0～20cm $N \rightarrow S_{08}$ 处理显著较 CT 高 2.259mg/kg；20～40cm $N \rightarrow S_{08}$、$S \rightarrow N_{08}$ 处理分别较 CT 高 1.205mg/kg、1.044mg/kg，差异显著；而两年土壤速效钾含量呈现明显上升的变化趋势，2008 年非根际土速效钾含量 $N_{07} \rightarrow S$、$S_{07} \rightarrow N$ 处理分别显著比传统耕作降低 11.57mg/kg、4.13mg/kg，根际土 $N_{07} \rightarrow S$、$S_{07} \rightarrow N$ 处理分别显著比传统耕作提高 1.65%、4.04%，2009 年 0～20cm 土壤速效钾含量 $N \rightarrow S_{08}$、$S \rightarrow N_{08}$ 处理分别显著比 CT 处理略高 3.87mg/kg 和 1.72mg/kg，20～40cm $N \rightarrow S_{08}$、$S \rightarrow N_{08}$ 处理分别显著比 CT 处理提高 9.12%、2.24%。表明休闲轮耕措施能提高土壤 0～40cm 耕层速效钾含量，为作物提供充足的钾素，保证了作物的高产。

3. 不同保护性耕作措施对土壤酶活性的影响

（1）对土壤脲酶和土壤碱性磷酸酶活性的影响

条带轮种模式下土壤脲酶和碱性磷酸酶活性均呈现逐渐下降的趋势。2009 年冬小麦收获期 0～40cm 土壤脲酶活性处理ⅠP、ⅡP 分别较 CK1 略高 0.23mg/g、0.653mg/g，各休闲区处理间无规律性差异。两种轮种模式下土壤碱性磷酸酶活性 2007 年、2008 年逐年下降，2009 年冬小麦收获期明显恢复，20～40cm 则呈逐渐下降的趋势，且随着土层的深度的增加而降低，各处理间无明显差异。这表明采用不同的轮种方式对增强土壤碱性磷酸酶活性不太明显。

不同轮耕方式 0～40cm 土壤脲酶活性变化同样表现为逐年下降且随土层加深而活

性变小。2008年收获期S_{07}→N处理较CT处理降低了9.35%，差异不显著；N_{07}→S处理较传统耕作降低了35.33%，差异达到了极显著水平。2009年收获期0～40cm土壤脲酶活性N→S_{08}处理较CT处理低0.785mg/g，S→N_{08}较CT处理高1.619mg/g；不同轮耕方式能提高耕层土壤碱性磷酸酶活性，但效果不太明显。2008年各处理0～20cm土壤碱性磷酸酶活性较2007年播前无明显增加，而20～40cm均显著增加，2009年收获后0～40cm土壤碱性磷酸酶活性各处理较2008年收获期略有增加。

（2）对土壤蔗糖酶和土壤过氧化氢酶活性的影响

条带轮种能显著提高0～40cm土壤蔗糖酶活性。3年轮种后种植区表层蔗糖酶活性分别较谷子播前提高了31.29%、20.45%，分别较CK2高9.57%和0.88%。而休闲处理分别较播前明显提高17.42%、19.99%和30.19%，处理间无明显差异。两种轮种模式对提高耕层土壤过氧化氢酶活性无明显效果，年际变化呈下降趋势，随土层深度的增加而降低。各处理间差异不显著。

两年轮耕措施下土壤蔗糖酶和过氧化氢酶活性均呈现出先升高后降低的趋势，且随土层加深而逐渐减小（N_{07}→S_{08}除外）。2008年收获期0～40cm土壤蔗糖酶活性S_{07}→N处理分别显著高于N_{07}→S和CT处理8.2%和6.75%，2009年收获期0～20cm土壤蔗糖酶活性N→S_{08}、S→N_{08}处理较CT处理分别降低了9.62%、2.54%；20～40cm N→S_{08}、S→N_{08}处理分别较CT处理显著高9.67%、12.52%；2008年S_{07}→N和N_{07}→S处理均高于传统耕作。2009年0～20cm土壤过氧化氢酶活性N→S_{08}、S→N_{08}处理分别较CT处理低6.33%、3.37%；20～40cm分别略高于CT处理0.34%和0.67%。

4. 不同保护性耕作措施对作物生物学性状及产量的影响

（1）对作物单株株高和干物质积累量变化的影响

轮种处理能增加2008年、2009年冬小麦孕穗期—收获期干物质积累量，有利于作物产量的提高。2007年谷子整个生育期株高明显高于2008年、2009年冬小麦各生育期，2008年、2009年各生育阶段冬小麦株高各条带轮种处理均高于相应对照。2007年谷子干物质积累量在收获期达到最大，处理间无差异。2008年冬小麦单株干物质量处理Ⅰ、Ⅱ在孕穗期、灌浆期和收获期均显著高于CK2；2009年冬小麦各生育阶段各处理均明显高于CK1，在灌浆期和收获期处理间差异达到显著水平：灌浆期处理Ⅰ、Ⅱ分别较CK1高0.38g和0.34g，收获期处理Ⅰ、Ⅱ分别较CK1高0.29g和0.25g。

两年轮耕处理下冬小麦生长前期株高N→S、S→N轮耕处理均略高于传统耕作（CT），在生长后期低于传统耕作（CT）；两年轮耕处理下S→N在孕穗后期能显著提高作物干物质积累。2008年冬小麦成熟期干物质积累量S_{07}→N处理比传统耕作提高2.73%，N_{07}→S处理较传统翻耕降低2.57%，2009年冬小麦干物质N→S_{08}、S→N_{08}处理冬小麦生长前期干物质积累量均略低于传统耕作（CT），而在冬小麦生长后期N→S_{08}、S→N_{08}处理均明显高于传统耕作，分别高出CT处理7.36%、4.49%。

（2）不同保护性耕作措施对作物产量和产量构成因素的影响

不同轮种模式可以提高亩穗数、穗粒数、千粒重和籽粒产量。2007年谷子轮种处理Ⅰ、Ⅱ亩穗数均显著高于CK1，穗粒数较CK1分别降低25.56%、25.41%，千粒重处理Ⅰ、Ⅱ与CK1相比均达到显著增加，分别较CK1增加19.54%和16.86%，谷子有效种植面积产量与CK1相比，分别增产2.49%、6.22%；2008年冬小麦千粒重处理Ⅱ显著低于CK2外，处理Ⅰ略高于CK2，亩穗数处理Ⅰ、Ⅱ均显著高于CK2，分别高出2.42%、6.76%，处理Ⅰ、Ⅱ穗粒数均稍高于CK2，小麦产量较CK2显著提高；2009年冬小麦亩穗数处理Ⅰ、Ⅱ均显著高于CK1，高出11.58%，穗粒数处理Ⅰ、Ⅱ分别极显著较CK1高43.09%、14.37%，千粒重处理Ⅰ、Ⅱ分别比CK1提高了6.23%和1.91%，差异显著，冬小麦有效种植面积产量上，处理Ⅰ、Ⅱ增产效应显著，分别较CK1提高了19.11%、8.01%。

两年夏闲期轮耕使冬小麦产量S_{07}→N、N_{07}→S处理增产效果明显。2008年收获期S_{07}→N处理的穗粒数显著高于CT，较CT显著提高15.15%；N_{07}→S、S_{07}→N的亩穗数均显著低于CT；但千粒重CT略高于N_{07}→S、S_{07}→N处理；CT处理产量最高，达3475.87kg/hm^2，其次为S_{07}→N处理（3322.02kg/hm^2），N_{07}→S产量最低，为2519.74kg/hm^2，与CT差异呈极显著水平。2009年小麦收获期N→S_{08}、S→N_{08}处理亩穗数均显著高于2008年，S→N_{08}较CT提高3.91%；同时穗粒数较2008年收获期显著降低，降幅达24.54%；但千粒重各处理平均较2008年收获期提高了15.46%，处理间无显著差异；产量上各处理较2008年收获期显著降低，降幅达21.63%，处理N→S_{08}、S→N_{08}分别较CT显著增产2.62%和5.37%。

5. 不同保护性耕作措施对作物耗水量和水分利用效率的影响

不同轮种模式能明显降低谷子的不同生育时期的耗水强度，提高谷子的水分利用效率，达到节水的效果。2007年谷子整个生育期处理Ⅰ耗水最多，达308.75mm，而处理Ⅱ耗水量最少。作物水分利用效率处理Ⅰ、Ⅱ分别较CK1高0.1kg/(mm·hm^2)、0.79kg/(mm·hm^2)，与CK1差异显著；2008年冬小麦整个生育期耗水量各处理间无明显差异，处理Ⅰ、Ⅱ水分利用效率分别较CK2显著提高9.29%、8.26%；2009年冬小麦整个生育期耗水量处理Ⅱ显著高于CK1，处理Ⅰ低于CK1，水分利用效率处理Ⅰ、Ⅱ分别较CK1显著提高了21.11%、3.71%。

不同轮耕措施降低冬小麦的耗水强度，增加了作物产量，提高了作物的水分利用效率。2008年N_{07}→S、S_{07}→N处理整个生育期小麦耗水量分别显著低于CT处理3.85%和1.13%，CT处理水分利用效率最高，达14.12kg/(mm·hm^2)，S_{07}→N处理次之，为13.62kg/(mm·hm^2)，N_{07}→S水分利用效率最低，为10.64kg/(mm·hm^2)，与CT差异显著。2009年N→S_{08}、S→N_{08}处理小麦耗水量分别显著低于CT处理26.21mm和8.3mm，水分利用效率N→S_{08}、S→N_{08}分别较CT高2.083kg/(mm·hm^2)和1.178kg/(mm·hm^2)，差异显著。

参考文献

陈恩凤，周礼恺，武冠云. 1994. 微团聚体的保肥供肥性能及其组成比例在评判土壤肥力中的作用. 土壤学报，31(1)：18-28.

杜兵，廖植樨，邓健，等. 1997. 小麦地保护性耕作措施和压实对水分保护的影响. 中国农业大学学报，2(6)：

43-48.

冯常虎，元生朝，苏峥. 1994. 麦棉两熟地连续少免耕对土壤养分的影响. 仲恺农业技术学院学报，7（2）：21-28.

郭清毅，黄高宝，Li Guangdi，等. 2005. 保护性耕作对旱地麦-豆双序列轮作农田土壤水分及利用效率的影响. 水土保持学报，19（3）：167-169.

郭新荣. 2005. 土壤深松技术的应用研究. 山西农业大学学报，(1)：74-77.

旱作农业耕作栽培体系及增产机理课题组. 1993. 旱地玉米免耕整秸秆半覆盖技术研究初报. 干旱地区农业研究，11（3）：13-19.

黄高宝，郭清毅，张仁陟，等. 2006. 保护性耕作条件下旱地农田麦-豆双处理轮作体系的水分动态及产量效应. 生态学报，26（4）：1176-1185.

籍增顺，王盛霞，洛希图，等. 1994. 旱地玉米免耕覆盖土壤水分研究. 山西农业科学，22（3）：7-12.

金轲，蔡典雄，吕军杰，等. 2006. 耕作对坡耕地水土流失和冬小麦产量的影响. 水土保持学报，20（4）：1-5.

晋小军，黄高宝. 2005. 陇中半干旱地区不同耕作措施对土壤水分及利用效率的影响. 水土保持学报，19（5）：109-112.

雷金银，吴发启，王健，等. 2008. 保护性耕作对土壤物理特性及玉米产量的影响. 农业工程学报，24（10）：40-45.

李洪文，陈君达，高焕文，等. 2000. 旱地表土耕作效应研究. 农业工程学报，18（2）：13-18.

李洪文，陈君达，高焕文. 1997. 旱地农业三种耕作措施的对比研究. 干旱地区农业研究，15（1）：7-11.

刘绍辉，方精云. 1997. 土壤呼吸的影响因素及全球尺度下温度的影响. 生态学报，17（5）：469-470.

刘巽浩. 1996. 耕作学. 北京：中国农业出版社.

王立祥，陶毓汾. 1993. 中国北方旱农地区水分生产潜力及开发. 北京：气象出版社：103- 131.

王法宏，冯波，王旭清. 2003. 国内外免耕技术应用概况. 山东农业科学，(6)：49-52.

王育红，姚宇卿，吕军杰，等. 2001. 豫西坡耕地不同耕作方式麦田水分动态及其生态效益. 西北农业学报，10（4）：55-57.

许迪，Schmid R，Mermoud A. 1999. 耕作方式对土壤水动态变化及夏玉米产量的影响. 农业工程学报，15：101-106.

袁菊，刘元生，何腾兵. 2004. 贵州喀斯特生态脆弱区土壤质量退化分析. 山地农业生物学报，23（3）：230-233.

张春华. 2008. 影响光合作用的因素. http://xkwz.ydyz.cn/sw/News_View.asp?NewsID=286[2010.5.1].

赵兰波，姜岩. 1986. 土壤磷酸酶测定方法探讨. 土壤通报，17（3）：138-141.

周虎，吕贻忠，杨志臣，等. 2007. 保护性耕作对华北平原土壤团聚体特征的影响. 中国农业科学，40（9）：1973-1979.

周兴祥，高焕文，刘晓峰. 2001. 华北平原一年两熟保护性耕作体系试验研究. 农业工程学报，17（6）：81-84.

朱杰，牛永志，高文玲，等. 2006. 秸秆还田和土壤耕作深度对直播稻田土壤及产量的影响. 江苏农业科学，6：388-391.

Brauce R R，Langdale G W，Dillard A L. 1990. Tillage and crop rotation effect on characteristics of a sandy surface soil. Soil Science Society of America Journal，54：1744-1747.

Barzegar R，Hashemi A M，Herbert S J，et al. 2004. Interactive effects of tillage system and soil water content on aggregate size distribution for seedbed preparation in fluvisols in southwest Iran. Soil and Tillage Research，78（1）：45-52.

Elliott E T，Coleman D C. 1988. Let the soil work for us. Ecological Bulletins，39：23-30.

Kushwaha P，Tripathi S K，Singh K P. 2001. Soil organic matter and water-stable aggregates under different tillage and residue conditions in a tropical dryland agroecosystem. Applied Soil Ecology，16（3）：229-241.

第三章　秸秆覆盖种植技术研究

农田秸秆覆盖对抑制旱作农田土壤水分蒸发、提高土壤水分利用率有重要的作用。为加快农作物秸秆还田技术模式的优化完善和在旱农区合理的推广应用，在渭北旱塬及宁南旱区设置不同的秸秆覆盖量试验，对小麦、玉米及马铃薯等作物种植加以研究，分析了秸秆覆盖对农田土壤理化性状及作物水分利用效率等方面的影响。研究结果对旱作农田土壤加以研究扩蓄增容及秸秆覆盖种植技术模式的完善有着重要的理论和实践意义。

第一节　渭北旱塬秸秆覆盖对土壤理化性状及作物产量的影响

试验设在陕西省合阳县西北农林科技大学甘井试验基地及宁夏回族自治区彭阳县白阳镇试验基地（概况同第一章第一节）。

一、秸秆覆盖对春玉米生长发育及土壤理化性状的影响

（一）试验设计

本试验采用随机区组设计方案：A 因素为播种期覆盖，分 A1：播覆高秆（播时覆盖高量秸秆）、A2：播覆中秆（播时覆盖中量秸秆）、A3：播覆低秆（播时覆盖低量秸秆）、A4：播期不覆 4 种；B 因素为休闲期覆盖，分 B1：休覆高秆、B2：休覆中秆、B3：休覆低秆、B4：休不覆 4 种，以播不覆＋休不覆为对照（CK），共 13 个处理，并设置了播期及休闲期均不施肥作为 CK_0。处理编号及覆盖量见表 3-1。

表 3-1　处理编号及覆盖量

编号	处理	覆盖量/(kg/hm^2)	
		播期覆盖	休闲期覆盖
1	播覆高秆＋休覆高秆	13 500	13 500
2	播覆高秆＋休覆中秆	13 500	9 000
3	播覆高秆＋休覆低秆	13 500	4 500
4	播覆高秆＋休不覆	13 500	0
5	播覆中秆＋休覆高秆	9 000	13 500
6	播覆中秆＋休覆中秆	9 000	9 000
7	播覆中秆＋休覆低秆	9 000	4 500
8	播覆中秆＋休不覆	9 000	0
9	播覆低秆＋休覆高秆	4 500	13 500

续表

编号	处理	覆盖量/(kg/hm²)	
		播期覆盖	休闲期覆盖
10	播覆低秆+休覆中秆	4 500	9 000
11	播覆低秆+休覆低秆	4 500	4 500
12	播覆低秆+休不覆	4 500	0
CK	播不覆+休不覆	0	0
CK_0	播不覆+休不覆	0	0

试验采用平衡施肥，即施纯氮 300kg/hm^2、P_2O_5 150kg/hm^2、K_2O 150kg/hm^2，设计 3 个重复，第一重复顺序排列，第二和第三重复随机排列。小区面积 21.71m^2，每小区 4 行，每行 27 株，密度为 49 500 株/hm^2。2008 年 4 月 15 日播种，9 月 15 日成熟收获。

试验材料及来源：试验品种为豫玉 22，玉米秸秆 2007 年从当地购买，2008 年用试验地自产，其养分指标为：有机质含量 391.940g/kg，全氮 5.988g/kg，全磷 0.551g/kg，全钾 13.695g/kg，pH 为 8.1。

（二）结果与分析

1. 不同处理对玉米产量及产量构成因素的影响

（1）不同处理对玉米产量的影响

表 3-2 为 2007 年和 2008 年不同处理产量比较。2007 年为试验第一年，休闲期未做处理，试验只含播覆高秆+休不覆、播覆中秆+休不覆、播覆低秆+休不覆和播不覆+休不覆（CK）4 个处理。

表 3-2 不同处理产量比较

编号	处理	2007 年		2008 年	
		产量/(kg/hm²)	增产幅度/%	产量/(kg/hm²)	增产幅度/%
1	播高+休高	—		9 633.3bcBC	6.85
2	播高+休中	—		10 810.95aA	19.92
3	播高+休低	—		9 316.05bcdBC	3.33
4	播高+休不	10 304.25aA	17.61	10 767.75aA	19.44
5	播中+休高	—		10 149abAB	12.57
6	播中+休中	—		10 091.1abAB	11.93
7	播中+休低	—		9 449.25bcdBC	4.81
8	播中+休不	8 967.75bB	2.35	9 615.3bcBC	6.65
9	播低+休高	—		9 306.45bcdBC	3.23
10	播低+休中	—		9 768.45bcABC	8.35

续表

编号	处理	2007 年		2008 年	
		产量/(kg/hm^2)	增产幅度/%	产量/(kg/hm^2)	增产幅度/%
11	播低+休低	—		9 147.9cdBCD	1.47
12	播低+休不	8 142.75cB	−7.06	8 093.1eD	−10.23
CK	播不+休不	8 761.5bcB	0.00	9 015.45cdBCD	0.00
CK_0	自然地力	8 750.55bcB	−0.13	8 744.1deCD	−3.01
F		25.60		8.08	

注：表中小写和大写字母分别表示处理间（各列）差异达 0.05 和 0.01 显著水平，下同。

从表 3-2 中可以看出，2008 年除处理 12（播覆低秆＋休不覆）外其他处理均比对照增产，其中增幅最大的是处理 2（播覆高秆＋休覆中秆），增幅为 19.92%（$P<0.01$），其次是处理 4（播覆高秆＋休不覆），增幅为 19.44%（$P<0.01$），处理 12 减产 10.23%（$P>0.05$），但差异并未达到显著水平。播覆高秆休闲期覆盖量不同的 4 个处理中处理 2（播覆高秆＋休覆中秆）产量最高，其次为处理 4（播覆高秆＋休不覆），处理 2 和处理 4 产量显著高于处理 1 和处理 3，但处理 2 和处理 4 间差异不显著；播覆中秆休闲期覆盖量不同的 4 个处理中处理 5（播覆中秆＋休覆高秆）产量最高，处理间差异不显著；播覆低秆休闲期覆盖量不同的 4 个处理中处理 10（播覆低秆＋休覆中秆）产量最高，休闲期覆盖高中低秆处理产量显著高于休闲期不覆盖，但休闲期覆盖高中低秆处理间差异不显著。休闲期不覆盖播期覆盖量不同的 4 个处理中处理 4（播覆高秆＋休不覆）产量最高，增幅为 19.44%，且与对照及播覆低秆＋休不覆两处理达到显著差异。

2007 年播覆高秆处理产量最高，较对照增产 17.61%，播覆中秆处理平产，而播覆低秆处理减产 7.06%。由两年数据可以看出，产量最高的处理均为播覆高秆，而产量最低的处理均为播覆低秆。2008 年播覆高秆休闲期覆盖量不同的 4 个处理中处理 2 和处理 4（播高＋休中和播高＋休不）产量较 2007 年有所增加，增幅分别为 4.92%和 4.5%；播覆中秆休闲期覆盖量不同的 4 个处理均较 2007 年增产，增幅最大为 13.17%；而播覆低秆休闲期覆盖量不同的 4 个处理除播覆低秆＋休不覆外其他 3 个处理均较 2007 年增产，增幅最高为 19.97%；CK_0 处理 2007 年、2008 年较 CK 分别减产 0.13%、3.01%，即说明施肥分别增产了 0.13%和 3.01%。

（2）不同处理对产量构成因素的影响

2008 年不同处理穗部经济性状及千粒重变化见表 3-3。由表 3-3 可以看出：①各处理穗粗与对照差异不显著，其中，穗粗最大的是处理 4，其次为处理 2；②与对照相比，处理 4、处理 5、处理 6 穗长显著增长，其中，处理 6（播覆中秆＋休覆中秆）穗长最长，较对照增加 14.8%，其次为处理 4，增长 14.2%；③行粒数变化规律与穗长相似，与对照相比，处理 4、处理 5、处理 6 行粒数显著增加，其中处理 6 行粒数最大，较对照增加 16.6%；④除处理 4 外各处理的千粒重都低于对照，处理 4 较对照高 1.6%，差异未达到显著，但处理 4 与其他处理相比差异明显；⑤各处理秃顶长和每穗行数与对照相比差异不显著。

表 3-3　2008 年不同处理穗部性状比较

编号	处 理	穗粗/cm	穗长/cm	秃顶长/cm	穗行/(行/穗)	行粒/(粒/行)	千粒重/(g/1000粒)
1	播高＋休高	5.40abA	21.61abAB	2.14aA	16.13aAB	38.32abcABC	336.47eDE
2	播高＋休中	5.47aA	21.36abcAB	1.93aA	16.53aA	38.82abABC	355.93cdeBCDE
3	播高＋休低	5.23abA	20.49abcAB	2.05aA	15.87abAB	37.13abcABC	334.43eDE
4	播高＋休不	5.48aA	22.07aA	2.40aA	15.20abAB	39.28aABC	387.68aA
5	播中＋休高	5.38abA	22.05aA	2.31aA	16.13aAB	39.83aAB	346.43cdeCDE
6	播中＋休中	5.38abA	22.19aA	1.79aA	16.13aAB	40.20aA	334.39eDE
7	播中＋休低	5.28abA	20.41abcAB	1.81aA	15.60abAB	36.58abcABC	331.14eE
8	播中＋休不	5.33abA	20.47abcAB	1.49aA	14.93abAB	38.13abcABC	369.32abcABC
9	播低＋休高	5.33abA	20.55abcAB	2.29aA	16.00abAB	36.62abcABC	341.64deCDE
10	播低＋休中	5.32abA	21.2abcAB	2.23aA	15.47abAB	37.68abcABC	348.09cdeCDE
11	播低＋休低	5.38abA	20.39abcAB	1.89aA	16.00abAB	36.98abcABC	341.20deCDE
12	播低＋休不	5.10bA	18.81cB	1.65aA	14.67abAB	34.03cC	362.22bcdABCD
CK	播不＋休不	5.29abA	19.33bcAB	2.03aA	15.47abAB	34.48bcBC	381.68abAB
CK_0	自然地力	5.20abA	20.19abcAB	20.16aA	14.00bB	36.12abcABC	382.03abAB
F		2.23	3.98	0.74	2.99	4.16	13.23

2. 不同处理对玉米农艺性状的影响

（1）不同处理生长发育进程

不同处理对不同生育期的生长发育进程有明显影响。由表 3-4 可以看出，覆盖后各个生育时期较对照均推迟，播期覆盖高秆、中秆和低秆出苗期、三叶期分别比对照均推迟 4 天、3 天和 2 天；随气温的升高，覆盖后生育期推迟更加明显，播期覆盖高秆、中秆和低秆后拔节期分别比对照推迟 7 天、6 天和 5 天；播期覆盖高秆、中秆和低秆后抽雄期、成熟期分别比对照推迟 13 天、12 天和 11 天；播期覆盖高秆、中秆和低秆 3 种处理各生育期均相差 1 天，但播期覆盖量相同休闲期覆盖量不同的各处理间生育期没有差异。

表 3-4　不同处理生长发育进程　　（单位：月-日）

处理	播种期	出苗期	三叶期	拔节期	大喇叭口期	抽雄期	成熟期	生育天数
播高＋休高	4-15	5-5	5-14	6-3	6-22	7-21	9-15	153
播高＋休中	4-15	5-5	5-14	6-3	6-22	7-21	9-15	153
播高＋休低	4-15	5-5	5-14	6-3	6-22	7-21	9-15	153
播高＋休不	4-15	5-5	5-14	6-3	6-22	7-21	9-15	153
播中＋休高	4-15	5-4	5-13	6-2	6-21	7-20	9-14	152

续表

处理	播种期	出苗期	三叶期	拔节期	大喇叭口期	抽雄期	成熟期	生育天数
播中＋休中	4-15	5-4	5-13	6-2	6-21	7-20	9-14	152
播中＋休低	4-15	5-4	5-13	6-2	6-21	7-20	9-14	152
播中＋休不	4-15	5-4	5-13	6-2	6-21	7-20	9-14	152
播低＋休高	4-15	5-3	5-12	6-1	6-20	7-19	9-13	151
播低＋休中	4-15	5-3	5-12	6-1	6-20	7-19	9-13	151
播低＋休低	4-15	5-3	5-12	6-1	6-20	7-19	9-13	151
播低＋休不	4-15	5-3	5-12	6-1	6-20	7-19	9-13	151
CK	4-15	5-1	5-10	5-27	6-18	7-8	9-2	140

（2）不同生育时期叶龄变化

不同处理不同生育时期叶龄变化见表 3-5。从表中可以看出，不同处理叶龄明显低于对照，覆盖量越高叶龄越低，且不施肥对照 CK_0 叶龄明显低于施肥对照 CK。

表 3-5　不同处理不同生育期叶龄比较

处理	6 月 11 日		6 月 20 日		7 月 11 日	
	完全展开叶	不完全展开叶	完全展开叶	不完全展开叶	完全展开叶	不完全展开叶
播高＋休高	5	4	6	4	11	5
播高＋休中	5	4	8	4	14	5
播高＋休低	5	4	7	5	12	6
播高＋休不	6	4	8	5	14	5
播中＋休高	5	4	6	4	12	6
播中＋休中	5	4	6	4	11	7
播中＋休低	5	4	7	5	12	5
播中＋休不	6	4	8	5	12	6
播低＋休高	6	4	7	4	11	6
播低＋休中	5	4	7	5	12	6
播低＋休低	6	4	8	5	14	6
播低＋休不	6	4	8	5	14	3
CK	7	5	9	6	16	3
CK_0	6	4	8	4	13	4

（3）不同处理不同生育时期株高变化

不同处理不同生育时期株高变化见图 3-1～图 3-4。图 3-1 为休闲期不覆盖播期覆盖量不同及空白对照共 5 个处理株高变化情况，图 3-2、图 3-3、图 3-4 分别为播覆高秆、中秆、低秆休闲期覆盖量不同的 4 个处理株高变化情况。

由图 3-1 可以看出，休闲期不覆盖播期覆盖高秆、中秆、低秆 3 个处理前期（抽雄

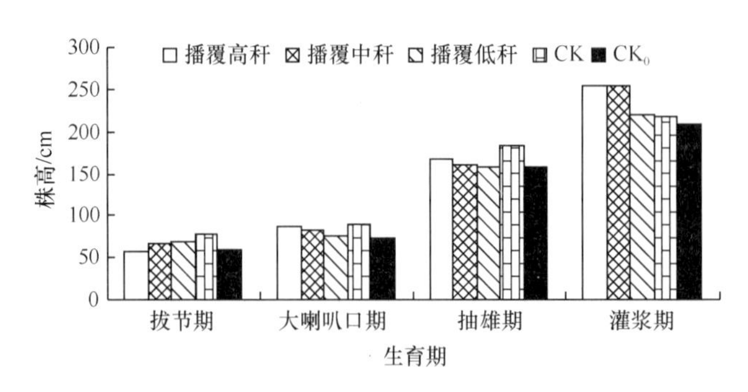

图 3-1 生育期覆盖休闲期不覆盖株高变化

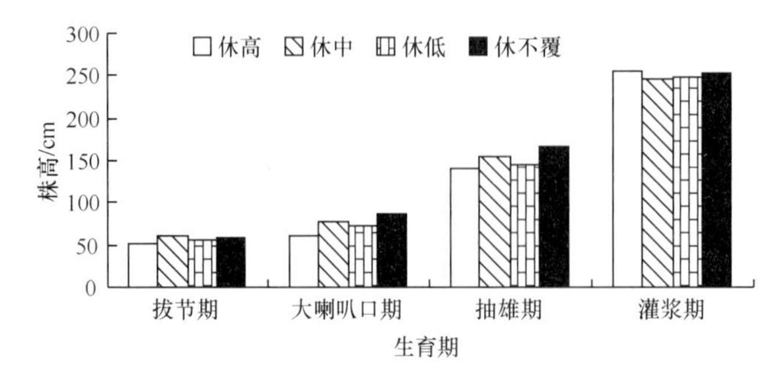

图 3-2 播覆高秆休闲期覆盖量不同株高变化

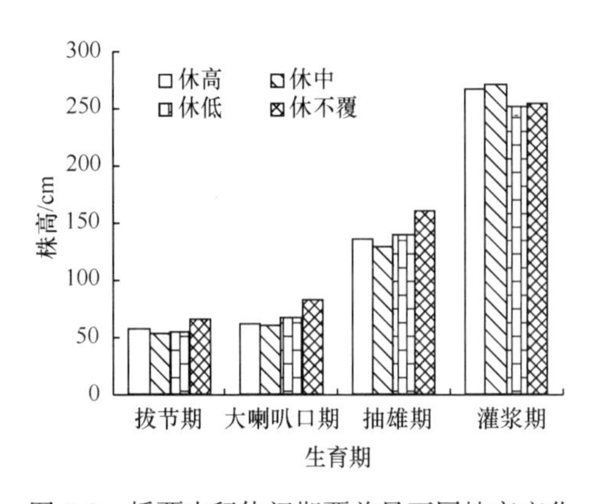

图 3-3 播覆中秆休闲期覆盖量不同株高变化

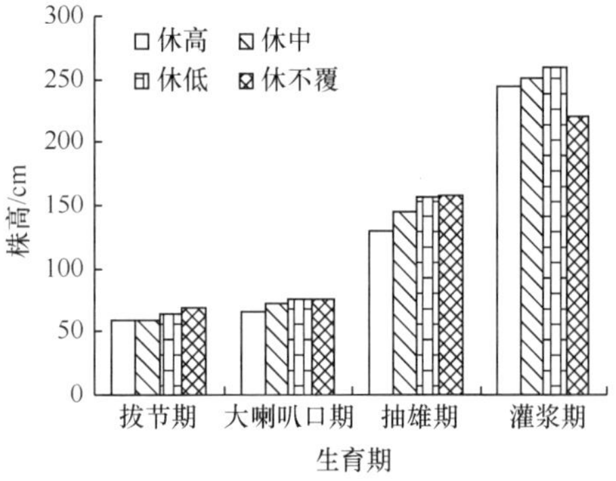

图 3-4 播覆低秆休闲期覆盖量不同株高变化

期前）株高明显低于对照，且拔节期前株高随覆盖量的增加而降低。后期由于气温的增加，覆盖对地温的影响开始减小，灌浆期时各处理株高明显高于对照，覆盖高秆和中秆的株高最高。不施肥对照 CK_0 的株高在各个时期都明显低于施肥对照 CK。

由图 3-2～图 3-4 可以看出：不论播期覆盖量为高秆、中秆或者低秆，休闲期覆盖量不同的 4 个处理前期株高均随休闲期覆盖量的增加而降低，而到了后期，影响株高的因素不再是土壤温度，而是水分和养分，因此株高的变化规律不明显，灌浆期株高最大的处理是播覆中秆＋休覆中秆，较对照增加 23.3％。

（4）不同处理灌浆期功能叶叶面积比较

不同处理灌浆期功能叶叶面积见表 3-6。可以看出，播覆中秆＋休不覆的穗上叶和穗位叶面积明显低于对照，而其他处理与对照相比差异不显著。

表 3-6　不同处理灌浆期不同叶位面积　　（单位：cm^2）

处理	穗上叶	穗位叶	穗下叶
播高＋休高	685.35abA	744.57aA	742.31aA
播高＋休中	613.64abA	630.35abcABC	639.08aA
播高＋休低	681.94abA	710.94abAB	711.95aA
播高＋休不	650.08abA	677.55abcABC	715.21aA
播中＋休高	618.25abA	644.35abcABC	635.53aA
播中＋休中	654.71abA	659.73abcABC	687.28aA
播中＋休低	616.76abA	647.77abcABC	629.04aA
播中＋休不	543.15bA	562.86cCABC	572.04aA
播低＋休高	652.03abA	662.41abcABC	646.87aA
播低＋休中	717.10aA	686.77abABC	678.51aA
播低＋休低	620.78abA	605.59bcABC	566.07aA
播低＋休不	564.22abA	593.32bcBC	563.13aA
播不＋休不	685.95abA	698.09abABC	697.32aA
F	2.47	4.46	8.96

3. 不同处理对土壤水分的影响

（1）全生育期不同处理 200cm 土层内平均土壤质量含水量的变化情况

图 3-5～图 3-8 为全生育期内不同处理 200cm 土层内平均土壤质量含水量动态变化情况。其中，图 3-5 为播覆高秆休闲期覆高秆、中秆、低秆及不覆 4 个处理比较，图 3-6为播覆中秆休闲期覆高秆、中秆、低秆及不覆 4 个处理比较，图 3-7 为播覆低秆休闲期覆高秆、中秆、低秆及不覆 4 个处理比较，图 3-8 为休闲期不覆播期覆高秆、中秆、低秆及不覆 4 个处理比较。

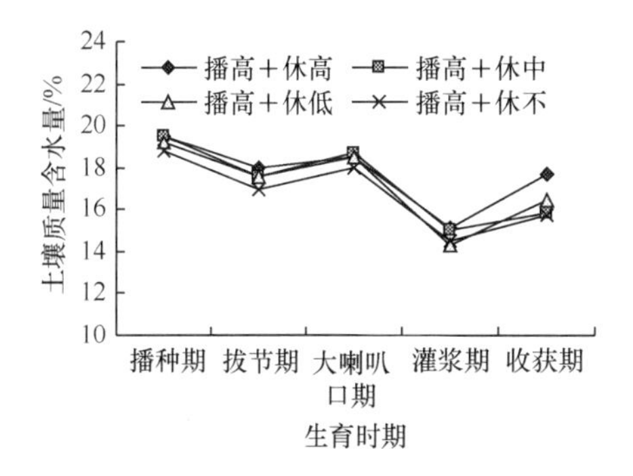

图 3-5　播覆高秆休覆不同量下土壤质量含水量动态变化

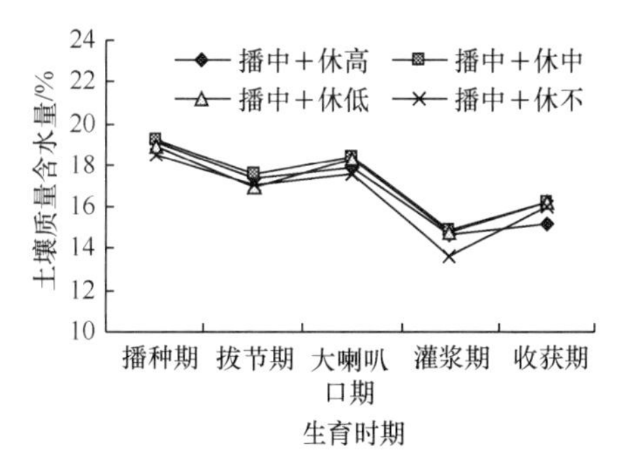

图 3-6　播覆中秆休覆不同量下土壤质量含水量动态变化

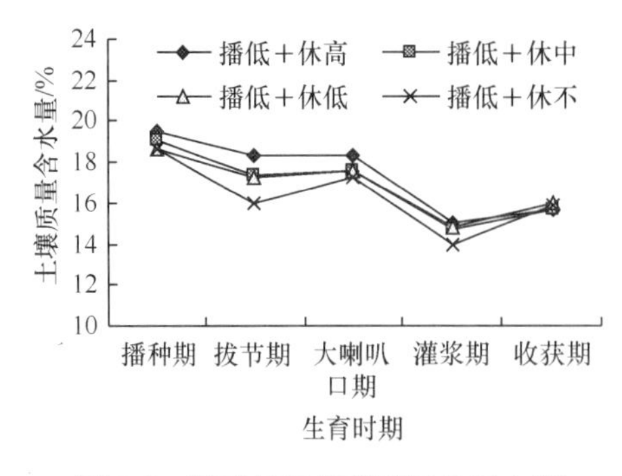

图 3-7　播覆低秆休覆不同量下土壤质量含水量动态变化

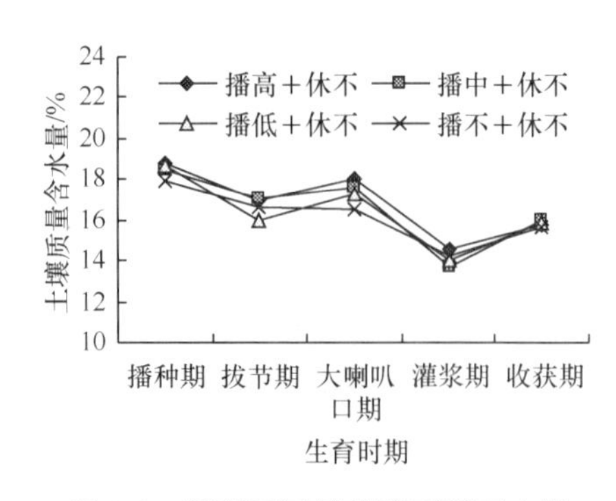

图 3-8　播覆不同量休覆不覆下土壤质量含水量动态变化

由图 3-5 和图 3-6 可以看出，由于播期与休闲期覆盖量叠加后覆盖总量较大，因此处理间差异不明显；图 3-7 播期覆盖低量，处理间差异较大；图 3-8 所反映的与图 3-7 相似，即在休闲期不覆盖的情况下土壤质量含水量随播期覆盖量的增加而增加。从整体上看，不论是休闲期还是播期覆盖处理后土壤质量含水量均比不覆盖的高，且总的趋势是土壤质量含水量随秸秆覆盖量的增加而增加。

（2）不同处理不同土层土壤质量含水量变化

a. 播期覆盖量不同休闲期不覆盖处理下土壤质量含水量变化

2008 年在不同时期共测定 5 次土壤质量含水量变化，图 3-9～图 3-13 为播期覆盖量不同休闲期不覆盖 4 个处理下土壤质量含水量的变化情况。

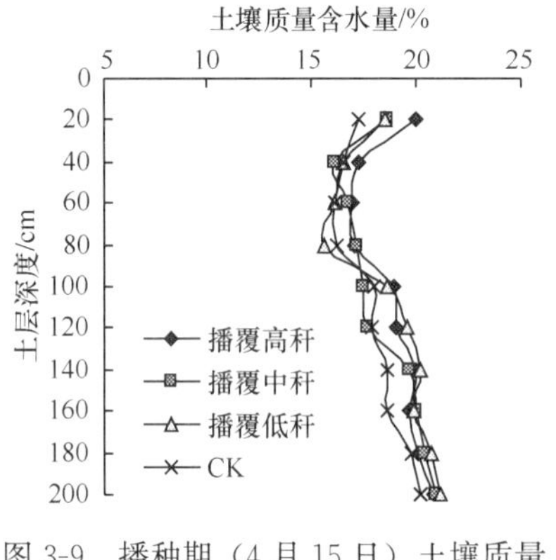

图 3-9　播种期（4 月 15 日）土壤质量含水量变化

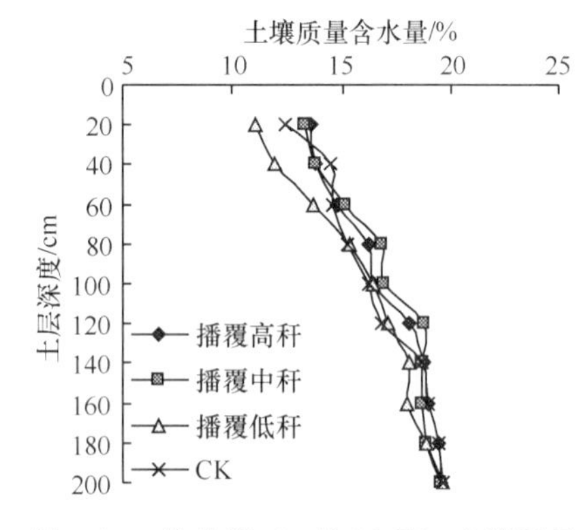

图 3-10　拔节期（6 月 12 日）土壤质量含水量变化

由图 3-9～图 3-13 可以看出，在播种期（4 月 15 日）、拔节期（6 月 10 号）、大喇叭口期（7 月 10 日）和灌浆期（8 月 5 日）等玉米关键生育时期，覆盖后土壤水分含量均明显高于不覆盖，且含水量随秸秆覆盖量的增加而增加。其中在 7 月 10 日，播覆高秆土壤质量含水量在 0～20cm 层较对照（播不覆＋休不覆）高 3 个百分点左右，在 20～80cm 层较对照（播不覆＋休不覆）高 1.5 个百分点左右；8 月 5 日，由于 7 月下旬至 8 月上旬一直没有降雨，因此长期干旱后处理间差异不大，但由数据可以看出播覆

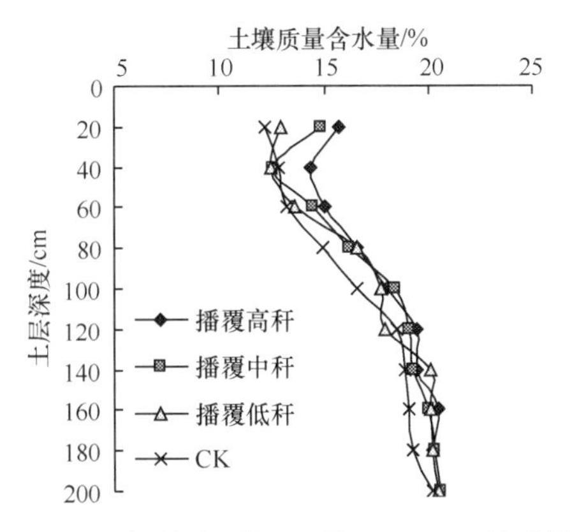

图 3-11　大喇叭口期（7 月 10 日）土壤质量含水量变化

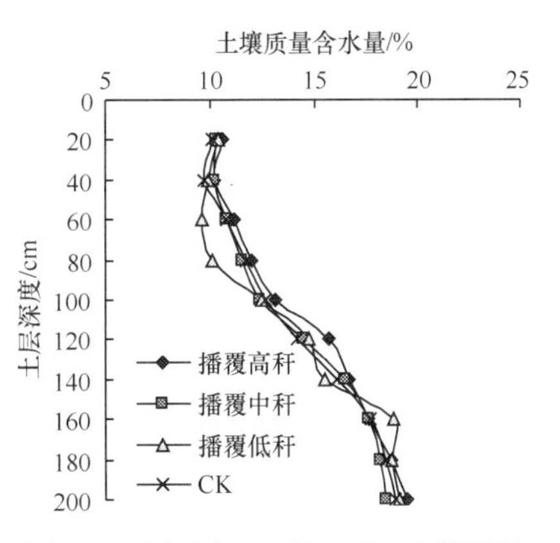

图 3-12　灌浆期（8 月 5 日）土壤质量含水量变化

高秆和播覆中秆处理的土壤质量含水量明显高于对照，在 20～100cm 层播覆高秆较对照（播不覆＋休不覆）高 0.5 个百分点左右，此时为玉米灌浆期，水分的保证对于灌浆及产量形成至关重要。由此，秸秆覆盖对于作物生育关键期土壤水分的维持作用明显。

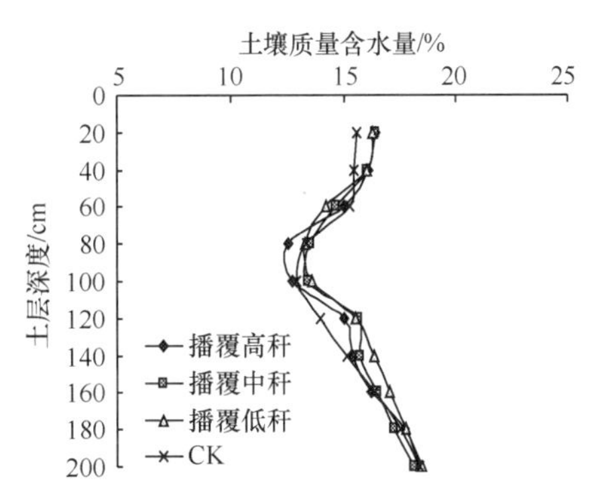

图 3-13　收获期（9 月 15 日）土壤质量含水量变化

b. 播期覆盖量相同休闲期覆盖量不同处理下土壤质量含水量变化规律

表 3-7～表 3-11 为播期覆盖量不同及休闲期覆盖量不同 9 个处理及对照和空白对照含水量比较。由试验结果可知，在播种期（4 月 15 日）、拔节期（6 月 12 号）、大喇叭口期（7 月 10 日）和灌浆期（8 月 5 日）等玉米关键生育时期，休闲期覆盖处理后土壤水分含量均明显高于不覆盖，且在相同的播期覆盖量下含水量随休闲期秸秆覆盖量的增加而增加，播覆高秆＋休覆高秆处理在各个时期含水量均为最高。其中在 7 月 10 日，播覆高秆＋休覆高秆土壤质量含水量在 0～20cm 土层较对照（播不覆＋休不覆）增加 5.13%，在 20～80cm 层较对照（播不覆＋休不覆）增加 2%。由此说明，休闲期秸秆覆盖对于改善土壤水分有明显作用。

表 3-7　播种期（4 月 15 日）休闲期不同覆盖量处理下土壤质量含水量　　（%）

土层深度	播覆高秆			播覆中秆			播覆低秆			CK	CK_0
	休高	休中	休低	休高	休中	休低	休高	休中	休低		
20cm	22.53	21.32	20.87	20.00	21.17	20.11	21.12	20.37	19.43	17.30	18.81
40cm	18.70	18.94	18.53	18.42	16.64	17.94	17.83	16.71	16.03	16.52	16.05
60cm	17.57	17.90	17.49	17.61	17.73	18.05	18.23	16.88	16.37	16.13	16.44
80cm	17.86	17.68	17.26	18.07	17.43	17.91	18.47	17.49	17.44	16.29	17.57

续表

土层深度	播覆高秆			播覆中秆			播覆低秆			CK	CK_0
	休高	休中	休低	休高	休中	休低	休高	休中	休低		
100cm	18.66	18.58	18.32	17.65	18.47	18.18	19.06	20.01	18.31	18.00	19.46
120cm	19.89	19.34	19.19	18.60	19.11	19.83	19.85	19.68	18.98	17.93	19.93
140cm	19.04	19.05	19.97	20.36	20.42	18.87	20.33	20.01	20.27	18.68	19.55
160cm	19.74	19.90	19.63	19.95	20.24	18.81	19.92	19.59	19.48	18.63	19.61
180cm	20.53	20.65	19.92	20.30	20.30	19.40	19.94	20.05	19.89	19.81	20.11
200cm	20.10	21.40	20.30	20.64	20.39	20.13	20.34	20.55	20.42	20.20	20.32

表 3-8 拔节期（6 月 12 日）休闲期不同覆盖量处理下土壤质量含水量 （%）

土层深度	播覆高秆			播覆中秆			播覆低秆			CK	CK_0
	休高	休中	休低	休高	休中	休低	休高	休中	休低		
20cm	15.69	13.98	14.16	15.03	14.66	14.67	15.27	13.30	13.55	12.43	11.42
40cm	15.49	15.09	14.73	14.56	13.94	15.23	14.15	14.63	14.36	14.50	12.59
60cm	16.60	15.34	15.85	15.62	15.35	15.67	16.51	15.50	15.01	14.52	14.07
80cm	15.77	16.41	16.78	16.05	16.27	16.03	16.71	16.52	16.49	15.21	16.12
100cm	18.65	17.18	17.47	17.84	17.12	16.83	18.00	16.84	17.99	16.27	14.18
120cm	19.35	18.31	17.59	18.89	18.62	18.36	18.20	17.38	18.40	16.78	17.40
140cm	19.29	19.02	19.80	19.89	19.10	18.71	18.85	18.20	18.76	18.64	18.40
160cm	19.38	19.54	18.84	19.35	19.80	19.16	19.26	17.59	18.16	18.98	16.22
180cm	19.67	20.09	19.72	18.82	20.48	19.49	20.41	19.53	19.22	19.46	19.06
200cm	20.56	20.62	20.17	18.05	20.35	19.75	20.17	18.78	20.26	19.68	17.28

表 3-9 大喇叭口期（7 月 10 日）休闲期不同覆盖量处理下土壤质量含水量 （%）

土层深度	播覆高秆			播覆中秆			播覆低秆			CK	CK_0
	休高	休中	休低	休高	休中	休低	休高	休中	休低		
20cm	17.30	15.52	14.47	15.62	14.83	15.98	15.11	14.09	14.04	12.17	12.37
40cm	14.95	16.14	16.03	14.00	14.48	13.70	13.24	12.65	12.62	12.85	13.81
60cm	15.78	15.89	15.78	15.04	16.39	16.13	16.20	13.72	15.06	13.25	14.90
80cm	17.59	17.93	17.12	16.20	17.49	17.15	17.85	17.59	16.68	15.00	16.59
100cm	18.17	18.57	17.60	17.75	19.21	18.67	19.50	18.52	17.56	16.57	18.13
120cm	18.55	19.26	20.10	19.33	19.79	19.36	19.74	19.24	19.17	18.45	18.54
140cm	19.76	20.03	20.11	20.17	19.41	20.24	20.63	19.05	20.66	18.87	19.56
160cm	20.91	21.34	20.65	20.93	21.11	20.67	20.13	20.59	20.30	19.06	19.65
180cm	21.02	20.82	20.24	19.46	20.72	20.46	20.14	20.11	19.37	19.23	19.84
200cm	20.30	21.10	20.45	20.67	20.76	20.57	20.31	20.39	20.15	20.18	19.84

表 3-10　灌浆期（8 月 5 日）休闲期不同覆盖量处理下土壤含水量　（%）

土层深度	播覆高秆			播覆中秆			播覆低秆			CK	CK_0
	休高	休中	休低	休高	休中	休低	休高	休中	休低		
20cm	11.26	10.80	10.90	11.00	10.65	9.32	10.80	10.73	10.79	10.34	9.76
40cm	11.01	11.69	10.48	10.59	9.93	9.91	10.41	10.08	10.60	11.77	10.28
60cm	11.36	10.21	10.07	10.35	10.03	11.48	9.39	9.84	10.83	11.54	11.13
80cm	11.73	12.35	10.23	11.64	11.98	12.16	10.95	11.84	11.67	11.94	12.57
100cm	12.65	13.33	11.87	12.77	13.92	13.43	13.35	13.57	13.49	12.65	13.41
120cm	15.71	16.67	15.32	15.26	16.53	16.53	16.37	15.81	15.90	14.15	14.84
140cm	17.77	18.40	17.39	18.14	17.60	17.21	17.59	16.95	17.11	16.12	16.57
160cm	18.40	17.41	18.09	18.79	17.61	17.84	18.04	18.42	18.58	17.73	16.77
180cm	19.43	19.35	19.33	19.03	17.87	19.61	19.27	19.61	18.99	18.46	18.03
200cm	20.34	20.01	19.76	19.55	19.89	19.98	20.08	19.97	19.86	18.95	18.81

表 3-11　收获期（9 月 15 日）休闲期不同覆盖量处理下土壤含水量　（%）

土层深度	播覆高秆			播覆中秆			播覆低秆			CK	CK_0
	休高	休中	休低	休高	休中	休低	休高	休中	休低		
20cm	17.24	17.10	17.12	17.75	17.37	17.13	15.95	16.93	16.95	15.46	15.50
40cm	16.17	17.53	16.15	16.41	16.04	16.63	15.88	15.72	16.38	16.58	15.40
60cm	14.93	13.86	13.64	13.24	14.95	14.93	14.51	14.80	14.01	15.48	14.49
80cm	12.97	12.96	12.22	12.46	13.89	13.21	13.38	13.50	13.42	13.33	12.75
100cm	14.01	12.68	12.48	11.99	13.83	13.84	13.51	13.34	13.90	12.91	13.51
120cm	15.65	15.03	15.29	14.74	16.17	15.34	15.35	15.50	16.09	13.99	15.77
140cm	16.67	16.47	15.06	14.84	16.12	16.73	15.76	15.43	15.98	15.16	15.27
160cm	17.29	16.55	16.06	15.99	17.25	17.44	16.96	15.96	16.71	16.31	15.62
180cm	18.47	17.61	18.50	18.25	17.93	18.40	17.17	17.31	17.89	17.50	17.33
200cm	18.99	18.62	18.06	18.40	18.71	18.94	18.26	18.20	18.85	18.37	17.73

4. 土壤物理性状

（1）土壤温度

表 3-12 为 2008 年 6 月 11 日和 6 月 20 日在 8：00、14：00 及 18：00 时测定播覆高＋休不覆、播覆中＋休不覆、播覆低＋休不覆及播不覆＋休不覆（CK）4 个处理 5～15cm 不同土层地温的记录数据。

表 3-12　各处理不同土层土壤温度　（单位：℃）

土层深度	处理	6 月 11 日			日平均	降幅/%	6 月 20 日			日平均	降幅/%
		8：00	14：00	18：00			8：00	14：00	18：00		
5cm	播高＋休不	19.0	24.0	25.3	22.8	23.4	19.2	25.5	26.8	23.8	14.6
	播中＋休不	19.2	24.1	28.5	23.9	19.5	19.0	25.0	28.5	24.2	13.4
	播低＋休不	21.0	26.2	32.0	26.4	11.2	19.5	28.0	32.0	26.5	5.0
	CK	24.5	31.5	33.2	29.7	0.0	20.5	30.0	33.2	27.9	0.0

续表

土层深度	处理	6月11日			日平均	降幅/%	6月20日			日平均	降幅/%
		8：00	14：00	18：00			8：00	14：00	18：00		
10cm	播高+休不	18.0	20.5	24.2	20.9	15.3	19.0	22.1	25.3	22.1	9.7
	播中+休不	17.8	20.0	24.0	20.6	16.5	19.0	22.5	25.0	22.2	9.5
	播低+休不	20.0	23.0	27.0	23.3	5.4	19.5	23.5	27.0	23.3	4.8
	CK	20.5	24.0	29.5	24.7	0.0	19.0	25.0	29.5	24.5	0.0
15cm	播高+休不	18.0	20.1	23.0	20.4	16.3	18.0	21.0	23.0	20.7	15.4
	播中+休不	17.8	19.0	22.0	19.6	19.4	19.0	21.5	24.5	21.7	11.3
	播低+休不	19.5	21.0	25.0	21.8	10.3	19.5	21.5	25.0	22.0	10.0
	CK	21.5	23.0	28.5	24.3	0.0	20.8	24.0	28.5	24.4	0.0

由5～15cm土壤温度数据可以看出：与对照相比，覆盖有明显的降温效果，且随覆盖量的增加地温下降幅度增大。5cm土层6月11日和6月20日两日日平均温度降幅最大的是播覆高秆，日均降温分别为6.9℃和4.1℃，降温幅度为23.4%和14.6%；6月11日10cm土层和15cm土层日均降温最大的均为播覆中秆，降温幅度分别为16.5%和19.4%；而6月20日10cm层和15cm层日均降温最大的均为播覆高秆，降温幅度分别为9.7%和15.4%，但播期覆盖高秆和中秆的降温幅度差异不大。

(2) 土壤呼吸

土壤呼吸强度是土壤生物活性总的指标，它的强弱能反映土壤有机质的分解以及土壤有效养分状况。因此，它可以作为评价土壤肥力的一种指标。由图3-14及表3-13数据可以看出，休闲期不覆盖播期覆盖量不同的3个处理土壤呼吸强度随覆盖量的增加而降低。其中休闲期不覆盖播覆高秆呼吸值最高、较对照增加5.16μmol/（m^2·s），而播期与休闲期覆盖等量的3个处理土壤呼吸强度随覆盖量的增加而减小，其中播覆高秆+休覆高秆呼吸值最低，较对照低8.7μmol/（m^2·s）。由此说明覆盖处理增加了土壤呼吸强度，但覆盖量过大也会抑制土壤呼吸。

表3-13　收获期部分处理土壤呼吸值比较

处理	呼吸值/[μmol/（m^2·s）]
播覆高秆+休不覆	33.54
播覆中秆+休不覆	26.95
播覆低秆+休不覆	22.34
播覆高秆+休覆高秆	19.68
播覆中秆+休覆中秆	25.21
播覆低秆+休覆低秆	26.37
播不覆+休不覆	28.38

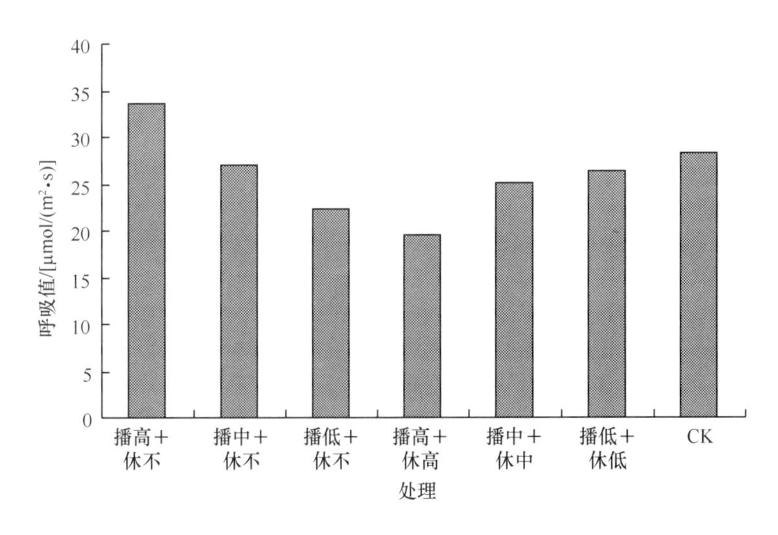

图 3-14　收获期部分处理土壤呼吸值比较

(3) 土壤容重

图 3-15 为休闲期不覆盖播期覆盖量不同的 4 个处理及空白对照 0～60cm 3 层土壤容重比较。由图 3-15 可以看出：40cm 层土壤容重比 20cm 和 60cm 层都高。20cm 层土壤容重随覆盖量的增大而增大，覆盖高秆后容重较对照明显增大，而覆盖中秆和低秆后容重与对照差异不大，且明显低于空白对照；40cm 层土壤容重随覆盖量的增大而降低，与 20cm 层相反，覆盖高秆后容重明显低于对照，而覆盖中秆和低秆后容重也低于对照但差异不大；60cm 层土壤容重随覆盖量的增大而降低，覆盖低秆和中秆后容重显著高于对照。

图 3-16～图 3-18 分别为播覆高秆、中秆、低秆下休闲期覆盖量不同的 4 个处理土

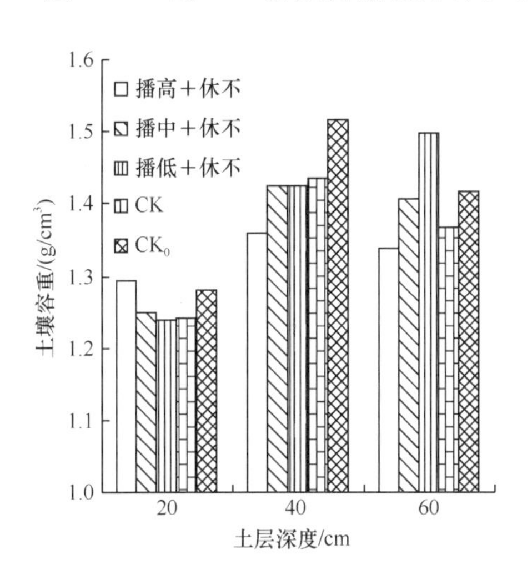

图 3-15　播覆不同量休期不覆盖下各层土壤容重

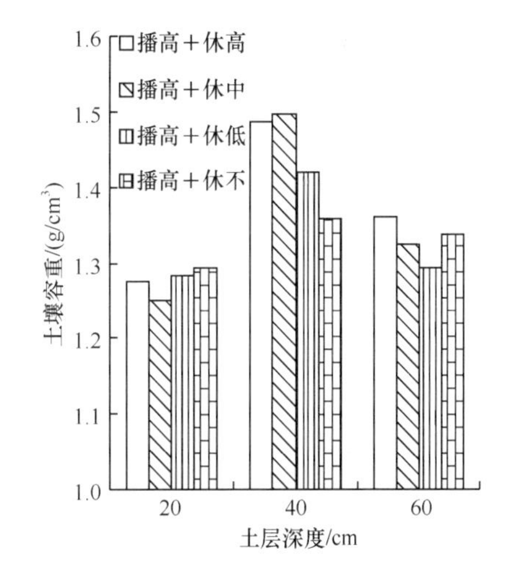

图 3-16　播覆高秆休期覆盖不同量下各层土壤容重

壤容重的变化情况。分析这 3 个图，发现土壤容重变化规律不明显，但仍可发现：20cm 层中播覆高秆下休闲期覆盖高秆、中秆、低秆后容重均比休闲期不覆盖降低，而播覆中秆和低秆下仅有休闲期覆盖高秆的容重比休闲期不覆盖低。

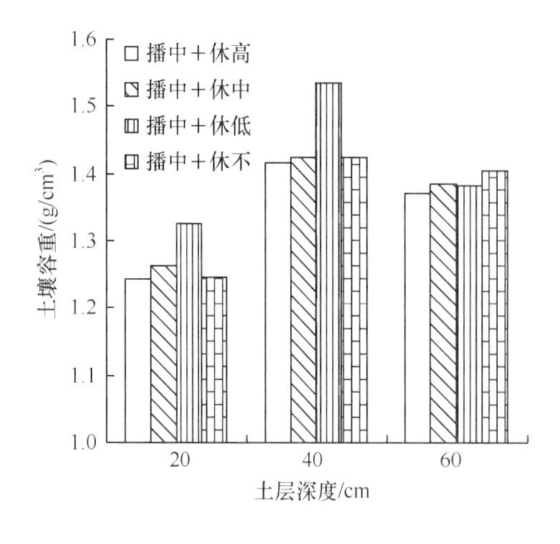

图 3-17　播覆中秆休期覆盖不同量下各层土壤容重

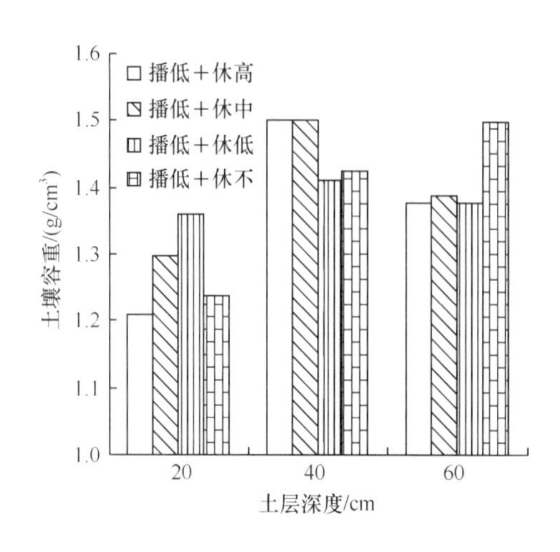

图 3-18　播覆低秆休期覆盖不同量下各层土壤容重

（4）土壤团聚体

a. 机械稳定性团聚体

机械稳定性团聚体是指能够抵抗外力破坏的团聚体，常用干筛后团聚体的组成含量来反映。土壤学中将当量粒径为 10～0.25mm 的团聚体称为大团聚体，其含量越高，说明土壤团聚性越好；而小于 0.25mm 的团聚体，是机械稳定性较差的团聚体，这一级别团聚体所占比例越高，表明土壤愈分散，它不仅在降雨和灌溉期间会堵塞孔隙，影响水分入渗，易产生地面径流，增加土壤的侵蚀，还容易形成沙尘天气。

表 3-14 为播期覆盖量不同休闲期不覆盖 4 个处理对不同土层机械稳定性团聚体组成的影响情况。由表 3-14 可知：各处理 4 个层次土壤经过干筛后，大于 0.25mm 的土壤团聚体含量均在 75％以上。在 0～10cm 和 10～20cm 土层中，覆盖后大于 0.25mm 的土壤团聚体含量均大于对照，其中播覆中秆＋休不覆处理后大于 0.25mm 的土壤团聚体含量最大，较对照分别提高 5.57％和 8.57％，表明各处理风干团聚体均以大团聚体为主，在 0～20cm 层中播期覆盖中量秸秆后土壤团聚性较其他处理有所改善。但各粒级含量在 4 个土层中表现规律性不强，在 0～10cm 和 10～20cm 土层中粒径为 5～2mm 和 2～1mm 的团聚体含量随覆盖量的降低而降低，在 0～40cm 各土层中覆盖处理后粒径小于 0.25mm 的团聚体含量较对照明显减少，除此外无明显规律。

表 3-14　不同处理对不同土层机械稳定性团聚体组成的影响　(%)

土层深度	处理	团聚体粒径						
		>5mm	5～2mm	2～1mm	1～0.5mm	0.5～0.25mm	<0.25mm	>0.25mm
0～10cm	播高+休不	29	17.91	10.45	11.57	12.5	18.57	81.43
	播中+休不	23.72	15.94	10.52	14.88	17.05	17.89	82.11
	播低+休不	30.1	14.68	8.74	12.32	15	19.16	80.84
	CK	26.5	14.22	7.59	12.12	16.11	23.46	76.54
10～20cm	播高+休不	28.37	16.76	9.6	11.1	13.62	20.55	79.45
	播中+休不	30.03	16.39	9.92	11.94	13.27	18.45	81.55
	播低+休不	29.01	14.88	9.32	12.88	14.27	19.64	80.36
	CK	26.04	13.67	7.31	10.31	15.65	27.02	72.98
20～30cm	播高+休不	29.93	16.17	9.81	11.15	13.6	19.34	80.66
	播中+休不	25.06	17.31	10.1	12.27	14.13	21.13	78.87
	播低+休不	31.75	15.04	9.29	11.14	13.22	19.56	80.44
	CK	30.95	15.64	9.35	11.43	12.99	19.64	80.36
30～40cm	播高+休不	27.75	18.34	9.29	11.35	14.62	18.65	81.35
	播中+休不	31.37	15.91	8.78	11.74	14.42	17.78	82.22
	播低+休不	29.8	15.55	9.14	11.63	13.76	20.12	79.88
	CK	37.47	16.4	7.49	8.57	10.99	19.08	80.92

b. 水稳性团聚体

水稳性团聚体指由性质稳定的胶体胶结团聚而形成的具有抵抗水破坏能力的，在水中浸泡、冲洗而不易崩解的大于 0.25mm 的土壤团粒。通常认为，大于 0.25mm 土壤水稳性团粒含量高低能够更好地反映土壤保持和供应养分能力的强弱，了解水稳性团聚体的组成对探讨土壤肥力、土壤结构变化有着重要的理论和实践意义 。

由表 3-15 可以看出，覆盖后各粒径团聚体含量较对照均减少；覆盖处理后大于 0.25mm 土壤水稳性团粒含量在 0～10cm 和 10～20cm 层中均小于对照，而在 30～40cm 层大于对照，但其他粒径水稳性团聚体含量并无明显规律。

表 3-15　不同处理对不同土层水稳性团聚体含量的影响　(%)

土层深度	处理	团聚体粒径				
		3～1mm	1～0.5mm	0.5～0.25mm	<0.25mm	>0.25mm
0～10cm	播高+休不	0.46	0.74	2.19	2.32	3.39
	播中+休不	0.4	0.9	1.84	1.74	3.14
	播低+休不	0.59	0.64	1.59	1.97	2.82
	CK	0.8	0.97	2.43	2.82	4.2

续表

土层深度	处理	团聚体粒径				
		3～1mm	1～0.5mm	0.5～0.25mm	<0.25mm	>0.25mm
10～20cm	播高+休不	0.4	0.53	2.22	2.15	3.15
	播中+休不	0.5	0.84	1.91	2	3.25
	播低+休不	0.62	0.56	1.49	2.31	2.67
	CK	1.82	0.69	1.62	1.53	4.13
20～30cm	播高+休不	0.55	0.64	1.59	2.2	2.78
	播中+休不	0.58	0.84	1.46	1.66	2.88
	播低+休不	0.45	0.63	1.57	1.63	2.65
	CK	0.44	0.71	1.78	1.84	2.93
30～40cm	播高+休不	0.5	1.17	2.51	3.36	4.18
	播中+休不	0.55	0.77	1.45	1.2	2.77
	播低+休不	0.45	0.63	1.63	1.55	2.71
	CK	0.38	0.61	1.35	1.97	2.34

5. 不同处理条件下土壤养分含量变化

表 3-16 为 2007 年和 2008 年收获后不同处理 0～20cm 土层养分变化情况。

表 3-16　不同处理土层养分含量　　（单位：g/kg）

年份	处理	有机质	全氮	全磷	全钾
种前	基础样	10.87	0.81	0.59	7.08
2007	播高+休不	13.73aA	0.76aA	0.56aA	8.31aA
	播中+休不	14.31aA	0.76aA	0.56aA	8.55aA
	播低+休不	14.20aA	0.77aA	0.44bA	8.16aA
	CK	13.76aA	0.75aA	0.52abA	8.11aA
2008	播高+休不	13.82bcABC	1.51aA	0.60bB	12.33aA
	播中+休不	13.08cC	1.48aAB	0.79aA	11.76aA
	播低+休不	13.52cBC	1.31bcBC	0.78aA	12.50aA
	播高+休高	13.38cBC	1.41abAB	0.58bB	11.64aA
	播中+休中	15.52aA	1.48aAB	0.58bB	11.50aA
	播低+休低	15.22abAB	1.22cC	0.54bB	11.28aA
	CK	12.39cC	1.19cC	0.57bB	11.08aA

续表

年份	处理	碱解氮	速效磷	速效钾
种前	基础样	74.44	23.18	135.83
2007	播高＋休不	19.59aA	11.24aA	128.50aA
	播中＋休不	19.34aA	11.73aA	109.80cB
	播低＋休不	18.30aA	12.11aA	125.02abAB
	CK	18.76aA	11.49aA	114.10bcAB
2008	播高＋休不	57.36aA	13.81aA	134.00aA
	播中＋休不	56.89abA	10.60abcAB	131.23aA
	播低＋休不	55.02abcA	9.61bcABC	130.62aA
	播高＋休高	50.95bcAB	11.84abAB	128.94aA
	播中＋休中	49.78cdAB	9.00bcBC	127.08aA
	播低＋休低	44.20deB	7.22cdBC	124.03aA
	CK	43.66eB	5.36dC	116.06aA

由表中数据可以看出：2007 年收获后各养分指标处理间差异不明显，但总体上看覆盖后养分含量较对照高，其中有机质、全钾较种前基础样有所增加；2008 年收获后各养分指标处理间差异明显，其中有机质、全氮、全磷、全钾较种前基础样有所增加。

2008 年收获后有机质含量最高的处理为播覆中秆＋休覆中秆，较对照增加 3.13g/kg，且差异达到极显著水平；各处理间全氮含量最高的为播覆高秆＋休不覆，较对照增加 0.32g/kg，且差异达到极显著水平；全磷含量最高的处理为播覆中秆＋休不覆，其次为播覆低秆＋休不覆，且与对照相比差异达到极显著水平；各处理间全钾含量差异不显著，全钾含量最高的处理为播覆低秆＋休不覆。

由续表可以看出：碱解氮、速效磷、速效钾含量随播期覆盖量的增加而增加，含量最高的处理为播覆高秆＋休不覆，2008 年土壤碱解氮、速效磷、速效钾较对照分别增加 31.38％、157.65％、15.46％，而播期与休闲期覆盖等量的 3 个处理速效养分含量较播期覆盖不同量休闲期不覆盖的 3 个处理低。

6. 不同秸秆覆盖量对土壤酶活性的影响

(1) 不同秸秆覆盖量对土壤脲酶活性的影响

土壤脲酶是土壤氮循环的一种关键性酶，可以加速土壤中潜在养分的有效化，与土壤供氮能力有密切的关系，对施入土壤氮的利用率影响很大，因而土壤中脲酶活性可以作为衡量土壤肥力的指标之一，并能反映部分土壤生产力。由表 3-17 可以看出，不同秸秆覆盖量下脲酶活性发生明显变化，各层次变化趋势一致：处理Ⅰ＞处理Ⅱ＞处理Ⅲ＞CK。0～20cm 层，处理Ⅰ、处理Ⅱ、处理Ⅲ的脲酶活性分别是 CK 的 4.6 倍、3.7 倍及 2.8 倍，且处理Ⅰ、处理Ⅱ、处理Ⅲ和 CK 间土壤脲酶活性的差异均达到 5％显著水平，处理Ⅰ与处理Ⅱ土壤脲酶活性的差异未达到 1％极显著水平，但处理Ⅰ与处理Ⅲ和 CK 土壤脲酶活性的差异达到 1％显著水平，且处理Ⅲ与 CK 土壤脲酶活性的差异也达到1%极显著水平；20～40cm层，处理Ⅰ、处理Ⅱ、处理Ⅲ的脲酶活性分别是CK的5.6倍、1.9倍及1.9倍，处理Ⅰ与处理Ⅱ、处理Ⅲ和CK土壤脲酶活性的差异均达到5%显著水平和1%显著水平，但处理Ⅱ、处理Ⅲ和CK间土壤脲酶活性的差异不显著；40～60cm层土壤脲酶活性变化趋势虽与0～20cm层和20～40cm层一致，但是各处理间差异均未达到5%显著水平。

表3-17　不同秸秆覆盖量对旱地土壤脲酶活性的影响

[单位：NH_3-N mg/(g·24h·37℃)]

处理	层次		
	0～20cm	20～40cm	40～60cm
Ⅰ播高+休不	12.3365 aA (aA)	8.8877aA (bB)	0.7452aA (cC)
Ⅱ播中+休不	9.9416bAB (aA)	3.0243bB (bB)	0.6116aA (cC)
Ⅲ播低+休不	7.5922cB (aA)	2.9977bB (bB)	0.5648aA (cC)
Ⅳ (CK) 播不+休不	2.7012dC (aA)	1.5984bB (bB)	0.4267aA (cC)

注：表中各列小写和大写字母分别表示处理间差异达0.05和0.01显著水平，各行括号内小写和大写字母分别表示层次间差异达0.05和0.01显著水平，下同。

(2) 不同秸秆覆盖量对土壤碱性磷酸酶活性的影响

土壤碱性磷酸酶活性能够表示有机磷转化状况，其酶促产物——有效磷是植物磷素营养源之一。由表3-18可以看出：不同秸秆覆盖量下各层次碱性磷酸酶活性变化趋势不同。0～20cm层碱性磷酸酶活性变化趋势为处理Ⅱ>处理Ⅰ>CK>处理Ⅲ，处理Ⅱ与处理Ⅰ、处理Ⅲ和CK土壤碱性磷酸酶的活性差异均达到5%显著水平，但处理Ⅰ、处理Ⅲ和CK间差异不显著，与CK相比，处理Ⅱ和处理Ⅰ的土壤碱性磷酸酶活性分别增加了9.0%和2.1%；20～40cm层碱性磷酸酶活性变化趋势为处理Ⅱ>处理Ⅰ>处理Ⅲ>CK，但各处理间土壤碱性磷酸酶活性差异未达到5%显著水平；40～60cm层碱性磷酸酶活性变化趋势为处理Ⅰ>处理Ⅱ>处理Ⅲ>CK，处理Ⅰ与处理Ⅲ和CK土壤碱性磷酸酶活性的差异达到5%显著水平，但处理Ⅱ、处理Ⅲ和CK间差异不显著。

表3-18　不同秸秆覆盖量对旱地土壤碱性磷酸酶活性的影响

[单位：酚 mg/(g·24h·37℃)]

处理	层次		
	0～20cm	20～40cm	40～60cm
Ⅰ播高+休不	1.1557bA (a)	1.2298a (a)	1.3092aA (a)
Ⅱ播中+休不	1.2335aA (a)	1.3032a (a)	1.2578abA (a)
Ⅲ播低+休不	1.1184bA (a)	1.1806a (a)	1.2072bA (a)
Ⅳ (CK) 播不+休不	1.1317bA (a)	1.1191a (a)	1.1649bA (a)

(3) 不同秸秆覆盖量对蔗糖酶活性的影响

蔗糖酶又名转化酶，其活性能够反映土壤呼吸强度，酶促作用产物——葡萄糖是植物、微生物的营养源。蔗糖酶对增加土壤中易溶性营养物质起着重要作用，是土壤中参与碳循环的一种重要酶。由表3-19可以看出：不同秸秆覆盖量下各层次蔗糖酶活性变化趋势不同。0～20cm层蔗糖酶活性变化趋势为处理Ⅱ＞处理Ⅲ＞处理Ⅰ＞CK，处理Ⅱ、处理Ⅰ、处理Ⅲ和CK的土壤蔗糖酶活性差异均达到5%显著水平和1%显著水平，但处理Ⅰ、处理Ⅲ和CK间土壤蔗糖酶活性的差异不显著，且与CK相比处理Ⅱ的蔗糖酶活性增加了46.9%；20～40cm层蔗糖酶活性变化趋势为处理Ⅱ＞处理Ⅰ＞CK＞处理Ⅲ，但各处理间土壤蔗糖酶活性差异未达到5%显著水平；40～60cm层蔗糖酶活性变化趋势为处理Ⅱ＞处理Ⅲ＞处理Ⅰ＞CK，但各处理间土壤蔗糖酶活性差异未达到5%显著水平。

表3-19 不同秸秆覆盖量对旱地土壤蔗糖酶活性的影响

[单位：葡萄糖mg/（g·24h·37℃）]

处理	层次		
	0～20cm	20～40cm	40～60cm
Ⅰ播高+休不	9.6224b（aA）	7.913a（bB）	3.2034a（cC）
Ⅱ播中+休不	13.0748a（aA）	7.9611a（bB）	4.2773a（cC）
Ⅲ播低+休不	9.9958b（aA）	7.4941a（bB）	3.2355a（cC）
Ⅳ（CK）播不+休不	8.8998b（aA）	7.7497a（bA）	2.7979a（cC）

（4）不同秸秆覆盖量对土壤过氧化氢酶活性的影响

土壤过氧化氢酶可促进土壤中多种化合物的氧化，防止过氧化氢积累对生物体造成毒害。由表3-20可以看出：不同秸秆覆盖量下各层次过氧化氢酶活性变化趋势不同。0～20cm层过氧化氢酶活性变化趋势为处理Ⅲ＞处理Ⅱ＞CK＞处理Ⅰ，但各处理间过氧化氢酶活性差异未达到5%显著水平；20～40cm层过氧化氢酶活性变化趋势为处理Ⅱ＞处理Ⅲ＞CK＞处理Ⅰ，处理Ⅱ与处理Ⅰ和CK土壤过氧化氢酶活性的差异达到5%显著水平，且处理Ⅲ与处理Ⅰ和CK土壤过氧化氢酶活性的差异也达到5%显著水平，但处理Ⅱ与处理Ⅲ间、处理Ⅰ与CK间土壤过氧化氢酶活性的差异不显著；40～60cm层土壤过氧化氢酶活性变化趋势为处理Ⅱ＞CK＞处理Ⅲ＞处理Ⅰ，但是各处理间差异均未达到5%显著水平。

表3-20 不同秸秆覆盖量对旱地土壤过氧化氢酶活性的影响

[单位：（0.1mol/L $KMnO_4$ ml）/（g·20min·37℃）]

处理	层次		
	0～20cm	20～40cm	40～60cm
Ⅰ播高+休不	0.1508a（a）	0.1482b（a）	0.1217a（b）
Ⅱ播中+休不	0.1517a（a）	0.1524a（a）	0.1325a（b）
Ⅲ播低+休不	0.1521a（a）	0.152a（a）	0.123a（b）
Ⅳ（CK）播不+休不	0.1516a（a）	0.1489b（a）	0.1317a（b）

（5）土壤酶活性的垂直变化

从表3-17～表3-20可以看出：不同秸秆覆盖量下0～60cm土壤剖面中，脲酶、蔗糖酶及过氧化氢酶活性随土层的加深而降低，而不同处理下碱性磷酸酶活性的变化趋势不同，处理Ⅰ和处理Ⅲ碱性磷酸酶活性随土层的加深而增强，处理Ⅱ碱性磷酸酶活性的变化趋势为20～40cm>40～60cm>0～20cm，而处理Ⅳ（CK）的变化趋势为40～60cm>0～20cm>20～40cm；这四种酶中，脲酶和蔗糖酶活性的层次间差异均达到5%显著水平和1%极显著水平，过氧化氢酶活性在0～20cm与40～60cm之间及20～40cm与40～60cm之间差异均达到5%显著水平，而碱性磷酸酶活性各层间差异不显著。

（三）结论与讨论

1. 秸秆覆盖对土壤含水量的影响

（1）结论

1）从全生育期内不同处理200cm土层内平均土壤含水量动态变化情况来看，整个生育期内，土壤0～200cm水分变化呈“W”形，出现拔节期和灌浆期土壤含水量的两个低谷。从整体看，不论是休闲期还是播期覆盖处理后土壤含水量均比对照高，且总的趋势是含水量随秸秆覆盖量的增加而增加。这说明秸秆覆盖能显著提高土壤水分含量，减少水分蒸发。

2）由关键生育期不同处理不同土层土壤含水量变化情况分析，播期覆盖不同量休闲期不覆盖的3个处理土壤水分含量均明显高于不覆盖，且含水量随秸秆覆盖量的增加而增加，在长期干旱后的灌浆期，播覆高秆和播覆中秆处理的土壤含水量明显高于对照，此时水分的保证对于灌浆及产量形成至关重要。由此表明，播期秸秆覆盖对于作物生育关键期土壤水分的维持作用明显。

3）不同播期覆盖量与不同休闲期覆盖量组合下各处理土壤水分含量均明显高于对照，且在相同的播期覆盖量下含水量随休闲期秸秆覆盖量的增加而增加，但处理间差异不显著，各个时期表层（0～20cm）土壤含水量最高的处理均为播高＋休高。这说明休闲期覆盖可以增加土壤水分，但作用不明显。

（2）讨论

吕晓男和路允浦（1991）研究表明，秸秆覆盖可明显增加表层土壤（0～30cm）含水量，而对中土层（40～90cm）没有明显的效果，土壤含水量基本上与对照相同；张冬梅等（2007）通过研究发现，免耕覆盖能提高表层土壤储水量；李玲玲等（2005a）研究表明，与传统耕作相比，秸秆覆盖能减少土壤水分蒸发损耗，增加降水的入渗深度，减少土壤耗水量，增加土壤水分含量，促进作物水分利用效率的提高。本节研究结果与前人研究一致。秸秆覆盖处理能显著增加表层土壤水分，且含水量随覆盖量的增加而增加，而且这种效果在作物生育关键期及干旱年份更为明显。

2. 秸秆覆盖对土壤物理性状的影响

（1）结论

1）与对照相比，播期覆盖处理有明显的降温效果，随覆盖量的增加地温下降幅度增大。这主要是由于覆盖秸秆的存在阻挡了太阳的直接辐射，也减少了土壤中的热量向大气中散失，同时也有效地反射了长波辐射。

2）土壤呼吸强度是土壤生物活性总的指标，能反映土壤有机质的分解以及土壤有效养分状况，因此，它可以作为评价土壤肥力的一种指标。本试验发现播期覆盖量不同休闲期不覆盖的3个处理土壤呼吸强度随覆盖量的增加而增加，而播期与休闲期覆盖等量的3个处理土壤呼吸强度随覆盖量的增加而减小，由此说明覆盖处理增加了土壤呼吸强度，但覆盖量过大也会抑制土壤呼吸。

3）土壤容重是土壤的重要物理性质，是衡量土壤紧实程度的一个标准。在土壤质地相似的条件下，土壤容重可反映土壤的松紧程度，容重小，表明土壤疏松多孔，结构性良好；反之则表明土壤紧实板硬，缺乏团粒结构。本研究发现不论是播期覆盖还是休闲期覆盖均可减小土壤容重，且容重随覆盖量的增大而逐渐减小，在20cm层中各处理间差异明显。

4）土壤学中将当量粒径为10～0.25mm的团聚体称为大团聚体，其含量越高，说明土壤团聚性越好，而小于0.25mm的团聚体，是机械稳定性较差的团聚体，这一级别团聚体所占比例越高，表明土壤愈分散，它不仅在降雨和灌溉期间会堵塞孔隙，影响水分入渗，易产生地面径流，增加土壤的侵蚀，还容易形成沙尘天气。本研究发现秸秆覆盖处理后各处理4个层次土壤中，大于0.25mm的土壤团聚体含量均在75%以上，在0～10cm和10～20cm土层中，大于0.25mm的土壤团聚体含量均大于对照，表明秸秆覆盖可以改善土壤团聚结构，增加土壤大团聚体含量。但可能由于覆盖年限不长，各粒级团粒含量在4个土层中并无明显的变化规律。

水稳性团聚体指由性质稳定的胶体胶结团聚而形成的具有抵抗水破坏能力的，在水中浸泡、冲洗而不易崩解的大于0.25mm的土壤团粒。通常认为，大于0.25mm土壤水稳性团粒含量高低能够更好地反映土壤保持和供应养分能力的强弱。本研究发现，覆盖处理后大于0.25mm土壤水稳性团粒含量在0～30cm土层中均小于对照，而在30～40cm土层大于对照，此结果与其他研究结论不同，有待于进一步研究验证。

（2）讨论

1）马春梅等（2006）研究发现秸秆覆盖量越多，保水、保土、保肥的效果越好，但对地表温度影响也越大。当春季气温回升缓慢时，地表温度过低，影响作物出苗率。本节研究结果与前人研究结果一致，即秸秆覆盖量越多，土壤温度降低越多。周凌云等（1996，1997）研究结果表明，不覆盖处理的地温受气温的影响较大，秸秆覆盖可以有效缓解地温剧烈变化，减小表层土壤温差，低温时有“增温效应”，高温时有“降温效应”，这种双重效应能起到蓄水保墒的作用，对作物生产十分有利。在本节中仅对不同覆盖量对土壤温度的影响做了研究，而未对秸秆覆盖下土壤温度的动态变化做深入研究，因此有待于进一步研究。

2）王�等（1994）研究结果表明，由于秸秆覆盖提高了土壤生物量并增加土壤含水量，秸秆覆盖后土壤呼吸水平显著增加，本试验中播期覆盖高秸秆量确实增加了土壤呼吸的效应，与前人研究结果一致。刘绍辉（1997）研究发现温度是土壤呼吸的关键限制因子，其随温度变化的指数方程能够解释土壤呼吸的绝大部分变化，秸秆覆盖后，土壤温度较低，受此影响土壤呼吸随之减弱。本节研究结果显示覆盖量过高会降低土壤呼吸，这与前人研究结果相似。

3）王兴祥等（1998）研究结果表明，在自然条件下，土壤表层受雨滴的直接冲击和烈日曝晒板结，土壤团粒结构被破坏，土壤孔隙度减小，形成不易透水透气、结构细密紧实的土壤表层，影响降水入渗。土壤表面覆盖秸秆后，由于秸秆的覆盖对雨滴具有缓冲作用，降低了对土壤的侵蚀，避免了降水对地表的直接冲击和曝晒，团粒结构稳定，土壤疏松多孔，同时降低了0～10cm土层的土壤容重。本研究发现不论是播期覆盖还是休闲期覆盖均可减小土壤容重，且容重随覆盖量的增大而逐渐减小。本试验结果与前人研究结果相似，不论是播期覆盖还是休闲期覆盖均可减小土壤容重，且容重随覆盖量的增大而逐渐减小。但也有研究认为（沈裕琥等，1998；王殿武，1994），免耕覆盖在采用前期有增大土壤容重的现象，但随试验年限增加而有降低趋势（罗珠珠等，2005；张海林等，2003），由于在试验中仅对覆盖处理第二年的土壤容重进行分析，并没有动态年季间比较，因此对于秸秆覆盖后土壤容重的年季变化还需进一步研究。

3. 不同秸秆覆盖量对土壤养分的影响

（1）结论

1）作物秸秆本身含有各种营养元素和丰富的有机质，是土壤养分和有机质的主要补给源。覆盖两年收获后各养分指标处理间差异明显，其中有机质、全氮、全磷、全钾较对照均有所增加。2008年收获后在0～20cm土层中，处理T5（播中＋休中）有机质含量最高，分别较CK增加25.26％和48.59％，且差异达到1％极显著水平，覆盖对表层土壤有机质含量的增加作用明显，而在20～40cm、40～60cm土层中秸秆覆盖的影响不显著，从整体来看，播期休闲期覆盖同量的3个处理的有机质含量较休闲期不覆盖播期覆盖不同量的3个处理高；全氮含量在0～20cm土层中随覆盖量的增加而增加，增幅为18.49％～43.03％，在20～60cm土层中，覆盖处理对土壤全氮含量的影响并不大，各处理与对照差异不显著；土壤全磷含量在秸秆覆盖第一年收获后0～60cm各土层中均与对照相比变化不大，各处理与对照差异不显著，第二年收获后0～20cm土层中覆盖处理后土壤全磷含量较对照明显增加，增幅为5％～38.6％，其中全磷含量最高的处理为T4（播中＋休不）；由两年数据来看：覆盖后土壤全钾含量变化没有明显规律，2007年收获后0～20cm、20～40cm两土层中，全钾含量最高的处理均为播中＋休不，2008年秸秆覆盖仅对表层土壤全钾含量有影响，0～20cm土层中土壤全钾含量最高的处理为T4（播高＋休不），较对照增加17.29％。

2）秸秆覆盖对表层土壤速效养分的影响规律基本相似，覆盖处理第一年收获后碱解氮、速效磷、速效钾含量随覆盖量的增加而增加；第二年碱解氮、速效磷、速效钾含量随播期覆盖量的增加而增加，同时受到休闲期覆盖量叠加的抑制，另外土壤速效磷的含量还受土壤微生物和土壤酶活性的影响，即速效养分的含量并非随秸秆覆盖量的增加而直线上升，当秸秆覆盖量过高时，土壤微生物和土壤酶活性下降，土壤速效养分的含量将较其他处理低。

（2）讨论

有研究发现，秸秆覆盖后，土壤表层有机质、全氮和全磷与对照相比均增加（杜守宇等，1994)，本试验研究结果中有机质及全效养分与前人研究结论相似。但也有研究表明，尽管秸秆中含有大量的氮素，但土壤中碱解氮的变化不仅与基质中氮量多少有关，更重要的是受土壤环境（空气、温度、水分、微生物活动）以及作物活力与呼吸强度所影响，当覆盖量过高时，土壤温度降低，抑制了土壤微生物活性，从而降低碱解氮的含量（赵兰坡，1996）。江永红（2001）研究发现，一方面虽然秸秆中磷很少，但是对土壤还是有所贡献；另一方面由于覆盖处理的保水效果，土壤表层水分较高，而使土壤速效养分发生表面富集，所以覆盖后表层土壤中速效磷含量较对照增加，此外土壤速效磷的含量还受土壤微生物和土壤酶活性的影响，因此速效磷的含量并非随秸秆覆盖量的增加而直线上升，当秸秆覆盖量过高时，土壤速效磷的含量将较其他处理低。本试验研究发现速效养分的含量并非随秸秆覆盖量的增加而直线上升，当秸秆覆盖量过高时，土壤速效养分的含量将较其他处理低，这一结果与前人研究结果一致。

4. 不同秸秆覆盖量对土壤酶的影响

（1）结论

1）与不覆盖比较，秸秆覆盖可使土壤酶活性增加。试验结果表明，秸秆覆盖量对不同酶的影响不同，在 0～20cm 土层中，脲酶活性变化趋势为 T4（播高＋休不）＞T8（播中＋休不）＞ T12（播低＋不休）＞CK；碱性磷酸酶活性变化趋势为 T8（播中＋休不）＞ T4（播高＋休不）＞CK ＞ T12（播低＋休不）；蔗糖酶活性变化趋势为 T8（播中＋休不）＞ T12（播低＋休不）＞T4（播高＋休不）＞ CK；过氧化氢酶活性变化趋势为 T12（播低＋休不）＞T8（播中＋休不）＞ CK ＞ T4（播高＋休不）。蔗糖酶和碱性磷酸酶活性在 T8（播中＋休不）下达到最高，在 0～20cm 土层蔗糖酶和碱性磷酸酶活性分别比对照增加 46.9％和 9.0％，其中蔗糖酶活性差异达到 5％显著水平；脲酶活性在 T4（播高＋休不）下最高，且在 0～20cm 层脲酶活性较对照增加了 3.6 倍且差异达到 5％显著水平。

2）不同秸秆覆盖量下 0～60cm 剖面中，脲酶、蔗糖酶及过氧化氢酶活性均随土层的加深而减弱，而不同处理下碱性磷酸酶活性的变化趋势不同，其中脲酶和蔗糖酶活性的层次间差异达到 5％显著水平，过氧化氢酶活性在 0～20cm 与 40～60cm 及20～40cm 与 40～60cm 差异均达到 5％显著水平，而碱性磷酸酶活性各层间差异不显著。

（2）讨论

1）有研究表明，与传统耕作比较，秸秆覆盖可使土壤酶活性增加（唐艳等，1999；田慧等，2006；曹慧等，2003）。这主要有 3 个方面的原因：第一，覆盖对土温变化有明显的调节作用，其增温效应和降温效应十分明显。增温效应主要在低温时，降温作用主要在高温时。这种前期增温、后期降温的双重效应有利于寻求适合作物生长发育的水热组合，也利于土壤酶活性的增加（杨招弟等，2008）；第二，覆盖对土壤有机质和速效养分的影响较大（巩杰等，2003）；第三，覆盖可增加土壤微生物数量，覆盖后土壤真菌、细菌、放线菌的数量均有所增加，形成了不同时期新的微生物区系，进而改变了土壤的生物特性（杨招弟等，2008）。

本试验研究发现，不同的覆盖量对不同土壤酶的影响不同。蔗糖酶、过氧化氢酶及碱性磷酸酶活性，除个别层次外，均在T8（播中＋休不）下各层次活性达到最高。脲酶在T4（播高＋休不）下各层次活性均最高，且活性随着覆盖量的减少而降低。这说明秸秆覆盖在增加土壤有机质和速效养分的同时也改变了土壤水温条件，随着覆盖量的增加土壤养分增加，但覆盖的降温效应也在增加，而覆盖的增温作用往往在秋季后才开始。因此，多数土壤酶的活性并非随覆盖量的增加而增加，而是在T8（播中＋休不）下活性达到最高。而脲酶在T4（播高＋休不）下活性最高，可能因为其对土壤养分的影响更为敏感，此问题还需进一步研究。

2）脲酶、蔗糖酶和过氧化氢酶活性均随土层的加深而减小，而碱性磷酸酶活性的变化趋势因处理不同而不同且各层间差异不显著。表层土壤酶活性较高，这主要是由于适量的秸秆覆盖使土壤表层积累了腐殖质，有机质含量高，有充分的营养源以利于微生物的生长，同时改善了土壤表层的水热条件和通气状况，利于微生物的生长和繁殖。随着土壤剖面的加深，覆盖对土壤环境影响变弱，土壤酶活性随着土层的加深而逐渐降低。

5. 不同秸秆覆盖量对玉米生长发育状况及产量的影响

（1）结论

1）秸秆覆盖后各个生育期较对照均推迟，生长发育进程推迟的程度随播种期覆盖量的增加而增加，且随气温的升高，覆盖后生育期推迟更加明显，但播期覆盖量相同休闲期覆盖不同量的各处理间生育期没有差异。

2）秸秆覆盖明显降低玉米拔节期株高，且随着秸秆覆盖量增加，这种效应越明显；而在大喇叭口期后由于气温的增加，覆盖对地温的影响开始减小，秸秆覆盖增加玉米株高；灌浆期株高达最大值且基本固定，株高最大的处理是播覆中秆＋休覆中秆，较对照高23.3％。

3）覆盖耕作对玉米的产量造成影响，2007年播覆高秆处理产量最高，较对照增产17.61％，播覆中秆处理平产，而播覆低秆处理减产7.06％，2008年除处理T12（低秆＋休不）外其他处理均比对照增产，其中增幅最大的是处理T2（高秆＋休中），增幅为19.92％。由两年数据可以看出，产量最高的处理均为播覆高秆，而产量最低的处理均为播覆低秆，随覆盖量增加，单位产量增加，且最佳的覆盖组合为T2（播高＋休中）。

（2）讨论

1）秸秆覆盖有降温、稳温作用，可推迟作物的出苗期，并延缓作物根系衰老，因而，作物生育期一般都表现为延长。贺菊美和王一鸣（1996）的研究表明，春玉米麦秸覆盖出苗期推迟4天，三叶期推迟3天。卜玉山等（2006）试验结果表明，覆盖秸秆土壤升温慢，土温低，出苗比对照推迟了1～2天，但随着春季气温的逐渐回升，秸秆覆盖的保水和稳温作用促进了苗期玉米的生长并超过了对照。本试验结论与前人研究结果一致。

2）李立群等（2006）研究认为秸秆覆盖下前期因地温低，作物株高明显低于对照，但中后期由于覆盖改善土壤的水分条件，作物长势明显好于对照，并在拔节期以后逐渐赶上并超过传统耕作。本试验结论与前人研究结果是基本一致的。

3）秸秆覆盖可使作物根系发达，增强吸收水分和养分的能力，增加作物产量，并提高水肥利用效率。许多研究结果表明，秸秆覆盖可改善土壤的水分条件，增加土壤肥力及土壤酶活性，并改善土壤的物理性状，因而叶面积、株高、生物量、产量均明显高于不覆盖。本试验研究结果与前人研究结论一致。秸秆覆盖产量最高的处理为播覆高秆，而产量最低的处理为播覆低秆，随覆盖量增加，单位产量增加。但秸秆覆盖不增产或减产的现象也是客观存在的。罗义银和胡德平（2000）、贾树龙等（2004）的试验中发现覆盖秸秆玉米产量高于未覆盖，但差异不显著；另有研究发现长期秸秆覆盖与犁耕相比在前两、三年增产效果不明显，但是随着其连续实施，增产的作用会逐步达到显著，其原因应与不同的土壤类型、种植作物及气候条件等有关（张志国等，1998；李立群等，2006）。

有研究发现杂草和病害一直是影响产量的一大问题，秸秆覆盖后虽有一定的郁蔽作用，但有些杂草仍可正常生长（马旭明等，2004；宁建荣，2004），在苗期与玉米争夺水肥，加之覆盖后由于地温较低，玉米在苗期往往较弱小，因此苗期杂草会严重阻碍玉米生长，影响产量；另外，覆盖的秸秆未经过消毒处理，所以可能携带一些病原菌孢子，在条件适宜时，便会引起病害。在此次研究中种植第一年，秸秆覆盖和秸秆还田试验中都不同程度地发生了玉米大斑病。因此，在今后的试验中还应对这一问题进行系统研究。

二、秸秆覆盖对冬小麦生长发育及土壤理化性状的影响

（一）试验设计

本试验在平衡施肥即纯氮 150kg/hm^2、P_2O_5 120kg/hm^2、K_2O 90kg/hm^2 基础上，采取随机区组试验，研究降雨量在 550mm 左右的生态区，播种期与休闲期覆盖不同秸秆量（高 9000kg/hm^2，中 6000kg/hm^2，低 3000kg/hm^2）对小麦的产量效应与保墒效果。以全程不覆盖为对照，共设 7 个处理（表 3-23）。采取人工播种后以小麦秸秆整秆覆盖，各处理 3 次重复，随机区组排列，小区面积 3m×4m＝12m^2。供试小麦品种为晋麦 47，每年 9 月下旬播种，翌年 6 月中旬收获。试验地基础土壤养分、生育期月降水量、试验处理分别见表 3-21～表 3-23。

表 3-21 试验地基础土壤养分

土层深度/cm	有机质/(g/kg)	碱解氮/(mg/kg)	全氮/(g/kg)	全磷/(g/kg)	全钾/(g/kg)
0～20	14.037	53.017	0.686	0.656	9.342
20～40	10.925	34.155	0.550	0.540	10.173
40～60	7.926	26.757	0.440	0.371	10.808

表 3-22 2007～2009 年冬小麦生育期内降雨量 （单位：mm）

年份	9	10	11	12	1	2	3	4	5	6	总量
2007～2008 年	28.7	48.3	1.6	9.5	29.1	8.3	13	31.7	23.5	11.9	205.6
2008～2009 年	55.7	15	0	0	0	25.2	18.6	14.9	145.7	16.3	291.4

表 3-23　试验处理

覆盖方式	处理	覆盖量/(kg/hm^2)	
		播种期	休闲期
全程覆盖	SMⅠ	9000	9000
	SMⅡ	6000	6000
	SMⅢ	3000	3000
生育期覆盖	SMⅣ	9000	0
	SMⅤ	6000	0
	SMⅥ	3000	0
全程不覆盖 CK	CK	0	0

小麦秸秆从当地购买，其养分指标为有机质含量 669.146g/kg、全氮 9.830g/kg、全磷 0.371g/kg、全钾 37.807g/kg。

测试指标及方法：对冬小麦不同生育时期个体生长发育指标调查记录；在小麦越冬期、孕穗期、灌浆期、收获期分别进行株高、分蘖、次生根条数等指标的测定，灌浆期进行灌浆进程测定；采用烘干法在小麦越冬期、孕穗期、灌浆期、收获期分别测定单株茎、叶的干物质积累量；在孕穗期和灌浆期用美国 LICOR 公司生产的便携式 LI-6400 光合仪测定功能叶（旗叶）的光合速率；用 SPAD-502 型叶绿素仪测定功能叶（旗叶）的叶绿素；在小麦分蘖期、拔节期、灌浆期和成熟期测定 0～200cm 土壤水分动态空间变化（取样间隔为 20cm 样品）；成熟期进行产量构成调查，测定亩穗数、穗粒数和千粒重；收获时测定实际产量。同时进行考种，测定小穗数、穗粒数、千粒重；小麦收获后测定土壤养分及物理性状（方法如表 3-24 所示）。作物水分利用效率的计算：WUE=Y/ETa，式中，Y 为单位面积的经济产量（kg/hm^2）；ETa 为作物生育期耗水量；WUE 为作物水分利用效率 [kg/（mm·hm^2）]。产量测定：小麦成熟时人工收获测定籽粒产量。数据分析：利用 Surfer 8.0、SAS 8.0 进行统计分析，利用 Excel 2003 作图。

表 3-24　小麦收获后各项指标测定方法

测定内容	测定方法
土壤呼吸	ACE 土壤呼吸仪
土壤团聚体（0～40cm）	干筛用沙维诺夫法、湿筛用约德法
土壤容重（0～60cm）	环刀法
脲酶	奈氏比色法，以 NH_3-Nμg/（g·24h·37℃）为单位
碱性磷酸酶	磷酸苯二钠法，以酚 mg/（g·24h·37℃）单位
蔗糖酶	3,5-二硝基水杨酸比色法，以葡萄糖 mg/（g·24h·37℃）为单位
有机质	重铬酸钾容量法
全氮	凯氏定氮法
全磷	高氯酸-硫酸-钼锑抗比色法

续表

测定内容	测定方法
全钾	火焰光度法
碱解氮	碱解扩散硼酸吸收法
速效磷	碳酸氢钠浸提-钼锑抗比色法
速效钾	NH_4OAC 浸提，火焰光度法

（二）结果与分析

1. 对土壤物理性状的影响

（1）秸秆覆盖对土壤温度的影响

土壤温度是影响作物地上部植株生长发育与地下部根群吸收土壤水分、养分相统一的重要生态因素之一。巩杰等（2003）研究表明，与对照相比，秸秆覆盖在低温时可增温，高温时可降温；土壤各层次地温变化幅度随覆盖量的增加而减小；刘炜（2007）研究表明，低温能够抑制根系对养分的吸收，越冬期高温降低了养分吸收量，返青期高温提高了小麦地上部养分的吸收。

不同秸秆覆盖处理的调温作用在表层作用明显，与对照相比，覆盖处理 0～10cm 变化幅度较大，10～15cm 变幅相对较小，15～25cm 土壤温度基本趋于稳定，2008～2009 年播后覆盖秸秆对各土层土壤温度的影响如表 3-25 所示。土壤温度变化与大气温度变化趋于一致，8：00～14：00 为土壤温度升高阶段，14：00～18：00 为各层土壤温度降低阶段，各土层温度的最高点出现在 14：00～16：00。覆盖处理阻隔太阳光直接照射地面，土壤升温较裸露地（CK）慢，5cm 处 SMⅠ处理、SMⅡ处理、SMⅢ处理、SMⅣ处理、SMⅤ处理、SMⅥ处理 10 时的土壤温度较 CK 土壤温度分别降低 4.0℃、3.0℃、2.0℃、2.0℃、1.5℃、1.5℃，不同覆盖处理 12：00 减少范围为 1.5～4.5℃，14：00～18：00 土壤温度降低范围为 0.5～3.5℃；10cm 处 SMⅠ处理、SMⅡ处理、SMⅢ处理、SMⅣ处理、SMⅤ处理、SMⅥ处理 8：00～10：00 的土壤温度较 CK 土壤温度降低范围为 0.5～4.0℃，不同覆盖处理 12：00 降低范围为 1.0～4.0℃，14：00 不同覆盖处理土壤温度分别较 CK 降低 4.5℃、3.5℃、3.0℃、2.5℃、2.0℃、1.5℃，16：00～18：00 土壤温度降低范围为 1.0～4.5℃；15cm 处 SMⅠ处理、SMⅡ处理、SMⅢ处理、SMⅣ处理、SMⅤ处理、SMⅥ处理 8：00～10：00 的土壤温度较 CK 土壤温度降低范围为 0.3～2.0℃，不同覆盖处理 12：00 减少范围为 0.5～2.5℃，14：00 不同覆盖处理土壤温度分别较 CK 降低 4.0℃、3.5℃、3.0℃、1.7℃、1.5℃、1.5℃，16：00～18：00 土壤温度减少范围为 0.3～3.0℃；20cm 处 SMⅠ处理、SMⅡ处理、SMⅢ处理、SMⅣ处理、SMⅤ处理、SMⅥ处理 8：00～10：00 的土壤温度较 CK 土壤温度降低范围为 0.5～3.0℃，不同覆盖处理 12：00 降低范围为 0.5～3.0℃，14：00 不同覆盖处理土壤温度分别较 CK 降低 3.0℃、2.5℃、1.5℃、1℃、1.2℃、0.5℃，16：00～18：00 土壤温度降低范围为0.3～2.8℃；25cm 处 SMⅠ处理、SMⅡ处理、

SMⅢ处理、SMⅣ处理、SMⅤ处理、SMⅥ处理8：00～10：00的土壤温度较CK变化范围为0.4～1.8℃，不同覆盖处理12：00变化范围为0.5～2.0℃，14：00不同覆盖处理土壤温度分别较CK降低2.3℃、1.3℃、1.3℃、0.8℃、－0.2℃、0.3℃，16：00～18：00土壤温度变化范围为0.1～1.8℃。

表3-25　2008～2009年播后覆盖秸秆对各土层土壤温度的影响　（单位：℃）

土层深度	处理	8：00	10：00	12：00	14：00	16：00	18：00
5cm	SMⅠ	18.5	19.0	20.0	21.5	21.3	20.0
	SMⅡ	18.0	20.0	21.0	22.0	21.5	20.0
	SMⅢ	18.8	21.0	21.5	23.0	22.5	21.0
	SMⅣ	18.5	21.0	22.0	23.0	22.8	21.5
	SMⅤ	18.5	21.5	22.0	23.0	22.5	22.0
	SMⅥ	19.0	21.5	23.0	24.0	23.5	22.5
	CK	18.5	23.0	24.5	25.0	24.5	22.5
10cm	SMⅠ	16.5	17.0	18.0	19.5	19.0	19.0
	SMⅡ	18.0	19.0	19.5	20.5	20.0	20
	SMⅢ	18.0	19.0	20.0	21.0	21.0	20.5
	SMⅣ	19.0	19.5	20.0	21.5	21.0	21.0
	SMⅤ	18.5	19.5	20.5	22.0	21.5	21.5
	SMⅥ	19.0	20.0	21.0	22.5	22.0	22.0
	CK	19.0	21.0	22.0	24.0	23.5	23.0
15cm	SMⅠ	18.0	18.0	18.5	19.0	19.5	19.5
	SMⅡ	18.5	19.0	19.5	19.5	20.0	20.5
	SMⅢ	19.0	19.5	20.0	20.0	21.0	21.0
	SMⅣ	19.5	20.0	20.5	21.3	21.0	21.0
	SMⅤ	19.0	19.5	20.0	21.5	21.0	21.0
	SMⅥ	19.8	20.0	20.5	21.5	22.0	22.0
	CK	19.5	20.0	21.0	23.0	22.5	22.3
20cm	SMⅠ	18.0	18.0	18.5	19.0	19.0	19.0
	SMⅡ	18.5	18.5	19.0	19.5	19.5	19.5
	SMⅢ	18.5	19.0	19.5	20.5	20.0	20.0
	SMⅣ	19.0	20.0	20.5	21.0	20.5	20.0
	SMⅤ	19.0	20.0	20.5	20.8	21.0	21.0
	SMⅥ	20.0	20.5	21.0	21.5	21.5	21.0
	CK	20.5	21.0	21.5	22.0	21.8	21.5

续表

土层深度	处理	8：00	10：00	12：00	14：00	16：00	18：00
25cm	SMⅠ	18.0	18.0	18.0	18.5	18.5	18.5
	SMⅡ	19.0	19.0	19.5	19.5	19.5	19.5
	SMⅢ	19.0	19.0	19.5	19.5	20.0	19.5
	SMⅣ	19.5	20.0	19.5	20.0	20.0	20.0
	SMⅤ	20.0	20.5	20.7	21.0	20.8	20.5
	SMⅥ	20.0	20.2	20.5	20.5	20.0	20.0
	CK	19.5	19.8	20.0	20.8	20.3	20.1

综上可知，秸秆覆盖对土壤温度的降低作用可以影响到25cm深度，随覆盖量增加，土壤温度降低幅度越大，全程覆盖不同秸秆量处理土壤温度表现为：SMⅠ＜SMⅡ＜SMⅢ＜CK；生育期覆盖不同秸秆量处理土壤温度表现为：SMⅣ＜SMⅤ＜SMⅥ＜CK；同一覆盖量不同覆盖方式降温幅度以全程覆盖方式较生育期覆盖方式更为明显（SMⅠ＞SMⅣ，SMⅡ＞SMⅤ，SMⅢ＞ SMⅥ）。

土壤温度对作物生长发育的影响是多方面的，同时对土壤肥力各因素发挥作用有积极的影响。王宏立等（2008）研究认为，保护性耕作与传统翻耕相比，5～20cm土层土壤平均分别较传统翻耕增温0.1～2.6℃。另有学者研究表明，秸秆覆盖于地表造成土壤含水量高，阻隔了太阳辐射向土层的传导，致使覆盖处理表层温度降低（Ronald and Shirley，1984）。本研究表明，秸秆覆盖处理降低表层土壤温度，随覆盖量增加，土壤温度降低幅度越大，全程覆盖不同秸秆量处理土壤温度变化表现为SMⅠ＜SMⅡ＜SMⅢ＜CK；生育期覆盖不同秸秆量处理土壤温度变化表现为SMⅣ＜SMⅤ＜SMⅥ＜CK，与Ronald等（1984）研究结论一致。据此，建议在生产实践中考虑播期适当提前，以利于作物返青后植株正常生长及正常灌浆。

（2）秸秆覆盖对土壤容重的影响

从表3-26中可以看出，2007～2008年0～20cm的耕层土壤容重在各处理下的变化，CK与不同处理间差异不显著。生育期覆盖SMⅣ、SMⅤ和SMⅥ处理下土壤容重较CK分别减少0.7%、1.5%和3.6%。在20～40cm，土壤容重顺序为CK＞ SMⅣ＞SMⅤ＞SMⅥ，SMⅣ、SMⅤ和SMⅥ处理下土壤容重较CK分别减少1.4%、2.1%和2.8%；40～60cm，SMⅣ、SMⅤ和SMⅥ土壤容重均低于CK，3个处理间无显著差异，SMⅣ、SMⅤ和SMⅥ处理下土壤容重较CK分别减少1.4%、2.7%和4.1%。

表3-26　秸秆覆盖对土壤容重的影响　（单位：g/cm^3）

处理	2007～2008年			2008～2009年		
	0～20cm	20～40cm	40～60cm	0～20cm	20～40cm	40～60cm
SMⅠ	—	—	—	1.37	1.39	1.46
SMⅡ	—	—	—	1.33	1.37	1.44
SMⅢ	—	—	—	1.32	1.36	1.43

续表

处理	2007～2008 年			2008～2009 年		
	0～20cm	20～40cm	40～60cm	0～20cm	20～40cm	40～60cm
SMⅣ	1.36	1.41	1.45	1.32	1.36	1.46
SMⅤ	1.35	1.4	1.43	1.33	1.35	1.45
SMⅥ	1.32	1.39	1.41	1.32	1.40	1.44
CK	1.37	1.43	1.47	1.38	1.45	1.48

2008～2009 年的耕层土壤容重变化如表 3-26 所示，全程覆盖方式下 SMⅠ、SMⅡ、SMⅢ和生育期覆盖方式下 SMⅣ、SMⅤ、SMⅥ处理与 CK 差异均不显著，两种覆盖方式下不同处理间差异亦不显著。全程覆盖方式下 SMⅠ、SMⅡ、SMⅢ土壤容重在 0～20cm 土层分别较 CK 减少 0.7%、3.6%、4.3%，20～40cm 土层分别较 CK 减少 4.1%、5.5%、6.2%，40～60cm 土层分别较 CK 减少 1.4%、2.7%、3.4%；生育期覆盖方式 SMⅣ、SMⅤ和 SMⅥ处理下 0～20cm 土壤容重较 CK 分别减少 4.3%、3.6%和 4.3%，20～40cm 土层分别较 CK 减少 6.2%、6.9%、3.4%，40～60cm 土层分别较 CK 减少 1.4%、2.0%、2.7%。

综上所述，全程覆盖方式与生育期覆盖方式均可减低土壤容重，生育期覆盖方式土壤容重随覆盖量增加而减小的幅度大于全程覆盖方式；覆盖量与土壤容重的相关性有待于进一步研究。

土壤容重作为衡量土壤结构性状的重要指标。雷发银等（2008）研究表明，在靖边风沙区耕作措施对播前土壤容重没有影响，而对收获后对土壤容重有显著影响，0～20cm 土层秸秆覆盖收获后土壤容重较对照降低 2.3%。本研究表明，2007～2008 年收获后不同秸秆覆盖量处理 0～20cm 土层容重较 CK 减少 3.6%～0.7%，2008～2009 年收获后两种不同覆盖方式不同覆盖量处理 0～20cm 土层容重较 CK 降低幅度为 4.5%～0.9%，与前人研究结论一致，收获后覆盖处理容重差异不显著。然而，生育期覆盖方式下土壤容重随覆盖量增加而减小的幅度大于全程覆盖方式，其原因可能是土壤容重受土壤水分、气候因素等的作用，全程覆盖方式不同覆盖量处理下土壤含水量高于生育期覆盖方式。

（3）秸秆覆盖对团聚体的影响

a. 秸秆覆盖对机械稳定性团聚体的影响

图 3-19、图 3-20 表明，连续两年秸秆覆盖处理下 0～40cm 各土层机械稳定性团聚体以大于 5mm 团聚体为主，同一处理随土层深度的增加，大于 5mm 团聚体呈现增加趋势，5～2mm 团聚体变化不是很明显，小于 2mm 团聚体呈现减少趋势，尤其以0.5～0.25mm 最为明显。

2007～2008 年生育期覆盖方式不论覆盖量多少，随土层深度增加，大粒径团聚体增加，小粒径团聚体减少。SMⅣ、SMⅤ和 SMⅥ处理在 10cm 处大于 5mm 的机械稳定性团聚体含量均高于 CK（图 3-19），顺序为 SMⅤ>SMⅥ>SMⅣ>CK，5～0.25mm 的机械稳定性团聚体含量与 CK 基本接近，大于 0.25mm 团聚体总和以 10cm 处各处理

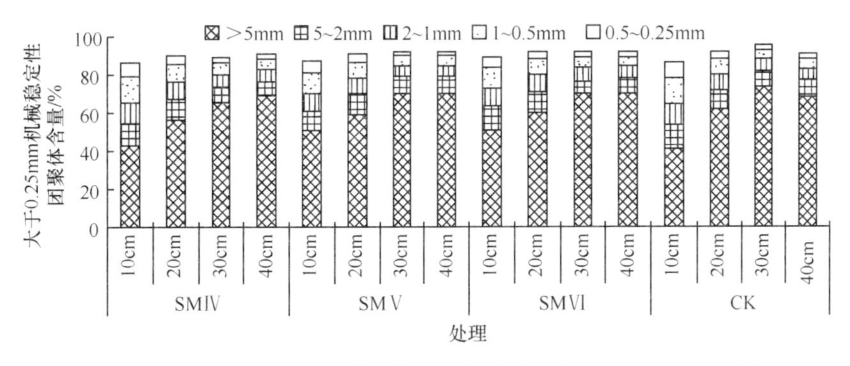

图 3-19　大于 0.25mm 机械稳定性团聚体分布图（2007～2008 年）

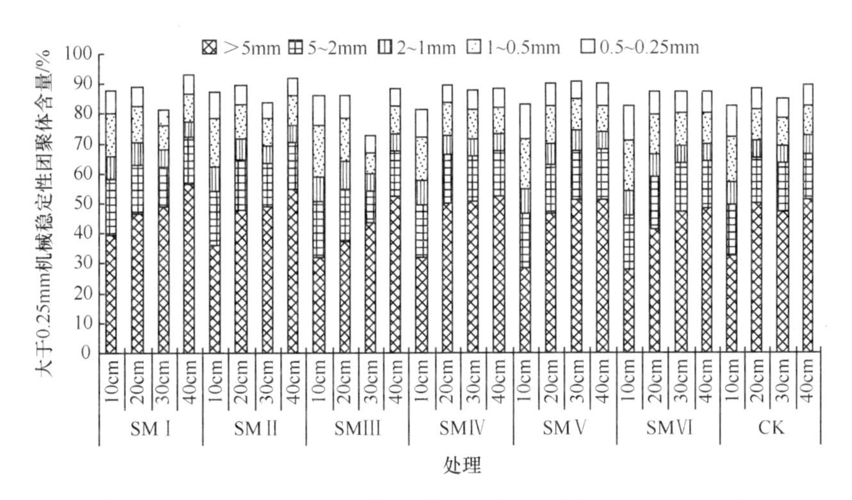

图 3-20　大于 0.25mm 机械稳定性团聚体分布图（2008～2009 年）

不同程度略高于对照 CK。对大于 0.25mm 团聚体总和进行比较，发现覆盖处理对 20cm 团聚体含量的影响与 10cm 结论一致。30～40cm 受覆盖影响较小，结果没有太大差异。

2008～2009 年全程覆盖方式与生育期覆盖方式下，不同处理不同土层大于 0.25mm 机械稳定性团聚体总和与 CK 相比差异较小（图 3-20），同一覆盖量下大于 2mm 全程覆盖方式下机械稳定聚体大于生育期覆盖方式下机械稳定性团结体，2～1mm 两种覆盖方式差异较小，小于 1mm 机械稳定性团聚体表现为全程覆盖方式小于生育期覆盖方式。不同处理大于 0.25mm 机械稳定性团聚体总和差异主要发生在 0～20cm，20～40cm 趋于稳定，全程覆盖方式表现为 SMⅠ＞SMⅡ＞SMⅢ＞CK，生育期覆盖方式表现为 SMⅣ＞ SMⅤ＞SMⅥ＞CK。

秸秆覆盖可以有效阻隔雨滴对地面的击打，减少地表径流，减少地表板结的形成，从而使大团粒结构的团聚体含量减少，小团粒结构的团聚体含量增加。两年生育期覆盖试验机械稳定性团聚体年际间呈现如下特点：2008～2009 年大于 5mm 机械稳定性团聚体较 2007～2008 年有所下降，5～2mm、1～0.5mm 和 0.5～0.25mm 机械稳定性团聚体均呈现增加趋势。

b. 不同覆盖量对水稳性团聚体的影响

2007～2008 年各处理不同土层大于 0.25mm 水稳性团聚体含量（图 3-21）表现为，0～10cm 和 20～40cm 以 0.5～0.25mm 的团聚体为主，20cm 以 3～1mm 团聚体为主，不同于其他 3 层，原因有待于进一步研究。10cm 大于 0.25mm 水稳性团聚体顺序为 SMⅤ＞CK＞SMⅣ＞SMⅥ，20cm 处也出现了相同的结论，30cm 处和 40cm 处可能因为深度增加，处理效果不明显，结论与前两层发生矛盾，30cm 处大于 0.25mm 水稳性团聚体 SMⅥ显著低于 CK 和其他处理，40cm 处表现为 CK 最高，SMⅥ次之，SMⅣ和 SMⅤ相差无几的现象。

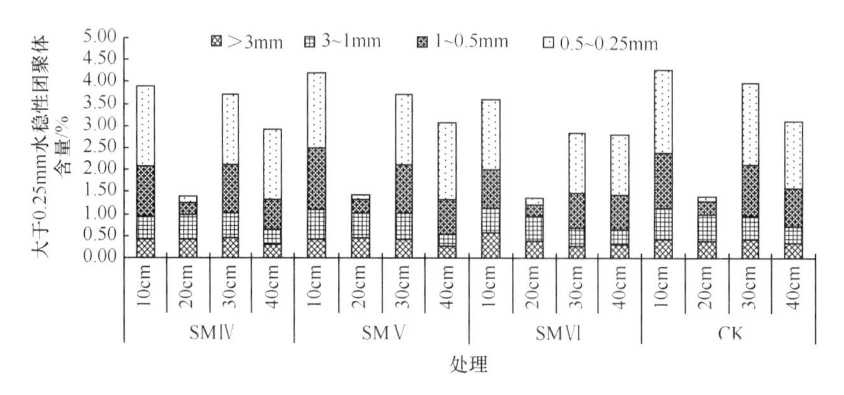

图 3-21 大于 0.25mm 水稳性团聚体分布图（2007～2008 年）

2008～2009 年全程覆盖方式与生育期覆盖方式各处理不同土层大小 0.25mm 水稳性团聚体含量（图 3-22）表现为 0～40cm 土层均以 0.5～0.25mm 的水稳性团聚体为主，大于 0.25mm 水稳性团聚体总和随土层深度增加而减少，说明水稳性团聚体主要集中在 0～30cm 土层，30cm 土层以下含量较少。全程覆盖方式不同覆盖量 0～20cm 土层大于 0.25mm 水稳性团聚体总和表现为 SMⅢ＞CK＞SMⅠ＞SMⅡ，20～30cm 土层各覆盖量基本持平；生育期覆盖方式下不同覆盖量处理 0～20cm 土层大于 0.25mm 水稳性团聚体百分含量表现为 SMⅣ＞SMⅥ＞SMⅤ＞CK，20～30cm 土层各覆盖量与全程覆盖方式规律一致；同一覆盖量下，大于 0.25mm 水稳性团聚体总和以生育期覆盖

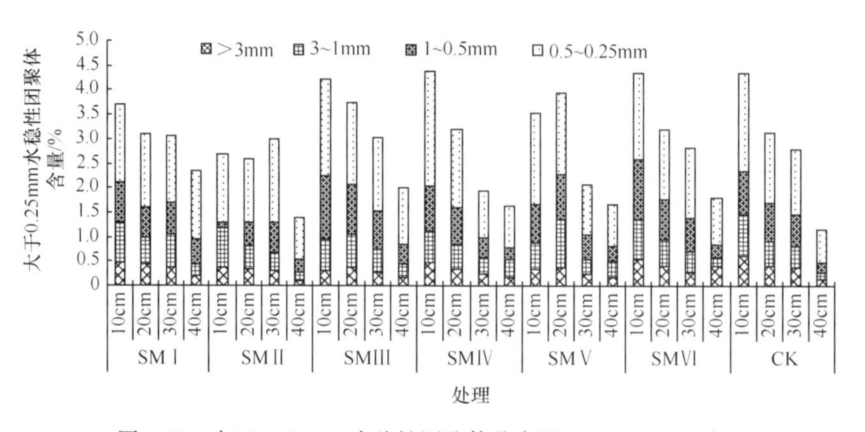

图 3-22 大于 0.25mm 水稳性团聚体分布图（2008～2009 年）

方式大于全程覆盖方式，该结论不同于机械稳定性团聚体，有待于进一步研究。

（4）秸秆覆盖对土壤呼吸的影响

土壤呼吸强度是土壤生物活性总的指标，能反映土壤有机质的分解以及土壤有效养分状况。从表 3-27 中可以看出，覆盖处理增加了土壤呼吸强度，覆盖量越大，呼吸强度越大。SMⅣ处理极显著高于其他处理和 CK，比 CK 高 21.3%，SMⅤ处理极显著高于 SMⅥ和 CK，比 CK 高 11.5%，SMⅥ显著高于 CK，比 CK 高 4.7%。

表 3-27　2007～2008 年收获后土壤呼吸强度及地温和土壤质量含水量

处理	净呼吸速率 /[μmol/(m² · s)]	地温/℃		土壤质量含水量/%
		10cm	15cm	
SMⅣ	31.68aA	23.0cC	23.3cB	16.35bB
SMⅤ	29.12bB	23.9cBC	23.6bcB	17.69aA
SMⅥ	27.36cC	25.0bB	24.0bB	15.91bB
CK	26.12dC	27.9aA	25.5aA	14.07cC

注：表中同列不同小写和大写字母分别表示各处理在 0.05 水平和 0.01 水平下差异显著，下同。

在测定土壤呼吸强度的同时对影响呼吸较大的地温和土壤质量含水量进行了测定。地温测定选对温度变化较敏感的 10cm 处和 15cm 处。从表 3-27 中地温变化可以看出，覆盖降低了土壤表层的温度，随覆盖量的增加，降温幅度增大。在 10cm 处，CK 地温极显著高于各处理，SMⅥ极显著高于 SMⅣ，与 SMⅤ差异达到显著水平。10cm 处，地温 SMⅣ比 CK 降低 4.9℃，SMⅤ比 CK 降低 4.0℃，SMⅥ比 CK 降低 2.9℃，降温幅度为 10.4%～17.6%；15cm 处地温变化与 10cm 基本一致，CK 地温极显著高于各处理，SMⅥ显著高于 SMⅣ，与 SMⅤ未达到显著水平。SMⅣ地温比 CK 降低 2.2℃，降幅 8.6%，SMⅤ比 CK 降低 1.9℃，降幅 7.5%，SMⅥ比 CK 降低 1.5℃，降幅 5.9%，降温幅度为 5.9%～8.6%。从 10cm 处和 15cm 处地温变化差异可以看出，覆盖量越大，表层温度降低越多，随土层深度的增加，覆盖对土壤的降温效应减弱。

收获后，覆盖处理的土壤质量含水量较对照都有增加，SMⅤ极显著高于 CK，土壤质量含水量比 CK 增加 25.73%，SMⅣ和 SMⅥ间差异不显著，但均极显著高于 CK，分别比 CK 增加 16.2%和 13.1%。

有研究证实，在土壤水分充足、不成为限制因素的条件下，土壤呼吸强度与土壤温度呈正相关；而在干旱、半干旱地区，水分含量和温度共同起作用。土壤呼吸强度与气温、土壤温度之间存在显著的相关关系，而土壤呼吸强度与土壤质量含水量之间相关性较差或无相关关系（刘绍辉，1997；王立刚，2002）。本研究结果表明，随覆盖量增加，土壤呼吸强度增加，10cm 处与 15cm 处土层地温降低，表层土壤含水量较 CK 增加，且各处理与 CK 间差异显著（$P<0.01$），而土壤呼吸强度与地温和水分的相关性还有待于进一步研究证实。

2. 秸秆覆盖对土壤酶的影响

土壤酶活性高低不仅影响土壤养分的转化而且制约作物根系对养分的吸收，由于受到温度、水分、微生物等环境因素的影响，随土层深度的增加，酶活性降低。

(1) 不同处理脲酶活性变化

2007～2008年生育期不同覆盖量处理0～60cm脲酶活性与CK差异显著（表3-28)。在0～20cm土层，SMⅣ、SMⅤ和SMⅥ处理间脲酶活性差异不显著（$P>0.05$），但均极显著高于CK（$P<0.01$），分别较CK增加26.1%、29.9%和30.3%；20～40cm土层SMⅣ、SMⅤ和SMⅥ处理脲酶活性无差异，但均极显著高于CK（$P<0.01$），分别较CK增加34.3%、31.9%和25.5%；40～60cm土层脲酶活性与0～40cm趋势基本一致，SMⅣ与CK差异极显著（$P<0.01$），SMⅤ和SMⅥ和CK差异显著（$P<0.05$），SMⅣ、SMⅤ和SMⅥ处理依次比CK增加19.3%、8.0%和8.0%。

表3-28　2007～2009年不同覆盖处理的脲酶活性　[单位：NH_3-Nμg/(g·24h·37℃)]

处理	2007～2008年			2008～2009年		
	0～20cm	20～40cm	40～60cm	0～20cm	20～40cm	40～60cm
SMⅠ	—	—	—	13.77aAB	12.47aA	7.86abAB
SMⅡ	—	—	—	14.07aAB	12.23abA	7.95abAB
SMⅢ	—	—	—	14.35aA	12.40aA	8.24aA
SMⅣ	13.39aA	12.48aA	8.54aA	12.84bBC	12.22abA	8.33aA
SMⅤ	13.80aA	12.25aA	7.73aAB	14.12aA	12.20abA	8.22aA
SMⅥ	13.84aA	11.66aA	7.73aAB	12.27bC	12.06bA	7.60bAB
CK	10.62bB	9.29bB	7.16bB	10.06cD	9.58cB	7.41bB

2008～2009年全程覆盖与生育期覆盖处理后间脲酶活性均较CK增加，0～40cm全程覆盖脲酶活性优于生育期覆盖方式。0～20cm土层全程覆盖处理SMⅠ、SMⅡ、SMⅢ与CK间脲酶活性差异极显著（$P<0.01$），分别较CK增加36.9%、39.9%、42.6%，生育期覆盖处理SMⅣ、SMⅤ、SMⅥ与CK间脲酶活性差异极显著（$P<0.01$），分别较CK增加27.6%、40.4%、22.0%；20～40cm土层全程覆盖处理SMⅠ、SMⅡ、SMⅢ与CK间脲酶活性差异极显著（$P<0.01$），分别较CK增加30.2%、27.7%、29.4%，生育期覆盖处理SMⅣ、SMⅤ、SMⅥ与CK间脲酶活性差异极显著（$P<0.01$），分别较CK增加27.5%、27.3%、25.9%；40～60cm土层全程覆盖处理SMⅢ与CK脲酶活性差异极显著（$P<0.01$），较CK增加11.2%，SMⅠ、SMⅡ与CK脲酶活性差异不显著（$P>0.05$），分别较CK增加6.1%、7.3%，生育期覆盖处理SMⅣ、SMⅤ与CK间脲酶活性差异极显著（$P<0.01$），分别较CK增加12.4%、10.9%，SMⅥ与CK脲酶活性差异不显著（$P>0.05$），但较CK增加2.6%。

两年覆盖试验结果表明，全程覆盖方式对脲酶活性的影响优于生育期覆盖方式，不同覆盖量对脲酶活性的影响可以达到60cm土层深度，且随覆盖量增加，脲酶活性呈现递增趋势。

(2) 不同处理碱性磷酸酶活性差异

2007～2008年生育期不同覆盖量处理下碱性磷酸酶活性差异表现（表3-29）主要

为 0～20cm 土层 SMⅥ极显著高于 SMⅣ和 CK（P<0.01），较 CK 增加 33.3%，碱性磷酸酶活性在该层的变化顺序为 SMⅥ>SMⅤ>CK>SMⅣ；20～40cm 为 SMⅣ和 SMⅥ显著高于 CK（P<0.05），分别较 CK 增加 44.5%和 26.3%，SMⅤ与 CK 差异不显著，较 CK 增加 6.1%；40～60cm 各覆盖处理均显著高于 CK（P<0.05），但各覆盖处理间差异不显著（P>0.05）。

表 3-29　2007～2009 年不同覆盖处理碱性磷酸酶活性　　［单位：酚 mg/(g · 24h · 37℃)］

处理	2007～2008 年			2008～2009 年		
	0～20cm	20～40cm	40～60cm	0～20cm	20～40cm	40～60cm
SMⅠ	—	—	—	1.37aA	1.58aA	0.25abA
SMⅡ	—	—	—	1.44aA	1.28aA	0.27abA
SMⅢ	—	—	—	1.46aA	1.14aA	0.29aA
SMⅣ	0.99bB	1.44aA	0.25aAB	1.45aA	1.05aA	0.28aA
SMⅤ	1.34aAB	1.05abA	0.29aA	1.27aA	1.07aA	0.26abA
SMⅥ	1.40aA	1.25aA	0.21aAB	1.51aA	1.23aA	0.26abA
CK	1.05bB	0.99bA	0.12bB	1.46aA	1.16aA	0.18bA

2008～2009 年全程覆盖与生育期覆盖处理后碱性磷酸酶活性与 CK 差异较小（表 3-29），0～40cm 土层全程覆盖碱性磷酸酶活性优于生育期覆盖方式。0～20cm 土层全程覆盖处理 SMⅠ、SMⅡ、SMⅢ与 CK 间碱性磷酸酶活性差异不显著（P>0.05），而 SMⅠ、SMⅡ分别较 CK 减少 6.2%、1.4%，生育期覆盖处理 SMⅣ、SMⅤ、SMⅥ与 CK 间碱性磷酸酶活性差异与 CK 差异亦不显著（P>0.05），SMⅥ较 CK 增加 3.4%，SMⅣ、SMⅤ分别较 CK 减少 0.7%、13.0%；20～40cm 土层全程覆盖处理 SMⅠ、SMⅡ、SMⅢ与 CK 碱性磷酸酶活性差异均不显著（P>0.05），生育期覆盖处理 SMⅣ、SMⅤ、SMⅥ与 CK 碱性磷酸酶活性差异亦不显著（P>0.05）；而 40～60cm 土层全程覆盖处理 SMⅢ与 CK 碱性磷酸酶活性差异显著（P<0.05），较 CK 增幅高达 61.1%，SMⅠ、SMⅡ与 CK 碱性磷酸酶活性差异不显著（P>0.05），分别较 CK 增加 38.9%、50%，生育期覆盖处理 SMⅣ与 CK 碱性磷酸酶活性差异显著（P<0.05），较 CK 增加 55.6%，SMⅤ、SMⅥ与 CK 碱性磷酸酶活性差异不显著（P>0.05），但分别较 CK 增加 44.4%、44.4%。

第一年覆盖处理碱性磷酸酶活性较 CK 呈现增加趋势且差异显著，而覆盖第二年无论是全程覆盖方式还是生育期覆盖方式，整体表现较 CK 有增加趋势，但处理间差异不显著，有待于进一步深入研究。

（3）不同处理蔗糖酶活性差异

2007～2008 年不同秸秆覆盖处理蔗糖酶活性见表 3-30，0～20cm 土层生育期覆盖方式 SMⅣ、SMⅤ、SMⅥ处理极显著高于 CK（P<0.01），各处理蔗糖酶活性分别比 CK 高 18.3%、45%和 36.7%；20～40cm 处理 SMⅥ显著高于 CK（P<0.05），SMⅣ、SMⅤ和 SMⅥ处理间无显著差异，各处理分别比 CK 高 16.3%、24.5%和 36.7%；

40～60cm 处理 SMⅣ、SMⅤ和 SMⅥ间无显著差异（$P>0.05$），但整体蔗糖酶活性增加。

表 3-30　2007～2009 年不同覆盖处理蔗糖酶活性

［单位：葡萄糖 mg/（g·24h·37℃）］

处理	2007～2008 年			2008～2009 年		
	0～20cm	20～40cm	40～60cm	0～20cm	20～40cm	40～60cm
SMⅠ	—	—	—	1.39aA	1.17aA	0.16aA
SMⅡ	—	—	—	1.52aA	1.28aA	0.12aA
SMⅢ	—	—	—	1.45aA	1.01aA	0.12aA
SMⅣ	1.29bBC	1.14abA	0.17aA	1.33aA	0.94aA	0.16aA
SMⅤ	1.58aA	1.22abA	0.24aA	1.49aA	0.92aA	0.13aA
SMⅥ	1.49aAB	1.34aA	0.19aA	1.48aA	0.97aA	0.12aA
CK	1.09cC	0.98bA	0.17aA	1.18bA	0.99aA	0.13aA

2008～2009 年全程覆盖方式和生育期覆盖方式下不同覆盖量处理 0～60cm 蔗糖酶活性与 CK 差异不显著，但总体表现出活性增加趋势（表 3-30）。0～20cm 土层 SMⅠ、SMⅡ、SMⅢ、SMⅣ、SMⅤ、SMⅥ处理蔗糖酶活性分别较 CK 增加 17.8%、28.8%、22.9%、12.7%、26.3%和 25.4%；20～40cm 土层全程覆盖 SMⅠ、SMⅡ、SMⅢ处理蔗糖酶活性分别较 CK 增加 18.2%、29.3%、2.0%，而 SMⅣ、SMⅤ、SMⅥ处理蔗糖酶活性较 CK 呈现下降趋势；40～60cm 土层 9000kg/hm^2 覆盖量时两种覆盖方式蔗糖酶活性均表现为较 CK 增加，而 6000kg/hm^2 和 3000kg/hm^2 覆盖量时则较 CK 呈现减少态势。

两年秸秆覆盖试验对蔗糖酶活性的影响深度可达 60cm，蔗糖酶的活性与覆盖量多少关系密切，与覆盖方式关系不大。然而，蔗糖酶活性并不是随覆盖量增加而增大，总体表现覆盖量为 6000kg/hm^2 时的蔗糖酶活性与 CK 相比增幅最大。

由表 3-28～表 3-30 可知，碱性磷酸酶、脲酶和蔗糖酶变化趋势基本一致：随土层深度的增加，酶活性降低；而同一层不同覆盖量处理脲酶、碱性磷酸酶、蔗糖酶的酶活性总体上均高于对照 CK，其中以 0～20cm 变化尤为明显。

刘秀英和黄国勤（2009）研究认为，麦草覆盖稻田能够明显增强蔗糖酶、脲酶、碱性磷酸酶活性。脲酶、蔗糖酶和碱性磷酸酶等水解酶活性，在耕翻处理下随土层的加深呈现先增加后降低的趋势（杨招弟等，2008）。本研究结果证实，秸秆覆盖处理后，不论是何种覆盖方式或者覆盖量，秸秆覆盖处理后土壤脲酶、蔗糖酶和碱性磷酸酶活性均增加，覆盖处理使土壤脲酶、蔗糖酶和碱性磷酸酶活性增加，对 0～20cm 耕层土壤效果更为明显。这可能是由于覆盖对土温变化的调节作用，导致覆盖对土壤有机质和速效养分的影响增大，形成有利于土壤微生物、土壤真菌、细菌、放线菌的数量增加的适宜土壤环境，从而改变了土壤结构的构成特性。

3. 秸秆覆盖对土壤质量含水量的影响

(1) 全程覆盖条件下不同秸秆覆盖量处理的土壤水分状况

a. 全程不同秸秆覆盖量处理 0～80cm 土壤水分的动态变化

在 2007 年定点覆盖的基础上，全程覆盖（2008～2009 年）不同秸秆量处理土壤水分时空分布如图 3-23 所示。SMⅠ、SMⅡ和 SMⅢ播种前在 0～80cm 土层土壤含水量较 CK 分别增加 25.2%（$P<0.01$）、23.5%（$P<0.01$）和 21.0%（$P<0.05$）；冬前（播后 60～90 天）SMⅠ、SMⅡ和 SMⅢ土壤含水量与 CK 差异显著（$P<0.05$），分别较 CK 增加 19.8%、16.3%和 14.2%；等值线图表明（图 3-23），拔节期（180～210 天）SMⅠ、SMⅡ和 SMⅢ处理在 0～80cm 土层的土壤含水量分别较 CK 增加 28.9%（$P<0.01$）、25.6%（$P<0.01$）和 16.8%（$P<0.05$）；孕穗期（210～240 天）水分散失以植株蒸腾为主，地面蒸发减少，覆盖处理抑蒸腾作用减弱，SMⅠ、SMⅡ、SMⅢ和 CK 差异不显著，但 0～80cm 土层土壤含水量分别较 CK 高 15.4%、12.8%和 11.8%；灌浆期（240～270 天）SMⅠ、SMⅡ、SMⅢ土壤含水量较 CK 高 17.5%～25.5%（$P<0.05$）。随着小麦生育进程的推进，全程覆盖 SMⅠ、SMⅡ、SMⅢ处理在各生育时期 0～80cm 土层的土壤含水量均高于 CK，随覆盖量的增加而增加。

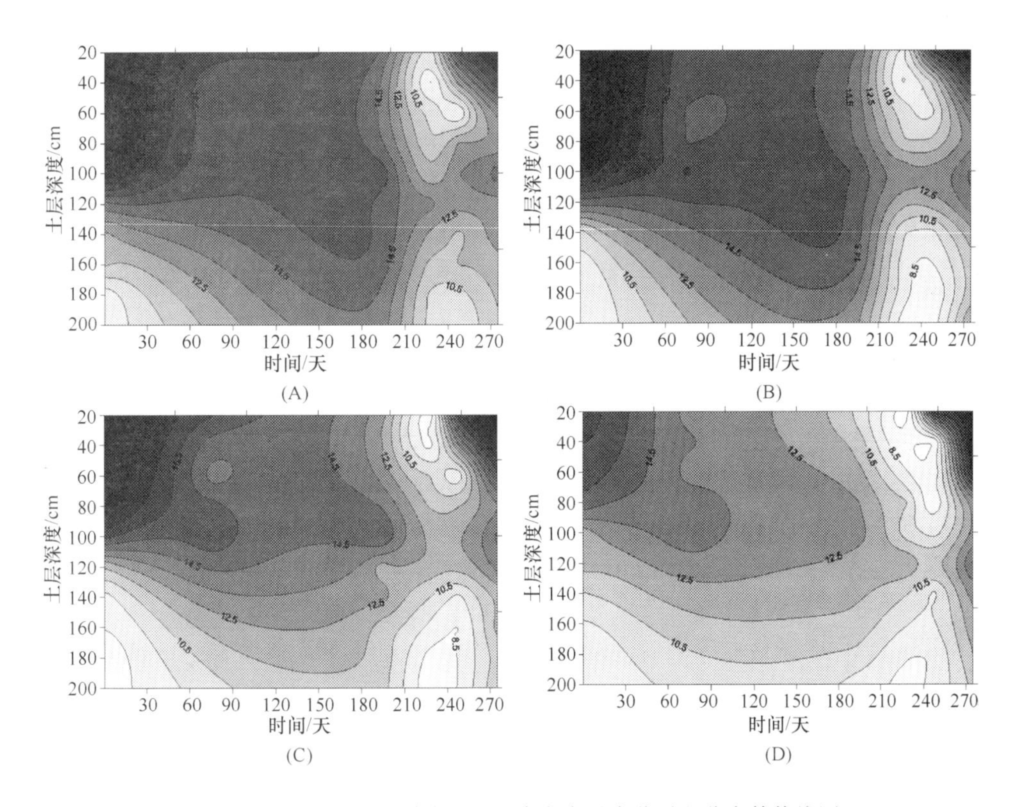

图 3-23　全程覆盖不同秸秆量土壤含水量水分时空分布等值线图

(A) SMⅠ；(B) SMⅡ；(C) SMⅢ；(D) CK

b. 全程不同秸秆覆盖量处理0～200cm土层土壤水分的动态变化

全程覆盖0～200cm土层播前平均土壤含水量差异显著（$P<0.05$），SMⅠ、SMⅡ、SMⅢ播前土壤含水量分别较CK增加25.9%、20.2%和11.7%；拔节期土壤含水量分别较CK高31.8%、27.5%和12.7%（$P<0.05$）；孕穗期0～200cm土层土壤含水量分别较CK增加16.2%、6.1%和5.3%，灌浆期SMⅠ、SMⅡ、SMⅢ土壤含水量较CK增加8.9%～23.1%（$P<0.05$）；SMⅠ、SMⅡ、SMⅢ从播种到收获全生育期0～200cm土层平均含水量分别较CK高18.4%、12.7%和8.2%，全程覆盖不同秸秆量冬小麦全生育期0～200cm土层土壤含水量与覆盖量呈正相关。

c. 全程不同秸秆覆盖量处理下的土壤水分的垂直变化

总体来看（图3-23），SMⅠ、SMⅡ、SMⅢ和CK相比，0～80cm土层含水量变化最为剧烈，80～120cm土层次之，120cm以下土层水分变化趋缓。SMⅠ、SMⅡ、SMⅢ生育期内0～200cm土层的平均含水量分别为10.86%、10.05%、9.39%，较CK（9.17%）分别高18.4%、9.6%、2.4%。可见，全程覆盖后上层土壤水分高于下层，对土层的影响深度可达200cm，且与覆盖量成正比。

（2）生育期不同秸秆覆盖量的土壤水分状况

a. 生育期不同秸秆覆盖量处理0～80cm土壤水分的季节性变化

2007～2008年SMⅣ、SMⅤ、SMⅥ各处埋在冬小麦主要生育时期0～80cm平均土壤质量含水量均较CK有所提高，但差异不显著［图3-24（A）］，孕穗期（4月14日）SMⅣ、SMⅤ、SMⅥ各处理0～80cm平均土壤含水量分别较CK增加6.9%、4.6%、3.5%，灌浆期SMⅣ、SMⅤ、SMⅥ较CK的增幅为2.5%～16.5%。2008年小麦收获后覆盖秸秆原地翻埋，当年秋季SMⅣ、SMⅤ处理播前0～80cm平均含水量与CK相比分别增加6.9%、5.3%、1.4%，SMⅥ与CK变化一致［图3-24（B）］；冬前（11月27日）到拔节（3月25日）0～80cm平均土壤含水量随覆盖量增加呈现增加的趋势，冬前SMⅣ、SMⅤ和SMⅥ在0～80cm平均土壤含水量分别较CK高16.3%、12.1%和8.4%（$P<0.05$）；拔节期SMⅣ、SMⅤ和SMⅥ在0～80cm平均土壤含水量分别较CK高23.6%、14.1%和5.3%（$P<0.05$）；SMⅣ、SMⅤ和SMⅥ孕穗期0～80cm土壤平均含水量差异不显著，SMⅣ较CK增幅0.6%，SMⅤ和SMⅥ分别较CK减少11.5%、和10.1%；灌浆期各处理0～80cm土壤含水量为10.20%～11.24%，较CK增幅为0.5%～10.7%；收获期各处理0～80cm土壤含水量为13.63%～14.09%，较CK减少1.7%～4.9%。

b. 生育期不同秸秆覆盖量处理下0～200cm土壤水分的季节性变化

2007～2008年小麦生育期内不同处理播种（9月14日）到收获（6月15日）的0～200cm平均土壤含水量逐渐减少，在孕穗（4月14日）到灌浆期（5月14日）土壤平均含水量降低速率较快，SMⅣ、SMⅤ和SMⅥ处理0～200cm平均土壤含水量不同时期差异不显著，但均高于CK；在孕穗期较CK高9.1%、6.0%和5.3%，灌浆期高5.7%～16.1%，收获期（6月15日）的土壤平均含水量差异不明显［图3-24（C）］。2008～2009年［图3-24（D）］SMⅣ播种时0～200cm平均含水量较CK高12.4%，SMⅤ和SMⅥ则与CK持平；冬前SMⅣ、SMⅤ和SMⅥ在0～200cm平均土壤含水量

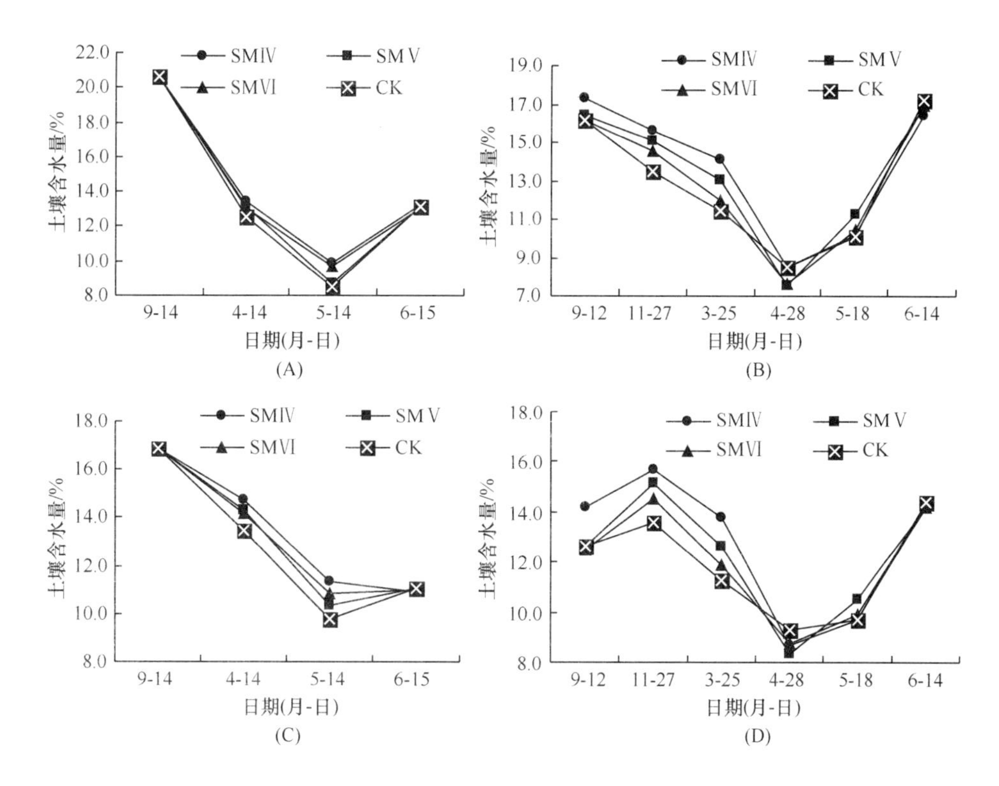

图 3-24　生育期覆盖不同秸秆量分层平均含水量动态变化

（A）为各处理 2007～2008 年 0～80cm 平均含水量变化；（B）为各处理 2008～2009 年 0～80cm 平均含水量变化；（C）为各处理 2007～2008 年 0～200cm 平均含水量变化；（D）为各处理 2008～2009 年 0～200cm 平均含水量变化

分别较 CK 高 17.1%、8.3%和 4.5%（$P<0.05$）；拔节期 SMⅣ、SMⅤ和 SMⅥ在 0～200cm 平均土壤含水量分别较 CK 高 22.4%、12.3%和 5.6%（$P<0.05$）；SMⅣ、SMⅤ和 SMⅥ从播种到收获全生育期 0～200cm 平均含水量分别较 CK 增加 8.5%、3.6%和 1.8%。连续两年试验结果表明，生育期秸秆覆盖土壤平均含水量随季节变化明显，不同覆盖量处理含水量均高于 CK 且变化趋势一致。

c. 生育期不同秸秆覆盖量处理下土壤水分垂直变化

生育期不同覆盖秸秆量播种到收获平均含水量垂直变化如图 3-25 所示。2007～2008 年全生育期内 SMⅣ、SMⅤ和 SMⅥ各处理 0～80cm 平均含水量较 CK 增加 1.4%～4.2%，80～120cm 平均含水量增加 1.7%～5.7%，120～200cm 增加 3.1%～6.4%；2008～2009 年 SMⅣ、SMⅤ和 SMⅥ各处理 0～80cm 平均含水量较 CK 增加 10.0%、6.5%和 4.2%，80～120cm 平均含水量增加 1.8%～9.5%，120～200cm 增加 1.0%～6.0%。连续两年试验结果表明，生育期不同覆盖量处理土壤分层含水量均高于 CK，且随覆盖量增加，各层水分含量增加，生育期覆盖方式垂直变化与全程覆盖方式规律一致。

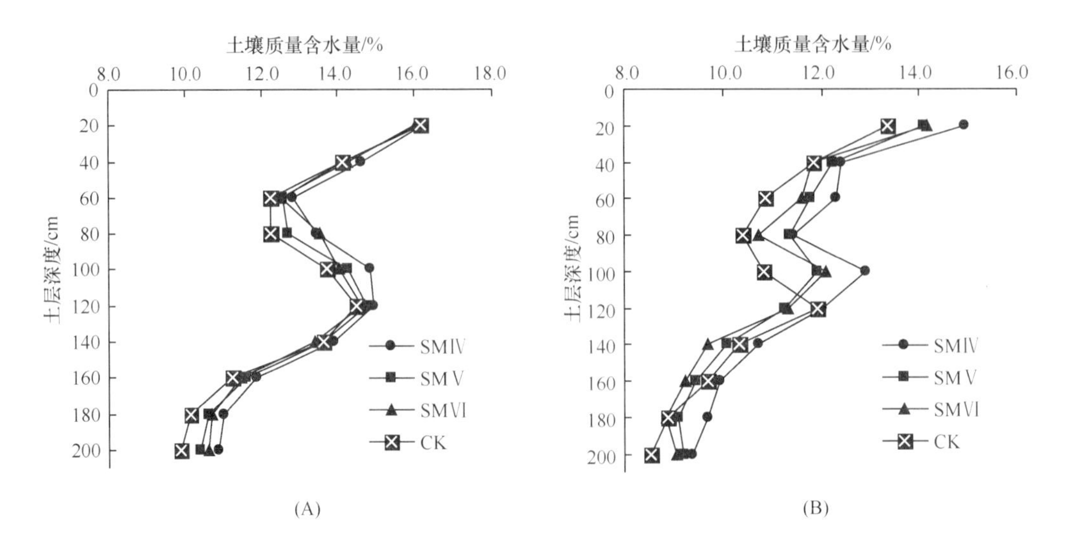

图 3-25　生育期覆盖不同秸秆量全生育期平均含水量垂直变化

(A) 2007～2008 年；(B) 2008～2009 年

(3) 全程覆盖与生育期覆盖的土壤水分状况的比较

图 3-26 为相同覆盖量不同覆盖方式 0～200cm 土壤平均质量含水量的时间变化，图 3-26（A）～（C）分别为覆盖量 9000kg/hm^2、6000kg/hm^2 和 3000kg/hm^2 的土壤水分变化情况，图 3-26（D）为不同覆盖量 3 种覆盖方式 0～200cm 平均质量含水量。自 2008 年 9 月 12 日播种到 2009 年 6 月 14 日收获，3 个覆盖梯度的覆盖方式在 0～200cm 的平均含水量表现一致，不同覆盖方式含水量顺序依次为：全程覆盖＞生育期覆盖＞CK［图 3-26（D）］。覆盖量为 9000kg/hm^2 时［图 3-26（A）］，全程覆盖、生育期覆盖和全程不覆盖（CK）水分差异较大时发生在播前（9 月 12 日）、冬前（11 月 27 日）和拔节（3 月 25 日），其中全程覆盖不同时期水分含量均较高；收获时不同覆盖方式的土壤水分差异最小；0～200cm 平均含水量播前全程覆盖较生育期覆盖高 12.1%，冬前和拔节期分别高 4.1%、7.7%。覆盖量为 6000kg/hm^2 时［图 3-26（B）］，播前、冬前、拔节期 0～200cm 平均含水量全程覆盖分别较生育期覆盖增加 19.5%、8.5%、13.5%（P＜0.05）。覆盖量为3000kg/hm^{2}时［图 3-26（C）］，全程覆盖较生育期覆盖在相应时期0～200cm 平均含水量增加 3.7%～13.0%。9000kg/hm^2、6000kg/hm^2 和 3000kg/hm^2 覆盖量下播种到收获 0～200cm 平均含水量全程覆盖较生育期覆盖分别高 11.5%、10.0%和 8.0%；较全程不覆盖（CK）高 19.2%、12.9%和 8.8%；生育期覆盖较全程不覆盖（CK）高 7.1%、3.4%和 1.2%。

秸秆覆盖试验有较好的保水效果。一些学者的研究结果表明，免耕覆盖对表层土壤含水量影响较大，0～5cm 土层含水量是常规耕作的 1.9 倍（李玲玲等，2005b）；在 3000kg/hm^2 覆盖量下，无论是在雨后或干旱时测试，覆盖较裸地土壤含水量平均增长率为（24.7±1.7）%，干旱时为（51.3±17.0）%（晋小军等，2005）；山西省 5 个市 32 个试验点的试验结果表明，冬小麦全生育期土壤含水量较不覆草田可提高 2%～5%；

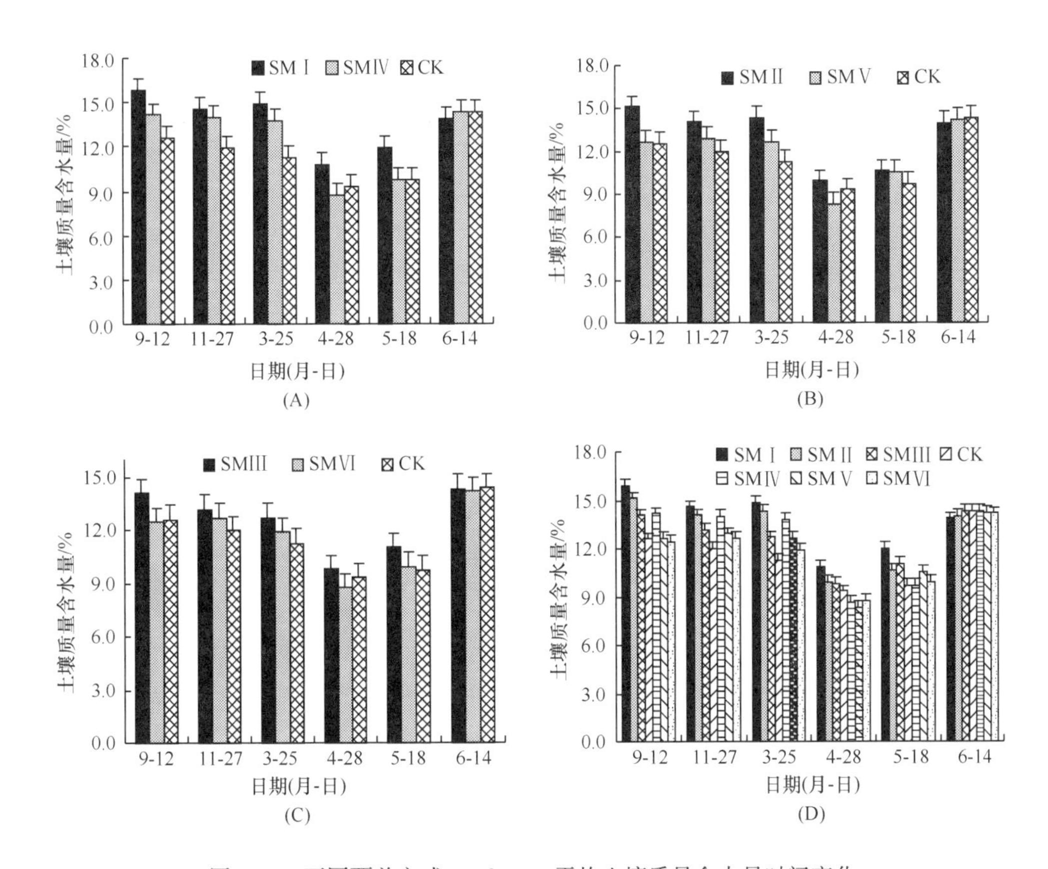

图 3-26　不同覆盖方式 0～200cm 平均土壤质量含水量时间变化

(A) 为 9000kg/hm² 覆盖量时不同覆盖方式 0～200cm 平均土壤含水量变化；(B) 为 6000kg/hm² 覆盖量时不同覆盖方式 0～200cm 平均土壤含水量变化；(C) 为 3000kg/hm² 覆盖量时不同覆盖方式 0～200cm 平均土壤质量含水量变化；(D) 为不同覆盖量三种覆盖方式 0～200cm 平均质量含水量变化

秸秆覆盖田耕层土壤含水量随秸秆覆盖量增加，盖麦草 3000kg/hm²、4500kg/hm² 和 6000kg/hm² 时，0～40cm 土壤含水量比对照高 0.7%～0.8%、1%～1.2%和 2.1%～2.6%（赵小凤和赵凤命，2007）。本试验结果表明，随覆盖量增加，两种覆盖方式下全生育期 0～200cm 土层土壤平均含水量较 CK 增幅为 1.8%～18.4%，同时同一覆盖量不同覆盖方式土壤含水量表现为全程覆盖优于生育期覆盖和 CK，与以上学者研究结论一致。垂直差异表现为不同覆盖量处理上层土壤含水量高于下层，同时覆盖对土壤含水量的影响深度可达 200cm，这一结论与赵聚宝等（1996）研究结果一致。全程覆盖方式土壤含水量随覆盖量增加而增加，生育期覆盖方式不同覆盖量处理下 0～200cm 土壤水分变化规律与全程覆盖方式的不同覆盖量变化规律一致。

4. 秸秆覆盖对土壤养分的影响

(1) 不同覆盖处理有机质差异

2007～2008 年生育期不同覆盖量处理有机质含量见表 3-31，0～20cm 土层土壤有机质以 SMⅤ 显著高于 SMⅥ 和 CK（$P<0.05$），极显著高于 SMⅣ（$P<0.01$），同时

SMⅥ和CK又显著高于SMⅣ，SMⅤ和SMⅥ分别比CK增加4.3%和1.7%，SMⅣ较CK减少4.7%；20～40cm各处理间差异不显著，SMⅣ土壤有机质最低；40～60cm土层SMⅤ极显著高于SMⅣ和CK（P<0.01），而SMⅣ和SMⅥ分别比CK增加5.9%、17.0%。

表3-31　2007～2009年不同覆盖处理有机质含量　　（单位：g/kg）

处理	2007～2008年			2008～2009年		
	0～20cm	20～40cm	40～60cm	0～20cm	20～40cm	40～60cm
SMⅠ	—	—	—	15.984	10.476	8.582abA
SMⅡ	—	—	—	16.603	10.625	8.342abAB
SMⅢ	—	—	—	15.733	10.308	8.848abA
SMⅣ	14.490cB	9.522aA	7.893bAB	15.894	10.293	7.438cdB
SMⅤ	15.860aA	11.941aA	9.600aA	16.658	10.651	9.081aA
SMⅥ	15.478bAB	10.932aA	8.720abAB	16.187	10.600	8.123bcAB
CK	15.212bAB	11.205aA	7.454bB	15.322	10.127	7.336dB

2008～2009年秸秆覆盖对土壤有机质含量的影响如表3-31所示，不同覆盖量下全程覆盖和生育期覆盖两种覆盖方式对有机质含量的影响较小，与CK相比0～40cm土层差异均不显著（P>0.05）。在0～20cm土层，SMⅠ、SMⅡ、SMⅢ、SMⅣ、SMⅤ和SMⅥ土壤有机质含量分别较CK增加4.3%、8.4%、2.7%、3.7%、8.7%和5.6%；20～40cm土层，SMⅠ、SMⅡ、SMⅢ、SMⅣ、SMⅤ和SMⅥ土壤有机质含量分别较CK增加3.4%、4.9%、1.8%、1.6%、5.2%和4.7%；40～60cm土层，SMⅠ、SMⅡ、SMⅢ处理与CK差异显著（P<0.05），SMⅤ与CK差异极显著（P<0.01），SMⅥ与CK差异显著（P<0.05），同时土壤有机质含量较CK增加范围为10.7%～23.8%。0～60cm土层SMⅠ、SMⅡ、SMⅢ、SMⅣ、SMⅤ和SMⅥ土壤有机质含量分别较CK增加6.9%、8.5%、6.4%、2.6%、11.0%和6.5%。

秸秆覆盖可以增加有机质含量，由于覆盖秸秆翻压还田，覆盖处理20cm土层以下土壤有机质增加的幅度大于表层增幅。年际间比较结果显示，覆盖第二年土壤有机质含量有增加的趋势。

（2）不同覆盖处理全氮差异

2007～2008年生育期秸秆覆盖处理全氮含量见表3-32，0～20cm土层，SMⅣ处理全氮含量与CK差异不显著（P>0.05），较CK减少1.6%，SMⅤ和SMⅥ显著高于SMⅣ（P<0.05），但与CK差异不显著（P>0.05），全氮含量分别较CK增加2.8%和2.6%；20～40cm土层SMⅤ与CK差异不显著（P>0.05），但全氮含量较CK增加3.7%，SMⅣ、SMⅥ虽与CK差异显著，然而却均表现全氮含量减少，分别较CK减少10.5%和7.2%；40～60cm土层SMⅣ、SMⅤ、SMⅣ处理与CK差异显著（P<0.05），且较CK增加23.2%、24.3%、16.4%。0～60cm耕层平均土壤全氮含量明显高于CK。

表 3-32　2007～2009 年不同覆盖处理全氮含量　（单位：g/kg）

处理	2007～2008 年			2008～2009 年		
	0～20cm	20～40cm	40～60cm	0～20cm	20～40cm	40～60cm
SMⅠ	—	—	—	0.932ab	0.725a	0.504b
SMⅡ	—	—	—	0.937ab	0.768a	0.578a
SMⅢ	—	—	—	0.959ab	0.772a	0.550ab
SMⅣ	0.732bA	0.537cB	0.467aA	0.918b	0.649a	0.546ab
SMⅤ	0.765aA	0.622aA	0.471aA	0.947ab	0.686a	0.548ab
SMⅥ	0.763aA	0.557bcAB	0.441aAB	0.972a	0.705a	0.527ab
CK	0.744abA	0.600abAB	0.379bB	0.925ab	0.711a	0.488b

2008～2009 年不同秸秆覆盖处理全氮含量如表 3-32 所示，全程覆盖方式下不同覆盖量处理的全氮含量均高于 CK，而生育期覆盖 SMⅣ处理 0～40cm 土层的全氮含量与 2007～2008 年结论一致，较 CK 表现为下降趋势。0～20cm 土层，全程覆盖方式 SMⅠ、SMⅡ、SMⅢ处理全氮含量与 CK 差异不显著（$P>0.05$），但较 CK 增幅为 0.4%～3.7%，生育期覆盖方式 SMⅣ较 CK 减少 0.8%，而 SMⅤ、SMⅥ较 CK 增加 2.4%、5.1%；20～40cm 土层，全程覆盖方式 SMⅠ、SMⅡ、SMⅢ处理全氮含量与 CK 差异不显著（$P>0.05$），但分别较 CK 增加 1.9%、8.0%、8.6%，生育期覆盖方式 SMⅤ、SMⅥ、SMⅣ分别较 CK 减少 8.8%、3.5%、0.8%；40～60cm 土层全程覆盖和生育期覆盖方式不同覆盖量全氮含量均高于 CK，全程覆盖方式 SMⅡ与 CK 差异显著（$P<0.05$），其他各处理与 CK 无差异，但 SMⅠ、SMⅡ、SMⅢ、SMⅣ、SMⅤ和 SMⅥ分别较 CK 增加 3.3%、18.5%、12.7%、11.9%、12.3%和 7.9%。SMⅠ、SMⅡ、SMⅢ、SMⅣ、SMⅤ和 SMⅥ处理 0～60cm 土层全氮平均含量均高于 CK，分别较 CK 增加 1.7%、7.5%、7.4%、−0.5%、2.7%和 3.8%，且同一覆盖量全程覆盖方式较生育期覆盖方式含量高。

连续两年秸秆覆盖试验结论基本一致，生育期覆盖 SMⅣ处理在 0～60cm 土层全氮含量有下降趋势，同一覆盖量以全程覆盖方式全氮含量高于生育期覆盖方式。2008～2009 年各处理全氮含量水平均高于 2007～2008 年全氮含量，原因有三：一是还田秸秆腐烂，有机碳增加，增强了土壤氮的转化能力；二是播前所施底肥经过一个生育期后没有被完全消耗，仍有部分残余；三是播后秸秆覆盖微生物数量增加，活动频繁，使土壤固氮能力增强。

（3）不同覆盖处理全磷差异

2007～2008 年生育期覆盖处理全磷含量见表 3-33，0～20cm 不同处理全磷含量均高于 CK，SMⅤ与 CK 差异显著（$P<0.05$），其他处理与 CK 差异不显著，SMⅣ、SMⅤ、SMⅥ全磷含量分别比 CK 增加 6.3%、18.0%和 4.9%；20～40cm 土层 SMⅤ和 SMⅥ处理全磷含量与 CK 处理差异显著（$P<0.05$），分别比 CK 减少 0.54%和 3.05%，SMⅣ土壤全磷含量较 CK 增加 0.7%；40～60cm 土层 SMⅤ、SMⅥ与 CK 差异不显著（$P>0.05$），分别较 CK 增加 0.2%和 1.7%，SMⅣ较 CK 减少 2.4%；0～

60cm生育期覆盖处理SMⅣ、SMⅤ、SMⅥ土壤全磷含量均高于CK，分别比CK高2.2%、7.2%和1.5%。

表3-33 2007～2009年不同覆盖处理全磷含量 (单位：g/kg)

处理	2007～2008年			2008～2009年		
	0～20cm	20～40cm	40～60cm	0～20cm	20～40cm	40～60cm
SMⅠ	—	—	—	0.778a	0.559a	0.473a
SMⅡ	—	—	—	0.756a	0.635a	0.484a
SMⅢ	—	—	—	0.778a	0.602a	0.479a
SMⅣ	0.739ab	0.562b	0.450a	0.737a	0.546a	0.478a
SMⅤ	0.820a	0.555b	0.462a	0.713a	0.615a	0.491a
SMⅥ	0.729ab	0.541b	0.469a	0.783a	0.525a	0.493a
CK	0.695b	0.558a	0.461a	0.722a	0.502a	0.448a

2008～2009年全程覆盖方式和生育期覆盖方式不同覆盖量0～60cm土层土壤全磷含量均高于CK（表3-33）。全程覆盖方式与生育期覆盖方式各处理在不同土层与CK差异均不显著（$P>0.05$）。0～20cm土层全程覆盖方式SMⅠ、SMⅡ、SMⅢ分别较CK增加7.8%、4.7%和7.8%，生育期覆盖方式SMⅣ、SMⅥ分别较CK增加2.1%、8.4%，SMⅤ较CK减少1.2%；20～40cm土层全程覆盖方式SMⅠ、SMⅡ、SMⅢ分别较CK增加11.4%、26.5%和19.9%，生育期覆盖方式SMⅣ、SMⅤ和SMⅥ分别较CK增加8.8%、22.5%和4.6%；40～60cm土层全程覆盖方式SMⅠ、SMⅡ、SMⅢ分别较CK增加5.6%、8.0%和6.9%，生育期覆盖方式SMⅣ、SMⅤ和SMⅥ分别较CK增加6.7%、9.6%和10.0%。全程覆盖方式SMⅠ、SMⅡ、SMⅢ处理0～60cm土层全磷平均含量分别较CK增加8.2%、13.1%和11.5%，生育期覆盖方式SMⅣ、SMⅤ和SMⅥ处理平均全磷含量分别较CK增加5.8%、10.3%和7.7%。

秸秆覆盖可以增加土壤全磷含量，年际间比较结果显示，覆盖第二年虽然处理间差异不显著，但土壤全磷含量有增加的趋势，同时全程覆盖方式全磷含量高于生育期覆盖方式。

（4）不同覆盖处理全钾差异

2007～2008年生育期覆盖处理全钾含量如表3-34所示，0～20cm生育期覆盖方式SMⅣ、SMⅥ处理全钾含量与CK差异极显著（$P<0.01$），SMⅤ与CK差异显著（$P<0.05$），SMⅣ、SMⅤ、SMⅥ处理全钾含量分别较CK增加10.0%、4.1%、29.7%；20～40cm为SMⅤ和SMⅥ极显著高于SMⅣ和CK（$P<0.01$）；SMⅤ和SMⅥ分别较CK增加18.8%和10.9%，SMⅣ较CK却减少10.3%；40～60cm不同于其他两层，SMⅣ极显著高于其他各处理，各处理均高于CK，SMⅣ极显著高于CK 47.2%，SMⅤ极显著高于CK 22.5%，SMⅥ极显著高于CK 31.4%。

表 3-34　2007～2009 年不同覆盖处理全钾含量　（单位：g/kg）

处理	2007～2008 年			2008～2009 年		
	0～20cm	20～40cm	40～60cm	0～20cm	20～40cm	40～60cm
SMⅠ	—	—	—	13.111	12.619ab	10.839b
SMⅡ	—	—	—	13.523	13.074ab	12.804ab
SMⅢ	—	—	—	15.505	14.675a	13.665a
SMⅣ	12.391bB	12.683cB	15.454aA	14.778	12.651ab	12.347ab
SMⅤ	11.720cC	16.800aA	12.860cC	14.129	14.001ab	13.180ab
SMⅥ	14.605aA	15.686aA	13.791bB	13.952	13.503ab	11.780ab
CK	11.260dC	14.142bB	10.497dD	12.723	12.191b	11.096ab

2008～2009 年秸秆全程覆盖和生育期覆盖不同处理全钾含量见表 3-34。0～20cm 全程覆盖、生育期覆盖不同方式不同处理与 CK 全钾含量间差异不显著（$P>0.05$），全程覆盖方式 SMⅠ、SMⅡ、SMⅢ处理全钾含量分别较 CK 增加 3.0%、6.3%、21.9%，生育期覆盖方式 SMⅣ、SMⅤ、SMⅥ处理全钾含量分别较 CK 增加 16.2%、11.1%、9.7%；20～40cm 全程覆盖方式 SMⅢ与 CK 间全钾含量差异显著（$P<0.05$），其他处理与 CK 间差异均不显著，但全程覆盖方式 SMⅠ、SMⅡ、SMⅢ处理全钾含量分别较 CK 增加 3.5%、7.2%、20.4%，生育期覆盖方式 SMⅣ、SMⅤ、SMⅥ处理全钾含量分别较 CK 增加 3.8%、14.8%、10.8%；40～60cm 全程覆盖、生育期覆盖不同方式不同处理与 CK 全钾含量间差异不显著（$P>0.05$），全程覆盖方式 SMⅠ较 CK 减少 2.3%，SMⅡ、SMⅢ处理全钾含量分别较 CK 增加 15.4%、23.2%，生育期覆盖方式 SMⅣ、SMⅤ和 SMⅥ处理全钾含量分别较 CK 增加 11.3%、18.8%、6.2%。0～60cm 土层全程覆盖方式 SMⅠ、SMⅡ、SMⅢ处理平均全钾含量分别较 CK 增加 1.5%、9.4%、21.8%，生育期覆盖方式 SMⅣ、SMⅤ、SMⅥ处理平均全钾含量分别较 CK 增加 10.5%、14.7%、9.0%。

秸秆覆盖可以增加土壤全钾含量，年际间比较结果显示，覆盖第二年虽然处理间差异不显著，但土壤全钾含量有增加的趋势，同时全程覆盖方式全钾含量高于生育期覆盖方式，与覆盖处理对全磷影响的结果一致。

（5）不同覆盖处理碱解氮差异

2007～2008 年生育期秸秆覆盖碱解氮含量见表 3-35。0～20cm 不同处理碱解氮的变化为 SMⅥ显著高于 SMⅣ，其他各处理间差异不显著，SMⅤ和 SMⅥ与 CK 相比分别增加 0.08%和 9.5%，SMⅣ却减少 7.3%；20～40cm 为 SMⅥ极显著高于其他各处理，SMⅤ和 CK 极显著高于 SMⅣ，SMⅤ和 SMⅥ分别较 CK 增加 3.7%和 26.2%，SMⅣ较 CK 减少 10.4%；40～60cm 为 SMⅣ和 SMⅤ极显著高于 SMⅥ和 CK，SMⅣ、SMⅤ和 SMⅥ分别比 CK 增加 15.9%、12.6%和 3.6%。0～60cm 土层 SMⅣ、SMⅤ和 SMⅥ处理平均碱解氮含量较 CK 有增有减，SMⅣ较 CK 减少 3.8%，SMⅤ和 SMⅥ较 CK 增加 3.8%和 13.9%。

表 3-35　2007～2009 年不同覆盖处理碱解氮含量　　(单位：mg/kg)

处理	2007～2008 年			2008～2009 年		
	0～20cm	20～40cm	40～60cm	0～20cm	20～40cm	40～60cm
SMⅠ	—	—	—	84.317abAB	65.589aA	33.803bcB
SMⅡ	—	—	—	87.763aA	63.810aA	35.452bcAB
SMⅢ	—	—	—	83.523bAB	56.066bAB	36.002bAB
SMⅣ	43.559bA	30.264cC	22.973aA	79.054cB	51.468bB	41.728aA
SMⅤ	47.019abA	35.021bB	22.334aA	83.376bAB	49.971bB	32.990bcB
SMⅥ	51.444aA	42.593aA	20.535bB	83.301bAB	52.714bB	31.189bcB
CK	46.981abA	33.761bB	19.828bB	82.043bcAB	48.810bB	30.313cB

2008～2009 年秸秆全程覆盖和生育期覆盖不同处理碱解氮含量见表 3-35。0～20cm 全程覆盖方式 SMⅡ与 CK 差异显著（$P<0.05$），SMⅠ、SMⅡ、SMⅢ处理碱解氮含量分别较 CK 增加 2.8%、7.0%、1.8%，生育期覆盖方式 SMⅤ和 SMⅥ处理碱解氮含量分别较 CK 增加 1.6%、1.5%，SMⅣ较 CK 减少 3.6%；20～40cm 全程覆盖方式 SMⅠ、SMⅡ与 CK 间碱解氮含量差异显著（$P<0.01$），生育期覆盖方式处理与 CK 间差异均不显著（$P>0.05$），但全程覆盖方式 SMⅠ、SMⅡ、SMⅢ处理碱解氮含量分别较 CK 增加 34.4%、30.7%、14.9%，生育期覆盖方式 SMⅣ、SMⅤ、SMⅥ处理碱解氮含量分别较 CK 增加 5.4%、2.4%、8.0%；40～60cm 全程覆盖、生育期覆盖不同方式不同处理除 SMⅣ外与 CK 碱解氮含量间差异不显著（$P>0.05$），全程覆盖方式 SMⅠ、SMⅡ、SMⅢ处理碱解氮含量分别较 CK 增加 11.5%、17.0%、18.8%，生育期覆盖方式 SMⅣ、SMⅤ、SMⅥ处理碱解氮含量分别较 CK 增加 37.7%、8.8%、2.9%。0～60cm 土层全程覆盖方式 SMⅠ、SMⅡ、SMⅢ处理平均碱解氮含量分别较 CK 增加 14.0%、16.0%、9.0%，生育期覆盖方式 SMⅣ、SMⅤ、SMⅥ处理平均碱解氮含量分别较 CK 增加 6.9%、3.2%、3.7%。

连续两年覆盖结果表明，秸秆覆盖增加了土壤碱解氮含量，0～60cm 土层平均碱解氮含量以全程覆盖方式较 CK 增加幅度大于生育期覆盖方式增加幅度，2007～2008 年与 2008～2009 年际间比较可知，随处理年限的增加，碱解氮含量也呈现增加趋势，碱解氮总体变化规律与全氮规律基本一致。

(6) 不同覆盖处理速效磷差异

2007～2008 年生育期覆盖方式速效磷含量见表 3-36。0～20cm 不同处理速效磷的变化为 SMⅤ极显著高于 SMⅥ（$P<0.01$），其他各处理间差异不显著（$P>0.05$）；20～40cm 为 SMⅥ极显著高于 SMⅣ，显著高于 SMⅤ和 CK（$P<0.05$），SMⅤ和 SMⅥ分别较 CK 增加 10.3%和 56.7%，SMⅣ较 CK 减少 28.4%；40～60cm 为 SMⅣ、SMⅤ和 SMⅥ显著高于 CK，SMⅣ、SMⅤ和 SMⅥ分别比 CK 增加 32.4%、33.6%和 36.9%。0～60cm 土层 SMⅣ平均速效磷含量较 CK 减少 11.9%、SMⅤ和 SMⅥ处理平均速效磷含量分别比 CK 增加 14.7%和 13.0%。

表 3-36　2007～2009 年不同覆盖处理速效磷含量　　(单位：mg/kg)

处理	2007～2008 年			2008～2009 年		
	0～20cm	20～40cm	40～60cm	0～20cm	20～40cm	40～60cm
SMⅠ	—	—	—	14.597cdBC	6.731aA	3.174aA
SMⅡ	—	—	—	16.595aA	6.405aA	3.183aA
SMⅢ	—	—	—	12.873eD	6.631aA	2.535abA
SMⅣ	11.125bAB	5.251bB	3.584aA	16.265aA	5.995aA	2.269bA
SMⅤ	14.285aA	8.091bAB	3.617aA	15.063bB	6.419aA	2.268bA
SMⅥ	10.410bB	11.493aA	3.706aA	14.909bcB	6.528aA	2.320bA
CK	12.624abAB	7.334bAB	2.707bA	14.225dC	6.836aA	3.182aA

2008～2009 年秸秆全程覆盖和生育期覆盖不同处理速效磷含量见表 3-36，0～20cm 全程覆盖方式 SMⅡ、SMⅢ与 CK 差异极显著（$P<0.01$），SMⅠ、SMⅡ处理速效磷含量分别较 CK 增加范围为 2.6%～16.7%，生育期覆盖方式 SMⅣ、SMⅤ、SMⅥ处理速效磷含量分别较 CK 增加 14.3%、5.9%、4.8%；20～40cm 全程覆盖方式和生育期覆盖方式处理与 CK 间差异均不显著（$P>0.05$），且全程覆盖方式 SMⅠ、SMⅡ、SMⅢ处理速效磷含量分别较 CK 减少 1.5%、6.3%、3.0%，生育期覆盖方式 SMⅣ、SMⅤ和 SMⅥ处理速效磷含量分别较 CK 减少 12.3%、6.1%、4.5%；40～60cm 全程覆盖与 CK 间速效磷含量差异不显著（$P>0.05$），生育期覆盖方式不同处理与 CK 速效磷含量间差异显著（$P<0.05$），全程覆盖方式 SMⅠ、SMⅡ处理与 CK 速效磷含量差异不大，SMⅢ处理速效磷含量较 CK 减少 20.3%，生育期覆盖方式 SMⅣ、SMⅤ、SMⅥ处理速效磷含量分别较 CK 减少 28.7%、28.7%、27.1%。0～60cm 土层全程覆盖方式 SMⅠ、SMⅡ处理平均速效磷含量分别较 CK 增加 1.1%、8.0%，SMⅢ较 CK 减少 9.1%；生育期覆盖方式 SMⅣ平均速效磷含量分别较 CK 增加 1.2%，SMⅤ和 SMⅥ处理平均速效磷含量均较 CK 减少 2.0%。

速效磷作为土壤的速效肥力指标之一，磷元素能加速细胞分裂，促使根系和地上部加快生长，促进花芽分化，提早成熟，提高果实品质，而秸秆覆盖后生育期相对滞后，速效磷含量较不覆盖处理 CK 有下降的趋势，以 20～60cm 尤为突出。

（7）不同覆盖处理速效钾差异

2007～2008 年秸秆生育期覆盖方式土壤速效钾含量见表 3-37。0～20cm 不同处理速效钾的变化为 CK 极显著高于 SMⅤ，SMⅥ极显著高于 SMⅣ（$P<0.01$），SMⅣ极显著高于 SMⅤ（$P<0.01$），随覆盖量增加，各处理速效钾含量较 CK 分别减少 9.2%、14.8 和 4.9%；20～40cm 为 SMⅣ极显著高于其他各处理（$P<0.01$），SMⅣ和 SMⅥ分别较 CK 增加 17.6%和 1.1%，SMⅤ较 CK 减少 4.8%；40～60cm 为 SMⅣ和 SMⅤ极显著高于 SMⅥ和 CK，SMⅣ、SMⅤ和 SMⅥ分别比 CK 增加 19.5%、4.4%和 3.7%。0～60cm 土层 SMⅣ平均土壤速效钾含量较 CK 增加 7.2%，SMⅤ和 SMⅥ平均土壤速效钾含量较 CK 减少 6.4%和 0.6%。

表 3-37 2007～2009 年不同覆盖处理速效钾含量 (单位：mg/kg)

处理	2007～2008 年			2008～2009 年		
	0～20cm	20～40cm	40～60cm	0～20cm	20～40cm	40～60cm
SMⅠ	—	—	—	149.136aA	112.306aA	113.294aA
SMⅡ	—	—	—	162.182aA	116.117aA	112.524aA
SMⅢ	—	—	—	163.807aA	115.941aA	112.595aA
SMⅣ	119.734cC	123.382aA	104.569aA	151.624aA	108.927aA	111.780aA
SMⅤ	112.274dD	99.861cB	91.315aA	164.075aA	113.570aA	109.559aA
SMⅥ	125.313bB	106.089bB	90.693bB	161.803aA	113.341aA	109.778aA
CK	131.802aA	104.893bcB	87.469bB	161.783aA	111.724aA	105.826aA

2008～2009 年 0～60cm 土层不同处理土壤速效钾含量与 CK 均不显著（$P>0.05$）（表 3-37）。0～20cm 全程覆盖方式 SMⅠ与生育期覆盖方式 SMⅣ土壤速效钾含量较 CK 分别减少 7.8%和 6.3%，全程覆盖方式 SMⅡ、SMⅢ处理速效钾含量分别较 CK 增加 0.2%、1.3%，生育期覆盖方式 SMⅤ和 SMⅥ处理速效钾含量分别较 CK 增加 1.4%、0.01%，同一覆盖量两种覆盖方式增幅相对较小；20～40cm 全程覆盖方式 SMⅠ、SMⅡ、SMⅢ处理速效钾含量分别较 CK 增加 0.5%、3.9%、3.8%，生育期覆盖方式 SMⅣ速效钾含量较 CK 减少 2.5%，SMⅤ和 SMⅥ处理速效钾含量分别较 CK 增加 1.7%、1.4%；40～60cm 全程覆盖方式 SMⅠ、SMⅡ、SMⅢ处理速效钾含量较 CK 增加 7.1%、6.3%、6.4%，生育期覆盖方式 SMⅣ、SMⅤ和 SMⅥ处理速效钾含量分别较 CK 增加 5.6%、3.5%、3.7%。0～60cm 土层全程覆盖方式 SMⅠ处理平均速效钾含量较 CK 减少 1.2%，SMⅡ、SMⅢ处理平均速效钾含量分别较 CK 增加 3.0%、3.4%，生育期覆盖方式 SMⅣ平均速效钾含量较 CK 减少 1.8%，SMⅤ和 SMⅥ处理平均速效钾含量分别较 CK 增加 2.1%和 1.5%。

在 0～60cm 土层 9000kg/hm^2 覆盖量时土壤速效钾含量较 CK 表现为下降，而覆盖量为 6000kg/hm^2、3000kg/hm^2 时 0～60cm 土层土壤平均速效钾含量为增加趋势，同时全程覆盖方式速效钾含量高于生育期覆盖方式，同一覆盖量两种覆盖方式增幅相对较小。

秸秆覆盖可以增加土壤腐殖质含量，有利于土壤有机质的积累，促进土壤氮、磷含量增加，改善土壤结构和物理性质。孙海国（1997）研究壤质潮土养分含量结果表明：免耕表土（0～10cm）有机质、全氮和速效磷的含量显著（$P<0.05$），高于常规耕作（浅耕）方式，速效钾含量也明显高于其他耕作方式。在开花期和灌浆期，免耕覆盖和深松覆盖与传统耕作相比，0～40cm 土层土壤碱解氮含量提高 7.20%～11.42%，速效磷含量提高 14.95%～30.67%，速效钾含量提高 3.68%～5.92%（黄明等，2009）。本研究表明两年定位试验结论基本一致，0～40cm 土层不同覆盖量处理土壤有机质、全磷、速效磷和全钾较 CK 均呈现不同程度的增加，而全氮、碱解氮和速效钾表现为适量覆盖（如 6000kg/hm^2 和 3000kg/hm^2）时，年际和处理与 CK 间均呈现增加趋势，9000kg/hm^2 时较 CK 出现下降趋势，结论与前人研究结论不一致。

5. 秸秆覆盖对冬小麦生长发育的影响

（1）不同处理生育时期的差异

秸秆覆盖对冬小麦生育时期的影响较为明显（表 3-38）。2007～2008 年出苗期覆盖处理 SMⅣ 和 SMⅤ 在苗期分别比 CK 延迟 2 天和 1 天，SMⅥ 与 CK 一致；SMⅣ、SMⅤ 和 SMⅥ 返青期分别比 CK 延迟 6 天、4 天、2 天；孕穗期 SMⅣ、SMⅤ 和 SMⅥ 处理分别比 CK 长 11 天、7 天、3 天；成熟期 SMⅣ、SMⅤ 和 SMⅥ 处理分别较 CK 多 14 天、8 天、2 天。从播种到收获全生育期 SMⅣ、SMⅤ、SMⅥ 处理分别较 CK 延迟 14 天 、8 天、2 天。

表 3-38　2007～2009 年不同覆盖处理生育时期比较

时间	处理	播种期（年-月-日）	出苗期（年-月-日）	返青期（年-月-日）	孕穗期（年-月-日）	开花期（年-月-日）	成熟期（年-月-日）	生育期/天
2007～2008 年	SMⅣ	2007-9-20	2007-10-6	2008-3-9	2008-4-22	2008-5-3	2008-6-20	274
	SMⅤ	2007-9-20	2007-10-5	2008-3-7	2008-4-18	2008-4-28	2008-6-14	268
	SMⅥ	2007-9-20	2007-10-4	2008-3-5	2008-4-14	2008-4-23	2008-6-8	262
	CK	2007-9-20	2007-10-4	2008-3-3	2008-4-11	2008-4-19	2008-6-6	260
2008～2009 年	SMⅠ	2008-9-16	2008-9-23	2009-2-26	2009-4-17	2009-4-29	2009-6-18	273
	SMⅡ	2008-9-16	2008-9-24	2009-2-23	2009-4-13	2009-4-26	2009-6-14	271
	SMⅢ	2008-9-16	2008-9-25	2009-2-20	2009-4-8	2009-4-20	2009-6-12	269
	SMⅣ	2008-9-16	2008-9-27	2009-2-26	2009-4-15	2009-4-28	2009-6-15	272
	SMⅤ	2008-9-16	2008-9-26	2009-2-23	2009-4-11	2009-4-23	2009-6-13	270
	SMⅥ	2008-9-16	2008-9-25	2009-2-20	2009-4-7	2009-4-18	2009-6-11	268
	CK	2008-9-16	2008-9-25	2009-2-19	2009-4-5	2009-4-15	2009-6-3	260

2008～2009 年秸秆覆盖对生育时期的影响见表 3-38。从播种到收获冬小麦生长过程中同一覆盖量全程覆盖方式生育天数长于生育期覆盖方式。全程覆盖方式处理由于播前底墒较好，出苗时间较 CK 提前，SMⅠ、SMⅡ 分别较 CK 提前 2 天、1 天，SMⅢ 出苗时间与 CK 没有差异，生育期覆盖方式 SMⅣ、SMⅤ 出苗时间分别比 CK 晚 2 天、1 天，SMⅥ 与 CK 出苗时间近乎一致，可见，3000kg/hm^2 覆盖量时覆盖对出苗时间没有影响。而 9000kg/hm^2、6000kg/hm^2 覆盖量生育期覆盖时出苗时间延迟 2 天、1 天。返青期全程覆盖处理 SMⅠ、SMⅡ、SMⅢ 分别较 CK 多 7 天、4 天、1 天，生育期覆盖方式SMⅣ、SMⅤ、SMⅥ 较 CK 延迟 7 天、4 天、1 天；孕穗期全程覆盖处理 SMⅠ、SMⅡ、SMⅢ 分别较 CK 长 12 天、8 天、3 天，生育期覆盖方式 SMⅣ、SMⅤ、SMⅥ 较 CK 延迟 10 天、6 天、2 天；开花期全程覆盖处理 SMⅠ、SMⅡ、SMⅢ 分别较 CK 多 14 天、11 天、5 天，生育期覆盖方式 SMⅣ、SMⅤ、SMⅥ 较 CK 延迟 13 天、8 天、3 天；成熟期全程覆盖处理 SMⅠ、SMⅡ、SMⅢ 分别较 CK 多 15 天、11 天、9 天，生育期覆盖方式 SMⅤ、SMⅥ 较 CK 延迟 10 天、8 天。SMⅠ、SMⅡ、SMⅢ 处理全生育

期较 CK 延迟 13 天、11 天、9 天；生育期覆盖方式 SMⅣ、SMⅤ、SMⅥ全生育期较 CK 延迟 12 天、10 天、8 天。

两年秸秆覆盖试验均表明，覆盖可以延长生育期，覆盖第一年生育期覆盖处理效果明显，延迟最多可达 14 天，覆盖第二年全程覆盖处理长于生育期覆盖处理，覆盖量越大，生育期延迟时间越多。覆盖对生育期的影响主要发生于返青后，由于覆盖过多造成冬小麦返青时土壤温度过低，推迟和阻碍了冬小麦的正常生长。

关于秸秆覆盖处理对作物生育期影响的研究结论不一。有研究指出秸秆覆盖使耕层土壤积温降低，覆盖麦田的小麦返青一般推迟 3～5 天，导致产量减少（张志田等，1995；陈素英等，2005）；而另有研究者指出，盖秸麦田比不盖秸麦田冬季可提高耕层土壤温度 0.5～2.5℃，使小麦提早 3～6 天返青（李富宽和姜惠新，2003）。本研究结果证实，覆盖可以延缓生育期，覆盖第一年生育期覆盖处理效果明显，延迟最多可达 14 天，覆盖第二年全程覆盖处理长于生育期覆盖处理，覆盖量越大，生育期延迟时间越多。覆盖对生育期的影响主要发生于返青后，由于覆盖过多造成冬小麦返青时土壤温度过低，推迟和阻碍了冬小麦的正常生长。

（2）群体变化

a. 秸秆覆盖处理基本苗差异

2007～2008 年秸秆覆盖处理基本苗见表 3-39。CK 极显著高于 SMⅣ处理，SMⅣ处理基本苗比 CK 减少 14.3%；SMⅤ和 SMⅥ基本苗与对照差异不显著，分别比对照 CK 减少 9.0%和 6.6%。

表 3-39　2007～2009 年不同处理基本苗

处理	2007～2008 年			2008～2009 年		
	基本苗/（万株/hm²）	±CK	CK/%	基本苗/（万株/hm²）	±CK	CK/%
SMⅠ	—	—	—	290.68abAB	−9.34	−3.1
SMⅡ	—	—	—	282.68abcABC	−17.34	−5.8
SMⅢ	—	—	—	260.01cdBC	−40.01	−13.3
SMⅣ	244.01bB	−40.75	−14.3	250.68dC	−49.34	−16.4
SMⅤ	259.01abAB	−25.75	−9.0	276.01bcABC	−24.01	−8.0
SMⅥ	265.85abAB	−18.91	−6.6	264.01cdBC	−36.01	−12.0
CK	284.76aA	—	—	300.02aA	—	—

注：表中同列不同小写和大写字母分别表示各处理在 0.05 水平和 0.01 水平下差异显著。±CK 表示处理与对照 CK 的差值，CK%表示±CK 与 CK 的绝对比值。下同。

2008～2009 年秸秆覆盖处理基本苗见表 3-39。覆盖处理基本苗较 CK 均有所下降，全程覆盖处理 SMⅢ基本苗与 CK 差异显著（$P<0.05$），SMⅠ、SMⅡ与 CK 差异不显著（$P>0.05$），SMⅠ、SMⅡ、SMⅢ基本苗分别较 CK 减少 3.1%、5.8%、13.3%；生育期覆盖处理 SMⅣ与 CK 差异极显著（$P<0.01$），较 CK 减少 16.4%，SMⅤ、SMⅥ与 CK 差异显著，较 CK 减少 8.0%、12.0%。

可见，覆盖对出苗的影响与覆盖量多少关系密切，与覆盖时间关系不大。覆盖量越大，由于地温、水分等的影响，对出苗的影响越大，随覆盖量的增加，田间基本苗逐渐减少。

b. 秸秆覆盖处理田间总茎数差异

2007～2008 年不同覆盖处理田间总茎数见表 3-40。返青期田间总茎数 SMⅣ处理与 CK 差异显著（$P<0.05$），SMⅤ和 SMⅥ田间总茎数与 CK 差异不显著。SMⅣ、SMⅤ和 SMⅥ分别比对照减少 28.2%、17.2%和 17.6%，与基本苗结论基本一致。

表 3-40　2007～2009 年不同覆盖处理田间总茎数

处理	2007～2008年			2008～2009年					
	返青总茎数/($10^4/hm^2$)	±CK	CK/%	冬前总茎数/($10^4/hm^2$)	±CK	CK/%	返青总茎数/($10^4/hm^2$)	±CK	CK/%
SMⅠ	—	—	—	2347.0	926.0	65.2	1028.0	−548.0	−34.8
SMⅡ	—	—	—	1972.0	551.0	38.8	1518.7	−57.3	−3.6
SMⅢ	—	—	—	2081.0	660.0	46.4	1506.7	−69.3	−4.4
SMⅣ	1094.1bA	−428.7	−28.2	1760.0	339.0	23.9	1717.3	141.3	9.0
SMⅤ	1260.3abA	−262.5	−17.2	1611.0	190.0	13.4	1621.3	45.3	2.9
SMⅥ	1254.1abA	−268.7	−17.6	1811.0	390.0	27.4	1734.7	158.7	10.1
CK	1522.8aA	—	—	1421.0	—	—	1576.0	—	—

2008～2009 年冬前总茎数和返青总茎数见表 3-40。覆盖处理冬前总茎数较 CK 增加，返青期田间总茎数全程覆盖较 CK 减少，生育期覆盖较 CK 增加。全程覆盖 SMⅠ、SMⅡ、SMⅢ处理冬前总茎数分别较 CK 增加 65.2%、38.8%、46.4%，生育期覆盖 SMⅣ、SMⅤ、SMⅥ处理冬前总茎数分别较 CK 增加 23.9%、13.4%、27.4%，全程覆盖处理冬前田间总茎数增加幅度大于生育期覆盖方式，可能由于覆盖后水分充足，在冬季低温情况下覆盖增温效应，小麦贪青旺长。全程覆盖 SMⅠ、SMⅡ、SMⅢ处理返青田间总茎数分别较 CK 减少 34.8%、3.6%、4.4%，生育期覆盖 SMⅣ、SMⅤ和 SMⅥ处理返青田间总茎数分别较 CK 增加 9.0%、2.9%和 10.1%。同为覆盖处理，全程覆盖返青总茎数表现为减少，生育期覆盖处理表现为增加，可能与覆盖处理在返青期高温条件下，全程覆盖地温低于生育期覆盖地温有关。

（3）秸秆覆盖冬小麦生长发育影响

a. 秸秆覆盖处理冬小麦叶绿素相对含量的差异

2007～2008 年灌浆期叶绿素相对含量与孕穗期变化趋势基本一致（表 3-41）。灌浆期 SMⅤ和 CK 极显著高于 SMⅥ，SMⅣ、SMⅤ和 CK 间差异不显著。SMⅣ、SMⅤ和 SMⅥ分别比 CK 减少 6.1%、2.8%和 19.1%。

表 3-41 2007～2009 年覆盖处理孕穗期和灌浆期叶绿素相对含量 (%)

处理	2007～2008 年				2008～2009 年			
	孕穗期	较 CK 增幅	灌浆期	较 CK 增幅	孕穗期	较 CK 增幅	灌浆期	较 CK 增幅
SMⅠ	—	—	—	—	221.2cdBC	35.0	197.0aA	24.8
SMⅡ	—	—	—	—	226.4bcABC	38.2	194.8abAB	23.4
SMⅢ	—	—	—	—	237.2abAB	44.8	177.5cB	12.5
SMⅣ	271.9bA	−6.0	217.1aAB	−6.1	211.2dC	28.9	185.3abcAB	17.4
SMⅤ	291.3aA	0.7	224.6aA	−2.9	227.8bcABC	39.1	178.0cB	12.8
SMⅥ	278.3abA	−3.8	187.1bB	−19.1	245.2aA	49.7	183.8bcAB	16.5
CK	289.3aA	—	231.2aA	—	163.8eD	—	157.8dC	—

2008～2009 年孕穗期和灌浆期叶绿素相对含量不同于上一年（表 3-41），孕穗期和灌浆期叶绿素相对含量较 CK 均表现为增加趋势。全程覆盖处理 SMⅠ、SMⅡ、SMⅢ孕穗期叶绿素相对含量与 CK 差异极显著（$P<0.01$），分别较 CK 增加 35.0%、38.2%、44.8%，生育期覆盖 SMⅣ、SMⅤ和 SMⅥ处理孕穗期叶绿素相对含量与 CK 差异极显著（$P<0.01$），分别较 CK 增加 28.9%、39.1%、49.7%。全程覆盖处理 SMⅠ、SMⅡ、SMⅢ灌浆期叶绿素相对含量与 CK 差异极显著（$P<0.01$），分别较 CK 增加 24.8%、23.4%、12.5%，生育期覆盖 SMⅣ、SMⅤ和 SMⅥ处理灌浆期叶绿素相对含量与 CK 差异极显著（$P<0.01$），分别较 CK 增加 17.4%、12.8%、16.5%。

随生育期的推进，植株生长后期水分、养分集中于籽粒的形成，叶绿素相对含量减少，光合作用减弱，秸秆覆盖处理在一定程度上延缓了生育期，再者由于 2008～2009 年为 50 年罕见的大旱年，覆盖效果尤其明显，致使孕穗期和灌浆期叶绿素相对含量较 CK 呈现增加的趋势。

b. 秸秆覆盖处理冬小麦主要光合参数差异

1）秸秆覆盖处理胞间 CO_2 浓度的变化。开花后小麦生长进入生殖生长阶段，在这段时间内维持较高的光合速率，延长光合时间和降低呼吸消耗，对光合产物转化和积累、粒重增加等有积极作用。灌浆期是作物籽粒形成的关键时期，光合速率降低，胞间 CO_2 浓度降低（表 3-42）。2007～2008 年灌浆期 SMⅣ和 SMⅤ处理胞间 CO_2 浓度分别极显著高于 SMⅥ处理和 CK，但 SMⅣ处理和 SMⅤ处理间差异不显著，SMⅣ、SMⅤ和 SMⅥ处理胞间 CO_2 浓度分别较 CK 增加 37.6%、37.0%和 21.1%。

2008～2009 年灌浆期全程覆盖处理胞间 CO_2 SMⅡ与 CK 差异显著（$P<0.05$），SMⅠ、SMⅡ、SMⅢ胞间 CO_2 浓度分别较 CK 增加 1.8%、5.8%、4.3%，生育期覆盖方式 SMⅥ与 CK 差异极显著（$P<0.01$），SMⅣ、SMⅤ和 SMⅥ胞间 CO_2 浓度分别较 CK 增加 3.2%、2.0%和 12.8%。

表 3-42　2007～2009 年不同覆盖处理灌浆期主要光合参数

处理	2007～2008 年				2008～2009 年			
	胞间 CO_2 浓度 /(μmol · mol^{-1})	蒸腾速率 /[mmol/(m^2 · s)]	气孔导度 /[mol/(m^2 · s)]	光合速率 /[μmol/(m^2 · s)]	胞间 CO_2 浓度 /((μmol · mol^{-1})	蒸腾速率 /[mmol/(m^2 · s)]	气孔导度 /[mol/(m^2 · s)]	光合速率 /[μmol/(m^2 · s)]
SMⅠ	—	—	—	—	190.00bcB	4.42aA	0.17abAB	14.14aA
SMⅡ	—	—	—	—	197.50bB	3.96bAB	0.14cBC	13.13bAB
SMⅢ	—	—	—	—	194.75bcB	3.94bAB	0.15bcBC	12.75bBC
SMⅣ	224.33aA	6.17aA	0.33aA	20.18bB	192.75bcB	4.14abAB	0.14cBC	11.83dC
SMⅤ	223.33aA	6.62aA	0.36aA	20.95bB	190.50 bcB	3.81bB	0.14cBC	12.62bcBC
SMⅥ	197.33bB	6.55aA	0.36aA	24.19aA	210.67aA	4.00abAB	0.20aA	14.47aA
CK	163.00cC	6.25aA	0.33aA	19.92bB	186.67cB	2.84cC	0.13cC	11.74cdBC

2）秸秆覆盖处理蒸腾速率和气孔导度差异的变化。2007～2008 年灌浆期各覆盖处理蒸腾速率和气孔导度差异不显著，但均高于 CK。蒸腾速率顺序为 SMⅤ＞SMⅥ＞CK＞SMⅣ；气孔导度高低顺序与蒸腾速率基本一致。这可能是由于在生长中后期覆盖处理抑制了土壤蒸发，贮存较多的水分，能满足蒸腾作用的消耗，蒸腾作用较 CK 增强。

2008～2009 年灌浆期全程覆盖处理 SMⅠ、SMⅡ、SMⅢ蒸腾速率极显著高于 CK（$P<0.01$），分别较 CK 增加 55.6%、39.4%、38.7%，生育期覆盖方式 SMⅣ、SMⅤ和 SMⅥ蒸腾速率与 CK 差异极显著（$P<0.01$），分别较 CK 增加 45.8%、34.2%、40.8%。灌浆期全程覆盖处理 SMⅠ、SMⅡ、SMⅢ气孔导度分别较 CK 增加 30.8%、7.7%、15.4%，生育期覆盖方式 SMⅣ、SMⅤ和 SMⅥ气孔导度分别较 CK 增加 7.7%、7.7%、53.8%。

3）秸秆覆盖光合速率的变化。2007～2008 年灌浆期光合速率 SMⅥ处理极显著高于 SMⅣ、SMⅤ和 CK；但覆盖处理光合速率均高于 CK，SMⅣ处理比 CK 高 1.3%，SMⅤ比 CK 高 5.2%，SMⅥ比 CK 高 21.4%。

2008～2009 年灌浆期全程覆盖处理 SMⅠ、SMⅡ和 SMⅢ光合速率与 CK 差异显著（$P<0.05$），分别较 CK 增加 20.4%、11.8%、8.6%，生育期覆盖方式 SMⅣ、SMⅤ和 SMⅥ光合速率分别较 CK 增加 0.8%、7.5%、23.3%。

连续两年秸秆覆盖处理后，胞间 CO_2 浓度、蒸腾速率、气孔导度和光合速率等光合参数均表现为覆盖处理高于 CK，而且全程覆盖方式高于生育期覆盖方式，各指标随覆盖量增加而增加。

c. 秸秆覆盖对株高的影响

2007～2008 年孕穗期、收获期株高见表 3-43。孕穗期 CK 和 SMⅥ株高显著高于 SMⅤ，株高顺序为 CK＞ SMⅥ＞ SMⅣ＞ SMⅤ；单株生物量差异不显著，各处理顺序依次为 CK＞ SMⅤ＞ SMⅥ＞ SMⅣ。收获期 CK 株高显著高于 SMⅣ，SMⅤ和 SMⅥ处理间差异不显著，株高顺序为 CK＞SMⅤ＞SMⅥ＞SMⅣ；单株生物量 SMⅣ极显著高于 SMⅤ、SMⅥ和 CK，其他各处理间差异不显著，SMⅣ、SMⅤ和 SMⅥ生物量分别比对照高 76.3%、8.7%和 13.9%。

表 3-43 2007～2009 年不同覆盖处理株高变化 （单位：cm）

处理	2007～2008 年		2008～2009 年				
	孕穗期	收获期	冬前	拔节期	孕穗期	灌浆期	收获期
SMⅠ	—	—	34.1	30.7	71.9	78.1	74.3
SMⅡ	—	—	30.3	26.2	64.3	75.6	76.2
SMⅢ	—	—	32.1	29.2	69.5	69.5	69.9
SMⅣ	87.9	92.7	23.9	26.3	68.4	62.5	60.5
SMⅤ	87.4	95.5	25.7	25.4	74.3	62.1	61.5
SMⅥ	88.9	94.1	27.5	29.5	66.8	61.3	60.5
CK	93.7	99.6	21.9	20.8	63.2	59.6	59.4

2008～2009 年生育期株高变化见表 3-43，秸秆覆盖由于底墒水分充足，整个生育时期覆盖处理株高均高于 CK，至收获时为止，全程覆盖处理 SMⅠ、SMⅡ、SMⅢ较

CK 高 14.9cm、16.8cm、10.5cm，生育期覆盖处理 SMⅣ，SMⅤ和 SMⅥ分别较 CK 高出 1.1cm、2.1cm、1.1cm。

两年秸秆覆盖试验表明，第一年由于自然降雨充沛，覆盖处理影响较小；覆盖第二年由于历经久旱，覆盖处理效果明显，覆盖处理株高均高于 CK，全程覆盖处理底墒充足致使全程覆盖方式株高高于生育期覆盖方式。

d. 秸秆覆盖对生物量的影响

2007～2008 年生育期覆盖处理 SMⅣ、SMⅤ和 SMⅥ孕穗期生物量低于 CK，分别较 CK 降低 22.2%、9.5%和 15.9%，收获期生物量均高于 CK，分别比 CK 增加 4.1%、1.3%和 3.6%（表 3-44）。

表 3-44　2007～2009 年不同覆盖处理生物量变化　（单位：g/株）

处理	2007～2008 年		2008～2009 年				
	孕穗期	收获期	冬前	拔节期	孕穗期	灌浆期	收获期
SMⅠ	—	—	1.8	1.3	4.3	5.7	5.7
SMⅡ	—	—	1.6	1.7	4.5	3.9	4.9
SMⅢ	—	—	1.5	1.7	4.9	3.4	4.9
SMⅣ	4.9	10.1	1.3	1.0	6.9	3.8	4.0
SMⅤ	5.7	7.3	1.5	1.3	5.6	3.2	4.6
SMⅥ	5.3	9.6	1.1	1.2	4.9	3.3	5.3
CK	6.3	6.0	1.1	0.9	4.5	5.0	4.2

2008～2009 年从冬前到收获期同一覆盖量下全程覆盖方式下生物量高于生育期覆盖方式，全程覆盖处理 SMⅠ、SMⅡ、SMⅢ全生育期平均生物量分别较 CK 高 21.6%、7.6%、6.4%，生育期覆盖处理 SMⅣ、SMⅤ、SMⅥ平均生物量分别较 CK 增加 10.1%、5.0%、1.4%。全程覆盖生育期增量高于生育期覆盖方式生物量。

秸秆覆盖处理后冬小麦生育期内生物量以全程覆盖方式生物量高于生育期覆盖方式，进一步验证了覆盖对生育期延缓的效应。

e. 秸秆覆盖对冬小麦籽粒灌浆进程的影响

各处理籽粒增重呈现慢—快—慢的变化过程，如图 3-27 所示。以单穗籽粒干重 W

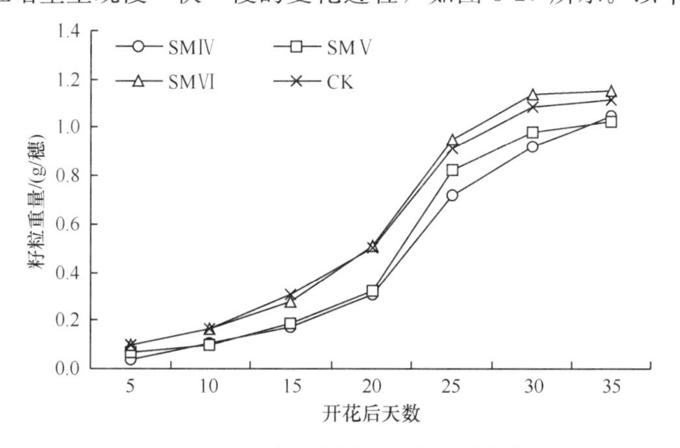

图 3-27　2007～2008 年不同处理下冬小麦籽粒增重进程

为因变量，以开花后天数 t 为自变量，选用 Richards 方程进行模拟后的相关参数见表 3-45，方程决定系数为 0.9931～0.9996。

表 3-45　2007～2008 年不同处理 Richards 方程参数

处理	Richards 方程参数				决定系数
	A	b	k	N	R^2
SMⅣ	1.0512	3.3×10^4	0.390	2.4554	0.9946
SMⅤ	1.0147	2.2×10^8	0.741	4.5036	0.9931
SMⅥ	1.1501	2.9×10^8	0.744	5.9923	0.9996
CK	1.1079	1.4×10^8	0.715	6.0696	0.9987

注：A 为终极生长量（g/穗）；b 为初值参数；k 为生长速率参数；N 为形状参数。

据 Richards 方程，小麦籽粒灌浆过程可以确定为渐增期（t_1）、速增期（t_2）和缓增期（t_3）3 个阶段。从表 3-46 可以看出，SMⅣ的灌浆持续时间为 36.1 天，SMⅤ、SMⅥ和 CK 分别为 30.1 天、30.2 天和 30.2 天，SMⅣ灌浆历时较 CK 多 6 天，SMⅤ、SMⅥ和 CK 均为 30 天左右。在渐增期，SMⅤ和 SMⅥ持续时间均为 21.2 天，较 CK 多 0.7 天，SMⅣ却较 CK 减少 0.4 天；在速增期，SMⅣ持续 8.5 天，高出 CK 2.3 天，SMⅤ和 SMⅥ灌浆持续时间分别较 CK 减少 0.9 天和 0.7 天；在缓增期，SMⅣ持续 7.5 天，较 CK 多 4.1 天，SMⅤ、SMⅥ持续时间与 CK 无差异。

表 3-46　2007～2008 年不同处理灌浆次级参数

灌浆参数	处理			
	SMⅣ	SMⅤ	SMⅥ	CK
W_{max}/(g/穗)	0.6345	0.6949	0.8067	0.8027
T_{max}/天	24.4	23.9	24.0	23.8
GR_{max}	0.0716	0.0935	0.0984	0.0812
t_1/天	20.1	21.2	21.2	20.5
t_2/天	8.5	5.4	5.6	6.3
t_3/天	7.5	3.5	3.4	3.4
T/天	36.1	30.1	30.2	30.2
GR_1/[g/(穗·d)]	0.0179	0.0218	0.0261	0.0272
GR_2/[g/(穗·d)]	0.0634	0.0833	0.0878	0.0722
GR_3/[g/(穗·d)]	0.0180	0.0263	0.0281	0.0267
P_1/%	34.21	45.62	48.11	50.42
P_2/%	51.35	44.35	42.67	41.55
P_3/%	13.44	9.03	8.22	7.94

注：W_{max} 为最大生长量；T_{max} 为最大灌浆速率出现的时间；GR_{max} 为最大灌浆速率；t_1、t_2、t_3 为灌浆 3 个阶段的持续时间；T 为灌浆持续时间；GR_1、GR_2、GR_3 为 3 个时期的平均灌浆速率；P_1、P_2、P_3 为 3 个阶段灌浆对籽粒的贡献率。

在灌浆渐增期，不同处理的平均灌浆速率由高到低顺序为 CK＞SMⅥ＞SMⅤ＞SMⅣ；在灌浆速增期和缓增期表现为 SMⅥ＞SMⅤ＞CK＞SMⅣ。

表 3-46 表明，灌浆对籽粒的贡献主要发生于渐增期和速增期，不同处理灌浆渐增期对籽粒的贡献率的主要变化范围为 34.21%～50.42%，SMⅣ、SMⅤ和 SMⅥ的籽粒贡献率分别较 CK 减少 32.1%、9.5%和 4.6%；不同处理灌浆速增期对籽粒的贡献率变化范围为 41.55%～51.35%，SMⅣ、SMⅤ和 SMⅥ的籽粒贡献率分别较 CK 增加 23.6%、6.7%和 2.7%；灌浆缓增期对籽粒的贡献率相对较小，SMⅣ、SMⅤ和 SMⅥ的籽粒贡献率分别较 CK 增加 69.3%、13.7%和 3.5%。可见，秸秆覆盖在灌浆速增期、缓增期对籽粒的贡献率较大。

另外，表 3-46 表明 SMⅥ处理最大生长量与 CK 一致，SMⅣ和 SMⅤ分别较 CK 减少 21%和 13.4%。从最大灌浆速率出现的时间 T_{max}来看，变化范围为花后 23.8～24.4 天，具体表现为 SMⅣ＞SMⅥ＞SMⅤ＞CK，即最大灌浆速率出现的时间为 CK 早于各覆盖处理，覆盖量越大，最大灌浆速率出现的时间越迟。从各处理的灌浆速率看，灌浆最大速率（GR_{max}）：SMⅥ＞SMⅤ＞CK＞SMⅣ，SMⅤ和 SMⅥ分别高出 CK 15.1%和 21.1%，SMⅣ较 CK 减少 11.8%。

由于覆盖形成水分差异，在灌浆渐增期，不同处理的平均灌浆速率表现为覆盖量越大，水分越充足，灌浆速率越小（CK＞SMⅥ＞SMⅤ＞SMⅣ）；在速增期和缓增期灌浆速率表现为 SMⅥ＞SMⅤ＞CK＞SMⅣ。有研究认为（胡芬等，1993），在灌浆前期，干旱对灌浆速率表现为促进作用，灌浆中后期则为抑制作用，与本研究结论基本一致。水分与环境对冬小麦籽粒灌浆及产量形成的影响相对较大，秸秆覆盖试验效果需要长期定位才能显现，本研究围绕一年覆盖试验展开，限于时间和生态区的差异，研究结果有待进一步检验验证。

（4）秸秆覆盖处理产量及其构成因素的影响

a. 秸秆覆盖对产量构成因素的影响

产量结果见表 3-47，2007～2008 年不同处理的成穗数与对照间差异不显著，均低于对照 CK，SMⅣ、SMⅤ和 SMⅥ各处理分别比 CK 减少 3.2%、4.3%、5.3%；穗粒

表 3-47　2007～2009 年不同处理产量构成因素分析

处理	2007～2008年			2008～2009年		
	千粒重/g	成穗数/(10^4/hm^2)	穗粒数/(个/穗)	千粒重/g	成穗数/(10^4/hm^2)	穗粒数/(个/穗)
SMⅠ	—	—	—	43.8abA	527.7aA	23.8aA
SMⅡ	—	—	—	43.4abAB	541.3aA	24.5 aA
SMⅢ	—	—	—	42.5bcAB	468.0abAB	22.7 aA
SMⅣ	46.6aA	558.3 aA	24.9aA	44.0abA	484.0aAB	22.3 aA
SMⅤ	45.9abA	552.1aA	27.5aA	44.5aA	468.7abAB	22.5 aA
SMⅥ	47.2aA	546.6aA	28.8aA	43.4abAB	463.7abAB	21.9 aA
CK	44.8bA	576.9aA	29.4aA	41.3cB	388.0bB	21.1 aA

数SMⅣ、SMⅤ和SMⅥ各处理与CK间成穗数也不显著，但均低于CK，分别比CK低15.3%、6.5%、2.2%。2008～2009年全程覆盖处理SMⅠ、SMⅡ与CK差异显著（$P<0.01$），SMⅠ、SMⅡ和SMⅢ成穗数分别较CK高36.0%、39.5%、20.6%，生育期覆盖处理SMⅣ、SMⅤ和SMⅥ成穗数分别较CK增加24.7%、20.8%、19.5%；全程覆盖处理SMⅠ、SMⅡ和SMⅢ穗粒数与CK差异不显著（$P>0.05$），分别较CK高12.8%、16.1%、7.6%，生育期覆盖处理SMⅣ、SMⅤ、SMⅥ穗粒数与CK差异也不显著（$P>0.05$），分别较CK增加5.7%、6.6%、3.8%。

2007～2008年不同处理的千粒重可以看出，SMⅥ处理千粒重显著高于CK，比CK增加5.4%，SMⅣ和SMⅤ处理间差异不显著，但均高于CK，分别比CK增加4.0%和2.5%；2008～2009年千粒重全程覆盖处理SMⅠ、SMⅡ与CK差异显著（$P<0.05$），SMⅠ、SMⅡ和SMⅢ千粒重分别较CK高6.1%、5.1%、2.9%，生育期覆盖处理SMⅣ，SMⅤ和SMⅥ千粒重与CK差异显著（$P<0.05$），分别较CK增加6.5%、7.7%、5.1%。

两年秸秆覆盖处理千粒重均较CK增加，而成穗数和穗粒数结果存在不一致，第一年覆盖处理减低了成穗数和穗粒数，覆盖量越大，穗粒数越小，但成穗数减幅与覆盖量相反；第二年全程覆盖与生育期覆盖不同覆盖量处理成穗数和穗粒数均较CK增加，且覆盖量越大，成穗数和穗粒数增幅越大。千粒重、成穗数和穗粒数等指标均表现为全程覆盖方式高于生育期覆盖方式，以9000kg/hm^{2}覆盖量时各指标都达到最大值。

b. 秸秆覆盖对产量的影响

连续两年秸秆覆盖定位试验的冬小麦产量见表3-48。2007～2008年覆盖处理以SMⅥ处理产量最高，为6391.1kg/hm^2，显著高于CK，较CK增产5.9%，SMⅣ与SMⅤ处理间差异不显著，且均显著低于CK，分别较CK减产5.9%和6.6%，覆盖的保墒效应使后期小麦贪青徒长，影响产量。2008～2009年，生育期覆盖各处理均显著高于CK（$P<0.05$）。SMⅣ、SMⅤ和SMⅥ分别较CK增产30.1%、30.2%和27.1%。从生育期覆盖处理两年平均产量来看，SMⅣ、SMⅤ、SMⅥ与CK相比均表现为增产，分别较CK增产5.5%、5.1%和12.7%，差异均显著（$P<0.05$），SMⅥ较CK增幅最大。SMⅣ、SMⅤ与SMⅥ处理间差异不显著（$P>0.05$）。全程覆盖SMⅡ产量最高，较CK显著增产65.7%（$P<0.01$），SMⅡ与SMⅢ处理间差异不显著，但

表3-48　2007～2009年不同覆盖处理产量变化

年份 处理	2007～2008年		2008～2009年		两年平均	
	产量/(kg/hm^2)	WUE/[kg/(mm·hm^2)]	产量/(kg/hm^2)	WUE/[kg/(mm·hm^2)]	产量/(kg/hm^2)	WUE/[kg/(mm·hm^2)]
SMⅠ	—	—	4434.4ab	9.9a	—	—
SMⅡ	—	—	4667.7a	10.5a	—	—
SMⅢ	—	—	3975.5bc	10.7a	—	—
SMⅣ	5674.9c	14.3a	3665.8c	10.6a	4670.4ab	12.5ab
SMⅤ	5632.5c	15.0a	3668.6c	10.6a	4650.6ab	12.8ab
SMⅥ	6391.1a	16.1a	3582.1c	10.7a	4986.6a	13.4a
CK	6033.0b	15.7a	2817.4d	8.1b	4425.2b	11.9b

均显著高于 CK（$P<0.05$），分别较 CK 增产 57.4%和 41.1%。

关于秸秆覆盖对冬小麦产量的影响存在减产和增产两种观点，绝大部分报道认为增产（逄焕成，1999；赵聚宝等，1996 ；许翠平等，2002），少部分研究认为减产。渭北和杨凌的研究表明（高亚军，2002），秸秆覆盖增产幅度与灌水有关：干旱年增产幅度更大，土壤含水量高的情况下（降水偏多或补充灌水量过大，或两者兼之）有可能出现作物减产；河北冬小麦试验中发现，覆盖 4500kg/hm² 秸秆未增产（汪丙国等，2001）；太行山前平原的冬小麦试验中发现，少覆盖增产，多覆盖减产（陈素英等，2002）。在渭北旱塬粉砂壤土上经过两年试验表明（张树兰等，2005），冬小麦秸秆覆盖的第二年（较干旱的年份）较对照显示出明显的增产作用。另有研究表明，休闲期降雨量与小麦产量正相关，底墒决定产量在 50%以上（党廷辉等，2003）。这些研究结果与本研究结论基本一致。在试验第一年（2007～2008 年）由于没有休闲期覆盖，处理间的比较只有生育期覆盖量的区别，产量结果表明第一年冬小麦生育期覆盖处理 SMⅥ表现增产，SMⅣ、SMⅤ较 CK 减产，覆盖处理总体效果不明显。Wicks 等（1994）认为秸秆覆盖的作物产量下降与温度和气候因素有关；秸秆覆盖处理第二年（2008～2009 年）较 CK 表现出明显的增产效果。全程覆盖下不同覆盖量处理增产 41.1%～65.7%，生育期覆盖下不同覆盖量处理增产 27.1%～30.2%。全程覆盖方式增产幅度远远大于生育期覆盖方式，在 2008 年冬季历时 3 个月零降雨，冬旱严重，覆盖保墒效果更为明显。

（5）秸秆覆盖处理水分利用效率的影响

水分利用效率为消耗单位水量产生的作物籽粒的产量。2008～2009 年全程覆盖方式各处理水分利用效率均高于 CK（表 3-48），SMⅠ、SMⅡ、SMⅢ水分利用效率分别较 CK 显著增加 22.3%、29.6%、31.5%（$P<0.01$）。2007～2008 年生育期覆盖各处理间水分利用效率差异不显著，SMⅥ水分利用效率较 CK 增加 2.5%。2008～2009 年生育期覆盖 SMⅤ、SMⅥ与 CK 差异显著（$P<0.01$），生育期覆盖方式各处理的增加幅度为 30.9%～32.1%。从两年生育期平均水分利用效率可以看出，SMⅥ处理水分利用效率最高，较 CK 增加 12.6%，SMⅣ、SMⅤ较 CK 分别增加 5.0%、7.6%。不论何种覆盖方式，覆盖量为 3000kg/hm² 时，水分利用效率最高。

另有大量研究表明，不论哪个年份、哪种土壤，覆盖处理总比无覆盖处理的水分利用率高，增加的幅度为 4.6%～25.2%（许翠平等，2002；谷洁等，1998；赵小凤和赵风命，2007）；与传统耕作相比，深松覆盖和免耕覆盖休闲期间的降水利用效率分别提高 25.55%和 11.83%，水分利用效率分别提高 16.37%和 10.62%（李友军等，2006）；在覆盖第二年小麦产量较常规种植显著增加，秸秆覆盖对水分的消耗高于其他处理（张树兰等，2005）。本研究表明，秸秆覆盖处理可以提高水分利用效率。就覆盖方式而言，同量情况下全程覆盖方式与生育期覆盖方式水分利用效率差异较小；就覆盖量而言，全程覆盖方式以 3000kg/hm² 水分利用效率最大，可能与覆盖对地温、微生物活动、农田小气候环境的影响有关，生育期覆盖方式两年试验结果存在差异，但从两年平均水分利用效率来看，仍以 3000kg/hm² 覆盖量处理水分利用效率最大。

第二节　宁南旱区秸秆覆盖对土壤理化性状及作物产量的影响

试验在宁夏彭阳县白阳镇陡坡村旱农基点进行（概况同第一章第二节）。

一、秸秆覆盖对冬小麦生长发育及土壤理化性状的影响

（一）试验设计

试验于2007年9月至2009年6月在宁夏回族自治区彭阳县旱地农业试验站进行。该试验站土壤质地为黄绵土，土壤pH为8.1，肥力较低；0～200cm土壤平均容重1.27g/cm^3，土壤饱和含水量为29.8%，田间持水量为24.2%，播种前土壤0～200cm土层内平均含水率为12.3%；试验区海拔1770m，年均降雨量413.9mm，年均蒸发量1 454.0mm，干燥系数1.8，年均气温6.8℃，年日照时数2518h，≥10℃年积温2690.4℃，全年无霜期145天，年内降水分布极不平衡，6～9月多年平均降水量为269.5mm，占全年降水总量的65.1%。试验过程中降雨量偏少，两年冬小麦生育期降水分别为157.4mm和146.9mm。其中2008年4～6月降水45.3mm，占历年同期的27.8%；2009年4～6月降水41.6mm，占历年同期的25.3%；两年生育期内≤5mm无效降水次数分别8次和11次。

该试验在平衡施肥（纯氮300kg/hm^2＋P_2O_5 150kg/hm^2＋K_2O 150kg/hm^2）基础上，研究半干旱生态区生育期与休闲期覆盖不同秸秆量，低量3000kg/hm^2（S1）；中量6000kg/hm^2（S2）；高量9000kg/hm^2（S3）；无覆盖（CK）对小麦的保墒效果与产量效应。

试验采用随机区组设计，每个处理设4次重复，3个水平分别按每公顷3000kg、6000kg、9000kg进行秸秆覆盖。以全程不覆盖为对照。供试小麦品种为西峰26。小区面积11.52m^2。处理1——全程不覆盖（CK）；处理2——生育期低秸秆覆盖（3000kg/hm^2）＋休闲期低秸秆覆盖（3000kg/hm^2）（S1）；处理3——生育期中秸秆覆盖（6000kg/hm^2）＋休闲期中秸秆覆盖（6000kg/hm^2）（S2）；处理4——生育期高秸秆覆盖（9000kg/hm^2）＋休闲期高秸秆覆盖（9000kg/hm^2）（S3）；覆盖的秸秆是玉米秸秆。

测定指标及方法：主要生育时期时间；不同生育时期生物量；主要生育时期功能叶光合速率等生理指标；成熟期个体调查（每个作物取10株）；产量结构及穗部性状；成熟后每小区取中间10m^{2}测定产量，折算大田实际产量。土壤团聚体（0～40cm）：干筛用沙维诺夫法，湿筛用约德法；土壤容重（0～60cm）：环刀法；脲酶：奈氏比色法，以NH_3-Nμg/（g·24h·37℃）为单位；碱性磷酸酶：磷酸苯二钠法，以酚mg/（g·24h·37℃）单位；过氧化氢酶：$KMnO_4$滴定法，以（0.1mol/L $KMnO_4$ ml）/（g·20min·37℃）为单位；蔗糖酶：3,5-二硝基水杨酸比色法，以葡萄糖mg/（g·24h·37℃）为单位；有机质：重铬酸钾容量法；全氮：凯氏定氮法；全磷：高氯酸-硫酸-钼锑抗比色法；全钾：火焰光度法；碱解氮：碱解扩散硼酸吸收法；

速效磷：碳酸氢钠浸提-钼锑抗比色法；速效钾：NH_4OAC浸提，火焰光度法。土壤水分变化测定及计算方法：记录各生育期降雨量，测定主要生育时期（播种前、苗期、返青期、拔节期、灌浆期、成熟期）土壤水分含量，土壤水分测定采用土钻烘干法，对不同处理 0～200cm 土层进行土壤水分动态监测，以 20cm 为间隔进行采样测定。

土壤贮水量计算公式：

$$W = \sum_{i=1}^{10} V_i H_i$$

式中，W 为土壤贮水量（mm）；V_i 为土壤体积含水量；H_i 为土层厚度（mm）。

农田水分利用效率用下列公式计算：

$$WUE = Y/ET$$

式中，WUE 为水分利用效率［kg/（mm·hm^2）］；Y 为籽粒产量（kg/hm^2）；ET 为农田蒸散量（mm）。

试验地理化性状：试验地前茬种植马铃薯，施用有机肥 22 500kg/hm^2。种植前对土壤主要指标进行了测定（表 3-49～表 3-52）。

表 3-49　0～60cm 土壤容重、饱和含水量、田间持水量、土壤孔隙度

土层深度/cm	饱和含水量/%	田间持水量/%	容重/(g/cm^3)	土壤孔隙度/%
0～20	34.38	33.31	1.28	51.83
20～40	31.37	29.07	1.32	50.51
40～60	32.86	33.85	1.28	51.80

表 3-50　0～200cm 土壤含水量

土层深度/cm	0～20	20～40	40～60	60～80	80～100	100～120	120～140	140～160	160～180	180～200
土壤含水量/%	14.27	9.88	11.22	12.78	14.23	15.07	15.48	15.01	15.46	14.35

表 3-51　试验地土壤养分状况

土层深度/cm	有机质/(g/kg)	全氮/(g/kg)	碱解氮/(mg/kg)	速效钾 /(mg/kg)	速效磷/(mg/kg)
0～20	7.3	0.56	48.5	132.3	13.7
20～40	7.2	0.52	43.9	127.2	10.9

表 3-52　小麦播种前土壤酶活性

土层深度/cm	过氧化氢酶 /[(0.1mol/L $KMnO_4$ ml) /(g·20min·37℃)]	蔗糖酶 /[葡萄糖 mg/(g·24h·37℃)]	脲酶 /[NH_3-N μg /(g·24h·37℃)]	碱性磷酸酶 /[酚 mg /(g·24h·37℃)]
0～20	3.22	0.31	105.26	0.39
20～40	3.63	0.32	101.29	0.38

（二）结果分析

1. 主要生育时期

如表 3-53 所示，小麦出苗后按照高、中、低三种覆盖量使用玉米秸秆进行覆盖。2007 年冬小麦于 9 月 16 日播种，翌年 6 月 23 日收获；2008 年冬小麦于 9 月 16 日播种，翌年 6 月 22 日收获。从播种到出苗，各处理的生育期之间没有差异。出苗以后进入冬季，到返青期以前，覆盖量较大的处理 S2、S3 的生长状况不如 CK，生育期相对迟缓，这主要是因为西海固地区属于高寒区，在漫长的冬季，天气异常寒冷，土壤温度很低，太阳光线成为土壤温度提升的主要热量来源，过多的覆盖秸秆，会阻挡太阳光线直射地面，造成地面温度低于对照的地面温度，低温影响了小麦的生长。拔节期以后，气温逐渐升高，覆盖对小麦生长的促进作用随之加强，各处理间的差别逐渐减小，生育期趋于一致，覆盖处理的小麦优势逐渐明显，长势逐渐超过对照。

表 3-53　主要生育时期　　（单位：月-日）

年份	处理	播种	主要生育期					
			出苗	返青	拔节	抽穗	灌浆	成熟
2007	CK	9-16	9-23	4-1	4-21	5-10	5-28	6-23
	S1	9-16	9-23	4-1	4-21	5-10	5-28	6-23
	S2	9-16	9-23	4-2	4-22	5-10	5-28	6-23
	S3	9-16	9-23	4-2	4-22	5-10	5-28	6-23
2008	CK	9-16	9-23	3-31	4-21	5-10	5-28	6-22
	S1	9-16	9-23	4-1	4-21	5-10	5-28	6-22
	S2	9-16	9-23	4-2	4-22	5-10	5-28	6-22
	S3	9-16	9-23	4-2	4-22	5-10	5-28	6-22

2. 不同生育时期小麦株高

对拔节期、抽穗期、灌浆期、成熟期不同处理地上部分株高测定（表 3-54），由表可以看出，各处理小麦单株株高呈现先快后慢的生长趋势。不同处理单株小麦株高在拔节期并没有明显的差异，2007 年冬小麦抽穗期各处理的株高表现为 S1＞S3＞S2＞CK，灌浆期株高表现为 S3＞S1＞S2＞CK，成熟期株高也表现为 S3＞S1＞S2＞CK，成熟期处理 S1、S2 和 S3 的株高较对照 CK 分别提高了 17.2％、12.8％、18.5％；2008 年冬小麦拔节期株高也没有明显差异，抽穗期各处理的株高表现为 S1＞S3＞S2＞CK，灌浆期株高表现为 S3＞S1＞S2＞CK，成熟期株高表现为 S1＞S3＞S2＞CK，成熟期处理 S1、S2 和 S3 的株高较对照分别提高了 12.7％、1.2％、5.3％。

表 3-54　不同生育期株高变化调查　　（单位：cm）

年份	处理	主要生育期			
		拔节	抽穗	灌浆	成熟
2007	CK	24.12	59.54	62.85	61.71
	S1	26.54	68.97	72.65	72.35
	S2	25.35	66.24	69.48	69.63
	S3	27.13	68.60	74.89	73.11
2008	CK	30.75	57.75	68.92	68.10
	S1	33.62	66.13	71.48	76.72
	S2	29.35	60.52	69.90	68.92
	S3	32.28	64.06	72.56	71.70

3. 不同生育期小麦生物量

产量的形成过程是干物质积累与分配的过程，干物质的积累以吸收充足的养分和水分为基础，与土壤中的养分状况、养分性质及养分吸收分配有关。由表 3-55 可以看出，各处理生育前期生物量积累较低，在 2007 年冬小麦拔节期，各处理生物量由高到低的次序是 S1>S3>CK>S2，在 2008 年冬小麦拔节期，各处理生物量由高到低的次序是 S1>S2>S3>CK，表明抽穗期之前低覆盖生物量积累较高，原因是试验区冬季温度很低，过多的覆盖秸秆，阻挡了太阳光线直射地面，造成地面温度低于对照的地面温度，从而影响了 S2、S3 两种处理小麦生物量的积累，而 CK 则因为水分缺乏而生物量积累较少。在抽穗期 2007 年冬小麦各处理生物量相互比较表现为 S3>S2>S1>CK，2008 年冬小麦各处理生物量相互比较为 S3 > S1 > S2>CK；在灌浆期 2007 年冬小麦各处理生物量相互比较为 S3>S1>S2>CK，2008 年冬小麦各处理生物量相互比较也表现为 S3>S1>S2>CK；在最后的成熟期，2007 年冬小麦各处理生物量相互比较为 S3>S2>S1>CK，2008 年冬小麦各处理生物量相互比较表现为 S1>S3>S2>CK，两年的试验结果不太一致，可以说明 S3 和 S1 两种处理方式下最有利于小麦的生物量积累。

表 3-55　不同生育期生物量变化调查　　（单位：g）

年份	处理	拔节	抽穗	灌浆	成熟
2007	CK	0.46	1.88	2.84	2.49
	S1	0.57	2.12	3.43	3.12
	S2	0.38	2.49	3.41	3.39
	S3	0.49	2.82	3.93	3.51
2008	CK	0.49	1.53	2.14	2.65
	S1	0.79	1.85	2.90	4.10
	S2	0.72	1.74	2.86	3.12
	S3	0.68	2.13	3.37	3.56

4. 光合速率和瞬时水分利用效率

作物瞬时水分利用效率是指作物光合作用同化的二氧化碳与蒸腾消耗的水分之比，各处理小麦光合速率在同一时间基本按照覆盖量的增大而增大（表 3-56），处理 S1、S2 和 S3 的光合速率较 CK 分别提高了 1.4%、1.4%、4.2%；处理 S1、S2 和 S3 的蒸腾速率较 CK 分别提高了 4.6%、2.5%、7.6%；处理 S1、S2 和 S3 的气孔导度较 CK 分别提高了 15.4%、15.3%、50%；单叶水分利用效率以 CK 的最高，其他 3 个处理的单叶水分利用效率的大小顺序为 S2>S1>S3。

表 3-56　不同秸秆覆盖量处理下小麦的光合特性

处理	光合速率 /[μmol/(m^2 · s)]	蒸腾速率 /[mmol/(m^2 · s)]	气孔导度 /[mol/(m^2 · s)]	单叶水分利用效率 /(Pn/Tr)
CK	26.22	6.03	0.26	4.35
S1	26.60	6.31	0.30	4.22
S2	26.58	6.18	0.30	4.30
S3	27.33	6.49	0.39	4.21

注：光合速率于 2008 年 5 月 28 日上午 11：00 测定。

5. 不同秸秆覆盖量对土壤水分变化的影响

（1）不同秸秆覆盖量条件下小麦的耗水特性

从表 3-57 可以看出，两年冬小麦的耗水特性表现出一致的规律，在各个生长时期，随着覆盖量的增加，小麦的耗水量逐渐减小。2007 年处理 S1、S2 和 S3 冬小麦的耗水量较 CK 分别减少了 12.0%、20.7%、26.6%；2008 年处理 S1、S2 和 S3 的耗水量较 CK 分别减少了 13.4%、22.5%、28.5%。由此可见进行覆盖以后，会明显减少棵间无效蒸发，使土壤墒情明显好转，生育前期小麦叶面积较小，裸露地表较大，棵间蒸发为主要的土壤水分消耗形式；覆盖处理能够起到较好的保水作用，减少作物生长过程的前期耗水，为作物的旺盛生长阶段提供充足的水分，且随着覆盖量的增加保墒效果更加明显。

表 3-57　不同秸秆覆盖量处理下小麦不同生育阶段耗水量　（单位：mm）

年份	处理	生长阶段（月-日）						全生育期
		播种—出苗 (9-16～10-22)	出苗—返青 (10-23～4-2)	返青—拔节 (4-3～4-21)	拔节—抽穗 (4-22～5-10)	抽穗—灌浆 (5-11～5-28)	灌浆—成熟 (5-28～6-23)	
2007	CK	46.12	108.67	53.69	44.35	40.19	44.03	337.05
	S1	38.31	99.37	45.63	40.26	33.68	39.32	296.57
	S2	33.59	90.26	40.16	35.62	31.24	36.31	267.18
	S3	29.65	85.69	36.73	32.16	28.97	34.15	247.35

续表

年份	处理	生长阶段（月-日）						全生育期
		播种—出苗（9-16～10-22）	出苗—返青（10-23～4-2）	返青—拔节（4-3～4-21）	拔节—抽穗（4-22～5-10）	抽穗—灌浆（5-11～5-28）	灌浆—成熟（5-28～6-23）	
2008	CK	51.24	95.15	49.15	41.10	38.15	49.56	324.35
	S1	43.29	86.05	39.85	36.17	33.26	42.14	280.76
	S2	36.75	78.37	32.81	33.46	32.51	37.52	251.42
	S3	33.69	74.99	29.12	29.36	30.66	34.19	232.01

（2）不同秸秆覆盖量对小麦产量和水分利用效率的影响

由表 3-58 可以看出，随着覆盖量的增加，土壤贮水量逐渐减少。2007 年冬小麦 4 种处理从 CK 到 S3，贮水量由 179.65mm 逐渐减少到 89.95mm，2008 年冬小麦从 CK 到 S3 贮水量由 177.45mm 逐渐减少到 85.11mm。两年平均贮水量由 178.55mm 逐渐减少到 87.53mm。对各个处理收获后 0～200cm 土层土壤贮水量进行测定，两年的结果表现出一致的规律，0～200cm 土层贮水量 S3＞S2＞S1＞CK。2007 年冬小麦处理 S1、S2 和 S3 的收获后土壤贮水量比 CK 分别增加 13.8%、23.8%、29.2%，2008 年冬小麦处理 S1、S2 和 S3 的收获后土壤贮水量比 CK 分别增加 12.3%、15.6%、23.0%。由此可见，进行覆盖可以防止土壤水分的过多蒸发，使作物根部的土壤水分保持了相对稳定。2007 年冬小麦产量 S1＞S2＞S3＞CK，仅处理 S1 较 CK 增产达到 12.9%，达到极显著水平（$P<0.01$）；2008 年冬小麦产量 S1＞S2＞S3＞CK，S1、S2 和 S3 较 CK 分别增产 20.5%、11.2%、4.8%，3 个处理较 CK 均达到极显著水平（$P<0.01$）。随着覆盖量的增加，小麦的水分利用效率也逐渐提高，2007 年从 CK 到 S3 水分利用效率由 8.51kg/（hm^2 · mm）增加到 11.71kg/（hm^2 · mm），2008 年从 CK 到 S3 水分利用效率由 8.76kg/（hm^2 · mm）增加到 12.89kg/（hm^2 · mm），相对于 CK，处理 S3 的水分利用效率提高幅度最大，两年分别提高了 37.6 %和 47.1%。秸秆覆盖保墒机理就是用人工的方法在土壤表面设置一道物理隔离层，阻隔土壤与大气层间的水分和能量交换，其原理就在于有效地减少作物棵间的无效蒸发，减少作物生长过程的前期耗水，改变棵间蒸发耗水与叶面蒸腾耗水的比例关系，增加作物的叶面蒸腾量，变无效耗水为有效耗水，从而达到增产的目的。

表 3-58 不同秸秆覆盖量处理下小麦产量和水分利用效率

年份	处理	降雨量/mm	贮水量/mm	耗水量/mm	收获后储水量/mm	产量/（kg/hm^2）	水分利用效率/[kg/（mm · hm^2）]
2007	CK	157.4	179.65	337.05	192.17	2868.63cB	8.51D
	S1	157.4	139.17	296.57	218.72	3239.49aA	10.92C
	S2	157.4	109.78	267.18	237.99	2958.43bB	11.07B
	S3	157.4	89.95	247.35	248.23	2896.36cB	11.71A

续表

年份	处理	降雨量/mm	贮水量/mm	耗水量/mm	收获后储水量/mm	产量/(kg/hm²)	水分利用效率/[kg/(mm·hm²)]
2008	CK	146.9	177.45	324.35	186.49	2840.01dD	8.76D
	S1	146.9	133.86	280.76	209.36	3423.35aA	12.19C
	S2	146.9	104.52	251.42	215.57	3156.75bB	12.56B
	S3	146.9	85.11	232.01	229.29	2976.68cC	12.89A

注：同一列大小写字母不同分别表示差异达极显著（$P<0.01$）和显著（$P<0.05$）水平，下同。

（3）主要生育期 0～200cm 土壤质量含水量变化

在小麦地进行覆盖以后，相当于用人工的方法在土壤表面设置一道物理隔离层，阻隔土壤与大气层间的水分和能量交换，减少了无效水分蒸发，减少径流，保证作物生育期内的水分需要。主要生育期 0～200cm 土壤质量含水量变化规律见图 3-28～图 3-31。测定结果可以看出在各处理下不同时间、不同土层土壤质量含水量存在差异。0～60cm 是耕作层，其土壤含水量直接影响植物的生长，各处理 0～60cm 土层土壤质量含水量整个生育期变幅为 4%～18%，数值中高覆盖量和中覆盖量覆盖处理的土壤质量含水量较高，且差异不大。2007 年冬小麦苗期 0～60cm 土层含水量由高到低次序是 S2＞CK＞S3＞S1，2008 年冬小麦苗期 0～60cm 土层含水量 S2＞S1＞S3＞CK，0～60cm 土层含水量相对较高，各处理之间的含水量差异不大。

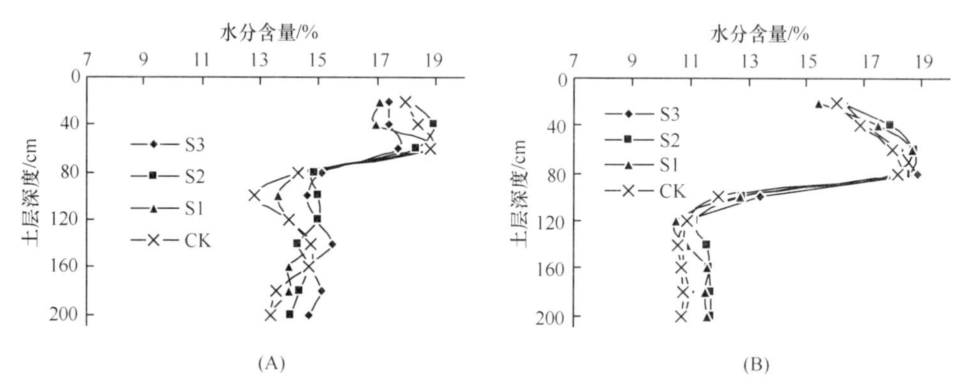

图 3-28　不同秸秆覆盖量条件下小麦苗期 0～200cm 土壤质量含水量

（A）2007 年；（B）2008 年

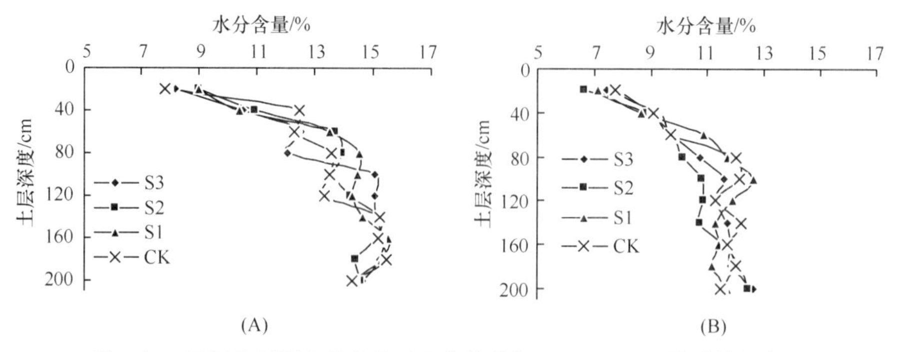

图 3-29　不同秸秆覆盖量条件下小麦拔节期 0～200cm 土壤质量含水量

（A）2007 年；（B）2008 年

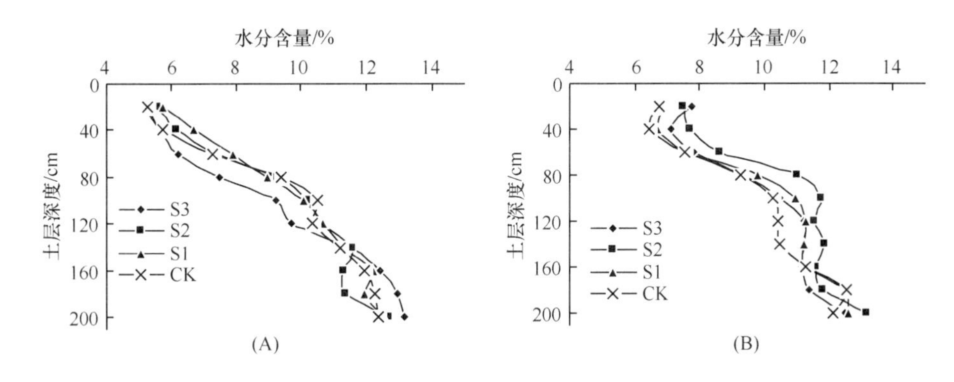

图 3-30　不同秸秆覆盖量条件下小麦灌浆期 0～200cm 土壤质量含水量
（A）2007 年；（B）2008 年

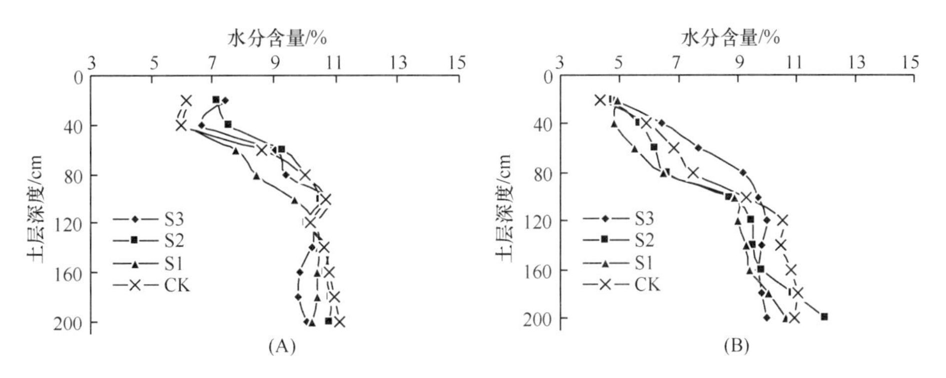

图 3-31　不同秸秆覆盖量条件下小麦成熟期 0～200cm 土壤质量含水量
（A）2007 年；（B）2008 年

从苗期到拔节期经过的时间较长且降雨很少，土壤水分消耗较多。到拔节期，土壤 0～60cm 土层含水量明显降低。2007 年冬小麦拔节期土壤 0～60cm 处理 S3、S2、S1 和 CK 的平均含水量分别为 10.42%、11.23%、10.96%和 10.86%，处理 S3 含水量略低于 CK，处理 S2、S1 的含水量分别比 CK 高出 0.37%、0.1%。2008 年冬小麦拔节期土壤 0～60cm 处理 S3、S2、S1 和 CK 的平均含水量分别为 8.79%、8.4%、8.87%、8.84%，处理 S1 的含水量略高于 CK，处理 S2、S3 的含水量均低于 CK。

在生长后期，0～60cm 土层土壤质量含水量以 S2 和 CK 处理较高。2009 年春天比 2008 年春天旱情更为严重，所以在灌浆期以后，0～60cm 土层含水量 2008 年明显低于 2007 年。2007 年冬小麦收获期 0～60cm 土层含水量 S2>S3>S1>CK，S3、S2、CK 和 S1 的 0～60cm 土层的平均含水量为 7.72%、8.01%、6.71%、6.91%，处理 S2、S3 的含水量较 CK 分别高 1.1%、0.81%。2008 年冬小麦收获期 0～60cm 土层含水量 S3>CK>S2>S1，S3、S2、S1 和 CK 的 0～60cm 土层的平均含水量分别为 6.29%、5.51%、5.1%、5.69%，处理 S3 的含水量较 CK 高 0.6%。在两年的收获期，取得最高产量的处理 S1 的 0～60cm 土壤含水量均变化不大，主要是因为在生长后期，处理 S1 的小麦长势较好，耗水强度大，消耗水分较多的缘故。60～100cm 土层土壤含水量基本是随着秸秆覆盖量的提高而升高；100～200cm 土层土壤含水量各处理之间并无明显规律。

6. 不同秸秆覆盖量对小麦穗部性状及产量构成的影响

两年的试验结果表明（表 3-59），不同秸秆覆盖量处理下的小麦穗长较 CK 均有明显提高。2007 年冬小麦 3 种处理 S1、S2 和 S3 的穗长较 CK 分别提高了 31.4%、21.6%、9.8%，2008 年冬小麦 3 种处理 S1、S2 和 S3 的穗长较 CK 分别提高了 25.9%、8.6%、12.1%，两年各处理穗长较对照均达到极显著水平（$P<0.01$）。不同处理下的每穗小穗数仅处理 S1 较 CK 增幅较大，2007 年和 2008 年处理 S1 的每穗小穗数较 CK 分别增加了 5.5%、7.8%（$P<0.01$），处理 S2、S3 的每穗小穗数较 CK 也略有增加，但没有达到显著水平。

表 3-59 不同秸秆覆盖量处理下的小麦穗部性状及产量构成

年份	处理	穗长/cm	每穗小穗数	成穗数/(10^4/hm^2)	穗粒数/(个/穗)	千粒重/g
2007	CK	5.1dD	12.8bB	361.17cC	26.95dD	29.91aA
	S1	6.7aA	13.5aA	370.39aA	33.75aA	27.62dB
	S2	6.2bB	13.1bB	363.41bB	30.71bB	28.15cB
	S3	5.6cC	13.0bB	352.86dD	27.81cC	29.62bA
2008	CK	5.8dD	12.9cB	346.29cC	27.29dD	29.81aA
	S1	7.3aA	13.9aA	353.65aA	35.47aA	28.39cC
	S2	6.3cC	13.1bcB	351.72bB	31.33bB	29.65bB
	S3	6.5bB	13.3bB	341.63dD	29.47cC	29.85aA

不同秸秆覆盖量对小麦产量构成因素的影响表明，对小麦田进行覆盖以后，可以明显提高小麦的成穗数和穗粒数，但覆盖量过大（S3），也会造成成穗数的减少。2007 年冬小麦 3 种处理 S1、S2 和 S3 的成穗数较 CK 分别提高了 2.6%、0.6%和－2.3%，2008 年冬小麦 3 种处理 S1、S2 和 S3 的成穗数较 CK 分别提高了 2.1%、1.6%和－1.3%，由此可以看出，覆盖量过大会造成冬季土壤温度过低，冻死的苗数较多，最终影响了小麦的成穗数；2007 年冬小麦 3 种处理 S1、S2 和 S3 的穗粒数较 CK 分别提高了 25.2%、14.0%、3.2%，2008 年冬小麦 3 种处理 S1、S2 和 S3 的穗粒数较 CK 分别提高了 30.0%、14.8%和 8.0%。随着成穗数和穗粒数的增加，在灌浆期会造成穗粒数较多的麦穗籽粒灌浆不足，最终生成的籽粒较小，千粒重下降。两年中产量表现最好的处理 S1 的千粒重最小，仅为 27.62g 和 28.39g，除 2008 年处理 S3 的千粒重略高于对照，其他处理的千粒重均低于对照。

7. 不同秸秆覆盖量对小麦田土壤温度的影响

土壤温度与作物根系功能和光合作用等生长发育指标有着规律性的对应关系，温度过高或过低都不利于作物生长发育。这里以 2007 年冬小麦抽穗期从 8：00～20：00 每隔 2h 的温度日变化为例，分析不同秸秆覆盖量条件下温度的日变化情况。由表 3-60 可以看出，各个处理下 5cm、10cm、15cm 土层日变化均呈现先上升后下降的变化趋势，其中 5cm 土层日变化最为明显，且随着土层的加深影响效应逐渐减弱；20cm 和 25cm 呈缓慢上升趋势。不同土层增温峰值依次滞后，5cm 处地温峰值出现在 14：00，随着土层深度的增加，最高地温出现滞后现象。

表 3-60　小麦灌浆期土壤温度日变化　　（单位：℃）

土层深度	处理	时刻						
		8：00	10：00	12：00	14：00	16：00	18：00	20：00
5cm	CK	21.7	29.5	35.6	40.3	36.7	31.9	27.1
	S1	21.2	27.2	31.9	35.6	32.2	28.9	25.5
	S2	21.3	26.2	30.2	33.9	30.8	27.8	25.1
	S3	21.5	25.2	29.5	32.1	29.6	26.6	24.9
10cm	CK	20.6	24.7	30.5	33.4	34.9	32.5	28.3
	S1	20.3	23.1	27.8	30.8	33.1	30.2	26.8
	S2	19.6	22.3	27.1	29.3	31.5	29.1	26.3
	S3	18.9	21	26.2	27.8	30.2	27.9	25.1
15cm	CK	18.3	20.9	24.1	27.2	29.4	29.8	28.5
	S1	18.5	20.2	23.4	26.2	28	28.2	27.1
	S2	18.6	19.9	22.3	24.6	27	27.3	26.5
	S3	18.2	19.6	21.6	23.7	26.2	26.6	25.9
20cm	CK	18.3	19.7	21.6	23.5	25.3	26.4	26.7
	S1	18.1	19.4	21.2	22.6	25	25.4	25.8
	S2	18	19.3	20.9	22.1	24.5	25.1	25.4
	S3	18.1	19.2	20.3	21.5	24.1	24.6	24.9
25cm	CK	18.4	18.6	19.3	20.4	21.5	22.9	23.1
	S1	18.2	18.5	18.9	19.7	20.8	22.3	22.5
	S2	18.1	18.3	18.5	19.2	20.6	21.9	22.1
	S3	18.2	18.3	18.4	19	20.1	21.6	21.8

可以看出，进行秸秆覆盖以后，相当于人工在地表设置了一道物理隔离层，对太阳辐射起到有效的拦截和吸收作用，阻碍了土壤与大气之间的水热交换，所以进行覆盖处理的小区升温和降温的速度均比较缓慢。且随着覆盖量的增加，升温和降温的幅度逐渐变小。各处理 5cm 处温度在 8：00～14：00 处于升温阶段，14：00 之后太阳辐射开始减弱，温度逐渐下降。5cm 处 CK、S1、S2 和 S3 在 8：00～14：00 温度分别上升了 18.6℃、14.4℃、12.6℃和 10.6℃，在 14：00～20：00 温度分别下降了 13.2℃、10.1℃、8.8℃、7.2℃；各处理 10cm 处温度在 8：00～16：00 处于升温阶段，CK、

S1、S2 和 S3 的地温分别升高了 14.3℃、12.8℃、11.9℃和 11.3℃，16：00～20：00 地温分别降低了 6.6℃、6.3℃、5.2℃和 5.1℃；15cm 处各处理温度在 8：00～18：00 处于升温阶段，CK、S1、S2 和 S3 的地温分别升高了 11.5℃、9.7℃、8.7℃和 8.4℃，16：00～20：00 地温分别降低了 1.3℃、1.1℃、0.8℃和 0.7℃；各处理 20cm 处温度日变化呈现出缓慢上升趋势，CK、S1、S2 和 S3 的地温分别升高了 8.4℃、7.7℃、7.4℃和 6.8℃；各处理 25cm 处温度日变化也表现出缓慢上升趋势，CK、S1、S2 和 S3 的地温分别升高了 4.7℃、4.3℃、4℃和 3.6℃。

8. 不同秸秆覆盖量对土壤容重和土壤孔隙度的影响

土壤容重和田间持水量是土壤的两项重要物理性质，适度的土壤容重和田间持水量是作物正常生长的保证。2008 年收获后 0～20cm 耕层土壤容重处理 S3、S2 和 S1 较 CK 分别降低了 3.9%、-0.8%和 3.9%；20～40cm 耕层土壤容重 S3、S2 和 S1 较 CK 分别降低了 0.8%、2.4%和-0.8%；40～60cm 耕层土壤容重 S3、S2 较 CK 分别降低了 0.8%和 3.1%。0～20cm 耕层土壤孔隙度 S3、S2 和 S1 较 CK 分别提高了 3.5%、-0.2%和 3.1%，20cm 以下土层的土壤孔隙度基本无变化（表 3-61）。

表 3-61　2008 年收获后土壤容重和田间持水量

土层深度/cm	处理方式	饱和含水量/%	田间持水量/%	土壤容重/(g/cm³)	土壤孔隙度/%
0～20	CK	35.90	35.23	1.27	51.94
	S1	39.08	38.2	1.22	53.58
	S2	37.22	36.04	1.28	51.83
	S3	38.38	37.44	1.22	53.75
20～40	CK	36.97	36.12	1.27	53.43
	S1	37.15	36.18	1.28	51.51
	S2	38.19	37.10	1.24	53.14
	S3	37.90	36.78	1.26	52.28
40～60	CK	35.95	34.77	1.28	53.01
	S1	34.7	33.99	1.28	51.83
	S2	40.81	40	1.24	53.02
	S3	38.77	37.1	1.27	52.12

2009 年收获后测定的土壤容重较 2008 年略大一些。2009 年收获后 0～20cm 耕层土壤容重 S3、S2 和 S1 较 CK 分别降低了 0.7%、-0.7%和 5.2%；20～40cm 耕层土壤容重 S3、S2 和 S1 较 CK 分别降低了 0%、0.7%和 2.9%；40～60cm 耕层土壤容重 S3、S2 和 S1 较 CK 分别降低了-2.9%、0.7%和 2.9%。覆盖后还增加了土壤总孔隙度和田间持水量，0～20cm 耕层土壤孔隙度 S3、S2 和 S1 较 CK 分别提高了 3.5%、-0.2%和 3.2%。可以看出，在各个土层，S3 处理对降低土壤容重的作用比较明显。S2、S1 处理的作用不是很明显，有些土层的土壤容重还略有增加。各个土层和处理之

间的土壤孔隙度之间的变化不大，大多数都在49%～50%波动（表3-62）。覆盖后由于土壤腐殖质促进了土壤团粒结构的形成，相应降低了土壤容重。

表3-62　2009年收获后土壤容重和田间持水量

土层深度/cm	处理方式	饱和含水量/%	田间持水量/%	土壤容重/(g/cm^3)	土壤孔隙度/%
0～20	CK	37.46	35.07	1.34	49.88
	S1	35.47	31.24	1.33	50.17
	S2	36.58	34.06	1.35	49.54
	S3	39.60	36.93	1.27	51.91
20～40	CK	31.42	33.62	1.36	49.07
	S1	38.19	31.46	1.36	49.07
	S2	31.56	32.35	1.35	48.66
	S3	32.03	32.80	1.32	48.02
40～60	CK	34.64	31.89	1.35	49.49
	S1	32.98	30.27	1.39	49.28
	S2	34.72	32.11	1.34	49.79
	S3	37.46	34.89	1.30	50.90

9. 不同秸秆覆盖量对土壤肥力的影响

（1）不同秸秆覆盖量对土壤有机质和全效养分的影响

土壤腐殖质是土壤有机质的核心，也是土壤肥力的重要物质基础，随着小麦的生长，秸秆逐渐腐烂、分解，产生了大量的腐殖质，提高了有机质的含量。进行覆盖以后，土壤微生物明显增加，土壤微生物的生物固氮作用使秸秆中的木质素在缓慢的降解过程中产生植物生长激素，相当于有机生态肥料，不仅提高了土壤有机质，还改善了土壤环境，提高了土壤肥力。从表3-63可以看出，2008年收获后不同处理0～20cm土壤有机质以S2显著高于S1和S3，略高于CK，同时，S3和CK又显著高于S1，各个处理的有机质含量大小顺序为S2>CK>S3>S1；2009年收获后不同处理0～20cm土壤有机质以S2显著高于S3和CK，略高于S1，各个处理的有机质含量大小顺序为S2>S1>S3>CK。处理S1、S2、S3较CK分别提高了7.8%、8.7%、2.9%。2008年收获后20～40cm结果为仅S2显著高于其他处理，而其他3个处理之间差异不明显，2009年收获后20～40cm结果为仅S1显著高于其他处理，而其他3个处理之间有机质含量的大小顺序为S2>S3>CK。土壤有机质是土壤重要的组成部分，是农业生态系统中极其重要的生态因子，其含量显著影响着农业生态系统的生产力，进行秸秆覆盖以后可以显著提高土壤有机质的含量，对于农业生产力的提高具有重要意义。

表 3-63 不同秸秆覆盖量对土壤全效养分的影响 (单位：g/kg)

土层深度（年份）	处理	有机质	全氮	全钾	全磷
播前	基础样	7.3	0.56	6.5	0.69
0～20cm（2008）	CK	8.82	0.55	7.35	0.74
	S1	7.71	0.50	7.07	0.75
	S2	9.09	0.57	6.80	0.76
	S3	8.16	0.57	6.32	0.80
0～20cm（2009）	CK	10.3	0.65	7.36	0.68
	S1	11.1	0.73	8.25	0.74
	S2	11.2	0.71	7.49	0.73
	S3	10.6	0.66	7.36	0.69
20～40cm（2008）	基础样	8.9	0.59	6.21	0.67
	CK	6.96	0.45	6.39	0.72
	S1	7.86	0.53	6.87	0.69
	S2	10.29	0.65	6.61	0.75
	S3	7.14	0.55	6.69	0.82
20～40cm（2009）	CK	10.5	0.52	7.41	0.67
	S1	11.3	0.58	8.26	0.74
	S2	10.9	0.65	7.63	0.71
	S3	10.6	0.58	7.59	0.68

2008 年收获后 0～20cm 不同处理全氮的变化为 S2 和 S3 的含量相同，都高于 S1 和 CK；2009 年收获后 0～20cm 不同处理全氮的变化为 S1＞S2＞S3＞CK，S1、S2、S3 较 CK 分别提高了 12.3%、9.2%、1.5%。2008 年收获后 20～40cm 结果为仅 S2 显著高于其他两个处理和 CK，S1、S2、S3 较 CK 分别提高了 17.8%、44.4%、22.2%；2009 年收获后 20～40cm 结果为仅 S2 显著高于其他处理，而其他 3 个处理之间差异不大。

0～20cm 不同处理全钾的变化为各个处理的全钾含量缓慢增加，增加的速度很慢。2008 年收获后各处理之间没有明显差异；2009 年收获后仅 S2 处理明显高于其他处理外，其他处理之间没有明显差异。

全磷的含量各处理均高于 CK，2009 年收获后 0～20cm 土壤全磷含量为 S1＞S2＞S3＞CK，S1、S2、S3 较 CK 分别提高了 8.8%、7.4%、1.5%；20～40cm 结果是S1＞S2＞S3＞CK，S3 与 CK 之间含量非常相似，S1、S2、S3 较 CK 分别提高了 10.4%、6.0%、1.5%。部分无覆盖的土壤养分含量还略有下降。连续多年秸秆覆盖可以提高土壤养分含量，其主要原因在于两个方面：一方面是因为秸秆本身含有丰富的有机质和营养因素，腐烂分解后归还给土壤，从而增加养分含量；另一方面，秸秆覆盖后减少了地面径流，从而减少了土壤养分的流失。

（2）不同秸秆覆盖量对土壤速效养分的影响

由表 3-64 可以看出，进行秸秆覆盖以后，对土壤养分中的碱解氮、速效钾含量影响比较大，且随着覆盖量增加而增大。2009 年收获后，0～20cm 土壤碱解氮含量为 S2＞S3＞S1＞CK，处理 S1、S2、S3 较 CK 分别提高了 0.24％、8.66％、3.62％，20～40cm 土壤碱解氮含量为 S3＞S2＞S1＞CK；0～20cm 土壤速效钾含量 S2＞S3＞S1＞CK，处理 S1、S2、S3 的速效钾含量较 CK 分别提高了 3.50％、6.22％、4.78％，20～40cm 土壤速效钾含量为 S3＞S1＞S2＞CK。20～40cm 土层养分增加非常缓慢，增加的幅度很小。

表 3-64　不同秸秆覆盖量对土壤速效养分的影响　　（单位：mg/kg）

土层深度（年份）	处理	碱解氮	速效钾	速效磷
播前	基础样	51.1	110.91	11.78
0～20cm（2008）	CK	51.55	101.26	12.83
	S1	55.21	136.70	14.89
	S2	52.19	121.63	11.96
	S3	51.36	124.06	11.71
0～20cm（2009）	CK	75.39	114.26	9.74
	S1	75.57	118.26	10.17
	S2	81.92	121.37	9.92
	S3	78.12	119.72	10.42
20～40cm（2008）	基础样	48.3	107.01	13.18
	CK	52.11	128.84	10.55
	S1	52.18	104.70	9.06
	S2	53.59	125.18	7.88
	S3	54.28	104.49	11.11
20～40cm（2009）	CK	79.62	116.49	8.92
	S1	79.87	121.96	9.81
	S2	81.37	121.29	10.28
	S3	84.42	122.85	9.51

覆盖以后对速效磷的影响相对较小，至 2009 年收获以后，速效磷的含量有所降低，这说明进行覆盖以后，增加了土壤表层中磷的有效性，使磷素更容易被植物吸收，随着植物移走。土壤腐殖质是土壤有机质的核心，也是土壤肥力的重要物质基础。随着小麦的生长，秸秆逐渐腐烂、分解，产生了大量的腐殖质，提高了有机质的含量。进行覆盖以后，土壤微生物明显增加，土壤微生物的固氮作用使秸秆中的木质素在缓慢的降解过程中产生植物生长激素，相当于有机生态肥料，不仅提高了土壤有机质，而且改善了土壤环境，提高了土壤肥力。土壤有机质是土壤重要的组成部分，是农业生态系统中极其重要的生态因子，其含量显著影响着农业生态系统的生产力，进行秸秆覆盖以后可以显

著提高土壤有机质的含量，对于农业生产力的提高具有重要意义。

10. 不同秸秆覆盖量对土壤酶活性的影响

（1）不同秸秆覆盖量对土壤脲酶活性的影响

在小麦播种前和每年收获后测定土壤酶活性。从表 3-65 中可以看出，进行覆盖处理后 0～40cm 土层脲酶活性差异显著。在 0～20cm 土层，处理 S3 和 S2 对脲酶的影响作用较大，2009 年收获后测定的脲酶 S3 和 S2 显著高于 S1 和 CK，S1 和 CK 之间差异没有达到极显著。2008 年收获后处理 S1、S2、S3 的 0～20cm 土层脲酶活性比 CK 分别增加 19.0%、19.1%、16.0%；2009 年收获后处理 S1、S2、S3 的 0～20cm 土层脲酶活性比 CK 分别增加 4.8%、18.4%、18.1%。20～40cm 土层 2008 年收获后各个处理脲酶活性的大小顺序为 S3＞S2＞S1＞CK；2009 年收获后各个处理脲酶活性的大小顺序为 S3＞S2＞S1＞CK，20～40cm 土层脲酶活性两年表现出一致的规律。

表 3-65　不同秸秆覆盖量土壤脲酶活性的影响

［单位：NH_3-N μg/(g・24h・37℃)）］

年份	处理	层次	
		0～20cm	20～40cm
2008	CK	519.97cB	591.78dB
	S1	618.70aA	611.80cB
	S2	619.25aA	672.48bA
	S3	603.17bA	694.39aA
2009	CK	587.83cB	590.67cB
	S1	615.79bB	688.35bA
	S2	696.03aA	696.34aA
	S3	693.96aA	697.41aA

（2）不同秸秆覆盖量对土壤过氧化氢酶活性的影响

过氧化氢酶可促进土壤中多种化合物的氧化，防止过氧化氢积累对生物体造成毒害。由表 3-66 可以看出：不同秸秆覆盖量下各层次过氧化氢酶活性差异不大，只有个别处理与 CK 之间达到显著差异。0～20cm 土层 2008 年收获后过氧化氢酶活性变化趋势为 S3＞S1＞S2＞CK，0～20cm 土层处理 S1、S2、S3 的过氧化氢酶活性比 CK 分别增加 4.2%、0.8%、7.0%（$P<0.05$），处理 S3 和 S1 较 CK 达到 5%显著水平；2009 年收获后 0～20cm 土层过氧化氢酶活性变化趋势为 CK＞S1＞S2＞S3，各个处理的酶活性较 CK 有所降低。20～40cm 土层 2008 年收获后过氧化氢酶活性变化趋势为 S3＞CK＞S2＞S1；2009 年收获后过氧化氢酶活性变化趋势为 S2＞S3＞S1＞CK，处理 S1、S2、S3 的 20～40cm 土层的过氧化氢酶活性比 CK 分别增加 0.6%、1.8%、0.9%，仅处理 S2 和 CK 之间差异达到显著水平（0.05）。

表 3-66　不同秸秆覆盖量对土壤过氧化氢酶活性的影响

［单位:(0.1 mol/L $KMnO_4$ ml)/(g·20min·37℃)］

年份	处理	层次	
		0～20cm	20～40cm
2008	CK	3.55cA	3.69bcA
	S1	3.70bA	3.54dB
	S2	3.58cA	3.64cA
	S3	3.80aA	3.75aA
2009	CK	3.43aA	3.29cA
	S1	3.38bA	3.31bcA
	S2	3.33bcA	3.35aA
	S3	3.23cB	3.32bA

（3）不同秸秆覆盖量对土壤蔗糖酶活性的影响

蔗糖酶又名转化酶，其活性能够反映土壤呼吸强度，蔗糖酶对增加土壤中易溶性营养物质起着重要作用，是土壤中参与碳循环的一种重要酶。由表 3-67 可以看出：不同秸秆覆盖量下各层次蔗糖酶活性变化趋势不同。0～20cm 土层 2008 年收获后蔗糖酶活性变化趋势为：S3>S1>S2>CK，处理 S2 和 S3 较 CK 提高了 8%和 9.1%，达到 5%显著水平；但 S1 和 CK 之间的差异不显著；2009 年收获后蔗糖酶活性变化趋势为 S1>S3>S2>CK，处理 S1、S2、S3 的 0～20cm 土层的蔗糖酶活性比对照分别增加 16.6%、7.7%、14%（$P<0.05$），3 个处理较 CK 均达到显著水平。20～40cm 土层 2008 年收获后蔗糖酶活性变化趋势为 S2>S3>S1>CK，3 个处理与 CK 的蔗糖酶活性的差异达到 5%显著水平，但是 3 个处理之间的差异不大；2009 年收获后过氧化氢酶活性变化趋势为 S1>S3>S2>CK。各个处理和对照之间没有显著差异（$P>0.05$）。

表 3-67　不同秸秆覆盖量对土壤蔗糖酶活性的影响　［单位:葡萄糖 mg/(g·24h·37℃)］

年份	处理	层次	
		0～20cm	20～40cm
2008	CK	12.15a	12.56b
	S1	13.12a	13.27a
	S2	13.25a	13.62a
	S3	13.26a	13.57a
2009	CK	14.28c	12.23a
	S1	16.65a	13.35a
	S2	15.38b	13.23a
	S3	16.28a	13.26a

（4）不同秸秆覆盖量对土壤碱性磷酸酶活性的影响

碱性磷酸酶活性能够表示有机磷转化状况，其酶促作用产物——有效磷是植物磷素营养源之一。由表3-68可以看出，不同秸秆覆盖量下各层次碱性磷酸酶活性变化趋势不同。0～20cm土层2008年收获后碱性磷酸酶活性变化趋势为S3＞CK＞S1＞S2，S3较CK活性提高了4.8%，未达到显著水平（$P>0.05$）；2009年收获后碱性磷酸酶活性变化趋势为S2＞S3＞S1＞CK，S2和S3较CK分别提高了13.2%和9.4%，差异达到显著水平（$P<0.05$）。20～40cm土层2008年收获后碱性磷酸酶活性变化趋势为S2＞CK＞S1＞S3，仅S2和CK的碱性磷酸酶活性的差异达到显著水平；2009年收获后碱性磷酸酶活性变化趋势为S3＞S2＞CK＞S1，S2和S3较CK分别提高了9.8%和19.6%，差异达到显著水平（$P<0.05$）。

表3-68　不同秸秆覆盖量对土壤碱性磷酸酶活性的影响　[单位：酚mg/(g·24h·37℃)]

年份	处理	层次	
		0～20cm	20～40cm
2008	CK	0.42a	0.41b
	S1	0.39b	0.40b
	S2	0.38b	0.54a
	S3	0.44a	0.38c
2009	CK	0.53b	0.51c
	S1	0.55b	0.47c
	S2	0.60a	0.56b
	S3	0.58a	0.61a

11. 不同秸秆覆盖量对土壤团聚体的影响

（1）土壤团聚体干筛法测定值

2008年团聚体干筛法数据中大于5mm的颗粒20cm以下土层明显高于表层土壤，5～2mm的颗粒每个处理均略高于对照，且以高覆盖处理的比例最高。S3处理的小于0.25mm的团聚体高于其他处理，1～0.5mm的团聚体颗粒在表层20cm的含量略高于下层，大于5mm的团聚体颗粒中S3处理要低于另外3个处理，大于5mm团聚体呈现增加趋势，且以S1处理的含量最高（表3-69）。

表3-69　2008年土壤团聚体干筛法数据　（%）

处理	深度	＞5mm	5～2mm	2～1mm	1～0.5mm	0.5～0.25mm	＜0.25mm
CK	0～10cm	29.25	9.98	5.66	7.84	4.41	47.27
	10～20cm	40.89	7.68	4.39	5.95	3.36	41.09
	20～30cm	36.10	10.47	5.93	7.05	3.71	40.45
	30～40cm	20.55	12.57	6.68	8.63	4.40	51.57

续表

处理	深度	>5mm	5～2mm	2～1mm	1～0.5mm	0.5～0.25mm	<0.25mm
S1	0～10cm	22.78	9.84	7.09	9.11	4.35	51.18
	10～20cm	23.84	10.64	5.79	6.86	3.55	52.87
	20～30cm	41.62	10.34	5.62	7.94	4.07	34.48
	30～40cm	42.82	14.63	4.18	4.40	2.38	33.97
S2	0～10cm	22.35	12.88	7.49	6.05	5.30	51.23
	10～20cm	32.51	11.05	6.51	7.18	3.60	42.75
	20～30cm	36.72	12.43	8.52	4.60	2.16	37.73
	30～40cm	32.45	16.86	7.83	7.49	3.65	35.37
S3	0～10cm	18.64	12.47	6.92	8.07	4.53	53.90
	10～20cm	19.57	10.74	6.72	8.07	3.95	54.90
	20～30cm	46.99	11.51	4.80	4.18	2.66	32.52
	30～40cm	44.04	11.41	4.79	5.18	3.88	34.58

表 3-70 为 2009 年收获后不同处理对不同土层机械稳定性团聚体组成的影响情况。各处理 4 个层次土壤经过干筛后，大于 5mm 的土壤团聚体含量覆盖处理的均大于对照，其中 S1 处理大于 0.25mm 的土壤团聚体含量最大，表明各处理风干团聚体均以大团聚体为主，在 5～2mm 的团聚体构成中各个处理的差距不大，表现出的规律性不强。各个处理中覆盖少量秸秆后土壤团聚性较其他处理有所改善，但各粒级含量在 4 个土层中表现出的规律性不强，在 0～10cm 和 10～20cm 土层中粒径为 5～2mm 和 2～1mm 的团聚体含量随覆盖量的降低而降低，在 30～40cm 土层中 0.5～0.25mm 粒径的团聚体有随着覆盖量的增加而增加的趋势。小于 0.25mm 粒径的团聚体有随着覆盖量的增加而减少的趋势。

表 3-70　2009 年土壤团聚体干筛法数据　　　（%）

处理	土层深度	>5mm	5～2mm	2～1mm	1～0.5mm	0.5～0.25mm	<0.25mm
CK	0～10cm	19.71	11.26	6.57	13.49	11.05	37.92
	10～20cm	22.86	11.07	7.15	12.45	9.82	36.65
	20～30cm	21.84	12.40	7.37	12.11	9.14	37.14
	30～40cm	19.81	13.06	7.05	10.81	7.77	41.5
S1	0～10cm	28.16	10.01	7.26	11.96	8.87	33.74
	10～20cm	26.98	9.96	7.31	11.67	9.81	34.27
	20～30cm	24.32	11.17	6.70	12.48	9.57	35.76
	30～40cm	28.99	12.30	6.54	10.86	8.98	32.33

续表

处理	土层深度	>5mm	5～2mm	2～1mm	1～0.5mm	0.5～0.25mm	<0.25mm
S2	0～10cm	28.13	8.68	7.57	11.29	8.75	35.58
	10～20cm	22.61	10.45	6.32	12.97	10.81	36.84
	20～30cm	26.12	12.46	6.49	10.52	7.74	36.67
	30～40cm	27.56	9.63	8.85	9.07	9.64	35.25
S3	0～10cm	23.99	11.38	6.59	13.09	33.97	33.32
	10～20cm	29.99	8.83	6.25	10.95	10.01	33.97
	20～30cm	30.28	11.19	6.78	11.73	10.04	29.98
	30～40cm	28.61	10.31	6.87	13.74	13.13	27.34

（2）土壤团聚体湿筛法测定值

从表3-71可以看出，湿筛法团聚体以0.5～0.25mm为主，且覆盖处理的0.5～0.25mm的团聚体要多于对照。0～10cm土层大于0.25mm的团聚体数量S3>S1>CK>S2；10～20cm土层大于0.25mm的团聚体数量S2>S3>CK>S1；20～30cm土层大于0.25mm的团聚体数量S3>S1>S2>CK；30～40cm土层大于0.25mm的团聚体数量S3>S2>S1>CK，这与20～30cm土层的团聚体变化不一致。

2009年收获以后的湿筛法团聚体以大于0.25mm为主，覆盖后各粒径团聚体含量较对照均减少。在0～10cm土层，大于0.25mm的团聚体含量由大到小为CK>S1>S3>S2；在10～20cm土层，大于0.25mm的团聚体含量由大到小为S3>S1>CK>S2；在20～30cm土层，大于0.25mm的团聚体含量由大到小为S3>S2>CK>S1；在30～40cm土层，大于0.25mm的团聚体含量由大到小为S3>CK>S2>S1（表3-72）。

表3-71　2008年土壤团聚体湿筛法数据　　（%）

处理	土层深度	1～0.5mm	0.5～0.25mm	<0.25mm
CK	0～10cm	1.20	2.69	96.11
	10～20cm	1.04	1.91	97.05
	20～30cm	1.38	3.59	95.03
	30～40cm	1.14	2.72	96.14
S1	0～10cm	1.26	2.85	95.89
	10～20cm	0.70	1.95	97.35
	20～30cm	0.57	1.32	98.11
	30～40cm	0.90	2.93	96.17
S2	0～10cm	1.01	2.85	96.14
	10～20cm	2.61	3.76	93.63
	20～30cm	2.80	3.13	94.07
	30～40cm	5.01	5.73	89.26

续表

处理	土层深度	1～0.5mm	0.5～0.25mm	<0.25mm
S3	0～10cm	1.69	4.10	94.21
	10～20cm	1.56	4.54	93.90
	20～30cm	1.83	4.60	93.57
	30～40cm	2.29	4.94	92.27

表 3-72　2009 年土壤团聚体湿筛法数据　　(%)

处理	土层深度	1～0.5mm	0.5～0.25mm	<0.25mm
CK	0～10cm	1.73	2.30	95.97
	10～20cm	1.82	1.01	97.17
	20～30cm	1.51	1.09	97.40
	30～40cm	1.77	2.44	95.79
S1	0～10cm	1.65	1.88	96.47
	10～20cm	1.44	1.61	96.95
	20～30cm	1.14	1.22	97.64
	30～40cm	1.57	1.71	96.72
S2	0～10cm	1.70	1.12	97.18
	10～20cm	1.26	1.31	97.43
	20～30cm	1.49	1.49	97.02
	30～40cm	1.80	1.90	96.30
S3	0～10cm	1.28	2.09	96.63
	10～20cm	1.12	2.61	96.27
	20～30cm	1.71	1.61	96.68
	30～40cm	2.51	2.86	94.63

（三）小结

试验结果表明，覆盖处理能够有效地促进小麦的生长，覆盖处理的小麦的主要农艺性状较对照有明显的提高。覆盖秸秆能够取得较好的保水效果。进行覆盖以后，小麦各个生育期的耗水量较对照明显减少，且覆盖量越大，各个生育期的耗水量越少。原因在于进行覆盖以后，相当于在地表形成了一层保护层，减缓了地表气体对流，土壤水分蒸发量下降，土壤表层水分损失减慢，使有效水维持时间延长。在两年的试验中，3 种处理 S1、S2、S3 的耗水量较 CK 平均减少了 12.7%、21.6%、27.6%。进行覆盖以后，还可使作物根部的土壤水分保持相对稳定，小麦收获后土壤水分含量明显高于对照，为下一季作物的生长提供了良好的水分条件，两年冬小麦处理 S1、S2、S3 收获后土壤储水量比对照平均增加 13.1%、19.7%、26.1%。随着覆盖量的增加，也有提高小麦水分利用效率的趋势，两年冬小麦处理 S1、S2、S3 的水分利用效率较对照平均增加 33.7%、

36.7%、42.4%，均达到极显著水平（$P<0.01$）。进行覆盖以后，小麦的穗部性状和产量构成因素也产生了较大变化，覆盖处理的穗长和穗粒数有了明显的提高，且以处理S1的提高最为明显。覆盖处理下的土壤温度变化明显缓和，且覆盖量越大，土壤升温越缓慢。所以在炎热的夏季，覆盖秸秆可以有效地降低土壤温度，为小麦根部创造良好的生长环境，相对较低的温度也为保墒起到了积极作用。覆盖处理后也会明显提高土壤中碱解氮、速效钾、有机质的含量，覆盖量越大，提高的幅度越大，而且会更有利于作物对土壤中磷素的吸收利用。覆盖以后对土壤中各种酶的有效性也有较大的提高。

二、秸秆覆盖对春玉米生长发育及土壤理化性状的影响

（一）试验设计

试验采用随机区组设计，每个处理设4次重复，3个水平分别按每公顷4500kg、9000kg、13 500kg进行覆盖。以全程不覆盖为对照。供试玉米品种为沈单16。试验设计两个重复，小区面积为11.52m^2。处理1——全程不覆盖（CK）；处理2——生育期低秸秆覆盖（4500kg/hm^2）+休闲期低秸秆覆盖（4500kg/hm^2）（S1）；处理3——生育期中秸秆覆盖（9000kg/hm^2）+休闲期中秸秆覆盖（9000kg/hm^2）（S2），处理4——生育期高秸秆覆盖（13 500kg/hm^2）+休闲期高秸秆覆盖（13 500kg/hm^2）（S3）；施用秸秆的种类是小麦秸秆。田间施肥量为纯氮300kg/hm^2+P_2O_5 150kg/hm^2+K_2O 150kg/hm^2。

土壤主要物理指标见表3-73和表3-74。

表3-73　0～60cm土壤容重、饱和含水量、田间持水量、土壤孔隙度

土层深度/cm	饱和含水量/%	田间持水量/%	土壤容重/(g/cm^3)	土壤孔隙度/%
0～20	0.35	0.34	1.37	44.07
20～40	0.26	0.26	1.36	45.64
40～60	0.30	0.29	1.36	46.08

表3-74　0～200cm土壤含水量

土层	0～20cm	20～40cm	40～60cm	60～80cm	80～100cm	100～120cm	120～140cm	140～160cm	160～180cm	180～200cm
土壤含水量/%	0.07	0.10	0.11	0.10	0.11	0.12	0.11	0.13	0.13	0.11

（二）结果分析

1. 主要生育期调查记载

见表3-75，连续三年高覆盖区出苗最迟，比无覆盖区出苗迟1～2天。但随气温的升高，各处理之间生长差距逐渐减小。在大喇叭口期以后，各处理生育期趋于一致，没

有明显的差别。这是由于出苗期彭阳地区气温较低，地面温度随着覆盖量增加而降低，影响玉米出苗及生长，随气温的上升各处理间的差别逐渐减小趋于一致。

表 3-75　主要生育期一览　　(单位：月-日)

年份	处理	播种期	出苗期	拔节期	大喇叭口期	抽雄期	开花期	成熟期
2007	CK	4-29	5-13	6-14	7-23	7-29	8-4	10-11
	S1	4-29	5-13	6-14	7-23	7-29	8-4	10-11
	S2	4-29	5-15	6-15	7-23	7-29	8-4	10-11
	S3	4-29	5-15	6-15	7-23	7-29	8-4	10-11
2008	CK	4-27	5-15	6-15	7-21	7-28	8-3	10-9
	S1	4-27	5-15	6-15	7-21	7-28	8-3	10-9
	S2	4-27	5-15	6-15	7-21	7-28	8-3	10-9
	S3	4-27	5-16	6-16	7-21	7-28	8-3	10-9
2009	CK	4-24	5-12	6-13	7-20	7-28	8-3	10-9
	S1	4-24	5-12	6-13	7-20	7-28	8-3	10-9
	S2	4-24	5-12	6-14	7-20	7-28	8-3	10-9
	S3	4-24	5-13	6-14	7-20	7-28	8-3	10-9

2. 不同秸秆覆盖量对玉米茎粗的影响

玉米茎粗的表现规律基本一致，玉米茎粗的增长表现出先快后慢的增长趋势，并在灌浆期达到最大值。不同秸秆覆盖量处理的玉米茎粗大于无覆盖（CK）的茎粗，但是当秸秆覆盖达到一定量时，玉米茎粗增加就不太明显。到成熟期，2008 年春玉米 3 种处理 S1、S2、S3 的茎粗较 CK 分别增加了 5.12%、16.74%、17.67%；2009 年春玉米 3 种处理 S1、S2、S3 的茎粗较 CK 分别增加了 3.94%、15.76%、17.73%。当覆盖量为 13 500kg/km^2 时，玉米的茎粗达到最大值（表 3-76）。

表 3-76　不同生育期玉米茎粗变化　　(单位：cm)

年份	处理	拔节期	大喇叭口期	吐丝期	灌浆期	成熟期
2008	CK	1.21	1.65	2.11	2.21	2.15
	S1	1.13	1.72	2.23	2.22	2.26
	S2	1.23	2.03	2.36	2.49	2.51
	S3	1.25	2.07	2.59	2.68	2.53
2009	CK	1.15	1.51	1.84	2.19	2.03
	S1	1.38	1.53	2.08	2.28	2.11
	S2	1.62	1.87	2.11	2.43	2.35
	S3	1.88	2.20	2.36	2.52	2.39

3. 不同秸秆覆盖量对玉米株高的影响

从表3-77中可以看出，在苗期、拔节期、大喇叭口期、抽穗期、灌浆期5个不同时期，不同处理的玉米株高有着较大的差异，且在不同的时期差异的大小不同。玉米出苗后30天内，由于受“低温效应”（高亚军，2002）的影响，各种覆盖处理较不覆盖处理的株高差异很小。30天以后，“低温效应”对玉米生长发育的影响逐渐减弱，覆盖处理较不覆盖处理的保墒效应逐渐明显，增大的覆盖量促进玉米生长的作用随之加强。

表3-77　不同生育期玉米株高变化　（单位：cm）

年份	处理	苗期	拔节期	大喇叭口期	抽穗期	灌浆期
2007	CK	21.22	54.9	129.2	156.8	165.2
	S1	24.37	56.0	135.7	166.7	172.0
	S2	19.49	58.2	141.4	171.7	179.8
	S3	18.41	61.2	142.9	175.5	185.2
2008	CK	21.5	27.9	57.8	122.0	129.2
	S1	21.9	36.0	68.8	136.2	153.8
	S2	21.3	41.6	96.7	164.2	171.6
	S3	21.6	41.3	93.7	160.0	172.5
2009	CK	19.4	37.0	71.7	154.6	160.0
	S1	20.2	37.4	98.0	176.8	171.8
	S2	21.4	34.8	84.1	189.4	183.0
	S3	22.5	30.1	73.6	183.8	189.2

2008年、2009年的株高变化也表现出相同的规律，生长前期各个处理的株高差异并不明显。到大喇叭口期以后，差异逐渐明显，且随着覆盖量的增大，对株高的促进作用也越明显。当覆盖量为13 500kg/hm^{2}时，2008年、2009年的大喇叭口期株高较CK分别增加了35.9cm和1.9cm，增幅达到62.1%（P<0.01）和2.6%；两年的抽穗期株高较CK分别增加了38.00cm和29.2cm，增幅达到31.1%和18.9%（P<0.01）；两年的灌浆期株高较CK分别增加了43.3cm和29.2cm，增幅达到33.5%和18.3%（P<0.01）。在干旱的年份，秸秆覆盖的保墒作用更加明显，2008年非常干旱，株高的提高作用更加明显。

4. 不同秸秆覆盖量对玉米叶面积的影响

不同秸秆覆盖量处理改变了土壤的水分、肥力、温度等状况，这不仅导致了玉米的生长发育进程不同，而且影响着玉米在各个生育阶段的生长状况。不同覆盖量处理的玉米的叶面积有着显著的差异，从刚出苗到拔节期以前，各个处理之间的叶面积差异不大。拔节期以后，各个处理之间的差异逐渐表现出来，以S3处理的叶面积最大，叶面积于抽穗期达到最大值（表3-78）。

表 3-78　不同生育期玉米叶面积变化　　　（单位：cm^2）

年份	处理	苗期	拔节期	大喇叭口期	抽穗期	灌浆期
2007	CK	196.35	1192.53	3284.75	5118.69	4153.88
	S1	190.22	919.49	3735.69	5460.51	4593.50
	S2	209.37	1193.58	4263.06	5703.44	5425.05
	S3	223.16	909.13	4685.79	5955.87	5538.84
2008	CK	103.90	533.74	1512.57	3076.83	3535.05
	S1	106.43	697.84	1789.85	3306.62	4044.31
	S2	113.92	855.08	2288.69	3491.51	4743.24
	S3	162.05	1087.10	2672.06	3899.69	5155.97
2009	CK	154.52	551.26	1909.79	4084.31	3600.63
	S1	179.57	569.44	2929.59	4411.07	4624.63
	S2	189.38	611.46	2436.79	5364.05	4787.46
	S3	198.14	418.16	1897.96	5700.37	5467.83

2008 年从拔节期到灌浆期各个处理的叶面积大小表现为 S3＞S2＞S1＞CK，说明孕穗期随覆盖量增加玉米叶面积的增加也较快；2009 年春玉米拔节期叶面积大小顺序为 S2＞S1＞CK＞S3，大喇叭口期以后叶面积大小顺序均表现为 S3＞S2＞S1＞CK。覆盖处理后增加了光合作用面积、延长了光合作用时间，进而提高了光合作用效率。拔节期以后各个处理之间差异逐渐表现出来，到抽穗期叶面积达到最大值。2008 年灌浆期处理 S1、S2、S3 的叶面积较 CK 分别增加了 14.4％、34.2％、45.8％（$P<0.01$）；2009 年灌浆期处理 S1、S2、S3 的叶面积较 CK 分别增加了 28.44％、32.96％、51.89％（$P<0.01$）。

5. 不同秸秆覆盖量对玉米光合特性的影响

连续 3 年在玉米大喇叭口期对其光合特性指标进行测定的结果表明（表 3-79），覆盖处理下玉米的光合速率、蒸腾速率、气孔导度以及单叶水分利用效率均有所提高。2007 年试验中处理 S1、S2、S3 的光合速率较 CK 分别提高了 28.6％、50.6％、50.9％，蒸腾速率分别提高了 11.0％、28.9％、29.4％，气孔导度分别提高了 15.8％、36.8％、47.3％，单叶水分利用效率分别提高了 15.7％、16.8％、16.5％；2008 年试验中处理 S1、S2、S3 的光合速率较 CK 分别提高了 28.9％、53.3％、57.9％，蒸腾速率分别提高了 11.0％、32.5％、34.6％，气孔导度分别提高了 32.5％、56.6％、56.6％，单叶水分利用效率分别提高了 16.1％、15.5％、17.3％。可以看出，每个指标提高的幅度与覆盖量呈明显的正相关性，且均显著高于对照（$P<0.05$）；2009 年大喇叭口期测定的光合速率处理 S1、S2、S3 的光合速率较 CK 分别提高了 9.9％、41.2％、26.0％，蒸腾速率分别提高了 3.8％、7.4％、36.8％，气孔导度 S1 较 CK 略有降低，S2、S3 分别提高了 29.4％、5.9％，单叶水分利用效率分别提高了 5.8％、31.4％、−8.04％。

表 3-79　不同秸秆覆盖量处理下的玉米光合特性

年份	处理	光合速率 /[μmol/(m²·s)]	蒸腾速率 /[mmol/(m²·s)]	气孔导度 /[mol/(m²·s)]	单叶水分利用效率 $WUE_{瞬时}$ /[kg/(mm·hm²)]
2007	CK	21.36C	6.19C	0.095D	3.45B
	S1	27.47B	6.87B	0.11C	3.99A
	S2	32.16A	7.98A	0.13B	4.03A
	S3	32.24A	8.01A	0.14A	4.02A
2008	CK	19.68C	5.76D	0.083C	3.42C
	S1	25.37B	6.39C	0.11B	3.97B
	S2	30.16A	7.63B	0.13A	3.95B
	S3	31.08A	7.75A	0.13A	4.01A
2009	CK	21.02C	3.93C	0.17B	5.35B
	S1	23.11C	4.08B	0.15C	5.66B
	S2	29.67A	4.22B	0.22A	7.03A
	S3	26.49B	5.38A	0.18B	4.92C

6. 不同秸秆覆盖量对土壤水分变化影响

(1) 不同秸秆覆盖量条件下玉米的耗水特性

3 年不同秸秆覆盖量处理对玉米不同生育阶段耗水特性的影响有着相似的规律。表 3-80显示，在 3 年玉米的生长期内处理 S3、S2 的保墒作用较好。在 3 年的试验当中，从播种到拔节期（4 月 23 日至 6 月 15 日），处理 S3、S2 的玉米分别比 CK 少耗水 12.7～19.9mm 和 7.4～10.9mm，但处理 S1 的耗水量只略低于对照，3 年试验当中分别比对照减少了 3.2mm、4.1mm、4.8mm。

表 3-80　不同秸秆覆盖量处理下的玉米不同生育阶段耗水量　（单位：mm）

年份	处理	生长阶段（月-日）					全生育期
		播种—拔节 (4-23～6-15)	拔节—大喇叭口 (6-16～7-23)	大喇叭口—吐丝 (7-24～8-16)	吐丝—灌浆 (8-17～9-12)	灌浆—成熟 (9-13～9-28)	
2007	CK	68.1	74.1	47.9	57.0	33.5	280.6
	S1	64.9	73.4	49.2	57.1	31.8	276.4
	S2	50.7	68.2	68.1	56.3	32.3	275.6
	S3	48.4	66.9	69.8	54.1	31.5	270.7
2008	CK	47.8	63.1	41.9	72.3	42.6	267.7
	S1	43.7	61.5	44.3	70.1	41.8	261.4
	S2	35.9	58.9	51.6	61.2	38.7	246.3
	S3	32.9	57.2	53.9	60.4	40.9	245.3

续表

年份	处理	生长阶段（月-日）					全生育期
		播种—拔节 (4-23～6-15)	拔节—大喇叭口 (6-16～7-23)	大喇叭口—吐丝 (7-24～8-16)	吐丝—灌浆 (8-17～9-12)	灌浆—成熟 (9-13～9-28)	
2009	CK	62.5	65.8	43.2	65.8	38.6	275.9
	S1	57.7	60.5	45.9	62.8	36.5	263.4
	S2	53.5	55.7	51.3	58.6	35.2	254.3
	S3	49.8	52.3	55.8	55.9	35.1	248.9

从拔节到大喇叭口期（6月16日至7月23日），玉米覆盖与无覆盖的耗水量基本相当或略低，3年的试验结果表明进行覆盖以后改变了玉米生长前期（4月23日至7月23日）的耗水规律，此时无覆盖土面水分蒸发是玉米田大量耗水的主要原因；而覆盖后无疑减小了土面水分蒸发，而少量的覆盖（S1）并不能有效地抑制土面水分蒸发。

当玉米进入生殖生长时期，耗水强度最大。一定秸秆覆盖量处理后玉米耗水强度反而高于无覆盖，可能是因为覆盖的作用，玉米在生育前期生物量增加，叶面积增大，相对大的叶面蒸腾造成玉米在此阶段比无覆盖耗水量大。从吐丝—灌浆以后到成熟期（8月17日至9月28日）是玉米植株产生的营养向果穗转移运输的时期，试验区降雨增加，此时较高秸秆覆盖量（S3、S2）处理比少量或无覆盖（S1、CK）的耗水量减少，主要是由于较少覆盖或无覆盖在抽穗期之前始终处在水分胁迫状态，虽然从抽穗期到成熟期（8月17日至9月28日）降雨增加，玉米个体出现无“源”可供于“库”的现象，玉米生物量积累明显低于覆盖处理。

从玉米全生育期耗水特性来看，覆盖以后各个处理的全生育期耗水量低于对照全生育期的耗水量。2007年处理S3、S2、S1的耗水量较CK分别减少了9.9mm、5.0mm、4.2mm；2008年处理S3、S2、S1的耗水量较CK分别减少了22.4mm、21.4mm、6.3mm；2009年处理S3、S2、S1的耗水量较CK分别减少了27.0mm、21.6mm、12.5mm。可以看出，9000kg/hm^{2}以上覆盖量处理后有明显保水作用，而4500kg/hm^{2}覆盖量的保墒效果不是很明显。秸秆覆盖保墒是用人工的方法在土壤表面设置一道物理隔离层，阻隔土壤与大气层间的水分和能量交换。其原理就在于有效地减少作物棵间无效蒸发，减少作物生长过程的前期耗水，改变棵间蒸发耗水与叶面蒸腾耗水的比例关系，增加作物的叶面蒸腾量，变无效耗水为有效耗水，从而达到增产的目的。

（2）主要生育期0～200cm土壤含水量变化

3年的玉米栽培试验的水分变化规律基本一致（图3-32～图3-34），主要生育阶段不同覆盖量处理土壤剖面含水量变化不同，在玉米拔节期叶面积较小，不能遮盖裸露土地，土壤水分消耗中棵间蒸发所占比例较大，此时期3年不同覆盖量处理土壤剖面含水量变化表现为不同覆盖量处理0～40cm土层含水量差异较大，而60～200cm没有明显差异。秸秆覆盖量4500kg/hm^2（S1），0～40cm土层3年平均土壤含水量分别为9.4%、9.3%、9.8%，与对照差异不显著；秸秆覆盖量为9000kg/hm^{2}时，0～40cm土层土壤含水量平均达到了10.7%、11.2%、10.4%，显著高于对照（$P<0.05$）；秸

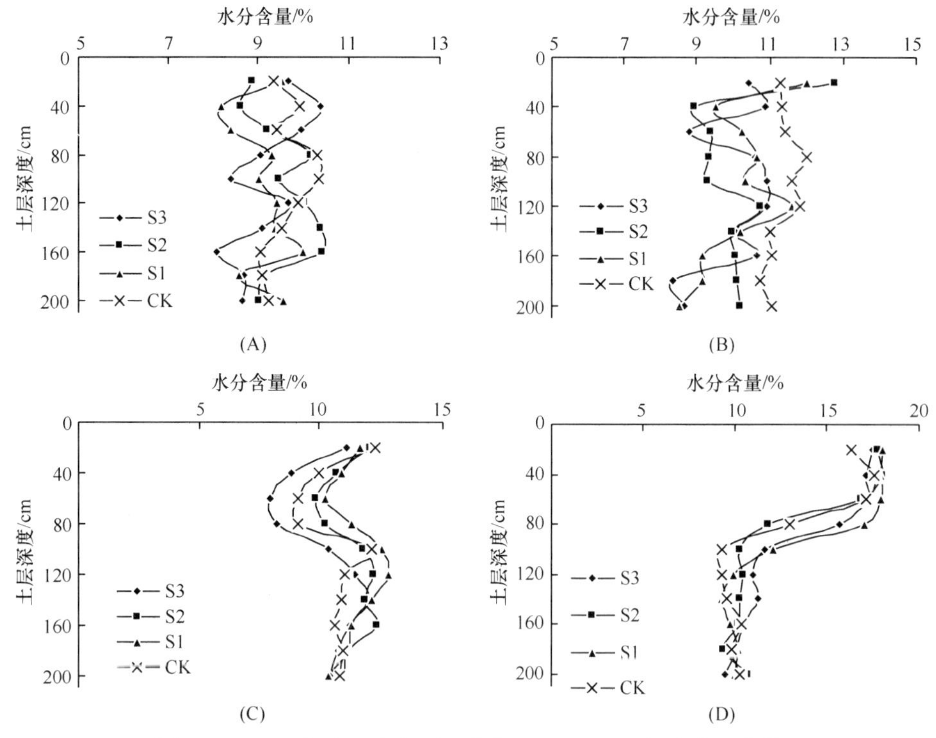

图 3-32　2007 年春玉米主要生育期 0～200cm 土壤含水量变化

(A) 拔节期；(B) 大喇叭口期；(C) 灌浆期；(D) 成熟期

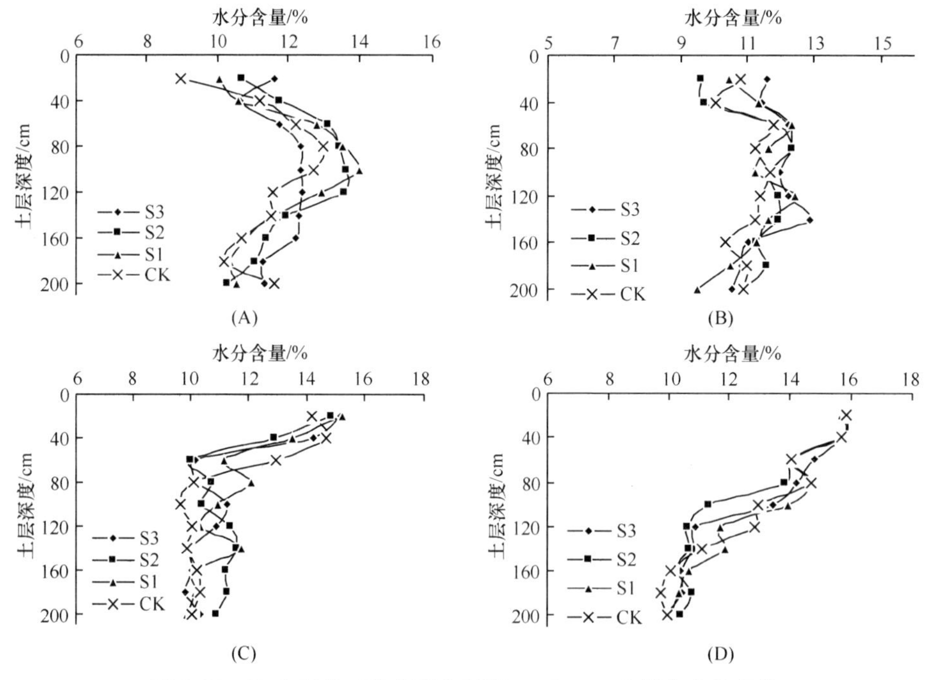

图 3-33　2008 年春玉米主要生育期 0～200cm 土壤含水量变化

(A) 拔节期；(B) 大喇叭口期；(C) 灌浆期；(D) 成熟期

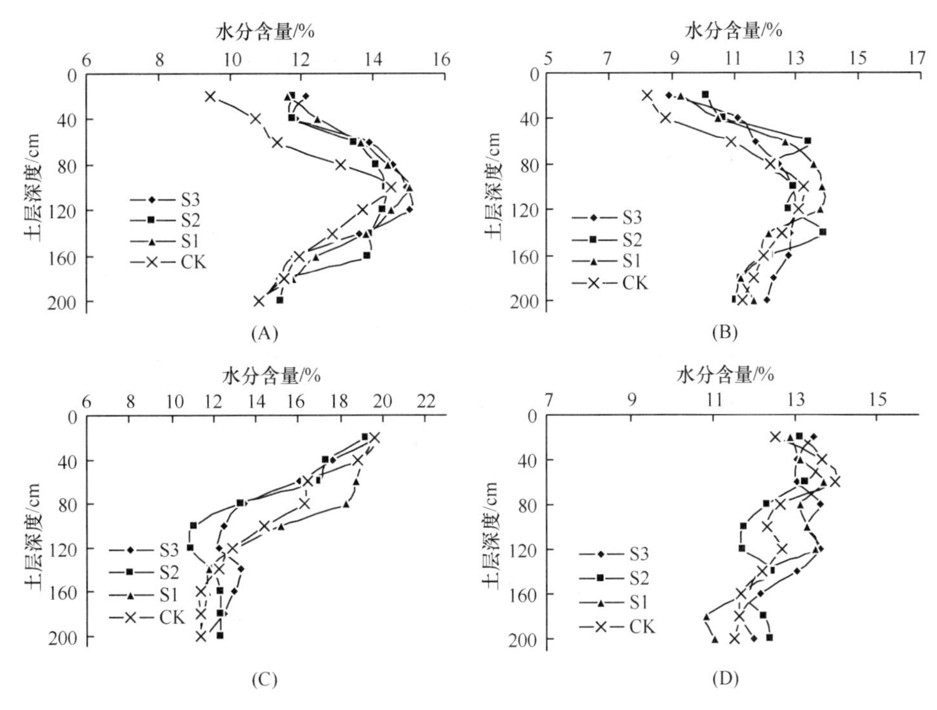

图 3-34　2009 年春玉米主要生育期 0～200cm 土壤含水量变化

（A）拔节期；（B）大喇叭口期；（C）灌浆期；（D）成熟期

秆覆盖量增加至13 500kg/hm² 时为 10.9%、11.1%、12% ，显著高于对照（$P<0.05$)，较 9000kg/hm²覆盖量处理并没有显著提高。

玉米进入大喇叭口期（7 月 24 日），随着叶面积的逐渐增加，植株蒸腾作用耗水所占比例逐渐加大。各覆盖量处理之间 0～40cm 土层土壤含水量差异较大，40～200cm 土层差异小。2007 年处理 S1、S2、S3 的 0～40cm 土层土壤平均含水量分别为 9.1%、9.5%和 9.8%，均高于无覆盖（CK)，且差异达到显著水平（$P<0.05$)；2008 年对照及处理 S1 的 0～40cm 土层土壤平均含水量均下降至 8.4%以下，处理 S2、S3 的该土层土壤平均含水量达到 9.8%以上，显著高于对照及处理 S1；2009 年对照、处理 S1 的 0～40cm 土层土壤平均含水量为 9.5%、9.8%，处理 S2、S3 的该土层土壤平均含水量达到 10.4%、10.7%，显著高于对照及处理 S1（$P<0.05$)。

在玉米灌浆期，2007 年 0～200cm 土层随覆盖量增加土壤含水量依次减小；2008 年 0～20cm 土层随覆盖量的增加土壤含水量增高，而 60～120cm 土层土壤含水量却出现随覆盖量增加而减小的趋势；2009 年灌浆期降水较多，土壤水分得到补充，各个处理的 0～40cm 的土壤含水量差别不大，40cm 以下的土层含水量随着覆盖量的增大有增大的趋势。

在玉米成熟期，试验区进入雨季，降水较多，土壤 0～40cm 土层各个处理之间的差异不明显，但均高于 60cm 以下土层。2007 年春玉米成熟期 60～200cm 土层 CK、S1、S2、S3 的平均含水量分别为 10.26%、11.15%、11.63%、11.42%；2008 年春玉米成熟期 60～200cm 土层 CK、S1、S2、S3 的平均含水量分别为 12.21%、13.37%、

12.44%、12.29%；2009 年春玉米成熟期 60～200cm 土层 CK、S1、S2、S3 的平均含水量分别为 12.11%、12.26%、12.15%、12.78%，可见覆盖处理以后对深层水分也有一定的保蓄作用。

7. 不同秸秆覆盖量对玉米产量的影响

收获后对玉米产量的测定结果表明（表 3-81），2007 年玉米产量 S3>S2>S1>CK，处理 S1、S2、S3 比 CK 分别增产 0.33%、12.62%、13.90%，处理 S2、S3 较 CK 达到极显著水平；2008 年玉米产量也表现出相似的规律，S2>S3>S1>CK，处理 S1、S2、S3 比 CK 分别增产 3.33%、19.82%、18.66%，经方差分析处理 S2 较 CK 差异达到极显著水平（$P<0.01$），处理 S1 较 CK 差异达到显著水平（$P<0.05$）；2009 年春玉米产量 S2>S3>S1>CK，S1、S2、S3 处理比 CK 分别增产 2.21%、17.14%、14.93%，处理 S2、S3 较 CK 差异均达到极显著水平（$P<0.01$），处理 S1 较 CK 差异达到显著水平（$P<0.05$）。

表 3-81　不同秸秆覆盖量对春玉米产量的影响

处理	2007年		2008年		2009年	
	产量/(kg/hm²)	增幅/%	产量/(kg/hm²)	增幅/%	产量/(kg/hm²)	增幅/%
CK	5376.9B	—	4539.5B	—	4709.2B	—
S1	5394.5B	0.33	4690.6B	3.33	4813.3B	2.21
S2	6055.2A	12.62	5439.3A	19.82	5516.5A	17.14
S3	6124.5A	13.90	5386.7AB	18.66	5412.3A	14.93

8. 不同秸秆覆盖量对玉米水分利用效率的影响

3 年试验期间，覆盖处理的玉米全生育期土壤耗水量低于无覆盖（CK），且产量高于对照，因此 3 年试验中覆盖处理的水分利用效率高于对照的水分利用效率（表 3-82）。2007 年试验中处理 S3、S2 的水分利用效率分别为 23.56kg/（hm^2 · mm）、23.53kg/（hm^2 · mm），都显著高于无覆盖（CK），达到极显著水平（$P<0.01$），处理 S1 与 CK 水分利用效率差异不大；2008 年试验中处理 S3、S2 的水分利用效率分别为 21.03kg/（hm^2 · mm）、21.19kg/（hm^2 · mm），较对照分别增加了 28.6%、29.6%，达到极显著水平（$P<0.01$），处理 S1 的水分利用效率较对照增加了 2.6%，未达到极显著水平；2009 年试验中处理 S3、S2 的水分利用效率分别为 21.49kg/(hm^2 · mm)、21.69kg/（hm^2 · mm），较对照分别增加了 25.9%、27.1%，达到极显著水平（$P<0.01$），处理 S1 的水分利用效率较对照增加了 7.0%，未达到极显著水平。综合 3 年的试验来看，只有覆盖达到一定量的时候，才会对水分利用效率有较大的提高，且以处理 S2 对水分利用效率的提高幅度最大。

表 3-82　不同秸秆覆盖量处理下的玉米水分利用效率

[单位：kg/（hm^2 · mm）]

处理	2007 年	2008 年	2009 年
CK	18.82	16.35	17.07
S1	18.84	16.78	18.27
S2	23.53	21.19	21.69
S3	23.56	21.03	21.49

9. 不同秸秆覆盖量对玉米穗部性状的影响

3 年的考种平均结果表明（表 3-83），覆盖处理 S3、S2 比无覆盖穗粒数增加31.1～47.1 粒，百粒重提高 1.58～2.62 g，均达到极显著水平（$P<0.01$）；S1 处理 3 年穗粒数分别较 CK 增幅为 3.5%、5.8%、4.1%，达到显著水平（$P<0.05$），但百粒重与 CK 差异不明显。在穗长表现上，3 年的穗长大小规律均表现为 S2＞S3＞S1＞CK。2007 年的处理 S3、S2、S1 的穗长较 CK 分别增加了 5.7%、15.1%、11.4%；2008 年的处理 S3、S2、S1 的穗长较 CK 分别增加了 10.8%、12.6%、0.06%；2009 年的处理 S3、S2、S1 的穗长较对照分别增加了 7.3%、8.3%、0.2%。

表 3-83　不同秸秆覆盖量对玉米穗部性状的影响

年份	处理	穗长/cm	穗粗/cm	秃尖/cm	穗粒数/粒	百粒重/(g/100 粒)
2007	CK	16.25D	5.19	2.74	401.8C	31.16D
	S1	17.17C	5.33	2.16	413.9C	31.33C
	S2	18.71A	5.94	1.82	432.9B	33.78A
	S3	18.10B	6.08	1.36	441.5A	33.34B
2008	CK	16.26B	3.17	2.01	379.6B	28.75C
	S1	16.27B	3.67	2.13	401.7B	28.07D
	S2	18.31A	4.09	1.63	425.4A	30.73A
	S3	18.02A	4.11	1.61	426.9A	30.33B
2009	CK	16.82B	3.26	2.22	396.6B	31.07C
	S1	16.86B	3.71	2.15	412.8B	31.21B
	S2	18.23A	4.19	1.59	429.7A	32.67A
	S3	18.04A	4.23	1.58	437.9A	32.24A

穗粗的表现规律与穗长的规律不太一致，3 年的试验均以处理 S3 的穗粗表现最优，各个处理的规律表现为 S3＞S2＞S1＞CK。穗粗与覆盖量呈正相关。2007 年的处理 S3、S2、S1 的穗粗较 CK 分别增加了 17.2%、14.5%、2.7%；2008 年的处理 S3、S2、S1 的穗粗较 CK 分别增加了 29.7%、29.0%、15.8%；2009 年的处理 S3、S2、S1 的穗粗较 CK 分别增加了 29.8%、28.5%、13.8%。覆盖处理的玉米的秃尖长明显小于 CK，秃尖长与覆盖量呈负相关性，3 年的秃尖长总体表现为 CK＞S1＞S2＞S3。

10. 不同秸秆覆盖量对土壤容重和土壤孔隙度的影响

土壤容重和田间持水量是土壤的两项重要物理性质，适度的土壤容重和田间持水量是作物正常生长的保证。0～60cm 耕层土壤容重测定结果显示，高秸秆覆盖量（S3）比无秸秆覆盖（CK）土壤容重下降 0.01%～0.06%。覆盖后土壤总孔隙度和田间持水量增加，2007 年 0～20cm 处理 S3、S2、S1 的土壤孔隙度较 CK 分别增加了 3.2%、1.0%、3.2%；2007 年 20～40cm 处理 S3、S2、S1 的土壤孔隙度较 CK 分别增加了 4.7%、2.6%、3.5%；2007 年 40～60cm 处理 S3、S2、S1 的土壤孔隙度较 CK 分别增加了 4.0%、4.6%、4.0%。覆盖后由于土壤腐殖质促进了土壤团粒结构的形成，相应降低了土壤容重（表 3-84）。

表 3-84　2007 年收获后土壤容重和田间持水量

土层深度/cm	处理方式	饱和含水量/%	田间持水量/%	土壤容重/(g/cm³)	土壤孔隙度/%
0～20	CK	0.31	0.29	1.37	47.75
	S1	0.31	0.31	1.35	49.29
	S2	0.31	0.30	1.30	48.23
	S3	0.31	0.31	1.29	49.29
20～40	CK	0.30	0.28	1.36	44.74
	S1	0.29	0.29	1.31	46.31
	S2	0.28	0.28	1.31	45.92
	S3	0.29	0.34	1.28	46.84
40～60	CK	0.36	0.35	1.35	50.73
	S1	0.39	0.36	1.34	52.74
	S2	0.40	0.39	1.33	53.06
	S3	0.39	0.39	1.31	52.74

土壤 S3、S2、S1 孔隙度较 CK 分别提高了 0.58%、1.4%、2.6%。可以看出，在各个土层，S1 处理对降低土壤容重的作用比较明显。处理 S2、S3 的作用不是很明显，有些土层的容重还略有增加。2008 年各个土层和处理之间的土壤孔隙度的变化表明（表 3-85），覆盖处理对土壤物理性质主要影响范围为 0～20cm 土层，高、中、低覆盖量处理分别比无覆盖（CK）容重下降 2.31%、3.08%、0.77%，均未达到显著水平；孔隙度分别升高了 10.24%、9.94%、2.28%，高覆盖量（S3）、中覆盖量（S2）孔隙度较 CK 达到显著水平（$P<0.05$）；20～40cm 土层各处理容重提高到 1.38g/cm³ 以上，并未接近植物根系生长的阈值范围，S2、S3 处理不同程度减小了该土层的容重及增加了孔隙度，较对照容重分别下降 1.42%、12.13%，土壤空隙度分别提高3.95%～10.92%，但均未达到显著水平；40～60cm 土层各处理规律不明显。

表 3-85 2008 年收获后土壤容重和田间持水量

土层深度/cm	处理方式	饱和含水量/%	田间持水量/%	土壤容重/(g/cm³)	土壤孔隙度/%
0～20	CK	30.28	28.75	1.3	47.28
	S1	31.4	30.36	1.29	48.36
	S2	34.77	33.63	1.26	51.98
	S3	35.17	32.29	1.27	52.12
20～40	CK	29.84	27.68	1.41	44.78
	S1	28.66	26.97	1.43	44.24
	S2	29.89	28.38	1.39	46.55
	S3	30.8	29.19	1.38	45.19
40～60	CK	30.55	28.54	1.44	45.2
	S1	29.48	28.53	1.44	47.72
	S2	28.75	26.22	1.46	43.4
	S3	30.56	28.38	1.42	48.81

2009 年收获后测定的土壤容重较 2008 年测定的略大一些（表 3-86）。2009 年收获后 0～20cm 耕层土壤容重 S3、S2、S1 较 CK 分别降低了 2.2%、1.4%、2.2%；20～40cm 耕层土壤容重 S3、S2、S1 较 CK 分别降低了 1.4%、0.7%、1.4%；40～60cm 耕层土壤容重 S3、S2、S1 较 CK 分别降低了 3.6%、1.4%、2.1%。覆盖以后土壤总孔隙度和田间持水量增加，0～20cm 耕层变化不大，大多数都在 50%左右波动。覆盖后由于土壤腐殖质促进了土壤团粒结构的形成，相应土壤容重降低了。

表 3-86 2009 年收获后土壤容重和田间持水量

土层深度/cm	处理方式	饱和含水量/%	田间持水量/%	土壤容重/(g/cm³)	土壤孔隙度/%
0～20	CK	34.5	33.39	1.39	47.94
	S1	34.35	33.16	1.36	49.21
	S2	36.5	33.89	1.37	48.59
	S3	33.25	32.14	1.36	48.22
20～40	CK	33.93	35.85	1.40	47.81
	S1	29.71	32.09	1.38	48.36
	S2	36.86	35.71	1.39	47.87
	S3	41.47	33.36	1.38	48.25
40～60	CK	31.28	32.68	1.40	47.89
	S1	33.54	31.69	1.37	48.53
	S2	38.47	33.98	1.38	48.47
	S3	34.97	33.64	1.35	49.44

11. 不同秸秆覆盖量对土壤肥力的影响

(1) 不同秸秆覆盖量对土壤有机质的影响

土壤有机质是土壤的核心成分，是土壤酶促底物的主要给源，其含量是对土壤肥力影响最大的因素之一，并在土壤形成和肥力演变过程中发挥重要作用。土壤有机质常因作物消耗而亏缺，随着小麦的生长，秸秆逐渐腐烂、分解，产生了大量的腐殖质，提高了有机质的含量，在一定程度上提高了土壤的肥力水平。

对3年不同秸秆覆盖量处理下的0～20cm与20～40cm土层有机质进行测定。结果（表3-87）表明覆盖处理能够有效地增加0～20cm土层的有机质含量。2007年处理S3、S2、S1的有机质含量较CK分别增加了4.70%、6.46%、1.47%，各个处理较CK差异未达到显著水平；2008年处理S3、S2、S1的有机质含量较CK分别增加了24.80%、15.94%、16.76%，仅处理S3较CK差异达到显著水平（$P<0.05$）；2009年处理S3、S2、S1的有机质含量较CK分别增加了26.25%、25.30%、24.76%，各个处理较CK差异均达到显著水平（$P<0.05$）。这表明覆盖处理在3年实施过程中，秸秆覆盖处理土壤有机质有向表层蓄积的趋势，有机质的增加量与秸秆覆盖量呈正相关，而对20cm以下的土层有机质含量也略有提高，与对照之间差异不显著。

表3-87 不同秸秆覆盖量对0～40cm土层土壤有机质的影响 （单位：g/kg）

时期	处理	有机质	
		0～20cm	20～40cm
2007年收获期	CK	6.81a	6.63a
	S1	6.91a	6.57a
	S2	7.25a	6.84a
	S3	7.13a	6.87a
2008年收获期	CK	7.34b	7.17a
	S1	8.57ab	8.63a
	S2	8.51ab	8.71a
	S3	9.16a	8.52a
2009年收获期	CK	7.39b	7.26a
	S1	9.22a	8.09a
	S2	9.26a	8.28a
	S3	9.33a	8.18a

注：同列数据后标不同小写字母者表示差异极显著（$P<0.05$），下同。

(2) 不同秸秆覆盖量对土壤全氮及碱解氮的影响

氮元素是构成生命的重要元素，在作物生产中，作物对氮的需求量较大，氮素不足是引起产量和品质下降的主要原因。从表3-88中可以看出，0～20cm土层各个处理之间的全氮含量差异较大，20～40cm土层各个处理之间的全氮含量差异较小。2007年收获后处理S3、S2、S1的0～20cm土层的全氮含量较CK分别增加了27.45%、

23.53%、19.61%；2008年收获后处理S3、S2、S1的0～20cm土层的全氮含量较CK分别增加了24.53%、16.98%、15.09%；2009年收获后处理S3、S2、S1的0～20cm土层的全氮含量较CK分别增加了5.66%、7.55%、20.75%。

表3-88 不同秸秆覆盖量对0～40cm土层土壤全氮及碱解氮的影响

时期	处理	全氮/(g/kg)		碱解氮/(mg/kg)	
		0～20cm	20～40cm	0～20cm	20～40cm
2007年收获期	CK	0.51c	0.56c	39.8b	38.6b
	S1	0.61b	0.60b	43.5a	42.6a
	S2	0.63b	0.62a	43.1a	42.9a
	S3	0.65a	0.61ab	44.9a	44.1a
2008年收获期	CK	0.53c	0.58c	44.9c	42.6c
	S1	0.61b	0.61b	46.3b	47.8b
	S2	0.62b	0.63ab	48.9a	48.6a
	S3	0.66a	0.65a	49.6a	49.8a
2009年收获期	CK	0.53c	0.54b	41.66c	41.69d
	S1	0.64a	0.57a	46.67b	43.26c
	S2	0.57b	0.51c	46.38b	45.65b
	S3	0.56b	0.53bc	48.76a	47.75a

碱解氮含量的高低能大致反映出短期内土壤氮素的供应情况。由表3-88可以看出，土壤各层次碱解氮含量差异不显著，2007年收获后各个处理间高低顺序为S3>S1>S2>CK，处理S3、S2、S1的0～20cm土层的碱解氮含量较CK分别增加了12.81%、8.29%、9.30%；2008年收获后各个处理间高低顺序为S3>S2>S1>CK，处理S3、S2、S1的0～20cm土层的碱解氮含量比CK分别高4.7mg/kg、4mg/kg、1.4mg/kg；2009年收获后测定的碱解氮含量较2008年略低，0～20cm土层含量顺序为S3>S1>S2>CK，处理S3、S2、S1的0～20cm土层的碱解氮含量比CK分别高7.1mg/kg、4.72mg/kg、5.01mg/kg。以上结果表明，进行覆盖以后，能够提高耕作层土壤的碱解氮含量，提高土壤氮素的有效性。

（3）不同秸秆覆盖量对土壤全磷及速效磷的影响

由表3-89可以看出，2007年收获后土壤各层次全磷含量差异均不是很大。0～20cm土壤全磷含量依次为S3> CK >S2>S1；20～40cm土壤全磷含量顺序为S3>S1>S2>CK，处理S3、S1较CK达到显著水平（$P<0.05$）。2008年收获后0～20cm土壤全磷含量顺序为S3>S2>S1>CK，处理S3、S2、S1的0～20cm土层的全磷含量较CK分别增加了22.2%、12.5%、5.6%；20～40cm土壤全磷含量大小顺序为S3>S2>S1=CK，处理S3、S2较CK达到显著水平（$P<0.05$），处理S3、S2的全磷含量较CK分别增加了10.14%、7.25%。2009年收获后0～20cm土壤全磷含量依次为S2>S3>S1>CK，处理S3、S2、S1的0～20cm土层的全磷含量比CK分别提高了

0.12g/kg、0.14g/kg、0.05g/kg；20～40cm 土壤全磷含量依次为 S3＞S2＞S1＞CK，处理 S3、S2、S1 的 0～20cm 土层的全磷含量比 CK 分别提高了 0.1g/kg、0.09g/kg、0.03g/kg。

表 3-89 不同秸秆覆盖量对 0～40cm 土层土壤全磷及速效磷的影响

时期	处理	全磷/(g/kg)		速效磷/(mg/kg)	
		0～20cm	20～40cm	0～20cm	20～40cm
2007 年收获期	CK	0.72a	0.62b	10.63b	10.15b
	S1	0.69b	0.70a	9.76c	9.67c
	S2	0.70b	0.63b	10.66b	9.56c
	S3	0.76a	0.72a	13.19a	12.33a
2008 年收获期	CK	0.72d	0.69c	7.99c	7.43c
	S1	0.76c	0.69c	7.94c	6.15d
	S2	0.81b	0.74b	8.95b	8.51b
	S3	0.88a	0.76a	10.94a	9.24a
2009 年收获期	CK	0.67c	0.66c	6.93c	7.16c
	S1	0.72b	0.69b	9.35b	8.17b
	S2	0.81a	0.75a	10.54a	10.15a
	S3	0.79a	0.76a	10.55a	10.65a

土壤中速效磷的多少在一定程度上可以说明土壤质量的高低，在实际应用中最为广泛。由表 3-89 可以看出，不同秸秆覆盖量处理下土壤各层次速效磷含量变化随着覆盖量的增加呈现上升的趋势，在土壤剖面上，土壤速效磷含量随土层加深含量逐渐降低。2007 年收获后 0～20cm 土层速效磷含量顺序为 S3＞S2＞CK＞S1，处理 S3、S2 较 CK 增加了 24.08%、0.28%；2008 年收获后 0～20cm 土层速效磷含量顺序为 S3＞S2＞CK＞S1，处理 S3、S2 较 CK 增加了 36.92%、12.02%；2009 年收获后 0～20cm 土层速效磷含量顺序为 S3＞S2＞ S1＞CK，处理 S3、S2、S1 较 CK 增加了 3.62mg/kg、3.61mg/kg、2.42mg/kg。

（4）不同秸秆覆盖量对土壤全钾和速效钾的影响

表 3-90 是 3 年试验中玉米收获后测定的全钾和速效钾的含量。可以看出不同秸秆覆盖量处理对 0～20cm 土层全钾含量的积累有促进作用，对于 20～40cm 的全钾含量的影响则不明显。2007 年收获后处理 S3、S2、S1 的 0～20cm 土层全钾含量顺序为 S2＞S3＞S1＞CK，S3、S2、S1 的全钾含量比 CK 分别提高了 1.06g/kg、1.38g/kg、0.01g/kg；2008 年收获后处理 S3、S2、S1 0～20cm 土层的全钾含量顺序为 S3＞S1＞S2＞CK，S3、S2、S1 的全钾含量比 CK 分别提高了 1.76g/kg、0.54g/kg、1.16g/kg；2009 年收获后处理 S3、S2、S1 0～20cm 土层的全钾含量顺序 S3＞S2＞S1＞CK，S3、S2、S1 的全钾含量比对照分别提高了 0.43g/kg、0.32g/kg、0.22g/kg。

表 3-90　不同秸秆覆盖量对 0～40cm 土层土壤全钾和速效钾的影响

时期	处理	全钾/（g/kg）		速效钾/（mg/kg）	
		0～20cm	20～40cm	0～20cm	20～40cm
2007 年收获期	CK	6.11c	7.01a	98.34d	96.55a
	S1	6.12c	7.07a	101.09c	92.57c
	S2	7.49a	6.67b	103.45b	93.247b
	S3	7.17b	6.76b	107.32a	96.22a
2008 年收获期	CK	5.95d	5.89c	94.36d	94.21c
	S1	7.11b	6.63b	97.64c	94.77c
	S2	6.49c	6.69b	106.29b	98.44b
	S3	7.71a	7.08a	109.77a	103.07a
2009 年收获期	CK	6.25c	6.26b	109.68d	94.36d
	S1	6.47bc	6.36a	121.25c	95.05c
	S2	6.57a	6.27b	122.15b	99.55b
	S3	6.68a	6.46a	125.53a	103.98a

土壤中速效钾的含量是反映作物生长季内土壤供钾水平的重要指标之一，在不施钾肥的情况下，土壤钾库长期处在被作物耗用的状态下，土壤速效钾含量逐渐下降，土壤缓效钾含量也有下降的趋势，施钾肥和秸秆覆盖均能在不同程度上减缓这种下降趋势。由表 3-90 可以看出，土壤 0～20cm 土层的速效钾含量随着覆盖量的增加而增加，20～40cm 土层的速效钾含量也表现出这种趋势。2007 年收获后处理 S3、S2、S1 的0～20cm 土层的速效钾含量较 CK 分别增加了 9.13％、5.2％、2.8％，且都达到显著水平（$P<0.05$）；2008 年覆盖处理的速效钾含量较 CK 也达到显著水平（$P<0.05$），处理 S3、S2、S1 的 0～20cm 土层的速效钾含量较 CK 分别增加了 16.33％、12.64％、3.48％；2009 年覆盖处理的速效钾含量较 CK 也达到显著水平（$P<0.05$），处理 S3、S2、S1 的 0～20cm 土层的速效钾含量较 CK 分别增加了 14.45％、11.37％、10.55％。这表明覆盖量越大，有利于表层土壤中速效钾含量的提高。

12. 不同秸秆覆盖量对土壤团聚体的影响

（1）土壤团聚体干筛法测定值

2008 年秸秆覆盖对土壤干法团聚体的影响主要范围在 0～10cm 土层，该土层土壤干法筛后大于 0.25mm 粒径团聚体有随覆盖量的增加促进团聚体的形成的趋势，该土层大于 0.25mm 粒径团聚体含量最高处理为生育期中覆盖量处理较全程不覆盖（CK）增幅为 14.55％；其他土层各处理土壤团聚体并没有明显变化（表 3-91）。

表 3-91　2008 年土壤团聚体干筛法数据　　（%）

处理	土层深度	＞5mm	5～2mm	2～1mm	1～0.5mm	0.5～0.25mm	＜0.25mm
CK	0～10cm	32.06	7.61	5.75	7.12	3.61	43.85
	10～20cm	16.70	14.72	7.76	8.42	3.85	48.55
	20～30cm	48.71	11.18	4.91	4.72	2.61	27.87
	30～40cm	44.16	11.08	6.77	4.35	3.91	29.73
S1	0～10cm	20.23	13.81	7.64	8.76	4.42	45.14
	10～20cm	33.27	14.02	11.96	8.17	3.01	29.57
	20～30cm	42.07	14.13	4.45	5.73	3.18	30.44
	30～40cm	40.45	12.17	6.61	7.31	3.17	30.29
S2	0～10cm	32.76	12.44	6.68	8.35	4.09	35.68
	10～20cm	27.16	16.26	7.17	7.65	3.55	38.21
	20～30cm	32.47	14.84	7.49	7.31	4.55	33.34
	30～40cm	22.00	15.80	8.27	8.51	4.26	41.16
S3	0～10cm	15.40	15.15	7.86	8.97	4.38	48.24
	10～20cm	23.11	16.56	7.23	8.24	4.07	40.79
	20～30cm	29.04	10.50	5.92	6.83	3.48	44.23
	30～40cm	33.54	11.87	6.81	5.62	3.46	38.7

2009 年收获后干筛法团聚体对 0～10cm 土层的团聚体影响较大，覆盖量较大的处理 S3 大于 5mm 的团聚体数量明显增加，大于 5mm 的团聚体数量从浅层到深层表现出逐渐增加的趋势。进行覆盖处理后小于 0.25mm 的团聚体数量明显增加，处理 S3、S2、S1 的 0～10cm 土层的小于 0.25mm 团聚体较 CK 分别提高了 38.3%、47.6%、28.9%；10cm 以下土层小于 0.25mm 的团聚体没有明显变化；在 30～40cm 土层中 0.5～0.25mm 粒径的团聚体有随着覆盖量的增加而增加的趋势，其他土层的团聚体则无明显的变化规律（表 3-92）。

表 3-92　2009 年土壤团聚体干筛法数据　　（%）

处理	土层深度	＞5mm	5～2mm	2～1mm	1～0.5mm	0.5～0.25mm	＜0.25mm
CK	0～10cm	16.88	13.90	22.72	5.31	12.71	28.48
	10～20cm	15.18	11.12	20.13	3.61	9.29	40.67
	20～30cm	27.67	9.22	15.72	2.60	6.42	38.37
	30～40cm	45.77	6.77	12.07	2.04	5.25	28.1
S1	0～10cm	14.56	11.02	22.44	4.43	10.85	36.7
	10～20cm	27.05	10.74	18.39	3.14	8.12	32.56
	20～30cm	41.26	9.30	14.76	2.26	5.95	26.47
	30～40cm	32.18	11.58	17.93	2.67	7.03	28.61

续表

处理	土层深度	>5mm	5～2mm	2～1mm	1～0.5mm	0.5～0.25mm	<0.25mm
S2	0～10cm	14.03	11.58	19.47	3.49	9.39	42.04
	10～20cm	29.04	9.76	16.85	2.84	7.49	34.02
	20～30cm	46.55	7.50	11.93	1.76	4.35	27.91
	30～40cm	32.46	8.60	13.65	2.44	6.71	36.14
S3	0～10cm	17.50	10.53	19.76	3.39	9.43	39.39
	10～20cm	20.86	10.20	17.07	2.80	7.66	41.41
	20～30cm	46.10	9.73	13.64	1.92	5.52	23.09
	30～40cm	23.93	9.63	15.42	2.49	6.32	42.21

（2）土壤团聚体湿筛法测定值

2008年不同秸秆覆盖量处理后对0～40cm土层土壤湿筛团聚体的影响结果表明（表3-93），不同秸秆覆盖量覆盖对土壤团聚体影响范围为0～10cm土层，覆盖处理下0.5～0.25mm及1～0.5mm水稳团聚体所占比率较CK（全程不覆盖）最大极差达到0.43%、−2.1%，表明覆盖处理能够促进土壤团聚体结构稳定，其他土层各处理之间变化并未有明显的差异。

表3-93　2008年土壤团聚体湿筛法数据　　（%）

处理	土层深度	1～0.5mm	0.5～0.25mm	<0.25mm
CK	0～10cm	1.17	2.03	96.80
	10～20cm	2.1	3.09	94.8
	20～30cm	1.22	2.47	96.3
	30～40cm	0.71	1.91	97.4
S1	0～10cm	1.33	4.05	94.6
	10～20cm	1.11	2.7	96.2
	20～30cm	0.98	2.88	96.1
	30～40cm	1.69	2.59	95.7
S2	0～10cm	2.61	2.39	95.0
	10～20cm	1.68	2.36	96.0
	20～30cm	1.29	3.27	95.4
	30～40cm	1.19	3.69	95.1
S3	0～10cm	2.38	2.82	94.8
	10～20cm	2.02	3.61	94.4
	20～30cm	2.84	2.19	95.0
	30～40cm	0.99	1.98	97.0

从表3-94中可以看出，2009年覆盖处理后0.5～0.25mm的团聚体数量要多于对照。

0～10cm 土层大于 0.25mm 的团聚体数量 S1＞CK＞S2＞S3；10～20cm 土层大于 0.25mm 的团聚体数量 CK＞S1＞S2＞S3，可见覆盖以后有减少 10～20cm 土层大于 0.25mm 湿筛团聚体的作用；20～30cm 土层大于 0.25mm 的团聚体数量 S1＞CK＞S3＞S2；30～40cm 土层大于 0.25mm 的团聚体数量 S1＞CK＞S2＞S3，各个处理 30～40cm 土层各种大小的团聚体除 S1 较对照有增加的趋势外，处理 S2、S3 较对照都有减小的趋势。

表 3-94　2009 年土壤团聚体湿筛法数据　　(%)

处理	土层深度	1～0.5mm	0.5～0.25mm	＜0.25mm
CK	0～10cm	2.99	1.86	95.2
	10～20cm	2.64	2.10	95.3
	20～30cm	1.61	1.04	97.4
	30～40cm	1.91	1.18	96.9
S1	0～10cm	1.56	3.66	94.8
	10～20cm	1.06	2.48	96.5
	20～30cm	1.37	4.09	94.5
	30～40cm	1.79	2.52	95.7
S2	0～10cm	1.00	2.29	96.7
	10～20cm	1.03	2.33	96.6
	20～30cm	0.56	1.09	98.4
	30～40cm	1.03	1.73	97.2
S3	0～10cm	0.89	2.04	97.1
	10～20cm	0.73	1.83	97.4
	20～30cm	0.48	1.32	98.2
	30～40cm	0.62	1.59	97.8

13. 秸秆覆盖对玉米田土壤酶活性的影响

(1) 不同秸秆覆盖量对土壤脲酶活性的影响

脲酶是土壤氮循环中的一种关键性酶，可以提高土壤中潜在养分的矿化速度，与土壤供氮能力有密切的关系，对施入土壤氮的利用率影响很大，因而土壤中脲酶活性可以作为衡量土壤肥力的指标之一，并能部分反映土壤生产力。从表 3-95 中可以看出，进行覆盖以后，对 0～40cm 土壤脲酶的活性有较大的提高。2008 年收获后 0～20cm 土层处理 S1、S2、S3 的脲酶活性较 CK 分别提高了 8.9%、11.3%、7.4%（P＜0.05）；20～40cm 土层处理 S1、S2、S3 的脲酶活性较 CK 分别提高了 8.1%、8.6%、9.9%（P＜0.05）。2009 年收获后 0～20cm 土层处理 S1、S2、S3 的脲酶活性较 CK 分别提高了 8.8%、9.6%、11.4%（P＜0.05）；20～40cm 土层处理 S1、S2、S3 的脲酶活性较 CK 分别提高了 3.8%、5.6%、7.7%（P＜0.05）。可以看出，覆盖以后对 0～20cm 土层脲酶活性的影响要大于对 20～40cm 土层。

表 3-95　不同秸秆覆盖量土壤脲酶活性的影响　［单位：NH_3-N μg/(g · 24h · 37℃)］

年份	处理	土层深度	
		0～20cm	20～40cm
2008	CK	513.59c	516.72c
	S1	559.36b	558.45b
	S2	571.37a	561.37a
	S3	551.39b	567.80a
2009	CK	522.19c	532.67d
	S1	567.99b	553.16c
	S2	572.19b	562.26b
	S3	581.96a	573.85a

(2) 不同秸秆覆盖量对土壤过氧化氢酶活性的影响

过氧化氢酶可促进土壤中多种化合物的氧化，防止过氧化氢积累对生物体造成毒害。由表 3-96 可以看出，不同秸秆覆盖量下各层次过氧化氢酶活性变化趋势不同：随着覆盖量的增加，过氧化氢酶的活性提高幅度越大，且覆盖年限越多，提高作用越明显，对 0～20cm 土层的过氧化氢酶活性影响大于 20～40cm 土层。2008 年收获后 0～20cm 土层的过氧化氢酶活性 S1＞S3＞S2＞CK，处理 S1、S2、S3 的过氧化氢酶活性较 CK 分别增加了 16.4%、11.1%、13.4%，3 个处理较 CK 差异达到显著水平（$P<0.05$）；20～40cm 土层的过氧化氢酶活性 S2＞S1＞S3＞CK，处理 S1、S2、S3 的过氧化氢酶活性较 CK 分别增加了 18.2%、19.3%、15.4%，3 个处理较 CK 未达到显著水平。2009 年收获后 0～20cm 土层的过氧化氢酶活性 S3＞S2＞S1＞CK，处理 S1、S2、S3 的过氧化氢酶活性较 CK 分别增加了 2.0%、3.9%、5.2%，处理较 CK 之间差异不是很大；20～40cm 土层处理 S1、S2、S3 的过氧化氢酶活性较 CK 分别增加了 2.5%、2.5%、3.3%，也没有达到显著水平（$P<0.05$）。

表 3-96　不同秸秆覆盖量对土壤过氧化氢酶活性的影响

［单位：(0.1mol/L $KMnO_4$ ml)/(g · 20min · 37℃)］

年份	处理	土层深度	
		0～20cm	20～40cm
2008	CK	2.98b	2.80a
	S1	3.47a	3.31a
	S2	3.31a	3.34a
	S3	3.38a	3.23a
2009	CK	4.07a	3.98a
	S1	4.15a	4.09a
	S2	4.23a	4.08a
	S3	4.28a	4.11a

（3）不同秸秆覆盖量对土壤蔗糖酶活性的影响

土壤蔗糖酶又称土壤转化酶，属于水解酶类，对土壤碳素循环有重要意义。肥力状况较好和有机质含量较高的土壤，转化酶活性也较高，蔗糖酶对增加土壤中易溶性营养物质起着重要作用，是土壤中参与碳循环的一种重要酶。从表 3-97 中可以看出，覆盖处理对不同层次的土壤蔗糖酶活性的影响基本一致。随着覆盖量的增加，对蔗糖酶活性的提高幅度越大。2008 年收获以后 0～20cm 土层的蔗糖酶活性影响大于 20～40cm 土层。2008 年收获后 0～20cm 土层的蔗糖酶活性 S3＞S2＞S1＞CK，处理 S1、S2、S3 的蔗糖酶活性较 CK 分别增加了 2.6％、12.3％、20.8％；20～40cm 土层的蔗糖酶活性 S3＞S2＞S1＞CK，处理 S1、S2、S3 的蔗糖酶活性较 CK 分别增加了 5.4％、11.6％、18.9％。2009 年收获后蔗糖酶的活性与 2008 年差异不大，0～20cm 土层处理 S2 和 S3 较 CK 达到显著水平（$P<0.05$），0～20cm 土层处理 S1、S2、S3 的蔗糖酶活性较 CK 分别增加了 3.1％、18.8％、19.4％；20～40cm 土层处理 S1、S2、S3 的蔗糖酶活性较 CK 分别增加了 6.4％、18.1％、19.8％。

表 3-97　不同秸秆覆盖量对土壤蔗糖酶活性的影响　［单位:葡萄糖 mg/(g · 24h · 37℃)］

年份	处理	土层深度	
		0～20cm	20～40cm
2008	CK	15.57b	14.49b
	S1	15.98b	15.27b
	S2	17.49a	16.17a
	S3	18.81a	17.23a
2009	CK	15.87b	15.16c
	S1	16.36b	16.13b
	S2	18.86a	17.94a
	S3	18.95a	18.16a

（4）不同秸秆覆盖量对土壤碱性磷酸酶活性的影响

碱性磷酸酶能够促进土壤中有机磷化合物的分解，有利于土壤磷素被农作物吸收利用，碱性磷酸酶主要由土壤中的微生物产生，是一个标示土壤有机质含量和土壤管理系统效果的重要指标。从表 3-98 中可以看出，覆盖处理以后对土壤碱性磷酸酶的活性有着较大的影响，且对 0～20cm 土层的影响要大于对 20～40cm 土层的影响。2008 年收获以后 0～20cm 土层的碱性磷酸酶活性 S3＞S2＞S1＞CK，处理 S1、S2、S3 的碱性磷酸酶活性较 CK 分别增加了 14.3％、26.5％、28.6％，各个处理较对照均达到显著水平（$P<0.05$）；20～40cm 土层的碱性磷酸酶活性 S2＞S3＞S1＞CK，处理 S1、S2、S3 的碱性磷酸酶活性较 CK 分别增加了 7.0％、34.9％、32.6％。2009 年收获以后 0～20cm 土层的碱性磷酸酶活性 S3＞S2＞S1＞CK，处理 S1、S2、S3 的碱性磷酸酶活性较 CK 分别增加了 13.7％、23.5％、35.3％，处理 S2 和 S3 较对照达到显著水平（$P<0.05$）；20～40cm 土层的碱性磷酸酶活性 S3＞S1＞S2＞CK，处理 S1、S2、S3 的碱性磷酸酶活性较 CK 分别增加了 16.7％、10.4％、27.1％。

表 3-98　不同秸秆覆盖量对土壤碱性磷酸酶活性的影响　[单位:酚 mg/(g · 24h · 37℃)]

年份	处理	土层深度	
		0～20cm	20～40cm
2008	CK	0.49c	0.43b
	S1	0.56b	0.46b
	S2	0.62a	0.58a
	S3	0.63a	0.57a
2009	CK	0.51b	0.48b
	S1	0.58b	0.56a
	S2	0.63a	0.53b
	S3	0.69a	0.61a

小结：3 年的试验结果表明，覆盖处理以后对玉米的生长发育有着较大的影响，覆盖以后玉米的主要农艺性状有明显的提高。覆盖处理较不覆盖处理的保墒效应明显增强，随着秸秆覆盖量的增加，土壤含水量相应地增加，覆盖处理的玉米受到干旱胁迫的程度远远低于对照，保证了其光合作用的正常进行，所以春玉米的各种生理指标随着覆盖量的增加都表现出上升的趋势。覆盖量为 9000kg/hm^2 时最适宜玉米的生长，玉米的产量最高，3 年的产量较对照均达到极显著水平（$P<0.01$）；覆盖量超过 9000kg/hm^2 时，覆盖的保墒增产效果不再明显增加。覆盖秸秆以后提高了玉米的产量，这主要是因为秸秆覆盖相当于在地表形成了一层保护层，减缓了地表气体对流。与覆膜措施不同的是，覆盖秸秆以后既有利于降水的均匀入渗，又能阻挡太阳辐射到达土壤表面，防止土壤水分的过多蒸发，还可使作物根部的土壤水分保持相对稳定，提高了水分利用效率和玉米的产量，同时还为下一季作物的生长提供了良好的水分条件。秸秆覆盖还能使土壤容重降低，总孔隙度增加，有助于改善土壤的结构。覆盖处理后 0～20cm 土层土壤有机质含量均高于无秸秆覆盖处理，随着覆盖年限的增加，土壤主要养分含量有着不同程度的增加，主要影响 0～20cm 土层，且覆盖量处理对碱解氮、速效磷、速效钾的影响效果更为明显。

（三）结论与讨论

通过在半干旱典型地区宁夏回族自治区彭阳县进行的小麦和玉米生育期秸秆覆盖栽培试验，对秸秆覆盖后的土壤水分、土壤物理性状、土壤养分、土壤酶的变化及对作物生长和产量变化的综合研究结果表明，秸秆覆盖对旱作农田的生态综合效应主要表现在以下 5 个方面。

1. 秸秆覆盖对土壤水分的保蓄作用

本研究表明，秸秆覆盖能够取得较好的保水效果。进行覆盖以后，作物各个生育期的耗水量较对照明显减少，且覆盖量越大，各个生育期的耗水量越少。原因在于进行覆盖以后，相当于在地表形成了一层保护层，减缓了地表气体对流，土壤水分蒸发量下降，土壤表层水分损失减慢，使有效水维持时间延长，这与其他研究者（鲁向晖等，2008；王健等，2007；张吉祥等，2007）的结果基本一致。

采用秸秆覆盖保墒的方法，其原理就在于有效地减少作物棵间无效蒸发，减少作物生长过程的前期耗水，改变棵间蒸发耗水与叶面蒸腾耗水的比例关系，增加作物的叶面蒸腾量，变无效耗水为有效耗水，从而达到增产的目的。本研究中小麦田 6000kg/hm^2 和 9000kg/hm^2 两种处理的保水效果较为明显，玉米田 9000kg/hm^2 和 13 500kg/hm^2 两种处理的保水效果比较明显，可以看出，只有覆盖达到一定量的情况下才能取得较好的保水效果，这与李玲玲等（2005b）的研究结果基本一致。

进行覆盖以后，会明显减少棵间无效蒸发，使土壤墒情明显好转，生育前期小麦叶面积较小，裸露地表较大，以棵间蒸发为主要的土壤水分消耗形式。覆盖处理能够起到较好的保水作用，减少作物生长过程的前期耗水，为作物的旺盛生长阶段提供充足的水分，且随着覆盖量的增加保墒效果更加明显。秸秆覆盖对两种作物田地土壤的水分保蓄效果一致，但是两种作物不同处理下的总耗水量却不同，覆盖处理的小麦的总耗水量明显低于对照，这主要是因为小麦的生长季节大多处于秋冬季节，气温较低，叶面蒸腾不是十分强烈，而且小麦叶面积较小，蒸腾耗水较少，覆盖处理大量地减少了棵间蒸发耗水，所以覆盖处理的总耗水量明显低于对照。玉米田进行覆盖以后，生长前期大量地减少了棵间蒸发耗水，保蓄了土壤水分，为玉米的生长提供了充足的水分，所以覆盖处理的玉米植株明显大于对照，大喇叭口期以后进入夏季，气温较高，叶面蒸腾强烈，覆盖处理的玉米叶面积大于对照的叶面积，蒸发耗水要多于对照的蒸发耗水，所以总的耗水量与对照差别不大。

对 0～200cm 的土壤水分含量的测定表明，覆盖以后对 0～40cm 的土层的水分含量有明显的提高，对于 40cm 以下的土层水分含量没有明显的提高，60～200cm 土层的含水量与对照基本一致。这主要是因为秸秆覆盖相当于在地表形成了一层保护层，减缓了地表气体对流。与覆膜措施不同的是，覆盖秸秆以后既有利于降水的均匀入渗，又能阻挡太阳辐射到达土壤表面，防止土壤水分的过多蒸发，还可使作物根部的土壤水分保持相对稳定，提高了水分利用效率和玉米的产量，同时还为下一季作物的生长提供了良好的水分条件，这与其他研究者（巩杰等，2003；马月存等，2007；秦红灵等，2007；于晓蕾等，2007）的研究结果基本一致。

宁南地区处于我国西北黄土高原半干旱区，全区年平均降雨量为 280～450mm，总体上降水量少、变率大，降水主要集中在夏季，7～9 月的降水量占全年总降水量的 50%～54%，季节分布极不均匀。此外，该地区基本无灌溉条件，农业用水难以得到保障，作物在生长发育过程中极易受干旱威胁。所以，在该地区采用秸秆覆盖保墒的方法，可以有效地缓解干旱对农业生产带来的影响，减少了棵间蒸发损失掉的大量水分，为作物的生长提供了充足的水分，使有限的水分得到高效的利用。

2. 秸秆覆盖对土壤物理性状的影响

土壤容重是土壤的重要物理性质，是衡量土壤紧实程度的一个标准（孙利军等，2007）。对于秸秆覆盖耕作措施对土壤物理性状方面的研究结果表明（陈素英等，2002；

曹国番，1998)，秸秆覆盖使土壤容重降低，总孔隙度增加，有助于改善土壤的结构性。本研究对进行覆盖处理以后的小麦田和玉米田的土壤容重进行测定证实了上述结论：在小麦田进行较高的覆盖量（9000kg/hm^2）处理，可以明显地降低土壤容重，增加土壤孔隙度，且对0～20cm土层的影响作用较为明显，对20cm以下土层的作用不是十分明显；中等覆盖量（6000kg/hm^2）处理和低覆盖量（3000kg/hm^2）处理对土壤容重的影响作用不是十分明显。在玉米田进行高覆盖量（13 500kg/hm^2）处理，也能够明显地降低土壤容重，增加土壤孔隙度，且对0～20cm土层的影响作用较为明显，随着土层的加深，其影响作用逐渐减弱；中等覆盖量（9000kg/hm^2）处理和低覆盖量（4500kg/hm^2）处理对土壤容重的影响作用则不明显。所以本研究表明，只有达到一定的覆盖量时，才对土壤容重和土壤孔隙度产生明显的影响，较低的秸秆覆盖量对土壤容重没有明显的影响。

土壤学中将粒径大小为10～0.25mm的团聚体称为大团聚体，其含量越高，说明土壤的团聚性越好，而小于0.25mm的团聚体，是机械稳定性比较差的团聚体，这一级别团聚体所占比例越高，表明土壤愈分散，它不仅在降雨和灌溉期间会堵塞土壤孔隙，影响水分的入渗，更容易产生地面径流，增加对土壤的侵蚀，还容易形成沙尘天气。进行两年的覆盖处理以后，小麦田低覆盖量（3000kg/hm^2）处理大于0.25mm的土壤团聚体含量最大，小于0.25mm粒径的团聚体有随着覆盖量的增加而减少的趋势，但各粒级含量在4个土层中表现规律性不强；玉米田高覆盖量（13 500kg/hm^2）的处理大于5mm的团聚体数量明显减少，大于5mm的团聚体数量从浅到深表现出逐渐增加的趋势。进行覆盖处理后小于0.25mm的团聚体数量明显减少。水稳性团聚体指由性质稳定的胶体胶结团聚而形成的具有抵抗水破坏能力的，在水中浸泡、冲洗而不易崩解的大于0.25mm的土壤团粒。通常认为，大于0.25mm土壤水稳性团粒含量高低能够更好地反映土壤保持和供应养分能力的强弱。本研究表明，小麦田湿筛法团聚体以小于0.25mm为主，覆盖后各粒径团聚体含量较对照均减少。玉米田覆盖处理的0.5～0.25mm的团聚体要多于对照，但作用不是十分显著。本研究仅仅两年的定点试验并没有有效地改善土壤团聚体的结构，结果表明仅对0～10cm土层团聚体有一定作用，但未达到显著作用。虽有研究表明（Lachnicht et al.，1997)，新鲜秸秆中易分解性有机质含量较高，施入土壤后，在微生物的作用下，可生成较多的多糖类物质，从而促进了团粒结构的形成，但对于覆盖耕作后土壤团聚体的形成机理需要进一步的研究。

3. 秸秆覆盖对土壤养分的影响

农作物秸秆作为物质、能量和养分的载体，是一种宝贵的自然资源。在长期的覆盖、腐烂和分解的过程中，产生了大量的营养元素，对土壤肥力的提高起到了积极的作用。经过两年的覆盖作用以后，土壤中的有机质、全氮、全磷、全钾的含量较对照均有所提高，其中对0～20cm土层的影响比较显著。

覆盖两年以后，覆盖处理的小麦田0～20cm土层有机质较对照平均增加了6.5%；覆盖处理的玉米田0～20cm土层有机质较对照平均增加了25.4%。这主要是因为随着秸秆在分解的过程中产生了大量的腐殖质，土壤腐殖质是土壤有机质的核心，也是土壤肥力的重要物质基础，所以提高了有机质的含量。玉米田的有机质含量提高的幅度较大，这可能是因为玉米的生长季节大部分处于雨季，降水较多，水分促进了秸秆的腐烂分解，所以产生的腐殖质较多，增加了有机质的含量。土壤全氮的含量也有所提高，小麦田 0～20cm 土层的全氮含量平均增加了 7.7%；玉米田 0～20cm 土层的全氮含量平均增加了 5.7%。土壤中 0～20cm 土层全钾的含量小麦田和玉米田较 CK 分别提高了 5.9%和 15.4%，全磷的含量也有所提高，但是增加的含量相对较小。有研究表明（李焕珍等，1996；沈裕琥等，1998；王爱玲等，2000；张振江，1998），长期秸秆覆盖可提高土壤中氮、磷、钾的含量，调节土壤固、液、气三相比，调节土壤酸碱性，增加养分有效性。秸秆覆盖还促进了土壤生态系统中物质的循环，使土壤水、肥、气、热等生态因子得到综合改善，具有较好的改土培肥作用。这与本研究的结果较为一致。

秸秆覆盖对表层土壤速效养分的影响规律基本相似，覆盖处理收获后碱解氮、速效钾含量随覆盖量的增加而增加；然而土壤速效磷的含量还受土壤微生物和土壤酶活性的影响，即速效养分的含量并非随秸秆覆盖量的增加而直线上升，覆盖处理以后提高了土壤中磷素的有效性，使磷素更有利于作物的吸收利用。所以，土壤中速效磷的含量还出现了下降的情况，有些处理 0～20cm 土层的速效磷含量有所增加。江永红（2001）研究发现：一方面，虽然秸秆中的磷很少，但是对土壤还是有所贡献；另一方面，由于覆盖处理的保水效果，土壤表层水分较高，而使土壤速效养分发生表面富集，因此覆盖后表层土壤中速效磷含量较对照增加，这与本研究的结果基本一致。

4. 秸秆覆盖对土壤酶的影响

土壤酶作为土壤的组成部分，参与土壤中的各种生物化学过程。土壤酶活性是土壤生物活性的总体现，它不仅与作物产量及土壤管理措施之间有一定关系，且在一定程度上反映了土壤的综合肥力特征及土壤养分转化进程（杨招弟等，2008）。

进行覆盖处理以后，对 0～20cm 土层土壤酶的活性有较大幅度的提高。小麦田 2009 年收获后处理 S1、S2、S3 的 0～20cm 土层脲酶活性比对照分别增加 4.8%、18.4%、18.1%，蔗糖酶活性变化趋势为：S3＞S2＞S1＞CK，各个处理较对照均达到显著水平（$P<0.05$），过氧化氢酶的活性较对照也有所提高，但是提高的幅度不是很大。玉米田 2009 年收获后 0～20cm 土层处理 S1、S2、S3 的脲酶活性较 CK 分别提高了 8.8%、9.6%、11.4%，蔗糖酶 0～20cm 土层 S1、S2、S3 处理的蔗糖酶活性较 CK 分别增加了 3.1%、18.8%、19.4%，处理 S2 和 S3 较 CK 达到显著水平（$P<0.05$），2009 年收获 0～20cm 土层碱性磷酸酶活性 S3＞S2＞S1＞CK，处理 S1、S2、S3 的碱性磷酸酶活性较 CK 分别增加了 13.7%、23.5%、35.3%，处理 S2 和 S3 较对照达到显著水平（$P<0.05$）。

进行覆盖处理以后可使土壤酶的活性增加，原因主要有 3 个方面：第一，覆盖以后能够调节土壤的温度变化，其增温效应和降温效应十分明显，冬季具有增温效应，夏季具有降温作用。这种对土壤水热状况的重新组合和分配更有利于作物的生长发育，也利于土壤酶活性的增加（杨招弟等，2008）；第二，覆盖对土壤有机质含量和速效养分的影响作用比较大；第三，覆盖后可以增加土壤中微生物数量和种类，覆盖后土壤真菌、细菌、放线菌的数量较对照均有所增加，形成了新的微生物区系，进而改变了土壤生物学特性，提高土壤酶的活性。

5. 秸秆覆盖对作物生长及产量的影响

本研究表明，覆盖处理以后对作物的生长可产生明显的影响，覆盖处理的作物长势明显超过对照。在小麦栽培试验中，从播种到出苗，各处理的生育期之间没有差异，拔节期以后，气温逐渐升高，覆盖对小麦生长的促进作用随之加强，各处理间的差别逐渐减小，生育期趋于一致，覆盖处理的小麦优势逐渐明显，长势逐渐超过对照。到成熟期处理 S1、S2、S3 的株高较对照分别提高了 15.0%、7%、11.9%，生物量的积累也明显超过对照。2007 年冬小麦产量 S1＞S2＞S3＞CK，仅处理 S1 较 CK 达到极显著水平（$P<0.01$），增产达到 12.9%；2008 年冬小麦产量 S1＞S2＞S3＞CK，3 个处理较 CK 均达到极显著水平（$P<0.01$），S1、S2、S3 较 CK 分别增产 20.5 %、11.2%、4.8%。覆盖量最高的处理没有取得最高的产量，这主要是因为覆盖量过大，会造成小麦根部呼吸减弱，有害气体增加，不利于小麦的正常生长，所以在试验当中，覆盖量最大的处理 S3 没有取得最高的产量。在两年试验中，小麦产量均表现为 S1＞S2＞S3＞CK 的规律，处理 S1、S2、S3 较对照平均提高 16.7%、7.2%、2.9%，处理 S1 连续两年较对照增产达到极显著水平（$P<0.01$），这与周凌云和徐梦雄（1997）的结果基本一致。综合分析试验结果得出，在宁南半干旱区，小麦田的秸秆覆盖量应以 3000kg/hm^2 为宜。

有研究表明，秸秆覆盖是一种促根栽培和抑草减灾栽培技术（王栓庄和徐树贞，1989），可为作物生长创造良好的条件，使作物产量结构显著优化，有显著的增产效应。秸秆覆盖可改善土壤的水、肥、气、热等生态因子，协调土壤水肥供需关系，促进作物的生长发育，优化作物产量构成因子，提高作物的产量。秸秆覆盖对小麦产量及构成因子均有显著的影响（王爱玲等，2000；沈裕琥等，1988）。在一定范围内，秸秆覆盖量越大其生态效应越好，增产效果就越好。但覆盖量过大时，其综合生态效应不高，增产效果不明显，甚至会出现减产现象。主要是覆盖量过大时，会造成作物的压苗现象，同时需辅以人工放苗才能正常生长，而且会影响到农作物根部的呼吸。这与本研究的结果均比较一致。

两年的玉米栽培试验结果表明，玉米出苗后 30 天内，由于受“低温效应”（郑华斌等，2007）的影响，各种覆盖处理较不覆盖处理的株高、茎粗、叶面积没有明显差别。30 天以后，“低温效应”对玉米生长发育的影响逐渐减弱，覆盖处理较不覆盖处理的保墒效应逐渐明显，随着覆盖量的增大，促进玉米生长的作用随之加强。随着秸秆覆盖量的增加，土壤含水量相应地增加，覆盖处理的玉米受到干旱胁迫的程度远远低于对照，保证了其光合作用的正常进行，所以春玉米的各种生理指标随着覆盖量的增加都表现出上升的趋势。

覆盖秸秆以后，有效地减少了土壤棵间蒸发，而增加了作物的蒸腾量，变非生产性耗水为有效耗水（沈裕琥等，1998），这主要是因为秸秆覆盖相当于在地表形成了一层保护层，减缓了地表气体对流。与覆膜措施不同的是，覆盖秸秆以后既有利于降水的均匀入渗，又能阻挡太阳辐射到达土壤表面，防止土壤水分的过多蒸发，还可使作物根部的土壤水分保持相对稳定，提高了水分利用效率和玉米的产量，同时还为下一季作物的生长提供了良好的水分条件。在干旱年份，当降水和灌溉水均不能满足作物需水量，覆盖的增产效果则更加明显。当覆盖量达到 4500kg/hm^2 时，增产效果明显，覆盖量超过 9000kg/hm^2 时，增产效果不再明显，甚至会略有减产（2008 年）。以上研究结果与其他研究者的结果相同或接近。有研究表明（樊修武，1993；马永良等，2003），秸秆覆盖提高了玉米的百粒重，但更重要的是增加了亩穗数、穗粒数，从而提高了玉米的产量。很多研究者（胡立峰和张立峰，2005；Smith，1990）也认为进行田间秸秆覆盖，均可提高作物产量，有明显的增产效应。这与本研究的结果基本一致。

我国半干旱地区农作物受水分胁迫是限制作物产量提高的主要因素，如何高效利用有限的水资源成为提高产量的关键。当覆盖量为 4500kg/hm^2 时，对玉米田的保墒作用较小，所以对产量和水分利用效率没有明显提高。所以玉米生产中进行覆盖秸秆时，建议适当增加秸秆的覆盖量，应以 9000kg/hm^2 为宜。

参考文献

卜玉山，苗果园，邵海林，等．2006．对地膜和秸秆覆盖玉米生长发育与产量的分析．作物学报，32（7）：1090-1093.

曹国番．1998．半干旱冷凉区微型种植方法、覆盖材料和补灌时期研究．干旱地区农业研究，16（2）：13-18.

曹慧，孙辉，杨浩，等．2003．土壤酶活性及其对土壤质量的指示研究进展．应用与环境生物学报，9（1）：105-109.

陈素英，张喜英，刘孟雨．2002．玉米秸秆覆盖麦田下的土壤温度和土壤水分动态规律．中国农业气象，23（4）：34-37.

陈素英，张喜英，裴冬，等．2005．玉米秸秆覆盖对麦田土壤温度和土壤蒸发的影响．农业工程学报，21（10）：171-173.

党廷辉，高长青．2003．渭北旱塬影响小麦产量的关键降水因子分析，10（1）：9-11.

杜守宇，田恩平，温敏，等．1994．秸秆覆盖还田的整体功能效应与系列化技术研究．干旱地区农业研究，12（2）：88-94.

樊修武．1993．盐碱地秸秆覆盖改土增产措施的研究．干旱地区农业研究，11（4）：13-18.

高亚军．2002．农田水肥效应及生理机制研究．杨凌：西北农林科技大学博士学位论文.

巩杰，黄高宝，陈利顶，等．2003．旱作麦田秸秆覆盖的生态效应研究．干旱地区农业研究，21（3）：69-73.

谷洁，高华，方日尧．1998．施肥和秸秆覆盖对旱地作物水分利用效率的影响．农业工程学报，14（2）：160-164.

贺菊美，王一鸣．1996．不同覆盖材料对春玉米土壤环境及产量效应的研究．中国农业气象，17（3）：33-36.

胡芬，赵聚宝，姜雁北，等．1993．小麦灌浆期土壤干旱对子粒发育影响的研究．中国农业气象，14（4）：8-11.

胡立峰，张立峰．2005．风蚀地区的保护性耕作探讨．干旱区农业研究，23（4）：219-221.

黄明，吴金芝，李友军，等．2009．不同耕作方式对旱作区冬小麦生产和产量的影响．农业工程学报，25（1）：50-54.

贾树龙，孟春香，任图生．2004．耕作及残茬管理对作物产量及土壤性状的影响．河北农业科学，12（4）：37-42.

江永红．2001．曲周试区玉米秸秆整株还田效应及效益分析．北京：中国农业大学博士学位论文.

晋小军，黄高宝．2005．陇中半干旱地区不同耕作措施对土壤水分及利用效率的影响．水土保持学报，19（5）：109-112.

雷发银，吴发启，王健．2008．保护性耕作对土壤物理指标及玉米产量的影响．农业工程学报，24（10）：40-45.

李富宽，姜惠新．2003．秸秆覆盖的作用与机理．当代畜牧，（6）：38-40.

李焕珍，张忠源，杨伟奇，等．1996．玉米秸秆直接还田培肥效果的研究．土壤通报，27（5）：213-215.

李立群，薛少平，王虎全，等. 2006. 渭北高原旱地春玉米不同种植模式水温效应及增产效益研究. 干旱地区农业研究，24 (1)：33-38 .
李玲玲，黄高宝，张仁陟，等. 2005a. 免耕秸秆覆盖对旱作农田土壤水分的影响. 水土保持学报，19 (6)：94-96.
李玲玲，黄高宝，张仁陟，等. 2005b. 不同保护性耕作措施对旱作农田土壤水分的影响. 生态学报，25 (09)：2326-2332.
李友军，黄明，吴金芝，等. 2006. 不同耕作方式对豫西旱区坡耕地水肥利用与流失的影响. 水土保持学报，20 (2) 2：42-45，101.
刘绍辉. 1997. 土壤呼吸的影响因素及全球尺度下温度的影响. 生态学报，17 (5)：469-475.
刘炜. 2007. 秸秆覆盖的土壤温度效应及其影响小麦生长的机理研究. 杨凌：西北农林科技大学硕士学位论文.
刘秀英，黄国勤. 2009. 不同覆盖条件下旱稻土壤微生物区系及酶活性研究. 长江大学学报（自然科学版），6 (2)：15-20.
鲁向晖，惰艳艳，王飞，等. 2008. 秸秆覆盖对旱地玉米休闲田土壤水分状况影响研究. 干旱区资源与环境，22 (3)：156-159.
吕晓男，路允浦. 1991. 覆盖对改善土壤物理性质和春玉米产量影响的研究. 土壤通报，25 (3)：102-103.
罗义银，胡德平. 2000. 小麦秸秆覆盖对玉米产量及土壤理化性质的影响. 耕作与栽培，(6)：26.
罗珠珠，黄高宝，张国胜. 2005. 保护性耕作对黄土高原旱地表土容重和水分入渗的影响. 干旱地区农业研究，23 (4)：7-11.
马春梅，纪春武，唐远征，等. 2006. 保护性耕作土壤肥力动态变化的研究——秸秆覆盖对土壤温度的影响. 农机化研究，4 (4)：137-139.
马旭明，路战远，张德健，等. 2004. 保护性耕作条件下小麦、玉米、大豆田间杂草防治存在的问题及对策研究. 农村牧区机械化，(4)：6，7.
马永良，师宏奎，张书奎，等. 2003. 玉米秸秆整株全量还田土壤理化性状的变化及其对后茬小麦生长的影响. 中国农业大学学报，8：42-46.
马月存，秦红灵，高旺盛，等. 2007. 农牧交错带不同耕作方式土壤水分动态变化特征. 生态学报，27 (06)：2523-2530.
宁建荣. 2004. 免耕玉米田化学除草新技术开发与应用. 中国植保导刊，(6) ：23，24.
逄焕成. 1999. 秸秆覆盖对土壤环境及冬小麦产量状况的影响. 土壤通报，30 (4)：174，175.
秦红灵，高旺盛，马月存，等. 2007. 免耕对农牧交错带农田休闲期土壤风蚀及其相关土壤理化性状的影响. 生态学报，27 (09)：3778-3784.
沈裕琥，黄相国，王海庆，等. 1998. 秸秆覆盖的农田效应. 干旱地区农业研究，16 (1)：45-50.
孙海国. 1997. 保护性耕作和植物残体对土壤养分的影响. 生态农业研究，5 (1)：47-51.
孙利军，张仁陟，黄高宝. 2007. 保护性耕作对黄土高原旱地地表土壤理化性状的影响. 干旱地区农业研究，25 (6)：207-211.
唐艳，杨林林，叶家颖. 1999. 银杏园土壤酶活性与土壤肥力的关系研究. 广西植物，19 (3)：277- 281.
田慧，谭周进，屠乃美，等. 2006. 少免耕土壤生态学效应研究进展. 耕作与栽培，(5)：10-12.
汪丙国，勒孟贵，方连玉，等. 2001. 衡水试验场冬小麦田土壤水流动系统分析. 水土保持研究，8 (1)：89-93.
王爱玲，高旺盛，黄进勇，等. 2000. 秸秆直接还田的生态效应. 中国农业资源与区划，21 (2)：41-45.
王殿武. 1994. 半干旱高寒区保护性耕作法对土壤孔隙状况和微形态结构特征的影响. 河北农业大学学报，17：1-5.
王宏立，张祖立，张伟. 2008. 不同耕作方式对寒地旱作区土壤温度的影响. 沈阳农业大学学报，2 (39)：44-47.
王箭，王树楼，丁玉川，等. 1994. 旱地玉米免耕整秸秆覆盖土壤养分、结构和生物研究. 山西农业科学，22 (3)：17-19.
王健，蔡焕杰，刘红英. 2007. 免耕覆盖夏玉米耗水特性及土壤环境变化研究. 干旱地区农业研究，25 (2)：35-39.
王立刚. 2002. 黄淮海平原地区农业生态系统土壤碳氮循环规律的初步研究. 北京：中国农业大学博士学位论文.

王栓庄，徐树贞. 1989. 麦田秸秆覆盖的作用及其节水效应初步研究. 干旱地区农业研究，(2)：7-14.
王兴祥，张桃林，张斌. 1998. 红壤旱坡地免耕覆盖研究. 土壤，(2)：84-88.
许翠平，刘洪禄，车建明，等. 2002. 秸秆覆盖对冬小麦耗水特征及水分生产率的影响. 灌溉排水，21 (3)：24-27.
杨招弟，蔡立群. 张仁陟，等. 2008. 不同耕作方式对旱地土壤酶活性的影响. 土壤通报，39 (3)：514-517.
于晓蕾，吴普特，汪有科，等. 2007. 不同秸秆覆盖量对冬小麦生理及土壤温、湿状况的影响. 灌溉排水学报，26 (4)：41-44.
张冬梅，池宝亮，黄学芳，等. 2007. 不同农田管理措施旱地玉米土壤水分特征分析. 华北农学报，22 (3)：156-159.
张海林，秦耀东，朱文珊. 2003. 耕作措施对土壤物理性状的影响. 土壤，(2)：140-144.
张吉祥，汪有科，袁雪峰，等. 2007. 不同秸秆覆盖量对夏玉米耗水量和生理性状的影响. 灌溉排水学报，26 (3)：69-71.
张树兰，Lars Lovdahl，同延安. 2005. 渭北旱塬不同田间管理措施下冬小麦产量及水分利用效率. 农业工程学报，(4)：28-32.
张振江. 1998. 长期麦秆直接还田对作物产量与土壤肥力的影响. 土壤通报，29 (4)：154，155.
张志国，徐琪，Blevins R I. 1998. 长期秸秆覆盖免耕对土壤某些理化性质及玉米产量的影响. 土壤学报，(4)：384-391.
张志田，高绪科，蔡典雄，等. 1995. 旱地麦田保护性耕作对土壤水分状况影响研究. 土壤通报，26 (5)：200-203.
赵聚宝，梅旭荣，薛军红，等. 1996 . 秸秆覆盖对旱地作物水分利用效率的影响. 中国农业科学，29 (2)：59-66.
赵兰坡. 1996. 施用作物秸秆对土坡的培肥作用. 土坡通报，27 (2)：76-78.
赵小凤，赵凤命. 2007. 秸秆覆盖对旱地土壤水分的影响. 山西农业科学，35 (9)：46，47.
郑华斌，彭少兵，唐启源. 等. 2007. 免耕与秸秆覆盖对土壤特性、玉米生长发育及产量的影响. 作物研究，21 (5)：634-638.
周凌云. 1996. 农田秸秆覆盖节水效应研究. 生态农业研究，4 (3)：49-52.
周凌云，徐梦雄. 1997. 秸秆覆盖对麦田耗水量与水分利用率影响的研究. 土壤通报，28 (5)：205，206.
Lachnicht S L，Parmelee R W，Mc Cartney D，et al. 1997. Characteristics of macroporosity ina reduced tillage agroecosystem with manipulated earthworm populations：implications for infiltration and nutrient transport. Soil and Biochemistry，29 (3-4)：493-498.
Ronald E P，Shirley H P. 1984. No-tillage Apiculture Principles and Practices. Nostrand Reinhold Company.
Smith J L. 1990. The Significance of Soil Microbial Biomass Estimation. Soil Biochemistry，Marcel Dekker，New York，6，357-384.
Wicks G A，Crutchfield D A，Burnside O C. 1994. Influence of wheat (*Triticum aestivum*) straw mulch and metolachlor on corn (*Zea mays*) growth and yield. Weed Sci，42：141-147.

第四章　粮草带状间作技术研究

重点开展适宜不同类型坡地的防蚀聚水草带（苜蓿）植被营建、粮草等高条带间作技术及其配置模式研究。通过设置旱坡地不同坡度不同粮草等高间作带宽，对旱坡地粮草带状间作带 0～2m 土壤水分状况、养分迁移特征、水分利用效率、耕种区域水土控制状况等问题进行分析，其研究结果对于旱坡地合理利用及水土保持有重要的指导意义。

第一节　渭北旱塬坡地粮草带状间作技术研究

试验设在陕西省合阳县西北农林科技大学甘井试验基地（概况同第一章第一节）。

（一）试验设计

本试验为对比重复试验，同样为 3 个坡度 5°、10°、15°的小区，试验小区宽为 2.0m，投影长度为 20m。每个坡度小区设含空白处理（CK，裸地）、对照 1——（全种玉米）、对照 2——（全种苜蓿）、处理 1——（2m 玉米＋8m 苜蓿）、处理 2——（4m 玉米＋6m 苜蓿）、处理 3——（5m 玉米＋5m 苜蓿）、处理 4——（6m 玉米＋4m 苜蓿）和处理 5——（8m 玉米＋2m 苜蓿）8 种处理。试验处理见表 4-1。根据当地的耕作习惯，每年施纯氮 300kg/hm²，P_2O_5 150kg/hm²，K_2O 150kg/hm²，裸地不施肥。肥料在播种时一次性施入，每年播种玉米的同时对苜蓿地进行追肥，施肥量与玉米施肥量相同。

表 4-1　玉米苜蓿带状耕作试验处理

处理	坡度/(°)	作物带宽/m		备注
		玉米	苜蓿	
CK_0	5	0	0	裸地
CK_1	5	20	0	20m 玉米
CK_2	5	0	20	20m 苜蓿
1	5	2	8	2m 玉米＋8m 苜蓿
2	5	4	6	4m 玉米＋6m 苜蓿
3	5	5	5	5m 玉米＋5m 苜蓿
4	5	6	4	6m 玉米＋4m 苜蓿
5	5	8	2	8m 玉米＋2m 苜蓿
CK_3	10	0	0	裸地
CK_4	10	20	0	20m 玉米
CK_5	10	0	20	20m 苜蓿
6	10	2	8	2m 玉米＋8m 苜蓿
7	10	4	6	4m 玉米＋6m 苜蓿
8	10	5	5	5m 玉米＋5m 苜蓿

续表

处理	坡度/(°)	作物带宽/m		备注
		玉米	苜蓿	
9	10	6	4	6m 玉米+4m 苜蓿
10	10	8	2	8m 玉米+2m 苜蓿
CK_6	15	0	0	裸地
CK_7	15	20	0	20m 玉米
CK_8	15	0	20	20m 苜蓿
11	15	2	8	2m 玉米+8m 苜蓿
12	15	4	6	4m 玉米+6m 苜蓿
13	15	5	5	5m 玉米+5m 苜蓿
14	15	6	4	6m 玉米+4m 苜蓿
15	15	8	2	8m 玉米+2m 苜蓿

径流观测：采用蓄水池，测定径流体积，确定坡面径流量。

产沙量观测：对蓄水池中的浑水进行采样，通过量积、沉淀、过滤、烘干、称重求得浑水含沙量 ρ，利用公式 $S_T=W\rho$，求得坡面侵蚀泥沙量。

土壤含水量观测：土壤水分的监测使用的是中子仪法和时域反射仪（TDR）法。利用 TDR 对 0～20cm 土壤表层的水分含量进行观测，而中子仪主要是用来观测 20～350cm 土层的水分。各层重复测定 3 次，求平均值。

（二）结果与分析

1. 坡耕地的土壤流失特征

(1) 产流产沙特征

a. 流失总量

根据 2007～2009 年径流小区裸地的实测资料，统计径流小区各年的侵蚀模数和径流模数，见表 4-2。

表 4-2　2007～2009 年径流小区产流产沙总量统计

年份	侵蚀降雨次数	坡度/(°)	产沙量/[t/(km² · a)]	径流量/[m³/(km² · a)]	4～10 月降水量/mm
2007	3	5	420.2	18 466.2	480.9
		10	1772.6	55 500.0	
		15	4280.3	58 586.8	
2008	4	5	511.3	19 542.9	399.8
		10	2680.2	67 608.4	
		15	6286.6	79 782.9	
2009	2	5	31.2	3 500.0	411.7
		10	290.5	17 500.0	
		15	892.0	23 500.0	

续表

年份	侵蚀降雨次数	坡度/(°)	产沙量 /[t/(km² · a)]	径流量 /[m³/(km² · a)]	4～10 月降水量 /mm
平均	3	5	320.9	13 836.4	430.8
		10	1581.1	46 869.5	
		15	3819.6	53 956.6	

由表 4-2 可知，2007～2009 年径流小区 5°、10°和 15°坡平均产沙量分别为 320.9t/(km^2 · a)、1581.1t/(km^2 · a) 和 3819.6t/(km^2 · a)；平均产流量分别为 13 836.4m^3/(km^2 · a)、46 869.5m^3/(km^2 · a) 和 53 956.6m^3/(km^2 · a)。径流小区年产沙量和年径流量均随坡度的增加而增大，表现出随坡度增加，水土流失量及强度均增加的趋势。

b. 水土流失年内与年际变化

2007～2009 年径流小区不同坡度裸地侵蚀性降雨与水土流失的观测结果见表 4-3。

表 4-3　2007～2009 径流小区产流产沙统计

年份	坡度 /(°)	产流序号	发生时间	产流量 /(m³/km²)	(次产流量/年产流量) /%	产沙量 /(t/km²)	(次产沙量/年产沙量) /%
2007	5	1	7 月 26 日	1 462.5	4.3	77.0	18.3
		2	7 月 31 日	17 365.7	50.9	16.3	3.9
		3	8 月 31 日	15 291.2	44.8	327.0	77.8
	10	1	7 月 26 日	11 635.0	21.0	427.8	24.1
		2	7 月 31 日	13 500.0	24.3	391.9	22.1
		3	8 月 31 日	30 313.3	54.7	952.8	53.8
	15	1	7 月 26 日	13 250.0	22.6	1 268.1	29.6
		2	7 月 31 日	14 117.9	24.1	1 244.1	29.1
		3	8 月 31 日	31 305.5	53.4	1 768.1	41.3
2008	5	1	6 月 16 日	6 500.0	32.9	183.0	35.8
		2	8 月 9 日	3 250.0	16.5	143.0	28.0
		3	8 月 20 日	7 750.0	39.2	144.8	28.3
		4	8 月 26 日	2 250.0	11.4	40.5	7.9
	10	1	6 月 16 日	16 750.0	24.7	745.0	27.8
		2	8 月 9 日	11 750.0	17.3	282.5	10.5
		3	8 月 20 日	24 500.0	36.2	615.3	23.0
		4	8 月 26 日	14 750.0	21.8	1 037.5	38.7
	15	1	6 月 16 日	18 000.0	22.5	2 422.0	38.5
		2	8 月 9 日	12 750.0	15.9	1 667.5	26.5
		3	8 月 20 日	32 000.0	40.0	810.0	12.9
		4	8 月 26 日	17 250.0	21.6	1 387.3	22.1

续表

年份	坡度/(°)	产流序号	发生时间	产流量/(m^3/km^2)	(次产流量/年产流量)/%	产沙量/(t/km^2)	(次产沙量/年产沙量)/%
2009	5	1	6月18日	2 500.0	71.4	23.4	75.0
		2	8月26日	1 000.0	28.6	7.8	25.0
	10	1	6月18日	15 000.0	85.7	271.0	93.3
		2	8月26日	2 500.0	14.3	19.5	6.7
	15	1	6月18日	16 000.0	68.1	833.5	93.4
		2	8月26日	7 500.0	31.9	58.5	6.6

由表4-3可知，3年中，水土流失主要发生在汛期。2009年、2007年和2008年发生侵蚀性降雨的次数分别为2次、3次和4次，径流小区5°坡产沙量分别为31.2t/(km^2 · a)、420.3t/(km^2 · a)和511.3t/(km^2 · a)，径流量分别为3500.0m^3/(km^2 · a)、34 119.4m^3/(km^2 · a)和19 750.0m^3/(km^2 · a)；径流小区10°坡产沙量分别为290.5t/(km^2 · a)、1772.5t/(km^2 · a)和2680.3t/(km^2 · a)，径流量分别为17 500.0m^3/(km^2 · a)、55 448.3m^3/(km^2 · a)和67 750.5m^3/(km^2 · a)；径流小区15°坡产沙量分别为892.0t/(km^2 · a)、4280.3t/(km^2 · a)和6286.8t/(km^2 · a)，径流量分别为23 500.0m^3/(km^2 · a)、58 673.4m^3/(km^2 · a)和80 000.0m^3/(km^2 · a)。径流小区各个坡度年径流量和年产沙量均随年内侵蚀性降雨次数的增加而增大，年际间丰水年侵蚀发生的频次最高。

(2) 土壤流失的影响因素

a. 降雨

2007～2009年不同侵蚀性降雨产流产沙资料见表4-4。

表4-4　不同降雨特征下产流产沙量

年份	坡度/(°)	产流序号	降雨特征		产流量/(m^3/km^2)	产沙量/(t/km^2)
			雨量/mm	平均雨强/(mm/min)		
2007	5	1	18.2	1.21	1 462.5	77.0
		2	25.6	0.64	17 365.7	16.3
		3	51.3	1.46	15 291.2	327.0
	10	1	18.2	1.21	11 635.0	427.8
		2	25.6	0.64	13 500.0	391.9
		3	51.3	1.46	30 313.3	952.8
	15	1	18.2	1.21	13 250.0	1 268.1
		2	25.6	0.64	14 117.9	1 244.1
		3	51.3	1.46	31 305.5	1 768.1

续表

年份	坡度/(°)	产流序号	降雨特征		产流量/(m^3/km^2)	产沙量/(t/km^2)
			雨量/mm	平均雨强/(mm/min)		
2008	5	1	33.3	0.32	6 500.0	183.0
		2	19.8	0.67	3 250.0	143.0
		3	54.5	0.30	7 750.0	144.8
		4	29.1	0.55	2 250.0	40.5
	10	1	33.3	0.32	16 750.0	745.0
		2	19.8	0.67	11 750.0	282.5
		3	54.5	0.3	24 500.0	615.3
		4	29.1	0.55	14 750.0	1 037.5
	15	1	33.3	0.32	18 000.0	2 422.0
		2	19.8	0.67	12 750.0	1 667.5
		3	54.5	0.3	32 000.0	810.0
		4	29.1	0.55	17 250.0	1 387.3
2009	5	1	28.5	0.63	2 500.0	23.4
		2	26.1	0.26	1 000.0	7.8
	10	1	28.5	0.63	15 000.0	271.0
		2	26.1	0.26	2 500.0	19.5
	15	1	28.5	0.63	16 000.0	833.5
		2	26.1	0.26	7 500.0	58.5

从表4-4中可知，水土流失主要是由几场大雨和暴雨所形成。2008年第3次侵蚀性降雨与第1次相比，平均雨强基本不变，降雨量增大63.66%，径流小区各个坡度总产流量增加了55.76%；2009年第1次侵蚀性降雨与2008年第4次相比，降雨量基本不变，平均雨强增大14.55%，径流小区各个坡度总产流量增加了2.24%，可见径流小区的产流量与降雨量和平均雨强呈明显正相关。产沙量与降雨量和平均雨强也呈正相关，但不如产流量与降雨特征的关系密切。

b. 坡度

径流小区裸地2008年前3次侵蚀性降雨产流产沙特征如图4-1和图4-2所示。

由图4-1可知，15°坡3次降雨的产沙量均远高于5°坡，分别达到1721%、320%和1051%，比10°坡平均高194%；同时5°坡与10°坡之间的产沙量差异小于10°坡与15°坡之间的差异。尽管每次降雨的产沙量差异较大，但径流小区的产沙量表现出明显的随坡度增加而增大的趋势。由图4-2可知，径流小区的产流量也与坡度的关系密切，坡度增加，产流量也随之增大，且5°坡与10°坡的产流量差异大于10°坡与15°坡之间的差异。

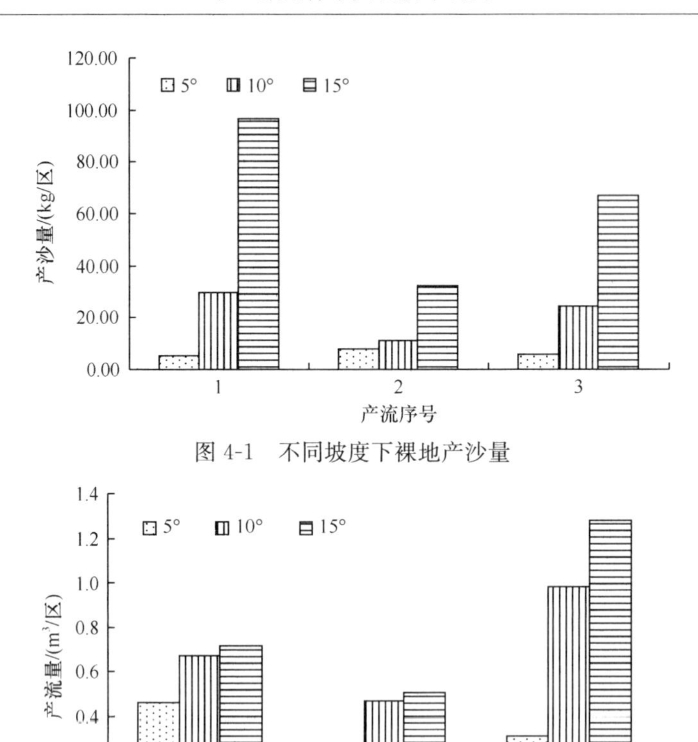

图 4-1　不同坡度下裸地产沙量

图 4-2　不同坡度下裸地产流量

2. 土壤流失的后效

（1）养分流失特征

a. 流失总量

径流小区水土流失从坡耕地带走大量有效养分，见表 4-5。

由表 4-5 可知，各个坡度下，裸地养分的损失表现出有机质随泥沙的损失量最大，氮素其次，磷素损失最少。径流小区 5°、10°和 15°坡产沙中全氮分别流失 253.4t/(km² · a)、1085.8t/(km² · a) 和 3435.5t/(km² · a)，全磷流失 223.3t/(km² · a)、925.4t/(km² · a) 和 1846.3t/(km² · a)，有机质流失 3610.2t/(km² · a)、18 212.1t/(km² · a) 和 30 945.7t/(km² · a)，均表现出随着产沙量的增大而增大的趋势；速效钾、速效磷、硝态氮和铵态氮随泥沙的损失量较小，5°坡平均损失量分别为 40.1t/(km² · a)、6.3t/(km² · a)、4.0t/(km² · a) 和 5.1t/(km² · a)，10°坡平均损失量分别为 152.5t/(km² · a)、30.0t/(km² · a)、24.4t/(km² · a) 和 19.6t/(km² · a)，15°坡平均损失量分别为 290.5t/(km² · a)、57.0t/(km² · a)、30.8t/(km² · a) 和 23.5t/(km² · a)，其中速效钾的损失量最大，速效磷、硝态氮和铵态氮的损失量也随产沙量的增大而增大。

b. 养分流失的年内与年际变化

表 4-6 为 2007～2009 年各次降雨后不同坡度下裸地养分的流失量情况。

表 4-5　2007～2009 年养分流失总量统计

年份	坡度 /(°)	年产沙量 /[t/(km^2·a)]	全氮 /[kg/(km^2·a)]	全磷 /[kg/(km^2·a)]	有机质 /[kg/(km^2·a)]	速效钾 /[kg/(km^2·a)]	速效磷 /[kg/(km^2·a)]	硝态氮 /[kg/(km^2·a)]	铵态氮 /[kg/(km^2·a)]
2007	5	420.2	331.9	292.4	4 727.3	52.5	8.2	5.3	6.7
	10	1 772.6	1 217.3	1 037.5	20 417.9	171.0	33.7	27.4	22.0
	15	4 280.3	3 849.8	2 069.0	34 677.9	325.5	63.9	34.5	26.3
2008	5	511.3	403.8	355.8	5 752.2	63.9	10.0	6.4	8.1
	10	2 680.2	1 840.6	1 568.7	30 872.2	258.5	50.9	41.4	33.3
	15	6 286.6	5 654.4	3 038.8	50 932.4	478.1	93.8	50.6	38.6
2009	5	31.2	24.6	21.7	351.0	3.9	0.6	0.4	0.5
	10	290.5	199.5	170.0	3 346.2	28.0	5.5	4.5	3.6
	15	892.0	802.3	431.2	7 226.8	67.8	13.3	7.2	5.5

表 4-6　2007～2009 年泥沙养分流失特征

年份	坡度/(°)	产流序号	产沙量/[t/(km² · a)]	全氮/[kg/(km² · a)]	全磷/[kg/(km² · a)]	有机质/[kg/(km² · a)]	速效钾/[kg/(km² · a)]	速效磷/[kg/(km² · a)]	硝态氮/[kg/(km² · a)]	铵态氮/[kg/(km² · a)]
2007	5	1	77.0	60.8	53.5	865.7	9.6	1.5	1.0	1.2
		2	16.3	12.9	11.3	183.4	2.0	0.3	0.2	0.3
		3	327.0	258.2	227.5	3 678.2	40.9	6.4	4.1	5.2
	10	1	427.8	293.8	250.4	4 928.5	41.3	8.1	6.6	5.3
		2	391.9	269.2	229.4	4 515.1	37.8	7.4	6.1	4.9
		3	952.8	654.4	557.7	10 976.5	91.9	18.1	14.7	11.8
	15	1	1 268.1	1 140.6	613.0	10 272.0	96.4	18.9	10.2	7.8
		2	1 244.1	1 118.9	601.3	10 076.8	94.6	18.6	10.0	7.6
		3	1 768.1	1 590.3	854.7	14 322.0	134.5	26.4	14.2	10.9
2008	5	1	183.0	144.5	127.3	2 058.8	22.9	3.6	2.3	2.9
		2	143.0	112.9	99.5	1 608.8	17.9	2.8	1.8	2.3
		3	144.8	114.3	100.7	1 628.4	18.1	2.8	1.8	2.3
		4	40.5	32.0	28.2	455.6	5.1	0.8	0.5	0.6
	10	1	745.0	511.6	436.0	8 582.4	71.9	14.1	11.5	9.3
		2	282.5	194.0	165.3	3 254.4	27.2	5.4	4.4	3.5
		3	615.3	422.5	360.1	7 087.7	59.3	11.7	9.5	7.6
		4	1 037.5	712.5	607.2	11 952.0	100.1	19.7	16.0	12.9
	15	1	2 422.0	2 178.4	1 170.7	19 618.2	184.2	36.1	19.5	14.9
		2	1 667.5	1 499.8	806.0	13 506.8	126.8	24.9	13.4	10.2
		3	810.0	728.5	391.5	6 561.0	61.6	12.1	6.5	5.0
		4	1 387.3	1 247.7	670.6	11 236.7	105.5	20.7	11.2	8.5
2009	5	1	23.4	18.5	16.3	263.5	2.9	0.5	0.3	0.4
		2	7.8	6.2	5.4	87.8	1.0	0.2	0.1	0.1
	10	1	271.0	186.1	158.6	3 121.6	26.1	5.1	4.2	3.4
		2	19.5	13.4	11.4	224.6	1.9	0.4	0.3	0.2
	15	1	833.5	749.7	402.9	6 751.2	63.4	12.4	6.7	5.1
		2	58.5	52.6	28.3	473.6	4.4	0.9	0.5	0.4

由表4-6可知，2007～2009年各养分指标的损失量年际间差异较大。其中2008年养分年损失量最大，其次为2007年，比2008年平均减少了31.7%；2009年损失量最少，比2008年减少了87.5%，表现为养分的损失量随着产沙量的增大而增大。对年内次降雨后损失量进行比较，养分的损失同样随着产沙量的增大而增大。因此，产沙量是影响养分随泥沙流失量的主要因素，养分的流失量年际与年内变化和泥沙的流失量变化趋势相同。

（2）水土流失对土壤理化性质的影响

A. 物理特征

a. 土壤流失对土壤孔隙度和容重的影响

土壤孔隙度和容重是两项重要的土壤物理性质，它们关系着土壤水、气、热的流通和贮存以及对植物的供应的充分性和协调性，同时对土壤养分也有多方面的影响。因此容重和孔隙度的变化直接关系到整个土壤质量的好坏。测定不同坡度土壤流失后的径流小区和未流失的平地地块表层0～20cm土壤容重、田间持水量和孔隙度，结果见表4-7。

表4-7　未流失地块和土壤流失地块0～20cm土层物理特征

处理	田间持水量/%	容重/(g/cm³)	土壤孔隙度/%
未流失地块(对照)	22.49	1.34	49.73
5°坡裸地	21.26	1.35	49.40
10°坡裸地	20.25	1.37	48.74
15°坡裸地	20.13	1.37	48.74

由表4-7可知，各个坡度裸地的土壤容重值均大于未流失地块，且田间持水量值和土壤孔隙度均小于未流失平地块。不同坡度间，10°坡、15°坡与对照的土壤容重差异说明土壤流失对土壤的物理性质有一定的影响：坡面产流产沙，使得表层土壤容重提高，孔隙度和田间持水量降低，对土壤水分的下渗和保持造成负面影响。水土流失造成土壤颗粒组成和养分含量的改变，且变化幅度随坡度的增加而增大，最终导致土壤结构的变化。

b. 土壤流失对水分含量的影响

不同坡度径流小区水分损失特征见表4-8。

表4-8　2007～2009年不同坡度下水分损失量

年份	4～10月降雨量/mm	坡度/(°)	径流量/mm	流失率/%
2007	480.9	5	18.2	3.79
		10	53.8	11.18
		15	56.8	11.82

续表

年份	4～10 月降雨量/mm	坡度/(°)	径流量/mm	流失率/%
2008	399.8	5	19.3	4.83
		10	67.6	16.91
		15	79.8	19.96
2009	411.7	5	2.4	0.58
		10	8.5	2.06
		15	23.5	5.71

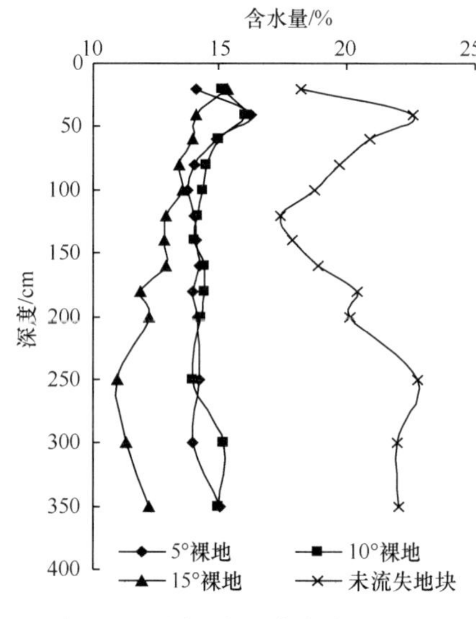

图 4-3　不同层次土壤水分含量对比

由表 4-8 得知，径流小区水分损失随着坡度的增加而增大，10°坡和 15°坡的水分损失大于 5°坡，且水分损失量占生长期 4～10 月的 10%以上；径流小区的产流量越大，损失的水分越多，其中 2008 年的水分损失最大，15°、10°和 5°坡水分损失分别达到 79.8mm、67.6mm 和 19.3mm。

测定侵蚀性降雨后各个处理的 0～350cm 土层含水量，如图 4-3 所示。未流失地块的整个 0～350cm 土层土壤水分含量明显大于坡耕地；不同坡度之间，15°坡整个 0～350cm 土层上的水分含量都略低于 5°坡和 10°坡，表明产流损失的水分对土壤整个 0～350cm 土层的水分含量影响较大，是坡耕地土壤水分损失的主要原因。

B. 养分特征

a. 水土流失对土壤养分影响

在水土流失前与经过一年的侵蚀后对 0～20cm 土壤养分含量的影响见表 4-9。

表 4-9　水土流失对土壤养分含量的影响

坡度/(°)	土样	全氮 /(g/kg)	全磷 /(g/kg)	有机质 /(g/kg)	速效钾 /(mg/kg)	速效磷 /(mg/kg)	硝态氮 /(mg/kg)	铵态氮 /(mg/kg)
5	流失前	0.40	0.48	6.58	100.95	9.96	1.23	1.32
	流失后	0.37	0.48	6.05	56.04	9.30	3.77	5.22
10	流失前	0.45	0.52	7.41	161.44	14.39	2.53	3.43
	流失后	0.41	0.51	6.99	47.46	17.32	4.65	4.85
15	流失前	0.67	0.64	6.95	84.82	14.04	1.14	2.01
	流失后	0.59	0.60	6.25	35.21	17.86	8.36	10.38

由表 4-9 看出，在经过一个雨季的侵蚀后，各个坡度下全氮、全磷、有机质和速效钾含量均有下降，平均分别降低了 9.9%、3.0%、7.9%和 57.9%。由于有机质含量的

基数较大，故虽降低幅度不是最大的，但损失的总量最大，此外，全氮和速效钾的降低也比较多。流失后土壤速效磷、硝态氮和铵态氮含量有所上升。由于该地块上无任何作物，基本不存在速效养分的消耗，故在流失后速效养分含量有所上升。总体上来说，水土流失后，土壤养分含量呈降低的趋势。

b. 泥沙养分含量特征

坡面产流产沙携带走大量的土壤养分，对于坡面的土壤养分含量有着很大的影响。大量研究认为（毕银丽和王百群，1997；许峰等，1999；Legg et al.，1989；Vandyke et al.，1999；Kiepe，1995；Palmer，1996），坡面养分的流失量是以泥沙为主要载体的。故本节忽略径流，以2009年一次侵蚀性降雨为例，主要讨论流失泥沙中的养分含量的特征。养分富集计算公式为

$$富集率/\% = \frac{泥沙样 - 雨前样}{雨后样} \times 100\% \tag{4-1}$$

土壤流失的氮素：氮素是动植物生长所需的主要元素，在维持农业系统的可持续性和经济活力中扮演着重要的角色。由于氮素易淋失、迁移和以气体的形式挥发，因此氮素会大量流失，降低土壤的供氮能力。

1）土壤流失的全氮。分析测定坡面裸地产流前土壤0～20cm土层与降雨产沙中的全氮含量，如图4-4所示。

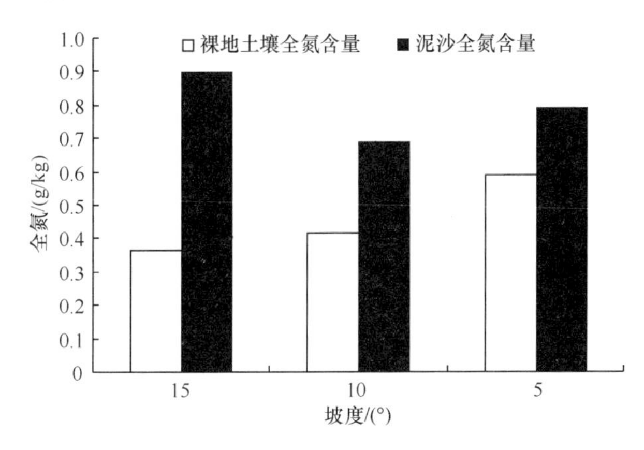

图4-4　不同坡度下泥沙与坡面土壤全氮含量

由图4-4可知，径流小区各个坡度产沙中全氮含量均高于坡面产流前土壤全氮含量，5°、10°和15°坡耕地产沙的养分富集率分别为34.30%、65.62%和146.11%。可见产沙中全氮的养分富集率相当高，因此养分流失量随着产沙量的积累而增大，且随着坡度的增大，养分的流失比例也随之增大。

2）土壤流失的硝态氮、铵态氮。坡面裸地产流前土壤0～20cm土层与降雨产沙中的硝态氮和铵态氮含量如图4-5和图4-6所示。

由图4-5和图4-6可知，产沙中硝态氮和铵态氮含量均高于坡面产流前土壤，5°、10°和15°坡产沙中硝态氮富集率分别为50.17%、232.36%和113.38%，铵态氮的富集率分别为53.06%、155.97%和17.68%。结果表明5°坡硝态氮和铵态氮在产沙中的富

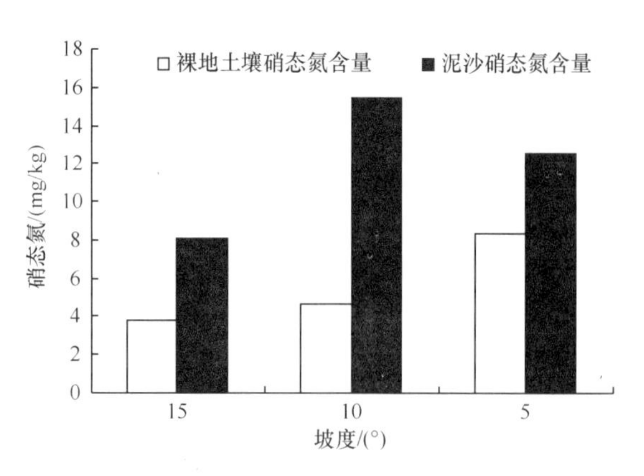

图 4-5　不同坡度下泥沙与坡面土壤硝态氮含量

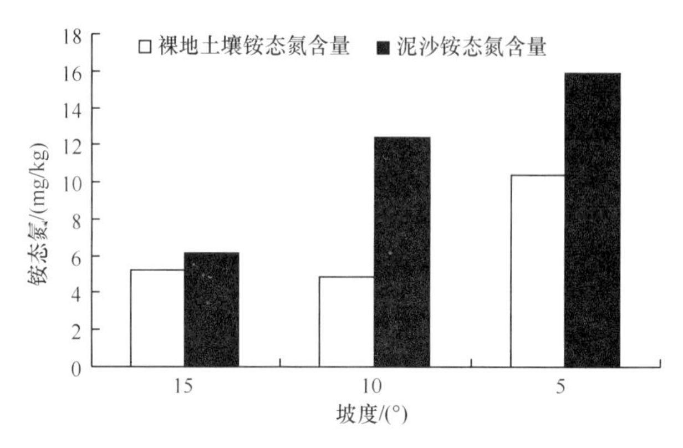

图 4-6　不同坡度下泥沙与坡面土壤铵态氮含量

集率相当，但 10°和 15°坡硝态氮在产沙中富集率远高于铵态氮，可见硝态氮流失过程中比铵态氮对坡度更敏感。

土壤流失的磷素：防止磷素的流失，提高磷素的利用效率，对提高地力、保护流域水质不受农业非点源磷污染具有一定的现实意义（陈欣等，2000）。磷素的损失不仅会降低土壤含磷量，而且会降低土壤的供磷能力，流失的磷素还可能导致水体的富营养化。尤其是在种植业和养殖业较为发达的地区，长期过量施用磷肥和有机肥导致农田土壤耕层处于富磷状态，土壤磷通过地表径流、土壤侵蚀、淋洗等途径加速向水体迁移(Sharpley et al.，1996)，引发受纳水体的富营养化。因此，研究土壤磷素不仅具有农学意义，还具有一定的环境意义。

1）土壤流失的全磷。坡面裸地产流前土壤 0～20cm 土层与降雨产沙中的全磷含量如图 4-7 所示。

由图 4-7 可知，产沙中全磷含量与坡面产流前土壤全磷含量非常接近，5°、10°和 15°坡产沙中全磷富集率分别为 16.66%、15.64%和 1.06%。

2）土壤流失的速效磷。坡面裸地产流前 0～20cm 土层与降雨产沙中的速效磷含量如图 4-8 所示。

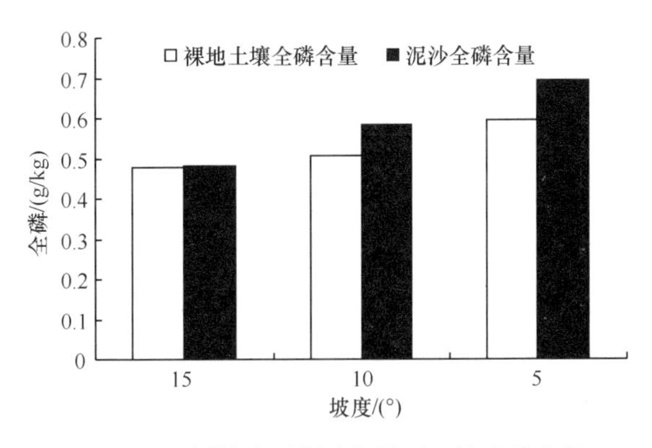

图 4-7　不同坡度下泥沙与坡面土壤全磷含量

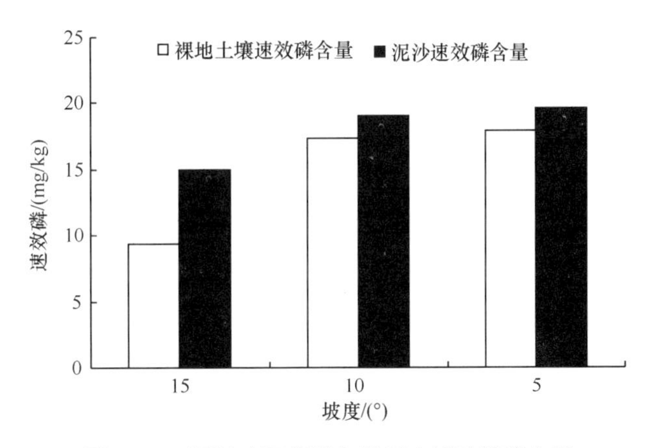

图 4-8　不同坡度下泥沙与坡面土壤速效磷含量

由图 4-8 可知，10°和 15°坡泥沙中速效磷的含量均略高于坡面产流前土壤，与全磷的趋势大体相同。5°、10°和 15°坡产沙中速效磷的富集率分别为 9.49%、9.65%和 60.38%。

土壤流失的钾素：坡面裸地产流前 0～20cm 土层与降雨产沙中的速效钾含量差异如图 4-9 所示。

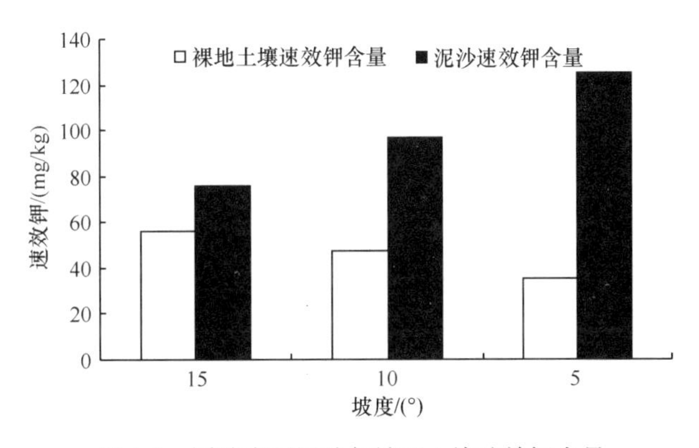

图 4-9　同坡度下泥沙与坡面土壤速效钾含量

由图 4-9 可知，速效钾在产沙中的富集现象较为明显，5°、10°和 15°坡的富集率分别达到 255.15%、103.25%和 35.69%，且速效钾在泥沙中的富集率随着坡度的增大而减小。

土壤流失的有机质：土壤中有机质含量的多少是衡量土壤肥力高低的主要指标，土壤有机质又是改良土壤结构的主要成分。代表土地生产力的有机质主要分布在耕层，由于水土流失，表土大量流失，有机质亦随之流失，从而对土地生产力造成严重的破坏。土壤有机质随着水土流失而减少，导致土壤肥力下降，耕层变浅，土壤结构恶化。这又加速了水土流失，从而形成恶性循环。坡面裸地产流前 0～20cm 土层与降雨产沙中的有机质含量如图 4-10 所示。

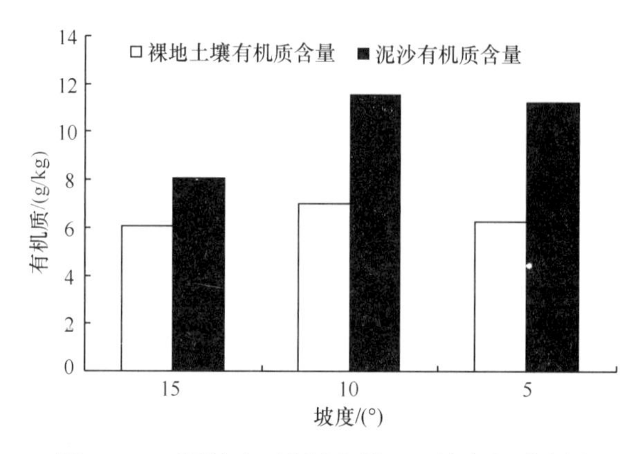

图 4-10　不同坡度下泥沙与坡面土壤有机质含量

由图 4-10 可知，有机质在产沙中也有较明显的富集现象，5°、10°和 15°坡产沙中的有机质富集率分别为 79.93%、64.90%和 33.94%，且与速效钾表现出相同的随着坡度的增大富集率降低的规律。

由以上的分析可知，除磷素外，其他养分都表现出明显的随泥沙富集的现象，尤其是有机质、速效养分和全氮。养分在泥沙中的富集是由于产沙主要来源于坡面表层土壤的细黏粒和细粉粒等携带了大量的养分（李光录和赵晓光，1995），使泥沙中的养分指标高于坡面表层土壤，出现了明显的养分富集现象。

3. 小结

土壤退化机理研究是土地生产力研究的重要内容，有助于阐明降雨等因素对坡耕地的侵蚀特征和坡耕地土壤侵蚀后土壤的退化特征，也为进一步研究土地生产力恢复措施提供了理论参考。通过对坡耕地土壤退化的机理分析，可以得出以下结论。

1）坡耕地土壤退化主要是水土流失所致。渭北黄土高原地区降雨在一年当中的分配不均，坡耕地产流产沙主要集中于一年当中雨季的几场暴雨。水土流失具有年内与年际间的变化特点，一年中主要发生在汛期，年际间丰水年发生的频次最高，观测期内 5°坡平均产沙和径流总量分别为 320.9t/(km^2 · a) 和 13 836.4m^3/(km^2 · a)；10°坡平均流失总量分别为 1581.1t/(km^2 · a) 和 46 869.3m^3/(km^2 · a)；15°坡平均流失总量分别为 3819.6t/(km² · a) 和 53 956.5m³/(km² · a)。降雨和坡度均是影响水土流失的主要因素。年内水土流失的频次随可蚀性降雨次数的增加而增加，且大部分发生于雨季中的 8 月。降雨量和雨强与坡面产流产沙量呈正相关关系，随坡度的增加，水土流失量及强度均增加。

2）土壤流失对土壤的理化性质影响较大。侵蚀地小区表层 0～20cm 土壤容重略大于未流失地块内的土壤，孔隙度和田间持水量均略小于未流失地块，土壤持水能力减弱；对 0～350cm 土层上的水分含量比较可知，未流失地块的水分含量明显高于坡面裸地。流失沙中的全氮、硝态氮、铵态氮、有机质和速效钾有很明显的富集现象，含量均远高于坡面土壤产沙前表层 0～20cm 土壤的含量，其中有机质和速效钾还表现出随着坡度的增大富集率降低的现象。全效养分年损失量中表现为有机质＞全氮＞全磷。

（三）草田带状间作的土壤流失特征

1. 草田带状间作对产流产沙的影响

（1）草田带状间作下产流、产沙总量

a. 产流总量

2007～2009 年不同坡度及不同带宽玉米苜蓿带状间作下产流总量见表 4-10。

表 4-10　2007～2009 年玉米苜蓿带状间作下年产流特点

［单位：m³/(km² · a)］

坡度	处理	2007 年	2008 年	2009 年	年均产流总量
5°	2∶8	3 437.1	4 973.6	750.0	3 053.6
	4∶6	3 866.8	5 345.5	500.0	3 237.4
	5∶5	5 442.1	5 629.2	500.0	3 857.1
	6∶4	3 293.9	5 482.9	1 000.0	3 258.9
	8∶2	3 126.3	7 253.3	1 000.0	3 793.2
	苜蓿单作	2 736.1	3 697.3	1 250.0	2 561.1
	玉米单作	16 933.2	14 075.0	2 250.0	11 086.1
	裸地	18 466.2	19 542.9	3 500.0	13 836.4
10°	2∶8	11 886.8	21 627.1	2 000.0	11 838.0
	4∶6	16 899.3	25 080.0	2 000.0	14 659.8
	5∶5	27 210.7	34 838.6	1 750.0	21 266.4
	6∶4	25 062.5	37 308.1	2 500.0	21 623.5
	8∶2	36 561.1	40 282.1	4 000.0	26 947.7
	苜蓿单作	17 127.5	40 095.0	2 500.0	19 907.5
	玉米单作	45 296.8	63 631.3	8 000.0	38 976.0
	裸地	55 500.0	67 608.0	17 500.0	46 869.3

续表

坡度	处理	2007 年	2008 年	2009 年	年均产流总量
15°	2∶8	23 566.9	18 497.1	3 250.0	15 104.7
	4∶6	20 911.5	26 297.1	4 500.0	17 236.2
	5∶5	45 121.2	42 342.9	7 000.0	31 488.0
	6∶4	47 942.6	39 000.0	5 750.0	30 897.5
	8∶2	44 799.8	57 894.3	7 000.0	36 564.7
	苜蓿单作	20 125.1	24 291.4	1 500.0	15 305.5
	玉米单作	44 750.0	76 472.9	14 250.0	45 157.6
	裸地	58 586.8	79 782.9	23 500.0	53 956.5

注：表中 2∶8 表示 2m 带宽玉米＋8m 带宽苜蓿间作，其他数值以此类推。本章同。

由表 4-10 可知，年际间的产流量差异较大，2008 年产流量最多，2007 年次之，2009 年产流量最少。2007～2009 年数据均表明产流量随着坡度的增大而增大。种植作物的小区产流量均低于裸地；玉米单作产流量大于玉米苜蓿间作，苜蓿单作年均产流量小于玉米苜蓿间作。不同带宽间表现出随着玉米带宽的增大产流量也随之增大的趋势。5°、10°和 15°坡均表现出当玉米带宽为 2m 时的年均产流总量最小，分别为 3053.6m^3/(km^2 · a)、11 838.0m^3/(km^2 · a) 和 15 104.7m^3/(km^2 · a)。5°坡玉米带宽为 5m 时的年均产流总量最大，为 3857.1m^3/(km^2 · a)；10°坡和 15°坡均表现出当玉米带宽为 8m 时，年均产流总量最大，分别为 26 947.7m^3/(km^2 · a) 和 36 564.7m^3/(km^2 · a)；在 5°、10°和 15°坡上，玉米单作年均产流总量分别比裸地降低了 19.9%、16.8%和 16.3%；在 5°、10°和 15°坡上，苜蓿单作年均产流总量分别比裸地降低了 81.5%、57.5%和 71.6%；在 5°、10°和 15°坡上，玉米苜蓿间作下年均产流总量分别比裸地降低了 75.1%、58.9%和 51.3%。

b. 产沙总量

2007～2009 年不同坡度及不同带宽玉米苜蓿带状间作下产沙总量见表 4-11。

表 4-11　2007～2009 年玉米苜蓿带状间作下年产沙量

[单位：t/(km^2 · a)]

坡度	处理	2007 年	2008 年	2009 年	年均产沙总量
5°	2∶8	22.8	83.0	4.8	36.9
	4∶6	26.1	122.1	3.2	50.5
	5∶5	22.8	116.4	4.0	47.7
	6∶4	22.6	152.2	6.5	60.4
	8∶2	45.3	209.7	3.1	86.0
	苜蓿单作	21.3	112.6	0.0	44.6
	玉米单作	267.7	326.0	4.8	199.5
	裸地	420.2	511.3	31.2	320.9

续表

坡度	处理	2007 年	2008 年	2009 年	年均产沙总量
10°	2∶8	552.4	222.5	8.0	261.0
	4∶6	717.5	346.9	12.6	359.0
	5∶5	652.4	506.6	8.3	389.1
	6∶4	754.7	744.1	17.8	505.5
	8∶2	1298.7	720.2	40.5	686.4
	苜蓿单作	607.3	460.2	0.4	356.0
	玉米单作	1635.6	2 004.5	78.8	1239.6
	裸地	1772.6	2 680.3	290.5	1581.1
15°	2∶8	714.8	470.9	14.9	400.2
	4∶6	828.0	486.7	16.3	443.7
	5∶5	686.7	551.2	17.4	418.4
	6∶4	960.6	899.2	42.9	634.2
	8∶2	1565.2	1164.5	101.8	943.8
	苜蓿单作	786.8	477.1	8.8	424.2
	玉米单作	3268.9	5364.9	237.3	2957.0
	裸地	4280.3	6286.6	892.0	3819.6

由表 4-11 可知，2007～2009 年际间产沙总量变化较大，多寡趋势与产流量一致，为 2008 年＞2007 年＞2009 年。2007～2009 年的数据均表明产沙总量随着坡度的增大而增大。种植作物的小区产沙量均低于裸地；不同耕作方式下产沙量大小表现为玉米单作＞玉米苜蓿带状间作＞苜蓿单作。不同带宽间表现出产沙量随着玉米带宽的增大而增大的趋势。5°、10°和 15°坡均表现出当玉米带宽为 2m 时年均产沙总量最小，分别为 36.9t/(km^2·a)、261.0t/(km^2·a) 和 400.2t/(km^2·a)。当玉米带宽为 8m 时年均产沙总量最大，分别为 86.0t/(km^2·a)、686.4t/(km^2·a) 和 943.8t/(km^2·a)。在 5°、10°和 15°坡上，玉米单作年均产沙总量分别比裸地降低了 37.8%、21.6%和 22.6%；在 5°、10°和 15°坡上，苜蓿单作年均产沙量分别比裸地降低了 86.1%、77.5%和 88.9%；在 5°、10°和 15°坡上，玉米苜蓿间作下年均产沙量分别比裸地降低了 82.5%、72.2%和 85.1%。

（2）草田带状间作下产流产沙的年际与年内变化

2007～2009 年共发生了 9 场侵蚀性降雨，不同坡度及玉米苜蓿不同带宽间作下，产流和产沙量特点见表 4-12 和表 4-13。

根据表 4-12 可知，2007～2009 年总体上均表现出玉米苜蓿带状间作下，产流量小于玉米单作和裸地，大于苜蓿单作。间作下产流量随玉米带宽的增大而增大。2007 年 5°、10°和 15°坡，玉米苜蓿不同带宽间作下表现出玉米为 2m 带宽和 4m 带宽时，产流量较小，5m、6m 和 8m 带宽下产流量较大；2008 年 5°不同带宽间作下产流量规律不明显，10°和 15°坡均表现出随着玉米带宽的增大产流增大的趋势；2009 年产流量明显表

表 4-12　2007～2009 年玉米苜蓿带状间作下产流特点

坡度/(°)	处理	2007 年/(m^3/km^2)			2008 年/(m^3/km^2)				2009 年/(m^3/km^2)		年均径流模数
		1	2	3	1	2	3	4	1	2	/[$m^3/(km^2 \cdot a)$]
5	2∶8	780.0	1 097.1	1 560.0	1 200.0	848.6	2 142.9	782.1	750.0	无	3 053.6
	4∶6	877.5	1 234.3	1 755.0	1 350.0	954.6	2 160.7	880.2	500.0	无	3 237.4
	5∶5	1 235.0	1 737.1	2 470.0	1 900.0	843.6	2 053.6	832.1	500.0	无	3 857.1
	6∶4	747.5	1 051.4	1 495.0	1 150.0	813.2	2 410.7	1 108.9	1 000.0	无	3 258.9
	8∶2	801.4	722.3	1 602.7	2 040.0	1 058.6	3 392.9	761.8	1 000.0	无	3 793.2
	苜蓿单作	732.5	538.6	1 465.0	800.0	656.8	1 946.4	294.1	1 250.0	无	2 561.1
	玉米单作	1 072.5	1 835.7	14 025.0	5 575.0	2 000.0	5 000.0	1 500.0	1 500.0	750.0	11 086.1
	裸地	1 462.5	1 736.6	15 291.2	6 500.0	3 250.0	7 750.0	2 169.6	2 500.0	1 000.0	13 836.4
10	2∶8	2 697.5	3 794.3	5 395.0	7 100.0	3 002.1	7 678.6	3 846.4	2 000.0	无	11 838.0
	4∶6	3 835.0	5 394.3	7 670.0	6 300.0	4 455.0	8 250.0	6 075.0	2 000.0	无	14 659.8
	5∶5	6 175.0	8 685.7	12 350.0	15 100.0	3 927.9	8 750.0	7 060.7	1 750.0	无	21 266.4
	6∶4	5 687.5	8 000.0	11 375.0	15 950.0	4 528.9	11 448.9	5 380.4	2 500.0	无	21 623.5
	8∶2	8 807.5	10 138.6	17 615.0	14 250.0	5 576.8	11 964.3	8 491.1	4 000.0	无	26 947.7
	苜蓿单作	3 542.5	6 500.0	7 085.0	24 500.0	2 482.5	8 250.0	4 862.5	2 500.0	无	19 907.5
	玉米单作	11 407.5	11 074.3	22 815.0	16 125.0	11 256.3	23 000.0	13 250.0	6 000.0	2 000.0	38 976.0
	裸地	11 635.0	13 500.0	30 263.3	16 750.0	11 750.0	24 500.0	14 750.0	15 000.0	2 500.0	46 869.3
15	2∶8	4 615.0	6 491.4	12 460.5	4 150.0	2 934.6	7 410.7	4 001.8	2 750.0	500.0	15 104.7
	4∶6	4 095.0	5 760.0	11 056.5	5 900.0	4 172.1	10 535.7	5 689.3	3 250.0	1 250.0	17 236.2
	5∶5	9 815.0	8 805.7	26 500.5	9 500.0	6 717.9	16 964.3	9 160.7	5 500.0	1 500.0	31 488.0
	6∶4	10 367.5	9 582.9	27 992.3	8 750.0	6 187.5	15 625.0	8 437.5	4 250.0	1 500.0	30 897.5
	8∶2	9 262.5	10 528.6	25 008.8	13 550.0	7 081.8	24 196.4	13 066.1	6 000.0	1 000.0	36 564.7
	苜蓿单作	4 092.5	4 982.9	11 049.8	5 450.0	3 853.9	9 732.1	5 255.4	1 000.0	500.0	15 305.5
	玉米单作	10 750.0	12 500.0	21 500.0	17 550.0	11 910.4	30 589.3	16 423.2	9 500.0	4 750.0	45 157.6
	裸地	13 250.0	14 000.0	31 305.5	17 900.0	12 657.9	31 964.3	17 260.7	16 000.0	7 500.0	53 956.5

表 4-13　2007～2009 年玉米苜蓿带状间作下产沙特点

坡度/(°)	处理	2007 年/(t/km²)			2008 年/(t/km²)				2009 年/(t/km²)		年均侵蚀模数/(t/km²·a)
		1	2	3	1	2	3	4	1	2	
5	2∶8	6.1	1.3	15.3	30.3	26.4	13.6	12.7	4.8	无	36.9
	4∶6	7.2	1.1	17.9	57.2	37.3	16.2	11.4	3.2	无	50.5
	5∶5	5.6	3.1	14.0	54.4	25.4	17.9	18.7	4.0	无	47.7
	6∶4	5.9	1.9	14.8	60.8	72.0	10.2	9.2	6.5	无	60.4
	8∶2	11.8	3.8	29.6	69.4	76.6	41.0	22.7	3.1	无	86.0
	苜蓿单作	5.6	1.6	14.1	37.5	40.5	19.4	15.2	无	无	44.6
	玉米单作	72.0	15.7	180.0	133.8	105.8	58.1	28.3	2.7	2.1	199.5
	裸地	77.0	16.3	327.0	183.0	143.0	144.8	40.6	23.4	7.8	320.9
10	2∶8	56.8	51.2	444.4	76.0	52.8	24.4	69.3	8.0	无	261.0
	4∶6	138.1	37.3	542.0	127.8	74.6	40.9	103.7	12.6	无	359.0
	5∶5	173.8	45.2	433.4	217.8	50.8	105.7	132.2	8.3	无	389.1
	6∶4	96.4	32.0	626.3	251.4	144.0	136.6	212.1	17.8	无	505.5
	8∶2	164.6	87.8	1046.2	386.8	153.2	77.0	103.2	40.5	无	686.4
	苜蓿单作	164.1	33.0	410.2	128.6	81.0	46.4	204.2	0.4	无	356.0
	玉米单作	398.6	360.0	877.0	490.3	211.6	423.7	878.8	63.8	15.0	1239.6
	裸地	427.8	391.9	952.8	745.1	282.5	615.2	1037.5	271.0	19.5	1581.1
15	2∶8	177.8	92.6	444.4	105.5	95.0	104.0	166.4	7.9	7.0	400.2
	4∶6	216.8	69.2	542.0	181.2	134.3	43.1	128.1	5.3	11.0	443.7
	5∶5	173.4	79.9	433.4	213.6	91.5	53.7	192.5	6.2	11.3	418.4
	6∶4	250.5	83.7	626.3	341.7	209.2	99.5	248.8	28.9	14.0	634.2
	8∶2	418.5	100.5	1046.2	454.9	250.8	134.6	324.1	88.8	13.0	943.8
	苜蓿单作	282.2	81.3	423.3	147.5	145.7	54.0	129.8	1.1	7.8	424.2
	玉米单作	1076.6	577.4	1614.9	2188.6	1322.5	651.1	1202.7	191.3	46.0	2957.0
	裸地	1268.1	1244.1	1768.1	2422.0	1667.4	809.9	1387.3	833.5	58.5	3819.6

现为随玉米带宽的增大而增大。2007～2009 年玉米苜蓿间作下产流量均表现出随玉米带宽的增大而产流量变大的趋势。根据表 4-13 可知，3 年总体来看，玉米苜蓿带状间作下产沙量小于玉米单作和裸地，大于苜蓿单作。间作下的产沙量随玉米带宽的增大而增大。2007 年 5°、10°和 15°坡上，玉米苜蓿不同带宽间作下表现出玉米 8m 带宽下产沙量最大，玉米为 2m 带宽和 4m 带宽时，产沙量较小；2008 年和 2009 年，各个坡度不同带宽间作下产沙量均表现为随着玉米带宽的增大而增大。2007～2009 年不同带宽玉米苜蓿间作下产沙量变化与产流量变化一致，均表现出随玉米带宽的增大产沙量变大的趋势。

由以上对 2007～2009 年产流、产沙数据的分析可知，种植作物能够有效地减小水土流失，且苜蓿比玉米具有更强的蓄水保土能力。玉米苜蓿间作控制水土流失的能力要大于玉米单作，但小于苜蓿单作。单作玉米的产流、产沙较对照裸地平均降低 17.0％和 23.2％，单作苜蓿对照裸地平均降低 67.1％和 85.6％，而玉米苜蓿带状间作时，平均比对照裸地降低 57.3％和 81.4％。不同带宽间作下随着玉米带宽的增大，苜蓿带宽的减小，产流和产沙量均有所增大。

2. 草田带状间作对作物产量、生物量及生长性状的影响

（1）玉米株高特点

2007～2009 年不同坡度和玉米苜蓿不同间作带宽下株高变化如图 4-11～图 4-13 所示。

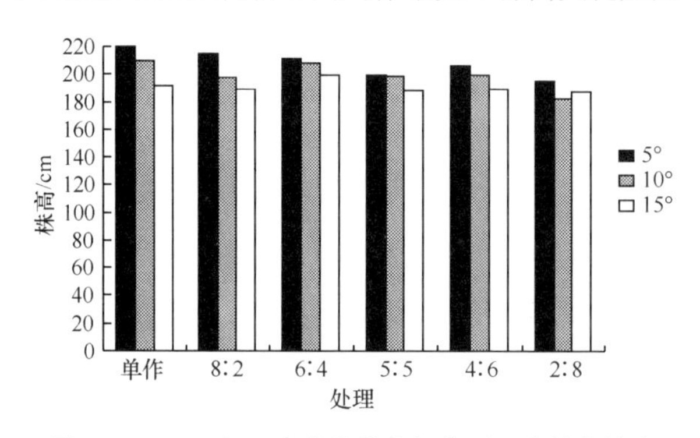

图 4-11　2007 年玉米苜蓿带状间作下玉米株高特点

2∶8 表示 2m 带宽玉米＋8m 带宽苜蓿间作，其他数值以此类推，下同

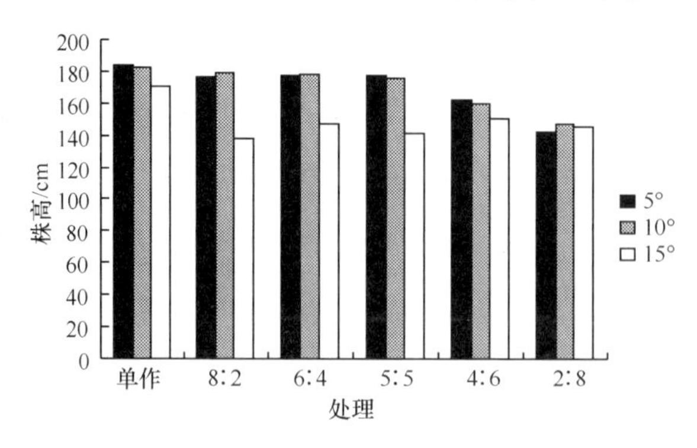

图 4-12　2008 年玉米苜蓿带状间作下玉米株高特点

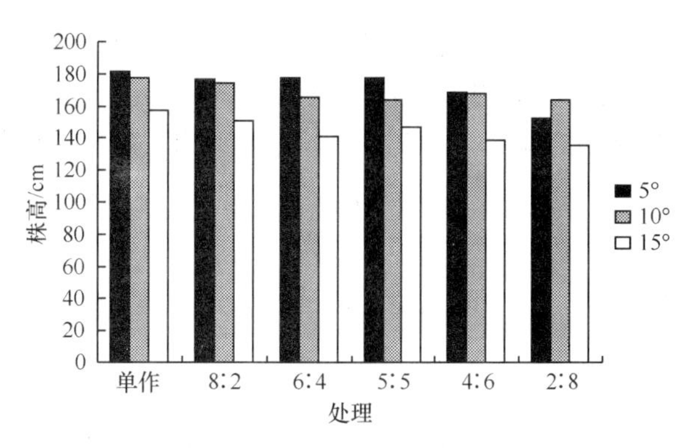

图 4-13　2009 年玉米苜蓿带状间作下玉米株高特点

根据图 4-11、图 4-12 和图 4-13 可知，3 年来玉米株高均随着坡度的增大而降低，玉米 2m 带宽下的玉米株高最低，玉米单作下的株高最高。玉米苜蓿间作下，总体上表现出株高的变化随玉米带宽的增大而增大的趋势。

（2）玉米产量、生物量特点

a. 产量

对 2007～2009 年不同坡度和不同带宽玉米苜蓿间作下玉米的籽粒产量进行了测定，具体产量见表 4-14。

表 4-14　2007～2009 年玉米苜蓿带状间作下产量特点　（单位：kg/hm^2）

坡度	处理	产量			年均产量
		2007 年	2008 年	2009 年	
5°	2∶8	4537.7	3374.5	3267.8	3726.7
	4∶6	5100.9	3898.5	4156.1	4385.2
	5∶5	5866.5	4220.7	5294.6	5127.3
	6∶4	5889.9	4072.2	5075.3	5012.5
	8∶2	5778.5	4465.6	5155.8	5133.3
	单作	4438.7	5512.9	5582.5	5178.0
10°	2∶8	3354.3	3040.2	2313.8	2902.8
	4∶6	4787.9	4236.9	3396.0	4140.3
	5∶5	4409.4	4483.1	3667.0	4186.5
	6∶4	4794.5	4596.2	3558.6	4316.4
	8∶2	4578.2	4597.0	3610.0	4261.7
	单作	5022.9	4746.1	4894.3	4887.8
15°	2∶8	3463.4	3472.1	1299.5	2745.0
	4∶6	3482.0	4157.4	1464.6	3034.7
	5∶5	3873.8	4267.4	1628.0	3256.4
	6∶4	3827.3	3612.9	2491.9	3310.7
	8∶2	3969.4	3614.4	2283.4	3289.1
	单作	4917.4	5174.8	3784.0	4625.4

由表 4-14 可知，3 年玉米的籽粒产量均表现为玉米苜蓿间作下的玉米产量小于单作玉米，且玉米的产量随着坡度的增大而降低，与玉米株高随坡度的变化趋势一致。

2007～2009 年，5°、10°和 15°坡间作下玉米的产量比单作平均低 9.7%、19.0%和 32.4%，表现为坡度愈大，产量的降低程度也愈大。2007～2009 年不同带宽玉米苜蓿间作下，玉米在 2m 带宽下产量最低，5°、10°和 15°坡年均产量分别为 3726.7kg/hm^2、2902.8kg/hm^2 和 2745.0kg/hm^2；在 5°坡上 8m 带宽种植时，年均产量最高达到 5133.3kg/hm^2，10°坡 6m 带宽下年均产量最高，达到 4316.4 kg/hm^2，15°坡 6m 带宽下年均产量最高，为 3310.7 kg/hm^2。3 年来玉米产量总体上表现出随着玉米带宽的增大而增大的趋势。

b. 生物量

对 2007～2009 年不同坡度和不同带宽玉米苜蓿间作下玉米的地上部分生物量包括玉米的秸秆和籽粒产量进行了测定，具体生物量见表 4-15。

表 4-15　2007～2009 年玉米苜蓿带状间作下生物量特点（单位：kg/hm^2）

坡度	处理	生物量			年均生物量
		2007 年	2008 年	2009 年	
5°	2∶8	4 781.6	9 313.8	6 662.6	6 919.3
	4∶6	4 181.6	9 232.6	7 759.4	7 057.9
	5∶5	5 318.5	9 789.7	8 854.4	7 987.5
	6∶4	5 715.5	9 688.5	9 103.8	8 169.3
	8∶2	5 411.1	10 161.3	9 527.8	8 366.7
	单作	5 902.1	11 704.5	10 485.9	9 364.2
10°	2∶8	4 409.4	9 859.8	3 902.7	6 057.3
	4∶6	3 899.8	10 155.6	3 940.5	5 998.6
	5∶5	3 391.2	11 605.4	5 605.2	6 867.3
	6∶4	4 090.8	10 900.0	5 830.2	6 940.3
	8∶2	4 112.8	11 215.7	7 049.9	7 459.5
	单作	4 343.2	12 600.9	8 529.3	8 491.1
15°	2∶8	3 568.2	8 657.1	3 509.7	5 245.0
	4∶6	4 678.2	9 314.3	4 185.0	6 059.2
	5∶5	4 670.8	10 232.1	4 618.0	6 507.0
	6∶4	4 301.0	10 624.3	5 711.6	6 879.0
	8∶2	4 777.5	12 367.7	4 772.1	7 305.8
	单作	4 917.4	11 354.8	7 034.3	7 768.8

由表 4-15 的数据可知，3 年中，2007 年玉米生物量最低，2009 年次之，2008 年最高，玉米生物量年际间变化较大。3 年的年均玉米生物量与株高、产量变化特点一致，均表现为玉米苜蓿间作下的玉米生物量小于单作玉米，且随着坡度的增大而降低。2007～2009 年，5°、10°和 15°坡间作下玉米的生物量比单作平均分别低 17.8%、21.5%和 17.6%，坡度对玉米生物量的降低程度影响不明显。不同带宽间作下，5°、

10°和 15°坡玉米的年均生物量均随着玉米带宽的降低而降低，2m 带宽下生物量最低，5°、10°和 15°坡年均生物量分别为 6919.3kg/hm²、6057.3kg/hm² 和 5245.0kg/hm²；8m 带宽下生物量最高，5°、10°和 15°坡年均生物量分别为 8366.7kg/hm²、7459.5kg/hm² 和 7305.8kg/hm²。

（3）苜蓿生物量特点

试验小区苜蓿于 2007 年 4 月中旬播入，从 2008 年开始每年刈割 3 次，对各个处理下的苜蓿年干物质量进行测定，年生物量为 3 次干物质量的总和。2008 年和 2009 年不同坡度及不同带宽带状间作下的苜蓿年生物量如图 4-14 和图 4-15 所示。

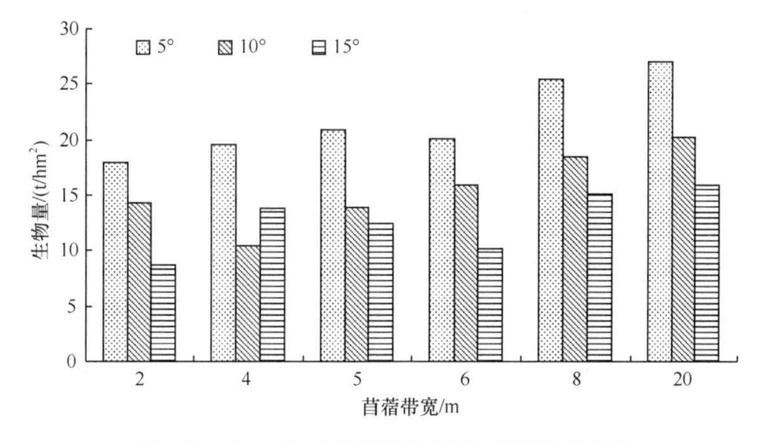

图 4-14　2008 年玉米苜蓿带状间作苜蓿年生物量

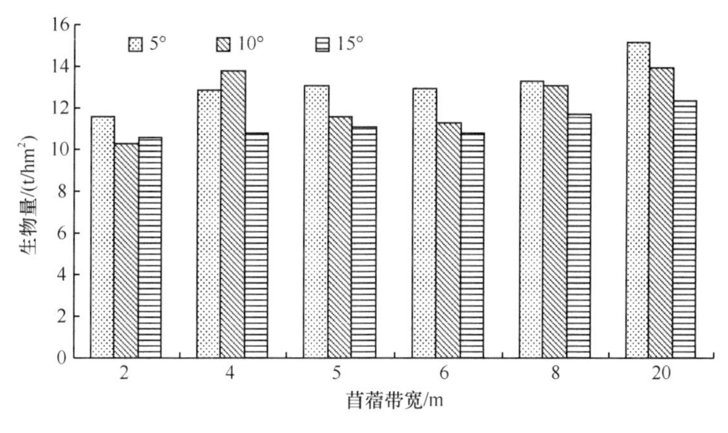

图 4-15　2009 年玉米苜蓿带状间作苜蓿年生物量

如图 4-14 和图 4-15 所示，不同坡度下，2008 年苜蓿年生物量差异较大，2009 年差异相对较小。但均表现出随着坡度的递增苜蓿的年生物量递减的趋势，10°和 15°坡的苜蓿生物量分别比 5°坡降低 16.2%和 29.5%。带状间作下的苜蓿年生物量基本上都小于单作下的苜蓿。2008～2009 年，玉米苜蓿带状间作下，5°、10°和 15°坡苜蓿年均生物量分别比单作苜蓿低 20.4%、21.9%和 18.7%。不同带宽带状间作下，5°坡上苜蓿为 2m 带宽时，年均生物量最低，为 14.7t/hm²；10°坡苜蓿为 4m 带宽时年均生物最低，为 12.1t/hm^2；15°坡苜蓿为 2m 带宽时生物量最低，为 9.7t/hm^2。当苜蓿带宽为 8m 时，5°、10° 和 15° 坡上苜蓿的生物量最高，分别为 19.4t/hm^2、15.8t/hm^2 和 13.5t/hm^2。不同带宽下苜蓿生物量变化总体上表现为随着种植带宽的增大而增大的趋势。

3. 草田带状间作下的养分损失

(1) 养分损失总量

对各个坡度不同带宽下产沙的养分进行测定，计算出 2007～2009 年各年的养分流失总量。2007～2009 年，全效养分和有机质损失量见表 4-16，速效钾和速效磷损失量见表 4-17，硝态氮和铵态氮损失量见表 4-18。

由表 4-16 得知，在 2007～2009 年，2008 年全氮、全磷和有机质随泥沙的损失量最大，2007 年次之，2009 年损失量最小。土壤全氮、全磷和有机质的损失量随着坡度的增大而增大。间作下土壤全氮、全磷和有机质的损失量均小于玉米单作与裸地，大于苜蓿单作；不同带宽间表现为随着玉米带宽的增大，全氮、全磷和有机质的损失量也增大。玉米苜蓿间作下 5°、10°和 15°坡年均全氮损失量分别为 43.6kg/(km^2 · a)、265.2kg/(km^2 · a) 和 498.3kg/(km^2 · a)；玉米苜蓿间作下 5°、10°和 15°坡年均全磷损失量分别为 39.3kg/(km^2 · a)、250.9kg/(km^2 · a) 和 297.3kg/(km^2 · a)；玉米苜蓿间作下 5°、10°和 15°坡年均有机质损失量分别为 677.2kg/(km^2 · a)、5154.5kg/(km^2 · a) 和 6462.2kg/(km^2 · a)。坡地玉米苜蓿带状间作下全氮、全磷和有机质年平均损失量分别比玉米单作分别减少 37.0%、75.9%和 31.3%；玉米苜蓿带状间作下全氮、全磷和有机质年平均损失量比裸地分别减少 83.1%、80.4%和 76.7%；间作下全氮、全磷和有机质年平均损失量比苜蓿单作增大 61.1%、32.7%和 46.1%。

根据表 4-17 和表 4-18 得知，速效钾、速效磷、硝态氮和铵态氮的损失量年际间的变化趋势与全量养分一致，损失量大小依次为 2008 年＞2007 年＞2009 年。不同坡度土壤速效钾、速效磷、硝态氮和铵态氮的损失量随着坡度的增大而增大；间作下土壤速效钾、速效磷、硝态氮和铵态氮的损失量均小于玉米单作与裸地，但大于苜蓿单作。坡地玉米苜蓿带状间作下速效钾、速效磷、硝态氮和铵态氮年平均损失量比玉米单作分别减少 78.0%、76.5%、75.1%和 39.3%；坡地玉米苜蓿带状间作下速效钾、速效磷、硝态氮和铵态氮年平均损失量比裸地分别减少 73.3%、79.8%、71.5%和 78.0%；间作下速效钾、速效磷、硝态氮和铵态氮年平均损失量比苜蓿单作分别增大 38.8%、39.1%、31.8%和 4.6%。

根据测定的泥沙养分含量统计得知，各次降雨后的产沙中，全效养分含量差异较小，因此，产沙量为影响养分损失总量的主要因素，使得全年养分的损失总量与土壤流失总量变化趋势相一致。

(2) 泥沙养分含量特点

a. 全量养分含量特点

10°坡玉米苜蓿不同带宽耕作下降雨造成的产沙中全氮和全磷含量如图 4-16 所示。

表 4-16 玉米苜蓿带状间作下全效养分年损失量 [单位:kg/(km^2 · a)]

坡度	处理	2007年			2008年			2009年			平均		
		全氮	全磷	有机质	全氮	全磷	有机质	全氮	全磷	有机质	全氮	全磷	有机质
5°	2∶8	21.4	16.9	297.2	77.9	61.5	1 083.5	4.5	3.6	62.7	34.6	27.3	481.1
	4∶6	21.1	17.8	316.7	98.6	83.2	1 480.6	2.6	2.2	38.8	40.8	34.4	612.0
	5∶5	19.7	15.7	253.2	100.8	80.3	1 294.8	3.5	2.8	44.6	41.3	32.9	530.9
	6∶4	17.0	14.9	264.7	114.2	100.6	1 782.8	4.9	4.3	76.6	45.4	39.9	708.0
	8∶2	29.5	32.5	555.0	136.8	150.7	2 569.0	2.0	2.2	37.6	56.1	61.8	1 053.9
	苜蓿单作	15.3	15.6	251.4	80.8	82.1	1 326.0	0.0	0.0	0.0	32.0	32.6	525.8
	玉米单作	212.7	187.0	3 453.1	259.0	227.7	4 204.6	3.8	3.3	61.5	158.5	139.3	2 573.1
	裸地	331.9	292.4	4 727.4	403.8	355.8	5 752.5	24.7	21.7	351.3	253.5	223.3	3 610.4
10°	2∶8	368.3	312.5	6 604.1	148.3	125.9	2659.8	5.3	4.5	95.1	174.0	147.6	3 119.7
	4∶6	467.8	416.6	8447.2	226.2	201.4	4 084.9	8.2	7.3	148.0	234.1	208.4	4 226.7
	5∶5	405.8	363.2	7 604.7	315.0	282.0	5 904.3	5.1	4.6	96.2	242.0	216.6	4 535.1
	6∶4	417.2	438.3	8 813.4	411.4	432.2	8 690.0	9.8	10.3	207.9	279.5	293.6	5 903.8
	8∶2	750.1	734.8	15 111.0	416.0	407.5	8 380.0	23.4	22.9	471.3	396.5	388.4	7 987.4
	苜蓿单作	428.9	375.7	6 995.0	325.0	284.7	5 300.6	0.3	0.2	4.2	251.4	220.2	4 099.9
	玉米单作	1 128.5	965.0	19 953.9	1 383.1	1 182.7	24 455.3	54.3	46.5	960.8	855.3	731.4	15 123.3
	裸地	1 217.3	1 037.5	20 420.2	1 840.7	1 568.7	30 877.1	199.5	170.0	3 346.3	1 085.8	925.4	18 214.5
15°	2∶8	795.8	381.9	9 509.4	524.3	251.6	6 264.4	16.6	7.9	198.0	445.6	213.8	5 323.9
	4∶6	749.8	401.6	9 213.8	440.8	236.1	5 416.1	14.8	7.9	181.3	401.8	215.2	4 937.1
	5∶5	796.3	355.6	7 663.6	639.2	285.5	6 152.1	20.2	9.0	194.2	485.2	216.7	4 670.0
	6∶4	884.3	490.5	11 967.9	827.7	459.1	11 202.9	39.5	21.9	534.2	583.8	323.8	7 901.7
	8∶2	953.4	857.1	15 718.7	709.3	637.7	11 694.6	62.0	55.7	1 021.8	574.9	516.8	9 478.4
	苜蓿单作	403.6	352.2	7 031.8	244.7	213.6	4 263.3	4.5	4.0	79.0	217.6	189.9	3 791.4
	玉米单作	2 556.6	1 731.8	41 017.0	4 195.9	2 842.1	67 315.7	185.6	125.7	2 976.9	2 312.7	1 566.5	37 103.2
	裸地	3 849.9	2 069.0	34 678.2	5 654.4	3 038.8	50 932.6	802.3	431.1	7 226.4	3 435.5	1 846.3	30 945.7

表 4-17　玉米苜蓿带状间作下速效养分年损失量

[单位:kg/(km^2 · a)]

坡度	处理	2007 年		2008 年		2009 年		平均	
		速效钾	速效磷	速效钾	速效磷	速效钾	速效磷	速效钾	速效磷
5°	2∶8	1.27	0.49	4.62	1.79	0.27	0.10	2.05	0.79
	4∶6	1.24	0.59	5.80	2.74	0.15	0.07	2.40	1.13
	5∶5	2.74	0.42	14.00	2.17	0.48	0.07	5.74	0.89
	6∶4	3.15	0.39	21.21	2.62	0.91	0.11	8.42	1.04
	8∶2	6.09	0.87	28.20	4.03	0.41	0.06	11.57	1.65
	苜蓿单作	2.72	0.39	14.34	2.08	0.00	0.00	5.69	0.82
	玉米单作	31.98	5.50	38.94	6.69	0.57	0.10	23.83	4.10
	裸地	52.54	8.22	63.94	10.00	3.90	0.61	40.13	6.28
10°	2∶8	73.18	10.64	29.47	4.29	1.05	0.15	34.57	5.03
	4∶6	69.21	13.51	33.47	6.53	1.21	0.24	34.63	6.76
	5∶5	94.90	12.35	73.68	9.59	1.20	0.16	56.59	7.37
	6∶4	72.79	14.03	71.77	13.83	1.72	0.33	48.76	9.40
	8∶2	88.15	25.36	48.88	14.06	2.75	0.79	46.59	13.40
	苜蓿单作	61.06	11.72	46.27	8.88	0.04	0.01	35.79	6.87
	玉米单作	308.10	32.98	377.61	40.42	14.83	1.59	233.51	25.00
	裸地	170.98	33.66	258.54	50.90	28.02	5.52	152.51	30.03
15°	2∶8	121.48	12.97	80.03	8.54	2.53	0.27	68.01	7.26
	4∶6	103.54	11.24	60.86	6.61	2.04	0.22	55.48	6.02
	5∶5	97.08	11.35	77.93	9.11	2.46	0.29	59.16	6.92
	6∶4	127.96	11.49	119.78	10.76	5.71	0.51	84.48	7.59
	8∶2	208.50	31.71	155.12	23.59	13.55	2.06	125.73	19.12
	苜蓿单作	95.18	10.90	57.70	6.61	1.07	0.12	51.32	5.88
	玉米单作	362.41	56.80	594.77	93.21	26.30	4.12	327.83	51.38
	裸地	325.49	63.88	478.05	93.81	67.83	13.31	290.46	57.00

表 4-18　玉米苜蓿带状间作下硝态氮和铵态氮年损失量

[单位:kg/(km² · a)]

坡度	处理	2007 年		2008 年		2009 年		平均	
		硝态氮	铵态氮	硝态氮	铵态氮	硝态氮	铵态氮	硝态氮	铵态氮
5°	2∶8	0.90	0.24	3.27	0.87	0.19	0.05	1.45	0.39
	4∶6	0.73	0.89	3.41	4.18	0.09	0.11	1.41	1.73
	5∶5	0.58	0.49	2.97	2.49	0.10	0.09	1.22	1.02
	6∶4	0.70	0.55	4.72	3.71	0.20	0.16	1.87	1.47
	8∶2	0.62	0.46	2.89	2.12	0.04	0.03	1.18	0.87
	苜蓿单作	0.30	0.44	1.58	2.30	0.00	0.00	0.63	0.91
	玉米单作	2.91	3.36	3.55	4.09	0.05	0.06	2.17	2.50
	裸地	5.27	6.68	6.42	8.12	0.39	0.50	4.03	5.10
10°	2∶8	7.99	6.01	3.22	2.42	0.12	0.09	3.78	2.84
	4∶6	9.56	6.96	4.62	3.36	0.17	0.12	4.78	3.48
	5∶5	9.18	5.62	7.13	4.37	0.12	0.07	5.48	3.35
	6∶4	11.65	7.86	11.49	7.75	0.27	0.19	7.80	5.27
	8∶2	17.74	12.73	9.84	7.06	0.55	0.40	9.38	6.73
	苜蓿单作	9.73	6.18	7.37	4.69	0.01	0.00	5.70	3.62
	玉米单作	29.42	16.13	36.06	19.76	1.42	0.78	22.30	12.22
	裸地	27.37	22.01	41.38	33.28	4.48	3.61	24.41	19.63
15°	2∶8	13.33	8.05	8.78	5.30	0.28	0.17	7.46	4.51
	4∶6	9.96	6.81	5.86	4.00	0.20	0.13	5.34	3.65
	5∶5	9.98	6.39	8.01	5.13	0.25	0.16	6.08	3.89
	6∶4	15.41	8.10	14.43	7.58	0.69	0.36	10.18	5.35
	8∶2	28.12	13.87	20.92	10.32	1.83	0.90	16.96	8.36
	苜蓿单作	12.02	10.36	7.29	6.28	0.14	0.12	6.48	5.59
	玉米单作	47.87	3.02	78.57	4.96	3.47	0.22	43.30	2.73
	裸地	34.46	26.30	50.61	38.63	7.18	5.48	30.75	23.47

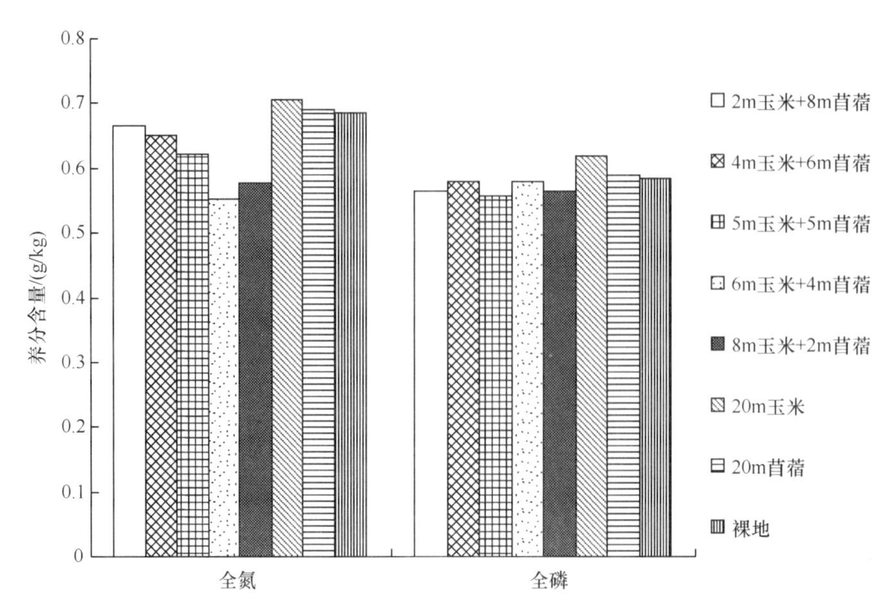

图 4-16　不同带宽带状耕作下泥沙全量养分含量特点

由图 4-16 可知，带状耕作卜的泥沙全氮含量均小于单作，不同带宽带状耕作下产沙中全氮含量表现出随着玉米带宽增大而降低的趋势。单作之间互相比较，玉米单作下产沙的全氮含量比苜蓿单作高，但含量差异较小。由于裸地地块不施肥，所以裸地的产沙养分含量要稍低。泥沙中全磷含量随着带宽的变化不明显，各个带宽下产沙的全磷含量变化较小。单作玉米下产沙的全磷含量最高。

b. 速效养分含量特点

10°坡玉米苜蓿不同带宽耕作下降雨造成的产沙中硝态氮、铵态氮和速效磷含量如图 4-17 所示。

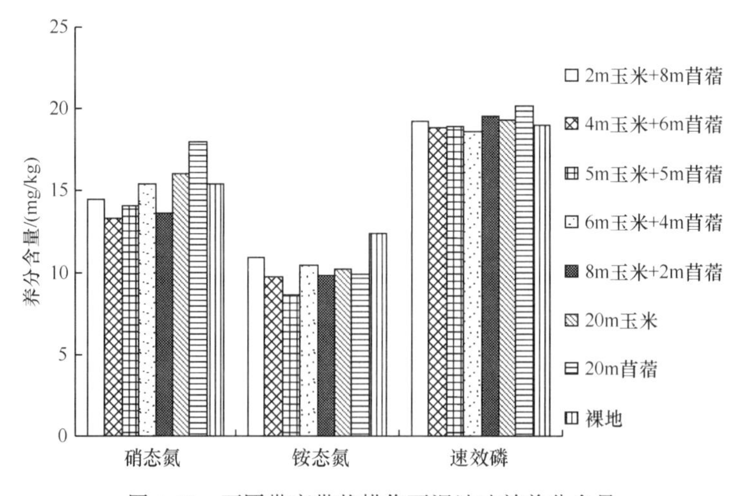

图 4-17　不同带宽带状耕作下泥沙速效养分含量

从图 4-17 得知，泥沙矿质氮中硝态氮含量要高于铵态氮，因此损失硝态氮的量要大于铵态氮。玉米苜蓿带状耕作下，泥沙中硝态氮的含量表现出随着玉米带宽的增大而增大的趋势，且在玉米苜蓿带状耕作下产生泥沙中的硝态氮含量要小于单作。单作间表现出苜蓿地块产沙的硝态氮含量最高。单作下与裸地相比，裸地泥沙中的硝态氮含量最小。泥沙中铵态氮的变化随着带状耕作带宽和单作作物的变化不明显，且变化范围也较小，但种植作物的地块产生泥沙中的铵态氮含量均小于裸地。泥沙中速效磷含量的变化也与带状耕作带宽关系较小，带状耕作下不同带宽间的变化不明显，均在 2mg/kg 范围内。单作下表现为苜蓿地块产生泥沙中的速效磷含量要大于玉米地块，且大于裸地。

c. 有机质含量特点

10°坡玉米苜蓿不同带宽耕作下降雨造成的产沙中有机质含量如图 4-18 所示。

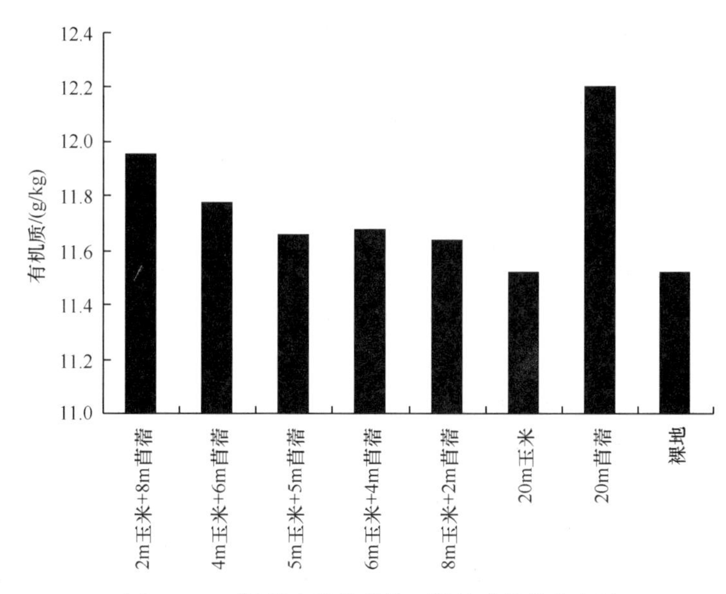

图 4-18　不同带宽带状耕作下泥沙速效养分含量

由图 4-18 可以看出，泥沙中有机质的含量表现出随着玉米带宽的增大而下降的趋势，带状耕作下，8m 带宽玉米与 2m 带宽苜蓿带状耕作下产生泥沙中的有机质含量最低。单作之间表现出苜蓿地块产生的泥沙中的有机质含量远远高于玉米地和裸地。可以看出，泥沙中有机质的含量与苜蓿的带宽有着明显的关系。由于苜蓿能够明显减少泥沙产生的量，且种植苜蓿能够促进土壤有机质的累积（杨玉海等，2005），故泥沙中有机质的含量会随着苜蓿带宽的增大而增大。

4. 小结

1）作物植被和不同的耕作方式均能够有效地减少水土流失。苜蓿较玉米具有更强的蓄水保土能力。在玉米苜蓿间作下控制水土流失的能力要大于玉米单作，但小于苜蓿单作。单作玉米的产流、产沙较对照裸地平均降低 17.0%和 23.2%，单作苜蓿对照裸地平均降低 67.1%和 85.6%，而玉米苜蓿带状间作时，平均比对照裸地降低 57.3%和

81.4%。不同带宽间作下表现为随着玉米带宽的增大和苜蓿带宽的减小，产流和产沙量均有所增大。

2）玉米苜蓿带状间作下，玉米株高、产量、生物量和苜蓿年生物量均随着坡度的增大而减小。同一坡度下，间作玉米的株高、产量、生物量和间作苜蓿的年生物量均小于单作；不同带宽间玉米的株高、产量、生物量和苜蓿的年生物量均表现出随着玉米种植带宽的减小而减小。5°、10°和15°坡间作下玉米的产量比单作平均低9.7%、19.0%和32.4%；间作下玉米生物量比单作平均分别低17.8%、21.5%和17.6%；间作下苜蓿生物量分别比单作低20.4%、21.9%和18.7%。

3）养分损失的总量主要受产沙总量的影响，全年养分的损失总量与土壤流失总量变化趋势一致。土壤养分的损失量表现为裸地>玉米单作>间作>苜蓿单作；不同带宽间表现出随着玉米带宽的增大养分损失量变大的趋势。单位面积上有机质的损失量最大，氮素次之，磷素最少。玉米苜蓿间作下能够有效地减少养分的损失，相对于裸地，间作下氮素、磷素和有机质的损失量分别减少83.1%、80.4%和76.7%；相对于玉米单作，间作下氮素、磷素和有机质的损失量分别减少37.0%、75.9%和31.3%。

玉米苜蓿带状间作下，玉米和苜蓿的产量相对于单作均有所下降。相对于玉米单作，玉米苜蓿带状间作能够较好地减少水土流失，降低土壤退化的速度；对于苜蓿单作来说，虽然间作下水土流失量要高于单作苜蓿，且间作下苜蓿生物量小于单作，但从经济角度来看，玉米苜蓿间作下的经济效益要高于单作苜蓿。因此，玉米苜蓿间作既能够有效地减少水土流失，又能提高土地的利用率；不但能够收获玉米籽粒和秸秆，而且还收获了优质的饲草。因此，粮草间作是一项可行性比较高的耕作措施，尤其在农业与牧业均有发展的地区推广较为合适。由于产量和水土流失量均与作物的带宽有较明显的关系，故玉米带宽太大将导致水土流失强度加大，苜蓿带宽太大使得玉米产量大幅度降低，经济效益下降。综合考虑水土流失与经济产量因素，玉米5m带宽+苜蓿5m带宽、玉米6m带宽+苜蓿4m带宽是坡耕地治理水土流失的较为理想的农业耕作措施。

（四）土地生产力评价

1. 评价模型的建立及参数选取

生产力指数（PI）模型最初由Neil（1979）提出，后经Kiniry及Pierce等修正和完善，用来评价侵蚀对美国土壤生产力的长期影响。该模型简单直观、求解方便、实用性强，比较适合资料相对短缺的国家和地区。

PI模型根据土壤对作物根系生长发育的适宜性，将根系分布范围内各土层根系生长因子赋值并相乘，然后将各层次的值按根系分布加权求和，从而得出生产力指数（PI）值，模型的一般表达式为

$$\mathrm{PI}=\sum_{i=1}^{n}(A_i\times B_i\times C_i\times\cdots\times \mathrm{WF}_i) \tag{4-2}$$

式中，PI是土地生产力指数；A、B、C…是根系生长限制因子；WF是权重因子；n是土层数；i为土层序号。PI变化范围从0到1。

根据试验区实际情况，选取土壤养分、水分和土壤容重 3 个因子作为根系生长发育的主要限制因子。模型中各因子对根系生长的适宜度确定如下所述。

a. 养分因子

根据黄土高原目前土壤养分含量水平，取有机质 15g/kg、速效氮 90mg/kg 和速效磷 20mg/kg 为满分值。当土壤养分含量大于等于上述标准时，赋值为 1，低于上述标准时，以实际含量与满分值时含量的比值为实际含量的得分值，该值介于 0～1。

b. 土壤水分因子

土壤田间持水量为土壤水分的一个重要指标。当土壤含水量大于田间持水量的 60%时，水分不限制作物根系的生长，当土壤含水量小于田间持水量的 60%时，作物根系的生长受土壤含水量限制。故当土壤含水量大于田间持水量的 60%时，土壤水分因子得分值为 1，当土壤含水量小于田间持水量的 60%时，将土壤含水量与 60%的田间持水量的比值为实际含水量的得分值，该值介于 0～1。试验测得试验地的田间持水量为 22.4%。

c. 土壤容重因子

才晓玲和李志洪（2009）通过在不同容重和不同土层施肥对玉米根系生长状况的影响的研究，得出土壤容重为 1.2g/cm^3 为作物生长较适宜的容重，因此选取容重小于等于 1.2g/cm^3 时，赋值为 1，当容重为 1.45g/cm^3 时赋值为 0，实际容重值和 1.45 之差与 1.45 和 1.2 之差的比值为实际分值。

d. 根系权重因子

刘晶淼等（2009）对玉米在土壤剖面的分布的研究表明，玉米根系在 0～100cm 土层上分布达到 80%以上。因此，选取 0～100cm 土层为生产力评价的目标层，每 20cm 为 1 个层次，共 5 个层次。以实测各层玉米根系含量百分比作为根系权重因子。

2. 草田带状耕作下土地生产力指数

（1）参数因子的确定

a. 养分因子

土壤 0～100cm 土层养分以每 20cm 为 1 层，共分为 5 个层次来测定。实测各层土壤中有机质含量、速效氮含量、速效磷含量等，与标准值进行比对，得到各层土壤有机质含量因子、速效氮含量因子和速效磷含量因子。

b. 土壤水分因子

采用中子仪和 TDR 测定 0～100cm 土层内的水分含量，同样，每 20cm 为一层，共分 5 个层次，与田间持水量的 60%进行对比，得到土壤水分因子赋值。

c. 土壤容重因子

采用环刀法，逐层测定 0～100cm 不同层次下土壤容重，根据容重标准，当容重小于等于 1.2g/cm^3 时，赋值为 1，当容重大于 1.45g/cm^3 时赋值为 0，得到土壤容重因子。

d. 根系权重因子

对带状耕作下玉米条带内 0～100cm 土层上根系的分布进行测定，每 20cm 为 1 个层次，共 5 个层次。以实测各层玉米根系含量百分数作为根系权重因子。

（2）生产力指数

草田带状耕作下，通过 PI 模型对不同带宽下玉米条带内的土地生产力指数进行评价，具体 PI 值见表 4-19。

表 4-19　玉米苜蓿带状耕作下不同带宽玉米生产力指数

坡度/(°)	2m 玉米	4m 玉米	5m 玉米	6m 玉米	8m 玉米	裸地
5	0.0312	0.0302	0.0362	0.0346	0.0382	0.0162
10	0.0150	0.0181	0.0252	0.0234	0.0273	0.0045
15	0.0096	0.0162	0.0154	0.0178	0.0217	0.0035

由表 4-19 可知，各个坡度不同带宽下带状耕作玉米的生产力指数均高于裸地，且随着坡度的增大，生产力指数降低。不同带宽间的生产力指数表现出随着玉米带宽的增大而增大的趋势。不同坡度下生产力指数与玉米产量表现为随着坡度的增大，生产力指数下降，玉米产量也随之下降，生产力指数与玉米产量表现一致。

3. 小结

玉米苜蓿带状耕作下，生产力指数均明显高于裸地，不同坡度间表现出随着坡度增大而衰减的趋势。坡度越大，水土流失程度越严重，对玉米的生长影响越大，产量和生物量越低，这与生产力指数的变化相符合。玉米不同带宽带状耕作下表现为随着玉米带宽的增大，PI 值变大。玉米产量与生产力指数变化趋势基本一致，随着生产力指数的衰减，产量也随之降低，但产量的降低趋于变缓。

（五）结论与讨论

1. 主要结论

针对土壤侵蚀导致生产力降低及人工土地生产力恢复等问题，本节通过在渭北黄土高原的合阳县进行的定位观测、人工模拟和田间试验数据的初步分析与探讨，得出了以下主要结论。

1）坡耕地的土壤退化是水土流失所致。在研究区，水土流失具有年内与年际间的变化特点，一年中主要发生在汛期，年际间丰水年发生的频次最高，观测期年平均产沙量和径流量分别为 1907.2t/(km^2 · a) 和 38 220.7m^3/(km^2 · a)，最大流失量（2007 年 8 月 31 日）为 1016.0t/(km^2 · a) 和 25 636.7m^3/(km^2 · a)；水土流失主要是由几场大雨和暴雨所形成，且受坡度、作物植被和耕作方式的影响。其结果造成耕层土壤容重增大，孔隙度变小，田间持水能力降低，流失土壤中有机质、全氮、硝态氮、铵态氮和速效钾等养分元素出现明显的“富集”。

2）作物植被能够有效地减少坡耕地的产流量和产沙量。观测证明，作物单作、玉米＋苜蓿带状耕作均有如此功效，但玉米＋苜蓿带状耕作下的产流量和产沙量降低幅度最大，且玉米和苜蓿配置的相对带宽是影响水土流失大小的主要因素。产沙中的有机质和全氮的含量表现出随着玉米带宽的增大而减小，全磷、硝态氮、铵态氮和速效磷含量变化较小。不同坡度条件下，玉米的株高、产量、生物量和苜蓿年生物量都随着坡度的增大而减小；同一坡上不同带宽带状耕作下玉米和苜蓿的产量与生物量均小于单作玉米及苜蓿，且随着各自作物种植带宽的增大而增大。综合考虑土壤流失量与作物经济产量因素，玉米5m带宽＋苜蓿5m带宽、玉米6m带宽＋苜蓿4m带宽是坡耕地治理水土流失的较为理想的农业耕作措施。

3）对玉米＋苜蓿带状耕作和水平梯田＋土壤培肥两种措施的土地生产力进行评价后发现，坡度越大土地生产力指数衰减的趋势越明显，玉米带状耕作土地生产力指数明显高于裸地，因此，玉米苜蓿带状耕作能提高土地生产力。综合分析后可知，坡改梯田是恢复土地生产力的根本措施和有效途径。

2. 讨论

本节在研究土壤退化机理和土地生产力恢复措施方面做了系统的研究，为渭北黄土高原地区土地生产力恢复途径的确定提供了一定的理论依据，但由于时间以及其他客观因素的限制，研究中仍有许多方面有待进一步深入研究。

1）玉米苜蓿带状耕作下，种植边界作物生长及根系分布情况。由于苜蓿与玉米的根系在土壤剖面上分布的情况有所差异，且各自对水分的需求量不同，故在种植边界处必然存在根系相互穿插的情况。此方面深入的研究有助于说明玉米与苜蓿带状间作下相互的影响作用。

2）苜蓿地块土壤水分入渗的研究。由于苜蓿地块内土壤每年均未进行耕作，故水分在苜蓿地块内的入渗情况随着时间推移的变化对说明玉米苜蓿带状耕作下蓄水保土效益有很大的意义。

第二节　宁南旱区坡地粮草条带间作技术研究

试验在黄土高原丘陵沟壑区宁夏彭阳县白阳镇陡坡村旱农基点进行（概况同第一章第二节）。

（一）试验设计

1. 陡坡地粮草条带种植试验

试验在坡度为15°的坡地上设宽为4m、坡长为24m的试验小区9个，各小区坡底建有$2m^3$的径流收集池。按粮草间作带宽（m）间作模式（由坡顶种植苜蓿开始）分别为04∶04、06∶06、08∶08、04∶06、06∶04、06∶08和08∶06 7种类型，2个24m长带型分别全种植苜蓿和粮食作物作为对照。

2007年试验是在3年生苜蓿坡地基础上按试验设计翻耕苜蓿建立粮作带，粮食作物种植的为当地主栽谷子品种，谷子播种日期为5月10日，5月18日出苗，7月25日拔节，8月19日抽穗，10月20日收获。2008年试验继续在粮带种植糜子，当年因春季播期干旱严重，试种的糜子播种期推迟到 6 月 15 日，6 月 21 日出苗，7 月 20 日拔节，8 月 26 日抽穗，10 月 20 日收获。

2. 缓坡地粮草条带种植试验

试验在坡度为 5°的坡地上分别设宽为 4m、坡长为 12m 的试验小区 8 个，各小区坡底建有 $2m^3$ 的径流收集池。粮草间作带宽（m）间作模式分别为 2m∶4m、4m∶8m、6m∶6m（A）、4m∶2m、8m∶4m、6m∶6m（B）、12m（粮）和 12m（草）8 个带型，2m∶4m、4m∶8m 和 6m∶6m(A) 3 个带型从坡顶以苜蓿开头，进行苜蓿和粮食作物间作，另外的 4m∶2m、8m∶4m 和 6m∶6m(B) 3 个带型从坡顶以粮食作物开头，进行粮食作物和苜蓿间作种植，2 个 12m 长带型分别全种植苜蓿和粮食作物作为对照。

2007 年试验在 3 年生苜蓿坡地基础上按试验设计翻耕苜蓿建立粮作带，粮食作物种植的为当地主栽谷子品种，谷子播种日期为 5 月 10 日，5 月 18 日出苗，7 月 25 日拔节，8 月 19 日抽穗，10 月 20 日收获。2008 年试验继续在粮带翻耕种植糜子，当年因春季播期干旱严重，试种的糜子播种期推迟到 6 月 15 日，6 月 21 日出苗，7 月 20 日拔节，8 月 26 日抽穗，10 月 20 日收获。

（二）结果分析

1. 土壤含水量变化

（1）不同作物的土壤水分含量变化

图 4-19 和图 4-20 是在陡坡和缓坡两种坡度下，苜蓿和粮食作物（谷子和糜子）种植小区两年全生育期 0～2m 土层土壤水分含量平均值的变化趋势图。从图 4-19 和图 4-20可以看出，不同坡度 0～2m 土层土壤水分含量不同，陡坡各土层深度的差异较大，缓坡各土层深度的差异较小；不同作物比较时，粮食作物种植小区的土壤含水量均高于苜蓿种植小区，且土层深度越小，差异幅度越大。

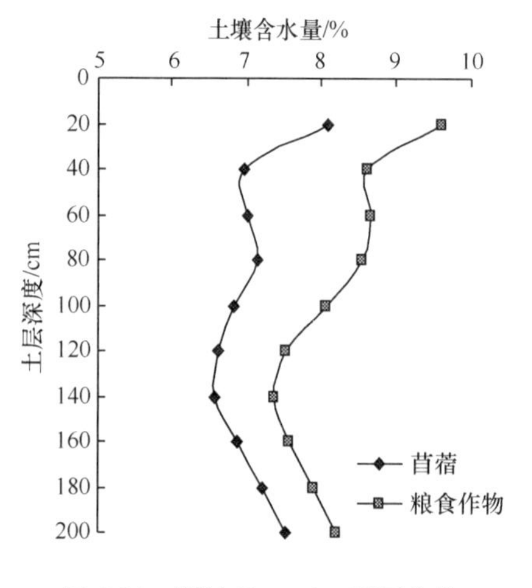

图 4-19 缓坡地 0～2m 不同作物土壤水分变化

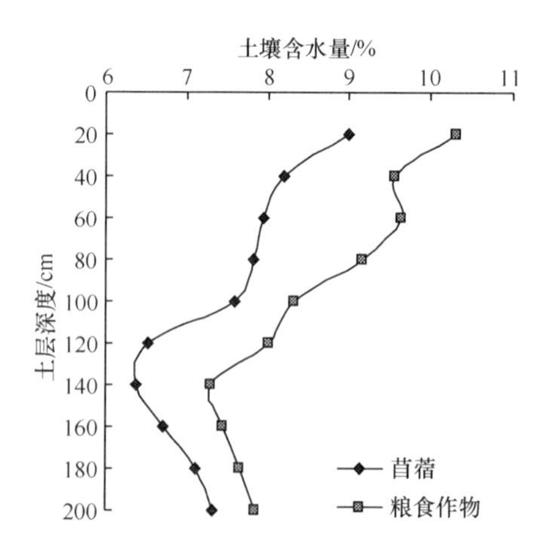

图 4-20 陡坡地 0～2m 不同作物土壤水分变化

（2）缓坡地不同条带处理土壤水分含量变化

图 4-21 和图 4-22 为缓坡地粮食作物和苜蓿两年不同条带处理 0～2m 土层土壤水分含量变化的平均值。从图 4-21 和图 4-22 中可以看出，不同处理的土壤含水量随着土层深度的增加呈下降的趋势，各处理间苜蓿地的土壤水分含量差异不大，粮食作物在 1～2m 土层各处理间差异不大，0～1m 土层差异明显。土壤含水量较高的为苜蓿开头的 3 个处理，大小顺序为 02：04＞04：08＞06：06；其次为粮食作物开头的 3 个间作处理，而全种粮食作物处理的水分含量最低。

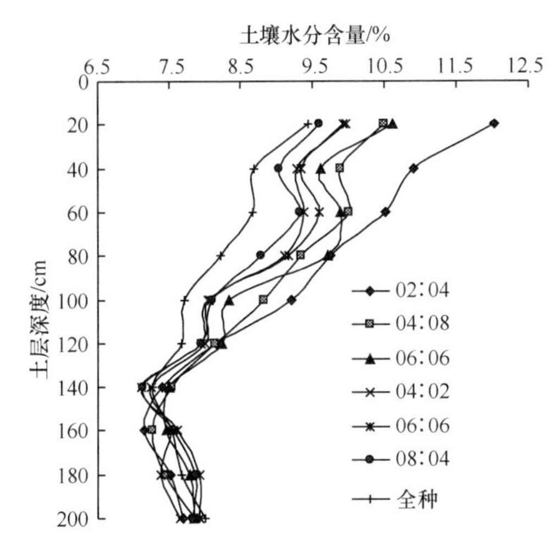

图 4-21　不同处理粮食作物地土壤水分含量

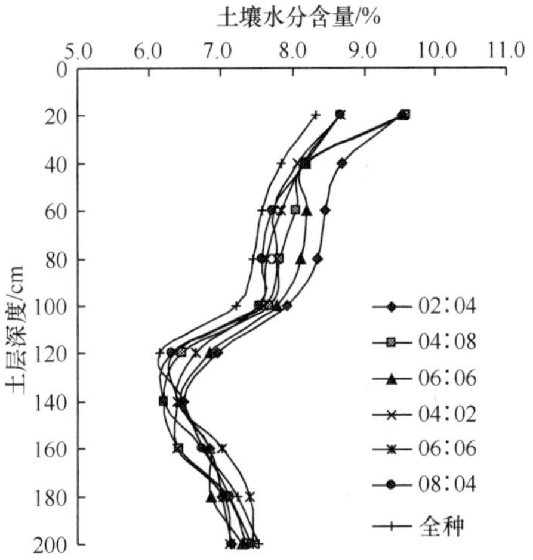

图 4-22　不同处理苜蓿地土壤水分含量

（3）小区不同坡位的土壤水分含量变化

图 4-23 和图 4-24 为两年粮食作物和苜蓿同一种植试验小区内不同坡位的土壤水分含量变化的平均值。从图中可以看出，苜蓿种植小区坡上和坡下的土壤含水量变化基本相同，而粮食种植小区在 80cm 以下的土壤含水量在坡上和坡下基本相同，而在 0～80cm 土层的土壤含水量，坡上明显高于坡下。

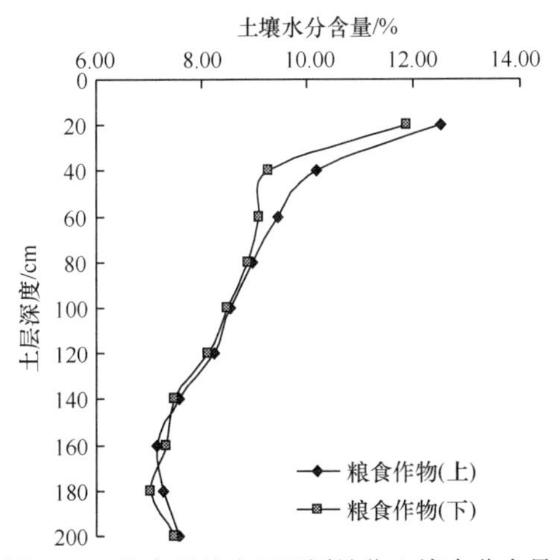

图 4-23　粮食种植小区不同坡位土壤水分含量

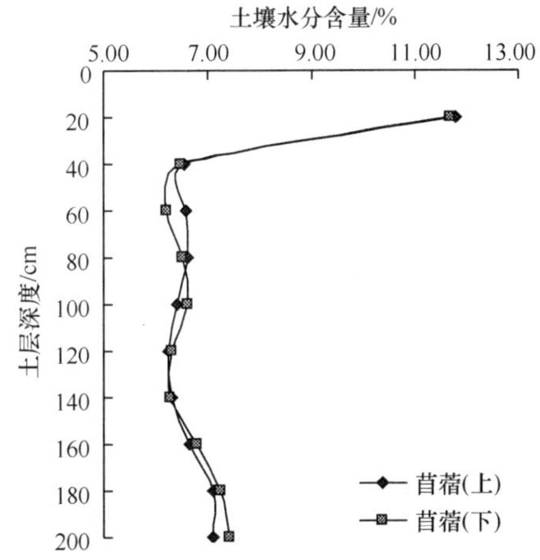

图 4-24　苜蓿种植小区不同坡位土壤水分含量

（4）陡坡地不同条带处理土壤水分含量变化

图 4-25 和图 4-26 为陡坡地粮食作物和苜蓿两年不同条带处理 0～2m 土层土壤水分含量变化的平均值。从图中可以看出，陡坡地不同条带处理粮食作物区和苜蓿区的土壤含水量在 0～2m 土层间差异明显。苜蓿区土壤含水量较高的为 04∶04>06∶06>08∶08 3 个处理，粮食作物区土壤含水量较高的也为 04∶04>06∶06>08∶08 3 个处理。

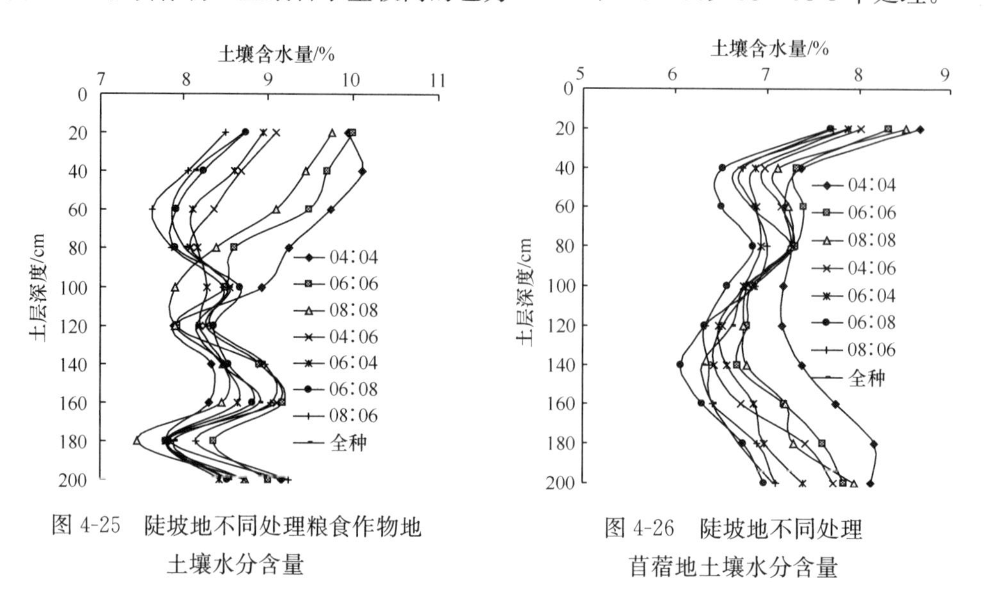

图 4-25　陡坡地不同处理粮食作物地土壤水分含量

图 4-26　陡坡地不同处理苜蓿地土壤水分含量

从以上不同坡度各条带处理土壤水分的变化分析中可以得出：不同种植作物比较时，苜蓿种植小区的土壤水分含量明显低于粮食种植小区，且苜蓿种植小区具有向粮食种植小区径流水分的趋势；不同种植条带处理比较时，缓坡地以苜蓿开头的 02∶04 、04∶08 和 06∶06 3 个处理的土壤水分含量较高，陡坡地 04∶04、06∶06 和 08∶08 三个处理的土壤水分含量较高，而全种苜蓿或全种糜子的处理土壤水分含量较低。

2. 土壤物理性状变化

（1）土壤容重变化

土壤容重是反映土壤物理性状的一个重要指标。容重大小直接影响着土壤的通透状况和土壤对水分、养分等的贮存接纳能力。适宜的土壤容重是作物取得高产的重要保证。图 4-27 和图 4-28 分别为 2007 年陡坡地和缓坡地 0～60cm 土层谷子区和苜蓿区每 20cm 土层的土壤容重状况，图 4-29 和图 4-30 分别为 2008 年缓坡地和陡坡地 0～60cm 土层糜子区和苜蓿区每 20cm 土层的土壤容重状况。从图中可以看出，两种坡度下，同一时期，不同种植作物比较时，苜蓿地 0～60cm 各土层的土壤容重均高于粮食作物种植区（谷子地和糜子地）；而同一时期，不同坡度地块比较时，缓坡地的容重略高于陡坡地；同一坡度地块，不同年际比较时，苜蓿地随着年代的增加，深层土壤容重略有下降，而粮食作物地块基本没有变化。可见，种植的作物类型和坡度大小对土壤容重具有一定的影响；种植粮食作物的土壤容重小于种植苜蓿的，这可能与粮食作物种植过程中的常年耕作有关。

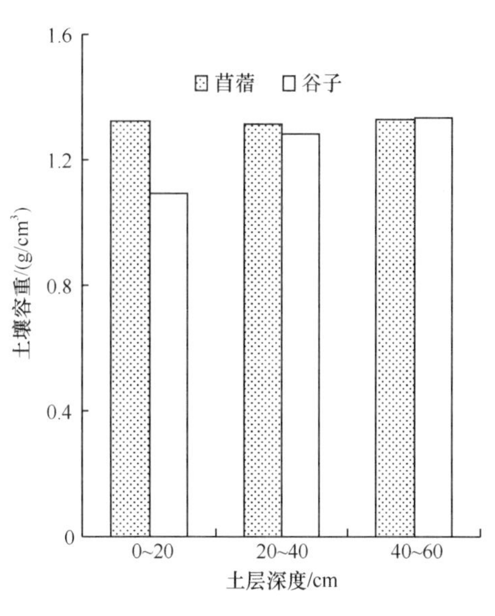

图 4-27　2007 年陡坡地不同土层各作物的土壤容重

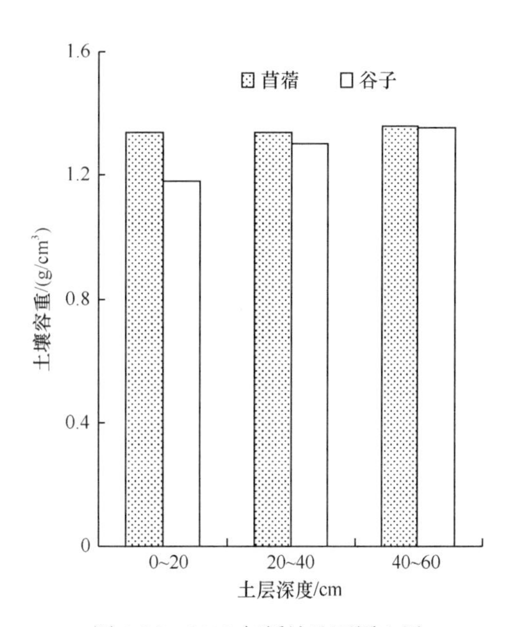

图 4-28　2007 年缓坡地不同土层各作物的土壤容重

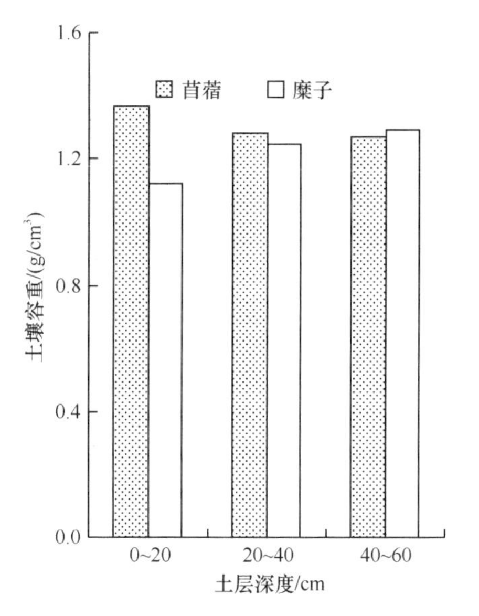

图 4-29　2008 年缓坡地不同土层土壤容重

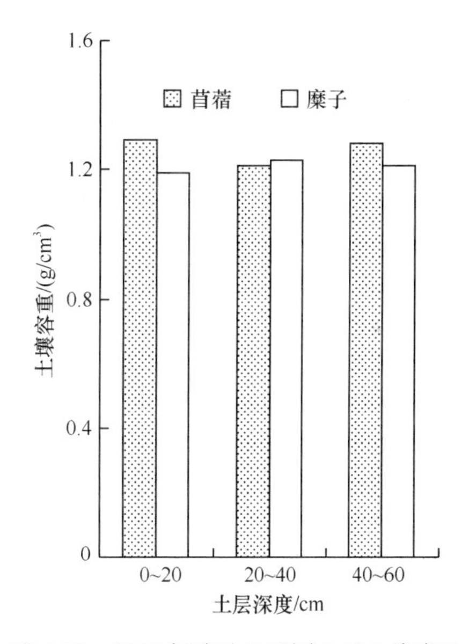

图 4-30　2008 年陡坡地不同土层土壤容重

（2）土壤孔隙度变化

图 4-31 和图 4-32 为 2007 年缓坡地和陡坡地 0～60cm 谷子和苜蓿区各土层的土壤孔隙度，图 4-33 和图 4-34 为 2008 年缓坡地和陡坡地 0～60cm 糜子和苜蓿区各土层的土壤孔隙度。从图中可以看出，相同时期，不同坡度地块上，0～60cm 各土层的土壤孔隙度，粮食作物区（谷子地和糜子地）均高于苜蓿地，陡坡地略高于缓坡地。

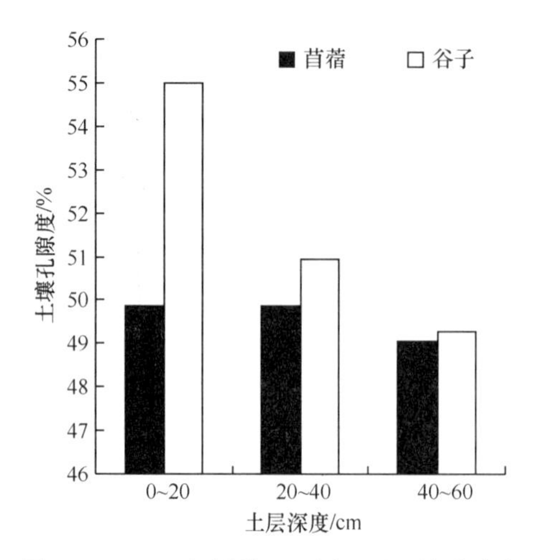

图 4-31　2007 年缓坡地不同土层土壤孔隙度

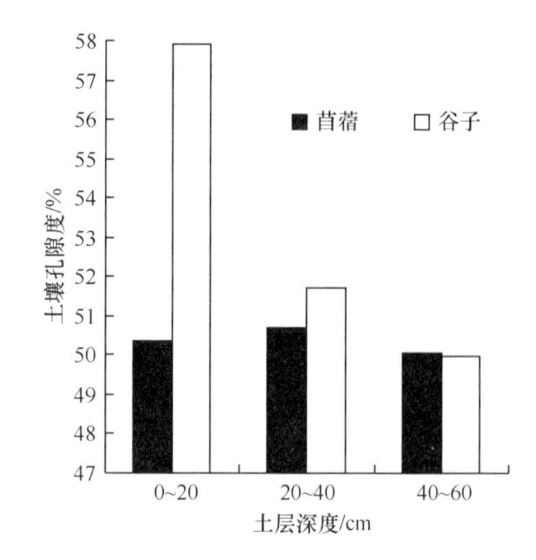

图 4-32　2007 年陡坡地不同土层土壤孔隙度

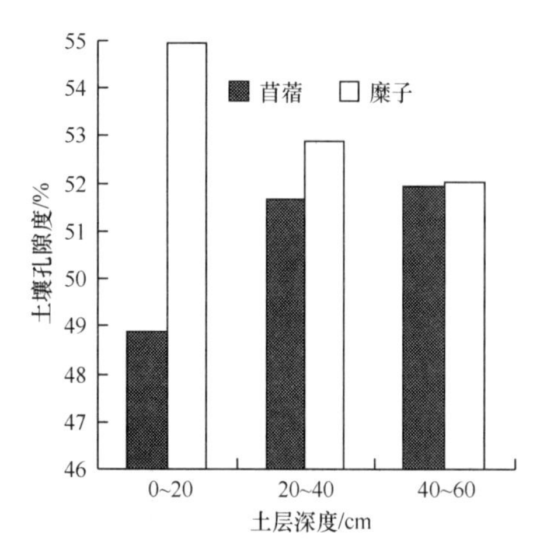

图 4-33　2008 年缓坡地不同土层土壤孔隙度

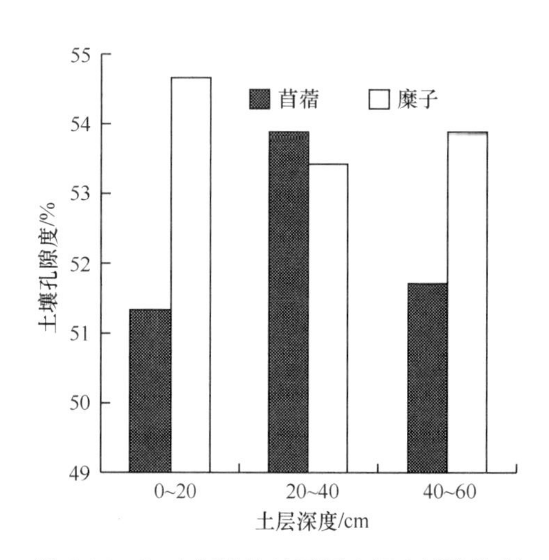

图 4-34　2008 年陡坡地不同土层土壤孔隙度

（3）土壤饱和含水量及田间持水量

图 4-35 为 2008 年缓坡地不同土层糜子和苜蓿的田间饱和含水量（B）与持水量（C），图 4-36 为 2008 年陡坡地不同土层糜子和苜蓿区的田间饱和含水量（B）与持水量（C）。从图 4-35 和图 4-36 中可以看出，同一时期，不同坡度地块，0～60cm 各层次的土壤田间饱和含水量（B）和持水量（C），粮食作物（糜子）区均高于苜蓿地；相同地块，田间饱和含水量大于田间持水量。不同坡度比较，陡坡地 20～40cm 土层的田间持水量和饱和含水量较高，苜蓿缓坡地越向下土壤的饱和含水量和田间持水量越高，粮食作物（糜子）0～40cm 的饱和含水量和田间持水量较高，再向下则开始降低。

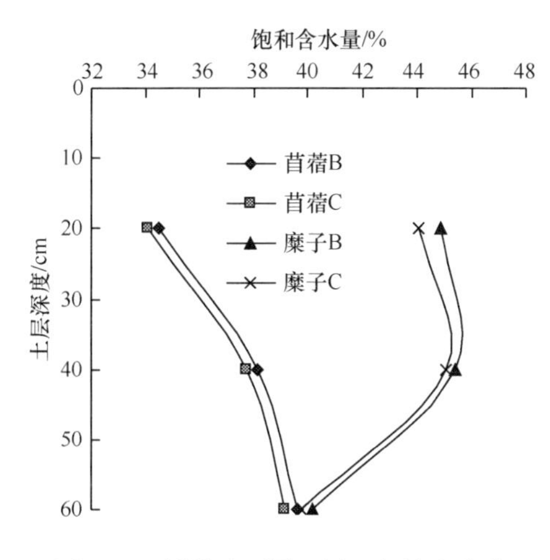

图 4-35　缓坡地不同土层田间饱和含水量（B）和持水量（C）

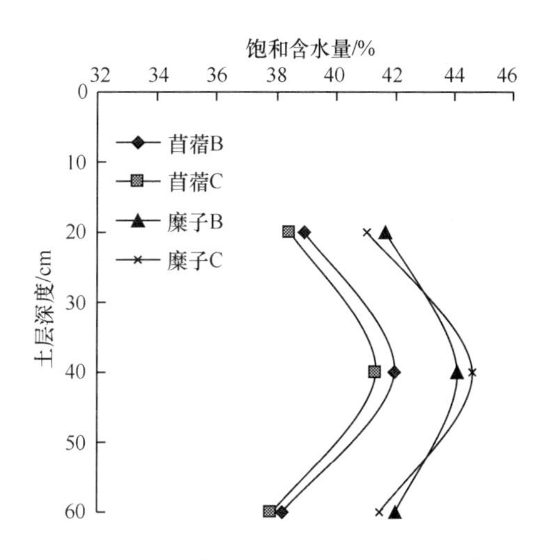

图 4-36　陡坡地不同土层田间饱和含水量（B）和持水量（C）

从以上两年不同坡度各种植作物的土壤容重、土壤孔隙度、土壤饱和含水量及田间最大持水量的变化分析中可以得出：粮食作物（谷子和糜子）的土壤容重较小，土壤孔隙度大，0～60cm 土壤的饱和含水量和田间持水量较高，而苜蓿地的土壤容重较大，土壤孔隙度小，0～60cm 土壤的饱和含水量和田间持水量较低；不同土层比较时，苜蓿地在 0～20cm 土层的土壤容重较大，孔隙度小，越往下，土壤容重越小，孔隙越大，饱和含水量和田间持水量增加，粮食作物（谷子和糜子）则在 0～20cm 的土壤容重小，孔隙大，饱和含水量和田间持水量高，越往下，土壤容重越大，孔隙度越小，饱和含水量和田间持水量降低。这与粮食作物（谷子和糜子）的耕作措施有一定的关系（也就是说粮食作物地每年要翻耕，而苜蓿地常年不耕作）。

3. 土壤水分入渗情况

土壤水分的入渗情况是反映土壤对雨水的接纳能力的一个主要参数，表 4-20 和表 4-21 是两年粮食作物种植小区和苜蓿种植小区的土壤水分入渗速率和入渗深度，其中，表 4-20 为 2007 年不同坡度地点谷子和苜蓿的土壤水分入渗情况，表 4-21 是 2008 年不同坡度地点糜子和苜蓿的土壤水分入渗情况。从表 4-20 和表 4-21 中可以看出，粮食作物种植小区（谷子地和糜子地）的土壤水分入渗率和土壤水分入渗深度明显高于苜蓿地，水分入渗深度粮食作物区（谷子地和糜子地）较苜蓿地增加 5～8mm；不同坡地比较时，同一时期，缓坡地明显高于陡坡地，坡下略高于坡上。由此可知，粮食作物种植小区（谷子地和糜子地）具有相对良好的水分蓄纳能力，且坡度越缓，水分蓄纳能力越强。也就是说在雨量超过一定强度时，由于苜蓿地的土壤入渗速率小，且入渗深度浅，故水分很快达到了饱和，从而开始向粮食作物种植区（谷子地和糜子地）产生径流，而粮食种植小区的土壤入渗速率较大，入渗深度较深，具有较强的水分接纳能力。且坡度越陡，苜蓿地的径流量越多。

表 4-20　2007 年不同地点作物的土壤水分入渗情况

地　点	作物	入渗速率/(mm/min)	水分入渗深度/mm
缓坡	苜蓿	0.469	75.000
	谷子	0.500	80.010
陡坡(上)	苜蓿	0.445	72.477
	谷子	0.492	79.335
陡坡(下)	苜蓿	0.451	73.021
	谷子	0.495	79.714

表 4-21　2008 年不同地点作物的土壤水分入渗情况

地　点	作物	入渗速率/(mm/min)	水分入渗深度/mm
缓坡	苜蓿	0.500	80.000
	糜子	0.541	86.010
陡坡(上)	苜蓿	0.478	76.471
	糜子	0.521	83.333
陡坡(下)	苜蓿	0.483	77.273
	糜子	0.536	85.714

4. 作物产量

(1) 缓坡地粮食作物与苜蓿的产量变化

表 4-22 和表 4-23 分别为缓坡地不同条带处理 2007 年苜蓿与谷子的产量情况和 2008 年苜蓿与糜子的产量情况。从表 4-22 和表 4-23 中可以看出，相同年份、不同条带处理间的作物产量明显不同。2007 年以苜蓿开头的 02∶04、06∶06 和 04∶08 三个处理和以谷子开头的 08∶04 处理的苜蓿和谷子产量明显高于对照全种处理，分别较全种处理增产苜蓿 12.32%、13.50%、9.74%和 6.51%，增产谷子 24.47%、24.99%、34.50%和 16.39%，而以谷子开头的 04∶02 和 06∶06B 两个处理苜蓿产量分别较全种处理增产 0.24%和 8.71%，谷子产量与全种处理相当。2008 年以苜蓿开头的 02∶04、06∶06 和 04∶08 三个处理的苜蓿和糜子产量明显高于对照全种处理，苜蓿分别较全种处理增产 5.88%、3.13%和 2.74%和糜子分别较全种处理增产 13.36%、6.49%和 4.03%，而以糜子开头的 04∶02、06∶06B 和 08∶04 3 个处理苜蓿产量分别较全种处理增产 4.52%、4.09%和 2.60%，糜子产量则与全种处理相当，甚至有所减产。可见，缓坡地采用粮草条带间作种植，具有一定的增产效果，尤其是以草（苜蓿）为开头的处理，增产效果明显。

表 4-22　2007 年缓坡地不同条带处理苜蓿和谷子的产量

带型	苜蓿			谷子		
	鲜重/(kg/hm²)	干重/(kg/hm²)	增产幅度/%	产量/(kg/hm²)	经济系数/%	增产幅度/%
02∶04	9667.20	3431.86	12.32	2629.73	30.67	24.47
04∶08	9768.45	3467.80	13.50	2640.71	31.29	24.99
06∶06A	9445.04	3352.99	9.74	2841.62	32.27	34.50
04∶02	8627.16	3062.64	0.24	2147.51	29.10	1.65
08∶04	9167.04	3254.30	6.51	2458.98	31.84	16.39
06∶06B	9356.08	3321.41	8.71	2167.99	30.16	2.61
全种	8606.80	3055.41	—	2112.75	29.41	—

表 4-23　2008 年缓坡地不同条带处理苜蓿和糜子的产量

带型	苜蓿			糜子		
	鲜重/(kg/hm²)	干重/(kg/hm²)	增产幅度/%	产量/(kg/hm²)	经济系数/%	增产幅度/%
02∶04	8700.45	3142.65	5.88	1321.20	39.34	13.36
04∶08	8025.45	3049.50	2.74	1212.45	37.12	4.03
06∶06A	8450.25	3061.05	3.13	1241.10	38.00	6.49
04∶02	8880.15	3102.45	4.52	1172.25	36.09	0.58
08∶04	8130.30	3045.30	2.60	1113.45	35.09	−4.47
06∶06B	8400.30	3089.55	4.09	1171.35	36.42	0.50
全种	7400.55	2968.20	—	1 165.50	36.47	—

(2) 陡坡地粮食作物与苜蓿的产量变化

表 4-24 和表 4-25 为陡坡地 2007 年和 2008 年不同条带处理苜蓿和粮食作物（谷子和糜子）的产量情况。从表 4-24 和表 4-25 中可以看出，同一年份，不同条带处理间的作物产量明显不同。2007 年间作种植小区苜蓿较全种处理增产 0.96%～12.64%，间作种植小区谷子产量较全种谷子处理增加 1.69%～15.72%。2008 年不同条带处理的苜蓿产量明显高于对照全种处理，分别较全种处理增产 38.90%～55.75%，04∶04、06∶06、04∶06 和 08∶08 四个处理的糜子产量明显高于全种处理，分别较全种处理增产 3.2%、2.5%、1.17%和 0.98%，其他三个处理的糜子产量则与全种处理相当，甚至有所减产。可见，陡坡地采用条带种植具有一定的增产效果，且条带带宽越小，增产幅度越大，尤其是 04∶04 种植条带的粮草增产幅度最大。

表 4-24　2007 年陡坡地不同条带处理苜蓿和谷子的产量

带型	苜蓿			谷子		
	鲜重/(kg/hm²)	干重/(kg/hm²)	增产幅度/%	产量/(kg/hm²)	经济系数/%	增产幅度/%
04∶04	8542.10	3450.15	12.64	2431.98	31.81	15.72
06∶06	8261.53	3336.83	8.94	2379.31	31.24	13.21
08∶08	8191.95	3308.73	8.02	2234.94	31.47	6.34

续表

带型	苜蓿			谷子		
	鲜重/(kg/hm²)	干重/(kg/hm²)	增产幅度/%	产量/(kg/hm²)	经济系数/%	增产幅度/%
04∶06	8066.85	3258.20	6.37	2217.55	31.25	5.51
06∶04	7832.65	3163.61	3.28	2137.18	31.92	1.69
06∶08	7988.20	3226.43	5.33	2168.82	31.50	3.19
08∶06	7656.60	3092.50	0.96	2165.14	31.15	3.02
全种	7583.70	3063.06	—	2101.68	30.82	—

表 4-25　2008 年陡坡地不同条带处理苜蓿和糜子的产量

带型	苜蓿			糜子		
	鲜重/(kg/hm²)	干重/(kg/hm²)	增产幅度/%	产量/(kg/hm²)	经济系数/%	增产幅度/%
04∶04	7750.5	3111.45	55.75	1220.70	38.25	3.20
06∶06	7000.20	2903.40	45.33	1212.45	37.70	2.50
08∶08	7800.45	2879.70	44.15	1194.45	37.38	0.98
04∶06	7825.35	2896.20	44.97	1196.70	37.16	1.17
06∶04	7667.25	2798.70	40.09	1178.40	38.32	−0.38
06∶08	7750.50	2857.65	43.04	1188.30	37.18	0.46
08∶06	7612.95	2774.85	38.90	1169.85	37.40	−1.10
全种	6685.65	1997.76	—	1182.86	37.15	—

从以上不同坡度各种植作物的产量变化分析中可以发现，坡地采用粮草条带种植具有一定的增产作用，且以坡顶草（苜蓿）开头的种植方式效果更好。不同坡度条带比较时，两种坡度种植模式下，作物的增产幅度随着粮草间作条带的带宽幅度的缩小和条带数的增加而增加。缓坡地以 02∶04 种植模式最佳，陡坡地以 04∶04 种植模式最佳；不同作物比较，缓坡地对糜子的增产作用较大，陡坡地对苜蓿的增产作用较大。采用条带种植的增产作用主要源于不同种植小区对自然降雨的充分利用。苜蓿小区的土壤容重较大，质地较为紧实，水分入渗率小，降雨量达到一定强度时，对糜子产生径流，而糜子地土壤容重较小，质地疏松，水分入渗率大，可有效地接纳苜蓿地的径流，提高了土壤的水分含量，从而进一步促进了产量的有效增加，同时，这也与间作种植提高了作物小区的边际效应有一定的关系。

5. 水土流失状况

（1）缓坡地不同降雨量下的水土流失状况

表 4-26 为 2007 年和 2008 年两次较强降雨下缓坡地的水土流失状况。2007 年降雨 14mm，2008 年降雨 21mm。从表 4-26 中可以看出，在一次性降雨量为 14mm 时，只有苜蓿地产生径流，不同处理比较时，06∶06、08∶08 和 04∶02 条带分别较全种处理减少雨水径流 50%～91.67%；在一次性降雨量为 21mm 时，各处理均产生径流，而以苜

蓿开头的 02：04、04：08 和 06：06 处理分别较全种苜蓿处理减少雨水径流 44.78%~50.75%，较全种糜子处理减少泥沙径流 25.0%~100.0%。可见，采取条带种植具有明显的减少地表径流的作用，尤其是泥沙的径流量明显减少。

表 4-26　缓坡地不同一次性降雨量下各处理的地表径流量

带型	14mm 降雨量			21mm 降雨量			
	总径流量 /(m^3/m^2)	泥沙量 (kg/m^2)	减少幅度 /%	总径流量 /(m^3/m^2)	减少幅度 /%	泥沙量 /(kg/m^2)	减少幅度 /%
全粮食	0	0	100	0.041	38.81	0.000 6	0
全苜蓿	0.0012	0	0	0.067	0	0	100
06：06A	0.0006	0	50	0.045	32.84	0	100
08：04	0.0005	0	58.33	0.042	37.31	0	100
04：02	0.0001	0	91.67	0.038	43.28	0	100
06：06B	0	0	100	0.037	44.78	0.000 75	25.0
04：08	0	0	100	0.035	47.76	0.000 3	50.0
02：04	0	0	100	0.033	50.75	0	100

（2）陡坡地不同降雨量下的水土流失状况

表 4-27 为 2007 年和 2008 年两次较强降雨下陡坡地的水土流失状况。2007 年降雨 14mm，2008 年降雨 21mm。从表 4-27 中可以看出，一次性降雨量为 14mm 时，不同处理比较，04：04、06：06、08：08 等条带处理分别较全种苜蓿处理减少雨水径流 38.10%~80.95%，几乎没有泥沙；在一次性降雨量为 21mm 时，产生雨水径流而且伴随有泥沙，不同种植条带比较时，04：04、06：06、08：08 等条带处理分别较全种苜蓿处理减少雨水径流 42.70%~65.17%，较全种糜子处理减少泥沙（土壤）径流 47.1%~100.0%。可见，陡坡地采取条带种植具有明显的减少地表径流的作用，且条带越窄，带数越多，减少量越明显。

表 4-27　陡坡地不同一次性降雨量下各处理的地表径流量

带型	14mm 降雨量			21mm 降雨量			
	总径流量 /(m^3/m^2)	泥沙量 /(kg/m^2)	减少幅度 /%	总径流量 /(m^3/m^2)	减少幅度/%	泥沙量 /(kg/m^2)	减少幅度/%
全粮食	0.0001	0	95.24	0.055	38.20	0.0017	0.0
全苜蓿	0.0021	0	0.00	0.089	0.00	0.000 0	100.0
08：06	0.0012	0	42.86	0.048	46.07	0.000 0	100.0
06：08	0.0011	0	47.62	0.045	49.44	0.000 0	100.0
06：04	0.0009	0	57.14	0.039	56.18	0.000 0	100.0
04：06	0.0008	0	61.90	0.037	58.43	0.000 6	64.7
08：08	0.0013	0	38.10	0.051	42.70	0.000 0	100.0
06：06	0.0008	0	61.90	0.044	50.56	0.000 9	47.1
04：04	0.0004	0	80.95	0.031	65.17	0.000 3	82.4

从以上不同坡度各处理的水土流失变化分析中可以发现，坡地采用粮草条带种植具

有明显的减少坡地水土流失的作用，陡坡地可减少雨水径流 38.1%～80.95%，缓坡地可减少雨水径流 44.78%～91.67%。不同条带比较时，同一坡度面积，条带宽度越小，条带越密集，减少径流效果越明显；同时草带具有明显的阻止土壤流失（泥沙径流）的作用，条带最下面为苜蓿，其泥沙流失量为零。同时笔者发现，地表径流量与一次性降雨量及降雨强度和时间关系密切。一次性降雨量越大，降雨强度越大，时间越长，其地表径流量越多；若一次性降雨量小，且降雨强度小于一定的界限时，只有苜蓿地产生小量径流，而粮食作物小区（谷子地）不产生径流，当降雨强度超过一定程度时，苜蓿地和粮食作物小区（糜子地）均产生径流，且粮食作物种植小区（糜子地）伴有一定量的泥沙（土壤）径流。苜蓿地则具有明显的阻止泥沙径流的作用，在本试验设计的条带宽度范围内，苜蓿带宽均可有效地阻止泥沙径流。

参考文献

毕银丽，王百群. 1997. 黄土丘陵区坝地系统土壤养分特征及其与侵蚀环境的关系. 土壤侵蚀与水土保持学报，3（3）：1-9.

才晓玲，李志洪. 2009. 土壤容重和施肥条件对玉米根系生长的影响. 云南农业大学，24（3）：470-473.

陈欣，王兆骞，杨武德，等. 2000. 红壤小流域不同利用方式对土壤磷素流失的影响. 生态学报，20（3）：374-377.

李光录，赵晓光. 1995. 水土流失对土壤物理性质的影响. 西北学院学报，10（增刊）：22-27.

刘晶淼，安顺清，廖荣伟，等. 2009. 玉米根系在土壤剖面中的分布研究. 中国生态农业学报，17（3）：517-521.

许峰，蔡强国，吴淑安. 1999. 坡地等高植物篱带间距对表土养分流失的影响. 土壤侵蚀与水土保持学报，5（2）：23-29.

杨玉海，蒋平安，艾尔肯，等. 2005. 种植苜蓿对土壤肥力的影响. 干旱区地理，28（2）：248-251.

Kiepe P. 1995. No runoff，no soil loss-soil and water conservation in hedgerow barrier systems. Tropical Resource Management Papers No. 10，ISSN 0926—9495. Netherlands：Wageningen Agricultural University：234-263.

Legg T D，Fletcher J J，Easter K W. 1989. Nitrogen budgets and economic efficiency：A case study of southeastern Minnesota. Journal of Production Agriculture，2：110-116.

Palmer J J. 1996. Sloping Agricultural Land Technology（SALT）. Nitrogen Fixing Agro forestry for Sustainable Soil and Water Conservation. Publication of the Mindanao Baptist Rural Life Center. Davao，Philippines.

Sharpley A N，Daniel T C，Pote D H. 1996. Determining environmentally sound soil phosphorus levels. J Soil and Water Cons，51（2）：160-166.

Vandyke L S，Pease J W，Bosch D. 1999. Nutrient management planning on four Virginia lives tock farms：impacts on net income and nutrient losses . Journal of Soil and Water Conservation，54（2）：499-505.

第五章　微集水种植技术研究

微集水种植技术是基于雨水就地利用的理念，通过改变农田地表微地形，使降雨在农田内就地实现空间再分配，最大限度地降低农田内的蒸发面积，将有限的降水尽量保留和集中到沟内种植区，达到农田内富集利用雨水的目的。该技术不但能够使降雨集中利用，还可以降低无效蒸发，同时可以显著降低土壤水蚀。研究表明，该技术的应用在正常年景使作物增产30%～60%，其推广应用前景十分广阔。该方面的研究对于提高半干旱及半湿润偏旱区旱作农田降水利用率、完善集水种植技术、充分利用自然降水有非常重要的意义。为此，笔者通过在渭北旱塬及宁南旱区进行大田试验，重点研究了冬小麦和春玉米生育期覆盖及休闲期覆盖可降解膜的集雨保墒效果，主要观察了不同处理下的冬小麦和春玉米生物学特征及光合生理特性、0～2m土壤水分含量时空变化规律、土壤理化特征等，并对可降解膜的集雨保墒效果进行了评价，研究结果对旱作农田微集水种植技术模式的优化以及该技术的大田推广有着重要的理论和实践指导意义。

第一节　渭北旱塬微集水种植技术研究

试验设在陕西省合阳县西北农林科技大学甘井试验基地（概况同第一章第一节）。

一、旱平地沟中覆盖不同材料微集水种植玉米的集雨保墒效果

（一）试验设计

1. 沟垄种植（2007～2009年）

采用沟垄种植模式，垄宽60cm，沟宽60cm，垄高15cm，玉米种于沟内膜垄两侧，株距30cm。为达到最佳的集水效果和便于回收残膜，垄上均覆盖普通地膜，沟内覆盖各种不同的材料，即处理1：垄覆地膜＋沟覆普通地膜（D＋D）；处理2：垄覆地膜＋沟覆生物降解膜（D＋S）；处理3：垄覆地膜＋沟覆液体地膜（D＋Y）；处理4：垄覆地膜＋沟覆秸秆（D＋J）；处理5：垄覆地膜＋沟不覆盖（D＋B）；处理6：条播不覆（CK）。

2. 常规种植

2009年在同一田块中增加不同覆盖材料下常规种植方式处理，即处理7：平覆地膜（D）；处理8：平覆生物降解膜（S）；处理9：平覆液体地膜（Y）；处理10：平覆秸秆（J）。

采用随机区组排列重复3次。2007年播种日期为4月28日；2008年播种日期为4

月15日；2009年4月12日整地覆垄膜，于4月26日播种。各处理均按硫酸钾 326kg/hm²、磷酸二铵 326kg/hm² 和尿素 532.6kg/hm²（其中，40%做基肥施入，60%在大喇叭口期追入）施肥。平作区肥料均匀施入小区，而微集水种植区则以和平作区相同量的肥料只施在种植沟中。

试验供试玉米品种为豫玉22，试验所用普通地膜为山西运城塑料厂生产，生物降解地膜为陕西华宇高科生物有限公司生产，秸秆为当地玉米秸秆，按9000kg/ hm² 整秆均匀覆于沟内。秸秆有机质含量391.9396g/kg，全氮5.988g/kg，全磷0.551g/kg，全钾13.695g/kg，pH 8.1。液体地膜用量按1∶9的比例兑水稀释，用喷雾器均匀喷洒于沟内。

农田水分利用效率：依据农田水分平衡计算水分利用效率（WUE）

$$W_c = (W_1 - W_2) + P$$

$$\text{WUE} = \frac{Y}{W_c}$$

式中，W_c 为作物耗水量（mm）；WUE为水分利用效率［kg/(mm·hm²)］；W_1、W_2 为相邻两次取样时200cm土层储水量（mm）；P 为作物生长期的降水量（mm）；Y 为沟垄总面积计算的籽粒产量（kg/hm²）。

土壤储水量采用下式计算：

$$W = h \times p \times b\% \times 10$$

式中，W 为土壤储水量（mm）；h 为土层深度（cm）；p 为土壤容重（g/cm³）；$b\%$ 为土壤水分重量百分数。

（二）结果与分析

1. 不同处理对土壤温度的影响

（1）各处理不同土层温度日变化情况

当土壤表层被不同覆盖物覆盖时，土壤表面在田间获得的太阳辐射因覆盖材料的不同造成吸收、反射和透射的大小各异，使不同深度的地温分布等发生明显的变化。

土壤温度的日变化是一天内土壤热状况的直接反映。同一处理在不同测定时段的土壤温度日变化基本呈现出相同的规律性，这里以2007年播种覆膜后10天从早上8：00至20：00每隔2h的温度日变化为例，分析其不同处理下温度日变化情况。由图5-1可以看出，各处理下5cm、10cm和15cm层日变化均呈现先上升后下降的趋势，其中不同覆盖材料对5cm土层日变化影响最为明显，且随着土层的加深影响效应减弱，而20cm和25cm呈缓慢上升的趋势。不同土层增温峰值依次后移，5cm处最高温出现在14：00，随着土层深度的增加，最高温出现滞后现象。

由图5-1可以看出，覆盖材料不同使各处理一天中升温和降温幅度亦不相同。不同处理的升温效果为D+D>D+S>D+Y>D+B>CK>D+J，其降温效果为D+Y>CK>D+B>D+S>D+D>D+J，且升温和降温幅度亦随土壤深度的增加而减弱。各处理5cm处温度在8：00～14：00处于升温阶段，14：00之后随着太阳辐射的减弱，

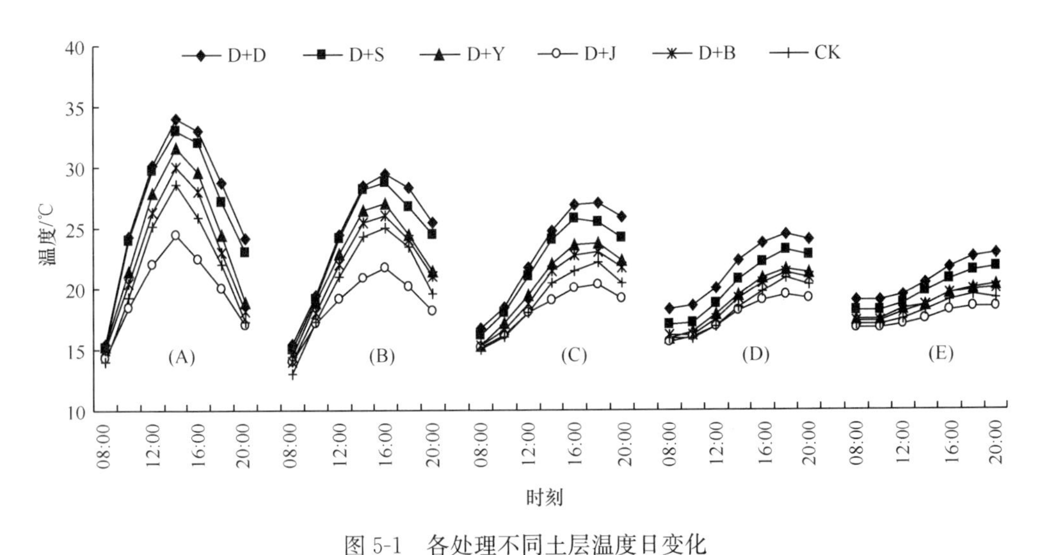

图 5-1 各处理不同土层温度日变化

图中（A）～（E）分别代表土壤 5cm、10cm、15cm、20cm 和 25cm 处温度日变化

温度开始下降，D+D、D+S、D+Y、D+B、CK 和 D+J 的升温值分别为 18.50℃、17.80℃、16.24℃、15.00℃、14.6℃和 10.20℃，其降温值分别为 9.80℃、10.0℃、13.5℃、11.8℃、11.3℃和 7.50℃；不同覆盖处理 10cm 处温度在 8：00～16：00 为升温阶段，D+D、D+S、D+Y、D+B、CK 和 D+J 的升温值分别为 14.00℃、13.50℃、12.5℃、12.00℃、12.00℃和 8.56℃，其降温值分别为 4.00℃、4.24℃、5.50℃、5.00℃、5.40℃和 3.56℃；15cm 处温度在 8：00～18：00 为升温阶段，D+D、D+S、D+Y、D+B、CK 和 D+J 的升温值分别为 10.50℃、9.30℃、8.40℃、7.66℃、7.40℃和 5.16℃，降温值分别为 1.15℃、1.30℃、1.46℃、1.10℃、1.00℃和 1.26℃。D+D、D+S、D+Y、D+B、CK 和 D+J 在 20cm 和 25cm 处温度日变化均呈缓慢上升趋势，D+D、D+S、D+Y、D+B、CK、D+J 在 20cm 和 25cm 处的升温值分别为 6.14℃和 3.96℃、6.16℃和 3.44℃、5.70℃和 2.90℃、5.16℃和 2.70℃、5.00℃和 2.40℃、3.90℃和 1.96℃。

日变化观测结果表明，D+D 和 D+S 处理在一天中的升温幅度大，而降温较慢，具有很好的增温保温效果。这主要是因为沟覆普通地膜与生物降解膜的增温保温效果显著。液体地膜由于喷施后在土表形成一层黑色薄膜，一天中在升温阶段较对照吸热多，而降温阶段由于其地表也是裸露的，故降温幅度也较大，因此 D+Y 处理与 D+B 处理下土壤温度相差不大，均稍高于对照土壤温度，但差异不大。秸秆覆盖后在土壤表面形成了一道物理隔离层，使土壤温度较对照降低，D+J 处理下升温和降温幅度均最缓慢。

（2）不同处理下不同土层温度变化情况

由表 5-1 可见，不同的覆盖材料对不同土层日均温变化的影响效果不同。普通地膜和生物降解膜处理与对照相比各土层日均温均有不同程度的提高，且增幅随着土层的加深而减弱。普通地膜覆盖对各土层的增温效应最强，2007 年 D+D 处理 5cm、10cm、15cm、20cm 和 25cm 土层的日均地温较 D+B 处理分别增高 2.78～4.12℃、2.52～

表 5-1　不同处理下不同土层温度变化情况

（单位:℃）

	10天						20天						30天					
	D+D	D+S	D+Y	D+J	D+B	CK	D+D	D+S	D+Y	D+J	D+B	CK	D+D	D+S	D+Y	D+J	D+B	CK
2007年																		
5cm	27.07	26.27	24.15	19.77	22.95	21.97	29.50	27.80	26.85	24.70	26.07	25.14	31.75	30.74	29.46	27.08	28.97	28.29
10cm	24.42	23.72	22.19	18.74	21.48	20.59	27.30	25.93	25.03	22.65	24.49	23.73	29.31	28.49	27.16	25.41	26.79	26.16
15cm	22.99	22.04	20.47	18.23	19.95	19.20	25.97	24.64	23.73	22.15	23.46	22.81	28.09	27.07	25.87	24.12	25.60	25.11
20cm	21.62	20.19	19.07	17.76	18.81	18.24	24.76	23.62	22.26	21.21	22.11	21.60	26.99	25.81	24.51	23.06	24.40	23.91
25cm	20.69	19.77	18.80	17.57	18.66	18.17	23.89	22.81	21.89	21.09	21.93	21.50	26.56	25.52	24.40	23.29	24.37	23.97
2008年																		
5cm	28.09	26.77	24.49	20.80	23.73	22.22	32.95	31.43	29.78	25.56	29.27	27.98	34.23	32.72	31.98	29.20	31.60	30.50
10cm	23.71	22.56	20.78	17.72	20.21	19.13	28.42	26.95	25.24	22.76	24.86	23.88	29.66	28.32	27.20	24.92	27.06	26.17
15cm	20.55	19.15	16.93	14.10	16.60	15.78	24.72	23.43	21.84	19.83	21.63	20.82	25.85	24.46	23.72	22.05	23.60	23.00
20cm	17.56	15.83	14.37	12.49	14.19	13.49	22.63	20.79	19.92	18.07	19.76	19.26	23.18	22.60	21.35	19.33	21.20	20.73
25cm	15.98	14.68	13.40	11.98	13.31	12.75	20.74	19.00	18.12	16.57	18.15	17.70	21.56	20.57	19.53	18.17	19.69	19.23

2.94℃、2.49～3.04℃、2.59～2.81℃和1.96～2.19℃，较对照分别增高3.46～5.10℃、3.15～3.83℃、2.98～3.79℃、3.08～3.38℃和2.39～2.59℃。生物降解膜对各层土壤的增温效果次于普通地膜，2007年D+S处理5cm、10cm、15cm、20cm和25cm土层的日均地温较D+B处理分别增高1.73～3.32℃、1.44～2.24℃、1.18～2.09℃、1.38～1.51℃和0.88～1.15℃，较对照（CK）分别增高2.45～4.30℃、2.20～3.13℃、1.83～2.84℃、1.90～2.02℃和1.31～1.60℃。液体地膜处理下各层温度较对照略有提高，但差异不大，并随着土层的加深几乎与D+B处理无差异。2007年D+Y处理下5cm、10cm、15cm、20cm和25cm土层的日均地温较D+B分别增高0.49～1.20℃、0.37～0.71℃、0.27～0.52℃、0.11～0.26℃和－0.04～0.14℃，分别比对照增高1.17～2.18℃、1.00～1.60℃、0.76～1.27℃、0.60～0.83℃和0.39～0.63℃。D+B处理5cm、10cm、15cm、20cm和25cm土层温度较对照分别增高0.68～0.98℃、0.63～0.89℃、0.49～0.75℃、0.49～0.57℃和0.40～0.49℃。秸秆覆盖后在土壤表面形成了一道物理隔离层。秸秆覆盖层对太阳直射和地面有效辐射的拦截和吸收作用，阻碍了土壤与大气间的水热交换，因此秸秆覆盖与对照相比则有降低土壤温度的作用，2007年其5cm、10cm、15cm、20cm和25cm土层的日均地温较D+B处理分别降低1.37～3.18℃、1.38～2.74℃、1.31～1.72℃、0.90～1.34℃和0.84～1.09℃，分别较对照降低0.44～2.20℃、0.75～1.85℃、0.66～0.99℃、0.39～0.85℃和0.41～0.68℃。

由表5-1可看出，2008年不同的覆盖材料对不同土层日均温变化影响效果与2007年相似，但其增值均稍大于2007年，这可能与2008年播种较早、土壤墒情较好有关。2008年D+D处理5cm、10cm、15cm、20cm和25cm土层的日均地温较对照分别增高3.73～5.87℃、3.49～4.58℃、2.85～4.77℃、2.45～4.07℃和2.33～3.23℃；D+S处理5cm、10cm、15cm、20cm和25cm土层的日均地温较对照（CK）分别增高2.22～4.55℃、2.15～3.43℃、1.46～3.37℃、1.53～2.34℃和1.30～1.93℃；D+Y处理5cm、10cm、15cm、20cm和25cm土层的日均地温较对照（CK）分别增高1.48～2.27℃、1.03～1.65℃、0.72～1.15℃、0.62～0.88℃和0.30～0.65℃；D+B处理5cm、10cm、15cm、20cm和25cm土层的日均地温较对照（CK）分别增高1.10～1.51℃、0.89～1.08℃、0.60～0.82℃、0.47～0.70℃和0.45～0.56℃。D+J处理5cm、10cm、15cm、20cm和25cm土层的日均地温较对照分别降低1.30～2.42℃、1.12～1.41℃、0.95～1.68℃、1.00～1.40℃和0.77～1.13℃。

（3）不同测定时期土壤耕层5～25cm平均温度变化

对不同时期耕层5～25cm平均温度测定的结果表明（表5-2），沟覆普通地膜的增温效应最强，生物降解膜次之，液体地膜与沟内不覆盖相差不大且稍高于对照，而秸秆覆盖可使耕层温度降低。各覆盖材料下的增温效果均随覆盖时间的延长逐渐减弱。结果表明，2007年D+D处理耕层5～25cm在播后10天、20天和30天分别比D+B增加2.99℃、2.67℃和2.51℃，分别比对照增加3.73℃、3.32℃和3.05℃；2008年分别比D+B增加3.57℃、3.15℃和2.27℃，分别比对照增加4.50℃、3.96℃和2.92℃。2007年生物降解膜覆盖处理耕层5～25cm在播后10天、20天和30天分别比D+B增加 2.03℃、1.35℃和 1.50℃，分别比对照增加 2.77℃、2.00℃和 2.04℃；2008 年分别比 D+B 增加 2.19℃、1.58℃和 1.10℃，分别比对照（CK）增加 3.12℃、2.39℃和 1.75℃。这说明随着播种时间的延长，气温逐渐地升高且昼夜温差变小，因此沟覆普通地膜和生物降解膜覆盖相对于不覆盖的增温保温效果减弱。2007 年沟覆液体地膜覆盖处理下耕层 5～25cm 温度随覆盖时间的延长与沟不覆盖几乎无差异。这可能是因为喷施于土壤表面的黑色薄膜容易受到外界环境条件的影响，随时间的延长膜的性质几乎被破坏，因此与对照的差异也越小。

表 5-2　不同测定时期土壤耕层 5～25cm 温度变化　　（单位：℃）

年份	天数	D+D	D+S	D+Y	D+J	D+B	CK	与 CK 差值				
								D+D	D+S	D+Y	D+J	D+B
2007	10	23.36	22.40	20.94	18.41	20.37	19.63	3.73	2.77	1.31	−1.22	0.74
	20	26.28	24.96	23.95	22.36	23.61	22.96	3.32	2.00	0.99	−0.60	0.65
	30	28.54	27.53	26.28	24.59	26.03	25.49	3.05	2.04	0.79	−0.90	0.54
2008	10	21.18	19.80	17.99	15.22	17.61	16.68	4.50	3.12	1.31	−1.46	0.93
	20	25.89	24.32	22.98	20.56	22.74	21.93	3.96	2.39	1.05	−1.37	0.81
	30	26.90	25.73	24.76	22.73	24.63	23.98	2.92	1.75	0.78	−1.25	0.65

总体而言，不同处理对土壤温度效应不同，D+D 和 D+S 处理使沟覆普通地膜与生物降解膜具有较好的增温保温效果，使土壤温度显著提高；D+Y 处理与 D+B 处理下土壤温度相差不大，均稍高于对照土壤温度，但差异不大。D+J 处理下土壤温度较对照降低。不同处理对土壤温度的影响均随土层的加深而降低，随覆盖时间的延长而减弱。

2. 不同处理对土壤水分状况的影响

（1）不同时期 0～200cm 土层土壤含水量垂直分布

a. 微集水种植土壤含水量垂直分布

不同覆盖耕作处理保蓄水分的能力不同导致不同处理下土壤水分的收支状况不同，加之不同处理下玉米生育期不同，从而影响着不同时期不同处理下土壤水分的垂直分布。

在 2007 年处理的基础上，2008 年播种前（2008-4-10）不同处理剖面各层次土壤含水量随深度的变化如图 5-2（A）所示。经过冬季的休闲不同处理播种前各土层含水量都高于对照，D+D、D+S、D+Y、D+B 和 D+J 在 0～200cm 含水量分别比对照高 31.11mm、30.39mm、13.29mm、10.24mm 和 34.96mm，显著地改善了玉米播种前的土壤水分状况。

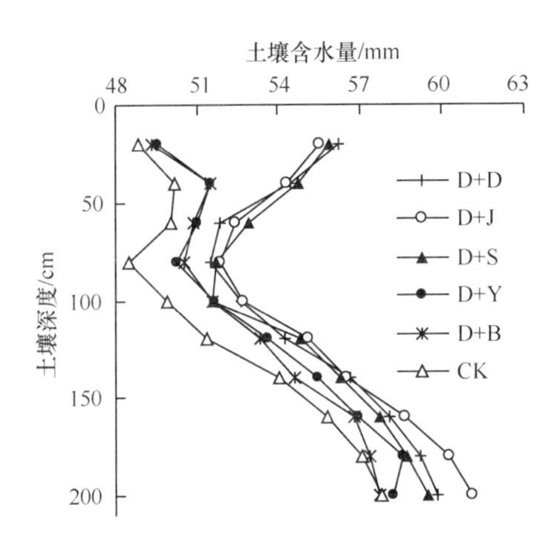

图 5-2（A）　不同处理播种前（2008-4-10）土壤含水量随深度的变化

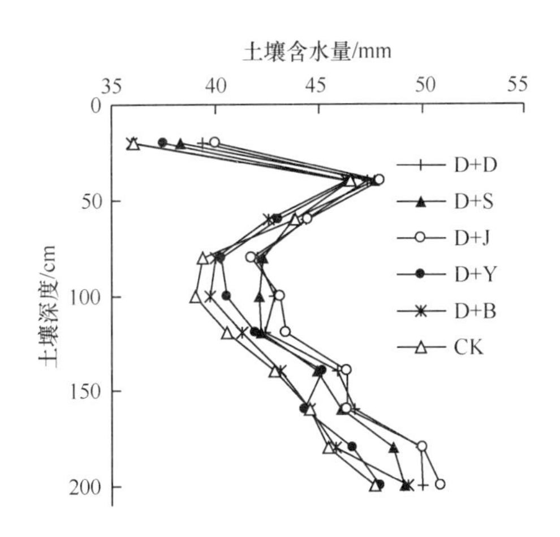

图 5-2（B）　不同处理播种前（2009-4-12）土壤含水量

2009 年播种前（2009-4-12）不同处理剖面各层次土壤含水量随深度的变化如图 5-2（B）所示。各处理垂直变化规律与 2008 年相似，经过冬季的休闲不同处理播种前各土层含水量都高于对照，D+D、D+S、D+J、D+Y 和 D+B 在 0～200cm 含水量分别比对照高 24.95mm、18.97mm、28.29mm、7.76mm 和 2.77mm。

不同处理玉米大喇叭口期土壤含水量如图 5-3（A）所示。2008 年不同处理随土层深度变化趋势相似，20cm 处含水量最低，随着土层的加深含水量增加；D+J 处理 0～200cm 各层含水量均最高，D+D 和 D+S、D+Y 和 D+B 相差不大，CK 含水量最低。其中在 0～40cm 土层 D+J 处理土壤含水量显著高于其他处理（$P<0.05$），D+D、D+S、D+Y 和 D+B 各处理含水量差异不大且均稍高于对照但较对照差异不明显。处理 D+D 和 D+S 在 60～100cm 处的含水量稍低于处理 D+Y 和 D+B，而在 100cm 以下却高于处理 D+Y 和 D+B，这可能是因为前期处理 D+D 和 D+S 下玉米生长较快，因此上层耗水较处理 D+Y 和 D+B 多。玉米大喇叭口期 0～200cm 含水量亦为 D+J 处

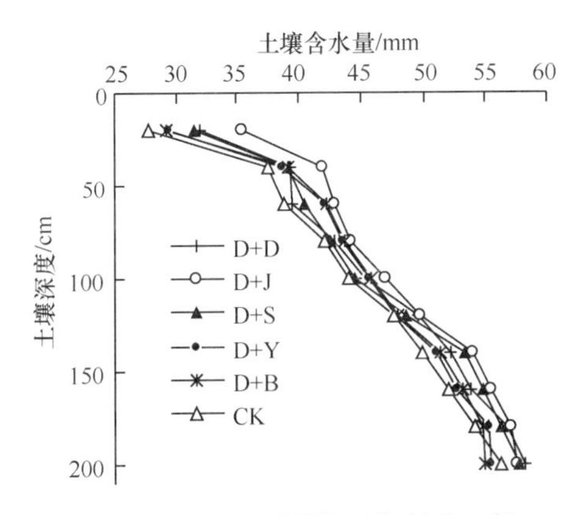

图 5-3（A）　不同处理大喇叭口期（2008-6-12）土壤含水量随深度的变化

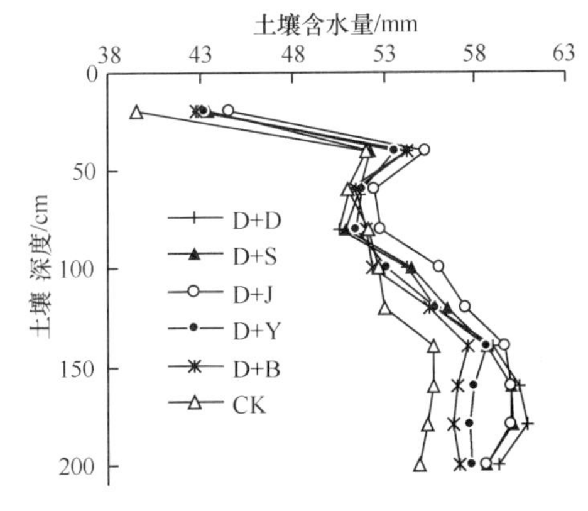

图 5-3（B）　不同处理大喇叭口期（2009-6-12）土壤含水量

理最高，较对照高 34.86mm，增加了 7.74%；D+D、D+S、D+Y 和 D+B 在 0～200cm 含水量分别比对照高 19.54mm、18.88mm、12.25mm 和 11.34mm，分别增加了 4.34%、4.20%、2.72%和 2.52%。

2009 年不同处理随土层深度变化如图 5-3（B），2009 年大喇叭口期 D+D、D+S、D+J、D+Y 和 D+B 各处理在 0～200cm 处的含水量分别比对照增高 26.22mm、24.23mm、34.74mm、18.98mm 和 15.03mm，增加了 5.02%、4.64%、6.65%、3.64%和 2.88%。

两年的结果均表明，D+J 处理各层土壤含水量均较高，这可能是因为：一方面 D+J 处理下具有较好的集雨抑蒸效果，另一方面由于沟覆秸秆土壤耕层温度降低，生育期较其他处理迟，蒸腾损失较其他处理少；D+D 和 D+S 处理下沟内覆膜其降雨入渗不及秸秆覆盖且沟内温度较高，玉米生长较快耗水较多，故含水量与 D+Y 和 D+B 处理相差不大。

不同处理玉米抽雄期（2008-7-10）0～200cm 土壤水分垂直分布表明［图 5-4（A)］，20cm 处 D+J 稍高于其他处理，其余各处理在 0～60cm 处的水分含量无差异，但 60cm 以下，D+D 和 D+S 处理土壤含水量明显低于其他处理。该时期 0～200cm 处的含水量，D+J 处理较对照高 11.16mm，D+Y 和 D+B 处理含水量与对照含水量相当，而 D+D 和 D+S 处理较对照分别低 13.26mm 和 16.01mm。

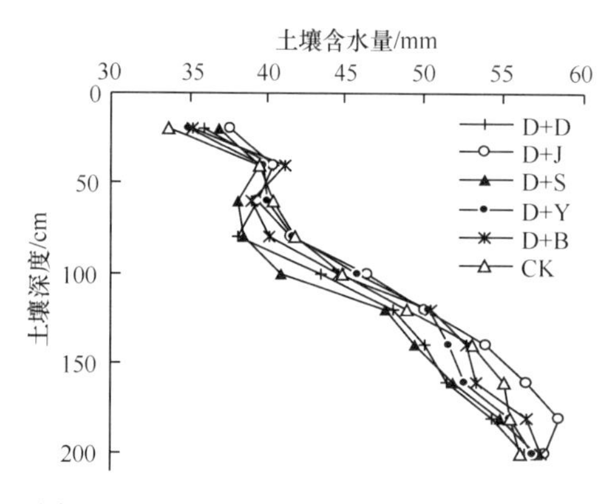

图 5-4（A）　不同处理抽雄期（2008-7-10）土壤含水量随深度的变化

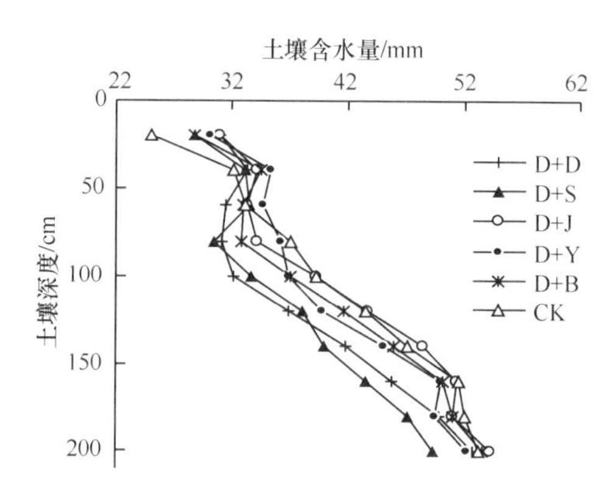

图 5-4（B）　不同处理抽雄期（2009-7-19）土壤含水量随深度的变化

2009 年不同处理玉米抽雄期（2009-7-19）土壤水分垂直分布与 2008 年相似［图 5-4（B)］，20cm 处沟垄种植各处理含水量显著高于对照，40～60cm 处的水分含量差异较小，但 60cm 以下，D+D 和 D+S 处理土壤含水量明显低于其他处理。80cm 以下 D+J 和 CK 含水量较高，但差异不大。该时期 0～200cm 处的含水量，处理 D+J 较对照高 6.84mm，处理 D+Y 和 D+B 较对照分别降低 4.40mm 和 5.59mm，而处理 D+D 和 D+S 较对照分别降低 28.31mm 和 36.40mm。这可能是因为各沟垄种植下玉米生长较快，其玉米的蒸腾耗水最大，从而使土壤含水量下降。

2008 年不同处理玉米灌浆期（2008-8-3）土壤含水量随深度垂直变化如图 5-5（A)，其趋势与抽雄期大致相似，但各处理 0～200cm 处的含水量均小于抽雄期，这主要是由于这一时期降雨量很小，仅为 36.2mm，因此降雨对土壤水分的补充很少。D+J 处理下随着玉米生长的加快，土壤耗水增大，因此其整体土壤含水量下降，其他各处理也较对照生长快、耗水多，含水量较对照都降低。其中，D+J 在 60～120cm 处稍低于对照，其余各层与对照无差异，D+Y、D+B 和 CK 含水量相差不大，D+D 和 D+S 处理在 0～80cm 含水量与其他各处理也几乎没差异，但 100～180cm 处的土壤含水量却仍低于其他各处理，这主要是因为 D+D 和 D+S 处理前期生长较快，水分消耗较多，而后期降水较少，因此土壤由上向下的水分补偿较小，而对照较其他处理生长耗水较少，故土壤含水量稍高于其他处理。

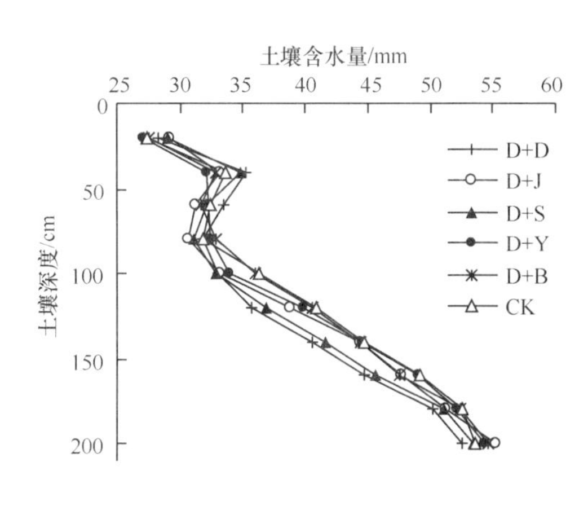

图 5-5（A）　不同处理灌浆期（2008-8-3）
土壤含水量随深度的变化

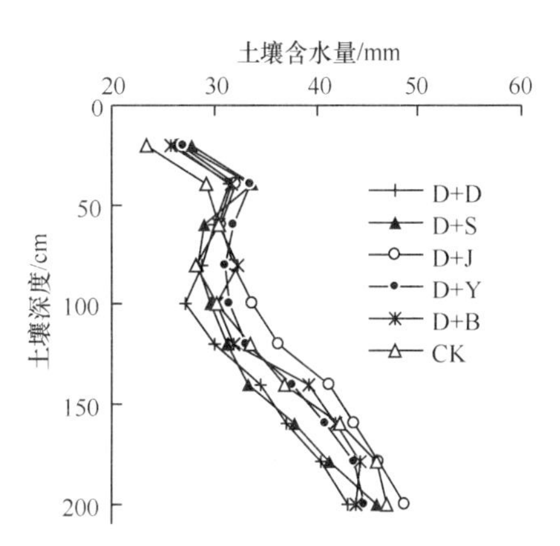

图 5-5（B）　不同处理灌浆期（2009-8-18）
土壤含水量随深度的变化

2009 年各处理玉米灌浆期（2009-8-18）土壤含水量随深度垂直变化如图 5-5（B），除 D+J 处理外其他各处理垂直趋势亦与抽雄期相似，20～40cm 处沟垄种植各处理高于对照，仅在 60cm 处各处理无差异。60cm 以下，D+D 和 D+S 处理土壤含水量仍明显低于其他处理；D+Y、D+B 和 CK 含水量相差不大；与 2008 年有所不同，该时期 D+J 处理含水量高于其他处理，这可能与这一时期 D+Y、D+B 和 CK 处理下玉米生长加快，同时降雨较 2008 年多有关。

2008 年玉米收获期（2008-9-4）土壤含水量随深度垂直变化如图 5-6（A）所示，各处理均在 0～40cm 处土壤含水量逐渐增加，40～120cm 随深度增加逐渐下降，至 100～120cm 处土壤含水量最低，120cm 以下又随深度的增加含水量也增加。结果表明，D+D 和 D+S 处理 0～100cm 处的含水量与前期相比有所上升，高于其他处理，但 120～200cm 处的水分仍低于其他处理。这可能是因为 D+D 和 D+S 处理下玉米成熟较早，后期对水分消耗较其他处理少，加之这一时期降水较多，对上层水分补偿较多，而对下层水分补充较少。D+Y、D+B 和 D+J 处理在 0～140cm 处的含水量高于对照，而在 140cm 以下与对照差异不大。

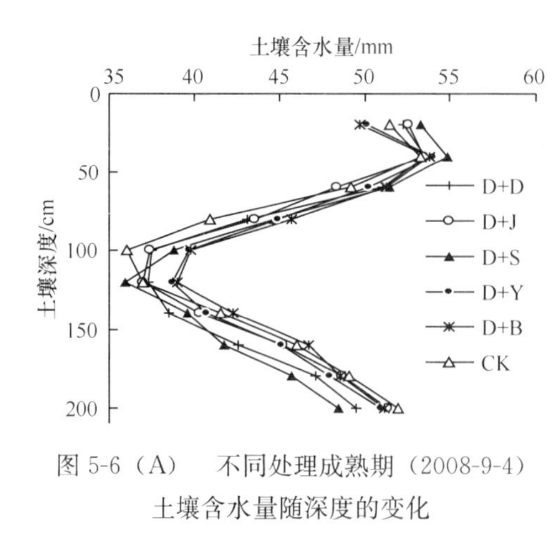

图 5-6（A）　不同处理成熟期（2008-9-4）土壤含水量随深度的变化

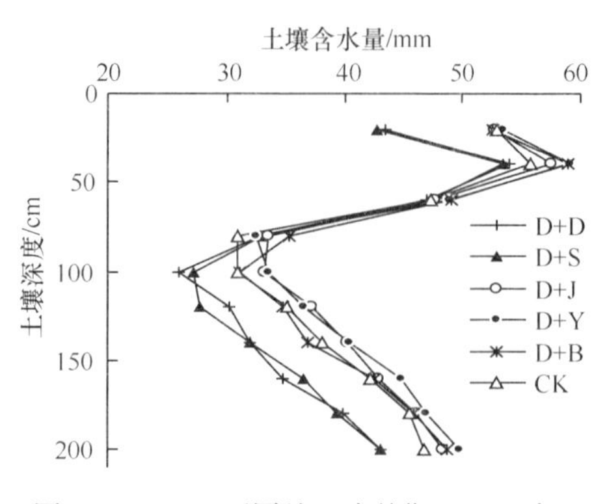

图 5-6（B）　不同处理成熟期（2009 年）土壤含水量随深度的变化

2009 年玉米收获期土壤含水量随深度垂直变化如图 5-6（B）（由于生育期的原因，D+D 和 D+S 处理于 9 月 9 日测定，D+J、D+Y、D+B 和 CK 于 9 月 18 日测定）所示，各处理 0～200cm 处的水分含量垂直变化与 2008 年相似，各处理均在 0～40cm 处土壤含水量逐渐增加，40～100cm 随深度增加逐渐下降，至 80～120cm 处土壤含水量最低，120cm 以下又随深度的增加含水量也增加。该时期 D+J、D+Y 和 D+B 处理下土壤含水量与对照无差异；D+D 和 D+S 处理与 D+J、D+Y、D+B 和 CK 两次取样时间不同，之间有降雨，因此收获期 D+D 和 D+S 处理下上层水分状况与 2008 年不同，低于其他处理。

b. 平作土壤含水量垂直分布

2009 年平覆地膜（D）、平覆生物降解膜（S）、平覆液体地膜（Y）和平覆秸秆（J）处理下，不同时期 0～200cm 土层土壤含水量垂直分布如图 5-7（A）～（F）所示，结果表明，各时期平 J 处理下土壤含水量均高于对照，平 Y 与对照差异不大，而平 D 和平 S 处理前期水分含量较对照高，后期却低于对照。玉米出苗期（2009-5-20）和大喇叭口期（2009-6-12）不同处理土壤垂直分布规律相似，20cm 处平覆 D、S、J 和 Y 处理下土壤含水量均高于对照，且平 J 最高，其次为平 D 和 S；20～100cm 处各处理差异不大，100cm 以下各处理较对照增加，平 D、平 S、平 J 和平 Y 处理下 0～200cm 处的土壤含水量在玉米出苗期（2009-5-20）分别较对照高 10.25mm、13.34mm、16.93mm 和 0.59mm；在玉米大喇叭口期（2009-6-12）分别较对照高 18.57mm、16.89mm、20.53mm 和 7.13mm。

图 5-7（C）为玉米生长期持续干旱 13 天时各处理土壤水分垂直分布，结果表明，平 J 处理下土壤含水量显著高于其他各处理，较对照高 35.28mm，增加了 8.0%；平 Y 处理含水量与对照无差异，而平 D 和平 S 处理下，其 0～200cm 处的含水量分别比对照降低 31.32mm 和 20.89mm。这可能是因为该时期降雨很少，而平 D 和平 S 处理下玉米生长较快，蒸腾耗水较其他处理多，因此土壤含水量较低；而平 J 处理下温度低，玉米生长慢，蒸腾耗水少，抑蒸保墒效果好，所以土壤含水量显著高于其他处理。玉米抽雄期（2009-7-19）的测定结果表明，处理平 D 和平 S 的土壤含水量分别较对照降低 39.79mm

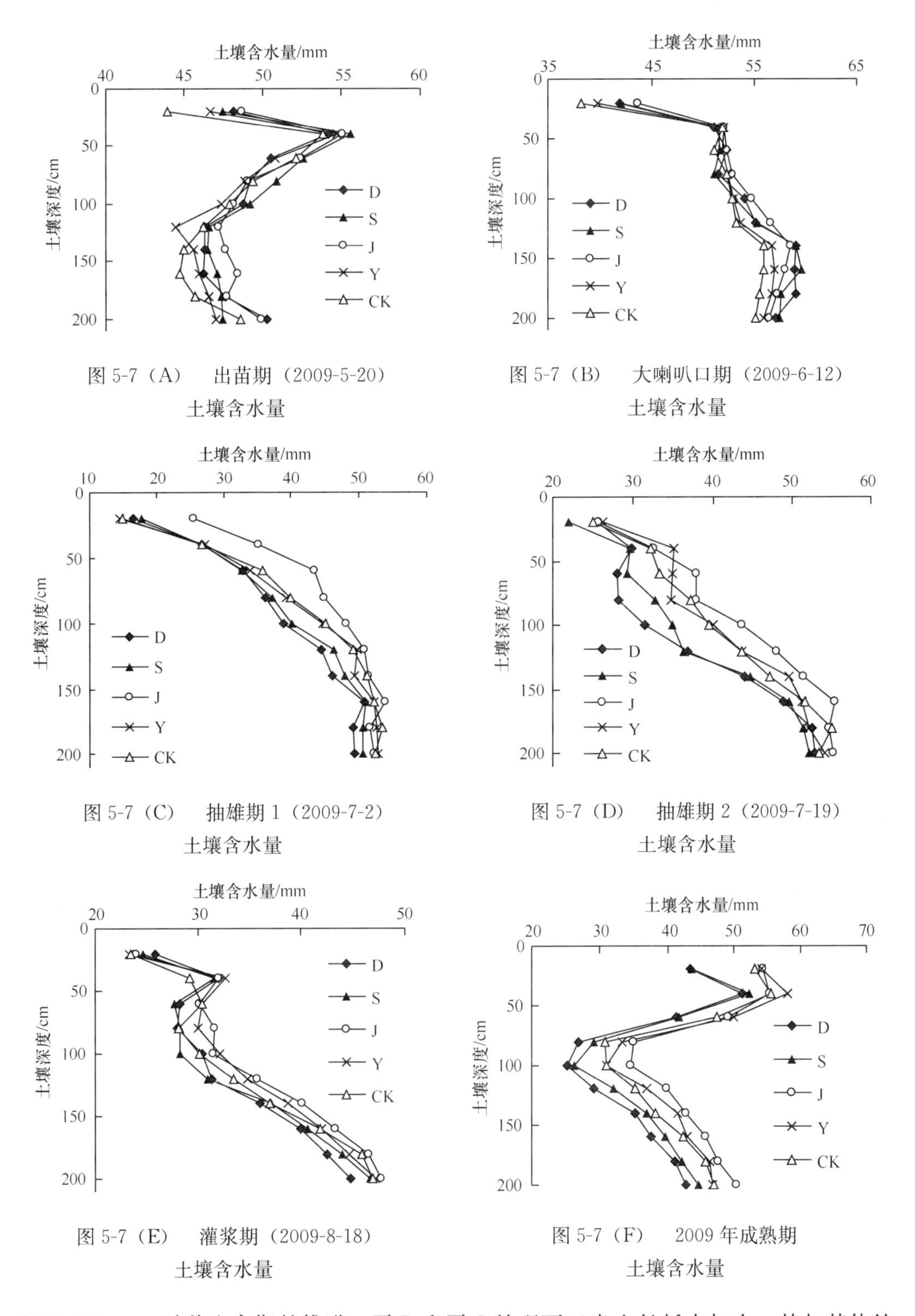

图 5-7（A）　出苗期（2009-5-20）土壤含水量

图 5-7（B）　大喇叭口期（2009-6-12）土壤含水量

图 5-7（C）　抽雄期 1（2009-7-2）土壤含水量

图 5-7（D）　抽雄期 2（2009-7-19）土壤含水量

图 5-7（E）　灌浆期（2009-8-18）土壤含水量

图 5-7（F）　2009 年成熟期土壤含水量

和 35.32mm，随着生育期的推进，平 D 和平 S 处理下玉米生长耗水加大，其与其他处理土壤含水量的差异也增大，该时期平 J 处理下土壤水分较对照高 24.27m，平 Y 与对照无差异。

2009 年 8 月 18 日玉米灌浆期的测定结果表明［图 5-7（E)］，平 D 和平 S 处理下 0～200cm 处的含水量较对照分别减少 7.28mm 和 6.67mm；平 J 和平 Y 较对照高 15.53mm 和 12.73mm，这可能是因为在玉米生长后期平 D 和平 S 处理下耗水逐渐减少，平 J、平 Y 和 CK 处理下玉米耗水逐渐增加，故各处理间差异较抽雄期小。

2009 年玉米收获期平覆各处理土壤含水量随深度垂直变化如图 5-7（F)（由于生育期的原因，平 D 和平 S 处理于 9 月 9 日测定，平 J、平 Y 和 CK 于 9 月 18 日测定）所示，平 D 和平 S 处理含水量显著较其他处理低，而平 J、平 Y 和 CK 相差不大，主要因为两次取样间有降雨。

(2) 玉米生育期 0～200cm 水分动态变化

a. 微集水种植水分动态变化

由于不同时期降水、温度、土壤蒸发强度、作物耗水量等的不同，不同覆盖耕作处理下土壤水分不仅表现出随土层深度而变化的特点，而且随时间的动态变化也存在着明显的差异。图 5-8 为 2008 年不同处理不同深度土壤水分随时间的波动状况。

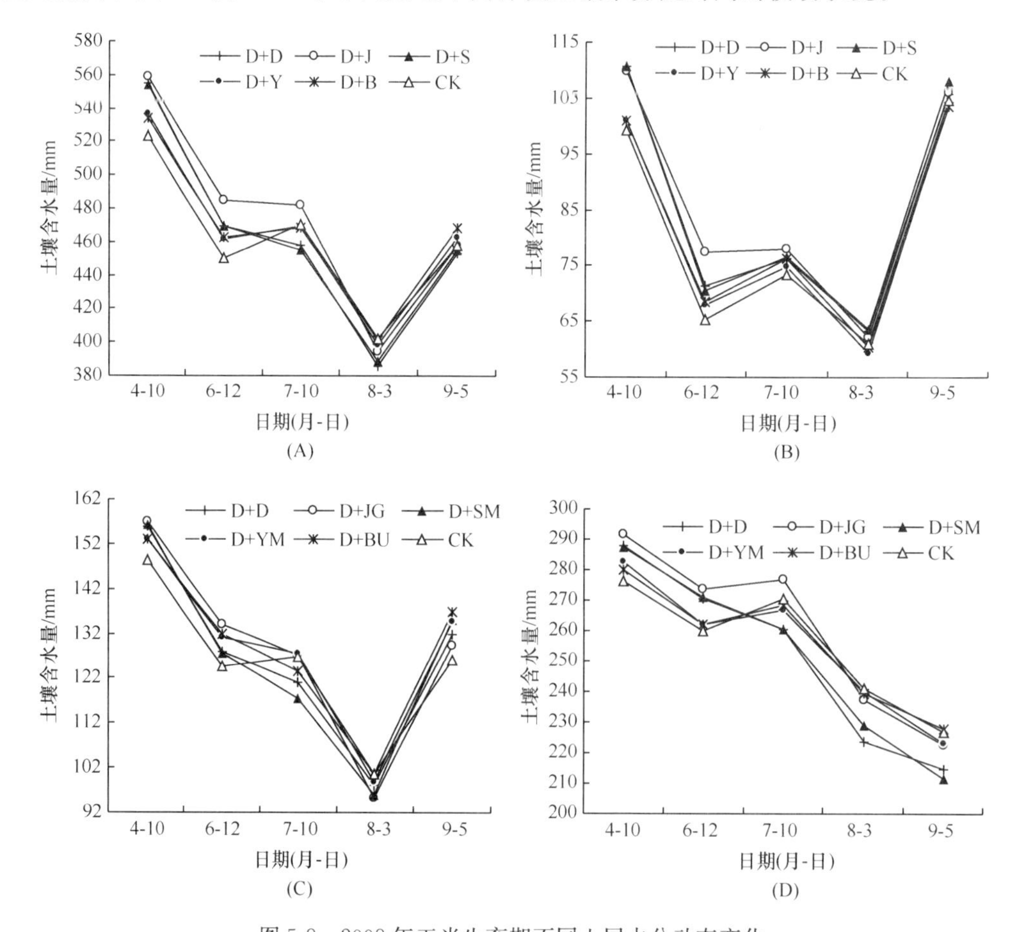

图 5-8　2008 年玉米生育期不同土层水分动态变化

图中（A）～（D）分别指玉米生育期 0～200cm、0～40cm、40～100cm 和 100～200cm 土层水分动态变化

测定结果表明［图 5-8（A)］，各处理在 0～200cm 土层含水量的变化规律基本一致，在播种前期经过冬季休闲各处理含水量均较高，而玉米生长前期（4-10～6-12）降雨量较小，不能满足作物蒸腾和蒸发的需要，因此土壤储水量下降；中期（6-12～7-10）降雨量增加，但由于这一时期温度较高，各处理玉米生长不一致，导致土壤蒸发和蒸腾耗水量不同，因此不同处理土壤储水量有升有降但差异不明显。7 月 10 日至 8 月 3 日，降雨量仅为 36.2mm，因此 8 月 3 日测得土壤含水量最低，之后随着降雨量的增加及玉米后期需水量的减小，各处理土壤含水量均上升。

不同处理下 0～200cm 土层贮水量的动态变化又有不同。处理 D+D、D+S 和D+J 播前土壤含水量显著高于对照（$P<0.05$），D+Y 和 D+B 处理土壤含水量稍高于对照但差异不显著。这主要是因为垄沟覆盖更能有效地降低休闲期土壤的无效蒸发。随着生育期的延长各处理间差异逐渐减小。D+D 和 D+S 处理在玉米生长前期（2008-4-10 至 2008-6-12）土壤含水量高于其他处理，之后显著低于其他处理，至收获期与其他处理相差不大，这可能是因为沟内覆盖普通地膜和生物降解膜能有效地提高土壤温度，使这两种处理下玉米生长发育较其他处理快，因此耗水较多。而 D+J 处理在播种期（2008-4-10）至抽雄期（2008-7-10）的含水量显著高于其他处理，之后开始下降至收获期与其他处理相差不大，这是因为秸秆覆盖前期降低了土壤温度，玉米生长发育较慢耗水较少，而后期其良好的保墒和稳温效果，使玉米生长较快耗水较多。

不同处理 0～40cm 和 40～100cm 土层水分动态变化如图 5-8（B）和图 5-8（C）所示，各处理变化趋势与 0～200cm 变化总趋势相似，只是 0～40cm 土层水分随时间的变化更剧烈。不同处理 100～200cm 土层水分动态变化表明［图 5-8（D)］，D+Y、D+B 和 D+J 处理 100～200cm 层土壤含水量在抽雄期较大喇叭口期略有所上升外，基本上随生育时期的延长土壤含水量呈下降的趋势；D+D 和 D+S 处理自播种至收获，随生育期的延长土壤含水量呈下降的趋势，且在后期显著低于其他处理。各处理后期下层土壤含水量并未呈现上升的趋势，可能是因为后期降雨对下层的补偿较少。

2009 年不同处理不同深度土壤水分随时间的波动状况如图 5-9 所示，测定结果表明：各处理不同土层贮水量的变化规律也基本一致。在玉米播种前（4 月 12 日）由于冬季休闲期有效降雨很少，各处理土壤贮水量均较低；生长前期（4-12～6-12）由于有几次比较有效的降雨，且该时期作物蒸腾耗水较少，因此各处理的土壤贮水量有所增加；在玉米生长中期（6-12～8-18）由于在这一时期降雨总量较前期少，而温度高且玉米地上生物量较大，土壤水分通过蒸发和蒸腾大量损失，从而导致各处理土壤贮水量在总体上呈下降的趋势，且在 8 月 18 日到达低谷，之后由于降雨量大幅增加，土壤贮水量开始上升。

就不同的处理而言，2009 年 0～200cm 土层贮水量的动态变化亦不同［图 5-9（A)］。结果表明，D+J 处理下 0～200cm 土壤贮水量在玉米生长前中期（4-12～8-18）均较高，在玉米收获期含水量显著高于 D+D 和 D+S，与 D+B、D+Y 和 CK 相差不大；处理 D+D 和 D+S 在玉米生长前期（4-12～6-12）含水量低于处理 D+J 而高于其他处理，但在中后期显著低于其他处理；D+Y 和 D+B 处理土壤含水量在前期稍高于对照，中后期与对照相差不大。

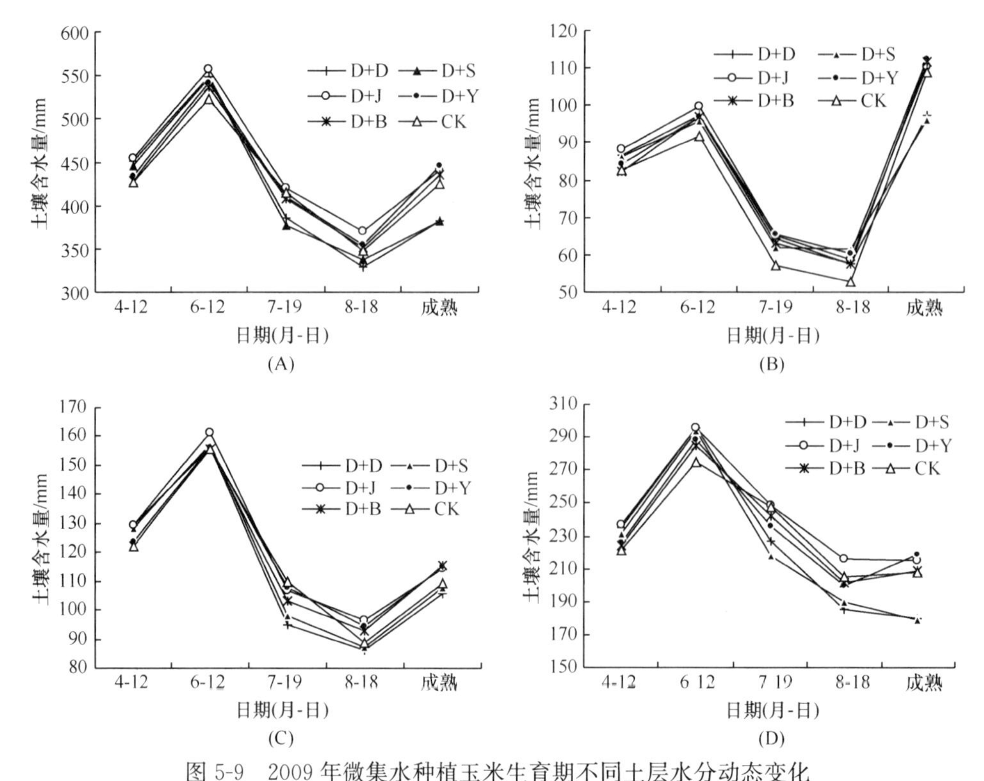

图 5-9　2009 年微集水种植玉米生育期不同土层水分动态变化

图中（A）～（D）分别指玉米生育期 0～200cm、0～40cm、40～100cm 和 100～200cm 土层水分动态变化

不同处理 0～40cm 土层水分动态变化如图 5-9（B）所示。前期 D+J 处理下 0～40cm 处的含水量高于其他处理，后期与其他处理相差不大；各时期对照处理土壤含水量均低于其他处理。不同处理 40～100cm 和 100～200cm 土层水分动态变化［图 5-9（C）和图 5-9（D）］趋势与 0～200cm 总趋势一致，只是 D+Y、D+B 和 D+J 处理 100～200cm 层土壤含水量在成熟期较灌浆期略有上升，而 D+D 和 D+S 处理自播种至收获，随生育期的延长土壤含水量呈下降的趋势，且在后期显著低于其他处理。

总体而言，由于年际间降雨状况不同，各处理在不同年份水分垂直和动态变化的趋势不同，但不同处理的抑蒸保墒效果却相似。两年的结果表明，微集水种植能较多地蓄积前一年秋季、冬季的休闲降水，为玉米前期生长提供了良好的水分状况。各处理在不同时期 0～200cm 水分垂直分布情况不同，在同一时期各处理变化趋势相似。从水分垂直和动态分布来看，D+D 和 D+S 玉米生育前中期土壤含水量高于其他处理，随着作物生育加快，耗水较多，后期土壤下层含水量显著低于其他处理；D+J 在玉米生育前中期土壤含水量均高于其他处理，后期随着作物生长耗水量的增加，土壤含水量较其他处理差异变小；D+B 和 D+Y 处理下前期含水量稍高于对照，但差异不显著，后期含水量与对照无差异。

b. 平作种植水分动态变化

2009 年平覆地膜（D）、平覆生物降解膜（S）、平覆液体地膜（Y）和平覆秸秆（J）处理下，不同深度土壤水分随时间的波动状况如图 5-10 所示。结果表明，平覆地膜和生物降解膜处理的水分变化与沟垄种植垄覆地膜沟覆地膜与生物降解膜处理下一致，均为前期较高，后期低于其他处理。平覆秸秆各时期不同土层含水量均高于其他处理，平覆液膜土壤水分状况与对照无差异。

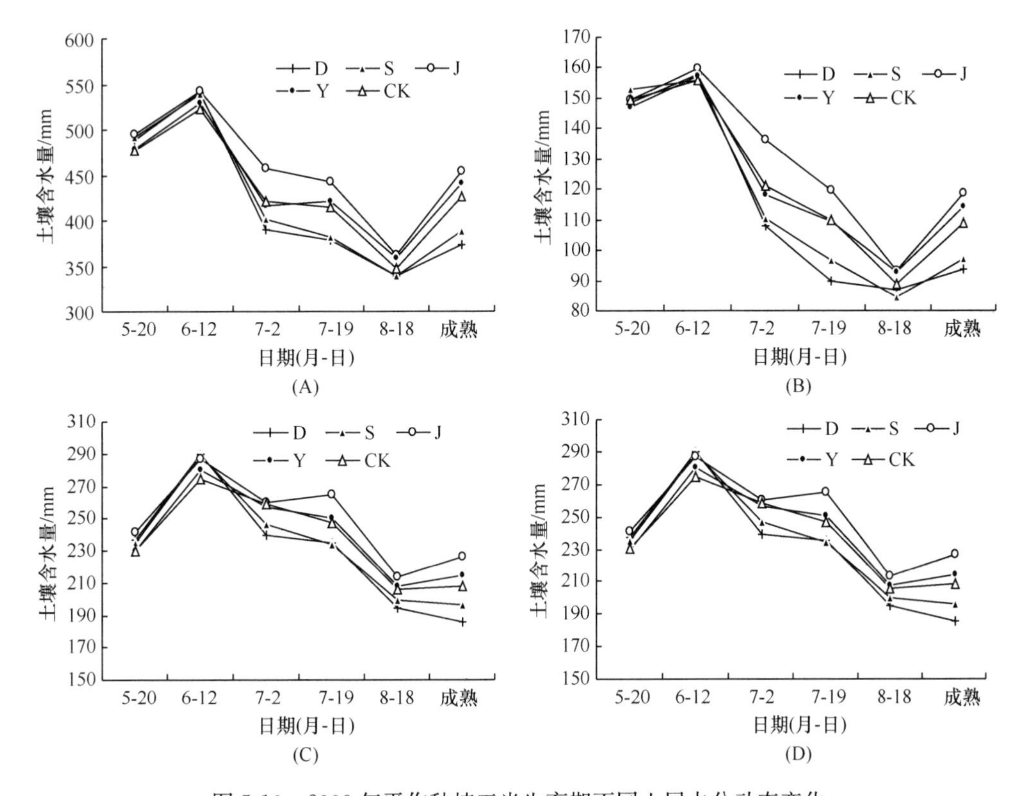

图 5-10　2009 年平作种植玉米生育期不同土层水分动态变化

图中（A）～（D）分别指玉米生育期 0～200cm、0～40cm、40～100cm 和 100～200cm 土层水分动态变化

3. 不同覆盖模式对玉米生长发育的影响

不同覆盖措施造成的土壤水分、土壤温度和土壤养分效应等方面的差异直接影响到它们对作物生育进程、作物个体生长状况、作物净光合速率等方面的影响，并最终影响作物的产量和水分利用效率。

（1）生育进程

不同覆盖材料下的土壤环境发生变化，必然影响玉米的生育进程。3 年的研究结果表明，沟垄种植模式下除 D+J 处理使玉米生育时期推迟或一致外，其他各处理下各生育时期均较对照提前。

表 5-3 表明，2007 年 D+D 处理和 D+S 处理下玉米出苗期、拔节期、大喇叭口期、抽雄期及完熟期分别比对照提前 3 天、9 天、9 天、8 天和 9 天；D+Y 和 D+B 处理下各生育时期均比对照提前 1 天、5 天、4 天、4 天和 5 天。2008 年 D+D 处理和D+S处理下玉米出苗期、拔节期、大喇叭口期、抽雄期及完熟期分别比对照提前 3～4 天、8 天、7 天、7 天和 9 天；D+Y 和 D+B 处理下各生育时期均比对照提前 1 天、3 天、3

天、2天和4天；2009年D+D处理和D+S处理下玉米出苗期、拔节期、大喇叭口期、抽雄期及完熟期分别比对照提前3天、10天、12天、9～10天和11天；D+Y和D+B处理下玉米拔节期、大喇叭口期、抽雄期及完熟期分别较对照提前2天、7天、5天和4天。

表5-3　生育进程　（单位：月-日）

年份	处理	播种	出苗	拔节	大喇叭口期	抽雄	成熟	生育期天数
2007	D+D	4-28	5-8	5-30	6-24	7-13	9-6	131
	D+S	4-28	5-8	5-30	6-24	7-13	9-6	131
	D+Y	4-28	5-10	6-3	6-29	7-17	9-10	135
	D+B	4-28	5-10	6-3	6-29	7-17	9-10	135
	D+J	4-28	5-12	6-9	7-3	7-21	9-15	140
	CK	4-28	5-11	6-8	7-3	7-21	9-15	140
2008	D+D	4-15	4-27	5-19	6-12	7-2	8-25	132
	D+S	4-15	4-28	5-19	6-12	7-2	8-25	132
	D+Y	4-15	4-30	5-24	6-16	7-7	8-30	137
	D+B	4-15	4-30	5-24	6-16	7-7	8-30	137
	D+J	4-15	5-3	5-28	6-20	7-10	9-4	142
	CK	4-15	5-1	5-27	6-19	7-9	9-3	141
2009	D+D	4-26	5-4	5-26	6-15	7-7	9-7	134
	D+S	4-26	5-4	5-26	6-15	7-8	9-7	134
	D+Y	4-26	5-7	6-4	6-20	7-12	9-14	140
	D+B	4-26	5-7	6-4	6-20	7-12	9-14	140
	D+J	4-26	5-8	6-6	6-25	7-15	9-18	144
	CK	4-26	5-7	6-6	6-27	7-17	9-18	144
	D	4-26	5-4	5-28	6-15	7-9	9-7	134
	S	4-26	5-4	5-28	6-15	7-9	9-7	134
	J	4-26	5-8	6-10	6-29	7-19	9-21	147
	Y	4-26	5-7	6-6	6-27	7-17	9-18	144

结果表明，D+D、D+S、D+Y及D+B处理下玉米生育期均较对照提前，而D+J处理下早春时，土壤土温较低，其出苗迟于对照处理1～2天，但随着后期气温的回升，秸秆处理的保水稳温作用促进了玉米的生长，后期生育期与对照差异较小。

2009年的试验结果还表明，地膜和生物降解膜覆盖下集雨处理和常规覆膜种植下，玉米各生育时期均较对照提前，但两处理无差异。平覆液膜处理生育期与对照无差异，而秸秆覆盖生育期较对照明显推迟。

（2）玉米株高

不同处理由于改变了土壤的水分、温度和肥力状况，不仅导致了玉米的生长发育进程出现了不同，而且还影响着玉米在各个生育阶段的生长状况。从不同时期不同处理间玉米株高的差异（表5-4）来看，不同处理下的玉米株高在不同时期都达到显著水平。3年的结果表明，沟垄种植模式不同处理各时期株高均显著高于对照（$P<0.01$）。进一步的多重比较表明，D+D处理和D+S处理在各时期对株高影响较为显著，D+Y和D+B处理对株高的影响相似，但两处理间无差异，各时期两处理玉米株高均较对照达显著差异；D+J处理下玉米株高在拔节期和大喇叭口期稍高于对照，但低于其他各处理，但在玉米生长中后期，该处理株高超过处理D+Y和D+B，最后与处理D+D和D+S相差不大。

表5-4　不同时期玉米株高　（单位：cm）

年份	处理	拔节期	大喇叭口期	抽雄期	灌浆期
		2007-6-3	2007-6-25	2007-7-21	2007-8-15
2007	D+D	53.8aA	103.2aA	234.8aA	243.2aA
	D+S	50.5aA	96.5aA	231.8aA	240.6aA
	D+J	37.2cBC	77.8bcBC	208.6bB	239.2aA
	D+Y	42.1bB	82.6bB	198.4bcB	234.8aA
	D+B	41.7bB	80.0bBC	190.9cB	234.0aA
	CK	34.2cC	72.3cC	124.0dC	215.0bB
		2008-5-24	2008-6-13	2008-7-11	2008-8-4
2008	D+D	59.8aA	117.9aA	260.4aA	260.2aA
	D+S	54.0bB	114.5aA	255.8aAB	258.7abA
	D+J	39.9cCD	85.2bB	252.0abABC	260.3aA
	D+Y	41.4cC	89.8bB	245.8bBC	255.5abA
	D+B	41.4cC	89.0bB	243.1bC	254.5bA
	CK	35.6dD	73.1cC	205.0cD	216.5cB
		2009-5-22	2009-6-12	2009-7-16	2009-8-18
2009	D+D	36.7aA	117.7aA	261.6aA	270.6abAB
	D+S	35.6aA	112.9aA	263.2aA	273.0aA
	D+J	30.2bB	91.0bcB	258.0aAB	270.6abAB
	D+Y	30.5bB	86.4cBC	249.8bB	259.8bcABC
	D+B	30.1bB	88.4cB	248.7bB	256.0cBC
	CK	24.3cC	69.9dD	214.2cC	225.2dD
	平D	30.8bB	98.9bB	248.6bB	250.4cBC
	平S	31.4bB	98.4bB	247.7bB	255.6cC
	平J	22.3cC	55.7eE	211.1cC	226.4dD
	平Y	24.7cC	75.7dCD	217.9cC	227.3dD

注：同一列中相同小写字母表示在$P<0.05$水平下差异不显著，相同大写字母表示在$P<0.01$水平下差异不显著。下同。

灌浆期各处理下玉米株高基本趋于稳定，2007 年 D+D、D+S、D+Y、D+B 和 D+J 处理下玉米株高分别较对照高 28.2cm、25.6cm、19.8cm、19.0cm 和 24.2cm，分别增高了 13.1%、11.9%、9.2%、8.8%和 11.3%。2008 年灌浆期 D+D、D+S、D+Y、D+B 和 D+J 处理下玉米株高分别较对照高 43.7cm、42.2cm、39.0cm、38.0cm 和 43.8cm，分别增高了 20.2%、19.5%、18.0%、17.6%和 20.2%。2009 年灌浆期 D+D、D+S、D+J、D+Y 和 D+B 处理下玉米株高分别较对照高 45.4cm、47.8cm、45.4cm、34.6cm 和 30.8cm，分别增高了 20.2%、21.2 %、20.2%、15.4%和 13.7%。另外，多重比较还表明，平 D 和平 S 处理对玉米株高的促进作用显著，各时期玉米株高均显著大于对照，且在前期其株高稍高于处理 D+J、D+Y 和 D+B，后期却显著小于处理 D+J，而与处理 D+Y 和 D+B 相差不大，这可能与前期地膜和生物膜覆盖下温度较高有关。灌浆期平 D 和平 S 处理下玉米株高分别较对照增高 25.2cm 和 30.4cm，分别增高了 11.2%和 13.5%。平 Y 处理下各时期玉米株高稍高于对照但无显著差异，而平 J 处理下前期玉米株高均较对照降低，在后期与对照无差异。

（3）玉米生物量

表 5-5 表明，不同处理地上部生物量在不同时期的差异与株高差异相似，各处理生物量均高于对照，在各时期 D+D 和 D+S 对玉米生物量的促进作用最大，显著大于其他处理。D+Y 和 D+B 处理间在不同时期对生物量影响的差异不大。D+J 处理前期仅大于对照，小于其他处理，但在后期与 D+D 和 D+S 处理相差不大。2007 年玉米收获期 D+D、D+S、D+Y、D+B 和 D+J 处理下玉米单株生物量分别较对照增加 58.80g、55.53g、26.18g、24.36g 和 27.74g；2008 年收获期各处理单株生物量分别较对照增加 78.34g、80.91g、47.95g、48.10g 和 61.10g。

表 5-5　不同时期玉米生物量　（单位：g/株）

年份	处理	拔节期	大喇叭口期	抽雄期	成熟期
		2007-6-3	2007-6-25	2007-7-21	2007-9-13
2007	D+D	5.22	46.31	135.42	291.61
	D+S	4.98	44.76	131.36	288.34
	D+Y	2.11	22.08	101.93	258.99
	D+B	1.93	20.87	92.78	257.17
	D+J	1.49	18.58	102.28	260.55
	CK	1.25	13.65	67.96	232.81
		2008-5-26	2008-6-14	2008-7-10	2008-9-4
2008	D+D	5.83	54.16	177.28	447.42
	D+S	5.17	51.65	174.77	449.99
	D+Y	2.24	27.85	155.88	417.03
	D+B	2.31	25.03	145.31	417.18
	D+J	1.72	21.33	160.55	430.18
	CK	1.5	15	95.26	369.08

续表

年份	处理	拔节期	大喇叭口期	抽雄期	成熟期
		2007-6-3	2007-6-25	2007-7-21	2007-9-13
2009	D+D	0.69	35.01	297.55	458.71
	D+S	0.58	27.81	261.89	463.12
	D+J	0.33	12.96	180.55	409.19
	D+Y	0.34	13.59	181.16	395.51
	D+B	0.39	12.75	153.96	377.88
	CK	0.25	7.20	120.21	264.37
	D	0.45	19.41	232.21	397.02
	S	0.46	20.93	209.45	379.28
	J	0.20	3.84	95.76	253.17
	Y	0.28	7.95	127.43	274.24

2009年各处理对生物量的影响与对株高的影响相似。玉米收获期D+D、D+S、D+J、D+Y和D+B处理下玉米单株生物量分别较对照增加194.34g、198.75g、144.82g、131.14g和113.51g；平D和平S处理下，玉米生物量在前期稍高于D+J、D+Y和D+B处理，后期却相差不大，玉米收获期其生物量分别较对照增加132.65g和114.91g。平Y处理下各时期生物量稍高于对照，差异不大，而平J处理下玉米生物量均较对照降低。

（4）籽粒产量及其构成因素

不同覆盖材料对土壤水分肥力性状、作物群体性状和作物个体性状等方面不同程度的影响最终体现在对作物产量的影响不同上。

不同处理下3年籽粒产量及其构成因素（百粒重、穗粒数、穗长和穗粗）见表5-6。2007年和2008年不同处理下籽粒产量均较对照显著增加，各增产顺序为D+D>D+S>D+J>D+Y>D+B，其中2007年D+D、D+S和D+J处理下籽粒产量及构成因素增产显著（$P<0.05$），D+Y和D+B处理较对照有增加，但差异不显著，而2008年各处理均较对照差异显著。

表5-6　不同处理玉米产量及产量构成因素

年份	处理	穗长/cm	穗粗/cm	穗粒数	百粒重/g	籽粒产量/(kg/hm^2)
2007	D+D	20.47aA	5.25aA	551.8aA	35.99aA	9 896.9aA
	D+S	20.17aA	5.13abAB	538.8aAB	34.96abAB	9 785.1aB
	D+Y	19.93aA	4.95bcB	512.5bBC	34.42bcBC	8 748.2bcBC
	D+B	18.92bB	4.92cB	504.4bcC	34.31bcBC	8 619.9bcC
	D+J	19.89aA	5.05abcAB	538.7aAB	34.39bcBC	8 981.1bABC
	CK	18.22cB	4.87cB	486.2cC	33.38cC	8 077.95cC

续表

年份	处理	穗长/cm	穗粗/cm	穗粒数	百粒重/g	籽粒产量/(kg/hm²)
2008	D+D	21.59abAB	3.55abAB	616.5aAB	38.54aA	11 792.0aA
	D+S	21.60abAB	3.66aA	631.2aA	39.02aA	11 847.0aA
	D+Y	20.85bcB	3.52abcAB	554.4bcBC	37.90aA	10 560.0bB
	D+B	20.38cB	3.42bcAB	544.8cBC	37.82aA	10 601.3bB
	D+J	22.65Aa	3.56abAB	603.2abAB	38.34aA	11 517.0aA
	CK	19.97cB	3.306 7cB	521.1cC	34.59bB	8 844.0cC
2009	D+D	23.29aA	5.66aA	681.5aA	39.35aA	13 224.8aA
	D+S	21.91bB	5.60aA	646.3abAB	35.88cC	11 756.3bB
	D+J	21.52bB	5.40bcB	610.3bcBC	37.47bB	10 155.8cC
	D+Y	20.45cC	5.39bcB	591.3cC	34.53deDE	9 656.6cdCD
	D+B	20.02cdC	5.29cB	574.5cC	33.71eE	9 021.4eD
	CK	17.78efD	5.00dC	486.8deD	32.34fF	7 136.5fEF
	D	20.33cdC	5.41bB	607.9cBC	31.82fF	9 891.8cC
	S	19.62 dC	5.34bcB	592.1cC	35.12cdCD	9 054.4deD
	J	17.15fD	4.94dC	452.2eD	33.75eE	6 385.5gF
	Y	18.03eD	4.96dC	492.7dD	30.37gG	7 305.4fE

2007 年 D+D 、D+S 和 D+J 处理玉米产量分别比对照增加了 1819.0kg/hm²、1707.2kg/hm² 和 903.15kg/hm²，增产率为 22.5%、21.1%和 11.2%；D+Y 和 D+B 处理玉米产量较对照分别增加 670.3kg/hm² 和 542.0kg/hm²，增产率为 8.3% 和 6.7%。2008 年 D+D 、D+S 和 D+J 处理玉米产量分别比对照增加了 2948kg/hm²、3003kg/hm² 和 2673kg/hm²，增产率为 33.3%、34.0%和 30.2%；D+Y 和 D+B 处理的籽粒产量分别较对照增加 19.4%和 19.9%。

2009 年的结果表明，除平覆秸秆处理外，不同种植模式下其他各处理产量均较对照增加，其产量顺序为 D+D>D+S>D+J>平 D>D+Y>平 S>D+B>平 Y>CK>平 J。其中沟垄种植模式下各处理的籽粒产量及其构成因素（百粒重、穗粒数、穗长和穗粗）均较对照显著增加。处理 D+D、D+S、D+J、D+Y 和 D+B 玉米产量分别较对照增加 6088.3kg/hm²、4619.8kg/hm²、3019.3kg/hm²、2520.1kg/hm² 和 1884.9kg/hm²；在平覆种植处理中，平 D 和平 S 处理下玉米籽粒产量及其构成因素（百粒重、穗粒数、穗长和穗粗）也较对照有所增加，其产量分别增加 2755.3kg/hm²、1917.9kg/hm²；平 Y 处理较对照稍有增加但差异不显著，而平 J 处理下产量和各构成因素均较对照减少，玉米籽粒产量较对照减少 751.0kg/hm²。

（5）籽粒产量水分利用效率

不同处理 3 年玉米籽粒产量水分利用效率见表 5-7 。沟垄种植模式下各处理籽粒产量水分利用效率均较对照增加，其中 D+D、D+S 和 D+J 提高最多，2007 年分别较对照提高了 6.2kg/(mm·hm²)（30.5%）、6.4kg/(mm·hm²)（31.5%） 和 3.8kg/(mm·hm²)

(18.7%)；2008年分别比对照提高4.7kg/(mm·hm²)(23.7%)、5.0kg/(mm·hm²)(25.2%)和4.2kg/(mm·hm²)(21.2%)。D+Y和D+B处理下水分利用效率提高较少，2007年和2008年分别比对照提高2.6kg/(mm·hm²)(12.8%)和2.0kg/(mm·hm²)(9.9%)、3.5kg/(mm·hm²)(17.7%)和4.0kg/(mm·hm²)(20.2%)。2009年的结果表明，沟垄种植模式下各处理水分利用效率均高于常规平覆种植处理，各处理水分利用效率的顺序为D+D>D+S>D+Y>D+J>D+B>平D>平S>平Y>CK>平J。其中D+D、D+S和D+J处理分别较对照提高14.5kg/(mm·hm²)(77.1%)、11.2kg/(mm·hm²)(59.6%)和8.1kg/(mm·hm²)(43.1%)；D+Y和D+B处理下分别较对照增加8.8kg/(mm·hm²)(46.8%)和6.6kg/(mm·hm²)(35.1%)。另外，平D和平S处理下水分利用效率增加明显，分别较对照增加6.5kg/(mm·hm²)(34.6%)和5.3kg/(mm·hm²)(28.2%)；平Y处理下增加较少，仅为0.8kg/(mm·hm²)(4.3%)；而平覆秸秆处理下水分利用效率较对照降低1.0kg/(mm·hm²)(5.3%)。

表 5-7　不同处理的籽粒产量水分利用效率

年份	处理	产量/(kg/hm²)	土壤贮水/mm		生育期降水量/mm	总耗水/mm	水分利用效率/[kg/(mm·hm²)]
			播前	收获			
2007	D+D	9 896.9aA	463.0	565.0	475.6	373.5	26.5
	D+S	9 785.1aB	463.0	572.9	475.6	365.6	26.8
	D+J	8 981.1bABC	463.0	566.0	475.6	372.5	24.1
	D+Y	8 748.2bcBC	463.0	556.3	475.6	382.3	22.9
	D+B	8 619.9bcC	463.0	551.3	475.6	387.2	22.3
	CK	8 078.0cC	463.0	541.2	475.6	397.4	20.3
2008	D+D	11 792.0aA	554.7	452.6	379.2	481.3	24.5
	D+S	11 847.0aA	554.0	454.6	379.2	478.6	24.8
	D+J	11 517.0aA	558.6	458.0	379.2	479.8	24.0
	D+Y	10 560.0bB	536.9	462.4	379.2	453.7	23.3
	D+B	10 601.3bB	533.9	468.1	379.2	445.0	23.8
	CK	8 844.0cC	523.6	456.7	379.2	446.1	19.8
2009	D+D	13 224.8aA	451.0	383.1	329.5	397.4	33.3
	D+S	11 756.3bB	445.1	382.4	329.5	392.2	30.0
	D+J	10 155.8cC	454.4	439.8	362.5	377.1	26.9
	D+Y	9 656.6cdCD	433.9	445.9	362.5	350.5	27.6
	D+B	9 021.4eD	428.9	435.8	362.5	355.6	25.4
	CK	7 136.5fEF	426.1	425.7	379.1	379.5	18.8
	D	9 891.8cC	434.8	373.8	329.5	390.5	25.3
	S	9 054.4deD	434.8	388.8	329.5	375.4	24.1
	J	6 385.5gF	434.8	454.9	379.1	359.0	17.8
	Y	7 305.4fE	434.8	441.1	379.1	372.7	19.6

总体而言，D+D 和 D+S 处理具有较好的水分状况，且沟内覆膜使土壤温度升高，使玉米生长发育提前，可促进玉米前期较快地生长，最终获得高产。D+J 处理时，沟内覆盖秸秆使温度下降，延迟了玉米早期的生长，后期随着温度的升高，D+J 处理下水温状况较好，因此玉米生长加快，并超过其他处理。2007 年和 2008 年 D+D 与 D+S，D+Y 与 D+B 处理在整个生育期和玉米生长状况上没有太大差别；2009 年的试验结果表明，沟垄种植各处理玉米生长状况与前两年相似，且增产效果较前两年更显著。平作处理下，地膜和生物降解膜覆盖处理增产显著，而液膜增产不显著，秸秆覆盖处理减产。

4. 不同处理对土壤养分的影响

作物吸收养分与土壤水分关系十分密切。许多研究表明（王晓凌，2002），土壤含水量与肥料利用关系密切，土壤湿润或进行灌溉有助于作物对养分的吸收。农业生产条件不外乎光、温、水、肥四大要素。而田间微域集水技术在一定程度上改变了田间土壤的水温状况，而田间土壤的水温状况的改变必然影响到作物对养分的吸收利用。

（1）不同处理 0～60cm 土壤养分状况

0～60cm 土层养分状况见表 5-8。2007 年和 2008 年收获期土壤养分的测定结果表明，不同处理对速效养分的影响大于对全效养分的影响。2007 年不同处理下 D+D、D+Y 和 D+J 土壤有机质含量较高，分别较对照增加 5.98%、4.49%和 3.63%，其中 D+D 和 D+Y 处理下有机质的提高较对照达显著水平（$P<0.05$），处理 D+S 和 D+B 土壤有机质与对照无差异。不同处理下土壤碱解氮含量均显著高于对照。进一步的多重比较表明，D+J 处理下碱解氮含量最高，与其他各处理差异均达 5%显著，较对照增加 36.70%；处理 D+D 和 D+Y 次之，分别较对照增加 13.76%和 11.78%，但两者间无差异；处理 D+S 和 D+B 碱解氮分别比对照高 9.72%和 6.20%。2007 年 D+D

表 5-8 不同处理 0～60cm 土壤养分状况

年份	处理	有机质 /(g/kg)	碱解氮 /(mg/kg)	速效磷 /(mg/kg)	速效钾 /(mg/kg)	全氮 /(g/kg)	全磷 /(g/kg)	全钾 /(g/kg)
2007	D+D	9.92a	33.23b	1.17ab	92.63a	0.58a	0.38a	8.61a
	D+S	9.40bc	32.05c	0.93abc	82.44c	0.58a	0.38a	8.45a
	D+Y	9.78ab	32.65bc	0.70c	91.67a	0.61a	0.37ab	8.50a
	D+B	9.34c	31.02d	0.74bc	85.39b	0.61a	0.32b	8.89a
	D+J	9.70abc	39.93a	1.23a	92.06a	0.59a	0.39a	8.65a
	CK	9.36c	29.21e	0.63c	79.36d	0.57a	0.36ab	7.74b
2008	D+D	10.14b	26.18d	3.38b	74.67c	0.63a	0.54a	9.12a
	D+S	10.50ab	28.84c	3.11b	79.88bc	0.61a	0.54a	9.22a
	D+Y	10.80a	31.01ab	3.34b	89.38a	0.64a	0.55a	9.29a
	D+B	10.53ab	29.26bc	3.41b	85.98a	0.62a	0.56a	8.82a
	D+J	10.60ab	31.82a	4.26a	86.89a	0.66a	0.58a	9.17a
	CK	10.43ab	28.94c	3.25b	84.35ab	0.59a	0.52a	8.87a

和D+J处理下土壤速效磷含量显著高于对照，分别较对照增加85.71%和95.24%，其他各处理与对照相比含量增加，但差异不显著。不同处理下速效钾含量亦均显著高于对照，其中，D+D、D+J和D+Y处理下速效钾含量较高，分别比对照增加16.7%、16.0%和15.5%，D+S和D+B处理下速效钾较对照增加3.88%和7.60%。2007年对不同处理0～60cm全效养分的分析表明，各处理下全氮含量均稍高于对照但差异不显著；不同处理下土壤全钾含量显著高于对照，但处理间差异不显著；各处理下土壤全磷与对照无明显差异，多重比较表明，D+B处理全磷含量最小，与D+J、D+D和D+S处理差异达5%显著，与其他处理差异不显著。

2008年0～60cm层土壤养分测定结果表明，不同处理对各养分的影响与2007年有相似之处但又有不同，2008年各处理下土壤有机质与对照差异不显著，其中D+Y和D+J处理下有机质含量较高，分别比对照增加3.55%和1.63%，而D+D处理下有机质较对照降低2.78%，多重比较表明处理D+Y较处理D+D差异达5%显著水平。D+J和D+Y处理下土壤碱解氮含量最高，并显著高于其他各处理，分别较对照增加9.95%和7.15%。处理D+S和D+B碱解氮含量与对照差异不显著，而处理D+D碱解氮含量却显著低于对照，较对照降低9.54%。D+J处理对土壤速效磷的影响最为显著，较对照高31.3%，其他各处理下速效磷含量无差异。不同处理对土壤速效钾影响的结果表明，D+Y、D+B和D+J处理下速效钾含量高于对照，但差异不显著，D+D和D+S处理下低于对照，两处理差异不显著，其中D+D处理速效钾含量最低，显著低于其他各处理，较对照降低11.5%。2008年各处理土壤全氮、全磷、全钾养分测定的结果表明，各处理养分含量稍高于对照，但均无显著差异。

(2) 不同土层土壤有机质、碱解氮、速效磷和速效钾的分布

土壤碱解氮、速效磷、速效钾和有机质含量是反映农田养分状况的重要指标。收获期不同处理下不同土层土壤有机质、碱解氮、速效钾和速效磷含量如图5-11和图5-12所示。两年的结果表明有机质、碱解氮、速效钾和速效磷不同处理在0～20cm处含量均最高，随着土层的加深其含量均逐渐降低。不同种植模式对土壤水温状况影响不同，因此必然影响各养分在不同层的分布。

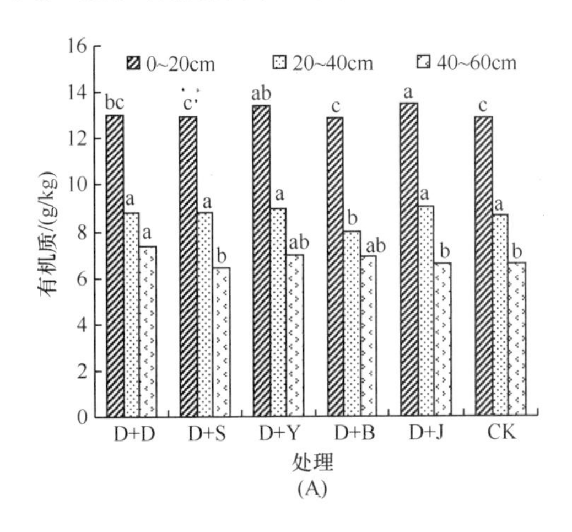

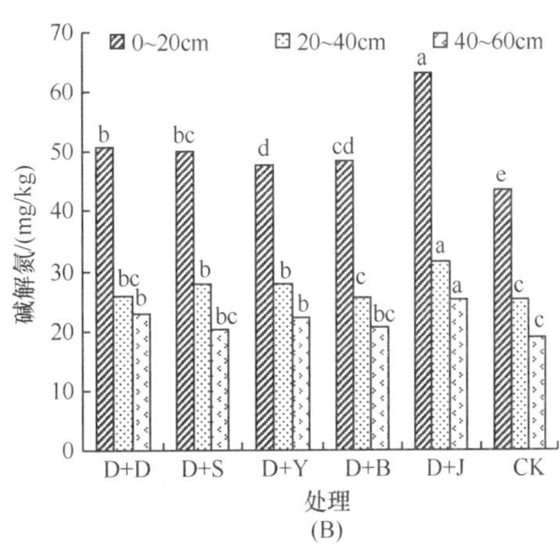

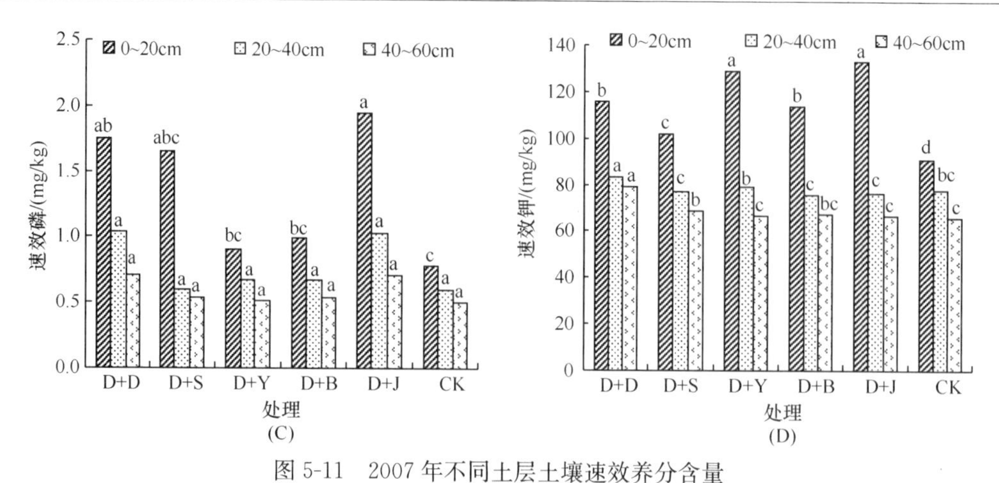

图 5-11　2007 年不同土层土壤速效养分含量

图（A）～图（D）分别指不同处理下土壤有机质、碱解氮、速效磷和速效钾含量，图中不同小写字母表示同一土层不同处理间差异显著，$P=0.05$

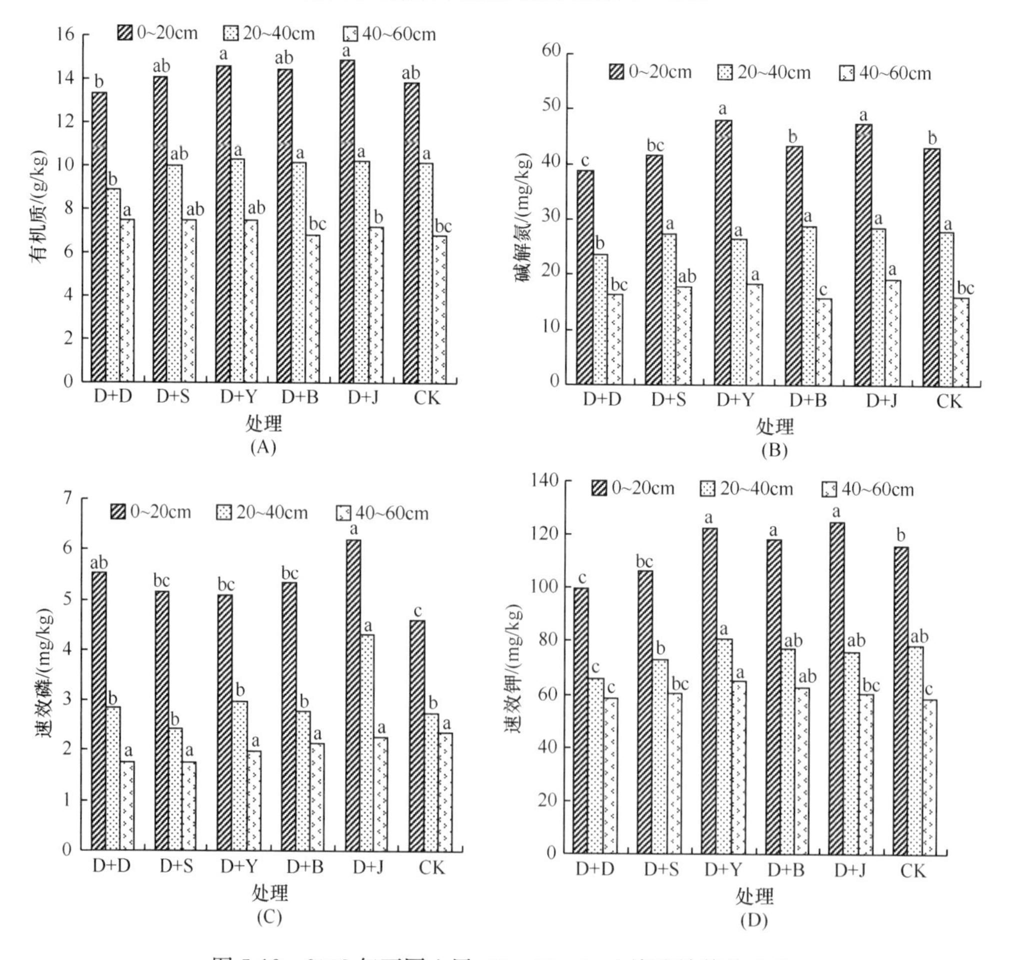

图 5-12　2008 年不同土层（0～60cm）土壤速效养分含量

图（A）～图（D）分别指不同处理下土壤有机质、碱解氮、速效磷和速效钾含量，图中不同小写字母表示同一土层不同处理间差异显著，$P=0.05$

2007 年各处理下 0～20cm 处土壤有机质、碱解氮、速效钾和速效磷均高于对照［图 5-11（A）～(D)］。其中 D+J 处理下有机质、碱解氮、速效钾和速效磷含量均最高，显著高于对照，分别较对照增加 5.14%、44.9%、46.3%和 146%；D+Y 处理下有机质、D+D 处理下速效磷与对照差异显著，D+S 和 D+B 处理下有机质和速效磷均稍高于对照，但差异不显著；0～20cm 处各处理土壤碱解氮和速效钾均显著高于对照。20～40cm 处 D+J、D+Y 和 D+S 处理下碱解氮显著高于对照，D+B 处理下有机质较对照降低，其他各处理土壤有机质、碱解氮、速效磷均高于对照，但差异不显著。40～60cm 处除 D+D 处理下有机质、碱解氮和速效钾及 D+Y 和 D+J 处理下碱解氮显著高于对照外，其他各处理养分均较对照稍高，但差异不显著。

2008 年 0～20cm 处 D+J 和 D+Y 处理下土壤碱解氮和速效钾均显著高于对照（图 5-12），分别较对照增高 10.4%和 11.7%、7.91%和 5.95%，土壤有机质分别较对照高 3.63%和 2.10%，但差异不显著；D+S 和 D+B 处理下土壤有机质、碱解氮、速效磷和速效钾含量稍低或稍高于对照，但与对照无显著差异；D+D 处理下碱解氮和速效钾含量均显著小于对照，土壤有机质与对照无显著差异，而速效磷显著高于对照。20～40cm 处各处理养分间差异较小，该土层 D+J 处理下速效磷显著高于对照，D+D 处理下有机质、碱解氮和速效钾显著低于对照，其他各处理下养分无差异。40～60cm 处除 D+D 处理下有机质、D+J 处理下碱解氮、D+Y 处理下碱解氮和速效钾及 D+B 处理下速效钾显著高于对照外，其他处理下各养分无显著差异。

（三）结论与讨论

1. 不同覆盖材料对土壤温度的影响

已有研究表明，在起垄覆膜技术中，垄上地膜的保温作用可通过土壤导热性提高膜外种植沟中的土温，单纯的垄膜集雨种植仅可使沟内温度提高 1℃左右。本研究表明，沟覆普通地膜与生物降解膜增温效果明显，沟垄均覆地膜在玉米播后不同阶段测定 5～25cm 耕层平均温度较对照增高 2.92～4.50℃，垄覆地膜沟覆降解膜处理增温效果次之，耕层温度较对照增加 1.75～3.12℃ ，垄覆地膜沟覆液态膜和沟内不覆任何材料相比土壤温度相差较小，均稍高于对照土壤温度，分别较对照增加 0.78～1.31℃和 0.54～0.93℃；垄覆地膜沟覆秸秆处理的土壤温度较对照降低 0.60～1.46℃。生物降解膜的增温效果次于普通地膜，这可能是因为生物降解膜透光性差，太阳辐射透过量少，与地表之间产生温室效应不及普通地膜，因此增温效果次于普通地膜处理，这与赵爱琴等（2005）的研究结果一致。

2. 不同处理对土壤水分的影响

微集水种植可显著地改善农田水分状况。Wiyo 等（1999）对微集水种植集雨效果的研究表明，在 1 月，经过一次 27.5mm 的适度阵雨后，上层 75cm 土层的土壤含水量增加了 42%。李小雁和张瑞玲（2005）通过微集水种植和覆盖相结合的方法研究表明，微集水结合覆盖处理 0～140cm 土壤的贮水量比未覆盖处理高 20～100mm；0～40cm 的贮水量比未覆盖处理高 5～30mm。

2008 年和 2009 年的研究结果表明，各处理在不同时期 0～200cm 水分垂直分布情况不同，在同一时期各处理变化趋势相似。从水分垂直和动态分布看，各微集水种植处理玉米生育前中期土壤含水量高于对照，后期随着作物生长耗水量的增加，土壤含水量较对照差异变小甚至低于对照。2008 年播种前和大喇叭口期 D+D、D+S、D+J、D+Y 和 D+B 在 0～200cm 处的含水量分别比对照高 31.11mm 和 19.54mm、30.39mm 和 18.88mm、34.96mm 和 34.86mm、13.29mm 和 12.25mm、10.24mm 和 11.34mm；2009 年分别比对照高 24.95mm 和 26.22 mm、18.97mm 和 24.23 mm、28.29mm 和 34.74 mm、7.76mm 和 18.98 mm、2.77mm 和 15.03 mm。而在玉米抽雄期 D+D 和 D+S 处理 0～200cm 处的土壤含水量低于对照，2008 年分别较对照降低 13.26mm 和 16.01mm，2009 年分别较对照低 28.31mm 和 36.40mm。

3. 不同处理对土壤养分的影响

微集水种植农田土壤速效养分含量的变化主要为以下 3 种原因共同作用的结果。首先，微集水种植的集水集肥效果增加了微集水种植沟中肥料的施肥量，从而使微集水农田种植区养分的绝对数量增加；其次，微集水种植农田改善了作物的水分环境，促进了作物对土壤养分的吸收利用，从而使土壤养分的含量相对减少（任小龙等，2007）；最后，微集水农田改变了降水的空间分布，增加了种植沟中土壤水分的含量，从而使土壤中养分随水分向深层的流失量增加。本研究发现，D+J 和 D+Y 处理下各速效养分均较对照增加，而 D+D 和 D+S 处理两年对速效养分的影响效果不太一致。另外，不同处理各养分不同土层中的分布含量高低顺序不同，可能与不同处理下养分和水分状况有关，具体情况还有待进一步研究。

二、旱平地沟中覆盖不同材料微集水种植冬小麦的集雨保墒效果

（一）试验设计

试验地中低肥力，夏闲期采用传统耕作法，播前整地兼施肥（纯氮 150kg/hm^2，P_2O_5 120kg/hm^2，K_2O 90kg/hm^2,），播前起垄（垄宽 50cm，沟宽 50cm，垄高 15cm），垄上覆膜，垄沟种植，每沟种植三行小麦，行距 25cm。每个小区设三垄三沟，小区面积 12m^2（长 4.0m、宽 3.0m）。试验共设 7 个处理，采用随机区组排列，重复 3 次。处理 1：垄覆地膜+沟内不覆盖（DM+BU）；处理 2：垄覆地膜+沟覆秸秆（DM+JG）；处理 3：垄覆地膜+沟覆液膜（DM+YM）；处理 4：垄覆液膜+沟内不覆盖（YM+BU）；处理 5：垄覆液膜+沟覆秸秆（YM+JG）；处理 6：垄覆液膜+沟覆液膜（YM+YM）；处理 7：条播不覆（CK）。供试品种为晋麦 47，按当地常规播种量播种。

试验所用地膜为普通塑料地膜，秸秆为当地小麦秸秆，按 6000kg/hm^2 整秆均匀覆于沟内，秸秆上适量压土，以免秸秆被风吹走，液体地膜为浙江艾可泰投资有限公司生产，按公司推荐用量 1∶9 的比例兑水稀释用喷雾器均匀喷洒。0～20cm 基础土壤养分为：有机质含量 14.037g/kg，全氮 0.686g/kg，全磷 0.656g/kg，全钾 9.342g/kg，速

效氮 54.106mg/kg，速效磷 23.187mg/kg，速效钾 135.832mg/kg，土壤中性偏碱（pH 8.4）。2007 年 9 月 20 日播种，2008 年 6 月 15 日收获；2008 年 9 月 12 日播种，2009 年 6 月 12 日收获。试验期间冬小麦生育期降雨量见表 5-9。

表 5-9 2007～2009 年冬小麦生育期降雨量 （单位：mm）

年份	9 月	10 月	11 月	12 月	1 月	2 月	3 月	4 月	5 月	6 月	总计
2007～2008	28.7	48.3	1.6	9.5	29.1	8.3	13	31.7	23.5	11.9	205.6
2008～2009	55.7	15	0	0	0	25.2	18.6	14.9	145.7	0	275.1

测定项目与方法：在小麦播前、收获后及主要生育阶段（2008 年测定时期为 3-24、4-24 和 5-21，2009 年测定的时期为 3-26、4-26 和 5-19）采用烘干称重法测定土壤水分在微集水种植区沟中间取样，土壤水分测定深度为 200cm，每 20cm 取一个土样；将土样置于铝盒中，立即带回实验室进行称重，在 105℃烘 24h 至恒重称重，计算得土壤含水量，分别于分蘖期、拔节期、孕穗期、灌浆期、成熟期在各区中间取 5 株小麦，150℃杀青 30min、80℃烘 7～8h，测其干重；分别于分蘖期、返青期、拔节期、孕穗期、灌浆期、成熟期随机取样 5 株测定株高，取其平均值；收获时，在各小区中间种植沟内取生长势一致的一行小麦测定单位面积穗数，另取 20 株小麦测定穗粒数、千粒重。人工收获，人工脱粒，收获时在各小区中间种植沟内采收生长势一致的两行小麦测定并计算小麦的籽粒产量（kg/hm^2）。

水分利用效率：

作物水分利用效率为作物消耗单位水量生产出的经济产量或生物产量，其表达式为：WUE＝Ya/ETa，式中 ETa 为作为耗水量；Ya 为单位面积的经济产量（kg/hm^2）；WUE 为作物水分利用效率［$kg/(mm \cdot hm^2)$］。

$$\text{土壤储水量：} v=\rho \times h \times \omega \times 10$$

式中，v 为土壤储水量（mm）；ρ 为地段实测土壤容重（g/cm^3）；h 为土层厚度（cm）；ω 为土壤水分重量百分数（%）。

作物耗水量：

根据当地降水规律及试验地特征，不考虑降水地表径流以及地下水补给和深层渗漏，可用简化水分平衡方程式：$ETa = EP - \Delta W$ 。式中，ETa 为作物耗水量，EP 为降水量，ΔW 为时段末与时段初土壤储水量之差，式中各分量均以毫米为单位。

（二）结果与分析

1. 微集水处理下不同覆盖方式含水量的变化

（1）不同处理 0～200cm 土壤水分动态变化

不同处理方式下 0～200cm 土壤水分动态变化如图 5-13 所示。在小麦分蘖期（2007-11-20、2008-11-27），各处理土壤水分均高于对照，且垄覆地膜沟覆相应材料处理含水量高于垄覆液膜沟覆相应材料处理的含水量，处理 DM＋BU、DM＋JG 和DM＋YM 在 0～200cm 土层土壤两年平均含水量分别较对照高 2.11%（$P<0.05$）、3.41%

（$P<0.05$）和1.93%；处理YM+BU、YM+JG和YM+YM含水量分别较对照高1.03%、2.30%（$P<0.05$）和1.06%。返青期后气温回升，小麦生长速度加快，消耗的水分较多，表层水分变化幅度较大，集水种植处理土壤含水量到拔节期40～60cm和60～80cm土层的含水量随着生育进程的推进出现下降的趋势，该时期DM+BU、DM+JG和DM+YM处理在0～200cm土层两年平均含水量分别较对照增加了6.50%、12.62%（$P<0.01$）和8.42%（$P<0.05$）；YM+BU、YM+JG和YM+YM处理含水量分别较对照增加了3.70%、8.37%（$P<0.05$）和4.13%。抽穗期，垄覆地膜沟覆不同材料处理0～200cm处的平均含水量较对照高了6.42%，垄覆液膜沟覆不同材料处理0～200cm处的平均含水量较对照高3.46%，垄覆地膜沟覆不同材料处理平均含水量较垄覆液膜沟覆不同材料处理0～200cm处的平均含水量高了2.63%。

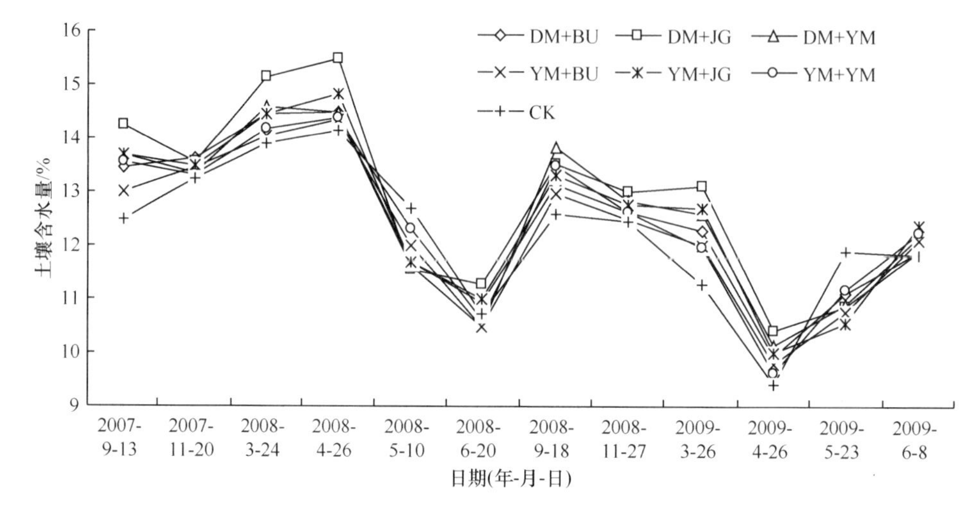

图5-13　小麦生长期在0～200cm土层平均土壤水分含量

在灌浆期由于小麦生长耗水严重，各处理土壤含水量略低于对照，处理DM+BU、DM+JG、DM+YM、YM+BU、YM+JG和YM+YM两年平均含水量分别较对照降低7.43%（$P<0.05$）、8.86%（$P<0.05$）、8.53%（$P<0.05$）、7.68%（$P<0.05$）、9.76%（$P<0.05$）和4.62%。收获期由于降水对土壤上层水分的补充作用，各处理含水量略高于对照，处理DM+BU、DM+JG、DM+YM、YM+BU、YM+JG和YM+YM两年平均含水量分别较对照提高了1.25%、2.95%（$P<0.05$）、0.28%、0.13%、3.49%（$P<0.05$）和1.30%。

（2）不同生育时期0～200cm土层土壤含水量垂直变化

不同土层深度土壤含水量在各生育阶段的表现不同，由图5-14（A）可知：2007～2008年小麦拔节期各处理土壤含水量在0～100cm土层变化较大，DM+JG土壤含水量最高，较对照高13.95%（$P<0.05$），DM+YM次之，较对照高8.28%（$P<0.05$），YM+BU较对照提高最少，较对照高0.67%，DM+JG在0～20cm土层土壤含水量较对照高20.35%（$P<0.05$），DM+YM较对照高11.97%（$P<0.05$），DM+BU较对照高5.24%，垄覆液膜沟覆不同材料处理在拔节期0～20cm处的平均含水量与垄覆地膜沟覆不同材料处理相比降低

7.53%。2008～2009 年拔节期 0～100cm 处的含水量DM+BU、DM+JG、DM+YM、YM+BU、YM+JG 和 YM+YM 分别较对照高 14.71%（P<0.05）、26.04%（P<0.05）、17.89%（P<0.05）、9.65%（P<0.05）、16.77%（P<0.05）和 11.06%（P<0.05）。100～200cm 处的含水量 YM+JG 最高，为 11.75%，较对照高 8.35%（P<0.05），DM+JG 次之，为 11.49%，较对照高 5.95%，YM+YM 最低，较对照高 1.07%；100～200cm 土层土壤含水量各处理之间变化差异较小。

相对于拔节期，各处理在抽穗期不同土层深度含水量均表现为下降的趋势。各处理 0～40cm 土层水分变化较小，40～120cm 土层水分差异变化较大，120～200cm 土层变化又变小。2007～2008 年 0～200cm 处的水分变化如图 5-14（B）所示，0～100cm 土层 DM+JG 水分含量最高，较对照高 13.89%（P<0.05），YM+JG 次之，较对照高 8.19%（P<0.05），YM+BU 最小，较对照高 1.09%，与对照差异不显著。随着土层的加深，各处理变化趋势趋于一致，100cm 以下处理之间的差异变化很小。2008～2009 年抽穗期土壤含水量变化见图 5-14（B），从图中可以看出：0～100cm 处 DM+JG 含水量最高，为 11.14%，较对照高 27.32%（P<0.05），DM+YM 含水量为 10.32%，较对照高 17.90%（P<0.05），YM+JG 含水量与之相近，为 10.28%，较对照高 17.51%（P<0.05），YM+BU 含水量为 10.05%，较对照高 14.87%，YM+YM 含水量为 9.66%，较对照高 10.42%，DM+BU 含水量与之相近，为 9.69%。100～200cm 处的各处理含水量略低于对照。

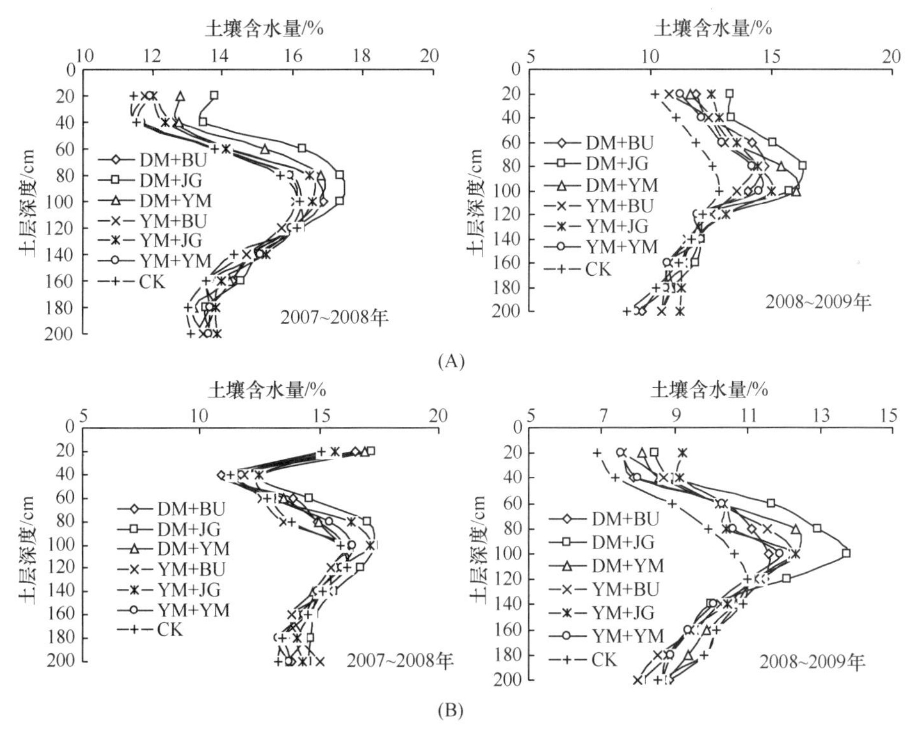

图 5-14　2007～2009 年不同处理不同生育时期 0～200cm 土壤含水量的动态变化

（A）为拔节期；（B）为抽穗期；（C）为灌浆期；（D）为收获期

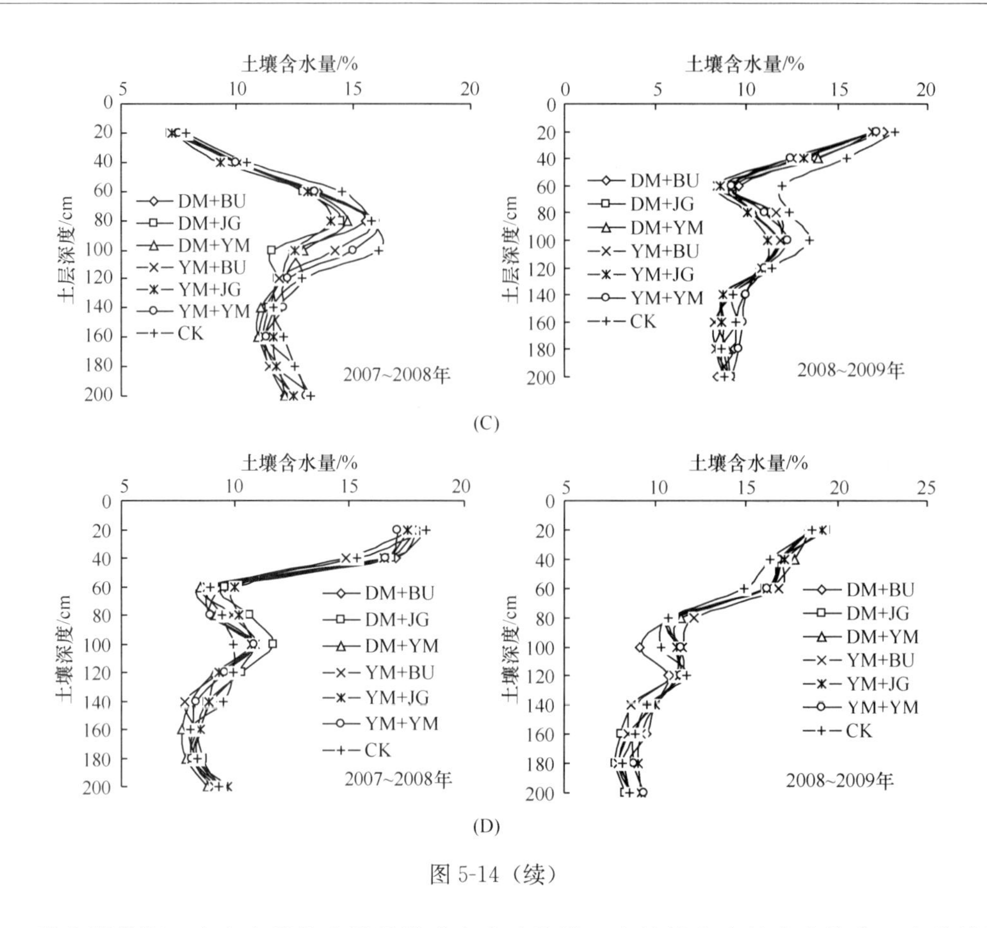

(C)

(D)

图 5-14（续）

进入灌浆期，小麦由营养生长阶段进入生殖阶段，生长量和生长速度较大，水分消耗多。从图 5-14（C）中可以看出：2007～2008 年 0～60cm 土层各处理水分变化差异较小，各处理土壤含水量小于对照，60～120cm 处各处理土壤含水量变化较大，120～200cm 处的土壤含水量变化小。各处理 0～100cm 土层含水量显著低于对照，DM+JG、YM+JG、DM+YM、DM+BU 和 YM+BU、YM+YM 分别较对照低 13.31%（P<0.01）、13.08%（P<0.01）、9.92%（P<0.05）、8.99%（P<0.05）、5.65%和 4.29%，100～200cm 处变化不大。2008～2009 年在土层 0～100cm 处的各处理含水量均较对照下降，处理间差异不显著，DM+JG、DM+YM、DM+BU、YM+BU、YM+JG 和 YM+YM 含水量相对于对照分别低 12.62%、12.67%、11.84%、13.86%（P<0.05）、16.11%（P<0.05）和 13.16%（P<0.05），100～200cm 土层，DM+JG 和 YM+YM 含水量分别为 9.62%和 9.95%，分别较对照高 1.02%和 4.47%（P<0.05），处理 DM+YM、DM+BU、YM+BU 和 YM+JG 土壤含水量分别为 9.25%、9.28%、9.20%和 9.10%，分别较对照低 2.88%、2.51%、3.33%和 4.41%（P<0.05）。

进入成熟期后，随着降雨量的增加，各处理 0～80cm 土层土壤的水分得到补充，含水量较高，降雨对下层水分补充较少，故下层含水量较低。由图 5-14（D）可知：2007～2008 年 0～100cm 土层含水量，垄覆地膜沟覆不同材料处理含水量高于垄覆液膜沟覆不同材料处理含水量，较垄覆液膜沟覆不同材料处理含水量高 2.52%，不同处理含水量以DM+JG最高，为13.45%，较对照高8.45%（$P<0.05$），YM+JG次之，为12.99%，较对照高4.76%（$P<0.05$），YM+BU最小，较对照高3.71%。100～200cm处各处理间水分差异较小。2008～2009年0～100cm土层含水量DM+JG、DM+BU、DM+YM、YM+BU、YM+JG和YM+YM分别较对照高5.40%（$P<0.05$）、1.06%（$P<0.05$）、5.74%（$P<0.05$）、7.34%（$P<0.05$）、5.16%（$P<0.05$）和4.12%（$P<0.05$）。100～200cm土层以下与对照差异不大。

2. 微集水处理下集水对土壤养分的影响

土壤中的主要养分状况是衡量土壤肥力水平的重要指标之一，而且与作物产量有着密切的关系，它们还可以充分反映长期培肥土壤的效果。

（1）不同处理土壤有机质含量的变化

土壤有机质含量是反映土壤肥力大小的一个综合性指标，其在土壤中的产生与分解是土壤生物化学综合作用的结果。表5-10为2008年和2009年收获后不同处理不同土层有机质变化情况。由表中的数据可以看出：2008年收获后各处理土壤有机质均随土层的加深逐渐降低，垄覆膜（地膜或液膜）沟覆秸秆的有机质含量高于沟覆液膜和不覆，沟覆液膜与不覆之间变化不明显；在0～20cm土层中，垄覆液膜沟覆不同材料处理的有机质含量较垄覆地膜处理高1.96%，各处理（除DM+YM）有机质含量高于对照，其中DM+JG有机质含量最高，较对照增加4.53%（$P<0.05$），YM+JG处理次之，较对照增加3.49%（$P<0.05$），DM+YM有机质含量最低，较对照降低了4.25%（$P<0.05$）；在20～40cm土层中，各处理的有机质含量与对照差异达显著水平，DM+JG有机质含量最高，较对照高28.01%，YM+BU有机质含量增幅最低，较对照高3.36%；在40～60cm土层中，各处理有机质含量均高于对照，较对照高出1.11%～16.63%，处理DM+JG和YM+JG分别高于对照且差异达极显著水平，处理DM+BU和DM+YM与对照差异不显著。

表5-10　不同处理不同土层有机质变化情况　（单位：g/kg）

采样时间	处理	土层深度		
		0～20cm	20～40cm	40～60cm
2008年收获后	DM+BU	14.55 bcAB	9.97cC	8.21cdC
	DM+JG	14.99aA	11.06aA	9.47aA
	DM+YM	13.73dC	9.44 dD	8.31cdC
	YM+BU	14.52bcAB	8.93eE	8.47bcBC
	YM+JG	14.84abAB	10.71bAB	8.79bB
	YM+YM	14.76abcAB	10.67 bB	8.51bcBC
	条播CK	14.34cBC	8.64fE	8.12dC

续表

采样时间	处理	土层深度		
		0～20cm	20～40cm	40～60cm
2009 年收获后	DM+BU	14.34deCD	9.56dC	7.05dD
	DM+JG	15.37aA	11.58aA	9.77aA
	DM+YM	14.73bcBC	10.08cBC	8.82bB
	YM+BU	14.55cdBCD	9.55dC	9.02bB
	YM+JG	15.34aA	10.51bB	10.20aA
	YM+YM	15.09abAB	8.28fD	8.11bB
	条播 CK	14.11eD	8.83eD	7.96cC

注：同列中小写和大写字母分别表示同一年际不同处理差异显著（LSD，$P=0.05$ 和 $P=0.01$）。下同。

2009 年收获后在 0～20cm 土层中，各处理（除 DM+BU）与对照差异显著，且均高于对照，增幅为 1.63～8.93%，其中垄覆液膜沟覆不同材料处理较垄覆地膜沟覆不同材料处理的有机质含量高 1.22%，垄覆膜（地膜或液膜）沟覆秸秆处理的有机质含量高于沟覆其他材料处理，垄覆膜（地膜或液膜）沟覆秸秆处理平均有机质含量较沟覆液膜和不覆分别提高了 2.98%和 6.30%；20～40cm 各处理与对照差异显著，有机质含量以 DM+JG 处理最高，较对照高 31.14%，处理 YM+YM 的有机质含量最低，较对照低了 6.23%；40～60cm 各处理与对照差异显著，除处理 DM+BU 外均高于对照，增高幅度为 1.88%～28.14%。

（2）不同处理全氮含量的变化

氮元素是构成生命的重要元素。在作物生产中，作物对氮的需求量较大，氮素不足易引起作物产量和品质的下降。表 5-11 为 2008 年和 2009 年收获后不同处理不同土层全氮含量的变化情况。2008 年收获后 0～20cm 土层中各处理全氮含量高于对照，增幅为 1.43%～11.43%，与对照差异不显著，DM+JG 全氮含量最高，较对照增加了 11.43%，YM+JG 次之，较对照增加了 10.00%，DM+BU 与 YM+YM 最小，较对照增加了 1.43%；20～40cm 土层各处理（除 DM+BU）与对照差异显著，处理 YM+JG 和 YM+YM 最高，较对照高 16.67%，DM+BU 最低，较对照增加了 2.08%；40～60cm 土层各处理均高于对照，增幅为 2.33%～11.63%。

表 5-11　不同处理不同土层全氮变化情况　　（单位：g/kg）

采样时间	处理	土层深度		
		0～20cm	20～40cm	40～60cm
2008 年收获后	DM+BU	0.71aA	0.49bBC	0.44cdBC
	DM+JG	0.78aA	0.54 aA	0.47abAB
	DM+YM	0.72aA	0.55aA	0.45bcdABC
	YM+BU	0.73aA	0.54aAB	0.45cdABC
	YM+JG	0.77aA	0.56aA	0.48aA
	YM+YM	0.71aA	0.56aA	0.45abcABC
	条播 CK	0.70 aA	0.48bC	0.43dC

续表

采样时间	处理	土层深度		
		0～20cm	20～40cm	40～60cm
2009年收获后	DM+BU	0.84abA	0.53 bcBC	0.54 aA
	DM+JG	0.86aA	0.60 aA	0.57 aA
	DM+YM	0.79bA	0.55 abAB	0.55 aA
	YM+BU	0.82abA	0.57abAB	0.54 aA
	YM+JG	0.86aA	0.58aAB	0.59 aA
	YM+YM	0.84abA	0.57abAB	0.52 aA
	条播CK	0.80bA	0.50cC	0.49 aA

2009年收获后0～20cm土层中土壤全氮含量最高的为DM+JG和YM+JG处理，较对照增加7.5%，且差异达到5%显著水平，DM+BU、YM+BU和YM+YM全氮含量分别较对照增加了5.00%、2.50%和5.00%，DM+YM较对照低了1.25%，且与对照差异不显著，垄覆液膜沟覆不同材料处理较垄覆地膜沟覆不同材料处理的高1.20%；各处理（除DM+BU）在20～40cm土层全氮含量与对照差异达显著水平，处理DM+JG的全氮含量最高，较对照高20.00%，DM+BU最低，较对照高6.00%，40～60cm各处理均高于对照，较对照高6.12%～20.41%。整体而言，2008年与2009年收获后，各处理之间全氮含量差异较小，2009年较2008年略有增加。

（3）不同处理全钾含量的变化

表5-12为2008年和2009年收获后不同处理不同土层全钾含量的变化情况。2008年收获后0～20cm土层中，垄覆地膜沟覆不同材料处理较垄覆液膜沟覆不同材料处理高3.68%，全钾含量以DM+JG处理下最高，较对照增加11.44%，且差异达到1%显著水平，其他处理全钾含量均高于对照，增幅为0.85%～8.88%，除YM+YM外，与对照差异达到5%显著水平；在20～40cm层中，各处理与对照差异达显著水平，全钾含量DM+JG>YM+JG>DM+BU>DM+YM>YM+YM>YM+BU；在40～60cm土层中，YM+JG全钾含量最高，较对照增加12.08%（$P<0.05$），YM+YM全钾含量最低，较对照高4.16%（$P<0.05$）。

表5-12　不同处理不同土层全钾变化情况　（单位：g/kg）

采样时间	处理	土层深度		
		0～20cm	20～40cm	40～60cm
2008年收获后	DM+BU	8.69bBC	8.50bB	8.38bB
	DM+JG	9.16aA	8.87aA	8.53aAB
	DM+YM	8.64bC	8.31cBC	8.12cC
	YM+BU	8.29cD	8.16cC	8.03cC
	YM+JG	8.95aAB	8.73aA	8.63aA
	YM+YM	8.31cD	8.24cC	8.02cC
	条播CK	8.22cD	7.73dD	7.70dD

续表

采样时间	处理	土层深度		
		0～20cm	20～40cm	40～60cm
2009年收获后	DM+BU	8.89dC	8.68cdBC	8.48bcAB
	DM+JG	9.59aA	9.23aA	8.78aA
	DM+YM	8.75eCD	8.56deC	8.23cB
	YM+BU	8.89dC	8.55eC	8.25cB
	YM+JG	9.42bA	9.04bA	8.69abA
	YM+YM	9.12cB	8.78cB	8.45bcAB
	条播 CK	8.65eD	8.54deC	8.23cB

2009年收获后0～20cm土层中土壤全钾含量最高的处理为DM+JG，较对照高10.87%，与对照差异显著，处理DM+YM最低，较对照高1.16%，与对照差异不显著；20～40cm各处理的全钾含量均高于对照，处理DM+JG与YM+JG、YM+YM与对照差异达显著水平，其他处理与对照差异不显著，其中DM+JG含量最高，较对照高8.08%，处理YM+BU最低，较对照高0.12%；40～60cm全钾含量以DM+JG最高，较对照高6.68%，与对照达显著水平，DM+YM最低，与对照差异不显著。

（4）不同处理全磷含量的变化

表5-13为2008年和2009年收获后不同处理不同土层全磷含量变化情况。2009年收获后的全磷含量较2008年略有提高。2008年收获后0～20cm土层中土壤全磷含量最高的处理为DM+JG，较对照增加30.77%且差异达到5%显著水平，全磷含量最低为YM+BU，较对照高9.62%，与对照差异显著；20～40cm各处理（除DM+JG）全磷含量均低于对照，降低幅度为1.96%～15.69%，其中YM+BU、YM+JG和YM+YM处理与对照差异显著；而在40～60cm土层中，DM+JG、DM+YM、YM+JG和YM+YM分别较对照高了13.89%、8.33%、8.33%和5.56%，处理DM+BU与对照持平，处理YM+BU较对照降低了8.33%，处理与对照间差异不显著。

表5-13　不同处理不同土层全磷变化情况　（单位：g/kg）

采样时间	处理	土层深度		
		0～20cm	20～40cm	40～60cm
2008年收获后	DM+BU	0.58bcB	0.48bcBC	0.36abAB
	DM+JG	0.68aA	0.54aA	0.41aA
	DM+YM	0.61bBC	0.50bcABC	0.39aAB
	YM+BU	0.57cCD	0.44cBC	0.33bB
	YM+JG	0.63aAB	0.46cBC	0.39aAB
	YM+YM	0.58bcBC	0.43cC	0.38abAB
	条播 CK	0.52dD	0.51abAB	0.36abAB

续表

采样时间	处理	土层深度		
		0～20cm	20～40cm	40～60cm
2009年收获后	DM+BU	0.60bcBC	0.48abAB	0.41aA
	DM+JG	0.65aAB	0.51aA	0.38bAB
	DM+YM	0.59cC	0.48abAB	0.35cBC
	YM+BU	0.66aAB	0.44bB	0.39abA
	YM+JG	0.67aA	0.48abAB	0.40aA
	YM+YM	0.65aABC	0.47abAB	0.33cC
	条播CK	0.64abABC	0.44bB	0.41aA

2009年收获后全磷的含量均随着土层的增加而降低。20～40cm与40～60cm土层之间变化较小，0～20cm，垄覆液膜沟覆不同材料处理较垄覆地膜沟覆不同材料处理高7.61%，处理YM+JG全磷含量最高，较对照高4.69%，与对照差异不显著，DM+YM全磷含量最低，较对照低7.81%，与对照差异达5%显著水平，处理DM+BU、DM+JG、YM+BU和YM+YM分别与对照差异不显著；20～40cm各处理与对照差异不显著，处理DM+BU、DM+JG、DM+YM、YM+JG和YM+YM分别较对照高了9.09%、15.91%、9.09%、9.09%和6.82%，处理YM+BU与对照持平；40～60cm各处理全磷含量均低于对照或持平，降低幅度为0～19.51%。

（5）不同处理碱解氮含量的变化

土壤碱解氮含量的高低可以直接用来衡量土壤的供氮强度。由表5-14可以看出，2008年收获后0～20cm土层，垄覆液膜沟覆不同材料处理的碱解氮含量高于垄覆地膜沟覆不同材料处理，高了4.52%，处理YM+JG碱解氮含量最高，较对照高8.60%（$P<0.05$），DM+YM最低，较对照低6.60%；20～40cm，DM+JG、YM+BU和YM+JG分别较对照增加11.09%（$P<0.05$）、8.95%（$P<0.05$）和16.89%（$P<0.05$），处理DM+BU、DM+YM和YM+YM的碱解氮含量分别较对照低了13.54%（$P<0.05$）、2.93%（$P<0.05$）和0.54%；40～60cm各处理（除DM+BU）碱解氮均高于对照，增高幅度为2.29%～31.42%，各处理与对照差异显著。

表5-14　不同处理不同土层碱解氮变化情况　（单位：mg/kg）

采样时间	处理	土层深度		
		0～20cm	20～40cm	40～60cm
2008年收获后	DM+BU	43.35eE	27.13fF	23.16eE
	DM+JG	49.81aA	34.86bB	28.74bB
	DM+YM	43.02eE	30.46eE	27.69 cC
	YM+BU	48.04bB	34.19cC	27.81cC
	YM+JG	50.02aA	36.68aA	30.95aA
	YM+YM	44.28dD	31.21dD	24.09dD
	条播CK	46.06cC	31.38dD	23.55eDE

续表

采样时间	处理	土层深度		
		0～20cm	20～40cm	40～60cm
2009 年收获后	DM+BU	77.05eD	49.84dD	46.47cC
	DM+JG	86.53aA	63.25aA	51.87aA
	DM+YM	82.66dC	48.30eE	45.15 dD
	YM+BU	83.84cB	51.55bB	46.07cC
	YM+JG	85.99bA	51.77bB	50.29bB
	YM+YM	70.80fE	46.86fF	43.66eE
	条播 CK	86.31abA	50.58cC	44.83dD

2009 年收获后 0～60cm 各处理碱解氮含量变化规律不明显，0～20cm 各处理（除 DM+JG 和 YM+JG）碱解氮含量与对照差异显著，处理 DM+JG 碱解氮含量最高，较对照高 0.25%，处理 YM+YM 最低，较对照低 17.97%；20～40cm，DM+JG、YM+BU 和 YM+JG 分别较对照高 25.05%（$P<0.05$）、1.92%（$P<0.05$）和 2.35%（$P<0.05$），其他处理均低于对照，降低幅度为 1.46%～7.35%；40～60cm 各处理（除 YM+YM）碱解氮含量均高于对照，增加幅度为 0.71%～15.70%，各处理（除 DM+YM）与对照差异显著。

（6）不同处理速效磷含量的变化

由表 5-15 可以看出，2008 年收获后 0～20cm 土层中，垄覆液膜沟覆不同材料处理的速效磷含量较垄覆地膜沟覆不同材料处理高 13.14%，处理 YM+JG 速效磷含量最高，较对照高 38.95%（$P<0.05$），其次为 DM+JG，较对照高 32.81%（$P<0.05$），DM+BU 最低，较对照低 5.16%（$P<0.05$）；20～40cm，各处理（除 DM+BU）速效磷均高于对照，增幅为 3.02%～23.84%；40～60cm，DM+BU、DM+JG、DM+YM、YM+BU、YM+JG 和 YM+YM 分别较对照高 2.81%、20.70%、45.26%、10.53%、5.26%和 46.32%。

表 5-15　不同处理不同土层速效磷变化情况　（单位：mg/kg）

采样时间	处理	土层深度		
		0～20cm	20～40cm	40～60cm
2008 年收获后	DM+BU	9.74eD	5.40dC	2.93dCD
	DM+JG	13.64bB	6.96aA	3.44bB
	DM+YM	11.02cC	5.79cC	4.14aA
	YM+BU	13.52bB	6.54bAB	3.15cC
	YM+JG	14.27aA	6.52bAB	3.00cdCD
	YM+YM	11.13cC	6.46bB	4.17aA
	条播 CK	10.27dD	5.62cdC	2.85dD

续表

采样时间	处理	土层深度		
		0～20cm	20～40cm	40～60cm
2009 年收获后	DM+BU	9.36eD	3.40eD	2.60dD
	DM+JG	14.27aA	6.10aA	4.50aA
	DM+YM	13.52bB	4.80bB	3.50cC
	YM+BU	8.73fE	4.48cBC	4.03bB
	YM+JG	13.33bcB	4.12dC	4.56aA
	YM+YM	12.46dC	4.17cdC	2.08eE
	条播 CK	13.07cB	4.80bB	2.85dD

2009 年收获后 0～20cm 土层速效磷含量由高到低的顺序为：DM+JG>DM+YM>YM+JG>YM+YM>DM+BU>YM+BU，处理 YM+JG 与对照差异不显著，其他处理与对照差异显著；20～40cm，DM+JG 较对照高 27.08%（$P<0.05$），其他处理均低于对照或持平，降低幅度处于 0～29.17%；40～60cm，DM+JG、DM+YM、YM+BU 和 YM+JG 分别较对照高 57.89%、22.81%、41.40%和 60.00%，处理间差异达显著水平，DM+BU 与对照差异不显著，其他处理与对照差异达显著水平。

（7）不同处理速效钾含量的变化

土壤速效钾含量是反映作物生长季内土壤供钾水平的重要指标之一。由表 5-16 可以看出，2008 年收获后 0～20cm 土层中处理 YM+JG 速效钾含量最高，较对照高 17.20%（$P<0.05$），DM+YM 最低，较对照低 0.99%（$P<0.05$），各处理与对照差异达显著水平；20～40cm，DM+BU、DM+JG、DM+YM、YM+JG 和 YM+YM 分别较对照增加了 15.52%（$P<0.05$）、17.69%（$P<0.05$）、6.50%（$P<0.05$）、9.31%（$P<0.05$）和 17.22%（$P<0.05$）；40～60cm，各处理速效钾含量均高于对照，增加幅度为 0.14%～3.77%。

表 5-16　不同处理不同土层速效钾变化情况　（单位：mg/kg）

采样时间	处理	土层深度		
		0～20cm	20～40cm	40～60cm
2008 年收获后	DM+BU	165.56bB	122.47cB	100.75dD
	DM+JG	157.05cC	124.78aA	103.35bB
	DM+YM	142.24eE	112.91eD	102.46cC
	YM+BU	144.31eE	104.64gF	104.40aA
	YM+JG	168.37aA	115.89dC	103.35bB
	YM+YM	153.42dD	124.28bA	102.39cC
	条播 CK	143.66fE	106.02fE	100.61dD
2009 年收获后	DM+BU	174.00cC	127.75bB	100.84bB
	DM+JG	176.65bB	134.77aA	107.34aA
	DM+YM	173.33cdCD	121.91eD	104.28abAB
	YM+BU	169.80eE	122.42dD	103.53abAB
	YM+JG	178.88aA	126.15cC	106.11aAB
	YM+YM	173.02dD	125.77cC	106.31aA
	条播 CK	157.23fF	119.40fE	104.52abAB

2009年收获后，0～20cm垄覆液膜沟覆不同材料处理速效钾含量较垄覆地膜沟覆不同材料处理低0.44%，处理YM+JG的速效钾含量最高，较对照高13.77%，DM+JG次之，较对照高12.35%，YM+BU最低，较对照高7.99%，各处理与对照差异达显著水平；20～40cm，各处理与对照差异显著，处理DM+JG最高，较对照高12.87%，处理DM+YM最低，较对照高2.10%；40～60cm，处理DM+JG、YM+JG和YM+YM的分别较对照高了2.70%、1.52%和1.71%，处理DM+BU、DM+YM和YM+BU较对照分别降低了3.52%、0.23%和0.95%。总体而言：2008年与2009年收获后各处理0～40cm速效钾含量变化较大，各处理与对照差异显著，40～60cm各处理与对照变化不如0～40cm。

3. 微集水种植对土壤酶的影响

土壤酶作为土壤的重要组成部分，其活性大小表征了土壤中物质代谢的旺盛程度，是土壤肥力的重要指标之一。土壤酶活性是土壤生物活性的总体现，能表征土壤养分转化的快慢，它不仅与作物产量及土壤管理措施之间有一定的关系，还在一定程度上反映了土壤的综合肥力特征及土壤养分转化进程（杨招弟等，2008）。土壤酶活性能够全面而灵活地反映出土壤生物学肥力及质量变化和判别胁迫环境下的土壤生态系统，在一定程度上比静态的土壤理化性质更具有实际意义。

（1）不同处理对土壤脲酶活性的影响

脲酶可以加速土壤中潜在养分的有效化，与土壤供氮能力有密切的关系，对施入土壤中氮的利用率影响很大，因而可以作为衡量土壤肥力的指标之一，并能部分反映土壤生产力。由表5-17可以看出，2009年收获后脲酶活性发生了明显变化，各处理层次变化趋势一致：脲酶活性均在0～20cm最高，20～40cm，40～60cm土层依次递减。不同处理0～20cm活性为DM+JG>DM+YM>YM+JG>YM+BU>YM+YM >DM+BU，处理与对照间差异不显著；20～40cm，各处理间差异不显著，除YM+YM和DM+BU较对照有所降低外（分别较对照降低了1.98%和5.28%），其他处理脲酶活性均较对照增高，增加幅度为2.77%～10.82%；40～60cm各处理的脲酶活性均高于对照但与对照差异不显著，较对照增加了8.20%～28.27%。

表5-17 不同处理对土壤脲酶活性的影响

［单位：NH_3-N mg/(g·24h·37℃)］

处理	土层深度		
	0～20cm	20～40cm	40～60cm
DM+BU	0.93b	0.72a	0.62a
DM+JG	1.080a	0.840a	0.74a
DM+YM	1.08a	0.80a	0.67a
YM+BU	1.00ab	0.80a	0.67a
YM+JG	1.01ab	0.84a	0.73a
YM+YM	0.95ab	0.74a	0.71a
条播CK	0.94ab	0.76a	0.57a

注：表中同列小写字母表示处理间差异达0.05显著水平，下同。

（2）不同处理对土壤碱性磷酸酶活性的影响

碱性磷酸酶活性能够表示有机磷的转化状况，其酶促作用产物——有效磷是植物磷素营养源之一，对土壤磷素的有效性具有重要作用。由表 5-18 可以看出，2009 年收获后不同处理碱性磷酸酶活性均随土层的增加而降低，各层均以垄覆地膜与液膜沟覆秸秆处理碱性磷酸酶活性最高，0～20cm，DM＋YM 和 YM＋YM 处理下碱性磷酸酶活性与对照相比有所降低，分别较对照降低了 13.7%和 23.29%。其他处理均高于对照，增加幅度为0.91%～34.70%，各处理与对照差异不显著；20～40cm 土层各处理间差异不显著，YM＋BU 和 YM＋YM 分别较对照降低了 18.79%和 10.74%，处理 DM＋BU、DM＋JG、DM＋YM 和 YM＋JG 分别较对照增加了 11.41%、37.58%、4.03%和 3.36%。40～60cm，各（除 YM＋BU）处理碱性磷酸酶活性与对照差异显著，YM＋BU 较对照低 3.26%，其他处理均高于对照，增加幅度为 17.39%～52.17%。

表 5-18　不同处理对土壤碱性磷酸酶活性的影响

［单位：酚 mg/(g · 24h · 37℃)］

处理	土层深度		
	0～20cm	20～40cm	40～60cm
DM+BU	2.38abc	1.66ab	1.17bc
DM+JG	2.95a	2.05a	1.27b
DM+YM	1.89bc	1.55ab	1.19bc
YM+BU	2.21bc	1.21b	0.89d
YM+JG	2.68ab	1.54ab	1.40a
YM+YM	1.68c	1.33b	1.08c
条播 CK	2.19abc	1.49ab	0.92d

（3）不同处理对土壤蔗糖酶活性的影响

蔗糖酶又名转化酶，对土壤中易溶性营养物质的利用吸收起着重要的作用，是参与土壤中碳循环的一种重要酶，其活性反映了土壤呼吸强度，其酶促作用的产物葡萄糖是植物、微生物的营养源。由表 5-19 可以看出：2009 年收获后不同覆盖方式下各层次蔗糖酶活性变化趋势不同。0～20cm，各处理与对照差异不显著，处理 DM＋BU、DM＋JG、DM＋YM、YM＋BU、YM＋JG 和 YM＋YM 土壤蔗糖酶活性分别较对照增加了 6.83%、20.88%、8.84%、14.46%、11.24%和 6.02%；20～40cm，各处理与对照差异不显著，处理 YM＋BU 和 YM＋YM 的蔗糖酶活性分别较对照低 11.27%和 9.86%，其他处理的蔗糖酶活性高于对照，增加幅度为 4.23%～23.94%；40～60cm，各处理与对照差异不显著 DM＋JG、YM＋JG、YM＋BU 分别较对照增加了 5.71%、25.71%和 2.86%，其他处理较对照降低，降低幅度为 2.86%～22.86%。

表 5-19　不同处理对土壤蔗糖酶活性

[单位：葡萄糖 mg/(g · 24h · 37℃)]

处理	土层深度		
	0～20cm	20～40cm	40～60cm
DM＋BU	2.66a	0.88a	0.34a
DM＋JG	3.01a	0.76a	0.37a
DM＋YM	2.71a	0.74a	0.27a
YM＋BU	2.85a	0.63a	0.36a
YM＋JG	2.77a	0.83a	0.44a
YM＋YM	2.64a	0.64a	0.32a
条播 CK	2.49	0.71a	0.35a

(4) 不同处理对土壤过氧化氢酶活性的影响

过氧化氢酶是参与生物呼吸代谢重要的酶之一，可促进土壤中多种化合物的氧化，可防止因过氧化氢积累对生物体造成的毒害。由表 5-20 可以看出：2009 年收获后不同处理的过氧化氢酶的活性在土层间差别不大，表层最高，随着土层加深活性逐渐降低。0～20cm，各处理与对照差异不显著，DM＋JG 活性最高，较对照提高了 0.71%，YM＋JG 活性最低。20～40cm，DM＋YM 和 YM＋BU 与对照差异显著，其他处理与对照差异不显著，DM＋BU、DM＋JG、DM＋YM、YM＋BU、YM＋JG 和 YM＋YM 的过氧化氢酶活性分别较对照高 0.48%、0.71%、0.95%、0.95%、0.48%和 0.48%。40～60cm，各处理与对照差异不显著，DM＋BU 较对照降低了 0.48%，其他处理的过氧化氢酶活性高于对照，增高幅度为 0.24%～0.71%。

表 5-20　不同处理对土壤过氧化氢酶活性的影响

[单位：(0.1mol/L $KMnO_4$ ml)/(g · 20min · 37℃)]

处理	土层深度		
	0～20cm	20～40cm	40～60cm
DM＋BU	4.26a	4.23abc	4.18bc
DM＋JG	4.28a	4.24abc	4.22ab
DM＋YM	4.26a	4.25a	4.23a
YM＋BU	4.26a	4.25ab	4.22ab
YM＋JG	4.25a	4.23abc	4.21abc
YM＋YM	4.26a	4.23abc	4.21abc
条播 CK	4.25a	4.21c	4.20abc

4. 微集水种植技术对小麦生长发育的影响

(1) 不同处理对小麦生育进程的影响

不同处理由于水、热状况的不同，对小麦的生育进程会产生一定的影响。从两年不同生育时期观测的结果看（表 5-21 ），DM＋JG 和 YM＋JG 因有少量麦草覆盖，与对照相比，各生育时期推后 2～6 天；处理 DM＋BU 和 DM＋YM，垄覆地膜，地温较高，出苗较对照早 1～2 天，分蘖期较对照早 4～5 天，抽穗期提前 1～3 天。2007～2008 年，沟覆秸秆处理较沟覆液膜和沟不覆处理生育期推迟 5～6 天，垄覆膜沟不覆和垄覆膜沟覆液膜处理的生育期较对照提前了 2～3 天。2008～2009 年，DM＋BU 和 DM＋YM 处理的出苗期较早，处理 DM＋JG、YM＋JG 出苗较其他处理晚，DM＋BU 和 DM＋YM 提前进入分蘖期，沟覆液膜较沟覆秸秆开花期提前 1～2 天，对照较各处理成熟期提前 3～6 天，这可能与小麦越冬期到拔节期连续 3 个月干旱导致小麦早衰有关。

表 5-21　不同处理冬小麦生育期变化

年份	处理	播种期（年-月-日）	出苗期（年-月-日）	分蘖期（年-月-日）	抽穗期（年-月-日）	开花期（年-月-日）	成熟期（年-月-日）	生育期/天
2007～2008	DM＋BU	2007-9-20	2007-10-1	2007-10-19	2008-4-18	2008-5-2	2008-6-8	263
	DM＋JG	2007-9-20	2007-10-6	2007-10-23	2008-4-21	2008-5-4	2008-6-13	268
	DM＋YM	2007-9-20	2007-10-1	2007-10-15	2008-4-17	2008-5-2	2008-6-7	262
	YM＋BU	2007-9-20	2007-10-2	2007-10-19	2008-4-19	2008-5-2	2008-6-8	263
	YM＋JG	2007-9-20	2007-10-6	2007-10-23	2008-4-21	2008-5-4	2008-6-14	269
	YM＋YM	2007-9-20	2007-10-2	2007-10-19	2008-4-19	2008-5-2	2008-6-8	263
	CK	2007-9-20	2007-10-2	2007-10-20	2008-4-19	2008-5-2	2008-6-10	265
2008～2009	DM＋BU	2008-9-12	2008-9-25	2008-10-12	2009-4-15	2009-4-23	2009-6-8	269
	DM＋JG	2008-9-12	2008-9-30	2008-10-18	2009-4-18	2009-4-28	2009-6-10	271
	DM＋YM	2008-9-12	2008-9-26	2008-10-11	2009-4-13	2009-4-26	2009-6-8	269
	YM＋BU	2008-9-12	2008-9-25	2008-10-15	2009-4-18	2009-4-25	2009-6-7	268
	YM＋JG	2008-9-12	2008-9-30	2008-10-18	2009-4-20	2009-4-28	2009-6-10	271
	YM＋YM	2008-9-12	2008-9-27	2008-10-17	2009-4-17	2009-4-27	2009-6-7	268
	CK	2008-9-12	2008-9-27	2008-10-16	2009-4-16	2009-4-26	2009-6-4	265

（2）不同处理对小麦生育期株高的影响

由于不同处理对生长环境的影响不同，故小麦的植株性状也表现出差异。定期的测定结果（表 5-22）显示，2007～2008 年分蘖期（2007-11-27），垄覆地膜沟覆秸秆处理株高低于沟不覆和覆液膜处理，这与覆盖秸秆后造成土壤温度降低、影响小麦生长有关。DM＋JG、DM＋BU、DM＋YM、YM＋BU、YM＋JG 和 YM＋YM 处理株高分别较对照高 4.07cm、5.00cm、6.00cm、3.33cm、1.59cm 和 4.12cm，各处理与对照差异达显著水平。拔节期、抽穗期，随着气温的逐渐回升，秸秆覆盖的保水和稳温作用促进了苗期小麦的生长并超过了对照，拔节期，处理 DM＋BU、DM＋JG、DM＋YM、YM＋BU 和 YM＋YM 株高分别较对照增高 21.77%（$P<0.05$）、5.41%（$P<0.05$）、57.91%（$P<0.05$）、18.83%（$P<0.05$）和 15.43%（$P<0.05$），处理 YM＋JG 株高较对照低 6.92%（$P<0.05$）。抽穗期，处理 DM＋YM 株高最高，较对照高 9.99%（$P<0.05$）。灌浆期后，小麦进入生殖生长阶段，株高增长变缓，各处理株高与对照间差异显著。成熟期，各处理与对照差异达极显著水平，DM＋BU、DM＋JG、DM＋

YM、YM+JG 和 YM+YM 株高分别较对照高了 3.25%（$P<0.05$）、6.85%（$P<0.05$）、4.21%（$P<0.05$）、4.21%（$P<0.05$）和 1.84%（$P<0.05$），处理 YM+BU 株高较对照低 1.82%（$P<0.05$）。

表 5-22　不同处理在不同时期的株高　（单位：cm）

年份	处理	分蘖期	拔节期	抽穗期	灌浆期	成熟期
		2007-11-27	2008-3-22	2008-4-26	2008-5-17	2008-6-8
2007～2008	DM+BU	28.56bAB	52.63bB	86.86fE	102.01dD	103.06cC
	DM+JG	27.63cdBC	45.56eE	101.50bB	105.23aA	106.66aA
	DM+YM	29.56aA	68.25aA	102.80aA	103.12cC	104.02bB
	YM+BU	26.89dC	51.36cC	91.44eD	97.11gF	98.00fF
	YM+JG	25.15eD	40.23gG	100.60bcB	103.56bB	104.02bB
	YM+YM	27.68cBC	49.89dD	100.60cB	100.65eD	101.66dD
	CK	23.56fE	43.22fF	93.46dC	98.78fE	99.82eE
		2008-11-23	2009-3-26	2009-4-26	2009-5-17	2009-6-8
2008～2009	DM+BU	28.46abcAB	31.58aA	69.44bB	72.02bB	73.80bB
	DM+JG	28.10cB	31.02bB	71.40aA	74.76aA	77.38aA
	DM+YM	28.80aA	29.80dD	69.00cC	71.28cC	73.20cC
	YM+BU	28.56abAB	31.02bB	65.16eE	66.92eE	70.34eE
	YM+JG	24.62dC	27.38eE	67.80dD	68.84dD	71.10dD
	YM+YM	28.40bcAB	30.18cC	62.46fF	63.26fF	65.08fF
	CK	20.82eD	21.88fF	59.40gG	59.58gG	63.16gG

注：同列中小写和大写字母分别表示同一年际不同处理差异显著（LSD，$P=0.05$ 和 $P=0.01$）。

（3）不同处理小麦生育期干物质积累动态

不同覆盖方式处理由于改变了土壤的水分、肥力状况，不仅导致了小麦的生长发育进程不同，而且影响着小麦在各个生育阶段的生长状况。生育期干物质积累情况反映了小麦的生长发育状况。从小麦分蘖、拔节、抽穗、灌浆、成熟 5 个不同时期不同处理间小麦干物质的差异来看（图 5-15），小麦返青前干物质积累较为缓慢，返青后干物质积累量急剧增加，拔节期到灌浆期是小麦干物质增长速度最快的阶段，灌浆期后，干物质积累量的增长速度变缓，不同处理达到高峰值的时间相近，干物质积累量达到最大值的时间均出现在成熟期。

2007～2008 年，垄覆地膜沟覆不同材料处理在小麦分蘖期的干物质积累量较垄覆液膜沟覆不同材料处理的干物质积累量增加了 31.13%，处理 DM+BU、DM+JG、DM+YM、YM+BU、YM+JG 和 YM+YM 在拔节期干物质积累量分别较对照高了 50.84%（$P<0.05$）、38.13%（$P<0.05$）、40.68%（$P<0.05$）、13.56%、41.94%（$P<0.05$）和 41.94%（$P<0.05$）。抽穗期，各处理干物质积累速度变快，处理 DM+BU、DM+JG、DM+YM、YM+BU、YM+JG 和 YM+YM 干物质积累量分别较对照高了 25.76%（$P<0.05$）、22.73%（$P<0.05$）、30.86%（$P<0.05$）、3.34%、

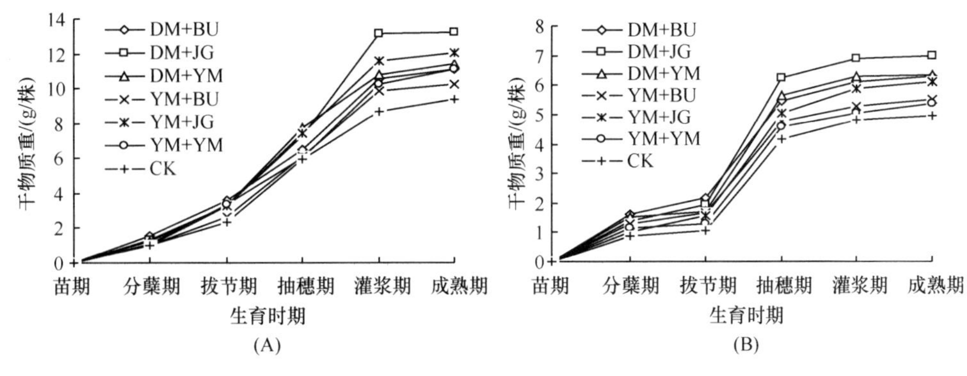

图 5-15　2007～2009 年总干物质积累动态累动态

(A) 2007～2008 年；(B) 2008～2009 年

8.93%和 1.45%，垄覆地膜沟覆不同材料处理的干物质积累量较垄覆液膜沟覆不同材料处理的干物质积累量高了 20.80%。灌浆期，处理 DM+JG 干物质积累量最高，较对照高 50.97%（$P<0.01$），处理 YM+BU 干物质积累量最低，较对照高 13.46%。成熟期，处理 DM+BU、DM+JG、DM+YM、YM+BU、YM+JG 和 YM+YM 干物质积累量分别较对照高了 17.86%（$P<0.05$）、41.02%（$P<0.05$）、19.29%（$P<0.05$）、9.29%（$P<0.05$）、28.50%（$P<0.05$）和 17.86%（$P<0.05$）。

2008～2009 年，不同处理干物质积累量在不同生育阶段变化较大，苗期—拔节期各处理的生物量积累量变化上升幅度较缓，其中分蘖期—拔节期各处理干物质积累量与 2007～2008 年相比，生物量增长量较低，这与越冬期连续 3 个月的干旱有关。拔节期—抽穗期变化幅度较大，抽穗期—灌浆期—成熟期变化幅度变平缓。垄覆地膜沟覆不同材料处理在分蘖期干物质积累量较垄覆液膜沟覆不同材料处理的干物质积累量高了 29.99%，拔节期，处理 DM+BU 干物质积累量最高，较对照高 96.36%（$P<0.01$），DM+JG 次之，较对照高 74.54%（$P<0.01$），YM+YM 最低，较对照高 19.09%。抽穗期 DM+JG 干物质积累量最高，较对照高 48.40%（$P<0.05$），DM+YM 次之，较对照高 34.91%（$P<0.05$），YM+YM 最小，较对照高 9.38%，灌浆期 DM+BU、DM+JG、DM+YM、YM+BU、YM+JG 和 YM+YM 分别较对照高 27.48%（$P<0.05$）、43.79%（$P<0.01$）、31.23%（$P<0.05$）、10.23%、22.14%（$P<0.05$）和 4.79%。成熟期 DM+JG 最高，较对照高了 39.40%（$P<0.05$），DM+YM 次之，较对照高 26.50%（$P<0.05$），YM+YM 最小，较对照高了 7.21%。

(4) 不同处理对小麦产量及产量构成的影响

从表 5-23 中可以看出，2007～2008 年，DM+JG 处理穗粒数较对照高 12.93%，YM+JG 较对照高 15.99%，DM+YM 较对照高 9.18%，YM+YM 较对照高 14.63%，处理 DM+BU 和 YM+BU 穗粒数分别较对照高 8.84%和 11.22%。DM+JG 处理成穗数最大，较对照高 74.33%（$P<0.01$），DM+BU 次之，较对照高 55.36%（$P<0.05$），DM+YM 最小，较对照高 34.17%（$P<0.05$）。各处理千粒重与对照差异显著，YM+JG 最高，为 49.17g，较对照高 9.56%，YM+BU 次之，为

49.07g，较对照高9.34%，DM+YM最小，为47.98g，较对照高6.91%。不同处理都表现出了相应的增产效应，DM+JG产量最高，较对照高40.65%（$P<0.01$），YM+JG处理的产量为5422.38kg/hm²，较对照高34.45%（$P<0.01$），DM+BU、DM+YM、YM+BU和YM+YM产量分别为5164.95kg/hm²、5268.45kg/hm²、5086.73kg/hm²和5167.80kg/hm²，分别较对照高28.07%（$P<0.01$）、30.63%（$P<0.01$）、26.13%（$P<0.01$）和28.14%（$P<0.01$）。

表5-23　不同处理下小麦的产量及其构成因素

年份	处理	穗粒数/(粒/株)	成穗数/(10^4/hm²)	千粒重/g	籽粒产量/(kg/hm²)
2007～2008	DM+BU	32.0eD	896.3abAB	48.56abAB	5164.95abA
	DM+JG	33.2bcBC	1005.7aA	48.46abAB	5672.48aA
	DM+YM	32.1deD	774.0aAB	47.98bB	5268.45abA
	YM+BU	32.7cdCD	819.3abAB	49.07aA	5086.73bA
	YM+JG	34.1aA	889.3aAB	49.17aA	5422.38aA
	YM+YM	33.7abAB	781.7abAB	48.44abAB	5167.80abA
	条播CK	29.4fE	576.9bB	44.88cC	4033.00cB
2008～2009	DM+BU	25.7abAB	562.3aAB	43.02abcAB	3539.67aA
	DM+JG	28.3aA	597.0aA	43.26aAB	3675.14aA
	DM+YM	25.0abcAB	537.0abAB	43.13abAB	3570.10aA
	YM+BU	25.0abcAB	469.3bcBC	41.76bcB	3223.96aAB
	YM+JG	28.2aA	538.0abAB	43.49aAB	3350.57aAB
	YM+YM	23.9bcAB	468.0bcBC	42.81abcAB	3126.95abAB
	条播CK	21.5cB	388.0cC	41.59cB	2617.37bB
两年平均	DM+BU	28.85	729.3	45.79	4352.31
	DM+JG	30.75	801.35	45.86	4673.81
	DM+YM	28.55	655.5	45.56	4419.28
	YM+BU	28.85	644.3	45.42	4155.35
	YM+JG	31.15	713.65	46.33	4386.48
	YM+YM	28.80	624.85	45.63	4147.38
	条播CK	25.45	482.45	43.24	3325.19

注：同列中小写和大写字母分别表示同一年际不同处理间差异显著（LSD，$P=0.05$和$P=0.01$）。

2008～2009年度，不同处理下籽粒产量及其构成因素（穗粒数、成穗数、千粒重）均较对照显著增加。穗粒数，DM+BU、DM+JG、DM+YM、YM+BU、YM+JG和YM+YM分别较对照高19.53%（$P<0.05$）、31.63%（$P<0.01$）、16.28%、16.28%、31.16%（$P<0.01$）和11.16%。处理DM+BU、DM+JG、DM+YM、YM+BU、YM+JG和YM+YM成穗数分别较对照增加了44.92%（$P<0.01$）、53.87%（$P<0.01$）、38.40%、20.95%（$P<0.01$）、38.66%和20.62%。处理YM+

JG 千粒重最大，为 43.49g，较对照高 4.57%，处理 DM+JG 次之，千粒重为 43.26g，较对照高 4.02%，YM+BU 千粒重最小，较对照高 0.41%，总体看来，垄覆地膜和液膜沟覆秸秆两个处理的千粒重高于其他处理。处理 DM+JG 较其他处理产量增加幅度最大，增幅为 40.41%（$P<0.01$），产量达到 3675.14 kg/hm^2，其次为 DM+YM，产量为 3570.1 kg/hm^2，较对照高 36.40%，与对照差异达到极显著水平，YM+YM 产量为 3126.95 kg/hm^2，较对照增加了 19.47%。

由两年的平均结果可知：处理 YM+JG 的穗粒数最高，较对照高 22.40%，处理 DM+JG 次之，较对照高 20.83%，处理 DM+YM 最低，较对照高 12.18%，垄覆液膜沟覆不同材料平均处理穗粒数较垄覆地膜沟覆不同材料处理高 0.75%。垄覆地膜与液膜沟覆秸秆两个处理的成穗数高于其他处理，处理 DM+BU、DM+JG、DM+YM、YM+BU、YM+JG 和 YM+YM 的成穗数分别较对照高 51.17%、66.10%、35.87%、33.55%、47.92%和 29.52%。垄覆地膜沟覆不同材料处理平均千粒重为 45.74g，较垄覆液膜沟覆不同材料处理高 0.62%。两年各处理较对照增产显著，处理 DM+JG 产量最高，较对照高 40.56%，处理 DM+YM 次之，较对照高 32.90%，处理 YM+YM 产量最低，较对照高 24.73%，处理 DM+BU、YM+JG 和 YM+BU 的增产率分别为 30.89%、31.92%和 24.97%，垄覆地膜沟覆不同材料处理的产量较垄覆液膜沟覆不同材料处理的产量增加了 5.96%。

（5）不同处理对冬小麦水分利用效率的影响

作物水分利用效率就是作物消耗单位水量生产出的同化产物量。农田微集水种植技术能够充分利用当季降雨，提高水分利用效率，显著提高作物产量。从表 5-24 中可以看出，2007～2008 年水分利用效率以 DM+JG 最高，达 16.96kg/(hm^2 · mm)，较对照增加 35.46%（$P<0.01$），DM+YM 次之，达 16.17kg/（hm^2 · mm)，较对照增加了 29.15%（$P<0.01$），YM+BU 最小，为 15.35kg/(hm^2 · mm)，较对照高 22.60%（$P<0.01$），各处理与对照差异达极显著水平（$P<0.01$）。耗水量以 YM+JG 最大，为 337mm，相对于对照高了 14.77mm，DM+YM 的最小，为 325.79mm。

表 5-24 冬小麦生长期内不同处理的籽粒产量及降雨水分利用效率

年份	处理	产量/(kg/hm^2)	土壤贮水/mm		耗水量/mm	水分利用效率/[kg/(mm · hm^2)]
			播前	收获后		
2007～2008	DM+BU	5164.95abA	353.20	225.18	333.62	15.48cBC
	DM+JG	5672.48aA	353.20	224.53	334.27	16.96aA
	DM+YM	5268.45abA	353.20	233.01	325.79	16.17bAB
	YM+BU	5086.73bA	353.20	227.42	331.38	15.35cC
	YM+JG	5422.38aA	353.20	209.29	337.00	16.09bAB
	YM+YM	5167.80abA	353.20	228.59	330.21	15.65cBC
	条播 CK	4033.00cB	353.20	236.57	322.23	12.52dD

续表

年份	处理	产量/(kg/hm²)	土壤贮水/mm		耗水量/mm	水分利用效率/[kg/(mm·hm²)]
			播前	收获后		
2008～2009	DM+BU	3539.67aA	291.65	250.26	316.49	11.18cB
	DM+JG	3675.14aA	281.60	249.78	306.92	11.97aA
	DM+YM	3570.10aA	282.97	252.23	305.84	11.67abAB
	YM+BU	3223.96aAB	280.26	244.47	311.19	10.36dC
	YM+JG	3350.57aAB	289.45	265.69	299.16	11.20bcB
	YM+YM	3126.95abAB	279.23	245.64	308.99	10.12dC
	条播 CK	2617.37bB	281.98	276.82	280.26	9.34eD
两年平均	DM+BU	4352.31	322.43	237.72	325.06	13.33
	DM+JG	4673.81	317.40	237.16	320.60	14.47
	DM+YM	4419.28	318.09	242.62	315.82	13.92
	YM+BU	4155.35	316.73	235.95	321.29	12.86
	YM+JG	4386.48	321.33	237.49	318.08	13.65
	YM+YM	4147.38	316.22	237.12	319.60	12.89
	条播 CK	3325.19	317.59	256.70	301.25	10.93

2008～2009 年处理的水分利用效率以 DM+JG 最高，较对照增加 28.16%（$P<0.01$），DM+YM 次之，YM+YM 最小，较对照高 8.35%，各处理与对照间差异极显著（$P<0.01$），处理 DM+BU 耗水量最高，为 316.49mm，YM+JG 耗水量最低，为 299.16mm。

不同处理两年平均水分利用效率以 DM+JG 最高，较对照高 32.39%，处理 DM+YM 次之，较对照高 27.36%，处理 YM+BU 最小，较对照高 17.66%，处理 DM+BU、YM+JG 和 YM+YM 的水分利用效率分别较对照高 21.96%、24.89%和 17.93%，垄覆地膜沟覆不同材料处理的水分利用效率较垄覆液膜沟覆不同材料处理高 5.89%，处理 DM+BU、DM+JG、DM+YM、YM+BU、YM+JG 和 YM+YM 的耗水量分别较对照高 7.90%、6.42%、4.84%、6.65%、5.59%和 6.09%。总体而言，垄覆地膜沟覆不同材料处理的水分利用效率高于垄覆液膜沟覆不同材料处理，这与地膜保水效果好于液膜以及液膜在生育后期受外界冲刷保水效果下降有关，沟覆秸秆起到了很好的抑蒸保墒的作用，改善了土壤的水分状况，提高了水分利用效率，提高了产量。沟覆液膜处理也提高了水分利用效率，但效果不如沟覆秸秆明显。

（三）结论与讨论

1. 结论

（1）各微集水种植处理对改善土壤水分状况具有明显的作用

两年的结果表明：不同微集水种植处理均能较好地改善小麦生长前期土壤水分状

况，促进作物生长，微集水种植技术处理下的土壤含水量在小麦的主要生育阶段（分蘖期、拔节期、抽穗期）均高于对照。从小麦整个生育期的保水效果来看，垄覆地膜沟覆不同材料处理的土壤含水量高于垄覆液膜沟覆不同材料处理的土壤含水量，垄覆地膜+沟覆秸秆的二元覆盖模式的集雨增墒效果优于其他处理。从年际间的比较来看，微集水种植技术处理对土壤水分影响的变化趋势基本一致，但 2008～2009 年与 2007～2008 年相比“春旱”更为严重，故微集水种植技术处理的保水效果更为明显。

（2）微集水种植技术加快了小麦生长发育进程，增产效果显著

微集水种植技术处理下的土壤环境发生了变化，影响了小麦生育进程。本研究表明，除 DM+JG 和 YM+JG 外，其他各处理下的生育期均较对照提前，同时微集水种植各处理的小麦在不同时期其株高和地上干物质积累量较对照增加明显，垄覆地膜沟覆不同材料处理平均株高和干物质量高于垄覆液膜处理。

两年各处理较对照增产显著，垄覆膜（地膜或液膜）沟覆秸秆处理产量高于其他处理，处理 DM+JG 和 YM+JG 产量分别较对照高 40.56%和 31.92%，与对照差异显著，处理 YM+YM、DM+BU、DM+YM 和 YM+BU 的增产率分别为 24.73%、30.89%、32.90%和 24.97%。

垄覆地膜沟覆不同材料处理两年的平均水分利用效率高于垄覆液膜沟覆不同材料处理，较之高 5.89%，其中 DM+JG 最高，较对照高 32.39%，处理 DM+YM 次之，较对照高 27.36%，处理 YM+BU 最小，较对照高 17.66%，处理 DM+BU、YM+JG 和 YM+YM 的水分利用效率分别较对照高 21.96%、24.89%和 17.93%。

（3）微集水种植技术对土壤养分状况有一定影响

微集水处理下 0～60cm 土层有机质、全钾、全磷、全氮、速效钾平均含量均高于对照，速效磷、碱解氮平均含量与对照差异达显著水平，其中垄覆膜（地膜或液膜）沟覆秸秆处理下各养分含量较其他处理高，垄覆膜（地膜或液膜）沟覆液膜和不覆各养分平均的含量略高于对照，两者之间差异不明显，垄覆地膜沟覆不同材料处理的有机质、全磷、全钾、速效磷、速效钾的含量高于垄覆液膜沟覆不同材料处理，碱解氮、全氮含量低于垄覆液膜沟覆不同材料处理。

（4）微集水种植技术可影响土壤酶的活性

不同处理土壤脲酶、过氧化氢酶、蔗糖酶和碱性磷酸酶活性在 0～20cm 均最高，随着土层深度的增加酶活性逐渐降低。2008～2009 年，0～20cm 土层，各处理酶活性与对照差异不显著，其中垄覆膜（地膜或液膜）沟覆秸秆处理下过氧化氢酶、蔗糖酶、碱性磷酸酶、脲酶活性均高于对照，垄覆地膜沟覆不同材料处理过氧化氢酶、蔗糖酶、脲酶的活性高于垄覆液膜沟覆不同材料处理，碱性磷酸酶活性低于垄覆液膜沟覆不同材料处理。20～60cm 各处理酶活性变化不如 0～20cm，各处理与对照差异不显著。

2. 讨论

（1）微集水种植方式对土壤水分的影响

微集水种植技术在小麦生育期具有聚水、保墒、增温的作用，可为旱地小麦健壮生长、稳产高产创造较佳的土壤环境（张正茂和王虎全，2003）。微集水技术中一定高度

的垄体构成集水面使本来对半干旱区无效和微效的天然降雨沿膜表汇集于种植区，成为有效降雨，大大增加了可利用的水分含量。廖允成等（2003a）的研究结果表明：夏闲期采用地膜＋秸秆两元覆盖技术，可较传统耕法多蓄水 108.4mm，蓄水率可达 73.2%；白秀梅等（2006）的研究表明：起垄覆膜微集水技术在 0～60cm 土层的平均含水量分别较平铺膜和无膜常规种植法提高了 0.64%～0.87%和 1.81%～2.12%；本试验研究结果与之相似：抽穗期，0～100cm 土层，微集水处理的土壤含水量较对照增加了 1.09%～27.32%。凌莉（2001）对半干旱地区春小麦的研究认为，微集水模式能显著提高 0～20cm 土层土壤含水量，可使耕层土壤含水量增加 1%～4%。本试验研究结果表明，在小麦拔节期，DM＋JG 在 0～20cm 含水量较对照高 20.35%，DM＋YM 较对照高 11.97%，DM＋BU 较对照高 5.24%，与上述研究取得的结论相似。杨青华等（2008）的研究表明：覆盖液体地膜可以提高土壤含水量，但本研究中垄覆膜（地膜或液膜）沟覆液膜与沟不覆水分含量未表现出明显的差异。

（2）微集水种植模式对小麦生育进程及产量的影响

本研究发现，垄覆膜（地膜或液膜）沟覆液膜和沟不覆处理出苗较沟覆秸秆处理早，覆盖地膜能增加土壤浅层温度，促进分蘖，覆膜处理的小麦提前进入分蘖期，这与贺菊美和王一鸣（1996）的研究一致。2008～2009 年，对照较各处理成熟期提前 3～6 天，这可能是因为越冬期到拔节期连续 3 个月干旱，冬小麦生长后期水分养分供应不足，使小麦早衰生育期缩短的缘故，这与王虎全等（2001）的研究结果一致。

王虎全等（2001）的研究证明：垄覆膜促进了小麦的各器官生长发育，其株高、干物质积累量大于对照，生长量也大于对照，使得覆膜小麦提早成熟，沟覆秸秆可改善土壤的水分条件，增加土壤肥力及土壤酶活性，因而株高、生物量、产量均明显高于对照。本研究的结果与之一致：2007～2008 年，DM＋JG 在小麦成熟期的株高较对照高 6.85%，生物量较对照高 41.02%，产量为 5672.48kg/hm^2，较对照高 40.65%（$P<0.01$）；另外，DM＋JG 和 DM＋YM 的水分利用效率分别较对照高 35.46%和 29.15%，这与王彩绒（2002）的研究结果一致。

杨青华等（2008）的研究表明，在土壤表面喷施液体地膜可使土壤含水量提高 20%以上，作物生育期提前 3～10 天，不同作物的增产幅度多在 20%以上。本研究中垄覆液膜沟覆不同材料处理的产量略高于对照，但低于垄覆地膜处理，这可能与其集雨效果低于地膜有关。

（3）微集水种植模式对土壤养分和酶的影响

有研究表明，与传统耕作比较，微集水种植技术可使土壤酶活性增加，促进作物对养分的吸收，这主要有 3 个方面的原因：第一，微集水种植的集水集肥效应增加了微集水种植沟中肥料的施肥量，从而使微集水农田种植区养分的绝对数量增加；第二，微集水种植技术改善了作物的水分环境，促进了作物对土壤养分的吸收利用，使土壤养分含量相对减少；第三，微集水种植技术改变了降水的空间分布，增加了种植沟中土壤水分的含量，从而使土壤中养分随水分向深层的流失量增加（任小龙等，2007）。

本研究结果表明，在冬小麦全生育期内，土壤养分含量变化最剧烈的土壤层次是表层（0～20cm），其次是 20～60cm。李华（2006）的研究表明：微集水种植模式能显著增加磷、钾的累积，在连续3年沟内覆草的情况下，植株对磷、钾的累积均表现出明显的增加趋势；白秀梅等（2006）的研究也表明：起垄覆膜技术促进了土壤中的有效养分转化，使得土壤有机质含量比常规无膜提高0.08%。本研究发现，2008年和2009年收获后0～20cm各集水处理土壤有机质、全氮、全钾、全磷和速效钾含量均高于对照，碱解氮和速效磷含量相对于对照差异达显著水平；2008年和2009年收获后0～20cm，垄覆地膜沟覆不同材料处理的土壤有机质、全磷、全钾、速效磷和速效钾高于垄覆液膜沟覆不同材料处理，而全氮、碱解氮含量低于垄覆液膜沟覆不同材料处理。在覆膜栽培条件下，氮素的矿化作用加强，微生物的固定作用减弱，这使得土壤中有机氮矿化速率的增加，造成了矿质氮的大量累积（刘金城等，1991），本研究发现：2009年收获后各处理0～20cm碱解氮平均含量（除处理DM+JG）均小于对照，这可能与地膜覆盖后土壤中氧气浓度降低，铵态氮的硝化作用受到影响，从而可能在一定程度上导致氨挥发量的增加有关。

酶作为土壤的重要组成部分，其活性的大小可较敏感地反映土壤中生化反应的方向和强度。但其活性易受气候条件、土壤水分、温度、养分、pH及土壤生物类群等多种因素的影响（员学峰和汪有科，2008）。本研究表明：土壤表层（0～20cm）酶的活性较高，随着土层的加深土壤酶活性逐渐降低，这可能是因为随着土壤剖面的加深，覆盖对土壤环境影响变弱，土壤酶活性也随着土层的加深而逐渐降低。汪景宽和彭涛（1997）的长期覆膜研究结果表明：覆膜可使土壤过氧化氢酶的活性降低，而蔗糖转化酶的活性提高。范丙全（1996）等的研究结果表明，覆盖秸秆可使碱性磷酸酶较对照增加55.2%～98.9%，转化酶较对照增加0～17.6%，脲酶活性较对照增加7.1%～28.6%，而过氧化氢酶活性则下降25.2%～27.1%。本试验结果表明，0～20cm土层，各处理的过氧化氢酶和蔗糖酶活性均高于对照，但差异不显著，脲酶和碱性磷酸酶较对照变化不明显，这与上述结论不同，有可能是由于所研究的土壤类型、试验地区、覆膜方式不同所致，其具体原因仍需进一步研究。本研究结果表明：处理垄覆地膜沟覆秸秆处理各个酶活性高于垄覆地膜沟覆液膜和不覆处理，这与晋凡生和张宝生（2000）、温随良和刘军（1996）的研究结果一致。

第二节　宁南旱区微集水种植技术研究

试验在黄土高原丘陵沟壑区宁夏彭阳县白阳镇陡坡村旱农基点进行（概况同第一章第二节）。

一、旱地胡麻微集水种植技术研究

（一）实验设计

试验共设4个处理：HT1处理沟垄宽度为60cm∶40cm、HT2处理沟垄宽度为60cm∶60cm，HT3处理沟垄宽度为90cm∶60cm，HT4裸地种植（CK）。其中处理HT3沟内种植6行，平均行距为25cm；HT2和HT1处理沟内均种植4行，平均行距分别为30cm和25cm，HT4（CK）处理行距为15cm。小区面积大小不一致（HT1和HT2小区面积分别为30m^{2}和36m^2、HT3和HT4均为45m^2）。处理HT1～HT3采用微集水种植，人工起垄，垄高15cm。随机排列，3次重复。

试验田肥力中等。耕作层土壤有机质11.28g/kg，全氮、全磷和全钾含量分别为0.677g/kg、0.206g/kg和28.11g/kg；速效氮、P_2O_5和K_2O含量分别为30.10mg/kg、56.60mg/kg和192.83mg/kg。

施肥水平：2007年试验小区起垄后在沟内基施有机肥75 000kg/hm^2，2008年试验田基施有机肥料为秋施肥，结合播种施磷酸二铵75kg/hm^2，苗期追施尿素肥150kg/hm^2。品种：宁亚15号，播量60kg/hm^2。2007年、2008年和2009年试验分别于4月8日、4月2日和4月10日播种，其中2008年和2009年宁南山区春旱特别严重，耕作层土壤干燥，虽按期播种，但出苗不整齐，于4月27～28日重播种（2009年，每小区人工补充灌水25mm）。

定期测定0～200cm层土壤含水量。定期测定作物生长量，观察记载作物生育期，收获后测定作物产量指标。

（二）结果与分析

1. 旱地胡麻微集水种植技术产量效应

2007年、2008年和2009年胡麻生育期总降水量分别为125.0mm、104.4mm和125.3mm，分别较2006年干旱年份的同期降水量162.8mm还少37.8mm、58.4mm和37.5mm。2007～2009年胡麻生育期处于严重的春夏连旱期。尤其在2008年和2009年，连续两年遇到特大干旱，多数大田作物几乎绝产。而采用微集水种植的胡麻与大田传统种植比较，无论长势还是增产情况都具明显的优势。采用微集水种植的胡麻产量显著高于对照（表5-25）。

表5-25　沟垄集水种植模式对胡麻抗旱节水产量效果及WUE的影响

处理	沟：垄/cm	沟+垄产量/(kg/hm^2)	较CK增产/%	WUE/[kg/(mm·hm^2)]	WUE较CK增加/%
2007年(干旱年)					
HT1	60：40	866.70	26.88	4.50	42.86
HT2	60：60	916.65	34.19	4.80	52.38
HT3	90：60	850.05	24.44	4.35	38.10
HT4(CK)	—	683.10	—	3.15	—
2008年(严酷干旱年)					
HT1	60：40	910.05	49.18	5.40	63.64
HT2	60：60	844.95	38.51	4.95	50.00
HT3	90：60	780.00	27.86	4.35	31.82
HT4(CK)	CK	610.05	—	3.30	—

续表

处理	沟：垄/cm	沟+垄产量/(kg/hm²)	较CK增产/%	WUE/[kg/(mm·hm²)]	WUE较CK增加/%
2009年(严酷干旱年)					
HT1	60：40	384.00	70.67	1.95	30.00
HT2	60：60	447.90	99.07	2.55	70.00
HT3	90：60	312.00	38.67	1.80	20.00
HT4(CK)	—	225.00	—	1.50	—

从表5-25可以看出，宁南半干旱山区在连续3年遇到严酷干旱气候的条件下，微集水种植各处理胡麻均取得了较高的产量。其中2007～2008年胡麻微集水种植处理HT1、HT2和HT3产量分别为866.70～910.05kg/hm²、844.95～916.65kg/hm²和780.00～850.05kg/hm²，分别较CK增产26.88%～49.18%、34.19%～38.51%和24.44%～27.86%。

2009年遇到严酷干旱，春、夏、秋3季连续干旱少雨，旱情非常严重，此种情况在往年也极为少见。固原东部山区和海原中北部旱地油料作物、玉米、马铃薯等减产60%以上，在彭阳县东部丘陵山区，大田胡麻40%左右的传统平作田块出现绝产现象。而在该试验小区内，采用微集水种植的胡麻产量达到312.00～447.90kg/hm²，对照区（CK）为225.00kg/hm²，增产幅度达到38.67%～99.07%；原州区南郊乡大面积胡麻微集水种植示范区平均产量为1071.00/hm²，比传统种植（CK）724.95kg/hm²增产346.05 kg/hm²，增产幅度达到47.73%。

本试验结果还表明，胡麻采用微集水种植，有利于提高其农田水分生产效率（WUE）。2007～2008年在遇到严重干旱年份的情况下，胡麻微集水种植处理HT1～HT3 WUE为4.35～5.40kg/(mm·hm²)，较CK提高31.82%～63.64%；2009年，在旱情极为严重、40%以上胡麻地块出现绝产的情况下，微集水种植胡麻处理HT1～HT3水分生产效率达到1.80～2.55kg/(mm·hm²)，较CK提高20.00%～70.00%。

表5-25中，从微集水各处理较对照产量增加幅度可以明显看出，旱地胡麻采用微集水种植模式，在干旱年份，其沟、垄宽度组合模式增产效果为HT2＞HT1＞HT3；而在正常年份，此三种沟、垄带型与对照相比均能获得高产增收效益，说明微集水种植最佳沟、垄宽度组合模式的选择与作物生育期降雨量有一定的关系，但就其抗旱效果而言，沟、垄宽度分别为60cm为较优组合。

2. 不同沟、垄宽度组合模式对产量性状的影响

通过3年大田试验笔者发现，在旱地胡麻生育期降水量极少的情况下，当次降雨量小于10mm时，微集水系统集雨垄面产流后，水分仅入渗到垄下边行作物根域，当降雨量超过10mm并达到一定程度时，水分在沟内扩散范围扩大，并逐步达到均衡。在干旱少雨的条件下，这种水分入渗和分布特征尤为明显。因此，在作物遇到严重干旱威胁时，种植沟内，作物边行与中行在田间长势形成明显的差异，对胡麻产量性状产生明显的影响（表 5-26）。

表 5-26　宁南山区沟垄集雨种植模式对胡麻主要经济产量性状的影响

处理		2007 年			2008 年			2009 年		
		单株粒数/粒	单株粒重/g	千粒重/g	单株粒数/粒	单株粒重/g	千粒重/g	单株粒数/粒	单株粒重/g	千粒重/g
HT1	边行	56.3	0.47	7.00	89.8	0.71	8.32	30.8	0.24	5.60
	中行	30.0	0.29	6.70	39.6	0.32	7.80	20.4	0.15	5.20
HT2	边行	68.3	0.51	6.83	68.2	0.67	8.25	32.0	0.26	5.60
	中行	33.2	0.27	6.80	30.4	0.20	8.10	20.7	0.17	5.30
HT3	边行	61.8	0.48	6.83	62.1	0.45	8.10	29.7	0.21	5.36
	中行	43.9	0.36	6.70	38.6	0.25	7.92	19.8	0.15	5.18
HT4(CK)	平均	28.2	0.30	6.69	42.1	0.27	8.00	20.0	0.15	5.00
沟垄种植平均		48.9	0.40	6.81	54.8	0.43	8.08	25.57	0.20	5.37
较 CK 增加		20.7	0.10	0.16	12.7	0.12	0.08	5.57	0.05	0.37

从表 5-26 可以看出，微集水处理后，胡麻主要经济性状均优于裸地种植（CK），处理 HT1～HT3 边行各项性状指标均高于中行。2007～2008 年在连续遇到干旱年份的情况下，旱地采用微集水种植 3 种沟、垄组合模式后，胡麻株高达到 38.4～51.3cm、单株粒数达到 48.9～54.8 粒、单株平均粒重达到 0.40～0.43g，千粒重达到 6.81～8.08g，与对照相比，株高增加 5.1～7.9cm（提高 15.32%～18.20%），单株粒数增 12.7～20.7 粒（提高 30.13%～73.46%），单株粒重增加 0.10～0.16g（提高 32.22%～60.19%），千粒重增加 0.08～0.12g（提高 1.02%～1.79%）。在 2009 年严重干旱少雨的情况下，采用微集水种植模式后，与较传统种植相比，胡麻平均单株粒数、单株粒重和千粒重分别提高 27.83%、31.11%和 7.47%。

3. 沟垄集水带比对降水产流入渗作用

微集水种植垄面产流与沟内集雨作用，能够最大限度地积蓄自然降水，改善作物根际土壤水分环境，提高土壤需水供水能力（表 5-27）。

表 5-27　胡麻垄沟集水带比与产流蓄水状况

处理	沟∶垄	降水量 16.6mm(8 月 8 日)						
		含水量/%		贮水量/mm		入渗量/mm	较 CK 增加/%	产流率/%
		雨前	雨后	雨前	雨后			
HT1	60∶40	7.35	12.00	37.4	61.1	23.7	54.90	42.77
HT2	60∶60	7.60	13.00	38.7	66.2	27.5	79.74	65.66
HT3	90∶60	7.48	12.50	38.1	63.7	25.6	67.32	54.20
HT4	CK	6.50	9.50	33.1	48.4	15.3		

注：测定土层深度为 0～40cm，产流率（%）=[$(\Delta W-R)/R$]×100；

式中，ΔW 为入渗量；R 为降雨量。

表 5-27 说明，2007 年 8 月 8 日降水量为 16.6mm，降水前后分别测定不同处理土壤的水分含量，结果表明，处理 HT1、HT2 和 HT3 种植沟内入渗量分别达到 23.7mm、27.5mm 和 25.6mm，较 CK 分别提高蓄水率 54.90%、79.74%和 67.32%，3 种处理中，集雨垄集水效率达到 42.77%～65.66%。垄面集流作用使沟内土壤较裸地种植（CK）土壤增加有效降水量 7.1～10.9mm，极大地缓解了干旱胁迫与作物生长对水分需求的矛盾。

4. 沟垄集水带比与土壤贮水量变化

在胡麻生育期，测定 0～100cm 土壤贮水量，微集水种植能够大幅度地增加土壤贮水量（表 5-28）。

表 5-28　旱地胡麻沟垄集水带比与土壤贮水量状况　（单位：mm）

处理	沟：垄	土层深度 0～100cm							
		6 月 16 日		7 月 6 日		7 月 28 日		8 月 6 日	
		贮水量	增加	贮水量	增加	贮水量	增加	贮水量	增加
HT1	60：40	120.6	9.1	147.1	15.3	137.1	3.0	122.0	12.0
HT2	60：60	122.1	10.6	152.9	21.1	142.2	8.1	119.0	9.0
HT3	90：60	124.0	12.5	139.8	8.0	142.0	7.9	123.3	13.3
HT4	(CK)	111.5		131.8		134.1		110.0	

由试验结果可知，处理 HT1、HT2 和 HT3 从 6 月 16 日～8 月 6 日（收获期）期间，降水对 0～100cm 土层贮水量影响较大。6 月 16 日、7 月 6 日、7 月 28 日和 8 月 6 日 0～100cm 土层贮水量分别为 120.6～124.0mm、139.8～147.1mm、137.1～142.2mm 和 119.0～123.3mm，分别较 CK 贮水量增加 9.1～12.5mm、8.0～21.1mm、3.0～8.1mm 和 9.0～13.3mm；处理 HT1～HT2 0～200cm 土层贮水量较 CK 最多增加 25.9mm，最低增加 4.4mm，全生育期土壤贮水量平均增加 16.3mm，为作物稳产提供了良好的供水环境。

2007～2009 年胡麻生育期降雨量分别为 122.2mm、104.4mm 和 125.5mm，笔者对胡麻微集水种植与裸地传统种植（CK）生育期土层含水量（0～200cm）进行了测定（表 5-29）。结果表明，微集水种植模式下，处理 HT1、HT2 和 HT3 生育期各时段 0～200cm 土层含水量最低均值为 268.5～317.4mm，最高均值为 285.9～323.1mm。生育期平均贮水量较裸地种植（CK）增蓄 8.5～25.9mm，生育期各时段最高增蓄达到 33.9mm。2009 年 5 月 30 日，在胡麻苗期，对土壤含水量的测定结果表明，微集水处理 0～200cm 土壤平均含水量为 313.0mm，比露地平播（CK）241.6mm 增加 71.4mm。因此，沟、垄集水系统能够使农田土壤水分环境得到明显的改善，这为开发旱作农田降水生产潜力、合理有效地利用降水资源、提高作物水分利用效率提供了条件。

表 5-29　胡麻沟垄集雨种植模式生长期 0～200cm 土层含水量及差值比较

（单位：mm）

处理	2007 年(干旱年)				平均	2008 年(严重干旱年)				平均
	16/6	06/7	28/7	06/8		28/5	19/6	05/8	14/8	
降雨量	12.6	51.8	40.0	17.8		9.2	24.6	54.8	15.8	
HT1	304.0	342.5	323.1	302.4	318.0	321.6	314.8	254.6	252.4	285.9
HT2	309.7	347.7	330.9	304.0	323.1	317.2	309.1	241.9	253.6	280.5
HT3	305.8	334.0	328.3	301.6	317.4	301.9	294.8	236.8	240.6	268.5
HT4(CK)	283.8	323.9	318.7	282.0	302.1	293.8	282.7	220.7	242.8	260.0
HT1 较 CK 增加	20.2	18.6	4.4	20.4	15.9	27.8	32.1	33.9	9.6	25.9
HT2 较 CK 增加	25.9	23.8	12.2	22.0	21.0	23.4	26.4	21.2	10.8	20.5
HT3 较 CK 增加	22.0	10.1	9.6	19.6	15.3	8.1	12.1	16.1	−2.2	8.5
较 CK 平均增加	22.7	17.5	8.7	20.7	17.4	19.8	23.5	23.7	6.1	18.3

注：测定土层深度为 0～200cm。

从生育期土壤贮水量状况来看，2007 年沟垄集水种植模式生育期土壤贮水量高达 40～50mm，2009 年最高达 71.4mm。其主要原因为：2007 年 4～8 月胡麻生育期降水量比 2008 年大，而且降水分布比较均匀。例如，2007 年 7 月 6 日～8 月 6 日降雨量为 108.8mm，占生育期总降雨量 122.2mm 的 89.03%，生育期土壤水分得到了补充。2008 年和 2009 年同期降雨量分别为 54.8mm 和 74.5mm，分别占生育期总降雨量 104.4mm 和 125.5mm 的 52.49%和 59.36%。胡麻生长一直处于干旱少雨阶段，作物耗水长期处于被动消耗状况，收获期土壤贮水量为全年最低值。不同沟、垄宽度组合模式在不同时期，各土层水分动态分布状况为处理 HT2> HT1> HT3。对胡麻微集水种植模式与传统种植（CK）不同时期土壤水分垂直分布动态分析可知，微集水种植模式土壤贮水量较传统种植（CK）贮水量显著提高。这充分说明，微集水种植模式具有显著的集水保墒作用和抗旱、节水和增产效果。

二、旱地马铃薯微集水种植模式研究

（一）试验设计

试验在黄土高原丘陵沟壑区宁夏彭阳县白阳镇陡坡村旱农点进行，该区属半干旱区，试验田肥力中等。耕作层土壤全氮、全磷和全钾含量分别为 0.665g/kg、0.201g/kg和 0.175g/kg，速效氮、P_2O_5 和 K_2O 含量分别为 52.2mg/kg、39.74mg/kg 和 215.9mg/kg。年均气温 7.8℃左右，2006 年、2007 年和 2008 年降水量分别为 355.2mm、412.7mm 和 376.3mm，1998～2008 年平均降水量为 416.3mm。

试验采取随机区组设计，共设 5 种处理：PTDX1（沟宽：垄宽 60cm：40cm）、PTDX2（60cm：60cm）、PTDX3（90cm：60cm）、PTDX4（40cm：60cm，土垄种植）和 PTDX5（裸地平植 CK）。凡涉及沟垄集水种植的处理均采用人工起垄，起垄高度为 15～20cm。马铃薯在集水带比沟际两侧种植（PTDX4 土垄两侧种植），试验小区设计模式见表 5-30。为了减小试验处理间土壤水分造成的误差，每个处理间增加沟垄过渡带。

表 5-30　2007～2009 年彭阳县马铃薯不同沟垄集水种植模式试验处理

处理	沟：垄/cm	种植方式	沟垄条数/区	小区面积/m^2	沟面积/m^2	株距/cm
PTDX1	60：40	沟内种植	6	12.0(10.8)	10.8(10.8)	45
PTDX2	60：60	沟内种植	2	14.4(13.7)	7.2(6.9)	37
PTDX3	90：60	沟内种植	6	18.0(17.1)	11.6(11.0)	30
PTDX4	40：60	土垄种植	6	12.0(10.8)	7.2(垄)(10.8)	45
PTDX5(CK)	—	平种植	6	14.4(17.2)	—	37

注：2007 年每个小区长度均为 4m。表中括号数据为 2008 各处理小区面积，小区长均为 3.8m，60：60 和裸地处理小区宽为 3.6m，60：40 和 40：60 为 3.0m，90：60 为 4.5m；播种密度 45 000 株/hm^2。

施肥水平：起垄前基施有机肥 75 000kg/hm^2，碳铵 750kg/hm^2，磷酸二铵 150kg/hm^2，用旋耕机耕作 25cm，将肥料混合翻入土壤。另外，苗期结合培土田间作业，再追施磷酸二铵肥 300kg/hm^2。2007 年由于播种期土壤墒情非常差，无法进行正常播种，故为了保证试验作物正常出苗，田间整治结束后进行按穴实施人工坐水播种(补充水量为 2000ml/穴)。供试品种为晋薯 7 号，4 月 27 日～29 日播种，种植密度为 45 000 株/hm^2。随机排列，3 次重复。

观察生育期，记载降水量，每 10 天测定一次土壤含水量，关键期在降水前、后分别定位测定土壤含水量，计算不同降水量下产流蓄水量，水分入渗深度。

播种前测定 0～200cm 土层含水量，每 20cm 为一层，共计 10 层，并在播种前和收获期分别取 0～30cm 耕作层土样，室内分析土壤各养分指标值，测定生长量、株高、单株产量、结薯块数量及商品薯块分级等指标。

（二）结果与分析

1. 微集水种植模式对马铃薯产量的影响

2007 年春季遇到近 10 年罕见的春夏连旱，特别是播种期间，土壤干土层厚度在 10cm 以上，故为保证马铃薯正常出苗，人工实施坐水点播以保全苗。虽然生长关键期降水量较多年平均值减少 20%～30%，但由于微集水种植的集水和蓄水保墒作用，试验田微集水种植与传统平作种植马铃薯长势形成了明显的差别。在干旱少雨年份，微集水种植为缓解旱情提供了非常宝贵的土壤水分资源，从而使马铃薯仍然能够保持获得比较高的产量。2008 年和 2009 年分别为春、夏连旱和春、夏、秋 3 季连旱，其中 2009 年，马铃薯生长关键阶段降雨量较正常年份同期减少 50%左右，严重影响了马铃薯的产量（表 5-31）。

表 5-31　马铃薯不同沟垄集水种植模式对增产及水分利用效应

处理	鲜薯产量/(kg/hm^2)	较 CK 增加/%	WUE/[kg/(mm·hm^2)]		WUE 较 CK 增加/%	
			生产年度	生育期	年度	生育期
2007 年(干旱年)						
PTDX1	32 700.00	42.59	14.85	22.05	52.31	58.06
PTDX2	29 817.00	30.02	13.35	19.65	36.92	40.86
PTDX3	27 267.00	18.90	12.15	18.00	24.62	29.03
PTDX4	24 499.50	6.83	10.80	16.05	10.77	15.05
PTDX5(CK)	22 933.50		9.75	13.95		

续表

处理	鲜薯产量/(kg/hm²)	较CK增加/%	WUE/[kg/(mm·hm²)]		WUE较CK增加/%	
			生产年度	生育期	年度	生育期
2008年(严重干旱年)						
PTDX1	20 500.50	44.38	11.55	18.60	50.98	55.00
PTDX2	19 285.50	35.82	11.10	17.85	45.10	48.75
PTDX3	16 401.00	15.51	9.15	14.70	19.61	22.50
PTDX4	15 150.00	6.70	8.40	13.05	9.80	8.75
PTDX5(CK)	14 199.00		7.65	12.00		
2009年(严重干旱年)						
PTDX1	15 747.00	31.80	9.15	13.95	24.49	20.78
PTDX2	15 720.00	31.58	9.45	14.85	28.57	28.57
PTDX3	14 733.00	23.31	8.55	13.20	16.33	14.29
PTDX4	13 014.00	8.93	8.10	12.90	10.20	11.69
PTDX5(CK)	11 947.50		7.35	11.55		

表5-31说明，在半干旱区黄土丘陵地区，马铃薯采用沟垄集水种植模式，其产量随垄面宽度和沟垄宽度的增加逐渐下降。垄上不覆地膜的情况下，土垄两侧种植与裸地种植比较虽然有一定的增产效果，但增产幅度不大。

试验结果表明，马铃薯采用微集水种植模式均获得较好的增产效果。5种处理其增产效果表现为PTDX1>PTDX2>PTDX3>PTDX4>PTDX5（CK）。在2009年严重干旱的年份，处理PTDX1产量达到15 747.0～32 700.0kg/hm²，较PTDX5（CK）增产31.80%～44.38%；PTDX2和PTDX3产量分别为15 720.0～29 817.0kg/hm²和14 733.0～27 267.0kg/hm²，较PTDX5（裸地传统种植CK）分别增产30.02%～35.82%和15.51%～23.31%，PTDX4（土垄）种植较裸地传统种植（CK）增产6.70%～8.93%。

试验结果说明，半干旱区马铃薯微集水种植模式以处理PTDX1增产效果最好，其次为PTDX2，马铃薯生育期降雨量大小及分布状况与产量呈密切相关。

2. 马铃薯微集水种植模式生育期降水量和耗水状况

马铃薯产量与生长期土壤供水能力具有直接的关系，但影响水分满足的关键期取决于生长前期（苗期）降雨量的多少及分布状况。从彭阳半干旱区马铃薯苗期和生育期降雨量分布情况（表5-32，图5-16）来看，2006年和2007年5～6月降雨量分别为77.3mm和106.2mm，2008年和2009年同期降雨量较多年均值分别减少54.88%和53.56%，生育期总降雨量较多年均值减少90.4～156.8mm，减少22.78%～39.51%，马铃薯生育期一直处于干旱季节，特别在块茎形成和膨大期正值需水关键期，往往因无降水而造成严重的减产甚至绝产。

表 5-32　彭阳半干旱区马铃薯生育期降雨量分布状况

年份	苗期(5～6月)			生育期降雨量/mm	全年降雨量/mm
	降雨量/mm	与多年苗期降雨量增(减)/mm	与多年均降雨量增幅/%		
2006	77.3	−21.1	−21.44	306.5	355.2
2007	106.2	7.8	7.93	267.5	412.7
2008	44.4	−54.0	−54.88	285.6	376.3
2009	45.7	−52.7	−53.56	240.1	295.5
1998～2009	98.4			396.9	409.5

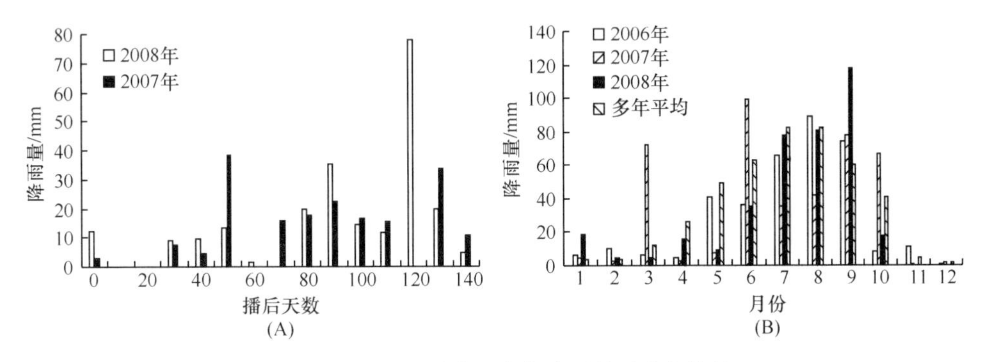

图 5-16　彭阳马铃薯生育期降雨量及分布状况

（A）马铃薯生长期降雨量；（B）固原和彭阳降雨量

在马铃薯生长期，若遇到严重春夏连旱，其生长关键期降水量分布均匀度和雨量多少可直接影响当年产量的高低。由表 5-33 可知，2007～2009 年马铃薯生育期降水量为 240.1～285.6mm，降水量差异并不大，但 2008 年和 2009 年的 5～7 月，马铃薯需水关键期降水量比 2007 年同期减少 40%～50%；2009 年生产年度降水量比 2007 年全年降水量减少 197.0mm，减少幅度为 45.07%。2008 年马铃薯生产年度和生育期耗水量较 2007 年分别减少 87.8～102.0mm 和 75.8～89.7mm，2009 年马铃薯生产年度和生育期耗水量较 2007 年分别减少 96.1～146.9mm 和 71.1～121.9mm。

表 5-33　宁南马铃薯沟垄集水种植模式不同阶段降水与耗水量　（单位：mm）

带型模式		PTDX1	PTDX2	PTDX3	PTDX4	PTDX5(CK)	降水量
2007 年干旱年	生产年度	441.5	448.8	448.3	451.6	472.8	437.1
	生育期	296.3	303.6	303.1	306.4	327.6	267.5
2008 年严重干旱年	生产年度	353.4	348.5	356.3	363.8	370.8	475.9
	生育期	220.5	215.6	223.4	230.9	237.9	285.6
2009 年严重干旱年	生产年度	345.4	331.4	344.2	321.0	325.9	418.4
	生育期	225.2	211.2	224.0	200.8	205.7	240.1

注：生产年度计算指头年 8 月中旬至第二年 10 月中旬期间的耗水量和降水量。

3. 微集水种植沟、垄宽度组合对马铃薯水分生产效率（WUE）的影响

马铃薯采用微集水种植模式，沟、垄宽度比例决定其田间集水量的多少。当在沟、垄组合模式不同而种植密度一致的情况下，马铃薯播种行距和株距发生变化，由此可以影响马铃薯地上与地下部生长对水分和养分的吸收和利用，使鲜薯产量和水分生产效率在各处理间出现明显的差异（表 5-34）。

表 5-34 马铃薯沟垄集雨种植模式对降水资源转化利用效率的影响

处理	生产年度 WUE/[kg/(mm·hm²)]		生育期 WUE/[kg/(mm·hm²)]		沟垄较 CK 增加/%	
	沟垄	沟内	沟垄	沟内	年度	生育期
2007 年						
PTDX1	14.85	29.70	22.05	44.10	52.31	58.06
PTDX2	13.35	26.55	19.65	39.30	36.92	40.86
PTDX3	12.15	20.25	18.00	30.00	24.62	29.03
PTDX4	10.80	18.15	16.05	26.70	10.77	15.05
PTDX5(CK)	9.75	16.20	13.95	23.40		
2008 年						
PTDX1	11.55	23.25	18.60	37.20	50.98	55.00
PTDX2	11.10	22.20	17.85	35.85	45.10	48.75
PTDX3	9.15	15.30	14.70	24.45	19.61	22.50
PTDX4	8.40	13.95	13.05	21.90	9.80	8.75
PTDX5(CK)	7.65	12.75	12.00	19.95		
2009 年						
PTDX1	9.15	18.30	13.95	27.90	24.49	20.78
PTDX2	9.45	18.90	14.85	29.70	28.57	28.57
PTDX3	8.55	14.25	13.20	21.90	16.33	14.29
PTDX4	8.10	13.50	12.90	21.60	10.02	11.69
PTDX5(CK)	7.35	12.15	11.55	19.35		

注：2007 年和 2009 年马铃薯播种期间由于土层干燥严重，为了保证正常出苗，故播种时每穴补充 2～3kg 水后进行坐水点播，折降水量 9mm 和 15mm；2007～2009 年生育期总降水量分别为 267.5mm、285.6mm 和 240.1mm。

由表 5-34 看出，马铃薯在微集水种植条件下，2007～2008 年，水分利用效率随着集雨垄宽度的增加而逐渐降低。考虑到马铃薯 WUE 与其他作物同等指标的可比性，对块茎产量统一折干（鲜干 1/5）比较可知，2007～2009 年 PTDX1 和 PTDX2 沟垄生产年度 WUE 为 9.15～14.85kg/(mm·hm²)[生育期 13.95～22.05kg/(mm·hm²)] 生育期 WUE 较 CK 提高 20.78%～58.06%；PTDX3 为 8.55～12.15kg/(hm²·mm)[生育期13.20～18.00kg/(hm²·mm)]，生育期 WUE 较 CK 提高 14.29%～29.03%，PTDX4（土垄种植）为8.10～10.80kg/(mm·hm²)[生育期为 12.90～16.05kg/(mm·hm²)]，生育期 WUE 较 CK 提高 8.75%～15.05%。

4. 微集水种植马铃薯农田土壤水分特征

（1）降雨量对田间产流效率的影响

试验结果表明，半干旱区在春季和夏初降水量较少的情况下，马铃薯采用微集水种植，能够缓解旱情，对促进作物营养生长和生殖生长、提高作物产量具有非常重要的作用。降水量一定时，沟、垄宽度比例不同的条件下，降雨量对田间产流效率和沟内蓄积降水储存量不相同，垄面产流量、土壤蓄水量与垄宽度呈正相关（表 5-35）。

表 5-35　马铃薯不同沟垄比与降水量对产流蓄墒效率的影响

处理	含水量/%		贮水量/mm		蓄水量/mm	较 CK 增加		产流效率/%
	雨前	雨后	雨前	雨后		/mm	/%	
2008 年 6 月 14～15 日降水量 13.4mm								
PTDX1	11.85	18.93	30.2	48.2	18.0	6.8	60.71	50.75
PTDX2	9.85	18.14	25.1	46.2	21.1	9.9	88.39	73.88
PTDX3	10.25	17.54	26.1	44.7	18.6	7.4	66.07	55.22
PTDX5(CK)	10.10	14.50	25.7	36.9	11.2			
2008 年 7 月 13 日降水量 19.5mm								
PTDX1	7.92	18.65	20.2	48.3	28.2	12.1	77.16	62.05
PTDX2	8.59	19.57	21.9	50.6	28.7	12.6	78.26	64.62
PTDX3	7.54	18.10	19.2	46.8	27.6	11.5	71.43	58.97
PTDX4(土垄)	6.90	16.00	17.6	41.4	23.8	7.7	47.83	39.49
PTDX5(CK)	6.87	13.0	17.5	33.6	16.1			
2009 年 8 月 15～18 日降水量 54.9mm								
PTDX1	9.40	17.70	73.0	137.4	64.4	24.00	59.41	43.72
PTDX2	9.96	18.40	77.3	142.8	65.5	25.10	62.13	45.72
PTDX3	9.67	17.45	75.1	135.4	60.4	20.00	49.50	36.43
PTDX4(土垄)	9.86	16.47	76.5	127.8	51.3	10.90	26.98	19.85
PTDX5(CK)	9.80	15.00	76.1	116.4	40.4			

表 5-35 表明，马铃薯微集水种植集雨、保水效果明显。2008 年 7 月 13 日和 2009 年 8 月 15～18 日，田间蓄水量大小和产流效率高低表现为 PTDX2＞PTDX1＞PTDX3＞PTDX4（土垄）。土壤贮水量和产流效率随着降雨量的增加而提高。在降雨量为 13.4mm 和 19.5mm 时，PTDX1、PTDX2 和 PTDX3 处理蓄水量分别为 18.0～21.1mm 和 27.6～28.7mm，较 PTDX5（CK）土壤蓄水量提高 60.71%～88.39%和 71.43%～78.26%；产流效率分别较 PTDX5（CK）提高 50.75%～73.88%和 58.97%～64.62%；2009 年 8 月 15～18 日降水强度比较小情况下，在总降水量为

54.9mm 时，沟垄集水种植沟土壤蓄水量较 CK 区提高 49.5%～62.13%，产流效率较 PTDX5（CK）提高 36.43%～45.72%。

（2）沟垄间土壤水分差异比较

通过试验，笔者发现集水种植系统沟垄间土壤水分自动调控能力较强，极大地提高了降水资源利用效率。干旱期垄面与沟际土壤含水量差异明显。土壤蓄墒期，随着降雨量的增加，沟垄间土壤含水量差异逐渐缩小或者达到平衡状态。

马铃薯微集水种植模式在干旱期和墒情恢复期，垄下与沟侧土壤含水量差异比较如表 5-36 所示。

表 5-36 马铃薯沟垄种植模式垄中与沟侧土壤含水量（W）差异比较

项目	PTDX1		PTDX2		PTDX3		PTDX4	
	垄中	沟际	垄中	沟际	垄中	沟际	垄中	沟际
2007 年 6 月 13 日(0～60cm)								
W/%	9.00	12.79	8.92	13.83	8.68	13.75	9.85	11.20
差值/%	3.79		4.91		5.07		1.35	
2007 年 6 月 13 日～10 月 17 日(0～100cm)降雨量 254.9mm								
W/%	13.61	14.18	13.50	14.18	13.54	13.94	13.30	13.35
差值/%	0.57		0.68		0.40		0.1	
2008 年 7 月 14 日(0～40cm)								
W/%	6.78	15.31	5.16	16.06	5.54	15.30	11.20	14.00
差值/%	8.53		10.90		9.76		2.80	
2008 年 7 月 14 日～9 月 19 日(0～100cm) 降雨量 159.3mm								
W/%	12.75	14.09	11.88	14.56	12.13	13.62	12.15	13.10
差值/%	1.34		2.68		1.49		0.98	
2008 年 9 月 19 日～9 月 29 日(0～100cm) 降雨量 82.5mm								
W/%	19.39	21.57	18.41	21.83	17.34	20.04	18.40	18.65
差值/%	2.18		3.42		2.70		0.25	
2008 年 9 月 29 日～10 月 12 日(0～100cm) 降雨量 13.3mm								
W/%	19.56	19.47	19.57	20.11	18.76	19.15	18.74	18.88
差值/%	−0.1		0.54		0.39		0.14	

干旱期：2007 年 6 月 13 日和 2008 年 7 月 14 日分别测定垄下和沟内（0～60cm 和 0～40cm）土壤含水量，PTDX1、PTDX2 和 PTDX3 处理沟侧与垄下土壤含水量差值分别为 3.79%～5.07%和8.53%～10.90%。

土壤墒情恢复期（9 月下旬至 10 月中旬）：沟垄间土壤水分差值逐渐缩小，基本达到平衡状态。因此，干旱季节垄面的产流集水作用可缓解旱情，沟垄间形成土壤水势差有利于调控土壤水分互渗，利于土壤水分保蓄，对改善和满足作物生长的水分条件起到了重要作用。

（3）马铃薯沟垄集水种植模式对生长期蓄水量的影响

马铃薯沟垄集水种植模式能够改善土壤水分生态循环及水分调控能力，提高蓄墒率，对提高作物抗旱能力和水分转化效率具有重要作用（表 5-37）。

表 5-37　马铃薯生长期沟垄集水种植模式较 PTDX5（CK）土壤增蓄水量

（单位：mm）

处理	2007 年							
	16/6	27/6	06/7	16/7	28/7	27/8	17/10	平均
PTDX1	20.0	17.0	30.3	20.7	29.9	14.3	16.2	21.2
PTDX2	24.1	24.5	31.9	20.7	32.9	18.9	16.1	24.2
PTDX3	19.3	15.8	33.5	15.9	25.1	12.4	13.1	19.3
PTDX4	8.9	3.0	13.2	3.3	15.0	10.8	5.5	8.5
	2008 年							
	28/5	19/6	12/7	17/8	19/9	29/9	12/10	
PTDX1	10.4	21.3	10.1	16.5	25.0	50.9	33.6	24.0
PTDX2	10.9	19.8	11.0	17.3	31.0	54.2	41.9	26.6
PTDX3	11.7	12.3	8.3	10.2	19.0	31.1	26.9	17.1
PTDX4	8.2	8.8	6.4	5.8	12.0	13.0	18.2	10.3
	2009 年							
	30/5		7/7	12/8	20/9		9/10	
PTDX1	29.9	—	6.3	4.8	8.0	—	9.0	—
PTDX2	22.2	—	6.9	6.5	14.5	—	10.6	—
PTDX3	9.8	—	2.7	5.2	15.6	—	0.0	—
PTDX4	1.1	—	5.0	3.6	8.4	—	4.7	—

注：测定土层深度为 0～100cm。

表 5-37 表明，微集水种植马铃薯条件下，在马铃薯生长期，各处理土壤水分增蓄量较 PTDX5（CK）土壤增蓄水量明显提升。生育期土壤水分平均增蓄量大小顺序为：PTDX2＞PTDX1＞PTDX3＞PTDX4；2007 年，处理 PTDX1、PTDX2 和 PTDX3 较 PTDX5（CK）土壤贮水量的最低增量为 12.4mm（8 月 27 日），最高增量为 33.5mm（7 月 6 日），与对照相比，生育期平均增蓄量分别为 21.1mm、24.2mm 和 19.3mm；2008 年，处理 PTDX1、PTDX2 和 PTDX3 较 PTDX5（CK）土壤贮水量最少增量为 8.3mm（7 月 12 日），最高增量为 54.2mm（9 月 29 日），在马铃薯生长期，处理 PTDX1、PTDX2 和 PTDX3 土壤平均贮水量较 CK 分别增加 24.0mm、26.6mm 和 17.1mm；2007 年和 2008 年，处理 PTDX4（土垄）较 PTDX5（CK）生长期土壤平均贮水量增加量为 8.5～10.3mm；2009 年，即使遇到特别严重干旱的威胁，马铃薯微集水种植农田全年土壤贮水量平均值依然明显高于传统露地平播，在马铃薯生长期，微集水 PTDX1、PTDX2 和 PTDX3 处理 0～100cm 土层贮水量较对照最低增加 2.7mm（7 月 7 日），最高增加 15.6mm（9 月 20 日）。

从微集水种植马铃薯不同模式与马铃薯生育期耗水规律和土壤贮水量分析（表 5-38）可知，马铃薯生长中期（旺盛期）耗水量最大，此阶段也是土壤消耗高峰时期。2007 年 8 月下旬，微集水种植各处理土层 0～100cm 土壤贮水量为 115.1～125.0mm，较传统种植（CK）106.1mm 高 9.0～18.9mm；处理 PTDX1、PTDX2、PTDX3 、PT-

DX4（土垄）和PTDX5（CK）生育期平均贮水量分别为149.1mm、156.8mm、147.8mm、142.3mm和134.5mm；2008年8月中旬，微集水种植各处理土层0～100cm土壤贮水量为149.3～160.8mm，均高于CK处理。处理PTDX1、PTDX2、PTDX3、PTDX4（土垄）和PTDX5（CK）0～100cm土层平均贮水量分别为191.7mm、194.6mm、184.4mm、180.7mm和170.4mm。2009年，处理PTDX1、PTDX2、PTDX3、PTDX4（土垄）和PTDX5（CK）0～100cm土层平均贮水量分别为172.9mm、172.4mm、167.5mm、165.3mm和160.8mm。因此，微集水种植技术使种植区土壤水分条件得到了改善，为马铃薯生长提供了有利的条件。

表5-38　马铃薯垄沟集水种植带型不同时期土层贮水量　（单位：mm）

处理	2007年生长期降雨量267.5mm					
	16/6	27/6	16/7	27/8	17/10	平均
PTDX1	136.6	170.0	143.1	115.1	180.8	149.1
PTDX2	148.0	177.5	150.0	125.0	183.4	156.8
PTDX3	136.3	161.0	142.7	118.5	180.4	147.8
PTDX4(土垄)	125.6	156.0	132.6	116.8	180.4	142.3
PTDX5(CK)	117.1	153.0	129.2	106.1	167.2	134.5
2008年生长期降雨量285.6mm						
	19/6	12/7	17/8	19/9	12/10	平均
PTDX1	198.0	164.0	160.0	182.3	254.4	191.7
PTDX2	196.5	164.9	160.8	188.3	262.7	194.6
PTDX3	189.0	157.2	151.7	176.3	247.7	184.4
PTDX4(土垄)	185.5	160.3	149.3	169.3	239.0	180.7
PTDX5(CK)	176.7	153.9	143.5	157.3	220.8	170.4
2009年生长期降雨量240.1mm						
	30/5	7/7	12/8	20/9	12/10	平均
PTDX1	182.1	135.6	137.4	202.1	207.4	172.9
PTDX2	189.8	135.0	135.7	195.6	205.8	172.4
PTDX3	169.7	131.4	136.1	203.2	197.0	167.5
PTDX4(土垄)	161.0	133.7	134.5	196.0	201.5	165.3
PTDX5(CK)	159.9	128.7	130.9	187.6	196.8	160.8

注：测定深度均为沟际0～100cm土层。

(4) 马铃薯微集水种植模式对土壤蓄墒效果的影响

由于微集水种植系统的集流、蓄水、保墒作用，在马铃薯种植农田土壤墒情恢复期，土壤贮水量得到不断的补充，使同期蓄水量较对照明显提高，土壤墒情明显改善（表5-39）。

表 5-39　马铃薯沟垄集雨种植模式对土壤贮水量和蓄墒效果的影响（0～200cm）

处理	2007 年 6 月 16 日 土层贮水量/mm	7 月 28 日 土层贮水量/mm	降雨量 98.8mm 增蓄水量/mm	降雨量 98.8mm 蓄墒率/%	蓄墒率增加/%
PTDX1	273.5	317.4	44.0	44.53	97.31
PTDX2	280.2	334.0	53.8	54.45	141.26
PTDX3	267.0	308.1	41.1	41.60	84.30
PTDX4(土垄)	261.3	292.3	31.0	31.38	39.01
PTDX5(CK)	247.8	270.1	22.3	22.57	
	2007 年 8 月 27 日 土层贮水量/mm	10 月 17 日 土层贮水量/mm	降雨量 129.9mm 增蓄水量/mm	降雨量 129.9mm 蓄墒率/%	蓄墒率增加/%
PTDX1	275.5	326.7	51.2	39.41	18.52
PTDX2	271.6	327.3	55.6	42.80	28.70
PTDX3	266.5	317.4	51.0	39.26	18.06
PTDX4(土垄)	258.4	306.3	47.9	36.87	10.88
PTDX5(CK)	244.5	287.7	43.2	33.26	
	2008 年 8 月 17 日 土层贮水量/mm	10 月 12 日 土层贮水量/mm	降雨量 170.5mm 增蓄水量/mm	降雨量 170.5mm 蓄墒率/%	蓄墒率增加/%
PTDX1	304.6	397.8	93.2	54.66	24.60
PTDX2	305.1	402.7	97.6	57.24	30.48
PTDX3	294.2	389.7	95.5	56.01	27.67
PTDX4(土垄)	289.8	379.6	89.8	52.67	20.05
PTDX5(CK)	286.5	361.3	74.8	43.87	

注：蓄墒率%＝（土壤水分同期增量/同期降水量）×100%；提高蓄墒率%＝（处理区土壤水分增量－CK 区土壤水分增量）/CK 区土壤水分增量×100%。

根据马铃薯需水规律和耗水特点，从表 5-39 可知，6～8 月（干旱期）是马铃薯生长旺盛期，也是需水量最多的时期，此时土壤水分消耗较大，该期土壤贮水量往往为全年最低，8 月下旬以后（蓄墒期），随着雨季降水的增加，土壤蓄墒率大幅度提高，土壤贮水量到达全年高峰期。

2007 年 6 月中旬至 7 月下旬降雨量为 98.8mm，微集水种植模式下，处理 PTDX1～PTDX3 土壤贮水量由 267.0～280.2mm 增加至 308.1～334.0mm，蓄墒率达到 41.60%～54.45%，但 PTDX4（土垄）和 PTDX5（CK）土壤蓄墒率为 31.38%和 22.57%，微集水种植模式下，PTDX1～PTDX3 处理较 PTDX5（CK）土壤蓄墒率提高 84.3%～141.26%，PTDX4（土垄）较 PTDX5（CK）蓄墒率提高 39.01%。

在土壤墒情恢复期（2007 年 10 月中旬），降雨量 129.9mm 的条件下，处理 PTDX1～PTDX3 土壤贮水量为 317.4～327.3mm，土壤蓄墒率为 39.26%～42.80%，较 PTDX5（CK）提高土壤蓄墒率 18.06%～28.70%；2008 年 8 月中旬至 10 月中旬降雨量为 170.5mm，微集水种植模式下，PTDX1～PTDX3 处理土壤蓄墒率为 54.66%～57.24%，较 PTDX5（CK）提高 24.60%～30.48%。由此可以看出，马铃薯采用微集水种植模式后，后期墒情恢复效果明显。

（5）生育期土壤水分供需平衡特征

通过试验，对马铃薯生育期土壤耗水与供水状况进行了系统测定（表 5-40）。结果表明，在春夏连旱的干旱年份，马铃薯生长中前期的降水根本不能满足此时作物的需水要求，马铃薯主要依靠土壤前期贮水而满足生长对水分的需求。2007 年，在马铃薯生育期，微集水种植土壤供水量达 146.5～172.0mm，PTDX5（CK）高达 202.2mm，以播种期基础水分为平衡恢复点计算，微集水种植土壤水分增蓄量（盈余）仅为 10.7～11.8mm，而裸地种植水分亏缺达到 127.2mm；2008 年和 2009 年，在马铃薯生育期，微集水种植农田土壤供水量为56.2～63.4mm 和 32.6～100.8mm，裸地传统种植（CK）土壤供水分别为 98.7mm 和 33.9mm。因此，微集水种植模式为马铃薯的生长提供了非常有利的水分条件。

表 5-40　马铃薯沟垄集水种植模式生育期土壤水分供需平衡特征

处理	2007 年							
	25/4～16/6	16/6～16/7	16/7～28/7	28/7～27/8	27/8～17/10	土壤供水/mm	土壤水分增减/mm	较 CK 增蓄/mm
PTDX1	102.2	(57.5)	(10.9)	57.0	(81.3)	159.2	9.5	不增
PTDX2	112.0	(41.8)	(27.8)	60.0	(90.6)	172.0	11.8	不增
PTDX3	95.7	(25.9)	(47.4)	50.8	(85.0)	146.5	(11.8)	(11.8)
PTDX4	105.0	(35.5)	(81.0)	60.8	(60.0)	165.8	(10.7)	(10.7)
PTDX5(CK)	151.0	(25.0)	0.0	51.2	(50.0)	202.2	127.2	
	2008 年							
	27/4～28/5	28/5～19/6	19/6～12/7	12/7～17/8	17/8～12/10	土壤供水/mm	土壤水分增减/mm	较 CK 增蓄/mm
PTDX1	0.0	(37.1)	30.0	26.2	(133.9)	56.2	(114.8)	(49.3)
PTDX2	1.2	(45.0)	39.2	23.0	(184.8)	63.4	(166.4)	(100.9)
PTDX3	1.3	(13.7)	29.6	28.7	(159.5)	59.6	(113.6)	(48.1)
PTDX4	8.0	(14.3)	24.0	28.0	(182.0)	60.0	(106.3)	(40.8)
PTDX5(CK)	23.7	(6.8)	32.0	43.0	(177.4)	98.7	(65.5)	
	2009 年							
	29/4～30/5	30/5～7/7	7/7～12/8	12/8～20/9	20/9～9/10	土壤供水/mm	土壤水分增减/mm	较 CK 增蓄/mm
PTDX1	(31.9)	98.9	(1.7)	(125.8)	(3.0)	98.9	(51.5)	(2.1)
PTDX2	(29.4)	100.8	(30.0)	(97.4)	(19.4)	100.8	(87.4)	(38.0)
PTDX3	31.6	42.3	(13.9)	(86.8)	(5.5)	73.9	(32.3)	17.1
PTDX4	31.6	1.0	(35.1)	(84.2)	(5.6)	32.6	(92.3)	(42.9)
PTDX5(CK)	2.9	26.1	(13.0)	(70.3)	4.9	33.9	(49.4)	

注：测定土层深度为 0～200cm；括号内数据表示作物耗水期土壤贮水增量，其他为耗水期土壤提供水量。

（6）沟垄集水种植模式对马铃薯生长量的影响

从微集水种植马铃薯生长期单株干物质（地上部和地下部）的积累或块茎生长过程分析（表 5-41，图 5-17）可知，地上部分和块茎干物质积累动态变化均呈“S”形曲线，最大值出现在播后 125 天左右，随生育期延伸，垄上覆膜的微集水种植各处理地上部分干物质累积速度较快，而 PTDX 4（土垄）和 PTDX 5（CK）处理干物质累积速度较慢，同一时段内积累量较小。马铃薯生长前期（苗期到现蕾期）地上部生长量比较缓慢，现蕾期以后干物质积累量增加较快，同时，垄覆膜集水种植各处理干物质积累量和生长速率明显优于裸地传统种植（CK），并形成了较大的差异。

表 5-41　马铃薯沟垄集雨种植模式块茎生长量（GW）和生长速率（CGR）的测定

处理	生长量	生长前期 (45～70)天	生长后期 (70～125)天	平均值	比 CK 增加/%
PTDX1	GW/(g/株)	5.45	101.16	51.75	64.03
	CGR/[g/(d·株)]	0.11	1.74	0.41	64.00
PTDX2	GW/(g/株)	4.16	96.00	47.82	51.57
	CGR/[g/(d·株)]	0.08	1.67	0.38	52.00
PTDX3	GW/(g/株)	2.20	85.68	40.95	29.79
	CGR/[g/(d·株)]	0.04	1.52	0.33	32.00
PTDX4(土垄)	GW/(g/株)	2.00	78.14	35.9	13.79
	CGR/[g/(d·株)]	0.04	1.38	0.29	16.00
PTDX5(CK)	GW/(g/株)	1.70	72.00	31.55	
	CGR/[g/(d·株)]	0.03	1.28	0.25	

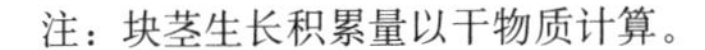
注：块茎生长积累量以干物质计算。

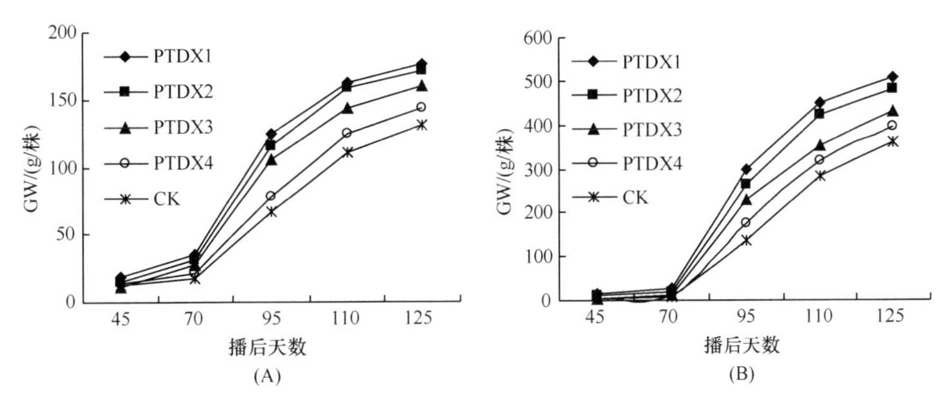

图 5-17　2008 年马铃薯沟垄集水种植干物质与块茎生长量

（A）干物质生长量（GW）；（B）块茎生长量（GW）

由单株干物质的累积量（表 5-41）看出，马铃薯单株生长量分为两个阶段，即生长前期（出苗后 45～70 天）和生长后期（70～125 天），微集水种植各处理单株干物质累积在生长前期的优势并不明显，但经过马铃薯快速生长期后，其优势尤为明显。比较分析后可知，处理 PTDX1 和 PTDX2 单株平均生长量（GW）和生长速率（CGR）高于 PTDX4（土垄）和裸地传统种植（CK）。处理 PTDX1、PTDX2 和 PTDX3 单株平均生长量（GW）分别为 51.75g/株、47.82g/株 和 40.95g/株，而 PTDX4（土垄）和平作（CK）分别为 35.9g/株 和 31.55g/株。微集水种植模式下，PTDX1、PTDX2 和 PTDX3 处理平均干物质积累量较传统种植（CK）提高了 29.79%～64.03%，生长速率（CGR）较传统种植（CK）提高了32.00%～64.00%；PTDX4（土垄）较传统种植（CK）干物质积累量（CW）和生长速率（CGR）仅分别提高了13.79%和16.00%。

对各处理下马铃薯干物质积累量及其动态变化的特征进行分析，并以Logistic生长曲线：$Y=K/[1+ae-bx]$，$[X\in(0, 125)]$，对所测数值进行拟合，并求其拟合度R^2的大小。其中X为生长天数，Y为干物质积累量，K为干物质积累量极限参数，a为初始重量参数，b为生长速度参数。马铃薯各种植模式下干物质（地上＋块茎）积累过程拟合所得参数见表5-42。

表5-42　马铃薯沟垄集雨种植模式块茎干质积累生长曲线参数分析（2008年彭阳）

处理	R^2	K	b	a	P值	最快拐点X_t	预测值Y
PTDX1	0.998 8	102.383 0	0.118 8	10.981 9	0.001 2	92.4	100.28
PTDX2	0.999 1	97.654 7	0.118 7	11.139 0	0.000 9	93.8	95.29
PTDX3	0.996 2	87.184 5	0.110 6	10.512 6	0.003 8	95.1	84.12
PTDX4(土垄)	0.998 9	82.864 4	0.107 0	10.543 4	0.001 1	98.5	78.26
PTDX5(CK)	0.999 7	76.741 7	0.111 2	11.204 3	0.000 3	100.8	71.89

结果表明，在旱情较为严重的年份：①垄上覆膜微集水种植处理干物质积累极限参数K为87.18～102.38g/株，土垄和平作种植处理为76.74～82.86g/株；②垄上覆膜微集水种植处理生长速度参数b值与平作相比无较大差异；③马铃薯出苗45天各处理初始增重参数a值差别不明显，但出苗后70天左右，各处理生长量差距趋势明显；④马铃薯垄上覆膜微集水种植模式植株干物质积累速度最快的时间为播种后的第92～95天，较土垄和平作种植提前3～8天；⑤将马铃薯整个生育期划分为生长前期、生长中期和生长后期三个阶段，并对块茎生长期进程进行分析后可知，微集水种植明显改善了作物生长期的土壤水分条件，从而使生长前期和中期生长进程较CK延长4～9天，相比而下，平作种植（CK）提前进入衰退期。

三、玉米微集水结合覆盖种植技术研究

（一）试验设计

试验在黄土高原丘陵沟壑区宁夏彭阳县白阳镇陡坡村旱农点进行，该区属半干旱区，整体生态环境条件较差，山大沟深，坡耕地面积大于梯田，峡谷区旱地面积不足20%，土壤质地为黄土母质。试验田肥力中等。2008年试验田耕作层有机质、土壤全氮、全磷和全钾含量分别为10.963g/kg、0.846g/kg、1.414g/kg和5.569g/kg，速效氮、P_2O_5和K_2O含量分别为69.93mg/kg、16.588mg/kg和126.84mg/kg。1998～2006年多年平均降水量为430.4mm，年均气温7.8℃左右。2007年1～10月中旬总降水量为362.2mm，遇到严重的春夏连旱年份。

试验采取随机区组设计，采用沟垄集水种植，试验共设7种处理：①沟垄均覆膜（Lm＋gm）；②垄覆膜＋沟覆盖生物降解膜（Lm＋gjm）；③垄覆膜＋沟内覆作物秸秆600kg/亩（Lm＋gc）；④垄覆膜＋沟覆液态地膜（Lm＋gym）；⑤垄覆膜＋沟不覆盖

(Lm)；⑥平覆膜种植（Pm CK1）；⑦裸地种植（Ld CK2）。人工起垄，沟∶垄为60cm∶60cm，垄高15cm。施肥水平：起垄前基施有机肥75 000kg/hm²，基施尿素150kg/hm²（2007年基施碳铵750kg/hm²），2007～2008基施磷酸二铵150kg/hm²，用旋耕机耕作25cm，将肥料混合翻入土壤。苗期追施尿素肥150kg/hm²。

试验于2007～2009年分别在4月28日、4月15日和4月29日播种。小区面积：4m×4.8m和3.6m×3.8m，株距37cm，平均行距60cm，每小区种植4带，每行种植11～10株，品种西农11号（2009年为沈单16号），留苗密度45 000株/hm²。随机排列，3次重复。

定期测定土壤含水量，每10天测定一次土壤水分参数，遇到降水前、降水后分别定位测定土壤产流蓄水量，入渗深度、测定深度根据当日降水量确定。液态地膜喷施量为375kg/hm²，液态地膜原液1∶5兑水，搅拌均匀后用尼龙纱布过滤喷洒于地表。

在玉米生育期，每种处理选择代表样株15株标记，定期测定株高，并参照样株标准取样测定单株生长量等生理指标。

观察生育期，记载降水量，测定不同处理土层部位地温（0～10cm、10～15cm、15～20cm）等内容。

定期测定土壤水分，每20cm一层，共计10层，并在降雨前后测定土壤含水量及田间产流效率。在大喇叭口期测定叶片光合指标。

（二）结果与分析

1. 微集水结合覆盖种植对玉米产量的影响

在半干旱旱农区，作物生长受制于降水不足，人工补充水源欠缺。然而，该区旱作农田的增产潜力却较大，通过雨水集中利用原理，在实施垄上覆膜集流，沟内进行覆盖的保墒措施下，尽可能地将微集水系统产流后积蓄的水分，从土壤物理无效蒸发转化为作物有效蒸腾，最大限度地提高自然降水入渗率、保蓄率和农田水分利用效率，以此使该区旱地玉米产量大幅度提高（表5-43）。

表5-43　旱地玉米沟垄集水覆盖种植增产效应

处理	2007年			2008年			2009年		
	籽粒产量/(kg/hm²)	增产/%		籽粒产量/(kg/hm²)	增产/%		籽粒产量/(kg/hm²)	增产/%	
		比Fm	比CK1		比Fm	比CK1		比Fm	比CK1
Lm+gm	7916.70	13.43	25.27	6657.00	11.67	28.94	5856.15	24.20	41.99
Lm+gjm	7756.95	11.14	22.75	6737.25	13.02	30.49	6021.30	27.70	46.00
Lm+gc	7104.15	1.79	12.42	6540.15	9.72	26.67	5510.85	16.88	33.62
Lm+gym	7513.95	7.66	18.90	6316.35	5.96	22.34	5185.50	9.98	25.73
Lm	6979.50		10.44	5961.15		15.46	4714.95		14.32
Pm(CK1)	6319.50			5163.00			4124.40		
Ld(CK2)	4881.75			4153.35			3303.45		

注：处理每区种植4带，垄侧种植2行，密度45 000株/hm²。

通过3年的试验可知，在半干旱降水量适中的地区，旱地玉米采用微集水结合覆盖种植模式，能够显著地提高产量和水分生产效率。从表5-43可以明显地看出，2008年和2009年各处理增产效果大小依次为Lm＋gjm＞Lm＋gm＞Lm＋gc＞Lm＋gym＞Lm＞Pm（CK1）＞Ld（CK2）。同时，试验结果还说明，旱地玉米采用微集水结合覆盖种植模式，在沟内覆盖生物可降解地膜，其效果与沟内覆盖地膜保墒增产效果无明显的差异，由于生物可降解膜可减少土壤和环境污染，所以推荐微集水结合覆盖种植玉米时，沟内覆盖物以生物降解膜替代塑料地膜。

2007～2008年，Lm＋gm处理产量为6657.00～7916.70kg/hm²，分别较Fm和Pm（CK1）增产11.67%～13.43%和25.27%～28.94%，Lm＋gjm处理产量为6737.25～7756.95kg/hm²，分别较Lm和Pm（CK1）增产11.14%～13.02%和22.75%～30.49%，处理Lm＋gc产量为6540.15～7104.15kg/hm²，分别较Lm和Pm（CK1）增产1.79%～9.72%和12.42%～26.67%；处理Lm＋gym产量为6316.35～7513.95kg/hm²，分别较Lm和Pm（CK1）增产5.96%～7.66%和18.90%～22.34%。2009年为严重干旱年，微集水结合覆盖Lm＋gm、Lm＋gjm、Lm＋gc和Lm＋gym处理使玉米产量较CK1处理增加25.73%～46.00%，增产效果明显。

通过以上分析我们也可以明显看出，生物可降解地膜其保墒和增温增产效果完全可达到微地膜材料同样的效果。垄膜＋沟内覆盖（降解膜或微地膜）比沟内不覆盖平均增产11%以上，较平覆膜增产22%以上，垄膜＋沟内不覆盖较平膜覆盖增产10.44%～15.46%。

2. 微集水结合覆盖种植玉米对农田水分生产效率的影响

由试验结果（表5-44，表5-45，图5-18）可知，微集水结合覆盖种植均可提高农田水分利用效率。

表5-44 旱地玉米沟垄集水不同覆盖种植水分转化利用效率（2007～2008年）

处理	WUE/[kg/(mm·hm²)]		比Fm增加/%		比FPm(CK1)增加	
	全年度	生育期	全年度	生育期	全年度	生育期
Lm+gm	14.40～16.95	22.65～26.10	16.49～17.07	18.37～18.90	28.00～41.25	30.83～45.19
Lm+gjm	13.95～17.25	22.95～25.20	13.41～18.56	14.29～20.47	24.00～43.75	26.32～47.27
Lm+gc	12.60～16.80	22.35～22.65	2.44～15.46	2.72～17.32	12.00～40.00	13.53～43.64
Lm+gym	13.35～15.90	21.00～23.85	8.54～9.28	8.16～10.24	18.67～32.50	19.55～35.46
Lm	12.30～14.55	19.05～22.05			9.33～21.25	10.53～22.73
Pm(CK1)	11.25～12.00	15.60～19.95				
Ld(CK2)	8.55～9.30	11.85～17.70				

表5-45 旱地玉米沟垄集水不同覆盖种植水分转化利用效率（2009年）

处理	WUE/[kg/(mm·hm²)]		比Fm增加/%		比Pm(CK1)增加/%	
	生产年度	生育期	生产年度	生育期	生产年度	生育期
Lm+gm	12.90	18.15	14.67	12.04	36.51	34.44
Lm+gjm	13.20	18.45	17.33	13.89	39.68	36.67
Lm+gc	12.90	18.60	14.67	14.81	36.51	37.78

续表

处理	WUE/[kg/(mm·hm²)]		比 Fm 增加/%		比 Pm(CK1)增加/%	
	生产年度	生育期	生产年度	生育期	生产年度	生育期
Lm+gym	12.45	18.15	10.67	12.04	31.75	34.44
Lm	11.25	16.20			19.05	20.00
Pm(CK1)	9.45	13.50				
Ld(CK2)	7.50	10.80				

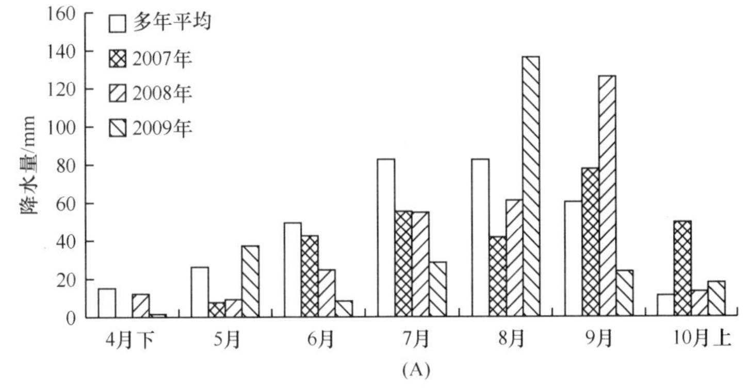

(A)

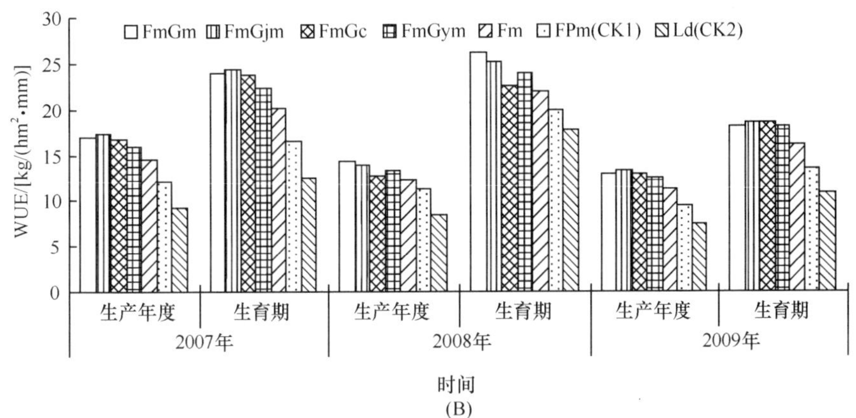

(B)

图5-18 玉米生长期降水量和水分生产效率

(A) 高原半干旱区玉米生长期降水量比较；(B) 水分生产效率

由表 5-44、表 5-45 和图 5-18 可以看出：①微集水结合覆盖种植作物，无论在生产年度，还是在作物生育期，其农田水分生产效率（WUE）均高于微集水沟内不覆盖处理。微集水结合覆盖种植各处理中，WUE 提高幅度大小依次为：处理 Lm＋gm 和 Lm＋gjm>Lm＋gc>Lm＋gym>Lm>Pm（CK）。②2007～2008 年 Lm＋gm 和 Lm＋gjm 处理生产年度 WUE 为 13.95～17.25kg/(mm·hm²)［生育期为 22.65～26.10kg/(mm·hm²)］；Lm＋gc 生产年度 WUE 为 12.60～16.80kg/(mm·hm²)［生育期 22.35～22.65kg/(mm·hm²)］；Lm 处理生产年度 WUE 为 12.30～14.55kg/(mm·hm²)［生育期为 19.05～22.05kg/(mm·hm²)］，Pm（CK1）生产年度 WUE 为

11.25～12.00 kg/(mm · hm²) [生育期 15.60～19.95kg/(mm · hm²)]；③微集水结合覆盖种植措施（降解膜、秸秆或液态地膜）可明显起到抑制水分无效蒸发、提高农田土壤蓄水保墒的作用，改善了土壤水分生态循环，进而提高了降水资源利用率。其中，2007～2008 年微集水种植结合沟内覆盖生物降解膜较微集水种植沟内不覆盖处理可提高农田水分生产效率 14.29%～20.47%，较平覆膜（CK）提高 26.32%～47.12%；微集水种植沟内喷施液态地膜较微集水种植沟内不覆盖处理可提高农田水分生产效率 8.16%～10.24%，比平覆膜（CK）提高19.55%～34.62%；微集水种植沟内覆盖作物秸秆较微集水种植沟内不覆盖处理可提高农田水分利用效率 2.72%～17.32%，较平覆膜处理提高 13.53%～43.27%。

一些大田试验表明，玉米沟垄集水种植不仅可在旱地大幅度提高作物产量和水分生产效率，而且在水资源短缺的灌溉地区也完全可采取沟垄集水＋沟灌种植技术，减少大水漫灌，节约灌溉成本，达到抗旱节水增产的效果。结合本试验结果笔者认为，在半干旱区旱作农田生产中，为了缓解干旱威胁，应该进一步对微集水种植模式进行优化，提倡微集水结合覆盖种植作物，同时，在大田生产中，可根据不同生产条件选择不同覆盖物，从而起到更有效的保水保墒作用。

从发展环境友好型现代农业、减少农田土壤污染的角度出发，当前应该提倡以生物可降解膜和有助于培肥改良土壤结构的液态地膜等无污染保墒增温的新型环保材料取代难以分解的塑料地膜。本试验结果也说明，旱作农区微集水种植农田，大面积使用生物降解地膜与塑料微膜对集水保墒来说具有同等效应，然而，生物降解膜却能显著减少土壤环境污染，降低生产成本，达到与普通微膜同样的增产效果；液态地膜是石油工业副产品，富含大量腐殖酸等有机成分，喷施地面形成微膜隔离层，可抑制土壤水分物理蒸发，持续 50～60 天保墒作用，对缓解苗期干旱胁迫十分有利，分解后又能增加土壤有机质含量，达到高效调控土壤水分和培肥地力的双重作用，本质上不会对土壤造成交叉污染，是发展现代旱作节水农业理想的新型环保保墒产品，生产中应该广泛应用。

3. 集水种植对玉米主要经济性状的影响

旱地玉米微集水种植结合不同覆盖保墒措施能够显著地促进植株生长，提高作物产量。微集水结合覆盖种植措施使垄面产流集水与沟内蓄水保墒作用有效结合，大幅度减少了土壤水分的无效蒸发，改善了土壤物理性状，使作物根域的土壤水分生理生态目标化调控能力增强，有效蒸腾强度加强条件下的供水能力得以改善，促进作物量累积和生长速度，使处理之间植株长势及产量指标形成明显的差别（表 5-46）。

表 5-46　玉米沟垄集雨系统不同覆盖保墒措施对产量性状的影响（2007～2008 年）

处理	果穗长/cm	果穗重/g	穗粒重/g	千粒重/g
Lm＋gm	16.0～17.1	206.37～215.48	162.33～168.78	34.0～36.3
Lm＋gjm	15.5～16.4	212.02～210.00	165.38～165.60	33.6～36.1
Lm＋gc	15.9～16.4	203.85～195.70	147.80～160.51	32.5～37.3
Lm＋gym	16.3～16.7	187.25～208.80	152.53～163.59	33.1～35.2

续表

处理	果穗长/cm	果穗重/g	穗粒重/g	千粒重/g
Lm	15.9～16.9	182.66～190.10	146.80～150.87	32.6～36.5
Pm(CK1)	14.5～15.6	160.10～170.64	128.30～131.43	32.8～37.3
Ld(CK2)	13.0～15.1	136.20～151.00	108.30～108.91	30.6～37.1
沟垄覆盖较 Lm 增加	−0.5～0.4	4.59～29.36	1.00～18.58	−1.30～1.40
Lm 较 Pm 增加	1.3～1.4	19.46～22.56	18.50～19.44	

从表 5-46 可以看出，2007 年和 2008 年出现严重干旱和特大干旱气候的情况下，采用微集水种植的玉米也获得了比较理想的产量：①沟垄全覆盖处理 Lm＋gm、Lm＋gjm、Lm＋gc 和 Lm＋gym 处理玉米穗长、穗重和穗粒重分别为 15.5～17.1cm、187.25～215.48g 和 147.8～168.78g，较 Lm 处理穗重和穗粒重分别增加 4.59～29.36g 和 1.00～18.58g；Lm 处理玉米穗长、穗重、穗粒重和千粒重分别为 15.9～16.9cm、182.66～190.10g、146.80～150.87g 和 32.6～36.5g，较 Pm（CK）穗重增加 19.46～22.56g，穗粒重增加 1.00～18.58g；②果穗重和穗粒重提高幅度以沟垄全覆盖＞Lm＞Pm（CK1）＞Ld（CK2），沟垄全覆盖玉米株高为 155.6～174.9cm，较 Pm（CK）增加 8.8～28.1cm，穗长和千粒重增幅不明显。

半干旱区旱地玉米产量的高低一定程度上取决于生长期降水量的多少，蓄水抗旱保墒的效果又来源于耕作栽培技术措施。旱地实行微集水种植技术、其垄面产流蓄水作用能够改善土壤水分生态循环，对作物生长水分条件的满足起到了非常重要的作用，从而提高了作物产量。

对微集水种植玉米果穗重（$X1$）、穗粒数（$X2$）、穗粒重（$X3$）和生育期降雨量（$X4$）与产量（Y）进行了相关回归分析（表 5-47）。结果说明，$X1$ 与 $X2$、$X3$ 和 $X4$ 之间为极显著相关，相关系数 R＝0.9183～0.9987；$X2$ 与 $X3$、$X4$ 和 $X3$ 与 $X4$ 也达到极显著相关，R＝0.9250～0.9877，主要经济性状（$X1$～$X4$）与产量（Y）之间存在相关性，其中 $X3$ 与 Y 的相关系数 R 达到 1.0000。

表 5-47　旱地玉米沟垄集水覆盖保墒种植主要经济性状与产量相关回归分析

因素	$X1$	$X2$	$X3$	$X4$	Y
$X1$	1.0000				
$X2$	0.9825**	1.0000			
$X3$	0.9987**	0.9877**	1.0000		
$X4$	0.9183**	0.9629**	0.9250**	1.0000	
Y	0.9987**	0.9877**	1.0000**	0.9250**	1.0000
回归模型	Y＝0.0803＋0.9949$X1$＋0.24844$X2$＋1.2010$X3$－0.0890$X4$				

注：$X1$、$X2$、$X3$ 和 $X4$ 分别表示果穗重、穗粒数、穗粒重和生育期降雨量。

玉米主要经济性状产量函数：

$$Y = 0.0803 + 0.9949X1 + 0.24844X2 + 1.2010X3 - 0.0890X4$$

通过对 2006～2008 年旱地玉米采用沟垄集水种植不同处理 4～6 月降雨量对产量的

影响进行回归函数分析（表 5-48）后的结果表明，旱地玉米主要生长期 4～6 月的降雨量对产量影响程度非常高，R（X，Y）均达到极显著相关，R=0.9992～0.9910（P<0.005），这说明微集水种植玉米产量的高低很大程度上取决于植株生长前期的天然降雨量。

表 5-48　2006～2008 年玉米沟垄覆盖方式 4～6 月降雨量与产量回归函数模型

处理	函数方程	T 检验值	P 值	$R(X,Y)$
Lm+gjm(gm)	Y=263.02+2.446 5X	17.743 4	0.003 2	0.998 4
Lm	Y=260.83+1.869 5X	25.605 9	0.001 5	0.999 2
Pm(CK1)	Y=195.14+2.062 4X	15.761 9	0.004 0	0.998 0
LD(CK2)	Y=192.99+1.198 9X	7.383 2	0.017 9	0.991 0

4. 对玉米生长量及生长进程的影响

（1）对生长量的影响

2007 年、2008 年和 2009 年，试验地玉米生育期降水量分别为 272.2mm、287.7mm 和 240.1mm，分别较多年同期平均降水量 327.1mm 减少 54.9mm、39.4mm 和 87.0mm。2008 年虽然生育期降雨量较 2007 年同期增加 15.5mm，但却出现了严重的春、夏和秋三季连旱气候，降雨量主要集中在玉米生长后期。玉米从出苗到旺盛生长期其降雨量比干旱年份的 2007 年同期还减少 42mm，较多年同期平均降雨量减少 94.1mm，这对玉米生长造成了严重的干旱威胁。2009 年玉米生长期降雨量比 2008 年减少 47.6mm，生长期一直处于严重的干旱胁迫下，这对玉米正常生长造成了很大的影响。但采用微集水种植的旱作玉米农田，由于膜垄的产流、集水、保水作用，最大限度地使用了有限的降水资源，故无论田间长势还是干物质积累量均较 Pm（CK1）种植具有明显的优势（表5-49）。

表 5-49　旱地玉米沟垄集雨种植对植株生长量［GW/(g・株)］和生长率［CGR/(g/d・株)］的影响

处理		生长前期	生长中期	生长期平均值	比 Lm 增加/%	比 CK1 增加/%	比 CK2 增加/%
2007 年(春夏连旱)							
Lm+gm	GW	5.95	137.82	65.58	19.91	43.06	96.94
	CGR	0.17	4.58	2.22	20.00	47.02	76.19
Lm	GW	5.09	114.73	54.69		19.31	64.23
	CGR	0.14	4.00	1.85		22.52	46.83
Pm (CK1)	GW	5.55	104.01	45.84			37.66
	CGR	0.15	3.70	1.51			19.84
Ld (CK2)	GW	3.00	92.66	33.30			
	CGR	0.08	2.91	1.26			

续表

处理		生长前期	生长中期	生长期平均值	比 Lm 增加/%	比 CK1 增加/%	比 CK2 增加/%
2008 年(春夏初秋连旱)							
Lm+gm	GW	3.10	106.28	56.20	11.07	25.45	38.08
	CGR	0.12	1.78	1.03	14.44	28.75	47.14
Lm	GW	3.00	95.30	50.60		12.95	24.32
	CGR	0.12	1.70	0.90		12.50	28.57
Pm (CK1)	GW	2.80	92.60	44.80			10.07
	CGR	0.11	1.25	0.80			14.29
Ld (CK2)	GW	2.70	78.50	40.70			
	CGR	0.11	1.00	0.70			
2009 年(春夏秋连旱)							
Lm+gm	GW	1.01	68.8	44.88	36.91	42.34	143.38
	CGR	0.05	2.65	1.45	23.93	43.56	123.08
Lm	GW	0.6	51.8	32.78		3.96	77.77
	CGR	0.03	2.11	1.17		15.84	80.00
Pm (CK1)	GW	0.7	50.5	31.53			70.99
	CGR	0.03	1.89	1.01			55.38
Ld (CK2)	GW	0.4	29.9	18.44			
	CGR	0.02	1.22	0.65			

注：生长期定期测定，每次每处理区取样 10 株测定取均值；生长前期指 6 月上中旬以前，生长中期指 6 月中旬至 7 月下旬～8 月上旬，平均值以测定期计算。

根据玉米生长进程将其生长阶段划分为生长前期（6 月上中旬前）、生长中期（6 月中旬至 8 月上中旬）和生长后期（9 月以后）。从表 5-49 可看出，玉米采用不同微集水结合覆盖种植模式，可明显提高植株干物质积累的速度。其中：①Lm＋gm 处理种植模式生长量最大，其生长量较（LdCK）提高 1 倍左右；其次为 Lm 和 Pm（CK1），Ld（CK2）生长量最低；②2007～2008 年沟、垄全覆盖种植模式生长量（GW）和生长速率（CGR）分别较 Lm 处理提高 11.07%～19.91%和 14.44%～20.00%；较 Pm（CK1）分别提高 25.45%～43.06%和 28.75%～47.02%，较 Ld（CK2）分别提高 38.08%～96.94%和 47.14%～76.19%；Lm 平均生长量（GW）和生长速率（CGR）较 Pm（CK1）分别提高 12.95%～19.31%和 12.50%～22.52%，较 Ld（CK2）分别提高 24.32%～64.23%和 28.57%～46.83%。

2007～2008 年，旱地玉米微集水种植生长量最快的时期分别出现在 7 月中旬～8 月上旬。此时 Lm＋gm 和 Lm＋gjm 处理生长速率达到 5.42～5.66g/(d·株)，Lm＋gc 和 Lm＋gym 处理长速率为 3.87～4.10g/(d·株)。当生长速率达到最大值时，沟、垄全覆膜（降解膜或微膜）单株生长速率较垄膜＋沟内喷施液态膜或沟内覆秸秆提高 23.18%～24.40%，较垄膜种植和平膜（CK）提高38.0%～40.0%。

(2) 对生长进程的影响

对旱地微集水结合覆盖种植模式下玉米生长期干物质积累进程分析（表 5-50）的结果表明，在干旱年份，旱地玉米干物质积累量以采用沟、垄全覆盖集水种植>垄膜种植>平膜种植>裸地种植，理论干物质积累量极限参数 K 值分别为 108.157～123.637g/株、103.115g/株、99.7382g/株 和 84.4203g/株；处理间生长速度 b 值变化比较平稳，初始增重参数 a 值差别不明显，进入快速生长期，干物质积累量在处理间差距逐渐加大；微集水种植玉米干物质积累最快的拐点天数（X_t）为出苗后 76 天左右。

表 5-50 玉米沟垄集雨种植沟内覆盖方式干质生长曲线参数值（2008 年彭阳）

处理	R^2	K	b	a	F 值	生长最快拐点 X_t	Y 值预测
Lm+gm	0.997 8	115.875	0.062 7	4.659 0	687.470	74.0	107.49
Lm+gjm	0.999 9	112.133	0.063 9	4.655 0	1557.476	74.0	104.96
Lm+gc	0.998 5	123.637	0.070 2	5.338 3	1021.504	76.3	116.10
Lm+gym	0.998 7	108.157	0.065 3	4.913 4	1126.294	75.5	100.65
Lm	0.998 1	103.115	0.067 2	4.995 3	792.386	74.6	96.82
Pm(CK1)	0.999 3	99.738 2	0.066 1	4.936 2	2061.096	74.8	93.25
Ld(CK2)	0.999 0	84.420 3	0.062 5	4.708 3	1492.320	75.2	77.89

注：a 为初始重量参数，b 为生长速度天数，K 为干物质积累量极量参数；生长曲线分析均达到极显著水平。

5. 沟垄覆盖对土壤温度的影响

微集水结合覆盖种植措施对农田土壤温度具有不同的影响效果（表 5-51）。2007 年 6 月 27 日，全天晴朗，对不同处理土层 0～10cm、10～15cm 和 15～20cm 地温进行全天测定。结果表明，微集水结合覆盖处理土壤温度高低依次为：Lm+gjm(Lm+gm)>Pm(CK1)> Lm> Lm+gc>Ld(CK2)。

表 5-51 玉米垄沟不同覆盖方式土层 0～20cm 日均温度变化

处理	8:00	10:00	12:00	14:00	16:00	18:00	20:00	平均
pm(CK1)	17.0	22.0	26.0	31.0	32.0	30.8	28.8	26.8
Lm+gjm	17.0	21.3	26.4	30.5	32.4	30.7	29.2	26.8
Lm+gc	16.2	19.1	23.0	27.3	28.8	28.4	26.0	24.1
Lm	18.3	21.5	25.0	30.7	30.7	29.8	27.2	26.2
Ld(CK2)	15.0	18.3	22.3	27.7	28.3	27.2	25.7	23.5

注：表中数据为 0～10cm、10～15cm 和 15～20cm 三层均值。

就白天全天来看，0～20cm 土层平均最高温度出现的时间为 12：00～16：00，微集水种植沟内覆盖可降解膜处理，沟内 0～20cm 土层地温最高 32.4℃与最低温度差值为 15.4℃。由于 Lm+gc 处理沟内覆盖作物秸秆，一定程度上降低了光温传导作用，白天全天 0～20cm 土层平均地温均较其他垄沟覆盖处理低，其某时段平均地温最高 28.8℃与最低温度差值为 12.6℃。沟内覆盖生物降解膜处理白天全天 0～20cm 土层平均地温为 26.8℃，较沟内覆盖作物秸秆 24.1℃增加 2.7℃，较垄覆膜沟内不覆盖处理增加 0.6℃。Lm+gc 和 Lm 处理分别较 Ld（CK2）平均增加地温 0.6℃和 2.7℃。

6. 降水量对田间蓄水和产流效应的影响

微集水结合覆盖种植技术的产流和蓄水保墒作用使沟、垄系统对自然降雨起到了联合调控作用，将有限的降水进行汇集，并最大限度地入渗到作物的根际区域，从而使农田土壤蓄水效率和水分利用率显著提升。微集水结合不同覆盖模式下各处理田间蓄水状况比较见表5-52。

表5-52　玉米沟垄集水种植不同覆盖方式降水与田间蓄水状况比较

处理	含水量/%		贮水量/mm		蓄水量/mm	增加蓄水率/%		产流效率/%
	雨前	雨后	雨前	雨后		较CK1	较CK2	
2007年8月8日(降水量16.6mm)								
Lm+gjm	9.50	15.20	48.4	77.4	29.0	45.73	90.79	74.70
Lm+gc	9.20	14.80	46.8	75.4	28.6	43.72	88.16	72.29
Lm	8.65	14.10	44.1	71.8	27.7	39.20	82.24	66.87
Pm(CK1)	8.90	12.80	45.3	65.2	19.9		30.92	19.88
Ld(CK2)	7.30	10.29	37.2	52.4	15.2			
2007年7月23～25日(降水量33.2mm)								
Lm+djm	7.40	18.15	37.7	92.5	55.0	35.80	80.92	65.66
Lm+gc	7.19	17.46	36.6	89.0	52.4	29.38	72.37	57.83
Lm	6.85	16.84	34.9	85.8	50.9	25.68	67.43	53.31
Pm(CK1)	7.20	15.15	36.6	77.2	40.5		33.22	21.98
Ld(CK2)	6.13	12.10	31.2	61.6	30.4			
2008年6月14～15日(降水量13.4mm)								
Lm+djm	12.75	20.85	32.5	53.1	20.6	21.89	70.25	53.00
Lm+gc	12.38	20.66	31.5	52.6	21.1	24.85	74.38	57.46
Lm	11.31	19.87	28.8	50.6	21.8	28.99	80.17	62.69
Pm(CK1)	13.86	20.50	35.3	52.2	16.9		39.67	26.12
Ld(CK2)	9.45	14.20	24.1	36.2	12.1			

注：①测定土层深度为0～40cm，平均土壤容重1.28g/cm^3；沟垄比均为60∶60；②增加蓄水率(%)=[(处理区蓄水量(mm)－CK区蓄水量(mm))/CK区蓄水量(mm)]×100；③产流效率(%)=(蓄水量－当日降水量(mm))/当日降水量(mm)×100。

由表5-52可知，玉米采用微集水结合覆盖种植，其田间蓄水率与降水量呈相关性，田间产流率与降水强度密切相关：在降水量为16.6mm的情况下，微集水种植处理田间（0～40cm）平均蓄水率较Pm（CK1）增加39.20%～45.73%，较Ld种植（CK2）增加82.24%～90.79%，微集水种植田间产流效率为66.87%～74.70%，Pm（CK1）为19.88%；通过试验可知，微集水种植在降水量13.4～33.2mm的情况下，土壤（0～40cm）蓄水率较Pm（CK1）增加21.89%～45.73%，较CK2增加67.43%～90.79%，产流效率达到53.00%～74.70%，而处理Pm（CK1）较裸地种植（CK2）蓄水率增加30.92%～39.67%，处理Pm（CK1）田间产流效率为19.88%～26.12%。

因此，在自然降水资源稀少的半干旱区，将旱地玉米改平膜（CK1）种植为微集水或微集水结合覆盖种植，既能大幅度提高蓄水保墒效果，又能提高旱地玉米产量15%～19%，故该法是发展现代旱作节水农业的有效途径，值得在生产中大面积推广。

从2007～2008年微集水结合覆盖种植不同处理生长期土壤水分状况来看，玉米沟垄全覆盖（沟覆生物降解膜或作物秸秆）处理蓄水保墒效果非常明显。生长期沟垄全覆盖处理土壤贮水量高于Pm（CK1）和Ld（CK2）处理。由于2007年和2008年试验田耕作、施肥和轮作茬口等条件不同，土壤基础水分生态条件不尽一致，但当年试验田不同处理蓄水保墒动态变化趋势却一致。根据测定结果来看，在覆盖生物降解膜和作物秸秆的情况下，玉米生育期0～100cm土层土壤含水量为7%～13%，而平覆膜种植土壤含水量仅为7%～11%，裸地种植土壤含水量则仅为7%～9%。各处理100～200cm土层土壤蓄水量具有与上述一致的趋势。

因此，半干旱区采用微集水结合覆盖模式种植玉米，均能起到增蓄水分的作用，起到很好的抗旱保墒作用，为提高半干旱区降水利用率和作物水分利用效率提供了一定的技术支撑。

7. 微集水种植对旱地玉米耗水及水分供需状况的影响

旱地玉米微集水结合覆盖保墒措施，降低了土壤水分蒸发量。在垄面“径流”作用下，种植区水分实现了叠加效应，使处于干旱威胁下的作物根域水分生态环境得到了明显的改善，但在出现严重春、夏连旱年份的情况下，水分供需条件限制了作物生长，作物根系必须依靠吸收土壤深层水分才能满足正常蒸腾（蒸发）的水分生理生态循环过程，这同样会造成土壤水分暂时亏缺的现象。在作物生育后期，随着降水量的增加，土壤蓄墒率大幅度提高，并逐渐达到平衡状态。根据作物生育期和生产年度降水量、作物耗水量、土壤供水及土壤蓄水水分平衡原理，对旱地玉米微集水种植模式土壤水分特征值进行了测定分析（表5-52）。

8. 沟垄集水种植对玉米光合效率指标变化的影响

测定了微集水种植的4种处理玉米的光合速率（Pn）、蒸腾速率（Tr）、气孔导度（Gs）和叶片水分利用效率（WUE）的日变化（表5-53）。

表5-53　沟垄集水种植对玉米光合速率、蒸腾速率和水分利用效率的影响（2008年彭阳）

处理	Pn /[μmol/(m² · s)]	Tr /[mmol/(m² · s)]	Gs /[mol/(m² · s)]	WUE /[μmol/(mmol)]	Ci /(μmol/ L)
Lm+gjm	33.23	8.57	1.02	3.92	169.28
Lm+gc	30.15	8.01	0.97	3.82	158.17
Lm+gym	27.98	7.39	0.90	3.82	146.61
Pm(CK1)	25.95	7.57	0.87	3.43	145.89

玉米Pn、Tr值日变化最大值出现在12：00前后，以后逐渐呈下降的趋势，Gs最大值出现在8：00，最低值出现在14：00，16：00又上升，18：00再次下降。光合效率日均值：Lm+gjm>Lm+gc>Lm+gym>Lm处理；沟、垄全覆盖种植较平覆膜种植日光合速率提高28.05%，有效蒸腾速率提高13.21%。

四、冬小麦微集水种植技术研究

（一）试验设计

本试验中微集水种植共设 3 种沟垄宽度比例，即 WDX1（沟垄宽度比 60cm∶40cm）、WDX2（60cm∶60cm）和 WDX3（90cm∶60cm）以及裸地传统种植（CK）。随机排列，重复 3 次，小区面积不等，小区长 5.0m，宽为 3.0～4.5m；每个处理区种植 3 沟 4 垄，垄上覆膜沟内种植，WDX1 和 WDX2 沟内种植 4 行，WDX3 沟内种植 6 行，平均行距 25cm 和 30cm，传统种植（CK）平均行距 18cm。人工起垄，垄高 15cm，垄上覆 0.008mm 微膜。播种前基施有机肥 60 000kg/hm^2，复合肥 300kg/hm^2，磷酸二铵150kg/hm^2。返青期再追施尿素 150kg/hm^2。供试品种为西峰 27 号，播种量为 225kg/hm^2，试验 9 月 18 日播种。

测定项目和方法：播种前测定土层深度为 0～200cm，每 20cm 取 1 个土样，在小麦生长关键期，测定垄侧、垄中和沟内土壤含水量；每次降水前、后测定土壤含水量，降水后待地表层水分完全入渗后，间隔 5～8h 及时测定土壤含水量，并观测水分入渗状况。调查基本苗的返青情况，测定地上部和根系生长量、产量构成等主要性状。

（二）结果与分析

1. 微集水种植小麦对土壤水分动态的影响

在冬小麦生育期，对不同处理土壤水分进行测定，结果如表 5-54 和图 5-19 所示。由结果可知，由于 2008～2009 年冬小麦生育期降水量分别为 175.6mm 和 203.8mm，较正常年份同期减少 50%左右，故小麦生育期土壤含水量一直处于下降的过程。2008 年，播种期—越冬前各集水种植处理土壤贮水量为 410mm，传统种植为 395.9mm，差异比较小。2008～2009 年 3 月 21 日—6 月 25 日（返青期—成熟期）小麦生长期降水量仅为 79.2mm 和 106.5mm，但小麦微集水种植各处理土壤水分一直较传统种植（CK）高。微集水种植生育期 0～200cm 土层含水量较传统种植增加 11.2～26.7mm，平均增加 15.4～20.3mm。

表 5-54　小麦沟垄集水种植模式生育期土壤贮水量与 CK 差值比较（单位：mm）

		时期(日/月)						
		18/9～19/11	21/3	15/4	30/4	28/5	25/6	平均
2008 年	降雨量/mm	96.4	30.0	3.4	12.1	9.1	24.6	
	WDX1	413.4	392.9	371.3	335.1	243.3	227.9	330.7
	WDX2	410.5	387.7	370.1	339.1	243.0	230.6	330.2
	WDX3	413.2	389.8	370.3	338.4	244.7	233.0	331.6
	沟垄集水种植	412.4	390.1	370.6	337.5	243.7	230.5	330.8
	裸地种植(CK)	395.9	375.9	345.0	324.2	232.5	218.8	315.4
	较 CK 增加/mm	16.4	14.2	25.5	13.3	11.2	11.7	15.4

续表

		时期(日/月)						
		18/9～20/11	21/3	20/4	11/5	28/5	25/6	平均
2009年	降雨量/mm	97.3	28.3	10.7	12.4	24.9	30.2	
	WDX1	460.4	333.3	289.3	271.9	222.1	210.5	297.9
	WDX2	465.3	340.2	298.0	283.4	239.8	220.2	307.8
	WDX3	464.0	341.1	294.5	283.5	230.5	212.2	304.3
	沟垄集水种植	463.2	338.2	293.9	279.6	230.8	214.3	303.3
	裸地种植(CK)	450.1	316.8	272.9	255.2	204.1	199.3	283.1
	较CK增加/mm	13.1	21.4	21.0	24.4	26.7	15.0	20.3

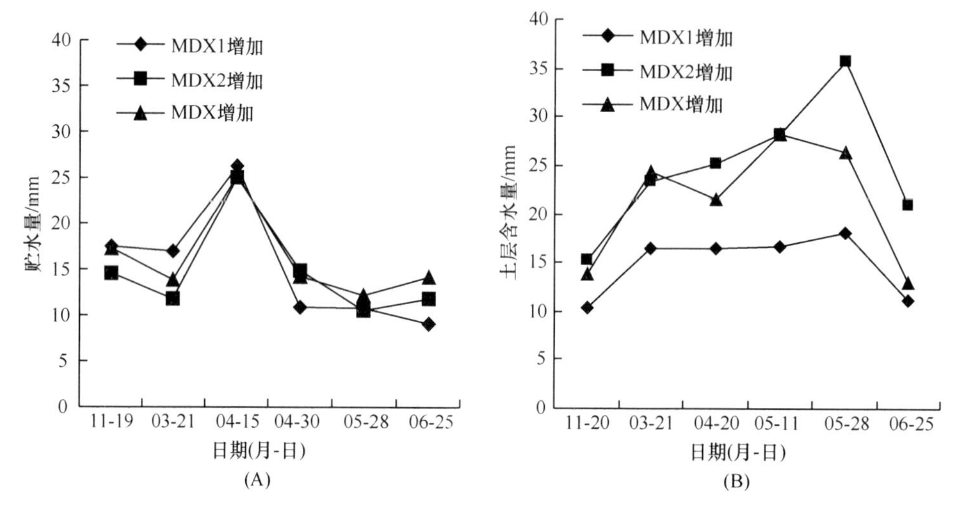

图 5-19 小麦沟垄集水种植模式 0～2m 土层土壤水分变化

(A) 2008 年；(B) 2009 年

2. 微集水种植对小麦产量和水分生产效率的影响

小麦采用沟垄集水种植能够大幅度地提高产量和水分利用效率（表 5-55）。

表 5-55 沟垄集水覆盖种植模式对冬小麦抗旱节水增产效果及 WUE 的影响

处理		沟+垄产量/(kg/hm²)	增产较CK/%	WUE/[kg/(mm·hm²)]	较CK增加/%
2008年(春夏秋连旱)Ⅰ型材料	WDX1	3048.90	30.92	10.05	31.37
	WDX2	3164.40	35.88	10.65	39.22
	WDX3	2835.60	21.76	9.75	27.45
	WDX4(CK)	2328.90		7.65	

续表

处理		沟+垄产量/(kg/hm²)	增产较CK/%	WUE/[kg/(mm·hm²)]	较CK增加/%
2009年（春夏秋连旱）Ⅰ型材料	WDX1	2533.35	61.48	9.45	65.79
	WDX2	2218.65	41.60	8.55	50.00
	WDX3	2033.40	29.60	7.65	34.21
	WDX4(CK)	1566.60	—	5.70	
2009年（春夏秋连旱）Ⅱ型材料	WDX1	2417.40	54.09	9.30	63.16
	WDX2	2101.35	33.93	8.55	50.00
	WDX3	1966.65	25.51	7.50	31.58

注：Ⅰ型和Ⅱ型材料分别指聚氯乙烯微膜和生物可降解膜。

从大田试验结果（表5-55）可知，在干旱年份2008年，以WDX 2（沟垄60cm∶60cm）增产效果最好，其次为WDX1和WDX3处理，分别较传统种植（CK ）增产35.88%、30.92%和21.76%；WUE分别提高39.22%、31.37%和27.45%，2009年数据说明，Ⅰ型材料的增产作用好于Ⅱ型材料。

3. 地上部和根系生长量及经济性状

（1）生长量

在小麦拔节期、孕穗期和灌浆期，分别对微集水种植和传统种植处理小麦地上部和根系生长量进行了测定（表5-56）。表5-56说明，微集水种植模式使小麦地上部生长量较传统种植（CK）提高1倍以上，浅层根系生长量增加72.8%～151.7%，地上部生长量提高56.4%～116.7%。

表5-56　不同种植模式地上部及根系生长量（2008年）(10株)

测定项目	WDX1	WDX2	WDX3	平均	WDX4(CK)	较CK增加/%
4月24日拔节始期						
地上部重量/g			5.51	5.51	2.63	109.5
根系重量/g			1.45	1.45	0.81	79.0
地上部生长量/(g/d)			0.13	0.13	0.06	116.7
5月5日孕穗期						
地上部重量/g	11.81	12.24	12.24	12.10	5.80	108.6
根系重量/g	1.66	1.71	1.97	1.78	1.03	72.8
地上部生长量/(g/d)	0.62	0.63	0.57	0.61	0.39	56.4
5月27日灌浆期						
地上部重量/g	28.05	29.66	31.53	29.75	13.44	121.4
根系重量/g	5.04	4.77	5.51	5.11	2.03	151.7
地上部生长量/(g/d)	0.74	0.79	0.90	0.81	0.35	131.4

注：每次测定10株样，根系测定0～10cm，地上部分和根系干物质重量在恒温干燥箱100℃烘8h。

(2) 主要经济性状

微集水种植能够改善土壤水分生态环境，使冬小麦主要经济性状指标较传统种植(CK)有明显的提高(表5-57)。从表5-57可知，在宁南半干旱区，2008～2009年冬小麦生育期降水量分别为175.6mm和203.8mm，微集水种植处理沟内作物株高、穗长等主要经济性状指标以边行>中行。微集水种植小麦的株高、穗长、穗粒数、穗粒重和千粒重分别较传统种植(CK)增加8.7～15.0cm、0.5～0.8cm、1.2～7.7粒、0.2～0.8g和1.2～3.3g；随着降水量的增加，沟内边行与中间行生长整齐度差距逐渐缩小；试验还表明，垄面覆盖生物降解膜对小麦保墒增温与增产效果的影响与垄面覆盖塑料地膜一致，两者之间差异不明显，因此，考虑到土壤白色污染的问题，微集水种植大田中应该以生物降解膜取代塑料地膜。

表5-57 微集水种植模式垄面覆盖不同保水材料对小麦主要经济产量性状的影响

处理	株高/cm	穗长/cm	穗粒数/粒	穗粒重/g	千粒重/g
2008年(干旱年)覆盖Ⅰ类材料					
WDX1	85.8	6.9	27.0	1.6	36.4
WDX2	86.9	7.2	30.1	1.8	37.8
WDX3	83.9	6.9	30.0	1.6	36.8
WDX4(CK)	76.8	6.4	21.3	0.9	35.8
沟垄种植平均值	85.5	7.0	29.0	1.7	37.0
较CK增加	8.7	0.6	7.7	0.8	1.2
2009年(严酷干旱年)覆盖Ⅰ类材料					
WDX1	83.5	5.8	31.4	1.1	34.0
WDX2	87.4	5.8	32.1	1.1	34.3
WDX3	82.1	5.4	27.0	0.9	33.7
WDX4(CK)	69.3	4.9	24.6	0.8	30.7
沟垄种植平均值	84.3	5.7	30.2	1.0	34.0
较CK增加	15.0	0.8	1.2	0.3	3.3
2009年(严酷干旱年)覆盖Ⅱ类材料					
WDX1	86.6	5.5	29.0	1.1	34.0
WDX2	85.5	5.7	30.0	1.1	34.2
WDX3	76.5	5.0	23.9	0.8	31.7
沟垄种植平均值	82.9	5.4	27.6	1.0	33.3
较CK增加	13.6	0.5	3.0	0.2	2.6

注：垄面覆盖Ⅰ类和Ⅱ类材料分别指聚乙烯微膜和生物降解膜。

4. 生物降解膜降解程度及评价

本试验中，通过微集水种植冬小麦，采用4种沟、垄宽度组合种植模式，以两种覆盖保水材料处理的两套试验，即各带型分别在垄面覆盖普通地膜，其厚度为(0.007～

0.008)mm×800mm（生物降解膜厚度与普通地膜厚度接近）。在作物生长期对两种覆盖材料进行田间破碎状况和降解率的测定。

结果表明，冬小麦生长期在垄面覆盖生物可降解膜，其保温保墒作用完全可达到与普通地膜相同的效果。由于小麦生育期相对其他作物长，头年9月中旬冬小麦播种至第二年6月中旬成熟，历时260～270天。在前期已经起到了很好的产流和保墒作用的情况下，第二年返青期后至5月下旬，在春季降水期，微集水种植垄面尽管有降解和破碎现象，但土垄表面形成的结皮同样能够起到降水汇集产流的作用。

试验结果表明（表5-58），垄面生物降解膜在4月上旬前处于缓慢降解期，降解率为20.5%～30.5%，4月下旬以后进入快速降解期，降解率由30.5%增加到85.0%和收获期的95.0%，基本达到了完全降解的标准。而普通地膜于4月上旬开始进入缓慢破碎期，到6月中、下旬冬小麦收获期，膜面破碎率仅达到18.5%左右，虽出现较大面积的碎膜现象，但残碎膜难以降解，耕翻后易对土壤造成长时期的累加污染现象，降低土壤质量。两种覆盖保墒材料抗旱保墒和增温效果对小麦增产差异并不明显。因而，生产中应提倡使用生物降解膜，这样既能达到保墒抗旱增收效果，又可降低对土壤生态环境系统造成的人为污染程度。

表5-58　冬小麦沟垄集水种植覆盖生物降解膜田间破碎状况和降解率测定

保水材料		9月中旬	3月上旬	4月上旬	5月上旬	6月上旬	6月下旬
生物降膜	破碎程度	完整	缓慢破碎	缓慢破碎	快速破碎	快速破碎	快速破碎
	降解率/%	无降解	20.5	30.5	56.5	85.0	95.0
普通微膜	破碎程度	完整	完整	缓慢破碎	缓慢破碎	缓慢破碎	缓慢破碎
	降解率/%	无降解	无降解	5.0	10.0	18.0	18.5

注：保水材料破碎程度和降解率均以垄上覆盖面积计算。

就土壤供水状况来看，裸地种植（CK2）生育期和生产年度土壤供水量最高，微集水结合覆盖处理土壤供水量较低。2006年、2007年和2008年，在玉米生育期，微集水种植模式各处理平均土壤供水量分别为30.6～38.2mm、61.4～84.3mm和58.8～94.6mm；生产年度平均土壤供水量（包括休闲期土壤蒸发量）分别为42.3～49.9mm、167.4～190.3mm，和58.8～94.6mm。从土壤蓄水状况来看，以作物播种期土壤（0～200cm）含水量为基础进行水分盈亏相对平衡分析，2006～2009年微集水种植模式各处理玉米生育期贮水量分别较Pm（CK1）处理多增蓄96.8～134.8mm、27.0～85.7mm和19.0～68.2mm；生产年度分别较Pm（CK1）多增蓄61.0～99.0mm、36.3～44.6mm和19.6～68.2mm（表5-59）。

表 5-59　旱地玉米沟垄集水种植模式生育期和生产年度土壤供水及蓄水特征

处理	2006 宁夏.原州区						生育期	生产年度	生育期		生产年度	
	2005.20/8-29/4	29/4-15/6	15/6-03/7	03/7-15/8	15/8-12/9	12/9-27/9	土壤供水/mm	土壤供水/mm	土壤水分增减/mm	比 CK1 增蓄/mm	土壤水分增减/mm	比 CK1 增蓄/mm
Lm+gc	11.7	(160.0)	15.0	12.2	5.6	(38.4)	37.8	49.5	(165.6)	(121.0)	(153.9)	(85.2)
Lm+隔垄 gc	11.7	(160.0)	19.4	10.8	8.0	(19.6)	38.2	49.9	(141.4)	(96.8)	(129.7)	(61.0)
Lm	11.7	(176.0)	17.4	12.0	1.2	(34.0)	30.6	42.3	(179.4)	(134.8)	(167.7)	(99.0)
Pm(CK1)	11.7	(73.2)	13.3	17.1	6.7	(8.5)	37.1	48.8	(44.6)		(32.9)	
处理	2007 宁夏.彭阳						生育期	生产年度	生育期		生产年度	
	2006.18/8-25/4	25/4-16/6	16/6-27/6	27/6-28/7	28/7-27/8	27/7-17/10	土壤供水/mm	土壤供水/mm	土壤水分增减/mm	比 CK1 增蓄/mm	土壤水分增减/mm	比 CK1 增蓄/mm
Lm+gjm	106.0	(13.0)	(27.2)	18.2	43.2	(143.6)	61.4	167.4	(122.4)	(77.4)	(16.4)	(44.6)
Lm+gc	106.0	(13.2)	(29.8)	23.4	51.9	(163.0)	75.3	181.3	(130.7)	(85.7)	(24.7)	(36.3)
Lm+gym	106.0	(19.2)	(19.8)	29.8	52.0	(117.4)	81.8	187.8	(74.6)	(29.6)	31.4	—
Lm	106.0	(19.2)	(10.0)	40.2	44.1	(127.1)	84.3	190.3	(72.0)	(27.0)	34.0	—
Pm (CK1)	106.0	(10.6)	(30.2)	50.1	31.9	(86.2)	82.0	188.0	(45.0)		61.0	
Ld(CK2)	106.0	5.2	16.6	35.6	46.7	(82.8)	104.1	210.1	21.3		127.3	
处理	2008 宁夏.彭阳						生育期	生产年度	生育期		生产年度	
	2007.09/8-15/4	15/4-19/6	19/6-10/7	10/7-17/8	17/8-02/9	02/9-28/9	土壤供水/mm	土壤供水/mm	土壤水分增减/mm	比 CK1 增蓄/mm	土壤水分增减/mm	比 CK1 增蓄/mm
Lm+gjm	(50.6)	(14.4)	22.8	(27.2)	36.0	(121.2)	58.8	58.8	(104.0)	(68.2)	(154.6)	(68.2)
Lm+gc	(50.6)	(27.6)	23.8	15.0	26.4	(138.2)	65.2	65.2	(100.6)	(64.8)	(151.2)	(64.8)
Lm+gym	(50.6)	(4.2)	33.2	6.4	28.2	(142.4)	67.8	67.8	(78.8)	(43.0)	(129.4)	(43.0)
Lm	(50.6)	(13.6)	50.6	29.2	14.8	(136.4)	94.6	94.6	(55.4)	(19.6)	(106.0)	(19.6)
Pm (CK1)	(50.6)	16.5	36.1	(43.7)	27.8	(72.5)	80.4	80.4	(35.8)		(86.4)	
Ld(CK2)	(50.6)	14.3	51.1	9.9	19.9	(10.0)	95.2	95.2	85.2		34.6	

注：测定土层深度为 0～200cm；括号内数据表示作物耗水期土壤水分增加量，其他为耗水期土壤供水量。

参考文献

白秀梅，卫正新，郭汉清，等．2006．旱地起垄覆膜微集水种植技术的生态效应研究．耕作与栽培，(1)：8-9．
范丙全，李春勃．1996．旱地棉田秸秆覆盖的增产效果及其机理的研究，土壤通报．27（2）：73-75．
贺菊美，王一鸣．1996．不同覆盖材料对春玉米土壤环境及产量效应的研究．中国农业气象，17（3）：33-36．
晋凡生，张宝林．2000．旱塬地玉米农田免耕覆盖的土壤环境效应．水土保持研究，7（4）：60-64．
李华．2006．栽培模式对冬小麦产量形成和养分利用的影响．杨凌：西北农林科技大学硕士学位论文．
李小雁，张瑞玲．2005．旱作农田沟垄微型集雨结合覆盖玉米种植试验研究．水土保持学报．19（2）：45-52．
廖允成，付增光，韩思明．2003a．黄土高原旱作农田降水资源高效利用．西安：陕西科学技术出版社：227-231．
廖允成，温晓霞，韩思明，等．2003b．黄土高原旱地小麦覆盖保水技术效果研究．中国农业科学，36（5）：548-552．
凌莉．2001．半干旱农田生态系统春小麦地膜覆盖的效应及其范式．杨凌：西北农林科技大学硕士学位论文．
刘金城，杨晶秋，白成云．1991．地膜覆盖下土壤有机质的分解与累积．华北农学报，6（1）：15-19．
任小龙，贾志宽，陈小莉．2007．模拟降雨量条件下沟垄集雨种植对土壤养分分布及夏玉米根系生长的影响．农业工程学报，23（12）：94-99．
汪景宽，彭涛，张旭东，等．1997．地膜覆盖对土壤主要酶活性的影响．沈阳农业大学学报：28（3）：210-213．
王彩绒．2002．覆膜集雨栽培对半湿润易干旱地区作物水分养分吸收及产量的影响．杨凌：西北农林科技大学硕士学位论文．
王虎全，韩思明，李岗．2001．渭北旱源冬小麦全程微型聚水两元覆盖高产栽培机理研究．干旱地区农业研究，8（1）：48-53．
王晓凌．2002．半干旱农田生态系统马铃薯田间微域集水的理论与实践：杨凌：西北农林科技大学硕士学位论文．
温随良，刘军．1996．陇中旱地少免耕覆盖对提高土壤养分效应的研究．甘肃农业大学学报，31（1）：27-31．
杨青华，韩锦峰，贺德先，等．2008．液体地膜覆盖棉花高产机理研究．中国农业科学，41（8）：2520-2527．
杨招弟，蔡立群，张仁陟．2008．不同耕作方式对旱地土壤酶活性的影响．土壤通报，39（3）：514-517．
员学锋，汪有科．2008．不同保墒条件下土壤温度日变化效应研究．灌溉排水学报，27（3）：82-84．
张正茂，王虎全．2003．渭北地膜覆盖小麦最佳种植模式及微生境效应研究．干旱地区农业研究．21（3）：55-60．
赵爱琴，李子忠，龚元石．2005．生物降解地膜对玉米生长的影响及其田间降解状况．中国农业大学学报，10（2）：74-78．
Wiyo K A，Kasomekera Z M，Feyen J．1999. Variability in ridge and furrow size and shape and maize population density on small subsistence farms in Malawi．Soil & Tillage Research，51（1）：113-119．

第六章　可降解膜覆盖保墒技术研究

长期以来，塑料地膜由于其显著的保墒、保水等特性，在旱作农业中一直扮演着重要的角色。但在使用过程中，由于其回收难和降解难的特点，在土壤中逐年积累，造成了严重的土壤污染。针对这一问题，在渭北旱塬及宁南旱区采用 8%生物降解膜、液体地膜、普通地膜为覆盖材料，在不同时间和不同种植作物条件下进行试验，研究其覆盖保墒效果，研究结果对减少塑料地膜残留污染、合理利用覆盖栽培技术有着重要的理论和实践意义。

（一）试验设计

试验于 2007～2009 年在渭北旱塬东部合阳县甘井镇西北农林科技大学干旱中心试验基地进行（概况同第一章第一节）。试验地 2007 年播前 0～20cm 基础养分为：有机质含量 14.037g/kg，全氮 0.686g/kg，全磷 0.656g/kg，全钾 9.342g/kg，碱解氮 54.106mg/kg，速效磷 23.187mg/kg，速效钾 135.832mg/kg。试验区底墒及降雨量情况见表 6-1 和表 6-2。

表 6-1　不同年份底墒比较　（单位：mm）

年份	处理									
	SM	DM	YM	XS	XD	XY	SS	DD	YY	CK
2007～2008	496.7									
2008～2009	424.2	456.1	446.1	488.8	478.4	385.6	544.7	525.8	424.8	438.1

表 6-2　不同年份冬小麦生育期降雨量比较　（单位：mm）

年份	月份										合计
	9	10	11	12	1	2	3	4	5	6	
2007～2008	28.7	48.3	1.6	9.5	29.1	8.3	13	31.7	23.5	11.9	205.6
2008～2009	55.7	15	0	0	0	25.2	18.6	14.9	145.7	16.3	291.4

试验采用随机区组设计，主处理为覆盖时间，设生育期覆盖、休闲期覆盖、全年覆盖 3 个处理（生育期覆盖即小麦播种前进行覆盖，休闲期覆盖即小麦收获后进行覆盖）；副处理为不同覆盖材料，设生物降解膜、普通地膜、液体地膜 3 个处理，对照为全年不覆盖，即共设 10 个处理。处理 1：生育期覆盖生物降解膜（SM）；处理 2：生育期覆盖普通地膜（DM）；处理 3：生育期覆盖液体地膜（YM）；处理 4：休闲期覆盖生物降解膜（XS）；处理 5：休闲期覆盖普通地膜（XD）；处理 6：休闲期覆盖液体地膜（XY）；处理 7：生育期＋休闲期均覆盖生物降解膜（SS）；处理 8：生育期＋休闲期均覆盖普通地膜（DD）；处理 9：生育期＋休闲期均覆盖液体地膜（YY）；处理 10：不覆盖（CK）。

表 6-3　试验设计

主处理	副处理	处理代号
生育期覆盖	生物降解膜	SM
	普通地膜	DM
	液体地膜	YM
休闲期覆盖	生物降解膜	XS
	普通地膜	XD
	液体地膜	XY
全年覆盖	生物降解膜	SS
	普通地膜	DD
	液体地膜	YY
全年不覆盖		CK

试验处理设计见表 6-3。

小区面积为 3m×4.4m，重复 3 次，小区田间排列见表 6-4。各覆膜处理均为沟垄种植，垄面为弓形，垄高 15cm，垄上覆膜，垄宽和沟宽均为 50cm，不覆盖处理为平播。各处理田间管理一致，施肥量为纯氮 150kg/hm^2，P_2O_5 120kg/hm^2，K_2O 90kg/hm^2，均作基肥 1 次施入。供试小麦品种为晋麦 47，播种量按当地常规播种量为准，条播，行距 25cm，全生育期无灌溉。试验第一年 2007 年 9 月 18 日播种，2008 年 6 月 12 日收获；试验第二年 2008 年 9 月 16 日播种，2009 年 6 月 9 日收获。

表 6-4　小区平面排列

处理代号	重复Ⅰ	重复Ⅱ	重复Ⅲ
SM	XS	XY	SS
DM	XD	CK	XY
YM	XY	DD	YY
XS	YY	SM	DD
XD	YM	XD	XS
XY	DD	DM	XD
SS	SS	YM	CK
DD	CK	YY	YM
YY	DM	SS	SM
CK	SM	XS	DM

（二）结果与分析

1. 不同类型地膜覆盖对土壤水分的影响

（1）冬小麦不同时期 0～200cm 土层土壤水分的垂直分布

a. 生育期不同类型地膜覆盖

图 6-1 为 2007～2008 年生育期覆盖下各处理在冬小麦不同生育时期 0～200cm 土层土壤含水量的垂直分布。从图中可以看出，同一生育时期各覆盖处理与对照土壤含水量

空间变化趋势一致。拔节期—灌浆期，在 140～160cm 处土壤水分含量出现低谷，而在 60～100cm 处出现峰值；成熟期土壤含水量受降雨与灌浆消耗的共同影响，各处理水分含量峰值出现在土壤表层，土壤含水量随深度的增加而减小，土壤含水量低谷亦出现在 140～160cm 土层，低于（$P<0.05$）其他生育时期。

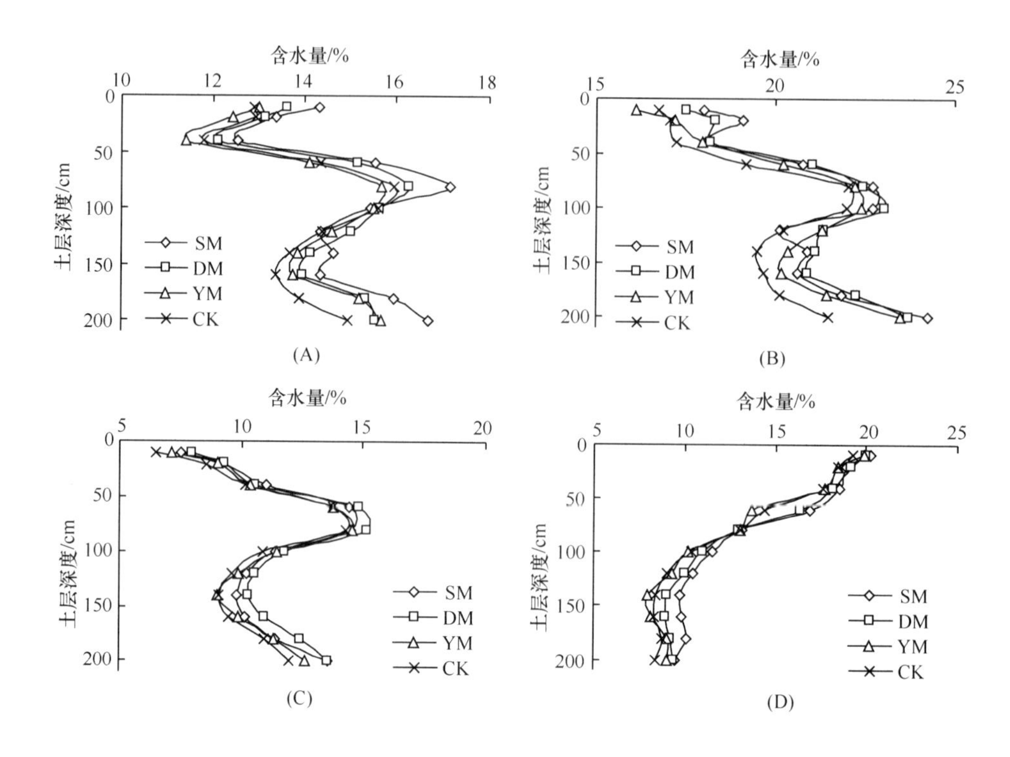

图 6-1　2007～2008 年生育期覆盖冬小麦各时期土壤含水量空间变化

（A）拔节期；（B）孕穗期；（C）灌浆期；（D）成熟期

不同处理拔节期土壤含水量如图 6-1（A）所示，SM 处理 0～200cm 各层含水量均最高，其在 80cm 和 180～200cm 土层土壤含水量显著高于其他处理（$P<0.05$）。0～80cm 土层 DM 处理土壤含水量高于 CK，而 YM 处理低于 CK，各处理间差异不大；120～200cm 土层处理 SM、DM 和 YM 土壤含水量均明显高于 CK，其中 DM 和 YM 间差异不明显。在孕穗期［图 6-1（B)］，处理 SM、DM 和 YM 各土层土壤含水量均高于 CK，处理 SM 和 DM 高于 YM，SM 和 DM 间差异不明显。不同处理灌浆期土壤含水量随深度变化如图 6-1（C）所示，其趋势与孕穗期大致相似，但各处理 0～200cm 土壤含水量均小于孕穗期，且各处理间差异变小，主要原因是这一时期降雨量很小(23.5mm)，而此期冬小麦需水量较大，耗水较多。在冬小麦成熟期［图 6-1（D)］，由于受降雨影响，各处理表层土壤含水量均高于灌浆期，但 100～200cm 土层含水量与灌浆期差异不大；SM 处理各层土壤含水量最高，但与 DM、YM 和 CK 差异不大；DM 处理略高于 YM 和 CK，而 YM 与 CK 间无明显的差异。

在上一年生育期覆盖处理的基础上，2008～2009 年生育期继续覆盖，各处理冬小麦不同生育时期土壤含水量随深度变化如图 6-2 所示。同一生育时期各处理土壤含水量空间变化趋势相似，但不同生育时期各处理 0～200cm 土层含水量垂直变化趋势略有不同。

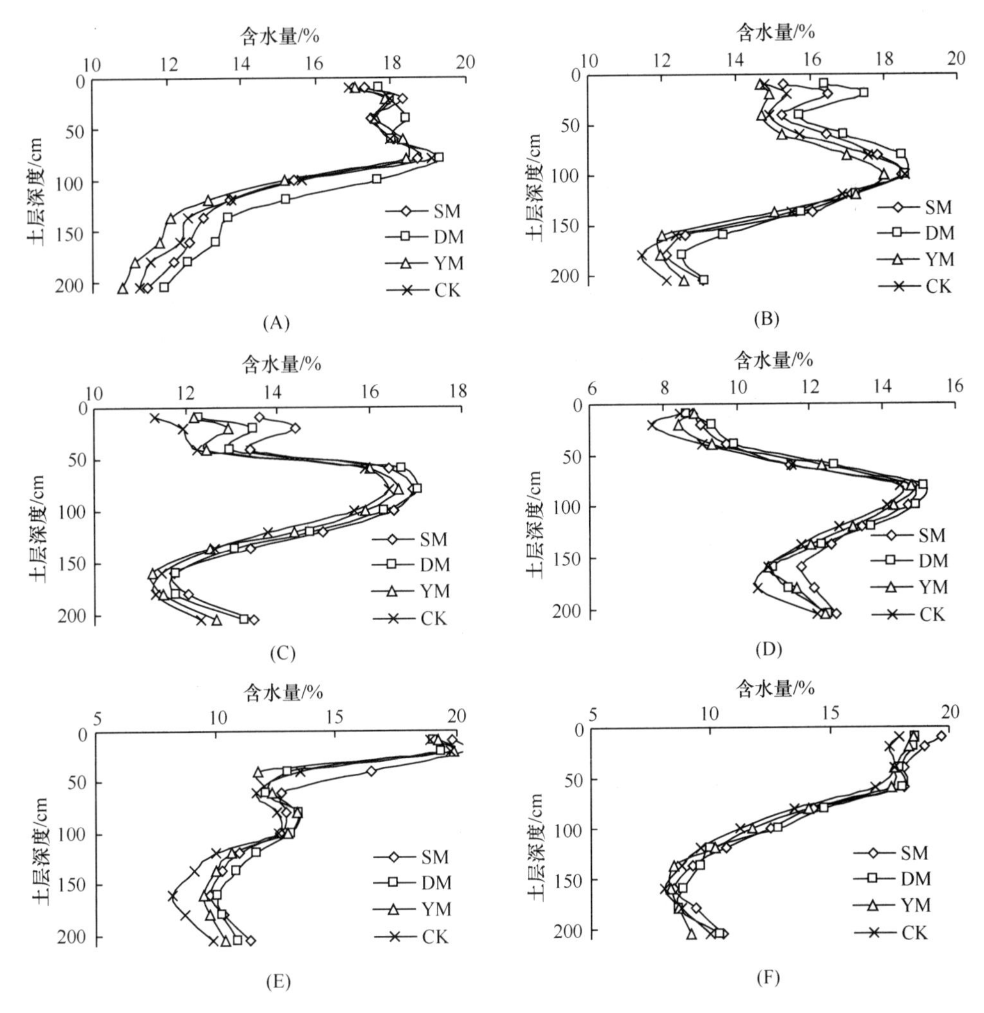

图 6-2 2008～2009 年生育期覆盖冬小麦各时期土壤含水量空间变化

（A）播种期；（B）越冬期；（C）拔节期；（D）孕穗期；（E）灌浆期；（F）成熟期

在冬小麦播种期［图 6-2（A）］，0～80cm 土层土壤含水量随深度增加变化不大，各处理间含水量差异不显著（$P>0.05$）；100～200cm 深层土壤含水量随深度的增加而减小，各处理土壤含水量表现为 DM＞SM＞CK＞YM，DM 显著高于其他处理和 CK（$P<0.05$）。越冬期［图 6-2（B）］土壤含水量变化趋势与播种期大致相似，但 0～80cm 土层各处理间土壤含水量差异较明显，表现为 DM＞SM＞CK＞YM，这可能是由于 YM 处理棵间蒸发耗水大于 CK 所致；在 160～200cm 土层表现为 DM＞SM＞YM＞CK，100～160cm 土层各处理间无明显的差异。冬小麦在拔节期［图 6-2（C）］和孕穗期［图 6-2（D）］土壤水分垂直分布情况相似，在 80cm 和 160cm 土壤含水量分别表现

为峰值和低谷，土壤含水量随土层深度增加呈现“升高—降低—升高”的趋势，SM处理略高于其他处理，各处理间差异不明显。由于灌浆期前后降雨量较大，达到145.7mm，故冬小麦在灌浆期和成熟期0～20cm表层土壤含水量明显增加［图6-2（E）、（F）］，随着土层深度的增加含水量减小，160cm处含水量最低；各覆膜处理土壤含水量略高于CK，0～60cm土层SM略高于DM，而80～160cm土层则相反。

b. 休闲期不同类型地膜覆盖

在2008年6月冬小麦收获后休闲期进行覆盖，2008～2009年冬小麦全生育期内各处理土壤含水量垂直分布如图6-3所示。

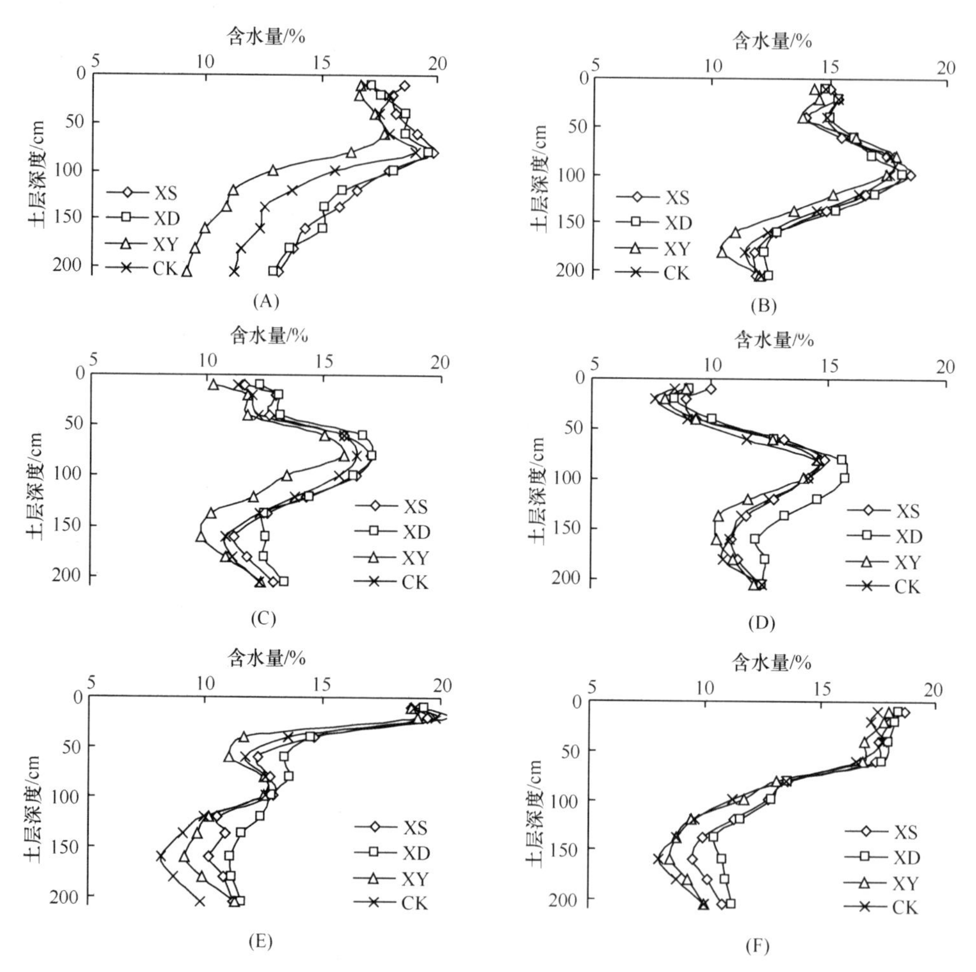

图6-3　2008～2009年休闲期覆盖冬小麦各时期土壤含水量空间变化

（A）播种期；（B）越冬期；（C）拔节期；（D）孕穗期；（E）灌浆期；（F）成熟期

播种期［图6-3（A）］XS和XD处理分别较CK增加11.5%和9.8%，可见在休闲期覆盖生物降解膜和普通地膜均可以有效地减少土壤水分的散失，显著改善冬小麦播种前的土壤水分状况。从越冬期到孕穗期［图6-3（B）、（C）、（D）］，各处理土壤含水量空间变化趋势基本一致，表现为20～80cm土层含水量随深度的增加而升高，80cm处达到峰值，80～200cm 土层含水量随深度的增加呈现先降低后升高的趋势，在 160cm 处土壤含水量最低；此阶段 XD 处理 0～200cm 各层土壤含水量最高，XD 与 XS 间差异不明显，XY 含水量最低，原因可能是液体地膜易受环境影响而损坏，而覆盖处理的田间沟垄种植模式较不覆膜处理（CK）相应地增加了地表面积，造成水分蒸发散失较多的缘故。在冬小麦灌浆期和成熟期［图 6-3（E）、（F）］，与生育期覆盖下各处理相似，受降雨影响，表层土壤含水量均较高，随着土层深度的增加含水量逐渐降低，160cm 土层为最低值；灌浆期和成熟期 0～200cm 土壤含水量亦为 XD 处理最高，分别较 CK 增加了 13.0%和 11.0%，XS 在灌浆期和成熟期的含水量分别较 CK 增加 7.7%和 7.8%，XY 与 CK 无明显差异。

c. 全年不同类型地膜覆盖

图 6-4 为 2008～2009 年全年覆盖下各处理在冬小麦不同生育时期 0～200cm 土层土壤含水量垂直分布情况。从图中可以看出，全年覆盖下 SS 处理土壤含水量在冬小麦整个生育期内都较高，DD 与 SS 间含水量差异不明显，覆盖生物降解膜和普通地膜表现出良好的蓄水保墒效果，YY 处理土壤水分含量较低，与 CK 差异不明显，与生育期覆盖和休闲期覆盖下各处理土壤含水量空间变化趋势一致，0～80cm 土层土壤水分含量受降雨影响变化较大，播种—孕穗期，80cm 处达到峰值，灌浆—成熟期土壤含水量最大值出现在表层，100～160cm 土层土壤水分含量走低，160cm 处为最低值。

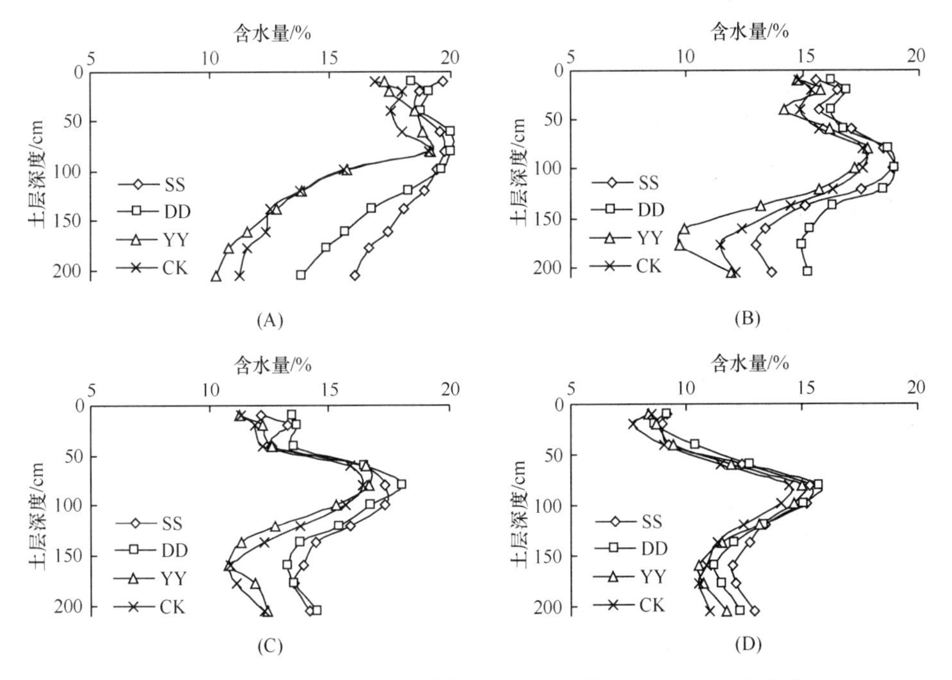

图 6-4　2008～2009 年全年覆盖冬小麦各时期土壤含水量空间变化

（A）播种期；（B）越冬期；（C）拔节期；（D）孕穗期；（E）灌浆期；（F）成熟期

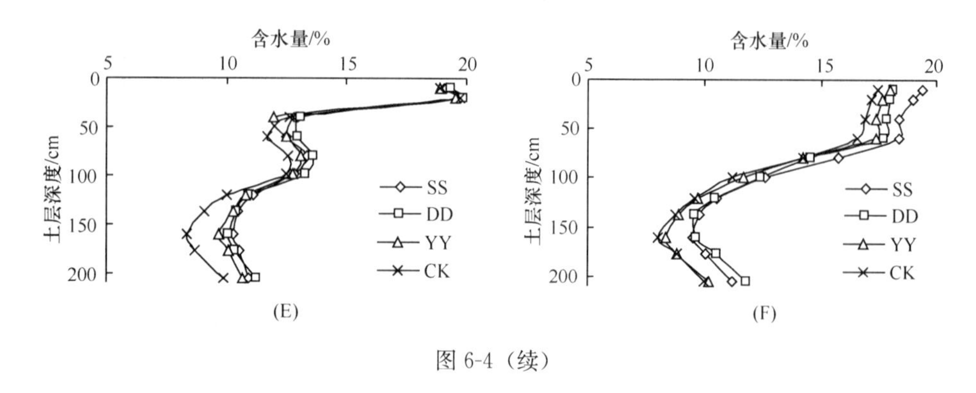

图 6-4（续）

在冬小麦播种期［图 6-4（A）］，SS 和 DD 与 CK 间土壤含水量差异较大，0～200cm 含水量分别较 CK 增加 21.6%和 17.2%。在越冬期［图 6-4（B）］，SS 和 DD 处理 0～200cm 土壤含水量分别较 CK 增加 7.0%和 13.0%，而 YY 较 CK 降低 3.8%。拔节期和孕穗期［图 6-4（C）、（D）］各处理土壤含水量在 0～60cm 土层无明显差异，80～200cm 土层 SS 和 DD 处理含水量明显高于 YY 和 CK，其中 SS 略高于 DD。在灌浆期［图 6-4（E）］SS、DD 和 YY 处理土壤含水量分别较 CK 增加 7.0%、8.0%和 4.6%，该时期水分的保证对冬小麦籽粒灌浆和产量形成至关重要，可见覆膜对冬小麦关键生育时期蓄水保墒有明显的作用。

（2）不同处理 0～200cm 土层平均土壤含水量动态变化

图 6-5、图 6-6、图 6-7 和图 6-8 为全生育期内不同处理 0～200cm 土层内平均土壤含水量动态变化情况。其中图 6-5 为 2007～2008 年生育期覆盖不同地膜处理含水量随时间变化情况，图 6-6、图 6-7 和图 6-8 分别为 2008～2009 年生育期覆盖不同地膜、休闲期覆盖不同地膜和全年覆盖不同地膜处理含水量动态变化情况。由于受降雨量和冬小麦不同时期耗水量等的影响，2007～2008 年各处理土壤含水量低谷出现在灌浆期，而 2008～2009 年含水量低谷出现在孕穗期。在土壤含水量随时间变化的过程中，覆盖生物降解膜和普通地膜处理含水量均高于 CK，覆盖液体地膜含水量与 CK 相近或略低，说明生物降解膜和普通地膜覆盖能显著提高土壤含水量，减少土壤水分的蒸发。

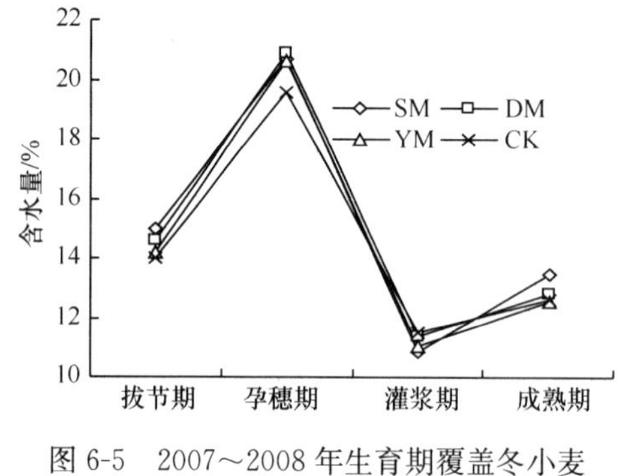

图 6-5　2007～2008 年生育期覆盖冬小麦土壤含水量动态

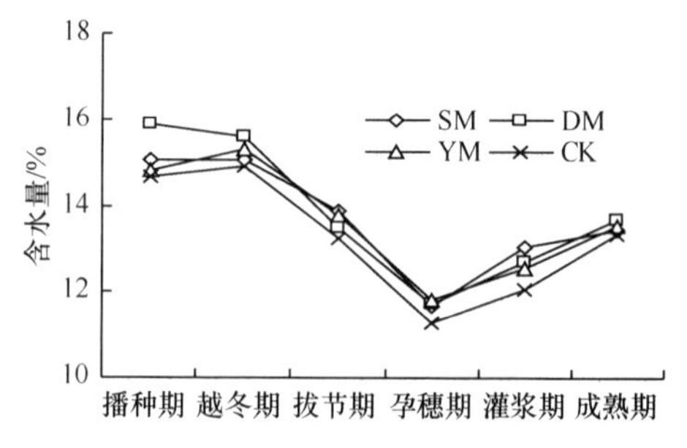

图 6-6　2008～2009 年生育期覆盖冬小麦土壤含水量动态

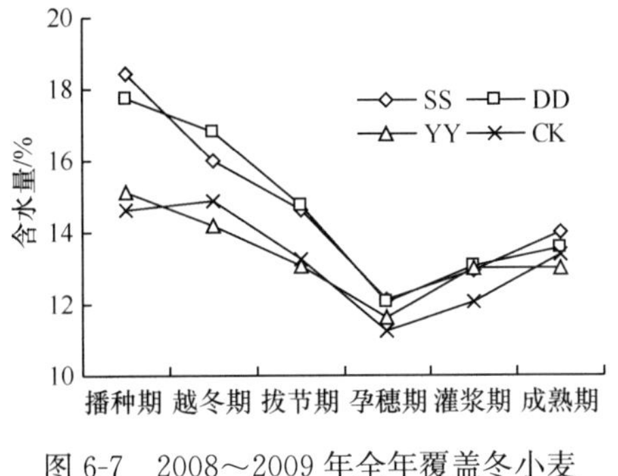

图 6-7　2008～2009 年全年覆盖冬小麦土壤含水量动态

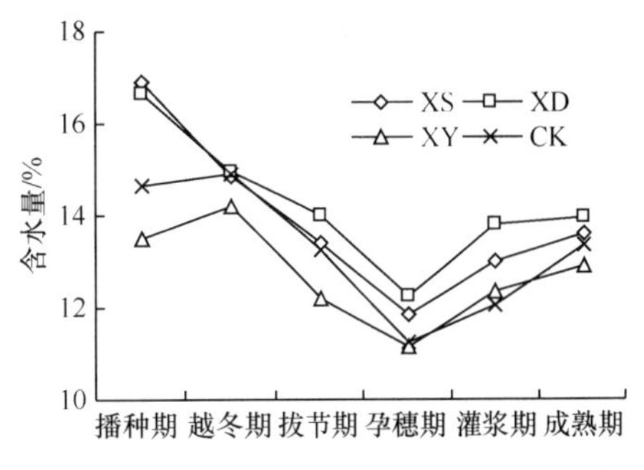

图 6-8　2008～2009 年休闲期覆盖冬小麦土壤含水量动态

由图 6-5 和图 6-6 可以看出，生育期覆盖不同类型地膜冬小麦各生育时期土壤含水量差异不很明显，各处理较 CK 略高，但差异不大。图 6-8 表明，仅在休闲期覆盖不同类型地膜（生育期不覆盖），各处理间冬小麦各生育时期土壤含水量差异较大，其中，经过夏闲覆盖，播种前各处理间差异最大，XS 和 XD 处理土壤含水量明显高于 XY 和 CK，XS 和 XD 分别较 CK 增加 11.0%和 10.0%；从播种期到越冬期，XS 和 XD 含水量随时间的变化逐渐降低，而 XY 和 CK 变化不大，到越冬期，XS 和 XD 分别较 CK 增加 1.0%和 2.0%，表明该阶段 XS 和 XD 处理耗水量明显高于 XY 和 CK，休闲期覆盖生物降解膜和普通地膜能有效地改善冬小麦播种前的土壤水分状况，促进冬小麦出苗及苗期水分的吸收，有利于形成壮苗。如图 6-7 所示，全年覆盖不同类型地膜下各处理土壤含水量随时间变化的趋势与休闲期覆盖下基本一致，播种期到越冬期 SS 和 DD 处理土壤含水量及耗水量明显高于 YY 和 CK，SS 和 DD 处理水分变化规律相似，其中播种期 SS 和 DD 分别较 CK 增加 22.0%和 17.0%，越冬期分别较 CK 增加 7.0%和 13.0%。

2. 不同类型地膜覆盖对土壤养分的影响

（1）不同类型地膜覆盖下土壤有机质的变化

表 6-5 为 2008 年和 2009 年冬小麦收获后不同处理不同土层有机质变化情况。从表中可以看出：连续两年收获后土壤有机质含量均随土层的加深而减少，其中 0～20cm 土层有机质含量明显高于 20～40cm 和 40～60cm 土层。20～40cm 和 40～60cm 土层间有机质含量差异不明显。

表 6-5　不同地膜覆盖处理土壤有机质的变化　（单位：g/kg）

采样时间	处理	层次		
		0～20cm	20～40cm	40～60cm
2008 年收获后	SM	13.70c	9.10c	9.46a
	DM	14.04bc	9.60b	9.57a
	YM	14.24ab	10.14a	9.92a
	CK	14.53a	10.50a	9.66a

续表

采样时间	处理	层次		
		0～20cm	20～40cm	40～60cm
2009 年收获后	SM	12.92f	8.52e	8.78bc
	DM	13.36de	8.88de	9.27ab
	YM	13.22ef	8.65de	8.80bc
	XS	13.52de	8.86de	8.13d
	XD	13.72cd	9.14cd	9.27ab
	XY	13.57de	8.99cde	8.62cd
	SS	14.07bc	9.43bc	9.07bc
	DD	14.54a	9.73ab	9.42ab
	YY	14.38ab	9.67b	8.92bc
	CK	14.66a	10.13a	9.72a

2008 年收获后，0～60cm 不同土层各覆膜处理有机质含量均较对照减少，其中 SM 处理有机质含量最低。在 0～20cm 土层，SM、DM 和 YM 处理分别较 CK 减少 5.7%、3.4%和 2.0%，其中 SM 和 DM 与 CK 相比差异显著（$P<0.05$）；SM 处理有机质含量较 DM 和 YM 分别低 2.4%和 3.8%，其中 DM 与 YM 处理间差异不显著，SM 较 YM 处理差异显著（$P<0.05$）。在 20～40cm 土层，SM、DM 和 YM 处理分别较 CK 减少 13.3%、8.6%和 3.4%，SM 和 DM 处理与 CK 差异达到 5%显著水平，YM 与 CK 无显著差异（$P>0.05$）；SM 处理有机质含量较 DM 处理显著减少 5.2%，较 YM 处理显著减少 10.3%。40～60cm 土层各处理与 CK 之间有机质含量差异均不显著（$P>0.05$）。

2009 年收获后，不同土层各处理有机质含量均较对照减少。0～20cm 土层，SM 处理有机质含量最低；SM、DM 和 YM 分别较 CK 显著减少 11.9%、8.9%和 9.8%（$P<0.05$）；XS、XD 和 XY 与 CK 间差异亦达到 5%显著水平，分别减少 7.8%、6.4% 和 7.4%；SS、DD 和 YY 分别较 CK 减少 4.0%、0.8%和 1.9%，其中 DD 和 YY 处理与 CK 间无显著差异（$P>0.05$）。20～40cm 土层，SM 处理有机质含量亦最低；SM、DM 和 YM 有机质含量分别较 CK 显著减少 15.9%、12.3%和 14.6%（$P<0.05$）；XS、XD 和 XY 处理分别较 CK 显著减少 12.5%、9.8%和 11.3%（$P<0.05$）；SS 和 YY 分别较 CK 显著减少 6.9%和 4.5%，DD 处理较 CK 无显著差异（$P>0.05$）。40～60cm 土层，XS 处理有机质含量最低；SM 和 YM 分别较 CK 显著减少 9.7%和 9.5%，DM 处理较 CK 减少 4.6%，无显著差异（$P>0.05$）；XS 和 XY 分别较 CK 显著减少 16.4%和 11.3%，XD 处理较 CK 减少 4.6%，无显著差异（$P>0.05$）；SS 和 YY 较 CK 显著减少 6.7%和 8.2%，DD 处理较 CK 减少 3.1%，二者差异不显著（$P>0.05$）。

0～60cm 土层不同类型覆膜处理土壤耕层有机质含量均较对照减少，表明覆膜可促进冬小麦对有机质的吸收。不同时期覆盖 3 种类型地膜处理有机质含量均为覆盖生物降解膜处理最低，其次是覆盖液体地膜处理；0～20cm 和 20～40cm 土层生育期覆盖不同类型地膜的 3 个处理有机质含量较休闲期和全年各覆盖处理低，40～60cm 土层不同时期覆盖处理间有机质含量差异不明显。表明生育期覆盖生物降解膜可有效提高植株对土壤有机质的利用效率。

（2）不同类型地膜覆盖下土壤全氮的变化

2008 年和 2009 年收获后不同处理不同土层全氮变化情况见表 6-6。土壤全氮含量随着土层的加深而减少，0～20cm 表层土壤全氮含量明显高于 20～40cm 和 40～60cm 土层，20～40cm 与 40～60cm 土层间全氮变化幅度很小。

表 6-6 不同地膜覆盖处理土壤全氮的变化 （单位：g/kg）

采样时间	处理	土层深度		
		0～20cm	20～40cm	40～60cm
2008 年收获后	SM	0.68b	0.48b	0.50a
	DM	0.70b	0.54a	0.52a
	YM	0.70b	0.52a	0.52a
	CK	0.72a	0.54a	0.52a
2009 年收获后	SM	0.62c	0.44cd	0.44b
	DM	0.66c	0.48bcd	0.46b
	YM	0.64c	0.50bc	0.46b
	XS	0.60c	0.46bcd	0.46b
	XD	0.64c	0.48bcd	0.48ab
	XY	0.62c	0.50bcd	0.48ab
	SS	0.62c	0.42d	0.44b
	DD	0.62c	0.48bcd	0.46b
	YY	0.70b	0.54b	0.46b
	CK	0.74a	0.60a	0.52a

2008 年收获后 0～60cm 各土层均为 SM 处理全氮含量最低。0～20cm 土层，SM、DM 和 YM 处理分别较 CK 低 5.6%、2.8%和 2.8%，且差异达到 5%显著水平，各覆膜处理间无显著差异（$P>0.05$）。20～40cm 土层 SM 处理较 CK 低 11.1%，较其他处理和对照差异显著（$P<0.05$）。40～60cm 土层各处理和对照全氮含量无显著差异（$P>0.05$）。

2009 年收获后 0～20cm 土层，不同时期覆盖不同类型地膜处理土壤全氮含量均显著低于对照（$P<0.05$），不同时期覆盖下均为生物降解膜处理全氮含量最低，说明覆膜能显著促进冬小麦对 0～20cm 土层全氮的吸收，生物降解膜作用更明显。20～40cm 土层中各覆膜处理亦显著低于对照（$P<0.05$），其中全氮含量最低处理为 SS，较对照减少 30.0%。生育期覆盖和休闲期覆盖下生物降解膜处理全氮含量亦低于普通地膜和液体地膜处理，SM 和 XS 土壤全氮含量分别较 CK 减少 26.7%和 23.3%，这两个处理

间差异不显著（$P>0.05$）。40～60cm 土层中土壤全氮含量最低的处理为 SM 和 SS，均较对照显著减少 15.4%，与其他处理无显著差异（$P>0.05$）。

从不同土层土壤全氮含量整体变化情况可以看出，不同时期不同类型地膜覆盖对 0～40cm 土层土壤全氮含量有一定的影响，生物降解膜作用较为明显，生育期覆盖、休闲期覆盖和全年覆盖生物降解膜均能显著提高冬小麦对 0～40cm 土层土壤全氮的利用效率，各处理间差异不显著（$P>0.05$）；覆膜对 40～60cm 土层全氮含量影响不大。

（3）不同类型地膜覆盖下土壤全磷变化

对冬小麦 2008 年和 2009 年收获后不同处理不同土层土壤全磷含量研究表明（表 6-7），连续两年冬小麦收获后土壤全磷含量均随着土层的加深而减小，2009 年收获后各处理不同土层全磷含量较 2008 年略有提高。

表 6-7　不同地膜覆盖处理土壤全磷的变化　　（单位：g/kg）

采样时间	处理	土层深度		
		0～20cm	20～40cm	40～60cm
2008 年收获后	SM	0.60b	0.41c	0.28b
	DM	0.60b	0.46b	0.30ab
	YM	0.62a	0.49a	0.33a
	CK	0.62a	0.47ab	0.32a
2009 年收获后	SM	0.64bcd	0.45b	0.35bcd
	DM	0.66ab	0.46cd	0.36bcd
	YM	0.67a	0.52ab	0.40a
	XS	0.65abc	0.47cd	0.35bcd
	XD	0.66ab	0.47cd	0.35bcd
	XY	0.68a	0.53a	0.37abc
	SS	0.62d	0.44d	0.34d
	DD	0.63cd	0.46cd	0.35bcd
	YY	0.67a	0.49bc	0.38ab
	CK	0.67a	0.49bc	0.37abcd

2008 年收获后，SM 处理不同土层全磷含量均低于 CK，0～60cm 各个土层分别较 CK 减少 3.2%、12.8%和 12.5%，且差异达到 5%显著水平。YM 处理 20～40cm 和 40～60cm 土层全磷含量均高于 CK，分别较 CK 增加 4.3%和 3.1%，差异不显著（$P>0.05$）。DM 处理略低于 CK。

2009 年收获后，覆盖生物降解膜各处理（SM、XS、SS）0～20cm 土层土壤全磷含量分别较 CK 低 4.5%、3.0%和 7.5%，20～40cm 土层分别较 CK 低 8.2%、4.1%和 10.2%，40～60cm 土层分别较 CK 低 5.4%、5.4%和 8.1%。DD 处理 0～20cm 土层土壤全磷含量较 CK 减少 6.0%，且达到 5%显著水平，其他覆盖普通地膜处理均与 CK 无显著差异（$P>0.05$）。覆盖液体地膜各处理（YM、XY、YY）0～20cm 和 40～

60cm 土层土壤全磷含量与 CK 无显著差异（$P>0.05$），YM 和 XY 处理 20～40cm 土层全磷分别较 CK 高 6.1%和 8.2%，YY 处理和 CK 相比差异不显著（$P>0.05$）。2009 年收获后土壤全磷含量表明，不同时期覆盖 3 种不同类型地膜处理均表现为覆盖生物降解地膜处理土壤全磷含量最低，覆盖液体地膜全磷含量最高甚至高于对照；全年覆盖 3 种不同类型地膜全磷含量低于生育期覆盖不同地膜的 3 个处理和休闲期覆盖不同地膜的 3 个处理，说明覆盖生物降解膜可有效地促进冬小麦吸收利用土壤耕层全磷，全年覆盖效果更明显，而覆盖液体地膜不仅无此作用，而且使植株对全磷的利用率甚至低于对照，这可能与液体地膜本身的材料有关。

（4）不同类型地膜覆盖下土壤全钾的变化

表 6-8 为 2008 年和 2009 年收获后不同处理不同土层土壤全钾含量的变化情况。连续两年冬小麦收获后土壤全钾含量随着土层的加深略有提高，各覆膜处理各土层全钾含量均较 CK 有所增加。

表 6-8　不同地膜覆盖处理土壤全钾的变化　（单位：g/kg）

采样时间	处理	土层深度		
		0～20cm	20～40cm	40～60cm
2008 年收获后	SM	9.11b	10.15b	9.35c
	DM	10.32a	10.80ab	10.72b
	YM	9.79ab	10.29b	10.75b
	CK	10.49a	11.65a	12.20a
2009 年收获后	SM	10.09a	10.52a	11.61abc
	DM	10.39a	10.61a	12.07abc
	YM	9.70ab	10.64a	12.02abc
	XS	10.00ab	9.99ab	11.14bc
	XD	10.16a	10.05ab	11.50bc
	XY	9.68ab	10.37ab	10.82c
	SS	9.11b	9.26b	11.47bc
	DD	10.44a	10.10ab	12.37ab
	YY	10.10a	10.21ab	12.31ab
	CK	10.56a	10.94a	13.00a

2008 年收获后各土层土壤全钾含量均为 SM 处理最低，在 0～20cm 土层中，SM 较 CK 减少 13.2%，且达到 5%显著水平，DM 和 YM 处理分别较 CK 减少 1.6%和 6.7%，但差异不显著（$P>0.05$）。20～40cm 土层，SM 和 YM 处理分别较 CK 减少 12.9%和 11.7%，且达到 5%显著水平，DM 处理与 CK 间无显著差异（$P>0.05$）。40～60cm 土层，各覆膜处理土壤全钾含量均较 CK 差异显著（$P<0.05$），分别减少 23.4%、12.1%和 11.9%。

2009 年收获后 0～20cm 和 20～40cm 土层中，不同时期覆盖不同类型地膜处理土壤全钾含量均低于CK，其中覆盖液体地膜处理全钾含量低于覆盖生物降解膜处理和普通地膜处理，而覆盖普通地膜处理高于生物降解膜处理，除SS处理外，其他覆盖处理均较CK无显著差异，两土层中SS分别较CK显著减少13.7%和15.4%（$P<0.05$）。40～60cm土层，休闲期覆盖3种类型地膜处理（XS、XD和XY）分别较CK减少14.3%、11.5%和16.8%，且达到5%显著水平，SS处理较CK显著减少11.8%，其他覆膜处理均低于CK但差异不显著（$P>0.05$）。可见，不同时期不同类型地膜覆盖对0～60cm土层土壤全钾含量影响并不大，两种可降解膜对促进冬小麦吸收利用土壤全钾有一定的作用。

（5）不同类型地膜覆盖下土壤碱解氮的变化

对冬小麦2008年和2009年收获后不同处理不同土层土壤碱解氮含量的研究表明（表6-9），两年试验中不同覆膜处理不同土层土壤碱解氮含量均低于对照，随着土层的加深碱解氮含量减小，0～20cm表层土壤碱解氮含量明显高于20～40cm和40～60cm土层，20～40cm和40～60cm土层间差异不大；2009年收获后土壤碱解氮含量较2008年收获后明显提高。

表6-9　不同地膜覆盖处理土壤碱解氮的变化　　（单位：mg/kg）

采样时间	处理	土层深度		
		0～20cm	20～40cm	40～60cm
2008年收获后	SM	50.08b	33.75c	32.01b
	DM	52.40b	39.13a	32.89b
	YM	52.48b	37.40b	33.16ab
	CK	56.60a	39.92a	34.82a
2009年收获后	SM	81.16b	50.57cd	42.40bc
	DM	86.09ab	50.40cd	44.44abc
	YM	85.26ab	59.47b	46.83a
	XS	81.49b	51.50cd	41.40c
	XD	79.35b	54.39c	41.34c
	XY	83.43ab	59.64b	44.65ab
	SS	81.29b	48.67d	42.19bc
	DD	80.67b	48.46d	41.48c
	YY	86.35ab	53.02c	44.77ab
	CK	89.70a	64.55a	46.94a

2008年收获后0～60cm各土层土壤碱解氮含量最低处理均为SM，分别较CK减少11.5%、15.5%和8.1%，且达到5%显著水平，0～20cm土层DM和YM处理亦较CK显著减少7.4%和7.3%（$P<0.05$）。2009年收获后，0～20cm土层XD处理土壤碱解氮含量最低，较对照显著减少11.5%（$P<0.05$），覆盖生物降解膜各处理（SM、XS、SS）碱解氮含量均显著低于CK，分别较CK低9.5%、9.2%和9.4%；在20～

40cm土层，所有覆膜处理碱解氮含量均显著低于对照，XD处理土壤碱解氮含量亦最低，较CK减少15.7%；40～60cm土层与0～20cm土层相似，碱解氮含量最低处理仍是XD，较CK显著减少11.9%（$P<0.05$），覆盖生物降解膜各处理（SM、XS、SS）碱解氮含量分别显著低于CK 9.7%、11.8%和10.1%。这表明覆膜可有效地促进冬小麦对土壤耕层速效氮的吸收。覆盖生物降解膜和普通地膜作用显著，普通地膜作用更为明显，而覆盖液体地膜则无明显的作用。

（6）不同类型地膜覆盖下土壤速效磷的变化

由表6-10可以看出，2008年收获后各覆膜处理不同土层土壤速效磷含量均低于CK，在20～40cm土层，SM和YM处理分别较CK低22.9%和20.2%，且达到5%显著水平，其他土层不同处理与对照间均无显著差异（$P>0.05$）。不同类型地膜对土壤速效磷的影响作用表现为SM>YM>DM。

表6-10　不同地膜覆盖处理土壤速效磷的变化　（单位：mg/kg）

采样时间	处理	土层深度		
		0～20cm	20～40cm	40～60cm
2008年收获后	SM	18.03a	7.82b	6.30a
	DM	18.94a	9.79a	6.70a
	YM	18.70a	8.09b	6.43a
	CK	20.55a	10.14a	7.10a
2009年收获后	SM	13.34d	6.11cd	5.34bcd
	DM	16.28ab	7.20ab	6.28ab
	YM	15.37bc	6.49abcd	5.91abc
	XS	14.29cd	6.56abcd	4.97cd
	XD	15.66bc	7.23ab	6.39ab
	XY	14.94bcd	6.97abc	5.88abc
	SS	13.13d	5.95d	4.58d
	DD	16.33ab	6.32bcd	5.62bcd
	YY	17.58a	7.41a	7.07a
	CK	16.53ab	7.37a	6.91a

2009年收获后，0～60cm各土层中，YY处理土壤速效磷含量最高，分别高于CK 6.4%、0.5%和2.3%，但与CK差异均不显著（$P>0.05$），YM和XY处理各土层速效磷含量较CK差异亦不显著，说明液体地膜覆盖对冬小麦地土壤速效磷含量影响不大；SS处理各土层土壤速效磷含量均最低，分别较CK显著减少20.6%、19.3%和33.7%（$P<0.05$）。从整体情况来看，3种不同类型地膜生育期覆盖和休闲期覆盖处理不同土层土壤速效磷含量均表现为：普通地膜>液体地膜>生物降解膜，其中在0～20cm土层，SM处理土壤速效磷含量为13.34mg/kg，分别较DM和YM低18.1%和13.2%，XS处理土壤速效磷含量为14.29mg/kg，分别较XD和XY低8.7%和4.4%；

在 20～40cm 土层，SM 和 XS 处理土壤速效磷含量分别为 6.11mg/kg 和 6.56mg/kg，分别较 DM 低 15.1%和 5.9%；SM 较 YM 低 8.9%，而 XS 较 YM 高 1.1%；40～60cm 土层，SM 和 XS 处理土壤速效磷含量分别为 5.34mg/kg 和 4.97mg/kg，分别较 DM 和 YM 低 15.0%和 9.6%、20.9%和 15.9%，这表明覆盖生物降解膜处理下冬小麦对土壤速效磷的吸收利用率最高。

（7）不同类型地膜覆盖下土壤速效钾的变化

对冬小麦 2008 年和 2009 年收获后不同地膜覆盖处理不同土层土壤速效钾含量的分析表明（表 6-11），2009 年收获后土壤速效钾含量低于 2008 年收获后，两年试验结果均显示 0～20cm 表层速效钾含量明显高于 20～40cm 和 40～60cm 土层，而 20～40cm 土层速效钾含量低于 40～60cm 土层，不同土层各覆膜处理土壤速效钾含量均低于对照。

表 6-11　不同地膜覆盖处理土壤速效钾的变化　　（单位：mg/kg）

采样时间	处理	土层深度		
		0～20cm	20～40cm	40～60cm
2008 年收获后	SM	190.80b	138.92ab	160.64b
	DM	168.48c	129.47c	146.89c
	YM	171.37c	135.33bc	155.02b
	CK	207.12a	144.45a	168.47a
2009 年收获后	SM	129.91ab	92.38bc	100.18bcd
	DM	124.29bc	92.07bc	101.92abcd
	YM	115.62d	92.43bc	101.33abcd
	XS	121.82cd	93.27bc	107.76ab
	XD	130.66ab	94.32bc	106.12abc
	XY	116.44d	89.21c	94.35d
	SS	133.06a	95.47ab	103.15abcd
	DD	129.62ab	92.10bc	105.16abcd
	YY	118.83cd	90.80bc	95.31cd
	CK	134.65a	99.60a	112.30a

2008 年收获后各覆膜处理不同土层土壤速效钾含量均低于 CK，其中 DM 处理最低。在 0～20cm 土层，SM、DM 和 YM 处理土壤速效钾含量均显著低于 CK，降低幅度分别为 7.9%、18.7%和 17.3%，其中 DM 和 YM 间差异不显著（$P>0.05$），均较 SM 作用显著。20～40cm 土层，DM 处理速效钾含量较 CK 低 10.4%（$P<0.05$），SM 处理较 CK 差异不显著。40～60cm 土层中，SM、DM 和 YM 处理土壤速效钾含量较 CK 显著减少，幅度分别为 4.6%、12.8%和 8.0%，DM 较 SM 和 YM 差异显著（$P<0.05$）。2009 年收获后 0～20cm 土层中，YM 处理土壤速效钾含量最低，为 115.62mg/kg，其次是 XY 处理，为 116.44mg/kg，分别较 CK 显著减少（$P<0.05$），降低幅度分别为 14.1%和 13.5%；

20～40cm 土层，XY 处理土壤速效钾含量最低，为 89.21mg/kg，其次是 YY 处理，为 90.80mg/kg，分别较 CK 显著减少 10.4%和 8.8%（$P<0.05$）；40～60cm 土层中，XY 处理土壤速效钾含量亦最低，为 94.35mg/kg，其次亦是 YY 处理，为 95.31mg/kg，较 CK 显著减少（$P<0.05$），减少幅度分别为 16.0%和 15.1%。可见，覆膜能显著提高冬小麦对土壤速效钾的吸收利用，其中覆盖普通地膜和液体地膜较生物降解膜作用明显。

3. 不同类型地膜覆盖对冬小麦生长发育及产量的影响

（1）不同类型地膜覆盖对冬小麦株高的影响

a. 生育期不同类型地膜覆盖

连续两年生育期覆盖 3 种不同类型地膜处理（SM、DM 和 YM）均较对照有一定的促进冬小麦生长发育的效果（图 6-9）。除 2007～2008 年冬小麦拔节期 SM 和 YM 处理间差异不显著外，不同生育时期各覆膜处理间均差异显著（$P<0.05$），液态膜覆盖冬小麦株高显著低于生物降解膜和普通地膜，普通地膜覆盖冬小麦株高显著高于生物降解膜，各覆膜处理不同时期的冬小麦株高均显著（$P<0.05$）高于 CK。年际间的株高差异主要由底墒、降水等因素造成。

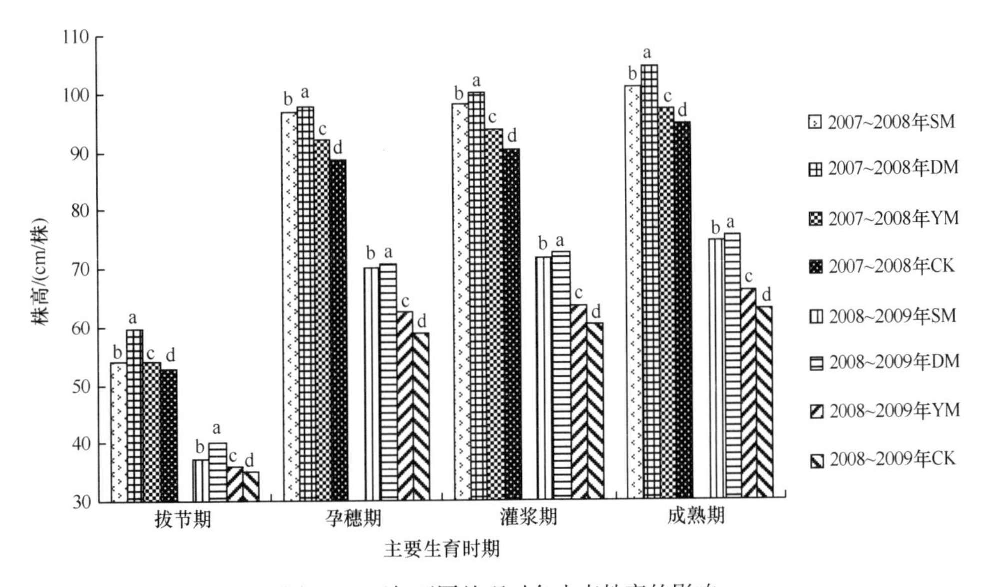

图 6-9　两年不同处理对冬小麦株高的影响

2007～2008 年各生育时期 DM 处理分别较 CK 提高 13.1%、10.0%、10.7%和 10.1%，2008～2009 年各生育时期 DM 处理分别较 CK 提高 14.6%、20.5%、20.1%和 20.1%，2008～2009 年覆膜处理促进冬小麦株高的效果较 2007～2008 年明显，表明在降雨分布不均年份，不同类型地膜覆盖能有效地调节土壤水分，显著提高冬小麦株高，普通地膜作用尤为明显，其次是生物降解膜。

b. 不同类型地膜不同时期覆盖

从表 6-12 可以看出，2008～2009 年种植的冬小麦在拔节期后，各处理之间株高差异较为明显。总体表现为：全年 3 种不同类型地膜覆盖处理（SS、DD、YY）冬小麦各生育时期株高高于生育期覆盖（SM、DM、YM）和休闲期覆盖（XS、XD、XY）处理，生育期3种不同类型地膜覆盖处理冬小麦株高高于休闲期覆盖（$P<0.05$）；生育期覆盖和全年覆盖下液态膜覆盖冬小麦株高均低于生物降解膜和普通地膜，而休闲期覆盖下液体地膜与普通地膜覆盖处理间无显著差异（$P>0.05$）；生育期覆盖下普通地膜覆盖冬小麦株高高于生物降解膜，而休闲期覆盖下生物降解膜对冬小麦株高的促进作用较普通地膜显著；不同覆盖时期下生物降解膜和普通地膜覆盖冬小麦株高高于CK，而液体地膜覆盖下各处理（YM、XY、YY）在孕穗期之前较CK差异不明显，在冬小麦生育后期高于CK。

表6-12 2008～2009年冬小麦不同生育时期各处理株高 （单位：cm）

处理		越冬期	拔节期	孕穗期	灌浆期	成熟期
生育期覆盖	SM	29.5abc	37.3bc	70.1b	71.5b	74.4cd
	DM	29.6abc	40.0a	70.6b	72.4b	75.3c
	YM	28.2bc	36.1bc	62.3cd	63.5c	66.0f
休闲期覆盖	XS	30.0ab	37.8ab	65.6c	70.4b	73.2d
	XD	29.0abc	36.9bc	63.4c	64.7c	67.3ef
	XY	29.9ab	35.2cd	62.4cd	63.6c	66.1f
全年覆盖	SS	30.2ab	38.1ab	72.9ab	78.5a	81.6a
	DD	30.6a	38.6ab	76.7a	77.1a	80.2b
	YY	27.9c	33.4d	63.7c	65.0c	67.6e
CK		29.2abc	34.9cd	58.6d	60.3d	62.7g

（2）不同类型地膜覆盖对冬小麦干物质积累量的影响

a. 生育期不同类型地膜覆盖

从图6-10可以看出，由于冬小麦拔节期前植株生长缓慢，各处理干物质积累量差异并不显著。拔节期后，冬小麦进入快速生长期，直至灌浆后期趋于缓慢，不同处理干物质积累量的变化趋势都呈现“慢—快—慢”的“S”形增长趋势，但2008～2009年YM处理和连续两年中CK的干物质积累量增长较平缓，该趋势不明显。2007～2008年孕穗期至成熟期各覆膜处理冬小麦干物质积累量均显著高于CK，其中成熟期SM较CK增幅最大，增加9.03g/株，较CK提高128.6%；2008～2009年孕穗期后SM和DM处理干物质积累量显著高于YM和CK，SM和DM处理间差异亦显著，YM较CK无显著差异（$P>0.05$，较CK增幅最大的亦为成熟期SM处理，较CK高5g/株，提高123.5%。

两年的研究结果表明：不同类型地膜覆盖冬小麦干物质积累量高低顺序为普通地膜>生物降解膜>液体地膜，与其对株高的影响一致。年际间的干物质积累量差异较大，这也与底墒、降水等因素有关，2008年冬小麦播种前各处理底墒均明显低于2007年，且2008～2009年降雨量分布不均，2008年11月到2009年1月无降雨。

b. 不同类型地膜不同时期覆盖

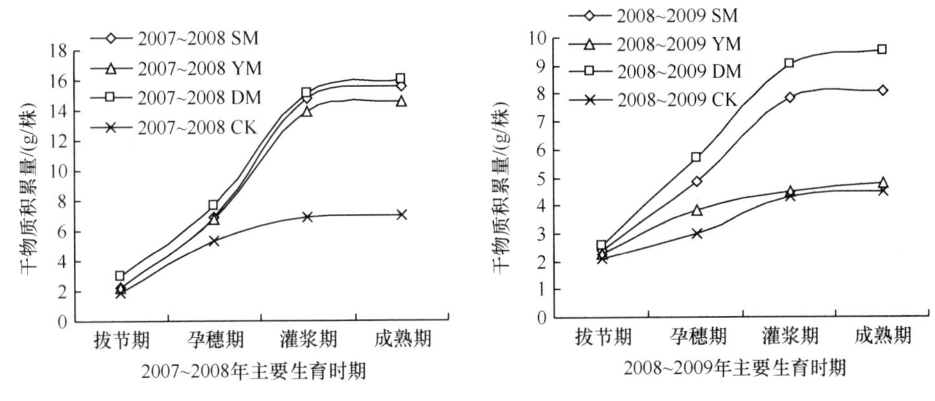

图 6-10　两年不同处理对冬小麦干物质积累量的影响

c. 生育期不同类型地膜覆盖

与株高相似，2008～2009 年冬小麦干物质积累量在拔节期后各处理间差异明显，直至灌浆期后生长趋于缓慢（表 6-13）。全年 3 种不同类型地膜覆盖（SS、DD、YY）下各处理生长状况较生育期覆盖（SM、DM、YM）和休闲期覆盖（XS、XD、XY）下好，其中全年生物降解膜覆盖（SS）冬小麦各生育时期干物质积累量均显著高于其他处理和 CK，各生育时期分别较 CK 增加 7.1%、28.6%、143.3%、195.3% 和 193.3%，生育期 3 种不同类型地膜覆盖冬小麦干物质积累量显著高于休闲期覆盖（$P<0.05$）；生育期覆盖和全年覆盖下液体地膜处理（YM、YY）冬小麦干物质积累量显著低于生物降解膜（SM、SS）和普通地膜（DM、DD），而休闲期覆盖下在灌浆期后 XY 显著低于 XS 和 XD，在灌浆期前差异不显著（$P>0.05$），灌浆期后生育期覆盖和全年覆盖下生物降解膜覆盖冬小麦干物质积累量均显著高于普通地膜覆盖，而休闲期覆盖下普通地膜覆盖对冬小麦干物质积累量的促进作用较生物降解膜显著（$P<0.05$）；不同覆盖时期下生物降解膜和普通地膜覆盖冬小麦干物质积累量均显著高于 CK（$P<0.05$），而液体地膜覆盖与 CK 差异不明显。

表 6-13　2008～2009 年冬小麦不同生育时期各处理植株生物量　（单位：g）

处理		越冬期	拔节期	孕穗期	灌浆期	成熟期
生育期覆盖	SM	1.3ab	2.4de	4.9bcd	7.8d	8.1c
	DM	1.5a	2.6bc	5.7b	9.1c	9.5b
	YM	1.3ab	2.3ef	3.9defg	4.6g	4.8e
休闲期覆盖	XS	1.3ab	2.8a	4.4cdef	5.8f	6.0d
	XD	1.4ab	2.5cd	4.6cde	6.4e	6.7d
	XY	1.3ab	2.5cd	3.6efg	3.8i	4.0e
全年覆盖	SS	1.5a	2.7ab	7.3a	12.7a	13.2a
	DD	1.2b	2.5cd	5.0bc	12.1b	12.6a
	YY	1.2b	2.2fg	3.4fg	5.7f	5.9d
CK		1.4ab	2.1g	3.0g	4.3gh	4.5e

（3）不同类型地膜覆盖冬小麦产量构成因素及产量水平

a. 不同类型地膜覆盖处理对冬小麦产量构成因素的影响

对冬小麦不同处理产量构成因素两年的研究结果表明（表 6-14），不同类型地膜覆盖对冬小麦产量构成因素的影响结果并不一致，各覆膜处理与对照相比，成穗数与穗粒数差异显著，而覆盖对千粒重的影响不显著（$P>0.05$）。

表 6-14　不同处理冬小麦产量构成因素及产量比较

年份	处理	成穗数 /(10^4/hm^2)	穗粒数	千粒重 /g	产量	
					/(kg/hm^2)	较对照/%
2007～2008	SM	576.2a	31.7b	48.7a	6745.1a	+6.45
	DM	547.5a	36.1a	48.4a	6813.3a	+7.52
	YM	530.5a	34.6ab	48.8a	6567.9a	+3.65
	CK	521.4b	23.3c	48.5a	6336.5b	—
2008～2009	SM	391.5a	33.5ab	42.0a	4663.9a	+28.95
	DM	376.5a	35.3a	42.1a	4428.5ab	+22.44
	YM	297.8bc	30.6abc	41.7a	3726.4c	+3.03
	XS	410.3a	31.7abc	42.7a	4522.5ab	+25.04
	XD	296.3bc	31.2abc	42.1a	4359.8ab	+20.54
	XY	300.8bc	28.2c	41.3a	3656.7c	+1.10
	SS	370.5ab	34.9a	42.9a	4918.4a	+35.99
	DD	402.0a	35.8a	43.0a	4718.4a	+30.46
	YY	302.3bc	30.9abc	41.7a	3988.1bc	+10.27
	CK	258.0c	29.1bc	41.5a	3616.8c	—

2007～2008 年，SM、DM 和 YM 处理成穗数和穗粒数均显著高于 CK（$P<0.05$），成穗数分别较 CK 增加 10.5%、5.0% 和 1.7%，穗粒数分别较 CK 增加 36.1%、54.9%和 48.5%，各覆膜处理成穗数差异不显著，DM 处理穗粒数显著高于 SM（$P<0.05$）。2008～2009 年，休闲期覆盖 3 种不同类型地膜（XS、XD、XY）对冬小麦产量构成因素影响不大，不同覆盖时期下液体地膜覆盖处理（YM、XY、YY）对产量构成因素影响亦不显著（$P>0.05$）。生育期覆盖和全年覆盖下生物降解膜覆盖处理（SM、SS）和普通地膜覆盖处理（DM、DD）较 CK 达到 5%显著水平，成穗数分别比 CK 高 51.7%、43.6%和 45.9%、55.8%，穗粒数分别比 CK 高 15.1%、19.9%和 21.3%、23.0%，其中 DD 处理对冬小麦产量构成因素的影响最显著。

结果分析表明：覆膜处理主要通过对冬小麦成穗数和穗粒数的影响来影响冬小麦产量，其中普通地膜对产量构成因素的提高作用较生物降解膜和液体地膜大，液体地膜覆盖影响最小；在 2007～2008 年，各覆膜处理对穗粒数的影响较成穗数明显，而在底墒较低、降雨分布不均的年份（2008～2009 年）相反，对成穗数的影响较大。

b. 不同类型地膜覆盖处理对冬小麦产量的影响

对冬小麦两年产量研究的结果表明：覆膜处理与不覆盖（CK）相比，均有一定的增产效果（表 6-14）。受底墒、降水量的影响，年际间的产量存在差异。2007～2008 年 SM、DM 和 YM 处理分别较 CK 增产 6.45%、7.52%和 3.65%，各覆膜处理均显著高于对照，但各覆膜处理间差异不显著（$P>0.05$）；2008～2009 年，在生育期降雨量分布不均的情况下，SM、DM 和 YM 处理分别较不覆盖（CK）增产 28.95%、22.44%和 3.03%，其中 SM 和 DM 处理间无显著差异（$P>0.05$），但均显著高于 YM 与 CK，表明在降雨分布不均年份覆盖生物降解膜和普通地膜的处理增产效果更加明显；不同时期 3 种不同类型地膜覆盖处理相比，全年覆盖下各处理增产幅度最大，其中 SS 和 DD 处理较 CK 增产 35.99%和 30.46%，且达到 5%显著水平，二者间无显著差异（$P>0.05$）；生育期和休闲期覆盖生物降解膜与普通地膜（SM、DM、XS、XD）分别较 CK 增产 28.95%、22.44%和 25.04%、20.54%，且达到 5%显著水平，各覆膜处理间无显著差异（$P>0.05$）；不同时期覆盖液体地膜处理（YM、XY、YY）较 CK 分别增产 3.03%、1.10%和 10.27%，但均与对照无显著差异（$P>0.05$）。

（4）不同类型地膜覆盖处理对冬小麦水分利用效率的影响

耗水量和水分利用效率是衡量自然降水利用程度高低的重要指标。从表 6-15 的计算结果可以看出，覆膜能有效地提高冬小麦水分利用效率。2007～2008 年，SM、DM 和 YM 处理水分利用效率分别较 CK 高 12.15%、15.48%和 7.03%，SM 和 DM 较 CK 达到 5%显著水平，而 YM 与 CK 无显著差异（$P>0.05$）。2008～2009 年各覆膜处理水分利用效率均较对照显著提高（$P<0.05$），SM、DM 和 YM 处理水分利用效率分别较对照高 34.26%、13.93%、11.93%，且 SM 处理水分利用效率为 14.07kg/（mm·hm^2），显著高于其他覆膜处理（$P<0.05$），其次是 DM 处理，水分利用效率为 11.94 kg/（mm·hm^2），其他覆盖处理中 YY 处理水分利用效率最低，为 11.24kg/（mm·hm^2），显著低于 DM 处理，但与其他覆盖膜处理差异不显著（$P>0.05$），表明底墒较低、降雨分布不均年份（2008～2009 年），生育期覆盖生物降解膜对提高冬小麦水分利用效率的作用更加明显；从整体情况来看，生育期覆盖 3 种不同类型地膜处理（SM、DM、YM）和休闲期覆盖 3 种不同类型地膜处理（XS、XD、XY）时的冬小麦水分利用效率均高于全年覆盖下 3 种处理（SS、DD、YY），其中生育期覆盖下各处理水分利用效率又高于休闲期覆盖下各处理。由此可见，生育期覆盖对提高冬小麦水分利用效率的作用较休闲期覆盖和全年覆盖明显。

表 6-15　不同覆盖处理的冬小麦产量结果与水分利用效率比较

年份	处理	产量 /（kg/hm^2）	土壤贮水/mm		耗水量 /mm	水分利用效率	
			播前	收获		/[kg/（mm·hm^2）]	较对照/%
2007～2008	SM	6745.1	496.7	378.9	327.8	20.58a	+12.15
	DM	6813.3	496.7	385.2	321.5	21.19a	+15.48
	YM	6567.9	496.7	372.3	334.4	19.64ab	+7.03
	CK	6336.5	496.7	361.3	345.4	18.35b	—

续表

年份	处理	产量/(kg/hm²)	土壤贮水/mm		耗水量/mm	水分利用效率	
			播前	收获		/[kg/(mm·hm²)]	较对照/%
2008～2009	SM	4663.9	424.2	377.9	331.4	14.07a	+34.26
	DM	4428.5	456.1	370.3	370.9	11.94b	+13.93
	YM	3726.4	446.1	413.4	317.8	11.73bc	+11.93
	XS	4522.5	488.8	383.3	390.6	11.58bc	+10.51
	XD	4359.8	478.4	391.4	372.1	11.72bc	+11.83
	XY	3656.7	385.6	358.0	312.7	11.69bc	+11.61
	SS	4918.4	544.7	401.7	428.0	11.49bc	+9.67
	DD	4718.4	525.8	394.8	416.1	11.34bc	+8.23
	YY	3988.1	424.8	355.2	354.7	11.24c	+7.30
	CK	3616.8	438.1	378.0	345.2	10.48d	—

（三）结论与讨论

1. 不同类型地膜覆盖对土壤水分的影响

（1）结论

1）对生育期、休闲期和全年覆盖3种不同类型地膜处理下冬小麦不同生育时期0～200cm土层土壤含水量空间变化情况的研究表明：不同时期覆盖生物降解膜和普通地膜均能有效地减少土壤水分蒸发，提高土壤含水量，具有较好的蓄水保墒效果，尤其是灌浆期水分的保证对于冬小麦籽粒灌浆和产量形成至关重要；休闲期覆盖生物降解膜和普通地膜可显著地改善冬小麦播种前的土壤水分状况，全年覆盖生物降解膜和普通地膜也有这一特点；生物降解膜和普通地膜覆盖对冬小麦土壤含水量的影响无明显差异，而覆盖液体地膜蓄水保墒作用不明显，与CK差异不大。

2）对冬小麦生育期内不同地膜覆盖处理0～200cm土层平均土壤含水量动态的研究表明：2007～2008年各处理土壤含水量在灌浆期出现低谷，而2008～2009年，由于灌浆期降雨量较大，生育期内土壤含水量低谷出现在孕穗期；生育期覆盖不同类型地膜冬小麦各生育时期土壤含水量较CK含水量略高，处理间差异不明显；休闲期覆盖不同类型地膜各处理冬小麦播前土壤含水量差异较大，XS和XD处理土壤含水量明显高于XY和CK，从播种期到越冬期，XS和XD含水量降低，而XY和CK变化不大，表明该阶段XS和XD处理耗水量明显高于XY和CK，休闲期覆盖生物降解膜和普通地膜能有效地改善冬小麦播前的土壤水分状况，促进冬小麦出苗及苗期生长水分供应，有利于形成壮苗；全年覆盖不同类型地膜下各处理土壤含水量随时间的变化趋势与休闲期覆盖基本一致。

（2）讨论

凌莉（2001）对半干旱农田春小麦的研究结果表明：地膜覆盖在作物生长期特别是

苗期耕层土壤含水量的改善对促进作物早萌发、早出苗及苗期根茎叶的发育有重要作用，这与本研究中覆盖不同类型地膜能有效地改善冬小麦播种前的土壤水分状况、促进冬小麦出苗及苗期水分吸收、有利于形成壮苗的结论一致。王星等（2003）认为，生物降解膜和普通地膜保水效果基本相同，与本研究中生物降解膜和普通地膜覆盖对冬小麦土壤含水量的影响无明显差异的结论一致。本研究表明覆盖液体地膜蓄水保墒作用不明显，与 CK 差异不大，这与已有研究中覆盖液体地膜可减少棉田土壤水分蒸发，增加土壤含水量，明显提高棉花水分利用效率（杨青华，2008）的结论不一致，原因可能是液体地膜易受到外界环境条件的影响而受损，导致其保墒效应降低。党修辉和刘庆华（2008）的研究表明，玉米行间覆膜较常规耕作可更有效地提高了土壤含水量，具有较好的节水作用。王丽萍等（2005）认为，与传统栽烟方式比较，覆膜能显著增加烟株不同时期烟田的各土层土壤含水量和 0～100cm 土壤贮水量，覆盖集水措施适宜于干旱地区烤烟的生产。这表明地膜覆盖栽培措施对于越冬秋播作物、夏播作物和经济作物具有同样的蓄水保墒效果。

2. 不同类型地膜覆盖对土壤养分的影响

（1）结论

1）两年试验的结果表明：不同时期不同类型地膜覆盖均可有效地提高冬小麦植株对土壤耕层有机质的利用效率，其中生物降解膜效果尤其显著。2008 年 SM 处理 0～20cm 和 20～40cm 土层有机质含量较 CK 减少 5.7% 和 13.3%（$P<0.05$），2009 年 SM 处理 0～20cm 和 20～40cm 土层较 CK 减少 11.9% 和 15.9%（$P<0.05$）。整体来看，0～20cm 土层 3 种不同类型地膜生育期覆盖土壤有机质含量较休闲期和全年覆盖处理低，20～40cm 和 40～60cm 土层不同时期覆盖处理间有机质含量差异不明显。

2）对两年冬小麦收获后土壤全效养分研究的结果表明：2008 年收获后 0～60cm 各土层全氮、全磷和全钾含量均为 SM 处理最低。不同时期不同类型地膜覆盖对 2009 年收获后 0～40cm 土层土壤全氮含量影响较大，生物降解膜作用尤为明显，生育期、休闲期和全年覆盖生物降解膜均能显著提高冬小麦对 0～40cm 土层土壤全氮的利用效率；土壤全磷含量亦在覆盖生物降解膜处理下最低，而覆盖液体地膜全磷含量最高甚至高于对照，说明覆盖生物降解膜可有效地促进冬小麦吸收利用土壤耕层全磷，而覆盖液体地膜使冬小麦对磷的吸收利用率降低；不同时期不同类型地膜覆盖对 0～60cm 土层土壤全钾含量影响并不大，2008 年收获后 SM 处理和 2009 年收获后 SS 处理各土层全钾含量较 CK 差异显著（$P<0.05$）。

3）对两年冬小麦收获后土壤速效养分研究的结果表明：土壤碱解氮和速效磷含量均随着土层的加深而减小，0～20cm 表层速效钾含量明显高于 20～40cm 和 40～60cm 土层，而 20～40cm 土层速效钾含量低于 40～60cm 土层。2008 年收获后 0～60cm 各土层土壤碱解氮含量最低处理均为 SM，而 2009 年收获后 0～60cm 各土层均为 XD 处理土壤碱解氮含量最低，但覆盖生物降解膜处理与之差异不显著（$P>0.05$），这表明覆膜可有效地促进冬小麦对土壤耕层速效氮的吸收，覆盖生物降解膜和普通地膜作用显著，普通地膜作用更为明显，而覆盖液体地膜无明显的作用。不同时期覆膜处理对土壤速效磷含量的影响均表现为：生物降解膜>液体地膜>普通地膜，说明覆盖生物降解膜处理下冬小麦对土壤速效磷的吸收利用率最高。覆膜亦促进了冬小麦对土壤速效钾的吸收，其中覆盖普通地膜和液体地膜较生物降解膜作用明显。

（2）讨论

本研究表明，地膜覆盖由于改善了冬小麦土壤水分状况，促进了冬小麦对土壤养分的吸收利用，从而使覆膜处理土壤养分含量较不覆盖减少。宋秋华（2006）对地膜覆盖春小麦的研究结果表明，覆膜与不覆盖相比由于受土壤水分等因素的影响，加快了土壤有机质、全氮和速效磷的损耗。王彩绒等（2004）认为，覆膜处理的氮、磷、钾养分携出量受水分条件的影响，与无膜处理相比有所增加，最终通过对土壤水分和养分的协调促进作物生长而获得高产。卜玉山等（2006）的研究结果也表明，地膜覆盖会导致上层土壤有机质含量明显下降。方日尧等（2004）的研究结果显示，覆膜处理土壤养分含量低于不覆盖。这与本研究结果一致。

本试验通过对两种可降解地膜的研究还表明，覆盖生物降解膜对提高冬小麦对土壤有机质、全氮、全磷和速效磷的吸收作用比普通地膜显著，而覆盖普通地膜对土壤碱解氮和速效钾的损耗较大，液体地膜覆盖也可提高冬小麦对土壤速效钾的吸收，但对土壤全磷的利用率较低，甚至低于对照。而前人对可降解地膜和普通地膜覆盖下土壤养分含量比较的研究还比较少，有待进一步研究。

3. 不同类型地膜覆盖对冬小麦生长发育及产量的影响

（1）结论

1）不同类型地膜覆盖能有效地促进冬小麦生长发育，显著提高冬小麦株高和干物质积累量，不同类型地膜覆盖冬小麦株高和干物质积累量高低顺序为普通地膜>生物降解膜>液体地膜，全年覆盖3种不同类型地膜覆盖处理（SS、DD、YY）冬小麦各生育时期株高和干物质积累量高于生育期覆盖（SM、DM、YM）与休闲期覆盖（XS、XD、XY）处理，冬小麦在拔节期后，各处理之间株高和干物质积累差异较为明显。

2）对冬小麦不同处理产量构成因素两年的研究结果表明，不同类型地膜覆盖对冬小麦产量构成因素的影响结果并不一致，各覆膜处理与对照相比，成穗数与穗粒数差异显著，而覆盖对千粒重的影响不显著（$P>0.05$），表明覆膜处理主要通过对冬小麦成穗数和穗粒数的影响来影响冬小麦产量，其中普通地膜对产量构成因素的提高作用较生物降解膜和液体地膜大，液体地膜覆盖影响最小。

3）对冬小麦两年产量和水分利用效率研究的结果表明：覆膜处理与不覆盖（CK）相比，均有一定的增产效果并能有效地提高冬小麦的水分利用效率，覆盖生物降解膜和普通地膜处理较覆盖液体地膜处理效果显著；年际间的产量受底墒、降水量的影响而存在差异，在底墒较低、降雨分布不均的年份（2008～2009年），覆盖生物降解膜的处理增产效果和提高冬小麦水分利用效率的作用更加明显，较CK增产6.45%～35.99%，提高水分利用效率9.67%～34.26%；不同时期3种不同类型地膜覆盖处理相比，全年覆盖下各处理增产幅度最大，其中全年覆盖生物降解膜和普通地膜处理分别较CK增产

35.99%和30.46%，而生育期覆盖下各处理水分利用效率最高，生育期覆盖生物降解膜提高水分利用效率到34.26%。

（2）讨论

本研究表明，不同处理干物质积累量的变化趋势都呈现“慢—快—慢”的“S”形增长趋势，各处理在拔节期之前干物质积累量较少，拔节期后，尤其是覆膜处理的干物质积累量显著增加，这与李吾强（2008）的研究结果一致。

任广鑫（2001）的研究表明，覆盖地膜对小麦成穗数和穗粒数的影响显著，而对千粒重的影响不显著。本研究结果表明，生物降解膜与液态地膜覆膜处理亦能显著增加成穗数与穗粒数，对千粒重的影响不显著（$P>0.05$），这表明这两种覆盖材料对冬小麦的产量构成因素影响与普通塑料地膜具有同样的作用。

王�等（1997）通过对旱地玉米覆盖易降解淀粉膜的土壤水分的动态研究表明，覆盖易降解淀粉膜可较CK提高水分利用效率32.1%，最终获得增产效果。本研究结果表明，覆盖生物降解膜和普通地膜处理的水分利用效率显著高于不覆盖，连续两年覆盖后生物降解膜处理的冬小麦水分利用效率显著高于普通地膜和不覆盖处理，覆盖生物降解膜可提高水分利用效率到34.32%，较CK增产达到35.99%，证明生物降解膜覆盖对于秋播越冬作物和夏播作物水分利用效率与产量的提高具有同样的效果。

本试验研究表明，生物降解膜和普通地膜覆盖连续两年的产量无显著差异，普通地膜覆盖对冬小麦生长发育促进作用最大，生物降解膜覆盖下的水分利用效率最高，和对玉米的研究结论“生物降解树脂农膜和普通地膜在对玉米生长发育的影响、提高土壤水分含量和土壤温度以及玉米产量方面无明显差异”（冯武焕等，2004；王星等，2003；王星，2003；赵爱琴等，2005）一致，在旱作农业区生物降解膜可以替代普通塑料地膜，在冬小麦和玉米等作物生产中扩大推广应用，以解决塑料地膜造成的土壤污染问题。

参考文献

卜玉山，苗果园，周乃健，等. 2006. 地膜和秸秆覆盖土壤肥力效应与比较. 中国农业科学，39（5）：1069-1075.

党修辉，刘庆华. 2008. 行间覆膜对玉米根系层土地水分动态及产量的影响. 灌溉排水学报，27（6）：114-116.

方日尧，同延安，梁东丽. 2004. 渭北旱塬不同覆盖对冬小麦生产综合效应研究. 农业工程学报，20（1）：72-75.

冯武焕，孙升学，范变娥，等. 2004. 生物降解树脂农膜在玉米上的应用研究. 西北农业学报，13（2）：166-169.

李吾强. 2008. 不同覆盖处理对小麦、玉米生理生态效应的研究. 杨凌：西北农林科技大学硕士学位论文.

凌莉. 2001. 半干旱农田生态系统春小麦地膜覆盖的效应及其范式. 杨凌：西北农林科技大学硕士学位论文.

任广鑫. 2001. 渭北旱原地膜小麦肥水规律与技术决策研究. 杨凌：西北农林科技大学硕士学位论文.

宋秋华. 2006. 半干旱黄土高原区地膜覆盖春小麦土壤微生物特征与养分转化. 兰州：兰州大学博士学位论文.

王彩绒. 2002. 覆膜集雨栽培对半湿润易旱地区作物水分养分吸收及产量的影响. 杨凌：西北农林科技大学硕士学位论文.

王彩绒，田霄鸿，李生秀. 2004. 覆膜集雨栽培对冬小麦产量及养分吸收的影响. 干旱地区农业研究，22（2）：108-111.

王�，安鸣，周柏玲，等. 1997. 旱地玉米覆盖易降解淀粉膜的土壤水分动态研究. 山西农业科学，25（2）：44-46.

王丽萍，汪耀富，王伯武，等. 2005. 覆盖集水措施对烟田土壤水分时空分布和利用效率的影响水土保持学报，19

（5）：117-119.
王星. 2003. 可降解地膜的降解特性及其对土壤环境的影响. 杨凌：西北农林科技大学硕士学位论文.
王星，吕家珑，孙本华. 2003. 覆盖可降解地膜对玉米生长和土壤环境的影响. 农业环境科学学报，22（4）：397-401.
杨青华，韩锦峰，贺德龙，等. 2008. 液体地膜覆盖棉花高产机理研究. 中国农业科学学报，41（8）：2520-2527
赵爱琴，李子忠，龚元石. 2005. 生物降解地膜对玉米生长的影响及其田间降解状况. 中国农业大学学报，10（2）：74-78.